# 諸子述評

## 上 冊

饒尚寬 著

學苑出版社

图书在版编目（CIP）数据

诸子述评 / 饶尚宽著. —北京：学苑出版社，2016.5

ISBN 978-7-5077-5024-9

Ⅰ. ①诸… Ⅱ. ①饶… Ⅲ. ①先秦哲学-研究 Ⅳ. ①B220.5

中国版本图书馆 CIP 数据核字（2016）第 119653 号

出 版 人：孟　白
责任编辑：刘丰、魏桦
出版发行：学苑出版社
社　　址：北京市丰台区南方庄 2 号院 1 号楼
邮政编码：100079
网　　址：www.book001.com
电子邮箱：xueyuanpress@163.com
销售电话：010-67675512、67678944、67603142、67601101
印 刷 厂：北京京华虎彩印刷有限公司
开本尺寸：710×1000　1/16　开本
印　　张：53.5
字　　数：800 千字
版　　次：2016 年 5 月第 1 版
印　　次：2016 年 5 月第 1 次印刷
定　　价：158.00 元（全两册）

# 引言

公元前1106年农历二月初五日（甲子）黎明时分，周王姬发率领诸侯联军，在商都朝歌郊外的牧野，举行讨伐商王纣的誓师大会。他左手持有以黄金装饰的大斧，右手拿着系有白旄牛尾的大旗，高声地宣布：

"古人这样说过：'母鸡不应该在早晨打鸣。如果母鸡在早晨打鸣，就要使家族败落。'商王纣听信妇人之言，废弃祭祀不问，废弃宗族父兄不问，而对诸侯叛臣、逃亡罪人尊崇信任，让他们担任大夫卿士，暴虐百姓，在商国作乱。现在我姬发要恭敬地秉承上天的旨意来进行惩罚！"（译自《尚书·牧誓》）

接着，姬发勉励将士奋勇作战，遵守军纪，否则就要受到严惩。最终，商王纣兵败，逃入鹿台，穿上玉衣，自焚而死，"周武王遂斩纣头，悬之白旗。杀妲己，释箕子之囚，封比干之墓，表商容之闾。封纣子武庚禄父以续殷祀，令修行盘庚之政，殷民大说"（《史记·殷本纪》）。周王朝代商而立，是生死较量的结果，与尧舜和平禅让显然不同，所谓"夫受禅于人者，则袭其统；受命于天者，则革之"（《孔丛子·杂训》）。所以，武王替天惩罚，就是讨伐无道、拨乱反正的一场革命。

貌似强大的殷商王朝，为什么被自己属下方国周部族打败呢？正如周武王姬发所说，关键在于商王纣自己失德、缺德、无德。可见，君主一味地尊神敬天而自己荒淫无道，是不能长治久安的。这就是"天非虐，惟民自速辜"（《周书·酒诰》）。由此，周初的统治者深刻认识到"皇天无亲，惟德是辅"、"神所冯依，将在德矣"的道理（《左传·僖公五年》）。

所以，武王之弟周公旦后来告诫年幼的成王说：

"啊！现在即位的君王，一定不要用万民供奉的赋税，放纵地观赏、逸乐、游玩和畋猎。不要自我放纵地说：'今天纵情享乐吧！'这不是顺从民意，也不是顺从天意，这样的人必有过错。更不要像殷王纣那样迷乱，以酗酒发怒为德行啊！"（译自《尚书·无逸》）

召公奭也语重心长地教诲成王说：

"王敬立为君，将不可不恭敬德行。我们不能不以夏朝为鉴，也不能不以殷商为鉴。……君王刚开始治理政务，就像养小孩，没有不在他幼小的时候就给他赠送明智教诲的。如今上天赐给智慧，赐给吉祥，赐给了长久的国运。现在我们开始治理天下，修建新邑，希望君王尽快敬重自己的德行吧！君王若能敬重德行，就能够祈求上天赐给长久的国运。希望君王不要让民众放纵、违背法律，也不能用杀戮治理百姓，这样才能成功。希望君王成为道德的表率模范，民众就能够在天下效法施行，以弘扬君王的美德。如果君臣上下都能勤勉恤民，就可以说我们接受了天命，就会如同夏朝那样国运长久，还不止于殷商国运那样长久。更希望君王与民众接受上天赐给永远的国运。"（译自《尚书·召诰》）

周公、召公是非常清醒的统治者，他们反思借鉴夏、商治国的经验教训，告诫君主"无逸"、修德，认为"王其德之用"，才是长治久安的根本保证。这些言论，不仅是他们个人的感悟认知，更是代表了周初统治集团的共同观念，反映了他们深刻的理论自觉，所以，才形成了"敬德保民"的政治理念，提出了"以德治国"的施政方针，并且经过精密地思考和设计，进行了一系列制度改革和文化建设。这与殷人敬事鬼神的迷妄心态相比较，无疑是历史性的伟大进步。

王国维先生说："欲观周之所以定天下，必自其制度始矣。周人制度之大异于商者，一曰立子立嫡之制，由是而生宗法及丧服之制，并由是而有封建子弟之制，君天子、臣诸侯之制。二曰庙数之制。三曰同姓不婚之制。此数者，皆周之所以纲纪天下，其旨则在纳上下于道德，而合天子、诸侯、卿大夫、士、庶民以成一道德之团体。周公制作之本意，实在于此。"（《观堂集林二·殷周制度考》）

自殷商以来，中国就是以农耕为主要的生产方式，一个家族定居一地，生于斯，长于斯，祖宗坟墓埋葬于斯。家有百口，主事一人，由谁来领导组织家族成员的生活、生产和内外大事呢？当然是家族中的家长。老一辈家长去世，要把统辖管理家族事务的权力传给下一代，由谁来继承呢？尧舜时代天下为公，选贤举能，实行禅让制度，尧传位于舜，舜传位于禹。禹之后的夏朝天下为家，继承限于家族内部的兄弟父子之间，而殷商时期不分嫡庶，以兄终弟及为主，以子继为辅。到周朝一改殷商旧制，只传位给嫡长子，即正妻所生长子。凭武王之弟周公旦的功勋和威望，本可以在武王死后即天子位，完全符合兄终弟及的传统，但是周公旦忠心耿耿辅佐武王年幼的嫡子成王，七年之后返政于成王，为立嫡之制树立了榜样，确立了规范。因为在众多儿子中，如果论德行、聪明、才干、能力，都是软指标，必然产生认识分歧，加上种种利益关系互相矛盾，非常容易引起夺权争位的纷扰，甚至造成流血冲突，危及政权的稳固。只有按照血统顺序才是硬指标，嫡庶长幼关系由天而定，以天伦定人伦，尊卑有序，相安无事，所以，传位给嫡妻所生的长子最安全、最保险、最无争议。如此平稳过渡，世袭相传。

就家庭宗族而言，具有嫡长子身份的家长就是宗子，其他弟弟就是庶子。就王朝而言，周天子就是王室宗子，是大宗，他的庶弟分封到天下各地为诸侯。各地诸侯对于周天子而言是小宗，而在自己诸侯国又是大宗。诸侯传位于自己的嫡长子作为宗子，又将自己的庶弟封为卿大夫。卿大夫对于诸侯而言是小宗，在其封地家内又是大宗。卿大夫传位于自己的嫡长子作为宗子，自己的庶弟就为士，是小宗。这样，天子、诸侯、卿大夫、士各自大宗统小宗，环环相扣，组成一个庞大的贵族集团。天子拥有天下，统辖诸侯；诸侯拥有国，统辖卿大夫；卿大夫拥有家，统辖士；士也有自己的封地，统辖庶人。天子是天下的宗子，既代表天下的大宗，又是天下的君主；诸侯是封国的宗子，既是封国的大宗，又是封国的君主。这样，君统、宗统、血统三位一体，国法、宗法和家法合而为一，由此，为国法、宗法、家法以及丧服制度、宗庙制度奠定了基础，形成以家天下为标志的家国合一体制，即所谓"天无二日，土无二王，家无二主，尊无二上"（《礼记·坊记》）。

所以，王国维先生说："尊尊、亲亲、贤贤，此三者治天下之通义也。周人以尊尊、亲亲二义，上治祖祢，下治子孙，旁治昆弟，而以贤贤之义治官。故天子、诸侯世，天子、诸侯之卿大夫、士皆不世。盖天子、诸侯者，有土之君也。有土之君，不传子、不立嫡，则无以弭天下之争。卿大夫、士者，图事之臣也，不任贤，无以治天下之事。"（《观堂集林二·殷周制度考》）这就是说，天子、诸侯是有固定封地的君主，以尊尊、亲亲为原则立嫡子，进行世袭统治；卿大夫、士是没有固定封地的，是图事之臣，以贤贤为原则，选贤举能，协助治国。从而，确立了天下、国、家一体的政治体制。

推翻殷商王朝，并不是周部族一姓一家的力量，而是周武王姬发联合各路方国、部族共同战斗取得的胜利。灭商之后，天下谁来主宰？利益怎样分配？周初统治者提出了"封土建国"的方略，即封建制，用来换取各路诸侯对周天子权威的认可和支持，以维护和稳定新生的周王朝政权。"封土建国"，就是由周武王分封天下疆土，建立诸侯国。实际上就是按照功劳大小分为公、侯、伯、子、男五等爵位，论功行赏。所封诸侯共71国，其中周姓宗族53国，如"封弟周公旦于曲阜曰鲁，封召公奭于燕，封弟叔鲜于管，弟叔度于蔡"；另外有功臣，如"封功臣谋士，而师尚父为首封，封尚父于营丘曰齐"；还有殷商后裔，如"出封商纣子禄父，殷之余民。武王为殷初定未集，乃使其弟管叔鲜、蔡叔度相禄父治殷"。（均见《史记·周本纪》）而给自己留下一块疆域，建立宫室，作为京畿之地。

通过"封土建国"，一方面，周天子换取了周姓宗族和异姓诸侯的拥戴和支持，理所当然地成为天下共主，享有至高无上、唯我独尊的权威和地位，各路诸侯必须对周天子定期进贡纳税，按时朝觐会同（春见曰朝，秋见曰觐，时见曰会，众见曰同），恪守君臣之礼；另一方面，诸侯们都有了自己的固定封地，各霸一方，虽然爵位有高有低，疆域有大有小，但是各自为政，互不统属，聘问往来，相安无事。而周王朝又确立了同姓不婚制度，与异姓诸侯不断联姻，这样就组成了庞大而严密的姻亲关系网，利益相通，休戚与共，一损俱损，一荣俱荣，诸侯就会全力拱卫周天子。这一策略，换取了周王朝数百年的太平，显示了高明的政治智慧。

所以，王国维先生指出："有立子之制，而君位定。有封建子弟之制，而异姓之势弱，天子之位尊。有嫡庶之制，于是有宗法，有服术，而自国以至天下合为一家。有卿大夫不世之制，而贤才得以进。有同姓不婚之制，而男女之别严。且异姓之国，非宗法之所能统者，以婚媾甥舅之谊通之，于是天下之国大都王之兄弟甥舅，而诸国之间，亦有兄弟甥舅之亲。周人一统之策，实存于是此种制度。"（《观堂集林二·殷周制度考》）就是说，有了嫡长子继承制，确立了君位；有了封建制，确立了天子的尊位；有了嫡庶之分，确立了大宗统小宗；有了卿大夫任选制，贤才得以举荐；有了同姓不婚制，异姓之国通过婚嫁合为亲戚一家。显然，这些制度都是对殷商以来混乱的政治局面的拨乱反正和彻底革新，组成了"道德之团体"，从而，在制度上为"以德治国"提供了保证。

周王朝的制度，融家、国为一体，必然要求政治与教化的合而为一。既然是家天下，具有家族血缘的脉脉温情，父慈子孝、兄友弟恭才能组成和睦相处的大家庭，"孝"就成为协调家族关系的核心价值。既然家国一体，就应该将家庭亲情推而广之，同族同宗之间血脉相连，大宗统辖小宗，小宗忠于大宗，臣民忠于君主，诸侯忠于天子，"忠"就成为协调社会关系的核心价值。这样，养成"孝"与"忠"的行为规范，就是维护家、国一体正常运行的关键，而教化正是培养这种人伦道德的最好途径，为此，周公"制礼作乐"，倡导礼乐文化，就是以忠孝教化为目的的。

如此顶层设计，可谓构思精巧，用心良苦。然而，其内部却隐含着巨大的社会矛盾和政治危机。

嫡长子继承制并非以德才为标准，只是借天伦约束私欲的权宜之计，具有明显的盲目性和非理性，既不能保证宗子、天子一定道德高尚、能力超群，也难以约束庶子、诸侯的不臣之心、非分之想，这样，建立在血缘亲情基础之上的宗法制，受到权力的诱惑往往是靠不住的，其内部矛盾是不可避免的。武王去世之后，成王年幼，周公摄政，就发生了亲兄弟管叔、蔡叔勾结武庚发动的叛乱，最终不得不"诛武庚、管叔，放蔡叔"。周昭王时王道衰微，结果"南巡狩不返，卒于江上"，分明是遭到诸侯的暗算。周厉王时荒淫无道，使卫巫监谤，杀人无数，结果"国人莫敢言，道路以目"，诸侯34年不朝觐，最后国人背叛，厉王只得"出奔于彘"。周幽王宠幸褒姒，烽火戏诸侯，重用佞人石父，招致犬戎来犯，被杀于骊山。到周平王即位，不得不东迁雒邑，以避犬戎，标志着西周王朝已经衰败，之后史称东周。

封土建国制度使得各路诸侯拥有了自己的领土、百姓、财富和军队，建立起自己独立的统治机构和势力范围，他们在政治经济上各自发展，有活动的巨大空间，并不依附于周天子而存在，也不听命于周天子而行动。而周天子作为天下共主，虽然声名显赫，所谓"溥天之下，莫非王土；率土之滨，莫非王臣"（《诗经·小雅·北山》），其实，只表现在名分上和道义上，维系君臣关系只有松散的朝觐礼仪形式，周天子并没有统辖天下、控制诸侯的实际特权和力量，这样，周王朝就好像是一个松散的联邦制国家，并非大一统的专制帝国。所以，周天子既不像秦汉帝国大权独揽的皇帝，其尊贵是表面的；各路诸侯也不是俯首听命的大臣，其臣服是虚假的。这样，"封建制"从一开始就埋下了周室衰微、诸侯坐大的祸根，政治上必然会形成尾大不掉之势。

随着王权衰微，诸侯割据，导致礼崩乐坏，僭越犯上，周天子就形同虚设，其实力和影响甚至比不上一个诸侯国，历史就这样不可避免地进入到春秋乱世。众暴寡，大并小，兵革更起，攻城略地，"弑君三十六，亡国五十二，诸侯奔走不得保其社稷者，不可胜数"（《史记·太史公自序》），即所谓春秋无义战，五霸迭相出。虽然名义上的周天子还在，但诸侯霸主们只是在自己政治需要的时候，才会打出"尊王攘夷"的旗号，挟天子以令诸侯，实际上只不过是为自己寻找一个行为的借口，或者办理一个"合法"的手续罢了。比如：

《春秋·左氏传》僖公四年（前656年），齐侯（齐桓公）打败蔡国，接着攻打楚国。楚国派出使者说："君处北海，寡人处南海，唯是风马牛不相及也。不虞君之涉吾地也，何故？"面对质问，齐大夫管仲对答说："昔召康公命我先君大公曰：'五侯九伯，女实征之，以夹辅周室。'赐我先君履：东至于海，西至于河，南至于穆陵，北至于无棣。尔贡包茅不入，王祭不共，无以缩酒，寡人是征；昭王南征而不复，寡人是问。"齐侯伐楚，并未得到周天子授权，纯属侵略不义之战，管仲却提出"召康公"、"夹辅周室"、"王祭不共"、"昭王南征而不复"等诸多理由来狡辩搪塞，分明是以维护周天子权威为幌子，给自己发动的侵略战争编造借口。

鲁僖公二十八年（前632年），晋文公重耳打败楚军，取得城濮之战的胜利，与诸侯在践土结盟。然后，重耳向周天子（周襄王）敬献楚国战俘和车马，被策封为诸侯的领袖（侯伯），从而享有了"敬服王命，以绥四国，纠逖王慝"的特权。晋文公进行的一系列战争，事前并未向周天子请示或得到周天子的授命，城濮之战以后，晋文公成为事实上的诸侯霸主，他又为什么要向周天子献俘呢？显然是为了取得周天子认可的"合法"手续，以宣示天下，"挟天子以令诸侯"。面对霸主的先斩后奏，已经衰微的周天子不过是被迫承认既定事实，做个顺水人情，强颜维护自己的天子名分而已。至于诸侯国内部，争权夺利，互相残杀，臣弑君，子弑父，楚子称王、季氏僭鲁之类，更是屡见不鲜，司空见惯。

东方文明陷于如此颓势，华夏民族处在危难关头，流风善政荡然无存，礼仪制度土崩瓦解，战争频仍，生灵涂炭。家国的出路何在？天下的道义何在？生命的价值何在？民生的希望何在？这就是当时社会为世人留下的历史性疑问。

正是这种大动荡、大分化和大变革的社会环境，为士人阶层的形成提供了历史机遇。春秋以前，政教合一，学在官府，书在官府，上层贵族垄断了王官之学，平民庶人根本没有学习文化知识的资格和议论天下大事的权利，所谓"天下有道，则礼乐征伐自天子出；天下无道，则礼乐征伐自诸侯出。……天下有道，则政不在大夫。天下有道，则庶人不议"（《论语·季氏》①）。春秋后期周室衰微，礼崩乐坏，动摇了严格的封建宗法等级制度，打破了学在官府、书在官府的限制，才使得没落贵族流入下层，民间学者进入社会，逐渐形成了特殊的士人阶层。而诸侯们为了割据四方，富国强兵，养士之风日盛，造就了相对宽松、包容的社会氛围和学术环境，为士人们提供了自由论辩、纵论天下的历史舞台，以孔子为代表的学者就得以乘势脱颖而出。他们亲眼目睹或亲自经历了王权更迭、社会黑暗、战争苦难和民生悲惨，怀着强烈的社会责任感和积极的参与意识，以自己的良知和睿智，勇敢地进行理性人文思考，分析治乱得失，总结经验教训，继往开来，与时俱进，破天荒地第一次以民间思想家的身份，提出拯救时弊的政治主张。他们或进谏君主，或游说诸侯，或著书立说，或传授门徒，

---

① 本书有关《论语》的引文只标注篇章名。

从不同视角辨析事理，权衡利弊，为平治社会寻求理论、方法和出路。他们具有超国家的"世界"意识，突破民族、国别和地域的限制，放眼天下风云，纵论家国命运，数百年间薪火相传，学派并立，形成了诸子横议、百家争鸣的盛大论坛，留下了空前绝后、光照千古的文化瑰宝。

中国历史上第一次对诸子学说以"家"相称，是汉初司马谈的《论六家要指》。《史记·太史公自序》载："太史公（指司马谈）仕于建元、元封之间，愍学者之不达其意而师悖，乃论六家之要指曰：'《易·大传》：天下一致而百虑，同归而殊途。夫阴阳、儒、墨、名、法、道德，此务为治者也。直所从言之异路，有省不省耳。尝窃观阴阳之术，大祥而众忌讳，使人拘而多所畏，然其序四时之大顺，不可失也。儒者博而寡要，劳而少功，是以其事难尽从，然其序君臣父子之礼，列夫妇长幼之别，不可易也。墨者俭而难遵，是以其事不可遍循，然其强本节用，不可废也。法家严而少恩，然其正君臣上下之分，不可改矣。名家使人俭而善失真，然其正名实，不可不察也。道家使人精神专一，动合无形，赡足万物。其为术也，因阴阳之大顺，采儒、墨之善，撮名、法之要，与时迁移，应物变化，立俗施事，无所不宜，指约而易操，事少而功多。'"后来，《汉书·艺文志》又采用刘向《别录》、刘歆《七略》之说，增加了纵横、杂、农、小说四家，总共十家。其中除"街谈巷议、道听途说"的小说家之外，称为"九流"，即所谓"诸子十家，其可观者九家而已"。由此可知，先秦诸子以"家"区分，是汉代学者为了论述方便或图书分类，对诸子学说的思想宗旨进行归纳总结的结果。所谓"百家"，极言其多罢了。而"九流"之中，真正对当时和后世发挥重大作用、产生深远影响的，就是儒（孔子、孟子、荀子）、墨（墨子）、道（杨子、老子、庄子）、法（韩非子）四家。

著名历史学家吕思勉先生说："吾国学术，大略可分七期：先秦之世，诸子百家之学，一也。两汉之儒学，二也。魏、晋以后之玄学，三也。南北朝、隋、唐之佛学，四也。宋、明之理学，五也。清代之汉学，六也。

引言

现今所谓新学，七也。七者之中，两汉、魏、晋，不过承袭古人；佛学受诸印度；理学家虽辟佛，实于佛学入之甚深；清代汉学，考证之法甚精，而于主义无所创辟；最近新说，则又受诸欧美者也。历代学术，纯为我所自创者，实止先秦之学耳。"①

由此可知，先秦诸子之学是古代中国的独创之学，实为两千多年来中国学术的根本，也是中国传统文化的核心，其独特价值和重要地位不言自明。

当代中国是古代中国的继承和发展，无不受到先秦诸子之学的浸润和影响，这种血缘联系是割不断的。农耕经济、家庭观念、群体意识、道德准则、精神心理、治国理念、思维特征、价值追求、人文思想、社会风俗等等，古今一脉相承，并没有随着现代社会工业化进程而根本断裂或质变，这是世界文化史上独树一帜、绝无仅有的现象。两千多年前哲人们的所思所想、所议所论，对于自然、家国、社会、人生、人性、人际关系的深刻思考和精辟分析，早已形成悠久而深厚的人文基因，流淌在中华民族每个人的血脉之中，与当今现实生活密切联系、息息相关，具有无可否认的传承性，并不因为个人一时的好恶或世俗暂短的毁誉而随意改变或消亡。作为当代的中国人，要想追寻民族的根，呼唤华夏的魂，把握人生的价值追求，找回远古的思想基因，继承和弘扬优良文化传统，进而建设具有中国特色的社会主义新文化，融入并影响当代世界文化发展的进程，就必须首先寻根探源，从考察、了解先秦诸子的学说开始。

下面就以诸子出生年代先后为序，分别评介他们的学说。②

让我们一起进入时光隧道，回到两千多年前的争鸣舞台，感受诸子奋起的峥嵘岁月，领悟先哲的睿智思想，体会百家的精神风貌，倾听他们的遥远心声和历史呼唤吧！

---

① 吕思勉：《先秦学术概论》，云南人民出版社，2005年12月。
② 书中诸子学说的原文，均引自中华书局1954年出版的《诸子集成》。

# 目 录

## 壹 孔子 / 1

一 创办私学，有教无类 / 4
  （一）行有余力，则以学文 / 6
  （二）子以四教：文、行、忠、信 / 11
  （三）不愤不启，不悱不发 / 17
  （四）仕而优则学，学而优则仕 / 24
  （五）言不离道，动不违义 / 33

二 克己复礼，天下归仁 / 38
  （一）孝弟也者，其为仁之本与 / 39
  （二）己欲立而立人，己欲达而达人 / 46
  （三）为仁由己，而由人乎哉 / 49
  （四）君子必诚其意 / 54
  （五）无求生以害仁，有杀身以成仁 / 57

三 为政以德，正己正人 / 61
  （一）必也，正名乎 / 61
  （二）政者，正也 / 64
  （三）尊贤为大 / 69
  （四）知为吏者，奉法而利民 / 77

（五）圣人之治化也，必刑政相参焉 / 81

四　倡导中庸，和而不同 / 87
　　（一）天地不合，万物不生 / 88
　　（二）致中和，天地位焉，万物育焉 / 93
　　（三）君子中庸，小人反中庸 / 97
　　（四）执其两端，用其中于民 / 102
　　（五）礼之用，和为贵 / 105

五　整理"六经"，存亡继绝 / 111
　　（一）《易》《书》《春秋》/ 112
　　（二）《礼》《乐》《诗》/ 118

## 贰　墨子 / 128

一　天人观念——"天志"、"明鬼"、"非命" / 133
　　（一）天之志者，义之经也 / 133
　　（二）鬼神能赏贤而罚暴 / 137
　　（三）有命者之言，是覆天下之义 / 141

二　治国策略——"尚贤"、"尚同" / 150
　　（一）夫尚贤者，政之本也 / 150
　　（二）尚同为政善也 / 160

三　社会理想——"兼爱"、"非攻" / 170
　　（一）兼相爱则治，交相恶则乱 / 170
　　（二）苟亏人愈多，其不仁兹甚矣 / 182

四　施政方针——"节用"、"节葬"、"非乐" / 191
　　（一）诸加费不加于民利者，圣王弗为 / 192
　　（二）厚葬久丧，其非圣王之道也 / 198
　　（三）为乐，非也 / 208

# 叁　杨子 / 226

一　尊重生命价值——"贵生"、"重生" / 237

二　追求逸乐人生——"不窭"、"不殖" / 245

三　高扬个体意识——"为我"、"贵己" / 250

四　憧憬平等社会——"公身"、"公物" / 256

# 肆　孟子 / 273

一　人有四端，本性善良 / 275

　（一）孟子道性善 / 275

　（二）凡同类者，举相似也 / 278

　（三）操则存，舍则亡 / 283

　（四）君子莫大乎与人为善 / 286

　（五）君子必自反也 / 290

二　修身养气，内圣外王 / 292

　（一）君子之守，修其身而天下平 / 292

　（二）善养浩然之气 / 297

　（三）舍生而取义 / 300

　（四）乐其道而忘人之势 / 302

　（五）能言距杨墨者，圣人之徒也 / 307

三　倡导仁政，推行王道 / 310

　（一）仁者无敌 / 310

　（二）亲亲而仁民，仁民而爱物 / 314

　（三）行仁政而王，莫之能御也 / 326

　（四）善战者服上刑 / 342

　（五）民为贵，社稷次之，君为轻 / 346

## 伍　老子 / 356

### 一　纵论天道 / 363

（一）道可道，非常道 / 363

（二）道之为物，惟恍惟惚 / 365

（三）反者，道之动；弱者，道之用 / 368

（四）有之以为利，无之以为用 / 370

（五）道法自然 / 371

### 二　以道修身 / 374

（一）塞其兑，闭其门 / 375

（二）知其雄，守其雌 / 378

（三）我有三宝，持而保之 / 382

（四）知足不辱，知止不殆 / 386

（五）圣人被褐而怀玉 / 389

### 三　以道治国 / 396

（一）太上，不知有之 / 397

（二）欲上民，必以言下之 / 402

（三）圣人去甚，去奢，去泰 / 405

（四）绝圣弃智，民利百倍 / 408

（五）圣人常无心，以百姓心为心 / 412

（六）民不畏死，奈何以死惧之 / 416

（七）以道佐人主者，不以兵强天下 / 419

## 陆　庄子 / 429

### 一　鞭挞圣人之过，揭露社会病态 / 431

（一）毁道德以为仁义，圣人之过也 / 432

（二）天下脊脊大乱，罪在撄人心 / 436

（三）虽重圣人而治天下，则是重利盗跖也 / 441

（四）日凿一窍，七日而浑沌死 / 447

（五）方今之时，仅免刑焉 / 452

二 倡导无用之用，甘愿洁身守志 / 456

（一）物固相累，二类相召 / 457

（二）直木先伐，甘井先竭 / 461

（三）爱民，害民之始也 / 464

（四）行贤，而去自贤之行 / 468

（五）吾将曳尾于涂中 / 470

三 遵循天道法则，坦然面对生死 / 474

（一）道之真，以治其身 / 474

（二）天与地无穷，人死者有时 / 477

（三）达于理者必明于权 / 480

（四）非爱其形也，爱使其形者也 / 484

（五）生也死之徒，死也生之始 / 487

四 崇尚无为而治，向往至德之世 / 491

（一）玄古之君，天下无为也，天德而已矣 / 491

（二）君子不可以不刳心焉 / 494

（三）无为而尊者，天道也；有为而累者，人道也 / 497

（四）闻在宥天下，不闻治天下也 / 499

（五）以天待人，不以人入天 / 503

五 纵论齐同坐忘，畅想逍遥人生 / 506

（一）夫道，于大不终，于小不遗，故万物备 / 506

（二）万物一齐，孰短孰长 / 508

（三）物无非彼，物无非是 / 515

（四）若果是也，我果非也邪 / 517

（五）至人无己，神人无功，圣人无名 / 521

## 柒　荀子 / 528

一　人性本恶，起伪向善 / 529

　　（一）人之性恶，其善者伪也 / 530

　　（二）待师法然后正，得礼义然后治 / 533

　　（三）化性而起伪，伪起而生礼义 / 535

　　（四）圣人者，人之所积而致矣 / 538

　　（五）性伪合而天下治 / 541

二　学无止境，尊道重义 / 545

　　（一）学不可以已 / 546

　　（二）君子贵其全也 / 548

　　（三）积善成德，而神明自得 / 551

　　（四）君子居必择乡，游必就士 / 554

　　（五）从道不从君，从义不从父 / 558

三　礼法并用，行道而王 / 561

　　（一）礼者，养也 / 561

　　（二）礼者，谨于治生死者也 / 567

　　（三）法者，治之端也；君子者，法之原也 / 571

　　（四）人主不公，人臣不忠 / 579

　　（五）义立而王，信立而霸，权谋立而亡 / 585

四　重人不靠天，隆礼不信神 / 595

　　（一）不与天争职 / 596

　　（二）明于天人之分 / 599

　　（三）物之已至者，人祅则可畏也 / 602

　　（四）隆礼尊贤而王 / 605

　　（五）错人而思天，则失万物之情 / 606

五 以一知万，知行合一 / 610

（一）凡人之患，蔽于一曲而暗于大理 / 610

（二）凡以知，人之性也；可以知，物之理也 / 613

（三）虚、壹而静，谓之大清明 / 617

（四）始则终，终则始，若环之无端也 / 621

（五）百王之道，后王是也 / 623

# 捌　韩非子 / 630

一 世异则事异，事异则备变 / 641

（一）事因于世，而备适于事 / 641

（二）古今异俗，新故异备 / 645

（三）明据先王、必定尧舜者，非愚则诬 / 648

（四）是而不用，非而不息，乱亡之道也 / 652

（五）法与时移，禁与能变 / 657

二 利害不并存，公私不两立 / 660

（一）公私之相背也，乃苍颉固以知之矣 / 661

（二）私义行则乱，公义行则治 / 664

（三）爱臣太亲，必危其身 / 669

（四）匹夫之私毁，人主之公利也 / 675

（五）仁、暴者，皆亡国者也 / 679

三 任势执二柄，主威禁奸佞 / 684

（一）夫有材而无势，虽贤不能制不肖 / 684

（二）君执柄以处势，故令行禁止 / 689

（三）善任势者国安，不知因其势者国危 / 692

（四）万乘之患，大臣太重 / 696

（五）行义示则主威分，慈仁听则法制毁 / 701

四　立法不求贤，固数不任慧 / 705
　　（一）治也者，治常者也 / 706
　　（二）奉法者强则国强 / 710
　　（三）上法而不上贤 / 715
　　（四）任数不任人 / 721
　　（五）法不阿贵，绳不挠曲 / 727

五　任人必有术，虚静御百官 / 731
　　（一）夫至治之国，善以止奸为务 / 732
　　（二）主上不神，下将有因 / 737
　　（三）禁奸之法，太上禁其心 / 741
　　（四）欲为其国，必伐其聚 / 745
　　（五）不求清洁之吏，而务必知之术也 / 747

# 结语 / 755

一　先秦诸子学说简析 / 755
　　（一）中国大陆农耕文明概说 / 756
　　（二）儒墨道法纵横谈 / 760

二　轴心时代中西哲人思想比较 / 787
　　（一）古希腊滨海城邦文明概说 / 788
　　（二）中西观念异同论 / 793

# 主要参考书目 / 822

# 索引 / 824

# 后记 / 831

# 壹 孔子

孔子（前551—前479年）的身世，颇有传奇色彩。

据说孔子是殷商贤臣微子启的后人，其先祖本是宋国贵族（《孔子家语·本姓解》），而宋国正是周武王打败殷纣王以后所封的殷商遗民国，说明孔子具有殷商的民族血统和文化背景。到了他五世祖孔父嘉因躲避宫廷之乱，由宋奔鲁，从此定居于鲁国。其父叔梁纥曾经出任陬邑（今山东曲阜）宰。孔子在鲁襄公二十二年（前551年）出生于鲁国。鲁国是周公旦的封地（周公旦辅佐成王，由长子伯禽代封），孔子从小又受到周文化的熏陶和滋养。因此，孔子具有商周文化的双重影响。

叔梁纥曾娶鲁女施氏，一连生下九个女儿，他的妾生下一个男孩叫孟皮，却是个瘸子，这在宗法社会实为家族的大不幸，因此，叔梁纥直到六十多岁，还在为子嗣而继续努力。他向颜氏求婚，颜家小女儿征在"从父所制"，与之"野合"（老夫少妻，不合礼仪），"以夫之年大，惧不时有男，而私祷尼丘之山以祈焉。生孔子，故名丘而字仲尼"（《孔子家语·本性解》）。由此可知，若不是叔梁纥老夫少妻的结合，就不会有孔子，更不会有孔子所创的儒学。一生为"克己复礼"而奔走的孔子，自己竟然是违礼婚姻的产儿，实在匪夷所思！

异人自有异相。孔子"生而首上圩顶"，就是出生时头顶四边高而中间低,好像倒过来的屋顶,装满了聪明和才智。他成人后身高九尺六寸,称为"长人",是个标准的山东大汉。若以春秋时期一尺约20厘米计算,当有192厘米身高,堪称为那个时代的巨人了,以至于2500年后世界各地都能看到他高大的身影。

孔子出身没落贵族,有条件、有机会接受殷周以来的贵族文化,具有自尊自律、好学深思、以天下为己任的贵族精神。但是,他幼年丧父,家道中落,从小饱受艰辛,在社会下层从事过仓库管理、计量及牧场等杂务工作,干过很多卑贱之事,他自己就说:"吾少也贱,故多能鄙事。"(《子罕》)这样,他长期生活在民间,亲历了世态炎凉,饱尝了人间疾苦,又具有平民意识。这种贵族精神和平民意识的结合,就成为孔子日后观察世事、纵论社会的立足点。

孔子"十有五而有志于学,三十而立"(《为政》),精研深思,博学多才,在青年时代就创立私学,为人师表,但是仕途不顺,不得重用。直到鲁定公八年(前502年),由于鲁君的信任,孔子才由中都宰、司空而升任大司寇,其间采取不少措施,"强公室,弱私家,尊君卑臣,政化大行"(《家语·相鲁》),但是不过一两年时间,孔子就受到权贵们的反对排挤,只好离开故乡,周游列国,游说诸侯,去寻求治国平天下的机会。他带领弟子,风尘仆仆,艰难跋涉,十多年间先后到过卫、宋、陈、蔡诸国,然而,热衷杀伐的诸侯们对仁爱学说并不感兴趣。孔子备受冷遇,屡遭磨难,"逐于鲁,削迹于卫,伐树于宋,穷于陈蔡,杀夫子者无罪,藉夫子者不禁"(《吕氏春秋·慎人》)。因此,他悲愤地作歌曰:"周道衰微,礼乐凌迟。文武既坠,吾将焉师?周游天下,靡邦可依。凤鸟不识,珍宝枭鸱,眷然顾之,惨焉心悲。"(《孔丛子·记问》)最终,壮志难酬,无功而返,于鲁哀公十一年(前484年)回到鲁国,专心整理"六经",教授门徒。在郁郁不得志的寂苦中,哀叹着"泰山其颓乎!梁木其坏乎!哲人其萎乎"(《家语·终记解》),于鲁哀公十六年(前479年)与世长辞。

西周王朝在政治上完成了从"尊神"到"尊礼"的转化，思想上完成了从"敬天"到"重德"的过渡，制度上实行封建制、宗法制和礼乐教化制。但是到了孔子生活的春秋后期，已经是周室衰微、礼崩乐坏、诸侯割据、天下大乱了。对于这种时局变化，孔子的认识是非常清醒的。

"昔者仲尼与于蜡宾，事毕，出游于观之上，喟然而叹。仲尼之叹，盖叹鲁也。言偃在侧曰：'君子何叹？'孔子曰：'大道之行也，与三代之英，吾未之逮也，而有志焉。大道之行也，天下为公，选贤与能，讲信修睦。故人不独亲其亲，不独子其子，使老有所终，壮有所用，幼有所长，矜寡孤独废疾者皆有所养。男有分，女有归。货恶其弃于地，不必藏于己；力恶其不出于身，不必为人。是故谋闭而不兴，盗窃乱贼不作，故外户而不闭。是谓大同。今大道既隐，天下为家。各亲其亲，各子其子，货力为己。大人世及以为礼，城郭沟池以为固，礼义以为纪：以正君臣，以笃父子，以睦兄弟，以和夫妇，以设制度，以立田里，以贤勇知，以功为己。故谋用是作，而兵由此起。禹、汤、文、武、成王、周公，由此其选也。此六君子者，未有不谨于礼者也。以著其义，以考其信，著有过，刑仁讲让，示民有常。如有不由此者，在势者去，众以为殃。是谓小康。'"（《礼记·礼运·大同》）

从"大同"到"小康"，是历史的倒退，还是进步呢？孔子认为是历史的倒退。大同社会天下为公，"选贤与能，讲信修睦"，"不独亲其亲，不独子其子"，关心孤寡，各安其位，路不拾遗，夜不闭户，天下太平，无为而治，这就是理想化的原始共产社会。小康社会则天下为家，"各亲其亲，各子其子"，财产家有，大人世及，修建城池，制定礼仪，实际上就是进入了文明社会。从原始社会到文明社会，是历史的进步，然而人类在伦理道德方面付出了沉重的代价，所以孔子认为是倒退。这种历史性巨变，正发生在中国的夏代。

孔子认为，大同时代早已过去，只是美好的追忆，"吾未之逮也，而有志焉",而小康社会又逐渐陷入动乱的窘境,因此,孔子只能向往"大同"而挽救"小康",退而求其次,试图恢复西周以来的封建制、宗法制和礼乐制度,敬德保民,以德治国,为社会寻求出路。所以,他"祖述尧舜,宪章文武",反复申明:"周监于二代,郁郁乎文哉!吾从周。"(《八佾》)"如有用我者,吾其为东周乎!"(《阳货》)这正是当时社会思潮的自然延续,也是孔子教化、仁爱、德政、中庸学说产生的内在原因。

孔子的学说大多记载在孔门弟子编纂的《论语》里,后人辑录的《孔子家语》和《孔丛子》以及各种先秦典籍之中也保存了不少语录。下面就以《论语》为主要书证,以《孔子家语》和《孔丛子》及先秦典籍的有关语录为辅助参考,评述他在创办私学、构建仁学、为政以德、倡导中庸和整理六经等诸多方面的哲学思考和伟大贡献。

## 一 创办私学,有教无类

孔子在春秋末年的乱世中,破天荒第一次冲破学在官府、书在官府的政治禁锢和垄断,创办私学,聚徒讲学,为中国教育事业的奠基和发展,为创立儒学、传播薪火,做出了历史性的巨大贡献。

孔子少年时代家境贫寒,生活困苦,但是并没有影响他发愤学习、立志成才的决心。他说:"入太庙,每事问"(《八佾》),"敏而好学,不耻下问"(《公冶长》)。他说:"三人行,必有我师焉。择其善者而从之,其不善者而改之。"(《述而》)直到晚年依然好学不辍,"发愤忘食,乐以忘忧,不知老之将至云尔"(《述而》)。他认为自己并不是天生的圣人,而是刻苦学习得来的,"我非生而知之者,好古,敏以求之者也"(《述而》),"若圣与仁,则吾岂敢?抑为之不厌,诲人不倦,则可谓云尔已矣"(《述而》)。他述说自己的学习经历:"吾尝终日不食,终夜不寝,以思,无益,不如学也。"(《卫灵公》)因此,他自信地说:"十室之邑,必有忠信如丘者焉,不如丘之好学也。"(《公冶长》)所以,"卫公孙朝问于子贡曰:'仲尼焉学?'子贡曰:'文武之道,未坠于地,在人。贤者识其大者,不贤者识其小者,莫不有文武之道焉。夫子焉不学?而亦何常师之有?'"(《子张》)可以说,孔子是中国当之无愧的自学成才第一人。

孔子十七岁就以博学达礼闻名于世,显示出作为教师的良好素养和人格魅力,在社会上受到广泛的尊敬和赞赏,就连贵族子弟都要主动投到孔子门下学习。《左传·昭公七年》和《史记·孔子世家》都有同样的记载。

【原文】孟僖子病不能相礼,乃讲学之,苟能礼者从之。及其将死也,召其大夫曰:"礼,人之干也。无礼,无以立。吾闻将有达者曰孔丘,圣人之后也,而灭于宋。……臧孙纥有言曰:圣人有明德者,若不当世,其后必有达人。今其将在孔丘乎?我若获没,必属说与何忌于夫子,使事之而学礼焉,以定其位。"故孟懿子与南宫敬叔师事仲尼。(《左传·昭公七年》)

【译文】孟僖子对自己不精通礼仪很不满意,于是就研究学习礼仪,如果有精通礼仪的人就跟从学习。等到他临死的时候,召集他手下的大夫说:"礼仪,是人的主干。没有礼仪,就不能自立。我听说有一个将要显达的人叫孔丘,是圣贤的后代。而他的家族在宋国被灭。……臧孙纥说过:圣贤中具有明德的人,如果不能当世执政,他的后世必有显达的人。现在恐怕就应在孔丘身上吧?我如果得以善终,一定把说(南宫敬叔)和何忌(孟懿子)托付给孔先生,让他们侍奉先生而学习礼仪,以稳定他们的地位。"所以,孟懿子与南宫敬叔就以孔子为师来侍奉。

孔子从"泛爱众"的观念出发,在历史上第一次提出了"有教无类"(《卫灵公》)的教育方针,面向社会招收弟子,不论国别身份,不分贫富贵贱,"自行束脩以上,吾未尝无诲焉"(《述而》)。学生中有贵族、武士、商人、贫士、贱人,来自社会各个阶层,号称弟子三千焉,"身通六艺者七十有二人,颇受业者甚众"(《史记·孔子世家》)。出类拔萃者如:"德行:颜渊、闵子骞、冉伯牛、仲弓;言语:宰我、子贡;政事:冉有、季路;文学:子游、子夏。"(《先进》)孔子如此大规模地开展学校普及教育,使普通民众第一次有了平等接受系统教育的权利和机会，培养了道德，学习了知识，启发了智力，开拓了视野，从愚昧中解放出来，具备了参与社会工作的能力和条件，这就从根本上动摇和打破了贵族上层对教育的垄断、对政治的控制，推动了整个社会的进步和发展，乃是中国最早的文化启蒙运动，在中国教育史上具有奠基意义，完全可以与同时代西方古希腊哲人办学育人相媲美，其贡献和影响怎么估价都不过分。

孔子提出的教育理念和进行的教育实践，充满了智慧、思辨和哲理，都是前无古人的伟大创造，足以作为后世教育的楷模和法式，即使按照现代教育理论来观察和衡量，也是值得深入研究和借鉴的。

### （一）行有余力，则以学文

孔子的教育理念集中在"道、德、仁、艺"四个方面，即所谓"志于道，据于德，依于仁，游于艺"（《述而》）。"道"为忠恕之道，"德"为道德品行，"仁"为仁爱之心，"艺"为六艺之文。也就是说，孔子认为教育首先重在忠恕之道的传授、道德人格的塑造、仁爱思想的养成，其次才是知识能力的培养。因此，孔子说："弟子入则孝，出则弟，谨而信，泛爱众，而亲仁。行有余力，则以学文。"（《学而》）即弟子在具备了孝悌之道、诚信品德、仁爱思想以后，还有精力时间，再去学习六经文化、增长才干。这种先做人、后学文，以德为主、德才兼备的教育理念，贯穿于孔子整个教育理论和实践，与他在仁爱、德政、中庸的思想学说中强调"诚意"、"正心"、"修身"是完全一致的。

孔子有很多关于君子道义人格的言论，直接对弟子进行教诲。比如：

"君子不重则不威，学则不固。主忠信，无友不如己者。过则勿惮改。"（《学而》）

"巧言令色，鲜矣仁！"（《学而》）

"人而无信，不知其可也。大车无輗，小车无軏，其何以行之哉？"（《为政》）

"士志于道，而耻恶衣恶食者，未足与议也。"(《里仁》)

"君子之于天下也，无适也，无莫也，义之与比。"(《里仁》)

"朝闻道，夕死可矣。"(《里仁》)

"质胜文则野，文胜质则史。文质彬彬，然后君子。"(《雍也》)

"女为君子儒，无为小人儒。"(《雍也》)

"德之不修，学之不讲，闻义不能徙，不善不能改，是吾忧也。"(《述而》)

"三军可夺帅也，匹夫不可夺志也。"(《子罕》)

"岁寒，然后知松柏之后凋也。"(《子罕》)

"君子成人之美，不成人之恶。小人反是。"(《颜渊》)

"君子耻其言而过其行。"(《宪问》)

"志士仁人，无求生以害仁，有杀身以成仁。"(《卫灵公》)

"当仁，不让于师。"(《卫灵公》)

"乡原，德之贼也。"(《阳货》)

"好学近乎智，力行近乎仁，知耻近乎勇。知斯三者，则知所以修身；知所以修身，则知所以治人；知所以治人，则能成天下国家者矣。"(《家语·哀公问政》)

孔子善于理性阐发现实人事的行为思想——由情入理；善于深刻揭示万物蕴含的人文精神——以德寓物。他进行现场教学，随时随地对弟子进行教育，辨析是非正误，提升他们的道德品质和人文素养。比如以"树欲静而风不停，子欲养而亲不待"，告诫为人子者及时尽孝，切莫后悔；以欹器"虚则欹，中则正，满则覆"，提醒弟子谦虚谨慎，低调做人；赋予自然界的玉、水、山以深厚的人文精神，彰显君子应有的品德和素养。这都充分显示了孔子的教学艺术。

【原文】孔子适齐，中路闻哭者之声，其音甚哀。孔子谓其仆曰："此哭哀则哀矣，然非丧者之哀矣。"驱而前，少进，见有异人焉，拥镰带素，哭者不哀。孔子下车，追而问曰："子何人也？"对曰："吾丘吾子也。"曰："子今非丧之所，奚哭之悲也？"丘吾子曰："吾有三失，晚而自觉，悔之何及？"曰："三失可得闻乎？愿子告吾，无隐也。"丘吾子曰："吾少时好学，周遍天下，后还，丧吾亲，是一失也；长事齐君，君骄奢失士，臣节不遂，是二失也；吾平生厚交，而今皆离绝，是三失也。夫树欲静而风不停，子欲养而亲不待。往而不来者，年也；不可再见者，亲也。请从此辞！"遂投水而死。孔子曰："小子识之，斯足为戒矣！"自是，弟子辞归养亲者十有三。（《家语·致思》）

【译文】孔子到齐国去，在路途中听到人的哭声，哭泣的声音非常悲哀。孔子对他的仆从说："这人的哭声悲哀是悲哀，但不是丧失亲人后的悲痛。"继续驱车向前，没有走多远，看见一个奇异的人，拿着镰刀，穿着素衣，哭泣而不悲痛。孔子下车，追上去问道："您是什么人啊？"那人回答说："我是丘吾子。"孔子说："您现在不在举办丧礼的地方，为什么哭得这样悲哀呢？"丘吾子说："我有三种过失，到晚年才发现，后悔哪里来得及呢？"孔子问："您的三种过失可以说来听听吗？希望您告诉我，不要隐瞒。"丘吾子说："我年轻时爱好学习，走遍了天下，后来回到家，父母都已去世，这是第一种过失；年长后侍奉齐国君主，齐君骄奢淫逸而失去臣民拥护，我没有尽到为臣效忠的节操，这是第二种过失；我平生看重交友，现在都断交离我而去，这是第三种过失。树想要安静而风不停，儿子想要奉养而父母却已去世。过去了而不再返回的，是岁月；不能再见到的，是父母。请让我从此告别人世吧！"于是就投水而死。孔子对弟子们说："你们要记住，这足以为警戒了！"从此以后，弟子中告辞回家奉养父母的有十三人。

【原文】孔子观于鲁桓公之庙，有欹器焉。夫子问于守庙者曰："此谓何器？"对曰："此盖为宥坐之器。"孔子曰："吾闻宥坐之器，虚则欹，中则正，满则覆。明君以为至诚，故常置之于坐侧。"顾谓弟子曰："试注水焉。"乃注之，水中则正，满则覆。夫子喟然叹曰："呜呼！夫物恶有满而不覆哉？"子路进曰："敢问持满有道乎？"子曰："聪明睿智，守之以愚；功被天下，守之以让；勇力振世，守之以怯；富有四海，守之以谦。此所谓损之又损之之道也。（《家语·三恕》）

【译文】孔子到鲁桓公的庙里去参观，看见一个倾斜的器物。孔子问守庙的人说："这是什么器物？"回答说："这是放置在座位旁边以示警戒的器物。"孔子说："我听说这种警戒的器物，空虚时就倾斜，水适中时就端正，水满时就倾倒。贤明的君主以它为最高警戒，所以经常放置在座位旁边。"回头对弟子说："灌水试试。"弟子就把水灌入，水适中它就端正，水满了它就倾倒。孔子深深地感叹说："唉！事物哪里有满盈而不倾倒的呢？"子路进言说："请问保持满盈有办法吗？"孔子说："聪明睿智的人，用质朴来保持；功盖天下的人，用辞让来保持；勇力震世的人，用怯懦来保持；富有四海的人，用谦卑来保持。这就是所谓减退再减退的办法。"

【原文】子贡问于孔子曰："敢问君子贵玉而贱珉何也？为玉之寡而珉多欤？"孔子曰："非为玉之寡故贵之，珉之多故贱之。夫昔者君子比德于玉：温润而泽，仁也；缜密以栗，智也；廉而不刿，义也；垂之如坠，礼也；叩之其声清越而长，其终则诎然，乐矣；瑕不掩瑜，瑜不掩瑕，忠也；孚尹旁达，信也；气如白虹，天也；精神见于山川，地也；圭璋特达，德也；天下莫不贵者，道也。《诗》云：言念君子，温其如玉。故君子贵之也。"（《家语·问玉》）

【译文】子贡问孔子说："请问君子以玉为贵而以珉为贱是为什么呢？是因为玉少而珉多吗？"孔子说："并不是因为玉少才贵重它，珉多才轻贱它。从前君子将玉的品质与人的美德相比：玉温润而有光泽，象仁；细密而坚实，象智；有棱角而不伤人，象义；悬垂如同下坠，象礼；敲击它声音清脆而悠长，最终戛然而止，象乐；玉中的瑕疵不能掩盖玉的美好，玉的美好也不能掩盖玉中瑕疵，象忠；玉的晶莹，光彩四溢，象信；玉的灵气，宛如白虹，象天；玉的精神，现于山川，象地；朝堂圭璋，传情达意，象德；天下没有不珍视美玉的，象道。《诗经》说：想起那位君子啊，他性情温和如同美玉。所以君子以玉为贵。"

【原文】孔子观于东流之水。子贡问曰："君子所见大水必观焉，何也？"孔子对曰："以其不息，且遍与诸生而不为也，夫水有似乎德；其流也，则卑下倨拘必循其理，此似义；浩浩乎无屈尽之期，此似道；流行赴百仞之嵠而不俱，此似勇；至量必平之，此似法；盛而不求概，此似正；绰约微达，此似察；发源必东，此似志；以出以入，万物就以化絜，此似善化也。水之德有若此，是故君子见必观焉。"（《家语·三恕》）

【译文】孔子观赏东流的河水。子贡问道："君子见到大水必定要观赏，这是为什么呢？"孔子回答说："因为水奔流不息，而且滋润万物并不认为自己有所作为，这就像品德；水流动，在高下弯曲的地方必定遵循地理，这就像信义；水浩浩荡荡地流过而没有穷尽的时期，这就像大道；水流在百仞深谷之中而无所畏惧，这就像勇敢；用水来衡量必定平准，这就像法律；水满盈时不用概刮即平，这就像端正；水柔弱却能到达细微之处，这就像明察；水发源后必定东流，这就像志向；水洗涤过后，万物就因此干净整洁，这就像善于教化。水具有这样的品德，所以君子看见必定要观赏。"

【原文】子张曰："仁者何乐于山？"孔子曰："夫山者岿然高。"子张曰："高则何乐尔？"孔子曰："夫山，草木植焉，鸟兽蕃焉，财用出焉，直而无私焉，四方皆伐焉。直而无私，兴吐风云，以通乎天地之间；阴阳和合，雨露之泽，万物以成，百姓咸飨。此仁者之所以乐乎山也。"（《孔丛子·论书》）

【译文】子张说："有仁德的人为什么喜欢山呢？"孔子说："因为山岿然高大。"子张说："山高大为什么就喜欢呢？"孔子说："山，草木在那里生长，鸟兽在那里繁衍，财物用品在那里出产，那里正直而无私，四方百姓都可以取用。山正直无私，风云出没，往来通达天地之间；山阴阳相合，雨露润泽，万物得以生长，百姓都享受恩惠。这就是有仁德的人喜欢山的原因啊。"

显然，孔子教育的宗旨在于育人，首先是要树立崇高的忠恕之道，培养高尚的品德素养，陶冶仁爱的思想情操，然后在此基础上再努力学习六艺的知识和技能，把弟子培养塑造成为道德高尚、品格健全、精通六艺、富有才干、能够为家国社会效力的仁爱君子。

中国自古以来，把道德品行摆在知识技能的前面，以"道德文章"作为评价人物、选拔人才的固有标准，其根源就在这里。在当今市场经济的环境中，不少学校对学生、家长对子女的教育似乎忘记了中国重在育人的优良传统，急功近利，目光短浅，重分数不重人，重才不重德，以分数排优劣，以金钱定取舍，造成了严重的后果。从前说"学好数理化，走遍天下都不怕"，现在却是"学好数理化，不如有个好爸爸"，人格岂能不异化？道德岂能不滑坡？

### （二）子以四教：文、行、忠、信

孔子的教学内容是"文"、"行"、"忠"、"信"（《述而》）。"文"指先王之遗文，以"六经"为教本；"行"指君子的道德操守和思想品行；"忠"指处事尽力，对人忠厚；"信"指对事认真负责，对人诚信不欺。这都是孔子对学生人生观念的理性启示和引导。

人为什么需要学习呢？孔子认为，人虽然具有天生的秉性素质，但还需要后天学习，用知识滋养，用学问提升，接受师友的劝谏磨砺，"木受绳则直，人受谏则圣"，"达于情性之理，通于物类之变，知幽明之故，睹游气之原"，这样才能具有成人的品行和智力。

【原文】子路初见孔子。子曰："汝何好乐？"对曰："好长剑。"孔子曰："吾非此之问也。徒谓以子之所能，而加之以学问，岂可及乎？"子路曰："学岂益哉也？"孔子曰："夫人君而无谏臣则失正，士而无教友则失听。御狂马不释策，操弓不反檠。木受绳则直，人受谏则圣。受学重问，孰不顺成？毁仁恶士，必近于刑。君子不可不学。"子路曰："南山有竹，不柔自直，斩而用之，达于犀革。以此言之，何学之有？"孔子曰："栝而羽之，镞而砺之，其入之不亦深乎？"子路再拜曰："敬而受教。"（《家语·子路初见》）

【译文】子路初次拜见孔子。孔子说："你爱好什么？"子路回答说："我喜欢长剑。"孔子说："我不是问你这个。我只是说凭你的能力，再加上努力学习，别人哪里可以赶得上呢？"子路说："学习难道有用吗？"孔子说："君主如果没有劝谏之臣就会失去正道，士人如果没有敢于指正的朋友就会听不到批评的意见。驾驭狂奔的马不能放弃鞭子，开弓后不能再用檠来校正。木料用墨绳来矫正就能笔直，人接受劝谏就会成为圣人。接受知识、重视学问，谁不能顺利成功呢？诋毁仁义、厌恶士人，必定会触犯刑律。所以君子不能不学习。"子路说："南山有竹子，不矫正就生来笔直，砍下用来造箭，可以穿透犀牛皮。以此说来，哪里需要学习呢？"孔子说："做好箭栝还要装上羽毛，做好箭头还要打磨锋利，这样射出去不是进入得更深吗？"子路再次拜谢说："我恭敬地接受您的教诲。"

【原文】颜回问于孔子曰："成人之行若何？"子曰："达于情性之理，通于物类之变，知幽明之故，睹游气之原，若此可谓成人矣。既能成人，而又加之以仁义礼乐，成人之行也。若乃穷神知礼，德之盛也。"（《家语·颜回》）

【译文】颜回问孔子说："成人的智力品行是什么样的呢？"孔子说："他们应该通晓人情、人性的道理，了解事物变化的规律，知道天地、阴阳存在的缘故，看清云气回转的原因，像这样就可以叫作成人了。既然已经成人，而又学习了仁义礼乐，就具有了成人的智力品行。倘若能够穷尽事物的精微内涵和变化道理，那就具有了更为高深的德行了。"

因此，孔子有很多关于学习的论述。比如：

君子食无求饱，居无求安，敏于事而慎于言，就有道而正焉，可谓好学也已。（《学而》）

人而不仁，如礼何？人而不仁，如乐何？（《八佾》）

兴于《诗》，立于《礼》，成于《乐》。（《泰伯》）

博学于文，约之以礼，亦可以弗畔矣。（《颜渊》）

君子义以为质，礼以行之，孙以出之，信以成之。君子哉！（《卫灵公》）

子贡问曰："有一言而可以终身行之者乎？"子曰："其恕乎！己所不欲，勿施于人。"（《卫灵公》）

君子不以言举人，不以人废言。（《卫灵公》）

不学《诗》，无以言。不学《礼》，无以立。（《季氏》）

侍于君子有三愆：言未及之而言，谓之躁；言及之而不言，谓之隐；未见颜色而言，谓之瞽。（《季氏》）

小子！何莫学夫《诗》？《诗》，可以兴，可以观，可以群，可以怨。迩之事父，远之事君。多识于鸟兽草木之名。（《阳货》）

孔子在教学中，时刻关心弟子，认真回答问题，传道授业，释疑解惑，使弟子在耳濡目染中得到谆谆教诲，感受到仁爱学说的真谛，自然而然地提升自己的思想境界。他对弟子提出"三患"、"五耻"的要求；他告诫弟子"不强不达，不劳无功，不忠无亲，不信无复，不恭失礼"；他勉励弟子学习"六经"，否则就"不知圣人之心，又无以别尧舜之禅、汤武之伐也"。

【原文】孔子曰："君子有三患：未之闻，患不得闻；既得闻之，患弗得学；既得学之，患弗能行。君子有五耻：有其德而无其言，君子耻之；有其言而无其行，君子耻之；既得之而又失之，君子耻之；地有余民不足，君子耻之；众寡均而人功倍己焉，君子耻之。"（《家语·好生》）

【译文】孔子说："君子有三种担心：没有听到的知识，担心听不到；已经听到了，担心学不到；已经学到了，担心不能实行。君子有五种羞耻：

有了这样的品德而没有这样的言论，君子感到羞耻；有了这样的言论而没有这样的行为，君子感到羞耻；既然已经得到而又失去，君子感到羞耻；土地有余而百姓不富足，君子感到羞耻；大家任务相同而别人的功劳比自己多一倍，君子感到羞耻。"

【原文】子路将行，辞于孔子。子曰："赠汝以车乎？赠汝以言乎？"子路曰："请以言。"孔子曰："不强不达，不劳无功，不忠无亲，不信无复，不恭失礼。慎此五者而已。"子路曰："由请终身佩之。敢问亲交取亲若何？言寡可行若何？长为善士而无犯若何？"孔子曰："汝所问苞在五者中矣。亲交取亲，其忠也；言寡可行，其信乎；长为善士而无犯，其礼也。"（《家语·子路初见》）

【译文】子路将要远行，向孔子告辞。孔子说："我把车送给你呢？还是把忠告送给你呢？"子路说："请把忠告送给我。"孔子说："不顽强努力就达不到目的，不奋力劳作就没有收获，不忠诚待人就没有亲近朋友，不讲信用就没有再次交往，不恭敬行事就会违背礼仪。谨慎处理这五个方面就可以了。"子路说："我将终生遵照执行。请问新交的朋友要取得信任该怎么做？说话少却可以通行该怎么做？长久为善而不受侵犯该怎么做？"孔子说："你所问都包括在上述五个方面之中了。新交的朋友要取得信任，靠的是忠诚；说话少却可以通行，靠的是信用；长久为善而不受侵犯，靠的是礼仪。"

【原文】子张问曰："圣人受命，必受诸天。而《书》云受终于文祖，何也？"孔子曰："受命于天者，汤、武是也；受命于人者，舜、禹是也。夫不读《诗》《书》《易》《春秋》，则不知圣人之心，又无以别尧舜之禅、汤武之伐也。"（《孔丛子·论书》）

【译文】子张问道："圣人接受天命，一定是由天授予。而《尚书》却说舜在太庙接受了尧帝禅位，这是为什么？"孔子说："受命于天的君主，是商汤、周武王；受命于圣人的君主，是舜帝、夏禹。不读《诗》《书》

《易》《春秋》，就不知道圣人的思想，也没有办法分辨尧舜禅让与汤武征伐的区别。"

更为可贵的是，孔子既能启发弟子，由浅入深，由表及里，发挥老师的主导作用，又能与弟子平等地交流学习体会，互相切磋，共同提高。即使遇到疑难的问题，联系到现实社会，也不回避矛盾，不粉饰太平，而是坦率地说出自己的内心困惑和真实感受，供弟子们思考讨论，即所谓"教学相长"。

【原文】子夏读《书》既毕，而见于夫子。夫子谓曰："子何为于《书》?"子夏对曰："《书》之论事也，昭昭然若日月之代明，离离然若星辰之错行，上有尧舜之德，下有三王之义。凡商之所受《书》于夫子者，志之于心弗敢忘也。虽退而穷居河济之间、深山之中，作壤室，编蓬户，常于此弹琴以歌先王之道，则可以发愤慷喟，忘己贫贱。故有人亦乐之，无人亦乐之，上见尧舜之德，下见三王之义，忽不知忧患与死也。"夫子愀然变容曰："嘻！子殆可与言《书》矣。虽然，其亦表之而已，未睹其里也。夫窥其门而不入其室，恶睹其宗庙之奥、百官之美乎？"(《孔丛子·论书》)

【译文】子夏读完《尚书》后，见到孔子。孔子说："你为什么要读《尚书》?"子夏回答说："《尚书》论事，明亮清晰如同日月普照，井然有序如同星辰运行，上可见尧舜之德，下可见三王义。凡是我从先生这里学习的《尚书》篇章，都牢记在心而不敢遗忘。即使退隐穷居在河济之间、深山之中，垒个泥土屋，编个蓬草门，经常在这里弹琴以歌颂先王之道，就可以发愤学习、感叹世事，忘记自己的贫贱了。所以有人在我也高兴，无人在我也高兴，上可以见尧舜之德，下可以见三王之义，转瞬之间竟然不知忧患与死亡。"孔子神色忽然变得严肃起来说："啊！现在可以与你谈论《尚书》了。虽然如此，你看到的只是表面而已，还没有看到《尚书》的内涵。只是看到大门而不进入室内，哪里能够看见里面宗庙的幽深和众多馆舍的华美呢?"

【原文】孔子读《易》,至于《损》《益》,喟然而叹。子夏避席问曰:"夫子何叹焉?"孔子曰:"夫自损者必有益之,自益者必有决之。吾是以叹也!"子夏曰:"然则学者不可以益乎?"子曰:"非道益之谓也,道弥益而身弥损。夫学者损其自多,以虚受人,故能成其满博也。天道,成而必变。凡持满而能久者,未尝有也。故曰:自贤者,天下之善言不得闻于耳矣。昔尧治天下之位,犹允恭而持之,克让以接下,是以千岁而益盛,迄今而逾彰。夏桀、昆吾,自满而极,亢意而不节,斩刈黎民如草芥焉,天下讨之如诛匹夫,是以千载而恶著,迄今而不灭。观此,如行则让长,不疾先;如在舆,遇三人则下之,遇二人则式之。调其盈虚,不令自满,所以能久也。"子夏曰:"商请志之,而终身奉行焉。"(《家语·六本》)

【译文】孔子学习《易》,学到《损》《益》二卦时,感慨而叹息。子夏离开座席问道:"老师叹息什么呢?"孔子说:"自己减少了必定会有增加,自己增加了必定会有减少。我为此而叹息啊!"子夏说:"那么学习的人就不可以增加知识吗?"孔子说:"我说的不是道的增长,道愈增长而自身愈减少。学习的人要减少自己本来就多出的东西,用虚心的态度接受别人指教,所以才能成就他的完满和广博。按照自然规律,事物完成后必定发生变化。凡是完满而能够保持长久的事物,是不曾有的。所以说,自认为贤能的人,天下的善言就听不到了。从前尧处在治理天下的大位,尚且以诚信恭敬的态度处理政事,谦让以待下,因此经过千年而名声更加盛大,到今天更加彰显。夏桀与昆吾,自满到了极点,恣意妄为而不加节制,斩杀百姓如同割草一样,天下人都讨伐他,如同杀死一个平民,因此经过千年而恶名更加昭著,到今天都不可磨灭。看到这些,如果在路上就要敬让长者,不可抢先;如果在车上,遇到三人就要下车,遇到两人就要扶轼致礼。自我调节盈满和空虚,不要自满,所以能够长久。"子夏说:"请让我把这些话记住,而且要终身奉行。"

【原文】孔子读《诗》,于《正月》六章,惕焉如惧曰:"彼不达之君子,岂不殆哉?从上依世,则道废;违上离俗,则身危。时不兴善,己独由之,则曰非妖即妄也。故贤也既不遇天,恐不终其命焉。桀杀龙逢,纣杀比干,皆类是也。《诗》曰:谓天盖高,不敢不局;谓地盖厚,不敢不蹐。此言上下畏罪,无所自容也。"(《家语·贤君》)

【译文】孔子读《诗经》,读到《正月》第六章,提心吊胆如同恐惧的样子说:"那些不得志的君子,岂不是太危险了吗?如果顺从君主、附和世俗,那么道就得废弃;如果违背君主、远离世俗,那么自身就危险。如果当时不提倡善,而自己一人追求善,那么人们就会说不是妖孽就是狂妄。所以贤人如果不能遇到时机,恐怕不能终养天年。夏桀杀害龙逢,殷纣杀害比干,都是这样一类的事情。《诗经》说,谁说天很高,走路不敢不弯腰;谁说地厚,走路不敢不蹑脚。这说的就是对上对下都怕得罪,没有自己的容身之地。"

由此可知,孔子传道授业,既切合弟子们的思想实际,又紧密联系社会人生,以古说今,古为今用,循循善诱,现身说法,培养弟子的道德品质和文化素养,德才并举,全面发展,言行一致,忠贞诚信,这种学用结合,就是为了实现仁学的政治理想。

如今有些学校的教育,人文底蕴不足,现实功利过多,既缺乏传统道德人伦的文化熏陶,又缺乏现代思想品德的养成实践,教学内容脱离学生思想状况,教学方法依然是死记硬背,理论上冠冕堂皇假大空,实际上远离现实两张皮,严重落后于时代的潮流和要求,怎样满足社会需求呢?特别是教师很少以自己的真情实感与学生平等交流,一味居高临下地照本宣科、死板说教,怎么能得到学生心悦诚服的认同和共鸣呢?

**(三)不愤不启,不悱不发**

孔子有很多关于教学原则和方法的论述。比如:

学而时习之,不亦说乎?有朋自远方来,不亦乐乎?人不知而不愠,

不亦君子乎？(《学而》)

温故而知新，可以为师矣。(《为政》)

学而不思则罔，思而不学则殆。(《为政》)

由，诲女知之乎！知之为知之，不知为不知，是知也。(《为政》)

见贤思齐焉，见不贤而内自省也。(《里仁》)

敏而好学，不耻下问。(《公冶长》)

知之者不如好之者，好之者不如乐之者。(《雍也》)

不愤不启，不悱不发。举一隅不以三隅反，则不复也。(《述而》)

过犹不及。(《先进》)

求也退，故进之；由也兼人，故退之。(《先进》)

益者三友，损者三友。友直，友谅，友多闻，益矣。友便辟，友善柔，友便佞，损矣。(《季氏》)

总结起来，主要是教学结合，学思并重，学而时习，温故知新，不愤不启，不悱不发，举一反三，过犹不及，敏而好学，不耻下问，慎重交友，见贤思齐，因人进退，因材施教，听言观行，师友切磋。

孔子善于启发弟子们表述志向、谈论理想，时刻关注弟子们的一言一行，然后根据具体情况分析点评，阐明见解，用生动活泼的交谈方式拓宽弟子的学识，提高弟子的认识。比如他对子路"率尔而对"的哂之，对曾皙志向的认同，对"智者自知，仁者自爱"的肯定，对"君子必慎其所与处者"的提醒，以及"老者安之，朋友信之，少者怀之"的自我表白，无不蕴含着仁学的精髓，倾注了真诚的希望，表现出为人师表的人格魅力。那崇高的师德、丰富的学识、睿智的应答、坦诚的教态，令人赞叹而感动；那体贴入微的人文关怀，因材施教的教学方法，至今依然值得借鉴和效法。

【原文】子路、曾皙、冉有、公西华侍坐。子曰："以吾一日长乎尔，毋吾以也。居则曰：不吾知也！如或知尔，则何以哉？"子路率尔而对曰："千乘之国，摄乎大国之间，加之以师旅，因之以饥馑，由也为之，比及三年，可使有勇，且知方也。"夫子哂之。"求，尔何如？"对曰："方六七十，如五六十，求也为之，比及三年，可使足民。如其礼乐，以俟君子。""赤，尔何如？"对曰："非曰能之，愿学焉。宗庙之事，如会同，端章甫，愿为小相焉。""点，尔何如？"鼓瑟希，铿尔，舍瑟而作。对曰："异乎三子者之撰。"子曰："何伤乎？亦各言其志也。"曰："莫春者，春服既成，冠者五六人，童子六七人，浴乎沂，风乎舞雩，咏而归。"夫子喟然叹曰："吾与点也！"三子者出，曾皙后。曾皙曰："夫三子者之言何如？"子曰："亦各言其志也已矣。"曰："夫子何哂由也？"曰："为国以礼，其言不让，是故哂之。""唯求则非邦也与？""安见方六七十如五六十而非邦也者？""唯赤则非邦也与？""宗庙、会同，非诸侯而何？赤也为之小，孰能为之大？"（《先进》）

【译文】子路、曾皙、冉有、公西华陪坐在孔子身旁。孔子说："不要因为我比你们年长一些，就感到拘束。你们平日里总说：不了解我啊！如果有人了解你，你们会怎么样呢？"子路轻率地回答说："有一个拥有千辆兵车的国家，夹在大国中间，外有军队威胁，内有灾害饥荒，如果由我去治理，等到三年，可以使民众勇敢有力，而且明白道义。"孔子微微一笑。又问："冉求，你怎么样？"冉求回答说："有一个纵横六七十里，或者五六十里的小国，如果让我去治理，等到三年，可以使百姓富足。至于礼乐教化，就等待君子来推行了。"孔子又问："公西赤，你怎么样？"公西赤回答说："我不敢说能干，愿意学习。遇到宗庙祭祀的事情，或者会见使者的仪式，我穿戴好礼服、礼帽，愿意做一个小小的司仪。"又问："曾点，你怎么样？"曾皙正在弹瑟，瑟声逐渐稀少，"铿"的一声，他放下瑟站起来。然后回答说："我的志向与前面三位不同。"孔子说："有什么妨碍呢？不过是各自说出自己的志向罢了。"曾皙说："我向往在暮春时节，春服已经穿好，有五六个青年，六七个少年，在沂水里洗洗澡，在祭台上吹吹风，然后唱着歌归来。"孔子深深地长叹一声说："我赞赏曾点的志向。"子路、冉有、公西华三人出去了，曾皙留在后面。曾皙问道："他们三人的话怎么样？"孔子说："也不过是各自说出自己的志向而已。"曾皙说："先生为什么笑仲由呢？"孔子说："治理国家需要礼让，他说话一点也不谦让，所以笑他。"曾皙说："难道冉求说的就不是国家吗？"孔子说："怎么见得国土纵横六七十里或者五六十里就不是国家呢？"曾皙说："难道公西赤说的不是国家吗？"孔子说："宗庙祭祀、外交会见，不是诸侯国的事又是什么？公西华只做个小司仪的话，谁能够做大司仪呢？"

【原文】子路见于孔子。孔子曰："智者若何？仁者若何？"子路对曰："智者使人知己，仁者使人爱己。"子曰："可谓士矣。"子路出，子贡入，问亦如之。子贡对曰："智者知人，仁者爱人。"子曰："可谓士矣。"子贡出，颜回入，问亦如之。对曰："智者自知，仁者自爱。"子曰："可谓士君子矣。"（《家语·三恕》）

【译文】子路来见孔子。孔子问他："智慧的人怎么样？仁德的人怎么样？"子路回答说："智慧的人让别人了解自己，仁德的人让别人热爱自己。"孔子说："可以算是士人了。"子路出去，子贡进来，孔子对他也提出同样的问题。子贡回答说："智慧的人理解别人，仁德的人热爱别人。"孔子说："可以算是士人了。"子贡出去，颜回进来，孔子又对他提出同样的问题。颜回对答说："智慧的人有自知之明，仁德的人能自尊自爱。"孔子说："可以算是士君子了。"

【原文】孔子曰："吾死之后，则商也日益，赐也日损。"曾子曰："何谓也？"子曰："商也好与贤己者处，赐也好说不若己者。不知其子视其父，不知其人视其友，不知其君视其所使，不知其地视其草木。故曰：与善人居，如入芝兰之室，久而不闻其香，即与之化矣；与不善人居，如入鲍鱼之肆，久而不闻其臭，亦与之化矣。丹之所藏者赤，漆之所藏者黑。是以君子必慎其所与处者焉。"（《家语·六本》）

【译文】孔子说："我死以后，子夏会一天天长进，子贡会一天天退步。"曾子说:"说的是什么呢?"孔子说:"子夏喜欢与比自己贤能的人相处,子贡喜欢与不如自己的人相处。不了解他的儿子就看他的父亲,不了解他本人就看他的朋友,不了解君主就看他派遣的大臣,不了解这块土地就看地上生长的草木。所以说,与善人相处,就像进入摆满香草的房屋,时间长了就闻不到香味,说明已经与香味融化在一起;与不善的人相处,就如同进入卖咸鱼的铺子,时间长了就闻不到臭味,也就与臭味同化了。装丹砂的容器就变成红色,装漆的容器就变成黑色。因此君子必须慎重地选择与自己相处的人。"

【原文】颜渊、季路侍。子曰:"盍各言尔志?"子路曰:"愿车马衣轻裘,与朋友共,敝之而无憾。"颜渊曰:"愿无伐善,无施劳。"子路曰:"愿闻子之志。"子曰:"老者安之,朋友信之,少者怀之。"(《公冶长》)

【译文】颜渊和季路在孔子身边侍奉。孔子说:"何不各自说说你们的志向?"子路说:"我希望把自己的车马衣裘,与朋友共同享用,即使用坏了也不感到遗憾。"颜渊说:"我希望不夸耀自己的长处,不把劳苦施加给他人。"子路说:"希望听听先生的志向。"孔子说:"我的志向是,对老人安抚他们,对朋友信任他们,对少年爱护他们。"

对于个别言行不一、故步自封的弟子,孔子绝不姑息牵就、听之任之,而是直接批评、严格要求,坚决纠正过失,让他们重新振作起来,有所进取,反映了孔子严肃认真的教学态度。

【原文】宰予昼寝。子曰:"朽木不可雕也,粪土之墙不可杇也。于予与何诛?"子曰:"始吾于人也,听其言而信其行;今吾于人也,听其言而观其行。于予与改是。"(《公冶长》)

【译文】宰予大白天睡觉。孔子说:"腐朽的木头不可雕琢,粪土筑成的墙壁不能粉刷。对于宰予还能责备什么呢?"孔子又说:"最初我对于人,听了他的话就会相信他的行为;现在我对于人,听了他的话还要观察他的行为。就是由于宰予,我改变了态度。"

【原文】冉求曰："非不说子之道，力不足也。"子曰："力不足者，中道而废。今女画。"(《雍也》)

【译文】冉求说："不是不喜欢先生的学说，是我的能力不足啊。"孔子说："能力不足的人，会在半路停止下来。现在你是画地为牢，故步自封。"

特别是当孔门师徒困于陈蔡之间，孔子有意以"吾道非乎"质疑，以"奚为至于此"发问，考验弟子们的意志和毅力。子路面对困境产生动摇，甚至对孔子的仁德智慧都表示怀疑，孔子不得不对他讲述"遇不遇者，时也；贤不肖者，才也"的道理，说明"君子修道立德，不谓穷困而改节"的原则。子贡则表示犹豫，希望"夫子盍少贬焉"，降低目标，放弃追求，孔子就批评他"今不修其道而求其容"，说明"尔志不广矣，思不远矣"。只有颜回深知孔子之志，认为"夫子推而行之，世不我用，有国者之丑也，夫子何病焉？不容，然后见君子"，所以孔子非常高兴。

【原文】楚昭王聘孔子，孔子往拜礼焉，路出于陈、蔡。陈、蔡大夫相与谋曰："孔子圣贤，其所刺讥皆中诸侯之病。若用于楚，则陈、蔡危矣。"遂使徒兵距孔子。孔子不得行，绝粮七日，外无所通，藜羹不充，从者皆病。孔子愈慷慨讲诵，弦歌不衰。乃召子路而问焉，曰："《诗》云：匪兕匪虎，率彼旷野。吾道非乎？奚为至于此？"子路愠，作色而对曰："君子无所困。意者夫子未仁与？人之弗吾信也；意者夫子未智与？人之弗吾行也。且由也，昔者闻诸夫子：为善者天报之以福，为不善者天报之以祸。今夫子积德怀义，行之久矣，奚居之穷也？"子曰："由，未之识也，吾语汝！汝以仁者为必信也，则伯夷、叔齐不饿死首阳；汝以智者为必用也，则王子比干，不见剖心；汝以忠者为必报也，则关龙逄不见刑；汝以谏者为必听也，则伍子胥不见杀。夫遇不遇者，时也；贤不肖者，才也。君子博学深谋而不遇时者众矣，何独丘哉？且芝兰生于深林，不以无人而不芳；君子修道立德，不谓穷困而改节。为之者，人也；生死者，命也。是以晋重耳之有霸心，生于曹、卫；越王勾践之有霸心，生于会稽。故居下而无忧者，则思不远；处身而常逸者，则志不广。庸知其终始乎？"子路出，召子贡，告如子路。子贡曰："夫子之道至大，故天下莫能容夫子，夫子盍少贬焉？"子曰："赐，良农能稼，不必能穑；良工能巧，不能为顺；君子能修其道，纲而纪之，不必其能容。今不修其道而求其容，赐，尔志不广矣，思不远矣。"子贡出，颜回入，问亦如之。颜回曰："夫子之道至大，天下莫能容。虽然，夫子推而行之，世不我用，有国者之丑也，夫子何病焉？不容，然后见君子！"孔子欣然叹曰："有是哉，颜氏之子！使尔多财，吾为尔宰。"（《家语·在厄》）

【译文】楚昭王聘请孔子到楚国去，孔子前去行回拜之礼，路过陈国和蔡国。陈国和蔡国的大夫一起谋划说："孔子是位圣贤，他所讥讽批评的事情，都切中诸侯们的弊病。他如果被楚国聘用，那么我们陈国、蔡国就危险了。"于是派兵阻拦孔子。孔子不能前行，断粮七天，也无法与外边取得联系，连粗劣的粮食也吃不上，跟随他的弟子都病倒了。这时孔子愈加慷慨激昂地讲授学问，弹琴唱歌毫不衰减。他召子路来问："《诗经》说：不是野牛、不是老虎，却都来到荒野。我的道路不对吗？为什么到了这个地步呢？"子路不高兴，一脸怨气地说："君子是不会被什么东西困扰的。想来是先生还不够仁德吧？人们还不相信我们；想来是先生不够聪慧吧？人们都不愿推行我们的主张。而且我啊，从前听先生讲过，做善事的人上天会给他降福，做坏事的人上天会给他降祸。现在先生积德怀义，推行礼制很久了，怎么处境如此困穷呢？"孔子说："仲由啊，你还不懂得啊，我来告诉你！你以为仁德的人就一定会被相信吗？那么，伯夷、叔齐就不会被饿死在首阳山上了；你以为有智慧的人就一定会被任用吗？那么，王子比干就不会被剖心了；你以为忠心的人一定会有好报吗？那么，关龙逢就不会被杀戮了；你以为劝谏就一定会被采纳吗？那么，伍子胥就不会被迫自杀了。能否遇到圣君，在于时运；贤明还是不肖，在于自己的才能。君子学识渊博、深谋远虑而时运不济的人多了，何止我孔丘一人呢？况且芝兰生长在茂密的森林,不因为无人欣赏而不芳香;君子修身养性、培养道德,不因为穷困潦倒而改变气节。如何去做,在于自身;是生是死,在于命运。因而晋国重耳的称霸雄心,产生在困于曹、卫之地;越王勾践的称霸雄心,产生在败于会稽之时。所以居于下位而无所忧患的人,是思虑不远;安身处世总想安逸的人,是志向不大。怎么能够知道他的最终际遇呢?"子路出去,孔子又叫子贡,问了同样的问题。子贡说:"先生的道义太博大了,所以天下没有地方能够包容先生,先生何不稍微降低一些呢?"孔子说:"赐啊,好农夫会种庄稼,不一定有收获;好工匠能做精巧器物,不可能顺从每个人的愿望;君子研究道义,以纲统目,别人未必能够采纳。现在不研修自己的道义却要求别人采纳,赐啊,说明你的志向不广大,思想不深远啊。"子贡出去,颜渊进来,孔子问了同样的问题。颜渊说:"先生的道义太博大了,天下没有什么地方可以包容。虽然如此,先生依然奋力推行。世人不用,那是诸侯当权者的耻辱,先生有什么忧虑呢?正因为不被采纳,然后才能显现出君子!"孔子高兴地赞叹说:"说得真对啊,颜家的儿子!假如你有很多钱,我来给你当管家。"

孔子在极端困难的处境中对弟子的深刻教诲,充分表现了他"激愤厉志"的精神和勇气,必然会给弟子留下终生铭记的不灭印象。我们不能不感佩孔子执著坚定的理想追求,不能不赞叹孔子因材施教的教学艺术,他确实为师德树立了光辉的榜样。

### (四)仕而优则学,学而优则仕

孔子一贯主张学思并重,学用结合。"仕而优则学,学而优则仕"(《子张》)就是学习与实践相结合的最好形式。从政如果有余力就去学习,如同在职干部继续学习充电;学习如果有余力就去从政,如同学生毕业后寻找工作,这实际上就是书本知识与实际工作相结合,互相印证,互相促进。这里的"仕"不仅是从政为官,还包括参与各种社会工作。这里的"优"不是优秀,而是饶、余之义。不联系前一句"仕而优则学",专把后一句

"学而优则仕"割裂开来，并且解释成为学习好就要当官，进而据此批判孔子的"读书做官论"，那是别有用心的曲解。人的一生就是在学习与工作之间不断地优游互动，学用结合，这就是终生学习的道理。

孔子的学生，后来有当大官的，比如卜商（子夏）为魏文侯师，端木赐（子贡）先后为鲁国、卫国宰相，宰予（子我）为齐国临淄大夫，仲由（子路）为卫国大夫，澹台灭明（子羽）为鲁国大夫。有在地方为官的，比如言偃（子游）为武城宰，高柴（子羔）为武城宰，宓不齐（子贱）为单父宰。有当家臣的，比如冉求（子有）、季路曾为季氏宰。更多的在家为民，比如颛孙师（子张）、曾参（子舆）、有若（子有）、原宪（子思）、公析哀（季沉）、漆雕开（子若）等。这就如同一班的同学，十多年后从业不同，有的为官、有的为民一样，没有什么奇怪的。即使是为民不从政，按孔子的说法："《书》云：孝乎惟孝，友于兄弟，施于有政。是亦为政，奚其为为政？"（《为政》）做一个仁德之人，用自己的孝悌之行影响执政者，同样是为政，具有重要意义。

在那个时代，担任公职，为官为宦，就能够在社会实践中传播仁爱学说，具体实施"德政"，发挥经世致用的作用，实现自己的政治理想，在入世参政的过程中，更好地体现自己的人生价值。所谓修身、齐家、治国、平天下的政治哲学，正是由此而生，规划了君子的人生道路。因此，孔子总是告诫学生，学习要与社会实践密切联系，鼓励他们积极入世，参加社会工作。

【原文】子曰："诵《诗》三百，授之以政，不达；使于四方，不能专对；虽多，亦奚以为？"（《子路》）

【译文】孔子说："诵读《诗》三百篇，授予他政事，却不能通晓；派他到四方出使，却不能独自应对；即使读得再多，又有什么用处呢？"

【原文】子贡问曰："何如斯可谓之士矣？"子曰："行己有耻，使于四方，不辱君命，可谓士矣。"（《子路》）

【译文】子贡问道:"怎样才可以称得上是士呢?"孔子说:"用羞耻之心约束自己,出使四方诸侯国,不使君命受辱,就可以称得上是士了。"

所以,他经常回答弟子关于从政的问题,勉励弟子为官要道德高尚,严格礼制,执事敬业,忠于职守,诚信节用,保民爱民,通过自己的行动具体实践"德政"。比如:

子曰:"道千乘之国,敬事而信,节用而爱人,使民以时。"(《学而》)

子张学干禄。子曰:"多闻阙疑,慎言其余,则寡尤;多见阙殆,慎行其余,则寡悔。言寡尤,行寡悔,禄在其中矣。"(《为政》)

子张问政。子曰:"居之无倦,行之以忠。"(《颜渊》)

樊迟问仁。子曰:"居处恭,执事敬,与人忠。虽之夷狄,不可弃也。"(《子路》)

子路问政。子曰:"先之,劳之。"请益。曰:"无倦。"(《子路》)

仲弓为季氏宰,问政。子曰:"先有司,赦小过,举贤才。"(《子路》)

子夏为莒父宰,问政。子曰:"无欲速,无见小利。欲速则不达,见小利则大事不成。"(《子路》)

子曰:"事君,敬其事而后其食。"(《卫灵公》)

子曰:"言思忠,事思敬。"(《季氏》)

孔子关于敬业、诚信之类这些教诲,至今都可以作为从政、从业者的箴言。

与此同时,孔子还以"六经"为从政的指导原则,经常巡视各地,考察弟子从政表现,进行褒贬评价,这就如同当今对毕业生的回访考察,然后根据情况继续教育,关爱之心,令人动容!比如子路治蒲,孔子入其境、入其邑、至其廷"三称其善",非常满意;孔蔑为官"未有所得,而所亡者三",孔子很不高兴;宓子贱为官却"无所亡,其有所得者三",孔子由衷赞赏。而宓子贱所说的"始诵之,今得而行之,是学益明也",正是模范遵循孔子教诲,把所学理论与从政实践相结合的典型范例。

【原文】孔子曰:"入其国,其教可知也。其为人也,温柔敦厚,《诗》教也;疏通知远,《书》教也;广博易良,《乐》教也;洁静精微,《易》教也;恭俭庄敬,《礼》教也;属辞比事,《春秋》教也。故《诗》之失愚,《书》之失诬,《乐》之失奢,《易》之失贼,《礼》之失烦,《春秋》之失乱。其为人也,温柔敦厚而不愚,则深于《诗》者矣;疏通知远而不诬,则深于《书》者矣;广博易良而不奢,则深于《乐》者矣;洁静精微而不贼,则深于《易》者矣;恭俭庄敬而不烦,则深于《礼》者;属辞比事而不乱,则深于《春秋》者矣。"(《家语·问玉》)

【译文】孔子说:"进入一个国家,就可以知道它的教化程度。那里的人,如果说话温柔,性情敦厚,那是《诗经》教化的结果;如果通达政事,远知史鉴,那是《尚书》教化的结果;如果心胸宽广,和易善良,那是《乐经》教化的结果;如果安宁沉静,推测精微,那是《易经》教化的结果;如果谦虚节俭,庄重恭敬,那是《礼经》教化的结果;如果善于属辞,比较史事,那是《春秋》教化的结果。《诗》教的不足在于愚暗不明,《书》教的不足在于夸张不实,《乐》教的不足在于奢侈铺张,《易》教的不足在于过分细密,《礼》教的不足在于烦杂琐碎,《春秋》教的不足在于褒贬混乱。如果为人能够做到温柔敦厚而不愚暗不明,那就是深于《诗》教的人了;如果能够做到疏通知远而不夸张不实,那就是深于《书》教的人了;如果能够做到广博易良而不奢侈铺张,那就是深于《乐》教的人了;如果能够做到宁静精微而不过分细密,那就是深于《易》教的人了;如果能够做到恭俭庄敬而不烦杂琐碎,那就是深于《礼》教的人了;如果能够做到属辞比事而不褒贬混乱,那就是深于《春秋》教的人了。"

【原文】子路治蒲三年,孔子过之,入其境曰:"善哉由也!恭敬以信矣。"入其邑曰:"善哉由也!忠信而宽矣。"至廷曰:"善哉由也!明察以断矣。"子贡执辔而问曰:"夫子未见由之政,而三称其善,其善可得闻乎?"孔子曰:"吾见其政矣。入其境,田畴尽易,草莱甚辟,沟洫深治,此其恭敬以信，故其民尽力也。入其邑，墙屋完固，树木甚茂，此其忠信以宽，故其民不偷也。至其廷，廷甚清闲，诸下用命，此其言明察以断，故其政不扰也。以此观之，虽三称其善，庸尽其美乎？"(《家语·辩政》)

【译文】子路治理蒲地三年，孔子经过这里，进入其境内，说："好啊子路！能够以恭敬取得了信任。"进入城里，说："好啊子路！能够忠信而宽容。"进入官衙庭堂，说："好啊子路！能够明察而决断。"子贡拉着马缰绳而问道："先生没有看到子路处理政务，就三次称赞他做得好，他的善政可以说来听听吗？"孔子说："我看见他的善政了。进入蒲地境内，田地都整治了，杂草都清除了，渠沟都挖深了，这说明他能够以恭敬取得了民众信任，所以百姓都尽力了。进入城里，墙壁房屋都坚固，树木都生长茂盛，这说明他能够忠信而宽容，所以百姓不懈怠偷懒了。进入官衙庭堂，清静安闲，办事人员都听从命令，这说明他能够明察而决断，所以他的政事不纷扰。由此看来，我虽然三次称赞他做得好，难道能够说尽他的优点吗？"

【原文】孔子兄子有孔蔑者，与宓子贱偕仕。孔子往过孔蔑，而问之曰："自汝之仕，何得何亡？"对曰："未有所得，而所亡者三：王事若龙，学焉得习？是学不得明也；俸禄少，饘粥不及亲戚，是以骨肉益疏也；公事多急，不得吊死问疾，是朋友之道阙也。其所亡者三，即谓此也。"孔子不悦，往过子贱，问如孔蔑。对曰："自来仕者无所亡，其有所得者三：始诵之，今得而行之，是学益明也；俸禄所供，被及亲戚，是骨肉益亲也；虽有公事，而兼以吊死问疾，是朋友笃也。"孔子喟然谓子贱曰："君子哉！若人。鲁无君子者，则子贱焉取此？"(《家语·子路初见》)

【译文】孔子兄长的儿子叫孔蔑，与宓子贱一起做官。孔子路过孔蔑处，问他说："自从你当了官，得到什么、失去什么？"孔蔑回答说："没有得到什么，而失去的有三个方面：政事不断，学过的知识哪里有时间温习？这样学习的知识记不清楚了；朝廷的俸禄太少，连给亲戚一点微薄的礼物都做不到，因此骨肉亲情更加疏远了；公事急迫，来不及吊唁死者、慰问病人，这样朋友关系就缺失了。我失去的三个方面，就是这些。"孔子听后很不高兴。又到宓子贱处，提出与孔蔑同样的问题。宓子贱回答说："自从做官以来，没有失去什么，得到的有三个方面：以前诵读的知识，现在能够遵照执行，这样学习的知识更加清楚了；得到的俸禄，帮助亲戚，这样骨肉亲情更加紧密了；虽然有公事，还是能够吊唁死者、慰问病人，这样朋友关系更加笃厚了。"孔子感慨地对宓子贱说："君子啊！就像你这样的人。如果说鲁国没有君子的话，那么宓子贱是从哪里学来的呢？"

对弟子出仕违背道义、为虎作伥的行为，孔子则严厉斥责，绝不宽容。季氏要攻打颛臾，扩大地盘，冉有、季路作为季氏家臣，不劝谏，不阻止，无所作为，推卸责任，甚至寻找借口，进行辩护，所以孔子毫不留情地批评教育，进而提出"远人不服，则修文德以来之"的治国原则，反对大夫僭越、以大欺小的兼并战争。冉求为季氏"聚敛而附益之"，孔子愤怒地将他逐出师门，并且号召弟子们群起而攻之。孔子这种爱憎分明、坚持原则的精神境界，令人钦佩和尊敬！

【原文】季氏将伐颛臾。冉有、季路见于孔子曰："季氏将有事于颛臾。"孔子曰："求！无乃尔是过与？夫颛臾，昔者先王以为东蒙主，且在邦域之中矣，是社稷之臣也。何以伐为？"冉有曰："夫子欲之，吾二臣者皆不欲也。"孔子曰："求！周任有言曰：陈力就列，不能者止。危而不持，颠而不扶，则将焉用彼相矣？且尔言过矣。虎兕出于柙，龟玉毁于椟中，是谁之过欤？"冉有曰："今夫颛臾，固而近于费。今不取，后世必为子孙忧。"孔子曰："求！君子疾夫舍曰欲之而必为之辞。丘也闻有国有家者，不患贫而患不均，不患寡而患不安。盖均无贫，和无寡，安无倾。夫如是，故远人不服，则修文德以来之。既来之，则安之。今由与求也，相夫子，远人不服，而不能来也；邦分崩离析，而不能守也；而谋动干戈于邦内。吾恐季孙之忧，不在颛臾，而在萧墙之内也。"（《季氏》）

【译文】季氏将要攻打颛臾。冉有、季路拜见孔子说："季氏将要对颛臾采取军事行动了。"孔子说："冉求！可能要责备你们吧？那颛臾，当初先王让它作为东蒙山的主祭，况且是在鲁国的境内，这是国家的臣子啊，为什么要攻打它呢？"冉有说："季氏想这样做，我们两个做家臣的都不愿意这样做。"孔子说："冉求！周任说过这样的话：能够施展自己的才力则任职就位，不能施展自己的才力就辞职让位。盲人站不稳不能把持，摔倒了不能扶助，那么又何必用那个护理的人呢？况且你的话说错了。老虎、犀牛从笼子里跑出来，龟甲、美玉在匣子中被毁坏，这是谁的过错呢？"冉有说："那颛臾，城墙坚固而且靠近季氏封地费城。现在如果不攻取，将来就会成为子孙的忧患。"孔子说："冉求！君子最痛恨那种嘴上不说想得到却一定要替自己的行为找出借口的人。我听说有封地的诸侯、有封邑的大夫，不担心财产少而担心分配不均，不担心人口少而担心不安定。因为财富平均就没有贫穷，上下和睦就不觉得人口少，国家安定了就不会倾覆。如果这样，远方的人不归顺，就应该加强文德教化而使他们归顺。他们既然归顺了，就要使他们安宁。现在你们两个人，辅佐季氏，远方的人不归顺，却不能使他们来归；国家四分五裂，却不能保全；反而要在国境内发动战争。我担心季孙的忧患，不在颛臾，而在鲁国的宫廷之内啊！"

【原文】季氏富于周公，而求也为之聚敛而附益之。子曰："非吾徒也。小子鸣鼓而攻之，可也！"（《先进》）

【译文】季氏比周公还富有，而冉求还为他聚敛民财而增加他的财富。孔子说："他已经不是我的门徒了。后生们敲起鼓来声讨他，是完全可以的。"

孔子对弟子出仕如此关注，对自己的出仕更是魂牵梦绕，孜孜以求，到了急不可待的程度。他公开宣称："苟有用我者，期月而已可也，三年有成。"（《子路》）"沽之哉！沽之哉！我待贾者也！"（《子罕》）充满了施行德政的自信和激情。甚至连叛乱的家臣召他，他都准备要去，因为他坚信自己的道义和能力，不愿做"系而不食"的匏瓜。那种跃跃欲试的入世情怀，历历在目。

【原文】佛肸召，子欲往。子路曰："昔者由也闻诸夫子曰：亲于其身为不善者，君子不入也。佛肸以中牟畔，子之往也，如之何？"子曰："然。有是言也。不曰坚乎，磨而不磷；不曰白乎，涅而不缁。吾岂匏瓜也哉？焉能系而不食？"（《阳货》）

【译文】晋国大夫范氏的家臣佛肸召孔子前往，孔子想去。子路说："以前我听先生说过这样的话：亲自做坏事的人那里，君子是不去的。如今佛肸占据中牟叛乱，你却要去，为什么这样呢？"孔子说："是的。我说过这样的话。但是，不是有坚硬的东西吗，磨也磨不薄；不是有洁白的东西吗，染也染不黑。我难道是葫芦吗？怎么能只是悬挂在那里而不食用呢？"

我们不要用世俗的眼光去看待这位哲人的言行，觉得孔子是个"官迷"。在那样的乱世，作为一个思想家，要实现自己的政治理想，除了入世出仕，别无他途，因此，他周游列国，游说诸侯，历尽磨难，备受冷遇，遑遑然若丧家之犬，甚至"知其不可而为之"，硬是痴心不改，其悲壮的经历和无奈的心境，是完全可以想象、可以理解的。更令人尊敬的是，孔子为官并不是为了追求富贵，而是为了施行道义，所谓"君子之仕也，行其义也"（《微子》），"动必缘义，行必诚义"，取舍绝不苟且。

【原文】孔子见齐景公，景公致廪丘以为养，孔子辞不受。入谓弟子曰："吾闻君子当功而受禄。今说景公，景公未之行，而赐之廪丘，其不知丘亦甚矣。"令弟子趣驾，辞而行。孔子，布衣也，官在鲁司寇，万乘难与比行，三王之佐不显焉，取舍不苟也夫！（《吕氏春秋·高义》）

【译文】孔子谒见齐景公，景公将廪丘赐给他作为奉养之地，孔子拒绝不受。他进入室内给弟子说："我听说君子要与功劳相称才接受俸禄。现在我游说景公，景公没有实行我的主张，就赐给我廪丘，他太不了解我了。"就命弟子赶快驾车，告辞而离开了齐国。孔子，只是个平民，在鲁国只当过司寇，但是大国之君难以与他比较德行，三王的辅佐也不及他名声显赫，正是因为他取舍不苟且的缘故啊！

孔子奔走列国，游说诸侯，正是困顿之时，然而他为了坚持道义，有封地不要，有富贵不享，而是毫不犹豫地趣驾而去，在今人看来，孔子真是迂腐得可笑。然而，这正是他坚守为人节操和行事准则啊！做人总是要有原则的，做事总是要有底线的。见利忘义，唯利是图，虽可得逞于一时，最终必将为人所不齿。不义之心不可有，不义之手不可伸，不义之财不可取，不义之事不可做。这个"义"，就是道义、信念和理想，就是立身之本。对比贪官污吏的丑恶行径，愈加显现出孔子的高尚情操。

孔子如此坚守道义，"知其不可而为之"，源于他的"知命"。孔子说自己"五十而知天命"（《为政》），什么是天命？孔子认为天命就是机遇、命运，就是宇宙、自然、社会中客观存在的人力不可控制的外部因素和条件，这并不是迷信。任何事业的成功，都是主观努力与客观条件相结合的产物，缺一不可。自己努力了，适逢机遇，事业就会成功；自己努力了，机遇不到，事业就会失败。因此，孔子说："道之将行也与，命也；道之将废也与，命也。"（《宪问》）然而，如果自己不努力，即使机遇降临也会错过机会，蹉跎岁月，一事无成。自己的努力是可以掌控的，而天命是可遇不可求的，只有自己努力耕耘，重在过程，不问收获，孜孜以求，以待天命，才有成功的可能，即所谓"谋事在人，成事在天"。孔子为道义而奋斗一生，其价值就体现在这个过程之中，尽管天命未至，初衷不改，历经磨难，问心无愧，这就是君子所为，所以说"不知命，无以为君子也"（《尧曰》）。由此集中表现出他"仁以为己任"的强烈使命意识和"死而后已"的奋斗献身精神。

所以，冯友兰先生说："由此看来，知命也就是承认世界本来存在的必然性，这样，对于外在的成败也就无所萦怀。如果我们做到这一点，在某种意义上，我们也就永不失败。因为如果我们尽应尽的义务，那么，通过我们尽义务的这种行为，此项义务也就在道德上算是尽到了，这与我们行动的外在成败并不相干。这样做的结果，我们将永不患得患失，因而永远快乐。所以孔子说：ّ知者不惑，仁者不忧，勇者不惧。ّ（《子罕》）又说：

'君子坦荡荡,小人长戚戚。'(《述而》)"①

### (五)言不离道,动不违义

孔子对弟子总是平等相处,坦诚相待,一视同仁,毫不隐瞒。他说:

二三子以我为隐乎?吾无隐乎尔。吾无行而不与二三子者,是丘也。(《述而》)

他与弟子亲密无间,如同父子,关怀备至,情深意长。他说:

贤哉,回也!一箪食,一瓢饮,在陋巷。人不堪其忧,回也不改其乐。贤哉,回也!(《雍也》)

伯牛有疾,子问之,自牖执其手,曰:"亡之,命矣夫!斯人也而有斯疾也!斯人也而有斯疾也!"(《雍也》)

颜渊死。子曰:"噫!天丧予!天丧予!"(《先进》)

颜渊死,子哭之恸。从者曰:"子恸矣。"曰:"有恸乎?非夫人之为恸而谁为!"(《先进》)

他对弟子体贴入微,了如指掌,评价准确,因材施教。他说:

德行:颜渊,闵子骞,冉伯牛,仲弓;言语:宰我,子贡;政事:冉有,季路;文学:子游,子夏。(《先进》)

柴也愚,参也鲁,师也辟,由也喭。(《先进》)

回也其庶乎!屡空。赐不受命,而货殖焉,亿则屡中。(《先进》)

求也退,故进之;由也兼人,故退之。(《先进》)

更令人赞叹和尊敬的是,他能够充分肯定弟子的优点和长处,对比自己的弱点和短处,虚怀若谷,教学相长,深刻体现了他对学生的理解、关爱和尊重。他坦然承认"回之信贤于丘","赐之敏贤于丘","由之勇贤于丘","师之庄贤于丘",而自己能够"兼四子者之有以易吾弗与也";他指出"回有君子之道四焉","史鳅有男子之道三焉";他盛赞"参之言足以全

---

① 冯友兰:《中国哲学简史》,北京大学出版社,1996年9月,第40~41页。

其节也"。这里完全没有老师唯我独尊、自以为是的所谓面子、架子,只有亲如友朋、追求真知的学习热情和坦诚精神。当今的教师,又有几人能够达到这样的境界和水准呢?

【原文】子夏问于孔子曰:"颜回之为人奚若?"子曰:"回之信贤于丘。"曰:"子贡之为人奚若?"子曰:"赐之敏贤于丘。"曰:"子路之为人奚若?"子曰:"由之勇贤于丘。"曰:"子张之为人奚若?"子曰:"师之庄贤于丘。"子夏避席而问曰:"然则四子何为事先生?"子曰:"居,吾语汝。夫回能信而不能反,赐能敏而不能诎,由能勇而不能怯,师能庄而不能同。兼四子者之有以易吾弗与也,此其所以事吾而弗贰也。"(《家语·六本》)

【译文】子夏问孔子说:"颜回的为人怎么样?"孔子说:"颜回的诚信比我强。"又问:"子贡的为人怎么样?"孔子说:"子贡的敏捷比我强。"又问:"子路的为人怎么样?"孔子说:"子路的勇敢比我强。"又问:"子张的为人怎么样?"孔子说:"子张的庄重比我强。"子夏离开座席而问道:"既然这样,那么这四位为什么侍奉先生呢?"孔子说:"坐下,我告诉你。颜回能够诚信而不能回旋,子贡能够敏捷而不能迟缓,子路能够勇敢而不能胆怯,子张能够庄重而不能同群。我学习四位的长处来改进我的短处,这就是四位侍奉我而没有二心的原因。"

【原文】孔子曰:"回有君子之道四焉:强于行义,弱于受谏,怵于待禄,慎于治身。史鳅有男子之道三焉:不仕而敬上,不祀而敬鬼,直己而曲人。"曾子侍曰:"参昔常闻夫子三言而未之能行也:夫子见人之一善而忘其百非,是夫子之易事也;见人之有善若己有之,是夫子之不争也;闻善必躬行之然后导之,是夫子之能劳也。学夫子之三言而未能行,以自知终不及二子者也。"(《家语·六本》)

【译文】孔子说:"颜回在四个方面具有君子之道:在推行道义上坚强,在接受劝谏上虚心,在对待俸禄上恐惧,在修治自身上谨慎。史鳅在三个方面具有男子之道:不出仕而尊敬上位,不祭祀而尊敬鬼神,对己严而对人宽。"曾子侍奉在旁边说:"我从前曾经听过先生三句话而未能实行:先生看见别人一个优点而忘记他百个缺点,因此先生非常容易侍奉;先生看见别人具有优点就如同自己具有一样,因此先生从不争强好胜;先生听到善举必定亲自推行然后引导大家行动,因此先生能够勉力而行。我学习过先生三句话而未能实行,所以自己知道最终都赶不上颜回和史䲡啊。"

【原文】曾子弊衣而耕于鲁,鲁君闻之而致邑焉,曾子固辞不受。或曰:"非子之求,君自致之,奚固辞也?"曾子曰:"吾闻受人施者常畏人,与人者常骄人。纵君有赐,不我骄也,吾岂能勿畏乎?"孔子闻之曰:"参之言足以全其节也。"(《家语·在厄》)

【译文】曾子穿着破衣在鲁国种地,鲁国君主听到后要给他分封城邑,曾子坚决推辞不接受。有人说:"这并不是你的要求,而是君主自己要赏赐给你,为什么要坚决推辞呢?"曾子说:"我听说接受了人家的施舍就经常害怕人家,施舍人的人就经常傲视别人。纵然君主有所赏赐,不傲视我,我难道能够不害怕吗?"孔子听后说:"曾参的话足以保全他的气节。"

正因为如此,弟子对孔子的道德学问非常崇敬,对孔子的思想行为视为楷模,如仰日月,如坐春风。宰予说孔子"言不离道,动不违义。贵义尚德,清素好俭";颜渊说孔子"仰之弥高,钻之弥坚;瞻之在前,忽焉在后";子贡说"夫子之墙数仞,不得其门而入,不见宗庙之美,百官之富";"仲尼,日月也,无得而逾焉"。这种发自内心的敬仰之情,溢于言表,感人至深。

【原文】孔子使宰予使于楚,楚昭王以安车象饰,因宰予以遗孔子焉。宰予曰:"夫子无以此为也。"王曰:"何故?"对曰:"臣以其用,思其所在观之,有以知其然。"王曰:"言之。"宰予对曰:"自臣侍从夫子以来,窃见其言不离道,动不违义。贵义尚德,清素好俭。仕而有禄,不以为积。不合则去,退无吝心。妻不服彩,妾不衣帛,车器不雕,马不食粟。道行则乐其治,不行则乐其身,此所以为夫子也。若夫观目之丽靡,窈窕之淫音,夫子过之弗之视,遇之弗之听也。故臣知夫子之无用此车也。"王曰:"然则夫子何欲而可?"对曰:"方今天下道德寝息,其志欲兴而行之。天下诚有欲治之君能行其道,则夫子虽徒步以朝,固犹为之,何必远辱君之重贶乎?"王曰:"乃今而后知孔子之德也大矣!"宰予归,以告孔子。孔子曰:"二三子以予之言何如?"子贡对曰:"未尽夫子之美也。夫子德高则配天,深则配海。若予之言,行事之实也。"子曰:"夫言贵实,使人信之,舍实何称乎?是赐之华不若予之实也。"(《孔丛子·记义》)

【译文】孔子派宰予出使楚国,楚昭王用象牙装饰安车,要通过宰予赠送给孔子。宰予说:"先生是不会坐这种车子的。"昭王问:"为什么?"宰予回答说:"我通过先生常用的器物,想到先生坚持的原则来观察,就知道他会这样的。"昭王说:"说说看。"宰予回答说:"自从我侍候先生以来,我私下里见他言语不离道,行动不违仁,重视义、崇尚德,清正廉洁,喜欢节俭。出仕享有俸禄,却不用来积累财富。如果不合道义就离去,辞官没有留恋之心。妻子不穿华彩的衣服,妾也不穿丝制的服装。车马器物都不雕琢华丽的花纹,马也不吃谷物粮食。如果道可行就以治理国家为乐,如果道不行就以修身为乐,这就是他所以为先生的原因。假如外观华丽,声音淫邪,先生经过是不会去看,遇到是不会去听的。所以,我知道先生是不会坐这种车子的。"昭王说:"既然这样,先生想要做什么才好呢?"宰予回答说:"现在天下道德退隐,先生的志向就是想复兴礼义而推行它。如果真有想要治理天下的君主能够施行先生的道义,那么先生即使是徒步走来朝见,也一定会做的,何必在远方麻烦君王重赏呢?"昭王说:"从今以后就知道先生的德行是多么伟大了!"宰予回来,把这些告诉孔子。孔子说:"诸位认为宰予的话怎么样?"子贡说:"没有说尽先生德行的美好。先生的德行与天一样高,与海一样深。像宰予说的话,不过是先生言行的实际情况罢了。"孔子说:"言语贵在真实,才能使人相信,舍弃了真实还有什么可称赞的呢?所以子贡的华美比不上宰予的真实。"

【原文】颜渊喟然叹曰:"仰之弥高,钻之弥坚;瞻之在前,忽焉在后。夫子循循然善诱人,博我以文,约我以礼,欲罢不能。既竭吾才,如有所立卓尔。虽欲从之,末由也已。"(《子罕》)

【译文】颜渊深深地赞叹说:"先生的学说越是仰望就越觉得高深,越是钻研就越觉得坚实;眼看着在前面,忽而又在后面,无所不在。先生循循善诱,用广博的知识充实我,用文明礼仪约束我,想要停下来都不可能。我已经用尽了才能,好像他仍然高耸地站立在面前。虽然想要跟随着他,又没有途径可走。"

【原文】叔孙武叔语大夫于朝,曰:"子贡贤于仲尼。"子服景伯以告子贡。子贡曰:"譬之宫墙:赐之墙也及肩,窥见室家之好。夫子之墙数仞,不得其门而入,不见宗庙之美,百官之富。得其门者或寡矣。夫子之云,不亦宜乎!"(《子张》)

【译文】叔孙武叔在朝廷上对诸位大夫说:"子贡比孔子强。"子服景伯把这话告诉了子贡。子贡说:"拿围墙来打比方吧:我家的围墙到肩头高,可以从外面看见家中房舍的美好。先生家的围墙有几丈高,如果找不到门进去,就见不到宗庙的华美,房舍的富丽。但是能够找到门的人是很少的。叔孙武叔那样说,不也是合乎情理的吗?"

【原文】叔孙武叔毁仲尼。子贡曰:"无以为也,仲尼不可毁也。他人之贤者,丘陵也,犹可逾也。仲尼,日月也,无得而逾焉。人虽欲自绝,其何伤于日月乎?多见其不自量也!"(《子张》)

【译文】叔孙武叔毁谤孔子。子贡说:"不要做这样的事情,孔子是不能毁谤的。别人的贤德,如同丘陵,还可以逾越。孔夫子,就像太阳、月亮一样,是不可能超越的。有人即使想要自绝于世,那对于太阳、月亮有什么伤害呢?只不过显示他自不量力罢了!"

孔子在世时,弟子视为日月、慈父,尊为圣贤、楷模。孔子逝世后,弟子视为父丧,自愿为之守孝三年,过后子贡又"筑室于场,独居三年,然后归"(《孟子·滕文公上》①)。师生情意竟然如此笃厚,感人至深!孔门师生所开创的尊师爱生的优良学风,流传千古,堪为典范。孔子被后人尊为"至圣先师"、"万世师表",确实名至实归,当之无愧。

## 二 克己复礼,天下归仁

西周以来,以周公为代表的周初统治者制定的封建制、宗法制和礼乐教化制,属于制度文化层面,并没有或者还来不及阐发其中的理论根据,更没有提升到精神心理文化的高度,因此,当时可能在一定程度上约束了贵族上层的行为,却很难真正成为维系君臣的精神纽带和广大民众的自觉意识。所以,想要使之成为发自内心的伦理道德和普遍遵循的行为准则,进而传播到整个社会,普及到平民百姓,就需要在哲理上进一步的阐发和升华。这个伟大的历史使命,是由孔子来完成的。

中国古来从事农耕生产,氏族是靠父系家长的血统来维系的。氏族成员定居一地,血脉相连,世代相继。父母兄弟的互相关爱,家族成员的脉脉温情,是与生俱来的共同天性,是处理和调整人际关系的唯一精神心理依据,这自然形成了家族成员之间尊祖敬宗、父慈子孝的群体意识。氏族里祖先的地位最高,老人的经验最多,自然受到成员的尊敬,得到大家的崇拜,因此,祭祖和敬老就成为共同的意识和习俗,孝亲就是原始宗教的核心内容,这正是远古氏族社会的原始遗风。由此,借助大宗统小宗的宗法思想,把原始宗教进而发展成为长幼亲疏、上下尊卑的社会礼仪和等级制度,必然会形成由孝亲到忠君的政治观念。孔子正是以血缘亲情为核心和基础,提出了"仁"的伟大命题,为"礼"提供了可信、可行又可靠的哲学根据,创建了儒学的理论体系。

东汉许慎《说文》说:"儒,柔也。术士之称。"清代段玉裁注:"儒之

---

① 本书有关《孟子》的引文只标注篇章名。

言优也，柔也，能安人，能服人。又儒者，濡也，以先王之道能濡其身。"其中"术士"即"艺士"，精通六艺之士；"优"、"柔"是儒者的性格特点；"濡其身"、"安人"、"服人"是儒学仁义的教化功能。儒家"游文于六经之中，留意于仁义之际，祖述尧舜，宪章文武"（《汉书·艺文志》），"仁义"自然成为儒学的理论核心。

什么是"仁"？《说文》曰："仁，亲也。从人从二。""亲"指父母双亲。"从人从二"，是指"仁"重在调整人际关系。《礼记·中庸》曰："仁者人也，亲亲为大。"《尽心上》曰："亲亲，仁也。"敬爱父母是"仁"最重要的基础内容，孝悌之道就是人伦根本，"仁"就是以孝悌亲情为中心内容的爱心。孔子认为"礼"、"乐"只是"仁"的外在形式，"仁爱"才是"礼"、"乐"的内在精神。没有仁爱，"礼"、"乐"就没有灵魂，徒具形式，毫无意义。因此，孔子说："人而不仁，如礼何？人而不仁，如乐何？"（《八佾》）"礼"、"乐"从外部约束人们行为，是为仁的重要途径和方法，真正的目的在于弘扬仁爱精神。由此，既揭示了礼乐的精髓，又摆正了礼乐的位置，赋予礼乐制度以精神心理的灵魂。

虽然"仁"字古已有之，但是把"仁"发展成为一种思想理论体系，孔子则是当之无愧的第一人。《论语》中"仁"字出现了109次，由于求教者不同，孔子因材施教，解说也随之各异，展示了"仁"的丰富内涵。

### （一）孝弟也者，其为仁之本与

在中国历史上，舜以孝闻名，是最早的大孝子。舜是乐官瞽瞍的儿子，父亲品德恶劣，母亲不讲信义，同父异母的弟弟傲慢不恭，舜却以敦厚的孝悌之道和睦相处，维系家庭亲情，使得父母、弟弟都没有发展到邪恶的程度。所以舜的道德修养得到普遍赞扬，四方诸侯之长将舜推荐给尧。在尧考察舜期间，舜就完善了父义、母慈、兄友、弟恭、子孝五种常法，百姓都能够顺从执行，发挥了重要的社会作用。（《尚书·尧典》）所以，孟子后来说："尧、舜之道，孝弟而已矣。"（《告子下》）由此可知，孝悌之道是人伦道德的核心内容。

对于孝道，孔子经过认真的思考和研究，并且进行了深入的论述和阐发。

【原文】孟懿子问孝。子曰："无违。"樊迟御，子告之曰："孟孙问孝于我，我对曰：无违。"樊迟曰："何谓也？"子曰："生，事之以礼；死，葬之以礼，祭之以礼。"（《为政》）

【译文】孟懿子问什么是孝。孔子说："不要违背礼的规定。"樊迟为孔子驾车，孔子告诉他说："孟孙向我询问什么是孝，我回答说：不要违背礼的规定。"樊迟说："这话是什么意思呢？"孔子说："父母在世的时候，按照礼的规定侍奉他们；去世以后，按照礼的规定安葬他们，按照礼的规定祭祀他们。"

【原文】子游问孝。子曰："今之孝者，是谓能养。至于犬马，皆能有养；不敬，何以别乎？"（《为政》）

【译文】子游问什么是孝。孔子说："现在所谓的孝，只是能够养活父母罢了。说到狗、马这些动物，人都能够饲养；如果对于父母不能恭敬顺从，用什么来区别孝敬父母与饲养动物呢？"

【原文】子夏问孝。子曰："色难。有事，弟子服其劳；有酒食，先生馔。曾是以为孝乎？"（《为政》）

【译文】子夏问什么是孝。孔子说："保持敬爱和悦的态度神色最困难了。遇到事情，年轻人替长者出力；遇到酒食，让长者享用。仅仅如此就算是孝敬了吗？"

【原文】子路问于孔子曰："有人于此，夙兴夜寐，耕芸树艺，手足胼胝，以养其亲，然而名不称孝，何也？"孔子曰："意者身不敬欤？辞不顺欤？色不悦欤？古之人有言曰：人与己与，不汝欺。今尽力养亲，而无三者之阙，何谓无孝之名乎？"（《家语·困誓》）

【译文】子路问孔子说："这里有一个人，早起晚睡，耕种庄稼，手足生茧，来供养他的父母，然而没有得到孝子的名声，这是为什么呢？"孔子说：

"估计他有不恭敬的行为吧？有不顺从的言辞吧？有不高兴的脸色吧？古人有这样的话：别人的心理与你的心理是一样的，是不会欺骗你的。现在这个人尽力供养双亲，而没有上面所说的三种过失，怎么能够没有孝子的名声呢？"

在孔子看来，作为子女，"生，事之以礼；死，葬之以礼，祭之以礼"是必需的，但是，仅仅供养、安葬、祭祀父母是不够的，重要的是要有尊敬爱戴父母的态度，保持和悦顺从的神色。因为，如果只是按礼行孝，不过是照例行事而已，只有充满血亲感情，才能彰显骨肉相连、血脉相通的亲情关系。所以，礼仪制度是以血亲真情为核心的，仁爱思想是以孝悌之道为根本的。

【原文】宰我问："三年之丧，期已久矣。君子三年不为礼，礼必坏；三年不为乐，乐必崩。旧谷既没，新谷既升，钻燧改火，期可已矣。"子曰："食夫稻，衣夫锦，于女安乎？"曰："安。""女安，则为之！夫君子之居丧，食旨不甘，闻乐不乐，居处不安，故不为也。今女安，则为之！"宰我出。子曰："予之不仁也！子生三年，然后免于父母之怀。夫三年之丧，天下之通丧也。予也有三年之爱于其父母乎？"（《阳货》）

【译文】宰予问道："为父服丧三年，为期太久了。君子三年不行礼，礼必坏；三年不奏乐，乐必毁。旧粮食吃完了，新粮食登场了，既然一年一次钻燧改火，守丧一年也就可以了。"孔子说："你在守丧期间吃细粮，穿锦绣，心安理得吗？"宰予回答说："心安理得。"孔子批评说："你觉得心安理得，就这样做吧！作为一个君子，居丧期间忧伤悲痛，食不甘味，闻乐不喜，寝不安眠，所以不这样做。现在你觉得心安理得，你就那样做吧！"宰予出去后，孔子说："宰予不仁啊！子女出生三年，然后才离开父母的怀抱。因此，为父母守丧三年，是天下通行的丧礼。宰予啊，享有过父母怀抱里三年的抚爱吗？"

【原文】子张曰："《书》云：高宗谅阴，三年不言。何谓也？"子曰："何必高宗？古之人皆然。君薨，百官总己以听于冢宰三年。"（《宪问》）

【译文】子张说:"《书》上说:殷代高宗住在凶庐里守孝,三年不说话。讲的是什么意思?"孔子说:"哪里只是高宗居丧不问政事呢?古时候的人都是这样。君主死了,官员管理各自的事情并听命于冢宰,满三年为止。"

孔子认为,既然"子生三年,然后免于父母之怀",那么,作为子女,为死去的父母守孝三年,报答养育之恩,就是出自亲子天然本能的内在感情需求,是一种自觉自愿、发自内心的理念和行动。以此为根据,制定相应的丧服礼仪制度,就是完全合乎情理、天经地义的事情,并不是毫无道理的礼仪教条。平民居丧如此,天子居丧也是这样。宰予的"不仁",就是因为他不理解"礼"是出自心理感情的回报。就这样,孔子把丧礼、仁爱与感情紧密联系在一起,阐发了其中的表里关系,具有实实在在的理性观念、现实根据和唯物精神。所以,后来荀子进而提出"称情而立文"的理论。

【原文】三年之丧,何也?曰:"称情而立文,因以饰群,别亲疏、贵贱之节,而不可益损也。故曰:无适不易之术也。创巨者,其日久;痛甚者,其愈迟。三年之丧,称情而立文,所以为至痛极也。"(《荀子·礼论》①)

【译文】三年的服丧,是为什么呢?回答说:"这是根据人的感情来确立的礼仪制度,用来整治亲族,区别亲近与疏远、高贵与卑贱之间的礼节,而不能再增减了。所以说:这是无论到什么地方都不可改变的措施。创伤很大的,愈合时间就长;疼痛严重的,痊愈过程就慢。三年的服丧,是根据人的感情来确立的礼仪制度,是用来给极其悲痛的感情所设立的最高期限。"

既然如此,人死之后究竟有没有知觉灵魂呢?这就涉及宗教神学立论的根本问题。孔子对此有过两难的选择。

【原文】子贡问于孔子曰:"死者有知乎?将无知乎?"子曰:"吾欲言死之有知,将恐孝子顺孙妨生以送死;吾欲言死之无知,将恐不孝之子弃

---

① 本书有关《荀子》的引文只标注篇章名。

其亲而不葬。赐不欲知死者有知与无知,非今之急,后自知之。"(《家语·致思》)

【译文】子贡问孔子说:"死去的人有知觉呢?还是无知觉呢?"孔子说:"我要说死者有知觉,恐怕那些孝顺子孙因送别死者而妨害生者;我要说死者没有知觉,又恐怕那些不孝之子抛弃亲人而不安葬。赐啊!你不必知道死者是有知觉还是无知觉,这不是现在急于了解的事情,以后你自然会知道。"

西方古希腊哲人认为"万物有灵","灵魂不死而轮回"。基督教《圣经》说人是万能的上帝创造的,亚当和夏娃在伊甸园偷吃了禁果,因此人生来有先天的原罪,人生的苦难就是赎罪的过程,只有罪恶的灵魂得到救赎,才能死后进入天堂极乐世界。所以他们轻视现实人生,重视彼岸世界,认为活着就是赎罪,死亡才是生活,给人的死亡赋予了神秘的宗教神学意义。

孔子对死亡后的知觉灵魂则采取了现实理性的态度,对子贡的问题避而不答。因为,人是天地自然的一部分,"有天地然后有万物,有万物然后有男女,有男女然后有夫妇,有夫妇然后有父子,有父子然后有君臣,有君臣然后有上下,有上下然后礼义有所错"(《周易·序卦传》),并不是由鬼神主宰的,所以,"子不语怪、力、乱、神"(《述而》),认为"未能事人,焉能事鬼","未知生,焉知死"(《先进》),他只看重现实人生。这样,就不必把死后的知觉灵魂赋予鬼神的旨意、归结为宗教的教义。父母活着,子女就应该尽孝敬之礼,使他们享受现实人生;父母死后,子女必须行"慎终追远"(《学而》)之礼,以寄托自己的哀痛愁思。这就在人性情感的层面上,用理性现实的礼仪制度,恰当而巧妙地回答和处理了血缘、亲情、生死、灵魂等诸多问题,而回避了鬼神、宗教的困扰,建立起人性—情感—伦理—礼制的思维模式。这样,既用礼制维系了人们的感情,约束了人们的行动,又赋予了礼制以理性,避免了宗教的神秘,从而为中国伦理文明奠定了思想基础，发挥了重要的社会功能。这种人文理性的转化，在世界哲学史和文化史上都具有独特价值和深远影响。所以，当西方进入基督教文明、中亚进入伊斯兰教文明、南亚进入佛教文明的时候，中国却进入了伦理文明，没有产生真正意义上的鬼神信仰和宗教意识，从而避免了盲目的宗教迷信和狂热的鬼神崇拜，这是孔子仁学思想的一个重要贡献。

【原文】有子曰："君子务本，本立而道生。孝弟也者，其为仁之本与！"（《学而》）

【译文】有子说："君子致力于根本，根本确立了而正道就随之产生。孝敬父母、尊敬兄长，大概就是仁道的根本吧！"

【原文】定公问于孔子曰："古之帝王必郊祀其祖以配天，何也？"孔子对曰："万物本于天，人本乎祖。郊之祭也，大报本反始也，故以配上帝。天垂象，圣人则之，郊所以明天道也。"（《家语·郊问》）

【译文】鲁定公向孔子问道："古代帝王在郊外祭祀祖先时一定要同时祭祀上天，这是为什么呢？"孔子回答说："万物都来源于上天，人又来源于祖先。郊祭，就是报答上天和祖先、反思初始本源的盛大礼仪，所以要同时祭祀上帝。上天显示征兆，圣人效法这些征兆，郊祭就是为了彰明天道。"

既然天道是人道之本，祖先是后人之本，仁爱是礼乐之本，孝悌是仁爱之本，恭敬是孝悌之本，那么，对上天的郊祭，对祖先的"慎终追远"，就是"大报本反始"的尽孝之礼。孔子借助人们对上天、祖先的崇拜祭祀而神道设教，纳入到礼制教化的范畴，即所谓"郊所以明天道也"。从此，理性道德代替了原始宗教，祭祀不再具有神学色彩了。

所以，梁漱溟先生说："孔子并没有排斥或批评宗教（这是在当时不免为愚笨之举的），但他实是宗教最有力的敌人，因他专从启发人类的理性作功夫。中国经书在世界一切所有各古代经典中，具有谁莫与比的开明气息，最少不近理性的神话与迷信。这或者它原来就不多，或者由于孔子的删订。

这样，就使得中国人头脑少了许多障蔽。从《论语》一书，我们更可见孔门的教法，一面极力避免宗教之迷信与独断，而一面务为理性之启发。……他总是教人自己省察，自己用心去想，养成你自己的辨别力。尤其要当心你自己容易错误，而勿甘心于错误。儒家没有什么教条给人，有之，便是教人反省自求一条而已。除了信赖人自己的理性，不再信赖其他。这是何等精神！人类便再进步一万年，怕亦不得超过罢！请问：这是什么？这是道德，不是宗教。道德为理性之事，存于个人之自觉自律。宗教为信仰之事，寄予教徒之恪守教诫。中国自有孔子以来，便受其影响，走上以道德代宗教之路。这恰恰与宗教之教人舍其自信而信他，弃其自力而靠他力者相反。"①

孔子虽然"不语怪、力、乱、神"（《述而》），并非没有敬畏之心。孔子说："君子有三畏：畏天命，畏大人，畏圣人之言。小人不知天命而不畏也，狎大人，侮圣人之言。"（《季氏》）即敬畏宇宙天地的自然规律，敬畏祖先父母，敬畏圣贤教诲，本质上就是敬畏理性、敬畏道德，而不是敬畏冥冥中的神灵。所以，君子敬畏理性道德，教人"反省自求"，"自觉自律"；而小人无知则无畏，伤天害理，肆无忌惮。

由"孔子为曾参陈孝道"（《孝经》邢昺疏）而产生的一部《孝经》，《开宗明义章》就引用了孔子的话："子曰：'夫孝，德之本也，教之所由生也。……身体发肤，受之父母，不敢毁伤，孝之始也。立身行道，扬名于后世，以显父母，孝之终也。夫孝，始于事亲，中于事君，终于立身。'"全书分别为天子、诸侯、卿大夫、士、庶人制定了孝道的具体内容和准则，这样，就将事亲、事君、立身紧密联系起来，把孝道从家族内部引向整个社会，成为维系人生与社会、个人与家国的纽带，纵向贯穿了天地人、祖父己的时空领域，横向影响到哲学、政治、法律、思想、伦理、风俗、乡规、民约、家规、家训等各个社会层面，促使伦理道德政治化，从而组成

---

① 陈来编：《梁漱溟选集·中国文化要义》，吉林人民出版社，2010年1月，第204~205页。

了"道德之团体"。所以,《孝经》就被尊为"百行之宗,五教之要"。

随着时代的进步,孔子对于孝道的某些论述已经不合时宜了,"慎终追远"的方式、方法也发生了变化,但是,作为仁爱之本的孝道所代表的主旨精神和价值取向,依然被中国人广泛地认可和接受。只要家庭存在,亲情就会延续;只要亲情延续,孝道就不会消亡。这既是心理感情的寄托,也是家国安定的需要。"家是最小国,国是千万家",家国本来就是一个整体。现在每到清明,海内外华人都在陕西黄陵祭祀中华民族人文始祖黄帝,香港举办万人参加的中华民族万姓祖先祭祀大典,各社会团体都在祭祀革命英烈,各家族都在祭祀祖先。包括每年评选"感动中国"的人物,"孝老爱亲"都是重要的标准之一。这些活动,实际上就是新时代的"报本反始"。孝道作为中国传统文化的重要内容和价值观念,已经被海内外华人普遍继承和弘扬,并且在新的时代发挥着重要的精神凝聚作用。

### (二)己欲立而立人,己欲达而达人

孔子的仁爱学说是有等差的,仁爱首先是对自己的父母双亲、家庭成员和氏族血亲而言,进而推向整个社会,普遍关爱天下百姓。因此,"樊迟问仁",孔子回答说:"爱人。"(《颜渊》)这里的"人"泛指亲人和他人,这种"泛爱众"的思想,显然具有朴素的人道博爱精神,反映了孔子作为哲人的良知和胸怀。

【原文】仁者,人也,亲亲为大;义者,宜也,尊贤为大。亲亲之杀,尊贤之等,礼所生也。(《礼记·中庸》)

【译文】仁,就是爱人,亲爱自己的父母双亲是最大的仁;义,就是做事适宜,尊重贤人是最大的义。亲爱自己的亲人要分别亲疏,尊重贤人要按照等级,礼仪就由此而产生。

【原文】仲弓问仁。子曰:"出门如见大宾,使民如承大祭。己所不欲,勿施于人。在邦无怨,在家无怨。"(《颜渊》)

【译文】仲弓问什么是仁。孔子说:"出门在外要像接待贵宾一样恭敬,

役使民众要像承办大祭一样谨慎。自己不喜欢的事务，就不要强加给别人。这样，在诸侯国为官就不会结怨，在大夫家做事就不会结怨。"

【原文】子贡曰："如有博施于民而能济众，何如？可谓仁乎？"子曰："何事于仁，必也圣乎！尧、舜其犹病诸！夫仁者，己欲立而立人，己欲达而达人。能近取譬，可谓仁之方也已。"（《雍也》）

【译文】子贡说："如果有人能够对百姓广泛施恩，又能够周济众人，怎么样呢？可以说达到仁的标准吗？"孔子说："怎么只是达到仁的标准呢，一定是达到圣的标准啊！尧、舜对此还感到为难呢！那仁人，自己想要成功也要别人成功，自己想要通达也要别人通达。能够就近取例、推己及人，可以说就是为仁的方法了。"

【原文】孔子曰："夫温良者仁之本也，慎敬者仁之地也，宽裕者仁之作也，逊接者仁之能也，礼节者仁之貌也，言谈者仁之文也，歌乐者仁之和也，分散者仁之施也。儒皆兼此而有之，犹且不敢言仁也。其尊让有如此者。"（《家语·儒行解》）

【译文】孔子说："温和善良是仁的根本，谨慎恭敬是仁的基础，宽宏大量是仁的开始，谦逊待人是仁的本能，遵守礼节是仁的形貌，言论谈吐是仁的文采，歌舞音乐是仁的和谐，分散财物是仁的施与。儒者兼有这几种美德，还是不敢说已经做到仁啊。儒者的恭敬谦让就是这样的。"

孔子所说的"仁"，虽然强调"亲亲之杀，尊贤之等"，但是最终是面向整个社会的各个阶层。作为儒者，应该"己所不欲，勿施于人"，"己欲立而立人，己欲达而达人"，从不是自私自利、专爱自身，而是对人既要尊重又要爱护，"博施于民而能济众"，从言行举止、接人待物各个方面达到"仁"的标准，向天下民众献出一片仁爱之心。

孔子评价历史人物，阐发仁爱思想，更能显示出远见卓识和博大胸怀：

【原文】子路曰："桓公杀公子纠，召忽死之，管仲不死。曰：未仁乎？"子曰："桓公九合诸侯，不以兵车，管仲之力也。如其仁！如其仁！"

(《宪问》)

【译文】子路说:"齐桓公杀了公子纠,公子纠的老师召忽为他自杀而死,而管仲却不为他死。这样说:管仲不能算有仁德吧?"孔子说:"桓公多次会盟诸侯,不动用兵车武力,都是管仲的功劳。这就是他的仁德!这就是他的仁德!"

【原文】子贡曰:"管仲非仁者与?桓公杀公子纠,不能死,又相之。"子曰:"管仲相桓公,霸诸侯,一匡天下,民到于今受其赐。微管仲,吾其被发左衽矣!岂若匹夫匹妇之为谅也,自经于沟渎而莫之知也?"(《宪问》)

【译文】子贡说:"管仲不是有仁德的人吧?齐桓公杀死公子纠,管仲不能为他而死,反而辅佐了桓公。"孔子说:"管仲辅佐桓公,称霸诸侯,使天下得到匡正,民众直到今天还享用着他的恩惠。如果没有管仲,我们大概就要像披散头发、衣襟左开的落后民族一样了!难道要管仲像普通男女那样拘泥于小信,自缢在沟渠之中而没有人了解他的功业吗?"

鲁襄公十二年(前686年)齐国发生内乱,公孙无知杀死齐襄公,自立为君,第二年雍林人又杀死公孙无知,这样齐国陷入无君的乱局。由管仲与召忽共同辅佐的公子纠在鲁国避难,听到消息,准备返回齐国争夺君位。由鲍叔辅佐的公子小白在莒国避难,抢先秘密返齐为君,世称齐桓公。桓公迫使鲁国处死了公子纠,召忽为公子纠而自杀,管仲却受到鲍叔推荐,臣服桓公,成为齐国之相。按照世俗的观念,管仲是叛变投敌、背信弃义的小人,因此,子路认为"未仁",子贡认为"非仁"。孔子却指出,管仲辅佐桓公,称霸诸侯,"九合诸侯,不以兵车",使百姓免受战争之苦,这样"弭兵保民"就是他的仁德;管仲尊王攘夷,抵御狄夷入侵,保卫华夏文化,才没有发生"被发左衽"的历史倒退,这样严守"华夷之防"就是他的仁德。显然,孔子没有局限于世俗小信,而是从更高的层面、更大的范围去认识和观察,肯定和赞赏作为法家的管仲对国家、民族、社会和百姓的大"仁"大"德",从而体现出孔子更普遍、更深沉的人间之爱。

当然，孔子的"泛爱众"，最初是建立在宗法观念之上的等差之爱，按照血统的亲疏远近而制定的斩衰、齐衰、大功、小功、缌麻五服制度就是证明，表现了"各亲其亲，各子其子"的"小康"意识，符合人之常情和自然心理，这与后来墨子的"兼爱"主张不同，与现代的博爱精神还有距离。然而，孔子并没有把视野局限在宗法血统的狭小范围之内，而是将仁爱之心推广到天下百姓，认为"四海之内皆兄弟"（《颜渊》），这就大大超过了宗法的范畴，将家庭伦理社会化，实为难能可贵。这实际上就是"不独亲其亲，不独子其子"的"大同"理想的再现，至今依然发挥着重要的社会作用。现在社会上广泛开展的自愿者服务活动，向社会献出一片爱心，"帮助他人，自己快乐"，"赠人玫瑰，手有余香"，正是传统文化中"泛爱众"思想的历史延续和现代体现。

### （三）为仁由己，而由人乎哉

"仁"出自血缘亲情。人一出生，就决定了血缘关系，受到了亲情的抚爱，这是天然形成的，谁也不能否认。然而，能否真正怀有仁爱之心，实行孝悌之道，则决定于自己后天的修养和努力，所以，孔子特别强调为仁的主动性和自觉性。

【原文】颜渊问仁。子曰："克己复礼为仁。一日克己复礼，天下归仁焉。为仁由己，而由人乎哉？"颜渊曰："请问其目。"子曰："非礼勿视，非礼勿听，非礼勿言，非礼勿动。"颜渊曰："回虽不敏，请事斯语矣！"（《颜渊》）

【译文】颜渊问什么是仁。孔子说："约束自己的行为而遵守礼仪就是仁。一旦能够做到约束自己而遵守礼义，天下的人就会用仁来称赞他。修行仁德全靠自己，难道要靠别人吗？"颜渊说："请问修行仁德的具体细节。"孔子说："不符合礼的事不要看，不符合礼的话不要听，不符合礼的言论不要说，不符合礼的事情不要做。"颜渊说："我虽然不聪敏，请让我按照这话去做吧！"

【原文】子曰："仁远乎哉？我欲仁，斯仁至矣。"(《述而》)

【译文】孔子说："仁德离我们很远吗？我想要达到仁德的境界，那仁德就会到来的。"

这就是说，为仁全靠自己的努力。你要为仁，就可以为仁，关键在于能够自觉地"克己"而"复礼"。由此可知，"克己复礼"就是"为仁"的必由之路。

所谓"克己"，就是约束自我，克制欲望，培养高尚道德，塑造完美人格。社会上的诱惑从来很多，诸如金银珠宝、名利地位、美女豪宅、声色犬马、攻城略地、裂土封疆、独掌权柄、称霸诸侯之类，时时挑逗着潜在的欲望，勾引着内心的贪婪。那么，应该如何正确对待呢？孔子并不主张禁欲，而是"不以其道得之，不处也"，这就是孔子给出的处世准则。

所谓"复礼"，就是恢复礼制，严守名分，各司其职，各安其位。"礼"，本源于三代祭祀活动的仪式，演化为春秋社会的行为规范，成为维系家国的社会纽带。所以说："礼之可以为国也久矣，与天地并。君令臣恭，父慈子孝，兄爱弟敬，夫和妻柔，姑慈妇听，礼也。"(《左传·昭公二十六年》)"复礼"就要做到"非礼勿视，非礼勿听，非礼勿言，非礼勿动"。具体来说，就是在视、听、言、动诸多方面，恪守礼制的原则，一切按照礼制的规定行事。《诗经·鄘风·相鼠》曰："相鼠有皮，人而无仪！人而无仪，不死何为？相鼠有齿，人而无止！人而无止，不死何俟？相鼠有体，人而无礼！人而无礼，胡不遄死？"早在西周，就对无礼之人以死诅咒，可见人们对礼的重视程度。

【原文】子曰："富与贵，是人之所欲也；不以其道得之，不处也。贫与贱，是人之所恶也；不以其道得之，不去也。君子去仁，恶乎成名？君子无终食之间违仁，造次必于是，颠沛必于是。"(《里仁》)

【译文】孔子说："富有和尊贵，是人们所期望的；不用正当的方法获得它，君子不占有。贫穷和低贱，是人们所厌恶的；不用正当的方法抛开它,君子不离去。君子失去了仁德,怎样成就自己的名声呢?君子不会在一顿饭那么片刻的时间里远离仁德,紧急的时候也一定如此,困顿的时候也一定如此。"

【原文】子曰:"饭疏食,饮水,曲肱而枕之,乐亦在其中矣!不义而富且贵,于我如浮云。"(《述而》)

【译文】吃粗粮,喝冷水,弯着胳膊当枕头,快乐也就在其中了!用不正当的手段获取富贵,对我而言就如同天边的浮云一样。

【原文】子路问于孔子曰:"由闻丈夫居世,富贵不能有益于物,处贫贱之地而不能屈节以求伸,则不足以论乎人之域矣。"孔子曰:"君子之行己,期于必达于己。可以屈则屈,可以伸则伸。故屈节者,所以有待;求伸者,所以及时。是以虽受屈而不毁其节,志达而不犯于义。"(《家语·屈节解》)

【译文】子路问孔子说:"我听说男子汉生活在世上,享受富贵而不能有利于世间事物,处于贫贱而不能忍受委屈以求得将来伸展,那么就不足以达到大丈夫的境界。"孔子说:"君子自己的作为,期待一定达到自己的目标。需要委屈时就委屈,需要伸展时就伸展。所以委屈自己,是因为有所期待;求得伸展,需要抓住时机。因此,虽然受到委屈而不能失去气节,志向达到而不能有害道义。"

对于富贵和贫贱,孔子取舍的原则是道义。符合道义的富贵可以接受,所谓"君子爱财,取之有道";违背道义的富贵绝不索取,甘愿受穷。即使"饭疏食,饮水,曲肱而枕之,乐亦在其中矣"。因为"君子固穷,小人穷斯滥矣"(《卫灵公》),只有小人穷困才胡作非为,而君子"受屈而不毁其节,志达而不犯于义"。道德礼义就是君子人生行为的规范。

那么,"礼"的具体内容又是什么?

【原文】孔子曰:"夫礼,先王所以承天之道,以治人之情,列其鬼神,达于丧、祭、乡、射、冠、婚、朝、聘。故圣人以礼示之,则天下国家可

得以礼正矣。"(《家语·礼运》)

【译文】孔子说："礼，是先王顺承上天之道，用来治理人情的。它参验于鬼神，贯彻在祭、丧、乡、射、冠、婚、朝、聘等礼仪之中。所以圣人用礼昭示天道人情，那么国家就能够以礼来校正治理。

【原文】孔子曰："丘闻之，民之所以生者，礼为大。非礼则无以节事天地之神焉，非礼则无以辩君臣、上下、长幼之位焉，非礼则无以别男女、父子、兄弟、婚姻、亲族疏数之交焉。是故君子此之为尊敬，然后以其所能教顺百姓，不废其会节。"(《家语·问礼》)

【译文】孔子说："我听说，在民众生活中，礼是最重要的。没有礼就不能有节制地侍奉天地神灵，没有礼就不能区别君臣、上下、长幼的地位，没有礼就不能分清男女、父子、兄弟、婚姻、亲族等亲疏远近的交往规则。因此，君子把礼看得非常重要，然后用他所了解的礼来教化百姓，才能不荒废礼的原则和界限。"

因此，孔子要求严守礼制，恢复秩序，对于一切放纵私欲、僭越犯上的违礼行为，口诛笔伐，坚决反对。

【原文】孔子谓季氏："八佾舞于庭，是可忍也，孰不可忍也？"(《八佾》)

【译文】孔子谈到季氏，说："他用天子规格的八行乐舞队伍在庭院里表演，如果这种僭越礼制的事情可以容忍的话，还有什么事情不可容忍的呢？"

【原文】三家者以《雍》彻。子曰："'相维辟公，天子穆穆'，奚取于三家之堂？"(《八佾》)

【译文】仲孙、叔孙、季孙三家祭祖结束时演奏了天子之歌《雍》来撤除祭品。孔子说："助祭的是诸侯，天子肃穆地主祭。这歌词中有哪一句是适用于三家祭祖的厅堂呢？"

"佾"是歌舞表演的行列。按礼制，天子八佾，八人一列，共六十四人；诸侯六佾，六人一列，共三十六人；卿大夫四佾，四人一列，共一十六人；士二佾，二人一列，共为四人。季氏作为鲁国大夫居然享用了天子的歌舞规格，而三家擅自演奏天子乐歌，孔子认为都是僭越礼制、犯上作乱的不臣行为，必须坚决反对。

而对于那些"富而不好礼"，用财宝贿赂而跑官要官的行为，孔子更是深恶痛绝，严厉批评。

【原文】南宫敬叔以富得罪于定公，奔卫。卫侯请复之，载其宝以朝。夫子闻之曰："若是其货也，丧不若速贫之愈！"子游侍曰："敢问何谓如此？"孔子曰："富而不好礼，殃也。敬叔以富丧矣，而又弗改，吾惧其将有后患也！"敬叔闻之，骤如孔氏，而后循礼施散焉。(《家语·曲礼子贡问》)

【译文】鲁国大夫南宫敬叔因为富有而得罪了鲁定公，逃到卫国。卫侯请求鲁定公恢复敬叔的官位之后，敬叔就用车拉着财宝来朝见鲁定公。孔子听到这件事说："像这样进行贿赂，丢了官还不如快点穷困的好！"子游正在旁边侍奉，就问："请问这话是什么意思？"孔子说："富而不好礼，就要招致祸殃。敬叔因为富有而丢官，而不知悔改，我担心他今后将有祸殃啊！"敬叔听到孔子的话，立刻去见孔子，从此遵循礼仪，施舍百姓。

孔子为什么如此强调"礼"呢？因为孝悌忠义这些伦理道德毕竟都是抽象的，看不见，摸不着，必须要一种具体的仪式姿态表现出来，方能显现和验证，否则伦理道德就会架空。这种反映特定情境之下的行为规范仪式，就是礼仪。当然，孔子所说的礼，难免有封建宗法色彩，反映了那个时代的观念形态和政治需要。"非礼勿视，非礼勿听，非礼勿言，非礼勿动"的要求，今人看来显得迂腐可笑，不可接受。然而，现代人就可以无所顾及、肆无忌惮地非礼而行吗？法由礼而来，礼、法本为一体。必须遵循的是道德礼义，强制执行的是法律制度。为了保证社会的正常运行，古今又有哪个时代没有礼法呢？在现代社会，强调民主法制，同样需要制定道德礼仪准则和法律规则制度，大到国家宪法，小到学生守则，都需要自我约束，自觉遵守。任何违背道德的非礼行动，任何违反法规的非法行动，都会损害他人，祸及社会，必须坚决制止。

### （四）君子必诚其意

"克己复礼为仁"，毕竟含有被动、强制的因素，一旦环境变化，心态消极，难免出现阳奉阴违、口是心非、装模作样、表里不一的虚伪现象，难以自觉自愿地真正达到"为仁"的目的。因此，孔子特别强调"诚"的命题。

【原文】孔子曰："凡事豫则立，不豫则废；言前定则不跲，事前定则不困；行前定则不疚，道前定则不穷。在下位不获于上，民弗可得而治矣；获于上有道，不信于友，不获于上矣；信于友有道，不顺于亲，不信于友矣；顺于亲有道，反诸身不诚，不顺于亲矣；诚身有道，不明于善，不诚于身矣。诚者，天之至道也；诚之者，人之道也。夫诚，弗勉而中，不思而得，从容中道，圣人之所以体定也。诚之者，择善而固执之者也。"（《家语·哀公问政》）

【译文】孔子说："任何事情预先准备就会成功，没有预先准备就会失败；说话预先准备就不会结巴，做事预先准备就不会困窘；行动事前确定就不会愧疚，道路行前选定就不会穷尽。处在下位的人得不到上位人的信任，就不可能治理好民众；得到上位人的信任是有条件的，如果得不到朋友的信任，就得不到上位人的信任；得到朋友的信任是有条件的，如果不能顺从父母，就得不到朋友的信任；顺从父母是有条件的，如果反省自己不真诚，就不能顺从父母；使自己真诚是有条件的，不明白什么是善，就不能使自己真诚。真诚，是上天最高的原则；使自己真诚，是做人的原则。具有真诚，不用勉强就能够做到，不用思考就能够拥有，从容不迫地符合道义，这就是圣人表现出来的形象。使自己真诚的人，就是择善而从、执追求的人。"

那么，什么才是"诚"呢？怎样才能达到"诚"呢？

【原文】所谓诚其意者，毋自欺也。如恶恶臭，如好好色。此之谓自谦。故君子必慎其独也。小人间居为不善，无所不至，见君子而后厌然掩其不善而著其善。人之视己，如见其肺肝然，则何益矣？此谓诚于中，行于外。故君子必慎其独也。曾子曰："十目所视，十手所指，其严乎！"富润屋，德润身，心广体胖，故君子必诚其意。（《礼记·大学》）

【译文】所谓使自己的意念真诚，就是不要自我欺骗，这就如同厌恶臭味，如同喜爱美色一样。这就叫作自我满足。所以君子对于独处必须慎重。小人独处做坏事，没有什么不干的，见到君子后就故意掩盖他的坏事而显示他的善行。其实别人看自己，如同洞察自己肺肝一样清楚，那么这样做又有什么用处呢？这就叫内心确实有想法，外表就必然会显露出来。所以，君子对于独处必须慎重。曾子说："十只眼睛看着，十只手指着，多么严厉可怕啊！"富足滋润房屋，德行滋润自身，内心宽广而安泰舒适，所以君子必须使自己的意念真诚。

所谓"诚"，"如恶恶臭，如好好色"，是人性本能自发的反应。在没有外界监督约束的独处之时，才是对"诚"最好的检验。小人独处，自以为天不知、人不晓，就私欲膨胀，放纵欲望，肆无忌惮，无所不为，而在公众场合就"掩其不善而著其善"，装扮成正人君子的模样自欺欺人、招摇撞骗。其实，"十目所视，十手所指"，若要人不知，除非己莫为。弄虚作假，骗得了一时，骗不了一世，终归是要败露的。所以，君子要"慎独"，做到表里如一，言行如一，人前人后如一，群居独处如一，才是真正的"诚其意"。可见，"慎独"是对道德的高标准、严要求，是"诚意"的根本保证，也是君子自我完善的最高境界。这是孔子对伦理哲学的一大贡献。

《礼记·大学》作为儒家的政治论文，将人生哲学和政治哲学合为一体，既规定了君子的道德标准，又指出了政治的价值追求，即"内圣"而"外王"，成为儒家"修己以安民"学说的核心。其中第一章为"经"，是

"孔子之意而曾子述之"；后十章为"传"，是"曾子之意而门人述之"。孔子提出的"三纲"、"八目"中，"诚意"就是重要的组成部分。

【原文】大学之道，在明明德，在亲（新）民，在止于至善。（《礼记·大学》）

【译文】大学的根本宗旨，在于彰显个人内在的美德，在于使百姓通过教化弃旧图新，在于使人达到最完美的和谐境界。

【原文】古之欲明明德于天下者，先治其国；欲治其国者，先齐其家；欲齐其家者，先修其身；欲修其身者，先正其心；欲正其心者，先诚其意；欲诚其意者，先致其知；致知在格物。物格而后知至，知至而后意诚，意诚而后心正，心正而后身修，身修而后家齐，家齐而后国治，国治而后天下平。自天子以至于庶人，壹是皆以修身为本。（《礼记·大学》）

【译文】自古以来，想要在天下教化百姓、彰显美德的天子，要首先治理好自己的诸侯国；想要治理好自己的诸侯国，首先要治理好卿大夫之家；想要治理好卿大夫之家，首先要加强自身的道德修养；想要加强自身的道德修养，首先要端正自己的心灵；想要端正自己的心灵，首先要使自己真诚无私；想要使自己意念真诚，首先要学习知识、掌握规律；想要学习知识、掌握规律，就要推究事物的原理。只有推究事物的原理然后才能认识明确，只有认识明确然后才能意念真诚，只有意念真诚然后才能心灵端正，只有心灵端正然后才能修养自身，只有修养自身然后才能家族和睦，只有家族和睦然后才能治理好邦国，只有治理好邦国然后才能使天下太平。从天子一直到百姓，所有人都以修养自身为根本。

这里的"大学"是对"小学"而言的。"小学"是向贵族子弟传授文字、训诂、算术、礼仪之类基础知识，"大学"则是培养成为"大人"的学问。"大学"教育的重点，一在"修身"，一在"安民"。在"明明德"、"亲民"、"止于至善"的三纲中，"明明德"是指通过修身，彰显自我美好的品德；"亲民"是指教化民众，弃旧图新，移风易俗，使百姓安宁；"止于至善"则是在"明明德"和"亲民"的基础上进而达到社会和谐的最高境界。这是从个人到社会的奋斗纲领。

要实现"三纲"的目标,"修身"在"八目"中至关重要。只有通过"格物"、"致知"、"诚意"、"正心"这样"修身"的全过程,使得道德完善,精神高尚,才能具有抵御私欲诱惑的"免疫力",诚心诚意地践行礼制,自觉自愿地承担"为仁"的重任,实现"齐家"、"治国"、"平天下"的政治理想。因此,"自天子以至于庶人,壹是皆以修身为本",而"诚意"又是"修身"之本。所以说,"君子必诚其意",这既是"克己复礼为仁"的理论前提,也是实现"克己复礼为仁"的根本保证。

由孔子的论述,自然想起那些贪官污吏。他们在台上倡导清廉,义正词严,情真意切,信誓旦旦,听起来令人动容;他们在私下权钱交易,贪污受贿,明抢暗偷,鼠窃狗盗,贼胆包天!如此两种面孔,人鬼合体,表演自如,沾沾自喜,自以为得计。当其时,他们哪里会想到"十目所视,十手所指","人之视己,如见其肺肝然"呢?一旦东窗事发,身陷囹圄,一个个又痛心疾首,悔恨不已,说什么水平低、觉悟差、学习少、不懂法,对不起妻儿老小,对不起党和人民,真真假假,假假真真,恐怕连他本人都难以分辨,自欺欺人的手段可谓登峰造极。

其实,哪一个贪腐官员都曾经有过奋斗的历史和业绩,否则就到不了手握重权的地位,但是,他们内心深处把这些当作投资,并没有打算自始至终地为理想献出一切,诚心诚意地为信念奋斗一生,一旦有了机会就产生贪婪的欲望,沉迷于财色的诱惑,由此逐渐突破了道德底线和法律准绳,走上犯罪的道路,坠入罪恶的深渊。还是孔子说的好啊:"君子必诚其意","君子必慎其独"。这就是孔子教诲的现代意义。

**(五)无求生以害仁,有杀身以成仁**

"仁"是儒家的理论主张,"为仁"是儒家为之自觉奋斗的使命和理想。作为君子,要不怕艰难,为之献身,甚至连生死都置之度外,因此,孔子说:"志士仁人,无求生以害仁,有杀身以成仁。"(《卫灵公》)表现出儒家刚毅坚定的意志和特立独行的品格。

【原文】孔子曰:"儒者不宝金玉,而忠信以为宝;不祈土地,而仁义以为土地;不求多积,而多文以为富。难得而易禄也,易禄而难畜也。非时不见,不亦难得乎?非义不合,不亦难畜乎?先劳而后禄,不亦易禄乎?其近人情有如此者。儒有委之以财货而不贪,淹之以乐好而不淫,劫之以众而不惧,阻之以兵而不慑。见利不亏其义,见死不更其守。鸷虫攫博不程其勇,引重鼎不程其力。往者不悔,来者不豫。过言不再,流言不极。不断其威,不习其谋。其特立有如此者。儒有可亲而不可劫,可近而不可迫,可杀而不可辱。其居处不过,其饮食不溽,其过失可征辩,而不可面数也。其刚毅有如此者。儒有忠信以为甲胄,礼义以为干橹,戴仁而行,抱义而处,虽有暴政,不更其所。其自立有如此者。"(《家语·儒行解》)

【译文】孔子说:"儒者不以金玉为宝,而以忠信为宝;不期盼占有土地,而以仁义为土地;不要求多积财富,而以学问广博为财富。儒者难以得到却容易供养,容易供养却难以挽留。不到适当的时候就不会出现,不是难以得到吗?不是正义的事情就不合作,不是难以挽留吗?先效力而后拿取俸禄,不是容易供养吗?儒者近于人情就是这样的。儒者对于别人委托的财物不会贪心,处于玩乐之境不会淫乱,众人威逼而不惧怕,武力阻止而不恐惧。见利不会损失他的道义,临死不会改变他的操守。遇到猛兽的攻击就奋力搏斗,推举重鼎就尽力而为。对于以往的事情不后悔,对于未来的事情不犹豫。错话不说两次,流言不再追究。时刻保持尊严,不学那些权谋。儒者的特立独行就是这样。儒者可以亲切而不可胁迫,可以接近而不可威逼,可以杀头而不可侮辱。他的居处不奢华,他的饮食不丰盛,他的过失可以验证辩论,而不能当面数落指责。儒者的刚强坚毅就是这样的。儒者以忠信作为铠甲,以礼义作为盾牌,拥有仁而行动,怀抱义而处世,即使遇到暴政,也不改变信念。儒者的自立就是这样的。"

这里说的虽然是儒者应有的品德，其实概括论述了中华民族共有的道德情操、风骨气节和价值取向。孟子的名言"富贵不能淫，贫贱不能移，威武不能屈。此之谓大丈夫"（《滕文公下》），就是由此演化而来。既然如此，为仁就不是间断的、随意的、可有可无的行为，而是不论何时何地都应该持之以恒、终生奋斗的伟大事业，鞠躬尽瘁，死而后已。

【原文】子贡问于孔子曰："赐倦于学，困于道矣，愿息而事君，可乎？"孔子曰："《诗》云：温恭朝夕，执事有恪。事君之难也，焉可息哉！"曰："然则赐愿息而事亲。"孔子曰："《诗》云：孝子不匮，永锡尔类。事亲之难也，焉可以息哉！"曰："然则赐请息于妻子。"孔子曰："《诗》云：刑于寡妻，至于兄弟，以御于家邦。妻子之难也，焉可以息哉！"曰："然则赐愿息于朋友。"孔子曰："《诗》云：朋友攸摄，摄以威仪。朋友之难也，焉可以息哉！"曰："然则赐愿息于耕矣。"孔子曰："《诗》云：昼尔于茅，宵尔索绹，亟其乘屋，其始播百谷。耕之难也，焉可以息哉！"曰："然则赐将无所息者也。"孔子曰："有焉。自望其广，则睪如也；视其高，则填如也；察其从，则隔如也。此其所以息也矣。"子贡曰："大哉乎死也！君子息焉，小人休焉。大哉乎死也！"（《家语·困誓》）

【译文】子贡向孔子问道："我对于学习已经厌倦了，对于道义感到困惑了，希望去侍奉君主而得到休息，可以吗？"孔子说："《诗》里说：侍奉君主早晚都要温文恭敬，做事要谨慎小心。侍奉君主是困难的事情，怎么可以休息呢？"子贡说："那么我希望去侍奉父母而得到休息。"孔子说："《诗》里说：孝子的孝心永不匮乏，永远传递给他的同类。侍奉父母也是困难的事情，怎么可以休息呢？"子贡说："那么我希望在妻子儿女那里得到休息。"孔子说："《诗》里说：要给妻子做出榜样，进而至于兄弟，推而广之治理家族和国家。与妻儿相处也是困难的事情，怎么可以休息呢？"子贡说："那么我希望在朋友那里得到休息。"孔子说："《诗》里说：朋友之间互相帮助，彼此举止符合威仪。与朋友相处也是困难的事情，怎么可以休息呢？"子贡说："那么我希望在耕种庄稼中得到休息。"孔子说："《诗》里说：白天割茅草，晚上搓绳索，赶快盖屋顶，就要播种百谷。耕种庄稼也是困难的事情，怎么可以休息呢？"子贡说："那么我就没有可以休息的地方了吗？"孔子说："有的。你从这里看远处那些坟墓，高高的样子；看它坟头高，又填得实实的；从侧面看，又一个个隔离开。这就是休息的地方。"子贡说："死的意义是这样重大啊！君子在这里安息，小人也在这里休息。死的意义是这样重大啊！"

显然，在孔子看来，人是社会成员，不是孤立的存在，必须关注上下左右的人际伦理，对于家庭、社会负有不可推卸的责任。人生在世就要行人道，行人道就是为仁行义，这就是孔子的人生哲学。正因为如此，孔门弟子曾参才会有这样的感悟和总结：

【原文】曾子曰："士不可不弘毅，任重而道远。仁以为己任，不亦重乎？死而后已，不亦远乎？"（《泰伯》）

【译文】曾子说："士人不能不刚强果敢，因为责任重大而路途遥远。以仁作为自己的责任，不是负担沉重吗？到死才能停止，不是路途遥远吗？"

做人如此，做事也如此。每一个为理想而奋斗的人，都是"任重而道远"，不可能一蹴而就，必须具有坚定的信念和献身的精神，持之以恒，艰苦奋斗，不断探索，执著追求，才有可能实现自己的远大理想。反之，如果信心动摇，半途而废，必将一事无成，悔恨终生。

孔子由亲情孝悌立论，为仁爱论构建起人性、情感、心理的坚实基础；进而提出"泛爱众"，用"己所不欲，勿施于人"、"己欲立而立人，己欲达而达人"的原则和方法，达到"博施于民而能济众"的目的，这样就使得仁爱论具有广泛的社会意义和实用价值。接着又指明"克己复礼为仁"的现实途径，"慎独"、"诚意"的自觉意识，"任重而道远"的奋斗使命，为实现仁爱设计了可行的蓝图和道路。

## 三　为政以德，正己正人

孔子提出"为政以德"的政治观念，既是对周公"敬德保民"思想的自觉继承，又是对"礼义以为纪"的小康理想的具体实践。

统治者"为政以德"，必须首先正名，"修己以敬"，正己正人，"太上以德教民，而以礼齐之"，然后才以政导民，以刑禁之。只有实行德政，选贤举能，关心民生，修治文德，怀敌抚远，才能天下太平。这就是孔子的政治哲学。

### （一）必也，正名乎

孔子认为，治理天下国家，首先从端正君臣、父子的名分开始，只有名分端正，名实得当，才能各安其位，各司其职。显然，这是针对当时礼崩乐坏、名实错位的混乱现实而言的。孔子的"正名说"，体现了家族伦理本位思想。以名分决定政治经济利益，以正名确立是非善恶标准，实际上就是以名分组织社会，以名分管理国家，这正是其政治哲学的核心。

【原文】子路曰："卫君待子而为政，子将奚先？"子曰："必也，正名乎！"子路曰："有是哉，子之迂也！奚其正？"子曰："野哉，由也！君子于其所不知，盖阙如也。名不正，则言不顺；言不顺，则事不成；事不成，则礼乐不兴；礼乐不兴，则刑罚不中；刑罚不中，则民无所错手足。故君子名之必可言也，言之必可行也。君子于其言，无所苟而已矣！"（《子路》）

【译文】子路说："如果卫国君主等待先生去治理国政，先生将先做什么？"孔子说："一定先从端正名分开始！"子路说："先生的迂腐竟然如此严重！怎么要先端正名分呢？"孔子说："粗野啊，仲由！君子对于他不知道的事情，大概应该避而不谈吧。名分不端正，那么说话就不顺当；说话不顺当，那么事情就办不成；事情办不成，那么礼乐就不能兴起；礼乐不能兴起，那么刑罚就不能适中；刑罚不能适中，那么百姓就手足无措。所以君子确定了名分就一定要说出来，说出来就一定可以通行。君子对于自

己的言论，从来是不能苟且的！"

【原文】齐景公问政于孔子。孔子对曰："君君，臣臣，父父，子子。"公曰："善哉！信如君不君，臣不臣，父不父，子不子，虽有粟，吾得而食诸？"（《颜渊》）

【译文】齐景公向孔子询问治国之政。孔子对答说："君主要像君主，臣子要像臣子，父亲要像父亲，儿子要像儿子。"景公说："好啊！确实如果君主不像君主，臣子不像臣子，父亲不像父亲，儿子不像儿子，即使有粮食，我能够吃到嘴里吗？"

孔子所说的"正名"，就是要求明确等级，摆正身份，因名求实，名实相符，权利与责任统一，这就为礼义纲纪设制了标准，为名学奠定了基础，后来诸子的名学研究都是由此而引发。齐景公只想着他应该享受的权利，而没有意识到自己作为国君应负的责任，当然是片面的。对此，孔子有深刻的论述。

【原文】定公问："一言而可以兴邦，有诸？"孔子对曰："言不可以若是。其几也，人之言曰：为君难，为臣不易。如知为君之难也，不几乎一言而兴邦乎？"曰："一言而丧邦，有诸？"孔子对曰："言不可以若是。其几也，人之言曰：予无乐乎为君，唯其言而莫予违也。如其善而莫之违也，不亦善乎？如不善而莫之违也，不几乎一言而丧邦乎？"（《子路》）

【译文】鲁定公问道："一句话可以使国家兴旺，有这样的话吗？"孔子回答说："语言不可能起到这样的作用。与这近似的情况是，人们这样说：做君主困难，做臣子也不容易。如果知道做君主的困难，不就近似于一句话可以使国家兴旺吗？"定公又问："一句话可以使国家灭亡，有这样的话吗？"孔子回答说："语言不可能起到这样的作用。与这近似的情况是，人们这样说：我作为君主没有什么快乐的，只是我的话没人敢违抗。如果君主的话是正确的而没有人违抗，不也是很好吗？如果君主的话不正确而没有人违抗，不就近似于一句话可以使国家灭亡吗？"

知道"为君难",君主就应该承担起为君的责任,"敬德保民",以德治国,尽心尽力,足食足兵,保持国家的长治久安,这就"不几乎一言而兴邦";如果君主"不善而莫之违",满足于臣子的一片颂扬,山呼万岁,而不知道这是臣子屈从于君主权势,口是心非,同而不和,那么为君者听信这样的谄谀之辞,盲目虚荣,就意味着埋下国家危亡的祸根,这就"不几乎一言而丧邦"。显然,孔子认为君主并非永远圣明,绝对正确,一旦昏聩虚荣,忠奸不分,就有可能丧身亡国,历史上确实就有这种听信"佞臣谄谀"而"忘其身"的君主。

【原文】哀公问于孔子曰:"寡人闻忘之甚者,徙而忘其妻,有诸?"孔子对曰:"此犹未甚者也,甚者乃忘其身。"公曰:"可得而闻乎?"孔子曰:"昔者夏桀,贵为天子,富有四海,忘其圣祖之道,坏其典法,废其世祀,荒于淫乐,耽湎于酒。佞臣谄谀,窥导其心;忠士折口,逃罪不言。天下诛桀,而有其国。此谓忘其身之甚矣。"(《家语·贤君》)

【译文】鲁哀公问孔子说:"我听说忘性大的人,搬了家就忘记了自己的妻子,有这样的人吗?"孔子回答说:"这还不是忘性最大的人,更严重的是忘记了自身。"哀公说:"可以说给我听听吗?"孔子说:"从前夏桀,贵为天子,富有天下,却忘记了他圣明先祖的治国之道,毁弃了先祖制定的典章制度,废除了先祖世代相传的祭祀规定,放纵淫乐,沉湎酒色。奸佞阿谀奉承,窥测诱导君心;忠贞之士闭口,避罪不敢说话。后来天下人杀了夏桀,而占有了他的国家。这才是忘记自身最严重的啊!"

现代崇尚平等自由的人们,对孔子提出的"君君、臣臣、父父、子子"的"正名"原则,非常反感。然而,如果抛开封建宗法意识来看,任何一个有秩序的文明社会,都要强调分工合作,职责分明,职务与责任相称,权利与义务对等,绝对没有极端的自由。古希腊哲人柏拉图的《理想国》就是这样主张的。现代社会分工精细,更是要求忠于职守,敬业奉献。

值得注意的是,孔子认为道德、责任是以君、父一方为主,以臣、子一方为次，诸如君礼臣忠，父慈子孝，兄爱弟敬，夫和妻柔，姑慈妇听，上行下效，上诚下信，等等。前者是主导，后者是随从；没有前者的率先垂范，就不要苛求后者必须遵守，这是处理二者关系的准则。正己方能正人，身教重于言教，这是孔子"为政以德"的立论前提，贯穿于他的政治学说的各个环节，具有重要的理论价值和社会意义。

尽管古今的政治思想和道德内涵不同，但是，对上级的要求应该比下级高，对官员的要求应该比民众高，对长辈的要求应该比晚辈高，这是至今也必须坚持的原则。所谓"火车要有车头带"，"要求群众做到，领导必须首先做到"，"领导带了头，群众有奔头"，社会才能正常运转和发展。"君不君"就会"臣不臣"，"父不父"就会"子不子"。从这个意义上说，现代社会仍然需要"正名"。

### （二）政者，正也

君子的社会责任就是"安民"，而"安民"是以"修己"为前提条件的。"凡上者，民之表也，表正则何物不正？"只有自己"诚意"、"修身"，才能进而"齐家、治国、平天下"。因此，以自己高尚的品德和模范的行为，引领社会风气，教化天下百姓，就可以"布诸天下四方而不怨，纳之寻常之室而不塞。等之以礼，立之以义，行之以顺，则民之弃恶如汤之灌雪焉"。这是"正名"的必然逻辑。

【原文】子路问君子。子曰："修己以敬。"曰："如斯而已乎？"曰："修己以安人。"曰："如斯而已乎？"曰："修己以安百姓。修己以安百姓，尧、舜其犹病诸！"（《宪问》）

【译文】子路问怎样才算是君子。孔子说："修养自己而且谨慎从事。"又问："这样就够了吗？"孔子说："修养自己而且安抚他人。"又问："这样就够了吗？"孔子说："修养自己而且安定百姓。做到修养自己而且安定百姓，就连尧、舜恐怕都感到困难吧！"

【原文】孔子曰："上敬老则下益孝，上尊齿则下益悌，上乐施则下益宽，上亲贤则下择友，上好德则下不隐，上恶贪则下耻争，上廉让则下耻节。此之谓七教。七教者，治民之本也。政教定，则本正也。凡上者，民之表也，表正则何物不正？是故，人君先立仁于己，然后大夫忠而士信，民敦俗璞，男悫而女贞。六者，教之致也。布诸天下四方而不怨，纳之寻常之室而不塞。等之以礼，立之以义，行之以顺，则民之弃恶如汤之灌雪焉。"（《家语·王言解》）

【译文】孔子说："在上者尊敬老人，在下者就会更加孝顺；在上者尊敬长者，在下者就会更加敬爱兄长；在上者乐善好施，在下者就会更加宽厚；在上者亲近贤人，在下者就会重视择友；在上者注重道德，在下者就不会隐匿；在上者厌恶贪婪，在下者就会耻于争利；在上者提倡廉洁谦让，在下者就会耻于变节。这就是所说的七种教化。这七种教化，是治理民众的根本。政治教化的原则确定了，那么治民的根本就是正确的。凡是身居上位的人，都是民众的表率，表率端正了还有什么不正的呢？因此，君主首先自己确立仁德，然后大夫忠正而士人诚信，民心敦厚而民风淳朴，男人憨厚而女子贞节。这六个方面，就是教化的结果。这样的教化，散布在天下四方而不会产生怨恨，放在普通家庭而不会遭到拒绝。用礼来区分等级，用义来立身处世，遵照礼义来行事，那么民众抛弃邪恶就如同用热水浇灌积雪一样很快消失。"

正因为孔子强调正名，重在君、父一方的职责，那么，正人先须正己，身教重于言教，严于律己，率先垂范，便是顺理成章的思维逻辑。所以，"为政以德"的"德"，首先强调执政者自身的德行，然后才是治国安民所采取的德政措施，这是孔子反复论述的道理。孔子说："其身正，不令而行；其身不正，虽令不从。"（《子路》）"苟正其身矣，于从政乎何有？不能正其身，如正人何？"（《子路》）"立爱自亲始，教民睦也；立敬自长始，教民顺也。教之慈睦，而民贵有亲；教以敬，而民贵用命。民既孝于亲，又顺以听命，措诸天下无所不可。"（《家语·哀公问政》）所谓"打铁还得自身硬",道理就在这里。所以,面对统治者有关"问政"的求教,孔子总是反复申明先正己、后正人的道理和原则,直言劝谏,一语中的。

【原文】季康子问政于孔子。孔子对曰:"政者,正也。子帅以正,孰敢不正?"(《颜渊》)

【译文】季康子向孔子询问国政。孔子回答说:"政,意思就是端正。您带头端正自己的行为,谁敢不端正呢?"

【原文】季康子患盗,问于孔子。孔子对曰:"苟子之不欲,虽赏之不窃。"(《颜渊》)

【译文】季康子担忧盗贼太多,向孔子询问对策。孔子说:"假如您不贪取财物,即使奖励百姓也不会盗窃。"

【原文】季康子问:"使民敬、忠以劝,如之何?"子曰:"临之以庄则敬,孝慈则忠,举善而教不能则劝。"(《为政》)

【译文】季康子问道:"要使民众恭敬、忠诚又勤勉,怎样做呢?"孔子说:"执政者对待民众庄重,那么民众就恭敬;对待父母孝顺、对待儿女慈爱,民众就忠诚;举荐好人而教导能力不足的人,那么民众就勤勉。"

【原文】孔子侍坐于哀公,公曰:"敢问人道孰为大?"孔子愀然作色而对曰:"君之及此言也,百姓之惠也,固臣敢无辞而对:人道政为大。夫政者,正也。君为正,则百姓从而正矣。君之所为,百姓之所从。君不为正,百姓何所从乎!"(《家语·大婚解》)

【译文】孔子在哀公身边陪坐,哀公问道:"请问人间之道什么最重要?"孔子神色顿时严肃起来,回答说:"君主能够谈到这个问题,真是百姓的幸运啊,所以臣冒昧不加推辞地回答这个问题:人间之道政事最重要。所谓政,就是正。君主做得正,那么百姓就跟随着做得正了。君主的所作所为,就是百姓学习的榜样。君主做得不正,百姓学习他什么呢?"

所以,孔子反对暴政杀戮,认为"子欲善而民善矣"。主张了解民生,爱惜民众,体恤民情,敬畏民力,只有"以仁辅化",以德教民,才能"上下亲而不离，道化流而不蕴"。如果一味高高在上，作威作福，苛政害民，"责民所不为，强民所不能，则民疾，疾则僻矣"。

【原文】季康子问政于孔子曰："如杀无道，以就有道，何如？"孔子对曰："子为政，焉用杀？子欲善而民善矣！君子之德，风；小人之德，草。草上之风，必偃。"（《颜渊》）

【译文】季康子向孔子询问政事说："如果杀掉坏人，来亲近好人，怎么样？"孔子回答说："先生治理国政，为什么要用杀戮呢？先生喜欢从善而民众就喜欢从善了！君子的道德，像风一样；小人的道德，像草一样。草上刮风，草就必然随风而倒。"

【原文】古者圣主冕而前旒，所以蔽明也；纮纩充耳，所以掩聪也。水至清则无鱼，人至察则无徒。枉而直之，使自得之；优而柔之，使自求之；揆而度之，使自索之。民有小罪，必求其善，以赦其过；民有大罪，必原其故，以仁辅化；如有死罪，其使之生，则善也。是以上下亲而不离，道化流而不蕴。故德者，政之始也。（《家语·入官》）

【译文】古代圣明君主戴着前面垂玉的礼帽，是用来遮蔽视力的；横垂于礼帽两侧的充耳，是用来遮蔽听力的。水太清澈就没有鱼，人太明察就没有门徒。民众做错了事情需要纠正，要使他们自己明白道理；宽厚地对待民众，要使他们自己寻求原因；按照具体情况进行教化，要使他们自己得出结论。百姓犯了小罪，一定要找出他们的长处，赦免他们的过错；百姓犯了大罪，一定要找出犯罪的原因，用仁爱思想教化他们；如果百姓犯了死罪，能够使他改恶从善得到新生，那就更好了。因此君臣上下亲和而不背离，治国之道顺利推行而不阻塞。所以执政者的道德，是政治好坏的前提。

【原文】君子莅民，不可以不知民之性，而达诸民之情。既知其性，又习其情，然后民乃从命矣。故世举则民亲之，政均则民无怨。故君子莅民，不临以高，不导以远，不责民之所不为，不强民之所不能。廓之以明王之功，不因其情，则民严而不迎；笃之以累年之业，不因其力，则民引而不从。若责民所不为，强民所不能，则民疾，疾则僻矣。(《家语·入官》)

【译文】君子治理民众，不能不了解民众的心理，进而知晓民众的感情。既然了解民众的心理，又熟悉民众的感情，然后民众才会服从管理。因此国家安定那么民众就亲近君主，政策公平那么民众就没有怨恨。所以君子治理民众，不能高高处于民众之上，不能引导民众做遥不可及的事情，不要责备民众做不愿做的事情，不能强迫民众做不能完成的工作。为了扩大英明君主的功业，而不顺从民情，那么民众就会表面恭敬而不主动配合；为了增加多年的业绩，不顾及民力，那么民众就会逃避而不服从。如果责备民众做不愿做的事情，强迫民众做不能完成的事情，那么民众就会痛恨，既然痛恨就会行为不端。

商代圣王盘庚早就说过，民众的力量"如火之燎于原，不可向迩，其犹可扑灭"(《商书·盘庚》)？孔子也深知"上者尊严而危，民者卑贱而神。爱之则存，恶之则亡"的道理，所以，治民"譬如缘木焉，务高而畏下滋甚"，如同"懔懔焉若持腐索之扞马"，必须"贵而不骄，富而能供"，谨慎小心，"以身为本"。

【原文】为上者，譬如缘木焉，务高而畏下滋甚。六马之乖离，必于四达之交衢；万民之叛道，必于君上之失政。上者尊严而危，民者卑贱而神。爱之则存，恶之则亡。长民者，必明此之要。故南面临官，贵而不骄，富而能供，有本而能图末，修事而能建业，久居而不滞，情近而畅乎远，察一物而贯乎多，治一物而万物不能乱者，以身为本者也。(《家语·入官》)

【译文】在上执政的人，就像爬树一样，爬得愈高就愈怕掉下来。拉车的六匹马分散乱跑，一定是在四通八达的交叉路口；百姓们造反，一定是在君主施政混乱的时候。在上者虽然尊贵却危险，民众虽然卑贱却有神力。民众热爱你，你就能存在；民众厌恶你，你就要灭亡。治理民众的人，必须明白这个重要的道理。所以在上为官，地位尊贵而不能骄傲，生活富有而能够恭敬，有了根本而能够考虑末节，做好事情而能够建立功业，长时间安居而不要凝滞不前，近处沟通感情而能达到远方，观察一件事物而能贯通多种事物，治理一件事情而万事都不能乱，就是因为能够以身作则的缘故。

【原文】子贡问治民于孔子。子曰："懔懔焉若持腐索之扞马。"子贡曰："何其畏也？"孔子说："夫通达之御，皆人也。以道导之，则吾畜也；不以道导之，则吾仇也。如之何其无畏也？"（《家语·致思》）

【译文】子贡向孔子询问治理民众的方法。孔子说："像手执腐朽的缰绳驾驭奔马一样谨慎小心就行了。"子贡说："怎么那样害怕呢？"孔子说："在交通要道上驾驭奔马，到处都是人。如果用正确的方法来引导马，那么这马就像是我自己驯养的马一样听话；如果用不正确的方法引导马，那么这马就像成为我的仇敌一样激烈反抗。怎么能不害怕呢？"

现在，依然把"以德治国"作为执政的理念，这正是对传统文化的继承和弘扬。人们怀念焦裕禄、杨善洲这些好干部，是因为他们克勤克俭，大公无私，一生为民，鞠躬尽瘁；人们憎恶贪官污吏，是因为他们以权谋私，违法乱纪，坑害百姓，为富不仁。历史是人民写成的，口碑是人民树立的。任何欺世盗名之徒，无论地位多高，名声多大，只能得逞于一时，最终还是要被钉在历史的耻辱柱上。

### （三）尊贤为大

"为政以德"的君主是圣明的，但不是万能的，"昔尧舜听天下，务求贤以自辅"，因此，要推行德政，必须"选贤举能"。纵然有周文王、周武王那样的德政方略，并不能一定保证顺利贯彻执行，难免出现"其人存则其政举，其人亡则其政息"的弊端，因此，选择贤人在位，对于推行德政具有决定性的意义。

【原文】哀公问政于孔子。孔子对曰："文武之政，布在方策。其人存则其政举，其人亡则其政息。天道敏生，人道敏政，地道敏树。夫政者，犹蒲卢也，待化以成，故为政在于得人。取人以身，修道以仁。仁者，人也，亲亲为大；义者，宜也，尊贤为大。亲亲之杀，尊贤之等，礼所以生也。"（《家语·哀公问政》）

【译文】鲁哀公向孔子询问治国之道。孔子回答说："周文王、周武王的治国方略，都记载在简策上。那些圣贤在世则治国的方略就能施行，那些圣贤去世则治国的方略就要中止。天道就要勤勉化生万物，人道就要勤勉处理政务，地道就要迅速促使草木生长。政治，就像土蜂取得螟蛉之子转化为自己的儿子一样，百姓得到贤人教化就能够成就事业，因此，治理政务最重要的是得到贤人。选取贤人的关键在于修养自身，修养道德的关键要以仁为本。仁，就是具有爱人之心，爱父母是最大的仁；义，就是做事适宜，尊重贤人就是最大的义。敬爱亲人分亲疏，尊重贤人分等级，礼就这样产生了。"

【原文】孔子谓宓子贱曰："子治单父，众悦。子何施而得之也？子语丘所以为之者。"对曰："不齐之治也，父恤其子，其子恤诸孤，而哀丧纪。"孔子曰："善！小节也，小民附矣，犹未足也。"曰："不齐所父事者三人，所兄事者五人，所友事者十一人。"孔子曰："父事三人，可以教孝矣；兄事五人，可以教悌矣；友事十一人，可以举善矣。中节也，中人附矣，犹未足也。"曰："此地民有贤于不齐者五人，不齐事之而禀度焉，皆教不齐之道。"孔子叹曰："其大者，乃于此乎有矣。昔尧舜听天下，务求贤以自辅。夫贤者，百福之宗也，神明之主也，惜乎不齐之以所治者小也！"（《家语·辩政》）

【译文】孔子对弟子宓子贱（名不齐，字子贱）说："你治理单父这个地方，民众都很高兴。你采用什么方法而做到的呢？你告诉我使用的方法。"宓子贱回答说："我治理的方法是，像父亲体恤儿子那样对待百姓，像对待自己儿子那样照顾孤儿，并以哀痛的心情办好丧事。"孔子说："好！这只是小节，小民可以归附，恐怕还不够吧。"宓子贱说："我像对待父亲那样侍奉的有三个人,像兄长那样侍奉的有五个人,像朋友那样交往的有十一个人。"孔子说:"像父亲那样侍奉三个人,就可以教化民众孝敬双亲;像兄长那样侍奉五个人,就可以教化民众尊敬兄长;像朋友那样交往十一个人,就可以提倡友善。这只是中等的礼节,中等的人可以归附,恐怕还不够吧。"宓子贱说:"单父这个地方比我贤能的有五个人,我都侍奉他们并向他们请教,他们都教我治理之道。"孔子感叹地说:"治理单父的大道理,一定就在这里了。从前尧舜治理天下,一定要寻访贤人来辅佐自己。那些贤人,是百福的来源,明智的主宰啊,可惜你治理的地方太小了。"

那么,什么样的人才可以称为君子、贤人呢?孔子的标准是以道义为根本,遵守礼制,语言谦逊,态度诚信,行事敬业,"见得思义","言必忠信","仁义在身","笃行信道,自强不息","德不逾闲,行中规绳",这实际上就是孔子所崇尚的君子应该具有的道德修养、价值追求和理想人格。

【原文】子曰:"君子义以为质,礼以行之,孙以出之,信以成之。君子哉!"(《卫灵公》)

【译文】孔子说:"君子以道义为根本,按照礼义的制度实行它,使用谦逊的语言表达它,遵循诚信的态度成全它。这才是真正的君子啊!"

【原文】孔子曰:"君子有九思:视思明,听思聪,色思温,貌思恭,言思忠,事思敬,疑思问,忿思难,见得思义。"(《季氏》)

【译文】孔子说:"君子应有九种考虑:看要想到看得清楚,听要想到听得明白,面色要想到温和,形貌要想到恭谨,言论要想到忠诚,行事要想到敬业,疑难要想到询问,愤怒要想到后患,见利可得要想到道义。"

【原文】孔子曰:"所谓君子者,言必忠信而心不怨,仁义在身而色无伐,思虑通明而辞不专。笃行信道,自强不息。油然若将可越,而终不可及者。此则君子也。"(《家语·五仪解》)

【译文】孔子说:"所谓君子,他们的言论一定忠信而内心没有怨恨,身怀仁义的美德而没有自夸的神色,考虑问题通达明晰而说话委婉。他们坚定地推行仁义之道，自强不息。他们从容的行为好像可以超越，但是最终都达不到他那样的境界。这样的人就是君子。"

【原文】孔子曰："所谓贤人者，德不逾闲，行中规绳。言足以法于天下而不伤于身，道足以化于百姓而不伤于本。富则天下无宛财，施则天下不病贫。此则贤者也。"（《家语·五仪解》）

【译文】孔子说："所谓贤人，他们的品德不超越常规，行为符合礼法。他们的言论可以让天下人效法而不会招来灾祸，道德可以教化百姓而不会损伤根本。他们富有而天下人不会怨恨，他们施恩则天下人就不会贫困。这样的人就是贤人。"

上古尧对舜的选拔、考察，为后世"选贤举能"树立了永恒的榜样。当时，四方诸侯之长向尧举荐孝道纯厚、善于治家的舜，尧就亲自对舜进行考察培养，包括下嫁女儿以观察他的礼法德行，在教化、管理、礼仪、基层工作的磨炼中观察他的谋略、言论和才干，经过三年的考验，最终决定向舜禅让帝位。（《尚书·尧典》）因此，孔子认为，选择贤人的标准不是表面的形貌、言辞，而在于实际的德能表现，"相马以舆，相士以居"，"事任于官"，在实践中进行观察考验。即使是对于众口一词的赞誉也要区别对待，必须是"乡人之善者好之，其不善者恶之"，不能被乡愿（好好先生）口中的虚名所迷惑，不能"以誉为赏，以毁为罚"。一旦选择了贤人，就必须用人不疑，否则遗患无穷。

【原文】澹台子羽有君子之容，而行不胜其貌。宰我有文雅之辞，而智不充其辩。孔子曰："里语云：相马以舆，相士以居。弗可废矣！以容取人，则失之子羽；以辞取人，则失之宰予。"（《家语·子路初见》）

【译文】澹台子羽长有君子那样的容貌，而他的品行却赶不上他君子的容貌。宰我富有文雅的言辞，而他的智慧却不如他文雅的言辞。孔子说："俗话说：看马的优劣不在形体而要看它拉车的情况，看人的好坏不在言辞而要看他平时的表现。这个道理是不能废弃的啊！按照容貌来选择人才，那么在子羽身上就会出现失误；按照言辞来选择人才，那么在宰予身上就会出现失误。"

【原文】子贡问曰："乡人皆好之，何如？"子曰："未可也。""乡人皆恶之，何如？"子曰："未可也。不如乡人之善者好之，其不善者恶之。"（《子路》）

【译文】子贡问道："乡邻都喜欢他，怎么样？"孔子说："不行。"子贡又问："乡邻都厌恶他，怎么样？"孔子说："还不行。不如乡邻中的好人喜欢他，乡邻中的坏人厌恶他。"

【原文】子思问于夫子曰："为人君者，莫不知任贤之逸也，而不能用贤，何故？"子曰："非不欲也，所以官人失能者，由于不明也。其君以誉为赏，以毁为罚，贤者不居焉。"（《孔丛子·记问》）

【译文】子思问孔子说："做君主的，没有人不知道要任用才能出众的贤者，但是却不能重用贤能的人，这是什么原因呢？"孔子说："这并不是君主不想任用贤者，而任用贤能之所以遗失了贤者，是因为君主自己不明智。那些君主按照众人的称誉来奖赏，按照众人的诋毁来惩罚，那么贤者是不会任职的。"

【原文】子路问于孔子曰："贤君治国，所先者何？"孔子曰："在于尊贤而贱不肖。"子路曰："由闻晋中行氏尊贤而贱不肖矣，其亡何也？"孔子曰："中行氏尊贤而不能用，贱不肖而不能去。贤者知其不用而怨之，不肖者知其必己贱而仇之。怨仇并存于国，邻敌构兵于郊，中行氏虽欲无亡，岂可得乎？"（《家语·贤君》）

【译文】子路问孔子说："贤明的君主治理国家，首先要做的是什么？"孔子说："在于尊重贤人而轻视不贤的人。"子路说："我听说晋国中行氏尊重贤人而轻视不贤的人，他却灭亡了，是为什么呢？"孔子说："中行氏尊重贤人却不能任用，轻视不贤的人却不能除去。贤人知道不被任用而怨恨他，不贤的人知道一定被轻视而仇恨他。怨恨和仇恨同时存在于国内，邻国敌兵聚集于郊外,中行氏即使不想灭亡,难道可以做到吗?"

贤人为臣,应该"以道事君,不可则止",因此,君臣关系是"君使臣以礼,臣事君以忠",二者是对等的,为君者责任更重。作为贤臣,"世治不轻,世乱不沮。同己不与,异己不非"。也就是说,在孔子看来,道义高于君位,理性优于盲从,臣之忠是以君之礼为前提的。臣下对君主不是唯唯诺诺的依附关系,没有盲目服从的责任义务,而是要坚守道义理性的原则,保持自己特立独行的操守人格。

【原文】定公问:"君使臣,臣事君,如之何?"孔子对曰:"君使臣以礼,臣事君以忠。"(《八佾》)

【译文】鲁定公问道:"君主使用臣子,臣子侍奉君主,应该怎么做呢?"孔子回答说:"君主按照礼的规定使用臣子,臣子就应该忠心地侍奉君主。"

【原文】季子然问:"仲由、冉求可谓大臣与?"子曰:"吾以子为异之问,曾由与求之问。所谓大臣者,以道事君,不可则止。今由与求也,可谓具臣矣。"曰:"然则从之者与?"子曰:"弑父与君,亦不从也。"(《先进》)

【译文】季子然问道:"仲由、冉求可以称为大臣吗?"孔子说:"我以为你问的是别人呢,原来问的是仲由和冉求啊。所谓大臣,用道义来侍奉君主,如果不能符合道义就不干了。现在仲由和冉求,可以称为有才干的办事之臣。"季子然说:"那么他们是服从君主的人吗?"孔子说:"如果干弑父弑君的坏事,他们也是不会服从的。"

【原文】孔子曰:"儒有澡身浴德,陈言而伏。静言而正之,而上下不知也。默而翘之,又不急为也。不临深而为高,不加少而为多。世治不轻,世乱不沮。同己不与,异己不非。其特立独行有如此者。儒有上不臣天子,下不事诸侯,慎静尚宽,底厉廉隅。强毅以与人,博学以知服。虽以分国,视之如锱铢,弗肯臣仕。其规为有如此者。"(《家语·儒行解》)

【译文】孔子说:"儒者沐浴身心于道德之中,陈述谏言而听从君命。平静地纠正君主过失,而君主与臣下都不知晓。默默地翘首以待,又不急于去做。不在地位低下的人面前显示高贵,不把少的功劳夸大为多。国家大治时不自轻,国家混乱时不沮丧。与志同道合的人不结党,对意见不同的人不非议。儒者的特立独行就是这样的。儒者对上不臣服天子,对下不侍奉诸侯,谨慎安静而崇尚宽厚,砥砺磨炼正直的品德。待人接物刚强坚毅,博学多才而知道力行。即使分得国家,也视为锱铢小事,不肯仕宦为臣。儒者规范自己的行为就是这样的。"

因为孔子认为:"过失,人之情,莫不有焉。过而改之,是为不过。"(《家语·执辔》)在上者并非绝对神圣、永远正确,治国理政难免要犯错误,但是,"君子之过也,如日月之食焉:过也,人皆见之;更也,人皆仰之"(《子张》),有过必改,有错必纠,"过而能改,善莫大焉"。因此,就需要贤人、大臣的劝谏匡正,所以,他提倡做诤臣、诤子、诤弟、诤友,认为"良药苦于口而利于病,忠言逆于耳而利于行",只有这样,才能"国无危亡之兆,家无悖乱之恶"。

【原文】孔子曰:"良药苦于口而利于病,忠言逆于耳而利于行。汤、武以谔谔而昌,桀、纣以惟惟而亡。君无争臣,父无争子,兄无争弟,士无争友,无其过者,未之有也。故曰:君失之,臣得之;父失之,子得之;兄失之,弟得之;己失之,友得之。是以国无危亡之兆,家无悖乱之恶,父子、兄弟无失,而交友无绝也。"(《家语·六本》)

【译文】孔子说:"良药苦口利于病,忠言逆耳利于行。商汤和周武王因为能够听取直言进谏而使国家昌盛,夏桀和殷纣王因为只听迎逢唯诺之言而使国家灭亡。君主没有直言诤谏的大臣,父亲没有直言诤谏的儿子,兄长没有直言诤谏的弟弟,士人没有直言诤谏的朋友,而不犯过错的,是从未有过的事情。所以说:君主有失误,大臣来补救;父亲有失误,儿子来补救;兄长有失误,弟弟来补救;自己有失误,朋友来补救。因此国家就没有危亡的征兆,家庭就没有悖逆的坏事,父子、兄弟不会失和,而接交的朋友也不会断绝关系。"

子产是郑国著名的政治家。孔子曾评价他说:"有君子之道四焉:其行己也恭,其事上也敬,其养民也惠,其使民也义。"(《公冶长》)当大夫髌明想要毁弃乡校的时候,子产却坚持要保存乡校,广开言路,听取民意。为此,孔子非常赞赏。

【原文】郑有乡校。乡校之士,非论执政,髌明欲毁乡校。子产曰:"何以毁为也?夫人朝夕退而游焉,以议执政之善否。其所善者,吾则行之;其所否者,吾则改之。若之何其毁也?我闻忠言以损怨,不闻立威以防怨。防怨犹防水也,大决所犯,伤人必多,吾弗克救也。不如小决使导之,不如吾所闻而药之。"孔子闻是言也,曰:"吾以是观之,人谓子产不仁,吾不信也。"(《家语·正论解》)

【译文】郑国设有众人议事的乡校。来乡校的人士,非议执政者,大夫髌明想要毁弃乡校。子产说:"为什么要毁弃呢?人们早晚闲暇时到这里游玩,议论执政的好坏。他们认为好的,我们就推行;他们认为不好的,我们就改正。为什么要毁弃呢?我听说忠言可以减少怨恨,没有听说作威能够防止怨恨。防止怨恨就如同防水一样,大水决堤,伤害的人必然多,我们不能挽救。不如小规模的放水疏导,不如我们把民众的议论作为治病的良药。"孔子听到这些话,说:"我从这件事情看,人们说子产不仁,我是不相信的。"

子产是把乡校作为听取民意的场所,意在尊重民众议政的自由和权利,"其所善者,吾则行之;其所否者,吾则改之"。因为他清醒地知道,"防怨犹防水也",一旦民怨沸腾,冲决堤防,就会天下大乱,玉石俱焚,危及国家,伤害民众,"不如小决使导之,不如吾所闻而药之"。让民众反映疾苦和心愿,执政者由此了解民情,关心民生,尊重民意,化解矛盾,改善行政措施,满足百姓诉求,才能长治久安,这就是子产的大"仁"大"德",

所以孔子给予高度评价。对于乡校的议论，显然在一定程度反映了子产、孔子的民本思想和民主意识。

现在各级干部走基层，加强与民众的联系，贴近百姓生活，关心切身利益，听取群众意见，调研社情民意，进行民主协商，解决民生之忧，道理又何尝不是如此呢？

### （四）知为吏者，奉法而利民

君主要"修己以安百姓"，官吏就要"奉法而利民"。所谓"为政以德"，就是按照爱民、利民的仁德原则施政，即"使民富且寿"，"省力役，薄赋敛"，"敦礼教，远罪疾"，丰衣足食，先富后教，给百姓带来实实在在的利益。

【原文】哀公问政于孔子。孔子对曰："政之急者，莫大乎使民富且寿也。"公曰："为之奈何？"孔子曰："省力役，薄赋敛，则民富矣；敦礼教，远罪疾，则民寿矣。"公曰："寡人欲行夫子之言，恐吾国贫矣。"孔子曰："《诗》云：恺悌君子，民之父母。未有子富而父母贫者也。"（《家语·贤君》）

【译文】鲁哀公向孔子询问政务。孔子回答说："治理国家最急迫的事情，没有比使民众富裕而且长寿更重要的了。"哀公说："应该怎么办呢？"孔子说："减少劳役，减轻赋税，民众就会富裕；敦促礼义教化，远离罪恶疾病，民众就会长寿。"哀公说："我想按照先生的话去做，又恐怕我的国家会贫困。"孔子说："《诗》里说：平易近人的君子，是民众的父母。从来没有儿女富裕而父母贫困的事情。"

【原文】哀公问于有若曰："年饥，用不足，如之何？"有若对曰："盍彻乎？"曰："二，吾犹不足，如之何其彻也？"对曰："百姓足，君孰与不足？百姓不足，君孰与足？"（《颜渊》）

【译文】鲁哀公问有若说："收成不好，用度不足，怎么办呢？"有若回答说："为什么不收十分之一的田赋呢？"哀公说："收十分之二的田赋，我还感到不够用，怎么能收十分之一的田赋呢？"有若回答说："百姓富足了，您怎么会不富足呢？百姓不富足，您怎么会富足呢？"

【原文】子适卫，冉有仆。子曰："庶矣哉！"冉有曰："既庶矣，又何加焉？"曰："富之。"曰："既富矣，又何加焉？"曰："教之。"（《子路》）

【译文】孔子到卫国去，冉有给他驾车。孔子说："人真多啊！"冉有说："人口已经很多了，又能施加什么措施呢？"孔子说："让百姓富裕起来。"冉有又问："已经富裕了，再能施加什么措施呢？"孔子说："让百姓接受教育。"

施行仁德之政，足食、足兵固然重要，但更关键的是要言而必信，行而必果，以诚心诚意取信于民，因为"自古皆有死，民无信不立"。周幽王为博得褒姒一笑，烽火戏诸侯，失去信用，结果"犬戎攻幽王，幽王举烽火征兵，兵莫至，遂杀幽王骊山下"（《史记·周本纪》）。玩童大叫"狼来了"欺骗大家，以人们急匆匆赶来救援取乐，结果狼真的来了，他再呼喊也无人相救，成为恶狼口中之食。现代社会更是如此，个人信誉缺失，坑蒙拐骗，为社会所不齿；公信力缺失，就会动摇民心，丧失邦本。只有"敬事而信，节用而爱人，使民以时"，"信而后劳其民"，才能真正上下一心，富国强兵。

【原文】子曰："人而无信，不知其可也。大车无輗，小车无軏，其何以行之哉？"（《为政》）

【译文】孔子说："人如果没有信用，不知道怎么能行呢。就如同牛车没有横轭，马车没有横梁，车子怎么能够行走呢？"

【原文】子贡问政。子曰："足食，足兵，民信之矣。"子贡曰："必不得已而去，于斯三者何先？"曰："去兵。"子贡曰："必不得已而去，于斯二者何先？"曰："去食。自古皆有死，民无信不立。"（《颜渊》）

【译文】子贡询问政事。孔子说："备足粮食，充实军备，取信于民。"子贡说："如果迫不得已而要去掉一个，在这三者中先去掉哪一个？"孔子说："去掉军备。"子贡说："如果迫不得已而要去掉一个，在余下的二者中先去掉哪一个？"孔子说："去掉粮食。自古以来人都会死的，如果百姓对国家没有信任，国家就不能存在。"

【原文】子曰："道千乘之国，敬事而信，节用而爱人，使民以时。"（《学而》）

【译文】孔子说："治理拥有千乘兵车的国家，就要谦恭敬业、言而有信，节约用度、关爱百姓，按照农时役使民众。"

【原文】子夏曰："君子信而后劳其民。未信，则以为厉己也；信而后谏，未信，则以为谤己也。"（《子张》）

【译文】子夏说："君子建立信用然后才能役使他的民众。如果没有建立信用，民众就会认为是在虐待自己；建立信用然后才能劝谏别人，如果没有建立信用，民众就会认为是在诽谤自己。"

为政者一定要慎重，"勤之慎之，奉天之时，无夺无伐，无暴无盗"，才能使得内外一致，和睦相处。因此，"知为吏者，奉法而利民；不知为吏者，枉法以侵民"，所以，"治官莫若平，临财莫若廉。廉平之守，不可改也"。只有"尊五美，屏四恶"，才能处理好政务。

【原文】子贡为信阳宰，将行，辞于孔子。孔子曰："勤之慎之，奉天之时，无夺无伐，无暴无盗。"子贡曰："赐也少而事君子，岂以盗为累哉？"孔子曰："汝未之详也。夫以贤代贤，是谓之夺；以不肖代贤，是谓之伐；缓令急诛，是谓之暴；取善自与，谓之盗。盗，非窃财之谓也。吾闻之，知为吏者，奉法而利民；不知为吏者，枉法以侵民。此怨之所由也。治官莫若平，临财莫若廉。廉平之守，不可改也。匿人之善，斯谓蔽贤；扬人之过，斯为小人。内不相训，而外相谤，非亲睦也。言人之善，若己有之；言人之恶，若己受之。故君子无所不慎焉。"（《家语·辩政》）

【译文】子贡要去当信阳宰，临行时，向孔子辞行。孔子说："你要勤勉谨慎，顺应天时，不要夺不要伐，不要暴不要偷。"子贡说："我从年轻时就侍奉先生,难道先生担心我会有盗窃的行为吗?"孔子说:"你没有弄清我的意思。以贤人代替贤人,这叫夺;以不贤者代替贤人,这叫伐;法令慢却惩罚快,这叫暴;把好处归于自己,这叫盗。盗,不是窃取财物的意思。我听说,懂得为官之道的人,遵循法律而为民造福;不懂得为官之道的人,歪曲法律而侵害民众。这就是民众怨恨官员的原因。处理政务没有比公平更重要的了,面对财物没有比廉洁更重要的了。廉洁公平的操守,是不能改变的。隐匿别人的好处,这叫蔽贤;宣扬别人的过错,这是小人。当面不告诫,而背后相诽谤,这不是和睦相处的方法。谈到别人的优点,如同自己拥有这些优点,不嫉妒;谈到别人的缺点,如同自己也有这些缺点,不鄙视。所以君子对任何事情都要谨慎。"

【原文】子张问于孔子曰:"何如斯可以从政矣?"子曰:"尊五美,屏四恶,斯可以从政矣。"子张曰:"何谓五美?"子曰:"君子惠而不费,劳而不怨,欲而不贪,泰而不骄,威而不猛。"子张曰:"何谓惠而不费?"子曰:"因民之所利而利之,斯不亦惠而不费乎?择可劳而劳之,又谁怨?欲仁而得仁,又焉贪?君子无众寡,无大小,无敢慢,斯不亦泰而不骄乎?君子正其衣冠,尊其瞻视,俨然人望而畏之,斯不亦威而不猛乎?"子张曰:"何谓四恶?"子曰:"不教而杀谓之虐,不戒视成谓之暴,慢令致期谓之贼,犹之与人也出纳之吝谓之有司。"(《尧曰》)

【译文】子张向孔子询问说:"怎样做就可以从政了呢?"孔子说:"尊重五种美德,去除四种恶习,这样就可以从政了。"子张问:"什么叫五种美德?"孔子说:"君子给人恩惠却无须破费,役使百姓却不会产生怨恨,有欲望却不贪心,安详坦荡而不骄傲,仪表威严而不凶猛。"子张又问:"什么叫给人恩惠却无须破费?"孔子说:"安排有利的途径让民众得利,这不就是给人恩惠却无须破费吗?选择可以劳作的恰当时机来役使民众,又会对谁产生怨恨?想要得到仁就得到仁,又贪图什么呢?君子无论人多人少、事大事小,从来不敢怠慢,这不就是安详坦荡而不骄傲吗?君子衣冠整齐,观瞻庄重,其形貌让人望而生畏,这不就是仪表威严而不凶猛吗?"子张又问:"什么是四种恶习呢?"孔子说:"不施加道德教化便强行诛杀就叫虐,不进行警告训诫而坐视邪恶养成就叫暴,放任政令松懈而使得期限紧迫就叫贼,如果给人财物而出手吝啬就叫小气。"

孔子关于"为政以德"的学说,以正名正己立论,提出修己安民,奉法利民,取信于民,公平待民,廉洁为民,以仁辅化,先富后教,尊五美,屏四恶,至今仍然具有现实的借鉴意义。"治官莫若平,临财莫若廉",完全可以作为当今的官箴。

### (五)圣人之治化也,必刑政相参焉

孔子虽然强调"德治",并不反对依法治国。因为他清醒地知道文德教化不是万能的,不能解决一切社会问题,总有极少数罪大恶极、屡教不改者必须用刑罚惩处,以儆效尤,这样,由礼而法,便是必需的行政措施,因此,他在坚持"为政以德"的同时,主张"刑政相参"。他认为,"太上以德教民,而以礼齐之,其次以政焉",只有在"化之弗变,导之弗从,伤义以败俗,于是乎用刑矣"。孔子主张"导民以刑,禁之刑,不刑也",使用刑罚的目的,最终在于不用刑罚。因为专用刑罚只是可以制止邪恶,治标不治本,缺乏长效机制,所以"民免而无耻","身死则法息",没有根除邪恶的源头。只有进行礼乐教化,用仁爱触动心灵,感化人性,从根本上提高道德素养,才能"有耻且格","百世不辍"。这种以教化为主、教化与惩罚相结合的治国理念,是仁爱学说的重要组成部分,一直影响到后世。

【原文】仲弓问孔子曰:"雍闻至刑无所用政,至政无所用刑。至刑无所用政,桀、纣之世是也;至政无所用刑,成、康之世是也。信乎?"孔子曰:"圣人之治化也,必刑政相参焉。太上以德教民,而以礼齐之,其次以政焉。导民以刑,禁之刑,不刑也。化之弗变,导之弗从,伤义以败俗,于是乎用刑矣。颛五刑必即天伦,行刑罚则轻无赦。刑,侀也;侀,成也。壹成而不可更,故君子尽心焉。"(《家语·刑政》)

【译文】仲弓问孔子说:"我听说有严厉的刑罚就不需要用政令了,有完善的政令就不需要用刑罚了。有严厉的刑罚就不需要用政令,夏桀、殷纣的时代就是这样;有完善的政令就不需要用刑罚,周成王、周康王时代就是这样。这是真的吗?"孔子说:"圣人治理教化民众,必须是刑罚和政令互相配合使用。最好的办法是用道德教化民众,用礼义统一行动,其次是用政令。用刑罚教导民众,用刑罚禁止罪行,是为了不用刑罚。经过教化还不改变,经过教导还不听从,伤害道义又败坏风俗,在这种情况下才用刑罚惩处。专门用五刑也必须符合天道,执行刑罚对罪行轻的也不能赦免。刑,就是侀;侀,就是成为事实不可改变。一旦定刑就不可改变,所以官员要尽心审理案件。"

【原文】子思问于夫子曰:"亟闻夫子之诏,正俗化民之政莫善于礼乐也。管子任法以治齐,而天下称仁焉,是法与礼乐异用而同功也,何必但礼乐哉?"子曰:"尧舜之化,百世不辍,仁义之风远也。管仲任法,身死则法息,严而寡恩也。若管仲之知,足以定法,材非管仲而专任法,终必乱成矣。"(《孔丛子·记问》)

【译文】子思问孔子说:"我多次听您的告诫,匡正风俗、教化百姓的政事没有比礼乐更好的了。管仲采用法律治理齐国,天下都称赞他的仁德,这证明法律与礼乐用法不同而效果相同,何必只用礼乐呢?"孔子说:"尧舜对百姓的教化,经历百世都不会停止,崇尚仁义的风气流传久远。而管仲用法律治国,他死亡后法律就废止,这是因为对百姓严酷而少恩啊。像管仲那样明智,完全可以制定适当的法律,如果才能不及管仲而专用法律治国,最终必然造成国家的混乱。"

【原文】子曰:"道之以政,齐之以刑,民免而无耻;道之以德,齐之以礼,有耻且格。"(《为政》)

【译文】孔子说:"用政令来教导百姓,用刑罚来整饬百姓,百姓只会尽量避免获罪却不知羞耻;用道德来教导百姓,用礼义来整饬百姓,百姓就会有羞耻心而且归顺。"

【原文】仲弓问古之刑教与今之刑教。孔子曰:"古之刑省,今之刑繁。其为教,古有礼然后有刑,是以刑省;今无礼以教而齐之以刑,刑是以繁。《书》曰:伯夷降典,折民维刑。谓下礼以教之,然后维以刑折之。夫无礼则民无耻,而正之以刑,故民苟免。"《孔丛子·刑论》

【译文】仲弓向孔子请教古今刑罚教化的问题。孔子说:"古代的刑罚较少,现在的刑罚繁多。在教化百姓方面,古代先用礼义规范然后才用刑罚整饬,因此刑罚少;现在不用礼义教化而用刑罚整饬,刑罚因此繁多。《尚书》说,伯夷颁布法典,用刑法裁断百姓的诉讼案件。说的是先颁布礼义法规教化百姓,然后才用刑罚惩罚他们。不进行礼义教化百姓就不知羞耻,只是用刑罚来匡正百姓的行为,所以他们只能暂时避免犯罪。"

孔子认为,百姓如果因为缺衣少食而盗窃犯罪,在上者就应该反省自己的治国之道,任用贤人,教化百姓,解决了民生温饱,盗窃自然会停止,而不能一味用刑。审理案件要坚持"治必以宽,宽之之术归于察,察之之术归于义"的原则,即使是执法行刑,也要"察贫贱,哀孤、独及鳏、寡、老、弱、不肖而无告者,虽得其情,必哀矜之"。"君必与众共焉,爱民而重弃之",要满怀仁爱之心,"求所以生之,不得其所以生乃刑之"。那种"不恶其意而恶其人,求所以杀"的暴行,生灵涂炭,草菅人命,必须坚决制止。

【原文】孔子曰:"民之所以生者,衣食也。上不教民,民匮其生,饥寒切于身而不为非者寡矣。故古之于盗,恶之而不杀也。今不先教而一杀之,是以罚行而善不反,刑张而罪不省。夫赤子知慕其父母,由审故也,况乎为政?兴其贤者而废其不贤,以化民乎!知审此二者,则上盗先息。"(《孔丛子·刑论》)

【译文】孔子说:"百姓之所以能够生存,靠的是衣服和食物。在上者不教化百姓,百姓衣食匮乏,饥寒交迫而不做违法之事的人太少了。所以古代对于小偷，虽然厌恶他们却不杀。现在对他们不先进行教化而一律处死，因此处罚了恶行却不能弘扬善行，加重了刑律却不能减少犯罪。初生的婴儿就知道依恋父母，是由于他知道自己的父母，更何况是治理国家呢？任用贤能的人，废弃不贤的人，来教化百姓吧！如果在上者知道百姓衣食的重要性，那么大盗的行为就会早早停止。"

【原文】曾子问听狱之术。孔子说："其大法也三焉：治必以宽，宽之之术归于察，察之之术归于义。是故听而不宽是乱也，宽而不察是慢也，察而不中义是私也，私则民怨。故善听者听不越辞，辞不越情，情不越义。《书》曰：上下比罚，无僭乱辞。"（《孔丛子·刑论》）

【译文】曾子问审理案件的方法。孔子说："大的原则有三个方面：治理百姓必须要宽容，宽容的方法在于体察民情，体察民情的根本在于符合道义。因此审理案件不宽容是违背法度，有宽容之心却不体察民情是轻慢法度，体察民情却不符合道义是营私舞弊，如果营私舞弊百姓就会怨恨。所以善于审案的人不偏离讼辞，审察讼辞不脱离实情，考证实情不违背道义。《尚书》说：处罚要上下比照，不要背离了供辞。"

【原文】《书》曰："哀敬折狱。"仲弓问曰："何谓也？"孔子曰："古之听讼者，察贫贱，哀孤、独及鳏、寡、老、弱、不肖而无告者，虽得其情，必哀矜之。死者不可生，断者不可属。若老而刑之，谓之悖；弱而刑之，谓之克；不赦过，谓之逆；率过以小罪，谓之枳。故宥过赦小罪，老弱不受刑，先王之道也。《书》曰：大辟疑赦。又曰：与其杀不辜，宁失不经。"（《孔丛子·刑论》）

【译文】《尚书》说："要以同情和认真的态度审案。"仲弓问道："这句话说的是什么意思？"孔子说："古代审案的人，体察贫贱的人，怜悯那些鳏、寡、孤、独、老、弱、穷、苦等无依无靠的人，虽然得知他们的罪行，也一定会同情他们。死去的人不能复生，砍断的脑袋不能连接。如果对老人施刑，称为悖谬；如果对弱小的人施刑，称为刻薄；如果不赦免小的过错，称为背离道义；如果什么恶行都看作小罪，就称为伤害民众。所以宽恕过失、赦免小罪，老弱之人不用刑罚，这是先王之道。《尚书》说：如果判处死刑而案情有疑，可以从轻处罚。又说：与其错杀无罪的人，宁可放过偶尔犯罪的人。"

【原文】《书》曰："若保赤子。"子张问曰："听讼可以若此乎？"孔子曰："可哉。古之听讼者，恶其意不恶其人。求所以生之，不得其所以生乃刑之。君必与众共焉，爱民而重弃之。今之听讼者，不恶其意而恶其人，求所以杀，是反古之道也。"（《孔丛子·刑论》）

【译文】《尚书》说："对待百姓就像爱护婴儿一样。"子张问道："审案也可以像这样吗？"孔子说："当然可以。古代审案的人，厌恶他的邪恶思想而不厌恶罪犯本人。寻求使他活下来的理由，实在没有使他活下来的理由才对他用刑。君主必须与民众同甘苦，爱护民众而不轻易舍弃他们。现在审案的人，不是厌恶罪犯的邪恶思想而是厌恶这些人，总是寻求杀死他们的理由，这是违背古代先王之道的。"

孔子还特别讲述了"刑不上于大夫，礼不下于庶人"的道理。大夫以上的贵族上层从小受到礼义的完备教育，理应品德高尚，严于律己，具有遵守法度的自觉性，所谓"以礼御其心"。大夫如果一旦触犯刑律，不必朝廷降罪申斥，他自己就应该扪心自责，主动请罪。君主为了顾及他的身份，维护他的体面，可以讳言其罪，甚至不必派人行刑，但是大夫不能逃避处罚，必须自我惩处，自行了断，这就叫作"刑不上大夫"，实际上就是"为尊者讳"。而庶民百姓一生劳作，忙于温饱，没有受过系统的礼义教育，当然也就不能用礼义要求，只能用刑罚制约，这就叫作"礼不下庶人"。孔子的解释，显然含有上尊下卑的等级观念。不过从治国来说，强调达官贵人严于律己、遵守法度的自觉意识，这是高标准的要求，显然具有积极意义。

【原文】冉有问于孔子曰："先王制法，使刑不上于大夫，礼不下于庶人。然则大夫犯罪，不可以加刑；庶人之行事，不可以治于礼乎？"孔子曰:"不然。凡治君子,以礼御其心,所以属之以廉耻之节也。故古之大夫,其有坐不廉污秽而退放之者,不谓之不廉污秽而退放,则曰簠簋不饬。有坐淫乱、男女无别者,不谓之淫乱、男女无别,则曰帷幕不修也。有坐罔上不忠者,不谓之罔上不忠,则曰臣节未著。有坐罢软不胜任者,不谓之罢软不胜任,则曰下官不职。有坐干国之纪者,不谓之干国之纪,则曰行事不请。此五者,大夫既自定有罪名矣,而犹不忍斥,然正以呼之也,既而为之讳,所以愧耻之。是故大夫之罪,其在五刑之域者,闻而谴发,则白冠厘缨,盘水加剑,造乎阙而自请罪,君不使有司执缚牵掣而加之也。其有大罪者,闻命则北面再拜,跪而自裁,君不使人捽引而刑杀,曰:子大夫自取之耳,吾遇子有礼矣。以刑不上大夫,而大夫亦不失其罪者,教使然也。所谓礼不下庶人者,以庶人遽其事而不能充礼,故不责之以备礼也。"冉有跪然免席,曰:"言则美矣,求未之闻。"退而记之。(《家语·五刑解》)

【译文】冉有问孔子说:"先王制定的法度,规定刑罚不加到大夫以上,礼义不用在平民以下。那么大夫犯罪,就可以不用刑罚;平民行事,就可以不用礼义了吗?"孔子说:"不是这样。凡是治理君子,用礼义约束他的思想,是因为把他归于有廉耻之节的人。所以古代大夫贪污受贿而被罢免放逐的,不叫作贪污受贿而被罢免放逐,而叫作簠簋不饬。犯了淫乱、男女无别罪行的,不叫作淫乱、男女无别罪行,而叫作帷幕不修。犯了欺君不忠罪行的,不叫作欺君不忠,而叫作臣节未著。犯了软弱无能、不胜任职官之罪的,不叫作软弱无能、不胜任职官,而叫作下官不职。触犯了国法的,不叫作触犯国法,而叫作行事不请。这五种情况,大夫既然已经自定罪名了,仍然不忍正面直呼他有罪,接着还要为他隐讳,这是为了让他感到羞愧。因此大夫犯了罪,他的罪行在这五种之内,知道自己要被谴责问罪,就会自己戴上用毛做帽带的帽子,穿上白色的丧服,端着盛水的盘子,上面放剑,走到朝廷而表示要自刎谢罪,君主并不派官员将他捆绑牵扯而施刑。其中犯有大罪的，听到君主的命令就面北再拜，跪地自杀，君主并不派人拉扯按压而诛杀，只是说：这是大夫你自己咎由自取，我对你已经有礼了。即使是刑不上大夫，而大夫犯罪也不能逃避处罚，这是教化的结果。所谓礼不下庶人，是因为庶人忙于生计而不能充分学习礼义，所以就不能用完备的礼义要求他们。"冉有听完孔子的话跪行离席，说："您说得太好了，我从来没有听说过。"回去后就记录下来。

显然，孔子认为，君子应该是有觉悟、有道德的人，一旦犯罪，必须自裁，这是对君子理所当然的要求。春秋时期尚有自尊自律、坚持原则的贵族精神，后世早已荡然无存，"刑不上大夫"已经失去了道德自律的前提条件。如果借此营私舞弊、贪赃枉法，偏袒达官贵人的罪行，逃避法律的惩处，那就是官官相护、司法不公了。后来"簠簋不饬"者、"帷幕不修"者、"臣节未著"者、"下官不职"者和"行事不请"者，层出不穷，时有所闻，甚至达到前无古人、骇人听闻的程度，采取司法程序严厉惩处尚且难以有效制止，哪里还能够指望贪官污吏们自觉醒悟、自我制裁呢？还是运用制度规范教育于前、党纪国法惩处于后，才能达到吏治清明的目的。

## 四　倡导中庸，和而不同

孔子认为，天地万物、人间社会是有机联系、不可分割的整体。正如《周易·序卦传》说："有天地然后有万物，有万物然后有男女，有男女然后有夫妇，有夫妇然后有父子，有父子然后有君臣，有君臣然后有上下，有上下然后礼义有所错。"天地、万物、男女、夫妇、父子、君臣、上下之间，既不可分又不可离，缺一不可，互相关联，对立统一，处于同一个体系之中。天地化生万物，人类只是万物中的一个分支，个人只是人类的一分子，所以，天道统辖人道，人道效法天道，就是天经地义的法则。

孔子的孙子子思被宋大夫乐朔及其门徒所困，因宋君亲自解危而得免。子思经此磨难后说："文王厄于羑里作《周易》，祖君屈于陈、蔡作《春秋》。吾困于宋，可无作乎？"于是，撰《中庸》四十九篇传世(《孔丛子·居卫》)。由此可知，《中庸》一书不是孔子所作。但是，子思阐发家传之学，保留了孔子的许多语录，可以结合《论语》《家语》所载，深入了解孔子的中庸思想。

### （一）天地不合，万物不生

人道为什么要尊重、服从天道呢？因为天道具有"三无私"："天无私覆，地无私载，日月无私照。"(《家语·论礼》)不偏不倚，无私无欲，养育万物，周而复始。只有天道"贵其不已也"，"不闭而能久"，"无为而物成"，"已成而明之"，因此，"仁人不过乎物，孝子不过乎亲"。所以，"仁人之事亲也如事天，事天如事亲。此谓孝子成身"。

【原文】公曰："君子何贵乎天道也？"孔子曰："贵其不已也，如日月东西相从而不已也，是天道也；不闭而能久，是天道也；无为而物成，是天道也；已成而明之，是天道也。"公曰："寡人且愚冥，幸烦子志之于心也。"孔子蹴然避席而对曰："仁人不过乎物，孝子不过乎亲。是故，仁人之事亲也如事天，事天如事亲。此谓孝子成身。"(《家语·大婚解》)

【译文】哀公问："请问君子为什么要尊重天道呢？"孔子回答说："是因为尊重它不停地运行，如同太阳、月亮东升西落不停止，这就是天道；尊重它没有阻碍而能够长久，这就是天道；尊重它无所作为而能够使万物成长，这就是天道；尊重它成就了自己而功业显扬，这就是天道。"哀公说："我确实愚昧，幸亏您耐心地给我讲这些道理。"孔子恭敬地离席回答说："仁人不能超越事物的规律，孝子不能超越亲情的范围。所以，仁人侍奉父母就如同侍奉上天一样，侍奉上天就如同侍奉父母一样。这就是所说的孝子成就自身。"

按照《周易》的哲学观念，天地万物都可以分为阴阳两部分，天阳地阴，男阳女阴，君阳臣阴，夫阳妇阴，父阳子阴，上阳下阴。阴不离阳，阳不离阴，处在对立转化的统一体中，失去了对方，己方也不复存在。所以，天地相合，阴阳化成，才能生生不已，绵延不绝。这里的"生"，既是生育、生存，又是化生、产生。

孔子是这样说明阴阳化成的道理的：

【原文】鲁哀公问于孔子曰："人之命与性何谓也？"孔子对曰："分于道谓之命，形于一谓之性。化于阴阳，象形而发谓之生，化穷数尽谓之死。故命者，性之始也；死者，生之终也。有始则必有终矣。人始生而有不具者五焉：目无见，不能食，不能行，不能言，不能化。及生三月而微煦，然后有见。八月生齿，然后能食。三年囟合，然后能言。十有六而精通，然后能化。阴穷反阳，故阴以阳变；阳穷反阴，故阳以阴化。是以男子八月生齿，八岁而龀。女子七月生齿，七岁而龀，十有四而化。一阳一阴，奇偶相配，然后道合化成。性命之端，形于此也。"（《家语·本命解》）

【译文】鲁哀公问孔子："人的命与性是怎么回事呢？"孔子回答说："根据天道而化生出来就是命，人承袭阴阳之气而形成一种秉性就是性。由于阴阳变化，生发出一定的形体就叫作生，变化穷尽之后就叫作死。所以说，命，是性的开始；死，是生的终结。有开始必有终结。人刚出生时有五种能力不具备：目不能见，嘴不能食，腿不能行，口不能言，不能生育。出生三个月以后眼珠微微能够转动，然后才能看见。八个月长牙，然后能吃东西。三年囟门闭合，然后才能说话。十六岁精气畅通，然后才能生育。阴达到极点就要返阳，所以阴因阳而变化；阳达到极点就要返阴，所以阳因阴而变化。所以男子八个月长牙，八岁换牙。女子七个月长牙，七岁换牙，十四岁能够生育。一阳一阴，奇偶相配，然后才能阴阳配合化育生命。性命的开端，就在此形成。"

典籍里有很多这样类似的论述：

《周易·系辞上》曰：《乾》道成男，《坤》道成女；《乾》知大始，《坤》作成物。阖户谓之《坤》，辟户谓之《乾》，一阖一辟谓之变，往来不穷谓之通。

《周易·系辞下》曰：天地絪缊，万物化醇，男女构精，万物化生。

子曰：乾、坤其《易》之门邪？乾，阳物也。坤，阴物也。阴阳合德，而刚柔有体，以体天地之撰，以通神明之德。

《谷梁传·庄公三年》曰：独阴不生，独阳不生，独天不生，三合然后生。

《家语·大婚解》曰：孔子曰，"天地不合，万物不生。"

这个由乾坤、天地、阴阳、男女对立双方组成的矛盾统一体，和合则化生万物，分离则两败俱伤。所以，天人不合，破坏自然，环境恶化，人类必然遭殃；君臣不合，专制横行，荼毒生灵，社会必然动荡；官民不合，贪污腐败，民生凋敝，政权必然不稳；夫妇不合，同床异梦，感情破灭，家庭必然解体。这就是"不合"造成的恶果，已经被事实反复证明。

乾坤、天地、阴阳、男女虽有上下尊卑之分，并无互相排斥、否定之义，对立转化，永不分离，"一阴一阳之谓道"（《易·系辞上》）。要想天下太平，国泰民安，必须和谐相处，共生共荣。这样，就孕育了"中庸之道"，成为"为政以德"的思维特征和思想方法。

毋庸讳言，孔子从宗法立场出发，有过"唯女子与小人为难养也"（《阳货》）、"三从"、"七出"（《家语·本命解》）之类重男轻女的言论，颇为后人诟病。但是，他又非常重视婚姻，敬重妻子，并且将其与治国理政紧密联系在一起，自有一番深意。

【原文】公曰："敢问为政如之何？"孔子对曰："夫妇别，男女亲，君臣信。三者正，则庶物从之。"公曰："寡人虽无能也，愿知所以行三者之道，可得闻乎？"孔子对曰："古之政，爱人为大；所以治爱人，礼为大；所以治礼，敬为大；敬之至者，大婚为大；大婚至矣，冕而亲迎。亲迎者，敬之也。是故君子兴敬为亲，舍敬则是遗亲也。弗亲弗敬，弗尊也。爱与敬，其政之本与？"公曰："寡人愿有言也，然冕而亲迎，不已重乎？"孔子愀然作色而对曰："合二姓之好，以继先圣之后，以为天下、宗庙、社稷之主。君何谓已重焉？"（《家语·大婚解》）

【译文】哀公问："请问如何治理政事呢？"孔子回答说："夫妇要有别，男女要相亲，君臣要诚信。这三件事端正了，那么其他的事情就会随之做好了。"哀公问："我虽然没有才能，但是愿意知道做好这三件事的方法，可以说给我听吗？"孔子回答说："古人理政，爱人最为重要；要做到爱人，遵守礼仪最为重要；要遵守礼仪，恭敬最为重要；最恭敬的事情，以君主大婚最为重要；大婚最为重要的，是要亲自冕服迎娶。亲自迎娶，是表示敬慕的感情。因此君子表现出敬慕是为了与夫人相亲相爱，如果没有表现出敬慕就是抛弃了相亲相爱的感情。不亲不敬，双方就不能互相尊重。爱与敬，大概就是治国的根本吧？"哀公说："我还是有话要问，君主冕服亲自迎娶，不是太隆重了吗？"孔子面色更为严肃地回答说："婚姻是和同两个姓氏的友好关系，以延续祖先的后裔，使之成为天地、宗庙、社稷祭祀的主人。您怎么能说太隆重了呢？"

【原文】孔子曰："昔三代明王，必敬妻子也，盖由道焉。妻也者，亲之主也；子也者，亲之后也。敢不敬与？是故，君子无不敬。敬也者，敬身为大；身也者，亲之支也。敢不敬与？不敬其身，是伤其亲；伤其亲，是伤其本；伤其本，则支从之而亡。三者，百姓之象也。身以及身，子以及子，妃以及妃，君以修此三者，则大化忾乎天下矣，昔太王之道也。如此，国家顺矣。"（《家语·大婚解》）

【译文】孔子说："从前夏商周三代圣明的君王，必定敬重他们的妻与子，这是有道理的。妻子，是双亲的主体；儿子，是双亲的后代。能不敬重吗？所以，君子对于妻与子没有不敬重的。敬重这件事，以敬重自身最重要；自身，是双亲的支脉。能不敬重吗？不敬重自身，就是伤害自己的亲人；伤害自己的亲人，就是伤害自己的根本；伤害自己的根本，那么支脉也就随之灭亡。对待自身、妻子、儿子这三者，就如同对待百姓。由自身想到百姓之身，由自己的儿子想到百姓的儿子，由自己的妻子想到百姓的妻子，君主如果能够敬重这三个方面，那么教化就通行于天下了，这就是过去先王的治国之道。能够这样，国家就顺畅了。"

更值得注意的是，孔子认为，中庸之道是从夫妻关系产生的，平民夫妇都可以知，可以行，而其精细之处圣人却有所不知，有所不能。这就是说，中庸之道既具有普遍性，人人都可以了解和实行；又具有深刻性，连圣人也未必完全理解和彻底做到。

【原文】夫妇之愚，可以与知焉，及其至也，虽圣人亦有所不知焉。夫妇之不肖，可以能行焉，及其至也，虽圣人亦有所不能焉。天地之大也，人犹有所憾。故君子语大，天下莫能载焉；语小，天下莫能破焉。《诗》云："鸢飞戾天，鱼跃于渊。"言其上下察也。君子之道，造端乎夫妇，及其至也，察乎天地。（《中庸·费隐》）

【译文】不聪明的夫妇，也可以体会了解中庸之道，至于其中最精微的地方，即便是圣人也有不清楚的。不贤能的夫妇，也可以实行一般的中庸之道，至于其中最精微的地方，即便是圣人也有做不到的。天地如此之大，人们还是有遗憾不满的地方。所以君子说起中庸之道的伟大，整个天下都装不下；说到中庸之道的精微，天下都理解不清。《诗经》说："鹰飞上天空，鱼游在深渊。"说的就是中庸之道充满了天地之间。君子的中庸之道，是从夫妻之间的关系开始的，但是推究到最精细的地方，就可以洞察天地万物的一切事物。

为什么从夫妇关系能够产生中庸之道呢？

在父子、君臣、夫妇、长幼、朋友五伦中，父子、长幼（包括兄弟、姐妹、叔伯等）等家庭关系是靠天然的人伦亲情维系的，君臣、朋友等社会关系是靠礼义法律维系的。夫妇关系则比较特殊，按照"同姓不婚"的原则，合二姓之好形成家庭，夫妇之间既没有人伦亲情关系，也难以用社会礼义法律直接管理，所谓"清官难断家务事"。然而，夫妇关系既有家庭属性，又有社会属性，家庭就是社会的细胞。青年男女通过婚姻结合在一起，朝夕相处，生儿育女，承上启下，延续宗族，成为建立、巩固血缘亲情关系的纽带和保证。无论是贵族的政治婚姻，还是百姓的民间婚姻，新郎新娘一经成婚，立刻面对着夫妇、婆媳、姑嫂、妯娌等上下左右的复杂人际关系。夫妇之间若不能互爱互敬，和谐相处，就会反目成仇，后院起火；婆媳、姑嫂、妯娌之间若不能关心爱护，互相照顾，就会产生矛盾，四分五裂，使得整个家庭都陷入危机。处理这些家庭人际关系，不正是体现出当事人"不偏不倚、无过不及"的中庸之道水平吗？一个人处理家庭夫妇关系的能力与处理社会人际关系的能力，往往是紧密联系在一起的。家和万事兴，"齐家"尚且不能，何谈"治国、平天下"？所以，孔子把"齐家"作为"修身"的首要目的，放在"治国、平天下"之前作为基础，是很有道理的。这就是"君子之道，造端乎夫妇"的原因。由此可知，夫妻和谐，生生不已；天地合德，万物兴旺。

### （二）致中和，天地位焉，万物育焉

人道来自天道，君子的中庸之道来自天地的中和之道。了解中庸之道，必须从中和之道说起。《天命》一章，就是《中庸》论述天道的总纲。

【原文】天命之谓性，率性之谓道，修道之谓教。道也者，不可须臾离也，可离非道也。是故君子戒慎乎其所不睹，恐惧乎其所不闻。莫见乎隐，莫显乎微，故君子慎其独也。喜怒哀乐之未发，谓之中；发而皆中节，谓之和。中也者，天下之大本也；和也者，天下之达道也。致中和，天地位焉，万物育焉。（《中庸·天命》）

【译文】天生而来的叫作"性"，率性而为的叫作"道"，以道修身的叫作"教"。"道"，是不能片刻离开的，如果能够离开就不是"道"。因此作为君子在人所未见的隐蔽之处也要谨慎，在人所未闻的遥远之地也要自律。没有比隐蔽、细微处更能显现出天性了，所以君子对于独处特别慎重。

喜、怒、哀、乐之性情尚未生发的自然状态时，就称之为"适中"；一旦循性而表现出来都能够符合天道，称之为"和谐"。适中，是天地万物的根本原则；和谐，是天地万物的通达途径。只有达到"中和"的境界，天地才能各得其位，万物才能繁育生长。

"性"是天地相合、阴阳化生的结果，具有与生俱来、质朴纯真的本质特征。"道"是事物循性而发的自然当行之路。性来自于天，道循自于性，而"教"是圣人以道修身、礼乐化民。天性具有朴素仁爱之德，天道蕴含事物当行之理，时时处处如影随形，不可分离，即使在幽暗隐微之处也能够显现出来，所以君子必须"慎其独"，常怀警惧之心。喜、怒、哀、乐之类天性尚未生发的时候，处于不偏不倚、纯洁无邪的自然状态，称为"适中"，这是天地万物遵循的根本原则；一旦遵循天性表现出来就符合至诚至公、无偏无私的天道，称为"和谐"，这是天地万物的通达当行之路。只有达到适中和谐的状态，天地才能各自取得应有的位置，万物才能各自顺利地繁衍成长。这里，由"性"到"道"属于天，"中和"就是天道。修"道"而"教"则属于人，实践中和之道的"中庸"就是人道。这就是"天人合一"的理想状态。

什么样的人才能把握、通晓中和之道呢？唯有"天下至诚"之人。因为他们自身品德高尚，"肫肫其仁！渊渊其渊！浩浩其天！"而这种至诚之德与天地之道互相通达，都具有"博厚"、"高明"、"悠久"的特性，可以"载物"、"覆物"、"成物"。

【原文】唯天下至诚，为能经纶天下之大经，立天下之大本，知天地之化育。夫焉有所依？肫肫其仁！渊渊其渊！浩浩其天！苟不固聪明圣知达天德者，其孰能知之？（《中庸·经纶》）

【译文】唯有天下最真诚的人，才能掌握治理天下的常道，树立天下适中的根本原则，通晓天地和谐、化育万物之道。他哪里需要什么依靠呢？他的仁心是那么敦厚！他的学识像潭水一样幽深！他的美德像苍天一样广博!如果不是确实聪明睿智、通达天道的人,谁能够知道呢?

【原文】天地之道,可一言而尽也:其为物不贰,则其生物不测。天地之道:博也,厚也,高也,明也,悠也,久也。今夫天,斯昭昭之多,及其无穷也,日月星辰系焉,万物覆焉。今夫地,一撮土之多,及其广厚,载华岳而不重,振河海而不泄,万物载焉。今夫山,一卷石之多,及其广大,草木生之,禽兽居之,宝藏兴焉。今夫水,一勺之多,及其不测,鼋鼍蛟龙鱼鳖生焉,货财殖焉。(《中庸·无息》)

【译文】天地之道,可以用一句话来概括:它对待万物的态度真诚不贰,而它化生万物的奥秘深不可测。天地显现的道理就是广博,深厚,高大,光明,悠远,长久。现在你见到的天,论小不过是一块光明,论及它的无边无际,日月星辰都悬系在上面,万物都覆盖在下面。现在你见到的地,论小不过是一小撮泥土,论及它的广博深厚,承载着华山都不觉得沉重,包容着河海都不会泄漏,万物都生长在那里。现在你见到的山,论小不过是一堆石头,论及它的广大高峻,草木生长在那里,禽兽居住在那里,宝藏开发在那里。现在你见到的水,论小不过是一勺,论及它的深不可测,鼋鼍蛟龙鱼鳖都生活在那里,各种财货增殖在那里。

【原文】故至诚无息,不息则久,久则征,征则悠远,悠远则博厚,博厚则高明。博厚,所以载物也;高明,所以覆物也;悠久,所以成物也。博厚配地,高明配天,悠久无疆。如此者,不见而章,不动而变,无为而成。(《中庸·无息》)

【译文】所以真诚的道理永不停息,永不停息就能够长期流传,长期流传就必有万物证验,必有万物证验就显现悠久长远的德行,悠久长远的德行就必然广博深厚,德行广博深厚就一定高大光明。广博深厚,就可以承载万物;高大光明,就可以覆盖万物;悠久长远,就可以成就万物。广博深厚与大地相配,高大光明与上天相配,悠久长远就永不停息。像这样,不用表现就自然彰显,没有行动就自然感化,无所作为就自然成就万物。

那么，怎样才能成为"至诚"之人呢？只有"博学之，审问之，慎思之，明辨之，笃行之"，不倦地探索；"人一能之，己百之；人十能之，己千之"，加倍地努力，就能够"虽愚必明，虽柔必强"。正因为"诚则明矣，明则诚矣"，无论是由"明"而"诚"，还是由"诚"而"明"，都能够最终达到"至诚"的境界，把握"中和"的天道。这正是华夏民族坚忍不拔、自强不息奋斗精神的集中概括。这里的"至诚"与《大学》的"诚意"是一脉相通的，都是"修身"的根本。可见，"修身"是把握和通晓中和之道的理论前提。

【原文】诚者，天之道也；诚之者，人之道也。诚者，不勉而中，不思而得，从容中道，圣人也。诚之者，择善而固执之者也：博学之，审问之，慎思之，明辨之，笃行之。有弗学，学之弗能弗措也；有弗问，问之弗知弗措也；有弗思，思之弗得弗措也；有弗辨，辨之弗明弗措也；有弗行，行之弗笃弗措也。人一能之，己百之；人十能之，己千之。果能此道矣，虽愚必明，虽柔必强。（《中庸·问政》）

【译文】真诚，是天道的法则；做到真诚，是人道的法则。真诚的人，不必勉强就处事适中，不用思考就行为得当，从容不迫地符合天道，这样的人就是圣人。做到真诚，就要选择美德而坚定执著地追求：广泛地学习，详细地询问，慎重地思考，明晰地辨别，切实地履行。要么不学，学了而没有学会就绝不停止；要么不问，问了而没有知晓就绝不停止；要么不想，想了而没有收获就绝不停止；要么不辨，辨了而没有明晰就绝不停止；要么不行，行了而没有彻底就绝不停止。别人用一分力量就能够做到的，自己就用百分力量去做；别人用十分力量能够做到的，自己就用千分力量去做。果真能够这样做，即使是愚昧的人也必定会聪明，即使是柔弱的人也必定会刚强。

【原文】自诚明，谓之性；自明诚，谓之教。诚则明矣，明则诚矣。（《中庸·诚明》）

【译文】由内心真诚而明白天道，叫作自然的天性；由明白天道而达到内心真诚，叫作人为的教化。内心真诚就会明白天道，明白天道就会内心真诚。

把握、通晓"中和"的天道，目的在于指导并用于"中庸"的人道。"中庸"之道，就是实践"中和"之道的人道。

### （三）君子中庸，小人反中庸

朱熹说："其未发，则性也，无所偏倚，故谓之中。发皆中节，情之正也，无所乖戾，故谓之和。"（《中庸章句》）至诚君子把握、通晓了"中和"的天道，就能够用于实践，施行中庸之道。因此"国有道，其言足以兴；国无道，其默足以容"，甚至可以"赞天地之化育，则可以与天地参"。

【原文】仲尼曰："君子中庸，小人反中庸。君子之中庸也，君子而时中；小人之反中庸也，小人而无忌惮也。"（《中庸·时中》）

【译文】孔子说："君子能够实践中庸之道，而小人则违背中庸之道。君子之所以能够实践中庸之道，是因为君子时时处处坚持适中的原则；小人之所以违背中庸之道，是因为小人片面极端，肆无忌惮。"

【原文】大哉圣人之道！洋洋乎！发育万物，峻极于天。优优大哉！礼仪三千，威仪三千，待其人而后行。故曰：苟不至德，至道不凝焉。故君子尊德性而道学问，致广大而尽精微，极高明而道中庸。温故而知新，敦厚以崇礼。是故居上不骄，为下不倍。国有道，其言足以兴；国无道，其默足以容。《诗》曰："既明且哲，以保其身"，其此之谓与？（《中庸·大哉》）

【译文】圣人之道真伟大啊！充塞四方，浩渺无边！生发养育万物，功德上达于天。这是多么充实伟大啊！礼仪三千，威仪三千，都要等待圣人而后才能推行。所以说：如果达不到至德的境界，至道就不会会聚。所以君子既尊重德性又研讨学问，既推而广之又细致入微，既极端高明又遵循中庸。不断温故知新，以朴素忠厚的心态崇尚礼仪。因此居上位不要骄傲自满，居下位不要背离正道。国家政治清明，他的言论可以兴国；国家政治昏暗，他的沉默可以容身。《诗经》说："既明达又智慧，用来保全自身。"大概就是说的这个意思吧？

【原文】唯天下至诚，为能尽其性；能尽其性，则能尽人之性；能尽人之性，则能尽物之性；能尽物之性，则可以赞天地之化育；可以赞天地之化育，则可以与天地参矣。（《中庸·尽性》）

【译文】唯有天下最真诚的人，才能充分发挥天性；能够充分发挥天性，就能够充分发挥人类的本性；能够充分发挥人类的本性，就能够充分发挥万物的本性；能够充分发挥万物的本性，就可以赞助天地化生养育万物；可以赞助天地化生养育万物，就可以与天、地并列为三了。

朱熹说："中者，不偏不倚、无过不及之名。庸，平常也。子程子曰：'不偏之谓中，不易之谓庸。中者，天下之正道；庸者，天下之定理。'"（《中庸章句》）人道的"中庸"是以天道"中和"为典范，以礼仪制度为准则，不偏不倚、无过不及，公正无私、和而不流，己而不愿、勿施于人，成己成物、内外合一。

【原文】诚者，自成也；而道，自道也。诚者，物之终始，不诚无物。是故君子诚之为贵。诚者，非自成己而已也，所以成物也。成己，仁也；成物，知也。性之德也，合外内之道也，故时措之宜也。（《中庸·自成》）

【译文】真诚，是人自我完善的品德；而道，是自我遵循的道路。真诚，贯穿于万物的始终，没有真诚就没有万物的存在。所以君子以真诚为贵。真诚，并非完善自己就停止了，而且用来完善万物。完善自己，是仁德；完善万物，是智慧。天性中的仁德，是结合了自身内外之道，所以随时应用都是适宜的。

【原文】子路问强。子曰："南方之强与？北方之强与？抑而强与？宽柔以教，不报无道，南方之强也，君子居之。衽金革，死而不厌，北方之强也，而强者居之。故君子和而不流，强哉矫！中立而不倚，强哉矫！国

有道，不变塞焉，强哉矫！国无道，至死不变，强哉矫！"（《中庸·问强》）

【译文】子路问"强"的含义。孔子说："你问的是南方的强呢？北方的强呢？还是你自己的强呢？用宽容柔和的态度教育人，对他人粗暴无礼的做法也不报复，这是南方的强，君子就具有这种强的品质。以甲兵盾牌当枕席，战死也不后悔，这是北方的强，而勇武的人具有这种强的品质。所以君子对人平和亲近而不随波逐流，这才是真正的强！保持中立而不偏不倚，这才是真正的强！国家政治清明，虽然富贵而不变志向，这才是真正的强！国家政治昏暗，临近死亡也不改变操守，这才是真正的强！"

由近及远，"道不远人"，中庸之道既是君子修身的品性素养，又是自律的道德规范；既是君子对人处世的原则方法，又是为政以德的思维理念。所以孔子说："中庸之为德也，其至矣乎！"（《雍也》）这与孔子论及为仁、为政所说的"己所不欲，勿施于人"（《颜渊》）、"己欲立而立人，己欲达而达人"（《雍也》）的思想学说是完全一致的。中庸之道实际上就是孔子为仁、为政的思维方法和哲学根据。所谓"忠恕，违道不远。施诸己而不愿，亦勿施于人"。

【原文】君子之道，辟如行远必自迩，辟如登高必自卑。《诗》曰："妻子好合，如鼓琴瑟；兄弟既翕，和乐且耽。宜尔室家，乐尔妻帑。"子曰："父母其顺乎！"（《中庸·行远》）

【译文】君子修行中庸之道，就像走远路必从近处开始，就像登高山必从低处开始。《诗经》说："与妻子感情和睦，就像弹琴鼓瑟；与兄弟关系融洽，就和顺又安宁。使你的家庭美满，使你的妻儿快乐。"孔子说："这样父母一定就会称心如意了！"

【原文】子曰："道不远人。人之为道而远人，不可以为道。《诗》云：'伐柯伐柯，其则不远。'执柯以伐柯，睨而视之，犹以为远。故君子以人治人，改而止。忠恕，违道不远。施诸己而不愿，亦勿施于人。"（《中庸·不远》）

【译文】孔子说:"中庸之道从来不远离人们。人修道如果故作高深而远离世人,就肯定不是真正的道。《诗经》说:砍伐斧柄、砍伐斧柄,斧柄的样式就在眼前。"握着斧柄来制作新的斧柄,如果斜眼看去,就会觉得两者相差很远。所以君子根据人的情况来治理人,只要他改正错误就行了。做到忠恕,就离中庸之道不远了。如果施加到自身都不愿意做的事情,那就不要强加给别人了。

正因为中庸之道与个人的品性修养、道德观念紧密联系在一起,作为至诚君子施行中庸之道,就应该"淡而不厌,简而文,温而理",藏而不露,质朴自守,"内省不疚,无恶于志","不动而敬,不言而信",即所谓"遁世不见知而不悔"。

【原文】《诗》曰:"衣锦尚䌹",恶其文之著也。故君子之道,暗然而日章;小人之道,的然而日亡。君子之道,淡而不厌,简而文,温而理。知远之近,知风之自,知微之显,可与入德矣。(《中庸·尚䌹》)

【译文】《诗经》说:"身穿锦绣衣服,外面罩件套衫。"这是为了避免锦衣的花纹太过张扬。所以君子之道,藏而不露而日后彰显;小人之道,刻意表现而日后消亡。君子之道,平淡而不使人厌倦,简约而有文采,温和而有条理。知道到远方由近处开始,知道施教化从自己做起,知道内有微瑕会彰显于外,这样就可以进入到美德的境界了。

【原文】《诗》云:"潜虽伏矣,亦孔之照!"故君子内省不疚,无恶于志。君子之所不可及者,其唯人之所不见乎?《诗》云:"相在尔室,尚不愧于屋漏。"故君子不动而敬,不言而信。(《中庸·尚䌹》)

【译文】《诗经》说:"鱼儿潜藏虽然很深,也会看得很清楚!"所以君子反省自己不会内疚,心中无愧。君子之所以不可企及,大概就是在人所不见处能够严于律己吧?《诗经》说:"看你独自在室内,仍然无愧于神明。"所以君子没有动作也恭敬,没有言谈也诚信。

【原文】子曰:"素隐行怪,后世有述焉,吾弗为之矣。君子遵道而行,

半途而废，吾弗能已矣。君子依乎中庸，遁世不见知而不悔，唯圣人能之。"（《中庸·素隐》）

【译文】孔子说："有人故意隐居而行为怪异，用来欺世盗名，后世也许会记述，我是不会这样做的。有的君子能够遵循中庸之道去做，但是半途而废，我是不会停止的。君子按照中庸之道去做，即使默默无闻、不为人知也绝不后悔，这只有圣人才能做到。"

作为君子，要有自知之明，安分守己，适应环境，"素其位而行"，"言顾行，行顾言"，永远言行一致，保持安然自得的良好心态，才能应对命运的挑战。那些"愚而好自用，贱而好自专，生乎今之世反古之道"的不安本分的行为，违背中庸之道，只会招来灾祸。

【原文】君子素其位而行，不愿乎其外。素富贵，行乎富贵；素贫贱，行乎贫贱；素夷狄，行乎夷狄；素患难，行乎患难。君子无入而不自得焉。（《中庸·素位》）

【译文】君子安于本位而行事，不要好高骛远，不做非分之想。处于富贵，就做富贵人应做的事情；处于贫贱，就做贫贱人应做的事情；处于边远地区，就做边远地区应做的事情；处于患难之中，就做患难之中应做的事情。君子无论处在什么情况都能够安然自得。

【原文】子曰："庸德之行，庸言之谨，有所不足，不敢不勉，有余不敢尽。言顾行，行顾言，君子胡不慥慥尔？"（《不远》）

【译文】孔子说："中庸道德要实行，中庸言论要恪守，如果有所不足，不敢不自勉努力，即使是有所超越也不敢把话说到极端，应该留有余地。言论要顾及行动，行动要顾及言论，言行一致的君子怎么能不忠厚真诚呢？"

【原文】子曰："愚而好自用，贱而好自专，生乎今之世反古之道。如此者，灾及其身者也。"（《中庸·自用》）

【译文】孔子说："愚昧无知却喜欢刚愎自用，地位卑贱却一味独断专行，生于当今之世却要复辟古代制度。像这样，灾祸就要降临在他身上了。"

孔子既强调自强不息，又提出安分守己，似乎矛盾，其实不然。人的一生必须自强不息，努力奋斗，"人一能之，己百之；人十能之，己千之"，只有这样，才能"虽愚必明，虽柔必强"，创造光辉业绩，实现自我价值。同时，在人生的每一时期又必须"素其位而行，不愿乎其外"，立足现有岗位，做好本职工作，安分守己，敬业尽责，积蓄力量，增长才干，为不断进取做好准备。这里的安分守己，不是庸庸碌碌、无所作为地消极处世，而是建立在对自我、环境、现状等因素冷静分析、恰当判断基础上的正确生活态度，这种理性的自知之明，为日后积极努力、不断发展打下了坚实的基础。没有今天的安分守己，出色工作，就不能积累知识，增长才干，抓住未来的发展机遇，一切雄心壮志、宏伟蓝图都会成为泡影。

诚然，不想当将军的士兵不是好士兵，然而，当不好士兵也难以成为将军。如果不能正确地评价自我能力，没有准确判断环境条件，而言不顾行，行不顾言，好高骛远，盲目攀比，动辄跳槽，不断改行，不切实际地随意而行，主观臆断地任性而动，最终只会浪费精力，自寻烦恼。在任何情况下、各种处境中，都能够应对环境、发挥才能，保持身心愉悦、怡然自乐，"无入而不自得"，这样，才是人生的最高境界。

### （四）执其两端，用其中于民

孔子认为，先做至诚君子，后行中庸之道。坚持中庸之道，就是要在社会生活中恰当地对人处事，成己成物，取得内外合一的理想效果。"执其两端，用其中于民"，就是将中庸之道用于礼制、德政的正确方法和原则。

【原文】子曰："舜其大知也与！舜好问而好察迩言。隐恶而扬善，执其两端，用其中于民。其斯以为舜乎！"（《中庸·大知》）

【译文】孔子说："舜真是具有大智慧的人啊！舜喜欢向人询问请教，喜欢对浅近的言语考察分析。包容那些恶言，彰显那些善言，把握事物发展的两个极端，而采用中庸之道引导民众。这大概就是他成为舜的原因吧！"

所谓"执其两端，用其中于民"，就是坚持两点论，实行中庸之道。把握事物的两端，由此及彼，由彼及此，不走极端，不搞片面，不要孤立、静止地看待问题，而要进行全面、公允地认识分析，比较权衡，不偏不倚，调和折中，以德服人，因时因地灵活地进行理性分析，协调双方，化解矛盾，和谐相处，从而在新的基础上达到新的平衡和稳定。这就是孔子所说的"我叩其两端而竭焉"（《子罕》），是更高层面的理性观念和思辨方法。比如：

关于礼制："礼，与其奢也，宁俭；丧，与其易也，宁戚"（《八佾》）；"故夫丧亡，与其哀不足而礼有余，不若礼不足而哀有余也；祭祀，与其敬不足而礼有余，不若礼不足而敬有余也"（《家语·曲礼子贡问》）。

关于处事："奢则不孙，俭则固。与其不孙也，宁固"（《述而》）；"天下有道则见，无道则隐"（《泰伯》）；"邦有道，危言危行；邦无道，危行言孙"（《宪问》）；"众恶之，必察焉；众好之，必察焉"（《卫灵公》）；"用之则行，舍之则藏"（《述而》）；"有文事者必有武备，有武事者必有文备"（《家语·相鲁》）。

关于教育："学而不思则罔，思而不学则殆"（《为政》）；"师也过，商也不及。……过犹不及"（《先进》）；"求也退，故进之；由也兼人，故退之"（《先进》）；"始吾于人也，听其言而信其行；今吾于人也，听其言而观其行"（《公冶长》）；"质胜文则野，文胜质则史。文质彬彬，然后君子"（《雍也》）。

关于君子："君子欲讷于言而敏于行"（《里仁》）；"君子不忧不惧"（《颜渊》）；"君子耻其言而过其行"（《宪问》）；"君子不以言举人，不以人废言"（《卫灵公》）；"君子矜而不争，群而不党"（《卫灵公》）；"君子惠而不费，劳而不怨，欲而不贪，泰而不骄，威而不猛"（《尧曰》）。

关于自己与他人："不患人之不己知，患不知人也"（《学而》）；"君子求诸己，小人求诸人"（《卫灵公》）；"我之大贤与，于人何所不容？我之不贤与，人将拒我，如之何其拒人也"（《子张》）？

这些论述的最终目的，都是为了达到社会人事的和谐状态，这是古代哲人向往和追求的最高理想境界。

由中庸之道出发，孔子必然主张君臣关系应该是"君使臣以礼，臣事君以忠"（《八佾》）；"以道事君，不可则止"（《先进》）。官民关系应该是"临之以庄则敬，孝慈则忠，举善而教不能则劝"（《为政》）；"子帅以正，孰敢不正"；"苟子之不欲，虽赏之不窃"（《颜渊》）；"立爱自亲始"，"立敬自长始"（《家语·哀公问政》）。所以，他要求君子"思知人，不可以不知天"，"在上位，不陵下；在下位，不援上"，反对疾言厉色、呵斥百姓，提倡润物无声、仁德化民，就是顺理成章的事情了。

【原文】子曰："在下位不获乎上，民不可得而治矣，故君子不可以不修身。思修身，不可以不事亲；思事亲，不可以不知人；思知人，不可以不知天。"（《中庸·问政》）

【译文】孔子说："处于下位的臣属得不到上级的信任，就不能治理民众，所以君子不能不修养品德。想要修养品德，不能不侍奉双亲；想要事奉双亲，不能不了解别人；想要了解别人，就不能不了解中和的天道。"

【原文】在上位，不陵下；在下位，不援上。正己而不求于人，则无怨。上不怨天，下不尤人。故君子居易以俟命，小人行险以徼幸。子曰："射有似乎君子：失诸正鹄，反求诸其身。"（《中庸·素位》）

【译文】处于上位，不要作威作福，欺凌部下；处于下位，不要攀援钻营，巴结上司。端正自己而不苛求别人，这样就心中泰然，不会怨恨。对上不怨恨苍天，对下不责怪他人。所以君子安居平易之地而等待命运机遇，小人则铤而走险以图侥幸得逞。孔子说："君子立身处世，就像射箭一样：射不中靶心，不能责怪箭靶，应该反身求己，寻找原因。"

【原文】《诗》云:"予怀明德,不大声以色。"子曰:"声色之于以化民,末也。"《诗》曰"德辅如毛",毛犹有伦。"上天之载,无声无臭",至矣!(《中庸·尚纲》)

【译文】《诗经》说:"我怀有光明的品德,不用疾言厉色。"孔子说:"用疾言厉色教化民众,是最愚蠢的。"《诗经》说"德行轻如鸿毛",鸿毛也是有物可比的。"上天承载万物,却无声无味",这才是最高的境界啊!

如前所述,孔子"为政以德",主张"正名",各司其职,各负其责,特别强调对于君、父一方的责任要求,正人先须正己,身教重于言教,"修己以安人",奉法利民,取信于民,公平待民,以仁化民。这些关于修身、治国的理念,至今依然值得重视。

### (五)礼之用,和为贵

关于和谐,孔子的名言是"礼之用,和为贵"、"君子和而不同",这是中庸之道的具体实践,其最终目的就是实现天人合一的德政。

【原文】礼之用,和为贵。先王之道,斯为美,小大由之。有所不行,知和而和,不以礼节之,亦不可行也。(《学而》)

【译文】礼的施行,以和谐最为可贵。先王治理天下的大道,这是最美的境界,大事小事都必须遵循这个道理。如果有什么地方行不通,只知道和谐可贵去追求和谐,不以礼来节制,也是行不通的。

【原文】君子和而不同,小人同而不和。(《子路》)

【译文】君子追求和谐而不要同一,小人追求同一而不要和谐。

那么,什么是"和"、什么是"同"呢?与孔子同时代而稍早的齐国大政治家晏婴曾经有过这样的精辟分析:

【原文】齐侯至自田,晏子侍于遄台,子犹驰而造焉。公曰:"唯据与我和夫!"晏子对曰:"据亦同也,焉得为和?"公曰:"和与同异乎?"对曰:"异。和如羹焉:水、火、醯、醢、盐、梅以烹鱼肉,燀之以薪。宰夫和之,齐之以味,济其不及,以泄其过。君子食之,以平其心。君臣亦然:

君所谓可，而有否焉，臣献其否，以成其可；君所谓否，而有可焉，臣献其可，以去其否。是以政平而不干，民无争心。故《诗》曰：亦有和羹，既戒既平。鬷嘏无言，时靡有争。先王之济五味、和五声也，以平其心、成其政也。声亦如味：一气、二体、三类、四物、五声、六律、七音、八风、九歌，以相成也；清浊、大小、短长、疾徐、哀乐、刚柔、迟速、高下、出入、周疏，以相济也。君子听之，以平其心，心平德和。故《诗》曰：德音不瑕。今据不然，君所谓可，据亦曰可；君所谓否，据亦曰否。若以水济水，谁能食之？若琴瑟之专一，谁能听之？同之不可也如是。"
（《左传·昭公二十年》）

【译文】齐景公从打猎的地方返回，晏子在遄台侍奉，齐大夫梁丘据奔驰赶来。景公说："只有梁丘据与我和谐啊！"晏子说："梁丘据也只能算是同一而已，怎么能算是和谐呢？"景公说："和谐与同一不一样吗？"晏子回答说："是不一样。和谐就好像调制肉汤一样：用水、火、醯、醢、盐、梅来烹调鱼肉，以柴火烧煮，让厨师调和，使味道适中，不足则增加调料，太浓则加水冲淡。君子吃了羹汤，就内心平静。君臣关系也是这样：君王认为可行的，但其中有不可行的，臣子就提出那些不可行的，来成就可行的；君王认为不可行的，但其中有可行的，臣子就进献那些可行的，来去除不可行的。所以政治安定而不会干犯礼法，民众没有争夺之心。所以《诗经》说：备有调和的羹汤，已经告诫厨师调好味道。神灵享用无可指责，上下也不会有所争议。先王调济五味、协和五声，是为了平静内心、成就政事的。声音也同味道一样：是由一气、二体、三类、四物、五声、六律、七音、八风、九歌互相组合而成的；是由清浊、小大、短长、缓急、哀乐、刚柔、快慢、高低、出入、疏密互相调剂而成的。君子听了，心气平和，品德和谐。所以《诗经》说，美好的声音没有瑕疵。现在梁丘据不是这样。君王认为可行，梁丘据也认为可行；君王认为不可行，梁丘据也认为不可行。这就如同用清水调济清水，谁能够食用它呢？这就如同琴瑟集中弹奏一个音节,谁能够欣赏它呢?同一不可行的道理就是这样。

显然,"和"与"同"有本质的差异:

和,是和谐,就是诸多因素互相交融,协调配合,纠正补充,相反相成,最终形成和谐的结果,如同调和水火五味烹制鱼肉,如同协调五音六律演奏乐曲。处理君臣上下的社会关系同样如此,为政者要敢于听取、包容各种不同意见,照顾各方不同的利益诉求,"君所谓可,而有否焉,臣献其否,以成其可;君所谓否,而有可焉,臣献其可,以去其否",经过反复协商,取长补短,求同存异,关照各方,以便形成最好的决策,造就和谐的社会。为此,为政者必须要有至诚的品德,无私的精神,公正的思想,包容的胸怀,从思想上承认、决策上重视事物的差异性和多样性,考虑到社会各个阶层的实际需要和切身利益,用整体系统的思维方式,寻求社会的动态平衡和长治久安。

同,是同一,就是以我为准,唯我独尊,强求一律,排斥异己,反对综合,好走极端,非此即彼,绝对片面,最终就会出现"以水济水"、"琴瑟专一"的荒唐局面。处理君臣上下的社会关系同样如此,为政者以我画线,不愿听取包容各种意见,不会照顾各方利益诉求,那么"君所谓可,据亦曰可;君所谓否,据亦曰否",梁丘据之流就会顺从迎合,投其所好,借此献媚邀宠,以逞其私,当然就是"同"而不是"和"。看来满足于"同一"的齐侯,心胸狭隘,目光短浅,只求一己的虚荣和私利,没有理解分析问题的能力,缺乏尊重采纳不同建议的准备,甚至在思想上根本不承认、决策上根本不允许事物差异性和多样性的存在,自然就不会考虑社会各个阶层的实际需要和切身利益。可见,威势或利诱只能造成表面上的同一,形成君主专制的"一言堂",而掩盖了实际存在的矛盾,埋下了社会隐患,必然带来潜在的危险。

所以,为了"身安誉至而政从",求得和谐的社会环境,为政者一方面自己要出以公心,勤政爱民,分清善恶,兴利除弊,不能奢侈浪费,怠慢违礼，冒犯民众，伤害百姓，另一方面必须坚持道义，以民为本，虚心听取诤臣建议，不断改善施政措施，这样，家国才能和谐兴旺。

【原文】子张问入官于孔子。孔子曰："安身取誉为难。"子张曰："为之如何？"孔子曰："己有善勿专，教不能勿怠，已过勿发，失言勿掎，不善勿遂，行事勿留。君子入官有此六者，则身安誉至而政从矣。且夫忿数者，官狱所由生也；距谏者，虑之所以塞也；慢易者，礼之所以失也；怠惰者，时之所以后也；奢侈者，财之所以不足也；专独者，事之所以不成也。君子入官除此六者，则身安誉至而政从矣。故君子南面临官，大域之中而公治之，精智而略行之，合是忠信，考是大伦，存是美恶，进是利而除是害，无求其报焉，而民之情可得也。夫临之无抗民之恶，胜之无犯民之言，量之无佼民之辞，养之无扰于其时，爱之无宽于刑法。若此，则身安誉至而民得也。"（《家语·入官》）

【译文】子张向孔子询问做官的事情。孔子说："官位安稳而取得声誉是很难的。"子张说："那么该怎么办呢？"孔子说："自己有长处不要独自拥有，教育别人不要懈怠，已经犯的过错不要再发生，说错的话不要辩解，不好的事情不要继续，正在做的事情不要拖延。君子做官能够做到这六点，那么就能官位安稳、取得声誉而政事顺利了。况且怨恨多了，牢狱之灾就会发生；拒绝劝谏，思虑就会阻塞；行为不庄重，就会丧失礼仪；做事懒惰，就会错过时机；奢侈浪费，财物就会不足；独断专行，事情就难以办成。君子做官能够消除这六点，那么就官位安稳、取得声誉而政事顺利了。所以君子一旦做官，就要以公心治理管辖区域，精心思考而简要推行，加上这些忠信的品德，考虑这些伦理准则，综合这些善恶之事，推广好事而除去坏事，不要企求民众的报答，这样就可以得到民心了。治理民众没有虐杀伤害的暴行，自己有理也不说冒犯民众之言，处理政事而没有狡诈之辞，安排事务而不违背农时，爱护百姓而不超出刑法。如果这样，就可以官位安稳、取得声誉而政事顺利了。"

【原文】子贡问于孔子曰:"子从父命孝、臣从君命贞乎?奚疑焉?"孔子曰:"鄙哉赐!汝不识也。昔者明王万乘之国,有争臣七人,则主无过举;千乘之国,有争臣五人,则社稷不危也;百乘之家,有争臣三人,则禄位不替;父有争子,不陷无礼;士有争友,不行不义。故子从父命,奚讵为孝?臣从君命,奚讵为贞?夫能审其所从,之谓孝,之谓贞矣。"(《家语·三恕》)

【译文】子贡问孔子说:"儿子听从父命就是孝顺、臣下听从君命就是忠贞吧?还有什么怀疑的呢?"孔子说:"浅陋啊赐!你不了解啊。从前英明君王的万乘之国,有了诤谏之臣七人,那么君主就没有错误的举动;千乘之国,有了诤谏之臣五人,那么社稷就没有危险;百乘之家,有了诤谏之臣三人,那么俸禄爵位就不会免除;父亲有了诤谏的儿子,就不会陷于无礼的困境;士人有了诤谏的朋友,就不会做不义之事。所以,儿子只是听父命,怎么就是孝顺呢?臣下只是听君命,怎么就是忠贞呢?能够辨明所听从的命令符合道义,这才能叫孝顺,这才能叫忠贞啊。"

原始社会进入文明社会,贫富分化,道德沦丧,付出了沉重的代价。封建宗法制度造成的诸多矛盾对立和权益纷争,有时对立激化,诉诸武力,以强凌弱,你死我活;有时协调关系,缓和矛盾,让步妥协,和平相处,数千年来几多反复。处于春秋乱世中的孔子,看到周室衰微,诸侯割据,争权夺利,连年征战,整个社会生灵涂炭,饿殍遍野,田园荒芜,民不聊生,用什么来疗治这个物欲横流的病态社会、拯救满目疮痍的苦难人生呢?他没有像后来陈胜、吴广那样,以"王侯将相宁有种乎"相号召,揭竿而起,以暴制暴,用铁血手段摧枯拉朽、改朝换代。孔子作为思想家,从尧舜禹三代那里继承并改造了礼制理论,提出仁爱、德政的政治主张,要以"克己复礼为仁"、"修己以安民"为途径,试图用不流血、非暴力的温和改良措施,来缓和社会矛盾,化解利益纷争,既维护封建等级制度,又关爱天下百姓民生,以求得社会的和谐安宁。这完全是出自于孔子人道的理性思考和泛爱众的真诚愿望，反映了伟大先哲的智慧和良知。这就是中庸之道产生的社会背景。所以，以孔子为代表的儒家文化是守成的文化，强调君仁臣义，父慈子孝，夫妇和顺，朋友诚信，大道直行，天下为公，这是和平时期治国理政、有序发展的必然规律。

近代以来，许多革命者认为"中庸之道"是不分是非、调和矛盾的反动理论，坚决予以排斥批判，这在激烈的阶级斗争和战争环境中当然如此，是完全可以理解的。然而，任何理论方法的提出和运用，都是针对特定社会环境和现实条件的。社会产生的矛盾，本来就分对抗性的矛盾和非对抗性的矛盾、敌我矛盾和内部矛盾。纵观历史，矛盾激化而引发的暴力征服、流血冲突毕竟是暂短的，而相对和平稳定的时期总是社会的常态，这正是农耕民族共同的愿望。当国家民族遭受外敌进犯，全民奋起，保家卫国，坚决打败侵略者；或者国内爆发革命，用武力推翻反动统治者，建立新政权——这种对抗性矛盾、敌我矛盾针锋相对，绝不调和，当然要用铁血暴力手段来解决。而在相对和平稳定的时期，各种矛盾依然存在，除了少量对抗性的敌我矛盾（如危害国家安全、恐怖暴力犯罪等）之外，大部分都是非对抗性的内部矛盾，只能协调利益，化解矛盾，维护稳定的社会秩序，创建和谐的生活环境，才能为百姓提供宽松、祥和、安定的社会氛围。显然，孔子的仁爱、德政、中庸等思想学说，就是为了维护或重建和谐安定的社会秩序的。

《周易·坤·象》曰："地势坤，君子以厚德载物。"中庸之道正是"厚德载物"包容精神的集中体现。它是孔子实现礼制、德政的哲学理念和思维方法，也是孔子留下的宝贵思想资源，具有现实的参考价值和借鉴意义。国与国之间出现分歧矛盾，不能动辄亮肌肉，比强弱，以武力战争相威胁，应该用和平谈判、友好协商的方法政治解决，各自妥协让步，达到互利双赢结果，所谓"四海之内皆兄弟"（《颜渊》）。人与人出现了利益纷争，不能采用丛林法则，随意拳脚相加，施行暴力，危及生命，酿成悲剧，而应该换位思考，以理服人，将心比心、各自谦让，最终握手言欢，和谐相处，所谓"兄弟一笑泯恩仇"。张载说："有像斯有对，对必反其为；有反斯有仇，仇必和而解。"（《正蒙·太和篇》）讲的就是古典哲学中对立统一的辩证法。那种混淆矛盾性质，不分敌我关系，在人民内部大搞"残酷斗争、无情打击"的"文革"遗风恶习，应该永远抛弃，不再发生。

## 五　整理"六经"，存亡继绝

殷周官方保留的各种文献非常丰富，聚集了尧舜禹、夏商周三代王官之学的精华，这是有文字记载以来中国文化的宝库。后来周室衰微，诸侯战乱，这些文献散乱遗失在所难免，既没有系统整理，也难以完整保存，更谈不上有序地继承传播，从而面临着毁弃消亡的危险。孔子晚年毅然自觉地承担起整理古代文献的历史重任，存亡继绝，承先启后，追本溯源，引申发微，为中国乃至世界文化的传承和弘扬，做出了空前绝后的历史性贡献。

关于孔子整理六经，《史记·孔子世家》有详细的记载：

"孔子之时，周室微，而《礼》《乐》废，《诗》《书》缺。追迹三代之礼，序《书传》，上纪唐虞之际，下至秦穆，编次其事。曰：'夏礼吾能言之，杞不足徵也；殷礼吾能言之，宋不足徵也。足，则吾能徵之矣。'观殷、夏所损益，曰：'后虽百世，可知也。以一文一质，周监二代，郁郁乎文哉！吾从周。'故《书传》《礼记》自孔氏。孔子语鲁太师：'乐其可知也。始作，翕如；纵之，纯如，皦如，绎如也，以成。吾自卫反鲁，然后乐正，《雅》《颂》各得其所。'古者《诗》三千余篇，及至孔子，去其重，取可施于礼义，上采契、后稷，中述殷、周之盛，至幽、厉之缺，始于衽席。故曰：《关雎》之乱以为《风》始，《鹿鸣》为《小雅》始，《文王》为《大雅》始，《清庙》为《颂》始。三百五篇，孔子皆弦歌之，以求合《韶》《武》《雅》《颂》之音。《礼》《乐》自此可得而述，以备王道，成六艺。孔子晚而喜《易》,序《彖》《系》《象》《说卦》《文言》。读《易》,韦编三绝。曰:'假我数年,若是,我于《易》则彬彬矣。'……子曰:'弗乎!弗乎!君子病殁世而名不称焉。吾道不行矣,吾何以自见于后世哉?'乃因史记作《春秋》,上至隐公,下迄哀公十四年,十二公。据鲁,亲周,故殷,运之三代,约其文辞而指博。故吴、楚之君自称王,而《春秋》贬之曰'子';践土之会实召周天子,《春秋》则讳之曰'天王狩于河阳'。推此类,以绳当世。贬损之义,后有王者举而开之。《春秋》之义行,则天下乱臣贼子惧焉。孔子在位,听讼文辞有可与人共者,弗独有也,至于为《春秋》,笔则笔,削则削,子夏之徒不能赞一辞。弟子受《春秋》,孔子曰:'后世知丘者以《春秋》,罪丘者亦以《春秋》。'"

由此可知,对于《易》《书》《春秋》《礼》《乐》《诗》,孔子不仅编次、序传、制作,更重要的是论述、总结、阐发,从而定型为全面系统的原始经典文本,其业至繁,其功至伟!这六部文献,自典籍称为"六经",自教学称为"六艺"。《易》《书》《春秋》汇成史官文化,《礼》《乐》《诗》汇成礼乐文化,是对尧舜禹和夏商周三代王官之学的全面总结、继承、融会和提升,对诸子百家的形成和传统文化的发展产生了极其深远的影响。

**(一)《易》《书》《春秋》**

1.《易》

又称《周易》,本是上古占卜之书,后来由于孔子及其弟子后学所著《易传》的出现,就成为一部特殊的哲学著作。《易》从阴阳八卦的理念立论,分析、解释宇宙、社会和人文的一切现象,阐述变化规律,预测吉凶祸福,反映了华夏民族古代的思维模式、价值观念和人文特征。《易传》是研究《易》最早的著作,将《易》中占卜性的神秘巫术文辞提升到哲学理论的高度,集中论述和总结了华夏民族的人文思想,贯通儒道,关联百科,被认为是"六经之原"、哲学之基。

《易传》包括七种十篇(《彖辞》上下、《象辞》上下、《系辞》上下、《文言》《说卦》《序卦》《杂卦》)，称为《十翼》《易大传》。《易传》将天道、地道和人道视为一体，以天道、地道关照阐述人道，研究人生的价值和意义，追求自然与人类、社会与个体、生理与心理的和谐统一。《易传》阐述阴阳变化之道，阴阳消长，变动不居，造就了生生不已的永恒自然，由此感悟到深刻的忧患意识，催人奋进，自强不息。

　　孔子对《易》非常重视，晚年"读《易》，韦编三绝"(《史记·孔子世家》)，他说："加我数年，五十以学《易》，可以无大过矣。"(《述而》)当然，这是他的自谦之辞，其实孔子对《易》是有深刻感悟、精辟论述的。在《易传》中，收录了许多孔子的名言。比如：

　　子曰："《易》其至矣乎！夫《易》，圣人所以崇德而广业也。知崇礼卑，崇效天，卑法地，天地设位而《易》行乎其中矣。"(《系辞上》)

　　子曰："知变化之道者，其知神之所为乎？《易》有圣人之道四焉：以言者尚其辞，以动者尚其变，以制器者尚其象，以卜筮者尚其占。"(《系辞上》)

　　子曰："危者安其位者也，亡者保其存者也，乱者有其治者也。是故，君子安而不忘危，存而不忘亡，治而不忘乱。是以身安而国家可保也。《易》曰：其亡其亡，系于苞桑。"(《系辞下》)

　　子曰："德薄而位尊，知小而谋大，力小而任重，鲜不及矣。《易》曰：鼎折足，覆公𫗧，其形渥，凶。言不胜其任也。"(《系辞下》)

　　由此可知，孔子及其弟子后学撰写《易传》，确实揭示了《易》中蕴含的"观乎天文，以察时变；观乎人文，以化成天下"(《易·贲·彖》)的深邃思想，论述了其中的变化规律。《易传》中所表现的天人合一、和谐统一，刚健有为、自强不息，厚德载物、经世致用，阴阳合德、中庸变通，效天法地、崇德重仁等思想，正是中华民族人文精神的高度概括和集中体现。

2. 《书》

又称《尚书》，是尧、舜、禹经夏、商、西周到春秋中期的官方政治文件的汇集，总结了古代圣王的治国经验，反映了政权交替的历史进程，是历代帝王的政治教本，士人诵读的传世经典。

《尚书》保存了距今四五千年前的宝贵史料，是世界上最古老的传世政府文书档案之一。与世界上其他古国的文献相比，如古巴比伦的《汉穆拉比法典》（公元前18世纪）、古以色列的《圣经》（公元前9世纪）、古希腊的《荷马史诗》（公元前8世纪）、古印度的《古事记》（公元前6世纪）等，《尚书》没有荒诞怪异的鬼神故事和宗教迷信记载，只是真实生动的社会现实记录，朴素地反映了华夏民族的信史，因此在世界古代文明史上具有非常重要的地位。

上古流传下来的官方文献很多。据《尚书正义》引《尚书·纬》说，孔子当时求得上古到秦穆公时期的文献就有3240篇，"断远取近，定可以为世法者，百二十篇"，而经孔子最后删定、伏胜所传的今文《尚书》仅存28篇。这是为什么呢？除了后来散佚和秦火焚毁外，与孔子当时删定的原则和标准大有关系。因为孔子"讨论坟典，断自唐虞以下讫于周，芟夷烦乱，翦截浮辞，举其宏纲，撮其机要，足以垂世立教，谟训诰誓命之文，凡百篇。所以恢弘至道，示人主以轨范也"（孔颖达《尚书序》）。所以要去芜存精，正面立论，为君主传授治民之道，对臣子树立事君之法，更向暴君乱臣提出了严厉警告，以寄托自己的治国理念和政治理想。

《尚书》历来有古今文之争，莫衷一是。今传《尚书》，包括《虞书》2篇，《夏书》2篇，《商书》5篇，《周书》19篇。

《虞书》中的《尧典》，记载了尧治理天下的业绩，一是"历象日月星辰，敬授人时"；一是如何考察培养舜，禅让帝位。《皋陶谟》中提出了治国方略。

《夏书》中的《禹贡》，记载了大禹治水后制定的九州贡法。《甘誓》

是夏王征伐有扈氏的战争誓辞。

《商书》中的《汤誓》，是商汤讨伐夏桀的誓辞。《盘庚》是商王盘庚迁都亳地前后的三篇训令。《高宗肜日》记载了祖己告诫君王正其祭祀，重在敬民。《西伯戡黎》是周文王战胜黎国（殷之属国）后，祖伊对纣王"淫戏用自绝"的警告。《微子》则是纣王同母长兄微子面对"殷其沦丧"将出亡救商的言行。这五篇史料，大致描述了商王朝由盛转衰的全过程，给周王朝的统治者以深刻的启示。

《尚书》中《周书》分量最重，这可能与时代较近、资料保存比较完整相关。《周书》主要记载了武王、周公、召公等周初统治者吸取殷商灭亡的历史教训，为建立和巩固周王朝政权而发表的言论、采取的措施，集中反映了"敬德保民"思想和"以德治国"的方针。

孔子对于尧、舜、禹和三代圣王非常崇敬，特别是对文、武、周公十分神往，《论语》中有很多记载。比如：

【原文】子曰："大哉！尧之为君也！巍巍乎！唯天为大，唯尧则之。荡荡乎！民无能名焉。巍巍乎！其有成功也！焕乎！其有文章！"（《泰伯》）

【译文】孔子说："伟大啊！尧作为君主！崇高啊！只有上天最大，只有尧能够效法天。恩泽浩渺无边啊！民众没有语言可以赞美他。崇高啊！他取得的功绩！光彩啊！他确定的制度！"

【原文】子曰："巍巍乎！舜、禹之有天下也，而不与焉。"（《泰伯》）

【译文】孔子说："崇高啊！舜、禹拥有天下，却不独享政权。"

【原文】子曰："禹，吾无间然矣。菲饮食，而致孝乎鬼神；恶衣服，而致美乎黻冕；卑宫室，而尽力乎沟洫。禹，吾无间然矣！"（《泰伯》）

【译文】孔子说："禹啊，我对他是无可非议的。他饮食微薄，却尽力孝敬鬼神；自己穿着简陋，却把祭祀的礼服做得华美；自己住房低矮，却努力疏通沟渠、治理洪水。禹啊，我对他是无可非议的。"

【原文】舜有臣五人而天下治。武王曰："予有乱臣十人。"孔子曰：

"才难，不其然乎？唐、虞之际，于斯为盛。有妇人焉，九人而已。三分天下有其二，以服事殷。周之德，其可谓至德也已矣。"（《泰伯》）

【译文】舜有五位能臣而天下大治。周武王说："我有十名治国人才。"孔子说："人才难得，不是这样吗？尧、舜以下，武王时的人才最多。其中还有一名是妇女，男子只有九人而已。文王做诸侯时已经是三分天下拥有其二，仍然能够向殷商称臣。周的道德，可以说是最高的了。"

可见，孔子在整理《书》的过程中，不仅赞颂古代圣王的高贵品德，而且吸取了他们治国理政的经验，《孔丛子·论书》里孔子与弟子讨论《书》的大量记载，就是证明。在这样的思想基础上，孔子提出"为政以德"的治国理念，就是理所当然的事情了。

3.《春秋》

本是春秋时期鲁国的一部编年体史书，全书起自鲁隐公元年（前722年），终于鲁哀公十四年（前481年），逐年简略地记载了这242年间鲁国及与鲁国相关的各诸侯国发生的重大历史事件。孔子根据鲁史整理而成《春秋》，赋予了爱憎褒贬、是非善恶之义，体现了"拨乱反正"的政治观念，因此，"《春秋》之义行，则天下乱臣贼子惧焉"。这就是《春秋》特别重视"正名分"、"辨是非"的原因。

所谓"正名分"，就是以宗法等级制度为核心，坚持按照君君、臣臣、父父、子子的行为准则属辞比事，使诸侯、卿大夫各明其职，各安其位，使僭号称王、犯上作乱者自显其恶，受到惩罚，从而达到复礼而尊周的政治目的。比如吴、楚之君自称王，而《春秋》一律贬之曰"子"；王、公、侯、伯、子、男的死丧，分别以崩、薨、卒、弑、诛、杀记之。各有等差，尊卑褒贬自现，以此借古讽今，古为今用。

所谓"辨是非"，就是通过对人事的记述，表明是非善恶的原则和态度，以此"治人"、"道义"、"断事"，达到劝善惩恶的政治目的。比如，对于《春秋·僖公二十八年》曰："天王狩于河阳。"弟子就有疑问：

【原文】子贡问于孔子曰:"晋文公实召天子而使诸侯朝焉。夫子作《春秋》云天王狩于河阳,何也?"孔子曰:"以臣召君,不可以训。亦书其率诸侯事天子而已。"(《家语·曲礼子贡问》)

【译文】子贡问孔子说:"晋文公在温地会盟,实际上是召请天子来,而让诸侯朝见。老师编写的《春秋》却说天王在河阳巡狩,为什么呢?"孔子说:"以臣子的身份召请君主,是不能效法的。如此记载,就是要写成晋文公率领诸侯来朝见天子罢了。"

可见,周天子参加温之会,本非出自个人意愿,而是由晋侯所召而来。诸侯反而命令天子,实为大逆不道之举,所以,孔子说:"以臣召君,不可为训。"当时的温地河阳已非周天子的巡狩领地,经文记载好似天子在"巡狩",诸侯朝拜,实则是"为天王讳"。一个"狩"字,反映了周天子君不君、臣不臣的尴尬处境,确证是诸侯僭越犯上,这就是所谓"春秋笔法"。

"正名份"和"辨是非",借"微言大义"维护以尊周为主旨的宗法等级制度,体现了礼制原则。正因为如此,孔子非常看重《春秋》的政治作用和社会影响,满怀自信地给弟子说:"后世知丘者以《春秋》,而罪丘者亦以《春秋》。"对此,司马迁评价说:"拨乱世反之正,莫近于《春秋》。《春秋》文成数万,其指数千,万物之散聚,皆在《春秋》。《春秋》之中,弑君三十六,亡国五十二,诸侯奔走不得保其社稷者,不可胜数。察其所以,皆失其本已!故《易》曰:失之毫厘,差以千里。故曰臣弑君,子弑父,非一旦一夕之故也,其渐久矣。故有国者不可以不知《春秋》,前有谗而弗见,后有贼而不知;为人臣者不可以不知《春秋》,守经事而不知其宜,遭变事而不知其权。为人君父而不通于《春秋》之义者,必蒙首恶之名;为人臣子而不通于《春秋》之义者,必陷篡弑之诛、死罪之名。其实皆以为善为之,不知其义,被之空言而不敢辞。"(《史记·太史公自序》)由此,也可以印证孔子撰《春秋》的作用和目的,就是借鲁国的历史而下礼制的断语,批判礼崩乐坏的现实社会,展示礼制的原则和理想。

《春秋》行文非常简略,记事如同当今报刊的大标题,不明行文背景,往往难以理解。为了诠释《春秋》,后来有了《公羊传》《谷梁传》和《左氏传》,这就是《春秋》三传。《公羊传》和《谷梁传》是训诂之传,专门阐发《春秋》的微言大义;《左氏传》为史实之传,专门从史实的角度解释说明《春秋》。三传也就成为研究《春秋》必读的经典。①

《易》《书》《春秋》构成了史官文化,为德政礼制在现实社会的运用实施提供了规范和根据,对后世治国理政和人文教化发挥了指导性作用。

### (二)《礼》《乐》《诗》

#### 1.《礼》

《礼》是古代中国文明的主要内容和标志,渗透到社会生活的各个领域和层面。中国号称礼仪之邦,礼的名目繁多,种类各异,有"经礼三百,曲礼三千"(《礼记·礼器》)之说。经过孔子及其弟子后学们的加工整理,集中在《周礼》《仪礼》《礼记》三部经典之中。其内容涉及以宗法制度为核心的国家典章制度、社会礼仪规范和个人道德准则等诸多方面,是上古礼制的总集,历来被认为是修身、齐家、治国、平天下的经世致用之学。

《周礼》,初名《周官》《周官经》,是国家职官制度与政治思想体系相结合的一部理想的治国大典。全书分为《天官》《地官》《春官》《夏官》《秋官》《冬官》(已散佚,以《考工记》代之),为大一统的国家机构和职官制度设计了一份理想的蓝图,托古建制,申说规范,集中反映了"以人法天、天人合一"的思想观念,表达了对太平盛世的向往憧憬,对混乱社会的根本否定。《周礼》在西汉初年征之民间,藏于秘府,到西汉末年刘歆校理秘书,才请奏列为官学,更名《周礼》。后经经学大师郑玄作注,流传于世,列为三礼之首。

《仪礼》,曾有《礼》《礼经》《士礼》等多种名称,由孔子及后学对周

---

① 饶尚宽:《试论〈春秋〉与〈左传〉的经传关系》,《传薪集》,新疆人民出版社,2003年8月。

代以来有关朝堂和民间的礼仪规范进行总结后编撰而成，是古人从生到死的礼仪准则。孔子将《仪礼》十七篇分为冠、昏、丧、祭、朝、聘、乡、射等八礼，用来作为教授弟子的教科书。《礼记·昏义》说："夫礼，始于冠，本于昏，重于丧、祭，尊于朝、聘，和于乡、射，此礼之大体也。"在《论语》《仪礼》《礼记》中保留了大量孔子的论述、阐发和答问，就是七十子后学日常切磋求教《仪礼》的记录。汉武帝建元五年（公元前136年）初置五经博士，就包括《仪礼》在内，在三礼中最早立为官学。

《礼记》，是关于礼学的通论、记述、释义和问答，用以补充说明《仪礼》。全书共分四类：通论类十一篇，其中《中庸》《大学》由南宋朱熹选出，与《论语》《孟子》并列，合称四书，代表了儒家的道统，成为科举考试的教本，在社会上广泛流行；制度礼俗类二十五篇，是有关古代文化的专题论述，是研究中国文化史的宝贵资料，极具史料价值；释义类八篇，是对《仪礼》有关行为道德规范的阐发和论述，可以作为研究《仪礼》的辅助，互相印证；问答类五篇，收录了孔子与弟子、时人有关礼学的问答，可以作为礼学内容的补充。

三礼秉持"以人法天"的思想观念，以血缘关系为核心的宗法伦理，设计了周密完善的大一统国家的典章制度，反映了礼法并重、政教合一的治国方针，突出了以忠孝为本的道德追求，对于民族性格和社会风俗的形成产生了巨大影响。由此，父慈子孝，君明臣忠，尊祖敬宗，慎终追远，就成为天经地义的礼仪规范和人生准则。正如《礼记·曲礼上》说："道德仁义，非礼不成；教训正俗，非礼不备；分争辩颂，非礼不决；君臣、上下、父子、兄弟，非礼不定；宦学事师，非礼不亲；班朝治军，莅官行法，非礼威严不行；祷祠祭祀，供给鬼神，非礼不诚不庄。是以君子恭敬撙节，退让以明礼。"孔子反复强调"克己复礼为仁"（《颜渊》）的原因，就在这里。

《乡党》就生动地记载了孔子是如何遵循礼制的，堪称表率。

【原文】朝，与下大夫言，侃侃如也；与上大夫言，誾誾如也。君在，踧踖如也，与与如也。

【译文】上朝的时候，跟下大夫说话，温和欢愉；跟上大夫说话，恭敬正直。君主在朝的时候，举止恭谨，威仪适度。

【原文】执圭，鞠躬如也，如不胜。上如揖，下如授。勃如战色，足蹜蹜如有循。享礼，有容色。私觌，愉愉如也。

【译文】孔子出使别国的时候，拿着君主授予的玉圭，恭敬地弯着腰，好像拿不动的样子。向上举起时像作揖的姿态，朝下拿着时像递给别人似的。面色矜持庄重非常谨慎，脚步细小好像遵循标记一样。举行献礼的时候，满脸和气。以私人身份见面的时候，则显得轻松愉快。

【原文】君赐食，必正席先尝之；君赐腥，必熟而荐之；君赐生，必畜之。侍食于君，君祭，先饭。

【译文】君主赐给饭食，一定要端正座席然后郑重地先尝；君主赐给生肉，一定要煮熟后供奉祖先；君主赐给活畜，一定要养起来。侍奉君主吃饭，君主饭前祭祀，自己先吃饭。

【原文】见齐衰者，虽狎，必变。见冕者与瞽者，虽亵，必以貌。凶服者式之，式负版者。有盛馔，必变色而作。迅雷风烈，必变。

【译文】看见穿丧服的人，即使亲近的人，也一定要改变面色以示同情。看见穿礼服的人和盲人，即使熟悉的人，也一定要礼貌地对待。乘车遇到穿孝服的人要行轼礼，遇到背着国家图籍的人也要行轼礼。别人以丰盛的饭食款待，一定要改变容色而起立致敬。遇到疾雷大风，一定要改变容色。

2.《乐》

在殷周时期，《乐》融合歌唱、舞蹈和音乐为一体，有歌乐、舞乐之分，是祭祀、迎宾、燕饮、乡射中不可缺少的内容，发挥着礼仪、表演、技能、教化的重要作用。贵族子弟从 13 岁起，就必须接受乐教。据《周礼·春官·大司乐》《礼记·内则》记载，乐教分"乐德"、"乐语"和

"乐舞"三部分:"乐德"包括中、和、孝、友等人伦道德的培养;"乐语"包括写作、阅读、背诵、吟咏、引发、答述等语言文字表达能力训练;"乐舞"是学习六代舞蹈技艺,追诉赞颂圣王业绩,陶冶性情,加强修养。通过乐教长期综合的训练,贵族国子们就能提高人文素质和文化修养,具有礼仪交往和酬唱应答的必备能力,可以继承祖宗的业绩。这样,既能保证等级森严,各安其位,又能够和谐一致,亲密相处,使得忠孝合一的德治在封建制和宗法制中顺利贯彻执行,长治久安。

《乐》与《礼》紧密结合,互相补充,《乐》中有《礼》,《礼》中有《乐》,《礼》以经之,《乐》以纬之。《乐》使人相亲,《礼》使人相敬。《礼》《乐》、刑政互相配合,百姓得以归顺,德治得以大行,就能天下大治。所以《礼记·乐记》说:"先王之制礼乐,人为之节。衰麻哭泣,所以节丧纪也;钟鼓干戚,所以和安乐也;昏姻冠笄,所以别男女也;射乡食飨,所以正交接也。礼节民心,乐和民声。政以行之,刑以防之。礼乐刑政,四达而不悖,则王道备矣。"

春秋以后,周室衰微,王权解体,乐教沦丧,乐官流散。据《微子》记载,乐师之长挚到了齐国,亚饭(第二顿饭)乐师干到了楚国,三饭乐师缭到了蔡国,四饭乐师缺到了秦国。鼓师方叔到了黄河之滨,小鼓乐师武到了汉水之滨,少师阳、击磬乐师襄到了海边。这样,随着专业乐师的流散,《乐》就面临着消亡的危险。

孔子生活的时代,可能部分雅乐尚存,因此他可以欣赏和评论部分《乐》章:

【原文】子曰:"《关雎》,乐而不淫,哀而不伤。"(《八佾》)

【译文】孔子说:"《关雎》这一乐章,欢乐而不过分,悲哀而不伤情。"

【原文】子谓《韶》:"尽美矣,又尽善也。"谓《武》:"尽美矣,未尽善也。"(《八佾》)

【译文】孔子评价《韶》乐说:"美极了,也好极了。"评价《武乐》说:"美极了,却还不够好。"

【原文】子在齐闻《韶》,三月不知肉味。曰:"不图为乐之至于斯也!"(《述而》)

【译文】孔子在齐国听到《韶》乐,陶醉其中竟然三个月没有感到肉味的鲜美。说:"没有想到欣赏音乐竟然能够达到这样的境界啊!"

同时,孔子通过刻苦学习,深究乐曲内涵精神,成为音乐大家,其水平足以与太师论《乐》。比如:

【原文】孔子学琴于师襄子。襄子曰:"吾虽以击磬为官,然能于琴。今子于琴已习,可以益矣。"孔子曰:"丘未得其数也。"有间,曰:"已习其数,可以益矣。"孔子曰:"丘未得其志也。"有间,曰:"已习其志,可以益矣。"孔子曰:"丘未得其为人也。"有间,曰:"孔子有所谬然思焉,有所睪然高望而远眺。"曰:"丘迨得其为人矣。黯而黑,颀然长,旷如望羊,奄有四方。非文王其孰能为此?"师襄子避席叶拱,而对曰:"君子,圣人也,其传曰《文王操》。"(《家语·辩乐解》)

【译文】孔子向师襄子学习弹琴。襄子说:"我虽然因击磬而担任乐官,但我最擅长的是弹琴。现在你的琴技已经熟悉,可以进一步学习了。"孔子说:"我还没有掌握好琴曲的节奏。"过了一段时间,襄子说:"你已经掌握好节奏了,可以进一步学习了。"孔子说:"我还没有领悟好琴曲的内涵。"又过了一段时间,襄子说:"你已经领悟到琴曲的内涵了,可以进一步学习了。"孔子说:"我还没有理解到琴曲表现的是什么人的精神境界。"又过了一段时间,襄子说:"孔子肃然深思,好像志向高远、登高远望的神态。"孔子说:"我知道琴曲表现的是什么人的精神境界了。他皮肤黝黑,身材高大,胸襟宽阔,拥有天下。这不是文王谁又能达到这种境界呢?"师襄子离开座席双手抚胸为礼,对孔子说:"您,真是圣人啊,这首传世琴曲就是《文王操》。"

【原文】子语鲁大师乐,曰:"乐其可知也:始作,翕如也;从之,纯如也,皦如也,绎如也,以成。"(《八佾》)

【译文】孔子告诉鲁国太师演奏音乐的奥妙,说道:"音乐是可以通晓的:开始演奏,繁盛热烈;展开以后,纯一和谐,皦然清晰,绎绎不绝,然后完成。"

然而,在他返回鲁国之前,《乐》已散乱而不正,经过整理后才使之正,"三百五篇,孔子皆弦歌之,以求合《韶》《武》《雅》《颂》之音",用来教诲学生。可以说,这是孔子在礼崩乐坏的春秋晚期,试图恢复雅乐、存亡继绝的最后努力。①

3.《诗》

《诗》本出自民间歌谣。中国古代有采诗、献诗的制度,统治者借此了解民情,考察风俗,也用来颂扬功德,纠正过失,发挥着重要的政治教化作用。因此《尚书·尧典》说:"诗言志,歌永言。"由于歌、舞、乐自身具有不同的特点,《乐》逐渐发生了歌乐与舞乐、声乐与器乐、乐曲与诗词的分化。《诗》本是声乐中的歌词,依附于乐曲而存在,当乐教中"乐语"的口语表达能力受到官方重视,"赋诗言志"和"引诗为证"成为贵族交往应酬的必备能力,诗由"乐用"转化为"义用",就成为不可逆转的必然趋势,这样,诗就逐渐独立于音乐而存在。孔子删诗,进行诗教,其原则就是"去其重,取可施于礼义",显然这就是重在用其义。经孔子整理的《诗》305首,"上采契、后稷,中述殷周之盛,至幽、厉之缺",分为风、雅、颂三部分,思想内容上颂扬圣王功德,揭露统治暴政,反抗剥削压迫,倾述劳役之苦,追求自由婚恋,反对礼教约束,成为我国第一部诗歌总集,全方位地反映了古代社会生活,堪称为古代文化的百科全书。

孔子终生颂读《诗》,精通《诗》的内容和宗旨,具有自己深刻的见

---

① 饶尚宽:《试论〈乐〉的形成、分化和消亡》,见《聚沙集》,学苑出版社,2009年8月。

解。比如：

**【原文】**孔子读《诗》及《小雅》，喟然而叹曰："吾于《周南》《召南》见周道之所以盛也，于《柏舟》见匹夫执志之不可易也，于《淇奥》见学之可以为君子也，于《考槃》见遁世之士而不闷也，于《木瓜》见苞苴之礼行也，于《缁衣》见好贤之心至也，于《鸡鸣》见古之君子不忘其敬也，于《伐檀》见贤者之先事后食也，于《蟋蟀》见陶唐俭德之大也，于《下泉》见乱世之思明君也，于《七月》见豳公之所以造周也，于《东山》见周公之先公而后私也，于《狼跋》见周公之远志所以为圣也，于《鹿鸣》见君臣之有礼也，于《彤弓》见有功之必报也，于《羔羊》见善政之有应也，于《节南山》见忠臣之忧世也，于《蓼莪》见孝子之思养也，于《楚茨》见孝子之思祭也，于《裳裳者华》见古之贤者世保其禄也，于《采菽》见古之明王所以敬诸侯也。"（《孔丛子·记义》）

**【译文】**孔子读《诗》读到《小雅》，感叹地说："我从《周南》《召南》中了解到周朝为什么能够兴盛了，从《柏舟》中了解到百姓也能够坚守志向而不变，从《淇奥》中了解到通过学习可以成为君子，从《考槃》中了解到遁世隐士虽然穷苦而不愁闷，从《木瓜》中了解到执贽馈赠之礼是可行的，从《缁衣》中了解到人都有好贤之心，从《鸡鸣》中了解到古代君子不忘敬业，从《伐檀》中了解到贤人应该先从事而后受禄，从《蟋蟀》中了解到唐尧节俭之德的伟大，从《下泉》中了解到乱世百姓思念明君，从《七月》中了解到豳公奠定周代基业的功德，从《东山》中了解到周公先公后私的品德，从《狼跋》中了解到周公的远大志向以及成为圣人的原因，从《鹿鸣》中了解到君臣之间的礼仪，从《彤弓》中了解到有功必有回报，从《羔羊》中了解到善政能够化民，从《节南山》中了解到忠臣的社稷之忧，从《蓼莪》中了解到子女对父母的思念，从《楚茨》中了解到孝子不忘祭祀，从《裳裳者华》中了解到古代贤士能够世守其禄，从《采菽》中了解到古代天子怎样敬重诸侯。"

因此，孔子用《诗》教诲弟子，强调学《诗》的重要性，分析《诗》与《礼》《乐》的内在关系，有大量论述。比如：

【原文】子曰："小子！何莫学夫《诗》？《诗》可以兴，可以观，可以群，可以怨。迩之事父，远之事君。多识于鸟兽草木之名。"（《阳货》）

【译文】孔子说："弟子们，为什么不学《诗》呢？《诗》可以抒发感情，可以观察风俗，可以交往朋友，可以讽谏得失。近可以用来侍奉父母，远可以用来侍奉君主。还可以知道许多鸟兽草木的名称知识。"

【原文】子曰："兴于《诗》，立于《礼》，成于《乐》。"（《泰伯》）

【译文】孔子说："开始于《诗》，立身于《礼》，完成于《乐》。"

【原文】子曰："夫《礼》者，理也；《乐》者，节也。无礼不动，无节不作。不能《诗》，于礼谬；不能《乐》，于礼素；薄于德，于礼虚。"（《家语·论礼》）

【译文】孔子说："《礼》，就是理；《乐》，就是节。没有道理的事情不做，没有节制的事情不为。不能赋《诗》言志，礼仪就谬误不正；不会表演舞乐，礼仪就枯燥无味；道德如果浅薄，礼仪就虚伪不真。"

【原文】子夏曰："敢问何谓五至？"孔子曰："志之所至，《诗》亦至焉；《诗》之所至，礼亦至焉；《礼》之所至，乐亦至焉；《乐》之所至，哀亦至焉。《诗》《礼》相成，哀、乐相生。是以正明目而视之，不可得而见；倾耳而听之，不可得而闻。志气塞于天地，行之克于四海，此之谓五至矣。"（《家语·论礼》）

【译文】子夏说："请问什么叫五至？"孔子说："情意到达之处，《诗》中文句也随之到达；《诗》中文句到达，礼仪也随之到达；《礼》到达，音乐也随之到达；《乐》到达，哀伤也随之到达。《诗》与《礼》相辅相成，哀伤与音乐互相生发。因此擦亮眼睛来看，不可能看见；侧着耳朵来听，也不可能听见。这种志气充满天地之间，流行起来能够到达四海，这就叫作五至。"

孔子对于《礼》《乐》《诗》的全面整理，深刻论述，使得上古王官礼乐文化能够以文本典籍的形式作为教材，传授弟子，流传于世，这无疑是对古代礼乐文化的系统总结和弘扬，其意义怎么评价都不过分。

孔子曾经说自己"述而不作，信而好古"（《述而》），其实，他的"述"就是非常重要的"作"。正如著名文化学者柳诒徵先生说："孔子者，中国文化之中心也。无孔子，则无中国文化。自孔子以前数千年，赖孔子而传；自孔子以后数千年文化，赖孔子而开。"①

孔子整理论述了"六经"，"六经"也哺育滋养了孔子。孔子总结继承了古代中国的哲学观念和人文精神，必然对他创立的儒家学说产生重大影响，因此，"六经"被视为儒家学派的主要经典。同时，应该看到，先秦诸子都曾先后从"六经"汲取了思想营养，"六经"也是各家学说共同的渊薮。他们或正或反、或明或暗地称引"六经"，各取所需，引申发挥，形成了自己不同的思想学说。所以，后来庄子说："其明而在数度者，旧法世传之，史尚多有之。其在于《诗》《书》《礼》《乐》者，邹鲁之士、缙绅先生多能明之：《诗》以道志，《书》以道事，《礼》以道行，《乐》以道和，《易》以道阴阳，《春秋》以道名分。其数散于天下而设于中国者，百家之学时或称而道之。"（《庄子·天下篇》②）由此更可以理解，孔子"论百家之遗记，考正其义，祖述尧舜，宪章文武，删《诗》述《书》，定《礼》理《乐》，制作《春秋》，赞明《易》道，垂训后嗣，以为法式"（《家语·本姓解》）的伟大历史意义。

孔子作为一位伟大的教育家、思想家、哲学家，善于以哲人睿智的眼光观察古今，用哲学思辨的方法分析社会，虽然困厄于世俗，难容于当代，没有施展抱负、实现理想的机遇，不是一个成功的政治家，但是，他开办

---

① 柳诒徵：《中国文化史》上卷，东方出版中心，1988年6月，第231页。
② 本书有关《庄子》的引文只标注篇章名。

民间私学，创立仁爱学说，主张以德治国，倡导中庸思想，整理"六经"之学，形成了完整的理论体系，产生了极为深远的影响。他培养了大批"以仁为己任"的入室弟子，加之孔子嫡孙孔伋（子思）、七世孙孔穿、八世孙孔谦、九世孙孔鲋等，恪守家学，各有嘉言，薪火相传，历代不衰，这就形成了以孔子为宗师的儒家学派，作为诸子百家的先驱，奠定了伦理文明的基础，凝聚着华夏智慧的光辉，并且经受了数千年的选择和考验，具有不可动摇的崇高地位，成为中国古代人文精神的不竭动力和源泉。

孔子去世后，除了弟子们尽孝守墓外，鲁国岁时奉祀，世代相传，直到西汉王朝建立以后，二百余年连续不断。太史公司马迁曾亲到鲁地，参观孔庙，低回流连，不忍离去，无限崇敬而感慨地说："天下君王至于贤人众矣，当时则荣，没则已焉。孔子布衣，传十余世，学者宗之，自天子王侯，中国言六艺者，折中于夫子，可谓至圣矣！"（《史记·孔子世家》）

今天，我们在全世界建立起数百个传播中国文化的学院，依然以"孔子"命名，把这位两千多年前的伟大哲人孔子作为中国文化代表性的符号和标志。这充分说明，孔子的思想、学说、精神和地位，确实是历史的选择，民族的心声，社会的共识，得到世界的认同，是永远无可替代的！

# 贰 墨子

墨子（约前480—前420年）的身世经历，史书记载很少。《史记》仅在《孟子荀卿列传》之后附有寥寥数语："盖墨翟，宋之大夫，善守御，为节用。或曰并孔子时，或曰在其后。"可见，西汉的太史公司马迁已经不甚了然，难以考察。钱穆先生考证说："余考墨子之生，至迟在元王之世，不出孔子卒后十年。其卒当在安王十年左右，不出孟子生前十年。"（《先秦诸子系年·墨子生年考》）其时"南有楚、越之王，而北有齐、晋之君，此皆砥砺其卒伍，以攻伐并兼，为政于天下"。（《墨子·节葬》①）正是攻伐不断、天下大乱的战国初期。

《墨子》一书，是墨子及其后学著作的总集。《汉书·艺文志》著录有七十一篇，今传五十三篇。其中有的篇目分上、中、下三篇，这与墨子死后墨家分为三派、各有所记相关。从《墨子》可知，墨子常居于鲁，是鲁国人，出身于小生产劳动者，似乎是精于木工技能的平民或奴隶，被称为"贱人"、"北方之鄙人"。孔子姓孔，其徒称儒；而墨子不姓墨，其徒却称墨。据《白虎通》说："墨者，墨其额也。"可见墨者本为刑徒或奴隶，从事低贱劳作之事。作为墨家弟子，"多以裘褐为衣，以跂蹻为服，日夜不

---

① 本书有关《墨子》的引文只标注篇章名。

休,以自苦为极。曰:'不能如此,非禹之道也,不足谓墨。'"(《天下篇》)因此,他们自称为"墨"。

据说在鲁惠公时,墨子曾经向周桓王派往鲁国的官员史角学习过儒家之礼,应该是儒家后学弟子,但是,他却背叛儒学,另起炉灶,建立了墨家学派。其原因是什么呢?"墨子学儒者之业,受孔子之术,以为其礼烦扰而不说,厚葬靡财而贫民,服伤生而害事,故背周道而用夏政"(《淮南子·要略》)。就是说,墨子认为儒学的礼节烦扰,厚葬费财,服丧害事,因此,背弃儒家推崇的"周道",而用"夏政"作为指导思想。

所谓"周道",就是指西周王朝所推行的封建制、宗法制和礼乐教化制。孔子反复申明:"周监于二代,郁郁乎文哉!吾从周。"(《八佾》)"如有用我者,吾其为东周乎!"(《阳货》)所以,"祖述尧舜,宪章文武",盛赞尧、舜、禹诸位圣王的功业。

所谓"夏政",专指夏王朝大禹治水的伟大功绩和卓绝精神,墨子作为效法的榜样。关于大禹治水,文献多有记载。比如:

《滕文公上》说:"禹疏九河,瀹济、漯,而注诸海;决汝、汉,排淮、泗,而注之江。然后中国可得而食也。当是时也,禹八年于外,三过其门而不入,虽欲耕,得乎?"

《天下篇》说:"墨子称道曰:'昔者,禹之湮洪水,决江河,而通四夷九州也,名山三百,支川三千,小者无数。禹亲自操橐耜,而九杂天下之川,股无胈,胫无毛,沐甚雨,栉疾风,置万国。禹,大圣也,而形劳天下也如此。'"

《韩非子·五蠹》① 说:"禹之王天下也,身执耒臿,以为民先,股无胈,胫不生毛。虽臣虏之劳,不苦于此矣。"

《淮南子·要略》说:"禹之时,天下大水,禹身执虆垂,以为民先。剔河而道九岐,凿江而通九路,辟五湖而定东海。当此之时,烧不暇撌,

---

① 本书有关《韩非子》的引文只标注篇章名。

濡不给挖，死陵者葬陵，死泽者葬泽，故节财、薄葬、闲服生焉。"

《史记·五帝本纪》说："唯禹之功为大，披九山，通九泽，决九河，定九州，各以其职来贡，不失厥宜。"

《史记·夏本纪》说："禹伤先人父鲧功之不成受诛，乃劳身焦思，居外十三年，过家门不敢入，薄衣食致孝于鬼神，卑宫室致费于沟淢。"

儒、墨两家，俱道尧、舜、禹，但是侧重不同。孔子推崇"周道"，是赞赏尧舜禹的高尚品德、克己崇礼和伟大功业，为了倡导仁爱，推行礼乐制度。而墨子效法"夏政"，是为了崇尚夏禹形劳天下、身体力行、不避艰险、自苦为极、以为民先、为民谋利的苦行救世精神，倡导"节用"、"节葬"、"非乐"、"非命"的务实节俭之道。指导思想不同，决定了儒、墨两家学说的重大分野。

墨子的学说，深刻地反映了下层百姓的愿望和心声，具有强劲力行的精神和震撼人心的力量，从而产生广泛的社会影响，得到广大民众的热烈拥护。因此，从者若影，应者如云，弟子数百人追随他周游列国，再传、三传弟子满天下，其声势甚至超过了孔门师徒，成为儒家强劲的论敌。特别是墨家学派为组织严密、纪律严明的准军事化的学术团体，具有鲜明的侠义精神和强大的战斗能力，为了实现自己的政治理想，他们不怕辛劳，不畏艰险，赴汤蹈火，死不旋踵，完全是一支所向披靡、闻名列国的特种部队，远非坐而论道的儒生可比。

墨家的领袖称为巨子，墨子就是第一任巨子，以后有孟胜、田襄子、腹䵍等陆续接任，决定墨家内外大事。他们言必信，行必果，一诺千金，义无返顾，舍生忘死，在所不辞，产生了巨大的社会影响。其中最著名的故事，莫过于"墨子救宋"。

《公输》曰："公输盘为楚造云梯之械，成，将以攻宋。子墨子闻之，起于齐，行十日十夜而至于郢，见公输盘。公输盘曰：'夫子何命焉为？'子墨子曰：'北方有侮臣，愿借子杀之。'公输盘不说。子墨子曰：'请献十金。'公输盘曰：'吾义固不杀人。'子墨子起，再拜曰：'请说之。吾从北方闻子为梯，将以攻宋。宋何罪之有？荆国有余于地，而不足于民，杀所不足，而争所有余，不可谓智。宋无罪而攻之，不可谓仁。知而不争，不可谓忠。争而不得，不可谓强。义不杀少而杀众，不可谓知类。'公输盘服。子墨子曰：'然，乎不已乎？'公输盘曰：'不可。吾既已言之王矣。'子墨子曰：'胡不见我于王？'公输盘曰：'诺。'子墨子见王，曰：'今有人于此，舍其文轩，邻有敝舆而欲窃之；舍其锦绣，邻有短褐而欲窃之；舍其粱肉，邻有糠糟而欲窃之。此为何若人？'王曰：'必为窃疾矣。'子墨子曰：'荆之地方五千里，宋之地方五百里，此犹文轩之与敝舆也；荆有云梦，犀兕麋鹿满之，江汉之鱼鳖鼋鼍为天下富，宋所为无雉兔狐狸者也，此犹粱肉之与糠糟也；荆有长松、文梓、楩楠、豫章，宋无长木，此犹锦绣之与短褐也。臣以三事之攻宋也，为与此同类，臣见大王之必伤义而不得。'王曰：'善哉！虽然，公输盘为我为云梯，必取宋。'于是见公输盘。子墨子解带为城，以牒为械。公输盘九设攻城之机变，子墨子九距之。公输盘之攻械尽，子墨子之守圉有余。公输盘诎，而曰：'吾知所以距子矣，吾不言。'子墨子亦曰：'吾知子之所以距我，吾不言。'楚王问其故，子墨子曰：'公输子之意，不过欲杀臣。杀臣，宋莫能守，可攻也。然臣之弟子禽滑厘等三百人，已持臣守圉之器，在宋城上而待楚寇矣。虽杀臣，不能绝也。'楚王曰：'善哉！吾请无攻宋矣。'"

公输盘为楚王造了云梯，将要攻打宋国，这在战国时期本是寻常之事。这场战争，与墨子没有任何利害关系，而且宋国也无人求救，墨子完全可以视而不见，充耳不闻。然而，墨子为了实践自己兼爱、非攻的政治主张，不远千里，奔走十日十夜，从齐国赶到楚国郢都。首先，借用公输盘"义固不杀人"的说辞，步步紧逼，迫使公输盘认输；接着，又以"窃疾"为喻，层层设譬，使得楚王理屈词穷；最后，冒着生命危险，与公输盘斗智斗勇，"公输盘九设攻城之机变，子墨子九距之。公输盘之攻械尽，子墨子之守圉有余",并预先安排弟子禽滑厘带领三百人在宋国备战守城,最后终于挫败了楚王的战争图谋,制止了一场人间灾难,实现了自己的社会理想。墨子作为一位学者,如此坚持知行合一,亲率弟子,勇蹈死地,以拯救社会为己任,为坚持大义而献身,表现了极为突出的实践精神和人格魅力,在先秦诸子中几乎无人可及!

墨家内部纪律严明,一丝不苟,即使自己儿子犯罪,也绝不宽恕,严惩不贷。

《吕氏春秋·去私》曰:"墨者有钜子腹䩉,居秦。其子杀人,秦惠王曰:'先生之年长矣,非有它子也,寡人已令吏弗诛矣,先生之以此听寡人也。'腹䩉对曰:'墨者之法曰:杀人者死,伤人者刑。此所以禁杀伤人也。夫禁杀伤人者,天下之大义也。王虽为之赐,而令吏弗诛,腹䩉不可不行墨者之法。'不许惠王,而遂杀之。子,人之所私也,忍所私以行大义,钜子可谓公矣。"

墨家巨子腹䩉在秦,他的儿子犯有杀人之罪,应该处死。秦惠公以腹䩉年老、没有其他儿子为由,有意赦免。而腹䩉却坚决以"墨者之法"自律,坚持"杀人者死,伤人者刑",不答应惠王,而杀了自己的儿子抵罪。此举大义灭亲,大公无私,确实难能可贵,与儒家"子为父隐,父为子隐"的"亲亲"之道迥然有别。

墨子本出儒家,孔子学说流行日久,影响深远,墨子学说要在社会上站稳脚跟,取得与儒家相对抗的地位,必须树起自己的旗帜,建立自己的理论体系。墨子曾经这样概括说:"凡入国必择务而从事焉。国家昏乱,则语之'尚贤'、'尚同';国家贫,则语之'节用'、'节葬';国家熹音湛湎,则语之'非乐'、'非命';国家淫僻无礼,则语之'尊天'、'事鬼';国家务夺侵凌,则语之'兼爱'、'非攻'。故曰择务而从事焉。"(《鲁问》)所谓"择务而从事",就是选择重要的事务去做。其中尚贤、尚同、节用、节葬、非乐、非命、尊天、事鬼、兼爱、非攻等十目,就是《墨子》一书的核心内容。这既是墨子用来挽救、疗治社会的政治主张,又是与儒家激烈论战、以争高下的理论武器。就其内在理论脉络而言，可以分为天人观念（天志、明鬼、非命）、治国方略（尚贤、尚同）、社会理想（兼爱、非攻）和施政措施（节用、节葬、非乐）四个部分。

## 一　天人观念——"天志"、"明鬼"、"非命"

《墨子》一书中《天志》《明鬼》《非命》三篇，集中反映了墨子的天人观念，是墨家学说的逻辑前提和理论根据。《天志》和《明鬼》表现了墨子的宗教情怀，借上天鬼神为人间社会设置了规范和标准。《非命》则否定宿命论，要求"强力从事"，顺天之志，中鬼之利，以改变自己的命运。

### （一）天之志者，义之经也

天，是先秦诸子共同关心的话题。儒家的天是万物的主宰、道德的典范，因此，天道统辖人道，人道效法天道。道家的天是自然的化身和法则，"天地相合，以降甘露，民莫之令而自均"（《老子·三十二章》①），"天道无亲，常与善人"（《七十九章》）。墨家则强调天的意志，认为天是至高无上的人格神，是奖善惩恶、鉴别是非、伸张正义、有序发展的终极力量。

【原文】子墨子言曰："夫天，不可为林谷幽门无人，明必见之。然而天下之士君子之于天也，忽然不知以相儆戒，此我所以知天下士君子知小而不知大也。"（《天志上》）

【译文】墨子说："对于上天而言，没有什么山林深谷幽僻无人之所，都会明明白白地看见。然而天下的士君子对于天，却疏忽得不知互相告诫，这就是我认为天下士君子知小不知大的原因。"

【原文】然则天亦何欲何恶？天欲义而恶不义。然则率天下之百姓以从事于义，则我乃为天之所欲也。我为天之所欲，天亦为我所欲。然则我何欲何恶？我欲福禄而恶祸祟。若我不为天之所欲，而为天之所不欲，然则

---

① 本书有关《老子》的引文只标注篇章名。

我率天下之百姓以从事于祸祟中也。然则何以知天之欲义而恶不义？曰天下有义则生，无义则死；有义则富，无义则贫；有义则治，无义则乱。然则天欲其生而恶其死，欲其富而恶其贫，欲其治而恶其乱。此我所以知天欲义而恶不义也。（《天志上》）

【译文】那么天希望什么、厌恶什么呢？天希望义而厌恶不义。这样，君主率领天下百姓从事义，那么我就是行天所希望的义。我做上天所想要的事情，上天也会做我希望的事情。这样，那么我希望什么、厌恶什么呢？我希望福禄富贵而厌恶鬼神降灾。如果我不做天所希望的事情，而做天所不希望的事情，那么我就是率领百姓在鬼神降灾之中做事。那么怎么知道天希望义而厌恶不义呢？回答说天下有道义就能够生存，没有道义就会死亡；有道义就能够富裕，没有道义就会贫困；有道义就能够治平，没有道义就会混乱。那么天就是希望百姓生存而厌恶他们死亡，希望百姓富裕而厌恶他们贫困，希望百姓治平而厌恶他们混乱。这就是我知道天希望义而厌恶不义的原因。

【原文】故昔三代圣王禹、汤、文、武，欲以天之为政于天子，明说天下之百姓，故莫不犓牛羊、豢犬彘，洁为粢盛酒醴，以祭祀上帝鬼神，而求祈福于天。我未尝闻天下之所求祈福于天子者也，我所以知天之为政于天子者也。故天子者，天下之穷贵也，天下之穷富也。故欲富且贵者，当天意而不可不顺。顺天意者，兼相爱，交相利，必得赏；反天意者，别相恶，交相贼，必得罚。（《天志上》）

【译文】从前三代圣王禹、汤、文、武，希望人间天子按照上天旨意为政，明确地告诉天下百姓，所以没有不饲养牛羊、繁殖狗猪、准备洁净的贡品酒食，用来祭奠上帝鬼神，而向上天祈求福佑的。我没有听说过天下百姓向天子祈求福佑的，我所以知道人间天子要按照上天旨意为政。所以天子，是天下最高贵的人，天下最富有的人。所以希望高贵而且富有，对于天意是不可不顺从的。顺从天意的人，兼相爱，交相利，必然得到奖赏；

违反天意的人，别相恶，交相贼，必然得到惩罚。

【原文】顺天意者，义政也。反天意者，力政也。然义政将奈何哉？子墨子言曰：处大国不攻小国，处大家不篡小家，强者不劫弱，贵者不傲贱，多诈者不欺愚。此必上利于天，中利于鬼，下利于人，三利无所不利，故举天下美名加之，谓之圣王。力政者则与此异，言非此，行反此，犹幸驰也。处大国攻小国，处大家篡小家，强者劫弱，贵者傲贱，多诈欺愚。此上不利于天，中不利于鬼，下不利于人。三不利无所利，故举天下恶名加之，谓之暴王。（《天志上》）

【译文】顺从天意的人，就是用道义治理政务；违反天意的人，就是用暴力治理政务。然而用道义治理政务将怎么样呢？墨子说，处于大国的地位不攻打小国，处于大家的地位不攻打小家，强大的不劫掠弱小，富贵的不傲视贫贱，多诡诈的不欺骗愚昧。这样必然上有利于天，中有利于鬼，下有利于人。三个方面利益无所不利，所以全天下用美名颂扬他，称他为圣王。用暴力治理政务的人与此不同，言论不是这样，行动与此相反，犹如背道而驰。处于大国的地位攻打小国，处于大家的地位夺取小家，强大的劫掠弱小，富贵的傲视贫贱，多诡诈的欺骗愚昧。这样上不利于天，中不利于鬼，下不利于人。三个方面利益都无所利，所以全天下用恶名施加他，称他为暴王。

墨子认为，上天具有无上的权威，高高在上，监临万物，时时处处明察万物，人人无所逃隐，必须互相警戒。上天具有好恶的人格意志，"天欲义而恶不义"，我们从事上天喜欢的义事，天就会满足我们喜欢的愿望，天与人是互相作用的。具体来说，就是"有义则生，无义则死；有义则富，无义则贫；有义则治，无义则乱"，这从求福于天而不求福于天子，就可以知道，上天就是至高无上的人格神。人间天子虽然最为富贵，但是"当天意而不可不顺"，上天是高居于天子之上的主宰。因此，墨子认为，上天对天子可以赏罚，"天子为善，天能赏之；天子为暴，天能罚之"，比天子

"贵且知"（《天志中》），所以，可以立天志为仪法准则，就如同轮人的圆规、匠人的矩尺一样，必须严格遵循。何况上帝早已诏告周文王"以天志为法也，而顺帝之则也"，因为先王之书早有旨意，"当天之志，而不可不察也。天之志者，义之经也"。

【原文】故子墨子置立"天志"，以为仪法，若轮人之有规、匠人之有矩也。今轮人以规，匠人以矩，以此知方圆之别矣。是故子墨子置立天志，以为仪法，吾以此知天下之士君子之去义远也！（《天志下》）

【译文】因此墨子创立了"天志"，作为奉行正义的准则，这就如同制造车轮的工人有圆规、木匠有矩尺一样。现在制造车轮的工人有圆规，木匠有矩尺，由此就知道方和圆的区别。因此子墨子创立"天志"，作为奉行正义的准则，我就知道天下的士君子们距离正义很远啊！

【原文】故子墨子置"天志"，以为仪法，非独子墨子以天之志为法也，于先王之书《大夏》之道之然："帝谓文王，予怀明德，毋大声以色，毋长夏以革，不识不知，顺帝之则。"此语文王之以"天志"为法也，而顺帝之则也。且今天下之士君子，中实将欲为仁义，求为上士，上欲中圣王之道，下欲中国家、百姓之利者，当天之志，而不可不察也。天之志者，义之经也。（《天志下》）

【译文】所以墨子创立"天志"，作为奉行正义的准则，并不是子墨子个人以天的意志为准则，在先王之书《大夏》里就是这样记载的："天帝对文王说，我怀念那明德之人，他从不大声说话显示自己，不因为做了诸夏之长而改变法则，对一切不识不知，只是顺从天帝的法则。"这就是诏告文王以"天志"为法度，而顺从天帝的法则。如今天下的士君子，心中想要推行仁义，追求成为上士，对上希望符合圣王之道，对下希望符合国家、百姓利益的人，面对天帝的意志，不能不详察。天帝的意志，就是义的准则。

由此可知，其一，墨子所说的"天志"，实际上是赋予上天一种人间社会的美好愿望，用"天志"的名义来表达对于公平和道义的神圣理想和正当追求。其二，墨子创立"天志"为仪法，用意并不在宣示人间社会尊卑贵贱的等级制度，而重在确立天帝比天子更为"贵且知"的上下关系，在人间统治者头顶之上建立起极具权威的制约力量，这样，"天志"就成为主宰一切、统辖万物的至上人格神。人间统治者的言行政令符合"天志"，就具有统治的合理性，受到上天的护佑；不符合"天志"，就失去了统治的正当性，受到上天的惩罚。其三，墨子也讲仁义，也引《诗经》，但是他借此把自己的学说以天帝的意志表达出来，使得尚贤、尚同、兼爱、非攻、节用、节葬、非乐等理论，戴上了神圣的光环，取得了崇高的地位。这样，墨子就成为通天教主和"天志"代言人，具有无上的权威，凡是违背或反对墨子的学说，就是背离和反对天的意志，这是何等可怕的罪名！这一切充分反映了墨子皈依天帝、以天立教的宗教情怀。

我们理解墨子的意图。在战国乱世，周室衰微，诸侯争霸，社会上根本没有任何制止暴行、为民造福的力量，既然儒家的仁爱学说没有制约统治者，那么就借助"天志"来规范统治者的行为，约束统治者的权力，限制统治者的欲望，消除祸患，兴利除害，为百姓带来福祉，这就是墨子在"天志"旗号下隐含的良苦用心！这里，墨子实际上提出了一个困惑中国数千年的重大问题，就是如何有效地制约和监督统治者的权力。

### （二）鬼神能赏贤而罚暴

关于鬼神，儒家的态度是审慎的。因此，孔子"不语怪力乱神"（《述而》），"敬鬼神而远之"（《雍也》），不从正面回答或者直接判断鬼神的有无，即使有所怀疑也不愿明说，这个问题至今都无法取得社会的共识，何况当时。他只是把祭祀视为寄托感情、神道设教的一种礼仪活动和心理诉求，全力关注人间社会事务，始终强调"事人"、"知生"，因此，他远离鬼神，不谈鬼神，表现了极为可贵的现实理性的人文精神。正因为如此，他从未为自己的理论寻求上天神灵的护佑，而是坚信仁爱学说的正确性和可行性。

道家是从自然天道的角度，探求宇宙本体和万物之源，总结其运动规律和运行法则，用来反观和指导人道，所以说"人法地，地法天，天法道，道法自然"（《二十五章》），并未涉及鬼神问题。

法家强调法、势、术，主张专制集权，推崇功利，富国强兵，严刑峻法，信赏必罚，重在人事，从来不谈鬼神。

只有墨家具有明显的鬼神信仰，试图借助于鬼神"赏贤而罚暴"，因此，"明鬼"其实是"天志"的扩大、补充和延续。墨子认为，天下大乱，道德沦丧，就是因为"皆以疑惑鬼神之有与无之别，不明乎鬼神之能赏贤而罚暴也"。

【原文】子墨子言曰："逮至昔三代圣王既没，天下失义，诸侯力正。是以存夫为人君臣、上下者之不惠忠也，父子、弟兄之不慈孝、弟长、贞良也，正长之不强于听治，贱人之不强于从事也，民之为淫暴、寇乱、盗贼，以兵刃、毒药、水火，退无罪人乎道路率径，夺人车马、衣裘以自利者并作，由此始，是以天下乱。此其故何以然也？则皆以疑惑鬼神之有与无之别，不明乎鬼神之能赏贤而罚暴也。今若使天下之人，偕若信鬼神之能赏贤而罚暴也，则夫天下岂乱哉！"（《明鬼》）

【译文】墨子说："到了往昔三代圣王去世，天下失去了道义，诸侯们以力征伐。因此存在着为人君臣、上下之间不仁德忠诚，父子、弟兄之间不慈爱孝顺、互相友爱、忠正诚实，行政长官不努力听政治国，百姓不努力从事耕作，民众用兵器、毒药、水火，来杀人放火、盗窃财物，在道路小径抢劫无罪的人，夺取他人车马、衣服以取利等罪恶现象同时出现，从此开始，天下大乱。这其中的原因究竟是什么呢？都是因为怀疑鬼神有与无的纷争，不明白鬼神能够奖赏贤人而惩罚暴徒。现在如果使天下的人，都能够相信鬼神能够奖赏贤人而惩罚暴徒，那么天下怎么会混乱呢？"

显然，墨子并没有寻求天下混乱的社会原因，而只是归结为不信鬼神。那么，鬼神真的存在吗？墨子认为，按照"众之耳目之实"，鬼神确实是存在的，于是振振有词地列举了古书上的种种记载来证明，甚至说夏桀、殷纣的灭亡，都是由于"鬼神之诛"，似乎真实可信。然而，这些传闻毕竟来自古人，若以"耳目之实"来验证，墨子自己并没有见过鬼神，实在举不出亲历的证据。所以，他对鬼神的有无也内心发虚，难以确定，最后只能徘徊于两可之间。

【原文】子墨子曰："古今之为鬼，非他也，有天鬼，亦有山水鬼神者，亦有人死而为鬼者。今有子先其父死，弟先其兄死者矣。意虽使然，然而天下之陈物，曰先生者先死。若是，则先死者非父则母，非兄则姒也。今絜为酒醴粢盛，以敬慎祭祀，若使鬼神请有，是得其父母姒兄而饮食之也，岂非厚利哉？若使鬼神请亡，是乃费其所为酒醴粢盛之财耳。自夫费之，非特注之污壑而弃之也，内者宗族，外者乡里，皆得如具饮食之。虽使鬼神诚亡，此犹可以合欢聚众，取亲于乡里。"……是故子墨子曰："今天下之王公大人士君子，中实将欲求兴天下之利，除天下之害，当若鬼神之有也，将不可不尊明也，圣王之道也。"（《明鬼》）

【译文】墨子说："古今的鬼，没有其他的，有天鬼，也有山水自然的鬼神，也有人死后变为鬼的。现在有儿子先于父亲而死，弟弟先于兄长而死的。情况虽然如此，然而天下的常理，是先生的先死。如果这样，那么先死的不是父亲就是母亲，不是兄长就是嫂子。现在准备洁净的祭品酒食，用来恭敬慎重地祭祀，如果鬼神有，这就能够使父母兄嫂享用饮食，难道不是丰厚的利益吗？如果鬼神没有，这不过耗费了准备洁净祭品酒食的财物而已。这种花费，并非是倾倒在污秽的沟渠中丢弃掉，而是家内的宗族，家外的乡里，都可以共同享用饮食。即使鬼神确实没有，这样也可以聚众联欢，联络乡邻感情。"……所以子墨子说："现在天下的王公大人士君子，心中确实希望兴天下之利，除天下之害，就应该相信鬼神确实存在，不能不尊奉彰明，这就是圣王之道。"

墨子把鬼神分为三类，一是天鬼，一是山水之鬼神，一是人死而为鬼。

然后，他只是集中论述人死而为鬼。既然人死而为鬼，"非父则母，非兄则嫂"，都是活人的亲戚，那么，对他们进行隆重的祭祀，如果鬼神确实有，那就等于把父母、兄嫂请来聚餐，不是很好吗？如果鬼神确实没有，这不过是耗费了一些资财而已，何况这些耗费，并不是拿来倒入污水沟而抛弃它，可以把宗族、乡邻请来聚众联欢，联络感情。这分明反映了墨子矛盾的心理。本想借助鬼神"赏贤而罚暴"，又不能确证鬼神的存在，只好两可并存，含糊了事。连自己都不能证明并坚信鬼神的存在，又怎能使他人相信呢？至于"絜为酒醴粢盛，以敬慎祭祀"，是否符合自己提倡的"节用"、"节葬"原则，那就顾不上了。

比较西方古希腊哲人的宗教理论，墨子就显得单薄粗疏了。泰勒斯早就主张"万物有灵"。毕达哥拉斯认为人有灵魂，灵魂不死而轮回，万物都有亲属关系，永存的灵魂按照各自的命运在不同生物体之间转移，这样，就为神学观念提供了理论根据。而柏拉图提出的"理念论"，被宗教推崇、吸取，视为至高无上的神，对神学理论发展产生了巨大影响。至于宗教的教规、教义，墨子的学说更未涉及。所以，墨子推崇天志、鬼神，不过稍有朦胧的宗教意识而已，与真正意义上的宗教尚有相当的距离。

这样，当弟子跌鼻就墨子得病而质疑时，墨子就只能以"人之所得于病者多方"来搪塞了。

【原文】子墨子有疾，跌鼻进而问曰："先生以鬼神为明，能为祸福，为善者赏之，为不善者罚之。今先生，圣人也，何故有疾？意者先生之言有不善乎？鬼神不明知乎？"子墨子曰："虽使我有病，何遽不明？人之所得于病者多方，有得之寒暑，有得之劳苦。百门而闭一门焉，则盗何遽无从入？"（《公孟》）

【译文】墨子得病，弟子跌鼻进来询问说："先生认为鬼神圣明，可以降临祸福，做好事的人奖赏，做坏事的人受罚。现在先生，是圣人，为什么得病呢？是先生的学说不好吗？还是鬼神不明智呢？"子墨子说："虽然使我得病，鬼神怎么不明智呢？人得病的原因是多方面的，有的因寒暑变化而得病，有的因劳累过度而得病。有百门而只关闭一门，那么盗贼怎么会无门而进呢？"

墨子以"众之耳目之实"来验证鬼神的存在，"请（诚）惑（或）闻之见之，则必以为有；莫闻莫见，则必以为无"（《明鬼下》）。与判断"命"的有无，以"闻命之声"、"见命之体"（《非命中》）为标准，思路是完全一样的。前人见过、听过鬼神之事就信其有，没有见过、听过天命之事就信其无，似乎"闻见"成为鉴别一切事物存在与否的唯一标准，如此论证，岂不有点荒诞吗？

在人类进入文明时代的早期，人们的认识能力还有相当的局限，墨子产生这样的观念并不奇怪。两千多年后的今天还有人迷信鬼神，何况古代呢？因此，我们不必怀疑墨子的真诚。但是，墨子利用人们的迷信心理，把自己的学说与天志、鬼神紧密联系在一起，却分明是有意而为之。从根本上来说，这是墨子对自己学说缺乏足够的信心和勇气，总是希望借助于上天、鬼神的绝对权威和神圣地位，影响社会，说服人君，取信于民，号召天下，这实际上是小生产劳动者阶层矛盾性和软弱性的体现。他们既提出非命，强调力行，又缺乏信心、理想的支撑；既要维护自己的利益，又没有权威、实力的保证。所以，只有请出天帝、鬼神作为自己极终的依靠偶像，借此震慑君王，号召百姓。后世农民起义总是打着皇天、上帝的旗号，组织宗教团体，以"替天行道"相号召，恐怕均与此相关。

### （三）有命者之言，是覆天下之义

什么是"命"？是古人心目中一种在冥冥之中主宰和决定国家盛衰兴亡、个人吉凶祸福的神秘力量。一味相信命运先天注定，认为国家和个人的命运不可改变，完全否定个人主观能动的积极作用，就是"宿命论"。这种观念，在迷信盛行的古代是难免的。墨子提出"非命"，就是否定宿命，强调力行，力图通过自己的努力，改变国家和个人的处境和命运。

【原文】子墨子言曰："古者王公大人为政国家者，皆欲国家之富，人民之众，刑政之治。然而不得富而得贫，不得众而得寡，不得治而得乱，则是本失其所欲，得其所恶，是故何也？"子墨子言曰："执有命者以杂于民间者众。执有命者之言曰：命富则富，命贫则贫；命众则众，命寡则寡；命治则治，命乱则乱；命寿则寿，命夭则夭。命，虽强劲，何益哉？上以说王公大人，下以驵百姓之从事。故执有命者不仁。故当执有命者之言，不可不明辨。"（《非命上》）

【译文】墨子说："古代王公大人治理国家的人，都希望国家富足，人民众多，刑政治平。然而得不到富足却得到贫困，得不到众多却得到寡少，得不到治平却得到混乱，那么这就完全失去了所希望的，而得到所厌恶的，这其中的缘故是什么呢？"墨子说："这是因为在民间有很多宿命论者。宿命论者说：命中富足就富足，命中贫困就贫困；命中众多就众多，命中寡少就寡少；命中治平就治平，命中混乱就混乱；命中长寿就长寿，命中夭折就夭折。宿命如此，纵然有强劲之力，又有什么用呢？他们对上游说王公大人，对下阻止百姓劳作。所以宿命论者不仁爱。所以对于宿命论者的言论，不能不明察辨别。"

怎样才能明察辨别"宿命论"呢？墨子提出了"本之者"、"原之者"、"用之者"这三种标准。所谓"本之者"，就是以考察古代圣王之事作为根本，把前人的间接经验作为判断是非的标准；所谓"原之者"，就是以审视百姓的耳目实情作为缘由，把民众的直接经验、亲身感受作为判断是非的标准；所谓"用之者"，就是以现在行政措施是否符合国家百姓的利益作为辨别准则，把社会政治实践的功利效果作为判断是非的标准。这三条标准，是墨子对认识论的重要贡献。

【原文】然则明辨此之说，将奈何哉？子墨子言曰："必立仪。言而毋仪，譬犹运钧之上而立朝夕者也，是非利害之辨，不可得而明知也。故言必有三表。"何谓三表？子墨子言曰："有本之者，有原之者，有用之者。

于何本之？上本之于古者圣王之事。于何原之？下原察百姓耳目之实。于何用之？废以为刑政，观其中国家百姓人民之利。此所谓言有三表也。"（《非命上》）

【译文】然而明察辨别"宿命论"，将怎么办呢？墨子说："必须设立辨别的标准。言论如果没有辨别的标准，就如同在转动的陶轮之上确立东西方向，是非利害的分别，不能明确知道。所以言论必须要有三种标准。"什么叫三种标准？墨子说："有追根溯源的，有探索缘由的，有辨析功用的。从哪里追根溯源？就是对上考察古代圣王之事作为根本。从哪里探索缘由？就是对下审视百姓的耳目实情。从哪里辨析功用？就是看现在政治措施是否符合国家百姓的功利。这就是所谓辨别言论的三种标准。"

墨子根据这三种标准，分别进行了分析。

【原文】然而今天下之士君子，或以命谓有，盖尝尚观于圣王之事。古者桀之所乱，汤受而治之；纣之所乱，武王受而治之。此世未易，民未渝，在于桀、纣则天下乱，在于汤、武则天下治。岂可谓有命哉？今用执有命者之言，是覆天下之义。（《非命上》）

【译文】然而现在的天下士君子，有的认为有宿命，那么就对上看看古代圣王的政事。古代夏桀暴乱，而商汤接受天下而治理；殷纣暴乱，而周武王接受天下而治理。这世界没有改变，民众没有更换，在夏桀、殷纣统治时就天下大乱，在商汤、周武王统治时就天下治平。怎么能够说有宿命呢？现在相信有宿命的言论，就是颠覆天下的道义。

既然这世界没有改变，百姓没有更换，依然是这片天地，桀、纣统治则天下乱，汤、武当政则天下治，这些间接经验充分证明根本没有宿命。由此，让我们想起后来荀子的名言："天行有常，不为尧存，不为桀亡。应之以治则吉，应之以乱则凶。"（《天论》）

【原文】子墨子曰："古者汤封于亳，绝长继短，方地百里，与其百姓兼相爱、交相利、利相分，率其百姓以上尊天、事鬼，是以天鬼富之，诸侯与之，百姓亲之，贤士归之，未没其世而王天下，政诸侯。昔者文王封于岐周，绝长继短，方地百里，与其百姓兼相爱、交相利、利相分，是以近者安其政，远者归其德。闻文王者皆起而趋之，罢不肖、股肱不利者处而愿之。曰：奈何乎使文王之地及我吾，则吾利，岂不亦犹文王之民也哉！是以天鬼富之，诸侯与之，百姓亲之，贤士归之，未没其世而王天下，征诸侯。乡者言曰：义人在上，天下必治，上帝、山川、鬼神必有干主，万民被其大利。吾用此知之。"（《非命上》）

【译文】墨子说："古代商汤封在亳地，截长补短，方圆百里之大，与他的百姓兼相爱、交相利、利相分，率领他的百姓对上尊奉天帝、敬事鬼神，因此天帝、鬼神使他富足，诸侯与他结盟，百姓与他亲近，贤士向他归顺，没有离世就称王天下，主政诸侯。从前周文王封在岐山周原，截长补短，方圆百里之大，与他的百姓兼相爱、交相利、利相分，因此附近的人安于他的治理，远方的人归顺于他的恩德。听说文王的人都起来投奔他，疲惫不堪、手脚不便的人都处在原地盼望他。说：怎么才能使文王统辖范围达到我的住地，这样我就得利，岂不就如同文王的民众一样了嘛！因此天帝、鬼神使他富足，诸侯与他结盟，百姓与他亲近，贤士向他归顺，没有离世就称王天下，主政诸侯。我过去说：道义之人处在上位，天下必然大治，上帝、山川、鬼神必定护佑，万民就获得大利。我就是由此知道的。"

百姓通过自己的耳目观察和直接感受，亲身体验到商汤和周文王的善政，因此"天鬼富之，诸侯与之，百姓亲之，贤士归之"，"闻文王者皆起而趋之，罢不肖、股肱不利者处而愿之"，而"万民被其大利"。这就充分证明了"义人在上，天下必治"，完全在于人为，并没有什么宿命。

【原文】古之圣王，发宪出令，设以为赏罚以劝贤。是以入则孝慈于亲戚，出则弟长于乡里，坐处有度，出入有节，男女有辨。是故使治官府则不盗窃、守城则不崩叛，君有难则死、出亡则送。此上之所赏而百姓之所誉也。执有命者之言曰："上之所赏，命固且赏，非贤故赏也；上之所罚，命固且罚，不暴故罚也。"是故入则不慈孝于亲戚，出则不弟长于乡里，坐处不度，出入无节，男女无辨。是故治官府则盗窃、守城则崩叛，君有难则不死、出亡则不送。此上之所罚，百姓之所非毁也。执有命者言曰："上之所罚，命固且罚，不暴故罚也；上之所赏，命固且赏，非贤故赏也。"以此为君则不义，为臣则不忠，为父则不慈，为子则不孝，为兄则不长，为弟则不弟。而强执此者，此特凶言之所自生，而暴人之道也！（《非命上》）

【译文】古代的圣王，发出规章命令，设立赏罚制度来鼓励贤人。因此人们入则对亲戚孝顺慈爱，出则对乡里谦逊尊敬，举止有法度，出入有礼节，男女有区别。因此派他们看守官仓不会盗窃、守卫城池不会背叛，君主有难就尽忠效死、出奔逃亡就追随护送。这是君上奖赏而百姓称赞的善行。那些持宿命论者说："君上奖赏的，是他命中本来就有奖赏，并不是因为他贤明而奖赏；君上惩罚的，是他命中本来就该惩罚，并不是因为他暴虐而惩罚。"因此人们入则对亲戚不孝顺慈爱，出则对乡里不谦逊尊敬，举止不合法度，出入不守礼节，男女没有区别。因此派他们看守官仓就会盗窃、守卫城池就会背叛，君主有难不会尽忠效死、出奔逃亡不会追随护送。这是君上惩罚而百姓非议诋毁的恶行。那些持宿命论者说："君上惩罚的，是他命中本来就该惩罚，并不是因为他暴虐而惩罚；君上奖赏的，是他命中本来就有奖赏，并不是因为他贤明而奖赏。"因此为君就不合道义，为臣就不尽忠心，为父就不慈爱，为子就不孝顺，为兄就不爱护，为弟就不恭敬。而那些顽固坚持宿命论的人，就是邪恶言论产生的根源，是暴虐之人出现的原因。

圣王发布宪令，"赏罚以劝贤"，其结果是"上之所赏而百姓之所誉也"；宿命论者坚持"命固且赏"，"命固且罚"，其结果是"上之所罚，百姓之所非毁也"。对国家、百姓的功利是非，不辨自明。显然，那些宿命论，"此特凶言之所自生，而暴人之道也"。

由"三表"可知，宿命论上不利于天，中不利于鬼神，下不利于百姓，完全是"暴人"所持的邪恶理论，应该坚决反对。所以，墨子认为，只有抛弃愚弄民众的宿命枷锁，励精图治，强劲力行，才能天下大治，百姓安宁。"故昔者禹、汤、文、武方为政乎天下之时，曰必使饥者得食，寒者得衣，劳者得息，乱者得治，遂得光誉令问于天下，夫岂可以为命哉？故以为其力也。"（《非命下》）

【原文】今也王公大人之所以蚤朝晏退，听狱治政，终朝均分，而不敢怠倦者，何也？曰彼以为强必治，不强必乱；强必宁，不强必危，故不敢怠倦。今也卿大夫之所以竭股肱之力，殚其思虑之知，内治官府，外敛关市、山林、泽梁之利，以实官府，而不敢怠倦者，何也？曰彼以为强必贵，不强必贱；强必荣，不强必辱，故不敢怠倦。今也农夫之所以蚤出暮入，强乎耕稼树艺，多聚菽粟，而不敢怠倦者，何也？曰彼以为强必富，不强必贫；强必饱，不强必饥，故不敢怠倦。今也妇人之所以夙兴夜寐，强乎纺绩织纴，多治麻丝葛绪，捆布缭，而不敢怠倦者，何也？曰：彼以为强必富，不强必贫；强必暖，不强必寒，故不敢怠倦。（《非命下》）

【译文】现在王公大人之所以很早上朝、很晚退朝，审理案件、治理政务，整天忙于平衡利益，而不敢懈怠厌倦，是为什么呢？他们认为努力工作必然大治，不努力工作必然混乱；努力工作必然安宁，不努力工作必然危险，所以不敢懈怠厌倦。现在卿大夫之所以竭尽辅佐之力，用尽思虑智慧，对内治理官府，对外收取关卡市场、山林、桥梁的赋税，用来充实官家府库，而不敢懈怠厌倦，是为什么呢？他们认为努力工作必然富贵，不努力工作必然卑贱；努力工作必然得到荣耀，不努力工作必然遭受污辱，所以不敢懈怠厌倦。现在农夫之所以早出晚归，努力耕作种植，多方聚集粮食，而不敢懈怠厌倦，是为什么呢？他们认为努力劳作必然富足，不努力劳作必然贫困；努力劳作必然吃饱，不努力劳作必然挨饿，所以不敢懈怠厌倦。现在妇女之所以早起晚睡，努力纺线织布，多方加工麻葛丝绪，捆扎布缕，而不敢懈怠厌倦，是为什么呢？她们认为努力劳作必然富足，不努力劳作必然贫困；努力劳作必然得到温暖，不努力劳作必然受到冻寒，所以不敢懈怠厌倦。

【原文】今虽毋在乎王公大人，藉若信有命而致行之，则必怠乎听狱治政矣，卿大夫必怠乎治官府矣，农夫必怠乎耕稼树艺矣，妇人必怠乎纺绩织纴矣。王公大人怠乎听狱治政，卿大夫怠乎治官府，则我以为天下必乱矣；农夫怠乎耕稼树艺，妇人怠乎纺绩织纴，则我以为天下衣食之财将必不足矣。若以为政乎天下，上以事天鬼，天鬼不使；下以持养百姓，百姓不利，必离散不可得用也。是以入守则不固，出诛则不胜，故虽昔者三代暴王桀、纣、幽、厉之所以共抎其国家、倾覆其社稷者，此也。(《非命下》)

【译文】现在对于王公大人，假如听信宿命而行动，那么必然对于审理案件、治理政务懈怠了，卿大夫必然对于治理官府懈怠了，农夫必然对于耕作种植懈怠了，妇女必然对于纺线织布懈怠了。王公大人对于审理案件、治理政务懈怠了，卿大夫对于治理官府懈怠了，那么我认为天下必定混乱。农夫对于耕作种植懈怠了，妇女对于纺线织布懈怠了，那么我认为天下衣食资财必定不足。如果治理天下，对上侍奉天鬼，天鬼不依从；对下养育百姓，百姓不得利，必然离散，不能使用他们。因此在国内守卫就不会坚固，在国外出征就不能取胜。所以从前三代的暴虐之王夏桀、殷纣、周幽王、周厉王之所以失去他们的国家、倾覆他们社稷，原因就在这里。

【原文】是故子墨子言曰："今天下之士君子，中实将欲求兴天下之利，除天下之害，当若有命者之言，不可不强非也。曰命者，暴王所作，穷人所术，非仁者之言也。今之为仁义者，将不可不察而强非者，此也。"(《非命下》)

【译文】因此墨子说："现在天下的士君子，心中确实希望兴起天下之利，消除天下之害，面对那些宿命论者的言论，不能不坚决批判。宿命论，是暴虐之王所制作，穷困之人所传述，并不是仁人的言论。现在推行仁义

理论的人，将不能不明察而坚决批判宿命论者，原因就在这里。"

墨子认为，人们必须强劲力行，才能国家治平，百姓富足，如果相信宿命，期盼天赐，无所作为，坐享其成，"王公大人怠乎听狱治政，卿大夫怠乎治官府，则我以为天下必乱矣。农夫怠乎耕稼树艺，妇人怠乎纺绩织纴，则我以为天下衣食之财将必不足矣"，就会走向丧失国家、倾覆社稷的死路。所以，必须否定宿命论，自强不息。

墨子要学习大禹形劳天下，自苦为极，身体力行，兼利天下，就是以反对宿命、强调力行作为认识基础和理论根据的，显然具有朴素的唯物主义精神。由此，就可以知道，墨子为什么那样理直气壮地嘲笑儒者："繁饰礼乐以淫人，久丧伪哀以谩亲，立命缓贫而高浩居，倍本弃事而安怠傲；贪于饮食，惰于作物，陷于饥寒，危于冻馁，无以违之。"（《非儒》）墨子强劲力行、富国利民的学说，是后来荀子"多力则强，强则胜物"、"制天命而用之"（《天论》）等光辉思想的先声，也是韩非子奖励耕战、富国强兵主张的重要思想来源之一，应该给予高度评价。

然而，墨子为什么既强调"天志"、"明鬼"，又要"非命"呢？对此，胡适先生分析说："墨子既信天，又信鬼，何以不信命呢？原来墨子不信命定之说，正因为他深信天志，正因为他深信鬼神能赏善而罚暴。老子和孔子都把'天'看作自然而然的'天行'，所以以为凡事都由命定，不可挽回。所以老子说'天地不仁'，孔子说'获罪于天，无所祷也'。墨子以为天志欲人兼爱，不欲人相害，又以为鬼神能赏善罚暴，所以他说能顺天之志，能中鬼之利，便可得福；不能如此，便可得祸。祸福全靠个人的行为，全是个人的自由意志招来的，并不由命定。若祸福都由命定，那便不做好事，也可得福；不做恶事，也可得祸了。若人人都信命定之说，便没有人努力去做好事了。"① 也就是说，"天"作为至高无上的人格神，只是表达

---

① 胡适：《中国哲学史大纲》，北京大学出版社，2013 年 1 月，第 144 页。

兼爱、非攻的意志，并没有规定国家百姓的固有命运。人间的祸福，完全决定于个人的行为，顺从符合天志则得福，悖逆违反天志则得祸，上天并没有预先规定，当然与天命无关。所以，只有否定宿命论，才能凸显强劲力行对于国家百姓的决定性作用。

周初统治者认识到"皇天无亲，惟德是辅"、"神所冯依，将在德矣"的道理(《左传·僖公五年》)，树立起"敬德保民"的思想，制定了"以德治国"的方针，这是对"商人尚鬼"的根本否定，是人文思想的历史性进步。"天行健，君子以自强不息。"(《周易·乾·象》)孔子主张仁爱，强调德政，正是对文、武、周公思想的继承和发展。墨子否定宿命，强调力行，当然可取，但是他又推崇天志，迷信鬼神，在思想上岂不是历史的倒退？

其实，孔子并不宿命，墨子可能有所误解。孔子确实说过"死生有命，富贵在天"(《颜渊》)、"五十而知天命"(《为政》)、"畏天命"(《季氏》)、"不知命，无以为君子"(《尧曰》)一类的话，透露出他对于人生的遭遇和归宿难以把握的困惑心境，这是至今都存在的人生难题，谁都不能确切预知自己未来的际遇和归宿。但是，孔子并没有把这种困惑归向人格化的天志、鬼神，"子不语怪力乱神"(《述而》)，"敬鬼神而远之"(《雍也》)，公开申明"未能事人，焉能事鬼"(《先进》)。因为他相信的"命"，是"天"所代表的人力不可改变和抗拒的条件、力量和规律；他所说的"知命"，是认知这种人力不可改变和抗拒的条件、力量和规律。作为人，应该坚持自己的信念而努力奋斗，去创造条件、聚集力量、顺应这种规律而建功立业，至于成败得失，难以预计，谁也不能开出必胜的保票，尽到自己的责任和义务即可心满意足、毫无遗憾了，这才是积极的处世态度，所以，儒家提出"仁以为己任，不亦重乎？死而后已，不亦远乎"(《泰伯》)，甚至要"知其不可而为之"(《宪问》)，为仁爱的理想而奋斗终生。这样，既能理性知命，又不知难而退，在人生的道路上，积极进取，竭尽心力，自强不息，奋发有为，只问耕耘，不计收获，谋事在人，成事在天，使得儒家学说更具能动性、现实性和操作性，比墨子笃信人格化的天志、鬼神在理念上更高一筹。

## 二　治国策略——"尚贤"、"尚同"

殷商多为兄终弟及，周王朝改为父子相继，即嫡长子继承制，这就是"尊尊亲亲之道"，统治大权局限在王公贵戚上层范围之内，即所谓"世卿世禄"制度。春秋以后，周室衰微，礼崩乐坏，学在官府、书在官府的限制难以为继，私学出现，有教无类，文化开始普及到社会各个阶层，从而涌现出大批贤能之士。他们各抒己见，游说诸侯，成为社会上非常活跃的力量，而各诸侯国为了富国强兵，争雄天下，也逐渐打破了宗法等级观念，重用贤能之士。孔子早就主张"举贤才"（《子路》），"选贤与能"（《礼记·大同》），而生活在战国初期的墨子更进一步系统地提出"尚贤"、"尚同"理论，成为他重要的治国策略

### （一）夫尚贤者，政之本也

"尚贤"，就是崇尚重用贤才。墨子说："入国而不存其士，则亡国矣。见贤而不急，则缓其君矣。非贤无急，非士无欲虑国。缓贤忘士，而能以其国存者，未曾有也。"（《亲士》）因此，墨子认为，"尚贤"直接关系到天下国家的兴衰治乱和贫富强弱，所以说："夫尚贤者，政之本也。"其中包括"众贤"、"进贤"、"用贤"等诸多方面，涉及不分贵贱、机会均等、按劳分配、各尽所能等一系列人事、分配制度的根本改革，是墨学的精华部分。

以贤统愚则治，以愚统贤则乱，这是显而易见的道理。既然制作衣裳、宰杀牛羊这些小事都必须依靠内行、良工，否则就会毁坏财物，那么治理国家这样的大事更需要尚贤使能，否则就会国破家亡。现在的王公大人却不问贤能与否，只是重用亲戚，以貌取人，"国家之乱既可得而知已"。"王

天下，正诸侯"并不是"挟震威强"可以取得的，必须依靠德行道义的力量，所以，唯有"尚贤"才是为政之本，圣人厚行。

【原文】子墨子言曰："今王公大人之君人民，主社稷，治国家，欲修保而勿失，故不察尚贤为政之本也？何以知尚贤之为政本也？曰自贵且智者为政乎愚且贱者，则治；自愚且贱者为政乎贵且智者，则乱。是以知尚贤之为政本也。"（《尚贤中》）

【译文】墨子说："现在王公大人们统治百姓，主宰政权，治理国家，希望长久保持而不丧失，为什么看不到崇尚贤能是为政的根本呢？凭什么知道崇尚贤能是为政的根本呢？回答说由高贵智慧的人去统治愚蠢卑贱的人，国家就治理得好；由愚蠢卑贱的人去统治高贵智慧的人，国家就发生混乱。因此知道崇尚贤能是为政的根本。"

【原文】今王公大人有一衣裳不能制也，必借良工；有一牛羊不能杀也，必借良宰。故当若之二物者，王公大人未尝不知以尚贤使能为政也。逮至其国家之乱，社稷之危，则不知尚贤使能以治之。亲戚则使之，无故富贵、面目佼好则使之。夫无故富贵、面目佼好则使之，岂必智且有慧哉？若使之治国家，则此使不智慧者治国家也，国家之乱既可得而知已。（《尚贤中》）

【译文】现在王公大人有一件衣裳不能制作，必须依靠优秀的裁缝；有一头牛或羊不能宰杀，必须依靠优秀的厨工。因此遇到上面两种情况，王公大人们未尝不知用尚贤使能的方法去处理。遇到他的国家混乱，社稷危险，就不知用尚贤使能的方法去治理。只要是亲戚就任用他，无功而富贵的人、脸面长得漂亮的人就任用他。无功而富贵的人、脸面长得漂亮的人就任用他，难道他们就一定有智慧吗？如果让他们治理国家，这就是让愚蠢的人治理国家，那么国家的混乱就可以知道了。

【原文】今王公大人欲王天下，正诸侯，夫无德义将何以哉？其说将必挟震威强。今王公大人将焉取挟震威强哉？倾者民之死也？民生为甚欲，

死为甚憎。所欲不得而所憎屡至，自古及今未尝能有以此王天下、正诸侯者也。今大人欲王天下、正诸侯，将欲使意得乎天下，名成乎后世，故不察尚贤为政之本也？此圣人之厚行也！（《尚贤中》）

【译文】现在王公大人希望统一天下，匡正诸侯，但是没有德行道义将依靠什么呢？他说必将使用强权暴力。现在的王公大人将从哪里取得强权暴力呢？把民众置于死地吗？民众非常渴望生命，非常憎恶死亡。民众所希望的得不到而所憎恶的屡次得到，从古到今未曾有依靠这样统一天下、匡正诸侯的。现在大人希望统一天下、匡正诸侯，将希望在天下实现心愿，在后世成就美名，为什么看不到崇尚贤能是为政的根本呢？这是圣人淳厚的德行啊！

要"尚贤"，必须先"众贤"，因为贤良之士的多少，决定着国家的盛衰。要使贤良之士增多，必须"富之，贵之，敬之，誉之"，提高他们的经济地位和社会地位，使他们富贵尊荣。如此"尚贤"、"众贤"，并不是为了贤良之士自身的富贵尊荣，而是要通过"有力者疾以助人，有财者勉以分人，有道者劝以教人"的"为贤之道"，达到"饥者得食，寒者得衣，乱者得治"的目的，安享生生不息之道。

【原文】子墨子言曰："今者王公大人为政于国家者，皆欲国家之富，人民之众，刑政之治。然而不得富而得贫，不得众而得寡，不得治而得乱，则是本失其所欲，得其所恶。是其故何也？"子墨子言曰："是在王公大人为政于国家者，不能以尚贤事能为政也。是故国有贤良之士众，则国家之治厚；贤良之士寡，则国家之治薄。故大人之务，将在于众贤而已。"（《尚贤上》）

【译文】墨子说："现在王公大人们治理国家，都希望国家富足，人民众多，刑法政令清明。然而得不到富足而得到贫困，得不到众多而得到寡少，得不到清明而得到混乱，这完全失去了他所希望的，而得到了他所厌恶的。这其中的缘故是什么呢？"墨子说："这是那些王公大人们治理国家，不能以崇尚贤能为原则来治理国家。因此国家贤良之士多，那么国家治理得就好；贤良之士少，那么国家治理得就差。所以大人治理国家的要务，就在于使贤能之士众多而已。"

【原文】曰："然则众贤之术将奈何哉？"子墨子言曰："譬若欲众其国之善射御之士者，必将富之，贵之，敬之，誉之，然后国之善射御之士将可得而众也。况又有贤良之士厚乎德行、辩乎言谈、博乎道术者乎！此固国家之珍，而社稷之佐也，亦必且富之，贵之，敬之，誉之，然后国之良士亦将可得而众也。"（《尚贤上》）

【译文】问道："那么使贤能之士众多将怎么办呢？"墨子说："比如希望使国中射箭驾车的能手增多，就一定要让他们俸禄优厚，地位高贵，尊敬他们，赞誉他们，然后国中射箭驾车的能手就增多起来了。何况那些贤良之士德行淳厚、言谈雄辩、学术广博的人呢！这些人本来就是国家的珍宝，社稷的辅佐啊，也必须让他们俸禄优厚，地位高贵，尊敬他们，赞誉他们，然后国家的贤良之士也可以增多起来了。"

【原文】曰："今也天下之士君子，皆欲富贵而恶贫贱。"曰："然。""女何为而得富贵而辟贫贱？""莫若为贤。""为贤之道将奈何？"曰："有力者疾以助人，有财者勉以分人，有道者劝以教人。若此，则饥者得食，寒者得衣，乱者得治。若饥者得食，寒者得衣，乱者得治，此安生生。"（《尚贤下》）

【译文】人说："现在天下的士君子，都希望富贵而厌恶贫贱。"回答说："是的。""你做什么才能得到富贵而避开贫贱呢？""没有比做贤人更好的了。""做贤人的方法是什么呢？""有能力的尽快帮助别人，有财力的努力分给别人，有道术的尽力劝导别人。如果这样，那么饥饿的人就得到食物，寒冷的人就得到衣服，混乱的社会就得到治理。如果饥饿的人得到食物，寒冷的人得到衣服，混乱的社会得到治理，这就可以安享生生不息之道。"

国家社会的竞争，归根结底是人才的竞争，古今同理。"尚贤"、"众贤"，不是为了贤良之士个人的利益，是为了让贤良之士从事公共社会工作，给国家带来富强，给百姓带来福祉。为此，按照什么原则、使用什么方法进贤，就成为问题的关键。墨子坚持以道义选拔贤能的原则，"不义不富，不义不贵，不义不亲，不义不近"；坚持不分地位、职业、血统、出身的"海选"方法，富贵、亲近、包括"郊外之臣、门庭庶子、国中之众、四鄙之萌人"都在选拔之列。这样，"以德就列，以官服事，以劳殿赏，量功而分禄。故官无常贵，而民无终贱，有能则举之，无能则下之"，而"不党父兄，不偏贵富，不嬖颜色"，"进贤"而"事能"，"听其言，迹其行，察其所能而慎予官"，就保证了各级官员都是贤能之士。

【原文】是故古者圣王之为政也，言曰："不义不富，不义不贵，不义不亲，不义不近。"是以国之富贵人闻之，皆退而谋曰："始我所恃者富贵也，今上举义不辟贫贱，然则我不可不为义。"亲者闻之，亦退而谋曰："始我所恃者亲也，今上举义不辟疏，然则我不可不为义。"近者闻之，亦退而谋曰："始我所恃者近也，今上举义不避远，然则我不可不为义。"远者闻之，亦退而谋曰："我始以远为无恃，今上举义不辟远，然则我不可不为义。"逮至远鄙郊外之臣、门庭庶子、国中之众、四鄙之萌人闻之，皆竞为义。是其故何也？曰："上之所以使下者，一物也，下之所以事上者，一术也。譬之富者有高墙深宫，墙立既，谨上为凿一门，有盗人入，阖其自入而求之，盗其无自出。是其故何也？则上得要也。……故当是时，以德就列，以官服事，以劳殿赏，量功而分禄。故官无常贵，而民无终贱，有能则举之，无能则下之。举公义，辟私怨，此若言之谓也。"（《尚贤上》）

【译文】因此古代圣王治理国家，这样说："不义的人不让他富有，不义的人不让他尊贵，不义的人不与他亲密，不义的人不与他接近。"因此国家里富贵的人听到这些话，都在家里商议说："起初我倚仗的是富贵，现在君主举用道义之人不避贫贱，那我就不能不行义了。"亲密的人听到这些话，也在家里商议说："起初我倚仗的是亲密，现在君主举用道义之人不避亲疏，那我就不能不行义了。"接近的人听到这些话，也在家里商议说："起初我倚仗的是亲近，现在君主举用道义之人不避远近，那我就不能不行义了。"远离的人听到这些话，也在家里商议说："我起初认为远离而没有倚仗，现在君主举用道义之人不避远离的人，那我就不能不行义了。"直到边邑远郊的臣子、宫廷的卫士、都城的百姓、四方的民众听到这些话，也都争相行义了。这其中的缘故是什么呢？回答说："君主驱使臣下，只遵循一个原则；臣下效命君主，也只遵循一个方法。譬如富贵人家，有高大的院墙，幽深的宫室，院墙上用泥土加固，墙壁上只开一个门，这样有盗贼进入，只需关闭盗贼进入之门而搜寻，盗贼就无路可出了。这其中的缘故是什么呢？这是君主把握了为政的关键。……所以在这个时候，按照德行任用官职，按照官职负责事务，按照功劳决定赏赐，衡量功劳大小而分配俸禄。所以官员没有永远不变的富贵，民众没有自始至终的贫贱，有能力就举用他，无能力就居下位。提拔正直无私、符合道义的人，消除谋取私利、互相仇恨的人，说的就是这样的情况。"

【原文】故古者圣王甚尊尚贤而任使能，不党父兄，不偏贵富，不嬖颜色。贤者举而上之，富而贵之，以为官长；不肖者抑而废之，贫而贱之，以为徒役。是以民皆劝其赏，畏其罚，相率而为贤。是以贤者众，而不肖者寡，此谓进贤。然后圣人听其言，迹其行，察其所能而慎予官，此谓事能。故可使治国者，使治国；可使长官者，使长官；可使治邑者，使治邑。凡所使治国家、官府、邑里，此皆国之贤者也。（《尚贤中》）

【译文】所以古代圣王非常尊重、崇尚和任用贤能之人，不袒护父兄，不偏向富贵，不宠爱美色。贤能之人就举用而居上位，使他们富贵，让他们任职为官；不肖的人就压制而罢免，使他们贫贱，让他们作为仆役。因此民众都以赏赐相勉励，以惩罚相畏惧，前后相继而作为贤人。因此贤人多，而不肖的人少，这就称作举用贤人。然后圣人听他们的言论，看他们的行为，考察他们的能力而谨慎任用为官，这就称为使用能人。所以可以使他治理国家的，就使他治理国家；可以使他主持官府的，就使他主持官府；可以使他治理城邑的，就使他治理城邑。凡是用来治理国家、官府、城邑乡里的，这都是国家贤能的人了。

显然，墨子所说的贤能之士，是以德义、功劳为标准的。所谓"虽有贤君，不爱无功之臣；虽有慈父，不爱无益之子。是故不胜其任而处其位，非此位之人也；不胜其爵而处其禄，非此禄之人也"（《亲士》）。这样选拔人才，既顺应了诸侯们招贤纳士、富国强兵的迫切需要，又名正言顺地否定了"世卿世禄"制度，淘汰了那些无功受禄、尸位素餐的贵族冗员，为社会中下层贤能人士进入仕途提供了公平竞争的权利和机会。这种平等对待、能上能下的用人原则和机制，突破了儒家尊尊亲亲的宗法限制，无疑是墨子学说中最为精彩闪光的理论之一，至今仍有借鉴意义。

为保证贤能之士充分发挥辅佐王公的重要作用，名至而实归，墨子提出了为责、权、利"置三本"的原则，就是要"高予之爵，重予之禄，任之以事，断予之令"。疑人不用，用人不疑，既用贤人就要有相应的责、权、利，那种"事则不与，禄则不分"的做法，其实是"明小物而不明大物"。只要充分发挥贤人的作用，就能够"谋事则得，举事则成，人守则固，出诛则疆"，才能像圣人那样实现富国强兵、称王天下的宏图大业。

【原文】既曰若法，未知所以行之术，则事犹若未成，是以必为置三本。何谓三本？曰："爵位不高，则民不敬也；蓄禄不厚，则民不信也；政令不断，则民不畏也。"故古圣王高予之爵，重予之禄，任之以事，断予之令。夫岂为其臣赐哉？欲其事之成也。……古者圣王唯毋得贤人而使之，般爵以贵之，裂地以封之，终身不厌。贤人唯毋得明君而事之，竭四肢之力以任君之事，终身不倦。若有美善则归之上，是以美善在上，而所怨谤在下；宁乐在君，而忧戚在臣。故古者圣王之为政若此。（《尚贤中》）

【译文】既然有了这样的法则，不知道实行的方法，那么事情还是没有成功,因此必须设立三项根本的措施。什么是三项根本的措施呢?就是说:"爵位不高那么民众就不恭敬,积蓄俸禄不丰厚民众就不信服,政令不决断民众就不畏惧。"所以古代圣王给予他们高等爵位,给予他们丰厚俸禄,委任他们国家政事,授予他们决断之权。这难道只是对臣子的赏赐吗?是希望事业能够成功啊。……古代圣王得到贤人而任用他,授予爵位使他尊贵,划分土地赏赐给他,终身都不抛弃。贤人得到明君而侍奉他,竭尽全身之力去承担君主托付的政事,终身都不倦息。如果有了美好的功德就归于君主,因此美好的功德归于君主,而百姓的怨恨在于臣下;安乐由君主享用,忧愁由臣下承担。所以古代圣王就这样治理天下。

【原文】今王公大人亦欲效人以尚贤使能为政,高予之爵,而禄不从也。夫高爵而无禄,民不信也。曰:"此非中实爱我也,假借而用我也。"夫假借之民,将岂能亲其上哉!故先王言曰:"贪于政者不能分人以事,厚于货者不能分人以禄。"事则不与,禄则不分,请问天下之贤人将何自至乎王公大人之侧哉?若苟贤者不至乎王公大人之侧,则此不肖者在左右也。不肖者在左右,则其所誉不当贤,而所罚不当暴。王公大人尊此以为政乎国家,则赏亦必不当贤,而罚亦必不当暴。若苟赏不当贤而罚不当暴,则是为贤者不劝而为暴者不沮矣。……何则?皆以明小物而不明大物也。(《尚贤中》)

【译文】现在王公大人也希望仿效圣人尚贤使能来治理国家,给予了贤人高等爵位,而俸禄没有跟着配套。高等的爵位而没有俸禄配套,民众是不信服的。贤人就说:"这并不是心中真诚喜欢我啊,只不过是假借虚名来利用我罢了。"只是假借虚名的人,怎么能够亲近他的君主呢?所以先王说:"贪图政权的人不能把政事分给别人,贪图钱财的人不能把俸禄分给别人。"政事不给予,俸禄不分配,请问天下的贤人从哪里到王公大人的身边呢?如果贤人不到王公大人身边,那么不肖之人就在他们的左右。不肖之人在他们左右,那么他们称誉的就不是真正的贤人,惩罚的就不是真正的

恶人。王公大人如果按照这些不肖之人的主意治理国家，那么赏赐的也不是真正的贤人，而惩罚的也不是真正的恶人。如果赏赐的不是真正的贤人而惩罚的不是真正的恶人，那么做好事的人就没有受到勉励而做坏事的人就没有得到阻止。……为什么呢？都是因为只明白小事情而不明白大事情。

【原文】贤者之治国也，蚤朝晏退，听狱治政，是以国家治而刑法正。贤者之长官也，夜寝夙兴，收敛关市、山林、泽梁之利，以实官府，是以官府实而财不散。贤者之治邑也，蚤出莫入，耕稼、树艺、聚菽粟，是以菽粟多而民足乎食。故国家治则刑法正，官府实则万民富。上有以絜为酒醴粢盛，以祭祀天鬼；外有以为皮币，与四邻诸侯交接；内有以食饥息劳，将养其万民，怀天下之贤人。是故上者天鬼富之，外者诸侯与之，内者万民亲之，贤人归之。以此谋事则得，举事则成，入守则固，出诛则疆。故唯昔三代圣王尧、舜、禹、汤、文、武，之所以王天下、正诸侯者，此亦其法已。(《尚贤中》)

【译文】贤人治理国家，很早上朝、很晚退朝，审理案件、治理政务，因此国家大治而刑法公正。贤人主政官府，晚睡早起，收取关卡市场、山林、泽梁的赋税，用来充实官方府库，因此官府充实而财物不流散。贤人治理城邑，早出晚归，耕作、种植、聚集粮食，因此粮食多而百姓丰足。所以国家大治而刑法公正，官府充实而万民富足。这样君主可以对上准备酒食供品，用来祭祀天帝鬼神；对外拥有皮币礼品，可以与周围四邻诸侯交往；对内可以给饥民食物、让劳者休息，将息养育百姓，安抚天下贤人。因此上面天帝鬼神使君主富足，外面诸侯与君主交接，内部百姓亲近君主，贤人归附君主。因此谋划国事就顺利，举办国事会成功，内部守卫就坚固，外部作战就强大。所以从前三代圣王尧、舜、禹、汤、文、武，之所以天下称王、匡正诸侯，这就是他们的办法啊。

墨子的尚贤思想与孔门儒家学说有继承关系，也有明显的差异：

其一，孔子"选贤与能"在范围上是"限选"，严守宗法血统，重视尊尊亲亲，这与有等差的仁爱思想是相一致的。尊尊亲亲之道，不仅蕴含着家族血亲的伦理道德观念，也是治国安民之道。因为亲亲则尊祖，尊祖则敬宗，敬宗则收族，收族则严宗庙，严宗庙则重社稷，重社稷则爱百姓，这就是王公贵族的思想意识。而墨子"进贤事能"在范围上是"海选"，打破了贵族上层的世袭垄断，"不党父兄，不偏富贵，不嬖颜色"（《尚贤中》），"虽在农与工肆之人，有能则举之"，主张"官无常贵，而民无终贱；有能则举之，无能则下之"（《尚贤上》），维护的是中下层民众的权益，这与无等差的兼爱思想是相一致的。墨子的"尚贤"主张，无疑是对自古以来贵族"世卿世禄"制度的公然挑战，具有振聋发聩、颠覆传统的进步意义。

其二，孔子"选贤与能"的标准重在仁德礼让。他提出"为政以德"（《为政》），"为国以礼"（《先进》），强调用道德来引导百姓，用礼教来整饬百姓，用礼让来治理国家，所以对子路"其言不让"而"哂之"。显然，在孔子的心目中，作为贤能之人，必须具有仁德礼让的素养，才能推行德政。而墨子"进贤事能"的标准重在德义功劳。他主张"以德就列，以官服事，以劳殿赏，量功而分禄。……有能则举之，无能则下之"，对那些仅凭亲戚关系、无故富贵而面目佼好者安享高爵厚禄提出强烈质疑。因此，他提出"圣人听其言，迹其行，察其所能而慎予官"。显然，墨子对贤能的要求，不仅强调德义方面的品行素养，更加注重"治国"、"长官"、"治邑"的实际才能和功效，能够在实际工作中发挥作用。

其三，孔子"选贤与能"的目的是为了恢复礼乐教化制度。他崇尚文武周公之道，以克己复礼为仁作为自己终生的事业，教育自己的弟子成为心怀天下的仁人志士，"修身、齐家、治国、平天下"，实现"明明德"，"亲民"，"止于至善"的伟大理想。而墨子"进贤使能"的目的是为了"饥者得食，寒者得衣，乱者得治"，"国家治则刑法正，官府实则万民富"，与国家的迫切需要和百姓的实际生活息息相关，虽然缺乏更为宏伟远大的政治目标，却显得质朴务实，反映了普通百姓的现实愿望。

在当时的社会环境中，墨子能够系统地论述"尚贤"的诸多问题，反映了他在政治上对平等公正的进步追求，具有反传统的超前意识，值得充分肯定和赞赏。遗憾的是，墨子作为思想家只是提出"进贤使能"、实行"海选"的主张，却缺乏具体实施的可行性方案，由谁选、怎样选、按照什么程序选等等一系列实际问题，没有科学理性的顶层设计，最终难以在现实社会中真正推行，空留下一个"尚贤"的美好理想。

### （二）尚同为政善也

"尚同"就是崇尚同一，统一思想。"尚同"是以"尚贤"为基础，是"尚贤"学说的系统化和扩大化。

墨子认为，治理国家，必须了解民情，知道百姓的是非善恶，考虑社会的治乱原因，然后正确地赏善罚恶，就会国家大治。反之，就会国家大乱，"故赏罚不得下之情，而不可不察者也"。那么，造成天下大乱的原因是什么呢？墨子认为，就在于"天下之人异义"。因为"一人一义，十人十义，百人百义，其人数兹众，其所谓义者亦兹众。是以人是其义，而非人之义，故相交非也"，就必然造成"天下之乱也，至如禽兽然"。所以，解决问题的办法就是"选择天下贤良、圣知、辩慧之人，立以为天子，使从事乎一同天下之义"。"尚同"的主张就由此而提出。

【原文】子墨子言曰："知者之事，必计国家百姓之所以治者而为之，必计国家百姓之所以乱者而辟之。然计国家百姓之所以治者何也？上之为政，得下之情则治，不得下之情则乱。何以知其然也？上之为政，得下之情，则是明于民之善非也。若苟明于民之善非也，则得善人而赏之，得暴人而罚之也。善人赏而暴人罚，则国必治。上之为政也，不得下之情，则是不明于民之善非也。若苟不明于民之善非，则是不得善人而赏之，不得暴人而罚之。善人不赏而暴人不罚，为政若此，国众必乱。故赏罚不得下之情，而不可不察者也。"（《尚同下》）

【译文】墨子说:"有智慧的人做事,必须考虑国家百姓得到治理的原因而推行它,必须考虑国家百姓发生混乱的原因而避免它。然而考虑国家百姓得到治理的原因是什么呢?君主治理国家百姓,得到下情就可以治理,得不到下情就混乱。为什么知道这样呢?君主治理国家百姓,得到下情,就明白民众的善与恶。如果明白民众的善与恶,那么发现善人就赏赐他,发现恶人就惩罚他。善人得到赏赐而恶人受到惩罚,那么国家就必然大治。君主治理国家百姓,得不到下情,就不明白民众的善与恶。如果不明白民众的善与恶,那么就不能发现善人而赏赐他,不能发现恶人而惩罚他。善人得不到赏赐而恶人受不到惩罚,像这样治理,国家必然混乱。所以赏赐惩罚如果不得下情,就不能不明察了。"

【原文】子墨子曰:"方今之时,复古之民始生,未有正长之时,盖其语曰:天下之人异义。是以一人一义,十人十义,百人百义,其人数兹众,其所谓义者亦兹众。是以人是其义,而非人之义,故相交非也。内之父子、兄弟作怨仇,皆有离散之心,不能相和合。至乎舍余力不以相劳,隐匿良道不以相教,腐臭余财不以相分。天下之乱也,至如禽兽然。无君臣、上下、长幼之节,父子、兄弟之礼,是以天下乱焉!明乎民之无正长以一同天下之义,而天下乱也,是故选择天下贤良、圣知、辩慧之人,立以为天子,使从事乎一同天下之义。"(《尚同中》)

【译文】墨子说:"当今的时代,上溯到古代人类刚产生,未有正长的时候,大约他们说:天下人的意见不同。因此一个人一种意见,十个人十种意见,百个人百种意见。人数愈多,所谓意见也就愈多。因此每个人只是肯定自己的意见,而否定别人的意见,所以互相责难。这样家里父子、兄弟就会产生怨恨,都有离开分散的想法,不能在一起和睦相处。以至于舍弃自己的余力不能相助,隐藏精辟的理论不能教诲别人,让多余的财物腐朽也不肯分给他人。天下混乱,甚至像禽兽一样。没有君臣、上下、长幼的节度,父子、兄弟的礼仪,因此天下大乱了!明白了百姓没有正长来统一天下的道义，就会天下大乱，因此就选择天下贤明能干、聪慧睿智、善于雄辩的人，立他为天子，让他致力于统一天下道义的工作。"

显然，墨子认为，树立天子，就是为了结束众说纷纭的乱局，"使从事乎一同天下之义"。然而，这位天子由谁来选择呢？墨子一说"明乎民之无正长以一同天下之义，而天下乱也。是故选择天下贤良、圣知、辩慧之人，立以为天子"，又说"古者上帝鬼神之建设国都、立正长也，非高其爵、厚其禄、富贵佚而错之也，将以为万民兴利、除害、富贫、众寡、安危、治乱也"（《尚同中》）。前者是说民选，后者是说神选，连墨子也不甚了然。

选出的天子，自身能力、精力总是有限的，需要自上而下地逐级选择贤士仁人担任三公、诸侯、正长、里长、乡长，建立起天下行政管理的系统。这样，天子就可以自上而下发布"尚同"的政令："闻善而不善，皆以告其上。上之所是，必皆是之；所非，必皆非之。上有过，则规谏之；下有善，则傍荐之。"如此逐级下达，层层落实，自下而上地严格遵守，使得上对下具有绝对权威，下对上必须绝对服从。不仅如此，"尚同"还要以上天、鬼神作为最高主宰，"夫既尚同乎天子，而未上同乎天者，则天灾将犹未止也"，所以"酒醴粢盛不敢不蠲洁，牺牲不敢不腯肥，圭璧币帛不敢不中度量，春秋祭祀不敢失时几，听狱不敢不中，分财不敢不均，居处不敢怠慢"，这样才能"谋事得，举事成，入守固，出诛胜"。实际上，就是把人间天子置于上天、鬼神的监督之下。

为了保证"尚同"落实到位，还必须树立"赏善惩恶"的法治原则。"上同而不下比者"，上赏而下誉；"下比不能上同者"，上罚而下毁，使得法律上的赏罚与舆论上的毁誉保持一致。如此则"富贵以道其前，明罚以率其后"（《尚同下》），才能贯彻"尚同"的原则。

【原文】天子立，以其力为未足，又选择天下之贤可者，置立之以为三公。天子、三公既以立，以天下为博大，远国异土之民，是非利害之辩，不可一二而明知，故画分万国，立诸侯国君。诸侯国君既已立，以其力为未足,又选择其国之贤可者,置立之以为正长。正长既已具,天子发政于天下之百姓,言曰:"闻善而不善,皆以告其上。上之所是,必皆是之;所非,必皆非之。上有过,则规谏之;下有善,则傍荐之。上同而不下比者,此上之所赏而下之所誉也。意若闻善而不善,不以告其上;上之所是弗能是,上之所非弗能非;上有过弗规谏,下有善弗傍荐;下比不能上同者,此上之所罚而百姓所毁也。"上以此为赏罚,甚明察以审信。(《尚同上》)

【译文】天子树立后,因为他的精力不足,又选择天下贤能而可以当政的人,设置立他们为三公。天子、三公已立,因为天下广博辽阔,远方的国家、不同的民众,是非利害的辨别,不能一一明白了解,所以划分为很多国家,树立诸侯为国君。诸侯国君已立,因为他的精力不足,又选择国家贤能而可以当政的人,设置立他们为正长。正长已经齐备,天子就对天下百姓发布政令,说:"听到好的或不好的事,都要告诉你的上级。上级认为对的,必定是对的;上级认为不对,必定是不对的;上级有过失,就规劝谏止他;下级有善行,就查访举荐他。与上级保持一致而不与下级互相勾结谋取私利的做法,是上级赏赐而百姓赞誉的行为。假如听到好的或不好的事,不告诉你的上级;上级认为对而他不认为对,上级认为不对而他不认为不对;上级有过失而不规劝谏止,下级有善行而不查访举荐;与下级互相勾结谋取私利而不与上级保持一致的做法,是上级惩罚而百姓诋毁的行为。"如果上级按照这个原则赏善惩恶,就非常明确而谨慎可信。

【原文】是故里长者,里之仁人也。里长发政里之百姓,言曰:"闻善而不善,必以告其乡长。乡长之所是,必皆是之,乡长之所非,必皆非之。去若不善言,学乡长之善言;去若不善行,学乡长之善行。"则乡何说以乱哉?察乡之所治者,何也?乡长唯能壹同乡之义,是以乡治也。乡长者,乡之仁人也。乡长发政乡之百姓,言曰:"闻善而不善者,必以告国君。国君之所是,必皆是之;国君之所非,必皆非之。去若不善言,学国君之善言;去若不善行,学国君之善行。"则国何说以乱哉?察国之所以治者,何

也？国君唯能壹同国之义，是以国治也。国君者，国之仁人也。国君发政国之百姓，言曰："闻善而不善，必以告天子。天子之所是，皆是之；天子之所非，皆非之。去若不善言，学天子之善言；去若不善行，学天子之善行。"则天下何说以乱哉？察天下之所以治者，何也？天子唯能壹同天下之义，是以天下治也。（《尚同上》）

【译文】因此作为里长，是一里中的仁人。里长对一里的百姓发布政令，说："听到好的或不好的事，必须告诉你的乡长。乡长认为对的，必定都是对的；乡长认为不对的，必定都是不对的。去除你不善的言论，学习乡长的善言；去除你不善的行为，学习乡长的善行。"那么乡里怎么会混乱呢？考察乡里得到治理的原因，是为什么呢？因为乡长能够统一全乡的道义，因此乡里得到治理。乡长，是一乡的仁人。乡长对一乡的百姓发布政令，说："听到好的或不好的事，必须告诉国君。国君认为对的，必定都是对的；国君认为不对的，必定都是不对的。去除你不善的言论，学习国君的善言；去除你不善的行为，学习国君的善行。"那么，国家怎么会混乱呢？考察国家得到治理的原因，是为什么呢？因为国君能够统一国家的道义，因此国家得到治理。国君，是全国的仁人。国君对全国的百姓发布政令，说："听到好的或不好的事，必须告诉天子。天子认为对的，都是对的；天子认为不对的，都是不对的。去除你不善的言论，学习天子的善言；去除你不善的行为，学习天子的善行。"那么，天下怎么会混乱呢？考察天下得到治理的原因，是为什么呢？只是因为天子能够统一天下的道义，因此天下得到治理。

【原文】夫既尚同乎天子，而未上同乎天者，则天灾将犹未止也。故当若天降寒热不节，雪霜雨露不时，五谷不孰，六畜不遂，疾灾戾疫、飘风苦雨荐臻而至者，此天之降罚也，将以罚下人之不尚同乎天者也。故古者圣王，明天鬼之所欲，而避天鬼之所憎，以求兴天下之利，除天下之害。是以率天下之万民，斋戒沐浴，洁为酒醴粢盛，以祭祀天鬼。其事鬼神也，酒醴粢盛不敢不蠲洁，牺牲不敢不腯肥，圭璧币帛不敢不中度量，春秋祭祀不敢失时几，听狱不敢不中，分财不敢不均，居处不敢怠慢。曰：其为正长若此，是故上者天鬼有厚乎其为正长也，下者万民有便利乎其为正长也。天鬼之所深厚而能强从事焉，则天鬼之福可得也；万民之所便利而能强从事焉，则万民之亲可得也。其为政若此，是以谋事得，举事成，入守固，出诛胜者，何故之以也？曰：唯以尚同为政者也。故古者圣王之为政若此。(《尚同中》)

【译文】既然天子能够尚同，却没有对上与天尚同，那么天灾仍然不会停止。所以如果天不按照季节降下严寒酷暑，不遵循四时降下雪霜雨露，五谷不成熟，六畜不成长，疾病成灾、瘟疫流行、暴风久雨接连不断地到来，这就是上天降下的惩罚，用来惩罚那些不与上天尚同的人。所以古代圣王，明察上天鬼神的愿望，而避开上天鬼神的憎恶，用来兴天下之利益，消除天下的祸害。因此率领天下民众，斋戒沐浴，干净地准备酒食祭品，用来祭祀上天鬼神。他侍奉鬼神，酒食祭品不敢不洁净，祭祀的牛羊不敢不肥硕，圭璧币帛不敢不合标准，春秋祭祀不敢错过时机，审理案件不敢不公正，分配财物不敢不平均，闲居处世不敢态度怠慢。就是说，他作为正长像这样，因此上面天鬼就会重视正长，下面百姓就会便利正长。上天鬼神重视正长而能够努力行事，那么上天鬼神的福佑就可以得到了；民众便利正长而能够努力行事，那么民众的亲近就可以得到了。他治理政务像这样，因此用来谋划政事就顺利，办理政事就成功，国内守卫就坚固，国外讨伐就胜利，为什么这样呢？回答说，只是以尚同之法来治理政务啊。所以古代圣王治理政务就是这样。

更为重要的是，墨子特别强调利用"耳目"，发挥监控作用。上下之情，及时沟通，"使人之耳目助己视听，使人之吻助己言谈，使人之心助己思虑，使人之股肱助己动作"，确实能够广泛了解下层情况，听取各方意见，有利于君主决策理政，这样，"与人谋事，先人得之；与人举事，先人成之；光誉令闻，先人发之"。进而可以使得"举天下之人，皆恐惧振动惕栗，不敢为淫暴"，"天下之为寇乱盗贼者周流天下无所重足者"，这就是"其以尚同为政善也"。

【原文】古者圣王唯而审以尚同，以为正长，是故上下情通。上有隐事遗利，下得而利之；下有蓄怨积害，上得而除之。是以数千万里之外，有为善者，其室人未遍知，乡里未遍闻，天子得而赏之；数千万里之外，有为不善者，其室人未遍知，乡里未遍闻，天子得而罚之。是以举天下之人，皆恐惧振动惕栗，不敢为淫暴，曰：天子之视听也神！先王之言曰："非神也，夫唯能使人之耳目助己视听，使人之吻助己言谈，使人之心助己思虑，使人之股肱助己动作。"助之视听者众，则其所闻见者远矣；助之言谈者众，则其德音之所抚循者博矣；助之思虑者众，则其谈谋度速得矣；助之动作者众，即其举事速成矣。故古者圣人之所以济事成功、垂名于后世者，无他故异物焉，曰：唯能以尚同为政者也。"（《尚同中》）

【译文】古代圣王唯能审慎地统一思想，设立正长，因此上下的情谊确实相通。上级有隐微未见的事情或遗忘未得的利益，下级就帮助兴办；下级有积蓄已久的怨恨或祸患，上级就帮助消除。因此几千万里之外，有做好事的人，他家里人尚未普遍知道，乡里尚未听说，天子已经知道而赏赐他；几千万里之外，有做坏事的人，他家里人尚未普遍知道，乡里尚未听说，天子已经知道而惩罚他。因此全天下的人都为之恐惧、振动和战栗，不敢做荒淫暴虐之事，都说天子的目视耳听真神奇。先王的话说："并不是天子的目视耳听真神奇，他只是能够使人耳目帮助自己视听，使人的口舌帮助自己言谈，使人的内心帮助自己思考，使人的四肢帮助自己行动。"帮助自己视听的人多，那么他听到看到的就远；帮助自己言谈的人多，那么他的恩德言论安抚的人就广；帮助他思考的人多，那么谋划计议的结果就可以很快得到；帮助他行动的人多，等到他办事就可以很快成功。所以古代圣人之所以成就功业、在后世留名，没有其他的缘故，只是能够用尚同的办法治理政务。"

【原文】故古之圣王治天下也，其所差论以自左右羽翼者皆良，外为之人助之视听者众。故与人谋事，先人得之；与人举事，先人成之；光誉令闻，先人发之。唯信身而从事，故利若此。古者有语焉，曰："一目之视也，不若二目之视也；一耳之听也，不若二耳之听也；一手之操也，不若二手之强也。"夫唯能信身而从事，故利若此。是故古之圣王之治天下也，千里之外有贤人焉，其乡里之人皆未之均闻见也，圣王得而赏之；千里之内有暴人焉，其乡里未之均闻见也，圣王得而罚之。故唯毋以圣王为聪耳明目与？岂能一视而通见千里之外哉！一听而通闻千里之外哉！圣王不往而视也，不就而听也。然而使天下之为寇乱盗贼者周流天下无所重足者，何也？其以尚同为政善也。（《尚同下》）

【译文】所以古代圣王治理天下，他选择做自己左右辅佐的人都很贤良，周围帮助他视听的人也很多。所以他与大家谋划事情，总是先于他人得到正确结论；与大家一起办事，总是先于他人成功；他的荣誉美名，总是先于他人广泛传扬。唯有真诚地相信别人而理政做事，所以得到这样的利益。古代有这样的话，说："一只眼睛看，不如两只眼睛看得清晰；一只耳朵听，不如两只耳朵听得清楚；一只手操作，不如两只手操作有力。"唯有能够真诚地相信别人而理政做事，所以得到这样的利益。因此古代圣王治理天下，千里之外有贤人，他同乡里的人都未曾听说见到，圣王就知道而赏赐他；千里之内有恶人，他同乡里的人都未曾听说见到，圣王就知道而惩罚他。难道是圣王具有聪耳明目吗？怎么能够一看而见到千里之外呢？一听而听到千里之外呢？圣王并不曾前往而观看，不曾前去而听闻。然而使得天下的作乱盗贼走遍天下也没有立足之地，这是为什么呢？就是他以尚同之法治理政务好啊。

墨子将善恶是非的标准统一于上天鬼神，由天子选举贤能，建立三公、诸侯、正长、里长、乡长组成的行政管理系统，理想地认为"左右羽翼者

皆良"，然后天子逐级下达"尚同一义"的言行规范，发挥周围"耳目"通风报信的监控作用，自上而下赏善惩恶，自下而上绝对服从，从而树立天子的政治权威，建立稳定的社会秩序，这就是墨子设计的集权治国方略，反映了墨子的社会政治观念。

三代以来，华夏民族融合周边各个民族，逐渐趋于一统，天下在同一个君主统治下、同一种制度下运行。春秋以后，周室衰微，诸侯割据，天下大乱，四分五裂，因此，处士横议，诸子争鸣，众说纷纭，莫衷一是，大一统的思想文化观念出现了空前的危机。对此，孔子就曾说过："天下有道，则礼乐征伐自天子出；天下无道，则礼乐征伐自诸侯出。……天下有道，则政不在大夫。天下有道，则庶人不议。"（《季氏》）为这种天下无道、分崩离析的局面痛心疾首，所以才提出"尊周"。墨子作为思想家，当然知道统一思想导向、人伦道德、价值观念和是非标准对于确立王权、安定社会的极端重要性，所以，把"尚同"视为治理天下的重要策略之一，这与孔子"尊周"的思想是完全一致的。其理论价值，是不言而喻的。

但是，墨子"尚同"的主张，更直接地来自于墨家准军事化的团体纪律。墨家内部法规森严，巨子拥有生杀予夺之权，自上而下，一呼百应，令行禁止，绝对服从，才能自苦为极、慷慨赴死，为实现墨家的理想而奋斗。然而，墨子的"尚同"可以用来统辖墨家学派，如果用来管理社会可能就要出现问题。

其一，墨子的"尚同"以"尚贤"为基础，他设计从天子到乡长各级行政管理官员都是"天下贤良圣知辩慧"的仁人，各个道德高尚，人人睿智聪慧，以之作为立论的逻辑前提，其实，这是没有制度保证的想当然的虚构。如果天子是昏君，正长是贪官，那么"尚同"涉及的所有原则方法都变成荒谬。春秋战国以来礼崩乐坏，道德沦丧，僭越犯上、"贼家""贼国"者史不绝书，天子、诸侯大多昏聩无能、荒淫无道，如何"去若不善言,学天子之善言;去若不善行,学天子之善行"呢?相比之下,孔子则比较客观现实,他认为君主并非绝对圣明、永远正确,犯错误是难免的。"君子之过也,如日月之食焉:过也,人皆见之;更也,人皆仰之"(《子张》)。因此他赞赏"争臣",认为"良药苦于口而利于病,忠言逆于耳而利于行"(《家语·六本》)。在此思想基础上,他提出"克己复礼为仁",便是顺理成章的。

其二,国家需要有统一的思想目标,民众应该有共同的价值观念,古今同理。唯其如此,才能上下同心、休戚与共、团结友爱、和谐相处。然而,墨子的"尚同",强调的是"同于上","同而不和","上之所是,必皆是之;所非,必皆非之",哪里还能"上有过则规谏之"呢?墨子设计的这种"尚同"体制,"定黑白于一尊",完全无视下层民众的意志、利益和诉求,将民众永远置于被奴役、被驱使的地位,最终为君主专制集权制度提供了理论根据。墨子"同而不和"的主张,与孔子"和而不同"的思想观念,是绝然不同的。孔子虽然主张"君君臣臣"的等级制度,但是突出的是"道义"的神圣地位,认为道义高于君位,臣下对君主不是唯唯诺诺的盲目服从,而是保持着自己坚持道义的操守和人格,所以他主张"君使臣以礼,臣事君以忠"(《八佾》),"以道事君,不可则止"(《先进》)。后来孟子强调"民为贵,社稷次之,君为轻"(《尽心下》),荀子主张"从道不从君"(《臣道》),与孔子是一脉相承的。而法家韩非子则主张"太上禁其心,其次禁其言,其次禁其事"(《说疑》),"故明主之国,无书简之文,以法为教;无先王之语,以吏为师"(《五蠹》),正是深得墨子"尚同"的真传。

其三,"上下情通",本是好事,有利于了解民意,关心民情,扶危济困,正确施政。正如子产所说:"其所善者,吾则行之;其所否者,吾则改之。"(《家语·正论解》)所以,孔子非常赞赏。但是,墨子的意图却不在此,而是要利用耳目提供情报,对天下进行严密监控,"其室人未遍知,乡里未遍闻",天子就能够知善恶而赏罚,毫无隐私可言,使得"举天下之人,皆恐惧振动惕栗",甚至到了"上之所罚,而百姓所毁也"的程度,哪里还能"兼相爱,交相利"呢?后来荀子由礼入法,儒法并用,认为"便嬖左右者,人主之所以窥远收众之门户牖向也,不可不早具也"(《君道》),视"便嬖左右"为第一"国具",显然是受了墨子的影响。韩非子主张"慎己而窥彼,发奸之密。告过者免罪受赏,失奸者必诛连刑"(《制分》),借此监控臣民,推行严刑峻法,对社会采取高压政策,更是对墨子学说的继承和发挥。

## 三 社会理想——"兼爱"、"非攻"

在战国的乱世中,人们最迫切的愿望就是和平安全的社会环境。先秦诸子都为此提出了解决问题的方案。墨子提出了兼爱、非攻的主张,成为墨家学说中最为重要而精辟的理论之一。

### (一) 兼相爱则治,交相恶则乱

"兼爱"就是"兼相爱",互相爱护。墨子深入分析了父子、兄弟、君臣的关系,乃至盗贼、大夫、诸侯的行为,认为天下混乱的根本原因,起源于互不相爱。父子、兄弟、君臣之间,如果相爱则大治,如果相亏则大乱。因此他提问:"视父兄与君若其身,恶施不孝?""视弟子与臣若其身,恶施不慈?"盗贼、大夫、诸侯们,如果自爱并爱他人就天下太平,如果自爱而不爱他人就互相伤害。因此他提问:"视人之室若其室,谁窃?视人身若其身,谁贼?""视人家若其家,谁乱?视人国若其国,谁攻?"所以说,"天下兼相爱则治,交相恶则乱",治理天下必须"禁恶而劝爱"。这就是墨子提出"兼爱"的根据,也是他重要的社会理想之一。

【原文】圣人以治天下为事者也,不可不察乱之所自起。当察乱何自起?起不相爱。臣子之不孝君父,所谓乱也。子自爱不爱父,故亏父而自利;弟自爱不爱兄,故亏兄而自利;臣自爱不爱君,故亏君而自利。此所谓乱也。虽父之不慈子，兄之不慈弟，君之不慈臣，此亦天下之所谓乱也。父自爱也不爱子，故亏子而自利；兄自爱也不爱弟，故亏弟而自利；君自爱也不爱臣，故亏臣而自利。是何也？皆起不相爱。虽至天下之为盗贼者亦然。盗爱其室不爱其异室，故窃异室以利其室；贼爱其身不爱人，故贼人以利其身。此何也？皆起不相爱。虽至大夫之相乱家、诸侯之相攻国者亦然。大夫各爱其家不爱异家，故乱异家以利其家；诸侯各爱其国不爱异国，故攻异国以利其国。天下之乱物，具此而已矣！察此何自起？皆起不相爱。（《兼爱上》）

【译文】圣人以治理天下为已任，不能不考察混乱产生的原因。尝试考察混乱是由什么原因引起的呢？起源于互不相爱。臣子不孝敬君父，就造成混乱。儿子自爱而不爱父亲，所以损害父亲而自己得利；弟弟自爱而不爱兄长，所以损害兄长而自己得利；臣下自爱而不爱君主，所以损害君主而自己得利。这就造成混乱。即使父亲不慈爱儿子，兄长不慈爱弟弟，君主不慈爱臣下，这也是天下混乱的原因。父亲自爱而不爱儿子，所以损害儿子而自己得利；兄长自爱而不爱弟弟，所以损害弟弟而自己得利；君主自爱而不爱臣下，所以损害臣下而自己得利。这是为什么呢？都是起源于互不相爱。即使是天下做盗贼的人也是这样。强盗爱自己的家室而不爱他人的家室，所以盗窃他人的家室以利于自己的家室；盗贼爱自身而不爱他人之身，所以杀害他人之身而利于自己之身。这是为什么呢？都起源于互不相爱。即使是大夫互相争夺封地、诸侯互相攻占国家也是这样。大夫各自爱护自己的家而不爱护他人的家，所以争夺他人的家以利于自己的家；诸侯各自爱自己的国而不爱他人的国，所以攻占他人的国以利于自己的国。天下的混乱现象，都表现在这里！考察这种混乱现象是由什么原因引起的呢？都起源于互不相爱。

【原文】若使天下兼相爱，爱人若爱其身，犹有不孝者乎？视父兄与君若其身，恶施不孝？犹有不慈者乎？视弟子与臣若其身，恶施不慈？故不孝不慈亡有。犹有盗贼乎？故视人之室若其室，谁窃？视人身若其身，谁贼？故盗贼亡有。犹有大夫之相乱家、诸侯之相攻国者乎？视人家若其家，谁乱？视人国若其国，谁攻？故大夫之相乱家、诸侯之相攻国者亡有。若使天下兼相爱，国与国不相攻，家与家不相乱，盗贼无有，君臣父子皆能孝慈，若此则天下治。故圣人以治天下为事者，恶得不禁恶而劝爱？故天下兼相爱则治，交相恶则乱。故子墨子曰："不可以不劝爱人者，此也。"（《兼爱上》）

【译文】如果使天下之人互相爱，爱他人如同爱自身，还会有不孝敬的人吗？看待父兄和君主如同自身，向谁施行不孝呢？还会有不慈爱的人吗？看待弟子和臣下如同自身，向谁施行不慈呢？所以不孝敬、不慈爱的人就没有了。还会有盗贼吗？如果看待他人家室如同自己家室，还盗窃谁呢？看待他人之身如同自己之身，还杀害谁呢？所以盗贼就没有了。还会有大夫互相争夺封地、诸侯互相攻占国家的吗？看待他人之家如同自己之家，还争夺谁的封地呢？看待他人之国如同自己之国，还攻占谁的国家呢？所以大夫互相争夺封地、诸侯互相攻占国家的事情就没有了。如果使天下之人互相爱，国与国互不攻占，家与家互不争夺，没有盗贼，君臣父子之间都能够孝敬慈爱，像这样就天下大治了。所以圣人以治理天下为己任，怎么能不禁止人与人仇恨而勉励人与人彼此相爱呢？所以天下之人互相爱护就大治，互相仇恨就混乱。所以墨子说："不能不勉励爱护他人，就是这个道理。"

可见，墨子的"兼爱"，是没有差别的普遍的爱，是普天之下广泛的爱。"爱人不外己，己在所爱之中；己在所爱，爱加于己。伦列之爱己，爱人也。"（《大取》）爱别人并非不爱自己，自己也在所爱之中；自己既在所爱之中，所以爱也加于自己。根据顺次爱己，就是爱人。显然，这是超越血缘亲情、冲破等级观念的无疆大爱，与孔子主张的等差之爱不同。

既然不相爱造成天下之乱，怎么办呢？只能用"兼爱"之法去改变它。

如果都能"视人之国若视其国,视人之家若视其家,视人之身若视其身",那么,"凡天下祸篡怨恨可使毋起"。这样做虽然有困难,但是只要君主按照兼爱之法施政、士人按照兼爱之法行动,就完全可以天下推行,因为"此圣王之法,天下之治道也,不可不务为也"。这是墨子美好的理想。

【原文】既以非之,何以易之?子墨子言曰:"以兼相爱、交相利之法易之。"然则兼相爱、交相利之法将奈何哉?子墨子言:"视人之国若视其国,视人之家若视其家,视人之身若视其身。是故诸侯相爱则不野战,家主相爱则不相篡,人与人相爱则不相贼。君臣相爱则惠忠,父子相爱则慈孝,兄弟相爱则和调。天下之人皆相爱,强不执弱,众不劫寡,富不侮贫,贵不敖贱,诈不欺愚。凡天下祸篡怨恨可使毋起者,以相爱生也,是以仁者誉之。"(《兼爱中》)

【译文】既然认为这是不对的,那么用什么来改变它呢?墨子说:"用人与人互相爱护、交互相利的办法改变它。"那么,人与人互相爱护、交互相利的办法又是怎样的呢?墨子说:"看待他人之国如同看待自己之国,看待他人之家如同看待自己之家,看待他人之身如同看待自己之身。因此诸侯们互相爱护就不再交兵野战,家主们互相爱护就不再互相篡夺,人与人互相爱护就不再互相残杀。君臣互相爱护就君惠臣忠,父子互相爱护就父慈子孝,兄弟互相爱护就和睦相处。天下之人都相爱,强大的人就不会欺负弱小的,人多的就不会劫持人少的,富足的人就不会侮慢贫穷的人,高贵的人就不会傲视低贱的人,奸诈的人就不会欺骗愚昧的人。一切天下的祸患、篡夺、怨恨可以使之不再出现的原因,就是由于互相爱护而产生,所以仁者称赞它。"

【原文】然而今天下之士君子曰:"然,乃若兼则善矣。虽然,天下之难物于故也。"子墨子言曰:"天下之士君子特不识其利、辩其故也。今若夫攻城野战,杀身为名,此天下百姓之所皆难也。苟君说之,则士众能为之。况于兼相爱、交相利,则与此异。夫爱人者,人必从而爱之;利人者,人必从而利之；恶人者，人必从而恶之；害人者，人必从而害之。此何难之有！特上弗以为政、士不以为行故也。……是故子墨子言曰："今天下之士君子，忠实欲天下之富而恶其贫，欲天下之治而恶其乱，当兼相爱，交相利。此圣王之法，天下之治道也，不可不务为也。"（《兼爱中》）

【译文】然而现在天下的士君子说："是的，像这样人人相爱当然是好。虽然如此，这是天下远离实际、难以实现的事情啊。"墨子说："天下士君子只是不认识其中的好处、辨别其中的缘故。现在像攻城野战，为名誉而杀死自身，这是天下百姓都深感困难的事情。如果君主喜欢这样，那么士人百姓就能够做到。何况互相爱护、交互相利，与此是不同的。爱护他人，他人必然跟着爱自己；利于他人，他人必然跟着利于自己；仇恨他人，他人必然跟着仇恨自己；残害他人，他人必然跟着残害自己。这有什么困难呢？只是君主不按照兼爱之法施政、士人不按照兼爱之法行动的缘故罢了。"……因此墨子说："现在天下的士君子，心中确实希望天下富足而厌恶它贫穷，希望天下大治而厌恶它大乱，就应当互相爱护、交互相利，这是圣王的法则，天下的治国理政之道，不能不努力去做。"

墨子是把"兼爱"寄希望于君上，认为"兼相爱"，是与"交相利"紧密联系在一起，"夫爱人者，人必从而爱之；利人者，人必从而利之；恶人者，人必从而恶之；害人者，人必从而害之"，既然他人与自己的爱、利、恶、害互相关联，互相交换，投桃报李，密不可分，那么只要坚守"兼爱"的原则，一切惠、忠、慈、孝、和、调都在"利"的范畴之中，就能够"强不执弱，众不劫寡，富不侮贫，贵不敖贱，诈不欺愚"，出现一个无战争、无掠夺、无欺诈、无怨恨的理想社会，人人关爱，各个幸福，各得其所，各安其位，那该是多么美好的景象啊！

但是，"兼爱"之说总是受到"别爱"之说的非难，于是墨子不得不就兼士与别士、兼君与别君的言行进行论辩，不得不就兼爱与孝亲的关系进行分析。他认为，人与人的交往以感情为纽带，种瓜得瓜，种豆得豆，"投我以桃,报之以李",互爱才能互利,互恨必然互害。所以,托付妻子,"必寄托之于兼之有是也";选择君主,"必从兼君是也"。兼爱与孝亲也是这样,"必吾先从事乎爱利人之亲,然后人报我以爱利吾亲也"。

【原文】然而天下之士非兼者之言犹未止也。曰:"即善矣,虽然,岂可用哉?"子墨子曰:"用而不可,虽我亦将非之。且焉有善而不可用者?姑尝两而进之。设以为二士,使其一士者执别,使其一士者执兼。是故别士之言曰:吾岂能为吾友之身若为吾身,为吾友之亲若为吾亲。"是故退睹其友,饥即不食,寒即不衣,疾病不侍养,死丧不葬埋。别士之言若此,行若此。兼士之言不然,行亦不然,曰:吾闻为高士于天下者,必为其友之身若为其身,为其友之亲若为其亲,然后可以为高士于天下。是故退睹其友,饥则食之,寒则衣之,疾病侍养之,死丧葬埋之。兼士之言若此,行若此。若之二士者,言相非而行相反与?当使若二士者,言必信,行必果,使言行之合犹合符节也,无言而不行也。然即敢问:今有平原广野于此,被甲婴胄将往战,死生之权未可识也;又有君大夫之远使于巴、越、齐、荆,往来及否未可识也。然即敢问:不识将恶从也?家室、奉承亲戚、提挈妻子而寄托之,不识于兼之有是乎?于别之有是乎?我以为当其于此也,天下无愚夫愚妇,虽非兼之人,必寄托之于兼之有是也。此言而非兼,择即取兼,即此言行拂也。不识天下之士,所以皆闻兼而非之者,其故何也?"(《兼爱下》)

【译文】然而天下之士非难兼爱者的言论还是不停止,他们说:"即使是兼爱之法好,虽然如此,哪里能够使用呢?"墨子说:"使用了而不成功,即使我也会非难的。哪里会有好而不能使用的东西呢?姑且让持有兼爱和持有别爱两种不同主张的人各进其言。假设有两位士人,让其中一位士人持有别爱主张,让其中一位士人持有兼爱主张。因此持有别爱主张的人说:我怎么能够对待我朋友的身体像对待自己的身体一样呢?对待我朋友的双亲像对待自己的双亲一样呢?因此平时看到自己的朋友,饥饿了不给粮食,

寒冷了不给衣服，生病了不去侍养，去世了不去安葬。持有别爱主张的人言论如此，行动也如此。持有兼爱主张的人言论不是这样，行动也不是这样。他说：我听说作为天下的高尚之士，必须对待朋友的身体像对待自己的身体一样，对待朋友的双亲像对待自己的双亲一样，然后就可以成为天下高尚之士。因此平时看到自己的朋友，饥饿了就给他粮食，寒冷了就给他衣服，生病了就侍养他，去世了就安葬他。持有兼爱主张的人言论是这样，行动也是这样。这两位士人，不正是言论不同而行为相反吗？倘若这两位士人，言论必有诚信，行动必有结果，使得言行吻合如同符节相合，没有一句话不实行的。这样，我就冒昧地问：现在这里有平原旷野，披甲戴盔将去作战，死生的变数不可预知；又有家君大夫出使到遥远的巴、越、齐、荆之地，来去时间尚未可知。试问：对此不知该怎么办呢？把家室、奉养父母、带领妻儿的事情托付于人，不知托付给主张兼爱的士人好呢？还是托付给主张别爱的士人好呢？我认为倘若遇到这样的事情，天下无论什么愚蠢的夫妇，即使是非难主张兼爱的人，也必定托付给主张兼爱的人。言论非难主张兼爱的人，选择却取用主张兼爱的人，这就是言论与行动相违背。不知天下之士，都听到兼爱就非难，其中的缘故是为什么呢？"

【原文】然而天下之士非兼者之言犹未止也。曰："意可以择士，而不可以择君乎？""姑尝两而进之。谁以为二君，使其一君者执兼，使其一君者执别，是故别君之言曰：吾恶能为吾万民之身若为吾身，此泰非天下之情也。人之生乎地上之无几何也，譬之犹驷驰而过隙也。是故退睹其万民，饥即不食，寒即不衣，疾病不侍养，死丧不葬埋。别君之言若此，行若此。兼君之言不然，行亦不然。曰：吾闻为明君于天下者，必先万民之身，后为其身，然后可以为明君于天下。是故退睹其万民，饥即食之，寒即衣之，疾病侍养之，死丧葬埋之。兼君之言若此，行若此。然即交若之二君者，言相非而行相反与？常使若二君者，言必信，行必果，使言行之合犹合符节也，无言而不行也。然即敢问：今岁有疠疫，万民多有勤苦冻馁，转死沟壑中者，既已众矣。不识将择之二君者，将何从也？我以为当其于此也，天下无愚夫愚妇，虽非兼者，必从兼君是也。言而非兼，择即取兼，此言行拂也。不识天下所以皆闻兼而非之者，其故何也？"（《兼爱下》）

【译文】然而天下之士非难兼爱者的言论还是不停止，他们说："或许可以选择士人，而不能选择君主吧？"墨子说："姑且让持有兼爱和持有别爱两种不同主张的人各进其言。假设有两位君主，让其中一位君主持有兼爱主张，让其中一位君主持有别爱主张。因此持有别爱主张的君主说：我怎么能够对待万民的身体像对待自己的身体一样呢？这太不符合天下的情理了。人生在世时光不多，就像快马跑过缝隙一样。因此平时看到自己的百姓，饥饿了不给粮食，寒冷了不给衣服，生病了不去侍养，去世了不去安葬。持有别爱主张的君主言论如此，行动也如此。持有兼爱主张的君主言论不是这样，行动也不是这样。他说：我听说作为天下圣明的君主，必须先为万民之身，后为自己之身，然后可以成为圣明的君主。因此平时看到自己的百姓，饥饿了就给他粮食，寒冷了就给他衣服，生病了就侍养他，去世了就安葬他。持有兼爱主张的君主言论是这样，行动也是这样。这样两位君主，不正是言论不同而行为相反吗？倘若这两位君主，言论必有诚信，行动必有结果，使得言行吻合如同符节相合，没有一句话不实行的。这样就冒昧地问：假如今年瘟疫流行，百姓劳苦挨冻受饿，辗转死于沟壑，已经很多了。不知道选择两位君主，将选择哪一位呢？我认为倘若遇到这种情况，天下无论什么愚蠢的夫妇，即使是非难主张兼爱的人，也必定托付给主张兼爱的人。言论非难主张兼爱的人，选择却取用主张兼爱的人，这就是言论与行动相违背。不知天下之士都听到兼爱就非难，其中的缘故是为什么呢？"

【原文】然而天下之非兼者之言犹未止，曰："意不忠亲之利，而害为孝乎？"子墨子曰："姑尝本原之孝子之为亲度者。吾不识孝子之为亲度者，亦欲人爱利其亲与？意欲人之恶贼其亲与？以说观之，即欲人之爱利其亲也。然即吾恶先从事即得此？若我先从事乎爱利人之亲，然后人报我爱利吾亲乎？意我先从事乎恶人之亲，然后人报我以爱利吾亲乎？即必吾先从事乎爱利人之亲，然后人报我以爱利吾亲也。然即之交孝子者，果不得已乎？毋先从事爱利人之亲者与？意以天下之孝子为遇，而不足以为正乎？姑尝本原之先王之所书《大雅》之所道，曰："无言而不仇，无德而不报，投我以桃，报之以李。"即此言爱人者必见爱也，而恶人者必见恶也。不识天下之士所以皆闻兼而非之者，其故何也？"（《兼爱下》）

【译文】然而天下非难兼爱者的言论还是不停止，他们说："或许这不符合双亲的利益，而有害于孝道吧？"墨子说："姑且对孝子为双亲考虑的本意进行探求吧。我不知孝子为双亲考虑，是希望他人爱护、有利于他的双亲呢？或是希望他人厌恶、伤害他的双亲呢？按照常理来看，就是希望他人爱护、有利于他的双亲。然而我怎样先行动才能得到这样的结果呢？如果我先从事爱护、有利于他人双亲的行动，然后他人就以爱护、有利于自己双亲的行动来报答我呢？或是我先从事厌恶、伤害他人双亲的行动，然后他人就以爱护、有利于自己双亲的行动来报答我呢？就是必须先从事爱护、有利于他人双亲的行动，然后他人才以爱护、有利于自己双亲的行动来报答我。然而这样交互为孝子，果真是出于不得已吗？是不能先从事爱护、有利于他人双亲的行动呢？或是认为天下孝子都愚蠢，而不能行正道呢？姑且对先王所写《大雅》所说的进行探求吧，《大雅》说："你没有言语我不应答，你没有恩德我不回报，你投我桃子，我回报你李子。"这诗句就是说爱护他人的人必然被他人爱护，而厌恶他人的人必然被他人厌恶。不知天下之士都听到兼爱就非难，其中的缘故是为什么呢？"

既然事实反复证明"别非而兼是"，那么，怎样才能施行"兼爱"呢？像"荆灵王好小要"、"越王勾践好勇"一样，墨子的办法是："苟有上说之者，劝之以赏誉，威之以刑罚，我以为人之于就兼相爱、交相利也，譬之犹火之就上，水之就下也，不可防止于天下。"这样，就可以"为人君必惠，为人臣必忠，为人父必慈，为人子必孝，为人兄必友，为人弟必悌"。

【原文】意以为难而不可为邪？尝有难此而可为者。昔荆灵王好小要，当灵王之身，荆国之士饭不逾乎一，固据而后兴，扶垣而后行。故约食为其难为也，然后为，而灵王说之，未逾于世而民可移也，即求以乡其上也。昔者越王勾践好勇，教其士臣三年，以其知为未足以知之也，焚舟失火，鼓而进之。其士偃前列，伏水火而死，有不可胜数也。当此之时，不鼓而退也，越国之士可谓颤矣。故焚身为其难为也，然后为之，越王说之，未逾于世而民可移也，即求以乡上也。……今若夫兼相爱、交相利，此其有利且易为也，不可胜计也。我以为则无有上说之者而已矣。苟有上说之者，劝之以赏誉，威之以刑罚，我以为人之于就兼相爱、交相利也，譬之犹火之就上，水之就下也，不可防止于天下。(《兼爱下》)

【译文】或许有人认为"兼爱"困难而不能办到吗？但是曾经有比"兼爱"更难的事情都可以办到。从前楚灵王喜欢细腰，在灵王在位时，楚国的士人每天吃饭不超过一次，他们要把稳后才能站起来，扶墙后才能行走。所以节食是困难的，然而却要节食，是因为灵王喜欢这样，没有经过多久民风就可以改变，这无非是为了迎合君王意愿罢了。从前越王勾践喜欢勇敢，训练他的士兵三年，凭借他的智慧还不能预知训练的效果，于是放火烧船，擂鼓进攻。他的士兵奋勇争先，赴汤蹈火而死的数也数不清。在这个时候，听到战鼓而不退却，越国的士兵可以说勇敢了。所以烈火烧身是困难的，然而士兵却赴汤蹈火，是因为越王喜欢这样，没有经过多久民风就可以改变，这无非是为了迎合君王意愿罢了。……现在兼相爱、交相利，这种有利益而容易办的事情，是不可计算的。我认为是因为没有君主喜欢这样做而已。如果有君主喜欢这样做，以赏赐赞誉鼓励兼者，以刑律惩罚威慑别者，我认为人们对于兼相爱、交相利，就如同火焰向上、流水向下一样，是不能在天下防止的。

【原文】故兼者圣王之道也，王公大人之所以安也，万民衣食之所以足也。故君子莫若审兼而务行之，为人君必惠，为人臣必忠，为人父必慈，为人子必孝，为人兄必友，为人弟必悌。故君子莫若欲为惠君、忠臣、慈父、孝子、友兄、悌弟，当若兼之不可不行也。此圣王之道，而万民之大利也。(《兼爱下》)

【译文】所以"兼爱"是圣王治国之道，王公大人因之安宁，万民衣食因之充足。所以君子最好明察"兼爱"而努力施行，这样作为人君必定仁惠，作为人臣必定忠诚，作为人父必定慈爱，作为人子必定孝敬，作为兄长必定友善，作为人弟必定顺从。所以君子如果希望成为惠君、忠臣、慈父、孝子、友兄、悌弟，对于"兼爱"是不能不实行的。这是圣王治国之道，万民获得大利的方法。

显然，墨子提出的"兼爱"，既是社会的理想，又是治国的措施，完全出自君主的主观意愿，"劝之以赏誉，威之以刑罚"，需要用行政命令强制推行，并非是个人自觉自愿的利人利己行动，其思维逻辑与"尚同"是相一致的。那么，这种赏罚制度威逼之下的"兼爱"，是自己对他人真诚的关爱呢，还是屈服于君主权威的无奈之举呢？

从总体上说，孔子主张的"仁爱"自有渊源，是建立在孝悌亲情的天性之上，以血亲系统的近与远为标准加以区别，由近及远地"泛爱众"，必然形成等级差别之爱，这就是墨子所批判的"别"。而墨子主张的"兼爱"，是出自墨家准军事化团体成员之间价值观念的共同追求，建立在功利交换的基础上，要求人人兼相爱而交相利，推己及人，爱利互换，形成没有等级差别之爱，这就是墨子强调的"兼"。然而，这种"兼爱"，必须首先从自己开始，给他人付出自己的爱与利，然后换取他人给自己的爱与利，这显然要受到身份、环境、需求的种种限制，并不具有普遍性和可行性。具体来说：

其一，孔子的"仁爱"，是以父母子女、兄弟姐妹的人伦关系为基础的。这种关系与生俱来、稳固确定，父慈子孝、兄友弟悌的家庭环境生而有之,血浓于水的感情联结着全体家族成员,自发构成了普遍认可的适用范围和特定对象。而墨子的"兼爱",利益关系随时而变,所涉及的人际、家族和国际关系都是随机的、临时的,极具变数,其兼爱对象没有必然性和固定性,难以预设和把握,因此促成兼爱的条件和基础是相当脆弱的。

其二,孔子的"仁爱",以血缘亲情为精神心理根据。这种等差之爱,前有氏族部落的积淀,后有宗法制度的强化,形成了共同遵循的伦理道德准则,因此具有现实存在的合理性和稳定性。而墨子的"兼爱",以功利交换为存在根据和取舍标准,缺乏固有的精神心理基础,因此,这种关系是松散的、临时的。墨子自己就说:"虽有贤君,不爱无功之臣;虽有慈父,不爱无益之子"(《亲士》),君臣、父子之间尚且如此强调功利,遑论其他。

其三,孔子主张"仁爱",出于家庭成员自觉自愿的群体意识,甚至可以超越功利而为之(比如父母对子女之爱),普遍地存在于血缘亲情之中,因此,用礼制来引导和规范仁爱,具有现实的人伦情感基础,容易得到世人的认可和接受,便于实施。而墨子推行"兼爱",完全决定于君主的好恶态度,靠的是赏罚措施来强制推行,上好之则臣为之,上恶之则臣背之,结果是难以预料和把握的。墨子大力颂扬禹、汤、文、武推行"兼",而后来的天子、诸侯实行宗法制度却喜欢"别",既然如此,墨子又怎能实现"兼爱"呢?

今天看来,"仁爱"与"兼爱"强调的都是"爱",爱父母兄弟与爱人民大众并没有根本的矛盾。孔子主张家族孝悌之道,更向往"天下为公"的大同世界,"人不独亲其亲,不独子其子,使老有所终,壮有所用,幼有所长,矜寡孤独废疾者皆有所养,男有分,女有归",这就是"泛爱众"的生动描述。到了"大道既隐,天下为家。各亲其亲,各子其子,货力为己"的小康社会,才要"克己复礼为仁"。墨子的兼爱主张,更是爱心的延续和扩大。从这个意义上说,仁爱与兼爱密切相关,是爱心贯穿的两个层面,只有从爱自己的父母兄弟开始,然后才能发展到兼爱天下百姓。我们相信

墨子提出兼爱的真诚愿望，肯定兼爱学说蕴含的博爱精神，赞赏墨子超越血缘亲情、冲破等级观念的平等观念和理论勇气，这是墨家学说最为精彩的部分。后来孟子主张"老吾老，以及人之老；幼吾幼，以及人之幼"（《梁惠王上》），老子主张"贵以身为天下，若可寄天下；爱以身为天下，若可托天下"（《十三章》），都是爱的基因传递。当今社会更需要提倡宽容，关爱他人，创造和谐的生活环境，正如歌中唱道："只要人人都献出一份爱，世界将变成美好的人间。"（《爱的奉献》）墨子的学说，提供了宝贵的思想资源，应该继承发扬。

### （二）苟亏人愈多，其不仁兹甚矣

将"兼爱"的思想用于处理国际关系，墨子自然提出"非攻"的主张，坚持公平正义，倡导和平，反对战争。墨子认为："万事莫贵于义。"（《贵义》）以"道义"作为判断行为的标准，通过"窃其桃李"、"攘人犬豕鸡豚"、"杀不辜人也、扡其衣裘、取戈剑"等从小到大的种种不义行为的层层对比推理，雄辩地证明"苟亏人愈多，其不仁兹甚矣，罪益厚"，而"大为攻国，则弗知非，从而誉之，谓之义"，还要"书其言以遗后世"，简直是颠倒黑白，混淆是非，抹杀了义与不义的区别。这就如同"多见黑曰白"、"多尝苦曰甘"一样，显然违背了"兼相爱，交相利"的原则，所以，必须重申公平道义，拨乱反正。

【原文】今有一人，入人园圃，窃其桃李，众闻则非之，上为政者得则罚之。此何也？以亏人自利也。至攘人犬豕鸡豚者，其不义又甚入人园圃窃桃李。是何故也？以亏人愈多，其不仁兹甚，罪益厚。至入人栏厩、取人马牛者，其不仁义又甚攘人犬豕鸡豚。此何故也？以其亏人愈多。苟亏人愈多，其不仁兹甚，罪益厚。至杀不辜人也、扡其衣裘、取戈剑者，其不义又甚入人栏厩取人马牛。此何故也？以其亏人愈多。苟亏人愈多，其不仁兹甚矣，罪益厚。当此，天下之君子皆知而非之，谓之不义。今至大为攻国，则弗知非，从而誉之，谓之义。此可谓知义与不义之别乎？（《非

攻上》）

【译文】现在有一个人，进入他人的果园，偷窃人家的桃李，大家听到后都批评他，在上为政的官员抓住就处罚他。这是为什么呢？因为这种行为损害他人而自己得利。至于抢夺他人鸡狗猪的人，他的不义又超过了进入果园偷窃桃李的人。这是为什么呢？因为这种行为损害他人更多，他的不仁更进一步，罪孽更深重。至于进入他人围栏圈棚、盗窃人家牛马的人，他的不仁义又超过抢夺他人鸡狗猪的人。这是为什么呢？因为他损害人更多。如果损害人更多，他的不仁更进一步，罪孽更深重。至于杀害无罪的人、抢夺他的皮衣、戈剑的人，他的不义又超过进入他人围栏圈棚、盗窃人家牛马的人。这是为什么呢？因为他损害人更多。如果损害人更多，他的不仁更进一步，罪孽更深重。对此，天下的君子都知道责备他，说他的行为不合道义。现在大到攻打他人国家，却不知道不对，跟着一起称赞他，说他的行为符合道义。这能够说知道义与不义的区别吗？

【原文】杀一人谓之不义，必有一死罪矣。若以此说往，杀十人十重不义，必有十死罪矣；杀百人百重不义，必有百死罪矣。当此，天下之君子皆知而非之，谓之不义。今至大为不义攻国，则弗知非，从而誉之，谓之义。情不知其不义也，故书其言以遗后世。若知其不义也，夫奚说书其不义以遗后世哉？（《非攻上》）

【译文】杀死一个人称为不义，必定犯有一种死罪。如果照此说来，杀死十个人就有十倍不义，必定犯有十种死罪；杀死百人就有百倍不义，必定犯有百种死罪。对此，天下的君子都知道责备他，称这种行为不合道义。现在大到违背道义攻打他人国家，却不知道不对，跟着一起称赞他，说他的行为符合道义。他确实不知道这种行为不合道义，所以记载他的言论遗留后世。如果他知道这种行为不合道义，那怎么解释记载自己不义之举并遗留后世呢？

【原文】今有人于此，少见黑曰黑，多见黑曰白，则以此人不知白黑之

辩矣；少尝苦曰苦，多尝苦曰甘，则必以此人为不知甘苦之辩矣。今小为非，则知而非之，大为非攻国，则不知非，从而誉之，谓之义。此可谓知义与不义之辩乎？是以知天下之君子也，辩义与不义之乱也。（《非攻上》）

【译文】现在这里有一个人，少见黑就说是黑，多见黑就说是白，那么就认为这个人不知道白与黑的区别；少尝苦就说是苦，多尝苦却说是甜，那么就认为这个人不知道苦与甜的区别。现在有人犯有小错，就知道责备他，犯大错攻打他人国家，却不知道责备，反而跟着一起赞赏他，认为符合道义。这能够说知道义与不义的区别吗？由此可知天下的君子，对于辨别义与不义的混乱了。

墨子以互爱互利、公平正义为价值标准，认为从"窃其桃李"到"大为攻国"，本质上都是"亏人自利"，而且"苟亏人愈多，其不仁兹甚矣，罪益厚"，这样由小到大，环环相扣，充分论证了攻国不义的道理，逻辑推理无懈可击，所得结论雄辩有力，具有振聋发聩的作用，产生了巨大的社会影响。后来庄子说："彼窃钩者诛，窃国者为诸侯。诸侯之门，而仁义存焉。则是非窃仁义圣知邪？"（《胠箧》）显然是受到墨子学说的启发。但是，对于攻城略地、谋求霸业的诸侯们，仅从道义的角度说理，是不足以制止他们的战争行为的，还必须进一步从战争的成本代价、切身的功利得失去打动、说服他们。

【原文】子墨子言曰："古者王公大人为政于国家者，情欲誉之审，赏罚之当，刑政之不过失。"是故子墨子曰："古者有语：谋而不得，则以往知来，以见知隐。"谋若此，可得而知矣。今师徒唯毋兴起，冬行恐寒，夏行恐暑，此不可以冬夏为者也。春则废民耕稼树艺，秋则废民获敛。今唯毋废一时，则百姓饥寒冻馁而死者，不可胜数。今尝计军上，竹箭、羽旄、幄幕、甲、盾、拨，劫往而靡弊腑冷不反者，不可胜数；又与其矛、戟、戈、剑、乘车，其列住碎折靡弊而不反者，不可胜数；与其牛马肥而往，瘠而反，往死亡而不反者，不可胜数；与其涂道之修远，粮食辍绝而不继，百姓死者，不可胜数也；与其居处之不安，食饭之不时，饥饱之不节，百姓之道疾病而死者，不可胜数。丧师多不可胜数，丧师尽不可胜计，则是鬼神之丧其主后亦不可胜数。(《非攻中》)

【译文】墨子说："古代王公大人治理国家，确实希望毁誉明察，赏罚得当，刑法与政令没有过失。"因此墨子说："古代有这样的话：思考不能得到结果，就从过去的事情推知未来的趋势，从明显的事情推知隐微的事情。像这样思考，就可以得到结果。现在军队出征作战，冬天出征恐怕寒冷，夏天出征恐怕暑热，这就不能在冬夏作战。春天出征就会荒废百姓耕种土地，秋天出征就会荒废百姓收获庄稼，现在荒废一季，那么百姓饥寒冻饿而死的人，就多得不能统计。现在计算战争的费用，竹箭、旗帜、营帐、铠甲、盾牌、大盾牌之类，持往而损坏破碎不可收回的，就多得不能统计；又如矛、戟、戈、剑、兵车之类，大批破碎毁坏不可收回的，就多得不能统计；又如牛马肥着出发，瘦着返回，在战场死亡而不可收回的，就多得不能统计；又如道路遥远，粮食断绝不能为继，百姓饥饿而死的，就多得不能统计；又如居住不安全，吃饭不按时，饥饱不节制，百姓在道路上疾病而死的，就多得不能统计。伤亡的士兵多得无法计算，全军覆没也多得无法计算，那么鬼神丧失了后代祭祀的也多得无法计算。"

【原文】国家发政，夺民之用，废民之利，若此甚众，然而何为为之？曰："我贪伐胜之名，及得之利，故为之。"子墨子言曰："计其所自胜，无所可用也。计其所得，反不如所丧者之多。今攻三里之城、七里之郭，攻此不用锐，且无杀而徒得，此然也。杀人多必数于万，寡必数于千，然后三里之城、七里之郭且可得也。今万乘之国，虚数于千，不胜而入，广衍数于万，不胜而辟。然则土地者所有余也，士民者所不足也。今尽王民之死，严下上之患，以争虚城，则是弃所不足而重所有余也。为政若此，非国之务者也！"(《非攻中》)

【译文】国家发布政令，夺取百姓的物资，废止百姓的利益，像这样措施很多，然而为什么要干这样的事情呢？回答说："我贪图的是攻打胜利的威名，以及获得的利益，所以才这样做。"墨子说："计算他自己取得的胜利，没有什么用处。计算他得到的东西，反而不如失去的多。现在攻打三里或七里大小的城郭，攻打它并不是不要锐利的兵器，也不是不用拼杀就可以白白取得的，这是必然的。杀人多的必定数以万计，少的也必定数以千计，然后三里或七里大小的城郭才可以得到。现在拥有万辆兵车的国家，城邑数以千计，治理都来不及，土地方圆万里，开垦都来不及。这样，土地是有余的，百姓是不足的。现在尽让百姓送死，加剧上下的忧患，来争夺空虚的城郭，那就是抛弃不足的而增加有余的。如此治理，并不是国家的要务！"

【原文】是故子墨子言曰："古者有语曰：君子不镜于水而镜于人。镜于水，见面之容；镜于人，则知吉与凶。今以攻战为利，则盖尝鉴之于智伯之事乎？此其为不吉而凶，既可得而知矣。"（《非攻中》）

【译文】因此墨子说："古代有这样的话：君子不以水为镜而以人为镜。以水为镜，照见的只是面容；以人为镜，就能预知吉凶。现在认为攻战可以得利，为什么不尝试借鉴晋国智伯失败的教训呢？这样作为不是吉而是凶，就可以知道了。"

墨子如此详尽地计算得失，分析利弊，"计其所自胜，无所可用也。计其所得，反不如所丧者之多"，证明攻伐战争就只会耽误农时、劳民伤财、涂炭生灵、残害无辜，带来的只是凶险而不是吉利，所以，必须反对战争，倡导和平，这就是"非攻"的原因。

但是，墨子生于战国，战争是不可避免的。因此，他并不是一概反对所有的战争，而是视战争的性质而定，以"上中天之利，而中中鬼之利，而下中人之利"的道义为原则。他认为"入其国家边境，芟刈其禾稼，斩其树木，堕其城郭以湮其沟池，攘杀其牲牷，燔溃其祖庙，劲杀其万民，覆其老弱，迁其重器"，是"攻伐无罪之国"的不义战争，应该坚决反对。

而"禹征有苗,汤伐桀,武王伐纣,此皆立为圣王",进行的是"诛灭无道"的正义战争,应该肯定,因此"天赏之,鬼富之,人誉之,使贵为天子,富有天下,名参乎天地,至今不废"。

【原文】子墨子言曰:……今天下之所同义者,圣王之法也。今天下之诸侯将犹多皆免攻伐并兼,则是有誉义之名,而不察其实也。此譬犹盲者之与人同命白黑之名,而不能分其物也,则岂谓有别哉?是故古之知者之为天下度也,必顺虑其义,而后为之。行是以动,则不疑速通。成得其所欲,而顺天鬼、百姓之利,则知者之道也。是故古之仁人有天下者,必反大国之说,一天下之和,总四海之内,焉率天下之百姓,以农臣事上帝、山川、鬼神。利人多,功故又大,是以天赏之,鬼富之,人誉之,使贵为天子,富有天下,名参乎天地,至今不废。此则知者之道也,先王之所以有天下者也。(《非攻下》)

【译文】墨子说:"当今天下共同遵循的道义,是圣王的法则。可是现在天下诸侯似乎大多都努力攻伐兼并别国,这就是徒有称赞道义的虚名,而没有考察道义的实质。这就如同盲人与一般人一同称呼白黑的名称,却不能分辨白黑的事物一样,难道能够有所区别吗?因此古代智士为天下谋划时,必须谨慎地考虑是否符合道义,然后才去行事。按照这个原则行动,就没有阻碍、迅速通达。确实得到他自己的愿望,而顺从天鬼、百姓的利益,这就是智士的法则。因此古代仁人治理天下,一定反对大国攻战的说法,总括四海百姓,使天下和睦相处,于是率领天下百姓,以农耕生产臣事上帝、山川、鬼神。给人们的利益多,功业所以伟大,因此上天赏赐他,鬼神富裕他,人们赞誉他,使他高贵成为天子,富有整个天下,美名与天地并存,至今没有废止。这就是智士的法则,先王之所以拥有天下的原因。"

【原文】今王公大人、天下之诸侯则不然。将必皆差论其爪牙之士,皆列其舟车之卒伍,于此为坚甲利兵,以往攻伐无罪之国。入其国家边境,

芟刈其禾稼，斩其树木，堕其城郭以湮其沟池，攘杀其牲牷，燔溃其祖庙，劲杀其万民，覆其老弱，迁其重器。卒进而柱乎斗，曰："死命为上，多杀次之，身伤者为下。又况失列北桡乎哉？罪死无赦！"以惮其众。夫无兼国覆军，贼虐万民，以乱圣人之绪。意将以为利天乎？夫取天之人，以攻天之邑，此刺杀天民，剥振神之位，倾覆社稷，攘杀其牺牲，则此上不中天之利矣。意将以为利鬼乎？夫杀之人，灭鬼神之主，废灭先王，贼虐万民，百姓离散，则此中不中鬼之利矣。意将以为利人乎？夫杀之人，为利人也博矣！又计其费，此为周生之本，竭天下百姓之财用，不可胜数也，则此下不中人之利矣。（《非攻下》）

【译文】现在王公大人、天下诸侯却不是这样。他们必定都会选择英勇善战的将士，都排列出战船兵车的卒伍，制作坚固的铠甲和锐利的兵器，前往攻伐无罪的国家。进入别国的边境，割除人家的庄稼，砍伐人家的树木，毁坏人家的城墙来填塞护城河，强夺杀死人家的牲畜，烧毁人家的祖庙，斩杀人家的百姓，灭绝人家的老弱，搬走人家的国宝。这样冲锋前进，战斗不止，君主说："为国家战死是最出色的士兵，杀人多的为次，身体负伤的只是下等的士兵。更何况那些落伍败逃的士兵呢？该当死罪杀无赦！"以此恐吓他的士兵。就这样兼并人家的国土，消灭人家的军队，残害虐待民众，败坏圣人功业。想用这样的方式有利于上天吗？夺取上天的人民，攻占上天的城邑，这是杀害上天的民众，毁坏神灵的尊位，颠覆社稷之神，强夺他们的供品，那么这样对上就不符合上天的利益。想用这样的方式有利于鬼神吗？杀死了人，就灭绝了祭祀鬼神之主，毁灭了先王，虐杀了百姓，百姓就妻离子散，那么这样对中就不符合鬼神的利益。想用这样的方式利于民众吗？如果认为杀害人家的百姓就有利于民众，那么这种"利人"也未免太淡薄了吧！如果计算战争的费用，这些都是周济民生之本，竭尽了天下百姓的资财用品，不可计算，那么这样对下就不符合民众的利益。

【原文】则夫好攻伐之君又饰其说曰："我非以金玉、子女、壤地为不足也，我欲以义名立于天下，以德求诸侯也。"子墨子曰："今若有能以义名立于天下，以德求诸侯者，天下之服可立而待也。夫天下处攻伐久矣，譬若傅子之为马然。今若有能信效先利天下诸侯者，大国之不义也，则同忧之；大国之攻小国也，则同救之；小国城郭之不全也，必使修之；布粟之绝，则委之；币帛不足，则共之。以此效大国，则小国之君说。人劳我逸，则我甲兵强。宽以惠，缓易急，民必移。易攻伐以治我国，攻必倍。量我师举之费，以诤诸侯之毙，则必可得而序利焉。督以正，义其名，必务宽吾众，信吾师，以此授诸侯之师，则天下无敌矣，其为利不可胜数也。此天下之利，而王公大人不知而用，则此可谓不知利天下之巨务矣。"是故子墨子曰："今且天下之王公大人士居子，中情将欲求兴天下之利，除天下之害，当若繁为攻伐，此实天下之巨害也。今欲为仁义，求为上士，尚欲中圣王之道，下欲中国家百姓之利，故当若非攻之为说，而将不可不察者此也。"（《非攻下》）

【译文】那么喜欢攻伐的君主又巧语装饰他的理论说："我并非是认为金玉、人口、土地不够，我希望以正义之名树立于天下，用仁德使诸侯归顺。"墨子说："现在假如有人以正义之名树立于天下，用仁德使诸侯归顺，那么天下归顺就可以立刻实现了。天下处于战乱攻伐的时间已经很久了，就如同小孩双手撑地像马一样行走非常劳累。现在如果有人能以诚信相交，先为天下诸侯谋利，那么大国做不义之事，就共同为此担忧；大国攻打小国，大家就共同援救小国；小国城郭不坚固完备，大家必定共同为它加固；小国布匹粮食困乏，大家共同给它供应；小国物资丝帛不足，大家共同供给它。像这样去抵御大国，小国之君必定喜欢。我让敌人疲于奔命而我以逸待劳，那么我的兵力必定增强。自己宽厚而仁惠，使民众由急迫变为宽缓，民众必定顺从。把攻伐所用财力用来治理国家，功利必定加倍；估量我军出征的费用，来安抚那些危困的诸侯，则必定可以获得厚利。用正道率领百姓，以正义为出师之名，务必以宽厚对待民众，用诚信指挥士兵，以此援助诸侯的军队，就可以无敌于天下，这样为利天下是不可计算的。这就是天下的大利，而王公大人不知道利用，那么这就可以说是不知道为利天下的重要政务了。"因此墨子说："如今天下的王公大人士君子，心中确实希望兴天下之利，除天下之害，倘若频繁地进行攻伐，这实为天下的大害。现在希望推行仁义，追求成为高尚之士，对上希望符合圣王之道，对下希望符合国家百姓的利益，所以对于非攻的学说，不可不明察的原因就在这里。"

墨子认为，一旦"大国之不义也，则同忧之；大国之攻小国也，则同救之；小国城郭之不全也，必使修之；布粟之绝，则委之；币帛不足，则共之"，这样团结互助，同仇敌忾，就可以制止大国的不义战争，"天下无敌矣"。这种设想是理智的，愿望是美好的，提供了一条处理国际问题、争取世界和平的思路。只是制止战争的共识和力量，需要长期的协商聚合才能形成，而诸侯们纵横捭阖、远交近攻，其利害得失随时而变，仅凭学者的正义呼吁是难以统一思想、联合行动的。即使在和平、进步、发展成为世界主流的当今社会，有联合国这样的国际组织掌控，也不可能完全制止霸权主义的不义战争，何况在两千年前呢！

墨子反对不义战争，又不能完全避免战争，所以他主张加强战备，积极防御，拥有军事实力，争取战争主动权，保卫自己的国家。在《备城门》《备高临》《备梯》《杂守》诸篇中，墨子就全面论述了战备工作的各个方面，把"非攻"的理论学说，落实到制止战争的具体措施上，《公输》中"止楚攻宋"就是成功的范例。这种积极防御的战略思想，对后世无疑具有重要的指导意义。

孔子与墨子都是反对战争的，但是强调的重点是不同的。

孔子坚持的原则是"礼"。他说："天下有道，则礼乐征伐自天子出；天下无道，则礼乐征伐自诸侯出。"（《季氏》）主张"足食足兵"（《颜渊》），"虽有文事，必有武备"（《春秋·谷梁传·定公十年》）。对于诸侯、大夫间违背礼制的兼并战争是持反对态度的。当季氏将伐颛臾,弟子冉有、季路作为家臣不去制止,为虎作伥,孔子就进行了严厉地斥责,认为"远人不服",应该"修文德"即用礼乐教化的方式使之归顺,而不是运用战争去征服(《季氏》)。这种思想与他"克己复礼为仁"的政治主张是完全一致的。

墨子坚持的原则是"义"。他以能否"兼相爱,交相利"作为衡量战争正义与否的标准。在墨子看来,"桃李"、"犬豕鸡豚"、"马牛"、"衣裘,戈剑"、"国家"等都是私有财产,侵犯占有他人的私有财产都是"亏人自利",不符合"兼相爱,交相利"的道义原则,应该反对。攻国而得不偿失,损失的是君主国家的利益,而"易攻伐以治我国,攻必倍。量我师举之费,以诤诸侯之毙,则必可得而序利焉"。所以,"非攻"就是为了"兼相爱,交相利",保护生命财产不受侵犯。这是墨子作为小生产劳动者所处的阶级地位自然形成的本能要求和思维方式。

反对战争,热爱和平,是中国先秦哲人的共同愿望,是农耕社会的本能诉求。后来孟子指出齐宣王"欲辟土地,朝秦、楚,莅中国而抚四夷"是"缘木而求鱼",只有"不嗜杀人者能一之"(《梁惠王上》);老子警示"师之所处,荆棘生焉。大军之后,必有凶年"(《三十章》),"天下有道,却走马以粪;天下无道,戎马生于郊"(《四十六章》),都是反对霸权、反对战争、呼吁和平、关注民生的心声,体现了进步的价值追求和治国理念,产生了长远的历史影响。

## 四 施政方针——"节用"、"节葬"、"非乐"

针对战国初期经济文化落后、生活资源匮乏的情况,墨子提出了"节用"、"节葬"、"非乐"的施政方针。"节用",就是节约资财费用,反对奢侈浪费;"节葬",就是节省丧葬支出,反对厚葬久丧;"非乐",就是反对沉湎享受,抵制繁饰礼乐。这三个方面都是为了节约财富,有利民生,使百姓能够过上简朴而温饱的生活。正如墨子说:"食必常饱,然后求美;衣

必常暖，然后求丽；居必常安，然后求乐。为可长，行可久，先质而后文，此圣人之务。"（《说苑·卷二十》）

### （一）诸加费不加于民利者，圣王弗为

墨子主张节俭实用，反对奢侈浪费，突出了"为民兴利"的重要性。他提出两条要求：一是"凡天下群百工，轮车、鞼鞄、陶、冶、梓匠，使各从事其所能"；二是"凡足以奉给民用，则止"。前者是开源，后者是节流。总的原则是"诸加费不加于民利者，圣王弗为"，以保障民生。

【原文】圣人为政一国，一国可倍也；大之为政天下，天下可倍也。其倍之非外取地也，因其国家，去其无用之费，足以倍之。圣王为政，其发令兴事、使民用财也，无不加用而为者。是故用财不费，民德不劳，其兴利多矣。（《节用上》）

【译文】圣人主政一个国家，一国的财富就可以成倍增加；大到主政天下，天下的财富也可以成倍增加。他的财富成倍增加，并不是从外掠夺土地得来，而是凭借本国资源，去除无用的消费，就足以使财富成倍增加。圣王主政，他发布政令兴办事业、役使民众使用财物，绝不做那种不增加利益的事情。因此使用资财不浪费，民众不觉得劳累，他增加的利益就会很多。

【原文】子墨子言曰："古者明王圣人所以王天下、正诸侯者，彼其爱民谨忠，利民谨厚，忠信相连，又示之以利，是以终身不餍，殁世而不卷。古者明王圣人其所以王天下、正诸侯者，此也。"是故古者圣王制为节用之法，曰："凡天下群百工，轮车、鞼鞄、陶、冶、梓匠，使各从事其所能。"曰："凡足以奉给民用，则止。诸加费不加于民利者，圣王弗为。"（《节用中》）

【译文】墨子说："古代明君圣人之所以能够称王天下、匡正诸侯，是因为他尽心尽力地爱护民众，全心全意地利于民众，忠诚与信用相连接，又用利益相引导，因此他终身都不满足，临死都不厌倦。古代明君圣人之

所以能够称王天下、匡正诸侯，就是这个原因。"因此古代圣王制定了节约用度的法规，一曰："凡是天下的百工、制造车轮的、加工皮革的、烧制陶器的、铸造五金的、制作木器的，都让他们发挥各自的专长努力生产。"一曰："物资凡是能够满足民用，就可以了。各种增加费用而不增加百姓实利的事情，圣王绝对不做。"

墨子的基本要求是，饮食吃饱就行，不求味美；衣服穿暖就行，不求艳丽；剑、甲、车、船等日用器物适用就行，不求奢华；房屋能够居住就行，不求高大。总而言之，"诸加费不加民利者，圣王弗为"，不追求"俛仰周旋威仪之礼"。显然，墨子主张"节用"，重在节流，只要实用，不求文饰。这就是小生产者的生活目标。

【原文】古者圣王制为饮食之法，曰："足以充虚继气，强股肱，耳目聪明，则止。不极五味之调、芬香之和，不致远国珍怪异物。"何以知其然？古者尧治天下，南抚交趾，北降幽都，东西至日所出入，莫不宾服。逮至其厚爱，黍稷不二，羹胾不重，饭于土塯，啜于土形，斗以酌。俛仰周旋威仪之礼，圣王弗为。(《节用中》)

【译文】古代圣王制定饮食的法规，说："饮食能够充实饥肠，增补血气，强健身体，耳聪目明，就可以了。不要过分追求五味的调和、气息的芬芳，更不要搜罗远方的奇珍异品。"怎么知道是这样呢？古代尧治理天下，南面安抚交趾，北面连接幽都，东西两面直到太阳出没的地方，没有不归顺的。至于他对民众的厚爱，也就是黍稷谷物不吃两种，肉羹肉块只吃一种，用陶器盛饭，用瓦器盛水，用木勺饮酒。那些俯仰周旋威仪烦琐的礼节，圣王是不施行的。

【原文】古者圣王制为衣服之法，曰："冬服绀緅之衣，轻且暖；夏服绤绤之衣，轻且清，则止。"诸加费不加于民利者，圣王弗为。古者圣人为猛禽狡兽暴人害民，于是教民以兵行日带。剑，为刺则入，击则断，旁击而不折，此剑之利也。甲，为衣则轻且利，动则兵且从，此甲之利也。车，为服重致远，乘之则安，引之则利，安以不伤人，利以速至，此车之利也。古者圣王为大川广谷之不可济，于是利为舟楫，足以将之，则止。虽上者三公诸侯至，舟楫不易，津人不饰，此舟之利也。（《节用中》）

【译文】古代圣王制定衣服的法规，说："冬天穿蓝青色的衣服，轻便而保暖；夏天穿葛布衣服，轻便而清爽，就可以了。"那种增加费用而不对民众增加实利的事情，圣王不做。古代圣王因为禽兽凶猛残害民众，于是教导民众带着兵器走路。剑，刺杀就能进入，砍劈就能斩断，向周围砍杀而不折，这就是剑的用处。铠甲，作为衣服轻便而有利，行动时舒适自如，这就是铠甲的用处。车，用来负载重物到达远方，坐上就安逸，拉动很便利，安逸就不会伤人，便利就能够迅速到达，这就是车的用处。古代圣王因为大河不能渡过，于是制造船，能够用来渡河，就可以了。即使王公诸侯来了，既不需要更换船，也不需要修饰船工，这就是船的用处。

【原文】古者人之始生未有宫室之时，因陵丘堀穴而处焉。圣王虑之，以为堀穴，曰冬可以辟风寒。逮夏，下润湿，上熏蒸，恐伤民之气，于是作为宫室而利。然则为宫室之法将奈何哉？子墨子言曰："其旁可以围风寒，上可以围雪霜雨露，其中蠲洁可以祭祀，宫墙足以为男女之别，则止。诸加费不加民利者，圣王弗为。"（《节用中》）

【译文】古代人类开始出现没有房屋的时候，靠着丘陵挖掘洞穴居住。圣人担心，认为挖掘洞穴，冬天可以躲避风寒。到了夏天，下面潮湿，上面热气蒸熏，恐怕伤害民众身体，于是建造房屋给民众带来便利。那么建造房屋的法规是什么呢？墨子说："房屋四周可以抵御风寒，上面屋顶可以防备雪霜雨露，房屋中间打扫干净可以进行祭祀活动，房屋隔墙可以严守男女之别，这样就可以了。各种增加费用而不增加实利的事情，圣王绝对不做。"

墨子如此强调"节用"，并非无的放矢，而是针对当时王公贵族统治者穷奢极欲的浪费恶习而来的。比如：

吃的方面："厚作敛于百姓，以为美食刍豢，蒸炙鱼鳖。大国累百器，小国累十器，前方丈，目不能遍视，手不能遍操，口不能遍味。冬则冻冰，夏则饰饐。人君为饮食如此，故左右象之。是以富贵者奢侈，孤寡者冻馁，虽欲无乱，不可得也。君实欲天下治而恶其乱，当为食饮不可不节。"（《辞过》）

穿的方面："当今之主，其为衣服则与此异矣。冬则轻暖，夏则轻清，皆已具矣。必厚作敛于百姓，暴夺民衣食之财，以为锦绣文采靡曼之衣，铸金以为钩，珠玉以为佩，女工作文采，男工作刻镂，以为身服。此非云益暖之情也，单财劳力，毕归之于无用也。以此观之，其为衣服，非为身体，皆为观好。是以其民淫僻而难治，其君奢侈而难谏也。夫以奢侈之君御好淫僻之民，欲国无乱不可得也。君实欲天下之治而恶其乱，当为衣服不可不节。"（《辞过》）

用的方面："当今之主，其为舟车与此异矣。全固轻利皆已具，必厚作敛于百姓，以饰舟车。饰车以文采，饰舟以刻镂。女子废其纺织而修文采，故民寒；男子离其耕稼而修刻镂，故民饥。人君为舟车若此，故左右象之。是以其民饥寒并至，故为奸邪，奸邪多则刑罚深，刑罚深则国乱。君实欲天下之治而恶其乱，当为舟车不可不节。"（《辞过》）

住的方面："当今之主，其为宫室则与此异矣。必厚作敛于百姓，暴夺民衣食之财，以为宫室台榭曲直之望、青黄刻镂之饰。为宫室若此，故左右皆法象之。是以其财不足以待凶饥、振孤寡，故国贫而民难治也。君实欲天下之治而恶其乱也，当为宫室不可不节。"（《辞过》）

显然，统治者的奢靡浪费必然祸国殃民，"节用"绝非小事，必须从治国理政、天下安危的高度来认识。墨子主张"节用"，无疑是完全正确的。

与此同时，墨子还特别强调增殖人口。因为耕作需要人，劳役需要人，战争需要人，而当时人力资源却不够，这是因为王公大人违背"天壤之情，阴阳之和"，致使"大国拘女累千，小国累百，是以天下之男多寡无妻，女多拘无夫，男女失时，故民少"。所以，"君实欲民之众而恶其寡，当蓄私不可不节"。针对这种弊端，墨子提出增加人口的强制措施，坚决反对君主横征暴敛、涂炭生灵、长年征战、饥寒交迫的"寡人之道"，主张"去无用之费"，行"众人之道"，求"天下之大利"。他把食饮、衣服、舟车、宫室与蓄私这五个方面的节制，与国家命运紧密联系在一起，强调"俭节则昌，淫佚则亡"（《辞过》）。由此可知，墨子提出"节用"，具有多么重要的现实意义！

【原文】凡回于天地之间，包于四海之内，天壤之情，阴阳之和，莫不有也，虽至圣不能更也，何以知其然？圣人有传：天地也，则曰上下；四时也，则曰阴阳；人情也，则曰男女；禽兽也，则曰牡牝雄雌也。真天壤之情，虽有先王不能更也。虽上世至圣必蓄私，不以伤行，故民无怨。宫无拘女，故天下无寡夫。内无拘女，外无寡夫，故天下之民众。当今之君其蓄私也，大国拘女累千，小国累百，是以天下之男多寡无妻，女多拘无夫，男女失时，故民少。君实欲民之众而恶其寡，当蓄私不可不节。（《辞过》）

【译文】凡是周流于天地之间，包容于四海之内的物体，天地的性情，阴阳的和谐，无不具有，即使至圣之人也不能改变。凭什么知道是这样呢？圣人有这样的话：天地，则分上下；四时，则分阴阳；人性，则分男女；禽兽，则分牡牝、雄雌。这是天地的真情，即使先王也不能改变。虽然上世至圣之人必须蓄养妻妾，只是并不因此败坏品行，所以民众没有怨恨。宫廷没有拘禁的妇女，所以天下没有无妻之夫。宫内没有拘禁的妇女，宫外没有无妻之夫，所以天下的百姓众多。当今的君主他们蓄养妻妾，大国拘禁妇女上千，小国上百，因此天下男子大多无妻，妇女大多被拘无夫，男女错过生育的年龄，所以百姓少。君主确实希望百姓众多而担心百姓少，那么对于蓄养妻妾就不能不节制。

【原文】昔者圣王为法曰："丈夫年二十，毋敢不处家；女子年十五，毋敢不事人。"此圣王之法也。圣王既没，于民次也。其欲蚤处家者，有所二十年处家；其欲晚处家者，有所四十年处家。以其蚤与其晚相践，后圣王之法十年。若纯三年而字，子生可以二三年矣。此不惟使民蚤处家而可以倍与？且不然已。(《节用上》)

【译文】过去圣王制定法律说："男子年二十，不敢不成家；女子年十五，不敢不嫁人。"这是圣王的法律。圣王死后，民众放任自流。他们希望早成家的，有时二十岁成家；他们希望晚成家的，有时四十岁成家。把早的与晚的相比较，晚于圣王法律十年。如果结婚后都三年生孩子，就可以多生两三个孩子了。这不就是使百姓早成家而人口可以倍增吗？而且不止如此呢。

【原文】今天下为政者，其所以寡人之道多。其使民劳，其籍敛厚，民财不足，冻饿死者不可胜数也。且大人惟毋兴师以攻伐邻国，久者终年，速者数月，男女久不相见，此所以寡人之道也。与居处不安，饮食不时，作疾病死者，有与侵就援橐、攻城野战死者，不可胜数。此不令为政者所以寡人之道数术而起欤？圣人为政特无此，不圣人为政，其所以众人之道亦数术而起欤。故子墨子曰："去无用之费，圣王之道，天下之大利也。"(《节用上》)

【译文】如今天下主政的人，他们用来减少人口的方法很多。他们使百姓劳苦，他们赋税沉重，百姓财物不足，受冻挨饿而死的人不可计算。况且大人派遣军队攻伐邻国，时间长的一年，快的数月，男女长久不能相见，这也是用来减少人口的方法。至于居住不安定，饮食不按时，生病而死的，以及作战被俘、攻城野战而死的，也不可计算。这不就是当今主政的人用来减少人口的方法综合起来而造成的结果吗？圣人主政绝不是这样，圣人主政，他用来增加人口的方法也可以综合起来而发挥作用啊。所以墨子说："节省无用的费用，这是圣王的大道，是天下最大的利益。"

开源与节流是强国富民的两个不可或缺的重要方面。墨子曾说："财不足则反之时，食不足则反之用。故先民以时生财，固本而用财，则财足。"

(《七患》)但是,墨子重在论述节流,对开源则关注不够,所以引起了后世学者批评。比如《富国》:

"墨子之言,昭昭然为天下忧不足。夫不足,非天下之公患也,特墨子之私忧过计也。今是土之生五谷也,人善治之,则亩数盆,一岁而再获之;然后瓜桃枣李一本数以盆鼓;然后荤菜百疏以泽量;然后六畜禽兽一而剸车;鼋鼍、鱼鳖、鳅鱣以时别,一而成群;然后飞鸟、凫雁若烟海;然后昆虫万物生其间:可以相食养者,不可胜数也。夫天地之生万物也,固有余足以食人矣;麻葛、茧丝、鸟兽之羽毛齿革也,固有余足以衣人矣。夫有余不足,非天下之公患也,特墨子之私忧过计也。"

与墨子相比,荀子对于开源是充满信心的,只要"人善治之",就会有足够的生活资料可供享用,不必忧心忡忡地过分强调"节用",影响正常生活,所以他认为墨子的主张"非天下之公患也,特墨子之私忧过计也"。

开源与节流是一组矛盾。如果不能持续地提高生产水平,就不能满足社会日益增长的需求,然而,即使积极开源,也不能奢侈浪费,穷奢极欲,这是显而易见的道理。墨子"节用"的主张,反映了中华民族崇尚节俭的优良传统,至今仍然具有重要意义。即使在物质生活空前提高的现代社会,同样需要具有忧患意识和责任意识,艰苦朴素,勤俭节约,反对纸醉金迷、物欲横流的奢靡之风,以节俭作为持家之宝、兴业之基和治国之道。坚持绿色环保,科学发展,为后辈留下青山绿水、碧海蓝天,这才是可持续发展的长治久安之路。

### (二)厚葬久丧,其非圣王之道也

墨子在"节用"的主张中,本来就包含"节葬"的内容,这里专门论述"节葬",是针对儒家厚葬久丧的礼制而言的。

墨子主张"节葬",是从"孝子之为亲度"的基本原则立论的,即"亲贫则从事乎富之,人民寡则从事乎众之,众乱则从事乎治之"。所谓"富之"、"众之"、"治之",都是从功利出发的。因此,墨子要用社会实践来批判"厚葬久丧"，检验其实际效果。

【原文】子墨子言曰：仁者之为天下度也，辟之无以异乎孝子之为亲度也。今孝子之为亲度也，将奈何哉？曰：亲贫则从事乎富之，人民寡则从事乎众之，众乱则从事乎治之。当其于此也，亦有力不足、财不赡、智不智，然后已矣。无敢舍余力、隐谋遗利，而不为亲为之者矣。若三务者，孝子之为亲度也，既若此矣。（《节葬》）

【译文】墨子说：仁者为天下谋划，就像孝子为双亲谋划一样没有什么不同。现在孝子为双亲谋划，将怎么样呢？父母双亲贫困就做使他们富裕的事情，人口稀少就做使人口增多的事情，众人暴乱就做治理民众的事情。当他做这些事情的时候，也有因为力量不够、财力不足、智力不及，然后作罢的。但是绝不敢放弃剩余的力气、隐藏智慧、留下财富，而不为双亲做事的。这三个方面，孝子为双亲谋划，就是如此。

【原文】今逮至昔者，三代圣王既没，天下失义。后世之君子，或以厚葬久丧以为仁也义也，孝子之事也；或以厚葬久丧以为非仁义，非孝子之事也。曰二子者，言则相非，行即相反，皆曰：吾上祖述尧、舜、禹、汤、文、武之道者也。而言即相非，行即相反，于此乎后世之君子皆疑惑乎二子者言也。若苟疑惑乎之二子者言，然则姑尝传而为政乎国家万民而观之，计厚葬久丧奚当此三利者哉？意若使法其言，用其谋，厚葬久丧实可以富贫众寡、定危治乱乎，此仁也义也，孝子之事也。为人谋者，不可不劝也。仁者将兴之天下，谁贾而使民誉之，终勿废也。意亦使法其言，用其谋，厚葬久丧实不可以富贫众寡、定危理乱乎，此非仁非义，非孝子之事也，为人谋者，不可不沮也。仁者将求除之天下，相废而使人非之，终身勿为。且故兴天下之利，除天下之害，令国家百姓之不治也，自古及今，未尝之有也。（《节葬》）

【译文】抚今追昔，三代圣王已经过世，天下失去了道义。后世的君子，有的认为葬礼隆重、居丧长久就是仁义，就是孝子的分内之事；有的

认为葬礼隆重、居丧长久不合仁义，不是孝子的分内之事。上述两种看法的人，言论不同，行动相反，他们都说：我们继承了尧、舜、禹、汤、文、武的道义。而他们的言论不同，行动相反，对此后世君子都怀疑二者的言论。如果对二者的说法感到怀疑，就姑且尝试把他们的主张广泛施行于治理国家民众而进行观察，衡量葬礼隆重、居丧长久在哪些方面能够符合"富、众、治"这三种利益吗？假如效法它的言论，使用他的谋划，葬礼隆重、居丧长久确实可以使贫者富、使寡者众、平定危难、治理混乱，这就是仁义，就是孝子的分内之事。替人谋划，不能不勉励。仁者将谋求在天下兴办它，设法宣扬而使百姓赞誉它，永不废弃。假如效法它的言论，使用他的谋划，葬礼隆重、居丧长久确实不可以使贫者富、使寡者众、平定危难、治理混乱，这就不是仁义，不是孝子的分内之事。替人谋划，不能不阻止。仁者将谋求在天下去除它，互相废弃而非难它，终身不做。所以兴办天下之利，消除天下之害，反而使国家百姓不能得到治理，从古到今，是不曾有过的。

墨子从"富、众、治"以及"非攻"、"尚鬼"等方面对"厚葬久丧"进行了详尽地分析。他说："细计厚葬，为多埋赋之财者也；计久丧，为久禁从事者也。财以成者，扶而埋之；后得生者，而久禁之。以此求富，此譬犹禁耕而求获也，富之说无可得焉"；"此其为败男女之交多矣。以此求众，譬犹使人负剑而求其寿也"；"夫众盗贼而寡治者，以此求治，譬犹使人三还而毋负己也，治之说无可得焉"。这样，厚葬久丧者为政，浪费资财，浪费时间，影响工作，伤害健康，损耗国力，造成混乱，国家必贫，人民必寡，刑政必乱，必然会对国家安危带来严重的后果。

【原文】何以知其然也？今天下之士君子，将犹多皆疑惑厚葬久丧之为中是非利害也。故子墨子言曰：然则姑尝稽之。今虽毋法执厚葬久丧者言，以为事乎国家。此存乎王公大人有丧者，曰棺椁必重，葬埋必厚，衣衾必多，文绣必繁，丘陇必巨。存乎匹夫贱人死者，殆竭家室。存乎诸侯死者，虚车府，然后金玉珠玑比乎身，纶组节约，车马藏乎圹，又必多为屋幕，鼎鼓几梃壶滥，戈剑羽旄齿革寝而埋之，满意，若送从。曰天子杀殉，众者数百，寡者数十；将军、大夫杀殉，众者数十，寡者数人。处丧之法将奈何哉？曰哭泣不秩，声翁，缞绖，垂涕，处倚庐，寝苫，枕块。又相率强不食而为饥，薄衣而为寒，使面目陷陬，颜色黧黑，耳目不聪明，手足不劲强，不可用也。又曰上士之操丧也，必扶而能起，杖而能行，以此共三年。若法若言，行若道，使王公大人行此，则必不能蚤朝，五官六府，辟草木，实仓廪。使农夫行此。则必不能蚤出夜入，耕稼树艺。使百工行此，则必不能修舟车，为器皿矣。使妇人行此，则必不能夙兴夜寐，纺绩织纴。细计厚葬，为多埋赋之财者也；计久丧，为久禁从事者也。财以成者，扶而埋之；后得生者，而久禁之。以此求富，此譬犹禁耕而求获也，富之说无可得焉。是故求以富家，而既已不可矣。（《节葬》）

【译文】凭什么知道是这样呢？现在天下的士君子，大多对厚葬久丧的是非利害还有很多疑惑。所以墨子说：这样就姑且尝试考察一下。现在遵循葬礼隆重、居丧长久的人说，认为事情关系到国家。这样，王公大人有死丧者，内棺外椁必须多重，埋葬必须厚重，衣被必须多层，文饰必须纷繁，坟丘必须巨大。匹夫贱人有死者，就会倾家荡产。诸侯有死者，掏空府库的收藏，然后将金玉装饰在死者身上，用丝絮组带束扎，与车马一起埋藏于墓穴之中，又必须多置帐幕，摆设鼎鼓案几酒器，将戈剑、羽旄、象牙、甲盾一起埋入墓中，直到称心如意，就如同送人迁徙。而天子杀人殉葬，多的数百，少的数十；将军、大夫杀人殉葬，多的数十，少的数人。居丧的办法又将怎样呢？哭泣不停，泣不成声，披麻戴孝，垂涕流泪，住在门外茅屋中，睡草垫，枕土块。又彼此引导勉强不吃而受饥，薄衣而受寒，使得面目深陷、身体消瘦，脸色焦黑，耳不聪，目不明，手脚无力，不可使用。又说：上士操办丧事，必须搀扶才能站起，拄杖才能行走，像这样要三年时间。如果遵循这种言论，执行这种道义，让王公大人这样做，那么必定不能起早上朝，治理官府，开辟荒地，充实仓库。让农夫这样做，那么必定不能早出晚归，耕种庄稼。让百工这样做，那么必定不能造船修车，制作器物。让妇女这样做，那么必定不能起早贪黑，纺纱织布。仔细考虑厚葬的器物，实为大量埋葬征收来的资财；考虑久丧的行为，实为长久禁止正常的工作。把可用之财，拿来埋掉；使干活养生的人，长久禁止工作。用这样办法致富，就好比禁止耕种而想求收获，致富之说是不能实现的。因此想用厚葬久丧求得家庭富裕，根本是不可能的。

【原文】"欲以众人民，意者可邪？其说又不可矣！今唯无以厚葬久丧者为政，君死，丧之三年；父母死，丧之三年；妻与后子死者，皆丧之三年；然后伯父、叔父、兄弟、孽子其；族人五月，姑姊、甥舅皆有月数。则毁瘠必有制矣，使面目陷陬，颜色黧黑，耳目不聪明，手足不劲强，不可用也。又曰：上士操丧也，必扶而能起，杖而能行，以此共三年。若法若言，行若道，苟其饥约，又若此矣。是故百姓冬不仞寒，夏不仞暑，作疾病死者，不可胜计也。此其为败男女之交多矣。以此求众，譬犹使人负剑而求其寿也。众之说无可得焉。是故求以众人民，而既已不可矣。（《节葬》）

【译文】想要以厚葬久丧使人民众多，也许可以吧？这样的说法又是不行的！现在以主张厚葬久丧的人治理政务，君主死亡，为他居丧三年；父母死亡，为他居丧三年；妻子与嫡长子死亡，都为他居丧三年；然后为伯父、叔父、兄弟、众庶子居丧一年；为族人居丧五个月，为姑姊、甥舅都居丧数月。然而在居丧期间的哀毁瘦损必定有制度规定，使得他们面目深陷、脸色焦黑，耳不聪，目不明，手脚无力，不可使用。又说：上士操办丧事，必须挽扶才能站起，拄杖才能行走，像这样要三年时间。如果遵循这样的言论，执行这样的道义，假如他们也像上面说的那样忍饥缩食，又如同这样。因此百姓必然冬天耐不住寒冷，夏天耐不住暑热，因生病而死亡的，多得无法计算。这样败坏男女之交的机会就多了。用这样的办法求得人口众多，就好像让人伏在剑刃之上而求得长寿一样，使人口众多的说法是不能实现的。因此想用厚葬久丧求得人口众多，根本是不可能的。

【原文】欲以治刑政，意者可乎？其说又不可矣！今唯无以厚葬久丧者为政，国家必贫，人民必寡，刑政必乱。若法若言，行若道，使为上者行此，则不能听治；使为下者行此，则不能从事。上不听治，刑政必乱；下不从事，衣食之财必不足。若苟不足，为人弟者求其兄而不得，不弟弟必将怨其兄矣；为人子者，求其亲而不得，不孝子必是怨其亲矣；为人臣者求之君而不得，不忠臣必且乱其上矣。是以僻淫邪行之民，出则无衣也，入则无食也，内续奚吾，并为淫暴，而不可胜禁也，是故盗贼众而治者寡。夫众盗贼而寡治者，以此求治，譬犹使人三还而毋负己也，治之说无可得焉。是故求以治刑政，而既已不可矣。（《节葬》）

【译文】想要用厚葬久丧来治理行政，也许可以吧？这样的说法又是不行的！现在用主张厚葬久丧的人来治理政务，国家必定贫困，人民必定减少，行政必定混乱。如果遵循这样的言论，执行这样的道义，使居上位的人这样做，就不能治理；使居下位的人这样做，就不能干事。居上位不能治理，行政必定混乱；居下位不能干事，衣食的资财必定不能满足。如果衣食资财不满足，作为人弟的人求告他的兄长而得不到，不恭顺的弟弟就必定怨恨他的兄长；作为人子的人求告他的父母而得不到，不孝顺的儿子必定怨恨他的父母；作为人臣的人求告他的君主而得不到，不忠的臣子必定对君主作乱。因此淫僻奸邪的民众，外出无衣，入内无食，心中不平，就会一起干淫邪暴虐之事，而不能禁止，因此盗贼众多而治理的人寡少。如果盗贼众多而治理的人寡少，用这样的方法求得天下大治，就好比让人在自己面前旋转三次而不允许背向自己一样，治理行政的说法是不能实现的。因此想用厚葬久丧求得治理行政，根本是不可能的。

【原文】欲以禁止大国之攻小国也，意者可邪？其说又不可矣！是故昔者圣王既没，天下失义，诸侯力征，南有楚、越之王，而北有齐、晋之君，此皆砥砺其卒伍，以攻伐并兼为政于天下。是故凡大国之所以不攻小国者，积委多，城郭修，上下调和，是故大国不耆攻之。无积委，城郭不修，上下不调和，是故大国耆攻之。今唯无以厚葬久丧者为政，国家必贫，人民必寡，刑政必乱。若苟贫，是无以为积委也；若苟寡，是城郭沟渠者寡也；若苟乱，是出战不克，入守不固。此求禁止大国之攻小国也，而既已不可矣。(《节葬》)

【译文】想要用厚葬久丧禁止大国攻打小国，也许可以吧？这样的说法又是不行的！因此过去圣王去世，天下失去道义，诸侯大力征讨，南边有楚、越的国王，而北边有齐、晋的君主，他们都训练自己的军队，以攻伐兼并的方式在天下争夺。因此凡是大国不攻小国的原因，是小国物资储备充足，城郭修建牢固，朝野上下和谐一致，因此大国不愿意攻打它。如果小国没有物资储备，城郭修建不牢固，朝野上下不能和谐一致，因此大国就愿意攻打它。现在用主张厚葬久丧的人治理政务，国家必定贫困，人民必定减少，行政必定混乱。如果国家贫困，就不能储备物资；如果人民减少，修建城郭沟渠就少；如果政务混乱，外出作战就不能取胜，退守城郭就不能稳固。这样要求禁止大国攻打小国，根本是不可能的。

【原文】欲以干上帝鬼神之福，意者可邪？其说又不可矣！今唯无以厚葬久丧者为政，国家必贫，人民必寡，刑政必乱。若苟贫，是粢盛酒醴不净洁也；若苟寡，是事上帝鬼神者寡也；若苟乱，是祭祀不时度也。今又禁止事上帝鬼神，为政若此，上帝鬼神始得从上抚之曰：我有是人也，与无是人也，孰愈？曰：我有是人也，与无是人也，无择也。则惟上帝鬼神降之罪厉之祸罚而弃之，则岂不亦乃其所哉？(《节葬》)

【译文】想要用厚葬久丧求取上帝鬼神的福佑，也许可以吧？这样的说法又是不行的！现在用主张厚葬久丧的人治理政务，国家必定贫困，人民必定减少，行政必定混乱。如果国家贫困，这样祭祀用的酒食礼品就不能洁净；如果人民减少，这样事奉上帝鬼神的人就少；如果行政混乱，这样祭祀就不能按时进行。现在又禁止事奉上帝鬼神，像这样治理，上帝鬼神便开始在天上发问,说:"我有这些人,与没有这些人,哪种情况更好呢?"又说:"我有这些人,与没有这些人,没有什么区别。"那么即使上帝鬼神降下灾祸惩罚他们、抛弃他们,难道不也是他们罪有应得吗?

因此,墨子追诉圣王的丧葬状况,提出节俭的丧葬之法,认为"棺三寸,足以朽体;衣衾三领,足以覆恶"即可,而"死则既以葬矣,生者必无久哭,而疾而从事,人为其所能,以交相利也"。这就是墨子节葬的功利原则。

【原文】故古圣王制为葬埋之法,曰:"棺三寸,足以朽体;衣衾三领,足以覆恶。以及其葬也,下毋及泉,上毋通臭,垄若参耕之亩,则止矣。"死则既以葬矣,生者必无久哭,而疾而从事,人为其所能,以交相利也。此圣王之法也。(《节葬》)

【译文】所以古代圣王制定安葬之法,说:"棺木三寸厚,足够安放腐朽的尸体;衣被各三件,足够遮蔽可怕的遗容。等到安葬,墓穴下不必到泉水,上不要散发气味,坟头宽若三尺见方,就可以了。"人死安葬后,活着的人一定不要长久哭泣,而要尽快致力工作,发挥自己的能力,来互相谋利。这就是圣王的办法。

【原文】今执厚葬久丧者之言曰:"厚葬久丧虽使不可以富贫众寡,定危治乱,然此圣王之道也。"子墨子曰:"不然。昔者尧北教乎八狄,道死,葬蛩山之阴,衣衾三领,谷木之棺,葛以缄之,既窆而后哭,满坎无封。已葬,而牛马乘之。舜西教乎七戎,道死,葬南己之市,衣衾三领,谷木之棺,葛以缄之。已葬,而市人乘之。禹东教乎九夷,道死,葬会稽之山,衣衾三领,桐棺三寸,葛以缄之,绞之不合,通之不坎,土地之深,下毋及泉,上毋通臭。既葬,收余壤其上,垄若参耕之亩,则止矣。若以此若三圣王者观之,则厚葬久丧果非圣王之道。故三王者,皆贵为天子,富有天下,岂忧财用之不足哉?以为如此葬埋之法。"(《节葬》)

【译文】现在坚持厚葬久丧的人说:"厚葬久丧即使不能使贫者富、使少者多，安定危难、治理混乱，然而这是圣王的法则。"墨子说："不是这样。过去尧在北方教化八狄，在路上去世，就葬在蛩山北面，衣被各三件，谷木的棺材，用葛藤捆扎，埋葬后哀哭，填平墓穴而不起坟头。安葬完毕，牛马就可以在上面行走。舜在西方教化七戎，在路上去世，就葬在南己之市，衣被各三件，谷木的棺材，用葛藤捆扎。安葬完毕，市人就可以在上面行走。禹在东方教化九夷，在路上去世，葬在会稽山上，衣被各三件，谷木的棺材，用葛藤捆扎，棺盖与棺身不密合，贯通而不填平，墓穴的深度，下不必到泉水，上不要散发气味。安葬完毕，收集挖出的余土堆在上面，坟头宽若三尺见方，就可以了。如果按照这三圣王的安葬来看，那么厚葬久丧果真不是圣王的法则。所以这三王，都高贵为天子，富裕满天下，他们难道担忧资财用度不够吗？而制定了这样的安葬之法。"

由此，墨子批评说："今王公大人之为葬埋，则异于此。必大棺、中棺，革阓三操，璧玉即具，戈剑鼎鼓壶滥，文绣素练，大鞅万领，舆马女乐皆具，曰必捶涂差通，垄虽凡山陵。此为辍民之事，靡民之财，不可胜计也，其为毋用若此矣。"所以，墨子尖锐质问道："故衣食者，人之生利也，然且犹尚有节；葬埋者，人之死利也，夫何独无节于此乎？"最后，墨子坚定认为："厚葬久丧，其非圣王之道也。"（《节葬》）

墨子第一次从国计民生的高度，系统地论述丧葬制度，提倡节葬，反对浪费，哀悼死者，关怀生者，这种思想观念极为重要宝贵，需要继承发扬。即使是身家亿万，富可敌国，也不能为丧葬骄奢淫逸，暴殄天物，何况权贵们借此扬名敛财，更为人所不齿！

至于说到墨子针对孔子学说提出节葬，好像孔子就是主张奢侈浪费的，其实并非如此。孔子坚持礼的原则，同时也反对浪费、主张节俭。比如：

礼，与其奢也，宁俭；丧，与其易也，宁戚。（《八佾》）

奢则不孙，俭则固。与其不孙也，宁固。（《述而》）

孔子在宋，见桓魋自为石椁，三年而不成，工匠皆病。夫子愀然曰：

若是其靡也。死不如朽之速愈。(《家语·曲礼子贡问》)

故夫丧亡，与其哀不足而礼有余，不若礼不足而哀有余也；祭祀，与其敬不足而礼有余，不若礼不足而敬有余也。(《家语·曲礼子贡问》)

这些思想言论，与墨子并没有什么原则性的区别。应该说，在丧葬问题上，孔子与墨子各有侧重罢了。

其一，对待丧葬的态度。孔子重在礼制，他认为孝子行孝道："生，事之以礼；死，葬之以礼，祭之以礼。"(《为政》)孝道要按照礼制进行。而墨子是重在功利。他认为孝子行孝道要达到"富之"、"众之"、"治之"的功利目的，不能因丧葬浪费资财，折磨身体，妨害生产，影响工作。应该说二位学者各有道理，因为任何内容都要具有一定的形式，没有形式也难以表现一定的内容，如何处理内容与形式的关系，把握这个"度"，至今仍然需要慎重对待。其实，墨子并没有完全否定礼制，只不过要求丧葬节俭，棺三寸、衣三领而已，与孔子主张的"四寸之棺，五寸之椁"(《礼记·檀弓上》)相比，只是程度差异而已。在这方面，倒不如后来庄子那样彻底："庄子将死，弟子欲厚葬之。庄子曰：'吾以天地为棺椁，以日月为连璧，星辰为珠玑，万物为赍送。吾葬具岂不备邪？何以加此？'弟子曰：'吾恐乌鸢之食夫子也！'庄子曰：'在上为乌鸢食，在下为蝼蚁食。夺彼与此，何其偏也？'"(《列御寇》)显然，庄子干脆要求裸葬，比墨子走得更远。

其二，丧葬的目的。孔子是重在精神追求，当弟子宰我提出"君子三年不为礼，礼必坏；三年不为乐，乐必崩"，要求把三年之丧改为一年时，孔子回答的就是"今女安，则为之"。显然，孔子认为，三年之丧是对于"子生三年，然后免于父母之怀"的恩情的回报(《阳货》)，这是一种精神补偿和心理寄托，事实上今天人们追悼逝者，清明祭奠，献上一束花，烧上一刀纸，还不就是寄托对逝者的思念，求得自我心灵的安宁和精神的满足。而墨子则是重在物质利益，要求"不失生死之利"，"兴天下之利，除天下之害"。其实，物质利益与精神追求，是缺一不可的，不能互相对立，更不能互相取代。对于资财，当然应该节约，反对浪费，但是如果把物质利益强调到极端，取消一切必要的形式，甚至完全否定精神追求的正当性和合理性，那就走向荒谬了。

**（三）为乐，非也**

墨子从"兴天下之利，除天下之害"出发，坚持"利人乎即为，不利人乎即止"，这样，"非乐"自然也是"节用"的题中之义。因为在他看来，追求感官享乐，"亏夺民衣食之财，仁者弗为也"，"上考之不中圣王之事，下度之不中万民之利"，所以应该坚决反对。

【原文】子墨子言曰："仁之事者，必务求兴天下之利，除天下之害。将以为法乎天下，利人乎即为，不利人乎即止。且夫仁者之为天下度也，非为其目之所美，耳之所乐，口之所甘，身体之所安。以此亏夺民衣食之财，仁者弗为也。"是故子墨子之所以非乐者，非以大钟、鸣鼓、琴瑟、竽笙之声以为不乐也，非以刻镂华文章之色以为不美也，非以犓豢煎炙之味以为不甘也，非以高台厚榭邃野之居以为不安也。虽身知其安也，口知其甘也，目知其美也，耳知其乐也，然上考之不中圣王之事，下度之不中万民之利。是故子墨子曰："为乐，非也。"（《非乐》）

【译文】墨子说："仁者之事，必须致力于追求天下的利益，消除天下的祸害。将为天下制定法则，有利于人民就去做，不利于人民就禁止。何况仁者为天下人民考虑，并非为百姓眼目看着美丽，耳朵听着欢乐，嘴巴吃着甘甜，身体享用安适。因此而亏欠、夺取百姓衣食的资财，仁人是不做的。"所以墨子非难感官享乐的原因，并不是认为大钟、鸣鼓、琴瑟、竽笙的声音不欢乐，并不是认为雕刻花纹和色彩不美丽，并不是认为煎炙家畜的味道不甘美，并不是认为高台、楼榭、深邃的居所不安适。虽然身体知道安适，嘴巴知道甘美，眼目知道美丽，耳朵知道欢乐，但是对上考察不符合圣王的事迹，对下考虑不符合万民的利益。因此墨子说："追求感官享乐，是不对的。"

接着，墨子强调"民有三患"，把批判的矛头集中指向王公大人们穷奢极欲、追求声色的音乐享受。因为制造乐器"将必厚措敛乎万民，以为大钟、鸣鼓、琴瑟、竽笙之声"，浪费钱财；演奏音乐"使丈夫为之，废丈夫耕稼树艺之时；使妇人为之，废妇人纺绩织纴之事"，消耗劳力；如果沉湎音乐，"废君子听治"，"废贱人之从事"，必然影响工作。所以，"为乐，非也"。

【原文】民有三患：饥者不得食，寒者不得衣，劳者不得息。三者，民之巨患也。然即当为之撞巨钟、击鸣鼓、弹琴瑟、吹竽笙而扬干戚，民衣食之财，将安可得乎？即我以为未必然也，意舍此，今有大国即攻小国，有大家即伐小家，强劫弱，众暴寡，诈欺愚，贵傲贱，寇乱盗贼并兴，不可禁止也。然即当为之撞巨钟、击鸣鼓、弹琴瑟、吹竽笙而扬干戚，天下之乱也，将安可得而治与？是故子墨子曰：姑尝厚措敛乎万民，以为大钟、鸣鼓、琴瑟、竽笙之声，以求兴天下之利，除天下之害，而无补也。是故子墨子曰：为乐，非也。（《非乐》）

【译文】民众有三种祸患：饥饿的人得不到饮食，寒冷的人得不到衣服，劳累的人的得不到休息。这三种，是民众的最大祸患。然而为王公大人们撞巨钟、击鸣鼓、弹琴瑟、吹竽笙而举着盾牌、斧钺起舞，民众的衣食之财，将怎样获得呢？即使是我认为未必如此，姑且不论此事，现在大国就要攻打小国，大家就要讨伐小家，强大的胁迫弱小的，人多的残暴人少的，奸诈的欺骗愚昧的，高贵的傲视卑贱的，暴乱盗贼一起发生，不能禁止。然而为王公大人们撞巨钟、击鸣鼓、弹琴瑟、吹竽笙而举着盾牌、斧钺起舞，对于天下大乱，将怎么能够治理呢？因此墨子说："姑且尝试对万民征收沉重赋税，用来获得大钟、鸣鼓、琴瑟、竽笙的声音，来求得天下的利益，消除天下的祸害，则是毫无补益的。"因此墨子说："追求音乐享受，是不对的！"

【原文】今王公大人唯毋处高台厚榭之上而视之，钟犹是延鼎也，弗撞

击，将何乐得焉哉？其说将必撞击之。惟勿撞击，将必不使老与迟者，老与迟者耳目不聪明，股肱不毕强，声不和调，明不转朴。将必使当年，因其耳目之聪明，股肱之毕强，声之和调，眉之转朴。使丈夫为之，废丈夫耕稼树艺之时；使妇人为之，废妇人纺绩织纴之事。今王公大人唯毋为乐，亏夺民衣食之财，以拊乐如此多也。是故子墨子曰：为乐，非也！（《非乐》）

【译文】现在王公大人处于高台重屋之上看钟，大钟好像是倒放的鼎，不撞击，将怎么得到声音呢？这就是说必须撞击钟。撞击钟，就一定不能使用年老的和年少的，因为年老的和年少的人耳不聪，目不明，四肢不强健，就会使撞击的声音不和曲调，不能变化。必须要用丁壮之人，因为他们耳聪目明，四肢强健，能够使声音协调，随之变化。让正当年的男子来撞击，就废弃了男子耕种庄稼的时机；让正当年的妇女来撞击，就废弃了妇女纺纱织布的工作。现在王公大人作乐，亏损夺取了民众的衣食资财，就是因为奏乐如此之多。因此墨子说："追求音乐享受，是不对的！"

【原文】今大钟、鸣鼓、琴瑟、竽笙之声，既已具矣，大人肃然奏而独听之，将何乐得焉哉？其说将必与贱人，不与君子。与君子听之，废君子听治；与贱人听之，废贱人之从事。今王公大人惟毋为乐，亏夺民之衣食之财，以拊乐如此多也。是故子墨子曰：为乐，非也。（《非乐》）

【译文】现在大钟、鸣鼓、琴瑟、竽笙的声音，都已经齐备了。大人严肃地观看演奏而独自聆听，将得到什么欢乐呢？这就是说聆听音乐不与平民一起听，就与君子一起听。与君子一起听，就荒废了君子处理的政务；与平民一起听，就荒废了平民的工作。现在王公大人作乐，亏损夺取了民众的衣食资财，就是因为奏乐如此之多。因此墨子说："追求音乐享受，是不对的！"

最后，墨子从人类"赖其力者生，不赖其力者不生"的生存原则出发，论述了各种劳动的本质特征，阐发了"分事"即社会分工的合理性和必要性。因为音乐，使得王公大人"必不能蚤朝晏退，听狱治政"；士君子"必不能竭股肱之力，亶其思虑之智"；农夫"必不能蚤出暮入，耕稼树艺"；妇女"必不能夙兴夜寐，纺绩织纴"，所以追求感官刺激、音乐享受是不对的。

【原文】今人固与禽兽麋鹿、蜚鸟、贞虫异者也。今之禽兽、麋鹿、蜚鸟、贞虫，因其羽毛以为衣裘，因其蹄蚤以为裤屦，因其水草以为饮食。故唯使雄不耕稼树艺，雌亦不纺绩织纴，衣食之财固已具矣。今人与此异者也，赖其力者生，不赖其力者不生。君子不强听治，即刑政乱；贱人不强从事，即财用不足。今天下之士君子，以吾言不然，然即姑尝数天下分事，而观乐之害。……今惟毋在乎王公大人说乐而听之，即必不能蚤朝晏退，听狱治政，是故国家乱而社稷危矣。今惟毋在乎士君子说乐而听之，即必不能竭股肱之力，亶其思虑之智，内治官府，外收敛关市、山林、泽梁之利，以实仓廪府库，是故仓廪府库不实。今惟毋在乎农夫说乐而听之，即必不能蚤出暮入，耕稼树艺，多聚叔粟，是故叔粟不足。今惟毋在乎妇人说乐而听之，即必不能夙兴夜寐，纺绩织纴，多治麻丝葛绪捆布缘，是故布缘不兴。曰：孰为大人之听治而废国家之从事？曰：乐也。是故子墨子曰：为乐，非也。（《非乐》）

【译文】人类本来就与禽兽、麋鹿、飞鸟、贞虫不同。禽兽、麋鹿、飞鸟、贞虫，凭借它们的羽毛作为衣服，凭借它们的蹄爪作为鞋裤，凭借水草作为食物。所以雄的不必耕种庄稼，雌的也不必纺纱织布，衣食的资财本来已经具备。人类与它们是不同的，依靠自己的劳作才能生存，不依靠自己的劳作就不能生存。君子不加强治理，就会刑律政务混乱；平民不加强劳作，就会财物用度不足。现在天下的士君子如果认为我的话不对，那么就姑且尝试分析天下的分工，来观察作乐的危害。……现在王公大人喜欢音乐而聆听，就必然不能早朝晚退，审理案件，治理政务，因此国家混乱而社稷危险。现在士君子喜欢音乐而聆听，就必然不能竭尽全身的力量，用尽思虑和智谋，对内治理官家的府库，对外收取关市、山林、水泽桥梁的利税，用来充实国家仓库，因此国库就不充实。现在农夫喜欢音乐而聆听，就必然不能早出晚归，耕种庄稼，多收粮食，因此粮食就不足。现在妇女喜欢音乐而聆听，就必然不能早起晚睡，纺纱织布，多生产麻丝绳索布帛，因此麻丝布帛不足。是什么影响了大人的治理而废弃了国家的工作呢？是音乐。因此墨子说："追求音乐享受，是不对的！"

墨子出身于小生产劳动者阶层，这就决定了他的思想立场和观察角度。他一方面看到连年战争，民不聊生，而贵族腐朽，奢侈浪费；另一方面，又深知生产劳动的艰辛，物质财富的宝贵，倍感节俭费用的重要性。因此，他既大声疾呼"兼爱"、"非攻"，私有财产不容侵犯，又极力主张"节用"、"节葬"、"非乐"，强调节约物质财富的极端重要性。从而认为，饮食、衣服、舟车、房屋之类基本生活需求，直接关系到百姓温饱和社会安定，只要实用就可以，其他任何超出这个范围的设施、作为和追求，都是奢侈浪费，必须坚决反对。在生产水平相当低下的战国时期，墨子如此重视经济基础和物质生产，在先秦诸子中表现得极为突出，这是作为小生产劳动者精神心理的本能诉求。

既然制造乐器、表演乐舞，刻镂文章，建造高台，要向百姓增加赋税，聚敛钱财，而又影响王公大人的工作，荒废平民百姓的生产，有百害而无一利，所以，墨子说："今天下士君子，请将欲求兴天下之利，除天下之害，当在乐之为物，将不可不禁而止也。"（《非乐上》）这里，他反对王公大人追求声色的奢华生活，表现了兴利除弊的良好愿望，当然值得肯定。但是，他提出"圣王不为乐"，认为"其乐逾繁者，其治逾寡"（《三辩》）把人世间的音乐歌舞等文化形态说得一无是处，甚至以乐舞引发战争、影响安定为由，来证明乐舞的危害，连其中的娱乐、调节作用也完全否定，实际上就剥夺了民众对音乐的欣赏权利和对文化的精神追求，使他们变成只为衣食而劳作的工具。这样反对基本生活需求之外的一切文化形态，把社会拖回远古的蛮荒时代，明显地违背了社会发展的客观规律，反映了思想意识的褊狭和政治视野的局限。这与以孔子为代表的儒家对"礼乐"的论述和重视，不可同日而语。后来道家的庄子也提出"擢乱六律，铄绝竽瑟"，"灭文章，散五采"（《胠箧》），抛弃一切文明成果，要回到"同与禽兽居，族与万物并"（《马蹄》）的自然原始社会。思路与墨子似乎相通，其实主旨是绝然不同的。

以上是墨子学说的主要内容，其中多有对孔子学说的批评。其实，这种批评，并非始于墨子。早在鲁昭公二十五年（前517年）孔子到齐国时，齐景公想以尔稽（《墨子》作"尼溪"）之地封孔子，大夫晏婴就曾表示反对。他说：孔子傲慢不恭，不能教化百姓；对音乐喜好，对百姓宽缓，不能管理政事；既领受命令而又厌倦公务，不能守职尽责；因为讲究厚葬，使百姓破产，国家贫穷，长期哀痛，浪费时间，不能役使百姓；刻意修饰外表，衣着奇异，注重面容，不能训导百姓。自从大贤没后，周室衰微，威仪的礼节增加了，而百姓的品行却愈加降低了；音乐丰富了，而社会的道德更为衰败了。"今孔丘盛声乐以侈世，饰弦歌鼓舞以聚徒，繁登降之礼、趋翔之节以观众，博学不可以仪世，劳思不可以补民，兼寿不能殚其教，当年不能究其礼，积财不能赡其乐。繁饰邪术以营世君，盛为声乐以淫愚其民。其道也，不可以示世；其教也，不可以导民。今欲封之，以移齐国之俗，非所以导众存民也。"（《晏子春秋·卷八》）晏子反对的正是孔子繁礼、厚葬、久丧、贫国、盛声乐、饰弦歌的主张，景公一听，就对孔子学说不感兴趣了。

墨子显然由此得到启示，在《非儒》篇中引用了这个故事。他进而指责儒门弟子"繁饰礼乐以淫人，久丧伪哀以谩亲，立命缓贫而高浩居，倍本弃事而安怠傲，贪于饮食，惰于作务，陷于饥寒，危于冻馁，无以违之"，嘲笑儒者："因人之家翠以为，恃人之野以为尊，富人有丧，乃大说喜，曰：'此衣食之端也！'"还在《公孟》篇里总结说："儒之道足以丧天下者，四政焉：儒以天为不明，以鬼为不神，天、鬼不说，此足以丧天下。又厚葬久丧，重为棺椁，多为衣衾，送死若徙，三年哭泣，扶后起，杖后行，耳无闻，目无见，此足以丧天下。又弦歌鼓舞，习为声乐，此足以丧天下。又以命为有，贫富寿夭，治乱安危，有极矣，不可损益也，为上者行之，必不听治矣，为下者行之，必不从事矣，此足以丧天下。"认为不信鬼神、厚葬久丧、弦歌鼓舞、以命为有，是儒家学派"足以丧天下"的四大罪状。这当然是墨子从自己学说出发进行的批判。其实"厚葬久丧"、"弦歌鼓舞"，是因为孔子提倡礼乐；"不信鬼神"，是因为"子不语怪力乱神"（《述而》），"敬鬼神而远之"（《雍也》）；"以命为有"，就纯属误解，不过是墨子信鬼神、孔子知天命（命运、机遇）罢了。

孔、墨的思想分歧，是由各自的出身、地位不同决定的。《子路》记载："樊迟请学稼。子曰：'吾不如老农。'请学为圃。曰：'吾不如老圃。'樊迟出。子曰：'小人哉，樊须也！上好礼，则民莫敢不敬；上好义，则民莫敢不服；上好信，则民莫敢不用情。夫如是，则四方之民襁负其子而至矣，焉用稼？'"因为"君子谋道不谋食。耕也，馁在其中矣；学也，禄在其中矣。君子忧道不忧贫。"（《卫灵公》）平心而论，孔子对于弟子樊迟的请教，没有不懂装懂，态度是诚实的。问题在于，他强调的是，只要在上的统治者好礼、好义、好信，粮食、果蔬之类自有百姓生产提供，"足食"这样的事，哪里需要君子亲自动手呢？既然君子谋道不谋食，忧道不忧贫，而樊迟却要学习种粮、种菜，岂不是一个小人吗！显然，孔子是从贵族治国的立场出发，重视的是礼仪制度、伦理道德和社会理想这样的上层建筑，而对于具体的物质生产并不像墨子那样特别关注。因此，孔子精通音乐，重视音乐的政治教化作用，不仅亲自整理雅乐，而且对弟子进行乐教，认为这是礼制的重要组成部分。由此也就决定了儒、墨两家学派的思想分野和价值追求。

面对墨子向孔子学说的发难和攻击，孟子以卫道者身份进行了坚决地反击。他说:"杨氏为我,是无君也。墨氏兼爱,是无父也。无父无君,是禽兽也。……杨、墨之道不息,孔子之道不著,是邪说诬民、充塞仁义也。仁义充塞,则率兽食人,人将相食。吾为此惧,闲先圣之道,距杨墨,放淫辞,邪说者不得作。"(《滕文公下》)荀子也说:"天下之公患,乱伤之也。胡不尝试相与求乱之者谁也?我以墨子之'非乐'也,则使天下乱;墨子之'节用'也,则使天下贫。非将堕之也,说不免焉。墨子大有天下,小有一国,将蹙然衣粗食恶,忧戚而非乐。若是,则瘠;瘠,则不足欲;不足欲,则赏不行。墨子大有天下,小有一国,将少人徒,省官职,上功劳苦,与百姓均事业、齐功劳。若是,则不威;不威,则罚不行。赏不行,则贤者不可得而进也;罚不行,则不肖者不可得而退也。贤者不可得而进也,不肖者不可得而退也,则能不能不可得而官也。若是,则万物失宜,事变失应,上失天时,下失地利,中失人和,天下敖然,若烧若焦。墨子虽为之衣褐带索,嚽菽饮水,恶能足之乎?既以伐其本,竭其原,而焦天下矣。"(《富国》)而孔子九世孙孔鲋则从晏子自己活动的时间、父丧行礼的表现和孔子本人的作为,对墨子引证晏子、诬陷孔子进行了反驳。他说:"墨子之所引者,矫称晏子。晏子之善吾先君,吾先君之善晏子,其事庸尽乎?"(《孔丛子·诘墨》)

墨子在教育方面也有重要的论述,主要反映在《修身》和《所染》两篇文章之中,是孔子教育思想的发挥,颇有特色,影响深远。

1. 《修身》

"修身"本来出自儒家的"修、齐、治、平"学说,是齐家、治国、平天下的基础。墨子为了实现自己的政治主张,也要求弟子加强自身修养,强调"士虽有学,而行为本焉",必须由自身做起,由近到远,由内到外,有始有终,专心致志。因为"置本不安者,无务丰末"。

【原文】君子战虽有陈,而勇为本焉;丧虽有礼,而哀为本焉;士虽有学，而行为本焉。是故置本不安者，无务丰末；近者不亲，无务来远；亲戚不附，无务外交；事无终始，无务多业；举物而暗，无务博闻。(《修身》)

【译文】君子作战虽然有阵法，而勇气却是根本；丧葬虽然有礼仪，而哀痛却是根本；士人虽然有学问，而德行却是根本。因此，根基不牢固的，就不要奢望枝叶茂盛；近处的人都不亲近，就不要求远方的人归顺；亲戚都不依附，就不要急切对外交往；做一件事都有始无终，就不要从事多种行业；对一个事物都不明白，就不要求博学多闻。

什么是"本"？墨子认为"本"就是德行。具体表现为"贫则见廉，富则见义，生则见爱，死则见哀"，这就是君子之道。所以，君子"谮慝之言，无入之耳；批捍之声，无出之口；杀伤人之孩，无存之心。虽有诋讦之民，无所依矣"，将正直善良的德行持之以恒，老而弥坚，就会成为圣人。

【原文】是故先王之治天下也，必察迩来远。君子察迩而迩修者也，见不修行见毁而反之身者也，此以怨省而行修矣。谮慝之言，无入之耳；批捍之声，无出之口；杀伤人之孩，无存之心。虽有诋讦之民，无所依矣。故君子力事日强，愿欲日逾，设壮日盛。君子之道也，贫则见廉，富则见义，生则见爱，死则见哀，四行者不可虚假，反之身者也。藏于心者，无以竭爱；动于身者，无以竭恭；出于口者，无以竭驯。畅之四支，接之肌肤，华发隳颠，而犹弗舍者，其唯圣人乎！(《修身》)

【译文】因此先王治理天下，必须明察近处才知远处。君子明察亲近之人，就能促使亲近之人德行得到修养；见到亲近之人德行不修而被人诋毁，就能反省自身，这样怨恨就会减少而德行就能够修养。那些谗言恶语，不要去听；诋毁攻击之言，不要去说；伤害他人小孩的念头，不要存留在心。虽然有诋毁攻讦的人，不要亲近。所以君子努力工作日益坚强，愿望理想日益高远，设想远景日益隆盛。君子之道，贫穷时才显示出廉洁，富贵时才显示出仁义，对生者表现出爱心，对死者表现出哀怜，这四方面的德行不能虚假，只能反求于自身。这种德行藏在心间，就有用不尽的仁爱之心；行动在自身，就有用不尽恭敬行为；出于口中，就有用不尽的文雅言辞。进而发扬于四肢，通达于肌肤，直到白发苍苍，仍然不舍弃，这大概就是圣人吧！

品德言行如影随身，关系自身名誉，"原浊者流不清，行不信者名必秏。名不徒生而誉不自长，功成名遂，名誉不可虚假，反之身者也"。因此，必须言行一致，表里如一，不可心存侥幸，投机取巧，"务言而缓行，虽辩必不听；多力而伐功，虽劳必不图"。所谓"名不可简而成也，誉不可巧而立也，君子以身戴行者也"，只有踏踏实实，身体力行，长期坚持才能功成名就，成为真正的士人。

【原文】志不强者智不达，言不信者行不果。据财不能以分人者，不足与友；守道不笃、遍物不博、辩是非不察者，不足与游。本不固者末必几，雄而不修者其后必惰。原浊者流不清，行不信者名必秏。名不徒生而誉不自长，功成名遂，名誉不可虚假，反之身者也。务言而缓行，虽辩必不听；多力而伐功，虽劳必不图。慧者心辩而不繁说，多力而不伐功，此以名誉扬天下。言无务为多而务为智，无务为文而务为察。故彼智无察，在身而情，反其路者也。善无主于心者不留，行莫辩于身者不立。名不可简而成也，誉不可巧而立也，君子以身戴行者也。思利寻焉，忘名忽焉，可以为士于天下者，未尝有也！（《修身》）

【译文】意志不坚强的人，智慧必定不高明；讲话不讲信用的人，行为必定没有结果；占有财富而不肯分人的人，不值得与他交友；守道不坚定、辨识事物不广博、辨别是非不清楚的人，不值得与他交往。根本不牢固的，结果必定危险；为人勇猛而不修品德的人，后来必定怠惰。源头混浊的流水就不清，德行不诚信的名声必定败坏。美名不会无故而生，声誉不会自己增长，功成然后名就，名誉不能虚假得来，要反求于自身。只说而不做，虽然口才好而人不会听；用力多而夸耀功劳，虽然劳苦而他人不取。聪明的人心明而不多言，用力多而不夸功，因此名扬天下。讲话不求多而一定要有智慧，不求华丽而一定要可验证。所以，如果既无智慧而又不能验证，自身怠惰，那就与自己所要达到目的背道而驰了。善良不能主宰内心的人不能保留，德行不能明察于自身的人不能自立。美名不能轻易而形成，声誉不能取巧而树立，君子就是身体力行、言行一致的人啊。一味图利，忽视立名，而可以在天下成为士人，是从来没有的啊！

值得注意的是，孔子的"修身"是从强调家族的孝悌之道开始的，所谓"君子务本，本立而道生。孝弟也者，其为仁之本与"（《学而》），重在家族亲情。而墨子的"修身"是从强调德行入手的，所谓"士虽有学，而行为本焉"，其内容包括意志坚强、智慧高明；言必信、行必果；财必分人、守道坚定；识物广博、是非清楚，并且把"以身戴行"即言行一致作为君子的最高标准，重在友朋关系。显然，墨子的"修身"是重在社会团体中人与人的关系，即朋友之间的关系准则。这正符合墨家准军事化组织的职业道德，正适应墨家不避艰险、身体力行的行事风格。由此可知儒、墨学说的异同。

2.《所染》

墨子见到丝"染于苍则苍，染于黄则黄"，五入而成五色，联想到环境对人的熏陶和影响。即使贵为天子也不可避免，"所染当"则王天下，"所染不当"则国残身死，因此，对于周围的人事环境高度重视，"故善为君者，劳于论人，而佚于治官"。

【原文】子墨子言见染丝者而叹曰：染于苍则苍，染于黄则黄；所入者变，其色亦变。五入必而已，则为五色矣。故染不可不慎也。非独染丝然也，国亦有染。舜染于许由、伯阳，禹染于皋陶、伯益，汤染于伊尹、仲虺，武王染于太公、周公。此四王者所染当，故王天下，立为天子，功名蔽天地。举天下之仁义显人，必称此四王者。夏桀染于干辛、推哆，殷纣染于崇侯、恶来，厉王染于厉公长父、荣夷终，幽王染于傅公夷、蔡公縠。

此四王者所染不当，故国残身死，为天下僇。举天下不义辱人，必称此四王者。（《所染》）

【译文】墨子见到染丝的人而感叹地说："丝染于青色就是青色，染于黄色就是黄色；所染入的染料改变，丝的颜色也在改变。五种染料都投入染缸，就能把丝染成五种颜色。所以对于染色是不能不慎重的。"不仅染丝是这样，国君也会被浸染。舜被许由、伯阳浸染，禹被皋陶、伯益浸染，汤被伊尹、仲虺浸染，武王被太公、周公浸染。这四位君王浸染得当，所以称王天下，立为天子，功名盖天地。列举天下仁义显贵之人，必定称说这四位君王。夏桀被干辛、推哆浸染，殷纣被崇侯、恶来浸染，厉王被厉公长父、荣夷终浸染，幽王被傅公夷、蔡公縠浸染。这四位君王浸染不当，所以国家残破、自身死亡，成为天下的耻笑。列举天下不义受辱之人，必定称说这四位君王。

【原文】范吉射染于长柳朔、王胜，中行寅染于籍秦、高强，吴夫差染于王孙雒、太宰嚭，知伯摇染于智国、张武，中山尚染于魏义、偃长，宋康染于唐鞅、佃不礼。此六君者所染不当，故国家残亡，身为刑戮，宗庙破灭，绝无后类，君臣离散，民人流亡，举天下之贪暴苛扰者，必称此六君也。凡君所以安者，何也？以其行理也。行理生于染当。故善为君者，劳于论人，而佚于治官。不能为君者，伤形费神，愁心劳意，然国逾危，身逾辱。此六君者，非不重其国、爱其身也，以不知要故也。不知要者，所染不当也。（《所染》）

【译文】范吉射被长柳朔、王胜浸染，中行寅被籍秦、高强浸染，吴夫差被王孙雒、太宰嚭浸染，知伯摇被智国、张武浸染，中山尚被魏义、偃长浸染，宋康被唐鞅、佃不礼浸染。这六位君王浸染不当，所以国家残破灭亡，自身被杀，宗庙破灭，后继无人，君臣分离，百姓流亡，列举天下贪婪、暴虐、繁苛、侵扰的人，必定称说这六个人。大凡君王得以平安的原因，是什么呢？因为他做事合乎道理。做事合乎道理产生于受到浸染得

当。所以善于做君王的人，在选拔人才上竭尽全力，而在治理政务上安逸轻松。不善于做君王的人，损伤形貌，费尽精神，内心忧愁，思想劳苦，然而国家愈危险，自身愈受辱。这六位君王，并非不重视他的国家、热爱他的身体，而是因为他们不懂得治国要领的原因。不懂得治国要领，就是他们受到的浸染不当。

国君这样，士人同样如此。交良友则心向善，交恶友则心向邪，"物以类聚，人以群分"，周围环境至关重要。所谓"与善人居，如入兰芷之室，久而不闻其香，则与之化矣；与恶人居，如入鲍鱼之肆，久而不闻其臭，亦与之化矣。故曰：丹之所藏者赤，乌之所藏者黑。君子慎所藏。"（《说苑·杂言》）

【原文】非独国有染也，士亦有染。其友皆好仁义，淳谨畏令，则家日益，身日安，名日荣，处官得其理矣，则段干木、禽子、傅说之徒是也。其友皆好矜奋，创作比周，则家日损，身日危，名日辱，处官失其理矣，则子西、易牙、竖刀之徒是也。《诗》曰："必择所堪，必谨所堪"者，此之谓也。（《所染》）

【译文】不仅国家有浸染，士人也有浸染。他的朋友都是爱好仁义的人，淳厚、谨慎、畏惧法令，那么家庭就会一天天富裕，自身一天天安适，名声一天天荣耀，为官就能合乎道理，像段干木、禽子、傅说之类就是这样的人。他的朋友都是喜欢骄傲自大，结党营私，互相勾结，那么家庭就会一天天亏损，自身一天天危险，名声一天天受辱，为官就不合道理，像子西、易牙、竖刀就是这样的人。《诗经》说："必须认真地选择染料，必须谨慎地对待浸染。"说的就是交友的事情。

正因为如此，墨子坚持以身作则，坚守道义原则，拒绝利禄的诱惑，惟恐所染不当，危害德行。例如："子墨子游公上过于越。公上过语墨子之义，越王说之。谓公上过曰：'子之师苟肯至越，请以故吾之地阴江之浦，书社三百，以封夫子。'公上过往复于子墨子。子墨子曰：'子治观越王也，能听吾言、用吾道乎？'公上过曰：'殆未能也。'墨子曰：'不唯越王不知翟之意，虽子亦不知翟之意。若越王听吾言、用吾道，翟度身而衣，量腹而食，比于宾、萌，未敢求仕。越王不听吾言、不用吾道，虽全越以与我，吾无所用之。越王不听吾言、不用吾道，而受其国，是以义翟也；义翟何必越，虽于中国亦可。'"（《吕氏春秋·高义》）

所以，墨子后来让弟子高石子到卫国去，卫君给予高石子高官厚禄却不听其言，于是，高石子离开卫国，到齐国见墨子。墨子知道缘由之后，对高石子"倍禄而乡义"的高尚情操大为赞扬。（《耕柱》）

墨子曾求学于儒家，必然知道孔子关于交友与环境的教诲："三人行，必有我师焉：择其善者而从之，其不善者而改之。"（《述而》）"见贤思齐焉，见不贤而内自省也。"（《里仁》）显然《修身》《所染》都有儒家思想的印迹。但是，从总体上看，墨子论述更为全面完善，在教育史上具有重要意义。后来《劝学篇》曰："蓬生麻中，不扶而直；白沙在涅，与之俱黑。兰槐之根是为芷，其渐之滫，君子不近，庶人不服。其质非不美也，所渐者然也。故君子居必择乡，游必就士，所以防邪僻而近中正也。"无疑深受墨子"所染"理论的启示。

墨子提倡兼相爱、交相利，主张公平正义、尚贤非攻，惊世骇俗，振聋发聩，一度成为"盈天下"的"显学"（《显学》），引领社会思潮，左右时代风尚，产生了巨大的影响，为什么到了秦汉年间，墨家学派就退出了历史舞台呢？其中的原因，不能不令人深长思之！

从外部条件来看：

其一，社会环境的变化：孔子生活在春秋末期，周王朝虽然摇摇欲坠，却依然存在；虽然礼崩而乐坏，却依然部分行用，因此，孔子可以在血缘亲情的基础上，建立起以克己复礼为核心的仁爱学说。而墨子生活在社会大动荡、大变革的战国初期，战争频仍，恃强凌弱，物欲横流，道德沦丧，生灵涂炭，民不聊生。在这种情况下，他提出兼爱、非攻，与社会现实的需要相去太远，虽然深受下层百姓的欢迎和拥护，却难以得到贵族上层的理解和支持，所以，对主流社会并没有产生多少实际影响，更谈不上实现的可能性。

其二，宗法制度的延续：战国时期，各国诸侯纷纷礼贤下士，招揽人才，以求富国强兵，使得士人朝秦暮楚，四处游说，造成了邦无定交、士无定主的新局面，对宗法专制等级制度确实给予了沉重打击。但是，作为农耕民族，尊祖敬宗、父死子继的观念是根深蒂固的，贵族上层的传统世袭制依然长期延续，形成了巨大的历史惯性，甚至会在社会上存在数千年。因此，墨子提出尚贤使能，要求"以德就列，以官服事，以劳殿赏，量功而分禄。官无常贵，而民无终贱；有能则举之，无能则下之"（《尚贤上》），从根本上否定贵族世袭制对权力的垄断，直接损害了贵族的既得利益，动摇了上层的统治地位，无异于火中取栗、虎口夺食，因此，国君不会采纳，贵族坚决反对。在民众尚未觉悟、没有形成足够强大的政治力量的时候，墨子的主张终究不过是一个远大理想罢了。

其三，统治阶级的压制：墨家以夏禹为榜样，为了实现自己的政治理想，言必信，行必果，一诺千金，义无返顾，身体力行，勇往直前，赴汤蹈火，死不旋踵，形成了一个具有严密组织、严格纪律的准军事化团体，具有极强的侠义精神和战斗能力，对列国诸侯造成了现实或潜在的严重威胁。

据《吕氏春秋·上德》记载："墨者巨子孟胜，善荆之阳城君。阳城君令守于国，毁璜以为符。约曰：'符合听之。'荆王薨，臣攻吴起兵于丧所，阳城君与焉。荆罪之，阳城君走，荆收其国，孟胜曰：'受人之国，与之有符；今不见符，而力不能禁——不能死，不可。'其弟子徐弱谏孟胜曰：'死而有益阳城君，死之可矣；无益也，而绝墨者于世，不可。'孟胜曰：'不然。吾于阳城君也，非师则友也，非友则臣也，不死，自今以来，求严师必不于墨者矣,求贤友必不于墨者矣,求良臣必不于墨者矣。死之,所以行墨者之义,而继其业者也。我将属巨子于宋之田襄子。田襄子贤者也,何患墨者之绝世也?'……孟胜死,弟子死之者百八十三人。"

墨家巨子孟胜与楚国守旧贵族阳城君相友善,受命为阳城君守封国。楚王死后,阳城君趁机参与大臣叛乱,杀害了从事革新变法的吴起。楚国为此要对叛臣治罪,阳城君畏罪逃亡。接着,楚国要收回阳城君的封国,以孟胜为首的墨家师徒自觉无力抵抗,于是为了"行墨者之义",孟胜及弟子一百八十三人集体自杀。墨家师徒之死,可谓壮烈!然而,究竟是为了什么呢?且不说孟胜他们为守旧大臣的复辟叛乱而助威张目,公然与楚国王权作对,仅就一百多条鲜活的生命为所谓"义"而自愿殉葬,就使人毛骨悚然,惊心动魄了!如此不问是非,漠视生命,"义"无反顾,死不旋踵,墨家显然已经成为随时可能被人利用的武装别动队。对于这样危险的军事力量,任何国家政权都不能容忍,何况在秦汉大一统的王权统治之下,"侠以武犯禁"危及到政权巩固、社会安定,必然会遭到封杀镇压。

从内部原因看:

其一,缺乏可行的政治主张:墨子提出兼相爱、交相利之说,既无家族人伦的保证,又无血缘亲情的维系,缺乏可靠的社会基础和心理根据,全凭国君的圣明,权贵的爱好,用行政措施去推行,结果是难以预料的。这些主张,行之墨家内部尚可,行之整个社会则难,即使是圣贤愿意这样做,也不能保证世代相继,上好之则臣为之,上恶之则臣悖之。在天下分裂、诸侯并起的乱世,如何统一天下,建立制度,安定民生,是社会共同关心的问题,而墨子受到自己政治视野的局限,只是关注功利、节用、节葬的具体措施,并未从更宽广的范围提出可行的政治主张。所以,后来荀子批评他:"不知壹天下、建国家之权称,上功用,大俭约,而僈差等,曾不足以容辨异,县君臣。"(《非十二子》)因此,"兼爱"只是一个美好的愿望和理想,而不能作为"一以贯之"的指导思想。

其二，违背社会发展的规律：在物质财富相当匮乏的古代，墨子深知生活资料来之不易，出于小生产劳动者的本能，他提出节用、节葬、非乐，反对除基本温饱之外的一切消费，更对贵族上层的骄奢淫逸、铺张浪费进行尖锐批评，是可以理解的，也是完全正确的，应该充分肯定和赞赏。但是，生产与消费、开源与节流是互相促进的矛盾双方，随着社会的进步，生产水平在提高，刺激了消费的增加，而消费的不断增加，又反过来刺激了生产水平的再提高，这是社会经济发展的客观规律。如果只是过分限制民众的生活需求（包括文化需求），以适应低下的生产力，那不仅违背社会发展的规律，也绝不会达到墨子预期的目的，所以受到荀子的尖锐批评。

其三，墨子学说"俭而难遵"：墨子对自我"形劳天下"，律己太过辛劳；要弟子"自苦为极"，律人太过严酷；所主张的太过分，所提倡的太反常，非一般人所能接受和遵循。因此，西汉司马迁说墨家是"俭而难遵"（《史记·太史公自序》），是有道理的。东汉王充也说："且案儒道传而墨法废者，儒之道义可为，而墨之法议难从也。……人情欲厚恶薄，神心犹然。用墨子之法，事鬼求福，福罕至而祸常来。以一况百，而墨家为法，皆若此类也。废而不传，盖有以也。"（《论衡·案书篇》）

其四，墨子学说虽有很多精辟之处，却有不少极端片面、自相矛盾的观点。他既要兼相爱，交相利，又要"尚同"专制；既要尚贤使能，强调"三本"，又要厉行"节用"；既要"非命"，强劲力行，又要推崇"天志"；既要"节葬"，又要"明鬼"。这样，难免顾此失彼，削弱了其学说的说服力和感召力。墨子倡导公平正义，而最终却走向"尚同"的集权专制道路，岂非历史的悖论？

庄子对墨子学说的评价，相对比较理性、全面、客观。《天下篇》曰："为之大过，已之大顺，作为《非乐》，命之曰《节用》，生不歌，死无服。墨子汎爱、兼利而非斗，其道不怒，又好学而博，不异，不与先王同，毁古之礼乐。……以此教人，恐不爱人；以此自行，固不爱己。未败墨子道。虽然，歌而非歌，哭而非哭，乐而非乐，是果类乎？其生也勤，其死也薄。其道大觳，使人忧，使人悲；其行难为也，恐其不可以为圣人之道。反天下之心，天下不堪。墨子虽独能任，奈天下何？离于天下，其去王也远矣。……虽然，墨子真天下之好也，将求之不得也，虽枯槁不舍也。才士也夫！"

可见，庄子既盛赞墨子自苦为极，强劲力行，爱护民众，拯救天下，是为理想而献身的"才士"，又批评墨家学说毁弃礼乐传统，"其行难为"，"反天下之心，天下不堪"。所以，墨家废而不传，自在情理之中。

在道德层面上，墨子确实具有极大魅力，其学说深受社会民众的欢迎；但是在社会层面上，墨家的主张，违背世道人心和自然天性，脱离了百姓的本能需求，也超越了当时社会制度所能认可的程度，难以真正实行。仅凭墨家师徒的艰苦奋斗，是不能改变现状的。墨家学派的历史命运，给后人留下深刻的启示和教训，值得反省和总结。

# 叁 杨子

杨子（约前395—前335年），名朱，是墨子之后出现的一位强调自我、否定传统的著名学者。他反对墨子学说，从其反向立论，主张"贵生"、"重生"，坚持"不窭"、"不殖"，倡导"为我"、"贵己"，提出"公身"、"公物"，造成了"杨朱、墨翟之言盈天下。天下之言，不归杨，则归墨"（《滕文公下》）的空前盛况，在社会上引起了轰动效应，产生了广泛而深远的影响。《淮南子·氾论》曰："夫弦歌鼓舞以为乐，盘旋揖让以修礼，厚葬久丧以送死，孔子之所立也，而墨子非之；兼爱尚贤，右鬼非命，墨子之所立也，而杨子非之；全性保真，不以物累形，杨子之所立也，而孟子非之。"诸子论战各领风骚，各有建树，争奇斗艳，精彩纷呈。杨子惊世骇俗、振聋发聩的独特学说，在先秦诸子中独树一帜，奠定了道家思想的理论核心，而杨子本人成为道家开宗立派的先驱者。

关于杨子及其学说，历来颇有争议。

杨子生活在战国中期，晚于孔、墨，先于孟、老、庄，据说是一位有"一妻一妾"和"三亩之园"的小土地私有者（《列子·杨朱》），没有从政经历，正史更无记载。其学说没有专书传世，只是散见于各类典籍的记述之中。《列子》一书又被证明是伪书，其中《杨朱》一篇是否可信，令人怀疑。既然如此，杨子学说怎么会"盈天下"呢？这就变得难以理解了。

著名学者钱穆先生说:"墨为先秦显学,顾无论矣。至于杨朱,其事少可考见,先秦诸子无其徒,后世六家九流之说无其宗,《汉志》无其书,《人表》无其名,则又乌见其为'盈天下'者?惟刘向《说苑》称杨朱见梁王而论治,《列子》书言杨朱友季梁。季梁先杨朱死,而季梁之死,在梁围邯郸后,则杨朱辈行较孟轲、惠施略同时而稍前。果使其言'盈天下',则当时文运已兴,又胜孔、墨之世,其文字言说,何至放失而无存,不又可疑之甚耶?余故知儒、墨之为显学,先秦之公言也;杨、墨之相抗衡,则孟子一人之言,非当时之情实也。"①

既然如此,杨子的学说是否流行,孟子的批判是否必要,都成为疑案了。

然而,杨子如果确实没有震撼社会、感召民众的理论学说流行于世,人微言轻,毫无影响,怎么能够与有著作传世的墨子相抗衡呢?何来"天下之言,不归杨,则归墨"呢?博学雄辩的孟子又何必视之如洪水猛兽,惶恐不安,必欲除之而后快呢?莫非孟子是小题大做,故作惊人之语吗?那么"杨、墨之道不息,孔子之道不著",又从何谈起呢?显然,"杨朱、墨翟之言盈天下"这个客观事实不能视而不见、一笔抹杀,孟子的激烈反击绝非空穴来风,自有其不得不发的道理。

至于杨子没有著作流传后世,恐怕是另有其社会原因的。杨子反传统的学说虽然曾经"盈天下",深受民众欢迎,但是当即就遭遇维护传统的诸家学者的声讨,受到统治者的封杀,难以顺利流传,后来又经秦火焚烧,汉武尊儒,到东汉已经是儒家思想的一统天下,班固《汉志》怎能记其书、《人表》怎能记其名呢?即使如此,杨子学说的影响并没有被赶尽杀绝,销声匿迹,《山木》记有他与弟子言,不能说"无其徒";杨子学说出自隐逸思想,开启道家学派,不能说"无其宗"。也就是说,杨子学说确实曾经

---

① 钱穆:《先秦诸子系年·杨朱考》,商务印书馆,2001年8月。

"盈天下"，产生过轰动效应，并对统治者构成了严重威胁，成为儒、墨学说的巨大障碍，这是不能否认的事实。何况，将杨子与儒、墨诸家并列而论，进行评说，绝非孟子一家之言，这是当时学界的共识，既然如此，杨子之言流行于世怎么不是"当时之情实"呢？由此可以推定，杨子学说有论而无书，是因为受到当时和后来主流社会的压制，没有完整地保留下来而已。

《汉书·艺文志》著录《列子》八篇，据说是经过刘向、刘歆父子整理过的。刘向《列子新书目录》就有《杨朱第七》（一曰达生），其《目录》曰："列子者，郑人也，与郑缪公同时，盖有道者也。其学本于黄帝、老子，号曰道家。道家者，秉要执本，清虚无为，及其治身接物，务崇不竞，合于六经。而《穆王》《汤问》二篇，迂诞恢诡，非君子之言也。至于《力命篇》，一推分命；《杨子》之篇，唯贵放逸，二义乖背，不似一家之书。然各有所明，亦有可观者。孝景皇帝时贵黄老术，此书颇行于世。及后遗落，散在民间，未有传者。且多寓言，与庄周相类，故太史公司马迁不为列传。"由此可知，刘向所见《列子》已非原本，后来此书散佚。而刘向所说列子与郑缪公同时，年代明显不合，其《目录》也就颇为可疑了。

今传《列子》八篇，是东晋张湛所收自注本。据学者考证，这是魏、晋以来好事之徒的伪作。张湛《列子序》曰："先君所录书中有《列子》八篇。及至江南，仅有存者。《列子》唯余《杨朱》《说符》、目录三卷。比乱，正舆为扬州刺州，先来过江，复在其家得四卷，寻从辅嗣女婿赵季子家得六卷，参校有无，始得全备。其书大略明群有以至虚为宗，万品以终灭为验。……然所明往往与佛经相参，大归同于老庄。"既然张湛家存唯《杨朱》《说符》、目录三卷，其他是由几家所出，拼合参校而来，又"与佛经相参"，其为伪作，不辨而明。

特别是杨伯峻先生在《从汉语史的角度来鉴定中国古籍写作年代的一个实例——〈列子〉著述年代考》一文中，列举了"数十年来"、"舞"、

"都"、"所以"、"不如"、"放意"、"婚宦"等汉代以后的词语，足证《列子》一书确系伪作。所以，杨先生说："《杨朱篇》的'唯贵放逸'，并不是战国时代那个杨朱的主张。先秦、两汉古籍中讲到杨朱的地方不多，……归纳起来，大致可以看出杨朱之学是'为我'，就是《吕氏春秋》的'贵己'。所以《孟子》《庄子》《韩非子》《淮南子》以及《论衡》诸书都以杨、墨并称，因为'为我'和'兼爱'两种主张正是一对尖锐的对立物。……晋朝人不懂得这一点，硬要在《列子》中炮制《杨朱》一篇，画出一个他们心目中的杨朱，为自己的放荡和纵欲搜寻出理论根据。"（《列子集释·前言》）由此可知，《列子》必为伪书无疑。

不过，大凡伪作，往往不是凭空杜撰，必须继承原书，抄袭旧文，然后加进自己的私货，搞得似是而非，鱼目混珠，方能乱人耳目，欺世盗名。如同梁启超先生所说："搜集前说，附以己见。"（《古书真伪及其年代》）这正是作伪者常用的伎俩。《列子》一书，可能就是这样。

既然如此，将今传《列子·杨朱》的内容与战国、秦汉间流传的杨子学说观点相比照，就不难发现真伪。为此，下面列举各类典籍中的诸多记述，以为佐证。

《滕文公下》："杨朱、墨翟之言盈天下。天下之言，不归杨，则归墨。杨氏为我，是无君也。墨氏兼爱，是无父也。无父无君，是禽兽也。"

《尽心下》："孟子曰：'逃墨必归于杨，逃杨必归于儒。归，斯受之而已矣。今之与杨、墨辩者，如追放豚，既入其苙，又从而招之。'"

《骈拇》："骈于辩者，累瓦、结绳、窜句，游心于'坚白'、'异同'之间，而敝跬誉无用之言，非乎？而杨、墨是已。"

《胠箧》："削曾、史之行，钳杨、墨之口，攘弃仁义，而天下之德始玄同矣。……曾参、史䲡、杨朱、墨翟、师旷、工倕、离朱者，皆外立其德而爚乱天下者也，法之所无用也。"

《山木》："阳（杨）子曰：'弟子记之！行贤，而去自贤之行，安往而

不爱哉?'"

《王霸》:"杨朱哭衢途,曰:'此夫过举跬步而觉跌千里者夫!'哀哭之。"

《八说》:"杨朱、墨翟,天下之所察也。干世乱而卒不决,虽察而不可以为官职之令。"

《吕氏春秋·不二》:"老聃贵柔,孔子贵仁,墨翟贵廉,关尹贵清,子列子贵虚,陈骈贵齐,阳生(杨朱)贵己,孙膑贵势,王廖贵先,儿良贵后,此十人者皆天下之豪士也。"

《说苑·权谋》:"杨子智而不知命。"

《淮南子·俶真》:"百家异说,各有所出。若夫墨、杨、申、商之于治道,犹盖之无一橑,而轮之无一辐,有之可以备数,无之未有害于用也。"

《法言·吾子》:"古者杨、墨塞路,孟子辞而辟之,廓如也。"

《法言·五百》:"庄、杨荡而不法,墨、晏俭而废礼,申、韩险而无化,邹衍迂而不信。"

《论衡·率性》:"譬犹练丝,染之蓝则青,染之丹则赤。十五之子其犹丝也,其有所渐化为善恶,犹蓝、丹之染练丝,使之为青、赤也。青、赤一成,真色无异。是故杨子哭歧道,墨子哭练丝也,盖伤离本,不可复变也。"

《论衡·对作》:"杨、墨之学不乱传义,则孟子之传不造。"

另有传承杨朱学说、而未著杨朱之名者。主要有《显学》,《吕氏春秋·卷一》中的《本生》《重己》《贵公》《去私》,《卷二》中的《贵生》《情欲》等篇。

由此可知,《列子》中与战国、秦汉所记述的杨子学说不同者,唯有晋人的"放逸",即放荡纵欲、及时行乐的思想。晋人将"放逸"思想强加于战国杨子,故然是"伪";而《列子》传承战国杨子"为我"、"贵己"的学说,却分明是"真"。因此,宋濂《诸子辨》说:"《杨朱》《力命》'为我'之意多，疑即古杨朱书，其未亡者剿附于此。"（《列子集释》附录）并非没有道理。所以，完全否定《列子》的文献价值，是不科学的。

其实，杨子的"为我"、"贵己"学说，在魏、晋新的历史条件下，进而发展成"厚自奉养"、"适己自恣"的"放逸"思想，情理相近，不过一步之遥，没有什么可诧异的。庄子后来就借盗跖之口说："今吾告子以人之情：目欲视色，耳欲听声，口欲察味，志气欲盈。……不能说其志意，养其寿命者，皆非通道者也。"（《盗跖》）已经显露出类似的人生追求。所以，陈三立《读列子》说："世言战国衰灭，杨与墨俱绝，然以观汉世所称道家杨王孙之伦，皆厚自奉养；魏晋清谈兴，益务藐天下，遗万物，适己自恣，偷一身之便，一用杨朱之术之效也。"① 这也许正是晋人伪作《列子·杨朱》的内在原因。

所以，只要把上述引文与《列子·杨朱》互相印证，剔除《列子·杨朱》中的"放逸"之伪，综合战国、秦汉所传杨子"为我"、"贵己"之真，就可以基本恢复杨子学说的真实面貌和理论框架。

隐逸遁世思想，由来已久。相传尧帝时期就有《击壤歌》："日出而作，日入而息。凿井而饮，耕田而食。帝力于我何有哉！"《周易》中有《遁卦》，下艮上乾，艮为山，乾为天，为天下有山之象。《周易正义》曰："遁者，隐退逃避之名。阴长之卦，小人方用，君子日消。君子当此之时，若不隐遁避世，即受其害，须遁而后得通。……积阳为天，积阴为地。山者，地之高峻，今上逼于天，是阴长之象。"《周易集解》引崔憬曰："天喻君子，山比小人。小人浸长，若山之侵天；君子遁避，若天之远山。"意思是，《遁卦》之象，乾在上为天，以喻君子；艮在下为山，以比小人。山高上逼于天，象征小人正受重用，君子日益衰减。君子在这个时候，如果不

---

① 《东方杂志》14卷9号，1917年9月。

能隐遁避世，就会受到伤害。只有逃遁，而后才得通达。这就是《遁卦》之义。

显然，隐逸遁世绝非苟且偷生，蹉跎岁月，而是君子审时度势、因时权变的韬晦自保之策，这样守志远祸，就是为了不与小人同流，免受小人伤害。

历史上有许多关于隐士的记载。

《史记·伯夷列传》引皇甫谧《高士传》说："许由，字武仲。尧闻致天下而让焉，乃退而遁于中岳颍水之阳、箕山之下隐。尧又召为九州长，由不欲闻之，洗耳于颍水滨。时有巢父牵犊欲饮之，见由洗耳，问其故。对曰：'尧欲召我为九州长，恶闻其声，是故洗耳。'巢父曰：'子若处高岸深谷，人道不通，谁能见子？子故浮游，欲闻求其名誉，污吾犊口！'牵犊上流饮之。"许由听说尧向他禅让天下，就逃隐到颍水之阳、箕山之下。尧又征召许由为九州之长，许由不愿听就到颍水边去洗耳朵。巢父牵牛犊饮水，看见许由洗耳，知道了许由洗耳的原因，就批评他说："你如果居住在高山深谷，道路不通，谁能够看见你？这是你故意漫游，想要求取名誉罢了，还玷污了我牛犊的口。"于是牵着牛犊到上游去饮水。许由不愿从政，巢父幽居山野，他们不与统治者合作，远离世俗社会，就是古代最早的隐士。

到了春秋乱世，隐遁避世之士更多。作为儒学宗师的孔子，就曾经多次受到晨门、楚狂接舆、长沮、桀溺、荷蓧丈人等隐者的讽刺、挖苦、奚落乃至斥责，反映了这些隐士愤世嫉俗的避世态度和叛逆心理。

比如《论语》中记载：

"子路宿于石门。晨门曰：'奚自？'子路曰：'自孔氏。'曰：'是知其不可而为之者与？'"（《宪问》）

"楚狂接舆歌而过孔子，曰：'凤兮！凤兮！何德之衰？往者不可谏，来者犹可追。已而！已而！今之从政者殆而！'孔子下，欲与之言。趋而辟

之，不得与之言。"(《微子》)

"长沮、桀溺耦而耕，孔子过之，使子路问津焉。长沮曰：'夫执舆者为谁？'子路曰：'为孔丘。'曰：'是鲁孔丘与？'曰：'是也。'曰：'是知津矣。'问于桀溺，桀溺曰：'子为谁？'曰：'为仲由。'曰：'是鲁孔丘之徒与？'对曰：'然。'曰：'滔滔者天下皆是也，而谁以易之？且而与其从辟人之士也，岂若从辟世之士哉？'耰而不辍。子路行以告。夫子怃然曰：'鸟兽不可与同群，吾非斯人之徒与而谁与？天下有道，丘不与易也。'"(《微子》)

"子路从而后，遇丈人，以杖荷蓧。子路问曰：'子见夫子乎？'丈人曰：'四体不勤，五谷不分，孰为夫子？'植其杖而芸。子路拱而立。止子路宿，杀鸡为黍而食之，见其二子焉。明日，子路行以告。子曰：'隐者也。'使子路反见之。至则行矣。子路曰：'不仕无义。长幼之节，不可废也；君臣之义，如之何其废之？欲洁其身，而乱大伦。君子之仕也，行其义也。道之不行，已知之矣。'"(《微子》)

隐士们质问孔子迷恋仕途，热衷入世，"何德之衰"？既然天下大乱，礼崩乐坏，"今之从政者殆而"，那么，"与其从辟人之士也，岂若从辟世之士哉"？又何必"知其不可而为之"呢？这确实是尖锐的批评和挑战。

其实，孔子对现实社会"上下畏罪，无所自容"(《家语·贤君》)的认识是清醒的，内心也是非常纠结的。他说过："笃信好学，守死善道。危邦不入，乱邦不居。天下有道则见，无道则隐。邦有道，贫且贱焉，耻也；邦无道，富且贵焉，耻也。"(《泰伯》)他认为："贤者辟世，其次辟地，其次辟色，其次辟言。"(《宪问》)并明确表示："道不行，乘桴浮于海。"(《公冶长》)从孔子对当时著名隐士进行的评价，也能够反映出他矛盾复杂的心态。"逸民：伯夷、叔齐、虞仲、夷逸、朱张、柳下惠、少连。子曰：'不降其志，不辱其身，伯夷、叔齐与！'谓：'柳下惠、少连，降志辱身矣。言中伦，行中虑，其斯而已矣。'谓：'虞仲、夷逸，隐居放言。身中

清，废中权。我则异于是，无可无不可。'"（《论语·微子》）然而，他顾念的是"鸟兽不可与同群，吾非斯人之徒与而谁与？天下有道，丘不与易也"。（《微子》）心中苦闷彷徨、左右为难。最终，他毕竟对文武之道充满希望，对仁爱理论抱有信心，对克己复礼念念不忘，对天下民生牵挂于心，不忍为了洁身自保而归隐山林。所以，他说："素隐形怪，后世有述焉，吾弗为之矣。"（《中庸·素隐》）最终他还是要"知其不可而为之"，坚持"仁以为己任"，直到"死而后已"（《泰伯》），把全部身心献给了自己的学说和理想。这正是儒家与道家的差别之处，反映了孔子崇高伟大的奋斗精神。

进入文明社会以后，政治斗争中有胜利者，就有失败者；有当权者，就有隐逸者。那些"欲洁其身"的隐逸之士，或仕途坎坷，壮志难酬，或官场倾轧，意志消磨，于是就脱离黑暗现实，逃避滚滚红尘，归隐山林，躬耕南亩，遨游山水，徜徉江湖，韬光养晦，远害守志。他们明达事理，博通古今，见微知著，审时度势，洞察祸福之机，深明成败之道，谙熟政治又远离政治，对国家、社会、历史、人事的矛盾和危机，有深刻的分析和认识。所以，游荡江湖，避世全身，寄情于大自然，融合进天地间，静观世态，待时而动，以维护自己的独立人格和高洁品德。正如后来庄子总结说："古之所谓隐士者，非伏其身而弗见也，非闭其言而不出也，非藏其知而不发也，时命大谬也。当时命而大行乎天下，则返一无迹；不当时命而大穷乎天下，则深根宁极而待，此存身之道也。"（《庄子·缮性》）

正因为隐士们回归田野，崇尚自然，所以他们才能以自然为榜样，以天道为模式，反思现实社会，分析利害得失，冷静清醒地揭示社会矛盾，批判社会弊病，进而提出疗治社会的方略。他们对世俗社会君王贵族、政治制度和道德礼法，采取一种敬而远之的批判态度；他们对维护王权、热衷仕宦、奔走诸侯、追名逐利之徒，更是冷嘲热讽、不屑一顾。这样，就必然追求远离世俗、不受约束的自在生活，向往守道不争、回归自然的理想家园，从而凝聚成为挑战传统、否定君权的意识形态，表现出反叛主流社会的异端思想。

正是在这个现实背景和社会思潮的影响下，杨子第一次对隐逸遁世思想进行初步总结和概括，勇敢地提出了"贵生""重生"、"不窦""不殖"、"为我""贵己"、"公身""公物"等一系列主张，为道家学派奠定了坚实的理论基础。

杨子所处的时代，孔子及其门徒早已主张孝悌为本，仁为己任，克己复礼，为政以德；墨子及其门徒也已提出自苦为极，强劲力行，兼爱非攻，尚贤尚同。众说纷纭，莫衷一是。然而，诸侯依然攻伐，社会依然动乱，民生依然凋弊，百姓依然苦难，因此，杨子陷入深深的困惑之中。他在隐逸思潮的影响和启发之下，思想得到陶冶和升华，从而提出了自己独树一帜的思想学说。

【原文】杨朱曰："利出者实及，怨往者害来。发于此而应于外者唯请，是故贤者慎所出。"杨子之邻人亡羊，既率其党，又请杨子之竖追之。杨子曰："嘻！亡一羊，何追者之众？"邻人曰："多歧路。"既反，问："获羊乎？"曰："亡之矣。"曰："奚亡之？"曰："歧路之中又有歧焉，吾不知所之，所以反也。"杨子戚然变容，不言者移时，不笑者竟日。门人怪之，请曰："羊，贱畜，非夫子之有，而损言笑者何哉？"杨子不答。门人不获所命。弟子孟孙阳出，以告心都子。心都子他日与孟孙阳偕入而问曰："昔有昆弟三人，游齐、鲁之间，同师而学，进仁义之道而归。其父曰：仁义之道若何？伯曰：仁义使我爱身而后名。仲曰：仁义使我杀身以成名。叔曰：仁义使我身名并全。彼三术相反，而同出于儒。孰是孰非邪？"杨子曰："人有滨河而居者，习于水，勇于泅，操舟鬻渡，利供百口。裹粮就学者成徒，而溺死者几半。本学泅，不学溺，而利害如此。若以为孰是孰非？"心都子嘿然而出。孟孙阳让之曰："何吾子问之迂，夫子答之僻？吾惑愈甚。"

心都子曰:"大道以多歧亡羊,学者以多方丧生。学非本不同,非本不一,而末异若是。唯归同反一,为亡得丧。子长先生之门,习先生之道,而不达先生之况也,哀哉!"(《列子·说符》)

【译文】杨朱说:"施加恩惠就会收到实利,发泄怨恨就会带来祸患。内心发出恩怨就在外面有所反应,实情如此,所以贤明的人对于自己的言行非常慎重。"杨子的邻居丢失了一只羊,邻居就带领很多人去寻找,又请杨子家的年轻仆人一起追寻。杨子说:"唉!就丢了一只羊,何必要那么多人去寻找呢?"邻居说:"岔路太多了。"人们回来后,杨子问:"找到羊了吗?"回答说:"丢了。"杨子又问:"怎么丢了呢?"回答说:"岔路之中又有岔路,我们不知羊跑到哪里,因此就回来了。"杨子立刻面带忧色,长时间不说话,整天没有笑容。弟子们感到奇怪,便请教说:"羊,是不值钱的畜类,又不是先生家所有,而先生长时间没有言笑是为什么呢?"杨子不回答。弟子们都不知道先生的心思。弟子孟孙阳出来把情况告诉了心都子。过了几天,心都子与孟孙阳一起请教先生说:"从前有三兄弟一起在齐、鲁之间游学,拜同一个老师,学习了仁义之道而回来。父亲就问他们说:仁义之道是什么啊?老大说:仁义之道教我爱惜身体而后成就功名。老二说:仁义之道教我牺牲自己而成就功名。老三说:仁义之道教我保全身体和功名。这三兄弟所学完全相反,又同出于儒学。谁对谁错呢?"杨子说:"有个人住在河边,熟悉水性,勇于泅水,以划船摆渡为生,赢利可供养百口之家。所以,背着粮食跟他学习的人有一大批,但是淹死的却有一半。他们来的本意是学泅水的,不是来学溺水的,而利害却是这样。你们认为谁对谁错呢?"心都子沉默地出去了。孟孙阳责问他说:"为什么你问得这样迂回、而先生又答得这样怪僻呢?我更加迷惑了。"心都子说:"大路上多岔道就丢了羊,学者们多取舍就丧了命。学习的并非根本不同、根本不一,而结果的差异却是这样大。唯有回归到相同一致的根本上来,才能免除丢羊、丧命的结果。你长期在先生门下,学习先生的大道,却不懂先生的比喻，可悲啊！"

【原文】杨朱之弟曰布，衣素衣而出。天雨，解素衣，衣缁衣而反。其狗不知，迎而吠之。杨布怒，将扑之。杨朱曰："子无扑矣！子亦犹是也。向者使汝狗白而往，黑而来，岂能无怪哉？"（《列子·说符》）

【译文】杨朱的弟弟叫杨布，穿着白色的衣服出门。适逢天下雨，就脱下白衣服，穿上黑衣服回来。他家的狗不知道，就迎上去乱叫。杨布发怒，准备打狗。杨朱说："你不要打了！你也是这样的。假如你的狗白色出去，黑色回来，你能够不感到奇怪吗？"

杨子有感于"利出者实及，怨往者害来"，沉重地告诉弟子，也告诉人们：歧路可能误导方向，让你偏离正途，丢失根本；表象可能掩盖真相，让你判断失误，难辨本质。必须回归根本，恢复真相，才能做出正确的判断。这就是《论衡·率性》所说："杨子哭歧道，墨子哭练丝也，盖伤离本，不可复变也。"

在杨子看来："将治大者不治细，成大功者不成小。"（《列子·杨朱》）何谓"细"、"小"？就是儒、墨之说。他认为，儒、墨之说没有把握社会的根本，繁杂琐碎，无关宏旨，远水不解近渴，不能根除社会弊病。那么，社会病因的根本究竟在哪里呢？就在于不爱护、不珍惜自我生命。由此出发，杨子构建起自己的理论框架。

## 一　尊重生命价值——"贵生"、"重生"

中国很早就进入了农耕时代，父系社会的专偶婚姻造就了固定的家庭宗族。家族血脉需要代代延续，生产技术需要辈辈继承，尊祖敬宗、慎终追远，很自然地成为共同心理和行为规范。这样，人不再是自然的、个体的人，而是家族的、群体的人。这一方面是出于个人生存的需要，只有依附于家庭宗族才会有稳定生活、安全保障，生有所依，死有所靠；另一方面也是血缘亲情、社会稳定的需要，只有将每个人凝聚在宗族之内，把个

人与家族的利益紧密联系在一起，一损俱损，一荣俱荣，家、国才能成为一个统一的整体。同族、同祖、同宗、同姓的血亲关系，嫡出庶出、大宗小宗的宗法制度，造就了以君、父为核心的长幼有别、尊卑有序的家、国体制，伦理道德、忠孝礼义就是天经地义的人生规则，凝聚成为权威的内在约束力和外在强制力，从而形成了长期稳定、不可动摇的道德规范和政治格局。这就是以周公旦为代表的西周统治者留下的政治遗产，也是孔子所坚持继承和恢复的周礼制度。

这种以家庭为本位、以宗法为纽带的君父、家国体制，必然形成以君、父为绝对权威的群体意识，制约着每个人的行动。人人都必须按照自己的身份、地位，循规蹈矩，安分守己，尊祖敬宗，对人处事，否则，就认为是犯上作乱，大逆不道，就要受到社会舆论的谴责，家国法律的制裁。因此，作为个人，只能绝对服从，忍辱负重，委曲求全，扭曲天性，成为顺从的忠臣、孝子，而没有自己的思维空间，没有自己的人格尊严，没有自己的生存权利，更没有自由平等的社会身份，只有与生俱来的人身依附关系。孔子所说的"仁"是以孝悌为根本，墨子所说的"义"是以"尚同"为标准，他们坚持的都是以君、父为中心的群体意识，代表了主流社会的传统观念。而杨子却以大无畏的理论勇气，破天荒第一次强调个体生命价值，倡导自我观念，突破了群体意识，否定了君、父权威，从而颠覆了主流社会的传统思想，动摇了王权、宗法的统治地位。这种学说对于当时的人们，无异于地覆天翻、山摇地动，其震撼心灵的影响力和登高一呼的感召力是不可估量的！

【原文】子产相郑，专国之政三年，善者服其化，恶者畏其禁，郑国以治，诸侯惮之。而有兄曰公孙朝，有弟曰公孙穆。朝好酒，穆好色。朝之室也，聚酒千钟，积曲成封，望门百步，糟浆之气逆于人鼻。方其荒于酒也，不知世道之安危，人理之悔吝，室内之有亡，九族之亲疏，存亡之哀乐也。虽水火兵刃交于前，弗知也。穆之后庭，比房数十，皆择稚齿婑媠者以盈之。方其耽于色也，屏亲昵，绝交游，逃于后庭，以昼足夜，三月一出，意犹未惬。乡有处子之娥姣者，必贿而招之，媒而挑之，弗获而后已。子产日夜以为戚，密造邓析而谋之，曰："侨闻治身以及家，治家以及国，此言自于近至于远也。侨为国则治矣，而家则乱矣！其道逆邪？将奚方以救二子？子其诏之！"邓析曰："吾怪之久矣！未敢先言。子奚不时其治也，喻以性命之重，诱以礼义之尊乎？"子产用邓析之言，因间以谒其兄弟，而告之曰："人之所以贵于禽兽者，智虑。智虑之所将者，礼义。礼义成，则名位至矣。若触情而动，耽于嗜欲，则性命危矣。子纳侨之言，则朝自悔而夕食禄矣。"朝、穆曰："吾知之久矣，择之亦久矣，岂待若言而后识之哉！凡生之难遇，而死之易及。以难遇之生，俟易及之死，可孰念哉？而欲尊礼义以夸人，矫情性以招名，吾以此为弗若死矣！为欲尽一生之欢，穷当年之乐，唯患腹溢而不得恣口之饮，力惫而不得肆情于色，不遑忧名声之丑、性命之危也。且若以治国之能夸物，欲以说辞乱我之心，荣禄喜我之意，不亦鄙而可怜哉？我又欲与若别之。夫善治外者，物未必治，而身交苦；善治内者，物未必乱，而性交逸。以若之治外，其法可暂行于一国，未合于人心；以我之治内，可推之于天下，君臣之道息矣。吾常欲以此术而喻之，若反以彼术而教我哉？"子产忙然无以应之。他日以告邓析。邓析曰："子与真人居而不知也，孰谓子智者乎？郑国之治偶耳，非子之功也。"（《列子·杨朱》）

【译文】子产做郑国丞相，治理郑国政务三年，善良的人接受他的教化，凶恶的人畏惧他的禁令，郑国因此大治，各国诸侯都害怕郑国。子产的兄长叫公孙朝，弟弟叫公孙穆。公孙朝喜欢饮酒，公孙穆喜欢女色。公孙朝的家中，藏酒千坛，酒曲成山，百步之内就能够闻到他家的酒味。他沉溺于酒中，根本不知世道安危，人情厚薄，家业有无，家族亲疏，存亡哀乐。就是水火刀兵逼到他面前，也一概不管。公孙穆的后院，几十间房屋相连，全部住满挑选来的年轻漂亮女子。他沉溺于女色，摒弃亲近，断绝朋友，躲在后院，日以继夜，三个月才出一次门，还觉得不满足。乡村里有貌美的处女，他一定要用钱财弄来，托人引诱，不到手不罢休。子产日夜为他们忧愁，并秘密拜访邓析商议，说："我听说修养自身进而影响家庭，治理家庭进而治理国家，这是说由近可以及远。我为相使郑国大治，而家庭则大乱！是方法用错了吗？怎么才能挽救我的兄弟呢？请你来劝诫他们吧！"邓析说："我对他们这样奇怪很久了！只是不敢先对你说。你怎么不在适当的时候教训他们，说明生命的重要，阐述礼义的尊贵呢？"子产听从了邓析的话，在适当时候见到兄弟告诫他们说："人比禽兽高贵之处，就在于有智慧思虑。智慧思虑的根据，就在于礼义。一个人有了礼义修养，名誉地位就会到来了。你们纵情而妄动，沉迷于嗜欲，性命就危险了。你们听从我的劝告，那么早晨悔悟而晚上就可以得到俸禄了。"公孙朝、公孙穆同时回答说："你说的这些道理，我们知道很久了，选择很久了，难道要等你说后才懂得吗？人的生命是难以遇到的，而死亡却容易碰到，以很难遇到的生命去等待很容易碰到的死亡，还考虑这些吗？你要遵守礼义以夸示于人，改变性情以博取名誉，我们认为这样还不如去死。想要满足一生情欲，享尽人间快乐，唯恐肚皮太饱而不能尽情吃喝，力量疲惫而不能尽享女色，哪里有时间担心名声的好坏、性命的危险呢？况且你以治国的才能向人们炫耀，还想以陈词滥调迷惑我们的思想，用名誉俸禄来博取我们的欢心，不是非常鄙俗又可怜吗？我们还要与你辨别一番。善于治理外物的人，外物未必得到治理，而自身遭受劳苦；善于治理内心的人，事物未必混乱，而自身得到安逸。凭你治理外物，这些方法可以暂时推行于一国，未必符合人的内心；凭我们治理内心，可以推行于天下，君臣之间的礼义就废止不用了。我们经常用这种方法向人宣传，你还要反而用你的利禄之道来开导我们吗？"子产茫然，无言以对。过了几天，他将这些情况告诉邓析。邓析说："你与真正的人住在一起却不了解他们，谁说你是聪明人呢？郑国的治理不过是偶然而已，并不是你的功劳啊。"

公孙朝、公孙穆是否真有其人，姑置不论。杨子提出公孙朝好酒、公孙穆好色的荒唐作为，并非"唯贵放逸"，而是为了强调"凡生之难遇，而死之易及"，用宝贵的生命与子产的礼义、名位、利禄之类说教相对抗。既然生命是难得的、宝贵的，必须尊重，必须珍惜，那么礼义、名位、利禄这些身外之物根本不必考虑。所以说，"夫善治外者，物未必治，而身交苦；善治内者，物未必乱，而性交逸"，治外必劳身，治内则安逸，如果将"治内"推行于天下，甚至可以使"君臣之道息"。其宗旨就是为了强调生命的重要。

【原文】杨朱曰："天下之美归之舜、禹、周、孔，天下之恶归之桀纣。然而舜耕于河阳，陶于雷泽，四体不得暂安，口腹不得美厚；父母之所不爱，弟妹之所不亲。行年三十，不告而娶。及受尧之禅，年已长，智已衰。商钧不才，禅位于禹，戚戚然以至于死：此天人之穷毒者也！鲧治水土，绩用不就，殛诸羽山。禹纂业事雠，惟荒土功，子产不字，过门不入；身体偏枯，手足胼胝。及受舜禅，卑宫室，美绂冕，戚戚然以至于死：此天人之忧苦者也！武王既终，成王幼弱，周公摄天子之政。邵公不悦，四国流言。居东三年，诛兄放弟，仅免其身，戚戚然以至于死：此天人之危惧者也！孔子明帝王之道，应时君之聘，伐树于宋，削迹于卫，穷于商周，围于陈蔡，受屈于季氏，见辱于阳虎，戚戚然以至于死：此天民之遑遽者也！凡彼四圣者，生无一日之欢，死有万世之名。名者，固非实之所取也，虽称之弗知，虽赏之不知，与株块无以异矣。桀借累世之资，居南面之尊，智足以距群下，威足以震海内；恣耳目之所娱，穷意虑之所为，熙熙然以至于死：此天民之逸荡者也！纣亦借累世之资，居南面之尊；威无不行，志无不从；肆情于倾宫，纵欲于长夜；不以礼义自苦，熙熙然以至于诛：此天民之放纵者也！彼二凶也，生有从欲之欢，死被愚暴之名。实者，固非名之所与也，虽毁之不知，虽称之弗知，此与株块奚以异矣。彼四圣虽美之所归，苦以至终，同归于死矣。彼二凶虽恶之所归，乐以至终，亦同

叁 杨子

归于死矣。(《列子·杨朱》)

【译文】天下的美名都归于舜、禹、周公、孔子，恶名都归于夏桀、殷纣。但是舜在河阳耕种，在雷泽制陶，手足不得休息，口腹不得美食；父母不喜爱他，弟妹不亲近他。到了三十岁，不禀告父母而娶妻。等到他接受尧的禅让，年纪已经大了，智力已经衰退了。儿子商钧没有才能，只得把帝位禅让于禹，自己则悲戚抑郁而死：这就是天下最为穷困孤独的人啊！鲧治理水土，没有功绩，在羽山被杀。禹继承父业，事奉杀父仇人舜，害怕耽误治水的工期，儿子出生也不管，三过家门而不入；身体劳累瘦弱，手足磨出老茧。等到他接受禅让时，修建低矮的宫室，戴上华丽的冠冕，自己却愁苦到死：这就是天下最为忧愁辛劳的人啊！周武王死后，成王年幼，周公执掌政权。邵公不满意，到各国传播流言。周公东征三年，杀死兄长，流放弟弟，征战中几乎丧命，这样忧虑到死：这就是天下最为危险恐惧的人啊！孔子精通帝王之道，接受各国君主的聘请，结果在宋国树下休息而大树被伐，在卫国躲藏而悄然离去，在商国被关押，在陈、蔡被围困，受到季氏的压制，受到阳虎的羞辱，这样忧虑到死：这就是天下最为忙碌窘迫的人啊！这四位圣人，活着没有一天的欢乐，死后留下万世美名。其实名声，本来就不是实际上需要的，虽然称赞他们也不知道，虽然奖赏他们也不知道，这与树木土块没有什么差别。夏桀凭借历代的资财，位居帝王之尊；他的聪明才智足以抗衡群臣，声威足以震慑海内；放纵耳目的娱乐，穷尽思想之所为，快乐一直到死：这就是天下最为安逸放荡的人啊！殷纣同样凭借历代的资财，位居帝王之尊；他的声威畅通无阻，他的意志无所不从；在宫中放肆娱乐，在长夜放纵情欲；不用礼义约束自己，快乐一直到被杀：这就是天下最为放纵的人啊！这两个元凶，活着享受纵欲的欢乐，死后有了愚蠢暴虐的恶名。实际，本来就不是名声所给予的，虽然诋毁他也不知道，虽然称赞他也不知道，这与树木土块没有什么不同。那四位圣人虽然拥有美名，却劳苦终生，也同样走向死亡。那两个元凶虽然拥有恶名，却欢乐终生，也同样归于死亡。

即使贵为帝王，同样如此。四位圣人因为"治外"博得美名却"身交苦"，两个元凶因为"治内"遭受恶名却"性交逸"。在杨子看来，生命是最为宝贵的，人生是非常短暂的，根本不必受世俗功名利禄的约束和羁绊而劳苦终生，而要善待自己，保护自己。这些论述显然与传统观念相背离，虽然极端露骨，然而振聋发聩，其中自有一番道理。

【原文】万物所异者生也，所同者死也。生则有贤愚贵贱，是所异也；死则有臭腐消灭，是所同也。虽然，贤愚贵贱，非所能也；臭腐消灭，亦非所能也。故生非所生，死非所死；贤非所贤，愚非所愚；贵非所贵，贱非所贱。然而万物齐生齐死，齐贤齐愚，齐贵齐贱。十年亦死，百年亦死；仁圣亦死，凶愚亦死。生则尧舜，死则腐骨；生则桀纣，死则腐骨。腐骨一矣，孰知其异？且趣当生，奚遑死后？（《列子·杨朱》）

【译文】万物所不同的是生存的状态，所相同的是死亡的结局。活着有贤愚、贵贱之分，这是不同的；死后则腐臭消亡，这是相同的。虽然如此，贤愚、贵贱，不是自己能够做到的；腐臭消亡，也不是自己能够做到的。因此，生不是自己能够生存，死亡也不是自己能够死亡；贤明不能自己能够贤明，愚蠢不能自己能够愚蠢；富贵不是自己能够富贵，贫贱不是自己能够贫贱。这样万物均有生死，都有贤愚，都有贵贱。活十年也是死，活百年也是死；仁智圣贤也要死，凶恶愚蠢也要死。活着是尧舜那样的圣人，死后变成朽骨；活着是桀纣那样的恶人，死后也变成朽骨。变成朽骨是一样的，谁知道他们的不同呢？只需追求人生的快乐，哪里管得了死后的结局呢？

在贵族宗法制度之下，出身的高低贵贱就决定了社会地位，因此，杨子说"贤非所贤，愚非所愚；贵非所贵，贱非所贱"，唯有死亡的结局无关贤愚、贵贱、寿夭，对天下人公平如一，是人类共同的归宿。因此，生命的质量和价值，只体现在生前，不体现在死后；只体现在自身的逸乐，不

体现在他人的毁誉。所以，正确的选择只能是"且趣当生，奚遑死后"，过好自己的现实人生，才是最重要的事情。

杨子这种贵生、重生的思想，在《吕氏春秋》中得到更为集中的阐发。

【原文】倕至巧也，人不爱倕之指，而爱己之指，有之利故也。人不爱昆山之玉、江汉之珠，而爱己之一苍璧小玑，有之利之故也。今吾生之为我有，而利我亦大矣。论其贵贱，爵为天子不足以比焉；论其轻重，富有天下不可以易之；论其安危，一曙失之终身不复得。此三者，有道者之所慎也。（《吕氏春秋·重己》）

【译文】工倕是天下最巧的人，但是人们并不爱工倕的手指，而爱自己的手指，这是因为有它对自己有利的缘故。人们不爱昆仑山的玉石、长江汉水的珍珠，而爱自己的一块黑玉一粒小珠，这是因为有它对自己有利的缘故。现在，我的生命为我所有，而有利于我也是最大的了。若论生命的贵贱，贵为天子的爵位不能与我的生命相比；若论生命的轻重，富有天下不能与我的生命交换；若论生命的安危，生命一朝失去便终身不能再次得到。这三个方面，是有道之人必须慎重对待的。

每一个个体的生命都是无比珍贵的，比天子的爵位、天下的财富都要重要。生命只能一次性拥有，是任何外物不能代换的。从这个意义上说，天子、诸侯与平民百姓的生命都是同样宝贵的、完全平等的，没有高低贵贱之分。所以，"有道者之所慎也"。

夏商周三代以来，天下为君主私家所有，统治者为了自己的私欲，总是寻求各种冠冕堂皇的理由和借口，穷兵黩武，攻城略地，广大民众要么是用来杀人的战争工具，要么是遭受杀戮的征服对象，他们的生命贱如草芥，任意蹂躏，有谁重视过民众个体生命的价值呢？是杨子第一次将每一个人的生命强调到无比珍贵、无比重要的程度，并且认为天子与平民的生命价值是平等的、无可替代的，这在宗法等级社会是破天荒的大事。这种生命意识，是先秦最为感天动地的人生赞歌，最为悲天悯人的人道情怀，比孔子的仁爱、礼制更为实际，比墨子的兼爱、非攻更为真切。由此，杨子冲破了传统的思维框架，给人们一种崭新的目光和视野，名正言顺地重视和维护自己的宝贵生命，这是对身处战乱、饥寒交迫中的百姓深刻的启迪和巨大的警示，也是对诸侯贵族草菅人命、涂炭生灵的强烈抗争和严重警告。

## 二  追求逸乐人生——"不窘"、"不殖"

既然要"贵生"、"重生"，就应该追求适当的逸乐人生，节制过分的生理欲望，这完全是正当的人生诉求。

【原文】杨朱曰："伯夷非亡欲，矜清之邮，以放饿死。展季非亡情，矜贞之邮，以放寡宗。清、贞之误善之若此！"杨朱曰："原宪窘于鲁，子贡殖于卫。原宪之窘损生，子贡之殖累身。""然则窘亦不可，殖亦不可，其可焉在？"曰："可在乐生，可在逸身。故善乐生者不窘，善逸身者不殖。"（《列子·杨朱》）

【译文】杨子说："伯夷并非没有欲望，只是过分保持自己的清白，以至于饿死。展季并非没有感情，只是过分坚守自己的节操，以至于宗族不兴旺。保持清白和坚守节操的失误容易变成这样。"杨子说："原宪在鲁国受饥寒，子贡在卫国发大财。原宪受饥寒损伤生命，子贡发大财拖累身体。"有人问："然而原宪饥寒也不行，子贡发财也不行，可行的方法在哪里？"杨子说："可行的是求得一生快乐，可行的是求得自身的安逸。所以善于快乐一生的人不受饥寒之苦，善于自身安逸的人不受钱财拖累。"

伯夷保持清白而饿死，展季坚守节操而寡宗，原宪饱受饥寒而损伤生命，子贡聚敛钱财而劳累身心，他们都因为外物而危及自己的生命，这不是杨子向往的人生。杨子认为，"善乐生者不窘，善逸身者不殖"，生活贫困、饥寒交迫必然伤害身体，而富贵奢华、花天酒地必然烂肠伐性，这样都不利于贵生、重生。所以，杨子养生要的是既"不窘"又"不殖"，追求

温饱逸乐、自由自在的人生。这就是杨子的人生追求。

【原文】晏平仲问养生于管夷吾。管夷吾曰:"肆之而已,勿壅勿阏。"晏平仲曰:"其目奈何?"夷吾曰:"恣耳之所欲听,恣目之所欲视,恣鼻之所欲向,恣口之所欲言,恣体之所欲安,恣意之所欲行。夫耳之所欲闻者音声,而不得听,谓之阏聪;目之所欲见者美色,而不得视,谓之阏明;鼻之所欲向者椒兰,而不得嗅,谓之阏颤;口之所欲道者是非,而不得言,谓之阏智;体之所欲安者美厚,而不得从,谓之阏适;意之所欲为者放逸,而不得行,谓之阏性。凡此诸阏,废虐之主。去废虐之主,熙熙然以俟死,一日一月,一年十年,吾所谓养。拘此废虐之主,录而不舍,戚戚然以至久生,百年千年万年,非吾所谓养。"管夷吾曰:"吾既告子养生矣,送死奈何?"晏平仲曰:"送死略矣,将何以告焉?"管夷吾曰:"吾固欲闻之。"平仲曰:"既死,岂在我哉?焚之亦可,沉之亦可,瘗之亦可,露之亦可,衣薪而弃诸沟壑亦可,衮衣绣裳而纳诸石椁亦可,唯所遇焉。"管夷吾顾谓鲍叔黄子曰:"生死之道,吾二人进之矣。"(《列子·杨朱》)

【译文】晏子向管子询问养生之道。管子说:"顺从人的本性而已,不要阻止,不要遏制。"晏子说:"其中具体有哪些?"管子说:"耳朵想听什么就听什么,眼睛想看什么就看什么,鼻子想闻什么就闻什么,口舌想说什么就说什么,身体想安逸就安逸,内心想怎么做就怎么做。耳朵想听悦耳的声音,却不让听,这叫遏止听觉;眼睛想看美色,却不让看,这叫遏止视觉;鼻子想闻椒兰之香味,却不让闻,这叫遏止嗅觉;口舌想议论是非,却不让说,这叫遏止智慧;身体想得到舒适安逸,却不让得到,这叫遏止舒适;内心想放飞理想,却不让想,这叫遏止本性。这些遏止,是摧残人的主要原因。去除这些摧残人的主要原因,快乐地生活到死,一天一月,一年十年,如此下去,就是我说的养生之道。受制于这些摧残人的主要原因,被约束而不舍弃,痛苦而长久地活着,以至百年千年万年,绝不是我所说的养生之道。"管子又说:"我已经告诉你养生之道,送死之道又怎样呢?"晏子说:"送死之道很简单,我告诉你什么呢?"管子说:"我一定要听听。"晏子说:"人已经死了,怎么由得着我呢?焚烧也可以,沉水也可以,土葬也可以,坦露也可以,裹上草丢弃在山沟也可以,穿上锦绣放入石棺也可以,就看当时的际遇了。"管子回头对鲍叔黄子说:"养生、送死之道,我们两人全部说尽了。"

生死问题,从来就是人生大事,也是哲学研究的基本课题之一。杨子通过管子、晏子之口,说明人的本能生理需求应该"勿壅勿阏","恣耳之所欲听,恣目之所欲视,恣鼻之所欲向,恣口之所欲言,恣体之所欲安,恣意之所欲行",如此完全摆脱了世俗礼义的制约,追求自由自在、不受制约的本性,就是"不夭不殖"的养生之道,而"拘此废虐之主,录而不舍",违背人的自然本性,即使生活百年又有何益?这与孔子提倡的"非礼勿视,非礼勿听,非礼勿言,非礼勿动"(《颜渊》),显然是背道而驰的。至于死后,则"焚"、"沉"、"瘗"、"露"无所不可,随遇而安,这就是杨子重生轻死的生死观。后来庄子反对厚葬,要"以天地为棺椁,以日月为连璧,星辰为珠玑,万物为赍送",而并不在意"在上为乌鸢食,在下为蝼蚁食"(《列御寇》),与杨子学说正是一脉相承。

"贵生"、"重生"就要"不夭不殖"、"勿壅勿阏",那么,适当节制欲望,保持身心逸乐,就成为养生的必然要求。《吕氏春秋》就发挥了杨子的思想学说:

【原文】天生人而使有贪有欲。欲有情,情有节,圣人修节以止欲,故不过行其情。故耳之欲五声,目之欲五色,口之欲五味,情也。此三者,贵贱、愚智、贤不肖,欲之若一,虽神农、黄帝,其与桀、纣同。圣人之所以异者,得其情也。由贵生动,则得其情矣;不由贵生动,则失其情矣。此二者,死生存亡之本也。(《吕氏春秋·情欲》)

【译文】天生人就有贪图有欲望。有欲望就要有情怀,有情怀就要有节制,圣人用节制来制止欲望,因此不过分放纵他的情怀。所以,耳欲听五

叁 杨子

声,目欲观五色,口欲尝五味,是人之常情。这三个方面,贵贱、愚智、贤不肖,欲望是相同的,虽然是神农、黄帝,也与桀、纣相同。圣人之所以不同,是因为他们拥有正当的性情。按照贵生的原则而动,就得到正当的性情;不按照贵生的原则而动,就丧失了正当的性情。这两个方面,是生死存亡的根本。

【原文】富贵而不知道,适足以为患,不如贫贱。贫贱之致物也难,虽欲过之,奚由?出则以车,入则以辇,务以自佚,命之曰"招蹶之机";肥肉厚酒,务以自强,命之曰"烂肠之食";靡曼皓齿,郑卫之音,务以自乐,命之曰"伐性之斧"。三患者,贵富之所致也,故古之人有不肯贵富者矣,由重生故也。非夸以名也,为其实也。(《吕氏春秋·本生》)

【译文】富贵的人不知养生之道,适足带来祸患,还不如贫贱之人。贫贱之人获得财物困难,虽然想要纵欲,有什么资财呢?富贵之人出则用车,入则用辇,务求自己安逸,可以称为"招致覆灭的器械";肥肉纯酒,务求自己逞强,可以称为"腐烂肠胃的毒食";明眸皓齿的窈窕美色,郑卫轻狂的靡靡之音,务求自己欢乐,可以称为"杀伐性情的利斧"。这三个方面,都是富贵所造成的,所以古代的人有不愿富贵的,是为了重生的缘故。这并不是自夸虚名,而是为了追求养生之实。

情欲,人皆有之,唯有圣人能够"修节以止欲",其原则就是"由贵生动,则得其情矣;不由贵生动,则失其情矣",这关系到"死生存亡之本"。那些贵族统治者却不知"贵生"、"重生"的养生之道,穷奢极欲,纵情享乐,出车入辇成了"招蹶之机",肥肉厚酒成了"烂肠之食",声色自乐成了"伐性之斧",其实就是在放纵情欲,自寻死路。所以说,"善逸身者不殖"。这与古希腊哲人德谟克利特提出的"节制的享乐",亚里士多德提出的"放纵自己的欲望是最大的祸害",在理论上是完全一致的,中西哲人具有共识。

大凡"立官者,以全生也。……是故圣人之于声色滋味也,利于性则取之，害于性则舍之，此全性之道也"（《本生》）。据此，可以把人生分为"全生"、"亏生"、"死亡"、"迫生"四种状态。

【原文】全生为上，亏生次之，死次之，迫生为下。故所谓尊生者，全生之谓；所谓全生者，六欲皆得其宜也。所谓亏生者，六欲分得其宜也；亏生则于其尊之者薄矣，其亏弥甚者也，其尊弥薄。所谓死者，无有所以知，复其未生也。所谓迫生者，六欲莫得其宜也，皆获其所甚恶者，服是也，辱是也；辱莫大于不义，故不义迫生也；而迫生非独不义也，故曰迫生不若死。（《吕氏春秋·贵生》）

【译文】保全生命最好，亏待生命次之，死亡再次之，被迫害的生命最差。所以，所谓尊重生命，就是全面保护生命；所谓全面保护生命，就是耳、目、口、鼻、生、死六种欲望都得到满足。所谓亏待生命，就是六种欲望中部分得到满足；亏待生命就对于他尊重的天性薄弱了，他亏待得愈厉害的，对于尊重的天性愈薄弱。所谓死亡的，就是没有知觉了，返回到没有出生以前。所谓被迫害的生命，就是六种欲望没有一个得到满足，都得到了他最厌恶的，待遇是这样的，侮辱也是这样的；侮辱没有比不义更大的了，因此行不义之事就是迫害生命；而迫害生命不仅是不义，所以说被迫害的生命甚至比不上死亡。

"全生"就是六欲满足，这是最好的生存状态；"亏生"是亏损了部分天性，只能满足一部分；"死亡"则一无所知，如同没有出生；而"迫生"是统治者倒行逆施，百姓所获皆恶，生不如死，所以说"迫生不若死"！乱世中百姓饥寒交迫，朝不虑夕，妻离子散，受尽苦难，就是生不如死的"迫生"。

杨子强调"贵生"、"重生"，既主张"不夭不殖"、"勿壅勿阏"，肯定人性本能的生理欲望，反对禁欲，向往"全生"、"尊生"；又控诉生不如死的"迫生"，声讨贵族的纵欲，这分明是为饥寒交迫的百姓呐喊，对醉生梦死的统治者提出警告。至今我们同样既要满足人民正当的生活需求，又要

反对贪腐官员骄奢淫逸的奢靡之风,这种科学理性的生活态度,仍然具有公认的合理性。由此也可以证明,杨子并非"唯贵放逸",他描述的公孙朝、公孙穆之流的奢靡行为,不过是用反面的极端现象来抵制世俗的礼义名位,矫枉而过正而已。

当今个别官员沉迷于"招蹶之机"、"烂肠之食"、"伐性之斧",他们出乘豪车,包住红楼,内拥小蜜,外养二奶,穷奢极欲、挥金如土、声色犬马、醉生梦死,奢靡程度到了令人发指的地步!正如老子说:"五色令人目盲,五音令人耳聋,五味令人口爽,驰骋畋猎令人心发狂,难得之货令人行妨。(《十二章》)这不仅腐蚀了精神灵魂,而且败坏了社风民风,危害到党和国家的前途和命运。杨子提倡的理性人生态度,应该成为今人的警戒。

## 三 高扬个体意识——"为我"、"贵己"

坚持"贵生"、"重生",必然"为我"、"贵己",这是逻辑的必然。生命为我所有,身心只属自己。自我是根本,必须"为我";人生很短暂,必须"贵己"。这是自我观念的思想升华、个体意识的伟大觉醒!

【原文】杨朱游于鲁,舍于孟氏。孟氏问曰:"名乃苦其身,焦其心。人而已矣,奚以名为?"曰:"以名者为富。""既富矣,奚不已焉?"曰:"为贵。""既贵矣,奚不已焉?"曰:"为死。""既死矣,奚为焉?"曰:"为子孙。""名奚益于子孙?"曰:"乘其名者,泽及宗族,利兼乡党,况子孙乎!""凡为名者必廉,廉斯贫。为名者必让,让斯贱。"曰:"管仲之相齐也,君淫亦淫,君奢亦奢,志合言从,道行国霸。死之后,管氏而已。田氏之相齐也,君盈而已降,君敛而已施,民皆归之,因有齐国,子孙享之,至今不绝。""若实名贫,伪名富。"曰:"实无名,名无实。名者,伪而已矣。尧舜伪以天下让许由、善卷,而不失天下,享祚百年。伯夷、叔齐实以孤竹君让,而终亡其国,饿死于首阳之山。实、伪之辩,如此其省

也。(《列子·杨朱》)

【译文】杨朱在鲁国游历，住在孟氏家里。孟氏问他："名声是需要劳苦身心才能得到的。人活着就行了，为什么要为名声呢？"杨朱回答说："要名声可以富有。""既然富有了，怎么还不停止呢？"回答说："为了显贵。""既然显贵了，怎么还不停止呢？"回答说："为了死后荣耀。""既然死后荣耀了，还为什么呢？"回答说："为了后代子孙。""名声对后代子孙有什么好处呢？"回答说："利用名声，可以对宗族带来恩惠，对乡邻带来利益，何况是自己的子孙呢！""为了追求名声必须廉洁，而廉洁了就要贫穷。追求名声必须谦让，而谦让了就要卑贱。"回答说："当年管仲为齐国之相，桓公放纵他也放纵，桓公奢侈他也奢侈，他们君臣志向吻合，言听计从，使得治道大行，国家称霸。但是管仲死后，管氏家族也就消亡了。后来田氏为齐国之相，君王骄奢而他节俭，君王贪财而他施舍，所以百姓归顺他，他就占有齐国，子孙享用，至今不绝。""果真是有实名者而贫穷，有伪名者而富贵。"杨朱说："诚实的人没有名声，有名的人没有诚实。名声，本来就是虚伪的啊。从前尧、舜虚伪地把天下让给许由、善卷，实际上没有丧失天下，自己享国百年之久。而伯夷、叔齐确实把孤竹国君让出来，最终却丧失了国家，自己饿死在首阳山。真实与虚伪的分别，像这样地分明啊。"

人为什么要追逐名誉？说到底就是为了富贵、子孙、宗族、乡党的私利。然而，"凡为名者必廉，廉斯贫。为名者必让，让斯贱"，为了这些身外之物，而自寻拖累，自找烦恼，必然得不偿失。更何况"实无名，名无实。名者，伪而已矣"，根本不值得亏损自我去追求。

【原文】生民之不得休息，为四事故：一为寿，二为名，三为位，四为货。有此四者，畏鬼、畏人、畏威、畏刑，此谓之遁人。可杀可活，制命在外。不逆命，何羡寿？不矜贵，何羡名？不要势，何羡位？不贪富，何羡货？此之谓顺民也。天下无对，制命在内。故语有之曰：人不婚宦，情

欲失半；人不衣食，君臣道息。(《列子·杨朱》)

【译文】民众所以不得休息，是为了四件事：一为长寿，二为名誉，三为地位，四为财物。有了这四个方面的欲望，就会怕鬼、怕人、怕威势、怕刑罚，这样的人叫作违背自然本性的人。这样的人，可以杀他，也可以让他活，生命完全由外物控制。如果不违背天命，怎么会羡慕长寿？不重视尊贵，怎么会羡慕名誉？不追求权势，怎么会羡慕地位？不贪图富裕，怎么会羡慕财物？这样的人叫作顺应自然本性的人。天下没有敌手，生命完全由自己支配。所以，有这样的说法：人如果不结婚、不做官，情欲就少去一半；人如果不穿衣、不吃饭，君臣之道就没有了。

人生一世，为什么忙忙碌碌、费神劳形？就是因为寿、名、位、货这些身外之物的诱惑和羁绊。违背自然本性的"遁人"，畏首畏尾，惊恐不安，生命受外物的控制，所以只能听任摆布。如果能够抛开寿、名、位、货的制约，成为顺应自然本性的"顺民"，完全掌握自己的命运，就能"天下无对，制命在内"。虽然"人不婚宦"只是假设，"人不衣食"更不可能，但是，杨子希望摆脱外物诱惑、抛弃人事羁绊、追求顺应自然本性的人生愿望，是非常明显的。这就是说，人生在世，生命最为可贵，不要受功名利禄引诱迷惑而浪费精力，不要为宗族子孙谋利而劳苦其身，不要为高爵显位而卖力拼命，不要为锦衣玉食而受制君王。只有这样，才能真正把握自己的人生命运。

【原文】孟孙阳问杨子曰："有人于此，贵生爱身，以蕲不死，可乎？"曰："理无不死。""以蕲久生，可乎？"曰："理无久生。生非贵之所能存，身非爱之所能厚。且久生奚为？五情好恶，古犹今也；四体安危，古犹今也；世事苦乐，古犹今也；变易治乱，古犹今也。既闻之矣，既见之矣，既更之矣，百年犹厌其多，况久生之苦也乎？"孟孙阳曰："若然，速亡愈于久生——则践锋刃，入汤火，得所志矣。"杨子曰："不然。既生，则废而任之，究其所欲，以俟于死。将死，则废而任之，究其所之，以放于尽。

无不废,无不任,何遽迟速于其间乎?"(《列子·杨朱》)

【译文】弟子孟孙阳问杨子说:"如果有个人,珍贵生命,爱惜自身,希望不死,可以吗?"杨子说:"没有不死的道理。""希望长久生存,可以吗?"杨子说:"没有长久生存的道理。生命不能因为珍贵就能长久存在,身体不能因为爱惜就能长久健壮。况且长久生存又为了什么呢?喜怒哀乐怨五种感情的好与恶,古代如同当今;身体的安康与危险,古代如同当今;世间事务的苦与乐,古代如同当今;社会的治乱变化,古代如同当今。既然已经听说了,既然已经见到了,既然已经经历了,活上百年已经觉得长久了,何况长久生存带来的痛苦呢?"孟孙阳说:"如果是这样,早死好过久活——那么踏在刀刃上,进入沸水中,就能够满足早死的心愿了。"杨子说:"不是这样的。既然活着,就要听之任之,想要干什么就干什么,一直到死。就是将要死亡也要听之任之,想要到哪里就到哪里,一直到生命的终结。没有什么要顾念的,没有什么要承担的,何必匆忙地考虑生命的快与慢呢?"

希望久生不死,可以实现吗?杨子断然认为"理无不死"、"理无久生"。虽然历代天子君主都在寻仙炼丹,追求长生不老之药,其实都是痴心妄想。因为有生就有死,这是自然规律,谁也不能例外。然而,这并不是说"速亡愈于久生",生命自有一个过程,应该"废而任之,究其所欲,以俟于死。将死,则废而任之,究其所之,以放于尽",尊重生命的自然延续,珍惜生命的天然始终,不能随意对待生命,更不能轻率了断生命。这种尊重生命、珍惜生命的人生态度,至今都应该引起重视,可以作为那些轻生者的忠告。

【原文】杨朱曰:"百年,寿之大齐,得百年者,千无一焉。设有一者,孩抱以逮昏老,几居其半矣。夜眠之所弭,昼觉之所遗,又几居其半矣。痛疾哀苦,亡失忧惧,又几居其半矣。量十数年之中,逌然而自得、亡介焉之虑者,亦亡一时之中尔。则人之生也,奚为哉?奚乐哉?为美厚尔,为声色尔。而美厚复不可常厌足，声色不可常玩闻，乃复为刑赏之所禁劝，名法之所进退，遑遑尔竞一时之虚誉，规死后之余荣，偊偊尔顺耳目之观听，惜身意之是非，徒失当年之至乐，不能自肆于一时。重囚累梏，何以异哉？太古之人，知生之暂来，知死之暂往。故从心而动，不违自然所好，当身之娱，非所去也，故不为名所劝；从性而游，不逆万物所好，死后之名，非所取也，故不为刑所及。名誉先后，年命多少，非所量也。（《列子·杨朱》）

【译文】杨朱说："百岁，是人寿的极限，而能够活百年，千人中没有一人。假设一个人，从孩童到衰老的时间，几乎占了寿命的一半。晚上的安眠，白天的午休，时间又几乎占剩下的一半。病痛哀伤，忧虑恐惧，时间又几乎占了余年的一半。估计仅有的十几年间，欣然自得而无一点忧患的时候，也难有一时的满足。那么，人生在世究竟为了什么呢？欢乐什么呢？大概是为了美厚的衣食，为了动人的声色吧。然而，美厚的衣食不可能经常满足，声色的观赏不可能经常闻见，还要被刑所禁、赏所劝，被名所进、法所退，急急忙忙为虚伪的声誉而竞争，为死后的余荣所制约，而独自谨慎地耳听目见，束缚于自身内心的是非，而白白失去当时的欢乐，不能有一时的得意。这样的生活，与犯有重罪、身带镣铐的囚徒，有什么不同呢？上古的人懂得生命暂来，懂得死亡暂往。所以，他们按照自己的心意而行动，不违背自然的爱好，当时得到的欢乐不放弃，因此不受名声引诱；按照自己的性情而玩乐，不违背万物的爱好，不博取死后的名声，因此不被刑罚触及。名声的先后，寿命的长短，不必计较考虑。"

人的一生是非常短暂的，除了幼童和老年，除去睡眠时间、病痛哀伤、忧虑恐惧的时间，剩下不过十多年而已，如果"复为刑赏之所禁劝，名法之所进退，遑遑尔竞一时之虚誉，规死后之余荣，偊偊尔顺耳目之观听，惜身意之是非，徒失当年之至乐，不能自肆于一时"，那么，这样的人生，就与囚徒没有区别。后来，庄子的"人上寿百岁，中寿八十，下寿六十，除病痪、死丧、忧患,其中开口而笑者,一月之中,不过四五日而已"(《盗跖》),就是从杨子的论述中得到启示的。可见,只有远离社会王权的制约,摆脱刑赏、名法的羁绊,享受正当的逸乐,才是符合人性的正常生活。这不正是隐逸之士所追求的回归自然、徜徉江湖的逍遥人生吗?

【原文】杨朱曰:"太古之事灭矣,孰志之哉?三皇之事,若存若亡;五帝之事,若觉若梦;三王之事,或隐或显,亿不识一。当身之事,或闻或见,万不识一。目前之事,或存或废,千不识一。太古至于今日,年数固不可胜纪。但伏羲已来,三十余万岁,贤愚,好丑,成败,是非,无不消灭,但迟速之间耳。矜一时之毁誉,以焦苦其神形,要死后数百年中余名,岂足润枯骨?何生之乐哉!"(《列子·杨朱》)

【译文】杨朱说:"远古的事情已经泯灭了,谁能记得呢?三皇之事,若有若无;五帝之事,如同梦境;三王之事,或隐或现,亿万之中也不知一件。当世的事,有的听说有的见过,万件中不知其一。眼前的事,有的存留、有的废弃,千件不知其一。从远古到今日,年代本来就不能记述清楚。只是从伏羲以来,已有三十多万年,其中的贤愚,好丑,成败,是非,没有不消亡的,只是快慢速度不同而已。为了夸恃一时的声誉,而劳苦自己的神形,去追求死后数百年留下的名声,难道这样能够滋润腐朽的尸骨吗?这样活着还有什么欢乐呢!"

从历史的长河来看,更是如此。所谓三皇、五帝、三王、伏羲,无不淹没在历史的尘埃中,哪里分得清"贤愚好丑,成败是非"呢?因此,"矜一时之毁誉,以焦苦其神形,要死后数百年中余名,岂足润枯骨?何生之乐哉"!可见,为名利而劳苦,是何等荒唐和糊涂!这无疑是对儒、墨推崇的圣王进行公开的否定。

杨子是一个彻底的现实主义者,只看重当前现实的人生,不在意死去身后的余名;只关注自我生存的状态,不在乎子孙亲族的利禄;只追求"全生"、"全性"的价值,不屈从"亏生"、"迫生"的命运。这与传统观

念中的家国思维和群体意识,与孔、墨学说中的理论主张,显然大相径庭。

妨害"贵生""重生"的"䫉""殖"是外物,影响"为我""贵己"的"寿""名""位""货"也是外物,所以《淮南子·氾论》曰:"全性保真,不以物累形,杨子之所立也。"当然,这里所说的"为我"、"贵己"中的"我"、"己"并非指杨子本人,而是指社会上的每一个体的人。按照"贵生"、"重生"的原则,"为我""贵己"名正言顺、无可指责。因此,作为君主,维护并保证百姓能够"全生",是治理国家应负的社会责任,"亏生"是对于生命的缺德,"死亡"、"迫生"更是对于生命的犯罪。所以,杨子学说尊重生命价值、追求逸乐人生和高扬自我意识,是对贵族统治者剥削压迫的血泪控诉和坚决抗争,无疑具有巨大的感召力和影响力。这种学说能够"盈天下",是必然的!

那些贪官污吏,为名利、为地位、为子孙、为亲戚、为情人、为二奶而卖命,处心积虑,蝇营狗苟,用心不可谓不长远,用力不可谓不辛劳,担惊受怕,朝夕不安,惶惶不可终日,然而,又有什么价值呢?人的需求毕竟是有限的,日不过三餐,夜不过一宿,即使花天酒地、铺金盖银、珠宝满身、名车招摇,又能如何?正如老子说:"名与身孰亲?身与货孰多?得与亡孰病?甚爱必大费,多藏必厚亡。"(《四十四章》)还是听听杨子的忠告吧,做一个"制命在内"的"顺民"。

## 四 憧憬平等社会——"公身"、"公物"

杨子提出"贵生"、"重生","不䫉"、"不殖","为我"、"贵己"的主张,在人与社会的关系上,进而倡导"不以一毫利物,舍国而隐耕","损一毫利天下不与也;悉天下奉一身不取也",认为"存我为贵"、"侵物为贱",反对"横私天下之身,横私天下之物",要求"公天下之身,公天下之物"。只有"人人不损一毫,人人不利天下,天下治矣"。

【原文】杨朱曰:"伯成子高不以一毫利物,舍国而隐耕。大禹不以一身自利，一体偏枯。古之人，损一毫利天下不与也；悉天下奉一身不取也。人人不损一毫，人人不利天下，天下治矣。"禽子问杨朱曰："去子体之一毛以济一世，汝为之乎？"杨子曰："世固非一毛之所济。"禽子曰："假济，为之乎？"杨子弗应。禽子出，语孟孙阳。孟孙阳曰："子不达夫子之心，吾请言之。有侵若肌肤获万金者，若为之乎？"曰："为之。"孟孙阳曰："有断若一节得一国，子为之乎？"禽子默然有间。孟孙阳曰："一毛微于肌肤，肌肤微于一节，省矣。然则积一毛以成肌肤，积肌肤以成一节。一毛固一体万分中之一物，奈何轻之乎？"（《列子·杨朱》）

【译文】杨子说："伯成子高不肯用自己的一根毫毛有利于外物，舍弃国家而隐逸耕作。大禹不为自身谋取私利，结果操劳过度、一身重病。古代的人，损失自己的一根毫毛而利于天下都不想做，占有天下的资财而供奉自身也不想要。人人不损失一根毫毛，人人都不做利于天下的事，天下就大治了。"墨家之徒禽子问杨子说："拔你身上一根毫毛来救济天下，你愿意做吗？"杨子说："社会本来就不是一根毫毛所能救济的。"禽子说："假如可以救济，你愿意做吗？"杨子不回答。禽子出来，告诉了孟孙阳。孟孙阳说："你不理解杨先生的心思，我来说吧。如果有人侵犯你的肌肤，你可以获得万金，你愿意做吗？"回答说："愿意做。"孟孙阳说："如果有人砍断你身体的一部分，你可以得到一国，你愿意做吗？"禽子沉默了一会儿。孟孙阳继续说："一根毛比肌肤微小，肌肤又比身体一部分微小，这是明明白白的事情。然而一根根毫毛积累起来就可以成为肌肤，肌肤积累起来就可以组成身体。一根毫毛本来就是整个身体的万分之一，怎么能够轻视这一根毫毛呢？"

身体是由一毛一节组成的，心性是由一言一行凝聚的，必须时时关注爱护自己的身心，不要受到名缰利锁的约束和伤害。如果不能防微杜渐，守身如玉，受到"济世"、"万金"、"一国"这些外物的诱惑，损一毛就可以危及全身，亏一行就可以伤及心性，那么，就不可能保全身形，更不可

能"全性保真",所谓"贵生"、"重生",岂不成为空谈!

显然,杨子推崇伯成子高"不以一毫利物,舍国而隐耕",就是赞赏隐逸之士的处世态度和生活方式。只有"制命在内",才能远离社会,摆脱统治,民众就不被统治者愚弄、摆布、役使和利用,不会成为争权夺利、攻城略地的打手和工具,不会充当毫无价值的陪葬者或牺牲品。杨子不是铁公鸡,不是吝啬鬼,更不是极端的利己主义者,他是以哲人的睿智和勇气,反复告诫广大民众"贵生"、"重生"的道理,给百姓以人生的启迪和人文的关怀,这就是"损一毫利天下不与也"的真谛。

【原文】杨朱曰:"人,肖天地之类,怀五常之性,有生之最灵者也。人者,爪牙不足以供守卫,肌肤不足以自捍御,趋走不足以逃利害,无毛羽以御寒暑,必将资物以为养,性任智而不恃力。故智之所贵,存我为贵;力之所贱,侵物为贱。然身非我有也,既生不得不全之;物非我有也,既有不得而去之。身固生之主,物亦养之主。虽全生身,不可有其身;虽不去物,不可有其物。有其物,有其身,是横私天下之身,横私天下之物。不横私天下之身、不横私天下物者,其唯圣人乎!公天下之身,公天下之物,其唯至人矣!此之谓至至者也。"(《列子·杨朱》)

【译文】杨子说:"人,与天地万物相类似,怀有五行的禀性,是自然界生灵中最聪明的。人类,手足牙齿不足以保卫自身,肌肉皮肤不足以抵御攻击,奔跑不足以逃避利害,没有毛羽抵御寒热,必须借助外物来保养自己,天性就是运用智慧而不依靠力量。所以,智慧可贵,就是以保存自我为可贵;力量卑贱,就是以侵占外物为卑贱。然而,身体并非我原来固有,既然已经出生就不得不保全它;外物并非我原来固有,既然已经拥有就不能抛弃它。身体本是生命的主体,外物也是养生的主体。虽然保全自我生命,却不可私自占有他人身体;虽然不抛弃外物,却不可私自占有他人财物。占有他人财物,占有他人身体,就是强行霸占天下人的身体,强行霸占天下人的财物。不强行霸占天下人的身体、不强行霸占天下财物的人，就是圣人吧！公共拥有天下人的身体，公共拥有天下的财物，这就是至人啊！就是最最伟大的人啊。

统治者"横私天下之身，横私天下之物"，巧取豪夺，搜刮民财，甚至杀人越货，屠城灭国，就是为了"悉天下奉一身"。一旦"人人不损一毫，人人不利天下"，实现"公天下之身，公天下之物"，即所谓"天下为公"，那么统治者的罪恶行径就不能得逞，专制的目的就不能达到，从而可以实现天下大治的理想境界。可见，提倡"人人不损一毫"是方法，反对"悉天下奉一身"是目的；前者是假设的前提，后者是必然的结果。逻辑推理，非常清楚。"存我为贵"，就是"损一毫利天下不与也"；"侵物为贱"，就是"悉天下奉一身不取也"。这是互相联系的两个方面，一方面民众不要受虚名引诱，而亏损自己的一根毫毛，去盲目地"利国""利人"；另一方面统治者也不要以各种名义借口侵占天下财物，放纵骄奢淫逸。这就是说，百姓只要谨守己身，抵制利诱，不为君王效力卖命而劳苦终生，那么，君王就难以编造借口，攫取财富，而横私天下，穷奢极欲。所以，"人人不损一毫，人人不利天下，天下治矣"。

孔子曾经从仁爱理论出发，描绘出"礼义以为纪"的小康社会。墨子在"尚贤"理论基础上，提出"尚同"的治国策略。他们都要建立以圣君为中心的理想社会。而杨子强调"公"，推崇的是"不横私天下之身，不横私天下之物"的"圣人"，是"公天下之身，公天下之物"的"至人"，试图坚持爱护个体生命、尊重个人权益的原则，建立大公无私、人人平等的理想社会，这就从根本上否定了传统意义上君主的绝对权威，否定了宗法社会的家国体制。所以，后来老子提出"小国寡民"的社会蓝图，主张"太上，不知有之"（《十七章》），"我无为，而民自化"（《五十七章》）。《吕氏春秋·贵公》也说："凡主之立也，生于公。……天下非一人之天下也，天下之天下也。阴阳之和，不长一类；甘露时雨，不私一物；万民之主，不阿一人。"可见杨子学说的影响之大！

有趣的是，后来荀子也做过类似的论述。他说："水火有气而无生，草木有生而无知，禽兽有知而无义，人有气、有生、有知，亦且有义，故最为天下贵也。力不若牛，走不若马，而牛马为用，何也？曰：人能群，彼不能群也。人何以能群？曰：分。分何以能行？曰：义。故义以分则和，和则一，一则多力，多力则强，强则胜物，故宫室可得而居也。故序四时，裁万物，兼利天下，无它故焉，得之分义也。故人生不能无群，群而无分则争，争则乱，乱则离，离则弱，弱则不能胜物，故宫室不可得而居也，不可少顷舍礼义之谓也！能以事亲谓之孝，能以事兄谓之弟，能以事上谓之顺，能以使下谓之君。君者，善群也。群道当，则万物皆得其宜，六畜皆得其长，群生皆得其命。"（《王制》）他强调的是人能"群"、能"分"、能"义"，"君者，善群也"。突出的是礼义，颂扬的是君主。正所谓"大道以多歧亡羊，学者以多方丧生"，明显地反映了儒、道两家的思想分野。

那么，什么才是"公身"、"公物"的理想境界呢？杨子塑造了端木叔这个典型形象。

【原文】卫端木叔者，子贡之世也。借其先赀，家累万金。不治世故，放意所好。其生民之所欲为，人意之所欲玩者，无不为也，无不玩也。墙屋台榭，园囿池沼，饮食车服，声乐嫔御，拟齐、楚之君焉。至其情所欲好，耳所欲听，目所欲视，口所欲尝，虽殊方偏国，非齐土之所产育者，无不必致之，犹藩墙之物也。及其游也，虽山川阻险，途径修远，无不必之，犹人之行咫步也。宾客在庭者日百住，庖厨之下，不绝烟火；堂庑之上，不绝声乐。奉养之余，先散之宗族；宗族之余，次散之邑里；邑里之余，乃散之一国。行年六十，气干将衰，弃其家事，都散其库藏、珍宝、车服、妾媵。一年之中尽焉，不为子孙留财。及其病也，无药石之储；及其死也，无瘗埋之资。一国之人受其施者，相与赋而藏之，反其子孙之财焉。禽滑厘闻之曰："端木叔狂人也，辱其祖矣。"段干生闻之曰："端木叔达人也，德过其祖矣。其所行也，其所为也，众意所惊，而诚理所取。卫之君子多以礼教自持，固未足以得此人之心也。"（《列子·杨朱》）

【译文】卫国端木叔，是子贡的后代。他凭着祖上的遗产，家资超过万金。他不参加社会事务，放纵于自己的爱好。只要是人们想做的，无所不做；想玩的，无所不玩。他家的房屋台榭，园囿池塘，饮食车服，声乐妻妾，与齐、楚的君主可以媲美。至于他性情所喜爱的，耳朵想听的，眼睛想看的，嘴巴想吃的，虽然产自边远之国，不是齐土所生长的，无不获取，好像出于自家围墙之内那样容易得到。他想外出游玩，虽然山川阻隔，路途遥远，没有不到达的，好像走几步就到了一样。他的宾客在大庭上每天数以百计，厨房里烟火不断，厅堂里音乐不绝。他的家产除养活自己之外的剩余部分，先分给本家宗族；还有剩余，又分给乡邻；再有剩余，就分给全国百姓。端木叔活到六十岁时，身体衰弱，就抛弃家室，把库中贮藏的财物、珍宝、车辆、服装，甚至媵妾美女，全部散发出去，一年之中一点不剩，没有给子孙留下资财。等他病了，没有药材、针石的储备；等他死了，没有安葬的资费。国内受过他接济的人，共同商议按人口出资安葬他，并返还他子孙的财产。禽滑厘听见这些事迹说："端木叔是个疯子，辱没了他的祖宗。"段干木听见这些事迹说："端木叔是个通达的人，他的德行超过了他的祖宗。他的所作所为，虽然普通人感到惊奇，其实是情理之中的事情。因为卫国的君子大多秉持礼教为标准，他们本来就不能理解端木叔的心意。"

端木叔活着就"不治世故，放意所好"，是能够充分满足各种欲望的"全生"之人。他死前已开始"公身"、"公物"，把家产陆续分给宗族、乡邻和百姓，临死更把资财全部分光，媵妾全部散尽，没有给子孙留下一点财产，死后竟然靠曾经受惠的众人安葬。按照传统礼教，端木叔显然是在毁家败业、倒行逆施，所以墨家之徒禽滑厘说他是"狂人"，而高士段干木却说他是"达人"，给予高度评价。至于端木叔是否真有其人，本无所谓，

叁 杨子

杨子不过是借他的作为来表达自己重生轻死、公身公物的理想而已。

杨子的理论，没有孔子式的仁爱道德、礼乐制度的伦理说教，没有墨子式的兼相爱、交相利的功能交换，而是大胆提出"贵生"、"重生"，尊重生命的价值；积极倡导"不窭"、"不殖"，追求逸乐人生；突出强调"为我"、"贵己"，高扬自我意识；公开主张"公身""公物"，憧憬平等的社会。这分明是隐逸遁世思想的系统表述和理论升华，堪称为中国式最早的乌托邦！

杨子学说在"天下为家"的宗法封建时代出现，是对天子、诸侯们绝对权威的大胆挑战，是对以君、父为中心的家国专制体制的深刻质疑，是对战国社会贵贱对立、贫富悬殊的尖锐批判，是对贵族统治集团涂炭生灵、草菅人命的激烈抗争。这种学说，从根本上否定了当时社会的宗法制度和传统观念，牵动着官方的敏感神经，关系到民众的切身利益，明显具有反传统的叛逆思想和大无畏的革命精神，势必对贵族统治集团造成巨大冲击和严重威胁，对处于水深火热中的广大民众给予精神抚慰和心灵感召，必然产生振聋发聩、惊天动地的社会影响和轰动效应。

正因为杨子学说与儒、墨、法诸家的思想宗旨相背离、相冲突，论战是不可避免的，所以，杨子学说尽管得到民众的拥护和支持，却遭到诸家的围攻和批判。

首先是儒家。杨朱学说触犯到宗法制度的原则和利益，动摇了儒家学说的基础和宗旨，所以儒家深恶痛绝。

孔子尊周，主张"君君，臣臣，父父，子子"（《颜渊》），"天下有道，则礼乐征伐自天子出"（《季氏》），维护天子、君王至高无上的权威地位；杨子则赞赏"不以一毫利物，舍国而隐耕"，主张"侵物为贱"，"悉天下奉一身不取也"，反对"横私天下之身，横私天下之物"，憧憬"公身"、"公物"的平等社会。

孔子说："君子疾没世而名不称。"（《卫灵公》）以立德、立功、立言为"三不朽"，以修身、齐家、治国、平天下为人生道路；而杨子却主张"为我"、"贵己"，一切为了自我，一切以己为重，"全性保真，不以物累形"，不受功名利禄的诱惑和羁绊，看重现实人生，强调"存我为贵"，"损一毫利天下不与也"，反对以损害自身为代价去换取世俗功利。

孔子说："志士仁人，无求生以害仁，有杀身以成仁。"（《卫灵公》）曾子说："士不可以不弘毅，任重而道远：仁以为己任，不亦重乎？死而后已，不亦远乎？"（《泰伯》）要为社会、为理想而献身，做一个忠臣孝子，扬名后世，光宗耀祖；而杨子却主张"不夭"、"不殖"，珍视生命，尊重生命，向往"六欲皆得其宜"的逸乐人生，强调"迫生不若死"。

孔子说："弟子入则孝，出则弟，谨而信，泛爱众，而亲仁。行有余力，则以学文。""君子食无求饱，居无求安，敏于事而慎于言，就有道而正焉，可谓好学也已。"（《学而》）"非礼勿视，非礼勿听，非礼勿言，非礼勿动。"（《颜渊》）杨子却主张"勿壅勿阏"、"制命于内"，要做顺应自然的"顺民"，坚持自我本性，把握自身命运。

正因为如此对立，孟子才惊恐不安，如临大敌，口诛笔伐，奋起一战，必欲除之而后快。孟子说：

"圣王不作，诸侯放恣，处士横议。杨朱、墨翟之言盈天下。天下之言，不归杨，则归墨。杨氏为我，是无君也。墨氏兼爱，是无父也。无父无君，是禽兽也。……杨、墨之道不息，孔子之道不著，是邪说诬民、充塞仁义也。仁义充塞，则率兽食人，人将相食。吾为此惧，闲先圣之道，距杨、墨，放淫辞，邪说者不得作。"（《滕文公下》）

有意思的是，他只根据"损一毫利天下不与也"一句，就咒骂"杨氏为我，是无君也。……无父无君，是禽兽也"，而有意回避了下一句"悉天下奉一身不取也"的内容，这是孟子攻其一点、不计其余的战术，恰好暴露了他的难言之隐。

叁 杨子

孔子曾说："君子谋道不谋食。耕也，馁在其中矣；学也，禄在其中矣。君子忧道不忧贫。"（《卫灵公》）"上好礼，则民莫敢不敬；上好义，则民莫敢不服；上好信，则民莫敢不用情。夫如是，则四方之民襁负其子而至矣，焉用稼？"（《子路》）而孟子更明确地指出："或劳心，或劳力。劳心者治人，劳力者治于人。治于人者食人，治人者食于人。天下之通义也。"（《滕文公上》）可见孔、孟都是维护君权的，强调宗法统治的合理合法性。百姓必须耕作土地、流汗出力，供奉统治者衣食，而君子只管礼义，"谋道不谋食"。这本质上就是主张"横私天下之身，横私天下之物"，其实就是"悉天下奉一身"。所以，齐景公听到孔子"君君、臣臣、父父、子子"的治国主张，感慨地说："善哉！信如君不君，臣不臣，父不父，子不子，虽有粟，吾得而食诸？"（《颜渊》）虽然孔子曾向往过"天下为公"的大同世界，但是处在"天下为家"的现实环境中更主张"礼义以为纪"。孟子也说过"民为贵，社稷次之，君为轻"（《尽心下》），但是，他更认为"劳心者治人，劳力者治于人"是天经地义。儒家学说的内在矛盾，造成了孟子思想的片面极端，所以，孟子不想、也不愿触及这个敏感的社会政治问题。可见，问题并不在于杨子主张"损一毫利天下不与也"的"无君"思想，更重要的是杨子公然反对贵族统治者"悉天下奉一身"的社会不公，所以，才遭到孟子如此激烈地抨击和尖刻的咒骂，这在先秦诸子的论辩中是极其罕见的。

其实，孟子也反对统治者巧取豪夺、攻城略地的霸道暴政，主张施行推恩爱民、关心民生的王道仁政。他揭露"狗彘食人食而不知检，途有饿莩而不知发"的社会不公，主张"不嗜杀人者能一之"，要求"明君制民之产，必使仰足以事父母，俯足以畜妻子，乐岁终身饱，凶年免于死亡"（《梁惠王上》），在爱护百姓方面与杨子有相通之处。但是，在治国方略上，孟子是寄希望于明君从上而下地施行仁政，实现王道的政治理想，而杨子却要民众从下而上地"人人不损一毫，人人不利天下"，进而建立起"公身"、"公物"的平等社会。显然,这才是孟子与杨子的根本分歧。

墨子与杨子是各走极端,互相对立。正如孟子说:"杨子取为我,拔一毛而利天下,不为也。墨子兼爱,摩顶放踵利天下,为之。"(《尽心上》)墨子要"兼爱"而"为人",杨子要"贵己"而"为我"。墨子更"贵义"(《贵义》),可以为"义"不避艰险,身体力行,日夜不休,自苦为极,甚至舍生忘死以利天下;而杨子却要"贵生"、"重生","一毛不拔","全性保真,不以物累形"。不仅如此,墨子主张"天志"、"明鬼",借助鬼神张目;杨子却只重现实,"且趣当生,奚遑死后"。墨子鼓吹"尚同",要以"刑政"统一是非,尊崇君上;杨子却反对"横私",向往无君,"公天下之身,公天下之物"。墨子要求社会"节用"、"节葬";杨子则主张"勿壅勿阏",甚至要"舍国而隐耕",远离社会。二者如同水火,互不相容。

法家推崇君权,奖励耕战,强调以势、术、法驾驭天下。韩非子说:"今有人于此,义不入危城,不处军旅,不以天下大利易其胫一毛,世主必从而礼之,贵其智而高其行,以为轻物重生之士也。夫上所以陈良田大宅,设爵禄,所以易民死命也。今上尊贵轻物重生之士,而索民之出死而重殉上事,不可得也。"(《显学》)显然,统治者之所以"陈良田大宅,设爵禄",就是为了用利禄"易民死命",为统治者效力卖命,而杨子却无视君权,强调自我,"轻物重生","不以物累形",自然"义不入危城,不处军旅,不以天下大利易其胫一毛",哪里会"出死而重殉上事"呢?可见,杨子的主张,有悖于法家奖励耕战的思想主张,难容于专制君王,所以,遭到统治者的封杀禁绝是必然的。

显而易见,孔子主张"君君",墨子主张"尚同",韩非子主张"尊君",而杨子却主张"无君"。在治国理念上,儒、墨、法三家都坚持维护君王的权威,只有杨子冒天下之大不韪,否认君王独尊地位,强调自我价值,"存我为贵","侵物为贱",犹如空谷足音,震撼千古。在世人看来,

孔子讲"仁爱"，墨子讲"兼爱"，充满温情，显得高尚，而杨子学说中无人伦、无道德、无父子、无亲情、无君臣、无忠孝、无功名、无家国，只有"贵生"、"重生"，"不娄"、"不殖"，"为我"、"贵己"、"公身"、"公物"，似乎显得自私卑劣，冷酷无情。其实不然，这是世俗的误解。杨子学说出现在战国，自有历史的合理性和进步性。

杨子之前已有孔子的仁爱、礼制学说和墨子的兼爱、非攻主张，他们都以圣王明君为典范和核心，自上而下地提出治世方案，但是，"大道以多歧亡羊，学者以多方丧生"，社会并未安定和谐，诸侯们仍然杀伐不已，百姓处于水深火热、饥寒交迫之中，因此，杨子对孔、墨之说产生怀疑，对残酷现实深感失望，对民众苦难深表同情。他身处社会的下层，自然把目光投向久已流行于世的隐逸遁世现象，从隐逸之士远离社会、融入自然的处世态度和生活方式中得到了深刻启示。原来上至天子，下到百姓，唯有生命是每个人一次性拥有的，生命是不分贵贱、不论贫富、无限宝贵、无可替代的，是完全平等、非常重要的，必须珍惜、爱护。然而，天子诸侯、达官贵人贪图享乐，穷奢极欲，深受"招蹶之机"、"烂肠之食"、"伐性之斧"的毒害，醉生梦死，夭折短命，同时又攻城略地，涂炭生灵，杀人如麻，血流成河。对自我、对他人，都不尊重爱惜生命。而普通民众又终生为了名、利、富、贵、子孙、宗族而奔走，使得暂短的人生伤身劳神，苦不堪言，形如囚徒，生不如死。面对这样的处境，还不如脱离尘世，远走江湖，不受名利羁绊，不被刑律制约，成为顺应自然的顺民，因此，杨子才总结出"贵生""重生"、"不娄""不殖"、"为我""贵己"、"公身""公物"的理论学说。只要"制命于内"，摆正了生命与名利、自我与外物、个人与社会的关系，那么，尊重生命，珍惜生命，便成为必然的人生选择和处世原则。既然"存我为贵"，就要自觉抵制外物诱惑，洁身自好，维护自己的生命和利益，力求"全生"，因此"损一毫利天下不与也"；既然"侵物为贱"，就必须反对天子、诸侯"横私天下之身，横私天下之物"的霸道行为，抵制"悉天下奉一身"的专制暴行。这样，"人人不损一毫，人人不利天下"，就能实现"公天下之身，公天下之物"的无君社会，使得天下大治。这就是杨子学说形成的心路历程，也是杨子为拯救社会和人生开出的自下而上、釜底抽薪式的治世良药。杨子在当时能够认知生命价值，提倡理性生活，强调自我意识，追求自由公正，实为中国历史上开天辟地第一人，在哲学史、思想史、文化史上都具有不可或缺、无可替代的重要地位，值得后人深入思考、研究和吸取。

在漫长的封建专制社会里，贵族统治者总是以家国安危相威胁，以家族利益相号召，巧立名目，横征暴敛，榨取百姓血汗，满足自己私欲，坐享安乐，穷奢极欲，又以冠冕堂皇的理由，功利引诱，赏罚驱使，让百姓冒死征战，攻城略地，开拓疆域，以成就自己的霸业，名垂青史。历朝历代从来就不曾重视过民众生命的价值，久而久之，甚至连百姓自己都精神麻木，屈从命运，成为任人驱使的牛马、任人践踏的草芥，毫无生命意识和个人尊严可言。尽管周初统治者曾经宣称"敬德保民"，春秋时甚至说"夫民，神之主也"（《左传·桓公六年》），那是统治者看到民心的向背决定着家国的存亡，出于自身利益考虑的结果。他们对于百姓个体生命的价值和尊严，从来都是漠然视之。所以，梁漱溟先生说："中国文化最大之偏失，就在个人永不被发现这一点上。一个人简直没有站在自己立场说话机会，多少感情要求被压抑，被抹杀。五四运动以来，所以遭受'吃人礼教'等诅咒者，事非一端，而其实要不外此。戴东原责宋儒理学'人死于法，犹有怜之者；死于礼，其谁怜之'？其言绝痛。而谭复生（嗣同）所以声言要冲决种种纲罗者，亦是针对这一类理念而发。"① 在这种情况下，杨子第一次以悲天悯人的哲人情怀和关爱民生的学者理智，把平民个体的生命与天子诸侯的生命摆在同等重要、至高无上的地位，试图唤醒广大民众维护

---

① 梁漱溟：《中国文化要义》，见陈来编《梁漱溟选集》，吉林人民出版社，2010年1月。

权益的自我意识，为人生提供了思想导向和理论支持，这在中国历史上具有非常重要的意义。

从理论上说，个人主义与集体主义相对，属于哲学范畴；利己主义与利他主义相对，属于道德范畴。个人主义不等于利己主义，集体主义也不等于利他主义。杨子主张"损一毫利天下不与也"，坚持"存我为贵"，维护的是个人权益；主张"悉天下奉一身不取也"，认为"侵物为贱"，反对侵物而利己。这说明杨子既反对利他，又反对损人；既不是利他主义者，又不是利己主义者，只是哲学意义上的个人主义者。他的理论并不是为他本人，而是为了尊重广大民众的个体生命，强调百姓的自我意识，实际上就是要以个人本位思想与以君父为核心的群体本位思想相抗衡。从这个意义上说，杨子是以极端的言论提出了正当的要求，可以说是中国历史上最早的维权者。

中国在长期的皇权专制统治之下，一直在宣扬以君父为核心的家国集体本位思想，压制个人意志，牺牲个体利益，使得生命价值、自我意识很难有生存的空间。没有自我意识，必然专制；没有个人本位，难以平等。中国古代主流社会缺乏自由平等的思想，这就是重要原因之一。孔子的仁爱学说，立足于家族血缘亲情，构建的是封建等级制度，意在维护传统。墨子主张"尚贤"，试图挣脱贵族世袭制的罗网，但是他又要"尚同"，借助鬼神的意志，建立天子专制的一统天下。孔、墨的学说都建立在群体本位之上，而杨子却独辟蹊径，独树一帜，突现了个人本位思想，这是杨子学说与孔、墨的根本分歧。虽然与现代公民意识相比较，杨子的学说显得肤浅而稚嫩。但是，他能够在两千多年前封建宗法社会的一统天下里，坚定而明确地凸显了生命价值和自我意识，就显得弥足珍贵。

我们肯定杨子的个人本位思想，当然不是要否定国家群体本位思想，而是要在家国、社会范围里充分尊重、维护和保证个人的政治地位和经济权益，把民众个人的利益与家国群体利益更好的结合在一起。现代所谓

"以民为本"，就是要以民众为立国之本，以每一个公民的切身权益为本，尊重人民的主体地位。个体与集体是不可分割的整体，离开了个体，就没有集体和国家，反之，没有国家和集体，个体也难以生存。人们常说"大河有水小河满，大河无水小河干"，其实，同样是"小河有水大河满，小河无水大河干"。国家富强、民族振兴、人民幸福三位一体，才是共同利益、共同命运之所在。

当然，今天看来，杨子学说的缺陷也是明显的，具有很大的空想成分。

其一，在杨子的学说里，没有家庭关系、人际关系和社会关系，无视群体生存环境，只有个体自我的孤立存在，这在文明社会里是不现实的。完全脱离群体的个体人不可能生存，即使是隐逸之士也只是试图逃避社会，并不能彻底断绝人际交往和社会联系。杨子认定："人者，爪牙不足以供守卫，肌肤不足以自捍御，趋走不足以逃利害，无毛羽以御寒暑，必将资物以为养，性任智而不恃力。故智之所贵，存我为贵；力之所贱，侵物为贱。"然而，"智"由何生？"物"从何来？凭借什么"存我"而自立于天地之间呢？同样是对人的分析，荀子却得出能"群"、能"分"、能"义"的结论。（《王制》）他认为人之所以"最为天下贵"，就是因为能够群居生活，互相帮助，共同生存，这是无可辩驳的事实。中国古代思想家强调群体意识，原因正在这里。杨子为了强调个体本位而否定群体观念，必然否定家国、君主，否定一切社会体制和法则，走向无政府主义，从而把个体与群体二者根本对立起来。这说明杨子既不善于分析和洞察群体与个人的辩证关系，又不能够正确把握和处理社会与自我的内在联系，只会把自己孤立于天地之间。

其二，杨子强调"贵生"、"重生"，突出生命的价值，认为耳、目、鼻、口的生理本能人人具有，"由贵生动，则得其情矣；不由贵生动，则失其情矣"，这种理性生活态度是完全正确的。排除"寿、名、位、货"的诱惑羁绊，追求"六欲皆得其宜"的"全生"状态，也是无可厚非的。然而，

"溥天之下，莫非王土；率土之滨，莫非王臣"，平民要想"全生"，谈何容易！"人不婚宦，情欲失半；人不衣食，君臣道息"，更是幻想！外物对于天子诸侯来说，是应有尽有，六欲皆宜；对于普通民众来说，却是有之则生，无之则死。百姓上无片瓦之屋，下无立锥之地，衣食无着，饥寒交迫，不出卖劳力血汗，换取生活资料，何以为生？何谈"人人不损一毫，人人不利天下"？没有改变现状的措施和方法，怎么能够实现"贵生"、"重生"的理想呢？显然不如孟子"制民之产"、"轻徭薄赋"的主张更实际、更可行。

其三，杨子反对天子诸侯"横私天下之身，横私天下之物"，主张以"公天下之身，公天下之物"的方式治理国家，确实具有超前意识，值得赞赏，令人神往。然而，这一切并不是凭空产生、自发实现的。既然在杨子的心目中无君、无政府、无社会，由谁来主持大计、采取措施、实现这个美好的理想呢？现存的宗法封建家天下能够允许这种现象存在吗？杨子显然不能回答，他的主张只会成为遥远的乌托邦。

所以说，杨子的理论虽然锋芒毕露、惊世骇俗，闪耀着智慧的光彩，却又片面粗疏，自相矛盾，存在着明显的缺陷，只是一种脱离社会现实的"空想"。

但是，"空想"依然具有重要的思想价值。孔子的"大同"、"小康"，柏拉图《理想国》中贵族式的共产主义，19世纪法国圣西门、傅立叶、英国罗伯特·欧文的空想社会主义，都是"空想"，却同样可以点燃希望之火，启迪民众智慧，形成社会理想，凝聚前进动力，具有重要的精神引导作用。从"空想"到现实，并没有永远不可逾越的障碍，只要不懈探索，努力奋斗，就可以逐步实现"空想"的美好理念，取得伟大的成功。

聪明的杨子，难道就没有意识到自己学说在当时社会所面临的困境和命运吗？未必。杨子虽然明知环境险恶、阻力重重，还是要以自己的叛逆心理、过激论征和极端言辞，大胆倡导异端的理论，与儒、墨学说叫板，与传统社会抗争,就是为了唤醒民众,开启蒙昧,昭示他们珍视个人生命、维护自我权益,勇敢地反对横私、追求平等、主宰命运、顺应自然,争取"六欲皆得其宜"的理想人生。至于个人的毁誉、利害,就在所不计了。这就如同孔子为实现礼制而周游列国,百折不挠,"知其不可而为之";如同墨子为坚持非攻而日夜奔走,出生入死,自苦为极而不顾。这种坚忍不拔、坚定不移的意志和精神,正反映了先秦哲人献身理想的无私品格和闪光灵魂。

有的学者认为,杨子是小土地私有者,在政治上要求保障自己的权利,经济上要求财产不受侵犯,他的学说思想是代表小土地私有者利益的一个独立学派,与道家无关,更非道家的始祖。这种论断,是不能成立的。维护自己的政治和经济权益,岂止是小土地私有者的主张,更是广大隐逸之士的普遍主张,因为隐逸之士大多就是小土地私有者。"长沮、桀溺耦而耕",丈人"植其杖而芸",甚至包括后来不为五斗米而折腰的隐逸诗人陶渊明也是"种豆南山下",都是在躬耕南亩,自食其力。可见,隐士必须有自己安身立命的生活资料和生存条件,他们主张"存我为贵"、"侵物为贱",是必然的,这是理直气壮的维权。道家是反映隐逸遁世思想的一个学派,杨子正是道家学说的先驱者。杨子的思想,成为老、庄学说的理论核心,老、庄学说正是杨子思想的继承发展。不过杨子的主张显得粗疏直白,不如老子的冷峻和睿智、庄子的洒脱和逍遥罢了。尽管杨子闪亮夺目的思想火花被那个时代的风雨扑灭了,被封建统治者扼杀了,连自己的著作都没有留下,但是,其精神内核却融入了老、庄学说之中,以隐讳曲折、辩证思维的方式,更为深刻而精致地表现出来,形成了中国哲学史、思想史和文化史上的道家学派,产生了巨大而深远的作用和影响。

至于庄子对杨子的批判,确实有过。比如:"擢乱六律,铄绝竽瑟,塞师旷之耳,而天下始人含其聪矣;灭文章,散五采,胶离朱之目,而天下始人含其明矣;毁绝钩绳,而弃规矩,攦工倕之指,而天下始人有其巧矣;

叁 杨子

削曾、史之行，钳杨、墨之口，攘弃仁义，而天下之德始玄同矣。……彼曾、史、杨、墨、师旷、工倕、离朱者，皆外立其德而爝乱天下者也，法之所无用也。"（《胠箧》）这是针对杨子言行不一的作为而言的。

据《列子·杨朱》记载："杨朱见梁王，言治天下如运诸掌然。梁王曰：'先生有一妻一妾不能治，三亩之园不能芸，言治天下如运诸手掌何以？'杨朱曰：'臣有之。君不见夫羊乎？百羊而群，使五尺童子荷杖而随之，欲东而东，欲西而西，君且使尧牵一羊，舜荷杖而随之，则乱之始也。臣闻之，夫吞舟之鱼不游渊，鸿鹄高飞不就汙池，何则？其志极远也。黄钟大吕不可从繁奏之舞，何则？其音疏也。将治大者不治小，成大功者不小苛，此之谓也。'"可见，杨子虽然理论上主张"人人不损一毫，人人不利天下"，内心里却依然存有治理天下的高远志向和成就功名的入世信念，如此言行不一，说明他并非完全彻底的隐逸避世之士。这与庄子终身不仕、洁身守志的坚定态度和"同与禽兽居，族与万物并"的人生追求比较，形成了巨大反差。因此，庄子认为他是"外立其德而爝乱天下者也"，所以要"钳杨、墨之口"。这是后学对前贤的严肃批判，并不能因此而否认学理上的传承关系。

大凡一种学说在初创时期，并不是那样完美纯正，需要后学不断切磋琢磨、批判升华。先秦诸子中，同一学派中后学对前辈的批判继承是普遍现象，比如儒家荀子对孟子的批判继承，墨家后学对墨子的批判继承，道家老子对杨子的批判继承，法家韩非子对管仲、慎到、申不害、商鞅的批判继承，都是同一个道理。唯其如此，才能显示各个学派前修未密、后出转精的理论贡献，反映出与时俱进、不断发展的历史轨迹。所以，不能因为庄子对杨子有所批评，就否认杨子作为道家先驱的理论贡献和历史地位。

# 肆 孟子

孔子之后,儒家分为子张氏、子思氏、颜氏、孟氏、漆雕氏、仲良氏、孙氏、乐正氏等八派,其中最有影响的是孟氏之儒和孙(荀)氏之儒。孟子就是孟氏之儒的代表人物。

就儒家传承而言,孟子说:"由尧舜至于汤,五百有余岁,若禹、皋陶,则见而知之;若汤,则闻而知之。由汤至于文王,五百有余岁,若伊尹、莱朱,则见而知之;若文王,则闻而知之。由文王至于孔子,五百有余岁,若太公望、散宜生,则见而知之;若孔子,则闻而知之。由孔子而来至于今,百有余岁,去圣人之世,若此其未远也;近圣人之居,若此其甚也,然而无有乎尔,则亦无有乎尔。"(《尽心下》)显然,在孟子看来,由尧舜到商汤,由商汤到文王,由文王到孔子,形成了仁学的历史传承系统。孔子之后呢?孟子虽然不明言,其实他坚信"五百年必有王者兴",内心早有"当今之世,舍我其谁"之志(《公孙丑下》),认为自己距孔子年代未远,离孔子故乡最近,就是仁学道统承先启后的当然继承者和自觉捍卫者。在诸子争鸣的历史大舞台上,从孔子到墨子,从墨子到杨子,各领风骚,精彩纷呈,到孟子登上学术论坛,高扬尧舜的圣贤精神,高举孔子的仁学大旗,横批墨、杨,捍卫仁学,确实成为儒家继往开来的一代大师。

孟子（约前372—前289年），名轲，鲁国邹（今山东省邹县东南）人，晚于孔子去世百年之久。他幼年丧父，受到母亲仉氏良好的启蒙教育，历史上著名的"孟母三迁"、"断织劝学"（刘向《列女传》）、"杀豚不欺子"（韩婴《韩诗外传》）等教子故事，就出自孟子伟大的母亲，流传千古，脍炙人口。因此，孟子从小"旦夕勤学不息，遂成天下之名儒"。

据《史记·孟荀列传》记载：

"孟轲，邹人也。受业子思之门人，道既通，游事齐宣王，宣王不能用。适梁，梁惠王不果所言，则见以为迂远而阔于事情。当是之时，秦用商君，富国强兵；楚、魏用吴起，战胜弱敌；齐威王、宣王用孙子、田忌之徒，而诸侯东面朝齐。天下方务于合纵连横，以攻伐为贤，而孟轲乃述唐、虞、三代之德，是以所如者不合。退而与万章之徒序《诗》《书》，述仲尼之意，作《孟子》七篇。"

孟子曾说："予未得为孔子徒也，予私淑诸人也。"（《离娄下》）他"受业子思之门人"，是孔子孙子子思的再传弟子。子思曾盛赞他"言称尧舜，性乐仁义，世所稀有"（《孔丛子·杂训》）。由于孟子深得子思学说精髓，后世称为思孟学派。他像孔子一样，曾经带领门徒周游列国，活跃在邹、鲁、齐、滕、宋、魏诸国，与诸侯们问答辩难，还担任过齐国客卿，在稷下学宫与各个学派切磋争鸣。但是，在"天下方务于合纵连横，以攻伐为贤"的时候，他"述唐、虞、三代之德，是以所如者不合"，其主张"迂远而阔于事情"，所以不受诸侯们的欢迎，只好在晚年"退而与万章之徒序《诗》《书》，述仲尼之意，作《孟子》七篇"。

孟子一生崇拜尧舜，敬仰孔子，认为"圣人之于民，亦类也。出乎其类，拔乎其萃，自生民以来，未有盛于孔子也"（《公孙丑上》）。但是，孟子毕竟处于战国攻伐最激烈的时期，社会环境与孔子所处的时代大不相同，因此，孟子对孔子的学说有所取舍，有所创新，在"性善论"、"仁政论"、"修养论"等方面开拓升华、不断发展，为仁学理论的完善和提高，做出了重要贡献，被后人尊称为"亚圣"。

## 一 人有四端，本性善良

家族血缘，与生俱来；父子亲情，充满温馨；兄弟友爱，血浓于水。孝悌之道即由此而生。孔子说："孝弟也者，其为仁之本与。"（《学而》）仁爱学说就是建立在这个基础之上的。作为孔子仁学理论的继承者，孟子对此是笃信不疑、非常重视的。然而，孟子并不局限于此。他从人类的心理基础和心理体验入手，深入探讨了人类共同的人性，提出了"性善论"，详尽论述了人所共有的"四心"、"四端"、"四德"等"良知"、"良能"，认为"凡同类者，举相似也"，平民与圣人的人性是相通的，因此"人皆可以为尧舜"，并且由此扩展到"舍己从人"，"与人为善"，以求"仁义忠信，乐善不倦"的"天爵"。同时，人的善性又是可以因势而变的，"操则存，舍则亡"，所以，"君子必自反也"，终生"存心"、"养心"、"尽心"、"尚志"，才能保持善性，"居仁由义"，如此则"大人之事备矣"。

孟子的"性善论"，突破了仁爱学说囿于血缘亲情的局限性，贯通了人类共同的人性心理基础，从而在深度和广度上为仁学开拓了巨大的发展空间。所以，后世学者说："孟子大有功于世，以其言性善也。"（朱熹《四书章句集注·孟子序说》引程子语）给予高度评价。

### （一）孟子道性善

孟子认为，人类先天具有的人性是善良的，所以"滕文公为世子，将之楚，过宋而见孟子，孟子道性善，言必称尧舜"（《滕文公上》）。这一"人性善良"的著名命题，大大提升了仁学的理论高度和实践广度。

人性善良有什么根据呢？完全出自孟子的心理体验和推理判断。"乍见孺子将入于井，皆有怵惕、恻隐之心"，这种自然产生的心理体验就足以证明"人皆有不忍人之心"。推而广之，人人都具有恻隐之心、羞恶之心、辞让之心、是非之心，这就是仁、义、礼、智四种德行的初始开端，"苟能充

之，足以保四海；苟不充之，不足以事父母"。

【原文】孟子曰："人皆有不忍人之心。先王有不忍人之心，斯有不忍人之政矣。以不忍人之心，行不忍人之政，治天下可运之掌上。所以谓人皆有不忍人之心者，今人乍见孺子将入于井，皆有怵惕、恻隐之心，非所以内交于孺子之父母也，非所以要誉于乡党朋友也，非恶其声而然也。由是观之，无恻隐之心，非人也；无羞恶之心，非人也；无辞让之心，非人也；无是非之心，非人也。恻隐之心，仁之端也；羞恶之心，义之端也；辞让之心，礼之端也；是非之心，智之端也。人之有是四端也，犹其有四体也。有是四端而自谓不能者，自贼者也。谓其君不能者，贼其君者也。凡有四端于我者，知皆扩而充之矣，若火之始然，泉之始达。苟能充之，足以保四海；苟不充之，不足以事父母。"（《公孙丑上》）

【译文】孟子说："人人都有怜悯别人的心理。先王因为有怜悯别人的心理，才有了怜悯别人的政治。凭借怜悯别人的心理，推行怜悯别人的政治，治理天下就如同运转于手掌一样容易。之所以说人人都有怜悯别人的心理，原因在于，假如现在有人突然看见一个小孩将要跌入井中，任何人都会有惊骇同情之心，这种心理的产生，并不是为了结交这个小孩的父母，也不是为了在乡邻朋友中博取名声，更不是厌恶小孩的哭声而这样的。由此看来，如果没有同情之心，不能算人；如果没有羞耻之心，不能算人；如果没有谦让之心，不能算人；如果没有是非之心，不能算人。同情之心，是仁的开端；羞耻之心，是义的开端；谦让之心，是礼的开端；是非之心，是智的开端。人具有这四种开端，就如同有四肢一样。有这四种开端而自称办不到，这是残害自己的人。认为他的君王办不到，是残害君王的人。凡是具有这四种开端的人，如果懂得把它们充实发扬，就像火刚刚燃烧，泉水刚刚流淌，不可熄止。如果能够把它们扩充，就足以安定四海；如果不能扩充，就不足以侍奉父母。"

既然"人性善良"，为什么有时又表现为不善呢？公都子就告子提出的

"性无善无不善"、"性可以为善，可以为不善"、"有性善，有性不善"等问题进行诸多质疑，由此引发了与孟子的论辩。孟子认为，"仁、义、礼、智，非由外铄我也，我固有之也，弗思耳矣"，关键在于自己，"求则得之，舍则失之"。我去求索它就会得到，舍弃它就会失去，"若夫为不善，非才之罪也"，是人自己不能充分发挥人性资质的缘故。

【原文】公都子曰："告子曰：性无善无不善也。或曰：性可以为善，可以为不善，是故文、武兴则民好善，幽、厉兴则民好暴。或曰：有性善，有性不善，是故以尧为君而有象，以瞽瞍为父而有舜，以纣为兄之子且以为君而有微子启、王子比干。今曰性善，然则彼皆非与？"孟子曰："乃若其情，则可以为善矣，乃所谓善也。若夫为不善，非才之罪也。恻隐之心，人皆有之。羞恶之心，人皆有之。恭敬之心，人皆有之。是非之心，人皆有之。恻隐之心，仁也。羞恶之心，义也。恭敬之心，礼也。是非之心，智也。仁、义、礼、智，非由外铄我也，我固有之也，弗思耳矣。故曰：求则得之，舍则失之。或相倍蓰而无算者，不能尽其才者也。《诗》曰：天生蒸民，有物有则。民之秉彝，好是懿德。孔子曰：为此诗者，其知道乎！故有物必有则；民之秉彝也，故好是懿德。"（《告子上》）

【译文】公都子说："告子说：人性没有什么善或不善。有人说：人性可以变得善，也可以变得不善，所以周文王、武王在位时百姓好善乐行；周幽王、厉王在位时，百姓趋向残暴。也有人说：有些人天性善良，有些人天性不善，所以有尧这样的圣人为君却出现象这样的恶人，有瞽瞍这样的恶父却有舜这样的好儿子，有纣这样的侄儿为君却有微子启、王子比干这样的贤臣。如今你说人性本善，那么他们说的都不对吗？"孟子说："顺应人天生的性情，可以做到为善，这便是我所说的人性本善。至于有的人做坏事，并非天生资质的罪过。同情心，人人都有；羞耻心，人人都有；恭敬心，人人都有；是非心，人人都有。同情心，属于仁；羞耻心，属于义；恭敬心，属于礼；是非心，属于智。仁、义、礼、智，不是由外人授予我的，是我本来就具有的，不过不曾深思罢了。所以说：求索就会得到，舍弃就会失去。人与人相比，有的相差一倍、五倍甚至无数倍，这就是有的人不能充分发挥人性资质的缘故。《诗经》说：上天生养万民，事物皆有法则。百姓保持常性，就爱美好品德。孔子说：作这首诗的人，一定是了解大道的人啊！因此，有事物就有一定的法则；百姓保持了它，所以就会喜欢美好的品德。"

显然，孟子提出的"性善论"是建立在天生资质善良的基础之上，具有先验性、普遍性和绝对性，至于能否发挥人性的善良，那就决定于自己的取舍了。取善则得善，舍善则得恶，不能因为有恶人存在，就否定人性本善。孔子说："性相近也，习相远也。"（《阳货》）共同秉持"四心"、"四端"就是"性相近"，因习染不同而优劣不同就是"习相远"。

### （二）凡同类者，举相似也

孟子认为，圣人与民众的差别是很少的，只是因为圣人能够闻善而从，见贤而动，主动自觉地学习仁义道德罢了，如此则"若决江河，沛然莫之能御也"。

【原文】孟子曰："人之所以异于禽兽者几希，庶民去之，君子存之。舜明于庶物，察于人伦，由仁义行，非行仁义也。"（《离娄下》）

【译文】人与禽兽的差异是很少的，一般人丢弃了这个差异，而君子保存这个差异。舜明白万物的法则，了解人伦的道理，就遵循仁义而动，并不是勉强去践行仁义。

【原文】孟子曰："舜之居深山之中，与木石居，与鹿豕游，其所以异于深山之野人者几希；及其闻一善言，见一善行，若决江河，沛然莫之能御也。"（《尽心上》）

【译文】孟子说："舜住在深山中，与树木、石块为伴，与鹿、野猪为伍，他与深山里的民众差异是很少的；等到他听到一句善言，看见一个善行，学习的愿望就如同江河决口，那种热情气势是没有谁可以阻挡的。"

当然，人性心理是会有差异的，比如"富岁，子弟多赖；凶岁，子弟多暴"，这是由于环境和条件不同造成的。然而，毕竟"凡同类者，举相似也"，圣人"与我同类者"，口、耳、目的欲望都是相同的，那么，所认同的理义也必然是相同的。

【原文】孟子说："富岁，子弟多赖；凶岁，子弟多暴。非天之降才尔殊也，其所以陷溺其心者然也。今夫麰麦，播种而耰之，其地同，树之时又同，浡然而生，至于日至之时，皆熟矣。虽有不同，则地有肥硗、雨露之养、人事之不齐也。故凡同类者，举相似也，何独至于人而疑之？圣人，与我同类者。……故曰，口之于味也，有同耆焉；耳之于声也，有同听焉；目之于色也，有同美焉。至于心，独无所同然乎？心之所同然者何也？谓理也，义也。圣人先得我心之所同然耳。故理义之悦我心，犹刍豢之悦我口。"（《告子上》）

【译文】孟子说："丰年时，子弟大多懒惰；灾年时，子弟大多暴烈。这不是天生资质如此不同，是由于形势环境使他们的心性改变的缘故。现在比如种大麦，播了种，耪了地，如果土质一样，下种的时节一样，麦苗便会蓬勃生长，到了夏至之时，都会成熟了。纵然有所不同，那是因为土地的肥瘠、雨露的多少、人们田间管理的程度不同造成的了。所以，凡是同类的事物，都大体相似，为什么讲到人就怀疑呢？圣人，是与我们同类的人。……所以说，口对于味道，有同样的嗜好；耳对于声音，有同样的听觉；眼对于颜色，有同样的美感。至于心性，难道就没有相同之处吗？性的相同之处是什么呢？是礼，是义。圣人只是先于一般民众觉悟到我们心中共有的礼义罢了。所以，礼义使我们心情喜悦，就如同牛羊肉让我们共享口福一样。"

那么，建立在人性本善基础上的人类共同具有的礼、义，就是"不学而能"的"良能"，"不虑而知"的"良知"，因此，"亲亲，仁也。敬长，义也"；"仁，人心也；义，人路也"，就成为大家共同的信念。有的人"自暴"而"自弃",就是因为"旷安宅而弗居,舍正路而不由"、"舍其路而弗由,放其心而不知求"的结果,所以,学问之道,目的就在于"求其放心而已矣"。

【原文】孟子曰:"人之所不学而能者,其良能也。所不虑而知者,其良知也。孩提之童,无不知爱其亲者;及其长也,无不知敬其兄也。亲亲,仁也。敬长,义也。无他,达之天下也。"(《尽心上》)

【译文】孟子说:"人不通过学习便能够做到的,那是良能。不通过思考就能够知道的,那是良知。幼小的儿童,就没有不知道亲爱父母的;等到长大,就没有不知道尊敬兄长的。亲爱父母,就是仁;尊敬兄长,就是义。这没有其他什么原因,因为仁与义可以通行天下。"

【原文】自暴者,不可与有言也;自弃者,不可与有为也。言非礼义,谓之自暴也;吾身不能居仁由义,谓之自弃也。仁,人之安宅也;义,人之正路也。旷安宅而弗居,舍正路而不由,哀哉!(《离娄上》)

【译文】自己残害自己的人,不能与他探讨有价值的言论;自己抛弃自己的人,不能与他从事有价值的事业。说话不合礼义,叫作自己残害自己;自己不能居仁心、循道义,叫作自己抛弃自己。仁,是人最安适的住宅;义,是人最正确的道路。空着安适的住宅而不居住,舍弃正确的道路而不去走,真是可悲啊!

【原文】仁,人心也;义,人路也。舍其路而弗由,放其心而不知求,哀哉!人有鸡犬放,则知求之;有放心,而不知求。学问之道无他,求其放心而已矣。(《告子上》)

【译文】仁,是人的爱心。义,是人的正路。放弃这条正路而不走,丧失了他的仁义之心而不寻求,真是可悲啊!有的人丢失了鸡犬,便知道寻找;丧失了仁义之心,却不知道寻求。学问之道没有别的,就是寻求丧失了的仁义之心罢了。

既然人性本善,都具有仁义的良能、良知,那么就意味着平民与圣人之间没有不可逾越的障碍和鸿沟。圣人是人，我也是人，只要能够坚守仁义的本性，"称其言，履其行，夜思之，昼行之，滋滋焉，汲汲焉"，"恶有不至者乎"？因为"尧舜之道，孝悌而已矣。子服尧之服，诵尧之言，行尧之行，是尧而已矣"。所以，只要坚守善性，秉持仁义，不懈努力，"人皆可以为尧舜"。

【原文】孟轲问子思曰："尧、舜、文、武之道，可力而致乎？"子思曰："彼，人也；我，人也。称其言，履其行，夜思之，昼行之，滋滋焉，汲汲焉，如农之赴时，商之趣利，恶有不至者乎？"（《孔丛子·居卫》）

【译文】孟轲问子思说："尧帝、舜帝、文王、武王的礼乐之道，可以通过努力而达到吗？"子思说："这些圣人，是人；我，也是人。称说他们的言论，履行他们的行动，夜里思考它，白天执行它，勤勉地做，急切地做，如同农民按时耕种，如同商人追逐利益，哪里会有不能达到的呢？"

【原文】曹交问曰："人皆可以为尧舜，有诸？"孟子曰："然。""交闻文王十尺，汤九尺。今交九尺四寸以长，食粟而已，如何则可？"曰："奚有于是？亦为之而已矣。……尧舜之道，孝弟而已矣。子服尧之服，诵尧之言，行尧之行，是尧而已矣。子服桀之服，诵桀之言，行桀之行，是桀而已矣。"（《告子下》）

【译文】曹交问道："人都可以成为尧舜，有这样的说法吗？"孟子回答说："是的。"曹交说："我听说周文王身高十尺，商汤身高九尺。现在我身高九尺四寸以上，只会吃饭而已，怎样就可以成为尧舜呢？"孟子说："这有什么困难呢？只要去做就是了。……尧舜之道，就是孝和悌而已。你穿尧穿的衣服，说尧说的话，做尧做的事，你便是尧了。你穿桀穿的衣服，说桀说的话，干桀干的事，你便是桀了。"

孟子把孝悌视为圣人之道的根本，这分明是在继承和申发孔子学说。但是，孟子在重视"仁"的同时，特别强调"义"。在孟子看来，"仁"是不学而能的良能，侧重内在修养；"义"是不虑而知的良知，侧重外在行为。所以,"仁"是安宅,存于内心;"义"是正路,现于作为。二者的关系,又当如何呢?由此,引发了一场著名的争论。

【原文】告子曰:"食色,性也。仁,内也,非外也;义,外也,非内也。"孟子曰:"何以谓仁内义外也?"曰:"彼长而我长之,非有长于我也;犹彼白而我白之,从其白于外也,故谓之外也。"曰:"异于白马之白也,无以异于白人之白也;不识长马之长也,无以异于长人之长与?且谓长者义乎?长之者义乎?"曰:"吾弟则爱之,秦人之弟则不爱之也,是以我为悦者也,故谓之内。长楚人之长,亦长吾之长,是以长为悦者也,故谓之外也。"曰:"耆秦人之炙,无以异于耆吾炙,夫物则亦有然者也,然则耆炙亦有外欤?"(《告子上》)

【译文】告子说:"饮食男女,这是本性。仁,是由内而发,而不是外在引起的;义,是外在引起的,而不是由内而发的。"孟子说:"为什么说仁是由内而发的而义是由外在引起的呢?"告子回答说:"因为他年龄大而我尊敬他,并非我预先就有尊敬他的念头;就如同外物是白的而我就认为它是白的,是由于外物的白而产生的认识,所以说是外在引起的。"孟子说:"白马的白与白人的白似乎没有不同;但是,不知对于老马的怜悯与对于老人的尊敬有什么不同吗?况且你说的义,是对于老者一方呢?还是对于尊敬老者的一方呢?"告子回答说:"是我的弟弟我便爱他,是秦国人的弟弟我便不爱他,这是因为我内心喜欢自己的弟弟,所以说仁是由内而发的。尊敬楚国的长者,也尊敬我自己的长者,这是因为外在的年老决定的,所以说义是外在引起的。"孟子说:"喜欢吃秦国人做的烤肉,与喜欢吃自己做的烤肉没有什么不同,各种事物也都有这种情况,那么,爱吃烤肉的心也是外在引起的吗? (这岂不是与你说的饮食是本性的观点相矛盾了吗?)"

显然,狭义的仁义,是限定在血缘亲情的范围之内的,所以说"亲亲,仁也。敬长,义也";广义的仁义,是面向社会大众的,所以说

"仁，人之安宅也；义，人之正路也"。可见，"仁"是"义"内在的成因，"义"是"仁"外在的表现，二者相辅相成，不能决然分开。所以，孔子说"杀身成仁"（《卫灵公》），孟子说"舍生取义"（《告子上》），由"成仁"可以"取义"，由"取义"也可以"成仁"。然而，内心毕竟是难以揣测考量的，而行为则是容易审察辨识的。强调"义"的行为标准，比起把握内心之"仁"，更具有针对性、操作性和可行性。这是孟子对仁学的一大贡献。

### （三）操则存，舍则亡

人性善与不善的变化毕竟是复杂的，难以被人理解认同。告子就以水为喻，认为"决诸东方则东流，决诸西方则西流"，试图证明"人性之无分于善与不善"。对此，孟子则认为"人性之善也，犹水之就下也"，水之所以"可使过颡"、"可使在山"，是由于"其势则然也"。也就是说，形势环境可以改变水的流向，水性如此，人性同样也如此，但是，这并不能证明人性本来不善。

【原文】告子曰："性犹湍水也，决诸东方则东流，决诸西方则西流。人性之无分于善不善也，犹水之无分于东西也。"孟子曰："水信无分于东西，无分于上下乎？人性之善也，犹水之就下也。人无有不善，水无有不下。今夫水，搏而跃之，可使过颡；激而行之，可使在山。是岂水之性哉？其势则然也。人之可使为不善，其性亦犹是也。"（《告子上》）

【译文】告子说："人的本性好比湍急的水流，从东边打开缺口就向东流，从西边打开缺口就向西流。人性不分善与不善，就好像水没有向东流、向西流的分别。"孟子说："水流确实没有东流与西流的定向，难道也没有向上流与向下流的定向吗？人性的向善，如同水性总往下流。人的本性没有不善良的，水的本性没有不下流的。当然，击打水让它飞溅起来，可以超过人的额头；堵住水使它倒流，可以引上高山。这难道是水的本性吗？是形势迫使它这样的。人是可以使他去做坏事的，那时他的本性也就遭遇到这种情况。"

同样,"牛山之木",因为"斧斤伐之","牛羊有从而牧之",就变得光秃秃的。善性同样如此,"其所以放其良心者,亦犹斧斤之于木也",如果"梏之反复,则其夜气不足以存;夜气不足以存,则其违禽兽不远矣"。所以说"苟得其养,无物不长;苟失其养,无物不消","操则存,舍则亡"。这里,孟子提出了如何抵制外界环境的不利影响、坚决维护自己善良本性的大问题。

【原文】孟子曰:"牛山之木尝美矣,以其郊于大国也,斧斤伐之,可以为美乎?是其日夜之所息,雨露之所润,非无萌蘖之生焉,牛羊有从而牧之,是以若彼濯濯也。人见其濯濯也,以为未尝有材焉,此岂山之性也哉?虽存乎人者,岂无仁义之心哉?其所以放其良心者,亦犹斧斤之于木也,旦旦而伐之,可以为美乎?其日夜之所息,平旦之气,其好恶与人相近也者几希,则其旦昼之所为,有梏亡之矣。梏之反复,则其夜气不足以存;夜气不足以存,则其违禽兽不远矣。人见其禽兽也,而以为未尝有才焉者,是岂人之情也哉?故苟得其养,无物不长;苟失其养,无物不消。孔子曰:操则存,舍则亡;出入无时,莫知其乡。惟心之谓与?"(《告子上》)

【译文】孟子曰:"牛山的树木曾经很茂盛,因为它位于都市的近郊,总有人用斧子砍伐,它还能够茂盛吗?当然这些树木日夜都在生长,雨露都在滋润,并非没有新枝嫩芽长出,但是又有人在这里放牧牛羊,因此现在就变成光秃秃的了。人们看见它光秃秃的样子,便以为这山不曾长过大树,这难道是牛山的本性吗?要说到人身上,难道这个人从来就没有产生过仁义之心吗?他之所以丧失善良之心,也正像斧子对于树木一样,天天被砍伐,还怎么能够保持茂盛呢?他每天夜晚萌生的善心,清晨时出现的清明之气,其好恶与一般人是非常相近的,但是到了第二天的所作所为,又把那些与常人相同的善心扼杀消亡了。这样反复地扼杀,那么夜里萌生的善心就不能存在了；夜来萌生的善心不能存在，那么他就与禽兽相差不远了。别人看见他像禽兽一样，就会认为他不曾有过善良的资质，这难道是此人的本性吗？所以说，要是得到好的滋养，没有什么东西不能生长；要是丧失好的滋养，没有什么东西不会消亡。孔子说：抓住了，就存在；舍弃了，就消亡；出入没有定时，就不知道它的去向。说的就是人心吧？"

孟子说："诚身有道：不明乎善，不诚其身矣。是故诚者，天之道也；思诚者，人之道也。至诚而不动者，未之有也；不诚，未有能动者也。"（《离娄上》）这就是说，养护善性需要诚心、恒心和毅力，即使环境条件相同，结果也会因人而异。弈秋的两个学生，一人专心致志，一人心猿意马，学习效果自然不同。一曝十寒，三心二意，任何事情都会有始无终；一心一意，长期坚持，才能有所收获成就。学习语言也是这样，"一齐人傅之，众楚人咻之，虽日挞而求其齐也，不可得矣"。维护发扬善性同样如此，既要自己努力，又需众人支持，缺一不可。

【原文】孟子曰："无惑乎王之不智也。虽有天下易生之物也，一日暴之，十日寒之，未有能生者也。吾见亦罕矣，吾退而寒之者至矣，吾如有萌焉何哉？今夫弈之为数，小数也；不专心致志，则不得也。弈秋，通国之善弈者也。使弈秋诲二人弈，其一人专心致志，惟弈秋之为听。一人虽听之，一心以为有鸿鹄将至，思援弓缴而射之。虽与之俱学，弗若之矣。为是其智弗若与？曰：非然也。"（《告子上》）

【译文】孟子说："对于君王的不明智，不必困惑。天下虽然有容易生长的植物，一天晒它，又十天冻它，也没有能够生长的。我见到君王的次数很少，我离开后那些给君王泼冷水的人就来了，我对于君王一点善心的萌芽又能怎么样呢？下棋的技艺，是一种很小的技艺；如果不专心致志，就难以学好。弈秋，是全国善于下棋的高手。假如让弈秋教诲两个人下棋，其中一个人专心致志，一直听从弈秋的讲授。另一个人虽然也听着，但一心惦记着会有天鹅飞来，总想着拿起弓箭去射它。虽然与前一个人一起学习，但成绩却不如那个人。是因为他的智力比不上吗？回答说：不是这样。"

【原文】孟子谓戴不胜曰："子欲子之王之善与？我明告子。有楚大夫于此，欲其子之齐语也，则使齐人傅诸？使楚人傅诸？"曰："使齐人傅之。"曰："一齐人傅之，众楚人咻之，虽日挞而求其齐也，不可得矣；引而置之庄岳之间数年，虽日挞而求其楚，亦不可得矣。子谓薛居州，善士也。使之居于王所。在于王所者，长幼卑尊皆薛居州也，王谁与为不善？在王所者，长幼卑尊皆非薛居州也，王谁与为善？一薛居州，独如宋王何？"（《滕文公下》）

【译文】孟子对戴不胜说："你想要你的君王向善吗？我明白地告诉你吧。假如这里有个楚国的大夫，想让他的儿子学会齐国话，那么是请齐国人教他呢？还是请楚国人教他呢？"戴不胜说："请齐国人教他。"孟子说："一个齐国人教他齐语，许多楚国人用楚语干扰他，那么即使天天鞭打他而逼他说齐语，也是办不到的；反之，带他到齐国闹市的街巷住上几年，即使天天鞭打他而逼他说楚语，也同样是办不到的。你说的薛居州，是个好人。让他住在王宫里。如果住在王宫里的人，不论长幼卑尊都是薛居州那样的人，君王与谁去做不好的事情呢？如果住在王宫里的人，不论长幼卑尊都不是薛居州那样的人，君王又与谁去做好事呢？一个薛居州，能对宋王起什么作用呢？"

正如孟子对高子说："山径之蹊间，介然用之而成路；为间不用，则茅塞之矣。今茅塞子之心矣。"（《尽心下》）一旦茅草乱长，就会阻塞道路；一旦邪念丛生，就会丧失善性。作为君子，绝不能让茅塞其心。由此可知，孟子极力排除各种干扰，创造理想环境，鼓励自身努力，就是为了拯救日益沉沦的世道人心，呼唤善良人性的重新归来。

### （四）君子莫大乎与人为善

作为君子，只在家族内部怀有善心、施行孝悌之道是不够的，必须不断吸取别人的优点，充实自己的善行，把善心扩展到广大民众身上，即"君子莫大乎与人为善"。因此，孟子特别赞赏乐正子"好善"，喜欢听取采纳善言，认为这是与人为善、治理国家的关键所在。如果"人能充无欲害人之心"、"人能充无穿窬之心"、"人能充无受尔汝之实"，那么，就会无所往而不为仁义。

【原文】孟子曰："子路，人告之以过则喜；禹，闻善言则拜；大舜有大焉，善与人同，舍己从人，乐取于人以为善，自耕稼、陶、渔以至为帝，无非取于人者。取诸人以为善，是与人为善者也。故君子莫大乎与人为善。"(《公孙丑上》)

【译文】孟子说："子路，别人给他指出过错就高兴；禹，听到善言就向人致敬；伟大的大舜更了不起啊，他把善行与人同享，舍弃自己而顺从别人，喜欢吸取别人的优点来行善，从他种地、制陶、捕鱼一直到做天子，没有不是吸取别人优点的。吸取别人优点来行善，就是与别人一道行善。所以君子没有比与别人一道行善更高尚的了。"

【原文】鲁欲使乐正子为政。孟子曰："吾闻之，喜而不寐。"公孙丑曰："乐正子强乎？"曰："否。""有知虑乎？"曰："否。""多闻识乎？"曰："否。""然则奚为喜而不寐？"曰："其为人也好善。""好善足乎？"曰："好善优于天下，而况鲁国乎？夫苟好善，则四海之内皆将轻千里而来告之以善；夫苟不好善，则人将曰：訑訑，予既已知之矣。訑訑之声音颜色距人于千里之外，士止于千里之外，则谗谄面谀之人至矣。与谗谄面谀之人居，国欲治，可得乎？"(《告子下》)

【译文】鲁国打算让乐正子治理国政。孟子说："我听到这个消息，高兴得睡不着觉。"公孙丑问道："乐正子能力强吗？"孟子说："不是。""有智慧谋略吗？"孟子说："不是。""博闻多识吗？"孟子说："不是。""既然如此，那你为什么高兴得睡不着觉呢？"孟子说："他这个人喜欢听取采纳善言。""喜欢听取采纳善言就够了吗？"孟子回答说："喜欢听取采纳善言，治理天下都会有余，何况是治理鲁国呢？如果执政者喜欢听取采纳善言，那么天下的人都会不远千里赶来敬告善言；如果执政者不喜欢听取采纳善言，那么人们就会学着他的样子说：哦哦，我都已经知道了。那样的声音、脸色就会拒人于千里之外。士人止步于千里之外，那么喜欢进献谗言、当面奉承的小人就会到来。执政者与喜欢进献谗言、当面奉承的小人在一起，想把国家治理好，能够办到吗？"

【原文】孟子曰："人皆有所不忍，达之于其所忍，仁也；人皆有所不为，达之于其所为，义也。人能充无欲害人之心，而仁不可胜用也；人能充无穿窬之心，而义不可胜用也；人能充无受尔汝之实，无所往而不为义也。"（《尽心下》）

【译文】孟子说："人人都有不忍心做的事情，把它推广到他忍心做的事情上，就是仁；人人都有不愿干的事情，把它推广到他想干的事情上，便是义。人如果能够把不想害人的心扩充起来，那么仁就用不尽了；人如果能够把不挖洞、跳墙的心扩充起来，那么义就用不尽了；人如果能够把不愿受人轻蔑的言行扩充起来，那么无论到哪里都符合于义了。"

梁惠王"以其所不爱及其所爱"，说明他既不爱百姓，又不爱宗亲，这是与人为恶，不是"与人为善"，当然是不仁，其他攻城略地的诸侯无不如此，所以说"春秋无义战"（《尽心下》）。在孟子心目中，善、信、美、大、圣、神是逐级提高的行善标准，是一个不懈努力、积极进取的奋斗过程。所以，人们应该不断追求"仁义忠信，乐善不倦"的天爵，然后"人爵从之"；反之，如果"即得人爵，而弃其天爵"，就会身败名裂，自走绝路，"终亦必亡而已矣"。

【原文】孟子曰："不仁哉梁惠王也！仁者以其所爱及其所不爱，不仁者以其所不爱及其所爱。"公孙丑问曰："何谓也？""梁惠王以土地之故，糜烂其民而战之，大败，将复之，恐不能胜，故驱其所爱子弟以殉之，是之谓以其所不爱及其所爱也。"（《尽心下》）

【译文】孟子说:"梁惠王真是不仁德啊!仁德的人能够把给予所爱之人的善行推及到他所不爱的人身上,不仁德的人却把给予他所不爱之人的恶行推及到他所爱的人身上。"公孙丑问道:"这话是什么意思呢?""梁惠王为了争夺土地的缘故,使民众在战斗中生灵涂炭、尸横遍野,结果大败而归,将要再战,由于担心不能取胜,所以就驱使他所爱的贵族子弟去打仗送死,这就是把给予他所不爱之人的恶行推及到他所爱的人身上。"

【原文】浩生不害问曰:"乐正子何人也?"孟子曰:"善人也,信人也。""何谓善?何谓信?"曰:"可欲之谓善,有诸己之谓信,充实之谓美,充实而有光辉之谓大,大而化之之谓圣,圣而不可知之之谓神。乐正之,二之中,四之下也。"(《尽心下》)

【译文】浩生不害问道:"乐正子是什么样的人?"孟子说:"是个善人,是个信人。""什么是善?什么是信?"孟子回答说:"值得向往的行为就是善,自己确实做到善就是信,善得以充实扩展就是美,善充实完满而发出光辉就是大,发出光辉而化育民众就是圣,圣明而不可揣测就是神。乐正子,处在善、信之间,还没有到美、大、圣、神的程度。"

【原文】孟子曰:"有天爵者,有人爵者。仁义忠信,乐善不倦,此天爵也;公卿大夫,此人爵也。古之人修其天爵,而人爵从之。今之人修其天爵,以要人爵;即得人爵,而弃其天爵,则惑之甚者也,终亦必亡而已矣。"(《告子上》)

【译文】孟子说:"有天赐的爵位,也有人封的爵位。仁德义行忠诚守信,乐于行善不知疲倦,这是天赐的爵位;公卿大夫,这是人封的爵位。古人修养自己天赐的爵位,然后人封的爵位就跟随而来。今人修养自己天赐的爵位,用来换取人封的爵位;得到人封的爵位以后,就丢弃了天赐的爵位,那实在是太糊涂了,最终必定连人封的爵位也会丧失的啊。"

显然,孟子将来自血缘亲情的"亲亲"、"敬长"的仁义,扩大到面向天下百姓的"人心"、"人路"的仁义;把"人性本善"的自然心理,推广到"与人为善"的社会心理;修养"天爵",再得"人爵"。从而为仁爱之学奠定了更为深厚的理论基础,开拓了更为宽阔的发展空间,这是孟子的一个历史性贡献。

### (五) 君子必自反也

既然一般人容易一曝十寒、茅塞其心,作为君子就应该"存心"、"养心"、"尽心"、"尚志",反省并维护自己的善性,正己正人,天下归心。这是孟子人生的自信和追求。

所谓"存心",就是"以仁存心,以礼存心";所谓"养心","莫善于寡欲";所谓"尽心",就是"尽其心者,知其性也。知其性,则知天矣";所谓"尚志",就是"居仁由义,大人之事备矣"。如此,则"行有不得者皆反求诸己,其身正而天下归之"。

【原文】孟子曰:"君子所以异于人者,以其存心也。君子以仁存心,以礼存心。仁者爱人,有礼者敬人。爱人者,人恒爱之;敬人者,人恒敬之。有人于此,其待我以横逆,则君子必自反也:我必不仁也,必无礼也,此物奚宜至哉?其自反而仁矣,自反而有礼矣,其横逆由是也,君子必自反也:我必不忠。自反而忠矣,其横逆由是也。君子曰:此亦妄人也已矣。如此,则与禽兽奚择哉?于禽兽又何难焉?是故君子有终身之忧,无一朝之患也。乃若所忧则有之:舜,人也;我,亦人也。舜为法于天下,可传于后世,我由未免为乡人也,是则可忧也。忧之如何?如舜而已矣。若夫君子所患则亡矣。非仁无为也,非礼无行也。如有一朝之患,则君子不患矣。"(《离娄下》)

【译文】孟子说:"君子之所以与人不同,就在于保全善心。君子用仁保全善心,用礼保全善心。仁德之人爱护别人,守礼之人尊敬别人。爱护别人的人,别人总是爱他;尊敬别人的人,别人总是尊敬他。假如有一个人,他对我蛮横无理,那么君子一定要反省自问:我一定是不够仁德,一定是不够守礼,不然这种蛮横的态度怎么会出现在我面前呢?自我反省了认为自己符合仁德，自我反省了认为自己符合礼义，那人依然那样蛮横无理，君子一定又要反省自问：我一定不够忠诚。自我反省了认为自己是忠诚的，那人依然那样蛮横无理。君子就会说：这是一个狂妄之徒罢了。像他这样，与禽兽有什么区别呢？对于禽兽又责备什么呢？所以，君子有终身的忧虑，而没有一时的烦恼。这样的忧虑是有的：舜，是人；我，也是人。舜作为天下的楷模，可以流传于后世，我仍然不免于是一个普通人，这就是值得忧虑的事情。忧虑又怎么样呢？向舜学习吧。至于君子别的烦恼，就没有了。不是仁德的事不干，不符合礼的事不做。即使一旦有了烦恼，君子也不以为是烦恼了。"

【原文】孟子曰："养心莫善于寡欲。其为人也寡欲，虽有不存焉者，寡矣；其为人也多欲，虽有存焉者，寡矣。"（《尽心下》）

【译文】孟子说："修养心性的方法没有比减少物欲更好的了。他的为人欲望不多，那善性纵然有所丧失，丧失的也不会多；他的为人欲望很多，那善性虽有保存，保存的也会很少。"

【原文】尽其心者，知其性也。知其性，则知天矣。存其心，养其性，所以事天也。夭寿不贰，修身以俟之，所以立命也。（《尽心上》）

【译文】尽力发现人的善心，认识人的本性。认识了人的本性，就知道了天的意志。保存了人的本心，培养了人的本性，用来侍奉天意。不论寿命长短都不三心二意，都修身养性等待命运的安排，这就是"立命"的原则。

【原文】王子垫问曰："士何事？"孟子曰："尚志。"曰："何谓尚志？"曰："仁义而已矣。杀一无罪，非仁也；非其有而取之，非义也。居恶在？仁是也；路恶在？义是也。居仁由义，大人之事备矣。"（《尽心上》）

【译文】齐王子垫问："士做什么事？"孟子回答说："使自己的志行高尚。"又问："怎样才算使自己的志行高尚？"答道："行仁义罢了。杀一个无罪的人，就是不仁；不是自己所有却夺取它，就是不义。居处在哪里？

仁便是；道路在哪里？义便是。居住于仁而行走于义，大人的事业就齐备了。"

【原文】孟子曰："爱人不亲，反其仁；治人不治，反其智；礼人不答，反其敬。行有不得者皆反求诸己，其身正而天下归之。《诗》云：永言配命，自求多福。"（《离娄上》）

【译文】孟子说："我爱护别人而别人却不亲近我，那就反问自己是否够仁爱；我管理别人而却管理不善，那就反问自己是否够智慧；我礼貌对待别人而别人却不回应，那就得反问自己是否够恭敬。任何行为如果没有达到预期的效果都要反躬自问，自身端正了那么天下人就会归顺他。《诗经》说：永远配合天的命令，自己寻求更多的福祉。"

孔子说："君子求诸己，小人求诸人。"（《卫灵公》）孟子具体化为"存心"、"养心"、"尽心"、"尚志"，目的在于以仁存心，以礼存心，修身寡欲，保存善性，扩充四端，舍己从人，与人为善，这种"行有不得者皆反求诸己"的内敛精神，充分显示了孟子追求善性的哲学思维，为推行仁政提供了理论根据。中华民族谦虚谨慎、与人为善的传统文化精神，就是由此而奠基。

## 二　修身养气，内圣外王

在论证人性本善的基础上，孟子更为重视培养君子的高尚情操和独立人格，塑造"内圣外王"的思想精神境界，使他们内心怀有仁义道德的圣人素养，对外施行以德服人的王道政治。这是"性善论"的最高目标，"仁政论"的根本保证。所以，君子应该像圣人那样经受艰苦磨炼，具有忧患意识，"善养浩然之气"，"舍生而取义"，"乐其道而忘人之势"，坚决捍卫孔子仁义之学的原则，为建立王道社会而奋斗终身。

### （一）君子之守，修其身而天下平

圣人为了天下太平、百姓福祉，总是满怀仁爱之心和忧患意识。"当尧之时，天下犹未平，洪水横流，泛滥于天下，草木畅茂，禽兽繁殖，五谷不登，禽兽逼人，兽蹄鸟迹之道交于中国。尧独忧之，举舜而敷治焉。舜使益掌火，益烈山泽而焚之，禽兽逃匿。禹疏九河，瀹济漯而注诸海，决汝汉、排淮泗而注之江，然后中国可得而食也。……后稷教民稼穑，树艺五谷。五谷熟而民人育。"（《滕文公上》）所以说，"尧以不得舜为己忧，舜以不得禹、皋陶为己忧"，因为他们的目的，在于拯救天下民生。禹、稷三过其门而不入，因为"禹思天下有溺者，由己溺之也；稷思天下有饥者，由己饥之也，是以如是其急也"，可谓与民同心，休戚与共。"先圣后圣，其揆一也"，不管是先圣后圣，情同此心。能够这样做，尧、舜是出于本性，商汤、周武是通过修身返回本性，所以"君子行法，以俟命而已矣"。

【原文】尧以不得舜为己忧，舜以不得禹、皋陶为己忧。夫以百亩之不易为己忧者，农夫也。分人以财谓之惠，教人以善谓之忠，为天下得人者谓之仁。是故以天下与人易，为天下得人难。孔子曰："大哉尧之为君！惟天为大，惟尧则之，荡荡乎民无能名焉！君哉，舜也！巍巍乎有天下而不与焉！"尧、舜之治天下，岂无所用其心哉？亦不用于耕耳。（《滕文公上》）

【译文】尧以得不到舜作为自己的忧虑，舜以得不到禹、皋陶作为自己的忧虑。以耕种不好百亩之田作为自己忧虑的，那是农夫。把钱财分给别人叫作惠，把善行教给别人叫作忠，为百姓找到治理天下的人才叫作仁。因此，把天下传给别人是容易的，为天下找到人才是困难的。孔子说："尧作为天下之君，伟大啊！唯有上天伟大，唯有尧能够效法，恩泽广布，百姓无法用言语来形容赞颂！舜啊，伟大的君主！功高德厚，拥有天下自己却不占有它！"尧、舜治理天下，难道没有劳其心智吗？只不过不用亲自耕种庄稼罢了。

【原文】禹、稷当平世，三过其门而不入，孔子贤之。颜子当乱世，居于陋巷。一箪食，一瓢饮；人不堪其忧，颜子不改其乐，孔子贤之。孟子曰："禹、稷、颜回同道。禹思天下有溺者，由己溺之也；稷思天下有饥

者，由己饥之也，是以如是其急也。禹、稷、颜子易地则皆然。"(《离娄下》)

【译文】禹、稷处在政治清明的时代，三次经过自己家门都不进去，孔子称赞他们。颜回处在乱世，居住在破旧的小巷里。就靠一筐饭、一瓢水活着；别人都受不了那种艰难，颜回却不改变它的快乐，孔子也称赞他。孟子说："禹、稷、颜回处世原则是一样的。禹想到天下有溺水的人，就如同自己使他们溺水一样；稷想到天下有挨饿的人，就如同自己使他们挨饿一样，因此禹、稷才会那样急迫地去拯救。禹、稷、颜回如果互相交换环境，他们所做的事情也会是一样的。"

【原文】孟子曰："舜生于诸冯，迁于负夏，卒于鸣条，东夷之人也。文王生于岐周，卒于毕郢，西夷之人也。地之相去也，千有余里；世之相后也，千有余岁。得志行乎中国，若合符节。先圣后圣，其揆一也。"(《离娄下》)

【译文】孟子说："舜出生在诸冯，迁居到负夏，死于鸣条，是东方边远地区的人。文王出生在岐周，死于毕郢，是西方边远地区的人。两个人生活的地域相隔，有一千多里；时代先后相距，有一千多年。但是他们在中国得行其道，像符节那样吻合一致。前代的圣人与后代的圣人，他们的准则是一致的。"

【原文】孟子曰："尧、舜，性者也；汤、武，反之也。动容周旋中礼者，圣德之至也。哭死而哀，非为生者也；经德不回，非以干禄也；言语必信，非以正行也。君子行法，以俟命而已矣。"(《尽心下》)

【译文】孟子说："尧、舜，所作所为是出于本性；商汤、周武，是通过修身返回本性。举止仪容、应对进退完全符合礼仪，这是德行的最高表现。为死者哀痛，不是为了给活人看的；践行道德而不违背，不是为了谋取官位；言语必须诚信，不是为了让人知道自己行为端正。君子按照法度行事，以此来等待命运的安排罢了。"

圣人的大道是极其崇高美好的，因此，"大匠不为拙工改废绳墨，羿不为拙射变其彀率"，这正是"无恒产而有恒心"（《梁惠王上》）的士人们学习的楷模。君子效法圣人，坚守道义，"修其身而天下平"，就是修身、齐家、治国、平天下的人生历程。然而，人生道路从来不是平坦的，君子立身于世必然会遇到各种困难，"故天将降大任于斯人也，必先苦其心志，劳其筋骨，饿其体肤，空乏其身，行拂乱其所为，所以动心忍性，曾益其所不能"，这是一个充满忧患的痛苦磨炼过程。"君子之志于道也，不成章不达"，只有在苦难中积累，在困顿中奋起，才能有所作为。个人如此，国家也是如此。

【原文】公孙丑曰："道则高矣美矣，宜若登天然，似不可及也；何不使彼为可几及而日孳孳也？"孟子曰："大匠不为拙工改废绳墨，羿不为拙射变其彀率。君子引而不发，跃如也。中道而立，能者从之。"（《尽心上》）

【译文】公孙丑说："圣人之道崇高美好，好像登天一样，似乎不能达到；为什么不使它变得可以达到而让人每天努力追求呢？"孟子说："高明的木匠不会因为笨拙的工人改变或废弃绳墨，后羿也不会为笨拙的射手而改变开弓的程度。君子教人如同射箭，拉满弓而不射，只做出跃跃欲试的样子。他站在大道的中央，有才能的人就会追随他。"

【原文】孟子曰："言近而指远者，善言也；守约而施博者，善道也。君子之言也，不下带而道存焉；君子之守，修其身而天下平。人病舍其田而芸人之田，所求于人者重，而所以自任者轻。"（《尽心下》）

【译文】孟子说："言语浅显而涵意深远，是善于说话；原则简明而成效广大，是善于守道。君子的话，说的都是眼前的事情而道理蕴含其中；君子的操守，是修养自身而使天下太平。人们的毛病在于舍弃了自己的田地而去耕耘别人的田地，要求别人的太重，而加给自己的责任太轻。"

【原文】孟子曰："舜发于畎亩之中，傅说举于版筑之间，胶鬲举于鱼盐之中，管夷吾举于士，孙叔敖举于海，百里奚举于市。故天将降大任于斯人也，必先苦其心志，劳其筋骨，饿其体肤，空乏其身，行拂乱其所为，所以动心忍性，曾益其所不能。人恒过，然后能改；困于心，衡于虑，而后作；征于色，发于声，而后喻。入则无法家拂士，出则无敌国外患者，国恒亡。然后知，生于忧患而死于安乐也。"（《告子下》）

【译文】孟子说："舜在田野中奋发兴起，傅说在筑墙劳役中被举荐，胶鬲在捕鱼制盐中被选拔，管夷吾从狱官手里被释放任用，孙叔敖从海边被发现，百里奚在奴隶市场被看中。所以说，上天要把重大任务降落到某人身上，一定先要折磨他的心志，劳累他的筋骨，饥饿他的肠胃，穷困他的身体，使他的行为总是不能称心如意，这样用来震动他的内心，坚韧他的意志，增强他的能力。人经常犯错误，然后才能改正；身心受困苦，思虑被阻塞，然后才能发愤图强；显现在面色上，抒发在言论中，然后才能被人了解。一个国家，如果内部没有遵守法度之臣和辅弼君主之士，外部没有与之抗衡的邻国和侵略的压力，就经常处于灭亡的境地。然后就可以知道，忧患使人生存而逸乐使人死亡的道理了。"

【原文】孟子曰："孔子登东山而小鲁，登泰山而小天下。故观于海者难为水，游于圣人之门者难为言。观水有术，必观其澜。日月有明，容光必照焉。流水之为物也，不盈科不行；君子之志于道也，不成章不达。"（《尽心上》）

【译文】孟子说："孔子登上东山，就觉得鲁国变小了；登上泰山，就觉得天下变小了。所以见过大海的人就难以被别的水吸引，在圣人门下学习过的人就难以对别的言论感兴趣。观察水流是有方法的，一定要观察水中波澜。太阳月亮发出的光辉，极小的缝隙都能照到。流水的特点，不灌满坑洼就不向前流动；君子立志追求正道，不积累到一定程度就不能通达。"

孟子的这些名言，既是对弟子的教诲，又是对自我的勉励，成为后人励志的座右铭。人人成长的经历，都是积累的过程，须知"掘井九轫而不及泉,犹为弃井也"(《尽心上》),坚持到底,才有可能成功;人人走过的道路,都与苦难相伴,"人之有德慧术知者,恒存乎疢疾。独孤臣孽子,其操心也危,其虑患也深,故达"(《尽心上》),经受磨炼,才有可能成功。

### (二) 善养浩然之气

孟子认为,为了培养君子的高尚情操和独立人格,必须涵养"浩然之气"。所谓"浩然之气",就其形态而言,"至大至刚","塞于天地之间",无所不在;就其精神而言,"配义与道","集义所生",内涵充实。这是一种坚定的道义信念、博大的雄伟气概、崇高的精神力量。涵养"浩然之气"是一个长期的积累过程,不能侥幸取得,不能忘怀放弃,不能人为助长,必须坚持正义,有所作为,才能循序渐进,逐步养成。一旦拥有"浩然之气",那么"虽大行不加焉,虽穷居不损焉,分定故也",就会"仁义礼智根于心,其生色也睟然,见于面,盎于背,施于四体。四体不言而喻"。

【原文】(公孙丑):"敢问夫子恶乎长?"曰:"我知言,我善养吾浩然之气。""敢问何谓浩然之气?"曰:"难言也。其为气也,至大至刚,以直养而无害,则塞于天地之间。其为气也,配义与道;无是,馁也。是集义所生者,非义袭而取之也。行有不慊于心,则馁矣。我故曰:告子未尝知义,以其外之也。必有事焉,而勿正,心勿忘,勿助长也。无若宋人然:宋人有闵其苗之不长而揠之者,芒芒然归,谓其人曰:今日病矣!予助苗长矣!其子趋而往视之,苗则槁矣。天下之不助苗长者寡矣。以为无益而舍之者,不耘苗者也;助之长者,揠苗者也,非徒无益,而又害之。"(《公孙丑上》)

【译文】(公孙丑说):"请问老师的专长在哪里?"孟子说:"我善于辨析言辞,也善于培养自己的浩然之气。"公孙丑又问:"请问什么是浩然之气?"孟子说:"很难以说清楚。那种气,是最宏大、最刚强的,用正当的方法培养它,不让它受到伤害,就能够充满于天地之间。那种气,必须是义和道相结合;缺乏义和道,就空虚了。它是由正义积累而成,不是正义从外而入所能取得的。如果所作所为问心有愧，那么它就空虚了。所以我说，告子不懂得义，因为他认为义是心外之物。培养这种气，不能停止，内心不忘它，又不能人为助长。不要学宋国人那样：宋国有一个人，担心禾苗不长而把它拔高些，然后非常疲倦地回到家，对家人说：今天累坏了！我帮助禾苗长高了！他儿子跑去看，禾苗都枯槁了。天下不拔苗助长的人很少啊。认为养气无用而放弃的，就是种庄稼不锄草的懒汉；违背规律而强行助长的，是拔苗的蠢人，不但无益，反而伤害了它。"

【原文】孟子曰："广土众民，君子欲之，所乐不存焉；中天下而立，定四海之民，君子乐之，所性不存焉。君子所性，虽大行不加焉，虽穷居不损焉，分定故也。君子所性，仁义礼智根于心，其生色也睟然，见于面，盎于背，施于四体。四体不言而喻。"（《尽心上》）

【译文】孟子说："拥有广大的土地、众多的百姓，是君子所希望的，但是乐趣并不在这里；居于天下的中央，安抚四海的民众，是君子高兴做到的，但是他的本性并不在这里。君子的本性，纵然是理想实现也不会增加，纵然是穷困隐居也不会减少，这是因为本分已经确定的缘故。君子的本性中，仁义礼智根植于内心，表现在神色上温顺和润，流露在脸面，洋溢在肩背，扩展到四体。四体的动作行为，就一目了然，不言而喻。"

拥有这种"浩然之气"的君子，就可以"居天下之广居，立天下之正位，行天下之大道"，自身处世"富贵不能淫，贫贱不能移，威武不能屈"。如果"得志，泽加于民；不得志，修身见于世。穷则独善其身，达则兼善天下"，这样，就能够成为"仰不愧于天，俯不怍于地"（《尽心上》）的顶天立地的大丈夫。

【原文】景春曰："公孙衍、张仪岂不诚大丈夫哉？一怒而诸侯惧，安居而天下熄。"孟子曰："是焉得为大丈夫乎？子未学礼乎？丈夫之冠也，父命之；女子之嫁也，母命之。往送之门，戒之曰：往之女家，必敬必戒，无违夫子！以顺为正者，妾妇之道也。居天下之广居，立天下之正位，行

天下之大道；得志，与民由之；不得志，独行其道。富贵不能淫，贫贱不能移，威武不能屈，此之谓大丈夫。"（《滕文公下》）

【译文】景春说："公孙衍、张仪难道不是真正的大丈夫吗？他们一旦发怒而诸侯恐惧，一旦安居而天下平静。"孟子说："他们怎么能称为大丈夫呢？你没有学习过礼吗？男子加冠的时候，父亲要训导成人之道；女子出嫁的时候，母亲要告诫为妇之德。送她到门口，告诫她说：到了你夫家，一定要恭敬谨慎，不要违背丈夫！以顺从为原则，这是妇女之道。而男子应该居住在仁这个天下最大的住宅，站立在礼这个天下最正的位置，行走在义这个天下最光明的大路：得行其志的时候，与百姓一起遵循大道；不能行志的时候，就独自坚持走正道。富贵不能淫乱其心，贫贱不能变更其志，威武不能委屈其节，这样才能称之为大丈夫。"

【原文】孟子谓宋勾践曰："子好游乎？吾语子游。人知之，亦嚣嚣；人不知，亦嚣嚣。"曰："何如斯可以嚣嚣矣？"曰："尊德乐义，则可以嚣嚣矣。故士穷不失义，达不离道。穷不失义，故士得己焉；达不离道，故民不失望焉。古之人，得志，泽加于民；不得志，修身见于世。穷则独善其身，达则兼善天下。"（《尽心上》）

【译文】孟子对宋勾践说："你喜欢游说各国诸侯吗？我告诉你游说的态度。别人理解你，你也自得其乐；别人不理解你，你也自得其乐。"宋勾践问："怎样才能自得其乐呢？"孟子说："崇尚德，爱好义，就可以自得其乐了。所以，士人穷困时不失去正义，显达时不背离正道。穷困时不失去正义，所以能够保持自己的操守；显达时不背离正道，所以百姓不会对他失望。古代的人，得志的时候，恩泽施加于百姓；不得志的时候，加强修养而立身于世。穷困时修养道德日臻完美，显达时广施仁政同享太平。"

"富贵不能淫，贫贱不能移，威武不能屈"的大丈夫气节，"穷则独善其身，达则兼善天下"的处世原则，就是孟子的人生观，被历代仁人志士所推崇，已经成为中国人普遍的精神信条和人生规范，是传统文化的一个重要组成部分。放在任何一个时代，都是难能可贵的。

### （三）舍生而取义

当生命与道义二者不可得兼、必须进行取舍的时候，具有"浩然之气"的君子应该"舍生而取义"，绝不能"为宫室之美、妻妾之奉、所识穷乏者得我"，而"失其本心"。所以，孟子指出："天下有道，以道殉身；天下无道，以身殉道；未闻以道殉乎人者也。"（《尽心上》）道义处于人生追求的最高层面，比生命更重要，比利益更可贵，充分表现了孟子追求的价值观念，完全可以作为今人效法的榜样。

【原文】孟子曰："鱼，我所欲也，熊掌亦我所欲也，二者不可得兼，舍鱼而取熊掌者也。生亦我所欲也，义亦我所欲也，二者不可得兼，舍生而取义者也。生亦我所欲，所欲有甚于生者，故不为苟得也；死亦我所恶，所恶有甚于死者，故患有所不辟也。如使人之所欲莫甚于生，则凡可以得生者，何不用也？使人所恶莫甚于死者，则凡可以辟患者，何不为也？由是则生而有不用也，由是则可以辟患而有不为也。是故所欲有甚于生者，所恶有甚于死者。非独圣贤有是心也，人皆有之，贤者能勿丧耳。一箪食，一豆羹，得之则生，弗得则死，嘑尔而与之，行道之人弗受；蹴尔而与之，乞人不屑也。万钟则不辩礼义而受之。万钟于我何加焉？为宫室之美、妻妾之奉、所识穷乏者得我与？乡为身死而不受，今为宫室之美为之；乡为身死而不受，今为妻妾之奉为之；乡为身死而不受，今为所识穷乏者得我而为之，是亦不可以已乎？此之谓失其本心。"（《告子上》）

【译文】孟子说："鱼是我想要的，熊掌也是我想要的，如果二者不能同时拥有，那么便舍弃鱼而选择熊掌。生命也是我热爱的，道义也是我热爱的，如果二者不能同时拥有，便舍弃生命而选择道义。生命也是我热爱的，但是我热爱的有比生命更重要的，所以我不能做苟且偷生的事情。死亡是我厌恶的，但是我厌恶的有比死亡更严重的，所以有些祸患就不能躲避。如果人们热爱的没有超过生命的，那么所有能够求生的方法，哪有不用的呢？如果人们厌恶的没有超过死亡的，那么所有能够躲避祸患的事情，哪有不做的呢？如此则可以有求生的方法而不用，如此则可以能避祸的事情而不做，所以，所热爱的有超过生命的，所厌恶的有超过死亡的。这种心理不仅仅圣贤独自拥有，而是人人都有，只不过圣贤没有丧失罢了。一筐饭，一碗汤，得到它便能够活下来，得不到便会死亡，如果吆喝着给人，就是过路的饿人都不会接受；如果用脚踩过再给人，就是乞丐也不屑于接受。但是有人面对万钟的俸禄，却不问是否合于礼义而欣然接受。这万钟的俸禄究竟对我有什么好处呢？为了住宅的华丽、妻妾的供养和自己认识的贫苦人感激我吗？从前宁肯死亡而不接受的，现在却为了住宅的华丽而接受了；从前宁肯死亡而不接受的，现在却为了妻妾的供养而接受了；从前宁肯死亡而不接受的，现在却为了自己认识的贫苦人的感激而接受了，这些本来不是可以制止的吗？这样做就叫作丧失人的本性。"

社会是复杂污浊的，鱼龙混杂，泥沙俱下，具有"浩然之气"的君子，既不能像伯夷那样，狭隘自闭，洁身自好，"非其君不事，非其友不友。不立于恶人之朝，不与恶人言"；也不能像柳下惠那样，降志辱身，玩世不恭，"不羞污君，不卑小官；进不隐贤，必以其道；遗佚而不怨，厄穷而不悯"。这二者，"君子不由也"。作为君子，应该心怀仁义，进退有则，胸怀"舍我其谁"的豪情壮志，洁身而不同流，严谨而不自闭，博爱而不狭隘，持道而不放纵，以天下为己任，挽狂澜于既倒。

【原文】孟子曰："伯夷，非其君不事，非其友不友。不立于恶人之朝，不与恶人言。立于恶人之朝，与恶人言，如以朝衣朝冠坐于涂炭。推恶恶之心，思与乡人立，其冠不正，望望然去之，若将浼焉。是故诸侯虽有善其辞命而至者，不受也。不受也者，是亦不屑就已。柳下惠，不羞污君，不卑小官；进不隐贤，必以其道；遗佚而不怨，厄穷而不悯。故曰：尔为尔，我为我，虽袒裼裸裎于我侧，尔焉能浼我哉？故由由然与之偕而不自失焉，援而止之而止。援而止之而止者，是亦不屑去已。孟子曰：伯夷隘，

柳下惠不恭。隘与不恭，君子不由也。"（《公孙丑上》）

【译文】孟子说："伯夷，不是他心中的君主就不侍奉，不是他心中的朋友就不结交。不在恶人的朝廷做官，不与恶人说话。在恶人的朝廷做官，与恶人说话，就如同穿着上朝的礼服、戴着礼帽却坐在烂泥、黑炭之上。如果把厌恶恶人之心推广开来，就是与乡邻站在一起，那人的帽子不端正，他也会怅然离开，像是会受到污染一样。因此，尽管有诸侯国君好言好语来聘请他，他也不会接受。他不接受，也是因为他认为接近他们会不干净。柳下惠，侍奉污浊的君主不觉得羞耻，当小官也不觉得低下；入朝为官不隐藏自己的贤能，行事一定按照自己的原则；丢弃官职不怨恨，穷愁潦倒也不犯愁。所以他说：你是你，我是我，即使在我身边赤身裸体，你怎么能玷污我呢？因此他能够怡然自得地与那些人相处而不失去自我，拉他停下他就不走。拉他停下他就不走，这是因为他并不认为离开他们就可以干净。"所以孟子说："伯夷太狭隘，柳下惠不严肃。狭隘和不严肃，君子都不会这样做。"

在孟子的心目中，道义的准则是至高无上的，坚持道义比维护生命更重要，丧失道义比走向死亡更可怕。君子应该为道义而生，为道义而死，成为国家道义的捍卫者，社会正气的代表者，肩负起崇高的使命，担当起重大的责任。这就是为理想而献身的信念宗旨，"舍生而取义"的人生原则。考察那些腐化堕落的贪官污吏们，哪个不是醉心于名利地位、金钱美女，丧失了人生原则、做人底线，抛弃理想，丧失信念，在物欲面前愈陷愈深、难以自拔呢？他们迟早都会身陷囹圄，受到惩罚，钉在历史的耻辱柱上！由此可知，孟子所说的"富贵不能淫，贫贱不能移，威武不能屈"，是何等重要！

### （四）乐其道而忘人之势

拥有"浩然之气"的大丈夫，从不谄媚世俗、侍奉权贵，更不会奴颜婢膝、屈己邀宠，在处理君臣上下关系上，表现出自己的独立意识和人格尊严。对待诸侯权贵，孟子坚持道义的崇高地位，绝不自轻自贱，自降身份，"彼以其富，我以吾仁；彼以其爵，我以吾义。吾何慊乎哉"？君主与我各有所长，不必自惭形秽，卑躬屈膝。作为市井之臣、草莽之臣，本为平民百姓，按照礼仪，君主"召之则不往见之"，如果确实因为士人"多闻"、"贤能"而要求见面，君主就应该是"学"而不是"召"。虽然"以位，则子君也，我臣也，何敢与君友也"？然而"以德，则子事我者也，奚可以与我友"？表现出可贵的平等观念。

【原文】景子曰："……《礼》曰：父召，无诺；君命召，不俟驾。固将朝也，闻王命而遂不果，宜与夫礼若不相似然。"（孟子）曰："岂谓是与？曾子曰：晋、楚之富，不可及也。彼以其富，我以吾仁；彼以其爵，我以吾义。吾何慊乎哉？夫岂不义而曾子言之？是或一道也。天下有达尊三：爵一，齿一，德一。朝廷莫如爵，乡党莫如齿，辅世长民莫如德。恶得有其一以慢其二哉？故将大有为之君，必有所不召之臣；欲有谋焉，则就之。其尊德乐道，不如是，不足与有为也。故汤之于伊尹，学焉而后臣之，故不劳而王；桓公之于管仲，学焉而后臣之，故不劳而霸。今天下地丑德齐，莫能相尚，无他，好臣其所教，而不好臣其所受教。汤之于伊尹，桓公之于管仲，则不敢召。管仲且犹不可召，而况不为管仲者乎？"（《公孙丑下》）

【译文】景子说："……《礼经》上说：父亲召唤，答唯不能答诺；君主宣召，不等驾车就立刻动身。你本来要去朝见君主，听到君命反而不去，也许与礼的规定有些不合吧。"孟子说："难道你说的是这个吗？曾子说过：晋王和楚王的财富，我是比不上的。但是，他倚仗他的财富，我倚仗我的仁德；他倚仗他的爵位，我倚仗我的义行。我缺少什么呢？难道曾子说的话不合礼义吗？这话也许自有道理吧。天下公认尊贵的东西有三种：一是爵位，一是年龄，一是道德。在朝廷中没有比爵位高更尊贵的了，在乡里中没有比年龄长更尊贵的了，在辅佐君王、治理百姓方面没有比道德高尚更尊贵的了。怎么能凭爵位高来轻视我的年龄长和道德高尚呢？所以大有作为的君王，必定有他不易召见的臣子；若有什么事情要商议，就去主动请教。他要尊重道德、喜爱道义，如果不能这样，就不值得和他一起有所作为。所以商汤对于伊尹，先向伊尹学习然后才以他为臣，所以不费力而统一天下；桓公对于管仲，也是先向管仲学习而后以他为臣，所以不操劳而称霸诸侯。当今天下各国，土地大小相似，德行不相上下，其中没有突出的，这没有别的缘故，就是因为君王只喜欢听从他教诲的人为臣，而不喜欢教诲他的人为臣。商汤对于伊尹，桓公对于管仲，就不敢轻易召唤。管仲尚且不能轻易被召唤，更何况不愿做管仲的人呢？"

【原文】万章曰："敢问不见诸侯，何义也？"孟子曰："在国曰市井之臣，在野曰草莽之臣，皆谓庶人。庶人不传质为臣，不敢见于诸侯，礼也。"万章曰："庶人，召之役则往役，君欲见之，召之则不往见之，何也？"曰："往役，义也；往见，不义也。且君之欲见之也，何为也哉？"曰："为其多闻，为其贤也。"曰："为其多闻也，则天子不召师，而况诸侯乎？为其贤也，则吾未闻欲见贤而召之也。缪公亟见于子思，曰：古千乘之国以友士，何如？子思不悦，曰：古之人有言曰，事之云乎，岂曰友之云乎？子思之不悦也，岂不曰：以位，则子君也，我臣也，何敢与君友也？以德，则子事我者也，奚可以与我友？千乘之君求与之友而不可得也，而况可召与？……欲见贤人而不以其道，犹欲其入而闭之门也。夫义，路也；礼，门也。惟君子能由是路，出入是门也。《诗》云：周道如底，其直如矢。君子所履，小人所视。"万章曰："孔子，君命召，不俟驾而行，然则孔子非与？"曰："孔子当仕有官职，而以其官召之也。"（《万章下》）

【译文】万章问道："请问士人不主动进见诸侯，是什么道理呢？"孟子回答说："在城市里无职务的人叫市井之臣，在乡村里无职务的人叫草莽之臣，都是百姓庶人。百姓不送上作为臣属的礼品，不敢谒见诸侯，这是礼制。"万章说："百姓，召唤他服役就去服役；君王要见他，召唤他，却不去谒见,这又是为什么呢?"孟子说:"去服役,是正当的;去谒见,是不正当的。况且君王想要见他,是因为什么呢?"万章说:"因为他见多识广,因为他贤良能干。"孟子说:"如果因为他见多识广,那么天子是不能召唤老师的,何况是诸侯呢?如果因为他贤良能干,那么我不曾听说过想见贤能之士却随便召唤的。鲁缪公屡次去拜访子思,说:古代具有千乘兵车的君王同士人交友,怎么样呢?子思不高兴地说:古人的话,是说君王以士为师,哪里说与士人为友吗?子思的不高兴,难道不是说:论地位,你是君,我是臣,怎么敢与你交友呢?论道德,你是向我学习的人,怎么敢同我交友呢?具有千乘兵车的君王同他交友尚且做不到,何况召唤呢?……想要与贤人会面却不遵循礼节规矩,这就好像要请人家进来却关闭大门。义,好比是大路;礼,好比是大门。只有君子能走这条大路,出入这扇大门。《诗经·小雅·大东》说:大路平得像磨石,直得像箭杆。这是君子所行走的,百姓所效法的。"万章说:"孔子,只要国君召唤,不等驾车就出发,那么孔子错了吗?"孟子说:"那是因为孔子正在出仕担任官职,国君是按照对官员的礼节召唤他。"

正因为如此,贤士"乐其道而忘人之势"(《尽心上》),站在仁义道德的制高点上,满怀浩然正气,不卑不亢,理直气壮,"说大人,则藐之",敢于藐视权贵,笑傲王侯。君主们的高堂大屋、美食侍妾、饮酒作乐、驰骋田猎之类奢靡恶习,即使我得志也不会羡慕效仿,因为"在我者,皆古之制也,吾何畏彼哉"?如此铮铮傲骨,百代之下,几人能够望其项背!

【原文】孟子曰:"说大人,则藐之,勿视其巍巍然。堂高数仞,榱题数尺,我得志,弗为也。食前方丈,侍妾数百人,我得志,弗为也。般乐饮酒,驱骋畋猎,后车千乘,我得志,弗为也。在彼者,皆我所不为也;在我者,皆古之制也,吾何畏彼哉?"(《尽心下》)

【译文】孟子说:"向权贵进言,就得藐视他,不要看他高高在上的样子。他的殿堂有几丈高,屋檐有几尺宽,我如果得志,不这样做;他的美味佳肴满桌，侍奉姬妾数百人，我如果得志，不这样做；他饮酒作乐，驰骋田猎，后面跟随千辆马车，我如果得志，不这样做。他所做的，都是我所不做的；我所做的都符合古代制度，那么我为什么要怕他呢？"

即使是交友，也必须摒弃地位、权势，而以德行为原则。"不挟长、不挟贵、不挟兄弟而友。友也者，友其德也，不可以有挟也。"（《万章下》）这就是孟子的浩然正气、傲世风骨。由此，让我们想起了战国时期那些著名的士人们，他们意气风发，神采飞扬，议论纵横，潇洒奔放，足以令后世震惊。比如：

"齐宣王见颜斶，曰：'斶前！'斶亦曰：'王前！'宣王不悦。左右曰：'王，人君也。斶，人臣也。王曰斶前，斶亦曰王前，可乎？'斶对曰：'夫斶前为慕势，王前为趋士。与使斶为慕势，不如使王为趋士。'王忿然作色曰：'王者贵乎？士贵乎？'对曰：'士贵耳，王者不贵。'王曰：'有说乎？'斶曰：'有。昔者秦攻齐，令曰：有敢去柳下季垄五十步而樵采者，死不赦！令曰：有能得齐王头者，封万户侯，赐金千镒！由是观之，生王之头，曾不若死士之垄也。'宣王默然不悦。"（《战国策·齐策四》）

如此应答，颇像是一出喜剧。颜斶的那种傲视王侯的自信，威武不屈的豪气，与孟子是相通的，着实令人神往赞叹！这种世风，显然与孔子所处的春秋时代不同，与荀子所处的战国末期更是不可同日而语。之所以如此，子思认为，这是因为"时移世异，各有宜也"的缘故。

"曾子谓子思曰：'昔者吾从夫子游于诸侯，夫子未尝失人臣之礼，而犹圣道不行。今吾观子有傲世主之心，无乃不容乎？'子思曰：'时移世异，各有宜也。当吾先君，周制虽毁，君臣固位，上下相持若一体然。夫欲行其道，不执礼以求之，则不能入也。今天下诸侯方欲力争，竞招英雄以自辅翼，此乃得士则昌、失士则亡之秋也。伋于此时不自高，人将下吾；不自贵，人将贱吾。舜禹揖让，汤武用师，非故相诡，乃各时也。'"（《孔丛子·居卫》）

战国时期，诸侯为了富国强兵，招贤纳士，"竞招英雄以自辅翼"，这时，士的地位空前提高，"得士则昌、失士则亡"，那么，贤士"不自高，人将下吾；不自贵，人将贱吾"，所以说，"舜禹揖让，汤武用师，非故相诡，乃各时也"。到了秦"焚书坑儒"、汉"独尊儒术"以后，士人在专制统治者威逼利诱之下，沦为附庸，失去依傍，这样的傲骨豪气就销声匿迹、荡然无存了。

### （五）能言距杨墨者，圣人之徒也

孟子认为，作为孔门后学，应该成为孔子学说的忠实继承者和自觉捍卫者。面对"圣王不作，诸侯放恣，处士横议，杨朱、墨翟之言盈天下"的危机，孟子毅然奋起论战，坚决反击，"闲先圣之道，距杨墨，放淫辞，邪说者不得作"，以此来"正人心，息邪说，距诐行，放淫辞，以承三圣"。他认为"能言距杨墨者，圣人之徒也"，毫不妥协，义不容辞，并为此感到自豪和骄傲。

【原文】公都子曰："外人皆称夫子好辩，敢问何也？"孟子曰："予岂好辩哉？予不得已也。天下之生久矣，一治一乱。……世衰道微，邪说暴行有作，臣弑其君者有之，子弑其父者有之。孔子惧，作《春秋》。《春秋》，天子之事也。是故孔子曰：知我者其惟《春秋》乎！罪我者其惟《春秋》乎！圣王不作，诸侯放恣，处士横议，杨朱、墨翟之言盈天下。天下之言不归杨，则归墨。杨氏为我，是无君也；墨氏兼爱，是无父也。无君无父，是禽兽也。公明仪曰：庖有肥肉，厩有肥马；民有饥色，野有饿莩，此率兽而食人也。杨墨之道不息，孔子之道不著，是邪说诬民，充塞仁义也。仁义充塞，则率兽食人，人将相食。吾为此惧，闲先圣之道，距杨墨，放淫辞，邪说者不得作。作于其心，害于其事；作于其事，害于其政。圣人复起，不易吾言矣。昔者禹抑洪水而天下平，周公兼夷狄、驱猛兽而百姓宁，孔子成《春秋》而乱臣贼子惧。《诗》云：戎狄是膺，荆舒是惩，则莫我敢承。无父无君，是周公所膺也。我亦欲正人心，息邪说，距诐行，

放淫辞，以承三圣者。岂好辩哉？予不得已也。能言距杨墨者，圣人之徒也。"（《滕文公下》）

【译文】公都子说："别人都说你喜欢辩论，请问这是为什么呢？"孟子回答说："我难道喜欢辩论吗？我是不得已而为之啊。天下产生很久了，总是太平一时，混乱一时。……如今世事衰败、圣道隐匿，荒谬的学说和残暴的行为再次出现，有臣下杀君主的，有儿子杀父亲的。孔子为此忧虑，写了《春秋》。而《春秋》褒贬人事，本是天子的职权。所以孔子说：了解我的可以通过《春秋》这部书！怪罪我的也是通过《春秋》这部书！现在圣王不再出现，诸侯肆无忌惮，游说之士乱发议论，杨朱、墨翟的邪说充满天下，天下言论不归属于杨朱，便归属于墨翟。杨朱主张一切为己，是目无君上；墨翟主张兼爱天下，是目无父母。目无君上，目无父母，就是禽兽啊。公明仪说过：厨房里有肥肉，圈棚里有肥马；可是百姓脸上有饥色，野外有饿死的人，这就是率领着野兽来吃人啊。杨朱、墨翟的学说不消灭，孔子的学说就不能发扬，这样就使得邪说欺骗民众，而阻塞了仁义的道路。仁义的道路被阻塞，也就等于率领着禽兽来吃人，人与人也互相残杀。我为此非常恐惧忧虑，便出来捍卫圣人的学说，反对杨、墨的谬论，使发出谬论的人不能再起。如果那些谬论影响到思想，就会危害事业；影响到事业，就会危害政治。即使圣人再度出现，也会赞同我这番话的。从前大禹治水而天下得到太平，周公兼并夷狄、驱逐猛兽而百姓得到安宁，孔子编著《春秋》而乱臣逆子感到恐惧。《诗经·鲁颂·閟宫》说：打击戎狄，惩罚荆舒，就没有人敢于抗拒。目无父母、目无君上的人，就是周公所要打击的。我也要端正人心，消灭邪说，反对偏激行为，驳斥荒谬议论，来继承大禹、周公、孔子三位圣人的大业。这难道是喜欢辩论吗？我是不得已而为之啊。能够用言论反对杨、墨邪说的人，才是圣人的门徒啊。"

可见，孟子的"好辩"，是为捍卫仁义学说的原则而战，是为天下太平、百姓民生而战，更是为继承三圣的伟大事业而战。即使是对那些"阉然媚于世"的"乡愿",孟子也绝不容忍,必予批判。因为,他们"同乎流俗,合乎污世,居之似忠信,行之似廉洁",似是而非、以假乱真,欺世盗名,迷惑民众,有背于尧舜之道,是真正的"德之贼"。所以,"君子反经而已矣。经正,则庶民兴;庶民兴,斯无邪慝矣"。

【原文】(万章)曰:"何如斯可谓之乡原矣?"(孟子)曰:"何以是嘐嘐也?言不顾行,行不顾言,则曰古之人,古之人。行何为踽踽凉凉?生斯世也,为斯世也,善斯可矣。阉然媚于世也者,是乡原也。"万子曰:"一乡皆称原人焉,无所往而不为原人,孔子以为德之贼,何也?"曰:"非之无举也,刺之无刺也,同乎流俗,合乎污世,居之似忠信,行之似廉洁,众皆悦之,自以为是,而不可与入尧舜之道,故曰德之贼也。孔子曰:恶似而非者:恶莠,恐其乱苗也;恶佞,恐其乱义也;恶利口,恐其乱信也;恶郑声,恐其乱乐也;恶紫,恐其乱朱也;恶乡原,恐其乱德也。君子反经而已矣。经正,则庶民兴;庶民兴,斯无邪慝矣。"(《尽心下》)

【译文】万章说:"什么样的人可以称为乡愿呢?"孟子说:"这种人批评狂放的人说:处世为什么要自大骄傲呢?言论不顾行动,行动不顾言论,开口就是古代的人,古代的人。又批评狷介的人说:做事为什么要特立独行呢?既然生在这个时代,就做这个时代的人,善以自处就可以了。像这样曲意迎合、谄媚世俗的人,就是乡愿。"万章说:"全乡的人都说他是好好先生,他也到处表现出好好先生的样子,孔子竟然认为他是败坏道德的人,这是为什么呢?"孟子回答说:"这种人要指责他举不出大错,要责骂他又找不出由头,他与社会同流,与邪恶合污,为人好像忠诚老实,行为好像方正廉洁,大家都喜欢他,他也自以为是,但是却不能与他进入尧舜正道,所以说,他是败坏道德的人。孔子说过:厌恶那些似是而非的东西:厌恶狗尾巴草,怕它混淆了禾苗;厌恶耍小聪明,怕它混淆了道义;厌恶夸夸其谈,怕它混淆了诚信;厌恶郑国民歌,怕它混淆了雅乐;厌恶紫色,怕它混淆了大红颜色;厌恶乡愿,怕他混淆了道德。君子就是要使一切事物返回到正确的道路罢了。道路正确了,百姓就会奋起振作;百姓奋起振作,就没有邪恶之事了。"

在"天下方务于合纵连横,以攻伐为贤"的时代,孟子以仁政、王道游说诸侯,自然是"迂远而阔于事情",壮志不能实现。但是,作为孔子的继承者、伟大的思想家,他坚信仁义学说是顺天应人、万古长存的真理,所以,直到暮年,他依然坚定不移地在自己的著作里"述仲尼之意",誓将理想流传于后世,将希望寄托于未来。

## 三 倡导仁政,推行王道

孟子所处的战乱时代,面临两个尖锐的社会矛盾:一是贫富悬殊,民不聊生,造成"狗彘食人食而不知检,涂有饿莩而不知发"(《梁惠王上》);一是攻城略地,涂炭生灵,"争地以战,杀人盈野;争城以战,杀人盈城"(《离娄上》)。拯救如此混乱的社会,绝非墨子"兼爱"、杨子"贵己"之类一言一策的主张可以奏效的,而是一个极其复杂的系统工程。所以,孟子在提出"人性本善"、"修身养气"的基础上,设计了一整套拯救民生、疗治时弊的应对方略和具体措施,其根本的指导思想就是仁义之道,其具体措施就是倡导仁政,最终目标就是建立王道社会。

### (一) 仁者无敌

孟子认为,治理国家的关键,在于君主是否有仁爱之心,是否关注民生,"王如施仁政于民,省刑罚,薄税敛,深耕易耨",深得百姓的支持和拥护,那么"斯民亲其上,死其长矣"。反之,如果"夺其民时,使不得耕耨以养其父母;父母冻饿,兄弟妻子离散",这样,君富而民贫,"上慢而残下",就会"出乎尔者,反乎尔者也",必然国破家亡。所以说,"三代之得天下也以仁,其失天下也不仁,国之所以废兴存亡者亦然"。所以,君主的素养,决定着国家的命运,"君仁莫不仁,君义莫不义,君正莫不正。一正君而国定矣"(《离娄上》)。如此,则"仁者无敌"。

【原文】梁惠王曰："晋国，天下莫强焉，叟之所知也。及寡人之身，东败于齐，长子死焉；西丧地于秦七百里；南辱于楚。寡人耻之，愿比死者一洒之，如之何则可？"孟子对曰："地，方百里而可以王。王如施仁政于民，省刑罚，薄税敛，深耕易耨，壮者以暇日修其孝悌忠信，入以事其父兄，出以事其长上，可使制梃以挞秦楚之坚甲利兵矣。彼夺其民时，使不得耕耨以养其父母；父母冻饿，兄弟妻子离散。彼陷溺其民，王往而征之，夫谁与王敌？故曰：仁者无敌。王请勿疑。"（《梁惠王上》）

【译文】梁惠王说："晋（魏）国，天下没有比它强的了，这是老先生知道的。但是到了我执政的时候，东边被齐国打败，我的长子牺牲了；西边被秦国打败，割让了七百里土地；南边又受到楚国的欺辱。我为此深感羞耻，希望能够为死者报仇雪恨，你说怎么样才能实现呢？"孟子对答说："土地只要有方圆百里之大就可以称王天下。大王如果对百姓实行仁政，减免刑罚，减轻赋税，让百姓精耕细作，让青年在闲暇的日子讲习孝悌忠信的道德规范，在家里能够侍奉父兄，在社会能够尊敬上级，即使让他们制造木棒也可以抗击秦、楚的坚甲利兵了。而秦楚之国侵占百姓农时，使他们不能耕种来养活父母；他们的父母受冻挨饿，兄弟妻子四处逃散。秦楚之国使百姓陷于痛苦之中，大王前去讨伐他们，他们有谁来和你抵抗呢？所以说：仁德之人天下无敌。请大王不要怀疑。"

【原文】邹与鲁哄。穆公问曰："吾有司死者三十三人，而民莫之死也。诛之，则不可胜诛；不诛，则疾视其长上之死而不救。如之何则可也？"孟子对曰："凶年饥岁，君之民老弱转乎沟壑，壮者散而之四方者，几千人矣；而君之仓廪实，府库充，有司莫以告，是上慢而残下也。曾子曰：戒之戒之！出乎尔者，反乎尔者也。夫民今而后得反之也。君无尤焉！君行仁政，斯民亲其上，死其长矣。"（《梁惠王下》）

【译文】邹国与鲁国发生冲突。邹穆公问孟子说："这次冲突我的官吏死了三十三人，而百姓却没有一个为他们而战死的。杀了百姓吧，杀也杀不完；不杀百姓吧，又恨他们看着长官被杀而见死不救。怎么办才好呢？"孟子回答说："在饥荒年份，您的百姓中年老体弱者弃尸山沟野外，年轻力壮者四处逃亡，这样的有上千人吧；而您的大仓中堆满粮食，府库中装满财宝，你的官吏谁也不来报告，这就是对上怠慢而对下害民啊。曾子说过：警惕啊警惕！你怎样待人，人就怎样待你。百姓现在才得到回报的机会呢。您不要责备百姓了！您如果推行仁政，百姓自然就会亲近上级，愿意为长官而牺牲了。"

【原文】孟子曰："三代之得天下也以仁，其失天下也不仁，国之所以废兴存亡者亦然。天子不仁，不保四海。诸侯不仁，不保社稷。卿大夫不仁，不保宗庙。士庶人不仁，不保四体。今恶死亡而乐不仁，是犹恶醉而强酒。"（《离娄上》）

【译文】孟子说："夏商周三代获得天下是因为仁，丧失天下就是因为不仁，国家的兴亡、盛衰、生存、灭亡也都是这个道理。天子如果不行仁，便不能保有自己的天下；诸侯如果不行仁，就不能保有自己的国家；卿大夫如果不行仁，就不能保有自己的宗庙；士人与百姓如果不行仁，就不能保全自己的身体。现在有些人厌恶死亡而又喜欢不仁，这就如同厌恶醉酒而又强行灌酒一样。"

既然如此，当今的君王是否怀有仁爱之心呢？是否具备推行仁政的素养呢？孟子认为人性本善，君王同样具有"四心"、"四端"的"良能"、"良知"，这种"仁术"就是施行仁政的人性心理根据。所以，当齐宣王问孟子"若寡人者，可以保民乎哉"时，孟子给予十分肯定的回答，并且进行了非常精辟的论证。

【原文】（孟子）曰："臣闻之胡龁曰：王坐于堂上，有牵牛而过堂下者，王见之，曰：牛何之。对曰：将以衅钟。王曰：舍之！吾不忍其觳觫，若无罪而就死地。对曰：然则废衅钟与？曰：何可废也？以羊易之。——不识有诸？"（齐宣王）曰："有之。"曰："是心足以王矣。百姓皆以王为爱也。臣固知王之不忍也。"王曰："然，诚有百姓者。齐国虽褊小，吾何爱一牛？即不忍其觳觫，若无罪而就死地，故以羊易之也。"曰："王无异于百姓之以王为爱也。以小易大，彼恶知之？王若隐其无罪而就死地，则牛羊何择焉？"王笑曰："是诚何心哉？我非爱其财而易之以羊也。宜乎百姓之谓我爱也。"曰："无伤也。是乃仁术也，见牛未见羊也。君子之于禽兽也，见其生，不忍见其死；闻其声，不忍食其肉。是以君子远庖厨也。"王说曰："《诗》云：他人有心，予忖度之。夫子之谓也。夫我乃行之，反而求之，不得吾心。夫子之言，于我心有戚戚焉。此心之所以合于王者，何也？"曰："有复于王者曰：吾力足以举百钧而不足以举一羽；明足以察秋毫之末，而不见舆薪。则王许之乎？"曰："否。""今恩足以及禽兽，而功不至于百姓者，独何与？然则一羽之不举，为不用力焉；舆薪之不见，为不用明焉；百姓之不见保，为不用恩焉。故王之不王，不为也，非不能也。"（《梁惠王上》）

【译文】（孟子）说："我曾经听胡龁说：王坐于大殿上，有人牵牛从殿下走过，王看到了，便问：牛牵到哪里去？那人回答说：准备杀了祭钟。王便说：放了它吧！我不忍心看着它恐惧发抖，好像没有罪过的人而走向刑场的样子。那人问：那么就废除祭钟的仪式吗？王说：怎么能废除祭钟呢？用一只羊代替它吧！不知道有这件事情吗？"宣王说："有的。"孟子说："这种好心就足以称王天下了。百姓都认为大王吝啬，我本来就知道大王是不忍心。"宣王说："是啊，确实有这样的百姓。我们齐国虽然狭小，我何至于舍不得一头牛呢？就是不忍心看着它恐惧发抖，好像没有罪过的人而走向刑场的样子，所以用羊来代替。"孟子说："大王对百姓认为您吝啬，不要感到奇怪。用小羊换大牛，他们哪里知道其中的深意呢？大王如果可怜牛没有罪过而走向屠场，那么杀牛与杀羊又有什么区别呢？"宣王笑着说："这确实是一种什么心理呢？我并不是吝啬钱财，才用羊换牛啊。百姓认为我吝啬真是有道理的。"孟子说："没有什么关系。这正是仁爱之心术，就是因为亲眼见到了牛，而没有看见羊嘛。君子对于禽兽，看见它活着，不忍心看见它死去；听到它的声音，不忍心吃它的肉。所以君子远离厨房，就是这个道理。"宣王高兴地说："《诗经·小雅·巧言》说：别人有什么心思，我可以揣摩出来。说的正是您老人家啊。我只是这样做了，回头寻思是怎么想的，却不甚了解。您老人家说的，在我心中产生了共鸣。这种心理之所以符合仁政王道，又是为什么呢？"孟子说："假如有一个人对王说：我的力量能够举起三千斤，却拿不起一根羽毛；我的视力能够分辨鸟兽秋天的绒毛末梢，却看不见一车柴火。那么，王允许吗？"宣王说："不会。"孟子接着说："如今你的恩德施及禽兽，而恩惠没有给与百姓，究竟是为什么呢？这就是说，举不起一根羽毛，是因为不肯用力；看不见一车柴火，是因为不肯用眼；百姓得不到安抚，是因为不肯施恩了。所以，大王不行仁政，王天下，是不愿做，而不是不能做。"

既然如此，"今王发政施仁，使天下仕者皆欲立于王之朝，耕者皆欲耕于王之野，商贾皆欲藏于王之市，行旅皆欲出于王之途，天下之欲疾其君者皆欲赴愬于王。其若是，孰能御之"？显然，"本性善良"是孟子为施行仁政预设的前提条件和心理基础，"仁政论"就建立在"性善论"之上，二者密不可分。

### （二）亲亲而仁民，仁民而爱物

"本性善良"只是为施行仁政提供了心理根据，在此基础上必须树立"亲亲而仁民，仁民而爱物"一系列仁政王道观念，诸如效法先王、推恩爱民、与民同乐、以义制利和以德服人等等，才能保证仁政措施顺利贯彻实施。

#### 1. 皆法尧、舜

"皆法尧、舜"，就是处处效法先王。孟子认为，"圣人，人伦之至也"，为君、为臣都是后人的楷模。仅有"仁心仁闻"是不够的，"徒善不足以为政，徒法不能以自行"，"惟仁者宜在高位"，大力推行"先王之道"，"以舜之所以事尧事君","以尧之所以治民治民",才能取得成功,"遵先王之法而过者,未之有也"。反之,"不仁者而在高位,是播其恶于众也","上无礼,下无学,贼民兴,丧无日矣"。这是推行仁政的指导思想。

【原文】孟子曰:"规矩,方员之至也。圣人,人伦之至也。欲为君,尽君道;欲为臣,尽臣道。二者皆法尧、舜而已矣。不以舜之所以事尧事君,不敬其君者也;不以尧之所以治民治民,贼其民者也。孔子曰:道二,仁与不仁而已矣。暴其民甚,则身弑国亡;不甚,则身危国削。名之曰幽、厉,虽孝子慈孙,百世不能改也。《诗》云:殷鉴不远,在夏后之世。此之谓也。"(《离娄上》)

【译文】孟子说:"圆规和曲尺,是鉴定方与圆的标准。圣人,是处理人际关系的标准。要做君王,就应该尽君王之道;要做臣子,就应该尽臣子之道。这两方面都只要效法尧和舜就足够了。不用舜侍奉尧的态度和方式来侍奉君王,便是不敬他的君王;不用尧治理百姓的态度和方式来治理百姓,便是残害百姓。孔子说:治理国家的方法有两种,仁和不仁而已。过分暴虐百姓的,自己就会被杀,国家就会灭亡;不太严重的,自己就会遭遇危险,国家就会受到削弱。死后加上幽、厉这样的谥号,纵然他有孝子贤孙,历经百代也难以改变坏名声。《诗经·大雅·荡》上说:殷商的借鉴并不遥远,就在前代夏桀的时代。说的就是这个意思。"

【原文】孟子曰:"离娄之明,公输子之巧,不以规矩,不能成方圆;师旷之聪,不以六律,不能正五音;尧舜之道,不以仁政,不能平治天下。今有仁心仁闻而民不被其泽、不可法于后世者,不行先王之道也。故曰:徒善不足以为政,徒法不能以自行。《诗》云:不愆不忘,率由旧章。遵先王之法而过者,未之有也。"(《离娄上》)

【译文】孟子说:"即便有离娄的视力,公输般的技巧,如果不用圆规和曲尺,也不能正确画出方形和圆形;即便有师旷的听力,如果不根据六律,也不能校正五音;即便有尧舜的德行,如果不凭借仁政,也不能治理好天下。现在有些诸侯虽有仁爱之心和仁爱之誉而百姓没有受到他的恩泽、治世的措施也不能被后代效法的原因，就是因为他不施行前代圣王之道的缘故。所以，只有仁爱之心不足以理政，只有规矩法度不能自己发挥作用。《诗经·大雅·假乐》上说：别出差错别遗忘，一切遵循旧典章。遵循先王的法度而犯错误的，是从来没有过的。"

【原文】故曰：为高必因丘陵，为下必因川泽。为政不因先王之道，可谓智乎？是以惟仁者宜在高位。不仁者而在高位，是播其恶于众也。上无道揆也，下无法守也，朝不信道，工不信度，君子犯义，小人犯刑，国之所存者幸也。故曰：城郭不完，兵甲不多，非国之灾也；田野不辟，货物不聚，非国之害也；上无礼，下无学，贼民兴，丧无日矣。（《离娄上》）

【译文】所以说：建高台一定要凭借丘陵，挖深池一定要凭借沼泽。治理国家不凭借先王之道，能够说明智吗？因此，只有仁人可以处在统治地位。没有仁爱之心的人如果处在统治地位，就会在民众中传播他的恶行。国家如果在上者无道可遵循，在下者无法可遵守，朝廷不信道义，工匠不信尺度，君子违背仁义，小人触犯刑法，而国家还能够存在下来实在是侥幸。所以说：内城外郭不坚固，兵器甲胄不够多，不是国家的灾难；田野没有开辟，财物没有集中，不是国家的灾难；只有在上者不知礼义，在下者不学法度，乱贼纷纷兴起，那么国家就会很快灭亡了。

孟子"皆法尧、舜"，完全遵循孔子教诲，这是儒家坚持"圣贤政治"的传统。这种法先王的思想导向，托古立说，一方面把尧、舜、文、武等先王理想化，塑造成为神圣崇高的精神偶像和道德权威，给后人树立学习效法的光辉榜样，其思维观念顺应"尊祖敬宗"的群体意识，便于名正言顺地推行仁政，另一方面，法先王的守旧历史观把人们的视野引向古代，一切向后看，遵循祖宗的规矩行事，不敢越雷池一步，这就难免形成循规蹈矩、墨守成规的思想。虽然后来韩非子曾经提出"不期修古，不法常可，论世之事，因为之备"（《五蠹》）的进化理论，但是，传统的意识仍然是重历史而轻现实，重陈规而轻变化，重经验而轻创新，重长辈而轻新锐，思想精神上养成一种不思进取、不敢创新的惰性，最终成为社会发展前进的阻力和障碍。中国古代历史上的改革总是困难重重、半途而废，这是其中一个非常重要的原因。

2. 推恩足以保四海

既然君子自己具有善性，就应该由己及人，推而广之，遍及百姓，这种"推恩"思想，正是由"人性本善"发展为"与人为善"必然的思维逻辑。己之善性，必施于人，实际上就是由家族亲情出发，向民众、向万物献出一片爱心，即所谓"亲亲而仁民，仁民而爱物"，反映了仁政在思想精神层面的更高要求。而关心爱护鳏、寡、孤、独这些社会上的弱势群体，更是"推恩"必须优先考虑的对象，所以，"文王发政施仁，必先斯四者"，反映了"泛爱众"（《学而》）的博爱、善良、慈悲之心，弥足珍贵。

【原文】（孟子曰）："老吾老，以及人之老；幼吾幼，以及人之幼：天下可运于掌。《诗》云：刑于寡妻，至于兄弟，以御于家邦。言举斯心加诸彼而已。故推恩足以保四海，不推恩无以保妻子。古之人所以大过人者，无他焉，善推其所为而已矣。"（《梁惠王上》）

【译文】（孟子曰）："尊敬自己的长辈，推广到尊敬别人的长辈；关爱自己的儿女，推广到关爱别人的儿女，那么治理天下就像在手掌中移物一样容易了。《诗经·大雅·思齐》中说：先给妻子做出榜样，再影响到兄弟，更推广到治理封邑和国家。说的就是把善心美德由此及彼地推广到别人身上而已。所以，推广恩德可以安定天下，不推广恩德连妻子都无法保护。古代圣贤之所以大大超过常人，没有其他原因，就是善于推广他们的善心恩德罢了。"

【原文】孟子曰："君子之于物也，爱之而弗仁；于民也，仁之而弗亲。亲亲而仁民，仁民而爱物。"（《尽心上》）

【译文】孟子说："君子对于万物，爱惜而不施以仁德；对于百姓，施以仁德而不视为亲人。君子关爱亲人进而以仁德对待百姓，以仁德对待百姓进而爱惜万物。"

【原文】（齐宣）王曰："王政可得闻与？"（孟子）对曰："昔者文王之治岐也，耕者九一，仕者世禄，关市讥而不征，泽梁无禁，罪人不孥。老而无妻曰鳏，老而无夫曰寡，老而无子曰独，幼而无父曰孤。此四者，天下之穷民而无告者。文王发政施仁，必先斯四者。《诗》云：'哿矣富人，哀此茕独。'"王曰："善哉言乎！"（《梁惠王下》）

【译文】齐宣王说："关于王道政治可以说来听听吗？"孟子回答说："从前周文王治理岐周，农民的税率是九分之一，为官的人继承世袭的俸禄，关卡和集市只检查不征税，湖泊河流捕鱼不禁，惩治罪人不株连妻子。老年而没有妻室叫作鳏，老年而没有丈夫叫作寡，老年而没有儿女叫作独，年幼而没有父亲叫作孤。这四种人，是天下最穷苦无靠的人。周文王发布政令、推行仁政，必定先考虑他们这些人的利益。《诗经·小雅·正月》中说：富人过得够快活，可怜那些孤苦的人吧。"齐宣王说："这话说得太好了！"

社会由各个阶层的人们组成，情况千差万别，诉求各不相同，必须照顾各个阶层（特别是弱势群体）的利益，重视社会民生，协调人际关系，化解社会矛盾，才能达到和谐状态。孟子强调"善推其所为"，关心弱势群体，提升了执政理念的社会标准，反映了仁政论的思想精髓。

3. 与民同乐

孟子认为，君王施行仁政必须放开眼界，敞开胸怀，具有"与民同乐"的思想观念，与百姓感情相连，心理相通，利害一致，休戚与共。"与民同乐"，才能享受快乐；"与民同乐"，才能称王天下；"乐民之乐者"，"忧民之忧者"，才能以心换心，忧喜同心，天下大治。

【原文】孟子见梁惠王。王立于沼上，顾鸿雁麋鹿，曰："贤者亦乐此乎？"孟子对曰："贤者而后乐此，不贤者虽有此不乐也。《诗》云：经始灵台,经之营之,庶民攻之,不日成之。经始勿亟,庶民子来。王在灵囿,麀鹿攸伏,麀鹿濯濯,白鸟鹤鹤。王在灵沼,于牣鱼跃。"文王以民力为台为沼,而民欢乐之,谓其台曰灵台,谓其沼曰灵沼,乐其有麋鹿鱼鳖。古之人与民偕乐,故能乐也。《汤誓》曰:时日害丧,予及女偕亡。民欲与之偕亡,虽有台池鸟兽,岂能独乐哉?"(《梁惠王上》)

【译文】孟子见梁惠王。王站在池塘边,看着鸿雁麋鹿,对孟子说:"贤者也以此为乐吗?"孟子对答说:"只有贤者才能享受这种快乐,不贤者即使有这些也不能享受这种快乐。《诗经·大雅·灵台》中说:规划要修建灵台,施工需要巧安排,百姓都来齐动手,很快落成多气派。文王本来不着急,百姓自愿卖力气。文王路过灵囿边,群鹿悠闲卧草间,麋鹿各个肥又壮,白鸟展翅白又亮。文王又到灵沼来,满池鱼儿齐欢跳。文王借用民力修建台、沼,而百姓非常高兴,把那个台称为灵台,把那个沼称为灵沼,很高兴那里有各种麋鹿鱼鳖。古代的贤君与百姓同乐,所以能够享受快乐。《尚书·汤誓》里说:这个太阳什么时候才能陨落啊,我们宁可与你一起消亡。百姓恨不得和夏桀同归于尽,他即使有台池鸟兽,岂能独自享受吗?"

【原文】庄暴见孟子,曰:"暴见于王,王语暴以好乐,暴未有以对也。"曰:"好乐何如?"孟子曰:"王之好乐甚,则齐国其庶几乎!"他日,见于王曰:"王尝语庄子以好乐,有诸?"王变乎色,曰:"寡人非能好先王之乐也,直好世俗之乐耳。"曰:"王之好乐甚,则齐其庶几乎!今之乐由古之乐也。"曰:"可得闻与?"曰:"独乐乐,与人乐乐,孰乐?"曰:"不若与人。"曰:"与少乐乐,与众乐乐,孰乐?"曰:"不若与众。""臣请为王言乐。今王鼓乐于此,百姓闻王钟鼓之声,管籥之音,举疾首蹙頞而相告曰:吾王之好鼓乐,夫何使我至于此极也?父子不相见,兄弟妻子离散。今王田猎于此,百姓闻王车马之音,见羽旄之美,举疾首蹙頞而相告曰:吾王之好田猎,夫何使我至于此极也?父子不相见,兄弟妻子离散。此无它,不与民同乐也。今王鼓乐于此,百姓闻王钟鼓之声,管籥之音,举欣欣有喜色而相告曰：吾王庶几无疾病与，何以能鼓乐也？今王畋猎于此，百姓闻王车马之音，见羽旄之美，举欣欣然有喜色而相告曰：吾王庶几无疾病与，何以能田猎也？此无他，与民同乐也。今王与百姓同乐，则王矣。"
(《梁惠王下》)

【译文】齐臣庄暴见到孟子，说道："我去朝见王，王告诉我他爱好音乐，我不知道该怎样回答。"接着又说："爱好音乐，究竟好不好？"孟子说："如果齐王非常爱好音乐，那么齐国就治理得很好了吧！"过几天，孟子见到齐王说："你曾经告诉庄暴，你爱好音乐，有这回事吗？"齐王脸色一变，不好意思地说："我并不爱好古代先王雅乐，只是爱好当代世俗民乐罢了。"孟子说："如果你非常爱好音乐，那么齐国就治理得很好了吧！无论是当代音乐还是古代音乐，都是一样的。"齐王说："这方面的道理可以听听吗？"孟子说："是一个人欣赏音乐而快乐，还是与他人一起欣赏音乐而快乐，究竟哪一种更快乐呢？"齐王说："比不上与他人一起欣赏音乐更快乐。"孟子又说："与少数人欣赏音乐快乐，还是与多数人欣赏音乐快乐，究竟哪一种更快乐呢？"齐王说："比不上与多数人欣赏音乐更快乐。"孟子接着说："那么就让我为你谈谈欣赏音乐的道理吧。假如君王在这里奏乐，百姓听到君王鸣钟击鼓和吹箫弄笛的声音，全都头痛皱眉地互相议论说：我们的君王这样爱好音乐，为什么使我们痛苦到这般地步啊？父子不能相见，兄弟妻子四处逃散。假如君王在这里打猎，百姓听到车马的声音，看到仪仗的华美，全都头痛皱眉地互相议论说：我们的君王这样爱好打猎，为什么使我们痛苦到这般地步啊？父子不能相见，兄弟妻子四处逃散。造成这种结果没有其他原因，就是因为君王不能与民同乐。假如君王在这里奏乐，百姓听到君王鸣钟击鼓和吹箫弄笛的声音，全都眉开眼笑地互相告诉说：我们的君王大概没有疾病吧，要不怎么能够奏乐呢？假如王在这里打猎，百姓听到车马的声音，看到仪仗的华美，全都眉开眼笑地互相告诉说：我们的君王大概没有疾病吧，要不怎么能够打猎呢？造成这种结果没有其他原因，就是因为君王能够与民同乐。现在如果君王与百姓一起快乐，就可以称王天下了。"

【原文】齐宣王见孟子于雪宫。王曰："贤者亦有此乐乎？"孟子对曰："有。人不得，则非其上矣。不得而非其上，非也；为民上而不与民同乐者，亦非也。乐民之乐者，民亦乐其乐；忧民之忧者，民亦忧其忧。乐以天下，忧以天下，然而不王者，未之有也。"（《梁惠王下》）

【译文】齐宣王在别墅雪宫接见孟子。齐宣王说："有德之人也有这种快乐吗？"孟子回答说："有的。如果得不到这种快乐，就会责难他的君王。得不到快乐而责难君王，是不对的；作为君王而不与百姓共同快乐，也是不对的。以百姓的快乐为自己的快乐，那么百姓也会以君王的快乐为自己的快乐；以百姓的忧愁为自己的忧愁，那么百姓也会以君王的忧愁为自己的忧愁。与天下的百姓同乐同忧，这样而不能统治天下的，是从来不曾有过的。"

孟子所说的"乐"，既是快乐的"乐"，又是音乐的"乐"。所谓"与民同乐"，不仅仅限于游乐、音乐、田猎这几件具体的事情，而是涉及执政者全部所思所想、一言一行。在范围上，不仅要"与人乐乐"，而且要"与众乐乐"；在心理上，不仅要"乐以天下"，而且要"忧以天下"。也就是说，执政者与百姓要荣辱与共、忧喜相通，才能达到仁义的最高境界，构建仁政的理想社会。"与民同乐"，实际上就是要求执政者与百姓心心相印，爱民惠民，这才是仁政，反之，如果与百姓离心离德，忧乐相背，必然是暴政。这是孟子为执政者树立的人性和道德的标杆、思想和行为的规范。其精神内涵，至今依然发人深思！

4. 何必曰利

善性是会受环境条件制约影响的，"养心莫善于寡欲"（《尽心下》）。如果利欲熏心，见利忘义，善性就可能泯灭，仁政就可能消亡。因此，君王就必须正确认识和处理义与利的关系，坚持以义制利，以义统利。人际关系和国际关系，如果以"利"相交就遗害无穷，如果以义相处才长治久安。"苟为后义而先利，不夺不餍"，那么"君臣、父子、兄弟终去仁义，怀利以相接，然而不亡者，未之有也"。所以说，"何必曰利"。

【原文】孟子见梁惠王，王曰："叟不远千里而来，亦将有以利吾国乎？"孟子对曰："王何必曰利？亦有仁义而已矣。王曰：何以利吾国？大夫曰：何以利吾家？士庶人曰：何以利吾身？上下交征利而国危矣。万乘之国，弑其君者，必千乘之家；千乘之国，弑其君者，必百乘之家。万取千焉，千取百焉，不为不多矣。苟为后义而先利，不夺不餍！未有仁而遗其亲者也，未有义而后其君者也。王亦曰仁义而已矣，何必曰利？"（《梁惠王上》）

【译文】孟子见梁惠王。梁惠王说："老先生你不远千里而来，将对我的国家带来很大利益吧？"孟子对答道："大王何必开口就讲利益呢？只要讲仁义就可以了。如果君王说：怎样有利我的国家？大夫说：怎样有利我的封地？士人百姓都说：怎样有利我自身？上上下下都追逐私利，国家就危险了。拥有万乘兵车的国家，杀害君王的人，必定是拥有千乘兵车的大夫；拥有千乘兵车的国家，杀害君王的人，必定是拥有百乘兵车的大夫。万乘国家的大夫拥有千乘兵车，千乘国家的大夫拥有百乘兵车，其家业不能说不多吧。但是，如果后公义而先私利，那么大夫不把君王财产夺完是不会满足的。相反，从来没有讲仁的人会遗弃他的父母，从来没有讲义的人会怠慢他的君王。大王只讲仁义就可以了，何必讲利益呢？"

【原文】宋牼将之楚，孟子遇于石丘，曰："先生将何之？"曰："吾闻秦、楚构兵，我将见楚王说而罢之。楚王不悦，我将见秦王说而罢之。二王我将有所遇焉。"曰："轲也请无问其详，愿闻其指。说之将何如？"曰："我将言其不利也。"曰："先生之志大矣，先生之号则不可。先生以利说秦、楚之王，秦、楚之王悦于利，以罢三军之师，是三军之师乐罢而悦于利也。为人臣者怀利以事其君，为人子者怀利以事其父，为人弟者怀利以事其兄，是君臣、父子、兄弟终去仁义，怀利以相接，然而不亡者，未之有也。先生以仁义说秦、楚之王，秦、楚之王悦于仁义，而罢三军之师，是三军之士乐罢而悦于仁义也。为人臣者怀仁义以事其君，为人子者怀仁义以事其父，为人弟者怀仁义以事其兄，是君臣、父子、兄弟去利，怀仁义以相接也，然而不王者，未之有也。何必曰利？"（《告子下》）

【译文】宋牼要到楚国去，孟子在石丘遇到他。孟子说："先生要去哪里？"宋牼回答说："我听说秦国与楚国正在打仗，我要去面见楚王劝他罢兵。要是楚王不听，我就去面见秦王劝他罢兵。这两个国君我总会遇到一个说得通的人。"孟子说："我不想问您详细的情况，只想听听您的主要意思。您打算怎样去劝说他们呢？"宋牼回答说："我就打算说说交战的不利之处。"孟子说："先生的志向是很大的，先生的说辞却不行。先生用利益来劝说秦、楚之王，秦、楚之王因为喜欢利益而停止军事行动，这就使得军队将士因为喜欢利益而乐意罢兵。作为臣下怀着利益之心去侍奉君王，作为儿子怀着利益之心去侍奉父亲，作为弟弟怀着利益之心去侍奉哥哥，这就使得君臣、父子、兄弟之间最终抛弃仁义，如果怀着利益之心而互相交往，如此而国家不灭亡的，是不曾有过的事情。如果先生用仁义劝说秦、楚之王，秦、楚之王因为喜欢仁义而停止军事行动，就会使军队将士因为喜欢仁义而乐意罢兵。作为臣下怀着仁义之心去侍奉君王，作为儿子怀着仁义之心去侍奉父亲，作为弟弟怀着仁义之心去侍奉哥哥，这就使得君臣、父子、兄弟之间抛弃私利，怀着仁义之心互相交往，如此而国家不称王的，是不曾有过的事情。为什么一定要谈利益呢？"

孔子说："君子喻于义，小人喻于利。"（《里仁》）孟子说："鸡鸣而起，孳孳为善者，舜之徒也。鸡鸣而起，孳孳为利者，蹠之徒也。欲知舜与蹠之分，无他，利与善之间也。"（《尽心上》）在孟子看来，"尧以不得舜为己忧，舜以不得禹、皋陶为己忧。夫以百亩之不易为己忧者，农夫也"（《滕文公上》）。尧舜关心天下，君王治理国家，所以"喻于义"；而农夫关心耕种，百姓需要温饱，所以"喻于利"。但并不是说，君子只是"喻于义"而不"喻利"，小人可以"喻于利"而不"喻义"。

其实，"义"与"利"是不能分开的，既不能有义无利，也不能有利无义，把义利关系绝对化是错误的。对于个人来说，既要心怀仁义，也需谋求温饱；对于国家来说，既要坚持道义，也应关注民生。民以食为天，孔子就非常重视"足食"，关注民生，只是不能见利忘义、唯利是图，必须要用道义来调控、规范各自的利益和行为。所以，他说："富与贵，是人之所欲也；不以其道得之，不处也。"（《里仁》）"不义而富且贵，于我如浮云。"（《述而》）这就是孔子的义利观。治理国家，如果利欲熏心，肆无忌惮，将利益置于道义之上，百姓就会道德沦丧，国家就会世风颓废；如果空谈道义，罔顾民生，置百姓于水火之中，民众就会饥寒交迫，国家就会经济崩溃。所以，既不能见利忘义，也不能以义代利，必须以义统利。事实上，孟子关于制民之产、轻徭薄赋等仁政措施，都关乎到百姓的物质利益。

义利关系，古今同理。"利"就是物质利益，"义"就是精神追求。"文革"时期，四人帮以"革命"压生产，鼓吹"宁要社会主义的草，不要资本主义的苗"、"只算政治账，不算经济账"、"割资本主义的尾巴"之类谬论，就是以"义"压利、以"义"代利，把国民经济推到崩溃的边缘。改革开放以后，一些不良厂家、不法商人金钱挂帅，见利忘义，制假贩毒，以次充好，唯利是图，丧尽天良，不管百姓死活，毫无道德底线，造成社会上部分人价值观念的扭曲，理想信仰的危机。所以，必须正确处理义与利的关系，两手都要抓，两手都要硬。

5. 以德行仁者王

从仁义的原则出发，处理国家与国家的关系，必须"以德服人"。因为，"以力服人者，非心服也，力不赡也；以德服人者，中心悦而诚服也"。孟子蔑视"管仲以其君霸"（《公孙丑上》），提出"不嗜杀人者能一之"

（《梁惠王上》），原因就在这里。可见，追求"以德服人"的王道政治，是孟子学说的根本宗旨。

【原文】孟子曰："以力假仁者霸，霸必有大国；以德行仁者王，王不待大。汤以七十里，文王以百里。以力服人者，非心服也，力不赡也；以德服人者，中心悦而诚服也，如七十子之服孔子也。《诗》云：自西自东，自南自北，无思不服。此之谓也。"（《公孙丑上》）

【译文】孟子说："依仗力量、假借仁义而统一天下的是称霸，称霸必须具有强大的国力；凭借道义、推行仁政而统一天下的是称王，称王不必依靠国家强大。比如商汤仅凭七十里见方的疆域，文王仅凭百里见方的疆域。依仗武力使人服从的，并不是内心服从，是因为力量不足；凭借道义使人服从，是心悦诚服，就像七十子服从孔子一样。《诗经·大雅·文王有声》中说：从西从东，从南从北，没有不心悦诚服的。说的就是这个意思。"

【原文】孟子曰："有人曰：我善为陈，我善为战。大罪也。国君好仁，天下无敌焉。南面而征，北狄怨；东面而征，西夷怨，曰：奚为后我？武王之伐殷也，革车三百两，虎贲三千人。王曰：无畏！宁尔也，非敌百姓也。若崩厥角稽首。征之为言正也，各欲正己也，焉用战？"（《尽心下》）

【译文】孟子说："有人说：我善于布阵，我善于打仗。这是大罪啊。国君爱好仁义，天下无敌手。商汤向南方征讨，北方的狄人就会抱怨；向东方征讨，西方的夷人就会抱怨，说：为什么把我们放在后面呢？武王讨伐殷商时，战车三百辆，勇士三千人。武王对商民说：不要害怕！我是来安抚你们的，并不是与百姓为敌的。商民们纷纷叩响头感谢，发出的声音如同山崩一样。征就是正的意思，如果各国都端正自己，哪里用得着战争呢？"

孔子说："远人不服，则修文德以来之。"（《季氏》）与孟子主张"以德行仁者王"，是完全一致的，都坚持以仁德服人的原则。这样，对内对外都怀有仁义之心，坚持与人为善的理念，那么，进一步制定和推行仁政措施、王道政治就可以通行无阻、顺利实施了。

### （三）行仁政而王，莫之能御也

孟子经过周密的思考和精心的设计，提出了一整套颇具针对性的仁政措施。他说："齐人有言曰：'虽有智慧，不如乘势。虽有镃基，不如待时。'今时则易然也。夏后、殷、周之盛，地未有过千里者也，而齐有其地矣；鸡鸣狗吠相闻，而达乎四境，而齐有其民矣。地不改辟矣，民不改聚矣，行仁政而王，莫之能御也。且王者之不作，未有疏于此时者也；民之憔悴于虐政，未有甚于此时者也。饥者易为食，渴者易为饮。孔子曰：'德之流行，速于置邮而传命。'当今之时，万乘之国行仁政，民之悦之，犹解倒悬也。故事半古之人，功必倍之，惟此时为然。"（《公孙丑上》）所以，他坚信，只要"行仁政而王"，必然事半而功倍，"莫之能御也"。其具体措施如下：

1. 尊贤使能

贤能之人是推行仁政的具体实施者，"尊贤使能"是君王倡导仁政的重要措施和根本保证。因为只有"贵德而尊士，贤者在位，能者在职"，才会政通人和、国富兵强，产生巨大的社会作用和影响，"如此，则无敌于天下"。反之，"不信仁贤，则国空虚；无礼义，则上下乱；无政事，则财用不足"（《尽心下》），所谓仁政，就是空谈。所以，选拔贤人必须非常慎重，左右、大夫、国人的意见可以参考，不能贸然确定，必须自己亲自调查研究、考察虚实，然后才能最后决定。只有这样，才是真正为百姓负责，"可以为民父母"。

【原文】孟子曰："仁则荣，不仁则辱。今恶辱而居不仁，是犹恶湿而居下也。如恶之，莫如贵德而尊士，贤者在位，能者在职；国家闲暇，及其时明其政刑。虽大国，必畏之矣。"（《公孙丑上》）

【译文】孟子说："如果实行仁政，就会带来荣耀；如果不行仁政，就会带来耻辱。如今的君王厌恶耻辱而又处于不仁之地，这就如同厌恶潮湿而又处于低洼之地一样。如果厌恶耻辱，就不如推崇道德而尊重贤士，使贤人拥有适合的官位，使能人拥有适合的职务；国家太平无事的时候，就抓住时机修明政令法规。这样，即使是强大的国家，也一定会惧怕它的。"

【原文】孟子曰："尊贤使能，俊杰在位，则天下之士皆悦，而愿立于其朝矣；市，廛而不征，法而不廛，则天下之商皆悦，而愿藏于其市矣；关，讥而不征，则天下之旅皆悦，而愿出于其路矣；耕者，助而不税，则天下之农皆悦，而愿耕于其野矣；廛，无夫里之布，则天下之民皆悦，而愿为之氓矣。信能行此五者，则邻国之民仰之若父母矣。率其子弟，攻其父母，自有生民以来未有能济者也。如此，则无敌于天下。无敌于天下者，天吏也。然而不王者，未之有也。"（《公孙丑上》）

【译文】孟子说："尊重贤人，使用能人，让杰出的人物都有官位，发挥才能，那么，天下的士人都会高兴，而乐意在你的朝廷上供职；在集市，只收仓储费而不抽货物税，按照规定甚至不收仓储费，那么天下的商人都会高兴，而乐意把货物存放在你的市场；在关卡，只检查而不征税，那么天下的旅客都会高兴，而乐意途经你那里的道路；对于农夫，助耕公田就不收土地税，那么天下的农夫都会高兴，而乐意在你的田野耕作；对于居民，不收劳役雇用税和宅地附加税，那么天下的百姓都会高兴，而乐意做你的百姓。一国之君真正能够做到这五个方面，那么，邻国的百姓都会像对待父母一样仰望他了。率领他们的儿女，去攻打他们父母，这样的事情自有人类以来没有能够成功的。像这样的话，就会无敌于天下。这种天下无敌的人，叫作遵从天道的天吏。这样而不能称王天下的，是从来没有过的事情。"

【原文】（孟子）曰："国君进贤，如不得已，将使卑逾尊、疏逾戚，可不慎与？左右皆曰贤，未可也；诸大夫皆曰贤，未可也；国人皆曰贤，然后察之；见贤焉，然后用之。左右皆曰不可，勿听；诸大夫皆曰不可，勿听；国人皆曰不可，然后察之；见不可焉，然后去之。左右皆曰可杀，勿听；诸大夫皆曰可杀，勿听；国人皆曰可杀，然后察之，见可杀焉，然后杀之。故曰：国人杀之也。如此，然后可以为民父母。"（《梁惠王下》）

【译文】（孟子）说："国君任用贤人，如果不得已，将会使地位低的超过地位高的、关系疏远的超过关系亲近的，能不慎重对待吗？因此，身边的人都说他贤能，不能任用；大夫们都说他贤能，不能任用；全国的人都说他贤能，然后考察他；确实见到他贤能，然后任用他。身边的人都说他不能任用，不能听信；大夫们都说他不能任用，不能听信；全国的人都说他不能任用，然后考察他；确实见到他不能任用，然后罢免他。身边的人都说他该杀，不能听从；大夫们都说他该杀，不能听从；全国的人都说他该杀，然后考察他；确实见到他该杀，然后杀了他。所以说：是全国的人杀了他。只有这样，然后才可以作为百姓的父母。"

对待贤人，孔子主张"选贤与能"（《礼记·大同》）；墨子认为"夫尚贤者，政之本也"（《尚贤》）；孟子要求"尊贤使能"；荀子坚持选取亲信侍从、辅佐之才和外交人才，称之为"国具"（《君道》）。儒、墨两家，认识基本一致。而杨子根本否认圣贤的价值和作用；老子公开提出"不尚贤，使民不争"（《三章》）；庄子认为"绝圣弃知，大盗乃止"（《胠箧》）；韩非子则更是"抱法处势"而不待贤（《难势》）。道、法两家，反对举贤用贤，观点近似，宗旨不同。这是诸子学说的重大分野。

2. 制民之产

中国作为传统的农业国，土地关系至关重要。在急剧变动的战国时期，贵族统治者兼并土地所造成的社会矛盾尤为突出，因此，孟子高度重视农业，认为只有正确划分地界才能公平分配田地，只有公平分配田地才能合理收取田租，而"暴君污吏必慢其经界"，目的就在于巧取豪夺，兼并土地，搜刮更多的财富。"无恒产者无恒心"，农民一旦失去土地，衣食无着，饥寒交迫，必然"放僻邪侈，无不为已"，成为不安定因素，造成社会危机。所以，必须"制民之产"，"有恒产者有恒心"，使得百姓"仰足以事父母，俯足以畜妻子，乐岁终身饱，凶年免于死亡"。在此基础上"然后驱而之善，故民之从之也轻"。这样，社会才能安定，国家才能大治。直至两千多年后的中国改革开放进程，也是从改变土地关系、"包产到户"开始的，影响极其深远。

【原文】滕文公问为国。孟子曰："民事不可缓也。《诗》云：昼尔于茅，宵尔索绹。亟其乘屋，其始播百谷。民之为道也，有恒产者有恒心，无恒产者无恒心。苟无恒心，放僻邪侈，无不为已。及陷乎罪，然后从而刑之，是罔民也，焉有仁人在位，罔民而可为也？是故贤君必恭俭礼下，取于民有制。阳虎曰：为富不仁矣，为仁不富矣。"（《滕文公上》）

【译文】滕文公向孟子问治国之道。孟子说："百姓的耕作事务是不能怠慢的。《诗经·豳风·七月》中说：白天打茅草，晚上搓绳索。赶紧盖茅屋，开春播百谷。百姓的人生准则是，有了固定产业就有稳定的道德善心，没有固定产业就没有稳定的道德善心。如果没有稳定的道德善心，就会为非作歹，无所不为。等到他们犯了罪，然后处罚他们，这就是用网罗陷害民众，哪里有仁德君主在位治国却用网罗陷害民众呢？所以贤明的君主必须恭敬理政，节约用度，以礼待人，按照一定制度征收赋税。阳虎说过：要聚敛财富就不会讲仁爱，要讲仁爱就不能聚敛财富。"

【原文】（滕文公）使毕战问井地。孟子曰："子之君将行仁政，选择而使子，子必勉之！夫仁政，必自经界始。经界不正，井地不均，谷禄不平，是故暴君污吏必慢其经界。经界既正，分田、制禄可坐而定也。夫滕，壤地褊小，将为君子焉，将为野人焉。无君子，莫治野人；无野人，莫养君子。请野九一而助，国中什一使自赋。卿以下必有圭田，圭田五十亩，余夫二十五亩。死徙无出乡，乡田同井，出入相友，守望相助，疾病相扶持，则百姓亲睦。方里而井，井九百亩，其中为公田，八家皆私百亩，同养公田，公事毕，然后敢治私事，所以别野人也。此其大略也，若夫润泽之，

则在君与子矣。"(《滕文公上》)

【译文】（滕文公）让毕战来问井田制。孟子说："你的君主想要推行仁政，选派你来问我，你一定要努力啊！推行仁政，必须要从划分田界开始。田界不公正，井田划分就不均匀，作为俸禄的田租就收得不公平，所以，暴君贪官一定要搞乱田界。田界如果划得公正，分派田地、俸禄制度就可以轻易地确定了。滕国，土地虽然狭小，却也有当官的，也有种田的。没有官吏，便没有人管理农夫；没有农夫，就没有人养活官吏。我建议郊外用九分取一的助法，城内及城郊用十分取一的贡法。公卿以下的官吏一定要有供给祭祀的用田，每家五十亩，剩余的劳动力每人再给二十五亩。无论是死亡或搬家都不离开本乡本土，各家共一井田，出入互相友爱，有事互相帮助，有病互相照顾，那样百姓之间就和睦相处。具体的办法是，每一里见方的土地为一个井田，每一井田为九百亩，当中的一百亩为公田，其余八家都分私田一百亩，八家同耕公田；先把公田种完，然后耕种私田，以此来区分百姓。这不过是一个大概，至于怎样修改调整，那就在于滕君和你了。"

【原文】是故明君制民之产，必使仰足以事父母，俯足以畜妻子，乐岁终身饱，凶年免于死亡。然后驱而之善，故民之从之也轻。今也制民之产，仰不足以事父母，俯不足以畜妻子，乐岁终身苦，凶年不免于死亡。此惟救死而恐不赡，奚暇治礼义哉？王欲行之，则盍反其本矣。五亩之宅，树之以桑，五十者可以衣帛矣；鸡豚狗彘之畜，无失其时，七十者可以食肉矣；百亩之田，勿夺其时，八口之家可以无饥矣；谨庠序之教，申之以孝悌之义，颁白者不负戴于道路矣。老者衣帛食肉，黎民不饥不寒，然而不王者，未之有也。(《梁惠王上》)

【译文】因此，英明的君王给百姓划定产业，一定要让他们对上足以赡养父母，对下足以供养妻子，好年成丰衣足食，坏年成也不至于饿死。然后再去趋使他们向善，百姓也就很容易接受了。现在给百姓划定的产业，对上不足以赡养父母，对下不足以供养妻子，好年成也艰难困苦，坏年成更难免饿死。这样，抢救将死的人都来不及，哪有闲工夫学习礼义呢？君王如果要行仁政，为什么不从根本上开始呢？每家规定五亩大的宅基地，房前屋后种桑养蚕，那么，五十岁以上的人就可以穿上丝棉衣服了；养育鸡狗猪这些家畜，不要错过繁殖的时期，七十岁以上的人就可以吃上肉了；一家百亩大的土地，不要占有耕种的时节，那么，八口人的家庭就可以没有饥荒了；然后，办好各级学校教育，反复讲明孝亲敬长的道理，那么，头发花白的老人就不会在道路上头顶背负重物了。老年人穿丝棉吃上肉，百姓不受饥寒，这样还不能统一天下的，那是从来没有过的。

井田制本出于殷周时期，孟子托古改制，使之变成了封建国有土地制，由君主分配"公田"、"私田"，"方里而井，井九百亩，其中为公田，八家皆私百亩，同养公田，公事毕，然后敢治私事，所以别野人也"，即所谓"无君子，莫治野人；无野人，莫养君子"。孟子意在以此"制民之产"，抵制贵族兼并土地，给农民以基本的生活保障，其中也流露出明显的复古思想和改良色彩。

在孟子的仁政理论中，耕者有其田，居者有其屋，占有非常重要的地位，因此，"制民之产"就成为他反复强调的基本诉求。中国历史上一次又一次农民起义提出"平分地权"，都是为了解决这一根本性的社会问题。

3. 轻徭薄赋

农耕依靠天时，受到季节限制，按时耕作是保证农业生产的基本条件，"不违农时"就成为必然的要求。而乱世中繁重的劳役、兵役，将大量的精壮劳力驱赶到旷野、战场，严重干扰了农民正常平静的田园生活。耕种收割错过季节，繁养家畜拖延时日，人误地一时，地误人一年，那么，农民将何以为生？所以，孔子早就提出"节用而爱人，使民以时"（《学而》），孟子更是反复强调"不违农时"，盛赞"西伯善养老"，痛斥梁惠王"彼夺其民时，使不得耕耨以养其父母。父母冻饿，兄弟妻子离散"（《梁惠王上》），原因就在这里。

【原文】不违农时，谷不可胜食也；数罟不入洿池，鱼鳖不可胜食也；斧斤以时入山林，材木不可胜用也。谷与鱼鳖不可胜食，材木不可胜用，是使民养生丧死无憾也。养生丧死无憾，王道之始也。（《梁惠王上》）

【译文】如果不占用百姓耕种的时节，那么粮食就吃不完了；如果不用密网到池塘捕鱼，那么鱼鳖就吃不完了；如果按照一定的时节砍伐树木，那么木材就用不完了。如果粮食和鱼鳖吃不完，木材用不完，这样就使得百姓养育生者、安葬死者没有什么遗憾。百姓养育生者、安葬死者没有什么遗憾，就是王道的开始。

【原文】孟子曰："伯夷辟纣，居北海之滨，闻文王作，兴曰：盍归乎来，吾闻西伯善养老者。太公辟纣，居东海之滨，闻文王作，兴曰：盍归乎来，吾闻西伯善养老者。天下有善养老，则仁人以为己归矣。五亩之宅，树墙下以桑，匹妇蚕之，则老者足以衣帛矣。五母鸡，二母彘，无失其时，老者足以无失肉矣。百亩之田，匹夫耕之，八口之家足以无饥矣。所谓西伯善养老者，制其田里，教之树畜，导其妻子使养其老。五十非帛不暖，七十非肉不饱。不暖不饱，谓之冻馁。文王之民无冻馁之老者，此之谓也。"（《尽心上》）

【译文】孟子说："伯夷躲避商纣王，住在北海边上，听说周文王奋发有为，就振作起来说：何不投奔他呢，我听说西伯善于奉养老人。姜太公躲避商纣王，住在东海边上，听说周文王奋发有为，就振作起来说：何不投奔他呢，我听说西伯善于奉养老人。天下有善于奉养老人的，仁德的人就把他作为自己的依靠了。五亩大的庭院，沿墙边种上桑树，妇女养蚕缫丝，那么老年人就可以穿上丝绵织成的衣服了。养上五只母鸡，两头母猪，不要耽误繁殖季节，那么老年人就不会缺肉吃了。一百亩大的农田，男子去耕作，八口之家就不会挨饿了。所谓西伯善于奉养老人，就是说他为百姓划定了田亩宅地，教会百姓耕种养畜，引导百姓的妻子儿女奉养老人。

五十岁的人不穿丝绵就不觉得暖，七十岁的人不吃肉就不觉得饱。穿不暖、吃不饱，叫作挨冻受饿。周文王的百姓中没有挨冻受饿的老人，说的就是这个意思。"

孟子对周文王"善养老"的描述，实际上反映了制民之产、"无失其时"的和平安宁的田园生活理想，意在对现实社会中民不聊生的苦难现状寄予无限的同情，对诸侯贵族们"夺其民时"的暴虐行为进行强烈的抗争。

"不违农时"是为了按时耕作、增加产量，"薄其税敛"是为了减轻负担、安居乐业，都是爱民、惠民的重要措施。孟子认为征收赋税，应该根据百姓的实际情况而定，坚持税率十分之一的助法，知错就改，"何待来年"？绝不能造成民有饿殍、父子相离的悲惨局面。只要"易其田畴，薄其税敛"，"食之以时，用之以礼"，就可以"使有菽粟如水火"，而"菽粟如水火，而民焉有不仁者乎"？

【原文】（孟子曰）："夏后氏五十而贡，殷人七十而助，周人百亩而彻，其实皆什一也。彻者，彻也；助者，借也。龙子曰：治地莫善于助，莫不善于贡。贡者，校数岁之中以为常。乐岁，粒米狼戾，多取之而不为虐，则寡取之；凶年，粪其田而不足，则必取盈焉。为民父母，使民盻盻然，将终岁勤动不得以养其父母，又称贷而益之，使老稚转乎沟壑，恶在其为民父母也！夫世禄，滕固行之矣。《诗》云：雨我公田，遂及我私。惟助为有公田。由此观之，虽周亦助也。"（《滕文公上》）

【译文】孟子说："夏代每家分五十亩田，田税用贡法；商代每家分七十亩田，田税用助法；周代每家分一百亩田，田税用彻法。其实税率都是十分之一。彻，就是通的意思；助，就是借的意思。龙子说：田税最好的是助法，最不好的是贡法。贡法，是比较几年中的收成来确定一个平均数作为税额。丰收的年份，粮食多得满地狼藉，多收一些不算暴虐，却只按照平均数的税额上缴并不多取；歉收的荒年，百姓尽力耕作而不得温饱，田赋却要按照平均数的满额上缴。身为百姓父母的贵族官员们，使民不得休息，终年劳苦还不能养活父母，还得借贷来凑足田赋，使一家老小辗转死于山沟，这哪里是为民父母呢！贵族士大夫的世袭俸禄制度，滕国早已实行了（而助法却未曾实行）。《诗经·小雅·大田》中说：雨水先润我公田，然后再浇我私田。唯有实行助法才谈得上公田。由此看来，周代实际上也是实行助法的。"

【原文】戴盈之曰："什一，去关市之政，今兹未能，请轻之，以待来年，然后已，何如？"孟子曰："今有人日攘其邻之鸡者，或告之曰：是非君子之道。曰：请损之，月攘一鸡，以待来年，然后已。如知其非义，斯速已矣，何待来年？"（《滕文公下》）

【译文】宋大夫戴盈之说："地租按十分之一征收，免除关卡和集市的赋税，今年还办不到，愿意先减轻一些，等到明年，然后再实行，怎么样？"孟子说："譬如现在有个人每天偷邻居家的鸡，有人告诉他说：这不是君子的做法。他就说：愿意少偷一些，每月才偷一只鸡，等到明年，然后完全改正。如果知道做法不合道义，就应该尽快停止，为什么要等到明年呢？"

【原文】孟子曰："有布缕之征，粟米之征，力役之征。君子用其一，缓其二。用其二而民有殍，用其三而父子离。"（《尽心下》）

【译文】孟子说："有征收布帛的赋税，有征收粮食的赋税，还有征收劳役的赋税。作为君子在这三者之中，只征用一种，缓征另外两种。如果同时征用两种，百姓就会有饿死的人；如果同时征用三种，父子就会离散逃亡。"

【原文】孟子曰："易其田畴，薄其税敛，民可使富也。食之以时，用之以礼，财不可胜用也。民非水火不生活，昏暮叩人之门户求水火，无弗与者，至足矣。圣人治天下，使有菽粟如水火。菽粟如水火，而民焉有不仁者乎？"（《尽心上》）

【译文】孟子说："管理好田地，减轻赋税，就可以使百姓富足。按时安排饮食，依礼进行消费，财物就会享用不完。百姓没有水和火就无法生存，晚上敲开别人家的门户求水讨火，没有不给与的，因为家家都是充足的。圣人治理天下，要让百姓的粮食如同水、火那样多。粮食如同水、火那样充足，百姓怎么会不讲仁义呢？"

《颜渊》曰："哀公问于有若曰：'年饥，用不足，如之何？'有若对曰：'盍彻乎？'曰：'二，吾犹不足，如之何其彻也？'对曰：'百姓足，君孰与不足？百姓不足，君孰与足？'"有若的回答，涉及执政的根本理念。君王与百姓的利益是一致的还是对立的？如果是一致的，那么百姓足了君王就满足；如果是对立的，那么君王满足了百姓就不足。孔门弟子有若显然坚持的是前者。按照孟子推恩爱民、"与民同乐"的思想，也主张君王与百姓利害相同，忧喜相通，所以，轻徭薄赋，关注民生，正是仁政的一个重要方面。

4. 一人之身，而百工之所为备

社会生活丰富多彩，民生需求多种多样，一个人的衣食住行与农渔林陶冶工商等各行各业无不相关，即所谓"一人之身，而百工之所为备"，因此必须重视社会分工，全面发展各种行业，满足人们的生活需要。

"不违农时"（《梁惠王上》），"易其田畴，薄其税敛"（《尽心上》），是对农业而言的；"数罟不入洿池"（《梁惠王上》），是对渔业而言的；"斧斤以时入山林"（《梁惠王上》），是对林业而言的；"市，廛而不征，法而不廛"，"关，讥而不征"（《公孙丑上》），是对手工业、商旅而言的。孟子的这些仁政措施，就是为了鼓励百业发展，通过商品交换，为民生提供方便。那种"贤者与民并耕而食，饔飧而治"的绝对平均主义的农家观点，显然是错误的。特别是从"百工之事，固不可耕且为也"出发，孟子第一次明确提出了"大人"、"小人"的社会分工，肯定了"劳心者"进行精神劳动的重要性和合理性，认为士人"入则孝，出则悌，守先王之道，以待后之学者"，"其君用之，则安富尊荣；其子弟从之，则孝悌忠信"，功莫大焉。这种观念，对于社会发展进步无疑具有重要意义。

【原文】有为神农之言者许行，自楚之滕，踵门而告文公曰："远方之人闻君行仁政，愿受一廛而为氓。"文公与之处。其徒数十人，皆衣褐，捆屦、织席以为食。陈良之徒陈相与其弟辛，负耒耜而自宋之滕，曰："闻君行圣人之政，是亦圣人也，愿为圣人氓。"陈相见许行而大悦，尽弃其学而学焉。陈相见孟子，道许行之言曰："滕君则诚贤君也，虽然，未闻道也。贤者与民并耕而食，饔飧而治。今也滕有仓廪府库，则是厉民而以自养也，恶得贤？"孟子曰："许子必种粟而后食乎？"曰："然。""许子必织布而后衣乎？"曰："否。许子衣褐。""许子冠乎？"曰："冠。"曰："奚冠？"曰："冠素。"曰："自织之与？"曰："否。以粟易之。"曰："许子奚为不自织？"曰："害于耕。"曰："许子以釜甑爨，以铁耕乎？"曰："然。""自为之与？"曰："否。以粟易之。""以粟易械器者，不为厉陶冶；陶冶亦以其械器易粟者，岂为厉农夫哉？且许子何不为陶冶，舍皆取诸其宫中而用之？何为纷纷然与百工交易？何许子之不惮烦？"曰："百工之事，固不可耕且为也。""然则治天下独可耕且为与？有大人之事，有小人之事。且一人之身，而百工之所为备。如必自为而后用之，是率天下而路也。故曰：或劳心，或劳力；劳心者治人，劳力者治于人；治于人者食人，治人者食于人：天下之通义也。"《滕文公上》

【译文】有个信奉神农氏学说的人叫许行，从楚国来到滕国，登门拜见文公说："远方的人听说您正在实行仁政，希望得到一个住所而做您的百姓。"文公给了他房屋。他的弟子数十人，都穿着麻衣，以编草鞋、织席子为生。陈良的弟子陈相和他的弟弟陈辛，背着农具从宋国来到滕国，对文公说："听说您正在实行圣人的主张，您也就是圣人，我们希望做圣人的百姓。"陈相见了许行，非常高兴，完全抛弃了以前的学问而向许行学习。陈相见到孟子，转述了许行的学说，说："滕君确实是贤明的君主，尽管如此，他还是没有懂得最好的大道。真正贤明的君主应该与百姓一起耕作养活自己，一边自食其力一边治理国家。现在滕国有粮仓库房，这是依靠剥削百姓来养活自己，又怎么能够称得上贤明呢？"孟子说："许先生一定自己种粮才吃饭吗？"陈相说："是的。""许先生一定自己织布才穿衣吗？"陈相说："不是。许先生穿麻衣。""许先生戴帽子吗？"陈相说："戴。"孟子说："戴什么帽子？"陈相说："戴没有染色的帽子。"孟子说："是自己织的吗？"陈相说："不是。是用粮食换来的。"孟子说："许先生为什么不自己织呢？"陈相说："因为妨害耕种。"孟子说："许先生用釜甑做饭、用铁器耕田吗？"陈相说："是的。""是自己制造的吗？"陈相说："不是。是用粮食换来的。"孟子说："农夫用粮食交换农具和器物，不算残害陶工和铁匠；陶工和铁匠用他们制造的农具和器物交换粮食，难道就是在残害农夫吗？况且许先生为什么不自己烧陶、打铁，什么都从自己家里取用呢？为什么要这样一件件与各种工匠做买卖交换呢？为什么许先生这样不怕麻烦呢？"陈相说："工匠们的事情，本来就不能一边耕作一边进行生产。"孟子说："那么，难道治理天下的人就可以一边耕作一边治理吗？社会上有官员做的事，也有百姓做的事。况且一个人的身体所需，要各行各业为他准备。如果样样必须自己制造才能使用，那是引导天下民众走上疲于奔命的道路。所以说，有人用脑力，有人用体力；用脑力的人管理人，用体力的人被管理；被管理的人供养人，管理人的人被人供养。这是天下通行的道理。"

【原文】彭更问曰："后车数十乘，从者数百人，以传食于诸侯，不以泰乎？"孟子曰："非其道，则一箪食不可受于人；如其道，则舜受尧之天下，不以为泰。子以为泰乎？"曰："否。士无事而食，不可也。"曰："子不通功易事，以羡补不足，则农有余粟，女有余布。子如通之，则梓匠、轮舆皆得食于子。于此有人焉，入则孝，出则悌，守先王之道，以待后之学者，而不得食于子。子何尊梓匠、轮舆而轻为仁义者哉？"曰："梓匠、轮舆，其志将以求食也。君子之为道也，其志亦将以求食与？"曰："子何以其志为哉？其有功于子，可食而食之矣。且子食志乎？食功乎？"曰：

"食志。"曰:"有人于此,毁瓦画墁,其志将以求食也,则子食之乎?"曰:"否。"曰:"然则子非食志也,食功也。"(《滕文公下》)

【译文】孟子的学生彭更问道:"跟随在先生后面的车有几十辆,跟从先生的门徒有几百人,这些人跟着先生从这个诸侯国吃到那个诸侯国,这不是太过分了吗?"孟子说:"如果不合道义,就连别人的一筐饭也不能接受;如果合乎道义,那么像舜接受尧的天下那样,也不算过分。你认为舜过分吗?"彭更说:"不。我只是认为士人不干活就有饭吃,是不合适的。"孟子说:"你如果不让各行各业互通有无,用多余的弥补不足的,那么农夫就有多余的粮食,妇女就有多余的布匹。你如果让他们互通有无,那么木匠、车工都可以从你那里得到吃的。这里假设有个人,在家孝敬父母,在外尊敬长辈,恪守先王的道义,让后世的学者有所遵循,那么他在你那里是得不到饭吃的吧。你为什么只看重木匠、车工而轻视讲求仁义的士人呢?"彭更说:"木匠和车工,他们的动机就是用来找口饭吃;君子讲求道义,他们的动机也是用来找口饭吃吗?"孟子说:"你为什么只论动机呢?如果他们对你有功劳,该给饭吃就给他们饭吃。况且你是根据动机给饭吃?还是根据功劳给饭吃呢?"彭更说:"根据动机。"孟子说:"如果这里有个人,毁坏屋瓦、乱划墙壁,他的动机是找口饭吃,你给他饭吃吗?"彭更说:"不给。"孟子说:"那么你就不是根据动机,而是根据功劳给人饭吃了。"

【原文】公孙丑曰:"《诗》曰:不素餐兮。君子之不耕而食,何也?"孟子曰:"君子居是国也,其君用之,则安富尊荣;其子弟从之,则孝悌忠信。不素餐兮,孰大于是?"(《尽心上》)

【译文】公孙丑问:"《诗经·魏风·伐檀》中说:不能白白吃饭呀。可是君子不耕种也吃饭,这是为什么呢?"孟子回答说:"君子居住在一个国家,君王任用他,就会社会安宁富足,君王尊贵荣耀;他的子弟追随他,就会孝敬父母,尊敬兄长,忠心而守信。是不能白白吃饭啊,还有什么比这更大的功劳吗?"

孟子所说"劳心者治人,劳力者治于人;治于人者食人,治人者食于人"的观点,历来被人诟病批判,认为这是为统治者不劳而获的剥削行为提供理论根据。其实,从时代发展来看,社会分工是必然的,"大人"(管理者)劳心,"小人"(百姓)劳力,各尽所能,互相依存,并不是"劳力"者生产粮食才有价值,而"劳心"者管理社会就没有意义,这种分工是社会发展的需要,在价值上是平等的。孟子自己就说过:"士之仕也,犹农夫之耕也。"(《滕文公下》)这与古希腊哲人柏拉图强调"正确分工就是正义",道理是相通的。如果像农家主张的那样,人人都当农夫,人人耕种土地,那么"选贤与能"还有什么价值和意义?文明社会将如何运行、发展、提高生产力?

到了现代社会,分工更为精细,联系更为密切。每人职业不同,但社会地位是平等的,都是劳动者,没有高低贵贱之分。科学技术是第一生产力。"劳力"者也需"劳心",学习掌握科学技术;"劳心"者也需"劳力",掌握操作生产流程。这样,"劳力"、"劳心"逐渐融为一体,生产效率就更为提高。

5. 人伦明于上,小民亲于下

孟子说:"人有恒言,皆曰天下国家。天下之本在国,国之本在家,家之本在身。"(《离娄上》)在天下、国、家、自身这个系列中,民众自身的素养是国家的基础和关键。那么,以"明人伦"为主旨,对百姓进行普遍的修身教育,发扬善性,就成为施行仁政重要的基础建设。

【原文】人之有道也,饱食、暖衣、逸居而无教,则近于禽兽。圣人有忧之,使契为司徒,教以人伦:父子有亲,君臣有义,夫妇有别,长幼有序,朋友有信。(《滕文公上》)

【译文】人之所以为人,吃得饱,穿得暖,住得安逸,却不接受教化,就与禽兽相近了。圣人又对此感到忧虑,便派遣契当司徒,用人伦道德进行教育：父子之间有骨肉之亲，君臣之间有礼义之分，夫妇之间有内外之别，长幼之间有尊卑之序，朋友之间有诚信之道。

【原文】设为庠、序、学、校以教之。庠者，养也；校者，教也；序者，射也。夏曰校，殷曰序，周曰庠，学则三代共之，皆所以明人伦也。人伦明于上，小民亲于下。有王者起，必来取法，是为王者师也。(《滕文公上》)

【译文】设立庠、序、学、校来教育百姓。庠，教养的意思；校，教导的意思；序，习射的意思。学，在夏代称为校，商代称为序，周代称为庠，学则三代共称，都是用来教明尊卑长幼关系的。如果诸侯大夫明白人伦道德的法则，百姓在下就能够互相亲近爱护。如果有圣王出现，一定会取法，这就是成就圣王的老师。

在"五伦"中，父子、夫妇之间是家庭成员关系，君臣、朋友之间是社会成员关系，而长幼关系既有家族成员关系，又有社会成员关系。这"五伦"囊括了所有的人际关系，是全体社会成员的行为规范和立身准则，"人伦明于上，小民亲于下"，正是仁义观念的具体体现。因为经过教育，才能确立善性；确立善性，才能明人伦；明人伦，才能推行仁政；推行仁政，才能得到民心；得到民心，才能得天下。可见，教育对于仁政至关重要，"善政不如善教之得民也"。

【原文】孟子曰："桀纣之失天下也，失其民也。失其民者，失其心也。得天下有道：得其民，斯得天下矣。得其民有道：得其心，斯得民矣。得其心有道：所欲与之聚之，所恶勿施尔也。民之归仁也，犹水之就下、兽之走圹也。故为渊驱鱼者，獭也；为丛驱爵者，鹯也；为汤武驱民者，桀与纣也。今天下之君有好仁者，则诸侯皆为之驱矣。虽欲无王，不可得已。今之欲王者，犹七年之病求三年之艾也。苟为不畜，终身不得。苟不志于仁，终身忧辱，以陷于死亡。诗云：其何能淑，载胥及溺。此之谓也。"(《离娄上》)

【译文】孟子说:"桀、纣失去天下,是因为失去了百姓的支持。失去了百姓的支持,是因为失去了百姓的心。得天下是有办法的:如果得到了百姓的支持,就能够得到天下。得到百姓的支持也是有办法的:如果得到百姓的心,就能够得到百姓的支持。得到百姓的心也是有办法的:百姓想要的就为他们聚集,百姓厌恶的不要强加给他们。这样,百姓归附于仁政,就如同水往下流那样自然,兽在旷野奔跑那样喜欢。所以,帮助把鱼从深水里驱赶出来的,是水獭;帮助把鸟雀从丛林中驱赶出来的,是鹞鹰;帮助商汤、周武把百姓驱赶来的,是夏桀和殷纣这样的暴君。现在天下的诸侯如果爱好行仁政,那么其他诸侯都在为他驱赶百姓。他纵然不想统一天下,也是办不到的。现在这些不行仁政却想统一天下的诸侯,就像害了七年的病而要用三年的陈艾治疗。如果平时不留意积累,终身都得不到。如果无意于仁政,终身都会担忧受辱,最终陷于死亡之地。《诗经·大雅·桑柔》中说:那怎样能办得好,不过是相率落水而亡罢了。说的就是这个意思。"

【原文】"孟子曰:'仁言不如仁声之入人深也,善政不如善教之得民也。善政,民畏之;善教,民爱之。善政得民财,善教得民心。'"(《尽心上》)

【译文】孟子说:"仁德的言语比不上仁德的音乐那样深入人心,良好的政治比不上良好的教化能够获得民心。良好的政治,百姓畏惧它;良好的教化,百姓喜爱它。良好的政治可以获得百姓的财富,良好的教化可以获得百姓的人心。"

所以,孟子讲到仁政必谈教育:"谨庠序之教,申之以孝悌之义,颁白者不负戴于道路矣。老者衣帛食肉,黎民不饥不寒,然而不王者,未之有也。"(《梁惠王上》)这是对孔子"先富后教"(《子路》)学说的继承和发展。

对于政与刑、德与礼,孔子曾说:"道之以政,齐之以刑,民免而无耻;道之以德,齐之以礼,有耻且格。"(《为政》)显然,德、礼教化优于政、刑惩处，孟子所说"善政，民畏之；善教，民爱之。善政得民财，善教得民心"，原因正在这里。由此可知，教育是何等重要！

以上是孟子提出的关于仁政的一系列基本措施，显然，比孔子、墨子、杨子的理论更为系统、全面、深刻、实在，反映了孟子认真的态度、缜密的思维和务实的精神。

### （四）善战者服上刑

性善与性恶是对立的，仁爱与仇恨是对立的。孟子主性善，行仁政，提倡王道，必然批性恶，斥暴政，反对霸道。那么，维护和平，反对战争，便是题中应有之意。他公开宣称"春秋无义战"（《尽心下》），战国更是如此。这比孔子所说"天下有道，则礼乐征伐自天子出；天下无道，则礼乐征伐自诸侯出"（《季氏》）的论断，更加直截了当。

【原文】孟子曰："五霸者，三王之罪人也；今之诸侯，五霸之罪人也；今之大夫，今之诸侯之罪人也。天子适诸侯曰巡狩，诸侯朝于天子曰述职。春省耕而补不足，秋省敛而助不给。入其疆，土地辟，田野治，养老尊贤，俊杰在位，则有庆，庆以地。入其疆，土地荒芜，遗老失贤，掊克在位，则有让。一不朝，则贬其爵；再不朝，则削其地；三不朝，则六师移之。是故天子讨而不伐，诸侯伐而不讨。五霸者，搂诸侯以伐诸侯者也，故曰：五霸者，三王之罪人也。五霸，桓公为盛。葵丘之会，诸侯束牲载书而不歃血。初命曰：诛不孝，无易树子，无以妾为妻。再命曰：尊贤育才，以彰有德。三命曰：敬老慈幼，无忘宾旅。四命曰：士无世官，官事无摄，取士必得，无专杀大夫。五命曰：无曲防，无遏籴，无有封而不告。曰：凡我同盟之人，既盟之后，言归于好。今之诸侯，皆犯此五禁，故曰：今之诸侯，五霸之罪人也。长君之恶其罪小，逢君之恶其罪大。今之大夫皆逢君之恶，故曰：今之大夫，今之诸侯之罪人也。"（《告子下》）

【译文】孟子说："春秋五霸，是背离夏商周三王理想的罪人；当今的诸侯，是违反五霸誓约的罪人；当今的大夫，又是陷害当今诸侯的罪人。

天子到诸侯之国巡视叫巡狩，诸侯到天子那里朝拜叫述职。天子春天视察耕种的情况，帮助力量不足的人；秋天视察收获的情况，赈济缺粮的人。天子巡视进入诸侯的疆土，如果土地已经开辟，田野充分治理，老人得到赡养，贤人受到尊敬，杰出的人已在官位，那么天子就封赏，赏赐土地。天子视察进入诸侯的疆土，如果土地荒芜，老人被遗弃，贤人被排斥，贪官污吏还在位，那么天子就责罚。诸侯一次不来朝拜，就要降低爵位；两次不来朝拜，就要削减封地；三次不来朝拜，就要派军队前往征伐。因此，天子只发令声讨而不亲自征伐，别的诸侯出兵是奉天子之命去征伐而不是声讨。五霸却是胁迫一部分诸侯去攻打另一部分诸侯，所以说，五霸是三王的罪人。五霸当中，齐桓公声威最盛。在葵丘盟会上，诸侯们捆绑好牺牲，放好盟书，而没有歃血。第一条盟约说，严惩不孝之人，不要废立太子，不要立妾为正妻。第二条盟约说，尊重贤人，培养人才，表彰有德行的人。第三条盟约说，尊重老人，爱护幼儿，不要怠慢宾客和商旅。第四条盟约说，士人官职不可世袭，官位不可兼任，选用士人得当，不可擅杀大夫。第五条盟约说，不可构筑防御工事，不能阻止粮食买卖，不要私自封赏而不报告盟主。盟约上最后说，所有参加盟会的人，在订立盟约之后，一律恢复从前的友好关系。如今的诸侯都违背了这五条盟约，所以说，当今的诸侯是违反五霸盟约的罪人。助长君主的过错，还是小罪；迎逢君主的恶行，才是大罪。当今的大夫都在迎逢君主的恶行，所以说，当今的大夫，是陷害诸侯的罪人。"

　　正因为反对战争，孟子痛斥那些热衷合纵连横、开疆拓土的战争狂人，"争地以战，杀人盈野；争城以战，杀人盈城，今之所谓良臣，古之所谓民贼也"，这样"率土地而食人肉，罪不容于死"，所以，坚决要求"善战者服上刑，连诸侯者次之"。这显然是对纵横家、兵家、法家的激烈批判。

　　【原文】孟子曰："今之事君者皆曰：我能为君辟土地，充府库。今之所谓良臣，古之所谓民贼也。君不乡道，不志于仁，而求富之，是富桀也。

我能为君约与国，战必克。今之所谓良臣，古之所谓民贼也。君不乡道，不志于仁，而求为之强战，是辅桀也。由今之道，无变今之俗，虽与之天下，不能一朝居也。"（《告子下》）

【译文】孟子说："现在侍奉君王的人都说：我能够为君王开拓土地，充实府库。现在所谓的能臣，正是古代的民贼。君王不向往正道，不立志行仁，而臣下却要让他富足，这就如同让夏桀富足。他们又说：我能够为君王结交盟国，每战必胜。现在所谓的能臣，正是古代的民贼。君王自己不向往正道，不立志行仁，而臣下却要为他尽力作战，这就如同辅助夏桀。按照现在的道路，不改变现在的世风，纵然把整个天下交给他，他也是一天都坐不稳的。"

【原文】孟子曰："求也为季氏宰，无能改于其德，而赋粟倍他日。孔子曰：求非我徒也，小子鸣鼓而攻之可也。由此观之，君不行仁政而富之，皆弃于孔子者也，况于为之强战？争地以战，杀人盈野；争城以战，杀人盈城，此所谓率土地而食人肉，罪不容于死。故善战者服上刑，连诸侯者次之，辟草莱、任土地者次之。"（《离娄上》）

【译文】孟子说："冉求任季氏的家臣，没有能够改善他的德行，反而收取的租税比以前增加了一倍。孔子说：冉求不再是我的弟子，你们可以敲响大鼓去批判他。由此看来，不帮助君主实行仁政、却为他聚敛财富的行为，都是被孔子所鄙弃的，何况那些竭力为君主作战的人呢？为争夺土地而作战，杀人遍野；为争夺城池而作战，杀人满城，这都是为夺土地而吃人肉，其罪当死，是不能宽容的。所以善于作战的人应该受到最重的刑罚，联合诸侯挑起战争的人应该受次一等的刑罚，那些开垦荒地、利用土地谋私的人应该受再次一等的刑罚。"

孟子生活在战国，战争毕竟是不可避免的。因此，他并不一概反对战争，而是以道义鉴别战争的性质，不能"以力服人"，主张"以德服人"。所以，他认为决定战争胜败的因素不在高城深池、坚甲利兵，而在"天时不如地利，地利不如人和"；决定人心向背的不是人数多少，而在"得道者多助，失道者寡助"，这是孟子对战争规律的经验总结。正因为如此，"君子之事君也，务引其君以当道，志于仁而已"。君主只有立志实行王道仁政才能取得民心，促成人和，得到百姓的拥护和支持，永远立于不败之地，这就是"得民心者得天下"。

【原文】孟子曰："天时不如地利，地利不如人和。三里之城，七里之郭，环而攻之而不胜。夫环而攻之，必有得天时者矣；然而不胜者，是天时不如地利也。城非不高也，池非不深也，兵革非不坚利也，米粟非不多也，委而去之，是地利不如人和也。故曰：域民不以封疆之界，固国不以山溪之险，威天下不以兵革之利。得道者多助，失道者寡助。寡助之至，亲戚畔之；多助之至，天下顺之。以天下之所顺，攻天下之所畔，故君子有不战，战必胜矣。"（《公孙丑下》）

【译文】孟子说："占天时不如得地利，得地利不如人心和。譬如有一座三里见方的内城，有七里见方的外郭，敌人围攻而不能取胜。既然长期围攻，天时一定合乎战机；然而却不能取胜，就是因为占天时不如得地利。不是城墙不够高，不是护城河不够深，不是兵甲不够坚利，不是粮食不够多，但是敌人攻来便弃城逃跑，这就是得地利比不上人心和了。所以说：限制百姓不能靠国家疆界，保卫国家不能靠山川险阻，威震天下不能靠兵革锐利。坚持道义者帮助他的人就多，失去道义者帮助他的人就少。帮助他的人少到极点，连亲戚都会背叛他；帮助他的人多到极点，天下的人都会归顺他。天下人都归顺的人，攻打连亲戚都背叛的人，所以仁义之君可以不用战争，如果一旦开战就必然取得胜利。"

【原文】鲁欲使慎子为将军。孟子曰："不教民而用之，谓之殃民。殃民者，不容于尧舜之世。一战胜齐，遂有南阳，然且不可。"慎子勃然不悦曰："此则滑厘所不识也。"曰："吾明告子。天子之地方千里；不千里，不足以待诸侯。诸侯之地方百里；不百里，不足以守宗庙之典籍。周公之封于鲁,为方百里也;地非不足,而俭于百里。太公之封于齐也,亦为方百里也;地非不足也,而俭于百里。今鲁方百里者五,子以为有王者作,则鲁在所损乎?在所益乎?徒取诸彼以与此,然且仁者不为,况于杀人以求之乎?君子之事君也,务引其君以当道,志于仁而已。"(《告子下》)

【译文】鲁国要任命慎子为将军。孟子说:"不教导百姓就使用他们作战,这叫祸害百姓。祸害百姓的人,在尧舜的时代是绝对不容许的。即使这一仗打败齐国,占领了南阳之地,也是不行的。"慎子脸色大变,不高兴地说:"这些我可不知道。"孟子说:"我明白地告诉你。天子的土地千里见方;不够千里见方,就不够条件接待诸侯。诸侯的土地百里见方;不够百里见方,就不够条件守住祖宗传下的典章册籍。周公分封在鲁国,是百里见方;土地不是不够,可实际上少于百里。姜太公分封在齐国,也是百里见方;土地不是不够,可实际上少于百里。如今鲁国有五块百里见方的土地,你认为一旦有圣王兴起的话,鲁国的土地应该减少呢?还是应该增加呢?白白地把那里的土地拿来并入这里,有仁德的人尚且不做,何况用杀人的办法去夺取呢?君子侍奉君主的时候,务必以正道引导君主,立志行仁罢了。"

"得道"是战争胜利的根本保证,"人和"是战争胜利的关键因素,这是古代政治家、军事家的共识,具有时代的进步意义。现代虽已不是冷兵器时代,战争的手段和模式发生了巨大变化,但是,战争的性质、人心的向背依然是决定战争胜负的根本因素和终极力量。

### (五)民为贵,社稷次之,君为轻

在孟子的仁政理论中,非常重视人心民意的重要性,反复强调"得民心者得天下",不仅认为"人和"是赢得战争的决定性因素,而且坚信"民意"是主宰君主命运、国家盛衰的权威力量。他从"天子不能以天下与人"而"以行与事示之而已矣"的角度,对尧舜禅让进行重新解释,认为舜能够即天子位,是因为尧"使之主祭,而百神享之,是天受之;使之主事,而事治，百姓安之，是民受之也"，即"天与之，人与之"。因此，由"天视自我民视，天听自我民听"，顺理成章地提出"民为贵，社稷次之，君为轻"的政治主张。

【原文】万章曰："尧以天下与舜，有诸？"孟子曰："否，天子不能以天下与人。""然则舜有天下也，孰与之？"曰："天与之。""天与之者，谆谆然命之乎？"曰："否，天不言，以行与事示之而已矣。"曰："以行与事示之者，如之何？"曰："天子能荐人于天，不能使天与之天下；诸侯能荐人于天子，不能使天子与之诸侯；大夫能荐人于诸侯，不能使诸侯与之大夫。昔者，尧荐舜于天而天受之，暴之于民而民受之。故曰，天不言，以行与事示之而已矣。"曰："敢问荐之于天而天受之，暴之于民而民受之，如何？"曰："使之主祭，而百神享之，是天受之；使之主事，而事治，百姓安之，是民受之也。天与之，人与之，故曰天子不能以天下与人。舜相尧二十有八载，非人之所能为也，天也。尧崩，三年之丧毕，舜避尧之子于南河之南。天下诸侯朝觐者，不之尧之子而之舜；讼狱者，不之尧之子而之舜；讴歌者，不讴歌尧之子而讴歌舜，故曰天也。夫然后之中国，践天子位焉。而居尧之宫，逼尧之子，是篡也，非天与也。《太誓》曰：天视自我民视，天听自我民听，此之谓也。"（《万章上》）

【译文】万章说："尧把天下授予舜，有这回事吗？"孟子说："不，天子不能把天下授予人。"万章又问："那么，舜得到天下，是谁授予他的？"孟子答道："天授予他的。"又问："天授予的，是天反复叮咛告诫他的吗？"孟子答道："不，天不说话，是通过行动和事情显示给他罢了。"万章又问："通过行动和事情显示给他，是怎么进行的呢？"孟子说："天子能够向天举荐人，却不能迫使天把天下授予他；诸侯能够向天子举荐人，却不能迫使天子把诸侯的职位授予他；大夫能够向诸侯举荐人，却不能迫使诸侯把大夫的职位授予他。从前，尧将舜举荐给天，天接受了；又把舜介绍给百姓，百姓也接受了。所以说，天不说话，通过行动和事情显示给他罢了。"又问:"敢问尧将舜举荐给天,天接受了;又把舜介绍给百姓,百姓也接受了,是怎么样的?"孟子说:"让他主持祭祀,百神都来享用,这便是天接受了他;让他主持政事,政事搞得很好,百姓很满意,这便是百姓接受了他。天授予他,百姓授予他,所以说天子不能把天下授予人。舜辅佐尧二十八年,这不是一个人的意愿所能决定的,是天意。尧死后,三年的服丧期限结束,舜避开尧的儿子,到南河的南边去。可是天下诸侯来朝觐,不到尧的儿子那里而到舜那里;来打官司的,不到尧的儿子那里而到舜那里;来唱颂歌的,不歌颂尧的儿子而歌颂舜,所以说这是天意。这样,舜才回到国都,即天子位。如果当初舜住进尧的宫里,逼迫尧的儿子离开,就是篡夺,不是天授了。《尚书·太誓》说:天的视力来自百姓的眼睛,天的听力来自百姓的耳朵。说的正是这个道理。"

【原文】孟子曰:"民为贵,社稷次之,君为轻。是故得乎丘民而为天子,得乎天子为诸侯,得乎诸侯为大夫。诸侯危社稷,则变置。牺牲既成,粢盛既洁,祭祀以时,然而旱干水溢,则变置社稷。"(《尽心下》)

【译文】孟子说:"百姓最为重要,土、谷之神为次,君王为轻。所以得到百姓拥护便做天子,得到天子信任便做诸侯,得到诸侯喜欢便做大夫。如果诸侯危害了土神、谷神,就要改立诸侯。如果牺牲肥壮,祭品洁净,祭祀按时,然而依然水旱灾害不断,那就要改立土神、谷神了。"

孟子主张"民贵君轻",显然是在强调民众的主体地位。正因为如此,暴君无道,违背仁义,倒行逆施,荼毒生灵,结果必然是"君之视臣如土芥,则臣视君如寇雠"。那么,"贼仁"、"贼义"的独夫民贼,就是"自作孽,不可活",人人可诛而杀之,就不能说是"臣弑其君",这就从根本上确认了"汤武革命"的合理合法性。以此为例,一旦君有过错,违背仁义,谏而不听,那么君王就可能"易位",公卿就可能辞职,甚至君主可以被贤臣放逐,便是理所当然的事情。所以,孟子认为:"无罪而杀士,则大夫可以去;无罪而戮民,则士可以徙。"(《离娄下》)

孟子由此认定，仁义高于君位，道德重于权威。孟子曾严厉批判"杨氏为我，是无君也"，说明他是推崇君主的。但是，他只拥戴推行仁政王道的仁义之君，坚决反对"贼仁"、"贼义"的无道暴君。

【原文】孟子告齐宣王曰："君之视臣如手足，则臣视君如腹心；君之视臣如犬马，则臣视君如国人；君之视臣如土芥，则臣视君如寇仇。"（《离娄下》）

【译文】孟子告诉齐宣王说："君王把臣下视为自己的手脚，臣下就把君王视为自己的腹心；君王把臣下视为狗马一样，臣下就把君王看为国中的一般人；君王把臣下视为泥土草芥，臣下就把君王视为仇敌。"

【原文】夫人必自侮，然后人侮之；家必自毁，而后人毁之；国必自伐，而后人伐之。《太甲》曰：天作孽，犹可违；自作孽，不可活。此之谓也。（《离娄上》）

【译文】人必有自取侮辱的行为，然后别人才侮辱他；家必有自取毁坏的行为，然后别人才毁坏它；国必有自招讨伐的原因，然后别人才讨伐它。《太甲》说过：天造作的罪孽，还可以逃避；自己造作的罪孽，不可逃脱。正是这个意思。

【原文】齐宣王问曰："汤放桀，武王伐纣，有诸？"孟子对曰："于传有之。"曰："臣弑其君，可乎？"曰："贼仁者谓之贼，贼义者谓之残。残贼之人谓之一夫。闻诛一夫纣矣，未闻弑君也。"（《梁惠王下》）

【译文】齐宣王问道："商汤放逐夏桀，武王讨伐殷纣，真有这样的事情吗？"孟子回答说："史籍上有这样的记载。"宣王说："作为臣下弑杀他的君王，可以这样做吗？"孟子说："败坏仁爱的称为贼，败坏道义的称为残。贼、残的人称为独夫。我只听说诛杀独夫殷纣，没有听说过弑杀君王的。"

【原文】公孙丑曰："伊尹曰：予不狎于不顺，放太甲于桐，民大悦。太甲贤，又反之，民大悦。贤者之为人臣，其君不贤，则固可放与？"孟子

曰:"有伊尹之志,则可;无伊尹之志,则篡也。"(《尽心上》)

【译文】公孙丑说:"伊尹说:我不亲近违背仁义的人,因而把太甲放逐到桐邑,百姓非常高兴。太甲改好了,又让他回来即位,百姓也非常高兴。贤人做臣子,如果他的君主不好,本来就可以将他放逐吗?"孟子说:"如果有伊尹那样的心意,就可以;如果没有伊尹那样的心意,就是篡位了。"

【原文】齐宣王问卿。孟子曰:"王何卿之问也?"王曰:"卿不同乎?"曰:"不同。有贵戚之卿,有异姓之卿。"王曰:"请问贵戚之卿。"曰:"君有大过则谏,反覆之而不听,则易位。"王勃然变乎色。曰:"王勿异也。王问臣,臣不敢不以正对。"王色定,然后请问异姓之卿。曰:"君有过则谏,反覆之而不听,则去。"(《万章下》)

【译文】齐宣王询问有关公卿的事。孟子说:"君王问的是哪一种公卿?"齐王说:"公卿还有所不同吗?"孟子说:"不同。有与王室同宗的公卿,有与王室异姓的公卿。"齐王说:"请问有关与王室同宗的公卿。"孟子说:"君王如果有重大过错,他们就劝谏;反复劝谏而不听从,就废弃他的王位而另立国君。"齐王听了顿时脸色大变。孟子说:"君王不要见怪。君王问我,我不敢不以规则回答。"齐王的脸色稍微平静,然后又问与王室异姓的公卿。孟子说:"君王如果有过错,他们就劝谏;反复劝谏而不听从,就自己辞职而去。"

孟子就这样高举仁政的大旗,理直气壮地宣称"天视自我民视,天听自我民听",昭示"民为贵,社稷次之,君为轻",彰显了君臣的对等原则,从而把仁义道德作为衡量、控制、废立君主的最高标准,实际上确认君权来自民授,警告君主"自作孽,不可活",这就极大地提高了民权地位和彰显了民主意识,猛烈冲击了封建"家天下"的宗法世袭制度,根本否定了天子诸侯至高无上、不可动摇的神圣特权,闪烁着大无畏的理性思想光辉。这与墨子鼓吹"尚同"、推崇君王专制大相径庭,与后世人身依附的臣妾意识、奴才心理天壤之别。正是在这里，集中反映出孟子可贵的民本思想、民主意识、哲人良知和理论勇气，充分表现了儒家学说的思想精华。千载之下，依然令人敬佩不已！

为了实现仁政的理想，孟子如同孔子一样，从不讳言自己出仕从政的急切愿望和满腔热情，认为"士之失位也，犹诸侯之失国家也"，须臾不能脱离职位。但是，他始终坚持仁义道德的原则，反对"不由其道而往"，拒绝"不待其招而往"，从不"枉道而从彼"，从不屈己媚俗、同流合污，因此诸侯们认为他"迂远而阔于事情"，所以他壮志难酬。孔子说："君使臣以礼，臣事君以忠。"（《八佾》）"所谓大臣者，以道事君，不可则止。"（《先进》）先圣的高风亮节和处世原则，在孟子这里得到进一步的诠释和发挥。后来荀子提出"从道不从君"（《臣道》），正是由此而来。这就是儒家学派的传统精神。

【原文】周霄问曰："古之君子仕乎？"孟子曰："仕。《传》曰：孔子三月无君，则皇皇如也。出疆必载质。公明仪曰：'古之人三月无君，则吊。'""三月无君则吊，不以急乎？"曰："士之失位也，犹诸侯之失国家也。《礼》曰：诸侯耕助，以供粢盛；夫人蚕缲，以为衣服。牺牲不成，粢盛不洁，衣服不备，不敢以祭。惟士无田，则亦不祭。牲杀、器皿、衣服不备，不敢不祭，则不以宴，亦不足吊乎？""出疆必载质，何也？"曰："士之仕也，犹农夫之耕也，农夫岂能为出疆舍其耒耜哉？"曰："晋国亦仕国也，未尝闻仕如此之急。仕如此之急也，君子之难仕，何也？"曰："丈夫生而愿为之有室，女子生而愿为之有家。父母之心，人皆有之。不待父母之命、媒妁之言，钻穴隙相窥，逾墙相从，则父母国人皆贱之。古之人未尝不欲仕也，又恶不由其道。不由其道而往者，与钻穴隙之类也。"（《滕文公下》）

【译文】魏人周霄问道："古代的君子做官吗？"孟子回答说："做官。《传》上记载：孔子要是三个月没有君王任用，他就会怅然若失。如果离开一个国家，一定要带上拜会另一国君王的见面礼品。公明仪也说过：古代的人如果三个月没有得到君王的任用，就要安慰他。"周霄问："三个月没有君王任用就安慰他，这不是太着急了吗？"孟子说："士人失去官位，就如同诸侯失去国家一样。《礼经》记载：诸侯亲自耕种藉田，用来制作祭品；夫人亲自养蚕缫丝，用来制作祭服。牲畜不肥壮，谷物不干净，祭服不齐备，就不敢用来祭祀。士人无官无田，也就不能祭祀。牲畜、祭器、祭服不具备，不敢祭祀，也不能办宴会，这还不该去安慰他吗？"周霄又问："离开一个国家，一定要带上拜会另一国君王的见面礼品，又是为什么？"孟子答道："士人做官，就如同农民耕田，农民难道因为离开一个国家便扔掉他的农具吗？"周霄说："魏国也是一个可以做官的国家，我却不曾听说做官这样急迫的。出仕既然这样急迫，而君子却难以为官，这又是为什么呢？"孟子回答说："男孩子出生后就希望他有妻室，女孩子出生后就希望她有夫家。为人父母的这种心情，人人都有。但是，如果不等父母开口，不经媒人介绍，自己便钻洞、扒门缝窥探，翻墙头私自约会，那么，父母和社会上的人就会看不起他们。古代的人不是不想做官，但是厌恶那种不合正道的做法。不合正道而求官的做法，如同那些钻洞、扒门缝的人一样。"

【原文】陈代曰："不见诸侯，宜若小然；今一见之，大则以王，小则以霸。且《志》曰：枉尺而直寻。宜若可为也。"孟子曰："昔齐景公田，招虞人以旌，不至，将杀之。志士不忘在沟壑，勇士不忘丧其元。孔子奚取焉？取非其招不往也。如不待其招而往，何哉？且夫枉尺而直寻者，以利言也。如以利，则枉寻直尺而利，亦可为与？……如枉道而从彼，何也？且子过矣：枉己者，未有能直人者也。"（《滕文公下》）

【译文】孟子弟子陈代说："先生不愿主动去进见诸侯，似乎只是拘泥于小节吧；如果现在去进见，大可以借助诸侯推行仁政王道，小可以辅佐他们成就霸业。而且《志》上说：委曲一尺却能伸张八尺。好像是可以有所作为的。"孟子说："从前齐景公打猎，用旌旗召唤猎场管理员，那人没有到，景公将要杀他。孔子就说：有志之士不怕抛尸沟壑，勇敢的人不怕丧失头颅。孔子赞扬他什么呢？就是赞扬他不以自己所应该接受之礼召唤就坚决不去。如果我不等待诸侯的召唤而自己前往拜见，那算什么呢？况且委曲一尺却能伸张八尺，这完全是从功利来考虑的。如果专从功利考虑，那么即使委曲八尺只能伸张一尺也能够做吗？……假如我背离正道而屈从诸侯，那又算什么呢？况且你说的错了：委屈自己的人，从来没有能使人伸张的。"

孟子不愿"枉道而从彼"，坚决反对"不由其道而往"的"钻穴隙"行为，后世却屡屡出现权钱交易、跑官买官的丑恶行为，甚至有愈演愈烈之势，遭到社会普遍的唾弃和鄙视，岂不就是从反面肯定了孟子的立身原则吗？

【原文】孟子去齐，充虞路问曰："夫子若有不豫色然。前日虞闻诸夫子曰：君子不怨天，不尤人。"曰："彼一时，此一时也。五百年必有王者兴，其间必有名世者。由周而来，七百有余岁矣。以其数，则过矣；以其时考之，则可矣。夫天未欲平治天下也；如欲平治天下，当今之世，舍我其谁也？吾何为不豫哉？"（《公孙丑下》）

【译文】孟子离开齐国，在路上充虞问道："先生好像有不愉快的神色。前几天我听你说过：君子不抱怨上天，不责备他人。"孟子说："那是一个时期，现在是另一个时期。历史上每五百年一定会有圣君兴起，其间必然会有闻名于世的贤人出现。从周代以来，已经有七百多年了。论年数，已经超过了；按时势看，也应该出现圣君贤臣了。看来上天还不想让天下太平啊；如果要平定天下，在当今世上，除了我还有谁呢？我为什么会不高兴呢？"

尽管孟子知道"今之为仁者，犹以一杯水救一车薪之火也"（《告子上》），如同孔子所说"知其不可而为之"（《宪问》）一样，但是，孟子对推行仁政王道依然怀有强烈的使命感和责任心，充满了必胜的信念，自认为"如欲平治天下,当今之世,舍我其谁也",顽强坚持,执著追求。虽然历史没有给孟子施展抱负的机遇,但是,他为理想信念、为天下民生而努力奋斗的壮志豪情,千百年来仍然令人怦然心动,感慨万千。这样伟大的哲人,值得我们永远尊敬和怀念。

孟子构建的以"性善"为核心的仁义理论,以"养气"为标志的修身原则,以"仁政"为内容的王道理想,是儒学发展中的里程碑,具有承上启下、继往开来的重要历史地位。当汉代大一统的政治局面形成之后,孟子的学说立刻受到高度重视,文帝时《孟子》就列为学官,孟子被尊为"亚圣"(赵岐《孟子题辞》)。而后佛教传入,认为孟子的"性善论"与"佛性"相通,二者合拍,逐渐被社会认同。到了唐朝韩愈强调"道统",由此"孔孟"并称。北宋太宗年间翻刻其书,正式列入经部,收入儒家《十三经》。南宋孝宗时,朱熹将《论语》《孟子》与《礼记》中的《大学》《中庸》合称《四书》,详尽注释,用于科举,广泛流行于世,于是,孔孟之道就成为儒家学说的代称,对中国思想史、哲学史、文化史产生了极其深远的影响。

不料到了朱明王朝,孟子及其著作却遭到空前的厄运。那个出身社会底层的朱元璋,当了皇帝就立刻要树立自己的绝对权威,当他附庸风雅读到《孟子》的时候,发现其中有不少对君上大不敬的言论,立刻触动了他的虚荣心理和敏感神经,勃然大怒,要处死孟子,后来才发现孟子已经死去千年,只好作罢。但是,他依然下令国子监,撤去孔庙中孟子的神位,又对《孟子》一书进行严格审查和删节。全书二百六十章中,《梁惠王》篇"国人皆曰可杀"一章,《离娄》篇"桀纣之失天下也,失其民也;失其民者,失其心也"一章,"君之视臣如土芥,则臣视君如寇仇"一章,《万章》篇"天视自我民视,天听自我民听"一章,"君有大过则谏,反复之而不听,则易位"一章,《尽心》篇"民为贵,社稷次之,君为轻"一章等,共八十五章全部删节,占全书的33%,只剩下一百七十五章编为《孟子节文》，作为官学的教本。（黄佐《南廱志》）当时主持审查的刘三吾所写《孟子节文题辞》说："《孟子》一书，中间词气之间抑扬太过者八十五条。其余一百七十余条，悉颁之中外校官，俾读是书者知所本旨。自今八十五条之内，课士不以命题，科举不以取士，壹以圣贤中正之学为本。"

从孟子到朱元璋，已经过了1700年，孟子的理论学说居然引得朱皇帝如此极端的恼怒和仇恨，这实在是孟子莫大的光荣！由此可知，孟子的思想具有何等的民主精神和超前意识！朱皇帝想要用删节的办法，来阉割和掩盖孟子的思想光辉，当然是愚蠢而徒劳的，只会留下历史的笑柄。然而，朱皇帝导演的这场荒唐闹剧，倒从反面提示了我们，孟子对天下、社会、人生的深刻思考和论述，确实蕴含着丰富而宝贵的思想精髓，应该引起后人高度重视和认真总结，按照"古为今用"的原则，在新的时代发挥更大的作用。

# 伍 老子

老子（？）及其著作《老子》，在先秦诸子中是最为奇特复杂的。老子其人是谁、《老子》一书出于何时、《老子》是一本什么书、《老子》文本如何解读等四个方面的问题，古来众说纷纭，莫衷一是。

老子其人是谁？

《史记·老庄申韩列传》是这样记载的：

"老子者，楚苦县厉乡曲仁里人也。姓李氏，名耳，字伯阳，谥曰聃。周守藏室之史也。孔子适周，将问礼于老子。老子曰：'子所言者，其人与骨皆已朽矣，独其言在耳。且君子得其时则驾，不得其时则蓬累而行。吾闻之，良贾深藏，若虚；君子盛德，容貌若愚。去子之骄气与多欲，态色与淫志，是皆无益于子之身，吾所以告子若是而已。'孔子去，谓弟子曰：'鸟吾知其能飞，鱼吾知其能游，兽吾知其能走。走者可以为罔，游者可以为纶，飞者可以为矰。至于龙，吾不能知其乘风云而上天。吾今日见老子，其犹龙邪？'老子修道德，其学以自隐无名为务。居周久之，见周之衰，乃遂去。至关，关令尹喜曰：'子将隐矣，强为我著书。'于是，老子乃著书上下篇，言道德之意五千余言而去，莫知其所终。或曰：老莱子亦楚人也，著书十五篇，言道家之用，与孔子同时。云盖老子百有六十余岁，或言二百余岁，以其修道而养寿也。自孔子死之后百二十九年，而史记周太史儋见秦献公曰：'始秦与周合而离，离五百岁而复合，合七十岁而霸王者出焉。'或曰儋即老子，或曰非也，世莫知其然否。老子，隐君子也。老子之子名宗，宗为魏将，封于段干。宗子注，注子宫，宫玄孙假，假仕于汉孝文帝。而假之子解，为胶西王卬太傅，因家于齐焉。世之学老子者则绌儒学，儒学亦绌老子。道不同，不相为谋，岂谓是邪？李耳无为自化，清静自正。"

文中出现了李耳、老莱子、周太史儋三人，都称老子，都是隐君子，孰是孰非，汉代司马迁已经难以评判，只好诸说并存。至于说老子活了一百六十到二百岁，即使是"修道而养寿"，也纯属神话，令人难以置信。正因为如此，关于老子其人，历来众说纷纭。

老子是"楚苦县厉乡曲仁里人"。苦县在今河南鹿邑、安徽亳州一带，本属陈国，后楚国灭陈国，苦县即属楚国。《史记·陈杞世家》曰："二十四年（前478年）楚惠王复国，以兵北伐，杀陈湣公，遂灭陈而有之。"既然《史记》说老子为楚国苦县人，无疑当在楚国灭陈以后的战国时期。从籍贯地名的演变可知，老子应当是战国时人，不是春秋时人。如今古代苦县所属的河南与安徽交界地区，还在为老子故里而争归属，就是历史留下的余波。

老子既然是战国人，就不会是早于孔子或"与孔子同时"的春秋时期的老莱子，很可能就是周太史儋。"聃"即"儋"，音同字通。聃为周守藏室之史，儋为周太史。老聃至关也罢，太史儋见秦献公也罢，均须西出关。而秦献公于公元前384年至前362年在位，在年代上也是吻合的（罗根泽《再论老子及〈老子〉书的问题》）。

《礼记·曾子问》《庄子》《列子》等典籍，都曾记载孔子向老子问礼，又说到老子对杨朱的教诲。也就是说，孔子与杨朱都曾先后师从老子，是老子的晚辈。假如果真如此，《说苑·政理篇》所记杨朱见梁王言治天下如运诸掌，而梁之称王自惠王始（《史记·六国表》），惠王元年为公元前369

年，已经晚于孔子之离世一百余年，其间孔子、杨子怎能先后向老子问礼受教呢？难道老子是长生不老的神仙吗？显然有悖于常理。

孔子、墨子、孟子，都曾大量评论先圣和同时代的贤人，但是从未提及老子。如果孔子确实"问礼于老子"，而孔子又颇受教益，那么"见贤思齐"的孔子自己为什么只字未提呢？这就难以解释了。

其所以如此，恐怕与《老子》的论述是有关系的。孔子曾说："大道之行也，天下为公。"又说："今大道既隐，天下为家。"（《礼记·大同》）虽然孔子的"大道"与老子的"大道"不同，但是老子借此乘势提出"大道废，有仁义"（《十八章》）、"故失道而后德，失德而后仁，失仁而后义，失义而后礼"（《三十八章》），这就把他宣扬的道、德，凌驾于儒家提倡的仁、义、礼之上。既然是先有道、德，而后才陆续出现仁、义、礼，那么，老子自然成为早于孔子的圣人了，从而，为道家门徒们留下想象的巨大空间和发挥的广阔余地。

对此，顾颉刚先生有过精辟的分析：

"老子为什么会成为孔子的老师？我以为这不是讹传的谣言，乃是有计划的宣传。老子这个学派大约当时有些势力，但起得后了，总敌不过儒家。他们想，如果自己的祖师能和儒家的祖师发生了师弟的关系，至少能耸动外人的视听，争得一点学术的领导权。于是他们造出了一件故事，说孔子当年到周朝时曾向老子请教过，但他的道力不高，而且有些骄矜之气，便给老子痛骂了一顿。他知道自己的根底差得多，羞愧得说不出话。回得家来，只有对老子仰慕赞叹。借了孔子的嘴来判定了老、孔的高下，显见他们的门徒之间也是这等比例，道家的身价就可提高。想不到他们这种宣传不但如了愿，竟至超过了预期，而使儒家承认为事实；又不但如此，而使儒家也增加了一段故事，说孔子曾向老子问过许多礼制，把老子也儒家化了。可怜的是《老子》里既有'礼者，忠信之薄而乱之首'的话，《礼记》中又有老聃答孔子问庙主、问葬礼的话，逼得他竟成了二重人格，自己打自己的嘴巴！他们这个工作成功了，索性再进一步，使出手段来拉拢黄帝。他们把本学派里的货色尽量向黄帝身上装，结果，装得黄帝也像了老子，而后道家里以老子为'太祖高皇帝'，黄帝为'肇祖原皇帝'，其学派的开创时代乃直顶到有史之始了。至于发踪指示的杨朱，早被一脚踢开，学术系统从此弄乱。《汉书·艺文志》所列道家著作，有《黄帝四经》《黄帝铭》等篇，注云'起六国时，与《老子》相似也'。这就是黄帝与老子合作的成绩，而'黄老'一名也从此打不破了！"（《秦汉的方士与儒生》）

如此误解，应该澄清，恢复历史的真实面目了。

《老子》一书出于何时？

司马迁说老子"至关，关令尹喜曰：'子将隐矣，强为我著书。'于是，老子乃著书上下篇，言道德之意五千余言而去，莫知其所终"。颇有传奇色彩，好像其书是老子仓促之间写成，此说恐怕不合事理。《老子》五千言，是老子独创、后学增益的一部伟大著作，应该是老子毕生的思想精神结晶，绝非一日之功。

至于《老子》出现在什么时代，有学者说写于战国，有学者说写于秦汉，其实看看《老子》三章曰："不尚贤，使民不争。"十九章曰："绝圣弃智，民利百倍；绝仁弃义，民复孝慈；绝巧弃利，盗贼无有。"其中"尚贤"是墨子主张，"圣智"、"仁义"是儒家思想，既然《老子》一概反对，其书必在孔子、墨子之后。

《论语》《墨子》《孟子》从未提及《老子》。《孟子》对杨、墨激烈抨击，说："杨氏为我，是无君也。墨氏兼爱，是无父也。无君无父，是禽兽也"（《滕文公下》），而对老子"绝圣弃智"、"绝仁弃义"、"绝巧弃利"的主张却不着一字，未曾涉及，这绝非是孟子的疏忽大意。只能说在孟子以前，老子的著作尚未出现，或者虽同时而稍晚，未曾引起人们注意。而《庄子》以后，典籍已经大量引用《老子》，这说明《老子》一书必在《孟子》之后，《庄子》之前。

《老子》的用语、句式和思想，说明《老子》是一部战国时代的个人著作。《老子》中常用"王侯"、"侯王"、"王公"、"万乘之君"、"取天下"、"仁义"等战国语词，就是《老子》成书的时代标志。《老子》中的惯用句式，如"夫唯……，是以……"、"以其……，故能……"之类；《老子》前后思想的连贯一致，自称"吾"、"我"等，都能够证明《老子》是由一人撰写而成。有的内容虽然稍有错简重复，也许是出于后人增补编纂，但是并不影响全书的思路和表达。

《老子》是一本什么书？

有人说《老子》是讲"君人南面之术"的权谋之书，有人说是兵法之书，有人说是气功之书，有人说是道教经书，如此引申发挥，广为流传。对此，我在《中华经典藏书·老子译注·前言》①中说过：

"其实，老子生活在战国，与百家诸子一样，关注的都是天下、国家、社会、民生的诸多现实问题，不同的是，他提出了道的哲学观念，借助天道，统辖人道，在杨朱理论的基础上，进一步论述阐发慈爱贵柔，俭啬收敛，谦下不争，反对圣智仁义，主张无为而治，以达到贵生为我、韬讳自保、否定传统、顺应自然的目的，建立了自己独特的道家理论体系。因此，《老子》虽然论述规律，并非权谋之书；《老子》明确反对战争，并非兵法之书；《老子》讲解修身之道，并非气功之书；《老子》全文否定鬼神天命，更不是宗教之书。但是，从矛盾对立转化的客观规律来说，又与上述诸多领域密切相关。所以说，从表述的内容、构建的理论来看，《老子》本质上还是先秦道家的一部代表性著作。至于《老子》的文句被其他学科领域引用发挥，那就是另外的问题了。

"既然如此，我们必须把《老子》放在战国时期特定的历史环境中去认识考察，切实从《老子》文本出发研究问题，理解意义，不能以今代古，

---

① 饶尚宽：《中华经典藏书·老子译注·前言》，中华书局，2006年9月。

随意定性，乱贴标签。既要实事求是地肯定其思想成果，又要认真分析其时代局限，进而汲取有益的思想营养，弘扬优秀的传统文化。"

《老子》文本如何解读？

由于《老子》意蕴深邃，思维辩证，含蓄隐晦，正言若反，解读《老子》绝非易事，必须尊重原文，关照全书，前后贯通，互相印证，切忌主观臆断，随意发挥，割裂文句，断章取义，这样才能客观、系统地把握老子的思想学说。否则解读同一文句，往往言人人殊，颇有分歧，很难得出正确的结论。

比如："道可道，非常道；名可名，非常名。"（《一章》）解读就颇有分歧。有学者这样说解："可以用言词表达的道，就不是常'道'；可以说出来的名，就不是常'名'。"也就是说，道是不可用言词解说的，否则就不是恒常久长的道了；道的名是不可用言词表达的，否则就不是恒常不去的名了。这种解释颇有影响，然而令人生疑。既然"道"不可解说、不可命名，那么《老子》一书究竟在论述什么？又怎样体现其书的意义和价值呢？

其实，此章是"道"的总论，也是全书的总纲。《老子》全书都在直接论"道"或间接论"道"，怎么能说不可道、不可名呢？"道"是老子提出的一个重要的哲学观念，是浑然一体的宇宙本体，永恒存在的天地万物之源，运动不息而又对立转化的规律和法则。"道"虽然"无状之状，无物之象，是谓惚恍。迎之不见其首，随之不见其后"（《十四章》），但是"惚兮恍兮，其中有象；恍兮惚兮，其中有物。窈兮冥兮，其中有精；其精甚真，其中有信"（《二十一章》），因此，可以通过万物变化感悟"道"，通过亲身体察认识"道"。老子正是以这种虚无的自然天道取代了商周以来的天命观，成为贯穿于全书的一条思想纽带。

人们对于"道"，并非生而知之，而是后天逐步进行探索、认识，才能有所了解、感悟，因此，在一定范围内、一定程度上是可以认识"道"和解说"道"的。但是，人们的探索是渐进的，认识是逐步的，了解是由浅入深的，感悟是不断积累的，一时一地的阐述和解释不能全面准确地概括"道"的玄妙幽深和丰富内涵，这就如同相对真理与绝对真理的关系一样，二者并不是对等的。正如谁都不能说自己已经完全掌握了绝对真理一样，也不能说自己已经完全掌握了"道"。所以说，"道可道，非常道"，即"道"是可以阐述解说的，但并非完全是浑然一体、永恒存在而运动不息的那个常道。

同样，"道常无名"，"道隐无名"，质朴纯厚，玄妙幽深，只能根据人们逐渐了解、感悟、认识、体验得到的某种特征去勉强命名，反映"道"名的某种理据，或"大"，或"逝"，或"远"，或"反"，都不足以完全准确地概括反映"道"的全部内涵、外延、情态和性状。所以说，"名可名，非常名"，即"道"的名是可以命名的，但并非完全是浑然一体、永恒存在而运动不息的那个"道"的常名。

类似的文句还需辨析，留待下面一一细说。

任何一种思想学说，都不是无本之木、无源之水，都有一个由粗到精、由疏到密的生成发展过程。孔子"祖述尧舜，宪章文武"；墨子"受孔子之术，以为其礼烦扰而不说，厚葬靡财而贫民，服伤生而害事，故背周道而用夏政"；杨子思想源于隐逸遁世之风；孟子继承发扬孔子学说；老子思想自然也不会例外，必有所本。既然如此，根据学术思想发展的社会环境和历史脉络，考察老子学说的由来，就是完全可行的。

杨子最早对隐逸遁世思想进行了初步总结，首先提出"贵生"、"重生"，"不窭"、"不殖"，"为我"、"贵己"，"公身"、"公物"，是道家避世全身思想学说的理论先躯。老子则进一步提出"道"的哲学观念，从自然反观社会，以天道统辖人道，主张贵身爱身，俭啬谦下，知雄守雌，知止不殆，绝圣弃智，反朴归真，小国寡民，无为无不为，是对杨子思想学说的直接继承和发展。庄子则主张保身、全生、养亲、尽年，坚持恬淡、寂寞、虚静、无为，向往齐同、物化、坐忘、全真的境界，试图完全脱离现实社会，期盼"同与禽兽居，族与万物并"的原始自然的纯朴生活，彻底实现精神世界的逍遥游，从而把道家学说推向新的高峰。杨子、老子、庄子是先秦道家思想发展史上的三位重要人物，代表了三个不同的发展阶段。老子学说上承杨子，下启庄子，是道家学说的一个非常重要的里程碑。

《老子》全书共八十一章，分道经和德经两部分，所以又称《道德经》。全书五千言，篇幅不长，论述精辟，意义丰富，思想深邃。其内容重在详尽论述作为宇宙本体、万物之源和运动规律的天道，并用这种自然天道，关照社会，指导修身（包括养生）和治国（包括砭时、议兵），广泛涉及宇宙、自然、社会、人生的各个方面。尽管《老子》的行文隐晦曲折，正言若反，扑朔迷离，飘忽不定，但是其思想学说始终如一，贯彻到底，用朴素的辩证思维构建起独特的理论体系。

## 一　纵论天道

"道"，是老子精心设计的哲学命题，是贯穿《老子》一书的思想纲领和精神纽带。老子深刻阐述了"道"的本质、特征、运行、运用和"道法自然"等重要内容，为"修身"和"治国"奠定了理论基础，以便从自然关照社会，以天道统辖人道。

### （一）道可道，非常道

《老子》的上篇论"道"（《一章》至《三十七章》），称为"道经"；下篇论"德"（《三十八章》至《八十一章》），称为《德经》。一般通行本是《道经》在前，《德经》在后，1973年长沙马王堆三号汉墓中出土的《老子》帛书，却是《德经》在前，《道经》在后，可能是古本的顺序。

开宗明义，老子首先解说"道"是什么。

【原文】道可道，非常道；名可名，非常名。无，名天地之始；有，名万物之母。故常无，欲以观其妙；常有，欲以观其徼。此两者，同出而异

名，同谓之玄。玄之又玄，众妙之门。(《一章》)

【译文】道是可以阐述解说的，但是并非完全等同于浑然一体、永恒存在、运动不息的大道；道名也是可以命名的，但是并非完全等同于浑然一体、永恒存在、运动不息的道之名。无，是称天地的初始；有，是称万物的本源。因此，从常"无"中，将以观察道的微妙；从常"有"中，将以观察道的边际。这"无"、"有"二者，同出于道而名称不同，都可谓玄妙幽深。玄妙而又玄妙，正是天地万物变化的总源头。

【原文】道冲，而用之或不盈。渊兮，似万物之宗。湛兮，似或存。吾不知谁之子，象帝之先。(《四章》)

【译文】道是空虚的，然而使用它或许不会穷尽。深邃啊！好像万物的宗主；隐密啊！又好似实有而存在。我不知道它是谁家之子，好像是在天帝之前。

【原文】谷神不死，是谓玄牝。玄牝之门，是谓天地根。绵绵若存，用之不勤。(《六章》)

【译文】道——生养天地万物的神灵永远不停息，这是微妙的母体。微妙的母性之门，就是天地的根源。绵延不绝好像永远存在，运行而不知倦怠。

"道"是"众妙之门"，"万物之宗"，"玄牝之门"，"天地根"。"道冲，而用之或不盈"，"谷神不死，是谓玄牝"。这就是说，"道"是宇宙变化的总源头，万物的宗主，天地的根本。它如同至高无上的伟大母体，空虚而不盈，深邃而隐密，无形而实存，运行而不息。所以，"道"就是浑然一体的宇宙本体、永恒存在的天地万物之源、运动不息而又对立转化的规律和法则。

老子指出"吾不知谁之子，象帝之先"，将"道"的起源放在上帝之前，视为万物之宗、天地之根，实际上就是取消了上帝充当造物主的资格，否定了上帝的权威神圣地位，也就奠定了无神论的基础。殷周以来，人们对上帝或怨而不怒，或存而不论，或疑而未定，从未敢于公开否认上帝，而老子却以哲学的天道凌驾于上帝之上，并且取而代之，这是人文思想的重大觉醒和突破。

【原文】道生一，一生二，二生三，三生万物。万物负阴而抱阳，冲气以为和。(《四十二章》)

【译文】道整体唯一，一产生天地，天地含有阳、阴二气，互相交冲而产生和谐之气，阴、阳、和三气产生了万物。万物背阴而向阳，阴阳二气相交冲而形成和气。

"道"体唯一，一产生天地阴阳二气，阴阳二气交感作用产生和气，阴、阳、和三气产生万物，即所谓"道生一，一生二，二生三，三生万物"，所以说"道生万物"，这就是老子的宇宙观。关于阴阳化生万物的观念，典籍早有论述。《周易·系辞下》曰："天地絪缊，万物化醇，男女构精，万物化生。"又曰："乾，阳物也。坤，阴物也。阴阳合德，而刚柔有体，以体天地之撰，以通神明之德。"《谷梁传·庄公三年》曰："独阴不生，独阳不生，独天不生，三合然后生。"孔子由此体会感悟出中庸和谐之道，老子则将阴阳二气的来源追溯到虚无的天道，从而突出了天道至尊至贵、至高无上的地位，为人间树立起效法的典范。

### (二) 道之为物，惟恍惟惚

"道"的特征，恍恍迷离，无影无踪，玄妙幽深，有象有物，视而不见，听而不闻，却用之不尽。"道"，甚至会被人嘲笑，因为他们并不了解"夫唯道，善贷且成"。

【原文】视之不见，名曰夷；听之不闻，名曰希；搏之不得，名曰微。此三者不可致诘，故混而为一。其上不皦，其下不昧，绳绳兮不可名，复归于无物。是谓无状之状，无物之象，是谓惚恍。迎之不见其首，随之不见其后。执古之道，以御今之有。能知古始，是谓道纪。(《十四章》)

【译文】看却看不着，叫作"夷"；听却听不着，叫作"希"；拍却拍不着,叫作"微"。这三者不可推问,因此混沌为一体。它的上面不光明,它的下面不阴暗,无边无际啊不可名状,最终还原为没有物态。这就是没有形状的状,没有物象的象,称作惚恍。迎着它看不见它的前头,追随它看不见它的后背。把握古有之道,用来驾驭当今的具体事物。能够了解宇宙的初始,就称为道的纲纪。

【原文】孔德之容,惟道是从。道之为物,惟恍惟惚。惚兮恍兮,其中有象;恍兮惚兮,其中有物。窈兮冥兮,其中有精;其精甚真,其中有信。自今及古,其名不去,以阅众甫。吾何以知众甫之状哉?以此。(《二十一章》)

【译文】大德的模样,唯有跟随着道而变化。道作为事物,似有似无。如此恍恍惚惚,其中却有形象;如此惚惚恍恍,其中却有实物。遥远幽深啊,其中却有精神;这精神非常真切,可以得到验证。从今到古,它的名字永远不会消失,可以用来视察万物的初始。我怎么知道万物的情状呢?由道而知。

【原文】执大象,天下往。往而不害,安平泰。乐与饵,过客止。道之出口,淡乎其无味,视之不足见,听之不足闻,用之不足既。(《三十五章》)

【译文】执守大道,天下百姓都来归往。归往而不伤害,就会平和而安宁。音乐和美食,能使过客止步。而道的讲述,平淡得没有味道,看它看不着,听它听不着,用它却用不尽。

"道"是"视之不见"、"听之不闻"、"搏之不得"的形而上的虚无本体,"无状之状,无物之象","迎之不见其首,随之不见其后",如此"惟恍惟惚",似有似无,然而"道"中有"象"、有"物"、有"精"、有"信","故常无,欲以观其妙;常有,欲以观其徼"(《一章》)。人们可以通过天地万物的周期变化感悟"道",可以通过"象"、"物"、"精"、"信"的直觉认识"道",进而体察和把握"道"的特征和规律,追溯万物的初始。尽管"道"平淡无味,无形无声,使用它却无穷无尽,所以说"执大象，天下往。往而不害，安平泰"。

【原文】上士闻道，勤而行之；中士闻道，若存若亡；下士闻道，大笑之。——不笑，不足以为道。故建言有之：明道若昧，进道若退，夷道若颣。上德若谷，广德若不足，建德若偷，质真若渝。大白若辱，大方无隅，大器晚成。大音希声，大象无形，道隐无名。夫唯道，善贷且成。(《四十一章》)

【译文】上士听了道，努力实行；中士听了道，或许保留、或许遗忘；下士听了道，哈哈大笑。不被嘲笑，就不足以成为道。因此，立言的人这样说：光明的道好像暗昧，前进的道好像后退，坦直的道好像不平。崇高的德好像低谷，广博的德好像不足，刚健的德好像苟且，质朴纯真好像污秽。最洁白的好像污黑，最方正的好像无角，最宝贵的器皿最后完成。最美妙的音乐没有声音，最大的形象没有形体，大道幽隐没有名称。唯有道，善于帮助而且成就万物。

对于形而上的虚无天道，不同的人有不同的认识和反应，"上士闻道，勤而行之；中士闻道，若存若亡；下士闻道，大笑之。不笑，不足以为道"。在是非混淆、黑白颠倒的乱世，这种现象并不奇怪。为什么下士闻道"不笑，不足以为道"呢？因为天道特征与世俗认知的价值观念根本对立，下士根本不能理解。

天道的特征在于：

质朴无名——道常无名，朴。(《三十二章》)

空虚不盈——道冲，而用之或不盈。(《四章》)

谦下不争——夫唯不争，故无尤。(《八章》)

功成不有——万物恃之以生而不辞，功成而不有。(《三十四章》)，功遂身退，天之道也。(《九章》)

清静无为——道常无为而无不为。(《三十七章》)

公平待人——民莫之令而自均。(《三十二章》) 天道无亲，常与善人。

(《七十九章》)

乐于助人——夫唯道，善贷且成。(《四十一章》)天之道，利而不害。(《八十一章》)

劫富济贫——天之道，损有余而补不足。(《七十七章》)

显然，天道的特征，正好反映了老子学说的理想宗旨，而世俗的观念则恰恰与此相反，他们追求奢华，私欲满盈，争强好胜，追名逐利，胡作非为，等级森严，巧取豪夺，劫贫济富。所以，老子说："玄德深矣，远矣，与物反矣。"(《六十五章》)

正因为天道特征与世俗观念相反，人世间的价值观、是非观已经变异，所以在世俗的眼中，"明道若昧，进道若退，夷道若纇。上德若谷，广德若不足，建德若偷，质真若渝"，不被世俗理解和接受。反映在具体事物上，"大白若辱，大方无隅，大器晚成。大音希声，大象无形，道隐无名"，更是大正若反。在这种情况下，"上士闻道，勤而行之"，值得尊敬；"中士闻道，若存若亡"，可以谅解；而那些世俗社会的智力低下之士，见识浅陋，根本不知"夫唯道，善贷且成"的特征，反而嘲笑天道，这足以反证天道的幽深和伟大。所以，必须用天道统辖人道，拯救整个社会。

价值观、是非观的异化蜕变，是非常可怕的，能够颠覆常理，毁坏原则，以美为丑，以丑为美，忠厚纯正反被视为愚昧无能，奸邪欺诈反被视为聪明才智。这样，是非就没有标准，道德就没有底线，为达目的可以不择手段；做人就没有敬畏，行事就没有规矩，谋取私利就可以肆无忌惮。如此，则正义理想反而受到嘲弄，为非作歹反而受到称赞。一旦社会失去了理性的原则和制度，就不得不接受丛林法则，亮肌肉，比拳头，以暴易暴，弱肉强食。老子批评那些嘲笑天道的下士，足以给世人以警示。

（三）反者，道之动；弱者，道之用

"反者，道之动"，是运动规律；"弱者，道之用"，是运用特征。这是老子辩证思想的纲领。"大道氾兮，其可左右"，这种运行规律和运用特征普遍流行于天地万物之间，周行不殆，以弱胜强，生而不辞，功成不有，"衣被万物而不为主"，"万物归焉而不为主"，从不自夸，终不自大，所以成就了"道"的伟大。

【原文】反者，道之动；弱者，道之用。天下万物生于有，有生于无。（《四十章》）

【译文】循环，是道的运动方式；柔弱，是道的运用特征。天下万物产生于"有"，"有"产生于"无"。

【原文】大道泛兮，其可左右。万物恃之以生而不辞，功成而不有。衣被万物而不为主，可名于小；万物归焉而不为主，可名为大。以其终不自为大，故能成其大。（《三十四章》）

【译文】大道广泛而普遍地流行，它可左可右，无所不在。万物依靠它生长而不推辞，功业成就而不据为己有。它覆盖万物而不自以为主宰，可以称它为"小"；它万物归依而不自以为主宰，可以称它为"大"。由于它最终不自以为大，所以才能成就它的伟大。

所谓"反者，道之动"，"反"既是反向的反，又是返回的返。就是说，事物总是向着自己相反的方向运行，最终返回到初始本原的状态，"独立而不改，周行而不殆"（《二十五章》），反映了老子对立转化的辩证思维和循环往复的变化观念。比如，"祸兮，福之所倚；福兮，祸之所伏"（《五十八章》），祸与福，互相包容，不断转化。当矛盾双方互相渗透，其中的一方发展到极点的时候，就会向其反面转化，即"兵强则灭，木强则折"（《七十六章》），这就是"物壮则老"（《五十五章》）的规律。所以，"夫物芸芸，各归其根。……没身不殆"（《十六章》）。只有返回根本，才能够顺应自然，符合天道，长久存在，终身无险。

所谓"弱者，道之用"，弱是柔弱，与刚强相反。就是说在事物的刚柔、强弱的运动变化中，刚强的一方总是要走向衰亡，而柔弱的一方总是会发展壮大，这就是"弱之胜强，柔之胜刚"（《七十八章》）的对立转化的规律。因此，如果能够经常处于柔弱的状态，就会拥有发展壮大的潜力和优势，这就是"强大处下，柔弱处上"的道理。所以，"天下之至柔，驰骋天下之至坚。无有入无间。吾是以知无为之有益"（《四十三章》），"天下莫柔弱于水，而攻坚强者莫之能胜，以其无以易之"（《七十八章》）。为人就要遵循"道"的原则，"知其雄，守其雌，为天下溪。为天下溪，常德不离，复归于婴儿。知其白，守其辱，为天下谷。为天下谷，常德乃足，复归于朴"（《二十八章》）。这种知雄守雌、知白守辱的思想方法，含有守柔示弱、韬光养晦的高明智慧和深刻哲理，可以广泛地运用于社会生活的各个方面，这就是"执古之道，以御今之有"（《十四章》）。

至于"天下万物生于有，有生于无"，与"无，名天下之始；有，名万物之母"（《一章》）是一致的。"道"作为宇宙本体，既用"无"称谓天下之始，又用"有"称谓万物之源。"道"是"无状之状，无物之象"（《十四章》）的形而上的虚无本体，然而"道生一，一生二，二生三，三生万物"（《四十二章》），所以说，道体兼具"无"、"有"，"无"中生"有"，"有"生万物。如此生生不已，绵延不绝。老子就是大作"有"、"无"的文章，来解决修身和治国的复杂社会问题。

**（四）有之以为利，无之以为用**

"道"的"无"、"有"，辩证统一，有无尽的利用空间，可以在天地万物间发挥巨大的作用，就是在器物的实体与形态上也同样如此。

【原文】三十辐共一毂，当其无，有车之用。埏埴以为器，当其无，有器之用。凿户牖以为室，当其无，有室之用。故有之以为利，无之以为用。（《十一章》）

【译文】三十根辐条汇集到一个车毂上，有了车毂的中空，才能具有车的作用。把黏土放进模具做成器皿，有了器皿的中空，才能具有器皿的作用。开凿门窗以为房舍，有了门窗的中空，才能具有房舍的作用。因此，有了器物可以带来便利，器物中空才能发挥作用。

有车轮而无车毂的中空,不能使用;有陶器而无陶器的中空,不能使用;有房舍而无门窗的中空,不能使用。这就是说,器物实体这个"有",提供了便利;器物形态这个"无",发挥了作用。显然,"有"与"无"是互相依存、缺一不可,而老子更强调的是"虚无"的功用。因此,他说:"天地之间,其犹橐籥乎?虚而不屈,动而愈出。"(《五章》)这种"无"、"有"的观念,具有普遍的理论意义和使用价值,触类而及,推而广之,可以用于修身、治国的各个方面,充分发挥"虚无"的奇妙作用。

【原文】道生之,德畜之,物形之,势成之。是以万物莫不尊道而贵德。道之尊,德之贵,夫莫之命而常自然。故道生之,德畜之,长之育之,亭之毒之,养之覆之。生而不有,为而不恃,长而不宰,是谓玄德。(《五十一章》)

【译文】道化生万物,德养育万物,用不同形态区别万物,在各种环境成就万物。因此,万物没有不尊崇道而珍贵德的。道受到尊崇,德受到珍贵,是因为道和德没有对万物发号施令而永远顺应自然。所以,道化生万物,德养育万物,使万物成长发育,使万物结果成熟,给万物抚育保护。生长万物而不占有,抚育万物而不自恃,长养万物而不主宰,这就叫"玄德"。

"道"化生万物,"德"养育万物,确实是万物之母,"万物莫不尊道而贵德"。然而,"道之尊,德之贵"的根本原因,在于"夫莫之命而常自然",即为无为之事而顺自然之理,这正是"有之以为利,无之以为用"的生动体现。而"生而不有,为而不恃,长而不宰",表现的就是无欲无私的"玄德",由此而确立了"清静无为"的天道原则。

### (五)道法自然

"道"先于天地而生成,是天地之母,它独立于茫茫宇宙,循环往复而不停息,"迎之不见其首,随之不见其后"(《十四章》),所以"道常无名,朴"(《三十二章》)。但是,通过人们的了解、感悟、认识、体察,可以逐步感受到道的特征和规律,"强字之曰道,强为之名曰大"。"道"大,无所不包；"道"逝，视而不见；"道"远，玄妙幽深；"道"反，周行不殆。那么，"大"、"逝"、"远"、"反"，都是"道"的特征，可以从任何一个侧面作为"道"命名的理据，这就是所谓"名可名，非常名"（《一章》）。

老子把"人"与"道"、"天"、"地"并列为"四大"，而没有列出上帝（神）的位置，这无疑是对神本主义的否定，对人本主义的肯定，在思想史上具有非常重要的意义。这与老子尊重人的个体、贵身爱身的主张是完全一致的。在宇宙中的道、天、地、人并列为"四大"，而又强调"人法地，地法天，天法道，道法自然"的原则，意味着自然是宇宙间最崇高的楷模榜样，是协调天与人、人与人、人与物、灵与肉等各种关系的极终标准，这样，效法自然、崇尚自然就成为老子核心的价值追求，也是老子学说的根本宗旨。

【原文】有物混成，先天地生。寂兮寥兮，独立而不改，周行而不殆，可以为天地母。吾不知其名，强字之曰道，强为之名曰大。大曰逝，逝曰远，远曰反。故道大，天大，地大，人亦大。域中有四大，而人居其一焉。人法地，地法天，天法道，道法自然。（《二十五章》）

【译文】一个东西混沌而成，先于天地而产生。寂静啊，空虚啊，独自生存而永不改变，循环运行而永不懈怠，可以成为天地的本源。我不知道它的名字，勉强地称它为道，勉强地称它为大。大又称为逝，逝又称为远，远又称为反。因此说，道大，天大，地大，人也大。宇宙中有四大，而人居于四大之一。人效法地，地效法天，天效法道，道效法自然。

所以，老子认为，修身要效法天道自然。"上善若水。水善利万物而不争，处众人之所恶，故几于道"（《八章》），"致虚极，守静笃"（《十六章》），"其在道也，曰：'余食赘行，物或恶之。'故有道者不处"（《二十四章》），"是以大丈夫处其厚，不居其薄；处其实，不居其华。故去彼取此"（《三十八章》），"我有三宝，持而保之：一曰慈，二曰俭，三曰不敢为天下先"（《六十七章》）。这样，就能够无私无欲，慈爱公平，空虚自守，清静无为，敦厚笃实，俭啬收敛，知雄守雌，知白守辱，谦下不争，善利万物，知足知止，返璞归真，回归自然，恢复本性，与天地万物和谐相处、融为一体，成为得道的君子。

治国也要效法天道自然。"天地不仁，以万物为刍狗；圣人不仁，以百姓为刍狗"（《五章》），"太上，不知有之。……悠兮其贵言。功成事遂，百姓皆谓：'我自然。'"（《十七章》），"是以圣人去甚，去奢，去泰"（《二十九章》），"绝圣弃智，民利百倍；绝仁弃义，民复孝慈；绝巧弃利，盗贼无有。此三者，以为文，不足。故令有所属：见素抱朴，少私寡欲，绝学无忧"（《十九章》），"治人事天，莫若啬"（《五十九章》），"治大国，若烹小鲜"（《六十章》），"江海所以能为百谷王者，以其善下之，故能为百谷王。是以圣人欲上民，必以言下之；欲先民，必以身后之"（《六十六章》）。这样，圣人不仁，公平待人，太上无之，贵言慎行，去甚、奢、泰，绝圣弃智，见素抱朴，少私寡欲，言下身后，绝不扰民，坚守大道，无为而治，就形成公正无私的社会秩序，建立起自然和谐的人间乐园。

效法自然，优化环境，对当今社会尤为重要。工业化进程造成的污染破坏，使山河变色；商品经济运行带来的物欲横流，使道德沦丧。从物质到精神，都严重威胁着人们的生存环境和生活质量。按照自然规律，构建绿色环保的和谐社会，使之可持续发展，已经成为人们的共识。老子的论述，正是对后人的深刻教诲。

【原文】道常无名，朴。虽小，天下莫能臣。侯王若能守之，万物将自宾。天地相合，以降甘露，民莫之令而自均。始制有名，名亦既有，夫亦将知止，知止可以不殆。譬道之在天下，犹川谷之于江海。（《三十二章》）

【译文】道永远无名，处于质朴的状态。它虽然隐微，天下没有谁能够臣服它。侯王如果坚守它，万物将会自己宾服。天地阴阳相交合，就降下甘露，百姓没有谁命令它而自然均匀。万物出现后，就产生了各种名称，名称既然有了，也就知道各自的界限，知道界限可以没有危险。就譬如道对于天下的关系，好像江海对于川谷的关系一样。

"道"效法自然，是质朴淳厚的，虽然卑微，却至尊至贵、至高无上，没有任何力量可以征服它。侯王如果能够坚守无为之道，就能使万物归顺于道。天下甘露，莫令自均，才使得万物生长，产生名称。有名即有职分，有职分即有利益，有利益即有界限，有界限即知道停止，知道停止就没有危险。这样，就如同天道统辖人道一样，江海统辖川谷一样，处于自然而然的和谐状态。

显然，老子提出的"道"，是一个非常重要、非常复杂的哲学命题，被赋予了厚重的人文色彩，成为老子学说的理想载体。老子正是以这种虚无的天道论取代了商周以来的天命观，由此论述和构建了自己的宇宙观、人生观、社会观和价值观。然而，老子的"道"又是一个充满矛盾的混合体。"道"既然既是宇宙本体、万物之源，又是运动规律和法则，就包含着不可克服的内在矛盾。因为天地万物的物质运动是客观的、永恒的，因此才能体现和总结出客观的运动规律和法则；既然运动规律和法则是建立在天地万物物质运动的基础之上的，那么，运动规律和法则就不可能先于天地万物的物质运动而存在，更不可能由此产生天地万物，成为宇宙本体。而老子将宇宙本体、万物之源与运动规律和法则并列乃至混同，就意味着否定了客观世界的物质本源，那么，运动规律和法则就等于脱离天地万物的物质本源而独立存在，成为一种先验的非理性的虚无本体和神秘力量。所以，老子论"道"，明显具有唯心主义的神秘色彩。

## 二 以道修身

老子纵论天道，具有明确的功利目的。他推崇天道自然的绝对权威，就是要理直气壮、名正言顺地从自然关照社会，用天道统辖人道。以"道"修身，就是要效法"道"的规律，为修身养性提供原则、策略和方法，开拓发展空间，达到贵身爱身、韬晦自保的极终目的。

老子论述以"道"修身，其思维逻辑是建立在否定文明的基础之上的。他认为社会上的一切文明形态，包括政治思想、行政制度、礼仪文化、人伦道德，乃至物质成果，统统存在着弊端和危机，都在对人产生消极腐蚀的毒害作用，使人迷乱，使人堕落，丧失自我，污染本性，这是人类所有灾难的根源。在这种环境中修身养性，就必须避开尘世，远离社会，否定和抛弃一切传统意识和文明形态，回归自然，效法天道，收敛精神，俭约行为，自觉排除和抵制外在名利私欲的诱惑和影响，使人性逐渐恢复到婴儿般质朴淳厚的初始状况，最终成为"被褐而怀玉"的圣人。所以，老子主张"塞其兑，闭其门"、"知其雄，守其雌"、"我有三宝，持而保之"、"知足不辱，知止不殆"，就是以自己的独特视野，反思传统文明，从其反面立论，深刻揭示和批判社会事物的内在本质。

### （一）塞其兑，闭其门

为了修身，必须重"道"。因为"道"是万物的主宰，是善人的法宝，不善人也必须保存，比起立天子、置三公、聘问诸侯的烦琐礼仪，守"道"更为实用重要，有求则必得，有罪则免灾，所以，"道"是天下最可宝贵的、最应珍重的。

【原文】道者，万物之奥。善人之宝，不善人之所保。美言可以市尊，美行可以加人。人之不善，何弃之有？故立天子，置三公，虽有拱璧以先驷马，不如坐进此道。古之所以贵此道者何？不曰：求以得，有罪以免邪？故为天下贵。（《六十二章》）

【译文】道，是万物的主宰。它是善良人的法宝，不善良的人也必须保存。美好的言论可以博取人们的尊敬，美好的行为可以受到人们的重视。人即使不善，为什么要抛弃道呢？因此，树立天子，设置三公，即使以捧璧在先、驷马车在后的礼仪去交游诸侯，还不如安坐而深入此道。古代之所以重视此道的原因是什么？不就是说：有求必有所得，有罪就可以免除吗？所以，被天下人珍重。

坚守大道，关键在于"塞其兑，闭其门"，就是堵塞嗜欲的感官，关闭巧利的门径，杜绝世俗私欲的诱惑，排除社会名利的干扰，恢复到纯厚质朴、恬淡安静的婴儿般状态，才能"终身不勤"，否则，"开其兑，济其事，终身不救"。只有"用其光，复归其明"，才能"无遗身殃"。

【原文】天下有始，以为天下母。既得其母，以知其子；既知其子，复守其母。没身不殆。塞其兑，闭其门，终身不勤；开其兑，济其事，终身不救。见小曰"明"，守柔曰"强"。用其光，复归其明，无遗身殃，是为"袭常"。（《五十二章》）

【译文】天下必有初始的道，作为万物的本源。既然得知本源，就知道万物；既然知道万物，就持守本源。这样，终身没有危险。堵塞嗜欲的感官，关闭巧利的门径，终身不劳；打开嗜欲的感官，成就世间的庶事，则终身不可救药。能看见细微叫"明"，能坚守柔弱叫"强"。使用智力之光，回复内省之明，不要给自身留下祸殃，这就是承袭永恒的道。

【原文】为无为，事无事，味无味。大小多少。图难于其易，为大于其细。天下难事，必作于易；天下大事，必作于细。是以圣人终不为大，故能成其大。夫轻诺必寡信，多易必多难。是以圣人犹难之，故终无难矣。（《六十三章》）

【译文】作无为之为，行无事之事，品无味之味。大生于小，多起于少。图谋困难的事情要趁它容易的时候，处理重大的事情要在它细小的时候。天下的难事，必须从容易的地方做起；天下的大事，必须从细小的地方做起。因此，圣人始终不为大，所以，能够成就他的伟大。轻易承诺必然很少坚守信用，把事情看得太容易必然遭受很多困难。因此，圣人遇事都看重困难，所以最终就没有困难。

学习大道是一个漫长的修炼过程，"图难于其易，为大于其细"，必须从细小处做起，从容易处入手，循序渐进，日积月累，坚持清静无为、柔弱不争，因此"圣人终不为大，故能成其大"。"为无为"就是为了有为，

"事无事"就是为了成事,"味无味"就是为了品味。这就是"道"的原则。事物的产生和发展都是由小变大、由少变多的。圣人能够"见小"、"守柔",始终不贪大、不求全,难事从易处着手,大事从小处开始,所以能够成就他的伟大。反之,"轻诺必寡信,多易必多难",必然遗患无穷,一事无成。

【原文】重为轻根,静为躁君。是以君子终日行不离辎重。虽有荣观,燕处超然。奈何万乘之主而以身轻天下?轻则失根,躁则失君。(《二十六章》)

【译文】稳重是轻率的根本,沉静是浮躁的主宰。因此,君子整天外出不离开四面屏蔽的车辆。虽然有华美之居和观览之乐,却能安处其中而超然物外。万乘之君怎能自身轻浮地面对天下呢?轻率就会丧失根本,浮躁就会丧失主宰。

践行大道,需要内敛俭啬,清虚自守,平心静气,言下身后,因为"重为轻根,静为躁君","轻则失根,躁则失君",必须戒骄戒躁,切勿盲动。胡作非为、浮躁鲁莽、急功近利,只会得不偿失;卑弱谦下、谨言慎行、三思后行,才是成功之道。

【原文】大成若缺,其用不弊。大盈若冲,其用不穷。大直若屈,大巧若拙,大辩若讷,大赢若绌。静胜躁,寒胜热。清静,为天下正。(《四十五章》)

【译文】最美好的东西好像缺陷,但是它的作用不会停止。最充盈的东西好像空虚,但是它的作用不会穷尽。最正直的东西好像弯曲,最灵巧的东西好像笨拙,最雄辩的人才好像口吃,最大的赢利好像亏本。沉静战胜浮躁,寒冷战胜炎热。清静无为,可以成为天下的君长。

"大成"、"大盈"指道之体,"不弊"、"不穷"指道之用。正如"道冲,而用之或不盈"(《四章》)。所以说"道之出口,淡乎其无味,视之不足见,听之不足闻,用之不足既"(《三十五章》),这就是"弱者,道之用"(《四十章》)。依此类推,拥有"大直"、"大巧"、"大辩"、"大赢"这样的言行,也要以"屈"、"拙"、"讷"、"绌"的状态显示出来,这就是"知雄守雌"、"守柔示弱"。因为"静胜躁,寒胜热。清静,为天下正"。

【原文】曲则全,枉则直,洼则盈,敝则新,少则得,多则惑。是以圣人抱一为天下式。不自见,故明;不自是,故彰;不自伐,故有功;不自矜,故长。夫唯不争,故天下莫能与之争。古之所谓"曲则全"者,岂虚言哉?诚全而归之。(《二十二章》)

【译文】弯曲才能保全,委屈才能伸直,低洼才能盈满,破旧才能更新,少取才能多得,贪多反而惑乱。因此,圣人坚守大道为天下的楷模。不自我表现,因此聪明;不自以为是,因此彰显;不自我炫耀,因此有功;不自我骄傲,因此长久。正因为不与人争,天下的人没有谁能与他争。古代所谓"弯曲才能保全"的话,难道是空话吗?确实能够让他保全。

曲与全,枉与直,洼与盈,敝与新,少与得,多与惑,本是相反、相对的矛盾双方,互相依存,互相转化。前者只是方式,后者才是目的,二者具有密切的内在联系,在一定条件下由前者的方式达到后者的目的,这正是事物曲折变化的客观规律。

因此,观察事物,处理问题,如果将矛盾的双方对立,截然分开,见外不见内,见表不见里,是根本错误的。"是以圣人抱一为天下式",不自见,不自是,不自伐,不自矜,坚持道体柔弱谦下的自然状态,才能取得聪明、彰显、有功、长久的实际效果,所以,"夫唯不争,故天下莫能与之争",这就是"全而归之"的道理,其中就巧妙地隐含着"为我"的目的。

### (二) 知其雄,守其雌

老子喜欢把"道"比作水,利物而不争,处下而谦卑,柔弱攻坚强,无往而不胜,蕴含着强大的生命力。所以,行道之人应该"知而不知","知雄守雌",谨言慎行,俭啬收敛,以柔弱谦下的方式赢得最大的利益。这就是"贵己"、"为我"的韬晦策略。

【原文】上善若水。水善利万物而不争，处众人之所恶，故几于道。居善地，心善渊，与善仁，言善信，政善治，事善能，动善时。夫唯不争，故无尤。（《八章》）

【译文】上善的人如同水一样。水滋养万物而不与之争夺，汇聚在人们厌恶的低洼之地，因此，近于大道。他居于低洼之地，思虑深邃宁静，交接善良之人，说话遵守信用，为政精于治理，处事发挥特长，行动把握时机。正因为不争夺，所以没有过失。

【原文】天下莫柔弱于水，而攻坚强者莫之能胜，以其无以易之。弱之胜强，柔之胜刚，天下莫不知，莫能行。是以圣人云："受国之垢，是谓社稷主；受国不祥，是为天下王。"正言若反。（《七十八章》）

【译文】天下没有比水更柔弱的了，但是冲击坚硬的东西没有能胜过水的，因此它是无可取代的。弱胜过强，柔胜过刚，天下人没有不知，却没有人能够实行。所以，圣人说："承受国家的耻辱，才能成为国家的君主；承受国家的灾难，才能成为天下的君王。"正面的语言却像反话。

水，柔弱温润，滋养万物，甘处卑下，无坚不摧，这正与"道"的特征完全一致。因此，老子总是以水为喻，认为"上善若水"，"天下莫柔弱于水，而攻坚强者莫之能胜，以其无以易之"。所以，人应该像水一样为人处世，谦下不争，以弱胜强，"受国之垢，是谓社稷主；受国不祥，是为天下王"，取得最大的成功。

"受国之垢"与"社稷主"，"受国不祥"与"天下王"，语义似乎相反，然而，没有前者的"弱"作为基础，后者的"强"就不能实现。承受了国家的耻辱，身处弱势，发愤图强，才能成为国家的君王；承受了国家的灾难，忍辱负重，振奋精神，才能成为天下的君王。这种守柔示弱的思维和表述，是在充分认识事物产生和发展的内在联系和变化规律的基础之上，从反面立论，得出正面的结论；表面上矛盾对立，实际上辩证统一，即所谓"正言若反"。这正是《老子》一书语言的特色。比如："夫唯弗居，是以不去。"(《二章》)"以其无私,故能成其私。"(《七章》)"夫唯不盈,故能蔽而新成。"(《十五章》)"以其终不自为大,故能成其大。"(《三十四章》)"以其不争,故天下莫能与之争。"(《六十六章》)表面互相排斥,实际对立统一,反映了老子对事物的辩证思维和策略方法,具有非常重要的意义。

【原文】人之生也柔弱,其死也坚强;草木之生也柔脆,其死也枯槁。故坚强者死之徒,柔弱者生之徒。是以兵强则灭,木强则折。强大处下,柔弱处上。(《七十六章》)

【译文】人活着身体柔软,死后身体僵硬;草木生长时柔脆,死后变得干硬。因此,坚硬强大的东西属于死亡一类,柔软弱小的东西属于生存一类。所以,军队逞强就要失败灭亡,树木长大就要砍伐折断。强大者处于下方,柔弱者处于上方。

【原文】含德之厚,比于赤子。毒虫不螫,猛兽不据,攫鸟不搏。骨弱筋柔而握固,未知牝牡之合而朘作,精之至也。终日号而不嗄,和之至也。知和曰"常",知"常"曰"明"。益生曰"祥",心使气曰"强"。物壮则老,谓之不道。不道早已。(《五十五章》)

【译文】人饱含深厚的德,好比是初生的婴儿。蜂虿之类毒虫不螫刺他,虎豹之类猛兽不抓伤他,鹰隼之类凶禽不搏持他。婴儿筋骨柔弱而拳头紧握,不知男女交合而小生殖器翘起,这是精气非常充足的缘故。整天号哭而嗓子不哑,这是和气充盈的缘故。知道和气叫"常",知道"常"叫"明"。有益于养生叫"祥",欲念放纵任气叫"强"。事物发展到盛壮就要衰老,就不符合道。不符合道就会提早消亡。

柔弱蕴含着潜力,预示着希望。"人之生也柔弱,其死也坚强;草木之生也柔脆,其死也枯槁",这就是"强大处下,柔弱处上"的道理。同样,饱含深厚道德的人,就如同初生的婴儿,元气充沛,质朴纯真,筋骨柔弱,内力刚强,神情和谐,精力充沛。唯有如此,才能有效地克制内在的欲望和冲动，抵制外部的伤害和影响。一旦盛壮，"物壮则老"，物极必反，就不符合大道，很快就会消亡。这就是老子关于矛盾对立转化规律的朴素表述。

【原文】知不知，尚矣；不知知，病也。圣人不病，以其病病。夫唯病病，是以不病。(《七十一章》)

【译文】知道却自认为不知道，就最好了；不知道却自认为知道，就是祸患。圣人没有祸患，是因为早已知道祸患就是祸患，认真对待，及时处置。正因为早已知道祸患就是祸患，认真对待，及时处理，所以就没有祸患。

天地万物是极其复杂的，即使有所了解，也很可能是一知半解，绝不能自作聪明，自以为是，盲目乐观，不懂装懂，这是争强好胜、浮夸卖弄的小聪明，必然招致失败。因此，对待任何事物，必须俭啬收敛、谨慎小心，"夫唯病病，是以不病"，只有清醒地正视祸患，及时地处理困难，才能消灾免祸。这就是"知不知，尚矣"的思维逻辑，目的就是韬晦自保。

【原文】知其雄，守其雌，为天下溪。为天下溪，常德不离，复归于婴儿。知其白，守其辱，为天下谷。为天下谷，常德乃足，复归于朴。朴散则为器，圣人用之，则为官长，故大制不割。(《二十八章》)

【译文】深知自己雄强，却甘守雌弱，作为天下的溪涧。作为天下的溪涧，永恒的德不会离身，就恢复到婴儿的纯真状态。深知自己的洁白，却甘守污黑，作为天下的空谷。作为天下的空谷，永恒的德才能充足，恢复到质朴的状态。质朴分散为各种器具，圣人使用这些器具，就可以成为百官之长。所以说，完美的制度是不会伤害百姓的。

正因为"知不知，尚矣"，那么，主动地"知其雄，守其雌"、"知其白，守其辱"，就以这种守柔示弱的状态和方式韬光养晦。"知雄守雌"，不是"雌"，而是为了更"雄"；"知白守辱"，不是"辱"，而是为了更"白"；"知不知"，不是"无知"，而是因为"有知"；"塞其兑，闭其门"，不是愚昧，而是蕴含睿智。这样坚持俭啬，隐藏锋芒，"为天下溪，常德不离，复归于婴儿""为天下谷，常德乃足，复归于朴"，就能够保持长盛不衰，永远立于不败之地。

**（三）我有三宝，持而保之**

老子论修身，主张"塞其兑，闭其门""知其雄，守其雌"，反映了向内聚敛的思维模式，因此，把爱惜精神、收敛知识、蓄积能量、深藏根基的"啬"，作为"深根固柢、长生久视之道"，并且进而提出"一曰慈，二曰俭，三曰不敢为天下先"的三宝，这与"道"的特征是完全一致的。

【原文】治人事天，莫若"啬"。夫唯"啬"，是谓早服；早服，谓之重积德；重积德，则无不克；无不克，则莫知其极；莫知其极，可以有国；有国之母，可以长久。是谓深根固柢、长生久视之道。（《五十九章》）

【译文】治理百姓，敬事天地，没有比爱惜精神、收敛知识更重要。正因为"啬"，所以要趁早服从道；趁早服从道，就要多多积德；多多积德，就战无不胜；战无不胜，就没有人知道他力量的极点；没有人知道他力量的极点，就可以拥有国家；掌握国家的根本大道，就可以长治久安。这就是根深柢固、长久永存的道理。

【原文】我有三宝，持而保之：一曰慈，二曰俭，三曰不敢为天下先。慈，故能勇；俭，故能广；不敢为天下先，故能成器长。今舍慈且勇，舍俭且广，舍后且先，死矣！夫慈，以战则胜，以守则固。天将救之，以慈卫之。（《六十七章》）

【译文】我有三种宝贝，守持而保存着：第一种叫慈爱，第二种叫俭啬，第三种叫不敢处于天下人的前面。慈爱，因此能够勇敢；俭啬，因此能够宽广；不敢处于天下人的前面，因此能够成为万物之长。现在舍弃慈爱而要勇敢，舍弃俭啬而要宽广，舍弃退让而要争先，就是死路一条！慈爱，用于进攻就胜利，用于守卫就稳固。天将要拯救他，就用慈爱保护他。

老子所说的三宝，是修身的总纲，核心就是一个"啬"字。"啬"在这里并不是"吝啬"之意,而是指行为俭约、精神收敛。以"啬"修身养性,就要主动地示弱守柔,知雄守雌,见素抱朴,少私寡欲,这是"深根固柢、长生久视之道"。而"啬"的反面,浮躁张扬,锋芒毕露,争名逐利,穷奢极欲,就是自毁根柢、戕害生命的死路。

所谓"慈",就是"爱"。老子的"慈",与孔子亲疏远近的等差之爱不同,与墨子功利交换的"兼相爱,交相利"也不同,而是乐于助人、公平待人、一视同仁的无私之爱、自然之爱。所以说,"圣人常善救人,故无弃人;常善救物,故无弃物"(《二十七章》);"夫唯道,善贷且成"(《四十一章》);"孰能有余以奉天下?唯有道者"(《七十七章》);"天道无亲,常与善人"(《七十九章》);"圣人不积,既以为人,己愈有;既以与人,己愈多。天之道,利而不害;圣人之道,为而不争"(《八十一章》)。"勇",源于"慈",孔子曾说"仁者必有勇"(《宪问》),孟子又说"仁者无敌"(《梁惠王上》),因此,"慈,故能勇",无私之"慈"战无不胜,攻无不克。所以,"夫慈,以战则胜,以守则固。天将救之,以慈卫之"。

所谓"俭",就是"啬",爱惜自身,收敛精神,清心寡欲,返璞归真。这是由效法天道质朴无名、空虚不盈、功成不有的特征而来。所以说,"故贵以身为天下,若可寄天下;爱以身为天下,若可托天下"(《十三章》);"其在道也,曰:'余食赘行,物或恶之。'故有道者不处"(《二十四章》);"大丈夫处其厚,不居其薄;处其实,不居其华。故去彼取此"(《三十八章》);"圣人自知不自见,自爱不自贵"(《七十二章》)。贵身爱身,见素抱朴,保本固原,根深柢固,才能广大浑厚,所以,"俭,故能广"。

所谓"不敢为天下先",就是不敢处于天下人的前面。这是由效法天道谦下不争、守柔示弱、清虚无为的特征而来。所以说,"圣人后其身而身先,外其身而身存"(《七章》);"圣人欲上民,必以言下之;欲先民,必以身后之"(《六十六章》);"勇于敢则杀,勇于不敢则活"(《七十三章》)。只有知雄守雌，贵柔戒刚，空虚无欲，恬淡无私，才能像江海"善下之"而成为百谷王。所以，"不敢为天下先，故能成器长"。

慈爱就不仇恨，俭啬就不放纵，谦下就不争夺。"我有三宝，持而保之"，就能够遵循大道，安时处顺，积累德行，贵己全身。所以，老子说："圣人去甚，去奢，去泰。"（《二十九章》）

【原文】天长地久。天地所以能长且久者，以其不自生，故能长生。是以圣人后其身而身先，外其身而身存。以其无私，故能成其私。（《七章》）

【译文】天地是长久存在的。天地所以能够长久存在，是因为天地不为自己而生，所以能够长久。因此，圣人把自身置于众人之后，却能得到大家的推崇而占先；把自身置于度外，却能保存自己。因为他无私，所以能够成就自己的私。

【原文】知人者智，自知者明。胜人者有力，自胜者强。知足者富，强行者有志。不失其所者久，死而不亡者寿。（《三十三章》）

【译文】识别他人的人可谓智慧，了解自己的人可谓聪明。战胜他人的人称为有力，战胜自己的人称为刚强。知道满足的人才会富有，顽强坚持的人叫作有志。不失根本的人就能长久，身死而精神不亡的人才算长寿。

【原文】企者不立，跨者不行。自见者，不明；自是者，不彰；自伐者，无功；自矜者，不长。其在道也，曰："余食赘行，物或恶之。"故有道者不处。（《二十四章》）

【译文】踮起脚跟的人难以久立，跨越走路的人难以远行。自我表现的人，不聪明；自以为是的人，不彰显；自我炫耀的人，没有功；自我骄傲的人，不长久。从道的观点来看，可以说："多余的饮食和行为，鬼神都会厌恶。"因此，有道的人不这样做。

【原文】信言不美，美言不信。善者不辩，辩者不善。知者不博，博者不知。圣人不积，既以为人，己愈有；既以与人，己愈多。天之道，利而不害；圣人之道，为而不争。（《八十一章》）

【译文】真实的话语不华丽，华丽的言词不真实。善良的人不巧辩，巧辩的人不善良。有真知的人未必广博，广博的人未必有真知。圣人不积累财物，尽力帮助他人，自己更富有；全部给与他人，自己更加多。自然的法则，是利物而不害物；圣人的法则，是帮助而不争夺。

修身"三宝"来自天道自然，是指导言行的法则。天地之所以能够长久存在，就是因为它不为自己而生，所以圣人无私无为，"后其身而身先，外其身而身存"，才能成就自己。"知人"、"胜人"，故然可贵；"自知"、"自胜"、"知足"、"强行"，更为重要。俭啬收敛、深根固柢，才符合"三宝"的精神。行道者是纯厚质朴的，"企者不立，跨者不行"，"自见"、"自是"、"自伐"、"自矜"都是"余食赘行"，多此一举；"信言"、"善者"、"知者"，都是自然状态的呈现，不必自我炫耀，哗众取宠。"圣人无常心，以百姓心为心"（《四十九章》），所以，"圣人不积，既以为人，己愈有；既以与人，己愈多"。如同天道"利而不害"一样，人道的准则就是"为而不争"。这是以"为人"的方法，达到"为我"的目的。

【原文】宠辱若惊，贵大患若身。何谓宠辱若惊？宠为上，辱为下；得之若惊，失之若惊，是谓宠辱若惊。何谓贵大患若身？吾所以有大患者，为吾有身；及吾无身，吾有何患？故贵以身为天下，若可寄天下；爱以身为天下，若可托天下。（《十三章》）

【译文】得宠和受辱就感到惊恐不安，重视自己的身体如同重视祸患一样。为什么说得宠和受辱就感到惊恐不安？得宠为上，受辱为下；得到宠辱感到惊恐，失去宠辱也感到惊恐，就是说得宠和受辱都感到惊恐不安。为什么说重视自己的身体如同重视祸患一样呢？我所以有祸患，是因为我为自身的名利；如果我不为自身的名利，我还有什么祸患？所以，以珍贵自身的思想治理天下的人，就可以寄托天下；以爱惜自身的思想治理天下的人，就可以委托天下。

有的注本将"宠为上，辱为下"改为"宠为下"，可能不妥。因为前后文都是将"宠、辱"并列而论，中间怎能有"宠"而无"辱"呢？世俗之人认为"宠为上，辱为下"，为了邀宠避辱而迎逢巴结、曲意奉承，不惜丧失独立的人格和自尊，仰人鼻息，卖身投靠，为私欲付出沉重的代价。然而，在老子看来，宠也罢，辱也罢，都是因私欲造成的祸福，因名利引发的赏罚，都会带来严重的后果。宠辱来自权贵，如果被宠辱所左右，那就会沦为奴隶，丧失人格；名利来自私欲，如果受名利所束缚，那就会抹杀自我，丧失尊严。如果终生为名利所牵制、被宠辱所支配，患得患失，诚惶诚恐，那么自身就变成工具，生命就失去价值。所以说"得之若惊，失之若惊，是谓宠辱若惊"。作为行道之人，受宠、受辱都应该惊恐不安，反身自责，净化心灵，无私无欲，进而抛弃名利，宠辱皆忘，反朴归真，傲然独立。只有珍视、爱惜自身，才是行道之本，才能维护自己的人格和尊严，承担起治理天下的大任。所以说"故贵以身为天下，若可寄天下；爱以身为天下，若可托天下"。老子的这些论述，正是对杨子贵生、重生学说的继承和发展。

#### （四）知足不辱，知止不殆

老子这里专门论述自身与外物的关系，是对杨子"全性保真，不以物累形"思想的集中阐发和升华。老子关注人们的生活需要，要求"实其腹"、"强其骨"（《三章》），"甘其食，美其服，安其居，乐其俗"（《八十章》），认为"民之饥，以其上食税之多，是以饥"（《七十五章》）。同时，老子坚决反对侯王们贪图享乐，物欲横流，骄奢淫逸，醉生梦死，认为这种"生生之厚"（《五十章》）的生活方式带来了极大危害。

【原文】五色令人目盲，五音令人耳聋，五味令人口爽，驰骋畋猎令人心发狂，难得之货令人行妨。是以圣人为腹不为目。故去彼取此。（《十二章》）

【译文】五色缤纷使人眼瞎，五音繁乱使人耳聋，五味混杂使人口伤，纵马驰骋围猎使人内心疯狂，金玉宝物使人德行败坏。因此，圣人只为温饱生存，不求纵情声色。所以，抛弃物欲，只要温饱。

根据"贵身爱身"的原则，按照"物壮则老"的规律，"五色"、"五音"、"五味"、"驰骋畋猎"、"难得之货"这些身外之物，只会动摇心志，危害身心，必须抛弃。"圣人为腹不为目"的提法，似乎有些绝对极端，其实，"为腹"是指内在的温饱的需求，这是符合自然的生活态度；"为目"是指外在的奢华物欲享受，这是逆反自然的害人之道。

"为腹"与"为目"代表了两种不同的生活追求和价值观念。"为腹"是为了正常生活，体现了"见素抱朴，少私寡欲"的自然状态，与杨子"不娶"、"不殖"的主张是相一致的，所以要"虚其心"、"弱其志"（《三章》）、"塞其兑，闭其门"（《五十二章》），抑制私欲，回归质朴，只有这样，才能符合天道。"为目"则是追求物欲，沉迷于灯红酒绿、声色犬马之中，流连于纸醉金迷、温柔富贵之乡，就必然消磨意志，腐蚀灵魂，这就是"招瞵之机"、"烂肠之食"、"伐性之斧"，必然造成"目盲"、"耳聋"、"口爽"、"令人心发狂"、"令人行妨"的严重后果，必然违背天道，所以"圣人为腹不为目"。

考察那些贪官污吏的蜕变史，哪一个不是从醉心钱财、沉迷女色开始腐化堕落的呢?! 老子的论述，无疑含有警世劝诫的重要社会作用。

【原文】持而盈之，不如其已；揣而锐之，不可长保。金玉满堂，莫之能守；富贵而骄，自遗其咎。功遂身退，天之道也。（《九章》）

【译文】把持而使它满盈，不如趁早停止；捶击而使它锐利，不能保持长远。金玉满堂，没有谁能守护；富贵而骄，自己招致祸患。功成身退，这是自然的规律。

【原文】名与身孰亲？身与货孰多？得与亡孰病？甚爱必大费，多藏必厚亡。故知足不辱，知止不殆，可以长久。（《四十四章》）

【译文】名声与身体相比哪一个亲近？身体与财物相比哪一个贵重？名利的得失与身体的存亡相比哪一个痛苦？过分私爱必然要有重大的耗费，

伍 老子

太多收藏必然会有厚重的损失。因此，知道满足就不会受到屈辱，知道休止就不会出现危险，这样才能保持长久。

对于外物，不能放纵，"持而盈之，不如其已；揣而锐之，不可长保"。"金玉"再多难以守护，"富贵"而极自招其祸。正确的态度只能是"功遂身退"，这才符合自然的规律。由此可知，身体比名声更为亲近，身体比财物更为贵重，身体的存亡比名利的得失更为痛苦。沉迷"甚爱"、贪婪"多藏"，为外物所累，都要危及自身，"故知足不辱，知止不殆"，只有贵身爱身，才能确保长久。实际上，这就是"三宝"原则之下应有的生活态度，最终还是为了"贵己"、"为我"。

【原文】出生入死。生之徒，十有三；死之徒，十有三；人之生，动之于死地，亦十有三。夫何故？以其生生之厚。盖闻善摄生者，陆行不遇兕虎，入军不被甲兵；兕无所投其角，虎无所用其爪，兵无所容其刃。夫何故？以其无死地。（《五十章》）

【译文】出世为生，入土为死。天下正常活着的人，占十分之三；夭折死去的人，占十分之三；人活着，却行动在死亡之地，也占十分之三。这是什么缘故呢？因为他们养生过分丰厚奢侈，而糟蹋缩短了生命。听说那些善于养护生命的人，在陆地上行走不会遇到野兽，在战争中不会触及兵器；犀牛没有地方撞击它的角，老虎没有地方使用它的爪，兵器没有地方容纳它的刃。这是什么缘故呢？因为他就没有进入死亡之地。

【原文】天下有道，却走马以粪；天下无道，戎马生于郊。祸莫大于不知足，咎莫大于欲得。故知足之足，常足矣。（《四十六章》）

【译文】天下有道，退回战马去运肥播种；天下无道，连怀孕的母马也要上战场，在荒郊野外生下马驹。祸患没有比不知满足更大的了，罪过没有比贪得无厌更大的了。因此，知道满足的这种满足，才会永远满足啊。

生逢乱世，还有什么比保全生命更为重要呢？善于修身养生的人，自己既不能放纵私欲、伤生害命而损寿夭折，也不能进入是非之地、名利之场去火中取栗，因此，祸患才不近身。和平年代战马耕作，运肥播种，百姓能够安居乐业，而战争时期横尸遍野，生灵涂炭，母马也要上战场，这是因为侯王们贪得无厌、攻城略地的私欲在造孽害人，所以说"祸莫大于不知足，咎莫大于欲得"。只有抛弃私欲，消除战争，达到"知足之足"的程度，才能顺应自然，天下太平，自保安宁，安享天年。老子的这些论述，与杨子"全性保真，不以物累形"的制欲思想一脉相承，成为道家学说的重要组成部分。

**（五）圣人被褐而怀玉**

在"塞其兑，闭其门"、"知其雄，守其雌"、"我有三宝，持而保之"、"知足不辱，知止不殆"的基础上，老子还对行道者自身的修养、行为进行规范警示，生动描绘了他们应有的言行操守和精神风貌，以显示行道者的独特个性和高尚人格。

【原文】载营魄抱一，能无离乎？专气致柔，能如婴儿乎？涤除玄鉴，能无疵乎？爱民治国，能无为乎？天门开阖，能为雌乎？明白四达，能无知乎？（《十章》）

【译文】守护灵魂与坚持大道，能够互不分离吗？聚合精气归于柔弱，能够像婴儿一样吗？洗涤微妙的心镜，能够没有瑕疵吗？爱民治国，能够顺应自然吗？感官活动，能够坚持柔弱宁静吗？通达四方，能够自己认为无知吗？

有的注本把"载"释为助语词，将此句理解为："精神与形体合一，能不分离吗？"对比原文，可能有误。"载营魄"与"抱一"，是两个动宾结构，紧密联系。《广雅·释诂》曰："加，载也。"《周易·坤》曰："君子以厚德载物。""营魄"是魂魄，灵魂。《楚辞·远游》曰："载营魄而登霞兮。"王逸注："抱我灵魂而上升也。"灵魂对肉体而言，没有灵魂则肉体消亡，"载营魄"是灵与肉的结合，意在重生，即"贵以身为天下，若可寄天下；爱以身为天下，若可托天下"（《十三章》）。大道对自身而言，"抱一"

是身与道的结合,即"圣人抱一为天下式"(《二十二章》),违背大道则身体灭亡,即"不道早已"(《三十章》),意在重道。因此,重生与重道紧密联系,无生则不得道,无道则不得生。

老子在这里向修身行道者提出了全面的规范和警示。"载营魄抱一"、"专气致柔"、"涤除玄鉴",属于内在修养——见素抱朴,淳厚质朴;"爱民治国"、"天门开阖"、"明白四达",属于外在行为——守柔示弱,无为而治。最终归结为"抱一为天下式"(《二十二章》)。

正因为能够如此,善于行道之人超凡脱俗,"微妙玄通,深不可识",具有独特的气度风貌和精神状态,老子用诗的语言对此进行了精彩而生动的描绘。

【原文】古之善为道者,微妙玄通,深不可识。夫唯不可识,故强为之容:豫兮,若冬涉川;犹兮,若畏四邻;俨兮,其若客;涣兮,其若凌释;敦兮,其若朴;旷兮,其若谷;混兮,其若浊;澹兮,其若海;飂兮,若无止。孰能浊以静之徐清?孰能安以动之徐生?保此道者,不欲盈。夫唯不盈,故能蔽而新成。(《十五章》)

【译文】古代善于行道的人,精微玄妙,深邃而不可认识。正因为不可认识,勉强地来形容描述它:迟疑踌躇啊,像冬天涉过江河;犹豫狐疑啊,像畏惧四面的威胁;恭敬庄重啊,像充当宾客;融化流散啊,像河冰消解;纯厚自然啊,像未经雕凿的原木;空旷宽阔啊,像远山的幽谷;浑厚质朴啊,像混浊的水流;宁静深沉啊,像浩渺的大海;飘扬放逸啊,像永无止境。谁能够将浊水静止,慢慢澄清?谁能在安定中萌动,慢慢产生?保持这些大道的人,不求满盈。正因为不满盈,所以敝旧却能新生。

他们小心谨慎,心存畏惧,恭敬庄重;他们温和融洽、敦厚自然、虚怀若谷;他们浑厚纯朴,深沉宁静、飘扬放逸。这是老子对行道者(自我)人格精神的造型。他问道:谁能够将浊水慢慢澄清?谁能够在安定中萌动产生?这是老子的自问,也是对行道者热切的期待。因为行道者从来不求满盈；只有不求满盈，才能吐故纳新，获取新生，就如同"道冲，而用之或不盈"（《四章》）。

行道者的精神风貌如此，其言行举止自然与众不同。老子故意张扬众人，贬低自己，正言若反，以反衬正，形象地述说了世态的浅薄庸俗和行道者的宁静高洁，以此来说明"我独异于人，而贵食母"的道理。

【原文】唯之与阿，相去几何？美之与恶，相去若何？人之所畏，不可不畏。荒兮，其未央哉！众人熙熙，如享太牢，如春登台；我独泊兮，其未兆。沌沌兮，如婴儿之未孩；儽儽兮，若无所归。众人皆有余，而我独若遗，我愚人之心也哉！俗人昭昭，我独昏昏；俗人察察，我独闷闷。众人皆有以，而我独顽且鄙。我独异于人，而贵食母。（《二十章》）

【译文】唯声与阿声，相差多少？美丽与丑陋相差几何？众人所畏惧的，我不能不怕。宇宙是如此宽阔啊，从古到今，世风流传，好像没有尽头！然而，众人都在纵欲狂欢，如同享用太牢的盛筵，如同春天登上高台极目远望；而我却独自淡泊宁静啊，无动于衷。混混沌沌的样子啊，好像婴儿不知嬉笑；疲劳困顿的样子啊，好像无所归依。众人都有剩余，而唯独我好像不足，我真有一颗愚人的心啊！世俗的人都活得明白鲜亮，而我却过得糊涂暗昧；世俗的人活得洁净精明，而我却过得混浊质朴。大家都有作为，我却顽愚而且鄙陋。我独于世人不同，只是重视取法于道。

我与众人之所以存在如此差异，就是因为在世俗社会里只有我重视坚守大道。这些颇有反差的描述，既说明了行道者高洁的言行操守，又反映了老子作为一代哲人遗世独立的寂寞心境。

【原文】不出户，知天下；不窥牖，见天道。其出弥远，其知弥少。是以圣人不行而知，不见而明，不为而成。（《四十七章》）

【译文】不出门户，能够知道天下世事；不看窗外，能够了解自然规律。外出愈远，所知愈少。因此，圣人不出行而知情，不眼见而明白，不作为而成功。

【原文】致虚极，守静笃。万物并作，吾以观复。夫物芸芸，各归其根。归根曰"静"，静曰"复命"。复命曰"常"，知常曰"明"。不知"常"，妄作凶；知"常"容，容乃公。公乃全，全乃天，天乃道，道乃久，没身不殆。(《十六章》)

【译文】达到极端的空虚无欲，坚守彻底的清静无为。万物一起生长，我来观察其中循环往复的规律。万物纷繁众多，各自回归根本。回归根本叫作"静"，静叫作"复命"，复命叫作"常"，认识把握"常"叫作"明"。不认识把握"常"，就会轻举妄动干出凶险之事；能够认识把握"常"就能包容，能够包容就能公正。能够公正就能普遍，能够普遍就能符合天地自然，能够符合天地自然就能符合道，能够符合道就能长久，终生没有危险。

老子认为，人们只有排除私欲，净化心灵，"致虚极，守静笃"，返回到质朴淳厚、天真无邪的初始状态，才能融入自然，认识天道。因为传统文化充满弊端，圣贤智慧有害无益，只会扰乱社会，腐蚀灵魂，学问愈多，离道愈远，所以，他主张"塞其兑，闭其门"，"专气致柔"，"涤除玄鉴"，排除外部干扰，拒绝名利诱惑，如此则"为道日损。损之又损，以至于无为"(《四十八章》)，才能"不出户，知天下；不窥牖，见天道"，这就是"圣人不行而知，不见而明，不为而成"的根本原因。

这种反向的认识论，似乎没有经验理性，其实并非如此，这是与回归自然、遵循天道的思路相一致的。老子论"道"，如"上善若水。水善利万物而不争，处众人之所恶，故几于道"(《八章》)，"有之以为利，无之以为用"(《十一章》)，"反者，道之动；弱者，道之用"(《四十章》)，"祸兮，福之所倚；福兮，祸之所伏"(《五十八章》)，等等，都是在直觉感悟和宁静思考基础上得出的结论。世间有很多事物，并非都能亲眼所见、亲耳所闻，"远古"从未经历，"外物"没有体验，但是，依靠直觉感悟，就能够以近知远，以今知古，由内知外，由人知物。同样的道理，人们排除了圣智仁义、名利私欲的迷惑干扰，就可以回归自然、知晓天道。所以，只要善于把握事物循环往复的规律，就能够"公乃全，全乃天，天乃道，道乃久，没身不殆"。

【原文】善建者不拔，善抱者不脱，子孙以祭祀不辍。修之于身，其德乃真；修之于家，其德乃余；修之于乡，其德乃长；修之于邦，其德乃丰；修之于天下，其德乃普。故以身观身，以家观家，以乡观乡，以邦观邦，以天下观天下。吾何以知天下之然哉？以此。（《五十四章》）

【译文】善于建树的人不可拔除，善于抱持的人不会脱离，子子孙孙遵循大道就永远祭祀不断绝。用道修养自身，他的德就纯真；修养一家，他的德就充余；修养一乡，他的德就长久；修养邦国，他的德就丰硕；修养全天下，他的德就普遍。因此，从自身之德观察他人之德，从自家之德观察他家之德，从自己家乡之德观察其他地区之德，从自己国家之德观察其他国家之德，从今日天下之德观察未来天下之德。我凭什么知道天下的情况呢？就是运用的这个道理和方法。

【原文】吾言甚易知，甚易行。天下莫能知，莫能行。言有宗，事有君。夫唯无知，是以不我知。知我者希，则我者贵。是以圣人被褐而怀玉。（《七十章》）

【译文】我的话很容易知晓，很容易实行。而天下人却没有谁能够知晓，没有谁能够实行。我说话有根据，我行事有主旨。因为天下人不了解这些，因此也就不了解我。了解我的人很少，效法我的人更是难能可贵。所以，圣人只能身穿粗衣而胸怀美德。

既然大道如此重要，是"玄牝之门"，"万物之宗"，"天地之根"，也就是个人的立身之基。"善建者"建德，"常德不离"（《二十八章》），因此"不拔"；"善抱者""抱朴"（《十九章》）、"抱一"（《二十二章》），因此"不脱"，那么，必定是"子孙以祭祀不辍"。如果能够用道德修养自身、一家、一乡、一国乃至天下，那么，就无往而不利，无为而不成。

在烽烟四起、战乱不断的社会里，天下人都忙于争名逐利，迷途不返，老子倡导的天道虽然如此"易知"、"易行"，天下却"莫能知，莫能行"，甚至有人肆意嘲笑（《四十一章》）。阳春白雪，曲高和寡，"知我者希，则我者贵"，既然不被理解，我只有"被褐而怀玉"。面对如此困境，老子不媚俗，不退缩，依然要坚信天道，关爱天下。在这里，我们分明看到了老子苦闷的心灵、博爱的胸怀和坚强的意志。

杨子主张"贵己"、"为我"，毫不隐讳地宣称："损一毫利天下，不与也；悉天下奉一身，不取也。"（《列子·杨朱》）直率偏激，极端绝对，直奔主题，锋芒毕露，与传统的群体意识和价值观念发生了直接冲突，刺激了人们的切身利益和敏感神经，所以，遭到孟子的严厉批判和猛烈反击。老子以道修身，实质上继承发扬了杨子的理论，就是教人怎样"贵己"、"为我"，然而，却得到学者的认可，社会的赞许，自成一家，流传于世，这究竟是为什么呢？原因就在于，老子在以天道统辖人道的旗号下，用朴素的辩证法掩盖了"贵己"、"为我"的理论锋芒。

老子反复申明：

"大道氾兮，其可左右。万物恃之以生而不辞，功成而不有。衣被万物而不为主，可名于'小'；万物归焉而不为主，可名为'大'。以其终不自为大，故能成其大。"（《三十四章》）

"是以圣人处无为之事，行不言之教；万物作而不为始，生而弗有，为而弗恃，功成而弗居。夫唯弗居，是以不去。"（《二章》）

"居善地，心善渊，与善仁，言善信，政善治，事善能，动善时。夫唯不争，故无尤。"（《八章》）

"保此道者，不欲盈。夫唯不盈，故能蔽而新成。"（《十五章》）

"夫唯不争，故天下莫能与之争。古之所谓'曲则全'者，岂虚言哉？诚全而归之。"（《二十二章》）

既然"大道"无私，"以其终不自为大，故能成其大"，那么，圣人也同样如此。圣人"弗居"、"不争"、"不盈"的"无私"作为，完全符合传统的群体意识，而在"以其"、"夫唯"之后的"不去"、"无尤"、"能蔽而新成"、"天下莫能与之争"却"无中生有"，得出"有私"的结论，变为反传统的个体意识。前者是策略方法，后者是实质目的；表面上互相对立，实际上本质统一。传统的无私观念就这样造就了反传统的有私观念，深刻体现了"贵己"、"为我"的宗旨。如此顺理成章，无可辩驳，真是"无"与"有"绝妙的辩证逻辑。所以，老子说："故贵以身为天下，若可寄天下；爱以身为天下，若可托天下。"（《十三章》）"是以圣人云：'受国之垢，是谓社稷主；受国不祥，是为天下王。'"（《七十八章》）比较杨子的学说，老子的思想显然精致迷离，睿智深邃，这就是"正言若反"的高明之处。

更应该看到，杨子主张的"贵己"、"为我"，从不顾及他人，与社会隔绝，完全是孤立的个人奋斗，因此才有"一毛不拔"的极端宣言，这不仅在文明社会难以行通，而且在思想观念上颇受非议，所以遭到批判封杀是必然的。老子虽然以"道"修身的目的也是为了"贵身""爱身"，与杨子"贵己""为我"并无二致，但是，他把自己置身于传统的社会环境和人际关系之中，探索理智可行的处世之道。老子首先着眼于天下众人，表现出"俭啬"的观念、"为人"的言行，然后在满足天下众人的利益诉求之后，再达到"为我"的目的，以取得社会的认可。一个直截了当，一个隐讳曲折，二者的效果迥然有别。

他深刻地指出：

"贵以贱为本，高以下为基。"（《三十九章》）

"圣人常无心，以百姓心为心。"（《四十九章》）

"圣人方而不割，廉而不刿，直而不肆，光而不耀。"（《五十八章》）

"圣人不积，既以为人，己愈有；既以与人，己愈多。天之道，利而不害；圣人之道，为而不争。"（《八十一章》）

正因为以"俭啬"、"为人"为前提，"为我"自然包含在"为人"之中，这样追求"为我"就显得名正言顺、理所当然，完全可以被人们接受了。所以，他说：

"圣人后其身而身先，外其身而身存。以其无私，故能成其私。"（《七章》）

"圣人欲上民，必以言下之；欲先民，必以身后之。是以圣人处上而民不重，处前而民不害，是以天下乐推而不厌。以其不争，故天下莫能与之争。"（《六十六章》）

这样，在"无私"中求得"有私"，在"为人"里求得"为我"，从而为"贵己"、"为我"找到合理合法的根据，也就得到世人的推崇和赞赏，这就是老子睿智的哲学思辨成果。所谓"曲则全，枉则直"（《二十二章》），人事如此，学说也如此。后世学者们攻击杨子而崇尚老子，原因就在这里。

杨子的"一毛不拔"说起来固然潇洒痛快，做起来却并无可能。在文明社会，"一人之身，而百工之所为备"（《滕文公上》），衣食住行各种需求绝非一人之力可以提供，天上不会掉馅儿饼，从来没有免费的午餐，自己不付出就不可能有所得，那么，杨子何以自立于世呢？老子的理论虽然被视为策略，其实说出了社会的实情。只有付出自己的力量，才能得到需要的利益；只有贡献他人，才能保存自己，即所谓"我为人人，人人为我"。这种人与社会、人与人的互助共生，一直沿续到现在，谁也不能置身于外，遗世独立。

## 三　以道治国

老子从自然观照社会，以天道统辖人道，自然、天道既是修身的准则，也是治国的法则。他提出"太上，不知有之"、"欲上民，必以言下之"、"圣人去甚，去奢，去泰"、"绝圣弃智，民利百倍"、"圣人常无心，以百姓心为心"、"民不畏死，奈何以死惧之"、"以道佐人主者，不以兵强天下"

等主张,在"无不为"的功利中树立"无为"的准则,在"有君"的前提下大作"无君"的文章,所涉及社会问题的深度和广度,大大超过了杨朱的学说。

### (一) 太上,不知有之

既然以天道统辖人道,"道常无为而无不为",人间侯王也应该无为而治,所以,"天地不仁","圣人不仁","太上,不知有之","处无为之事,行不言之教"。治国不必折腾,"我无为,而民自化",这才是符合自然天道。

【原文】道常无为而无不为。侯王若能守之,万物将自化。化而欲作,吾将镇之以无名之朴。镇之以无名之朴,夫将不欲。不欲以静,天下将自正。(《三十七章》)

【译文】道永远顺应自然不妄为,就能够无所不为。侯王如果能够坚守它,万物将会自己成长变化。成长变化而私欲产生,我将用道的质朴来震慑它。用道的质朴来震慑,就不会产生私欲。不生私欲而宁静,天下将自己归于正道。

【原文】天地不仁,以万物为刍狗;圣人不仁,以百姓为刍狗。天地之间,其犹橐籥乎?虚而不屈,动而愈出。多言数穷,不如守中。(《五章》)

【译文】天地没有偏爱,把万物像刍狗一样对待,全凭万物自然生长;圣人没有偏爱,把百姓像刍狗一样对待,全靠百姓自己成长。天地之间,岂不像风箱吗?空虚却不竭尽,鼓动起来风吹不息。政令繁多而屡次失败,还不如坚守空虚无为。

天地按照自己的规律运行,春夏秋冬,雨雪风霜,无爱无憎,莫令自均,公平善待万物,空虚永不衰竭,循环永不息止,万物自然生长。圣人也应该遵循天道的规律,顺应自然,清静无为,无爱无憎,一视同仁,公平善待百姓,经常帮助民众,让百姓自然成长,"故不可得而亲,不可得而疏;不可得而利,不可得而害;不可得而贵,不可得而贱。故为天下贵"

（《五十六章》）。如果政令繁多，适得其反，不如清虚守中，万物自化。

"刍狗"，是用草扎成的狗，用来作为祭品。《庄子·天运》曰："夫刍狗之未陈也，盛以箧衍，巾以文绣，尸祝斋戒以将之；及其已陈也，行者践其首脊，苏者取而爨之而已。"就是说，刍狗作为祭品，人们对它并无爱憎，未祭时受人敬重文饰，祭后则受到践踏焚烧，刍狗前后的命运不同，并非由于人们的感情变化，而是因为条件、环境、需要的不同而引起的。天地对于万物也是无憎无爱、公平对待的，顺应自然，遵循规律，因此，"以万物为刍狗"。

【原文】太上，不知有之；其次，亲而誉之；其次，畏之；其次，侮之。信不足焉，有不信焉。悠兮其贵言。功成事遂，百姓皆谓："我自然。"（《十七章》）

【译文】最好的侯王，百姓不知道他存在；其次的侯王，百姓亲近赞誉他；再其次的侯王，百姓害怕他；更其次的侯王，百姓侮辱他。侯王的诚信不够，百姓自然不会相信他。最好的侯王悠闲啊，不会轻易地发号施令。功业成就，百姓都说："我们本来自己如此。"

显然，老子是肯定侯王存在的，更强调无为的重要，因此最好的侯王"不知有之"。侯王"悠兮其贵言"，无为而治，所以百姓根本感觉不到他的存在。那么，"无为"就在无形中化解、取消了侯王的尊贵和权威，使他空有其名、毫无作为，而百姓敬而远之、回归自然，如此就在实际上达到了"无君"的目的。老子论修身是由"无私"变为"有私"，论治国则是由"有君"变为"无君"，这就是"有无相生"辩证法的妙用。比起杨子，老子显得更为深沉老练。

【原文】治大国，若烹小鲜。以道莅天下，其鬼不神。非其鬼不神，其神不伤人；非其神不伤人，圣人亦不伤人。夫两不相伤，故德交归焉。（《六十章》）

【译文】治理大国，如同煎小鱼，不要多次翻动。用道临治天下，那些鬼怪都不显灵；不是那些鬼怪不灵，显灵也不伤人；不仅鬼怪不伤人，圣人也不伤人。这样，鬼怪与圣人都不伤人，因此，功德恩泽都归向百姓。

按照无为的原则，治理国家如同煎烹小鱼，要谨慎小心，不能反复翻动；如果反复翻动，颠来倒去，就没有完整的鱼了。同样，侯王们不能用繁政苛令折腾百姓；如果用繁政苛令折腾百姓，就会扰民害民，民不聊生。"夫两不相伤，故德交归焉"。

【原文】天下皆知美之为美，斯恶已；皆知善之为善，斯不善已。有无相生，难易相成，长短相形，高下相倾，音声相和，前后相随，恒也。是以圣人处无为之事，行不言之教；万物作而不为始，生而弗有，为而弗恃，功成而弗居。夫唯弗居，是以不去。（《二章》）

【译文】天下都知道美之所以为美，就显露出丑了；都知道善之所以为善，就显露出不善了。有与无互相依存，难与易相反相成，长与短互相比较，高与下互相依靠，音与声互相和谐，前与后互相跟随，这是永恒的现象。因此，圣人用无为的方式处事，实行不言的教化；万物兴起而不首倡，生养万物而不占有，培育万物而不倚仗，功业成就而不居功。正因为不居功，因此他的功业不会离去。

老子论及天道曾说："无，名天下之始；有，名万物之母。"（《一章》）"天下万物生于有，有生于无。"（《四十章》）这是自然的重要启示，是"道"的永恒规律。社会上的美恶、善不善、有无、难易、长短、高下、音声、前后等，都是对立的观念，互相依存，相反相成，互相转化。圣人效法天道，就要把握这个"有无相生"的规律，排除自己的私欲，顺应自然的发展，"处无为之事，行不言之教"，就可以"无不为"。只要"不为始"、"弗有"、"弗恃"、"弗居"，就能得到"不去"的结果。

【原文】以正治国，以奇用兵，以无事取天下。吾何以知其然哉？以此：天下多忌讳，而民弥贫；人多利器，国家滋昏；人多伎巧，奇物滋起；法令滋彰，盗贼多有。故圣人云："我无为，而民自化；我好静，而民自

正；我无事，而民自富；我无欲，而民自朴。"(《五十七章》)

【译文】以无为正道治理国家，以诡异奇谋指挥战争，以无所事事管理天下。我为什么知道是这样呢？从这些事情可以看出：天下多禁忌，百姓就愈贫穷；人们多权谋，国家就愈昏乱；人们多技巧，奇事就多发生；法令繁多显明，盗贼就多出现。因此，圣人说："我无为而治，而百姓就自我教化；我喜欢清静，而百姓自然端正；我从不好事，而百姓自己富足；我没有私欲，而百姓自然质朴。"

"天下多忌讳"、"人多利器"、"人多伎巧"、"法令滋彰"都是侯王的"有为"之治造成的恶果。然而，政令愈繁则盗贼愈多，压制愈多则反抗愈烈，愿望与结果适得其反，所以要"以正治国，以奇用兵，以无事取天下"。只有无为而治，民众才能"自化"、"自正"、"自富"、"自朴"。

【原文】天下之至柔，驰骋天下之至坚。无有入无间。吾是以知无为之有益。不言之教，无为之益，天下希及之。(《四十三章》)

【译文】天下最柔软的东西，可以驱使天下最坚硬的东西。无有之形可以进入无间隙之中。我因此知道无为的好处。不言的教诲，无为的好处，天下很少能够认识到、做得到。

显然，老子是要以柔弱谦下的无为之道，阻止侯王的名利欲望，主张"悠兮其贵言"，认为"多言数穷"，所以说"轻诺必寡信，多易必多难"(《六十三章》)。多言即有为，发号施令，胡作非为；不言即无为，回归自然，无为而无不为。然而，"不言之教，无为之益，天下希及之"，这是多么令人遗憾啊！

那么，什么是"无为"呢？老子多次提到"万物作而不为始，生而弗有，为而弗恃，功成而弗居"(《二章》)，"功遂身退，天之道也"(《九章》)，既然有"作"、有"生"、有"为"、有"功"，"无为"显然不是无所事事，无所作为。老子明确指出"道法自然"，"天道"所昭示的无私无欲、希言无事、质朴纯厚、清虚不盈、守柔示弱、知雄守雌、言下身后、慈爱俭啬、不为人先、知足不辱、知止不殆、利而不害、为而不争等等，都符合自然规律；反之，争名逐利、胡作非为、横征暴敛、扰民害民、物欲横流、穷奢极欲、狂妄傲慢、作威作福、逞强好胜、为所欲为、轻敌好战、肆无忌惮等等，都违背自然规律。那么，"道常无为而无不为"中的"无为"，就是顺应自然规律而不妄为；"无不为"，就是指无所不为，成就万物。"无为"是法则，"无不为"是目的；"无为"是原因，"无不为"是结果。"道"永远顺应自然规律而不妄为，就"天长地久"，万物生成；圣人治国永远顺应自然规律而不妄为，就长治久安，"功成事遂"(《十七章》)。这与"反者，道之动；弱者，道之用"(《四十章》)、"有之以为利，无之以为用"(《十一章》)的思想精神，是完全一致的，蕴含着睿智的辩证思维，具有高度的政治智慧。

还应该看到，从治国的社会分工而言，"无为"是对侯王、君主而言的，称为"君道"；而"无不为（有为）"是对臣下民众而言的，称为"臣道"。正如庄子后来说："夫帝王之德，以天地为宗，以道德为主，以无为为常。无为也，则用天下而有余；有为也，则为天下用而不足。故古之人贵夫无为也。上无为也，下亦无为也，是上与下同德；下与上同德，则不臣。下有为也，上亦有为也，是上与下同道；上与下同道，则不主。上必无为，而用天下；下必有为，为天下用。此不易之道也。"(《天道》)"有天道，有人道。无为而尊者，天道也；有为而累者，人道也。主者，天道也；臣者，人道也。天道之与人道也，相去远矣，不可不察也。"(《在宥》)这就是说，侯王、君主"无为而尊"，臣下民众"有为而累"，分工不同，各有职分。所以，庄子主张"故君子不得已而临莅天下，莫若无为"(《在宥》)。

由此可知，执政者为了追求国家"功业"而暗中包藏私欲的一切作为，表面充满"善意"而实际违背规律的一切言行，出于"爱心"而乱指挥、瞎折腾的一切举动，都是"余食赘行"，多此一举，只会带来灾难。凡是主观臆断、强制包办、急功近利、好大喜功的倒行逆施，无论用什么动人的口号、堂皇的理论来粉饰装扮，都难以达到预期的目的，最终都会露馅的。自然运行自有规律，社会发展自有法则，人民大众自有良知，如果能够废止随心所欲的胡作非为，消除违背规律的干预控制，充分发挥民众的积极性和创造力，自然会天人合一，国泰民安。即"我无为，而民自化；我好静，而民自正；我无事，而民自富；我无欲，而民自朴"。

### （二）欲上民，必以言下之

老子指出"反者，道之动；弱者，道之用"（《四十章》）的法则，在矛盾中总是突出柔、弱、贱、雌的一方，以求向有利的方向转化，反映了弱者的哲学。所以，他说："天下莫柔弱于水，而攻坚强者莫之能胜，以其无以易之。弱之胜强，柔之胜刚，天下莫能知，莫能行。"（《七十八章》）这是他用于治国的重要策略。

【原文】将欲歙之，必固张之；将欲弱之，必固强之；将欲废之，必固举之；将欲取之，必固与之。是谓"微明"。柔弱胜刚强。鱼不可脱于渊，国之利器不可以示人。（《三十六章》）

【译文】将要收敛它，必定扩张它；将要削弱它，必定强盛它；将要废弃它，必定举荐它；将要夺取它，必定给予它。这就叫作"微明"。柔弱必胜刚强。鱼不能离开深渊，国家的赏罚权谋不能向人炫耀。

这里的歙张、弱强、废举、取与，处于矛盾的两极，欲歙必张，张极必歙；欲弱必强，强极必弱；欲废必举，举极必废；欲取必与，与极必取。也就是说，张是歙的先导，强是弱的前兆，举是废的端倪，与是夺的根苗。这是自然事物发展变化的大势，即所谓物极必反、盛极必衰的对立转化规律，所以要如此安排诱导，战而胜之。按照"柔弱胜刚强"的规律，柔弱者示弱避强、固根护本，以便韬晦自保、贵身全身、蓄积力量、坐待时变，争取光明的前景；强大者可以避免逞强好胜、狂妄傲慢，以便贵柔戒刚、知雄守雌、收敛锋芒、言下身后，永远立于不败之地。同样，鱼在深渊漫游，脱于渊则失去根本，自寻死路；国之利器示于人，就是示刚示强、作威作福，难以长久。所以说"鱼不可脱于渊，国之利器不可以示人"。

【原文】昔之得一者——天得一以清，地得一以宁，神得一以灵，谷得一以盈，万物得一以生，侯王得一以为天下正。其致之也，天无以清，将恐裂；地无以宁，将恐废；神无以灵，将恐歇；谷无以盈，将恐竭；万物无以生，将恐灭；侯王无以正，将恐蹶。故贵以贱为本，高以下为基。是以侯王自称孤、寡、不穀。此非以贱为本邪？非乎？故至誉无誉。是故不欲琭琭如玉，珞珞如石。（《三十九章》）

【译文】古来得道者——天得道就清明，地得道就安宁，神得道就灵验，山谷得道就充盈，万物得道就生长，侯王得道就使天下安定。如果推广言之，天没有清明，将要崩裂；地没有安宁，将要毁坏；神没有灵验，将要休止；山谷没有充盈，将要枯竭；万物没有生长，将要灭绝；侯王没有安定，将要颠覆。因此，贵以贱作为根本，高以下作为基础。所以，侯王自称孤、寡、不穀。这不是以低贱作为根本吗？不是吗？所以，最高的声誉无须赞誉。所以，不愿像光彩的美玉，宁可如坚硬的石块。

【原文】江海所以能为百谷王者，以其善下之，故能为百谷王。是以圣人欲上民，必以言下之；欲先民，必以身后之。是以圣人处上而民不重，处前而民不害，是以天下乐推而不厌。以其不争，故天下莫能与之争。（《六十六章》）

【译文】江海所以能够成为百川汇流的地方，是因为它善于处在低下的位置，所以，能够成为百川的首领。因此，圣人要统治百姓，必须用言词对百姓表示谦卑；要领导百姓，必须把自身放在百姓的后面。所以，圣人处于上位而百姓不感到沉重，处于前位而百姓不感到危害。所以，天下百姓乐意拥戴而不厌恶。因为他不争，所以天下没有谁与他争。

【原文】大邦者下流，天下之牝，天下之交也。牝常以静胜牡，以静为下。故大邦以下小邦，则取小邦；小邦以下大邦，则取大邦。故或下以取，

或下而取。大邦不过欲兼畜人，小邦不过欲入事人，夫两者各得所欲。大者宜为下。(《六十一章》)

【译文】大国要像江河一样处于下流，也就是处于天下雌柔的位置，那是天下万方交会的地方。雌柔经常凭着静定战胜雄强，就是因为静定处于下方的缘故。因此，大国以谦下的态度对待小国，就能会聚统辖小国；小国以谦下的态度对待大国，就能被大国会聚统辖。所以，大国有时以谦下的态度统辖小国，小国有时以谦下的态度被大国统辖。大国不过想聚养众人（小国），小国不过想入事他人（大国），双方都实现了自己的愿望。大国更应该具有谦下的态度。

遵循"柔弱胜刚强"的规律，就要主动地守柔示弱，谦下不争。言论上"贵以贱为本，高以下为基"，称孤道寡，甘做"珞珞如石"；行动上"欲上民，必以言下之；欲先民，必以身后之"，使得"处上而民不重，处前而民不害，是以天下乐推而不厌"。处理国际关系，则"大邦者下流，天下之牝，天下之交也"，因为"大邦不过欲兼畜人，小邦不过欲入事人，夫两者各得所欲"。这里，老子显然是把诸侯间的血腥战争理想化了：大国未必只是"欲兼畜人"，还要攻城略地，称霸天下；小国也未必愿意"欲入事人"，还要富国强兵，自立为王，各自都有尖锐的利害冲突。老子只是本着知雄守雌、知白守辱的理念，向世人表达反对战乱、和平相处的善良愿望而已。

【原文】勇于敢则杀，勇于不敢则活。此两者，或利或害。天之所恶，孰知其故？天之道，不争而善胜，不言而善应，不召而自来，繟然而善谋。天网恢恢，疏而不失。(《七十三章》)

【译文】勇于进取就死，勇于谦让就活。这二者，一个利一个害。天道厌恶一方，有谁知道其中的缘故呢？自然的规律，不争夺而善于取胜，不说话而善于回应，不召唤而自己到来，舒展缓慢而善于谋划。天网宽大无边，稀疏而不遗漏。

有的注本理解为："勇于坚强就会死，勇于柔弱就可活。"不妥。本章并非解说贵柔戒刚、以柔胜刚的道理，"敢"也没有坚强之义。《说文》："敢，进取也。"《楚辞·九歌·国殇》曰："严杀尽兮弃原野。"王逸注："杀，死也。"原句的文义当为："勇于进取有为就会死，勇于谦下无为就会活。"这样，下文的"不争"、"不言"、"自在"、"善谋"才有着落。老子说："治人事天，莫若啬。"(《五十九章》)又将"不敢为天下先"(《六十七章》)列为三宝之一。所谓"勇于敢"，就是勇于进取有为，"为天下先"；"勇于不敢"，就是勇于谦下无为，"不敢为天下先"。显然，这里是论述治国的俭啬不争之道。老子认为，不争、不言、自来、善谋，就是"无为而无不为"的天道特征，侯王应该遵循天道，无为而治。如果"勇于敢"，胡作非为，肆无忌惮，绝没有好下场。

### （三）圣人去甚，去奢，去泰

推行无为而治，必须清除"甚、奢、泰"的思想行为，清虚自守，控制私欲，"损之又损，以至于无为"。在这个循序渐进的过程中，应该"为之于未有，治之于未乱"，坚持到底，"慎终如始"，才能成功。所以，圣人治国善待天下，"无弃人"、"无弃物"，能够按照天道"损有余而补不足"。

【原文】将欲取天下而为之，吾见其不得已。天下神器，不可为也，不可执也。为者败之，执者失之。是以圣人无为，故无败；无执，故无失。夫物，或行或随，或嘘或吹，或强或羸，或载或隳。是以圣人去甚，去奢，去泰。(《二十九章》)

【译文】有人想要夺取天下而治理它，我看他不会达到目的。天下神圣的东西，不能勉强作为，不能用力把持。勉强作为就会失败，用力把持就会丢失。因此圣人从不妄自作为，所以不会失败；从不强行把持，所以不会失去。那些世间万物，有前有后，有缓有急，有刚强有羸弱，有成就有毁坏。因此，圣人要清静无为，顺应自然，除去极端，除去奢侈，除去过分。

天下事关系到社稷民生，不能勉强作为、强行把持，"为者败之，执者失之"。万物千姿百态，千差万别，"或行或随，或嘘或吹，或强或羸，或载或隳"，不能按照固定的标准去衡量和要求，更不能用统一的法律去命令和禁止。所以，其言其行必须顺应自然、保持常道，除去任何极端、奢侈和过分的思想行动，让万物按照自己的规律自由成长。

【原文】为学日益，为道日损。损之又损，以至于无为。无为而无不为。取天下常以无事，及其有事，不足以取天下。（《四十八章》）

【译文】研究世俗学问，伪诈奸邪一天天增多；修行自然天道，私欲私爱一天天减少。减少而又减少，一直到无为的状态。顺应自然不妄为，就能够无所不为。治理天下经常凭借无所事事，等到有所事事，实行苛政，就不能够治理天下了。

世俗的圣智、仁义、巧利，越学私欲愈多，所以要"绝圣弃智"、"绝仁弃义"、"绝巧弃利"（《十九章》）。而自然天道，越学私欲愈少，"损之又损"，到了无为的程度，就能够按照自然规律，因地制宜，因势利导，各自成长，各尽其利。如果"不知常，妄作凶"（《十六章》），那么，"及其有事，不足以取天下"。

【原文】其安易持，其未兆易谋；其脆易泮，其微易散。为之于未有，治之于未乱。合抱之木，生于毫末；九层之台，起于累土；千里之行，始于足下。民之从事，常于几成而败之。慎终如始，则无败事。（《六十四章》）

【译文】那里形势安定，就容易把握；那里事故尚无征兆，就容易谋划；那里力量脆弱，就容易消解；那里问题细微，就容易分散。处理在矛盾尚未出现的时候，治理在混乱尚未发生的时候。合抱粗的大树，生长于细微的萌芽；九层高的楼台，起始于积累的泥土；千里的远行，开始于自己的脚下。百姓做起事情，经常在接近于成功的时候却失败了。如果像慎重对待开始一样对待结束，就没有失败的事情。

"天下万物生于有，有生于无。"（《四十章》）这是从无到有、从小到大的自然规律，因此，"合抱之木，生于毫末；九层之台，起于累土；千里之行，始于足下"。那么，处理事物也应该从无、从小做起，"其安易持，其未兆易谋；其脆易泮，其微易散。为之于未有，治之于未乱"。因此，防患于未然，未雨绸缪，就是顺应自然，"慎终如始，则无败事"。

【原文】善行，无辙迹；善言，无瑕谪；善数，不用筹策；善闭，无关楗而不可开；善结，无绳约而不可解。是以圣人常善救人，故无弃人；常善救物，故无弃物。是谓"袭明"。故善人者不善人之师，不善人者善人之资。不贵其师，不爱其资，虽智大迷，是谓"要妙"。（《二十七章》）

【译文】善于行车的人，没有辙迹；善于言谈的人，没有瑕疵；善于计算的人，不用筹码；善于关门的人，没有门闩却不可开；善于捆绑的人，没有绳索却不可解。因此，圣人经常善于救助他人，所以没有被抛弃的人；经常善于拯救万物，所以没有被抛弃的物。这就叫作"袭明"。因此，善人是不善人的老师，不善人是善人的学生。不尊重他的老师，不爱护他的学生，虽然自以为聪明，其实是最大的糊涂。这就是精微的道理。

按照自然常道行事，如同春风化雨，润物无声，"处无为之事，行不言之教"（《二章》），最终生化于无形。因此，有道之人的"善行"、"善言"、"善数"、"善闭"、"善结"，没有任何世俗功利的痕迹，"百姓皆谓：我自然"（《十七章》）。因为"天地不仁"，"圣人不仁"（《五章》），常怀普遍的慈爱之心，对人与物，一律善待，不偏私，不歧视，"是以圣人常善救人，故无弃人；常善救物，故无弃物"，化解矛盾于无形之中。反之，如果人分亲疏，爱分贵贱，"不贵其师，不爱其资"，必然激化矛盾，"虽智大迷"。这显然是针对孔子有等差的仁爱而言的。

【原文】天之道，其犹张弓与？高者抑之，下者举之；有余者损之，不足者补之。天之道，损有余而补不足；人之道则不然，损不足以奉有余。孰能有余以奉天下？唯有道者。（《七十七章》）

【译文】自然的规律，大概就像拉开弓弦射箭吧？弦位高了压低它，弦位低了举高它；用力大了减少它，用力不够补足它。自然的规律，是减少多余的而弥补不足的；社会的法则却不是这样，是减少不足的而供养有余的。谁能够用有余来供养天下的不足呢？只有得道的人。

天道运行是公正的、均衡的，"高者抑之，下者举之；有余者损之，不足者补之"，从不"甚"，"奢"，"泰"，从不偏袒谋私，如同"天地相合，以降甘露，民莫之令而自均"（《三十二章》）。所以说，天之道是"损有余而补不足"，"天道无亲，常与善人"（《七十九章》），而人之道却是恰恰相反，要"损不足以奉有余"，劫贫而济富。这完全是违反天道的悖逆行为。这里，"有余"者指达官贵人，他们弱肉强食，巧取豪夺，压榨百姓，涂炭生灵，"服文彩，带利剑，厌饮食，财货有余，是为盗夸"（《五十三章》）。"不足"者指劳苦大众，他们田园荒芜，饥寒交迫，家破人亡，妻离子散。社会如此不公，贫富如此悬殊，而侯王们治国却要反其道而行之，公然肆无忌惮地"甚"、"奢"、"泰"，"损不足以奉有余"，真是无耻之尤、荒谬至极！这里，老子正是以天道反观人道，突现出社会的残酷和冷漠，揭露了侯王的丑恶和罪孽，对这种黑暗的现实提出了强烈的控诉和抗争。"孰能有余以奉天下"？什么时候才能出现公正、和谐、平等、慈爱的社会呢？老子以悲天悯人的哲人情怀，殷切期盼着"得道者"的出现！

### （四）绝圣弃智，民利百倍

《老子》三十八章是"德经"之首，集中论述和评价了"上德"、"下德"系列，在自然道德与世俗道德的对比中，突现了返璞归真、清静无为的治国思想。由此而主张"绝圣弃智"、"绝仁弃义"、"绝巧弃利"。

【原文】上德不德，是以有德；下德不失德，是以无德。上德无为而无以为，下德为之而有以为。上仁为之而无以为，上义为之而有以为。上礼为之而莫之应，则攘臂而扔之。故失道而后德，失德而后仁，失仁而后义，失义而后礼。夫礼者，忠信之薄，而乱之首。前识者，道之华，而愚之始。

是以大丈夫处其厚，不居其薄；处其实，不居其华。故去彼取此。(《三十八章》)

【译文】上德的人顺应自然而不求世俗仁德，因此确实有德；下德的人固守世俗仁德而违背自然，因此实际没有德。上德的人自然无为而且无意为之，下德的人有所作为而且有意为之。上仁的人有所作为而且无意为之，上义的人有所作为而有意为之。上礼的人有所作为却没人回应，就用臂推搡强迫人服从。所以，失道而后有德，失德而后有仁，失仁而后有义，失义而后有礼。礼，标志着忠信的薄弱，混乱的开端。有先见之明的人，知道仁、义、礼之类世俗道德的虚华，就是愚昧的开始。因此，大丈夫身处敦厚，而不居于浅薄；身处笃实，而不居于虚华。所以，抛弃浅薄虚华，采取敦厚笃实。

老子认为，在"道"、"德"、"仁"、"义"、"礼"系列中，"道"与"德"体用一源，"孔德之容，惟道是从"（《二十一章》），来自自然，先天而生，出于本性，内在而成，并非世俗之德，属于"上德"，所以说"上德不德，是以有德"。"仁"来自血缘亲情，"义"出于人际关系，"礼"则是节制行为的准则，都是后天为了世俗功利而产生的外在强制性力量，违背天性，不同于自然的"道"、"德"，称为"下德"，所以说"下德不失德，是以无德"。二者的区别就在于"上德无为而无以为，下德为之而有以为"。"上德"唯从自然天道，无需约束他人，不必宣示作为的缘由和目的，所以说"无为而无以为"；"下德"唯从人愿，需要约束他人，必须宣示作为的原由和目的，所以说"为之而有以为"。

"仁"、"义"、"礼"又各不相同。"仁"出自与生俱来的家族血缘亲情，具有自然性和自发性，不言自明，不教自成，是"无以为"；而仁者爱人，推己及人，"不独亲其亲，不独子其子"（《礼记·大同》），"老吾老以及人之老，幼吾幼以及人之幼"（《梁惠王上》），就形成了治理社会的仁政制度、约束百姓的行为准则，就是"为之"，所以说"上仁为之而无以为"。

"义"是调整君臣、上下、内外、亲疏之间关系的社会规范,人人必须遵循,自然是"为之";而要让民众知晓遵循,必须充分宣示其中的缘由和目的,就是"有以为",所以说"上义为之而有以为"。"礼"出自对人欲望的节制,所谓"道德仁义,非礼不成;教训正俗,非礼不备;分争辩颂,非礼不决;君臣、上下、父子、兄弟,非礼不定"(《礼记·曲礼上》),因此,"礼节民心,乐和民声","乐由中出,礼自外作"(《礼记·乐记》),具有明显的外在约束节制功能,民众如果不能遵循礼制,就要受到法规的惩处,所以说"上礼为之而莫之应,则攘臂而扔之"。

在老子看来,"上德"生于内在,顺应自然;"下德"来自外加,违背自然。"下德"就是对"上德"的颠覆和倒退。因此,"失道而后德,失德而后仁,失仁而后义,失义而后礼",逐渐远离天道,每下愈况。而"下德"之"礼"更是戕害天性,逆反自然,所以说"夫礼者,忠信之薄,而乱之首"。这就是老子倒退的历史观。他认为,像孔子那样的先知,看重的只是仁、义、礼之类世俗道德表面的虚华,其实就是蒙昧的开始。作为大丈夫必须抛弃浅薄虚华,追求敦厚笃实。显然,老子推崇的是自然内在形成的道德,批评的是世俗强加的仁、义、礼之类道德,就是要回归自然天道,纯厚质朴,全性保真。

【原文】大道废,有仁义;智慧出,有大伪;六亲不和,有孝慈;国家昏乱,有忠臣。(《十八章》)

【译文】大道废弃,才提倡仁义;智谋出现,才产生伪诈;六亲不和睦,才有孝子慈父;国家昏乱,才出现忠臣。

【原文】绝圣弃智,民利百倍;绝仁弃义,民复孝慈;绝巧弃利,盗贼无有。此三者,以为文,不足。故令有所属:见素抱朴,少私寡欲,绝学无忧。(《十九章》)

【译文】杜绝和抛弃聪明巧智,百姓可以得到百倍的利益;杜绝和抛弃仁义,百姓可以恢复孝慈的天性;杜绝和抛弃巧诈私利,盗贼就不会存在。

圣智、仁义、巧利这三者，以为文饰，是不足以治理天下的。所以，要让百姓有归属之地：显现并坚守朴素，减少私欲，杜绝世俗之学，就不会有忧患。

按照"上德"、"下德"的思维逻辑，作为自然道德的"上德"至高无上，世俗道德的"下德"本来就包括在"上德"之中，如果"上德"存在就不必出现仁、义、礼之类"下德"。到了人心不古、物欲横流的乱世，本性泯灭了，道德沦丧了，才有仁义的出现，正如"六亲不和，有孝慈；国家昏乱，有忠臣"一样，这是道德观念的历史性倒退。为了回归自然，遵循天道，必须抛弃现有的一切社会文明，"绝圣弃智"、"绝仁弃义"、"绝巧弃利"，才能"民利百倍"、"民复孝慈"、"盗贼无有"，让百姓归属于"见素抱朴、少私寡欲、绝学无忧"的质朴状态。

老子的这些论述，与孔子的"大同"、"小康"理论颇有相似之处。"大道之行也，天下为公"的"大同"思想，相当于老子自然天道的"上德"；"今大道既隐，天下为家。各亲其亲，各子其子，货力为己；大人世及以为礼，城郭沟池以为固，礼义以为纪"（《礼记·大同》），这种"小康"思想，相当于老子所说仁、义、礼的"下德"。不同之处在于，孔子向往"大同"，认可"小康"，推崇圣智仁义礼制，所以要"克己复礼为仁"（《颜渊》），这是一种面对现实的态度；而老子则推崇自然天道的"上德"，批评仁、义、礼的"下德"，所以主张"绝圣弃智"、"绝仁弃义"、"绝巧弃利"，要求"见素抱朴、少私寡欲、绝学无忧"，否定现实，回归到原始的自然天道。这正是儒、道两家哲学思考的一个重要分歧。

所以，老子认为圣智、仁义、孝慈、法令之类，不足以治国。"以正治国，以奇用兵，以无事取天下。吾何以知其然哉？以此：天下多忌讳，而民弥贫；人多利器，国家滋昏；人多伎巧，奇物滋起；法令滋彰，盗贼多有"（《五十七章》）；"民之难治，以其多智。故以智治国，国之贼；不以智治国，国之福"（《六十五章》）"。庄子后来对此更是充分阐发，他说：

"圣人不死，大盗不止。虽重圣人而治天下，则是重利盗跖也。为之斗斛以量之，则并与斗斛而窃之；为之权衡以称之，则并与权衡而窃之；为之符玺而信之，则并与符玺而窃之；为之仁义以矫之，则并与仁义而窃之。何以知其然邪？彼窃钩者诛，窃国者为诸侯。诸侯之门，而仁义存焉。则是非窃仁义圣知邪？"所以，他认为："故绝圣弃知，大盗乃止；擿玉毁珠，小盗不起；焚符破玺，而民朴鄙；剖斗折衡，而民不争。……而天下之德始玄同矣。"(《胠箧》) 这样的主张，显然有毁弃文明、返回蒙昧之嫌，但是，从揭露侯王暴虐、圣智虚伪、社会不公的角度出发，从顺应自然、返璞归真、清静无为的原则考察，自有其内在的道理。

### (五) 圣人常无心，以百姓心为心

要实现清静无为，顺应自然，侯王应该"塞其兑，闭其门"(《五十二章》)，百姓必须"虚其心"，"弱其志"，所以说"古之善为道者，非以明民，将以愚之"。所谓"圣人常无心，以百姓心为心"，就是侯王与百姓都混沌其心，无私无欲，就能清虚自守，返璞归真。

【原文】不尚贤，使民不争；不贵难得之货，使民不为盗；不见可欲，使民心不乱。是以圣人之治，虚其心，实其腹，弱其志，强其骨。常使民无知无欲，使夫智者不敢为也。为无为，则无不治。(《三章》)

【译文】在上者不崇尚贤能之人，使百姓不争夺；不珍贵难得的财货，使百姓不为盗窃；不炫耀贪婪的欲望，使百姓思想不惑乱。因此，圣人治理天下，要空虚百姓的心灵，满足百姓的饮食，削弱百姓的意志，强健百姓的筋骨。永远使百姓没有奸诈的心智，没有贪婪的欲望，使那些聪明的人不敢有所作为。用无为的方式处理事务，那么天下就没有不大治的。

侯王"尚贤"，诱之利禄，就会引起民众追名逐利；侯王"贵难得之货"，以珠玉为宝，就会引得民众贪婪、争相盗窃；侯王"见可欲"，就会物欲横流，百姓躁动不安。所以，老子要求"不尚贤"、"不贵难得之货"、"不见可欲"，限制君主的欲望。对民众则要"实其腹"、"强其骨"，关心

他们的物质生活；同时要"虚其心"、"弱其志"，空虚他们的思想心灵，"常使民无知无欲，使夫智者不敢为也"。如此无为而治，就能无所不治。

【原文】知者不言，言者不知。挫其锐，解其纷，和其光，同其尘，是谓"玄同"。故不可得而亲，不可得而疏；不可得而利，不可得而害；不可得而贵，不可得而贱。故为天下贵。(《五十六章》)

【译文】聪明的人不发号施令，发号施令的人不聪明。挫折人们的锐气，解决人们的纠纷，混合他们辨识万物的智力之光，规范他们动作行为的世俗之尘，这就是"玄同"。因此，对百姓不能亲，不能疏；不能利，不能害；不能贵，不能贱。所以，就被天下人尊重。

侯王自我修身，"塞其兑，闭其门"(《五十二章》)，杜绝世俗私欲的诱惑，排除社会功利的干扰，就能够恢复到婴儿般天真无邪、淳厚质朴的状态。侯王治理百姓，也要使百姓"虚其心，实其腹，弱其志，强其骨"，"挫其锐，解其纷，和其光，同其尘"，使之腹实心虚、骨强志弱，恢复到浑沌纯正、清心寡欲的状态。如此对己对人，里外一致，不分亲疏、不分利害、不分贵贱，一视同仁，"故为天下贵"。所以说："其政闷闷，其民淳淳；其政察察，其民缺缺。"(《五十八章》)

【原文】古之善为道者，非以明民，将以愚之。民之难治，以其多智。故以智治国，国之贼；不以智治国，国之福。知此两者，亦稽式。常知稽式，是谓"玄德"。"玄德"深矣，远矣，与物反矣，乃至大顺。(《六十五章》)

【译文】古代善于行道的人，并不是让百姓聪明巧智，而是使百姓质朴纯厚。百姓难以治理，是因为他们的巧智太多。因此，用巧智治理国家，就是国家的祸害；不用巧智治理国家，就是国家的幸福。知道这两者的差别，也就掌握了治国的法则。经常认识这个法则，就是"玄德"。"玄德"深沉啊，幽远啊，与万物返回到质朴的本源，就可以顺应大自然的规律。

"明"与"愚"相反相对。这里的"明"指圣智技巧，"愚"指质朴纯真。《说文》曰："愚，戆也。"即憨厚正直，"智之反"。王弼注："谓无知、守真、顺自然也。"所以，并非后世意义上的愚昧、蠢笨。老子认为，"智慧出，有大伪"（《十八章》），"其政闷闷，其民淳淳；其政察察，其民缺缺"（《五十八章》），"民之难治，以其多智"（《六十五章》），"民之难治，以其上之有为，是以难治"（《七十五章》）。也就是说，百姓的智慧伪诈来自侯王的私欲贪心，道高一尺，魔高一丈；上有政策，下有对策。侯王用谋略对下，民众就用技巧对上，上行下效，互相欺骗，攻心斗智，永无宁日。所以，老子认为"以智治国，国之贼；不以智治国，国之福"（《六十五章》），主张"绝圣弃智"，"绝仁弃义"，"绝巧弃利"（《十九章》），恢复质朴纯真的天性，顺应自然，清静无为。这样，"与物反矣，乃至大顺"。

有不少学者批评老子的"愚民"思想，恐怕是没有正确理解"愚"的含义，产生了历史性的误解。即便将"愚"理解为愚昧、蠢笨之义，也与老子的论述是大相径庭的。

其一，世俗所谓"愚民"，是指在上者自以为圣明，使在下者愚昧，即统治者以圣智权谋来欺骗愚弄百姓，使民众处于无知无识的智力低下状态，四肢发达，头脑简单，甘当顺民奴隶。而老子的"愚民"，不仅要求百姓"虚其心，实其腹，弱其志，强其骨。常使民无知无欲，使夫智者不敢为也"（《三章》），而且也要求统治者自己"塞其兑，闭其门"（《五十二章》），"绝圣弃智"，"绝仁弃义"，"绝巧弃利"（《十九章》），上下混沌其心，君民浑浑噩噩，同样清心寡欲，返璞归真，所以，反对"以智治国"，反对侯王"有为"，赞赏"太上，不知有之"（《十七章》）。如此上"常无心"而下"浑其心"，既愚君，又愚民，上下同"愚"，如同婴儿，归于自然天道，怎么能叫"愚民"呢？

其二，世俗所谓"愚民"，建立在统治者与百姓的利害相反的基础之上，目的是为了便于统治者压制百姓、横征暴敛、骄奢淫逸、草菅人命，维护和巩固自己的地位。而老子却大胆揭露"民之饥，以其上食税之多，是以饥。民之难治，以其上之有为，是以难治。民之轻死，以其上求生之厚，是以轻死"（《七十五章》），痛斥统治者是"盗夸"（《五十三章》），强烈要求他们"方而不割，廉而不刿"（《五十八章》），"无狎其所居，无厌其所生"（《七十二章》），进而主张"圣人常善救人，故无弃人；常善救物，故无弃物"（《二十七章》），"圣人常无心，以百姓心为心"（《四十九章》），"天道无亲，常与善人"（《七十九章》）。如此反对暴政、善待百姓，怎么能叫"愚民"呢？真正的"愚民"，出自法家的专制，就是韩非子"明主之国无书简之文，以法为教；无先王之语，以吏为师"（《五蠹》）的主张。

【原文】圣人常无心，以百姓心为心。善者，吾善之；不善者，吾亦善之，德善。信者，吾信之；不信者，吾亦信之，德信。圣人在天下歙歙焉，为天下浑其心。百姓皆注其耳目，圣人皆孩之。（《四十九章》）

【译文】圣人永远没有私心，把百姓的心作为自己的心。善良的人，我善待他；不善良的人，我也善待他，这就得到了善良。诚信的人，我信任他；不诚信的人，我也信任他，这就得到了诚信。圣人在天下，总是谨慎的样子，为天下而混沌百姓的心，使他们返璞归真。百姓们都专注自己的耳目欲望，圣人就要使他们回复到婴孩般淳厚质朴的状态。

由此可见，老子主张"圣人常无心"，"为天下浑其心"，"古之善为道者，非以明民，将以愚之"（《六十五章》），对待百姓都是以慈爱为宝，并没有偏心，没有私欲，均衡和谐，公正如一，因此，才能够"善者，吾善之；不善者，吾亦善之，德善。信者，吾信之；不信者，吾亦信之，德信"（《四十九章》），"故不可得而亲，不可得而疏；不可得而利，不可得而害；不可得而贵，不可得而贱"（《五十六章》），"我无为，而民自化；我好静，而民自正；我无事，而民自富；我无欲，而民自朴"（《五十七章》），即所谓"圣人不仁，以百姓为刍狗"（《五章》）。这与后世所谓的"愚民"是完全不同的。

### （六）民不畏死，奈何以死惧之

老子主张无为治天下，"希言自然"，然而，那些侯王却暴政虐民，压榨百姓，"大道甚夷，而人好径"。更有甚者，他们涂炭生灵，草菅人命，漠视祸福转化的规律，必然招致强烈的反抗。只有善待百姓，天下才能安宁。

【原文】希言自然。故飘风不终朝，骤雨不终日。孰为此者？天地。天地尚不能久，而况人乎？故从事于道者，同于道；德者，同于德；失者，同于失。同于道者，道亦乐得之；同于德者，德亦乐得之；同于失者，失亦乐得之。（《二十三章》）

【译文】少言教令是符合自然规律的。因此，狂风刮不了一个早晨，暴雨下不了一个整天。谁使它这样的？天地。天地尚且不能让狂暴持久，何况人呢？所以，从事于道的人，行为就与道相同；从事于德的人，行为就与德相同；从事于失道失德的人，行为就与失道失德相同。行为与道相同的人，道也乐意得到他；行为与德相同的人，德也乐意得到他；行为与失道失德相同的人，失道失德也乐意得到他。

【原文】民之饥，以其上食税之多，是以饥。民之难治，以其上之有为，是以难治。民之轻死，以其上求生之厚，是以轻死。夫唯无以生为者，是贤于贵生。（《七十五章》）

【译文】百姓的饥荒，是因为在上者侵吞赋税太多，所以造成饥荒。百姓难以治理，是因为在上者胡作非为，所以难以治理。百姓不怕死，是因为在上者养尊处优，所以百姓冒死犯上。唯有生活淡泊清静的人，要比奉养奢华的人高明。

【原文】使我介然有知，行于大道，唯施是畏。大道甚夷，而人好径。朝甚除，田甚芜，仓甚虚；服文彩，带利剑，厌饮食，财货有余，是为盗夸。非道也哉！（《五十三章》）

【译文】假如我稍微有些知识，就在大道上行走，害怕走入邪路。大道很平坦，而那些侯王就喜欢走邪路。朝廷装饰非常豪华，田园非常荒芜，仓库非常空虚；而他们穿戴锦绣的衣冠，佩带锋利的宝剑，饱食丰盛的宴席，占有充余的财物，他们就是强盗的首领。真是无道啊！

自然界的暴风骤雨尚且不超过一天，何况人间的暴虐之政岂能长久？因此，应该效法天道而行。然而，那些侯王们偏偏喜欢暴政，食税多而民饥，胡作非为而民难治，求生厚而民轻死，使得"朝甚除，田甚芜，仓甚虚"，而他们自己"服文彩，带利剑，厌饮食，财货有余"，简直是一伙荒淫无耻的强盗头子！老子就是这样以自然天道反观世俗人生，准确地把握社会矛盾对立的原因，所以，能够深刻揭露侯王的暴政和人间的苦难，理直气壮、直言不讳，充分反映了他嫉恶如仇的哲人良知和关爱民众的人道情怀。

【原文】其政闷闷，其民淳淳；其政察察，其民缺缺。祸兮，福之所倚；福兮，祸之所伏。孰知其极？其无正也。正复为奇，善复为妖。人之迷，其日固久。是以圣人方而不割，廉而不刿，直而不肆，光而不耀。（《五十八章》）

【译文】一国的政治质朴，它的百姓就淳厚而知足；一国的政治严酷，它的百姓就欠缺而不满足。灾祸，是幸福倚傍的地方；幸福，是灾祸潜伏的地方。谁知道它们极终的结果呢？大概没有一个标准。正又变为邪，善再变为恶。人们的迷惑，时日实在很久了。因此，圣人的言行方正而不割伤人，性格刚强而不戳伤人，直率而不放肆，光鲜而不炫耀。

行"闷闷"的清静无为之政，百姓淳厚知足，安居乐业，好似不为而实有为；行"察察"的严酷暴虐之政，百姓深受压迫剥削，不得温饱，好似有为而实际妄为，甚至是胡作非为，结果恰恰相反。因为"祸兮，福之所倚；福兮，祸之所伏"，其中祸福相倚、对立转化，只有"方而不割，廉而不刿，直而不肆，光而不耀"，保持慈爱俭啬，才能长治久安。

【原文】民不畏死，奈何以死惧之？若使民常畏死，而为奇者，吾得执而杀之，孰敢？常有司杀者杀，夫代司杀者杀，是谓代大匠斫。夫代大匠斫者，希有不伤其手矣。(《七十四章》)

【译文】百姓不怕死，为什么用死来使他们害怕呢？如果让百姓经常害怕死，对那些作恶的人，我就可以抓来杀了他，谁还敢干坏事呢？本来是有经常专管行刑的天道来杀人，如果代替行刑的天道去杀人，就如同代替木匠去砍削。那些代替木匠砍削的人，很少有不砍伤自己手的啊。

【原文】民不畏威，则大威至。无狎其所居，无厌其所生。夫唯不厌，是以不厌。是以圣人自知不自见，自爱不自贵。故去彼取此。(《七十二章》)

【译文】如果百姓不畏惧暴力，那么就会有更大的暴力到来。不要侵占百姓的住所，不要压迫百姓的生计。正因为不压榨百姓，因此百姓就不会厌恶他。因此，圣人自己知道而不自我表现，自我爱护而不自显高贵。所以，抛弃"自见"、"自贵"，采取"自知"、"自爱"。

【原文】和大怨，必有余怨，报怨以德，安可以为善？是以圣人执左契，而不责于人。有德司契，无德司彻。天道无亲，常与善人。(《七十九章》)

【译文】调和巨大的怨恨，必定有余留的怨恨，用德行来报答怨恨，怎么可以说是做了好事呢？因此，圣人拿着债权合同，而不向负债人讨债。有德的人就主管合同，无德的人就主管税收。自然的规律是没有私亲的，经常帮助善良的人。

人的生死顺应自然，寿命长短依从天道，如果侯王暴政虐民，草菅人命，以刑杀治国，置人于死地，那么"民不畏死"，"民不畏威"，物极必反，"物壮则老"(《三十章》)，"福"就会转而为"祸"，必然招来百姓更为强烈的反抗和报复。这就是"夫代大匠斫者，希有不伤其手矣"、"民不畏威，则大威至"的道理，后果不堪设想。等到侯王与民众结下深仇大恨，再试图"和大怨，必有余怨"，是不可能从根本上解决问题的。这是老子根据矛盾对立转化的原理，对侯王暴政虐民提出的严重警告。

所以，应该"贵以贱为本，高以下为基"（《三十九章》），"自知不自见，自爱不自贵"（《七十二章》），"无狎其所居，无厌其所生"，不扰民，不害民，不折腾，不结怨，慈爱俭啬，爱民助民，如同"天道无亲，常与善人"。

### （七）以道佐人主者，不以兵强天下

老子毕竟生活在战国时期，战争是不可避免的，必须直接面对。但是，他认为，兵器是不吉祥的工具，即使不得已而使用，也必须保持恬淡的心态，认识战争的危害，把握"物壮则老"的规律，坚持交战的"不争之德"，"不敢为主，而为客；不敢进寸，而退尺"，慎兵慎战，争取和平。

【原文】夫兵者，不祥之器，物或恶之，故有道者不处。君子居则贵左，用兵则贵右。兵者不祥之器，非君子之器，不得已而用之，恬淡为上。胜而不美，而美之者，是乐杀人。夫乐杀人者，则不可得志于天下矣。吉事尚左，凶事尚右。偏将军居左，上将军居右，言以丧礼处之。杀人之众，以悲哀泣之；战胜，以丧礼处之。（《三十一章》）

【译文】兵器，是不吉祥的器具，连鬼神都厌恶它，因此有道的人远离而不用。君子平常以左为贵，用兵时以右为贵。兵器是不吉祥的器具，不是君子所用的器具，万不得已才使用它，要以宁静安适为上。胜利了却不赞美，如果赞美胜利，就是喜欢杀人。那些喜欢杀人的人，不能在天下实现统治的愿望。吉庆的事情以左为上，凶丧的事情以右为上。偏将军在左，上将军在右，这是说出兵打仗用丧礼的仪式安排。杀人很多，要悲伤哭泣去追悼；打了胜仗，也要用丧礼去纪念。

【原文】以道佐人主者，不以兵强天下。其事好还。师之所处，荆棘生焉。大军之后，必有凶年。善有果而已，不敢以取强。果而勿矜，果而勿

伐，果而勿骄，果而不得已，果而勿强。物壮则老，是谓不道。不道早已。（《三十章》）

【译文】用道辅佐君王的人，不靠军队逞强于天下。这件事情喜欢反复报应。军队所到之处，荆棘丛生。大战之后，必有荒年。善于用兵的人只求取得胜利罢了，不敢凭武力来取得称霸的地位。胜利了而不要矜夸，胜利了而不要炫耀，胜利了而不要骄傲，胜利是出于不得已，胜利了而不要逞强。事物发展到盛壮就会衰老，这就不符合道了。不符合道就会提早消亡。

老子认为，"兵者不祥之器，非君子之器，不得已而用之"，要慎重用兵，"恬淡为上"。即使取胜也不值得赞美，"而美之者，是乐杀人。夫乐杀人者，则不可得志于天下矣"。因为战争是残酷的，胜败双方都是受害者，而且，"其事好还。师之所处，荆棘生焉。大军之后，必有凶年"，都要付出惨重的代价，谁也不能幸免。胜利的一方，也只能是"善有果而已，不敢以取强。果而勿矜，果而勿伐，果而勿骄，果而不得已，果而勿强"。因为，事物发展到极端就会走向反面，由强变弱，自取消亡，所谓"物壮则老，是谓不道。不道早已"。所以，他主张"以道佐人主者，不以兵强天下"。

老子对于战争的辩证思考，非常深刻地揭示了矛盾对立转化的规律。他关注的是"荆棘生焉"、"必有凶年"，即百姓的疾苦、民众的灾难，而不是侯王们的攻城略地、开疆拓土、建立所谓功业。所以，这种慎兵慎战、"物壮则老"的论述，无疑是对那些逞强好胜、穷兵黩武的侯王们的告诫。这种学说，与孟子"善战者服上刑"的主张是颇为相似的。

【原文】善为士者，不武；善战者，不怒；善胜敌者，不与；善用人者，为之下。是谓不争之德，是谓用人之力，是谓配天，古之极也。（《六十八章》）

【译文】善于当统帅的人，不炫耀武力；善于作战的人，不逞怒气；善于战胜敌人的人,不与敌人交战;善于用人的人,对人谦下。这就称为不争的品德,这就称为善于用人的能力,这就称为符合天道,是古代最高的法则。

【原文】用兵有言:"吾不敢为主,而为客;不敢进寸,而退尺。"是谓行无行,攘无臂,执无兵,扔无敌。祸莫大于轻敌,轻敌几丧吾宝。故抗兵相若,哀者胜矣。(《六十九章》)

【译文】用兵的人说:"我不敢主动侵略,而要防御;不敢前进一寸,而要后退一尺。"这就是说,行军却没有行阵,奋起却没有挥臂,执握却没有兵器,交手却没有敌人。灾祸没有比轻敌更大的了,轻敌几乎丧失我的三件宝贝。所以,对抗的两军力量相当,一定是受侵略的悲哀一方胜利。

基于慎兵慎战的思想,老子进一步论述了战争中的不争之德。所谓"不武",就是不耀武扬威,不逞匹夫之勇;所谓"不怒",就是不意气用事,不争强好胜;所谓"不与",就是"以奇用兵"(《五十七章》),不战而屈人之兵;所谓"为之下",就是谦躬卑弱,言下身后。按照"慈爱、俭啬、谦下"三宝原则(《六十七章》),不敢主动进犯,而应该防御;不敢主动前进,而应该撤退。因为挑起战争,就违背慈爱;纵兵抢掠,就背离俭啬;主动进犯,就骄傲轻敌,而"祸莫大于轻敌,轻敌几丧吾宝"。丧失三宝,就一定招致大祸。所以,一旦发生战争,就应该"行无行,攘无臂,执无兵,扔无敌",知雄守雌,怀柔示弱,"故抗兵相若,哀者胜矣"。这就是天道自然的不争之德在战争中的具体运用。

最后,老子把自己的全部学说,统统融会到"小国寡民"的理想蓝图之中。

【原文】小国寡民。使有什伯之器而不用,使民重死而不远徙。虽有舟舆,无所乘之;虽有甲兵,无所陈之。使民复结绳而用之。甘其食,美其服,安其居,乐其俗。邻国相望,鸡犬之声相闻,民至老死不相往来。

(《八十章》)

【译文】使国家小，使百姓少。即使有各种各样的器具却不使用，使百姓重视死亡而不向远处迁徙。虽然有车船，没有乘坐远行的必要；虽然有武器，没有列阵示威的必要。使百姓回到用结绳记事的境况。百姓都认为自己的饮食甜美，认为自己的衣服漂亮，认为自己的居所安适，认为自己的风俗快乐。毗邻的国家互相可以看见，鸡狗的叫声互相可以听见，而百姓直到老死，都互相不往来。

也就是说，理想的国家是土地小、人口少。这里"太上，不知有之"（《十七章》），感觉不到侯王的存在，"圣人常无心，以百姓心为心"（《四十九章》），从来没有苛政害民，人人贵己、为我，自给自足；这里"处无为之事，行不言之教"（《二章》），器具不用，重死不徙，全性保真，顺应自然，"见素抱朴"而自化；这里"不以兵强天下"（《三十章》），互不侵犯，和睦相处，平静祥和，太平无事，"虽有舟舆，无所乘之；虽有甲兵，无所陈之"；这里没有文字书籍，"复结绳而用之"，不听信邪说，不追求名利，"绝圣弃智"，"绝仁弃义"，"绝巧弃利"（《十九章》），一切回到原始状态；这里"甘其食，美其服，安其居，乐其俗"，上下混沌，淳厚质朴，自安其心，自得其乐；这里安于现状，互不干涉，"邻国相望，鸡犬之声相闻，民至老死不相往来"，固守自己美好的家园。这就是老子憧憬向往的美好理想，也是他精心设计的治世蓝图，当然更是隐逸之士的梦中乐土。

显然，老子亲眼目睹了现实社会的暴虐黑暗、残忍虚伪，亲身体察了侯王君主的荒淫无道、物欲横流，已经对传统社会的主流文化深感绝望，失去信心。既然天下已经病入膏肓，积重难返，没有光明的前景，那么，就不如回归曾经的过去，追溯从前的原始，追求理想的精神家园。所以，老子设计的"小国寡民"社会，就是他政治理想的生动体现，也是他全部思想学说的最终归宿。

由上述分析可知，老子的学说，是对杨朱思想的继承、发展、超越和升华。

杨朱是无畏的斗士。他尊重生命价值，追求逸乐人生，高扬个体意识，憧憬平等社会，直面虚伪的黑暗社会，挑战传统的思想观念，确实振聋发聩，惊世骇俗，受到了民众广泛的支持，引起了社会的轰动效应。然而，他提出的思想学说毕竟比较粗疏、憨直，他愤世嫉俗的激烈表达过于偏执、极端，与传统社会的主流观念相背离，与现行制度的根本利益相冲突，受到批判和封杀是必然的。尽管如此，他开创性地总结了由来已久的隐逸思想，强调生命价值，凸现个体意识，为道家学派确立了避世全身的学说宗旨，开辟了广阔的理论空间，做出了历史性的重要贡献。

老子是睿智的哲人。他高举自然、天道的大旗，满怀悲天悯人的忧患意识，从自然关照社会，以天道统辖人道，冷眼旁观现实社会，纵横评说天地人间，对黑暗社会的揭露更为深刻，对严酷现实的批判更为尖锐，比杨子有过之无不及。他运用对立转化、"有无相生"的辩证思维，以"正言若反"、隐晦曲折的表述方式，装饰其思想观念，钝化其学说锋芒，模糊了社会的视线，得到了社会各方的认可和赞赏。他从"无私"立论，推论"有私"的观念；从"为人"立论，达到"为我"的目的；从"无不为"立论，确立"无为"的准则；从"有君"立论，取得"无君"的实效。这样，既顺应了传统的思想意识，符合社会的价值观念，又建立起反传统的道家理论体系，实现了避世全身、韬晦自保的学说宗旨。他的思想深沉、彻底、激愤、坚定，他的论证含蓄、隐晦、迷离、精致，充分显示了老子深厚的理论、精当的策略和高明的政治智慧，从而将杨子开创的法家学说提升到一个崭新的阶段，不仅在那个时代大放异彩，而且对后世产生了深远的影响。

论及老子，不能不关注他与法家韩非子的关系。

《老子》一书的宗旨，在于避世全身、韬晦自保。为此，他从自然关照社会、以天道统辖人道，主张侯王清静无为，要求君主言下身后，就是为了创造一个效法自然、回归自然的理想环境。这样，很容易给人一种错觉，好像他既为避世全身提供方略，又为侯王统治出谋划策，具有了双重人格。特别是《韩非子》中的《解老》《喻老》，是历史上研究训释《老子》最早的著作，开创了后世注疏章句之先河，影响巨大。而司马迁又在《史记》中将老子与法家申不害、韩非子合传，称"申子之学本于黄老而主刑名"，称韩非"喜刑名法术之学，而其归本于黄老"，这样道家老子就成了法家的宗师。加之韩非子主张抱法处势、法术兼用，大量引证老子的论述，为君主专制独裁提供理论根据，又把《老子》变成了阴谋的宝典。如此一来，《老子》一书究竟意欲何为，就众说纷纭、莫衷一是了。

这里，不禁令人想起庄子所讲"盗亦有道"的故事：

"跖之徒问于跖曰：'盗亦有道乎？'跖曰：'何适而无有道邪？夫妄意室中之藏，圣也；入先，勇也；出后，义也；知可否，知也；分均，仁也。五者不备，而能成大盗者，天下未之有也。'由是观之，善人不得圣人之道不立，跖不得圣人之道不行。"（《胠箧》）

圣、勇、义、知、仁，本是孔子倡导，有儒家的特定内容，而盗跖却借用其名目说明"盗亦有道"，那么，是否可以说孔子为盗跖出谋划策、提供理论根据呢？进而把孔子视为盗跖的宗师呢？显然不能。天道、人道是规律、是法则，其理论方法具有普遍性和开放性，就看由谁运用、为什么而用、怎样运用。老子学说是用来避世全身、韬晦自保的，而韩非子借用老子学说是用来维护君权、独裁统治的。

且看韩非子是怎样训释《老子》的。

韩非子有的训释确实能够正确阐发老子的思想主张，比如：

"人有祸，则心畏恐；心畏恐，则行端直；行端直，则思虑熟；思虑熟，则得事理。行端直，则无祸害；无祸害，则尽天年。得事理，则必成功；尽天年，则全而寿。必成功，则富与贵。全寿富贵之谓福。而福本于

有祸。故曰'祸兮，福之所倚'。以成其功也。"（《解老》）

"人有福，则富贵至；富贵至，则衣食美；衣食美，则骄心生；骄心生，则行邪僻而动弃理。行邪僻，则身死夭；动弃理，则无成功。夫内有死夭之难而外无成功之名者，大祸也。而祸本生于有福。故曰'福兮，祸之所伏'。"（《解老》）

韩非子从祸与福的对立转化的推论，具体阐释了"祸兮，福之所倚；福兮，祸之所伏"的道理，颇有说服力。

"爱子者慈于子，重生者慈于身，贵功者慈于事。慈母之于弱子也，务致其福；务致其福，则事除其祸；事除其祸，则思虑熟；思虑熟，则得事理；得事理，则必成功；必成功，则其行之也不疑；不疑之谓勇。圣人之于万事也，如慈母之为弱子虑也，故见必行之道；见必行之道，则其从事亦不疑；不疑之谓勇。不疑生于慈。故曰：'慈，故能勇。'"（《解老》）

慈母爱子心切，为了儿子想尽一切办法，采取一切措施，免除祸患，带来幸福，从而可以产生非凡的勇敢。圣人对待百姓，如同慈母对待儿子一样，也能产生非凡的勇敢。这种勇敢，就产生于慈爱。所以说"慈，故能勇"。

但是，也有一些训释就未必符合《老子》原意和宗旨，而是赋予了法家思想，使《老子》的理论变成势、法、术的根据。比如：

"君无见其所欲，君见其所欲，臣自将雕琢；君无见其意，君见其意，臣将自表异。故曰：去好去恶，臣乃见素；去旧去智，臣乃自备。……故曰：寂乎其无位而处，漻乎莫得其所。明君无为于上，群臣竦惧乎下。"（《主道》）

"道在不可见，用在不可知；虚静无事，以暗见疵。见而不见，闻而不闻，知而不知。知其言以往，勿变勿更，以参合阅焉。官有一人，勿令通言，则万物皆尽。函掩其迹，匿其端，下不能原；去其智，绝其能，下不能意。保吾所以往而稽同之，谨执其柄而固握之。绝其望，破其意，毋使

老子

人欲之。"(《主道》)

"人主之道，静退以为宝。不自操事而知拙与巧，不自计虑而知福与咎。是以不言而善应，不约而善增。言已应，则执其契；事已增，则操其符。符契之所合，赏罚之所生也。"(《主道》)

老子主张"太上，不知有之"、"悠兮其贵言"，是为了"我自然"(《十七章》)；主张"处无为之事，行不言之教"(《二章》)，是为了"民自化"(《五十七章》)。这分明是弱者的哲学，维护弱者的权益。而韩非子主张"寂乎其无位而处，漻乎莫得其所"，目的却在于"明君无为于上，群臣竦惧乎下"；主张"函掩其迹，匿其端"，目的却在于"虚静无事，以暗见疵"；主张"人主之道，静退以为宝"，目的却在于"不言而善应，不约而善增"。这是强者的哲学，维护君主的威势。显然，韩非子汲取了老子的自然天道观，转化为法家专制独裁、驾驭群臣的权术，用以加强君主的集权统治，这与老子学说的宗旨就格格不入、背道而驰了。

"势重者，人君之渊也。君人者，势重于人臣之间，失则不可复得也。简公失之于田成，晋公失之于六卿，而邦亡身死。故曰'鱼不可脱于深渊'。赏罚者，邦之利器也，在君则制臣，在臣则胜君。君见赏，臣则损之以为德；君见罚，臣则益之以为威。人君见赏，而人臣用其势；人君见罚，人臣乘其威。故曰'邦之利器，不可以示人'。"(《喻老》)

"越王入宦于吴，而观之伐齐以弊吴。吴兵既胜齐人于艾陵，张之于江、济，强之于黄池，故可制于五湖。故曰'将欲禽之，必固张之；将欲弱之，必固强之'。晋献公将欲袭虞，遗之以璧马；知伯将袭仇由，遗之以广车。故曰'将欲取之，必固与之'。起事于无形，而要大功于天下，是谓'微明'。处小弱而重自卑损，谓弱胜强也。"(《喻老》)

《老子》三十六章原文是："将欲禽之，必固张之；将欲弱之，必固强之；将欲废之，必固举之；将欲取之，必固与之。是谓'微明'。柔弱胜刚强。鱼不可脱于渊，国之利器不可有示人。"按照自然天道，盛极必衰，

"物壮则老"，因此，"张"极必"翕"，"强"极必"弱"，"举"极必"废"，"与"极必"取"；"张之"即可"翕之"，"强之"即可"弱之"，"举之"即可"废之"，"与之"即可"取之"，如此守柔用弱，由反得正。这就是"柔弱胜刚强"的对立转化辩证规律，具有普遍性和开放性。所以，鱼不可脱离深渊，国家的刑法利器不能炫耀于人。这是告诉侯王贵柔戒刚，与清静无为的主张是完全一致的。

韩非子先以"简公失之于田成，晋公失之于六卿，而邦亡身死"的历史教训，强调权柄失去不可复得，刑罚利器不可示人。后把越王勾践卑事吴王夫差，利用吴与齐战，最终灭吴，认为是"将欲翕之，必固张之；将欲弱之，必固强之"。晋献公假道于虞以伐虢，先送垂棘之璧、屈产之乘贿赂，返而灭虞；知伯将袭仇由，先赠大车以示好，认为是"将欲取之，必固与之"。这样，自然辩证规律就变成了法家的阴谋诡计。更为令人不解的是，这样训释将同一章的内容割裂成为前后互不相关的两个部分，怎能体现"柔弱胜刚强"的章旨呢？这就很难自圆其说了。

概而言之，老子的自然天道论，揭示了对立转化的辩证规律，具有普遍性和开放性。老子以自然关照社会，以天道统辖人道，主张守柔示弱，清静无为，"绝圣弃智"，"见素抱朴"，反对"以智治国"，都是韬晦自保、避世全身的策略。而韩非子汲取了老子清虚自守的无为之道，注入了法家权术的思想内容，建立起专制的政治观念，都是以独掌乾坤、驾驭群臣为目的的。这就如同盗跖借用孔子的圣、勇、义、知、仁说明"盗亦有道"一样，纯属各取所需。所以，老子的道家学说与韩非子的法家学说在理论宗旨上根本不同，不能混为一谈。

# 諸子述評

— 下 冊 —

饒尚寬 著

學苑出版社

# 陆 庄子

关于庄子（约前 369—前 286 年）的生平，《史记·老庄申韩列传》说：

"庄子者，蒙人也，名周。周尝为蒙漆园吏，与梁惠王、齐宣王同时。其学无所不窥，然其要本归于老子之言，故其著书十余万言，大抵率寓言也。作《渔父》《盗跖》《胠箧》，以诋訾孔子之徒，以明老子之术。'畏累虚'、'亢桑子'之属，皆空语无事实。然善属书离辞，指事类情，用剽剥儒、墨，虽当世宿学不能自解免也。其言洸洋自恣以适己，故自王公大人不能器之。楚威王闻庄周贤，使使厚币迎之，许以为相。庄周笑谓楚使者曰：'千金，重利；卿相，尊位也。子独不见郊祭之牺牛乎？养食之数岁，衣之文绣，以入大庙。当是之时，虽欲为孤豚，岂可得乎？子亟去，无污我。我宁游戏污渎之中自快，无为有国者所羁；终身不仕，以快吾志焉！'"

蒙地，即今河南商丘县东北，原属宋地，后属魏地，最终并入楚国。庄子的学说"本于老子之言"，主旨在于"诋訾孔子之徒"，"剽剥儒、墨"，与同为楚人的老子有学术渊源关系。其本人终身不仕，避世自保，追求回归自然的逍遥人生。《庄子》一书中出现的庄子，确实是生活贫困、品格高洁而聪慧善辩的社会下层学者的形象。

孟子与庄子都有过与梁惠王交往的经历。梁惠王于公元前 369 年至公元前319年在位，长达50余年，他见孟子开口就称"叟"（《梁惠王上》），可见当时孟子已经年老，而梁惠王接触庄子可能是其在位的后期，甚至可能是庄子编撰的寓言。由于庄子出身下层，当世名声不显，身后影响不大，连《非十二子》也很少提及，只在其《解蔽篇》中说："庄子蔽于天而不知人"，仅此而已。《显学》更未见论述。可见，《庄子》在战国时期并不受人重视。直到东汉末年，始有老、庄并称之说（见《后汉书·马融传》），后来随着道教兴起，追庄子为宗师，《庄子》的影响才愈来愈大，真正取得了与《老子》同等重要的地位，成为道家的代表性著作，流传于世。

今本《庄子》有三十三篇，其中《内篇》七篇，《外篇》十五篇，《杂篇》十一篇。一般认为，《内篇》为庄子自著，《外篇》和《杂篇》为庄子后学弟子所著，学习研究《庄子》当以《内篇》为主，参考《外篇》与《杂篇》。其实也未必，《史记》所举《渔父》《盗跖》《胠箧》等篇目就尽在"外篇"、"杂篇"，可见司马迁并不这样认为。因为所谓"内篇"、"外篇"、"杂篇"是后人所分，并无严格界限，不足为据。考察庄子的思想，还是要以他学说的思想理论及其内在逻辑联系为根据。

《庄子》的文章"大抵率寓言也"，还有"重言"和"卮言"。所谓"寓言"，就是虚构寄寓之言；所谓"重言"，就是援引前贤之言；所谓"卮言"，就是支离诡异之言。这就是《寓言》所说："寓言十九，重言十七。卮言日出，和以天倪。"其中，有的是庄子直接出面论述的，有的是借历史上实有的人物诸如孔子、老子、杨子（杨朱）、颜回、子路、子游、惠子、盗跖之口来发表意见的，有的则是直接虚构肩吾、连叔、支离疏、天根、无名人、瞿鹊子、长梧子、云将、鸿蒙之类人物凭空说事。至于蜩与学鸠说话、栎社和骷髅托梦之类诡异故事，不过是托物达意而已。由此深入下去，就可逐步探讨《庄子》文本的思想学说了。

战国时期，七雄纷争，征战正酣，天下处于大分裂、大动荡、大变化的混乱状态。顾炎武曾就这一时期的社会人文巨变进行过深刻的对比分析：

"显王三十五年丁亥之岁，六国以次称王，苏秦为从长。自此之后，事乃可得而纪。自《左传》之终以至此，凡一百三十三年，史文阙佚，考古者为之茫然。如春秋时犹尊重礼信，而七国则绝不言礼与信矣；春秋时犹尊称周王，而七国则绝不言周王矣；春秋时犹严祭祀、重聘享，而七国则绝无其事矣；春秋时犹论宗姓氏族，而七国则无一言及之矣；春秋时犹宴会赋诗，而七国则不闻矣；春秋时犹赴告策书，而七国则无有矣。邦无定交，士无定主。此皆变于一百三十三年之间，史之阙文，而后人可以意推者也。"（《日知录》卷十三）

《左传》记事终于鲁哀公二十七年（前468年），至周显王三十五年（前334年），庄子正生活在这一百三十三年间的后期，身处"以强凌弱，以众暴寡"的血腥世界，列国攻城略地，攻伐不已，杀人盈野，涂炭生灵，所谓"殊死者相枕也，桁杨者相推也，形戮者相望也"（《庄子·在宥》）。其间，传统礼义废弃不用，忠厚诚信荡然无存，道德沦丧，宗法解体，社会动乱朝不保夕，生存环境危机四伏，其严重程度远远超过了孔孟时期。于是，庄子满怀着恐惧心理和忧患意识，面对如此社会现实，进行了冷峻的观察、沉重的思考、深刻的剖析和强烈的抗争。他继承了杨朱、老子的道家思想精髓，坚持贵生、避世、全性、保真，又超越了杨朱、老子的学说主张，期盼无为而治的至德之世，向往原始质朴的平静生活，试图游离于现实社会之外，追求遗世独立、回归自然的逍遥人生，以得到精神世界的彻底解脱，从而把道家学说提升到更高的水平。

## 一　鞭挞圣人之过，揭露社会病态

庄子认为，社会动乱的根本原因，就在于圣人们违背自然，倒行逆施。"三皇五帝"、尧舜文武抛弃自然规律，胡作非为，扭曲了百姓真性；而当今统治者又标榜圣智仁义，肆意妄为，搅乱了社会信念。由此就出现了"彼窃钩者诛，窃国者为诸侯"的荒诞现实。既然"方今之时，仅得免刑焉"，那么谁还留恋这个黑暗的人世呢？所以，他主张"殚残天下之圣法"，恢复原始真性；抛弃"利合"，固守"天属"。

### （一）毁道德以为仁义，圣人之过也

世界本是淡泊无为的，"莫之为而常自然"，由于燧人氏、伏羲氏、神农氏、黄帝、唐尧、虞舜等所谓圣王的代代治理，"离道以善，险德以行"，德业衰败，每下愈况，"文灭质，博溺心"，以至于"无以反其性情而复其初"。这样，"世丧道矣，道丧世矣，世与道交相丧也"，政治生态蜕变恶化，就成为无可挽回的必然趋势。

【原文】古之人，在混芒之中，与一世而得澹漠焉。当是时也，阴阳和静，鬼神不扰，四时得节，万物不伤，群生不夭；人虽有知，无所用之，此之谓至一。当是时也，莫之为而常自然。逮德下衰，及燧人、伏羲始为天下，是故顺而不一。德又下衰，及神农、黄帝始为天下，是故安而不顺。德又下衰，及唐、虞始为天下，兴治化之流，浇淳、散朴，离道以善，险德以行，然后去性而从于心。心与心识知，而不足以定天下，然后附之以文，益之以博。文灭质，博溺心，然后民始惑乱，无以反其性情而复其初。由是观之，世丧道矣，道丧世矣，世与道交相丧也。道何由兴乎世，世亦何由兴乎道哉？道无以兴乎世，世无以兴乎道，虽圣人不在山林之中，其德隐矣。隐，故不自隐。（《缮性》）

【译文】古代的人，在混混芒芒之中，与整个世界都是淡泊无为的。处于这个时代，阴阳和谐，鬼神不扰，四季规律，万物不受伤害，百姓不会夭折；人们虽然有智慧，也没有地方使用，这就叫作"至淳为一"。处在这个时代，天下都无所作为而永远符合自然。等德业衰败以后，到燧人氏、伏羲氏开始治理天下，只是顺从民心而不淳一民心。德业再衰败下去，到神农氏、黄帝开始治理天下，只是安定民心而不顺从民心。德业再衰败下

去，到唐尧、虞舜开始治理天下，制定种种政治教化措施，削弱了淳厚的习俗，散失了朴素的本性，用善良离散了"道"，用行为危害了"德"，然后失去了本性而随心所欲。心与心之间都在追求知识，不能安定天下，然后再附加上文饰，增添上博学。文饰毁灭了质朴，博学陷溺了人心，然后百姓开始迷乱，再也不能返回他们的性情而恢复他们的本始。由此看来，世界丧失了"道"，"道"也丧失了世界，世界与"道"交互丧失了。"道"从哪里去推动世界，世界又从哪里去推动"道"呢？"道"无从推动世界，世界无从推动"道"，纵然圣人不退居山林，他的德业也隐蔽了。这种隐蔽，并非是他自己安于隐蔽的。

老子说："故失道而后德，失德而后仁，失仁而后义，失义而后礼。夫礼者，忠信之薄，而乱之首。"（《三十八章》）庄子这里更进一步具体阐述了圣人治理天下而使本性衰败的全过程，因此，借老子之口，怒斥三皇、五帝是无耻之徒。

【原文】子贡曰："夫三皇、五帝之治天下不同，其系声名，一也。而先生独以为非圣人，如何哉？"老聃曰："小子！少进！子何以谓不同？"对曰："尧授舜，舜授禹；禹用力，而汤用兵；文王顺纣而不敢逆，武王逆纣而不肯顺：故曰不同。"老聃曰："小子！少进！余语汝三皇五帝之治天下：黄帝之治天下，使民心一；民有其亲死不哭，而民不非也。尧之治天下，使民心亲；民有为其亲杀其杀，而民不非也。舜之治天下，使民心竞；民孕妇十月生子，子生五月而能言，不至乎孩而始谁，则人始有夭矣。禹之治天下，使民心变；人有心，而兵有顺；杀盗，非杀人；自为种，而天下耳；是以天下大骇，儒、墨皆起，其作始有伦，而今乎妇女。何言哉？余语汝：三皇五帝之治天下，名曰治之，而乱莫甚焉。三皇之知，上悖日月之明，下睽山川之精，中堕四时之施。其知憯于蛎虿之尾、鲜规之兽。莫得安其性命之情者，而犹自以为圣人，不可耻乎？其无耻也！"（《天运》）

【译文】子贡说："那三皇、五帝治理天下的道术虽然不同，可是他们维系自己的声名,是一样的。而先生独独认为他们都不是圣人,究竟有什么道理呢?"老聃说:"年轻人!稍微向前一些!你因为什么说他们不同呢?"子贡说:"尧把天下交给舜,舜把天下交给禹;禹用力疏通九河,而汤用兵讨伐夏桀;文王顺从殷纣而不敢背叛,武王背叛殷纣而不肯顺从。所以说他们不同。"老聃说:"年轻人!稍微向前一些!我来告诉你三皇、五帝治理天下:黄帝治理天下,使民心统一;民众死了父母也不哭,别人也不认为不对。尧治理天下,使民心相亲;民众为了爱父母而减少礼仪的末节,可是别人也不认为不对。舜治理天下,使民心竞争;民间孕妇十个月生下孩子,养到五个月就能说话,不会笑就能认人,这样民间开始有出生就死亡的现象。禹治理天下,使民心善变;人人有心智,军队有纪律;杀了盗贼,不算杀人;各行各业自行其是,天下有了二心;所以,天下大乱,儒家、墨家的学说都兴起来,开始还是有理智的,可是现在就如同妇女了。这还有什么可说的呢?我告诉你:三皇五帝治理天下,名义上是治理,而实际上没有比那时更混乱的了。三皇的智慧,在天上悖乱了日月的光辉,在地下隔断了山川的精气,在中间败坏了四时的运行。他们的智慧,比蝎子的尾巴、凶残的野兽更狠毒。那些没有安定自己天性真情的人,还自以为是圣人,不觉得可耻吗?他们真是太无耻了!"

老子曾说:"圣人在天下,歙歙焉,为天下浑其心。百姓皆注其耳目,圣人皆孩之。"(《四十九章》)庄子看重的正是人类固有的真性。无论黄帝"使民心一"、尧"使民心亲"、舜"使民心竞"、禹"使民心变"和儒墨之论,统统都是自作多情、自以为是的胡作非为。他们改变了民众固有的真性,"名曰治之,而乱莫甚焉",如此"莫得安其性命之情者,而犹自以为圣人!不可耻乎?其无耻也"!

那么,所谓"真性"究竟是什么呢?

【原文】马,蹄可以践霜雪,毛可以御风寒。龁草,饮水,翘足而陆,此马之真性也。虽有义台、路寝,无所用之。及至伯乐,曰:"我善治马。"

烧之，剔之，刻之，雒之，连之以羁䇇，编之以皁栈，马之死者十二三矣；饥之，渴之，驰之，骤之，整之，齐之，前有橛饰之患，而后有鞭筴之威，而马之死者已过半矣。……夫马，居则食草饮水，喜则交颈相靡，怒则分背相踶，马知已此矣。夫加之以衡扼，齐之以月题，而马知介倪、闉扼、鸷曼、诡衔、窃辔。故马之知而态至盗者，伯乐之罪也。(《马蹄》)

【译文】马，蹄子可以践踏霜雪，皮毛可以抵挡风寒。吃草，饮水，撒开腿而奔跑，这都是马的真性。纵然有高大的楼台、宽敞的宫寝，马是不会使用的。到后来有了伯乐，他说："我善于治理马。"就烫平马的毛，剪齐马的鬃，削正马的蹄，烙印马的皮，用笼头和绊索拴起来，用围栏和圈棚关起来，这样马就死掉了十分之二三；然后，再饿它，渴它，驱赶它奔跑、飞驰，教练它步伐整齐，前面有衔木的痛苦，而后面有鞭策的威胁，马因此而死的就已经超过一半了。……那马，平常就吃草饮水，高兴了就交颈磨蹭，发怒了就相背踢踏，马的智慧也就止于此了。如果给马架上车辕，戴上笼头，马就知道磨损衡轭、移动枙套、破坏车棚、毁弃衔木、咬断辔头。马的智慧情态之所以变得像盗贼一样，就是伯乐的罪过啊。

【原文】彼民有常性：织而衣，耕而食，是谓同德；一而不党，命曰天放。……夫至德之世，同与禽兽居，族与万物并，恶乎知君子小人哉？同乎无知，其德不离，是谓素朴。素朴，而民性得矣。及至圣人，蹩躠为仁，踶跂为义，而天下始疑矣；澶漫为乐，摘辟为礼，而天下始分矣。故纯朴不残，孰为牺尊？白玉不毁，孰为珪璋？道德不废，安取仁义？性情不离，安用礼乐？五色不乱，孰为文采？五声不乱，孰应六律？夫残朴以为器，工匠之罪也；毁道德以为仁义，圣人之过也。……夫赫胥氏之时，民居不知所为，行不知所之，含哺而熙，鼓腹而游，民能以此矣。及至圣人，屈折礼乐，以匡天下之形；县企仁义，以慰天下之心；而民乃始踶跂好知，争归于利，不可止也。此亦圣人之过也。(《马蹄》)

【译文】那些民众有永恒的真性：织布来穿衣，种地来吃饭，这就叫共同的德性；禀性如一而不偏私，这就叫天然的放任。……那充满美德的世界里，人与禽兽同居，人与万物并存，哪里知道君子、小人之别呢？同为无知之人，他们的本性就不会离失，这就叫纯朴。纯朴，就能够保住人的真性。后来有了圣人，他们忙忙碌碌地施行仁政，兢兢业业地推行道义，因而天下开始迷惑了；他们放纵作乐，屈折行礼，因而天下开始分裂了。所以，全木不雕，怎么能做成高贵华丽的酒杯？白玉不剖，怎么能制成形状多样的玉器？道德不废，怎么用得着仁义？真性不失，怎么用得着礼乐？五色不乱，怎么能组成文采？五声不乱，怎么能应和六律？那破坏全木而制作器皿，是工匠的罪过；毁坏道德而标榜仁义，是圣人的罪过。……在上古赫胥氏时代，民众居家不知道做什么事，外出不知道到哪里去，他们口里嚼着食物玩耍，拍着肚子游荡，民众的能力也就到此为止了。到后来有了圣人，屈折着肢体去演习礼乐，端正天下人的形貌；标榜仁义行为，安定天下人的心灵；因而民众才开始务求巧智，争名夺利，闹得不可制止。这就是圣人的罪过。

所谓"真性"，就是不受任何外在约束的率性自由，这是庄子追求的生命价值之所在。马以"龁草，饮水，翘足而陆"为真性，而伯乐驯马使马死去一半，剩下的"马之知而态至盗"，伯乐就是马群的罪人。人的真性是"织而衣，耕而食，是谓同德；一而不党，命曰天放"，而圣人"毁道德以为仁义"，使得"民乃始踶跂好知，争归于利，不可止也"，圣人就是民众的罪人。显然，马的"真性"被伯乐扼杀了，人的"真性"被圣人扼杀了。

儒家"祖述尧舜，宪章文武"，墨家"背周道而用夏政"，而庄子继承发挥了老子学说，把批判的矛头直指"三皇五帝"、尧舜禹文武，声讨他们"毁道德以为仁义"的罪过，这对于儒墨两家，无异于挖掘了祖坟，动摇了根基，比老子的批判更为尖锐激烈。

### （二）天下脊脊大乱，罪在撄人心

庄子认为，圣人最大的罪过就是搅乱人心，败坏天性。尧舜自作多情，儒墨自以为是，他们"以仁义撄人之心"，使得天下大乱。而所谓"仁义"，实属骈拇、枝指、附赘、县疣一类累赘，违背事理，伤害真情，欺世盗名，助纣为虐，就是暴政的帮凶。

【原文】昔者，黄帝始以仁义撄人之心。尧、舜于是乎股无胈，胫无毛，以养天下之形；愁其五脏，以为仁义；矜其血气，以规法度。然犹有不胜也。尧于是乎放讙兜于崇山，投三苗于三危，流共工于幽都。此不胜天下也。夫施及三王，而天下大骇矣。下有桀、跖，上有曾、史，而儒、墨毕起。于是乎喜怒相疑，愚知相欺，善否相非，诞信相讥，而天下衰矣。大德不同，而性命烂漫矣；天下好知，而百姓求竭矣。于是乎斤锯制焉，绳墨杀焉，椎凿决焉。天下脊脊大乱，罪在撄人心。故贤者伏处大山嵁岩之下，而万乘之君忧栗乎庙堂之上。今世，殊死者相枕也，桁杨者相推也，形戮者相望也，而儒、墨乃始离跂、攘臂乎桎梏之间。意！甚矣哉，其无愧而不知耻也？甚矣，吾未知圣知之不为桁杨椄槢也、仁义之不为桎梏凿枘也？焉知曾、史之不为桀、跖嚆矢也？故曰：绝圣弃知，而天下大治。（《在宥》）

【译文】在古代，黄帝开始用仁义搅乱人心。到了尧舜劳累得大腿上没有绒毛，小腿上没有汗毛，来养天下的万物；约束自己的五脏，去施行仁义；消耗自己的精力，去制定法度。但是还不能制胜。尧于是把讙兜放逐到崇山，把三苗驱赶到三危，把共工发配到幽都。这都是尧不能用仁义制胜的明证。到了三代时期，天下就大乱了。下有夏桀、盗跖，上有曾参、史鳅，而儒家、墨家都兴起了。于是喜欢的与愤怒的互相猜疑，愚昧的与聪明的互相欺骗，善良的与凶恶的互相非难，奸诈的与诚信的互相讥讽，因而天下就衰败了。盛大的德行不能齐同，因而民众的真性就散乱了；天下都喜欢智慧，因而民众就事理不清了。于是就用斧锯来制作，用墨绳来规范，用锤凿来纠正了。天下互相杀戮，混乱不堪，罪过就在于搅乱了人心。所以贤士隐遁在大山岩穴之中，而万乘之君在朝廷上担惊受怕。当今之世，被处死的人互相枕藉，带刑具的人互相拥挤，受刑残废的人到处都是，而儒家、墨家却在带有刑具的民众中指手画脚地宣传教化。啊！太过分了，他们难道不知惭愧和羞耻吗？太过分了，我真不知道圣知不正为枷锁安楔儿、仁义不正为镣梏凿眼儿吗？又怎么知道曾参、史𬤊就不是在为夏桀、盗跖修正弓箭呢？所以说，灭绝抛弃圣知，天下才能大治。

圣人尽管"股无胈，胫无毛"，"愁其五藏"，"矜其血气"，施行仁义、法度，却不能制胜；儒、墨兴起，"喜怒相疑，愚知相欺，善否相非，诞信相讥，而天下衰矣"。因为"大德不同"，人们就真性散乱；因为"天下好知"，百姓就事理不清。所以说"天下脊脊大乱，罪在撄人心"。其实，那些"儒、墨乃始离跂、攘臂乎桎梏之间"，那些圣知"为桁杨椄槢"，仁义"为桎梏凿枘"，曾、史"为桀、跖矫矢"，所以，"绝圣弃知，而天下大治"。

老子说："天下多忌讳，而民弥贫；人多利器，国家滋昏；人多伎巧，奇物滋起；法令滋彰，盗贼多有。"（《五十七章》）所以，"绝圣弃智，民利百倍；绝仁弃义，民复孝慈；绝巧弃利，盗贼无有。此三者，以为文，不足。故令有所属：见素抱朴，少私寡欲，绝学无忧。"（《十九章》）庄子论述的思路，正是由此而来。

【原文】骈拇、枝指，出乎性哉？而侈于德；附赘、县疣，出乎形哉？而侈于性；多方乎仁义而用之者，列于五藏哉？而非道德之正也。是故骈于足者，连无用之肉也；枝于手者，树无用之指也；骈枝于五藏之情者，淫僻于仁义之行，而多方于聪明之用也。……彼至正者，不失其性命之情。故合者不为骈，而枝者不为跂，长者不为有余，短者不为不足。是故凫胫虽短，续之则忧；鹤胫虽长，断之则悲。故性长非所断，性短非所长，无所去忧也。意仁义其非人情乎！彼仁人何其多忧也？且夫，骈于拇者，决之则泣；枝于手者，龁之则啼。二者，或有余于数，或不足于数，其于忧，一也。今世之仁人，蒿目而忧世之患；不仁之人，决性命之情而饕富贵。故意仁义其非人情乎！自三代以下者，天下何其嚣嚣也？……自三代以下者,天下莫不以物易其性矣:小人则以身殉利,士则以身殉名,大夫则以身殉家,圣人则以身殉天下。故此数子者,事业不同,名声异号,其于伤性,以身为殉,一也。(《骈拇》)

【译文】脚的拇指与二指相连、手上生出六个指头,是出于本性吗?是超出了正常的肢体;附着的肉赘、悬挂的肉瘤,是出自本形吗?是超出了正常的形貌。在本性之外而行用仁义之道,是蕴含在五窍之中的吗?这并不是道德的正途。因此,脚的拇指与二指相连,连上的是无用的肌肉;手上生出六个指头,长的是无用的指头;越过了五窍本来的真性,放纵于仁义的行为,是超出了耳、目的功能。……那最正确的道,不失去人类性命的真情。所以本来相合的不能算是并连,本来分枝的不能算是分歧,本来长的不能算是多余,本来短的不能算是不足。因此,野鸭腿短,如果接上一段就会忧愁;仙鹤腿长,如果截去一段就会痛苦。所以,天生就是长的不能截短,天生就是短的不能接长,这样就用不着消除忧虑了。我想仁义并非人的真情啊!那些仁人怎么那样多的忧虑呢?况且,脚指并连的,割开它就会哭泣;手生六指的,咬断它就会啼叫。这二者,有的比本数多,有的比本数少,可是受到痛苦,是一样的。现在的仁人,望眼欲穿地担忧世俗的祸患;而不仁的人,放纵私欲地贪取富贵。所以,我想仁义并非人的真情啊!自三代以后的人们,天下怎么这样吵吵嚷嚷呢?……自三代以后,天下人没有不因外物而改变了本性的:小人用自己的身体拼命追求财利,儒生用自己的身体拼命追求名声,大夫用自己的身体拼命保全封地,圣人用自己的身体拼命保全天下。所以,这些人,事业虽然不同,名号各有差异,但是他们伤害了自己的本性,用自己的身体去拼命追求,却是同样的。

事物固有自然天性,"彼至正者,不失其性命之情"。因此,"合者不为骈,而枝者不为跂,长者不为有余,短者不为不足",仁义就如同骈拇之类,"意仁义其非人情乎!彼仁人何其多忧也"?岂非多此一举!三代以下,

"天下莫不以物易其性矣"：小人"殉利"，士"殉名"，大夫"殉家"，圣人"殉天下"，他们"事业不同，名声异号，其于伤性，以身为殉，一也"。如此以丧失天性为代价的行为，还值得推崇赞美吗？这里，自然想起了杨子"全性保真，不以物累形"的主张，老子"贵以身为天下，若可寄天下；爱以身为天下，若可托天下"（《十三章》）的教诲。

【原文】商太宰荡问仁于庄子。庄子曰："虎狼，仁也。"曰："何谓也？"庄子曰："父子相亲，何谓不仁？"曰："请问至仁。"庄子曰："至仁无亲。"太宰曰："荡闻之：无亲，则不爱；不爱，则不孝。谓至仁不孝，可乎？"庄子曰："不然。夫至仁，尚矣！孝，固不足以言之。此非过孝之言也，不及孝之言也。夫南行者，至于郢，北面而不见冥山。是何也？则去之远也。故曰：以敬孝，易；以爱孝，难。以爱孝，易；而忘亲，难。忘亲，易；使亲忘我，难。使亲忘我，易；兼忘天下，难。兼忘天下，易；使天下兼忘我，难。夫德，遗尧舜，而不为也；利泽施于万世，天下莫知也。岂直太息而言仁孝乎哉？夫孝悌、仁义、忠信、贞廉，此皆自勉以役其德者也，不足多也。故曰：至贵，国爵并焉；至富，国财并焉；至显，名誉并焉。是以道不渝。"（《天运》）

【译文】宋国太宰荡向庄子询问仁爱。庄子说："虎狼，就具有仁爱。"太宰说："为什么这样说呢？"庄子说："虎狼也父子相亲相爱，为什么不是仁爱呢？"太宰又问："我请问是最大的仁爱。"庄子说："最大的仁爱是没有亲近。"太宰说："我听说：没有亲近，就不慈爱；不慈爱，就不孝顺。如果说最大的仁爱是不孝顺，可以吗？"庄子说："不是这样。那最大的仁爱，是高尚的！孝道，本来就不能与仁爱相提并论。这并不是过分孝顺的说法，而是达不到孝顺的说法。譬如向南走的人，到了楚国郢都，回头北望看不见冥山。这是什么原因呢？因为离开太远。所以说：用恭敬孝顺父母，容易；用亲爱孝顺父母，困难。用亲爱孝顺父母，容易；而忘记父母，困难。忘记父母，容易；使父母忘记自己，困难。使父母忘记自己，容易；

一并忘记天下，困难。一并忘记天下，容易；使天下一并忘记自己，困难。德，就是抛弃尧舜的业绩，而不去有所作为；恩泽施于万代，而天下没有人知道。哪里能直接大声地谈论仁、孝呢？那些孝悌、仁义、忠信、贞廉，都是用来勉励自己而控制德行的，是不值得推崇赞赏的。所以说：最大的尊贵，是把国家的爵位抛弃；最大的富有，是把国家的财物抛弃；最大的彰显，是把自己的名誉抛弃。所以，天道是永恒不变的。"

庄子从虎狼有仁，论证到"至仁无亲"，认为"夫孝悌、仁义、忠信、贞廉，此皆自勉以役其德者也，不足多也"。正如老子说："天地不仁，以万物为刍狗；圣人不仁，以百姓为刍狗。"(《五章》)"爵"、"财"、"名"都是身外之物，唯有符合天道的真性才是最可宝贵的，所以，"至贵，国爵并焉；至富，国财并焉；至显，名誉并焉。是以道不渝"。庄子把批判的矛头直指儒、墨的"孝悌、仁义、忠信、贞廉"，就是为了维护道家的本性、天道。

### （三）虽重圣人而治天下，则是重利盗跖也

更为可怕的是，圣人倡导的仁义圣智被盗窃、被利用，招摇撞骗，祸害天下。本为防备盗贼的"缄縢、扃鐍"反而为大盗所利用，本为治理邪恶的"圣知之法"反而被窃国诸侯所利用，他们"为之仁义以矫之，则并与仁义而窃之"，从而造成"彼窃钩者诛，窃国者为诸侯。诸侯之门，而仁义存焉"的荒诞现实。整个社会都在崇尚强权，成王败寇，"诸侯之门，义士存焉"，那么，"虽重圣人而治天下，则是重利盗跖也"，所以，必须"焚符破玺，而民朴鄙；剖斗折衡，而民不争。殚残天下之圣法，而民始可与论议"。

【原文】将为胠箧、探囊、发匮之盗而为守备，则必摄缄縢、固扃鐍，此世俗之所谓知也。然而巨盗至，则负匮、揭箧、担囊而趋，唯恐缄縢、扃鐍之不固也。然则乡之所谓知者，不乃为大盗积者也？故尝试论之：世俗之所谓知者，有不为大盗积者乎？所谓圣者，有不为大盗守者乎？何以知

其然邪？昔者，齐国邻邑相望，鸡犬之音相闻；罔罟之所布，耒耨之所刺，方二千余里；阖四竟之内，所以立宗庙、社稷，治邑、屋、州、闾、乡、曲者，曷尝不法圣人哉？然而，田成子一旦杀齐君，而盗其国。所盗者岂独其国邪？并其圣知之法而盗之。故田成子有乎盗贼之名，而身处尧、舜之安，小国不敢非，大国不敢诛，世世有齐国。则是不乃窃齐国并与其圣知之法，以守其盗贼之身乎？（《胠箧》）

【译文】为了防备开箱、偷包、盗柜的小偷，就必然要绑紧绳索、上好锁子，这便是世俗所谓聪明人了。然而大盗一来，就扛起柜子、抬着箱子、担起包裹而快步离去，而唯恐这些绳索、锁子不牢固呢。那么，以前那些所谓聪明人，不正是为了大盗而聚积吗？所以，我对此尝试这样评论：世俗所谓的聪明人，有不为大盗聚积的吗？所谓圣人，有不为大盗守备的吗？怎么知道是这样的呢？以前，齐国相邻的城邑互相望得见，鸡犬的声音互相听得见；可以捕鱼的池塘，可以耕种的土地，方圆有两千多里；所有四境之内，建立的宗庙、神坛，设置的城乡机构，何尝不是效法圣人呢？然而，田成子一旦杀了齐君，而盗窃了齐国。他所盗取的岂止是一个国家吗？是连这个国家的圣智之法都盗取了。所以，田成子有了盗贼之名，自身却处在像尧、舜那样的安全地位，小国不敢非议，大国不敢讨伐，他世世拥有齐国。这不正是他盗窃了齐国和圣智之法，来保全它的盗贼之身吗？

"缄縢、扃𬬀"为防盗而设，结果大盗更便于把箱柜全部运走，"唯恐缄縢、扃𬬀之不固也"，所谓知者，"不乃为大盗积者也"？圣知之法本来为赏善惩恶而定，结果田成子窃国，"则是不乃窃齐国并与其圣知之法，以守其盗贼之身乎"？可见，一切圣智文明成果都可以成为欺世盗名的工具，造成了初衷与后果完全相反的事实。甚至"盗亦有道"，"夫妄意室中之藏，圣也；入先，勇也；出后，义也；知可否，智也；分均，仁也。五者不备而能成大盗者，天下未之有也"（《胠箧》），遑论其他？可见"仁义圣智"的虚伪性和欺骗性。情况确实如此，历史上的独夫民贼、窃国大盗，哪个没有冠冕堂皇的理论和借口呢？花样翻新、屡见不鲜啊！

【原文】夫川竭而谷虚，丘夷而渊实。圣人已死，则大盗不起，天下平而无故矣。圣人不死，大盗不止。虽重圣人而治天下，则是重利盗跖也。为之斗斛以量之，则并与斗斛而窃之；为之权衡以称之，则并与权衡而窃之；为之符玺而信之，则并与符玺而窃之；为之仁义以矫之，则并与仁义而窃之。何以知其然邪？彼窃钩者诛，窃国者为诸侯。诸侯之门，而仁义存焉。则是非窃仁义圣知邪？（《胠箧》）

【译文】流水枯竭了，山谷就空虚；丘陵削平了，深渊就充实；圣人死了，大盗就不出现，天下就太平无事。圣人不死，大盗就不息止。虽然重视圣人来治理天下，实际上是大大利于盗跖。制造了升斗来量东西，可是连升斗都盗窃了；制造了秤与砣来称东西，可是连秤与砣都盗窃了；制造了符节和玉玺来做凭证，可是连符节和玉玺都盗窃了；制造了仁义来矫正错误，可是连仁义都盗窃了。怎么知道结果是这样的呢？那些盗窃衣带挂钩的人受到诛杀，盗窃整个国家的人却成为诸侯。而诸侯的门里，却保存着仁义的。这不是盗窃了仁义圣知吗？

"斗斛"、"权衡"、"符玺"、"仁义"，本来是公众的信物、社会的标准，却被盗贼用来谋私，因此，"彼窃钩者诛，窃国者为诸侯。诸侯之门，而仁义存焉。则是非窃仁义圣知邪"？出现了田成子那样窃国的诸侯，就不奇怪了。所以说，"圣人不死，大盗不止。虽重圣人而治天下，则是重利盗跖也"。

【原文】子张问满苟得曰："盍为行？无行则不信，不信则不任，不任则不利。故观之名，计之利，而义真是也；若弃名利，反之于心。则夫士之为行，不可一日不为乎！"满苟得曰："无耻者富，多信者显。夫名利之大者，几于无耻而信。故观之名，计之利，而信真是也；若弃名利，反之于心。则夫士之为行，抱其天乎！"子张曰："昔者，桀、纣贵为天子，富有天下，今谓臧聚曰：汝行如桀、纣，则有怍色、有不服之心者，小人所贱也。仲尼、墨翟，穷为匹夫，今谓宰相曰：子行如仲尼、墨翟，则变容易色、称不足者，士诚贵也。故势为天子，未必贵也；穷为匹夫，未必贱也。贵贱之分，在行之美恶。"满苟得曰："小盗者拘，大盗者为诸侯。诸侯之门，义士存焉。昔者，桓公小白杀兄、入嫂，而管仲为臣；田成子杀君盗国，而孔子受币。论则贱之，行则下之，则是言行之情悖战于胸中也。不亦拂乎？故书曰：孰恶？孰美？成者为首，不成者为尾。"（《盗跖》）

【译文】子张问满苟得说："你为什么不修德行呢？没有德行就不受信任，不受信任就不被任用，不被任用就没有利禄。所以，关注名，计算利，就是适宜的作为；如果抛弃了名利，便违背了人心。那么，士人对于德行，是不能一天不修的啊！"满苟得说："没有羞耻的人容易富有，多受信任的人容易显达。那些名利大的人，几乎都是没有羞耻而受到信任的。所以，关注名，计算利，便受到信任；如果抛弃了名利，便是违背了人心。所以，士人对于德行，就要保持着自己的天性啊！"子张说："从前，夏桀、殷纣贵为天子，富有天下，现在，有人要对奴婢说，你的行为如同夏桀、殷纣一样，他们就会面带愧色、表现出不服的心意，这是因为小人都看不起他们。孔子、墨子，是穷困的平民，现在有人对宰相说，您的行为如同孔子、墨子一样，他就会改变面色，说自己配不上，这是因为士人认为孔墨品德确实高贵。所以，像天子这样有权势，未必就高贵；像平民这样受穷困，未必就卑贱。高贵与卑贱的分别，在于行为的善恶。"满苟得说："小偷就被拘押，大贼就成为诸侯。诸侯的门里，就有正义存在。从前，齐桓公杀了兄长、占了嫂子，可是管仲还是做他的宰相；田成子杀了国君、盗去了国家，可是孔子还是接受他的聘礼。在言论上鄙视齐桓、田成，在行为上却甘为臣下，这就是言论与行为在内心的背离矛盾。这不是违背事理吗？所以古书上说：什么是恶？什么是善？成功了就是首领，不成功就是尾巴。"

当今之世，是"无耻者富，多信者显。夫名利之大者，几于无耻而信"。儒家子张所说的德行是为了追求名利,满苟得所说的德行是要保持天性。虽然行为有善恶,然而成败在强权,"诸侯之门,义士存焉",所以,齐桓无德而管仲称臣,田成窃国而孔子受聘,"论则贱之,行则下之,则是言行之情悖战于胸中也"。社会就是"成者为首,不成者为尾",仁义道德已经成为政治的战利品和遮羞布,哪里还有公平正义可言呢!

【原文】故逐于大盗揭诸侯窃仁义并与斗斛、权衡、符玺之利者,虽有轩冕之赏弗能劝,斧钺之威弗能禁。此重利盗跖而使不可禁者,是乃圣人之过也。故曰:"鱼不可脱于渊,国之利器不可以示人。"彼圣人者,天下之利器也,非所以明天下也。故绝圣弃知,大盗乃止;擿玉毁珠,小盗不起;焚符破玺,而民朴鄙;剖斗折衡,而民不争。殚残天下之圣法,而民始可与论议。擢乱六律,铄绝竽瑟,塞师旷之耳,而天下始人含其聪矣;灭文章,散五采,胶离朱之目,而天下始人含其明矣;毁绝钩绳,而弃规矩,攦工倕之指,而天下始人有其巧矣;削曾、史之行,钳杨、墨之口,攘弃仁义,而天下之德始玄同矣。(《胠箧》)

【译文】所以,追随大盗而居诸侯之位、盗窃仁义和升斗、秤杆、符节、玉玺之利的人,虽然有加官进爵的赏赐而不能鼓励他为善,虽然运用诛杀的威刑不能禁止他为恶。出现这种大利盗跖而使天下不能禁止的情况,就是圣人的过错。所以说:"鱼不能脱离池水,国家的权威不能显示给他人。"那圣人就是国家的权威,并不是用他来明示天下的。所以抛弃圣知,大盗就会息止;毁坏珠玉,小偷就会消失;焚符节、破玉玺,民众就会纯朴;拆升斗、折秤杆,民众就不争夺。废除天下圣人之法,才可以与民众一起议论天下大事。拨乱六律,烧断竽瑟,堵塞师旷的耳朵,天下人才能保全自己的听力;消灭文彩,分散五色,黏合离朱的眼睛,天下人才能保全自己的视力;毁坏曲线板和墨绳,抛弃圆规和曲尺,折断工倕的手指,天下人才能保全自己的技巧;消除曾参、史鳅的行为,钳住杨朱、墨子的嘴巴,抛弃仁义之道,天下人的德性才能与天地本元混同如一。

既然"逐于大盗揭诸侯窃仁义并与斗斛、权衡、符玺之利者,虽有轩冕之赏弗能劝,斧钺之威弗能禁",那么,还不如"殚残天下之圣法",消毁一切文明成果,回到原始状态,使"天下之德始玄同","民始可与论议"。如此激愤的主张,反映了他对社会病态的强烈抨击。虽然尖锐,自有道理;虽然极端,可以理解。

基于这样的思路,庄子甚至对科技文明成果都采取了批判、抵制的态度。

【原文】子贡南游于楚,反于晋,过汉阴,见一丈人,方将为圃畦,凿隧而入井,抱瓮而出灌。搰搰然用力甚多,而见功寡。子贡曰:"有械于此,一日浸百畦,用力甚寡,而见功多。夫子不欲乎?"为圃者卬而视之,曰:"奈何?"曰:"凿木为机,后重前轻,挈水若抽,数如泆汤。其名为槔。"为圃者忿然作色,而笑曰:"吾闻之吾师:有机械者,必有机事;有机事者,必有机心。机心存于胸中,则纯白不备;纯白不备,则神生不定;神生不定者,道之所不载也。吾非不知,羞而不为也!"子贡瞒然惭,俯而不对。有间,为圃者曰:"子奚为者邪?"曰:"孔丘之徒也。"为圃者曰:"子非夫博学以拟圣,於于以盖众,独弦哀歌,以卖名声于天下者乎?汝方将忘汝神气,堕汝形骸,而庶几乎!而身之不能治,何暇治天下乎?子往矣!无乏吾事!"(《天地》)

【译文】子贡向南到楚国去游历,返回晋国,路过汉阴,见到一位老人,他正在为菜园整畦,挖通隧道,进入井里,抱着水瓮给菜园浇水。呼哧呼哧地用力很多,可是功效很低。子贡对老人说:"有一种机械,一天可以浇百畦,用力很少,而功效很高。先生不愿意试试吗?"浇园的老人抬起头看着子贡,说:"那得怎么办呢?"子贡说:"把一根木头凿出机关,后重而前轻,打水就像抽水,速度如同沸水漫溢。它的名字叫桔槔。"浇园的老人愤怒得变了脸色,可是笑着说:"我听我的老师说过:有机巧的器械,必定有机巧的事务;有机巧的事务,必定有机巧的心意。在胸中存有机巧的心意,那么本性的纯洁就不会完备;本性的纯洁不完备,神明的产生就不会安定;神明产生不安定的人,就不能承载大道。我并不是不知道用桔槔,而是认为这样可耻而不用啊!"子贡听后非常惭愧,低头不答。过了一会儿,浇园的老人问子贡说:"您是做什么的呢?"子贡回答说:"我是孔丘的学生。"浇园的老人说:"他不就是那个用博学来比拟圣人,用浮夸荒诞来压制民众,弹着单弦唱悲歌,在天下贩卖名声的人吗?你应该忘掉你的神气,毁弃你的形体,或许还有希望啊!你连自身都不能治理,哪里有时间治理天下呢?您走开吧!不要耽误我的正事!"

老人明知桔槔功效高,却"羞而不为",就是因为"有机械者,必有机事;有机事者,必有机心",有了技巧智谋就会玷污纯朴的本性,有了仁义功利就会腐蚀天然的神明,而不能承载大道。治国先治身,"身之不能治,何暇治天下乎"?这种重德轻智的倾向与儒家是相通的,而与古希腊哲人重知识、重科技的思想明显不同。

就道家学说的主张而言,庄子式的激愤虽然是可以理解的,然而未免极端片面了。任何一种文明成果,都可能有负面效应。比如当今互联网风行世界,极大地推动了科技进步,方便了信息交流,但同样产生了负面的影响,有的青少年沉迷网络,深受暴力色情节目的毒害,家长们忧心忡忡,多方教育,收效甚微,最终甚至要求政府取缔网络,这种心情与庄子何其相似?然而,如同倒脏水不能把孩子一起倒掉一样,不能为了清除网络暴力色情内容而废止互联网。一方面充分发挥互联网的作用、交流信息;另一方面切实加强管理、净化网络,这才是政府应负的监管责任。

### (四) 日凿一窍,七日而浑沌死

面对这种混乱的社会环境,庄子深刻分析了各色人等"为亢"、"为修"、"为治"、"为亡"、"为寿"的思想追求,认为他们各有所为,必然各有所累,都比不上"无不忘也,无不有也,澹然无极,而众善从之"的"天地之道、圣人之德"。因此,应该坚持"正己"、"乐全"的"得志"原则,"不为轩冕肆志,不为穷约趋俗",更不要做"丧己于物、失性于俗"的"倒置之民"。因为"夫以利合者,迫穷、祸、患、害,相弃也;以天属者,迫穷、祸、患、害,相收也。夫相收之与相弃,亦远矣",所以,要抛弃"利合",重视"天属",否则,就如同浑沌凿窍,七日而死。

【原文】刻意、尚行、离世、异俗、高论、怨诽,为亢而已矣,此山谷之士、非世之人、枯槁、赴渊者之所好也;语仁义、忠信、恭俭、推让,为修而已矣,此平世之士、教诲之人、游居学者之所好也;语大功、立大名、礼君臣、正上下,为治而已矣,此朝廷之士、尊主强国之人、致功并兼者之所好也;就薮泽、处闲旷、钓鱼闲处,为亡而已矣,此江海之士、避世之人、闲暇者之所好也;吹呴、呼吸、吐故、纳新、熊经、鸟申,为寿而已矣,此道引之士、养形之人、彭祖寿考者之所好也。若夫,不刻意而高,无仁义而修,无功名而治,无江海而闲,不道引而寿;无不忘也,无不有也,澹然无极,而众善从之:此天地之道、圣人之德也!故曰:夫恬淡、寂寞、虚无、无为,此天地之平,而道德之质也。故曰:圣人休焉。休,则平易矣;平易,则恬淡矣;平易、恬淡,则忧患不能入,邪气不能袭,其德全,而神不亏。(《刻意》)

【译文】意志崇高、行为卓越、脱离社会、违反习俗、高谈阔论、诽谤时事,只不过为了表示高傲而已,这是那些隐居山林、非难当世、自甘枯寂、沉沦不返的人所喜好的行为;谈论仁义、忠信、恭俭、推让之道,只不过为了修饰自己而已,这是那些评论时事、教诲他人、游学讲道的人所喜好的行为;议论大功、建立大名、看重君臣之礼、端正尊卑之位,只不过为了治理天下罢了,这是那些出入朝廷、尊君强国、追求功名、兼并异国的人所喜好的行为;趋向山泽、居处清闲、垂钩钓鱼,只不过为了远离现实而已,这是那些傲游江湖、避开尘世、无所事事的人所喜好的行为;吹嘘、呼吸、吐出浊气、纳入新气、像熊那样攀爬、像鸟那样伸展,只不过为了长生不老而已,这是练习气功、保养身体、期盼长命百岁的人所喜好的行为。至于，不刻意追求而品德崇高，不实行仁义而能够修身，不建立功业而治理天下，不浪迹江湖而得以清闲，不修炼气功而能够长寿；没有忘却不了的事物，没有享用不到的福分，淡泊到没有边际，而众多美名却跟随着他：这便是天地之道、圣人之德啊！所以说：恬淡、寂寞、虚无、无为，乃是天地的水准，道德的本质。所以说：圣人是休止不动的。休止不动，就心平气和；心平气和，就清静淡泊；心平气和，清静淡泊，忧患就不会进入，邪气就不会侵袭，他的德性就得以保全，精神就不会亏损。

庄子批评那些各有所为的人们，崇尚"恬淡、寂寞、虚无、无为"是"天地之平，而道德之质"。因为"休，则平易矣；平易，则恬淡矣"，只有这样，才可以确保"忧患不能入，邪气不能袭，其德全，而神不亏"。杨子"全性保真，不以物累形"的观点，在这里得到进一步引申和阐发。

【原文】古之所谓隐士者，非伏其身而弗见也，非闭其言而不出也，非藏其知而不发也，时命大谬也。当时命而大行乎天下，则返以无迹；不当时命而大穷乎天下，则深根宁极而待，此存身之道也。古之存身者，不以辩饰知，不以知穷天下，不以知穷德，危然处其所，而反其性，己又何哉？道固不小行，德固不小识；小识伤德，小行伤道。故曰：正己而已矣。乐全，谓之得志。古之所谓得志者，非轩冕之谓也，谓其无以益其乐而已矣。今之所谓得志者，轩冕之谓也。轩冕在身，非性命也。物之傥来，寄也。寄之，其来不可圉，其去不可止。故不为轩冕肆志，不为穷约趋俗，取乐彼与此同，故无忧而已矣。今寄去，则不乐。由是观之，虽乐，未尝不荒也。故曰：丧己于物、失性于俗者，谓之倒置之民。（《缮性》）

【译文】古代的所谓隐士，并不是潜伏自己的身体而不显现，并不是关闭自己的言论而不表明，并不是藏匿自己的智慧而不发挥，是因为时运大相背离。遇到时运而"道"大行于天下，就归返而不露痕迹；不遇时运而天下背离其道，就站稳脚跟、宁静心神而等待，这便是保全自身之道。古代保全自身的人，不用巧辩文饰智慧，不用智慧穷究天下，不用智慧穷究德业，谨慎地居住在自己的处所，而恢复自己的本性，自己又有其他什么可做的呢？"道"本来不从小处推行，"德"本来不从小处认识；从小处认识就伤害了"德"，从小处推行就伤害了"道"。所以说：端正自己就行了。以保全自己为乐，就叫作得志。古代所说得志的人，并不是说得到荣华富贵，是说无从再增加他的快乐而已。现在所说的得志，就是说得到荣华富贵。荣华富贵加于自身，并不是性命以内的东西。外物倘若得到，不过是暂时寄存的东西。暂时寄存的东西，它的到来不能禁，它的离去不可止。所以，不应该为荣华富贵而肆无忌惮，也不应该因为穷困卑贱而趋向低俗，无论荣华富贵或穷困卑贱，心境是相同的，只是没有忧愁而已。现在的人，暂时寄存的东西一旦离开，就不高兴。由此看来，纵然表面高兴，而内心未尝不慌乱的。所以说，由于外物而丧失自己、由于世俗而失去本性的人，就叫作本末倒置的人。

隐士遇时"则返以无迹"，不遇时"则深根宁极而待"，这就是"正己"而"乐全"的法则。正己本性，保全真情，就是得志，而不是得到荣华富贵这些身外之物。其实，身外之物"其来不可圉，其去不可止"，如同暂时寄存一样，与自己的性命无关，又何必孜孜以求、牵动情怀呢？只有抛弃外物的利诱，才能有自己的独立人格。所以，老子所说的那些醉心"五色"、"五音"、"五味"、"驰骋畋猎"、"难得之货"的侯王们（《十二章》），就是所谓"倒置之民"。

【原文】孔子问子桑雽曰："吾再逐于鲁，伐树于宋，削迹于卫，穷于商周，围于陈蔡之间，吾犯此数患，亲交益疏，徒友益散，何欤？"子桑雽曰："子独不闻假人之亡欤？林回弃千金之璧，负赤子而趋。或曰：'为其布欤？赤子之布寡矣；为其累欤？赤子之累多矣。弃千金之璧，负赤子而趋，何也？'林回曰：'彼以利合，此以天属也。夫以利合者，迫穷、祸、患、害，相弃也；以天属者，迫穷、祸、患、害，相收也。夫相收之与相弃，亦远矣。且君子之交淡若水，小人之交甘若醴。君子淡以亲，小人甘以绝。彼无故以合者，则无故以离。"孔子曰："敬闻命矣！"徐行翔佯而归，绝学捐书，弟子无挹于前，其爱益加进。异日，桑雽又曰："舜之将死，真泠禹曰：汝戒之哉！形莫若缘，情莫若率；缘则不离，率则不劳；不离不劳，则不求文以待形；不求文以待形，固不待物。"（《山木》）

【译文】孔子问子桑雽说："我在鲁国两次被放逐，在宋国受过惊吓，在卫国藏匿行迹，在商、周两地遭到穷困，在陈、蔡两国被围困，我遭受这些灾难后，亲戚越来越疏远，徒友越来越离散，这是什么原因呢？"子桑雽说："您难道没有听说过殷人逃亡的故事吗？有一个叫林回的人抛弃了价值千金的璧玉，却背着自己的婴儿逃走。有人问他：你是为了值钱吗？带上婴儿并不值钱；你是为了避开劳累吗？带上婴儿更加劳累。你抛弃了价值千金的璧玉，却背着自己的婴儿逃走，这是为什么呢？"林回说："那璧玉是由于财利撮合而来，这婴儿是由于天意连属而来。由于财利撮合而来的，遇到穷困、灾祸、忧患、伤害的逼迫，就会互相抛弃；由于天意连属而来的，遇到穷困、灾祸、忧患、伤害的逼迫，就会互相聚合。这互相聚合与互相抛弃，差别就太远了。况且，君子之交淡若水，小人之交甜若酒。君子淡泊而亲切，小人甜蜜而疏远。那无故而撮合的，必然无故而离散。"孔子说："我恭敬地接受您的教诲！"孔子慢慢地徘徊而归，停止了学习，抛弃了书籍，他面前的弟子不但没有减少，弟子对他的敬爱反而增加了。过了几天，子桑雽又说："大舜将要死去的时候，对禹嘱咐说：你要谨慎警惕啊！形貌没有比顺从自然更好的了，内心没有比遵循天道更好的了；顺从自然就不会离散本性，遵循天道就不会劳累形体；不离散本性、不劳累形体，就不会寻求用文饰装扮形体；不寻求用文饰装扮形体，所以就不需要依靠外物。"

璧玉是外在的"利合"，赤子是内在的"天属"，如果遇到不测，"利合"者"相弃"，"天属"者"相收"，因此，"彼无故以合者，则无故以离"。这里，庄子以璧玉喻外物，以赤子喻天性，强调外物可以离散，而天性应该永远保存。所以,大舜指出"形莫若缘,情莫若率",强调"不求文以待形,固不待物"。

【原文】南海之帝为儵,北海之帝为忽,中央之帝为浑沌。儵与忽时相遇于浑沌之地,浑沌待之甚善。儵与忽谋报浑沌之德,曰:"人皆有七窍,以视、听、食、息。此独无有,尝试凿之。"日凿一窍,七日而浑沌死。(《应帝王》)

【译文】南海的天帝叫作儵,北海的天帝叫作忽,中央的天帝叫作浑沌。儵与忽经常在浑沌那里相会,浑沌招待他们非常周到。儵与忽就商量着要报答浑沌的盛情,说:"人类都有七窍,用来看、听、吃饭、出气。可是浑沌这个人独独没有,我们试着给他凿通。"结果他们每天为浑沌凿通一窍,到第七天,浑沌就死了。

浑沌为什么七日而死呢?浑沌本来七窍不通,自然天成,对周边世界毫无感知,只有与生俱来的纯朴真性。然而,浑沌如今被凿通七窍,用来"视、听、食、息",这样,人世间所谓圣智仁义、名利私欲等种种邪念诱惑扑面而来,质朴纯真受到侵蚀玷污,精神崩溃,天性泯灭,怎能不困顿而死呢?可见,物欲对天性的毒害之深!所以,老子反复强调:"塞其兑,闭其门,终身不勤;开其兑,济其事,终身不救。"(《五十二章》)闭塞"兑"、"门",就是七窍不通,保持固有真性;反之,就会受到毒害,毁灭天性,不可救药。道理就在这里。

### (五)方今之时,仅免刑焉

社会上如此人性虚伪、道德沦丧,"来世不可待,往世不可追也",到处充满忧患,动辄得咎,"福轻于羽,莫之知载;祸重于地,莫之知避",只要能够免除刑罚,已经是万幸了。即使"强以仁义绳墨之言术暴人之前者,是以人恶育其美也",就会反招其灾;如果螳臂当车、养虎逆动、爱马扑虻,就会反受其害。甚至连骷髅都不愿复生,那么,这人世间还有什么希望呢?还有什么值得留恋呢?

【原文】孔子适楚，楚狂接舆游其门，曰："凤兮！凤兮！何如德之衰也？来世不可待，往世不可追也。天下有道，圣人成焉；天下无道，圣人生焉。方今之时，仅免刑焉。福轻于羽，莫之知载；祸重于地，莫之知避。已乎！已乎！临人以德？殆乎！殆乎！画地而趋！迷阳！迷阳！无伤吾行！吾行却曲，无伤吾足！"（《人间世》）

【译文】孔子到楚国，楚国的狂士接舆在孔子门前经过，说："凤鸟啊！凤鸟啊！你的德行怎么这样堕落呢？未来的世界是不可期待的，过去的世界是不可追溯的。天下太平了，圣人就可以成名；天下大乱了，圣人就应运而生。现今的时代，只求免除刑罚就可以了。幸福比鸿毛还轻，你也不能扛起它；灾祸比大地还重，你也不能躲避它。算了吧！算了吧！还能用道德待人吗？危险啊！危险啊！在地上画出界线再走吧！迷失了光明！迷失了光明！不要妨碍我们的行程！我们的行程迂回曲折，不要损伤了我们的脚！"

《微子》中早已记载了这个故事，强调的就是"今之从政者殆而"。庄子这里重提此事，就是要借楚狂接舆之口，说明"方今之时，仅免刑焉"。百姓生活，何其艰难！福不可求，祸不可避，危机四伏，险象环生，举步维艰，朝不保夕，怎能不引起庄子内心极大的恐惧和不安呢？

【原文】颜阖将傅卫灵公太子，而问于蘧伯玉。曰："有人于此，其德天杀：与之为无方，则危吾国；与之为有方，则危吾身。其知，适足以知人之过，而不知其所以过。若然者，吾奈之何？"蘧伯玉曰："善哉问乎！戒之！慎之！正汝身也哉！形莫若就，心莫若和。虽然，之二者，有患。就不欲入，和不欲出。形就而入，且为颠，为灭，为崩，为蹶；心和而出，且为声，为名，为妖，为孽。彼且为婴儿，亦与之为婴儿；彼且为无町畦，亦与人为无町畦；彼且为无崖，亦与之为无崖。达之，入于无疵。汝不知夫螳螂乎？怒其臂以当车辙，不知其不胜任也，是其才之美者也。戒之！慎之！积伐而美者以犯之，几矣！汝不知夫养虎者乎？不敢以生物与之，为其杀之之怒也；不敢以全物与之，为其决之之怒也。时其饥饱，达其怒心。虎之与人异类，而媚养己者，顺也。故其杀者，逆也。夫爱马者，以筐盛矢，以蜄盛溺。适有蚊虻仆缘，而拊之不时，则缺衔、毁首、碎胸。意有所至，而爱有所亡。可不慎邪？"（《人间世》）

【译文】颜阖将要就任卫灵公太子的太傅，去请教蘧伯玉。说："如果有这样一个人，他的德行天生薄弱：与他一起做不正当的事情，就危害国家；与他一起做正当的事情，就危害自身。他的智慧，能够知道别人的过错，而不知道自己为什么犯错误。像这样的人，我将怎么对待？"蘧伯玉说："你问得好极了！警惕啊！谨慎啊！要端正你的态度啊！在形貌上没有比迁就他更好的了，在内心里没有比应和他更好的了。虽然如此，这两种办法，还是有危险的。迁就他可不能过分，应和他可不能显露。形貌迁就他而过分，就会颠覆、灭绝、崩溃、失败；内心应和他而显露，就会得到名声，也会得到灾难。他如果耍小孩子脾气，你就同他一起耍小孩子脾气；他如果干没有章法的事情，你也同他一起干没有章法的事情；他如果做没有理性的事情，你也同他一起做没有理性的事情。通达了这个道理，就能够不出纰漏毛病了。你不知道那螳螂吗？举起双臂来阻挡车马，并不知道自己不能胜任，自认为自己的才力是强大的。警惕啊！谨慎啊！经常夸耀自己的优点来冒犯他人，那是非常危险的！你不知道那养虎的人吗？他不敢用活的东西喂它，为了不引起它捕杀活物而产生怒气；也不敢用整个的东西喂它，为了不引起它撕裂整物而产生怒气。要窥探它饥饿的时机，要了解它发怒的心理。老虎本来与人不是同类，而能够亲近饲养它，就因为顺从它的本性。所以那些被老虎伤害的人，就是因为倒逆了老虎的本性。那喜爱马的人，用竹筐给它盛粪，用漆器给它盛尿。如果恰好有一只蚊虻落在马身上，爱马的人扑打的不是时候，马就会惊吓得扯断笼头，把头撞伤，把胸也撞破。扑打蚊虻的用意本来是好的，可是喜爱它的实质却丧失了。可见，对待事物能不谨慎吗？"

颜阖要当卫灵公太子傅，本是好事，也是难事。学生地位尊贵，德行低劣；老师如何教诲，左右为难。蘧伯玉就告诉他"形莫若就，心莫若和"的道理，教他"彼且为婴儿，亦与之为婴儿；彼且为无町畦，亦与人为无町畦；彼且为无崖，亦与之为无崖"，从之顺之，随波逐流，方可"无疵"。"积伐而美者以犯之，几矣"，千万不要学螳臂当车，更不要像养虎人逆动、爱马人扑虻那样招致祸害。可是，这样顺从，如此放纵，还能传道授业、为人师表吗？当个老师尚且这样危险，更不用说为官为宦了。这实际上形象生动反映了进退维谷的政治生态和艰难人生，从中可以真切感到庄子恐惧无奈、焦虑绝望的苦闷心情。

【原文】庄子之楚，见空骷髅，髐然有形。撽以马捶，因而问之，曰："夫子贪生失理，而为此乎？将子有亡国之事、斧钺之诛，而为此乎？将子有不善之行，愧遗父母妻子之丑，而为此乎？将子有冻馁之患，而为此乎？将子之春秋，故及此乎？"于是语卒，援骷髅，枕而卧。夜半，骷髅见梦，曰："子之谈者，似辩士。视子所言，皆生人之累也，死则无此矣。子欲闻死之说乎？"庄子曰："然。"骷髅曰："死，无君于上，无臣于下，亦无四时之事，从然以天地为春秋。虽南面王乐，不能过也！"庄子不信，曰："吾使司命复生子之形，为子骨肉肌肤，反子父母、妻子、闾里、知识。子欲之乎？"骷髅深矉蹙頞，曰："吾安能弃南面王乐，而复为人间之劳乎？"（《至乐》）

【译文】庄子到楚国去，在路上见到一个死人的头骨，虽然干枯还保持着原形。庄子用马鞭敲打它，就问："您是由于贪生怕死、做错事情，而成为这样的呢？还是因为亡国之事、斧钺之刑，而成为这样的呢？还是由于不好的行为，愧对父母妻子，而成为这样的呢？还是因为冻饿之苦，而成为这样的呢？还是由于年龄的关系，而成为这样的呢？"说完以后，庄子就拿过头骨，枕着躺下睡着了。到了半夜，头骨托梦来，说："从您谈的内容看，您好像是一个辩士。看您所说的，都是活人的罪孽，死了就没有这些了。您愿意听关于死亡的说法吗？"庄子说："是的。"头骨说："死亡以后，在上没有君王，在下没有臣仆，也没有四时的事务，纵情以天地的寿命为春秋。即便是南面称王的快乐，也不能超过啊！"庄子不相信，就说："我让掌管寿命的神仙使您的形貌复生，给您长上骨肉肌肤，返还您的父母、妻子、乡邻、朋友。您愿意这样吗？"头骨忧愁得把眉头皱到鼻梁，说："我哪能放弃南面称王的快乐，而再次受那人间的劳苦呢？"

显然，骷髅把"贪生失理"、"亡国之事"、"斧钺之诛"、"不善之形"、"冻馁之患"，统统视为"生人之累"，而"死则无此矣"。人死之后，"无君于上，无臣于下，亦无四时之事，从然以天地为春秋"，何乐而不为！所以，骷髅不愿复生，再受人间之苦。故事虽然荒诞，却真实地反映了庄子愤世嫉俗、生不如死的忧患意识和恐惧心理，庄子对现实的揭露和批判可谓入木三分、登峰造极。杨子认为"存我为贵"、"侵物为贱"，反对"横私天下之身，横私天下之物"，向统治者提出抗争。老子反对统治者"甚"、"奢"、"泰"，"损不足以奉有余"，咒骂他们是一伙"服文彩，带利剑，厌饮食，财货有余"的"盗夸"，所以主张"太上，不知有之"（《十七章》）。庄子则更加悲观厌世，看破红尘，极端痛恨黑暗龌龊的战乱社会，其激愤尖锐程度远远超过杨子和老子。

## 二 倡导无用之用，甘愿洁身守志

正因为圣人违背自然，倒行逆施，造成了社会的种种病态，人们的生存环境非常险恶，危机四伏，到处充满了陷阱和灾难。"物固相累，二类相召"，意想不到的危险随时出现，甚至"直木先伐，甘井先竭"，使得价值扭曲，人心唯危，不得不"支离其德"、苟且偷生。统治者的种种作为，名为"爱民"，实则"害民"。人们只有"行贤，而去自贤之行"，俭啬收敛，时时警惕，才能保全自己；唯有远离名利，避开尘世，才能洁身自好，全德守志。

### (一) 物固相累，二类相召

许多事物，表面上毫无联系，却因为利益相关，导致了意外的灾难，这正是"物固相累，二类相召"的必然，使人身陷其中，防不胜防。所以，螳螂捕蝉，异鸟在后；庄子弹鸟，虞人在后。丰狐、文豹在山，难逃罗网机关；鲁君敬鬼尊贤，难免内忧外患。

【原文】庄周游于雕陵之野，睹一异鹊，自南方来者，翼广七尺，目大运寸，感周之颡，而集于栗林。庄周曰："此何鸟哉？翼殷不逝，目大不睹！"蹇裳躩步，执弹而留之。睹一蝉，方得美荫，而忘其身；螳螂执翳而搏之，见得而忘其形；异鹊从而利之，见利而忘其真。庄周怵然曰："物固相累，二类相召也！"捐弹而反走。虞人逐而谇。庄周反，三日不庭。蔺且从而问之："夫子何为顷间甚不庭乎？"庄周曰："吾守形而忘身。观于浊水，而迷于清渊。且吾闻诸夫子曰：入其俗，从其俗。今吾游于雕陵，而忘吾身，异鹊感吾颡；游于栗林而忘真，栗林虞人以吾为戮。吾是以不庭也！"(《山木》)

【译文】庄周在雕陵的郊外游玩，看见一只奇异的山鹊，它是从南方飞来的，翅膀宽度七尺，眼睛直径一寸，撞到庄周的前额后，就落到栗子树林里了。庄周说："这是一只什么鸟呢？翅膀大而飞不动，眼睛大而看不清！"他提起衣裳，小心地走了几步，拿起弹弓而等着它。这时庄周看见一只知了，正在找到一个美好的树荫下，而忘记了自己的身体；又有一只螳螂，潜伏在树荫下而要捕捉知了，见到了食物而忘记了自己的形体；这只奇异的山鹊也以为螳螂可图，见到利益而忘记自己的本体。庄周警觉地说："万物本来就是互相连累的，两类事物是互相招引的啊！"他丢掉弹弓，便向回跑。看守栗园的人就追过来盘问他。庄周回来后，三天都不愉快。他的学生蔺且就问他："老师为什么最近很不高兴呢？"庄周说："我守着自己的形体，而忘记了自己的身躯。在浑水中观察，在清水里迷茫。况且，我听老师说过：进入这种习俗，就随从这种习俗。现在，我到雕陵游玩，忘记了自己的身躯，奇异的山鹊撞了我的前额；我在栗子树林游玩，忘记了自己的本体，看守栗园的人要责备我。所以，我不愉快啊！"

蝉、螳螂、异鹊、庄子、虞人，这五者之间本来没有必然的联系，只是因为特定利益的引诱，才构成一个前后关联的利益链。庄子对这种"物固相累，二类相召"的现象非常震惊而恐怖，并为自己"守形而忘身"的失误深深自责。"螳螂捕蝉，黄雀在后"式的利害陷阱，处处存在，稍有不慎，就可能掉进灾难的深渊，正是社会险恶环境的真实写照。

【原文】市南宜僚见鲁侯，鲁侯有忧色。市南子曰："君有忧色，何也？"鲁侯曰："吾学先王之道，修先君之业，吾敬鬼尊贤，亲而行之，无须臾居，然不免于患。吾是以忧。"市南子曰："君之除患之术，浅矣。夫丰狐、文豹，栖于山林，伏于岩穴，静也；夜行，昼居，戒也；虽饥渴隐约，犹且胥疏于江湖之上，而求食焉，定也。然且不免于罔罗机辟之患，是何罪之有哉？其皮为之灾也。今鲁国独非君之皮邪？吾愿君刳形、去皮、洒心、去欲，而游于无人之野。南越有邑焉，名为建德之国。其民愚而朴，少私而寡欲，知作而不知藏，与而不求其报；不知义之所适，不知礼之所将，猖狂妄行，乃蹈乎大方；其生可乐，其死可葬。吾愿君去国捐俗，与道相辅而行。"（《山木》）

【译文】住在市南的熊宜僚进见鲁侯，鲁侯脸上有忧愁之色。熊宜僚问："君王脸上有忧愁之色，究竟是为什么呢？"鲁侯说："我学习先王的大道，继承先王的事业，我敬奉鬼神，尊重贤人，身体力行，没有片刻休闲，然而不免于祸患灾难。我因此而担忧。"熊宜僚说："君王消除祸患的方术，未免浅陋了。那些大狐狸和金钱豹，居住在山林里，潜伏在洞穴中，这是它的宁静；夜间才出来，白天就不动，这是它的戒备；因为饥渴的困扰，必须在江湖上行走，而寻求食物，这是它的镇定。然而它还是不免于罗网机关捕捉的灾祸，它究竟有什么罪过呢？这是它美丽的皮毛招来的灾难。现在，鲁国的土地百姓难道不是君王的皮毛吗？我希望君王削损形体，去掉皮毛，洗净内心，抛弃欲望，而遨游在无人的原野上。在南越有一个国家，叫作建德之国。那里的民众愚昧而质朴，没有私心和欲望，只知道工作而不知道收藏，只知道给予而不求回报；他们不知道怎样趋向道义，不知道怎样施行礼仪，随心任意地作为，却踏在大道之上；他们的生活得到快乐，他们的死亡得到安葬。我希望君王丢掉国家，离开世俗，与大道一起并行。"

丰狐、文豹生于山林，与世无争，可是它们的皮毛华丽珍贵，就会有"罔罗机辟之患"；鲁君"学先王之道，修先君之业"，敬鬼尊贤，亲历亲为，堪称贤君，然而鲁国的土地财物却成了鲁君的皮毛，引来了周边诸侯贪婪的欲望，从而产生了无尽的忧患。可见，只有"去国捐俗，与道相辅而行"，才是唯一的出路。

【原文】颜回见仲尼，请行。曰："奚之？"曰："将之卫。"曰："奚为焉？"曰："回闻卫君，其年壮，其行独。轻用其国，而不见其过；轻用民死，死者以国，量乎泽，若蕉。民其无如矣。回尝闻之夫子曰：治国去之，乱国就之。医门多疾。愿以所闻思其则，庶几其国有瘳乎？"仲尼曰："嘻！若殆往而刑耳！夫道，不欲杂；杂则多，多则扰；扰则忧，忧则不救。古之至人，先存诸己，而后存诸人；所存于己者未定，何暇至于暴人之所行？且若亦知夫德之所荡，而知之所为出乎哉？德荡乎名，知出乎争。名也者，相札也；知也者，争之器也。二者凶器，非所以尽行也。且德厚、信矼，未达人气；名闻、不争，未达人心。而强以仁义绳墨之言术暴人之前者，是以人恶育其美也，命之曰菑人。菑人者，人必反菑之。若殆为人菑夫！"（《人间世》）

【译文】颜回去见孔子，向孔子辞行。孔子问："到哪里去？"颜回说："将要到卫国去。"孔子又问："去做什么呢？"颜回说："我听说卫国之君，年纪少壮，性格孤癖。他轻易动用国家的权威，而看不到自己的过错。他轻易地让民众去送死，为国而死的民众填满了池泽，如同横七竖八的砍倒的草木。民众已经被逼得没有生路了。我曾经听老师说过：太平的国家就应该离开，混乱的国家就应该投奔。医生的门前病人多。我愿意从我听到的道理中想出办法，可能这个国家还是有救的吧？"孔子说："哎呀！你到那里可能要遭到刑罚的！那道术，不能驳杂；驳杂了就头绪多，头绪多了就内心烦扰；内心烦扰就忧虑多，忧虑多就不可救药。古代的至人，先保存自己，然后保存别人；尚未保存自己，哪里有时间去凶暴之地呢？况且，你也知道人的德行之所以败坏，智谋之所以表露的原因吗？德行是由名声而败坏的，智谋是由竞争而表露的。名声，出自互相倾轧；智谋，是竞争的工具。这两件凶器，是不能用它穷尽人的行为的。何况，自己的德行淳厚，信用坚实，未必能够通达人们的气质；自己的名声彰显，而不争夺，未必能够通达人们的心理。而勉强地把仁义、准则说在凶暴之人面前，那就是利用别人的劣迹来成就自己的美名，这就叫伤害人的人。伤害人的人，别人就会反过来伤害他自己。你大概要被人伤害啊！"

颜回本来满怀热情，要以自己所学去拯救卫国，结果受到孔子的阻拦。因为，"古之至人，先存诸己，而后存诸人；所存于己者未定，何暇至于暴人之所行"？何况，"德荡乎名，知出乎争。名也者，相札也；知也者，争之器也。二者凶器，非所以尽行也"，人心难测，是非难定，"强以仁义绳墨之言术暴人之前者，是以人恶育其美也"，就在无意中伤害了他人，自己必定受到报复，所以，颜回此去即使竭尽心力，也难有理想结果。

庄子借孔子之口所讲寓言，具体地说明了从政之难，做人之险，实为醒世之言。其"先存诸己，而后存诸人"的思想，与杨朱"贵己"、"为我"的主张，与老子"贵以身为天下，若可寄天下；爱以身为天下，若可托天下"（《十三章》）的主张，是一脉相承的。庄子说："山木，自寇也；膏火，自煎也。桂可食，故伐之；漆可用，故割之。人皆知有用之用，而莫知无用之用也。"（《人间世》）。山木自寇，膏火自煎，是因为自身有利。桂树被伐，是因为皮"可食"；漆树被割，是因为漆"可用"。可见，要想自保自全，只有摆脱世俗，以"无用"为"用"。这就是庄子的处世之方。

### （二）直木先伐，甘井先竭

栎树"无所可用"，得以保全；支离疏残疾，免于死地；而孔子"饰知以惊愚"，却屡遭磨难。这就是"直木先伐，甘井先竭"的道理。当今之世，环境险恶，危机四伏，只有"道流而不明居，得行而不名处"，最终只有"支离其德者"可以自存，岂非社会病态、咄咄怪事！

【原文】匠石之齐，至于曲辕，见栎社树：其大，蔽数千牛，絜之百围；其高，临山十仞，而后有枝；其可为舟者，旁十数。观者如市。匠石不顾，遂行不辍。弟子厌观之，走及匠石，曰："吾自执斧斤以随夫子，未尝见材如此其美也。先生不肯观，行不辍，何邪？"曰："已矣，勿言之矣！散木也。以为舟，则沉；以为棺椁，则速腐；以为器，则速毁；以为门户，则液樠；以为柱，则蠹。是不材之木也，无所可用，故能若是之寿也！"匠石归，栎社见梦。曰："汝将恶乎比予哉？若将比予于文木邪？夫柤、梨、橘、柚、果、蓏之属，实熟则剥，剥则辱，大枝折，小枝泄。此以其能苦其生者也，故不能终其天年，而中道夭。自掊击于世俗者也，物莫不若是。且予求无所可用，久矣，几死。今乃得之，为予大用。使予也而有用，且得有此大也邪？且也，若与予也，皆物也，奈何哉其相物也？而几死之散人，又恶知散木？"匠石觉，而诊其梦。弟子曰："趣取无用，则为社，何邪？"曰："密，若无言！彼亦直寄焉，以为不知己者诟厉也。不为社者，且几有翦乎！且也，彼其所保与众异。以义誉之，不亦远乎！"（《人间世》）

【译文】木匠石要到齐国去，走到曲辕这个地方，看见土帝庙坛上长着一棵栎树：它的大，树荫可以遮蔽数千头牛，树身有一百尺粗；它的高，靠着十多丈的山崖，而后才长有枝叶；这些树枝可以造船的，大概有十几根。参观的人如同赶集一样。木匠石经过这里头也不回，就往前走而不停步。他的徒弟看了很长时间，赶上木匠石，问："自从我拿起斧头跟着师傅以来，从未见过这样好的木材。可是，师傅你竟不肯看，走着不停步，为什么呢？"木匠石说："算了吧！不要说它了！那是一棵松散的木材。用它造船，就会沉没；用它制棺椁，就会很快腐朽；用它做家具，就会很快损毁；用它建门窗，就会糟烂；用它当柱子，就会生蛀虫。这是不成材的树木，没有什么用处，所以能够这样长寿啊！"木匠石回到家，晚上土帝庙的栎树向他托梦。说："你怎么这样来比方我呢？你将用那些美好的树木来比方我吗？那些山楂树、梨树、橘子树、柚子树以及所有结果的植物，果实熟了就有人摘，有人摘就要受到伤害，大枝被折，小枝被扯。这就是因为它们的才能而使它们的生命受苦的原因，所以不能善终天年，半路上就死了。这是它们自己招致来的世俗打击，事物没有一件不是这样的。况且我追求自己没有任何用处，已经很长时间了，几乎都要接近死亡了。现在我才得到这种道术，作为我最大的用处。假如我有山楂、梨树的用处，还能够长这样大吗？况且，你与我，都属于物类，你为什么仅仅把我作为一般物类看待呢？你这样一个将近死亡的松散人，又怎么能够懂得松散木的妙用呢？"木匠石醒来后，将这个梦告诉徒弟。徒弟说："它总想求得无用，那么它长在土帝庙坛上助威，又是为什么呢？"木匠石说："住口，你不要再说！它只是寄托在那里，因此而被不了解它的人羞辱；它如果不寄托在那里而为土帝庙助威，就早被人砍伐了。况且，它保持自己的道术与众不同，如果用常理来谈论，不是扯得太远了吗？"

"不材之木"，没有什么用处，无利可图，因此无人砍伐而长寿；"柤、梨、橘、柚、果、蓏之属"，果实可食，有利可图，因此招来伤害而夭折。所以，"自掊击于世俗者也，物莫不若是"，人生在世又何尝不是如此呢？

【原文】孔子围于陈蔡之间，七日不火食。太公任往吊之，曰："子几死乎？"曰："然。""子恶死乎？"曰："然。"任曰："予尝言不死之道。东海有鸟焉，其名为意怠。其为鸟也，翂翂翐翐，而似无能；引援而飞，迫胁而栖；进不敢为前，退不敢为后；食不敢先尝，必取其绪。是故其行列不斥，而外人卒不得害，是以免于患。直木先伐，甘井先竭。子其意者饰知以惊愚，修身以明污，昭昭乎如揭日月而行，故不免也。昔，吾闻之大成之人曰：自伐者无功。功成者堕，名成者亏。孰能去功与名而还与众人？道流而不明居，得行而不名处。纯纯常常，乃比于狂。削迹捐势，不为功名。是故无责于人，人亦无责焉。至人不闻，子何喜焉？"孔子曰："善哉！"辞其交游，去其弟子，逃于大泽，衣裘褐，食杼栗；入兽不乱群，入鸟不乱行。鸟兽不恶，而况人乎？（《山木》）

【译文】孔子被围困在陈、蔡之间，七天没有吃到熟食。太公任去慰问他，说："您几乎要困死了吧？"孔子说："是的。"太公任又说："您厌恶死吗？"孔子说："是的。"太公任说："我尝试说一说不死的道理吧。东海有一种鸟，它的名字叫意怠。这种鸟，飞得很舒展，好像软弱无力；它们摞着翅膀飞，挤在一起睡；前进不抢先，后退不落后；吃东西不敢先尝，必定保持秩序。所以，它们在行列里不互相排斥，而外人最终也不能伤害，因此能够免除祸患。挺直的木材最先被人砍伐，甘美的井水最先被人用干。您的用意是文饰自己的明智来显露别人的愚昧，修养自己的身心来表现别人的污浊，明煌煌地像高举日月走路，所以不能免除祸患啊！过去，我听到大德纯正的人这样说：自我夸耀的人不会成功。成功的人就要衰颓，成名的人就要亏损。谁能够抛弃功名归还给众人呢？道的流行而从不自名有道，德的流行而从不自名有德。纯真、永恒，而自比作狂人。消除形迹、丢弃威势，而不为追求功名。所以，自己不去责备别人，别人也就不责备自己。至圣的人不求闻名于当世。您为什么要喜欢这个呢？"孔子说："您说的太好了！"他辞退了朋友，离开了弟子，逃亡到大泽旷野上，穿着粗布衣，吃着野果食；进入兽群不扰乱它们的队伍，进入鸟群不扰乱它们的行列。鸟兽都不厌恶他，何况人群呢？"

所谓"不死之道"，就是"进不敢为前，退不敢为后；食不敢先尝，必取其绪"，一切循规蹈矩随大流，没有任何特别突出的表现，因此"行列不斥"，"外人不害"，而"免于患"。孔子"饰知以惊愚，修身以明污，昭昭乎如揭日月而行"，这样自夸自显，招摇过市，自然不免于灾难。所以，得道的人"功成者堕，名成者亏"，"削迹捐势，不为功名"，己不责人，人不责己。孔子听到太公任的教诲，于是"辞其交游，去其弟子，逃于大泽"，回归自然，与鸟兽为伍了，竟然成了道家的信徒，这显然是庄子的黑色幽默。老子早就说过："我有三宝，持而保之：一曰慈，二曰俭，三曰不敢为天下先。"（《六十七章》）庄子的寓言故事，就是由此而来。

【原文】支离疏者，颐隐于脐，肩高于顶，会撮指天，五管在上，两髀为胁。挫鍼、治繲，足以糊口；鼓筴、播精，足以食十人。上征武士，则支离攘臂而游于其间；上有大役，则支离以有常疾不受功；上与病者粟，则受三钟与十束薪。夫支离其形者，犹足以养其身，以终天年，又况支离其德者乎？（《人间世》）

【译文】有一个叫疏的畸形人，他的两腮贴近肚脐，双肩高于头顶，发髻指上天，五节脊椎骨翘上，两脚紧靠着肋骨。他做针线活，足够饮食；他给人算卦，可以养活十人。君王征兵时，这个畸形人就捋起袖子，在人群中游荡；君王征劳役，这个畸形人因为有病，而不承担任何工作；君王赈济病人，这个畸形人可以得到三钟粟米和十捆柴火。这个畸形人还可以养活自己，直到寿终正寝，又何况德行畸形的人呢？

既然"直木先伐，甘井先竭"，那么，正直才智之士何以苟活于世？看那些栎树不材，无所可用，却能长寿；畸形之人，无所可用，免去兵役，不服劳役，反而受到关心照顾，坐享天年。因此，庄子发问："又况支离其德者乎？"所谓"支离其德"，就是违背传统，脱离常态，隐遁避世，回归自然。既然"支离其形"可以养其身以终天年，那么"支离其德"便成为一条生存之路。人都到了不得不"支离其德"的程度，岂非社会莫大的悲哀！这就是无用之用。

### （三）爱民，害民之始也

爱民富民，是儒家的仁爱学说。然而，在庄子看来，统治者号称仁义，借口爱民,不过是沽名钓誉、自欺欺人罢了,目的是为了满足私欲而巧取豪夺,抢占财富而据为己有,即所谓"爱民,害民之始也;为义偃兵,造兵之本也"。所以,治理国家必须适合时代,顺应民情,如果"以舟之可行于水也,而求推之于陆,则没世不行寻常",结果只能是"劳而无功,身必有殃"。

【原文】徐无鬼见武侯。武侯曰:"先生居山林,食芧栗,厌葱韭,以宾寡人,久矣夫!今老邪?其欲干酒肉之味邪?其寡人亦有社稷之福邪?"徐无鬼曰:"无鬼生于贫贱,未尝敢饮食君之酒食。将来劳君也。"君曰:"何哉?奚劳寡人?"曰:"劳君之神与形。"武侯曰:"何谓邪?"徐无鬼曰:"天地之养也一。登高,不可以为长;居下,不可以为短。君独为万乘之君,以苦一国之民,以养耳目鼻口。夫神者,不自许也。夫神者,好和而恶奸。夫奸,病也,故劳之。唯君所病之,何也?"武侯曰:"欲见先生,久矣。吾欲爱民,而为义偃兵,其可乎?"徐无鬼曰:"不可。爱民,害民之始也;为义偃兵,造兵之本也。君自此为之,则殆不成。凡成美,恶器也。君虽为仁义,几且伪哉!形固造形;成固有伐,变固外战。君亦必无盛鹤列于丽谯之间,无徒骥于锱坛之宫,无藏逆于得,无以巧胜人,无以谋胜人,无以战胜人。夫杀人之士民、兼人之土地、以养吾私与吾神者,其战不知孰善,胜之恶乎在?君若勿已矣!修胸中之诚,以应天地之情,而勿撄,夫民死已脱矣。君将恶乎用夫偃兵哉?"(《徐无鬼》)

【译文】徐无鬼去见魏武侯。武侯说:"先生住在山林,吃的是野果野菜,而远离了寡人,时间已经很长了!现在老了吧?莫非想要求得酒肉之味吗?莫非寡人还是有享用国家的福分吗?"徐无鬼说:"我生长在贫贱之家,不曾吃喝过君王的酒食。我是来慰劳君王的。"武侯说:"怎么?你用什么来慰劳寡人呢?"徐无鬼说:"我是慰劳君王的精神和形体。"武侯说:"这是什么意思呢?"徐无鬼说:"天地生养万物是整齐划一的。登上高处,不可以认为自己增高;处于低位,不可以认为自己减低。君王独自作为大国之君，却害苦了全国的百姓，来供养自己的形体。那圣明的君王，并不搜刮天下财物供养自己。那圣明的君王，喜欢和同而憎恶奸私。那奸私，就是病态，所以我就得来慰劳。君王患上这种病，究竟是什么原因呢？"武侯说："我想见到先生，已经很久了。我想爱护百姓，为了正义而休兵。这样可以吗？"徐无鬼说："不可以。仁爱百姓，便是残害百姓的开始；为正义而休兵，便是制造兵器的根源。君王如果这样作为，必然不会成功。凡是成全好事，便有坏事的形成。君王虽然追求仁义，便差不多接近虚伪了！这种现象本来就会制造出另外一种现象：成功了就会向人自夸，变化了就会引发对外争端。君王一定不要在楼阁中贮藏兵器，不要在宫苑中训练兵马，不要在贪婪中包藏祸心，不要以奸诈胜人，不要以阴谋胜人，不要以战争胜人。那屠杀百姓、兼并土地、来供养自己私欲和精神的人，进行战争而不知道哪一方是正义的，那么胜利又在哪里呢？君王还是不要这样做吧！君王应该培养内心的忠诚，来顺应天地的真情，而不要搅乱百姓，这样百姓的死亡就可以摆脱了。君王还哪里用得着为正义而休兵呢？"

君王施政总要寻求冠冕堂皇的正当理由，"爱民"就是常见的借口。可是庄子根本否定，原因何在？因为"君独为万乘之君，以苦一国之民，以养耳目鼻口"，就是证明。所以说："君虽为仁义，几且伪哉！"那些"杀人之士民、兼人之土地、以养吾私与吾神者"，本无所谓正义，又胜在哪里呢？还不如"修胸中之诚，以应天地之情，而勿撄，夫民死已脱矣"。

杨子说："悉天下奉一身，不取也。"公开反对统治者横征暴敛、巧取豪夺。老子指出："天地不仁，以万物为刍狗；圣人不仁，以百姓为刍狗。"充分揭示了统治者"仁义"的实质。庄子发挥其说，更是一针见血，入木三分。

【原文】夫水行莫如用舟，而陆行莫如用车。以舟之可行于水也，而求推之于陆，则没世不行寻常。古、今非水、陆与？周、鲁非舟、车与？今蕲行周于鲁，是犹推舟于陆也，劳而无功，身必有殃。彼未知夫无方之传、应物而不穷者也。……故夫三皇五帝之礼义、法度，不矜于同，而矜于治。故譬三皇五帝之礼义、法度，其犹柤、梨、橘、柚，其味相反，而皆可口。故礼义、法度者，应时而变者也。今取猨狙而衣以周公之服，彼必龁齧、挽裂，尽去而后慊。观古今之异，犹猨狙之异乎周公也。故西施病心，而矉其里。其里之丑人，见而美之，归亦捧心而矉其里。其里之富人见之，坚闭门而不出；贫人见之，挈妻子而去之走。彼知矉美，而不知矉之所以美。（《天运》）

【译文】在水中通行没有比用船更好的了，在陆地通行没有比用车更好的了。如果把水中通行的船，放在陆地上推着走，你们一辈子也走不了几尺远。古今的差异不就如同水中与陆地一样吗？周、鲁的差异不就如同船与车一样吗？现在试图把周朝的礼俗用在鲁国，那就如同把船推到陆地行走一样，不但劳而无功，而且身必有害。他不懂得不守故常的演进、顺应万物而变化无穷的道理。……所以那些三皇五帝的礼义、法度，并不是好在古今相同上，而是好在平治天下上。所以，拿三皇五帝的礼义、法度打比方，就如同山楂、梨子、橘子、柚子，它们的味道各不相同，但是都很可口。所以，礼义、法度之类，都是随着时代的不同而变化的。现在抓猴子过来，给它穿上周公的服装，它必然要用牙咬、用爪撕，直到完全去掉后才满意。看看古今的不同，也就如同猴子与周公的不同一样。所以，美女西施患心痛病，在村里经常皱着眉头。同村的一个丑女，见西施皱眉很美，回去后也在村里抚着心口而皱眉头。这个村里的富人见了她，就紧闭门户不出来；穷人见了她，就领着妻儿赶快离开。她只知道皱眉的美，而不知道皱眉为什么就美。

船行于水中，车行于陆地，是适用于特定的自然环境。同样，三皇、五帝用礼义、法度平治天下，是适用于特定的社会状况。措施"不矜于同，而矜于治"，而孔子"今蕲行周于鲁，是犹推舟于陆也"，不论时代，不看对象，标榜仁义、追逐名利，如同让猴子穿周公服、像丑女效西施颦一样，丑态毕露，荒唐可笑！事实上，统治者的倒行逆施、胡作非为，大多如此。庄子这种"礼义、法度者，应时而变者也"的观点，直接启发了法家韩非子，实为他"世异则事异，事异则备变"发展观的先声。

### （四）行贤，而去自贤之行

面对如此险恶的环境，俭啬收敛就成为处世为人的根本原则。因此，老子说："治人事天，莫若啬。"（《五十九章》）这就是"曲则全，枉则直，洼则盈，敝则新，少则得，多则惑"（《二十二章》）的道理。猴子逞能，自寻死路；小妾自美，反而卑贱；孙休不知足，自生埋怨。所以说，"行贤，而去自贤之行"。

【原文】吴王浮于江，登乎狙之山。众狙见之，恂然弃之而走，逃于深蓁。有一狙焉，委蛇攫搔，见巧于王。王射之，敏给搏捷矢。王命相者趋射之，狙既死。王顾其友颜不疑曰："之狙也，伐其巧，恃其便，以敖予，以至此殛也。戒之哉！嗟乎！无以汝色骄人哉！"颜不疑归，而师董梧，以助其色，去乐，辞显。三年，而国人称之。（《徐无鬼》）

【译文】吴王在大江之上乘船游览，然后登上猴子山。大多数猴子见到人，都惊吓地跑开了，逃进树丛之中，独有一只猴子，在树间攀援游荡，在吴王面前逞能。吴王用箭射它，它敏捷地捉住了飞箭。吴王命左右赶快射它，这只猴就被射死了。吴王回头对他的朋友颜不疑说："这只猴子，由于炫耀它的技能，依仗它的灵巧，来向我显示傲慢，以至于这样死了。引以为戒吧！啊呀！不要用你的脸色来向人显示骄傲啊！"颜不疑回去之后，就拜董梧为师，用来除去自己的骄色，摒弃娱乐，辞谢显贵。修养三年之后，全国人都称赞他。

众猴"逃于深蓁"而得活，一猴"见巧于王"而身亡，其教训就是"伐其巧，恃其便"而"骄人"，必遭报应。这就告诉人们，在险恶的环境中，不要炫耀，不要逞能，不要为显示自己而傲视他人，只有低调做人，俭啬内敛，守柔示弱，知雄守雌，才能保全自己。稍有不慎，就有性命之

忧。所以，老子说："企者不立，跨者不行。自见者，不明；自是者，不彰；自伐者，无功；自矜者，不长。"（《二十四章》）

【原文】阳子（杨朱）之宋，宿于逆旅。逆旅人有妾二人，其一人美，其一人恶，恶者贵而美者贱。阳子问其故。逆旅小子对曰："其美者自美，吾不知其美也；其恶者自恶，吾不知其恶也。"阳子曰："弟子记之！行贤，而去自贤之行，安往而不爱哉？"（《山木》）

【译文】杨朱到宋国去，住在旅舍里。旅舍主人有两个小老婆，一个漂亮，一个丑陋，丑陋的受人尊重而漂亮的被人轻贱。杨朱询问其中的原因。旅舍的伙计回答说："那个漂亮的自认为漂亮，我却不觉得她漂亮；那个丑陋的自以为丑陋，我却不觉得她丑陋。"杨朱说："弟子们记着！行为贤明，而去掉自以为贤明的行为表现，到什么地方不受人喜爱呢？"

美者自美，自我炫耀，其实卑贱；丑者自丑，谦下不争，其实高贵。所以，在当今的社会里，作为有道之人，必须谨小慎微，言下身后，既要行为贤明，又要去掉那些自以为贤明的外在表现，才能维护质朴淳厚的本性，最终保全自己。老子说："江海所以能为百谷王者，以其善下之，故能为百谷王。"（《六十六章》）"受国之垢，是谓社稷主；受国不祥，是为天下王。"（《七十八章》）讲的就是这种谦下不争、知雄守雌的道理。

【原文】有孙休者，踵门而诧子扁庆子曰："休居乡，不见谓不修；临难，不见谓不勇。然而，田原不过岁，事君不遇世，宾于乡里，逐于州郡，则胡罪乎？天哉！休恶遇此？命也？"扁子曰："子独不闻夫至人之自行邪？忘其肝胆，遗其耳目，芒然彷徨乎尘垢之外，逍遥乎无事之业，是谓为而不恃，长而不宰。今汝饰知以惊愚，修身以明污，昭昭乎若揭日月而行也。汝得全而形躯，具而九窍，无中道夭于聋、盲、跛、蹇，而比于人数，亦幸矣！又何暇乎天之怨哉？子往矣！"（《达生》）

【译文】有一个叫孙休的人，来到扁庆子家门，说："我住在乡村里，并没有见人说我不修身的；面临危难，并没有见人说我不勇敢的。然而，种地遇不到丰年，侍奉君王遇不到盛世，乡里抛弃我，州郡驱逐我，我究竟有什么罪过呢？天啊！我为什么遭遇的都是这样不如意的事情呢？这是命该如此吗？"扁庆子说："您难道没有听说过圣人自己的行为吗？他忘记自己的肝胆，忘记自己的耳目，无所用心地徘徊于尘世之外，逍遥于无所事事的行为，这就叫协助万物而不自恃，领导万物而不主宰。现在，你用文饰明智来显露别人的愚昧，用修养身心来彰明别人的污浊，明晃晃地像高举日月在走路。你能够保全自己的身躯，具备九窍，没有在半路死于聋、瞎、瘸、拐，而能够站在人群中，也算幸运的了！你又有什么闲心去埋怨天呢？您还是走吧！"

孙休自认为修身、勇敢，却"田原不过岁，事君不遇世，宾于乡里，逐于州郡"，非常不如意，其原因就在于"饰知以惊愚，修身以明污，昭昭乎若揭日月而行"，自我炫耀，贬低他人，过分张扬，遭到唾弃。应该像至人那样，"忘其肝胆，遗其耳目，芒然彷徨乎尘垢之外，逍遥乎无事之业，是谓为而不恃，长而不宰"，进入天道的境界，才能立于不败之地。这就是庄子所宣扬的生存之道。

### （五）吾将曳尾于涂中

面对这样虚伪、龌龊的社会，应该何去何从、何以自处呢？是屈从权势，同流合污，为虎作伥，助纣为虐呢？还是坚持大道，保持天性，隐遁避世，傲然独立呢？庄子坚定地选择了后者。他宁可做"曳尾于涂中"的乌龟、自由自在的"孤犊"，甘愿洁身守志，而不愿为名利富贵而折腰。

【原文】庄子钓于濮水，楚王使大夫二人往先焉。曰："愿以境内累矣。"庄子持竿不顾，曰："吾闻：楚有神龟，死已三千岁矣，王以巾笥而藏之庙堂之上。此龟者，宁其死为留骨而贵乎？宁其生而曳尾于涂中乎？"二大夫曰："宁生而曳尾涂中。"庄子曰："往矣！吾将曳尾于涂中。"（《秋水》）

【译文】庄子在濮水钓鱼,楚王派遣两位大夫来问候他。说:"我们大王希望把国事烦劳你来执掌。"庄子拿着渔竿,头也不回,说:"我听说,你们楚国有神龟,死去已经三千多年了,楚王用佩巾包裹着放进竹器,而收藏在庙堂之上。这个乌龟,它是愿意死后留下龟甲而被珍贵收藏呢,还是愿意活着在泥塘里拖着尾巴爬行呢?"两位大夫说:"它当然愿意活着在泥塘里拖着尾巴爬行。"庄子就说:"那你们回去吧!我就愿意活着在泥塘里拖着尾巴爬行。"

【原文】或聘于庄子。庄子应其使曰:"子见夫牺牛乎?衣以文绣,食以刍叔;及其牵而入于太庙,虽欲为孤犊,其可得乎?"(《列御寇》)

【译文】有人来聘请庄子为官。庄子回答说:"你没有看到过那用于宗庙祭祀的牛吗?给它穿上华美的外衣,吃着鲜草和大豆;等到把它牵进宗庙祭杀的时候,它纵然想要成为孤独而自在的牛犊,还能够得到吗?"

在诸侯争相重用士人的时候,庄子并非没有出仕为官的才能和机遇,只要他愿意从政,高爵显位不招而至,名利富贵送上门来,但是,他不愿意为高爵显位、名利富贵而失去自由、玷污清白。所以,楚王派大夫请他为官,他毫不动心,一口拒绝,宁肯做"曳尾于涂中"的乌龟,也不愿"死为留骨而贵";官方有人聘他出仕,他清醒地以牺牛为鉴,看到富贵荣华带来的危险后果,宁愿做自由自在的孤犊。这里,充分表现出庄子清高孤傲的思想情操和避世全身的人生追求。

庄子不仅自己拒绝从政,而且对那些争名图利、为虎作伥的官员(包括朋友)极尽讽刺、挖苦之能事,显示出绝对不与统治者同流合污的高风亮节。

【原文】惠子相梁,庄子往见之。或谓惠子曰:"庄子来,欲代子相。"于是,惠子恐,搜于国中,三日三夜。庄子往见之,曰:"南方有鸟,其名为鹓鶵,子知之乎?夫鹓鶵,发于南海,而飞于北海;非梧桐不止,非练实不食,非醴泉不饮。于是,鸱得腐鼠,鹓鶵过之;仰而视之,曰:赫!今子

欲以子之梁国而吓我邪?"(《秋水》)

【译文】惠施当了梁惠王的相国,庄子去见他。有人对惠施说:"庄子来了,想要取代你的相位。"因此,惠施害怕了,在全国大搜查了三天三夜。庄子去见惠施,说:"南方有一种鸟,它的名字叫鹓鶵。你知道吗?这种鹓鶵,从南海出发,而飞向北海;非梧桐不落,非练实不吃,非醴泉不喝。这时候,鸱鹰抓着一只腐臭的老鼠,鹓鶵正好飞过;鸱鹰就仰起头瞪着鹓鶵,说:吓!现在你想要用你的梁国来吓我吗?"

【原文】宋人有曹商者,为宋王使秦。其往也,得车数乘。王说之,益车百乘。反于宋,见庄子,曰:"夫处穷闾、陋巷,困窘织屦,枯项黄馘者,商之所短也;一悟万乘之主,而从车百乘者,商之所长也。"庄子曰:"秦王有病,招医。破痈溃痤者,得车一乘;舐痔者,得车五乘。所治愈下,得车愈多。子岂治其痔邪?何得车之多也?子行矣!"(《列御寇》)

【译文】宋国有一个叫曹商的人,他为宋王出使到秦国。他去的时候,宋王给了他几辆车。回来的时候,秦王喜欢他,给他增加到一百辆车。曹商回到宋国,见到庄子,说:"以前住在穷闾、陋巷,困窘地编织草鞋为生,弄得形容枯槁、面黄肌瘦的,那是我曹商的短处;而今一旦使大国之君醒悟,受到宠幸,出外就有一百辆车随从,这是我曹商的长处。"庄子说:"秦王有病,招唤医生。能够给他开刀挤脓疮的,可以得一辆车的赏赐;能够给他舐痔疮的,可以得到五辆车的赏赐。所医治的病愈肮脏卑下,得到赏赐的车就愈多。你莫非给他医治痔疮了吧?怎么得到赏赐的车这么多呢?你走开吧!"

惠子本是庄子的辩友,惠子相梁,他认为是吃腐鼠;曹商也是庄子的熟人,曹商使秦,他认为是舐痔疮。他将依附权贵、为官为宦视为肮脏、下作的无耻行为,极为蔑视。正因为如此,庄子只能隐遁于社会的底层,过着清贫困苦的生活,甚至到了衣食无着、饥寒交迫的程度。

【原文】庄周家贫,故往贷粟于监河侯。监河侯曰:"诺,我将得邑金,将贷子三百金，可乎？"庄周忿然作色，曰："周昨来，有中道而呼者。周顾视，车辙中有鲋鱼焉。周问之曰：鲋鱼，来！子何为者邪？对曰：我，东海之波臣也。君岂有斗升之水而活我哉？周曰：诺，我且南游吴、越之土，激西江之水，而迎子，可乎？鲋鱼忿然作色，曰：吾失我常与，我无所处。吾得斗升之水然活耳。君乃言此，曾不如早索我于枯鱼之肆！"（《外物》）

【译文】庄周家境贫困，所以到监河侯那里去借粮。监河侯说："好吧，我将在年终收到地方上的税金，借给你三百金。可以吗？"庄周愤怒地变了脸色，说："我昨天来的时候，在半路听见呼喊声。我回头看，车辙里有一条鲫鱼。我就问它说：鲫鱼，过来！你为什么叫喊呢？鲫鱼对我说：我是东海神的使者。你肯用一升一斗的水把我救活吗？我说：好吧，我将要到南方吴、越两国去游玩，我将激荡起西江之水，来迎接你，可以吗？鲫鱼愤怒地变了脸色，说：我失掉了水，我无处安身。我得到一升一斗水就可以活命。你却说出这样的话来，还不如趁早到干鱼铺子里去找我！"

【原文】庄子衣大布，而补之，正絜系履，而过魏王。王曰："何先生之惫邪？"庄子曰："贫也，非惫也。士有道德，不能行，惫也；衣敝，履穿，贫也，非惫也。此所谓非遭时也！王独不见夫腾猿乎？其得柟、梓、豫章也，揽蔓其枝，而王长其间；虽羿、蓬蒙不能眄睨也。及其得柘、棘、枳、枸之间也，危行侧视，振动悼慄。此筋骨非有加急而不柔也，处势不便，未足以逞其能也。今处昏上、乱相之间，而欲无惫，奚可得邪？此比干之见剖也夫！"（《山木》）

【译文】庄子穿着粗布衣，打着补钉，拖着麻鞋，系好带子，去见魏王。魏王说："先生怎么这样困顿呢？"庄子说："我是贫穷，而不是困顿。高士拥有道德，不能施行于天下，这叫困顿；衣服破了，鞋子烂了，这叫贫穷，不是困顿。这就叫作生不逢时啊！君王难道没有见过蹦蹦跳跳的猴子吗？它们遇到柟、梓、豫章这些高大挺拔的树木，抓住树枝，简直可以在其间称王称霸；即就是善射的羿和蓬蒙，也不能藐视它们。等到它们到了柘、棘、枳、枸这些矮小带刺的树丛中，便只好战战兢兢，侧头张望，一旦树枝振动，就感到害怕。这并不是它们筋骨僵硬而不柔软，而是因为所处的形势不方便，不能充分施展它们的才能。现在我处在昏君、乱臣之间，想要不困顿，怎么能够实现呢？这便是王子比干这样的贤人所以被惩罚的原因啊！"

庄子已经断粮，朝不保夕，向监河侯借粮，小小的监河侯却许以年终为期，故意刁难拖延，庄子只好以鲫鱼为喻，表示抗争。魏王说庄子困顿，庄子回答说："士有道德，不能行，惫也；衣敝，履穿，贫也，非惫也。此所谓非遭时也。"自己"今处昏上、乱相之间"，不得已而已。可见，他虽然生活困苦，处境艰难，却没有向权贵屈服低头，精神世界是充实富有的，个人品行是高尚纯洁的，他要为大道而坚守，为理想而献身。

## 三 遵循天道法则，坦然面对生死

杨子提出"贵生"、"重生"，老子主张"贵身"、"爱身"，庄子也认为生命是宝贵的，人生是短暂的，强调"尊生"、"爱生"。因此，"道之真，以治其身；其绪余，以为国家；其土苴，以治天下"，不必"危身弃生以殉物"。所以，"达于理者必明于权"，面对复杂的环境必须权衡利弊、正确决策，特殊情况下甚至要放弃形体、维护德行。即使面对死亡，也要无忧无惧，达观超脱，平和地面对人生的"县解"、"大归"，这才符合天道法则。

### （一）道之真，以治其身

在乱世中，维护生命是最为重要的，治理社会的第一要义就是"尊生"。大王亶父"不以所用养害所养"，昭僖侯不为天下而损失其手，可见，"道之真，以治其身"。那些"见利，轻亡其身"、为利益而"愁身伤生"的种种作为，其实是本末倒置，可叹可悲！

【原文】大王亶父居邠，狄人攻之。事之以皮帛而不受，事之以犬马而不受，事之以珠玉而不受。狄人之所求者土地也。大王亶父曰："与人之兄居而杀其弟，与人之父居而杀其子，吾不忍也。子皆勉居矣！为吾臣与为狄人臣，奚以异？且吾闻之：不以所用养害所养。"因杖筴而去之，民相连而从之，遂成国于岐山之下。夫大王亶父，可谓能尊生矣。能尊生者，虽贵富不以养伤身，虽贫贱不以利累形。今世之人，居高官尊爵者，皆重失之；见利，轻亡其身。岂不惑哉！（《让王》）

【译文】大王亶父住在邠邑，狄人攻打他。他用兽皮布帛去供奉而狄人不接受，他用牲畜去供奉而狄人不接受，他用珠玉去供奉而狄人还是不接受。狄人所要的是邠邑的土地。大王亶父就对臣民说："如果打起仗来，与人家的兄长住在一起却杀了他的弟弟，与人家的父亲住在一起却杀了他的儿子，我是不忍心这样做的。你们就在这里好好住着吧！作为我的臣民与作为狄人的臣民，又有什么不同呢？我曾听说过：不要用养活人的土地去伤害所养活的人。"大王亶父于是拄着手杖离开了邠邑，民众接连不断地跟他走，最终在岐山之下建立了国家。那大王亶父，可以说是尊重生命的人了。能够尊重生命的人，虽然富贵不因厚养伤身，虽然贫贱不因利益亏形。现在世俗的人，居于高官显位的，都严重地失去了尊重生命的品德；见到利益，就轻易丧失自己的身躯。这难道不是糊涂吗？

关于大王亶父传说的真实性，姑置不论。庄子在这里借此强调的是"尊生"，即"能尊生者，虽贵富不以养伤身，虽贫贱不以利累形"，这正是杨子"不嫠"、"不殖"、"不以物累形"的理论。所以，"居高官尊爵者，皆重失之；见利，轻亡其身"，都不符合"尊生"的原则。

【原文】韩、魏相与争侵地。子华子见昭僖侯，昭僖侯有忧色。子华子曰："今使天下书铭于君之前，书之言曰：左手攫之，则右手废；右手攫之，则左手废。——然而攫之者必有天下。君能攫之乎？"昭僖侯曰："寡人不攫也。"子华子曰："甚善。自是观之，两臂重于天下也，身亦重于两臂。韩之轻于天下，亦远矣。今之所争者，其轻于韩又远。君固愁身伤生

以忧戚不得也？"僖侯曰："善哉！教寡人者众矣，未尝得闻此言也。"子华子可谓知轻重矣。(《让王》)

【译文】韩、魏两国互相争夺土地。子华子去谒见韩国昭僖侯，昭僖侯面有忧愁之色。子华子说："现在假如天下在君王面前写一段书铭，写上这样话：谁要是用左手攫取这段书铭，他的右手就会毁弃；谁要是用右手攫取这段书铭，他的左手就会毁弃——然而攫取的人必定得到天下。君王能够攫取它吗？"昭僖侯说："我不攫取它。"子华子说："非常好。由此看来，两只手臂要比天下重要，身体又比两只手臂重。韩国比天下轻微，相差很远。现在所争夺的土地，又比韩国轻微得多。君王难道要愁坏身心、伤害生命来担忧那一点儿得不到的土地吗？"昭僖侯说："好啊！教诲寡人的人太多了，可是没有听到过这样的话啊。"子华子可以称为知道轻重的了。

上述议论，我们不由得想起禽子与杨朱、孟孙阳关于"体之一毛"的对话。在杨朱和孟孙阳看来："积一毛以成肌肤，积肌肤以成一节。一毛固一体万分中之一物，奈何轻之乎？"(《列子·杨朱》)子华子也认为："两臂重于天下也，身亦重于两臂。"都在强调"尊生"、"爱生"的重要性，这是道家的一贯思想。

【原文】鲁君闻颜阖得道之人也，使人以币先焉。颜阖守陋闾，苴布之衣，而自饭牛。鲁君之使者至，颜阖自对之。使者曰："此颜阖之家与？"颜阖对曰："此阖之家也。"使者致币。颜阖对曰："恐听者谬，而遗使者罪，不若审之。"使者还反，审之。复来，求之，则不得已。故若颜阖者，真恶富贵者也。故曰："道之真，以治其身；其绪余，以为国家；其土苴，以治天下。"由此观之，帝王之功，圣人之余事也，非所以完身养生也。今世俗之君子，多危身弃生以殉物，岂不悲哉？凡圣人之动作也，必察其所以之与其所以为。今且有人于此，以随侯之珠，弹千仞之雀，世必笑之。是何也？则其所用者重，而所要者轻也。夫生者，岂特随侯珠之重哉？(《让王》)

【译文】鲁君听说颜阖是得道之人,便派人带着财帛去致意。颜阖守着简陋的家门,穿着粗布的衣服,而自己正在喂牛。鲁君的使者来到门口,颜阖自己与使者答话。使者说:"这是颜阖的家吗?"颜阖回答说:"这是颜阖的家。"使者就献上财帛。颜阖对他们说:"恐怕是听话的人失误了,而派遣使者搞错了,还是调查一下吧。"使者回去,做了调查。又回来,再寻找他,就找不到了。所以,像颜阖这样的人,是真正厌恶富贵的人了。所以说:"道的本真,是用来治理身心;道的残余,是用来治理国家;道的糟粕,是用来治理天下。"由此看来,帝王的功业,只不过是圣人的余事,并不能用来全身养生。现在世俗的君子,大多都是危害身体、抛弃生命去追求外物,这难道不是很可悲的吗?大凡圣人的一举一动,必须考察自己所向往的和自己所从事的是什么。现在如果有这样一个人,他用随侯的宝珠,弹射千仞之高的麻雀,世人肯定会嘲笑他。这是为什么呢?因为他使用的太珍贵,而要求的太轻微了。人的生命,岂止像随侯之珠那样宝贵吗?

既然生命最为重要,那么,"尊生"、"爱生"就是天下最为重要的任务,其余诸如治理国家、名利富贵均属等而下之的余事,"非所以完身养生也"。那种"危身弃生以殉物"的愚蠢做法,如同"以随侯之珠,弹千仞之雀",纯属得不偿失,荒唐可笑。

### (二) 天与地无穷,人死者有时

生命是珍贵的,又是短暂的,"吾生也有涯,而知也无涯",应该怎样度过苦难的人生呢?庄子认为,必须顺应自然之理,像其他自然界的动物一样过简单、质朴的生活,尊重自身,爱惜生命,所以,"不能说其志意,养其寿命者,皆非通道者也"。

【原文】(盗跖曰):"今吾告子以人之情:目欲视色,耳欲听声,口欲察味,志气欲盈。人上寿百岁,中寿八十,下寿六十,除病瘦、死丧、忧患,其中开口而笑者,一月之中,不过四五日而已。天与地无穷,人死者有时。操有时之具,而托于无穷之间,忽然无异骐骥之驰过隙也。不能说

其志意，养其寿命者，皆非通道者也。"（《盗跖》）

【译文】（盗跖说）："现在我告诉您人的真情：眼睛喜欢看美丽的颜色，耳朵喜欢听美妙的声音，嘴巴喜欢尝美好的味道，志气喜欢得到充分满足。人的上寿是一百岁，中寿是八十岁，下寿是六十岁，除去病痛、死亡、忧愁，其中能够开口而笑的时间，一月之中，不过四五天罢了。天地是没有穷尽的，而人的死亡是有时限的。凭着有时限的身躯，而寄托于没有穷尽的境域之中，忽然之间与骏马跑过缝隙没有什么区别。因此，不能使自己意志愉快的，不能保养自己寿命的人，都不是通晓大道的人。"

天地是无穷的，人生是有限的。杨朱曾说："百年，寿之大齐，得百年者，千无一焉。……量十数年之中，逌然而自得亡介焉之虑者，亦亡一时之中尔。"（《列子·杨朱》）因此，杨子追求"不夭"、"不殖"的逸乐人生。老子也说："生之徒，十有三；死之徒，十有三；人之生，动之于死地，亦十有三。"（《五十章》）庄子更认为，现实人生苦难深重，"其中开口而笑者，一月之中，不过四五日而已"。道家学派都深感生命的短暂和人生的艰辛，认为心志愉悦的快乐人生难得一遇，弥足珍贵，所以，他们所有的思考探索，都在苦苦寻求人生的出路和心灵的归宿，深刻反映了道家学者的忧患意识。

【原文】吾生也有涯，而知也无涯；以有涯而随无涯，殆已。已而为知者，殆而已矣。为善，无近名；为恶，无近刑。缘督以为经，可以保身，可以全生，可以养亲，可以尽年。（《养生主》）

【译文】我的生命是有限的，而天地间的知识是无限的，用有限的生命去追求无限的知识，就会疲惫。那些追求知识的人，必然会疲惫。做好事，并不一定立刻取得名誉；做坏事，并不一定立刻遭到惩罚。遵循自然之道作为常规，就可以保护身体，可以保全生命，可以奉养父母，可以享尽天年。

人生是短暂的，知识是无限的，想要凭着短暂的人生去追求无限的知识,是不可能的,也不必为此劳累。因为,即使具备所谓知识,在世俗社会里行善为恶,都未必立刻得到回报。所以,正确的态度应该是"缘督以为经",可以保身、全生、养亲、尽年。这就是庄子确立的人生原则。

那么,"卫生之经"又是什么呢?

【原文】老子曰:"卫生之经:能抱一乎?能勿失乎?能无卜筮而知凶吉乎?能止乎?能已乎?能舍诸人而求诸己乎?能翛然乎?能侗然乎?能儿子乎?儿子终日嗥,而嗌不嗄,和之至也;终日握,而手不掜,共其德也;终日视,而目不瞚,偏不在外也。行不知所之,居不知所为,与物委蛇,而同其波。是卫生之经已。"南荣趎曰:"然则,是至人之德已乎?"曰:"非也。是乃所谓冰解冻释者所能乎!夫至人者,相与交食乎地,而交乐乎天,不以人物利害想撄,不相与为怪,不相与为谋,不相与为事。翛然而往,侗然而来。是谓卫生之经已。"曰:"然则,是至乎?"曰:"未也。吾固告汝:能儿子乎?儿子动不知所为,行不知所之;身若槁木之枝,而心若死灰。若是者,祸亦不至,福亦不来。祸福无有,恶有人灾也?"(《庚桑楚》)

【译文】老子说:"保护人生的常规:能够坚守大道吗?能够不失本性吗?能够不用占卜就知凶吉吗?能够知止常乐吗?能够安分守己吗?能够舍人求己吗?能够无牵无挂吗?能够无知无识吗?能够像婴儿般纯真吗?婴儿终日啼哭而不哑,这是由于元气至纯;整天紧握拳头,而手不捉东西,这是因为德行专一;终日看着东西,而眼睛不转动,这是因为他对外物无所偏爱。他行动不知到哪里去,安居不知做什么好,顺从万物,随波逐流。这便是保护人生的常规。"南荣趎又问:"那么,这就是至人的德行吗?"老子说:"不是的。这只是所谓冰消解冻的人所能做到的啊!那至人,他与万物一起向大地求食,一起向上天求乐,他不与百姓万物的利害相冲突,不与百姓一起作怪异之事,不与百姓一起谋划庶务,不与百姓一起从事劳作。无牵无挂地前往,又无知无识地回来。这便是保护人生的常规。"南荣趎说:"那么,这就到极点了吗?"老子说:"还没有。我本来就告诉你了:能够像婴儿一样吗?婴儿,动作不知要干什么,行走不知到哪里去;自身如同干枯的树枝,而心志如同燃灭的灰烬。像这样,灾祸不来,幸福不到。祸福都没有,哪里还会有人为的灾害呢?"

老子常以"婴儿"、"赤子"的状态比喻得道厚德之人。他说:"载营魄抱一,能无离乎?专气致柔,能如婴儿乎?"(《十章》)"知其雄,守其雌,为天下溪。为天下溪,常德不离,复归于婴儿。"(《二十八章》)"含德之厚,比于赤子。"(《五十五章》)原因就在于婴儿、赤子精气最充足,和气最充盈,具有纯真质朴的天性,未受世俗恶习的污染,与得道者相似。庄子正是以婴儿"动不知所为,行不知所之;身若槁木之枝,而心若死灰",作为"卫生之经",如此则"祸福无有,恶有人灾也"?这样,融入自然天道,不受世俗名誉的羁绊,不受社会恩怨的影响,没有功利的期盼,没有私欲的追求,才能达到"尊生"、"爱生"的目的。

### (三)达于理者必明于权

为了"尊生"、"爱生",必须善于"养生"。而"养生"的关键,就在于"知道者必达于理,达于理者必明于权,明于权者不以物害己"。"不材"未必得福,也未必免祸,必须权变处理,方可善终。如同庖丁解牛,通达天理,掌握规律,"以无厚入有间",方能游刃有余。

【原文】北海若曰:"知道者必达于理,达于理者必明于权,明于权者不以物害己。至德者,火弗能热,水弗能溺,寒暑弗能害,禽兽弗能贼。非谓其薄之也,言察乎安危,宁于祸福,谨于去就,莫之能害也。(《秋水》)

【译文】北海若说:"知晓大道的人必然通达事理,通达事理的人必然明白权变,明白权变的人就不以外物伤害自己。具有最高道德的人,火不能烧,水不能淹,寒暑不能侵袭,禽兽不能伤害。不是说他不接触这些东西,而是说他能够明察安危,消除祸福,谨慎行动,使之不能伤害。"

爱惜生命，必须"知道"、"达理"、"明权"，不让外物伤害自己，其中"明于权"至关重要。社会是龌龊的，环境是复杂的，火烧、水淹、寒暑侵袭、禽兽伤害，都是难以避免的，但是，只要面对凶险，善于权变，就能够"察乎安危，宁于祸福，谨于去就，莫之能害也"。就如同老子说："盖闻善摄生者，陆行不遇兕虎，入军不被甲兵；兕无所投其角，虎无所用其爪，兵无所容其刃。夫何故？以其无死地。"（《五十章》）

【原文】庄子行于山中，见大木，枝叶盛茂，伐木者止其旁而不取也。问其故。曰："无所可用。"庄子曰："此木以不材得终其天年！"庄子出于山，舍于故人之家。故人喜，命竖子杀雁而烹之。竖子请曰："其一能鸣，其一不能鸣，请奚杀？"主人曰："杀不能鸣者。"明日，弟子问于庄子曰："昨日，山中之木，以不材得终其天年；今主人之雁，以不材死。先生将何处？"庄子笑曰："周将处夫材与不材之间。材与不材之间，似之而非也，故未免乎累。若夫乘道德而浮游，则不然。无誉无訾，一龙一蛇；与时俱化，而无肯专为；一下一上，以和为量。浮游于万物之祖，物物而不物于物，则胡可得而累邪？此神农、黄帝之法则也。若夫万物之情、人伦之传，则不然。合则离，成则毁，廉则剉，尊则议，有为则亏，贤则谋，不肖则欺。胡可得而必哉？悲夫！弟子志之，其唯道德之乡乎！"（《山木》）

【译文】庄子在山间行走，见到一棵大树，枝叶非常茂盛，伐木人站在旁边，并不进行砍伐。庄子问其中的缘故。伐木人说："没有什么可用的地方。"庄子说："这棵树因为不成材而能够善终它的天年啊！"庄子走出山林，住在旧友家里。旧友很高兴，让童仆杀鹅来款待客人。童仆请示说："这两只鹅一只会叫，一只不会叫，请问杀哪一只？"主人说："杀那只不会叫的。"第二天，弟子问庄子说："昨天，山中那棵大树，因为不成材而能够善终天年；今天，主人的鹅，因为不成材而被杀。请问先生将如何处理这两种情况？"庄子笑答："我将站在成才与不成才之间。成才与不成才之间，似是而非，也不能免于拖累。如果是乘着道德而浮游于世外，就不是这样了。那里没有人夸奖他，也没有人诽谤他，有时像龙一样飞腾，有时像蛇一样静止；与时间一起变化，而不会自我作为；有时处下，有时处上，以和谐为准。他浮游于万物之始，把万物作为万物，而不被万物视己为物，怎么能够使他受到拖累呢？这便是神农、黄帝应对世事的法则。至于万物的实情、人事的变迁，就不是这样了。有聚合就有离散，有成功就有毁坏，有锐利就有挫损，有崇高就有倾覆。有作为就有亏缺，有贤明就有晦昧，有不贤就有欺诈。怎么能够把一切事物看成是必然的呢？可叹啊！弟子们记着，只有浮游于道德之乡啊！"

既然"直木先伐，甘井先竭"，可以"支离其形"、"支离其德"进行解脱，那么，木因不材得以终天年，鹅因不材却死于非命，"材与不材之间"又当如何权变呢？庄子认为，唯有超然世外，浮游于道德之乡，如果"浮游于万物之祖，物物而不物于物，则胡可得而累邪"？这就是说，只有避世才能断绝物欲，只有断绝物欲才能免除拖累，如此顺应大道，通达天理，才能全身，得以善终。

【原文】庖丁为文惠君解牛，手之所触，肩之所倚，足之所履，膝之所踦，砉然响然，奏刀騞然，莫不中音：合于《桑林》之舞，乃中《经首》之会。文惠君曰："嘻！善哉！技盖至此乎？"庖丁释刀，对曰："臣之所好者，道也，进乎技矣。始，臣之解牛之时，所见无非牛者；三年之后，未尝见全牛也。方今之时，臣以神遇，而不以目视，官知止而神欲行。依乎天理，批大郤，道大窾，因其固然；技经肯綮之未尝，而况大軱乎？良庖岁更刀，割也；族庖月更刀，折也。今臣之刀十九年矣，所解数千牛矣，而刀刃若新发于硎。彼节者有间，而刀刃者无厚；以无厚入有间，恢恢乎其于游刃，必有余地矣。是以十九年而刀刃若新发于硎。虽然，每至于族，吾见其难为，怵然为戒：视为止，行为迟，动刀甚微，謋然已解，如土委地。提刀而立，为之四顾，为之踌躇满志，善刀而藏之。文惠君曰："善哉！吾闻庖丁之言，得养生焉。"（《养生主》）

【译文】庖丁为文惠君宰牛,他手所触的地方,肩所倚的地方,脚所踩的地方,膝所顶的地方,皮肉与骨骼"嚓嚓"分离的声音,用刀"吱吱"切割的声音,没有不符合声律的:既合乎祷歌《桑林》的舞步,又合乎射歌《狸首》的节奏。文惠君说:"哈哈!好啊!你的技能怎么达到这样的程度呢?"庖丁放下刀,回答说:"我所爱好的,是道,超过了我宰牛的技能。刚开始,我宰牛的时候,看见的都是完整的牛;三年之后,就不曾见到完整的牛了。到了现在,我是用精神与牛接触,而不用眼睛观察,感官的知觉都停止了而精神的欲望却在行动。按照牛体的天然文理,割开骨肉的缝隙,引导入大骨节的空处,顺着原有的结构;我还没有在骨肉相连的部位用力挥刀,何况是大骨之处呢?好的庖人一年才换刀,那是因为他在割肉;一般的庖人每月都换刀,那是因为他在砍骨。现在我的刀已经用了多年,宰了数千头牛,可是刀刃还像新从磨石磨过一样锋利。那牛的骨节是有空隙的,而刀刃是没有厚度的;把没有厚度的刀刃放进有空隙的骨节间,那么刀刃必有活动的空间。所以,我的刀用了多年而刀刃还像新从磨石磨过一样。虽然如此,每到筋骨交结之处,我见到这里难办,就为此非常警惕:眼神为它凝止,行动因它迟缓,用刀非常轻微,这时一旦筋骨"哗啦啦"已经解脱,就像尘土落地一样。我就提着刀站起,不禁四下张望,感到心满意足,整理好刀具收藏起来。"文惠君说:"好啊!我听了庖丁的这番话,从中得到了保养生命的道理。"

文惠君从庖丁解牛究竟得到什么养生之道呢?庖丁爱好天道("臣之所好者,道也,进乎技矣"),明白事理("未尝见全牛也"),顺其自然("依乎天理"),专心致志("官知止而神欲行"),沉着谨慎("每至于族,吾见其难为,怵然为戒"),技艺娴熟("奏刀騞然,莫不中音"),割而不折("刀刃若新发于硎"),游刃有余("以无厚入有间"),所以"踌躇满志",胜券在握。其实,这就在形象地说明,在复杂险恶的社会环境中,不能盲目硬拼,不能轻率蛮干,必须"知道"、"达理"、"明权",即顺应大道,通达天理，神志专一，俭啬收敛，小心谨慎，沉着应对，知雄守雌，以柔克刚，"以无厚入有间"，以达到预期的目的。这样，就能够在艰难的环境中去寻求自己的生存空间。这就是文惠君得到的养生之道。

### （四）非爱其形也，爱使其形者也

险恶的世事总是不能尽如人愿，当形体与德才不能两全的时候，又当如何应对呢？兀者王骀可为孔子师，恶人哀骀它深受国人尊敬，他们都是"才全而德不形"的人。可见，德才重于形体，真性重于外物。只有抛弃外形、外物而重视内在德才精神，才能在"全性"、"全德"基础上实现真正的"尊生"、"爱生"，进入天道自然的境界。

【原文】鲁有兀者王骀，从之游者，与仲尼相若。常季问于仲尼曰："王骀，兀者也，从之游者与夫子中分鲁。立不教，坐不议；虚而往，实而归。固有不言之教，无形而心成者邪？是何人也？"仲尼曰："夫子，圣人也。丘也直后而未往耳。丘将以为师，而况不若丘者乎？奚假鲁国，丘将引天下而与从之。"常季曰："彼，兀者也，而王先生，其与庸亦远矣。若然者，其用心也，独若之何？"仲尼曰："死生亦大矣，而不得与之变；虽天地覆坠，亦将不与之遗。审乎无假，而不与物迁；命物之化，而守其宗也。"常季曰："何谓也？"仲尼曰："自其异者视之，肝胆楚越也；自其同者视之，万物皆一也。夫若然者，且不知耳目之所宜，而游心乎德之和；物视其所一，而不见其所丧。视丧其足，犹遗土也。"（《德充符》）

【译文】鲁国有个砍断脚的人叫王骀，跟随他学习的人，同跟随孔子学习的人数差不多。常季问孔子说："王骀，是个砍断脚的人，跟随他学习的人，在鲁国与先生平分秋色。他站起来不教学，坐下也不议论；学生们去的时候是空空的，回来的时候是满满的。难道有不用说话的教育，不露形迹而心有所成的事情吗？他是怎样的人呢？"孔子说："那位先生，是圣人啊。我只是相见恨晚而没有去求教罢了。我将以他为师，何况是不如我的人呢？岂只是鲁国人，我将引导天下所有的人都跟随他学习。"常季说：

"他，是个砍断脚的人，可是他胜过先生，超过一般人很远。像这样，他的用心，究竟是怎样的呢？"孔子说："人的生死是一件大事，可是他却不随着而变化；纵然天塌地陷，他也不随着遗失什么。他详察了天地的运行，而不随物迁移；他明白万物的演化，而固守本性。"常季说："这是什么道理呢？"孔子说："从事物不同的角度来看，人体的肝与胆就如同楚与越两国一样相距遥远；从事物混同的角度来看，万物都是一体的。那么，像这样的人，他并不知道耳目各有适宜，而是把自己的心灵遨游在德性的和谐之中；对于事物，他只看见齐同一体，而不看丧失的部位。所以，他看丧失的脚，就好像丢掉土块一样无所谓。"

王骀虽然无脚，却可以成为圣人，因为他能够"审乎无假，而不与物迁；命物之化，而守其宗也"。他并不在意自身耳目肢体的齐备适宜，而是将自己的心灵漫游在天道统一的和谐之中。因为"自其异者视之，肝胆楚越也；自其同者视之，万物皆一也"，所以，"视丧其足，犹遗土也"。

【原文】鲁哀公问于仲尼曰："卫有恶人焉，曰哀骀它。丈夫与之处者，思而不能去也；妇人见之，请于父母曰：与为人妻，宁为夫子妾者，十数而未止也。未尝闻有其唱者也，常和人而已矣。无君人之位以济乎人之死，无聚禄以望人之腹；又以恶骇天下。和而不唱，知不出乎四域，且雌雄合乎前。是必有异乎人者也。寡人召而观之，果以恶骇天下。与寡人处，不至以月数，而寡人有意乎其为人也；不至乎期年，而寡人信之。国无宰，寡人传国焉。闷然而后应，泛然而若辞。寡人丑乎，卒授之国。无几何也，去寡人而行。寡人卹焉，若有亡也，若无与乐是国也。——是何人也？"仲尼曰："丘也尝游于楚，适见豚子食于其死母，少焉，眴若，皆弃之而走：不见己焉尔，不得类焉尔。所爱其母者，非爱其形也，爱使其形者也。战而死者，其人之葬也，不以翣资；刖者之屦，无为爱之：皆无其本矣。为天子之诸御，不爪翦，不穿耳；取妻者，止于外，不得复使；形全，犹足以为尔，而况全德之人乎？今哀骀它未言而信，无功而亲，使人授己国，

唯恐其不受也。是必才全而德不形者也。"（《德充符》）

【译文】鲁哀公问孔子说："卫国有个形貌丑陋的人，叫哀骀它。男子与他相处的，就守着他不肯离去；妇人见了他，就向自己的父母请求说：与其做别人的正妻，还不如做这位先生的小妾，有十多人还不止。没有听到过他倡导什么，他不过应和别人而已。他既没有君位来救济别人的死亡，也没有存粮来充实人们的肚皮；而他的丑陋，确实使天下人惊骇。他只是应和而不倡导，知识超不过周围的人，可是男男女女都围在他的身边。他必然有与众不同的地方。寡人把他招来看，果然是惊骇天下的丑陋人。寡人和他相处，不到一月时间，寡人就对他的为人有些注意了；不到一年时间，寡人就相信他了。国家没有宰辅，寡人想把国家政权交给他。他烦闷了一阵后答应了，接着又毫无牵挂地要推辞。寡人感到惊奇，最终把国家政权交给他。可是，没有过多久，他就离开寡人走了。寡人为此而发愁，就好像丢了什么似的，如同没有人与寡人一起享受这个国家一样。——这是什么人呢？"孔子回答说："我啊曾经在楚国游历过。恰巧在路上碰见小猪在它们已经死去的母亲身上吃奶，过了一会儿，小猪们很吃惊，都抛弃了母猪跑走了，因为它们的母亲不再看顾它们，不能与它们一模一样了。它们爱自己的母亲，并不是爱它的外形，而是爱它主宰外形的德行精神。战斗死亡的人，埋葬他的时候，不用陪送绣扇；砍脚人的鞋子，用不着爱惜：因为它们都丧失了本元。作为天子的御女，不剪指甲，不穿耳孔；就要娶妻的人，停止外面的劳作，不要再用他。为了保全形体，尚且如此，何况保全德行的人呢？如今哀骀它没有说话而人们相信他，没有什么功劳而人们亲近他，使人能够把国家政权交给他，还唯恐他不接受。他必然是才质齐全而德行不依附于形体的人啊。"

哀骀它极其丑陋，令人惊骇，然而，成为众人乃至国君亲近尊敬的圣人，"未言而信，无功而亲，使人授己国，唯恐其不受也"，因为他是"才全而德不形"的人。这就如同"豚子食于其死母，少焉，眴若，皆弃之而走;不见已焉尔,不得类焉尔。所爱其母者,非爱其形也,爱使其形者也"。可见,外形的残缺、丑陋无关紧要,内在的才德、精神才是关键所在。

杨子主张全形、全身,老子主张"贵身"、"爱身",都把自身形体放在非常重要的地位,而庄子处于更为严酷的环境中,已经不在乎外在身形的完整,更加重视内在德才的齐全。这样,才可以避开一切周边的不利因素,摆脱社会的各种禁锢约束,在更高的精神层面上去追求本性真情,融入无所不包的天道。显然,这是庄子对杨子、老子学说的进一步超越。

### (五) 生也死之徒,死也生之始

正因为如此,对待死亡,庄子怀有通达、超脱的自然观。庄子认为,由生到死、由死到生只是一个自然变化过程,"是相与为春、秋、冬、夏四时行也"。人来于自然,又归于自然,"生也死之徒,死也生之始",死亡就是天然的解脱、最终的归宿,完全是天命所归。顺应天道,回归自然,就具备了"至德",理得心安,所以,不必哭泣,不必忧伤,不必厚葬,不必勉强,这样就"安时而处顺,哀乐不能入"。

【原文】"庄子妻死,惠子吊之。庄子方箕踞鼓盆而歌。惠子曰:"与人居,长子老身,死不哭,亦足矣,子鼓盆而歌,不亦甚乎?"庄子曰:"不然。是其始死也,我独何能无慨然?察其始,而本无生;非徒无生也,而本无形;非徒无形也,而本无气。杂乎芒芴之间,变而有气,气变而有形,形变而有生,今又变而之死,是相与为春、秋、冬、夏四时行也。人且偃然寝于巨室,而我噭噭然随而哭之,自以为不通乎命,故止也。"(《至乐》)

【译文】庄子的妻子死了,惠施去吊唁她。庄子正叉开两腿而坐,敲盆唱歌。惠施说:"和人家同居一室,她为你生儿育女而衰老了,她死了你不哭,也就够了,您现在敲盆唱歌,不是做得太过分了吗?"庄子说:"不对。当她刚死的时候,我何尝没有悲伤之情呢?我考察了她的初始,本来就没有生命;不仅没有生命,而且本来没有形体;不仅没有形体,而且没有精气。她在恍惚无形之中，逐渐变得有了精气，精气又变出形体，形体又变出生命，现在又演变成死亡，这便是与春、夏、秋、冬四时一起向前运行。人家将要安然地睡眠在天地的大室之中，而我却随后号啕大哭起来，自己认为这样不通于生命之理，所以就停止哭泣了。"

【原文】生也死之徒，死也生之始。孰知其纪？人之生，气之聚也。聚则为生，散则为死。若死生为徒，吾有何患？故万物一也。是其所美者为神奇，其所恶者为臭腐；臭腐复化为神奇，神奇复化为臭腐。故曰：通天下，一气耳。圣人故贵一。（《知北游》）

【译文】生存与死亡同路，死亡是生存的开端。谁知道它们的头绪呢？人的生存，是由于精气的聚结。精气聚结就生存，精气离散就死亡。如果死亡与生存同路，我又有什么忧患呢？所以，万物是同一的。可是，人们把自己所喜爱的就认为是神奇，把自己所厌恶的就认为是腐臭；腐臭又演变为神奇，神奇又演变为腐臭。所以说：通行天下，只有一种精气而已。圣人所以就崇尚同一。

庄子妻子去世，他"鼓盆而歌"，因为他认为生死只是一个自然的变化过程，"人之生，气之聚也。聚则为生，散则为死"。这个过程，"是相与为春、秋、冬、夏四时行也"，既然"若死生为徒，吾有何患"？神奇与腐臭的互相转化，本是自然之理，如果"噭噭然随而哭之"，岂不是逆天而行、不明事理吗？所以，"通天下，一气耳。圣人故贵一"。

【原文】庄子将死，弟子欲厚葬之。庄子曰："吾以天地为棺椁，以日月为连璧，星辰为珠玑，万物为赍送。吾葬具岂不备邪？何以加此？"弟子曰："吾恐乌鸢之食夫子也！"庄子曰："在上为乌鸢食，在下为蝼蚁食。夺彼与此，何其偏也？"（《列御寇》）

【译文】庄子将要去世的时候，学生们想要厚葬他。庄子说："我把天地作为棺椁，把日月作为双璧，把星辰作为宝珠，把万物作为陪送。我的葬具难道还不够完备吗？为什么还要增加呢？"学生们说："我们恐怕乌鸦和鹞鹰来吃了你啊！"庄子说："在地上被乌鸦和鹞鹰吃，在地下被蝼蛄和蚂蚁吃。夺了那个给了这个，你们怎么那样偏心呢？"

儒家看重血缘亲情，强调忠孝礼义，主张厚葬久丧；墨家反对奢侈浪费，要求节约简朴，主张节用、节葬；而道家的庄子达观面对生死，顺应自然，干脆主张裸葬，更为彻底而坦荡。在庄子看来，失去精气、灵魂的肉体不过是没有生命的躯壳，"在上为乌鸢食，在下为蝼蚁食"，都毫无区别，也毫无关系。由此，可以显示出三家不同的理论思路和价值指向。

【原文】老聃死，秦失吊之，三号而出。弟子曰："非夫子之友邪？"曰："然。""然则吊焉若此，可乎？"曰："然。始也，吾以为其人也，而今，非也。向，吾入吊焉，有老者哭之，如哭其子；少者哭之，如哭其母。彼其所以会之，必有不蕲言而言，不蕲哭而哭者：是遁天、倍情，忘其所受。古者谓之遁天之刑。适来，夫子时也；适去，夫子顺也。安时而处顺，哀乐不能入也。古者谓是帝之县解。"（《养生主》）

【译文】老聃死了，秦失去哀悼他，哭了三声就出来了。秦失的学生问他说："老聃不是先生的朋友吗？"秦失说："是的"。学生又问："那么，像这样悼念，可以吗？"秦失说："是的。刚开始，我认为他是一般的人，而现在，我不这样认为。方才，我进入吊唁的时候，有年老的人哭他，好像哭他的儿子；年轻的人哭他，好像哭他的母亲。他们亲身所体会到的，必然有不祈求悲伤却悲伤了，有不祈求哭泣却哭泣了：这都是违犯了天理、背弃了人情，而忘记了他们的切身感受。古代称为违犯自然天理的法则。当来的时候，他老先生应时而来；当去的时候，他老先生顺理而去。安于天时，处于顺理，悲喜哀乐是不能参与其中的。古代称这叫天然的解脱。"

【原文】人生天地之间，若白驹之过郤，忽然而已。注然，勃然，莫不出焉；油然，漻然，莫不入焉。已化而生，又化而死。生物哀之，人类悲之。解其天韬，坠其天袠，纷乎宛乎，魂魄将归，乃身从之。乃大归乎！（《知北游》）

【译文】人生在天地之间，就如同骏马跑过墙缝一样，转瞬之间就过去了。万物如同蓬勃的草木，没有不生出的；万物也如同浩荡的流水，没有不逝去的。它们既变化为生存，又变化为死亡。生物都哀怜它，人类都悲伤它。解脱天给的外衣，丢弃天给的束缚，纷纭缥缈，灵魂将归，形体也要随同而去。这就是最终的归宿啊！"

在浩渺的宇宙中，人生不过"若白驹之过郤，忽然而已"，是不可预测和把握的，"已化而生，又化而死"，当来就应时而来，当去就顺理而去，死亡的过程就是"解其天弢，堕其天袠，纷乎宛乎，魂魄将归，乃身从之"，没有必要强求和悲伤，这就叫"县解"、"大归"。即所谓"道无终始，物无生死"，"生而不悦，死而不祸"（《秋水》），这就是庄子的生死观。

【原文】死生，命也；其有夜旦之常，天也。人之有所不得与，皆物之情也。彼特以天为父，而身犹爱之，而况其卓乎！人特以有君为愈乎己，而身犹死之，而况其真乎！泉涸，鱼相与处于陆，相呴以湿，相濡以沫，不如相忘于江湖。与其誉尧而非桀也，不如两忘而化其道。夫大块载我以形，劳我以生，佚我以老，息我以死。故善吾生者，乃所以善吾死也。（《大宗师》）

【译文】死亡与生存，是由命运决定的；就像黑夜白天变化的常规，是由天决定的一样。人们不能参与，这都是事物的常情。人们只是以为天是生命之父，而终身爱戴它，何况那卓越的大道呢！人们只是以为国君的权势超过自己，而自己为他效力，何况还有至高无上的真正主宰呢！泉水干涸了，鱼儿困在陆地上，以湿气互相喘息，用泡沫互相湿润，还不如在江湖上互相忘却。与其赞美尧而诽谤桀，还不如忘却二者的是非而融于大道。大地以形体寄托我，以生命赋予我，以老迈使我安逸，以死亡让我安息。所以，我以活着为乐事，也就应该以死亡为乐事。

庄子认为，人只是自然的一分子，人的身体、生命、衰老、死亡来于自然，因此，对待天地自然就如同对待父母，"而况其卓乎"。所以，"善吾生者，乃所以善吾死也"，这都是大自然的安排啊。道家如此通达地面对生死，自然不会引发宗教意识。

## 四　崇尚无为而治，向往至德之世

为了实现自然质朴的生活追求，庄子寄希望于无为而治的至德之世。他以天道为理论武器，为治理天下提供了理想模式，为统治者制定了行为规范，希望能够创造相对宽松的社会环境，得以韬晦自保，"全性""全德"。这种思路与老子学说中"以道治国"的理论主张，是完全一致的。

### （一）玄古之君，天下无为也，天德而已矣

庄子崇尚天道的普遍的规律，认为"夫虚静、恬淡、寂寞、无为者，万物之本也"，关键就在于虚静无为，"无为也则任事者责矣"。这样，"明乎此以南乡，尧之为君也；明乎此以北乡，舜之为臣也"，即所谓"通于一，而万事毕"。

【原文】天道运，而无所积，故万物成；帝道运，而无所积，故天下归；圣道运，而无所积，故海内服。明于天、通于圣、六通四辟于帝王之德者，其自为也，昧然无不静者矣。圣人之静也，非曰静也善，故静也；万物无足以铙心者，故静也。水静，则明烛须眉；平中准，大匠取法焉。水静犹明，而况圣人之心静乎？天地之鉴也，万物之镜也。夫虚静、恬淡、寂寞、无为者，天地之平，而道德之至。故帝王、圣人休焉。休则虚，虚则实，实者伦矣。虚则静，静则动，动则得矣。静则无为，无为也则任事者责矣。无为则俞俞。俞俞者忧患不能处，年寿长矣。夫虚静、恬淡、寂寞、无为者，万物之本也。明乎此以南乡，尧之为君也；明乎此以北乡，舜之为臣也。以此处上，帝王、天子之德也；以此处下，玄圣、素王之道也。以此退居而闲游，则江湖山林之士服；以此进为而抚世，则功大名显，而天下一也。静而圣，动而王，无为也而尊，朴素而天下莫能与之争美。

夫明白于天地之德者，此之谓大本大宗，与天地和者也，所以均调天下，与人和者也。与人和者，谓之人乐；与天和者，谓之天乐。(《天道》)

【译文】天道运行，而没有积滞，所以万物生成；帝道施行，而没有积滞，所以天下归顺；圣道施行，而没有积滞，所以海内天下信服。明白上天、通达圣道、而且精通于帝王之德的人，他的行为，幽幽然没有不是静定的了。圣人的静定，并不是说静定好，所以才静定；而是万物都不能搅乱他的内心，所以才静定。水静定了，就能够清楚地照见胡须眉毛；水的平正符合法则，木匠就能够取法。水静定尚且明亮，何况圣人内心的静定呢？它是天地的明镜，它是万物的明镜。这虚静、恬淡、寂寞、无为，便是天地的平正，道德的顶峰。所以帝王、圣人在天下安息。安息就能够虚无，虚无就能够充实，充实就能够顺于理性。虚无就能够静定，静定就能够运动，运动就能够得到本元。静定就能够无为，无为则任事者就能够各负其责。无为就能够从容自得，从容自得的人忧患就不会近身，因而得到长寿。这虚静、恬淡、寂寞、无为，便是万物的本元。明白了这个道理而南面临朝，便是帝尧一样的君王；明白了这个道理而北面朝君，便是大舜一样的臣下。用此而居于上位，便是帝王、天子的德业；用此而居于下位，便是幽微圣哲、无位帝王的道术；用此而隐居闲游，就使江海山林之士宾服；用此而居官治世，就可以功大名显，而天下一统。静定就能够成为圣人，行动就能够成为帝王，无为而被天下尊贵，朴素而使天下没有人与他比美。那明白天地之德的人，就称为大本大宗，是与天地相和同的，可以用来调和天下，而与民众相和同的。与民众相和同，就叫人间的快乐；与上天相和同，就叫天上的快乐。

庄子以天道、帝道、圣道为典范，特别突出一个"静"字。"水静，则明烛须眉；平中准，大匠取法焉。水静犹明，而况圣人之心静乎"？由此而认定，"夫虚静、恬淡、寂寞、无为者，天地之平，而道德之至"。静定才能无为，无为才能使君臣上下各安其位，各负其责，各得其所，各建其功。

"静而圣,动而王,无为也而尊,朴素而天下莫能与之争美",从而与民众、上天相调和,进入"人乐"、"天乐"的境界。

【原文】天地虽大,其化均也;万物虽多,其治一也;人卒虽众,其主君也。君原于德,而成于天。故曰:玄古之君,天下无为也,天德而已矣。以道观言,而天下之君正;以道观分,而君臣之义明;以道观能,而天下之官治;以道汎观,而万物之应备。故通于天者,道也;顺于地者,德也;行于万物者,义也;上治人者,事也;能有所艺者,技也。技兼于事,事兼于义,义兼于德,德兼于道,道兼于天。故曰:古之畜天下者,无欲而天下足,无为而万物化,渊静而百姓定。记曰:"通于一,而万事毕;无心得,而鬼神服。"(《天地》)

【译文】天地虽然广大,它们的施化是均衡的;万物虽然繁杂,它们的条理是同一的;百姓虽然众多,它们的主宰就是君上。君上的设置源于"德",而决定于天。所以说:上古的君上,在天下是无所作为的,只不过合乎天德罢了。根据"道"观察教令,而天下的君位就端正了;根据"道"观察名份,而君臣之义就明确了;根据"道"观察才能,而天下的职官就整饬了;根据"道"广泛地观察天下,而万物的供应就齐备了。所以,通达于天的,就是"道";顺从于地的,就是"德";施行于万物的,就是"义";君上统治百姓的,就是"事";才能有所规范的,就是"技"。"技"包含在"事"里,"事"包含在"义"里,"义"包含在"德"里,"德"包含在"道"里,"道"包含在自然里。所以说:古代能够包容天下的人,没有欲望而天下富足,无所作为而万物自化,内心虚静而百姓安定。古书说:"明通一元之理,万事就会成功;内心没有思虑,鬼神都要服从。"

既然"君原于德,而成于天",那么君主就应该符合天德,无所作为。这样,就能够端正君位,明确君臣,整饬职官,齐备万物。"技兼于事,事兼于义,义兼于德,德兼于道,道兼于天",因此,"天"统辖"道"、"德"、"义"、"事"、"技"而成为一体。所以,包容天下的统治者,"无欲而天下足，无为而万物化，渊静而百姓定"，顺乎天理，归于天德，自然"通于一，而万事毕；无心得，而鬼神服"。正如老子说："圣人抱一为天下式。"（《二十二章》）"道生一，一生二，二生三，三生万物。"（《四十二章》）。庄子将"无为"的原则，归之于"天德"，神圣崇高，无可辩驳，成为人君治国的规范，这正是对老子学说的继承和发挥。

### （二）君子不可以不刳心焉

君子要行无为之道，必须以道修身，开拓心志，提高自己的道德情操，"韬乎其事心之大也，沛乎其为万物逝也"，达到"万物一府，死生同状"的程度。因此，作为君子，巧智不可用，才能不可恃，"功盖天下，而似不自己"。如此淡泊名利，清心寡欲，才能避灾免祸，立于不败之地。

【原文】夫子曰："夫道，覆载万物者也，洋洋乎，大哉！君子不可以不刳心焉。无为为之之谓天，无为言之之谓德，爱人利物之谓仁，不同同之之谓大，行不崖异之谓宽，有万不同之谓富，故执德之谓纪，德成之谓立，循于道之谓备，不以物挫志之谓完。君子明于此十者，则韬乎其事心之大也，沛乎其为万物逝也。若然者，藏金于山，藏珠于渊；不利财货，不近富贵；不乐寿，不哀夭；不荣通，不丑穷；不拘一世之利以为己私分，不以王天下为己处显。显则明，万物一府，死生同状。"（《天地》）

【译文】庄子说："道，可以覆盖、承载万物，无边无际，多么伟大啊！君子不可以不用来开拓心志。无为而为之叫作"天"，无为而论之叫作"德"，爱护百姓而有利万物叫作"仁"，把不同的事物和同起来叫作"大"，行为与万物没有乖异叫作"宽"，能够保持不同物类叫作"富"，坚守德操叫作"纪"，德业完成叫作"立"，顺道而行叫作"备"，不因为外物而挫伤意志叫作"完"。君子明白了这十项，那么就能包容万物而心志远大，与万物合流而共同前进。像这样的人，把黄金藏于深山，把珠宝藏于深渊；不追求财物，不祈求富贵；不羡慕长寿，不哀伤短命；不以显达为荣，不以穷困为丑；不攫取世间的利益作为自己私有，不以统治天下炫耀自己的地位。地位显贵而明通事理，把万物视为一家，把生死看作一样。"

道，"覆载万物"，包容古今，从十个方面召示君子必须开拓心志，提高修养，清静无为，利人利物，少私寡欲，远离名利。这样，君子就能够"藏金于山，藏珠于渊；不利财货，不近富贵；不乐寿，不哀夭；不荣通，不丑穷；不拘一世之利以为己私分，不以王天下为己处显"，真正实现无为而治。杨子关于"公天下之身，公天下之物"、"悉天下奉一身，不取也"（《列子·杨朱》）的主张，老子关于"见素抱朴，少私寡欲，绝学无忧"（《十九章》）、"甚爱必大费，多藏必厚亡"（《四十四章》）的告诫，庄子在这里进行了更加集中、更加详尽的阐发。

【原文】阳子居见老聃，曰："有人于此，响疾强梁，物彻疏明，学道不倦。如是者，可比明王乎？"老聃曰："是于圣人也，胥易、技系、劳形、怵心者也！且也，虎豹之文，来田；猿狙之便、执狸之狗，来藉。如是者，可比明王乎？"阳子居蹴然曰："敢问明王之治。"老聃曰："明王之治，功盖天下，而似不自己；化贷万物，而民弗恃；有，莫举名；使物自喜。立乎不测，而游于无有者也。"（《应帝王》）

【译文】阳子居（杨朱）见到老聃，说："现在有一个人，他动作敏捷，行为果敢，洞察事理，性情开朗，学习道义不知疲倦。像这样的人，可以与贤明君王相比吗？"老聃说："这样的人在圣人看来，不过是被才智所驱使、被技术所拘系、劳累自己形体、惊骇自己精神的人罢了！况且，虎豹由于身上的文采，而招致猎人的捕捉；猿猴由于身体灵巧、猎狗由于可以抓狸，而招致人们拴缚。像这样，可以与贤明的君王相比吗？"阳子居惊恐地说："请问贤明君王治理天下的道术。"老聃说："贤明君王治理天下，他的功绩盖过天下，可是好像不是由于自己；他化施万物，可是百姓并不依靠他；有他这个人，而百姓不知他的名字；他能够使万物自得其乐。他是立于变化不测之地，而遨游在空虚无有境界的人啊！"

庄子认为，那些才能出众、勤奋学习的人，不仅受到智谋的限制，劳

累身心，而且如同"虎豹之文，来田；猨狙之便、执狸之狗，来藉"一样，必然招致外力的约束。不如像贤明君王那样，无私无欲，利人利物，功成身退，为而不争，以化成天下。老子说："太上，不知有之。"（《十七章》）"以智治国，国之贼；不以智治国，国之福。"（《六十五章》）庄子的论述，正是对老子学说的继承。

【原文】知和曰："平为福、有余为害者，物莫不然，而财其甚者也。今富人，耳营钟鼓筦籥之声，口嗛于刍豢醪醴之味，以感其意，遗忘其业，可谓乱矣；侅溺于冯气，若负重行而上也，可谓苦矣；贪财而取慰，贪权而取竭，静居则溺，体泽则冯，可谓疾矣；为欲富就利，故满若堵耳而不知避，且冯而不舍，可谓辱矣；财积而无用，服膺而不舍，满心戚醮，求益而不止，可谓忧矣；内则疑劫请之贼，外则畏寇盗之害，内周楼疏，外不敢独行，可谓畏矣。此六者，天下之至害也，皆遗忘而不知察，及其患至，求尽性竭财，单以反一日之无故，而不可得也。故观之名则不见，求之利则不得。缭意绝体而争此，不亦惑乎？"（《盗跖》）

【译文】知和说："平安就是福、有余就是祸，所有的事物都是这样的，而财货是其中最为突出的一种。现在富有的人，耳朵追求钟鼓管籥的声音，嘴巴饱尝鱼肉美酒的滋味，而动摇了自己的意志，遗忘了自己的事业，这可以说是昏乱；被自己的盛气所阻塞和压抑，就如同背重物而往高处走，这可以说是痛苦；贪图财货而换取怨恨，贪图权势而招致失败，闲居则消磨志气，体健则助长气势，这可以说是患病；为求富而趋利，满盈堵塞了耳朵不知避讳，沉溺于此而不知舍弃，这可以说是耻辱；聚积财货而不利用，隐藏怀中而不放弃，满心焦虑，聚敛不休，这可以说是忧愁；在家担忧抢劫或借贷的损失，在外担忧强盗的祸患，家里四周严密把守，外出不敢独自行走，这可以说是畏惧了。这六项，都是天下最大的祸害，可是人们把它们忘记了，并不知道注意，等到祸害到来，再去穷究本性、散尽财货、只求返回前一天没有事故的日子，也是不可能的。所以，再想顾及名誉已经见不到了，再想追求财货已经做不到了。纠缠心灵、灭绝身体去争取这些身外之物，不就是迷惑吗？"

价值追求的目标，决定着人生的品位和命运。物欲横流的人贪图名利，招致"乱"、"苦"、"疾"、"辱"、"忧"、"畏"六大祸害，"及其患至，求尽性竭财，单以反一日之无故，而不可得也"，这样"缭意绝体而争此，不亦惑乎"？所以，老子说："其在道也，曰：'余食赘行，物或恶之'，故有道者不处。"（《二十四章》）庄子的论述正是对这一思想的发挥。那些贪官污吏的堕落和下场，就是活生生的证明。

### （三）无为而尊者，天道也；有为而累者，人道也

庄子所说的"无为"是专对君主而言的，即君无为而臣有为，各有职责，各有分工，相辅相成，缺一不可。"上必无为，而用天下；下必有为，为天下用。此不易之道也。"

【原文】夫帝王之德，以天地为宗，以道德为主，以无为为常。无为也，则用天下而有余；有为也，则为天下用而不足。故古之人贵夫无为也。上无为也，下亦无为也，是上与下同德；下与上同德，则不臣。下有为也，上亦有为也，是上与下同道；上与下同道，则不主。上必无为，而用天下；下必有为，为天下用。此不易之道也。故古之王天下者，知虽落天地，不自虑也；辩虽彫万物，不自说也；能虽穷四海，不自为也。天不产，而万物化；地不长，而万物育；帝王无为，而天下功。故曰：莫神于天，莫富于地，莫大于帝王。故曰：帝王之德配天地。此乘天地、驰万物、而用人群之道也。（《天道》）

【译文】那帝王的德业，以天地作为本元，以道德作为宗主，以无为作为永恒。无为，就能够利用天下而感到从容有余；有为，就被天下利用而感到窘迫不足。所以古代的帝王崇尚无为而治。处上位无为，处下位也无为，则便是下位与上位德业相同；下位与上位德业相同，便不合为臣之道。下位有为，上位也有为，这便是上位与下位德业相同；上位与下位德业相

同，便不合为君之道。处上位必须无为，而利用天下；处下位必须有为，而被天下利用。这是不能改变的道理。所以，古代治理天下的人，他的智慧虽然包络天地，并不考虑自己；他的明辩虽然周遍万物，并不称道自己；他的才能虽然穷究四海，并不为了自己。天不出产万物，而万物得以化生；地不长养万物，而万物得以发育；帝王无为而治，而天下安定。所以说：没有比天更神明的了，没有比地更富有的了，没有比帝王更伟大的了。所以说：帝王的德业配天地。这便是统辖天地、驱使万物、利用人群的道术啊。

庄子同老子一样，承认帝王君主的现实存在和尊贵地位。只是帝王君主必须"无为"而"用天下"，而臣民必须"有为"而"为天下用"。如果上下无为，则不合臣道；上下有为，则不合君道。所谓"本在于上，末在于下；要在于主，详在于臣"（《天道》）。因此，帝王君主本立而末从，纲举而目张，"乘天地、驰万物、而用人群"，从来"不自虑"、"不自说"、"不自为"，所以，"天不产，而万物化；地不长，而万物育；帝王无为，而天下功"。正如老子说："太上，不知有之。"（《十七章》）"我无为，而民自化；我好静，而民自正；我无事，而民自富；我无欲，而民自朴。"（《五十七章》）思路是完全一致的。目的就在于阻止和制约侯王的胡作非为，为天下百姓设置一个相对宽松平和的社会环境。

【原文】故圣人，观于天而不助，成于德而不累，出于道而不谋，会于仁而不恃，薄于义而不积，应于礼而不讳，接于事而不辞，齐于法而不乱，恃于民而不轻，因于物而不去。物者，莫足为也，而不可不为。不明于天者，不纯于德；不通于道者，无自而可。不明于道者，悲夫！何为道？有天道，有人道。无为而尊者，天道也；有为而累者，人道也。主者，天道也；臣者，人道也。天道之与人道也，相去远矣，不可不察也。（《在宥》）

【译文】所以，作为圣人，观察于天而不助长万物，成就于德而不连累万物，本原于道而不谋划万物，会通仁慈而不自恃其德，合乎正义而不有所积蓄,适应礼节而不有所避讳,接近事务而不有所推辞,符合法制而不混淆是非,信赖百姓而不有所轻视,依靠万物而不有所离失。万物,没有什么可以作为的,而又不能不有所作为。不明白天道的人,不会德行纯正;不通达天道的人,什么都做不来。不明白天道的人,可悲啊!什么叫作"道"?有天道,有人道。无所作为而无比尊贵的,是天道;有所作为而劳累心力的,是人道。君上,须用天道;臣下,须用人道。天道和人道,二者相距遥远,是不可不考察的。

君主用天道,"无为而尊";臣民用人道,"有为而累"。因为对于君主而言,"物者,莫足为也,而不可不为",国家要人管理,土地要人耕种,粮食要人供奉,劳役要人出力,战争要人打仗,这一切都需要臣民"有为而累",如果人人无为,无所事事,岂不衣食无着,天下大乱?这与孟子所说的"劳心者治人,劳力者治于人;治于人者食人,治人者食于人:天下之通义也"(《滕文公上》),主张是相通的。这既是社会分工,又是社会等级。只是孟子要君主推行仁政,庄子要君主无为而治,二者各有侧重罢了。

这种君主无为、臣民有为的思想观念,与西周王朝以来的政治制度是密切相关的。王国维先生说:"天子、诸侯者,有土之君也;有土之君,不传子不立嫡,则无以弭天下之争。卿大夫、士者,图事之臣也,不任贤,无以治天下之事。"(《观堂集林(二)·殷周制度论》)天子、诸侯这样的"有土之君",应该德配天地,君临天下,清静无为,坐享太平;而卿大夫、士这样的"图事之臣",必须选贤举能,各尽职守,建功立业,有所作为。这就是"上必无为,而用天下;下必有为,为天下用"的由来。这种政治理论,后来被荀子、韩非子吸取并发挥,成为各自学说的重要组成部分。

**(四)闻在宥天下,不闻治天下也**

既然天道虚静,君主无为,那么,就应该"在宥天下",以保持百姓的本性真情。尧之"不恬",桀之"不愉","自三代以下者,匈匈焉终以赏罚为事，彼何暇安其性命之情哉"？因此，任何赏罚一类主观作为都是伤害百姓本性，扰乱天下，"故君子不得已而临莅天下，莫若无为"。同样，孔子"修文武之道，掌天下之辩，以教后世"，不过是"迷惑天下之主，欲求富贵焉"而已。民众只有顺从无为而治，才能"欲同乎德，而心居矣"。

【原文】闻在宥天下，不闻治天下也。在之者，恐天下之淫其性也；宥之者，恐天下之迁其德也。天下不淫其性，不迁其德，有治天下者哉？昔，尧之治天下也，使天下欣欣焉人乐其性，是不恬也；桀之治天下也，使天下瘁瘁焉人苦其性，是不愉也。夫不恬、不愉，非德也。非德也，而可长久者，天下无之。人大喜邪，毗于阳；大怒邪，毗于阴。阴阳并毗，四时不至，寒暑之和不成，其反伤人之形乎！使人喜怒失位，居处无常，思虑不自得，中道不成章，于是乎天下始乔诘、卓鸷，而后有桀、跖、曾、史之行。故举天下以赏其善者，不足；举天下以罚其恶者，不给。故天下之大，不足以赏罚。自三代以下者，匈匈焉终以赏罚为事，彼何暇安其性命之情哉？……故君子不得已而临莅天下，莫若无为。无为也，而后安其性命之情。故"贵以身为天下，可以托天下；爱以身为天下，可以寄天下"。故君子苟能无解其五藏，无擢其聪明，尸居而龙见，渊默而雷声，神动而天随，从容无为，而万物炊累焉。吾又何暇治天下哉？（《在宥》）

【译文】我只听说过抚慰和宽容天下，没有听说过治理天下。抚慰百姓，是恐怕天下淫乱了他们的本性；宽容百姓，是恐怕天下改变了他们的德行。天下百姓不淫乱本性，不改变德行，还用得着治理天下吗？在古代，帝尧治理天下，使天下百姓欢欣鼓舞而放纵他们的本性，这便是不让他们安静；夏桀治理天下，使天下百姓疲惫憔悴而伤害他们的本性，这便是不让他们愉快。不让安静，不让愉快，就不是施德于天下；不施德于天下，而能够保持长久的，天下是没有的。人过分喜悦，就会侧重于阳气；过分愤怒，就会侧重于阴气。阴阳两气都侧重，四季就不能按时到来，寒暑就不能分布均匀，这样反过来就会伤害百姓的身体啊！使百姓的喜怒失去常态，居处没有定所，思虑不能随心，正道不能养成，于是天下开始意志不平，行为不正，而后便出现了夏桀、盗跖、曾参、史䲡这样不同的行为。把天下的好人都赏赐，是赏赐不完的；把天下的坏人都处罚，是处罚不完的。所以，天下这样大，用赏罚来治理是不够的。自三代以下，总是闹嚷嚷地把赏罚当件大事来做，百姓哪里有时间安于他们性命的真情呢？……所以，君子不得已而临莅天下，没有比无为更好的了。做到无为，然后才能安定百姓本性的真情。所以，"以珍贵自身的思想治理天下的人，就可以寄托天下；以爱惜自身的思想治理天下的人，就可以委托天下"。所以，君子如果不放纵自己的感官享乐，不提高自己的聪明；静处时如同神像，显现时如同飞龙；沉默时如同渊水，行动时如同雷电；精神起动，而天下随从；从容自在，而清静无为，天下万物都会升腾活跃起来。我哪里有时间去治理天下呢？

治理天下的关键在于"在宥"，"在之者，恐天下之淫其性也；宥之者，恐天下之迁其德也"，即保持民众固有的本性真情。因此，帝尧"乐其性"，夏桀"苦其性"，使得阴阳失调，四时错乱，身体本性受到伤害，奖赏处罚难以奏效，都是错误的。所以，君子无为而治理天下，"无解其五藏，无擢其聪明，尸居而龙见，渊默而雷声，神动而天随，从容无为，而万物炊累焉"。

【原文】（盗跖曰）："神农之世，卧则居居，起则于于；民知其母，不知其父；与麋鹿共处；耕而食，织而衣；无有相害之心。此至德之隆也。然而，黄帝不能致德，与蚩尤战于涿鹿之野，血流百里。尧舜作，立群臣；汤放其主，武王伐纣。自是以后，以强凌弱，以众暴寡。汤武以来，皆乱人之徒也。今子修文武之道，掌天下之辩，以教后世；缝衣、浅带、矫言、伪行，以迷惑天下之主，而欲求富贵焉。盗莫大于子！天下何故不谓子为盗丘，而乃谓我为盗跖？"（《盗跖》）

【译文】（盗跖曰）："在神农氏的时代，人们躺着无忧无虑，起来无知无识；只知道自己的母亲，不知道自己的父亲；他们与麋鹿一类禽兽和谐相处；自己耕种而饮食，织布而穿衣；互相之间没有残害的心思。这是道德最盛隆的时代。然而，到黄帝时代不能以德服人，就与蚩尤在涿鹿之野打仗，血流百里之远。尧舜兴起后，就设置百官群臣；商汤放逐了他的君主夏桀，周武王讨伐了他的君主殷纣王。从此以后，强大的欺凌弱小的，人多的侵略人少的。商汤周武以来，统治者都是祸乱民众的暴徒。现在你研修文武道术，掌握天下言论的导向，以教化未来社会；穿起长袍大袖的服装，扎起宽宽的腰带，用狡辩的言辞和虚伪的行动，来迷惑天下的君王，想要求得荣华富贵。盗贼没有比你更大的了！天下人为什么不把你叫盗丘，而却把我叫盗跖呢？"

庄子认为，远古的神农之世，"卧则居居，起则于于"，人们保持着天性真情，"无有相害之心"，是道德最盛隆的时代。之后，黄帝战蚩尤，尧舜立群臣，商汤放其主，武王伐殷纣，造成天性分裂，道德沦丧，"皆乱人之徒也"。而孔子倡导文武之道，欺世盗名，以求富贵，与大盗没有两样。所以，庄子借盗跖之口声讨孔子，别有一番深意。

【原文】将闾葂见季彻，曰："鲁君谓葂也曰：请受教。辞，不获命。既已告矣，未知中否，请尝荐之。吾谓鲁君曰：必服恭俭，拔出公忠之属，而无阿私。民孰敢不辑？"季彻局局然笑曰："若夫子之言，于帝王之德，犹螳螂之怒臂以当车轶，则必不胜任矣。且若是，则其自为处危，其观台多物，将往投迹者众。"将闾葂觑觑然惊，曰："葂也汒若于夫子之所言矣。虽然，愿先生之言其风也。"季彻曰："大圣之治天下也，摇荡民心，使之成教易俗，举灭其贼心，而皆进其独志，若性之自为，而民不知其所由然。若然者，岂兄尧舜之教民、溟涬然弟之哉？欲同乎德，而心居矣。"（《天地》）

【译文】将闾葂去拜访季彻，对季彻说："鲁君对我说：我向你请教。我推辞，他不允许。我就告诉他了，不知道说得对不对，我试着对你陈述一下。我当时对鲁君说：君子必须实行恭敬节俭，选拔公正忠诚之人，而不要偏私。百姓谁敢不顺从呢？"季彻听后，张嘴笑着说："像先生这些话，对于帝王的德业，就如同螳螂举起双臂来挡车一样，必然是不能胜任的。况且，像这样，自己就要处在危险的境地，君王住处从此多事，前往门前的人就要多起来。"将闾葂大惊，说："我对先生的话真是感到茫然了。虽然如此，还是希望先生对我讲一讲。"季彻说："大圣人治理天下，鼓励百姓的心志，使他们归顺教化，改变习俗，完全泯没他们的邪恶之心，加强他们个人的意志，好像是出于自然本性所为，可是百姓并不知道自己为什么这样。你这样，怎能像尧舜那样教化民众，而小心翼翼地顺从他们呢？圣人是想让百姓的欲望与德性和同，而民心就会安定啊。"

按照无为的原则，君主治国并不在"必服恭俭，拔出公忠之属，而无阿私"这些主观作为，而应该"摇荡民心，使之成教易俗，举灭其贼心，而皆进其独志，若性之自为，而民不知其所由然"，如此则"欲同乎德，而心居矣"。可见，治理天下的关键，在于恢复民众的本性真情，这就是无为而治的精髓。所以，老子说："其政闷闷，其民淳淳；其政察察，其民缺缺。"（《五十八章》）

### （五）以天待人，不以人入天

世界万物，天性不同，不能人为地强行规定，整齐划一。"凫胫虽短，续之则忧；鹤胫虽长，断之则悲。故性长非所断，性短非所长，无所去忧也"（《骈拇》），因此，"以己养养鸟"是错误的，必须尊重自然，适应天性，"不一其能，不同其事"。所以，应该"以天待人"，不能"以人灭天"，才能回归到"上如标枝，民如野鹿"的原始自然状态。

【原文】昔者海鸟止于鲁郊，鲁侯御而觞之于庙，奏《九韶》以为乐，具太牢以为膳。鸟乃眩视忧悲，不敢食一脔，不敢饮一杯，三日而死。此以己养养鸟也，非以鸟养养鸟也。夫以鸟养养鸟者，宜栖之深林，游之坛陆，浮之江湖，食之鳅鲦，随行列而止，委蛇而处。彼唯人言之恶闻，奚以夫谎谎为乎！《咸池》《九韶》之乐，张之洞庭之野，鸟闻之而飞，兽闻之而走，鱼闻之而下入，人卒闻之，相与还而观之。鱼处水而生，人处水而死。彼必相与异，其好恶故异也。故先圣不一其能，不同其事。名止于实，义设于适，是之谓条达而福持。（《至乐》）

【译文】从前有只海鸟落在鲁国都城的郊外，鲁侯欢迎它而在太庙设宴，演奏《九韶》作为迎宾曲，以猪、牛、羊肉制作膳食。这只鸟看着头晕目眩、深感忧伤，不敢吃一块肉，不敢饮一杯酒，三天就死了。这是用养人的方法来养鸟，不是用养鸟的方法来养鸟。用养鸟的方法来养鸟，就应该让它栖息在森林，遨游在水中沙洲，漂浮在江湖之上，吃泥鳅小鱼，随着鸟群停留，自由生活。它唯恐听到人的声音，为什么要把它放在人声嘈杂的地方呢？《咸池》《九韶》这些乐曲，如果在洞庭旷野演奏，鸟儿听到就要高飞，野兽听到就要逃跑，鱼儿听到就要沉渊，而人突然听到，就会围上来观赏。鱼在水中才生存，人在水中就会淹死，二者禀性不同，爱憎就不一样。所以先圣不强迫统一人们的能力，不强求统一人们的工作。名称与实际要相符，义理与性情要适合，这就叫情理通达而意满福至。

不同物类天性不同，生活的环境、规律自然不同。如果不按照鸟的性情去喂养，而按照人的性情去供奉，自以为出于好意，尽心尽力，其实是适得其反，杀生害命。如同"鱼处水而生，人处水而死。彼必相与异，其好恶故异也"，不能混同要求，强制推行。天然与人为，迥然有别。所以，"牛马四足，是谓天；落马首，穿牛鼻，是谓人。故曰，无以人灭天，无以故灭命，无以得殉名。谨守而勿失，是谓反其真。"（《秋水》）不要用人为毁灭天然，不要用变故伤害生命，不要用获得葬送名声。谨慎保持而不丧失天性，这就叫返回事物的本真之性，即所谓"全性保真"。

"以己养养鸟"而鸟死，以人为养育牛马则牛马伤，治理民众更应尊重自然，保护天性。然而，统治者为了维护自己的利益而胡作非为，制定各种严刑峻法强制约束民众的行动，致使百姓饥寒交迫，妻离子散，这就是

"以人灭天"的暴行,如同伯乐驯马一样涂炭生灵。显然,庄子正是借此控诉统治者违背自然、胡作非为的罪恶行径,论证"无为为治"的天道。

【原文】于蚁弃知,于鱼得计,于羊弃意。以目视目,以耳听耳,以心复心。若然者,其平也绳,其变也循,古之真人。以天待人,不以人入天,古之真人。(《徐无鬼》)

【译文】像蚂蚁一样抛弃智慧,像鱼一样悠然自得,像羊一样抛弃意志。用自己的眼睛看自己的眼睛,用自己的耳朵听自己的耳朵,用自己的心灵回复自己的心灵。如果像这样,他的平正就如同墨绳,他的变化就遵循自然,这便是古代的真人。用天道对待人为,不要用人为进入天道,这便是古代的真人。

顺应自然的人,就应该让人像自然界的蚂蚁、鱼、羊那样,不受外部的诱惑和影响,按照自己的天性过着简单质朴的生活,"其平也绳,其变也循","以天待人,不以人入天"。既然人的天性如此,统治者何不顺应自然,回归天道呢?正如老子说:"圣人在天下,歙歙焉,为天下浑其心。百姓皆注其耳目,圣人皆孩之。"(《四十九章》)

【原文】至德之世,不尚贤,不使能;上如标枝,民如野鹿。端正,而不知以为义;相爱,而不知以为仁;实,而不知以为忠;当,而不知以为信;蠢动而相使,不以为赐。是故行而无迹,事而无传。(《天地》)

【译文】盛德之世,不崇尚贤明,不使用能人;君上如同树梢的小枝,百姓如同荒原的野鹿。他们行为端正,并不知道这就是义;他们互相亲爱,并不知道这就是仁;他们内心诚实,并不知道这就是忠;他们言行得当,并不知道这就是信;他们在劳作中互相指使,并不认为这就是轻慢。所以,行动而不留痕迹,事后而不见流传。

庄子描绘的"至德之世",就是无为而治的理想社会:不崇尚贤人,不使用能人;"上如标枝",无所作为,不知有之;"民如野鹿",不受制约,自由生活。"义"、"仁"、"忠"、"信"、"赐"之类美德,不是外来强加的制约和羁绊，而是出自本性真情的自发行为。这就是返璞归真的自然状态，回归天道的原始境界。

庄子主张无为而治，向往至德之世，意图就是要借此制止君主胡作非为、残酷压迫的苛政，避免攻城略地、杀人如麻的混战，从而创造相对宽松平和的社会环境，以便于得道者通过齐同、坐忘而韬晦隐遁、遗世独立，摆脱现实体制的约束，进入洪荒浑沌的状态，去追求自由自在的平静生活，实现精神世界的彻底解脱。

## 五　纵论齐同坐忘，畅想逍遥人生

憧憬隐遁避世的质朴生活，必须秉持天道，端正认识，调整思路，放开眼界，抛弃世俗传统的羁绊，求得精神的彻底解脱。因此，庄子用"无所不在"的天道，贯通天地，超越时空，齐同万物，齐同彼此，齐同是非，齐同生死，从而进入物我不辨、彼此不分、是非不定、生死不别的无差别的混沌境界，居于"道枢"的圆环之中，舍弃外形，追求精神，回归自然，无待而行，去实现真正的逍遥人生。

### （一）夫道，于大不终，于小不遗，故万物备

庄子继承了老子的天道论，认为道"有情有信，无为无形"，"神鬼神帝，生天生地"，是"天地之母"，"万物之宗"。道，无处不在，大到天地万物，小到"瓦甓"、"屎溺"，"于大不终，于小不遗"，贯穿于一切事物之中，"广广乎其无所不容也，渊渊乎其不可测也"。所以，只有"通乎道，合乎德，退仁义，宾礼乐，至人之心有所定矣"。

【原文】夫道，有情有信，无为无形；可传而不可受，可得而不可见。自本，自根，未有天地，自古以固存。神鬼神帝，生天生地。在太极之上，而不为高；在六极之下，而不为深；先天地生，而不为久；长于上古，而不为老。（《大宗师》）

【译文】道，有感触、有征验，没有行动、没有形体；可以传播而不可

授予，可以获得而不可见到。道以自身为本元，以自身为根基，在没有天地之前，自古就永恒存在。道可以生出鬼神上帝，生出苍天大地。把它放在未分天地的太极之上，也显不出它的崇高；把它放在天地四方的六极之下，也显不出它的深厚；先于天地而生，而显不出它的长久；成长于上古，也显不出它的衰老。

老子论道说："道之为物，惟恍惟惚。惚兮恍兮，其中有象；恍兮惚兮，其中有物。窈兮冥兮，其中有精；其精甚真，其中有信。"（《二十一章》）"有物混成，先天地生。寂兮寥兮，独立而不改，周行而不殆，可以为天地母。"（《二十五章》）庄子进一步阐发：道，"自本，自根，未有天地，自古以固存。神鬼神帝，生天生地"。其内涵囊括天地，极其宽泛丰富，无所不包；其精神包容古今，极其幽远玄妙，深不可测。超越时空，周而复始。

【原文】东郭子问于庄子曰："所谓道，恶乎在？"庄子曰："无所不在。"东郭子曰："期而后可。"庄子曰："在蝼蚁。"曰："何其下邪？"曰："在稊稗。"曰："何其愈下邪？"曰："在瓦甓。"曰："何其愈甚邪？"曰："在屎溺。"东郭子不应。庄子曰："夫子之问也，固不及质。正获之问于监市，履狶也，每下愈况。汝惟莫必，无乎逃物。"（《知北游》）

【译文】东郭子问庄子说："所谓道，究竟在什么地方？"庄子说："没有什么地方不存在。"东郭子说："希望你明说，让我领会才行。"庄子说："在蝼蛄、蚂蚁上。"东郭子说："怎么这样卑下呢？"庄子说："在稊草、稗草上。"东郭子说："怎么愈加卑下了呢？"庄子说："在砖、瓦上。"东郭子说："怎么卑下到过分的程度呢？"庄子说："在屎、尿上。"东郭子再不作声了。庄子说："先生的问题，本来就没有问到本质上。观察事物，如同活畜交易员向监管员询问猪的肥瘦一样，用脚踩猪的肉体，越往下就越明显。你不要把事物看成是绝对的必然的，那么，道是不会逃出任何事物之外的。"

道，包容世界，包容万物，无处不在，无处不行，甚而下至"蝼蚁"、"稊稗"、"瓦甓"、"屎溺"中也存在道，都不能脱离道的规律。所以，观察任何事物，都应该循道而行，贯彻始终。

【原文】夫子曰：夫道，于大不终，于小不遗，故万物备。广广乎其无所不容也，渊渊乎其不可测也。形德，仁义，神之末也。非至人，孰能定之？夫至人有世，不亦大乎？而不足以为累；天下奋棅，而不与之偕；审乎无假，而不与利迁。极物之真，能守其本。故外天地，遗万物，而神未尝有所困也。通乎道，合乎德，退仁义，宾礼乐，至人之心有所定矣。（《天道》）

【译文】庄子说："道，对于大的事物没有终止，对于小的事物也不遗漏，所以天地之间万物都具备。它广大得无所不包，深邃得不可测度。形貌，仁义，只是精神的微末。不是圣人，谁能够安定天下呢？那圣人包容世界，不是很伟大吗？可是他并不为世界所拖累；天下都争权夺利，可是他并不一同参与；他明察天地万物的运行规律，可是并不随同利益而迁移。他穷究万物的真情，而坚守万物的本源。所以，他忘记天地，遗弃万物，而精神未曾有所困顿。通达于道，符合于德，抛掉仁义，摈弃礼乐，圣人的心才能有所安定。"

天道"于大不终，于小不遗，故万物备。广广乎其无所不容也，渊渊乎其不可测也"。圣人行道，要"极物之真，能守其本"。即坚持本性，通达天道，符合天德，不为外物、私利所累，摈弃形貌、仁义、礼乐之类微末之事，才能安定内心，镇定精神。

## （二）万物一齐，孰短孰长

从道来观察万物，"量无穷，时无止，分无常，终始无故"，本无所谓大小、长短、高低、贵贱，生死、盈虚、始终、寿夭之分，一切都是相对的、齐同的，所谓差异不过是观察角度、论事时机不同罢了。如果从全面、动态、发展的宏观角度来看，"万物一齐，孰短孰长？道无终始，物无生死"，一切都在变化之中，"是以圣人和之以是非，而休乎天钧。是之谓两行"。

【原文】北海若曰："计四海之在天地之间，不似礨空之在大泽乎？计中国之在海内，不似稊米之在大仓乎？号物之数谓之万，人处一焉。此其比万物也，不似毫末之在马体乎？人卒九州，谷食之所生，舟车之所通，五帝之所连，三王之所争，仁人之所忧，任士之所劳，尽此矣。伯夷辞之以为名，仲尼语之以为博，此其自多也，不似尔之自多于水乎？"河伯曰："然则，吾大天地而小毫末，可乎？"北海若曰："否。夫物，量无穷，时无止，分无常，终始无故。是故，大知——观于远近，故小而不寡，大而不多，知量无穷；证曏今故，故遥而不闷，掇而不跂，知时无止；察乎盈虚，故得而不喜，失而不忧，知分之无常也；明乎坦途，故知生而不悦，死而不祸，知终始之不可故也。计人之所知，不若其所不知；其生之时，不若未生之时；以其至小，求穷其至大之域，是故迷乱而不能自得也。由此观之，又何以知毫末之足以定至细之倪？又何以知天地之足以穷至大之域？"（《秋水》）

【译文】北海若说："估计这四海在天地之间，不就像一块石头放在大水池里吗？估计这中国在四海之内，不就像一粒米放在大粮仓里吗？称物类以万数，人类不过是其中之一。以人类比万物，不就像马身上一根毫毛吗？人群布满九州，五谷生长的地方，车船通行的地方，五帝连接的地方，三王争夺的地方，仁人忧虑的地方，能人操劳的地方，全部都在这里。伯夷因辞让它而传美名，孔子因议论它而称博学，他们这样自以为了不起，不就像你自以为水多而了不起一样吗？"河伯说："那么，我就认为天地为大而毫毛尖为小，可以吗？"北海若说："不行。天地间的事物，数量没有穷尽，时间没有终止，势位没有永恒，始终没有固定。所以，大智之人观察到远近的问题，就感到小的并非一定小，大的并非一定大，因而，懂得了数量没有穷尽的道理；验证到古今就感到时间悠久用不着郁闷，时间短促也用不着遗憾，因而懂得了时间没有终止的道理；察看盈虚的问题，就感到获得用不着高兴，丧失也用不着忧伤，因而懂得了势位没有永恒的道理；明通苦乐的问题，就感到生存用不着喜悦，死亡也不以为灾祸，因而懂得了始终没有固定的道理。估计人知道的事物，不如自己不知道的事物；他出生的时候，不如他没有出生的时候；用自己最微小的智慧，祈求穷尽最广大的境域，所以使他迷惑而不能得到。由此看来，又怎么能够知道毫毛尖就足以认定为最细微的事端呢？又怎么能够知道天地就足以认定为最广大的境界呢？"

【原文】夫天下莫大于秋毫之末，而大山为小；莫寿于殇子，而彭祖为夭。天地与我并生，而万物与我为一。既已为一矣，且得有言乎？既已谓之一矣，且得无言乎？一与言为二，二与一为三。自此以往，巧历不能得，而况其凡乎！故自无适有以至于三，而况自有适有乎！无适焉，因是已！（《齐物论》）

【译文】天下没有比秋毫之末更大的了，而泰山是微小的；没有比夭折的小儿更长寿的了，而彭祖是短命的。天地与我一起产生，而万物同我合而为一。既然已经合而为一，还需要什么言论吗？既然已经说了合而为一，还能没有言论吗？一加上说出的一便成了二，二再加上一就成了三。依此类推下去，精于计算的人也算不清，何况是一般的人呢？所以从无到有乃至于三如此，何况从有到有呢？不要穷究下去了，因为宇宙自然就是这样深不可测啊！

既然四海在天地间，如同"礨空之在大泽"；中国在四海内，如同"稊米之在大仓"；人类在万物中，如同"毫末之在马体"；个人在人类中，仅为其中之一，更为渺小，如此说来，所谓伯夷之名、孔子之博，与天地万物相比，微乎其微，不值一提，还有什么价值呢？再说，在无限的时空背景中，万物的关系都是相对的，"又何以知毫末之足以定至细之倪？又何以知天地之足以穷至大之域"？所以，不能固定片面地认识问题，"天下莫大于秋毫之末,而大山为小;莫寿于殇子,而彭祖为夭。天地与我并生,而万物与我为一",既然如此,"无适焉,因是已"!

【原文】河伯曰:"若物之外,若物之内,恶至而倪贵贱?恶至而倪小大?"北海若曰:"以道观之,物无贵贱;以物观之,自贵而相贱;以俗观之,贵贱不在己。以差观之,因其所大而大之,则万物莫不大;因其所小而小之,则万物莫不小。知天地之为稊米也,知毫末之为丘山也,则差数睹矣。以功观之,因其所有而有之,则万物莫不有;因其所无而无之,则万物莫不无。知东西之相反而不可以相无,则功分定矣。以趣观之,因其所然而然之,则万物莫不然;因其所非而非之,则万物莫不非。知尧、桀之自然而相非,则趣操睹矣。昔者尧、舜让而帝,之、哙让而绝;汤、武争而王,白公争而灭。由此观之,争让之礼,尧、桀之行,贵贱有时,未可以为常也。梁丽可以冲城,而不可以窒穴,言殊器也;麒骥骅骝,一日千里,捕鼠不如狸狌,言殊技也;鸱夜撮蚤察毫末,昼出瞋目不见丘山,言殊性也。故曰:盖师是而无非、师治而无乱乎?是未明天地之理、万物之情者也。是犹师天而无地,师阴而无阳,其不可行,明矣。然且语而不舍,非愚则诬也!五帝殊禅,三代殊继。差其时,逆其俗者,谓之篡夫;当其时,顺其俗者,谓之义徒。默默乎河伯!女恶知贵贱之门、小大之家?"(《秋水》)

【译文】河伯问道:"这些事物的外貌,这些事物的内涵,到什么情况能够区分出贵贱呢?到什么程度能够区分出大小呢?"北海神说:"从天道来观察,万物没有贵贱的区别;从事物来观察,它们是自我尊贵而互相轻贱;从习俗来观察,贵贱不固定在自己一方。从差别来观察,凭借它们的大而自认为大,那万物没有不是大的;凭借它们的小而自认为小,那万物没有不是小的。知道天地就是一粒米,知道毫末就是一座山,那么差别的定数就看出来了。从功业来观察,自认为有而具有,那万物没有不具有的;自认为无而没有,那万物没有不无的。知道东方与西方相反而不能互相否认，那么功业分别就认定了。从趋向来观察，自认为对的就是对的，那万物没有不是对的；自认为错就是错的，那万物没有不是错的。知道了尧、桀自认为是而互相非难，那么趋向的意志就看出来了。从前尧、舜禅让天下而称帝，子之、燕王哙禅让而绝国；商汤、周武争夺天下而为王，白公胜争夺天下而灭亡。由此看来，争夺与禅让的做法，尧、桀的行为，贵贱与否是有时机的，不能认为是永远不变的。梁柱可以用来攻城，而不能用来塞洞，这是因为器用不同；骏马一日千里，捉鼠就不如狸猫，这是因为技能不同；猫头鹰夜间捉跳蚤看得清毫毛尖，而白天睁大眼睛也看不见山丘，这是因为属性不同。所以说：遵循是就没有非、遵循治就没有乱吗？这是不明天地之理、万物之情的人啊。这就如同遵循了天就没有地、遵循了阴就没有阳，这显然是行不通的。然而他们还在那里喋喋不休地谈论，这不是愚昧，就是诬妄啊！五帝禅让不同，三代继位不同。不合时代，违反世俗，就叫篡逆之辈；符合时代，顺从世俗，就叫道义之人。住口吧河伯！你哪里知道贵贱之门、大小之家的区别呢？"

观察事物，角度不同，结论不同。从"道"、"物"、"俗"；"差"、"功"、"趋"的不同角度来分别辨析，就可以得出不同的结论。功用、技能、属性有别，表现各有差异；机遇随时而变，毁誉自有不同。所以说，"五帝殊禅，三代殊继。差其时，逆其俗者，谓之篡夫；当其时，顺其俗者，谓之义徒"。只有全面动态地观察，才能把握真谛。

【原文】河伯曰："然则，我何为乎？何不为乎？吾辞受、趣舍，吾终奈何？"北海若曰："以道观之，何贵何贱，是谓反衍；无拘而志，与道大蹇。何少何多，是谓谢施；无一而行，与道参差。严严乎若国之有君，其无私德；繇繇乎若祭之有社，其无私福；泛泛乎其若四方之无穷，其无所畛域。兼怀万物，其孰承翼？是谓无方。万物一齐，孰短孰长？道无终始，物无生死，不恃其成；一虚一满，不位乎其形。年不可举，时不可止；消息盈虚，终则有始。是所以语大义之方，论万物之理也。物之生也，若骤

若驰；无动而不变，无时而不移。何为乎？何不为乎？夫固将自化。"(《秋水》)

【译文】河伯又问："那么，我该做什么？不该做什么呢？我对于辞让与接受、取用与舍弃，究竟该怎样处理呢？"北海若说："从道的角度来看，无所谓贵、无所谓贱，这就叫演化无穷；不要拘束自己的意志，与大道相矛盾。无所谓少、无所谓多，这就叫施化代谢；不要固执自己的行为，与道参差不齐。严肃得如同国家的君王，他没有偏爱的德行；恭敬得如同祭祀社神，他没有偏私的祝福；浩渺得如同四方没有穷尽，他并没有界限。兼爱万物，哪能有所奉承和扶助呢？这就叫没有固定的方向。万物都是齐一的，谁能分出短长？大道没有始终，万物没有生死，道并不因成就万物而有所依仗；盈虚不断变化，道并不固守自己的形迹。年代不可穷尽，时间不可终止；盈虚变化，终而复始。就用这些来述说大道的方术，论证万物的规律。万物的生长，如同骏马奔驰；没有一个动作不在变化，没有一个时辰不在转移。还需要做什么？不做什么呢？那些万物本来就是自己化生而成的啊。"

从天道看来，"万物一齐，孰短孰长"，本无所谓贵贱、大小、终始、生死之分，一切都在动态的发展变化之中，所以，"年不可举，时不可止；消息盈虚，终则有始。是所以语大义之方，论万物之理也"。因为"物之生也，若骤若驰；无动而不变，无时而不移。何为乎？何不为乎？夫固将自化"。

【原文】以指喻指之非指，不若以非指喻指之非指也；以马喻马之非马，不若以非马喻马之非马也。——天地，一指也；万物，一马也。可乎可，不可乎不可。道，行之而成；物，谓之而然。恶乎然？然于然，恶乎不然？不然于不然。物固有所然，物固有所可；无物不然，无物不可。故为是举：莛与楹，厉与西施，恢、恑、憰、怪，道通为一。其分也，成也；其成也，毁也。凡物无成与毁，复通为一。唯达者知通为一，为是不用而寓诸庸。——庸也者，用也；用也者，通也；通也者，得也。适得，而几矣。因是已已，而不知其然，谓之道。劳神明为一，而不知其同也，谓之"朝三"。何谓"朝三"？狙公赋芧曰："朝三而暮四。"众狙皆怒。曰："然则朝四而暮三。"众狙皆悦。——名实未亏，而喜怒为用，亦因是也。是以圣人和之以是非，而休乎天钧。是之谓两行。（《齐物论》）

【译文】用手指比喻手指不是手指，还不如用不是手指的东西来比喻手指不是手指；用马来比喻马不是马，还不如用不是马的东西来比喻马不是马。——天地虽然广大，就如同一个手指；万物虽然纷繁，就如同一匹马。适可就是由于适可，不适可就是由于不适可。道路，是由于行走它而形成的；万物，是由于称谓它而认定的。为什么如此？如此就是由于如此；为什么不如此？不如此就是由于不如此。事物本来就有它如此的原因，事物本来就有它适可的道理；没有一种事物不如此，没有一种事物不适可。为了这个道理，可以举出下列事例：草茎与楹柱，丑女与西施，以及宽大、诡变、狡诈、怪异这些现象，从道的角度都可以贯通一体。事物的分开，就是它们的成全；事物成全了，也就毁灭了自己。事物的成全和毁灭，还是可以贯通一体的。唯有通达事理的人才知道贯通一体的道理，因此圣人不用固执成见而把是非寄寓在寻常的事理之中。——寻常，就是适用；适用，就是贯通；贯通，就是获得。达到获得，天地事理就算穷尽了。依从着天地间这样的规律，而不知道为什么如此，这就称为"道"。如果为求贯通一体而劳累精神，可是并不知道其同一的道理，这就叫"朝三"。什么叫"朝三"？养猴子的人喂橡子的时候说："早晨给你们三升，晚上给你们四升。"所有的猴子都发怒。养猴人又说："那么，就早晨给你们四升，晚上给你们三升。"所有的猴子都高兴。——数目与实际都没有变化，而猴子的喜怒不同，也就是因为不懂同一这个道理啊。所以，圣人对于天下事理和同是非而不是对立争议，让它们依从于自然循环运行的天道。这就叫作物我并行而不悖。

"天地如一指，万物如一马"，虽然广大辽阔，纷繁复杂，其实都可以用天道贯通一体。"厉与楹，厉与西施，恢、恑、憰、怪，道通为一。其分也，成也；其成也，毁也。凡物无成与毁，复通为一。唯达者知通为一，为是不用而寓诸庸"。如同"朝三暮四"与"朝四暮三"，猴子因时间、数目差异而喜怒不同，那是不明白贯通一体的道理，其实总数并未变化。所以，圣人并不在意事物外在表面的差异，"是以圣人和之以是非，而休乎天钧。是之谓两行"。

### （三）物无非彼，物无非是

尽管天地万物，有彼有此，有生有死，有是有非，有大有小，有可有不可，有然有不然，在庄子看来，"彼出于是，是亦因彼"，二者都是以对方的存在为前提的。而"是亦彼也，彼亦是也"，互相依存，对立转化，并没有绝对的界限。如同"方其梦也，不知其梦也。梦之中又占其梦焉，觉而后知其梦也"，"觉"与"梦"难分；如同"不知周之梦为胡蝶与，胡蝶之梦为周与"，"周"与"蝶"难辨。这就是彼此齐同的天道。

【原文】物无非彼，物无非是。自彼，则不见；自知，则知之。故曰：彼出于是，是亦因彼。彼、是，方生之说也。虽然，方生方死，方死方生。方可方不可，方不可方可。因是因非，因非因是。是以圣人不由，而照之于天，亦因是也。是亦彼也，彼亦是也；彼亦一是非，此亦一是非；果且有彼是乎哉？果且无彼是乎哉？彼是莫得其偶，谓之道枢。枢，始得其环中，以应无穷。是亦一无穷，非亦一无穷也。故曰：莫若以明。（《齐物论》）

【译文】世间万物没有哪一件不是彼方的，也没有哪一件不是此方的。如果从彼方的角度看，就什么都看不见；如果从知道的角度看，就什么都知道。所以说：彼方由此方而生，此方依从于彼方。彼、此，是正在生长中的说法。虽然如此，正在生长也正在死亡，正在死亡也正在生长。正在适可也正在不适可，正在不适可也正在适可。依从着是也依从着非，依从着非也依从着是。所以圣人不遵从是与非、可与不可，而用天道关照事理，也就是因为这个缘故。此方也就是彼方，彼方也就是此方；彼方也是一种是非，此方也是一种是非；究竟是有彼此的区别呢？究竟是没有彼此的区别呢？彼方、此方找不到它的对立方，这就是道的枢纽。这个枢纽，开始得于道的圆环中，用来应对无穷的事物。是也是一种无穷，非也是一种无穷。所以说：还不如用事物本来的面目显示它。

彼此、生死、是非、可不可之类，都是相对相关、不断变化的，"方生方死，方死方生。方可方不可，方不可方可。因是因非，因非因是。是以圣人不由，而照之于天，亦因是也"。那么，"彼是莫得其偶，谓之道枢。枢，始得其环中，以应无穷"。老子曾说："祸兮福之所倚，福兮祸之所伏。孰知其极？其无正也。正复为奇，善复为妖。人之迷，其日固久。"（《五十八章》）讲的就是正与奇、善与妖变化无穷的道理。所以，圣人以天道关照事理，"以应无穷"。

【原文】梦饮酒者，旦而哭泣；梦哭泣者，旦而田猎。方其梦也，不知其梦也。梦之中又占其梦焉，觉而后知其梦也。且有大觉而后知此其大梦也，而愚者自以为觉，窃窃然知之。君乎！牧乎！固哉！丘也与女皆梦也，予谓女梦亦梦也。是其言也，其名为吊诡。万世之后而一遇大圣，知其解者，是旦暮遇之也。（《齐物论》）

【译文】梦见饮酒的人，早晨起来就哭泣；梦见哭泣的人，早晨起来就打猎。当人在梦中，不知道自己在做梦。往往梦中又有梦，醒来后才知道自己在做梦。只有特别清醒的人才知道人生就是一场大梦，而愚蠢的人自以为清醒，似乎什么都知道。说什么君啊！民啊！真是固陋不堪！孔丘与你都在做梦，我说你的梦也是在做梦。这些话，可以说是荒诞的。可能在万世之后能够遇到一位大圣人，理解这个道理，在他看来，这不过是早晚遇到的平常事罢了。

梦中的悲喜与醒后的悲喜不同。梦中不知是梦，醒后方知是梦。梦中看醒也是梦，醒中看梦也是醒，"梦"与"醒"交织混同，难以分辨。所以说，人生如梦，梦如人生。唯有"大觉"之后，方知"大梦"，而"愚者自以为觉,窃窃然知之"。所谓"大觉",就是皈依天道,彼此齐同。

【原文】昔者,庄周梦为胡蝶,栩栩然胡蝶也。自喻适志与!不知周也。俄然觉,则蘧蘧然周也。不知周之梦为胡蝶与?胡蝶之梦为周与?周与胡蝶,则必有分矣。此之谓"物化"。(《齐物论》)

【译文】从前,庄周梦见自己变成蝴蝶,翩翩起舞的一只蝴蝶。自己知道飞得多么得意啊!而忘记自己是庄周。忽然醒来,惊异自己仍然是庄周。不知道是庄周做梦化为蝴蝶呢?还是蝴蝶做梦化为庄周呢?庄周与蝴蝶想必是有区别的。这种转变就叫"物化"。

庄子(周)与胡蝶本不相关,但是梦中却变成胡蝶,既然梦中看醒也是梦,醒中看梦也是醒,那么,从"物化"的角度来看,究竟是庄子梦见胡蝶,还是胡蝶梦见庄子呢?无从辨识,混沌不清。那么,进入了万物齐同的境界,彼此转化,物我融合,互相渗透,融为一体,还分什么彼此呢。

**(四)若果是也,我果非也邪**

不仅万物齐同,彼此齐同,是非也是齐同的。所谓"六合之外,圣人存而不论;六合之内,圣人论而不议;《春秋》经世先王之志,圣人议而不辩"。何况真正的是与非难以知晓,"自我观之,仁义之端,是非之涂,樊然殽乱,吾恶能知其辩"?既然是与非不能辨知,那么,就只能"忘年,忘义,振于无竟,故寓诸无竟"。

【原文】夫道未始有封,言未始有常,为是而有畛也。请言其畛:有左,有右,有伦,有义,有分,有辩,有竞,有争,此之谓八德。六合之外,圣人存而不论;六合之内,圣人论而不议;《春秋》经世先王之志,圣人议而不辩。故分也者,有不分也;辩也者,有不辩也。曰:何也?圣人怀之,众人辩之以相示也。故曰:辩也者,有不见也。夫大道不称,大辩不言,大仁不仁,大廉不嗛,大勇不忮。道昭而不道,言辩而不及,仁常而不周,廉清而不信,勇忮而不成。五者圆而几向方矣,故知止其所不知,至矣。孰知不言之辩、不道之道?若有能知,此之谓"天府"。注焉而不

满，酌焉而不竭，而不知其所由来，此之谓"葆光"。(《齐物论》)

【译文】大道本来是没有分界的，言论本来是没有常规的，为了争论是非才划出界限。请让我说说界限：有左、右、伦、义、分、辨、竞、争，这就是八种界限。对于天地四方以外的事物，圣人是存而不论的；对于天地四方之内的事物，圣人是论述而不评议的；《春秋》是先王治世的记载，圣人是评议而不辨别。所以事物有能分析的，有不能分析的；有能辨别的，有不能辨别的。那么要问：这是为什么呢？圣人可以包容一切，众人却要去辨别而互相夸耀。所以说：善辨的人，也有见识不到的地方。大道是不可称谓的，大辨是不可言说的，大仁是不仁的，大廉是不谦让的，大勇是不反抗的。大道如果炫耀就不成为大道，言论如果逐一辨析就不能深入，仁爱如果固守一处就不能周遍，廉洁如果过分清白就不能取信于人，勇敢如果反抗就不能成事。这五个方面如果完全做到，就接近于大道了。所以，人如果知道停止在他所不知道的境界，就达到了极点。有谁知道不用语言的辩论、不用炫耀的大道呢？如果能够知道，这就叫"天府"。它如同大海一样，注水注不满，舀水舀不干，不知道水从何而来的，这就叫藏而不露的光明。

【原文】啮缺问乎王倪曰："子知物之所同是乎？"曰："吾恶乎知之！""子知子之所不知邪？"曰："吾恶乎知之！""然则物无知邪？"曰："吾恶乎知之！虽然，尝试言之。庸讵知吾所谓知之非不知邪？庸讵知吾所谓不知之非知邪？且吾尝试问乎女：民湿寝则腰疾偏死，鳅然乎哉？木处则惴栗恂惧，猿猴然乎哉？三者孰知正处？民食刍豢，麋鹿食荐，蝍且甘带，鸱鸦耆鼠，四者孰知正味？猿猵狙以为雌，麋与鹿交，鳅与鱼游。毛嫱丽姬，人之所美也；鱼见之深入，鸟见之高飞，麋鹿见之决骤，四者孰知天下之正色哉？自我观之，仁义之端，是非之涂，樊然殽乱，吾恶能知其辨？"啮缺曰："子不知利害，则至人固不知利害乎？"王倪曰："至人神矣！大泽焚而不能热，河汉冱而不能寒，疾雷破山、飘风振海而不能惊。若然

者，乘云气，骑日月，而游乎四海之外，死生无变于己，而况利害之端乎！"（《齐物论》）

【译文】啮缺问王倪说："你知道被人们共同认可的道理吗？"王倪说："我哪里会知道！"又问："你知道你所不知道的原因吗？"王倪说："我哪里会知道！"又问："那么世上万物都是无法知道的吗？"王倪说："我哪里会知道！虽然如此，还是让我说说吧。我怎么知道我所说的知道不是不知道呢？我怎么知道我所说的不知道不是知道呢？我姑且问你：人在潮湿处睡觉就会腰痛偏瘫，泥鳅是这样吗？人在树上居住就会恐惧害怕，猿猴是这样吗？这三者谁知道真正的住处呢？人吃牛羊肉，麋鹿吃草，蜈蚣爱吃小蛇，猫头鹰、乌鸦爱吃老鼠，这四者谁知道真正的味道呢？猵狙与雌猿交配，麋与鹿交配，泥鳅与鱼游水。毛嫱、丽姬，是人们认为最美的人；但鱼见了就潜渊，鸟见了就高飞，麋鹿见了就迅速逃跑，这四者谁知道天下真正的美色呢？在我看来，仁义的事端，是非的途径，错综复杂，混淆不清，我怎么能够知道其中的区别呢？"啮缺问："你不知道利害，那么至人也一定不知道利害吗？"王倪说："至人太神妙了！旷野燃起大火而不能使他热，江河结冰而不能使他冷，迅雷震山、狂风掀海而不能使他惊恐。像他这样，驾着云气，骑着日月，遨游于四海之外，死生都不能改变自己，何况利害的事端呢？"

人与物之间，本来就没有共同的是与非：百姓、泥鳅、猿猴没有共同的"正处"，民众、麋鹿、蝍蛆、鸱鸦各有所求，没有共同的"正味"；人、鱼、鸟、麋鹿各有所爱，没有共同的"正色"。可见，整齐划一的标准是没有的，只有至人能够泰然处世，"乘云气，骑日月，而游乎四海之外，死生无变于己，而况利害之端乎"！

【原文】长梧子曰："……既使我与若辩矣，若胜我，我不若胜；若果是也，我果非也邪？我胜若，若不吾胜；我果是也，而果非也邪？其或是也，其或非也邪？其俱是也，其俱非也邪？我与若不能相知也，则人固受其黮暗。吾谁使正之？使同乎若者正之，既与若同矣，恶能正之？使同乎我者正之，既同乎我矣，恶能正之？使异乎我与若者正之，既异乎我与若矣，恶能正之？使同乎我与若者正之，既同乎我与若矣，恶能正之？然则，我与若与人，俱不能相知也，而待彼也哉？化声之相待，若其不相待。和之以天倪，因之以曼衍，所以穷年也。""何谓和之以天倪？"曰："是，不是；然，不然。是若果是也，则是之异乎不是也，亦无辩；然若果然也，则然之异乎不然也，亦无辩。忘年，忘义，振于无竟，故寓诸无竟。"(《齐物论》)

【译文】长梧子说："……既然使我与您争辩，如果你胜过我，我胜不过你；你果然是对的，我果然是不对的吗？如果我胜过你，你胜不过我；我果然是对的，你果然是不对的吗？还是有的对、有的不对呢？还是都对、都不对呢？我和你都是不能互相知道的，人们本来就是稀里糊涂的。我又让谁来纠正呢？让与你见解相同的人来纠正，既然他与你的见解相同，他怎么能够来纠正？让与我见解相同的人来纠正，既然他与我的见解相同，他怎么能够来纠正？让与我和你的见解都不相同的人来纠正，既然他与我和你的见解都不相同，他怎么能够来纠正？让与我和你的见解都相同的人来纠正，既然他与我和你的见解都相同，他怎么能够来纠正？那么，我与你与别人，都不能互相知道，难道还要等待他人来解决吗？等待那些不断变化的语言，如同不等待一样。只有用循环运行的天道来和同是非，凭借它来推演事理，才能够平安地度过自己的一生。"瞿鹊子问："什么叫用循环运行的天道来和同是非呢？"长梧子说："是，同时也是不是；如此，同时也是不如此。是，果真是，那么是与不是不相同，也就不需要分辨了。如此，果真如此，那么如此与不如此不相同，也就不需要分辨了。忘记岁月，忘记正义，超越无穷的境界，就可以寄寓于无穷的境界。"

人与人的是与非，更是如此。我与你的争辩，无论我与你谁胜，都不能证明谁是谁非，也不能让他人证明谁是谁非，那么，最终只能用天道来和同是非，即无须分辩是非，放弃分辩是非。

既然万物齐同，彼此齐同，是非齐同，生死齐同，那么，无大无小，无彼无此，无是无非，无生无死，都皈依于无所不在的天道，这样，利害是不存在的，争辩是不必要的，得失可以不计，对立可以消失，甚至连生死都是不必在意的，就处于无物我、无彼此、无是非、无生死的无差别的浑沌境界中，思想岂能不完全解放？精神岂能不彻底解脱？

庄子主张齐同、物化，提倡以全面、动态、发展的观点看问题，自有其独特的贡献。但是，由此他认为，事物差别只是来自人为的主观认识，是主体赋予客体的结果，从而混同和否认了事物自身存在的客观差异，这就必然导致主观主义、相对主义和虚无主义的不可知论，在认识论上具有明显的唯心色彩。后来，荀子倡导通过实践认知外物的唯物主义认识论，才对庄子的认识论有所突破和超越。

### （五）至人无己，神人无功，圣人无名

通达生命实情的人，知晓齐同万物、彼此、是非之理，就应该明白"养形必先之以物，物有余而形不养者有之矣。有生必先无离形，形不离而生亡者有之矣"，那么，就不如"弃世"，既"弃事"又"遗生"。而"弃世"最好的办法，就是"坐忘"，忘记了仁义、礼乐，乃至"堕肢体，黜聪明，离形，去知"，最终"同于大通"，就可以成为"真人"，实现无所倚待的逍遥游。

【原文】达生之情者，不务生之所无以为；达命之情者，不务知之所无奈何。养形必先之以物，物有余而形不养者有之矣。有生必先无离形，形不离而生亡者有之矣。生之来不能却，其去不能止。悲夫！世之人以为养形足以存生，而养形果不足以存生，则世奚足为哉！虽不足为而不可不为者，其为不免矣。夫欲免为形者，莫如弃世。弃世则无累，无累则正平，正平则与彼更生，更生则几矣。事奚足弃而生奚足遗？弃事则形不劳，遗生则精不亏。夫形全精复，与天为一。天地者，万物之父母也。合则成体，

散则成始。形精不亏，是谓能移。精而又精，反以相天。(《达生》)

【译文】通达生命实情的人，不追求生命中不需要的事物；通达命运实情的人，不追求命运中不能解决的事物。滋养形体必须首先利用物资，物资充余而形体没有得到滋养的人是有的。保有生命必须首先不离开形体，形体不离开而丧失生命的人是有的。生命的产生不能推辞，生命的离去不能阻止。可叹啊！世俗的人认为滋养形体就足以保存生命，可是滋养形体如果不足以保存生命，那么世俗之人又当何为呢？虽然无可作为而又不可不为的人，他的作为是不可避免的。如果想要避免为形体的作为，没有比抛弃人世更好的了。抛弃了人世就没有拖累，没有拖累就身心平正，身心平正就与天地演变众生，演变众生就穷尽了道的玄妙。事物怎么可以抛弃而生命怎么可以忘却呢？抛弃了事物，形体就不受劳苦；忘却了生命，精神就不受亏损。形体得到保全，精神得到恢复，就与天地融为一体。天地，就是万物的父母。天地相合就生成万物的形体，天地分开就生成万物的本始。形体与精神不受亏损，就叫作与造化推移。精纯而又精纯，就可以返回本始、辅助天道。

通达生命实情的人，深知外物不足恃，而养形不足以存生，那么，"夫欲免为形者，莫如弃世。弃世则无累，无累则正平，正平则与彼更生，更生则几矣"。如此则"弃事则形不劳，遗生则精不亏。夫形全精复，与天为一"，就可以辅助天道，化育众生。老子早就说过："吾所以有大患者，为吾有身；及吾无身，吾有何患？"(《十三章》) 可谓大彻大悟之语。由此，我们不禁想起骷髅的感悟。(《至乐》)

正因为如此，才出现了颜回的所谓"坐忘"。

【原文】颜回曰："回益矣。"仲尼曰："何谓也？"曰："回忘仁义矣。"曰："可矣，犹未也。"它日，复见。曰："回益矣。"曰："何谓也？"曰："回忘礼乐矣。"曰："可矣，犹未也。"它日，复见。曰："回益矣。"曰："何谓也？"曰："回坐忘矣。"仲尼蹴然曰："何谓坐忘？"颜回曰："堕肢体，黜聪明，离形，去知，同于大通，此谓坐忘。"仲尼曰："同，则无好也，化，则无常也。而果其贤乎！丘也请从而后也。"(《大宗师》)

【译文】孔子的弟子颜回说："我现在进步了。"孔子问："说的是什么？"颜回说："我忘记仁义了。"孔子说："行啊，还没有达到一定程度。"过了几天，颜回再次见到孔子，说："我现在又进步了。"孔子又问："说的是什么？"颜回说："我忘记礼乐了。"孔子说："可以了，还没有达到一定水平。"再过了几天，颜回又见到孔子，说："我现在又进步了。"孔子再问："说的是什么？"颜回说："我能够坐忘自己了。"孔子很惊异地问："什么是坐忘自己呢？"颜回说："毁坏肢体，减去聪明，脱离形貌，抛弃智慧，与大道汇同，这就是坐忘自己。"孔子说："与大道汇同，就没有私好了；随大道变化，就没有永恒了。你果真是贤明的人啊！我啊谨从于你的身后。"

庄子有意拿孔子、颜回说事，诚为滑稽可笑的黑色幽默，然而，论述的主旨却是严肃而明晰的。颜回的"坐忘"，就是要忘仁义、忘礼乐、忘形体、忘智慧，最终"离形，去知"，抛弃自我，进入无私无欲、无形无我的精神境界，与大道融会一体。这就是"坐忘"的宗旨。所以，庄子说："无为名尸，无为谋府，无为事任，无为知主。体尽无穷，而游无朕；尽乎所受乎天，而无见得：亦虚而已。不将，不迎，应而不藏。故能胜物而不伤。"(《应帝王》)"忘足，履之适也；忘要，带之适也；知忘是非，心之适也；不内变，不外从，事会之适也；始乎适而未尝不适者，忘适之适也。"(《达生》)"无不忘也，无不有也，淡然无极而众美从之，此天地之道，圣人之德也"(《刻意》)。因为只有彻底"坐忘"，才能排除俗务杂念的干扰，摆脱功名利禄的诱惑，心灵纯洁，精神自由，养成"虚以待物"的"心斋"(《人间世》)，进入虚静空明状态，融入自然宇宙，漫游无我境界，进而融入无所不在的天道。

世俗社会太凶险了，人类世界太龌龊了。传统现实的东西记得愈多，只会伤害耳目，污染心灵，令人迷茫困惑、沉沦堕落。浑沌凿窍，七日而死，就是教训。如果忘得干干净净，就能恢复耳目，净化心灵，令人轻松坦荡、彻底解脱。所以，老子说："塞其兑，闭其门"(《五十二章》)，"虚其心，实其腹，弱其志，强其骨"(《三章》)，"绝圣弃智"、"绝仁弃义"、"绝巧弃利"，"见素抱朴、少私寡欲、绝学无忧"(《十九章》)，这样，"损之又损，以至于无为"(《四十八章》)。庄子也主张"绝圣弃知"，"擿玉毁珠"，"焚符破玺"，"剖斗折衡"，"殚残天下之圣法"(《胠箧》)，而"坐忘"就是"损之又损"的过程，最终与尘世彻底决裂。"坐忘"的结果，不是回到愚昧，而是获取更高精神层面的无知之知，这样弃世而独立，就可以成为庄子理想中的得道真人。

【原文】何谓真人？古之真人，不逆寡，不雄成，不谋士。若然者，过而弗悔，当而不自得也。若然者，登高不栗，入水不濡，入火不热。是知之能登假于道者也，若此。古之真人，其寝不梦，其觉无忧，其食不甘，其息深深。真人之息以踵，众人之息以喉。屈服者其嗌言若哇。其耆欲深者，其天机浅。古之真人，不知说生，不知恶死；其出不䜣，其入不距；翛然而往，翛然而来而已矣。不忘其所始，不求其所终；受而喜之，忘而复之。是之谓不以心损道，不以人助天，是之谓真人。(《大宗师》)

【译文】怎样才叫真人呢？古代的真人，不违逆少数人的意志，不以自己的成功自豪，不谋划世间事务。这样的人，有了过失而不后悔，行为得当而不自得。这样的人，登高不害怕，下水不沾湿，入火不觉热。这就是掌握了知识而登上至道境界的真人，就是如此。古代的真人，睡觉不做梦，醒来不忧愁，饮食不求美味，呼吸气息深沉。真人呼吸从脚跟用力，众人呼吸从咽喉用力。屈服时他哽咽的话语像呕吐一样。嗜好欲望重的人，他的自然本能就浅薄了。古代的真人，不知道喜悦生，不知道厌恶死，对出生并不高兴，对死亡并不拒绝，如同忽然而去、忽然而来罢了。他不忘记自己的元始，不追究自己的归宿，接触事物就高兴，忘记事物就返回本元，这就叫不以心智损害道，不以人为帮助天。这就是真人了。

所谓"真人",就是"不逆寡,不雄成,不谋士","登高不栗,入水不濡,入火不热","其寝不梦,其觉无忧,其食不甘,其息深深","不知说生,不知恶死","不以心损道,不以人助天"。庄子所说的"真人",就是彻底超越传统、完全摆脱世俗、顺应生死变化、融入宇宙自然的自由人,其实就是天道的化身。这样的"真人",才能无所倚待地逍遥游。

【原文】汤之问棘也,是已:穷发之北,有冥海者,天池也,有鱼焉,其广数千里,未有知其修者,其名为鲲;有鸟焉,其名为鹏,背若太山,翼若垂天之云,抟扶摇羊角而上者九万里,绝云气,负青天,然后图南,且适南冥也。斥鷃笑之曰:"彼且奚适也?我腾跃而上,不过数仞而下,翱翔蓬蒿之间,此亦飞之至也。而彼且奚适也?"——此亦小大之辩也。故夫知效一官、行比一乡、德合一君、而征一国者,其自视也,亦若此矣。而宋荣子犹然笑之。且举世而誉之而不加劝,举世而非之而不加沮,定乎内外之分,辩乎荣辱之境,斯已矣。彼其于世,未数数然也。虽然,犹有未树也。夫列子御风而行,泠然善也,旬有五日而后反。彼于致福者,未数数然也。此虽免于行,犹有所待者也。若夫乘天地之正,而御六气之辩,以游无穷者,彼且恶乎待哉?故曰:至人无己,神人无功,圣人无名。(《逍遥游》)

【译文】商汤问过夏棘,夏棘是这样说的:在不毛之地以北,有一片茫茫大海,这就是天池,那里有一条大鱼,它的宽度有数千里,没有人知道它的长度,它的名字叫鲲;还有一只鸟,它的名字叫鹏,它的脊背好像泰山那样高,它的翅膀好像悬挂在天边的云彩,卷起暴风直冲而上到九万里的高空,超越了云气,背负着青天,然后准备向南飞,将要到南极去。池塘边一只小小的鷃雀嘲笑它说:"它究竟要到哪里去呢?我跳起来向上飞,不过几丈高就得下来,在草丛中飞来飞去,这就算是我飞的极限了。而它究竟要到哪里去呢?"——这也就是见识大小的区别啊。所以,那些智慧配做一个官员、行为可以作为一乡的表率、德行适合成为一国之君、而能力足以为全国钦佩的人，他们看待自己，也是如此。而宋荣子就耻笑这种人。还有的人，全社会的人都赞誉他而他并不更加奋起，全社会的人都批评他而他并不格外怨恨，他判定自己与外物的职分，辨别光荣与耻辱的界限，这样就算可以了。他对于世上的事物，并没有迫切的追求。虽然如此，他还是不能独立存在啊。那列子驾御着风而行走，轻飘飘的很舒适，十五天才返回。他对于人间的福分，也没有迫切的追求。他虽然免除了走路的劳累，还是得凭借风的帮助啊。至于那乘坐天地的正道，驾驭六气的变化，而游历在广袤无边的人，他又有什么凭借的呢？所以说：至人不知自己，神人不知功劳，圣人不知名声。

"风之积也不厚，则其负大翼也无力"（《逍遥游》）。鲲鹏、斥鷃无论形体大小，官员、宋荣子无论职位高低，都需凭借外力而动，列子也要"御风而行"，他们都是"有所待者"，必然受到外力的约束和限制。只有兼备"无己"、"无功"、"无名"的真人，才能无所倚待，真正自由，"乘天地之正，而御六气之辩"，漫游于宇宙自然，实现逍遥的人生，取得绝对的幸福。

显然，庄子这里只为逍遥人生提供了哲理性的思辨，并没有可行性的论证，在社会生活中无法得到现实体验，似乎没有实用价值。然而，庄子的理论，与大道并行，与天地同在，给人以奇妙的玄思和幻想，可以借此去安抚苦难的人生，拯救孤寂的灵魂，为人们立身处世提供精神支撑，实现心理平衡，这就是所谓"无用之用"。

庄子的思想理论，与杨子、老子思路相通，一脉相承，有很多共同的论题和相似的论述，道家特色非常突出鲜明。但是，庄子并没有因循杨、老，固守旧说，而是在继承中扬弃，在坚持中阐发，完全超越了老子"曲则全"的韬光养晦之道、"正言若反"的世俗谋略智慧和"小国寡民"的避世全身理想，而是用"寓言"、"重言"和"卮言"的方式，将道家学说的价值追求主动地由外部社会引向内心世界，完成了精神上率性自由的升华和腾飞。老子的理论是由"无为"而"无不为"，从"有君"变为"无君"；庄子则从"无为"得到解脱，从世俗融入"自然"。即从避世、厌世到弃世，从贵己、为我到无己，从全生、全形到全德性，从重生、尊生到齐生死，按照天道的规律，通过齐物、坐忘摆脱一切羁绊，得以回归自然。庄子并没有重复纠缠、逐一辨析争议的论题，而是运用天道辩证地和同是非，从根本上取消了差异，化解了矛盾，显得更为空灵超脱，深刻圆通。庄子就这样集道家学说之大成，造就了先秦道家学派最后一个高峰。

# 柒 荀子

荀子（约前313—前238年），名况，赵国人。汉代因避汉宣帝刘询之讳，曾改称为孙卿。荀子生活在战国后期，百家争鸣已近尾声，诸子学说充分发挥，他以高屋建瓴的气势，睿智深邃的思维，坚持儒家的思想学说，熔炼墨、道、法各家的精华，成为先秦继孔子、孟子而起的最后一位儒学大师。

《史记·孟荀列传》说：

"荀卿，赵人，年五十始来游学于齐。驺衍之术迂大而闳辩，奭也文具难施，淳于髡久与处时有得善言，故齐人颂曰：谈天衍，雕龙奭，炙毂过髡。田骈之属皆已死。齐襄王时，而荀卿最为老师。齐尚修列大夫之缺，而荀卿三为祭酒焉。齐人或谗荀卿，荀卿乃适楚，而春申君以为兰陵令。春申君死而荀卿废，因家兰陵。李斯尝为弟子，已而相秦。荀卿疾浊世之政，亡国乱君相属，不遂大道而营于巫祝，信禨祥，鄙儒小拘，如庄周等又滑稽乱俗，于是推儒、墨道德之行事兴坏，序列著数万言而卒，因葬兰陵。"

荀子生逢乱世，年过五十，游学于齐国都城"稷下学宫"。齐襄王时（前283—前265年在位），荀子因学识渊博、德高望重而"最为老师"，"三为祭酒（学宫之长）"，可见其崇高的学术地位。后来，因为遭齐人诽谤中伤而离齐入楚，被春申君任命为兰陵令。春申君死后，荀子被免职，此后他就定居兰陵，并在死后葬于此地。其间，荀子曾到秦国、赵国漫游，当面与秦昭王纵论王霸之术，在赵孝成王前与楚将临武君畅谈用兵之道，虽然见解精辟，令秦昭王、赵孝成王深为叹服，但是，始终未得重用。荀子晚年在兰陵著书立说，聚徒讲学，后来法家代表人物韩非、李斯均出其门下，可见其深远影响。

《荀子》一书，大部分出于荀子之手，有少数几篇可能是弟子记录荀子学说而成。西汉末年，刘向奉命整理皇家藏书，将其定名为《孙卿新书》，共十二卷三十二篇。《汉书·艺文志》著录"孙卿子三十三篇"。到唐代杨倞重新编次，并首次作注，称为《孙卿子》，即今传《荀子》二十卷三十二篇。荀子在新的社会环境中，继承、弘扬并且极大丰富了儒家学说，提出了"性恶论"、"劝学论"、"礼法论"、"天人论"和"认识论"，由礼入法，刑赏并用，形成了完整而系统的思想体系，将儒学发展到一个崭新阶段。

## 一　人性本恶，起伪向善

关于人性问题，孟子着眼于人的社会道德属性，提出了"性善论"，认为人的恻隐之心、羞恶之心、恭敬之心、是非之心四种"善端"，是先天就具有的，通过教育和修养就能由内而外地扩充引发出仁、义、礼、智四种"善德"，从而构成了"仁政"学说的理论基础。然而，凭什么说"四心"、"四端"就是"我固有之"，而"非由外铄"呢？孟子并没有明确回答。所以，弟子告子曾提出"生之谓性"、"食色，性也"、"人性之无分于善不善"；公都子更认为"性无善无不善"、"性可以为善，可以为不善"、"有性善，有性不善"，孟子不得不与之进行激烈辩论。(《告子上》)荀子则从人的自然生理属性立论，认为邪恶是人的自然本性，而善良则是后天由外而内人为的结果，由此提出了"性恶论"。

### (一)人之性恶,其善者伪也

荀子认为,人的本性是邪恶的,"生而有好利焉","生而有疾恶焉","生而有耳目之欲",放纵这种自然生理的人性、人情,必然产生暴乱,而善行则是后天人为节制而成的。而孟子提出"性善论"的缺陷,就是不辨性、伪之别。

【原文】人之性恶,其善者伪也。今人之性,生而有好利焉,顺是,故争夺生而辞让亡焉。生而有疾恶焉,顺是,故残贼生而忠信亡焉。生而有耳目之欲,有好声色焉,顺是,故淫乱生而礼义文理亡焉。然则从人之性,顺人之情,必出于争夺,合于犯分乱理,而归于暴。故必将有师法之化、礼义之道,然后出于辞让,合于文理,而归于治。用此观之,然则人之性恶明矣,其善者伪也。(《荀子·性恶》)

【译文】人的本性是邪恶的,他们的善行是人为的。人的本性,一出生就有喜欢财利的嗜好,顺着这种人性,因此争夺产生而谦让消亡了;一出生就有嫉妒憎恨的心理,顺着这种人性,因此残杀陷害产生而忠诚守信消亡了;一出生就有耳目的欲望,喜欢音乐美色,顺着这种人性,因此淫荡混乱产生而礼义法度消亡了。如此,这样放纵人的本性,顺从人的情欲,就一定会出现争抢掠夺,与违反名分、扰乱法度的行为合流,而趋向于暴乱。所以,必须要有师长和法度的教化、礼义的引导,然后才能从谦让出发,遵守礼法,归向安定太平。由此看来,人的本性邪恶是明显的,他们的善行是人为的。

【原文】孟子曰:"人之学者,其性善。"曰:是不然!是不及知人之性,而不察乎人之性、伪之分者也。凡性者,天之就也,不可学,不可事;礼义者,圣人之所生也,人之所学而能,所事而成者也。不可学、不可事而在人者,谓之性;可学而能、可事而成之在人者,谓之伪:是性、伪之分也。今人之性,目可以见,耳可以听;夫可以见之明不离目,可以听之聪不离耳:目明而耳聪,不可学明矣。(《性恶》)

【译文】孟子说:"人们学习的原因,就是由于本性是善良的。"我说:这是不对的!这是没有了解人的本性,而且也不考察人的先天本性与后天人为之间的区别。大凡本性,是天然造就的,不可学到,也不可人为造作;礼义,才是圣人所创建的,是人们学了就会,努力就能的。人身不可学到、不可造作的东西,叫作本性;人身学了就会、努力就成的东西,叫作人为:这就是先天本性与后天人为的区别。人的本性,眼睛可以看,耳朵可以听;可以见的视力离不开眼睛,可以听的听力离不开耳朵:眼睛的视力和耳朵的听力,不可以学到是很清楚的。

【原文】孟子曰:"今人之性善,将皆失丧其性故(恶)也。"曰:若是则过矣。所谓性善者,不离其朴而美之,不离其资而利之也。使夫资朴之于美,心意之于善,若夫可以见之明不离目,可以听之聪不离耳,故曰目明而耳聪也。今人之性,生而离其朴,离其资,必失而丧之。用此观之,然则人之性恶明矣。今人之性,饥而欲饱,寒而欲暖,劳而欲休,此人之情性也。今人饥见长而不敢先食者,将有所让也;劳而不敢求息者,将有所代也。夫子之让乎父,弟之让乎兄;子之代乎父,弟之代乎兄,此二行者,皆反于性而悖于情也,然而,孝子之道,礼义之文理也。故顺情性则不辞让矣,辞让则悖于情性矣。用此观之,然则人之性恶明矣,其善者伪也。(《性恶》)

【译文】孟子说:"人本性是善良的,一定是他们丧失了自己的本性所以才变邪恶的。"我说:像这样解释就错了。孟子所说的本性善良,是指不离他的资质就觉得他美,不离他的资质就觉得他好。让那天生的资质与美的关系,心意与善良的关系,就像可以看东西的视力离不开眼睛,可以听声音的听力离不开耳朵一样,所以说耳目聪明。如果人的本性生来可以脱离他的资质,就一定会丧失他的美丽和善良。由此看来,那么人的本性邪恶就是很明显的。人的本性,饿了就想吃饱,冷了就想穿暖,累了就想休息,这些就是人的情欲和本性。现在人饿了而见到父兄不敢先吃,必定有所谦让；累了而见到父兄不敢要求休息，必定有所代劳。儿子谦让父亲，弟弟谦让兄长；儿子代父亲操劳，弟弟代兄长操劳，这两种德行，都是违反本性而背离情欲的，然而，却是孝子的原则，礼义的制度。所以，按照情欲和本性就不会谦让，谦让就违背情欲本性。由此看来，人的本性邪恶是明显的，他们的善行是人为的。

所谓"性"，是先天自然而成的，不可学得，如眼的视力、耳的听力；所谓"伪"，是后天人为制作的，可以学得的，如礼义。人兼有"性"之恶与"伪"之善，具备二重属性。因此，孟子说"人之学者，其性善"，是不辨性、伪之别。孟子说"今人之性善，将皆失丧其性故（恶）也"，是将性与朴、资相分离。所以，子弟对父兄谦让，代父兄操劳，虽然"反于性而悖于情"，却是"孝子之道，礼义之文理"，这就证明"人之性恶，其善者伪也"。

【原文】性者，天之就也；情者，性之质也；欲者，情之应也。以所欲为可得而求之，情之所必不免也；以为可而道之，知所必出也。故虽为守门，欲不可去，性之具也。虽为天子，欲不可尽。欲虽不可尽，可以近尽也；欲虽不可去，求可节也。所欲虽不可尽，求者犹近尽；欲虽不可去，所求不得，虑者欲节求也。道者，进则近尽，退则节求，天下莫之若也。（《正名》）

【译文】本性，是天然造就的；情感，是本性的内容；欲望，是情感对外界事物的反应。认为想要得到的东西可以得到而去追求它，这是情感一定不能免除的现象；认为可行而去实行它，这是智慧必定会做出的打算。所以，虽然是看门人，他的欲望不可能去除，因为这是本性就具有的。虽然是天子，他的欲望也是不可能全部满足的。欲望虽然不可能全部满足，却可以接近于全部满足；欲望虽然不可能去除，追求却可以节制。欲望虽然不可能全部满足，追求的人还是可以接近于全部满足；欲望虽然不可能去除，追求的东西不能得到，思虑的人就想节制所求。得正道的人是这样，进则可以接近于全部满足自己的欲望，退则可以节制自己的追求，如此则天下就没有人比得上了。

无论天子、平民，其本性必然产生情感，情感必然产生欲望，这是无止境的，也是不可去除的。荀子不是禁欲主义者，他认为有欲望是可以追求的，但是必须有所节制，所以说，"欲虽不可尽，可以近尽也；欲虽不可去，求可节也"。善行正是由于人为节制后而产生的。

那么，依靠什么来节制呢？

### （二）待师法然后正，得礼义然后治

荀子认为，"人之生固小人"，本性邪恶，"唯利之见耳"。如果"人无师、无法，则其心正其口腹也"。因此，如同"枸木必将待檃栝烝矫，然后直；钝金必将待砻厉，然后利"一样，人"必将待师法然后正，得礼义然后治"。如果认为人性本善，"则有恶用圣王、恶用礼义哉"？

【原文】人之生固小人，无师，无法，则唯利之见耳。人之生固小人，又以遇乱世，得乱俗，是以小重小也，以乱得乱也。君子非得势以临之，则无由得开内焉。今是人之口腹，安知礼义？安知辞让？安知廉耻、隅积？亦呥呥而嚼、乡乡而饱已矣。人无师、无法，则其心正其口腹也。（《荣辱》）

【译文】人出生后本来就是小人，如果没有老师教诲，没有法度制约，就只会看到财利罢了。人出生后本来就是小人，又因为遇到混乱的社会，接触到昏乱的习俗，因此就在渺小恶劣的本性上再加上渺小恶劣的行为，使昏乱卑鄙的资质更染上昏乱卑鄙的习俗。君子如果不能得到权势统治他们，那么就没有办法打开他们的内心灌输仁义思想。现在这些人的嘴巴和肠胃，哪里知道礼节道义？哪里知道推辞谦让？哪里知道廉洁和羞耻、局部和整体？也就只知道慢慢地咀嚼、香香地吃饱而已。人如果没有老师教诲，没有法度制约，那么他们的心灵就完全与嘴巴肠胃一样只知吃喝了。

【原文】故枸木必将待檃栝烝矫，然后直；钝金必将待砻厉，然后利；

今人之性恶，必将待师法然后正，得礼义然后治。今人无师法，则偏险而不正；无礼义，则悖乱而不治。古者圣王以人之性恶，以为偏险而不正，悖乱而不治，是以为之起礼义、制法度，以矫饰人之情性而正之，以扰化人之情性而导之也，使皆出于治、合于道者也。今之人，化师法、积文学、道礼义者为君子，纵性情、安恣睢、而违礼义者为小人。用此观之，然则人之性恶明矣，其善者伪也。（《性恶》）

【译文】所以，弯曲的木料必须要经过熏蒸矫正，然后才能直；不利的金属工具必须要经过磨砺，然后才能锋利；人的本性邪恶，必须依靠师长和法度的教化然后才能端正，得到礼义的熏陶然后才能治理。现在人们没有师长和法度，就会偏邪险恶而不能端正；没有礼义，就会叛逆作乱而不能治理。古代圣王认为人的本性邪恶，认为人们偏邪险恶而不能端正，叛逆作乱而不能治理，因此为他们建立礼义、制定法度，用来矫正整治人们的性情而端正他们，用来驯服感化人们的性情而引导他们，使他们都能从秩序制度出发、符合道德的原则。现在的人，被师长和法度教化、能够积累文献经典知识、遵循礼义的就是君子，放纵本性情欲、安于为所欲为、而违背礼义的就是小人。由此看来，人的本性邪恶是明显的，他们的善行是人为的。

从人的自然生理属性出发，无论高低贵贱，生来本性邪恶，就是小人，"安知礼义？安知辞让？安知廉耻、隅积"？所有善行，都是后天人为而成，由此可知老师、法度的重要性。所以，人需待师法之化、礼义之道，才能成为君子，反之必为小人。

【原文】孟子曰："人之性善。"曰：是不然。凡古今天下之所谓善者，正理平治也；所谓恶者，偏险悖乱也：是善恶之分也矣。今诚以人之性固正理平治邪，则有恶用圣王、恶用礼义哉？虽有圣王礼义，将曷加于正理平治也哉？今不然，人之性恶。故古者圣人以人之性恶，以为偏险而不正，悖乱而不治，故为之立君上之势以临之，明礼义以化之，起法正以治之，重刑罚以禁之，使天下皆出于治，合于善也。是圣王之治而礼义之化也。今当试去君上之势，无礼义之化，去法正之治，无刑罚之禁，倚而观天下民人之相与也；若是，则夫强者害弱而夺之，众者暴寡而哗之，天下悖乱而相亡不待顷矣。用此观之，然则人之性恶明矣，其善者伪也。（《性恶》）

【译文】孟子说："人的本性是善良的。"我说：这是不对的。凡是从古到今普天下所谓善良，是指端正、顺从、安定；所谓邪恶，是指偏邪、险恶、悖乱：这就是善良与邪恶的区别。现在确实认为人的本性就端正、顺从、安定，那么哪里用得着圣王、哪里用得着礼义呢？即使有了圣王礼义，又能在端正、顺从、安定上增加什么呢？现在不是这样的，人的本性是邪恶的。古代的圣王认为人的本性是邪恶的，认为人偏邪而不端正，悖乱而不守秩序，所以为他们确立君上的权势而统治他们，彰显礼义去教化他们，建立法度去治理他们，加重刑罚去限制他们，使天下都遵守秩序，符合善良的标准。这就是圣人的治理和礼义的教化。现在如果尝试抛弃君上的权势，没有礼义的教化，废止法度的管理，去除刑罚的制约，靠在一边观看天下民众的相处交往；像这样，那些强大的就会侵害弱小的而掠夺他们，人多的就会欺凌人少的而压制他们，天下悖逆作乱而各国互相灭亡的现象就会立刻出现。由此看来，人的本性邪恶是明显的，他们的善行是人为的。

孟子主张人性善良，就是认为他们是天然"正理平治"的，这实际上等于取消了圣王、礼义存在的逻辑根据，"将曷加于正理平治也哉"？正因为人性本恶，"故为之立君上之势以临之，明礼义以化之，起法正以治之，重刑罚以禁之，使天下皆出于治，合于善也"。否则，就会"强者害弱而夺之，众者暴寡而哗之，天下悖乱而相亡"。所以说，孟子的"性善论"是错误。

那么，礼义又是怎样产生的？

### （三）化性而起伪，伪起而生礼义

既然人性本恶，那么"礼义恶生"？荀子坚持性、伪之分，认为"礼义法度者，是生于圣人之伪，非生于人之性也"。因为"圣人之所以同于众，其不异于众者，性也；所以异而过众者，伪也"。正是"圣人积思虑，习伪故，以生礼义而起法度，然则礼义法度者，是生于圣人之伪，非生于人之性也"。

【原文】问者曰："人之性恶，则礼义恶生？"应之曰：凡礼义者，是生于圣人之伪，非故生于人之性也。故陶人埏埴而为器，然则器生于陶人之伪，非故生于人之性也。故工人斲木而成器，然则器生于工人之伪，非故生于人之性也。圣人积思虑，习伪故，以生礼义而起法度，然则礼义法度者，是生于圣人之伪，非生于人之性也。若夫目好色，耳好听，口好味，心好利，骨体肤理好愉佚，是皆生于人之情性者也，感而自然，不待事而后生之者也。夫感而不能然，必且待事而后然者，谓之生于伪。是性伪之所生，其不同之征也。故圣人化性而起伪，伪起而生礼义，礼义生而制法度。然则礼义法度者，是圣人之所生也。故圣人之所以同于众，其不异于众者，性也；所以异而过众者，伪也。夫好利而欲得者，此人之情性也。假之有弟兄资财而分者，且顺情性好利而欲得，若是则兄弟相拂夺矣；且化礼义之文理，若是则让乎国人矣。故顺情性则弟兄争矣，化礼义则让乎国人矣。（《性恶》）

【译文】有人问："人的本性是邪恶的，那么礼义是从哪里产生的呢？"我回应说：所有的礼义，都产生于圣人后天的人为制作，而不是产生于先天人的本性。陶工搅拌捶打黏土而制成陶器，这样陶器产生于陶工的人为努力，而不是产生于人的本性。木工砍削木材而制成木器，这样木器产生于木工的人为努力，而不是产生于人的本性。圣人深思熟虑，熟习人为缘故，用来制作礼义而建立法度，这样礼义法度就是产生于圣人的人为努力，而不是产生于人的本性。眼睛喜欢美色，耳朵喜欢音乐，嘴巴喜欢美味，内心喜欢财利，身体肌肤喜欢舒适安逸，这些都是产生于人的本性，一有感觉就自然形成，不依赖人为努力就会产生的东西。那些由感觉不能形成，必须依靠后天努力才能形成的东西，便叫产生于人为。这便是先天本性和后天人为所产生的不同的特征。所以，圣人改变了邪恶的本性而进行人为的努力，经过人为的努力就产生了礼义，礼义产生后就制定了法度。那么礼义法度，便是圣人创制的。所以圣人与众人相同，而与众人没有不同的，就是先天的本性；与众人不同并超过众人的，就是后天人为努力的结果。喜欢财利而希望得到，这是人的本性。假如有人兄弟之间要分财产，顺着喜欢财利而希望得到的本性，像这样兄弟之间就会矛盾争夺；如果受到礼义教化，像这样就会推让给国内所有的人。所以，顺着人的本性就会兄弟争夺，受到礼义教化就会推让给国内所有的人。

如同"陶人埏埴而为器"、"工人斲木而成器"，不是出于陶工、木工本性、而是出于人为加工一样，礼义也是出于圣人后天的人为努力，"化性而起伪，伪起而生礼义，礼义生而制法度"。这就是"顺情性则弟兄争矣，化礼义则让乎国人"的原因。

【原文】问者曰："礼义积伪者，是人之性，故圣人能生之也。"应之曰：是不然。夫陶人埏埴而生瓦，然则瓦埴岂陶人之性也哉？工人斲木而生器，然则器木岂工人之性也哉？夫圣人之于礼义也，辟则陶埏而生之也，然则礼义积伪者，岂人之本性也哉！凡人之性者，尧、舜之与桀、跖，其性一也；君子之与小人，其性一也。今将以礼义积伪为人之性邪，然则有曷贵尧、禹，曷贵君子矣哉？凡贵尧、禹、君子者，能化性，能起伪，伪起而生礼义。然则圣人之于礼义积伪也，亦犹陶埏而为之也。用此观之，然则礼义积伪者，岂人之性也哉？所贱于桀、跖、小人者，从其性，顺其情，安恣睢，以出乎贪利争夺。故人之性恶明矣，其善者伪也。(《性恶》)

【译文】有人问："礼义是积累人为努力而成，这也是人的本性，所以圣人才能创制出礼义来。"我回答说：这不对。陶工搅拌捶打黏土而制成瓦器，那么把黏土制成瓦器难道是陶工的本性吗？木工砍削木材而制成木器，那么把木材制成器具难道是木工的本性吗？圣人对于礼义，譬如就像陶工搅拌捶打黏土而制成瓦器一样，那么积累人为努力而制成礼义，难道是人的本性吗？凡是人的本性，尧、舜与桀、跖，他们的本性是一样的；君子与小人，他们的本性是一样的。现在如果把积累人为努力而制定成礼义认为是人的本性，那么又为什么要推崇尧、禹，为什么要推崇君子呢？凡是推崇尧、禹、君子，是因为他们能够改变本性，能够人为努力，人为努力就产生了礼义。那么圣人积累人为努力而制成礼义，也就像陶工搅拌捶打黏土而制成瓦器一样。由此看来，积累人为努力而制成礼义，难道是人的本性吗？人们鄙视桀、跖、小人，是因为他们放纵自己的本性，顺从自己的情欲，习惯于恣肆放荡，以致做出了贪财争夺的暴行来。所以，人的本性邪恶是明显的，他们的善行是人为的。

论人性，"尧、舜之与桀、跖，其性一也；君子之与小人，其性一也"，然而，尧、禹、君子能够"化性"、"起伪"、"生礼义"，因此受到推崇；而桀、跖、小人"从其性，顺其情，安恣孳，以出乎贪利争夺"，因此受到鄙视。所以说，人性本恶是明显的，化性起伪的作用不容质疑。

### （四）圣人者，人之所积而致矣

从人性本恶出发，大禹与涂之人并无区别，不同之处是"凡禹之所以为禹者，以其为仁义法正也"。那么，涂之人只要长期"为仁义法正"，"积而致矣"，照样可以成为圣人，这就是逻辑的必然。因为人与人的本性、资质是相同的，不过"是注错习俗之节异也"。

【原文】"涂之人可以为禹。曷谓也？"曰：凡禹之所以为禹者，以其为仁义法正也。然则仁义法正有可知、可能之理。然而涂之人也，皆有可以知仁义法正之质，皆有可以能仁义法正之具，然则其可以为禹明矣。今以仁义法正为固无可知、可能之理邪，然则唯禹不知仁义法正，不能仁义法正也。将使涂之人固无可以知仁义法正之质，而固无可以能仁义法正之具邪，然则涂之人也，且内不可以知父子之义，外不可以知君臣之正。今不然，涂之人者皆内可以知父子之义，外可以知君臣之正，然则其可以知之质，可以能之具，其在涂之人明矣。今使涂之人者，以其可以知之质，可以能之具，本夫仁义之可知可能之理，可能之具，然则其可以为禹明矣。今使涂之人伏术为学，专心一志，思索孰察，加日县久，积善而不息，则通于神明，参于天地矣。故圣人者，人之所积而致矣。(《性恶》)

【译文】"路上的普通人都可以成为禹那样的圣人。这话怎么理解呢？"回答说：大凡禹之所以成为禹，是因为他能够实行仁义法度。既然如此，仁义法度就有可以了解、可以做到的可能。而路上的普通人，都具有可以了解仁义法度的资质，都具有可以做到仁义法度的才能，既然如此，他们可以成为禹也就很明显了。现在如果认为仁义法度没有可以了解、可以做到的可能，那么禹就不能了解、不能实行仁义法度了。假如路上的普通人本来就没有可以了解仁义法度的资质，本来就没有可以做到仁义法度的才能，那么路上的普通人，将对内不可以知道父子之间的礼义，对外不可以知道君臣之间的准则。实际上不是这样，路上的普通人都对内知道父子之间的礼义，对外知道君臣之间的准则，那么他们了解仁义法度的资质，做到仁义法度的才能，存在于路上普通人之身是明显的。现在如果使路上普通人用他们可以了解仁义法度的资质，可以做到仁义法度的才能，去掌握那具有可以了解、可以做到的仁义，这样他们可以成为禹，就是明显的了。现在如果使路上的普通人信服道术进行学习，专心致志，思考细察，日复一日，积累善行而不休止，就会通达神明，与天地并列了。所以，圣人，是一般人积累善行而达到的。

既然"人之生固小人"，那么圣人并非先天神圣，高不可攀，由凡入圣就没有不可逾越的鸿沟。"今使涂之人伏术为学，专心一志，思索孰察，加日县久，积善而不息，则通于神明，参于天地矣"。所以说，圣人是凡人后天积累善行而形成的，人人都可以为圣人，这就给民众开启了由凡入圣的大门。同样的道理，英雄也不是难以企及的，只要积善成德、见义勇为，都可以成为人人喜爱、万众敬仰的英雄。

【原文】材性知能，君子小人一也。好荣恶辱，好利恶害，是君子小人之所同也。若其所以求之之道则异矣。小人也者，疾为诞而欲人之信己也，疾为诈而欲人之亲己也，禽兽之行而欲人之善己也。虑之难知也，行之难安也，持之难立也，成则必不得其所好，必遇其所恶焉。故君子者，信矣而亦欲人之信己也，忠矣而亦欲人之亲己也，修正治辨矣而亦欲人之善己也。虑之易知也，行之易安也，持之易立也，成则必得其所好，必不遇其所恶焉。是故穷则不隐，通则大明，身死而名弥白。小人莫不延颈举踵而愿曰："知虑材性，固有以贤人矣。"夫不知其与己无以异也，则君子注错之当，而小人注错之过也。故孰察小人之知能，足以知其有余，可以为君子之所为也。譬之越人安越，楚人安楚，君子安雅；是非知能材性然也，是注错习俗之节异也。（《荣辱》）

【译文】资质、本性、智慧、才能，君子、小人是一样的。喜欢光荣而厌恶耻辱，喜欢利益而厌恶祸害，这是君子和小人所相同的。至于他们用来追求光荣和利益的途径则是不同的。小人嘛，肆意妄言却想要别人相信自己，竭力欺诈却想要别人亲近自己，禽兽之行却想要别人赞美自己。他们考虑问题难以明智，他们的行为难以稳妥，他们坚持的一套难以成立，结果必然不能得到他们所喜欢的，必然遭遇他们所厌恶的。所以君子嘛，自己说真话也想要别人相信自己，自己忠诚也想要别人亲近自己，自己善良正直、处事适宜也想要别人赞美自己。他们的考虑容易明智，他们的行为容易稳妥，他们坚持的主张容易成立，结果就必然得到他们所喜欢的，必然不会遭遇他们所厌恶的。所以，他们穷困时名声不会隐没，通达时名声非常显赫，身死以后名声更加辉煌。小人们无不伸长脖子、踮起脚跟而羡慕地说："这些人的资质、本性、智慧、才能，本来就有超过别人的地方啊。"他们不知道君子的知能与自己并没有什么不同，只是君子的处置恰当，而小人的处置错误啊。所以，仔细考察小人的智慧才能，就足以知道他们的智慧才能绰绰有余，可以做到君子的一切。譬如越国人习惯于越国，楚国人习惯于楚国，而君子习惯于华夏；这并非是资质、本性、智慧、才能造成的，而是由于处置和习俗的节制不同而造成的。

君子、小人的本性、资质、才能都是相同的，关键在于"若其所以求之之道则异矣"，即"君子注错之当，而小人注错之过也"。只要"注错之当"，就能"积而致"。这种理论，破除了圣人的神秘感，给普通人开辟了一条弃恶向善、由凡入圣的宽阔道路，无疑具有重要而深远的社会意义。

### （五）性伪合而天下治

虽然"涂之人能为禹"，并不等于人人就是禹，这是由于"可以而不可使"，各自取舍不同的缘故。关键在于，摆正先天"性"与后天"伪"的内在关系，"无性则伪之无所加，无伪则性不能自美"，只有"性、伪合而天下治"。

【原文】曰："圣可积而致，然而皆不可积，何也?"曰：可以而不可使也。故小人可以为君子，而不肯为君子；君子可以为小人，而不肯为小人。小人、君子者，未尝不可以相为也，然而不相为者，可以而不可使也。故涂之人可以为禹，则然；涂之人能为禹，则未必然也。虽不能为禹，无害可以为禹。足可以遍行天下，然而未尝有遍行天下者也；夫工匠农贾，未尝不可以相为事也，然而未尝能相为事也。用此观之，然则可以为，未必能也；虽不能，无害可以为。然则能不能之与可不可，其不同远矣，其不可以相为明矣。(《性恶》)

【译文】有人说："圣人可以通过积累善行而达到，但是一般人都不能积累善行，为什么呢？"回答说：可以做到却不可以强使他们做到。所以，小人可以成为君子，而不肯成为君子；君子可以成为小人，而不肯成为小人。小人和君子，未尝不能互换对调，然而他们没有互换对调，就是因为他们可以做到却不可以强使他们做到。所以，路上的普通人可以成为禹，那是对的；路上的普通人都能成为禹，就未必这样。虽然没有能成为禹，但是并不妨害可以成为禹。如同脚可以走遍天下，但是还没有能够走遍天

下的人；工匠、农民、商人，未尝不能互换对调，但是没有能够互换对调。由此看来，可以做到，未必就能做到；虽然不能做到，也不妨害可以做到。那么，能够不能够与可以不可以，它们的差别是很大的，不能互换对调也是很明显的。

"可以"不等于"可使"，"可能"不等于"必然"，"小人可以为君子，而不肯为君子；君子可以为小人，而不肯为小人"，完全决定于自己的取舍和努力。所以说，"能不能之与可不可，其不同远矣，其不可以相为明矣"。

【原文】故曰：性者，本始材朴也；伪者，文理隆盛也。无性则伪之无所加，无伪则性不能自美。性、伪合，然后成圣人之名，一天下之功于是就也。故曰：天、地合而万物生，阴、阳接而变化起，性、伪合而天下治。天能生物，不能辨物也；地能载人，不能治人也；宇中万物、生人之属，待圣人然后分也。(《礼论》)

【译文】所以说：先天的本性，就像原始的未加工的木材；后天人为，就表现在礼义法度的隆重盛大。没有先天的本性，那么后天人为就无所施加；没有后天人为的施加，那么先天的本性就不能自行完美。先天本性与后天人为结合起来，然后才能成就圣人的名声，统一天下的功业就因此而完成。所以说：上天与大地相结合，万物就产生了；阴与阳相结合，变化就开始了；先天本性与后天人为相结合，天下就治理好了。上天能够产生万物，但是不能治理万物；大地能够负载万民，但是不能治理万民；宇宙间万物和民众，要等待圣人然后才能安排妥当。

先天本性是后天人为加工的对象，后天人为加工是先天本性趋于完美的必要途径和方法。因此，只有充分发挥礼义法度的教化作用，"性、伪合，然后成圣人之名，一天下之功于是就也"。也就是说，天下大治的根本措施，就是运用礼义法度化性起伪，改变人的本性，这正是荀子礼法治国的立论基础。与庄子保持民众天性的"在宥"之说，显然是完全相反的。

孟子提出"性善论"，认为"凡有四端于我者，知皆扩而充之矣，若火之始然,泉之始达"(《公孙丑上》),这样由内而外,"子服尧之服,诵尧之言,行尧之行,是尧而已矣",所以"人皆可以为尧舜"(《告子下》);而荀子提出"性恶论",认为"涂之人伏术为学,专心一志,思索孰察,加日县久,积善而不息,则通于神明,参于天地矣",这样由外而内,则"涂之人可以为禹"(《性恶》)。如此互相对立,却殊途同归,不能不令人深思。

人性确有善、恶之分吗?古今并无确切的证据。当代美国学者斯塔夫里阿诺斯进行了大量的田野调查后,得出这样的结论:"历史记载表明,人类生来既不爱好和平,也不喜欢战争;既不倾向合作,也不倾向侵略。决定人类行为的不是他们的基因,而是他们所处的社会教给他们的行事方法。"① 显然,人性不决定于先天基因,而后天的社会环境才是决定性的因素。孟子的"性善论"和荀子的"性恶论",只是主观先验预设的命题,并无科学根据。即使是同一个人,随着年龄、时机、环境、阅历的变化,其善恶的表现也未必始终相同,善可变恶,恶可变善。无赖子弟横行乡里,经过师长训导、政府管教,洗心革面,从新做人,所谓"浪子回头金不换"。贪官污吏大多出身贫苦,品行善良,经过努力奋斗,具有良好乃至优秀的履历,否则得不到社会的职位和权力,然而,一旦大权在手,失去监督,利欲熏心,忘乎所以,蜕化变质,突破了道德和法律的底线,就必然陷入罪恶的深渊,所谓"一失足成千古恨"。

既然如此,孟子、荀子为什么要以人性立论呢?

孟子生于乱世,"合纵连横,以攻伐为贤",各种之丑恶行径暴露无遗,他并非视而不见、听而不闻,而是心如明镜、洞如观火,但是,当时没有形成制约邪恶的制度机制,更缺乏阻止暴行的外在力量。怎样才能劝善惩恶、天下大治、实现自己的政治理想呢?作为思想家,他不能求诸外,只

---

① [美] 斯塔夫里阿诺斯:《全球通史》,北京大学出版社,2005年1月,第43页。

能求诸内，因此主张存心、养心、尚志，保存善性，扩充四端，舍己从人，与人为善，正己正人，天下归心，试图高扬人的善良心性，激励自身的道德意识，用仁爱温暖人心，以礼义自我约束，启发人们的良知良能，造成理智的社会氛围。所以，他通过自己的经验判断和推理判断，在理论上提出人性本善，在学说里鼓吹仁民爱物，为政治上推行内圣外王的仁政理想提供必需的舆论支持。这样，使善良受到赞扬，使邪恶受到谴责，就可以用道德制约邪恶，通过自我抑制和社会压力来消除诸侯贵族们的暴行。由此可知，孟子极力强调人性本善，并以之作为区分人与禽兽的唯一标准，与其把它看作是一种价值判断，毋宁当作一种政治策略，给人展现一种崇高的道德信念。

而荀子生活在战国晚期，"疾浊世之政，亡国乱君相属"，已经到了秦灭六国、天下一统的前夕，道德沦丧，危机四伏，灭国屠城，涂炭生灵，其惨烈的程度远远超过了孟子的时代，诸侯们的强弓劲弩早已射穿仁爱的柔情面纱，露出狰狞丑恶的本性。所以，荀子以人先天的自然属性为根据，提出人性本恶，强调礼义法度，主张由外而内地教化制约人性，期盼着"性、伪合而天下治"，从而为其由凡入圣、由礼入法的学说，提供现实的舆论支持和坚实的理论根据。

孟子、荀子都相信，人人可以成为尧、舜、禹那样的圣人，论述是令人鼓舞的，推理也是雄辩有力的，然而，历史上成为圣人者为什么总是如凤毛麟角呢？这是因为对于人性，理性自制的作用是有限的，感性欲望的诱惑是强大的，因此，仅靠内在的道德自律是不够的，必须强调外在的制度约束，甚至可以说，内在的道德自律必须以外在的制度约束为前提，才能真正发挥作用，恐怕这正是荀子由礼入法的根本原因之一。儒家学说重视道德，强调教育，对于伦理型传统文化的形成自有重要的作用和贡献，但他们过高地估计了人们内在的道德自律觉悟，而对外在的社会法律制度建设缺乏足够的重视，主张人治，反对法治，这就形成了好人政治的思维惯性，推崇圣贤，期盼明君，结果却导致了整个社会的专制黑暗，官场龌龊，伪善流行。尽管也曾经出现了少数明君清官、志士仁人，表现出崇高的道德素养和风格节操，但是，并不能掩盖王权之下普遍的道德沦丧和两极分化。这岂不与他们大治天下的良好愿望背道而驰吗？从治国理政来说，与其相信"性善论"，走向人治，不如相信"性恶论"，走向法制。在完善法律制度建设的基础上，充分发挥思想道德的教化作用，既以德治国，又依法治国，将二者有机地结合起来，才能更好地治理社会。

西方古希腊哲人毕达哥拉斯早就认为"人是邪恶的"，赫拉克利特也认为"大多数人是坏蛋"，这种观点与基督教原罪说完全吻合，由此成为西方哲人论证国家社会问题的逻辑前提。后来休谟的《人性论》，康德的《历史理性批判文集》《法哲学》都有类似的观点。既然人类天生邪恶，就必须用暴力征服，用战争取胜，用法律惩罚，用制度约束，才能维护社会的稳定和进步。比如休谟在《人性论》中提出了"无赖原则"，认为只有预先设定人性本恶，才能有效地设置制约机制，用各种方法去限制恶端。反之，如果预先设定人性本善，那么，就失去了道德教化、法律制裁的逻辑根据，所有的限制措施都是毫无必要的。康德也在《历史理性批判文集》中指出，人类的进步是以人性恶为前提条件的。人性虽恶，同样可以建成理想社会，关键在于设立一种合理的社会制度。因为道德是非强制性的，社会绝不能仅仅依靠善良的道德来维系，只有制度健全了，道德才能发挥作用。比较中西关于人性的论述，可以引发更为深刻的思考。

## 二 学无止境，尊道重义

既然人性之恶要靠师、法来制约，用礼义来规范，那么，强调教育，积善成德，就是逻辑的必然。荀子为此专写《劝学》一文，对教育问题集中进行系统论述，极大地丰富了儒家的教育思想。

### (一) 学不可以已

荀子指出，学习的目的，是为了借助六经，磨砺性情，改变性恶，由凡入圣。虽然学习的科目是有限的，践行的过程却是终生的，因此，"学不可以已"。荀子早在两千多年前，就强调"终生学习"的观念，弥足珍贵。

【原文】君子曰：学不可以已。青，取之于蓝，而青于蓝。冰，水为之，而寒于水。木直中绳，輮以为轮，其曲中规，虽有槁暴，不复挺者，輮使之然也。故木受绳则直，金就砺则利，君子博学而日参省乎己，则知明而行无过矣。故不登高山，不知天之高也；不临深溪，不知地之厚也；不闻先王之遗言，不知学问之大也。干、越、夷、貉之子，生而同声，长而异俗，教使之然也。……神莫大于化道，福莫长于无祸。(《劝学》)

【译文】君子说：学习不可以终止。靛青，是从蓼蓝中提取出来的，但是比蓼蓝更青。冰，是水凝结而成，但是比水更冷。木料笔直得符合墨绳，但是经过熏烤做成车轮，它的弯曲度与圆规相合，即使遇到烘烤暴晒，也不再伸直，这是经过熏烤加工使它这样的啊。所以，木料受到墨绳的校正才能取直，金属刀剑受到磨石的挫磨才能锋利，君子广泛地学习而天天反省检查自己，就会见识高明而行为没有过错。所以，不登上高山之峰，就不知天空的高远；不俯视幽深之水，就不知大地的浑厚；不听从先代圣王的遗言，就不知学问的渊博。吴、越、夷、貉各族的小孩，生下来哭声相同，长大了习俗各异，这是教化使他们这样的啊。……精神没有比融于圣贤之道更伟大的了，幸福没有比无灾无难更美好的了。

如同"木受绳则直，金就砺则利"一样，学习就是为了"化性"、"起伪"、"生礼义"，因此，"君子博学而日参省乎己，则知明而行无过矣"。只有"博学"，才能放开眼界，洞察古今，见贤思齐，弥补不足，所以说"神莫大于化道，福莫长于无祸"。

【原文】吾尝终日而思矣，不如须臾之所学也。吾尝跂而望矣，不如登高之博见也。登高而招，臂非加长也，而见者远；顺风而呼，声非加疾也，

而闻者彰。假舆马者，非利足也，而致千里；假舟楫者，非能水也，而绝江河。君子生非异也，善假于物也。(《劝学》)

【译文】我曾经整天地思索，但不如片刻的学习所得；我曾经踮起脚跟眺望，但不如登上高处的所见广博。登上高处招手，手臂并没有加长，而看见的人很遥远；顺着风向呼喊，声音并没有加强，但听到的人很清楚。凭借车和马的人，并不是善于走路，而可以到达千里；凭借船与桨的人，并不是善于游泳，而能够渡过江河。君子生性并非与人不同，只是善于凭借外物罢了。

孔子说："学而不思则罔，思而不学则殆。"(《为政》)学、思结合就是为了借助外物，提高道德，修养人品，增长才干，才能够"绝江河"而"致千里"。所以说，"君子生非异也，善假于物也"。

【原文】学恶乎始？恶乎终？曰：其数，则始乎诵经，终乎读礼；其义，则始乎为士，终乎为圣人。真积力久则入，学至乎没而后止也。故学数有终，若其义则不可须臾舍也。为之，人也；舍之，禽兽也。故《书》者，政事之纪也；《诗》者，中声之所止也；《礼》者，法之大分，类之纲纪也。故学至乎《礼》而止矣，夫是之谓道德之极。《礼》之敬文也，《乐》之中和也，《诗》、《书》之博也，《春秋》之微也，在天地之间者毕矣。(《劝学》)

【译文】学习从哪里开始？到哪里终止？回答是：从学习的科目说，是从诵读《书》《诗》等经典开始，到阅读《礼》为止；从学习的意义说，是从做士人开始，到成为圣人为止。诚心诚意地积累，长期努力地深入，学到老死然后终止。所以，学习科目有尽头，如果从学习意义说片刻都不能离开。进行学习了，就是人；放弃学习了，就是禽兽。所以，《尚书》，是政事的记载；《诗》，是和谐的乐章；《礼》，是行为规范的要领，人伦准则的总纲。所以，学到《礼》就停止了，这叫作道德的顶点。《礼》严肃而有文饰，《乐》中正而和谐，《诗》《书》内容渊博，《春秋》含义隐微，存

在于天地之间的道理全都包含在其中了。

学习的科目是诵读"六经",学习的意义是由士而圣,学习的过程是老死而终。所以,能否坚持学习,是人与兽的重大区别之一。作为堂堂正正的人,就要终生坚持学习,这是当代人都必须树立的观念。

### (二) 君子贵其全也

君子学习的目的,是为了"美其身",即加强自身的道德品质和礼义修养,所谓"入乎耳,著乎心,布乎四体,形乎动静",贯彻在一言一行之中,成为人们学习的榜样。所以必须完全彻底,始终如一,"君子贵其全也"!

【原文】君子之学也,入乎耳,著乎心,布乎四体,形乎动静;端而言,蠕而动,一可以为法则。小人之学也,入乎耳,出乎口;口耳之间,则四寸耳,曷足以美七尺之躯哉?古之学者为己,今之学者为人。君子之学也,以美其身;小人之学也,以为禽犊。(《劝学》)

【译文】君子的学习,入于耳中,记在心里,贯彻于全身,表现在行动;他稍微说句话,稍微动动身,都可以成为效法的榜样。小人的学习,入于耳中,出于口中;口、耳之间才四寸长罢了,怎么能够完美他七尺长的身躯呢?古代学习的人是为了自己,现在学习的人是为了别人。君子的学习,是用来完美自己的身心;小人的学习,是当作饲养家畜、谋取私利。

孔子说:"古之学者为己,今之学者为人。"本出于《宪问》,荀子这里进一步阐发。他认为,君子学习是为了美化自身,由耳入心,身体力行,而小人却耳入口出,夸夸其谈,向人炫耀,把学习当作豢养牛马,谋取个人利益。

【原文】物类之起,必有所始;荣辱之来,必象其德。肉腐出虫,鱼枯生蠹。怠慢忘身,祸灾乃作。强自取柱,柔自取束。邪秽在身,怨之所构。施薪若一,火就燥也;平地若一,水就湿也。草木畴生,禽兽群焉,物各从其类也。是故质的张,而弓矢至焉;林木茂,而斧斤至焉;树成荫,而

众鸟息焉；醯酸，而蚋聚焉。故言有招祸也，行有招辱也，君子慎其所立乎！（《劝学》）

【译文】各种事物的发生，必定有它的原因；荣誉或耻辱的来临，必与自身的德行相应。肉腐烂就生蛆虫，鱼枯死就生蠹虫。怠慢疏忽而忘乎自身，祸患灾难就会发生。太刚强就要招致断裂，太柔弱就会招致束缚。邪恶污秽存于自身，就是怨恨集结的原因。铺开的柴草一样平，火总是向干处烧；平整的土地如一，水总是向湿处流。草木依类生长，禽兽合群活动，万物都各自依附于它们的同类。所以，箭靶张开，弓箭就射到这里；森林茂盛，斧头就来到这里；树木成荫，群鸟就栖息这里；醋一变酸，蚊虫就聚集这里。所以，说话有招祸的可能，行事有招辱的可能，君子对于自己立身行事要慎重啊！

人的品德与其遭遇总有某种内在联系，"荣辱之来，必象其德"，"邪秽在身，怨之所构"，如果自己心灵丑恶、行为邪僻，就必然会引来灾难，"故言有招祸也，行有招辱也，君子慎其所立乎"！

【原文】百发失一，不足谓善射；千里跬步不至，不足谓善御；伦类不通，仁义不一，不足谓善学。学也者，固学一之也。一出焉，一入焉，涂巷之人也；其善者少，不善者多，桀纣盗跖也；全之尽之，然后学者也。（《劝学》）

【译文】射出一百支箭而有一支箭未中，就不能称为善于射箭；赶一千里路而有一步半步未到，就不能称为善于驾车；伦理规范不能始终贯通，仁义之道不能奉行如一，就不能称为善于学习。学习嘛，本来就是要一心一意地坚持下去。一会儿不学习，一会儿学习，那就是市井中的普通人；好的行为少，坏的行为多，就成为夏桀、殷纣、盗跖那样的人；全面彻底贯通伦理规范，彻底奉行仁义之道，然后才能成为真正的学者。

【原文】君子知夫不全不粹之不足以为美也，故诵数以贯之，思索以通之，为其人以处之，除其害者以持养之。使目非是无欲见也，使耳非是无

柒 荀子

欲听也，使口非是无欲言也，使心非是无欲虑也。及至其致好之也，目好之五色，耳好之五声，口好之五味，心利之有天下。是故权利不能倾也，群众不能移也，天下不能荡也。生乎由是，死乎由是，夫是之谓德操。德操然后能定，能定然后能应，能定能应，夫是之谓成人。天见其明，地见其光，君子贵其全也！（《劝学》）

【译文】君子知道学习礼义不全面、不纯粹是不能够称为完美的，所以，诵读经书以求融会贯通，思考探索以求通晓领会，效法贤人品德而实行它，除去自身不足而保养它。使自己的眼睛不是正确的就不想看，使自己的耳朵不是正确的就不想听，使自己的嘴巴不是正确的就不想说，使自己的头脑不是正确的就不想考虑。等到那极其爱好礼义的时候，就好像眼睛喜欢五色，耳朵喜欢五音，嘴巴喜欢五味，内心拥有天下一样。因此，权势利禄不能使他倾倒，人多势众不能使他改变，整个天下都不能使他动摇。活着为了遵循礼义，死了也为了遵循礼义，这就叫道德操守。有了这样的道德操守，然后才能站稳脚跟；能够站稳脚跟，然后才能应对事物；能够站稳脚跟，能够应对事物，这就叫成熟完美的人。上天显现它的明亮，大地显现它的广阔，君子的可贵在于他的德行完美无缺啊！

"使目非是无欲见也，使耳非是无欲听也，使口非是无欲言也，使心非是无欲虑也"，出于孔子所说的"非礼勿视，非礼勿听，非礼勿言，非礼勿动"（《颜渊》）。荀子强调，君子学习，必须追求完美纯粹，真诚彻底，"全之尽之，然后学者也"，来不得半点虚情假意，自欺欺人。这就是说，"学也者，固学一之也"。显然，荀子所说的学习，是"诵数以贯之，思索以通之，为其人以处之，除其害者以持养之"，并非只是诵读经典，领会思想，更重要的是见贤思齐，身体力行，克服恶行，完善道德，长期修养，贯彻始终。唯其如此，才能"权利不能倾也，群众不能移也，天下不能荡也。生乎由是，死乎由是，夫是之谓德操"。所以说"天见其明，地见其光，君子贵其全也"。

### （三）积善成德，而神明自得

为了德性的完美无缺，学习必须专心致志，不断积累，如同"人积耨耕而为农夫，积斲削而为工匠，积反货而为商贾，积礼义而为君子"。更为直接便利的方法，是求教良师，尊崇礼义，可以广博知识，少走弯路，"若挈裘领，诎五指而顿之，顺者不可胜数也"。

【原文】积土成山，风雨兴焉；积水成渊，蛟龙生焉；积善成德，而神明自得，圣心备焉。故不积跬步，无以致千里；不积小流，无以成江海。骐骥一跃，不能十步；驽马十驾，功在不舍。锲而舍之，朽木不折；锲而不舍，金石可镂。蚓无爪牙之利，筋骨之强，上食埃土，下饮黄泉，用心一也；蟹八跪而二螯，非蛇蟮之穴，无可寄托者，用心躁也。是故无冥冥之志者，无昭昭之明；无惛惛之事者，无赫赫之功。行衢道者不至，事两君者不容。目不能两视而明，耳不能两听而聪。螣蛇无足而飞，梧鼠五技而穷。《诗》曰："尸鸠在桑，其子七兮。淑人君子，其仪一兮。其仪一兮，心如结兮。"故君子结于一也。（《劝学》）

【译文】积聚泥土成为高山，风雨就会在那里兴起；积蓄流水成为深渊，蛟龙就会在那里生长；积累善行成为有道德之人，就自会心智聪明，而具备圣人的思想。所以，不积累一步两步，就不能达到千里之远；不积蓄细小的流水，就不能成为江河。骏马一跃，不会跨越六丈；劣马连续跑十天也能到千里，那是因为它不停步。雕刻一下就停止了，朽木都不能折断；如果雕刻而不停止，金石都可以镂空。蚯蚓没有锋利的爪牙，强壮的筋骨，但是可吃地上的尘土，可饮地下的泉水，是因为它用心专一；螃蟹有八只脚和两只螯，如果没有蛇、蟮的洞穴，就无处藏身，是因为它用心浮躁。所以，没有潜心研究的精神，就不会有洞察万物的聪明；没有默默无闻的工作，就不会有彰明显赫的功绩。徘徊于歧路的人到不了目的地，游移于两君之间的人不能被接受。眼睛不能同时看两个地方而清楚，耳朵不能同时听两种声音而明白。螣蛇没有脚却能够飞行，鼫鼠有五种技能却

陷于困境。《诗》云:"布谷鸟在桑树上,有七只小鸟靠它喂养。那些善人君子,坚持道义始终一样啊。坚持道义始终一样啊,思想坚定不移。"所以,君子的学习始终专心如一。

【原文】故积土而为山,积水而为海,旦暮积谓之岁。至高谓之天,至下谓之地,宇中六指谓之极,涂之人百姓积善而全尽谓之圣人。彼求之而后得,为之而后成,积之而后高,尽之而后圣。故圣人也者,人之所积也。人积耨耕而为农夫,积斲削而为工匠,积反货而为商贾,积礼义而为君子。(《儒效》)

【译文】所以,积聚泥土就成为山,积蓄流水就成为海,朝夕积累就叫作年。最高的叫作天,最低的叫作地,空间指向上、下、东、南、西、北六个方向叫作极,路上的百姓积累善行而达到尽善尽美就叫作圣人。这些都是追求然后得到,努力然后成功,积累然后崇高,尽善尽美然后圣明。所以,圣人啊,是普通人积累德行而生成的。人积累锄草、耕地的农活而成为农民,积累砍削的技能而成为工匠,积累贩卖货物的经验而成为商人,积累礼义德行而成为君子。

学习就是不断积累的过程,如同积土成山,积水成渊,"积善成德,而神明自得,圣心备焉",如果朝三暮四,一曝十寒,则一无所得;更要专心致志,心无旁骛,"无冥冥之志者,无昭昭之明;无惛惛之事者,无赫赫之功",如果心猿意马,躁动不安,则毫无收获,"故君子结于一也"。

学习最为方便的途径,莫过于求教良师和尊崇礼义。因为"六经"蕴含深邃,需要解说、阐述和发挥,所以"学莫便乎近其人"。如果"上不能好其人,下不能隆礼",只是杂乱无章地读些《诗》《书》,浮光掠影,不求甚解,"则末世穷年,不免为陋儒而已",不可能有所作为。"故人无师无法而知,则必为盗;勇,则必为贼;云能,则必为乱;察,则必为怪;辩,则必为诞。人有师有法而知,则速通;勇,则速威;云能,则速成;察,则速尽;辩,则速论。故有师法者,人之大宝也;无师法者,人之大殃

也。"(《儒效》)

【原文】学莫便乎近其人。《礼》《乐》法而不说,《诗》《书》故而不切,《春秋》约而不速。方其人之习君子之说,则尊以遍矣,周于世矣。故曰:学莫便乎近其人。学之经莫速乎好其人,隆礼次之。上不能好其人,下不能隆礼,安特将学杂识志、顺《诗》《书》而已耳,则末世穷年,不免为陋儒而已!将原先王,本仁义,则礼正其经纬蹊径也。若挈裘领,诎五指而顿之,顺者不可胜数也。不道礼宪,以《诗》《书》为之,譬之犹以指测河也,以戈舂黍也,以锥餐壶也,不可以得之矣。故隆礼,虽未明,法士也;不隆礼,虽察辩,散儒也。(《劝学》)

【译文】学习没有比接近良师更便利的了。《礼》《乐》记载法度而没有详细解说,《诗》《书》记载旧事而没有切近现实,《春秋》文词简约而难以迅速理解。仿效良师而学习君子的学说,那么就能养成崇高的品德并获得广博的知识,通晓天下大事了。所以说:学习没有比接近良师更便利的了。学习的途径没有比向良师求教更迅速的了,只是尊崇礼义就差一等了。如果上不能遵从良师,下不能尊崇礼义,而只是学些杂乱的知识、读通《诗》《书》而已,那么直到老死,也不过是个学识浅陋的书生罢了!至于要追溯先王的道德,寻求仁义的根本,那么遵行礼义正是四通八达的途径。这就好像提起皮衣的领子,弯着五指去抖动它一样,数不清的裘毛都理顺了。不遵行礼法,只是依照《诗》《书》立身行事,就像是用手指测量河水的深浅,用长矛去舂捣黍米,用锥子去吃饭一样,是不可能达到目的的。所以,遵崇礼义,即使未能明了,也不失为一个崇尚礼法的士人;不尊崇礼义,即就明察善辩,也不过是一个言行涣散的文人。

荀子在前面说过"始乎诵经,终乎读礼",这里又讲"不道礼宪,以《诗》《书》为之,譬之犹以指测河也,以戈舂黍也,以锥餐壶也,不可以得之矣"。显然,他认为"六经"是分层次的,只凭《诗》《书》尚不足以修身,"隆礼"才是至关重要的,"故隆礼,虽未明,法士也;不隆礼,虽察辩,散儒也"。可见,孟子主张性善,推行仁政,强调教化,故重《诗》《书》;而荀子主张性恶,推行王道,强调礼法,故重《礼》《乐》。《荀子》即使引《诗》,也只是为了辅证而已,这与他由礼入法的思想观念是完全一致的。

那么,什么人才能成为良师呢?

【原文】师术有四,而博习不与焉:尊严而惮,可以为师;耆艾而信,可以为师;诵说而不陵不犯,可以为师;知微而论,可以为师。故师术有四,而博习不与焉。水深而回,树落则粪本,弟子通利则思师。(《致士》)

【译文】为师之道有四种,而博学不包括在其中:具有尊严而使人畏惧,可以成为师;年事已高而颇有威信,可以成为师;诵读解说经典而不违背旨意,可以成为师;见微知著阐发事理,可以成为师。所以,为师之道有四种,而博学不包括在其中。水深了就会有旋涡,树叶落了就会肥沃根本,学生显达了就会思念老师。

显然,在荀子看来,老师应该博通经典,严守宗旨,但仅此是不够的,还必须品德高尚,威望超群,见微知著,明达事理,方能成为老师。因为他更看重老师对学生人格品质的道德熏陶和经世济民的能力培养。这对于今天为人师表,依然具有借鉴意义。

### (四)君子居必择乡,游必就士

与此同时,荀子非常重视学习环境对修身的影响,近朱者赤,近墨者黑,"蓬生麻中,不扶而直;白沙在涅,与之俱黑",因此,"夫人虽有性质美而心辩知,必将求贤师而事之,择良友而友之",就会在潜移默化中受到良好熏陶,成为仁义之人。这就是说,交友之道,至关重要,"非我而当者,吾师也;是我而当者,吾友也;谄谀我者,吾贼也"。所以,"取友善人,不可不慎,是德之基也"。这与孔子所说"君子必慎其所与处者焉"(《家语·六本》),是完全一致的。

【原文】南方有鸟焉,名曰蒙鸠,以羽为巢,而编之以发,系之苇苕,风至苕折,卵破子死。巢非不完也,所系者然也。西方有木焉,名曰射干,茎长四寸,生于高山之上,而临百仞之渊。木茎非能长也,所立者然也。蓬生麻中,不扶而直;白沙在涅,与之俱黑。兰槐之根是为芷,其渐之滫,君子不近,庶人不服。其质非不美也,所渐者然也。故君子居必择乡,游必就士,所以防邪辟而近中正也。(《劝学》)

【译文】南方有一种鸟,名叫蒙鸠,它用羽毛做窝,用毛发编织,把窝系在芦苇的花穗上,大风吹来,芦苇穗折断,鸟蛋打破,小鸟摔死。它的窝并非不结实,是窝所系的地方使它这样的啊。西方有一种草,名叫射干,茎长只有四寸,生长在高山之上,可以俯临百仞的深渊。它的茎并非能加长,是它所处的地方使它这样的啊。蓬草生长在大麻中,不用扶持它就直立;白沙处于黑土中,就会与黑土一同黑。兰槐的根就是香芷,如果把它浸在臭水中,君子就不靠近它,百姓也不佩戴它。它的本质并非不美,而是它浸泡在臭水里使它这样的啊。所以,君子居住时必须选择乡邻,交游时必须接近贤士,这是用来防止邪恶而靠近正道的方法。

【原文】繁弱、钜黍,古之良弓也,然而不得排檠,则不能自正。桓公之葱,太公之阙,文王之录,庄君之智,阖闾之干将、莫邪、钜阙、辟闾,此皆古之良剑也,然而不加砥厉则不能利,不得人力则不能断。骅骝、骐骥、纤离、绿耳,此皆古之良马也,然而必前有衔辔之制,后有鞭策之威,加之以造父之驭,然后一日而致千里也。夫人虽有性质美而心辩知,必将求贤师而事之,择良友而友之。得贤师而事之,则所闻者尧舜禹汤之道也;得良友而友之,则所见者忠信敬让之行也。身日进于仁义而不自知也者,靡使然也。今与不善人处,则所闻者欺诬诈伪也,所见者污漫淫邪贪利之行也,身且加于刑戮而不自知者,靡使然也。传曰:"不知其子视其友,不知其君视其左右。"靡而已矣!靡而已矣!(《性恶》)

【译文】繁弱、钜黍,是古代的良弓,但是得不到矫正器的验证,就不能自行平正。齐桓公的葱,姜太公的阙,周文王的录,楚庄王的智,吴王

阖闾的干将、莫邪、巨阙、辟闾，这些都是古代的好剑，但是不加磨砺就不会锋利，不凭借人力就不能断物。骅骝、騹骥、纤离、绿耳，这些都是古代的良马，但是必须前有马嚼、辔头，后有马鞭的威胁，再加上造父的驾驭，然后才能一天跑上千里。人即使资质美好而头脑聪敏，也一定要寻找良师侍奉，选择良友交往。得到良师而侍奉，那么所听的就是尧、舜、禹、汤的正道；得到良友而交往，那么所见到的就是忠诚、守信、恭敬、谦让的行为。自己一天天进入仁义之境而没有觉察到，这就是外界接触影响的结果啊。如果与德行不好的人相处，那么所听到的就是欺骗、造谣、诡诈、谎言，所见到的就是污秽、卑鄙、淫乱、邪恶、贪财的行为。自己将要受到刑罚、杀戮而没有意识到，这就是外界接触影响的结果啊。古书上说："不了解自己的儿子就看看它的朋友，不了解自己的君王就看看他身边的亲信。"这都是因为外界接触的影响罢了！这都是因为外界接触的影响罢了！

儒家重视学习环境，孟子曾有"孟母三迁"、"断织劝学"（刘向《列女传》）、"杀豚不欺子"（韩婴《韩诗外传》）等著名的故事。墨子也强调"行理生于染当"（《所染》）。荀子弘扬了这种思想，认为良弓不能自正，需要矫正；良剑不能自利，需要磨砺；良马不能自行千里，需要制约驾驭。同样，如果人"得贤师而事之，则所闻者尧舜禹汤之道也；得良友而友之，则所见者忠信敬让之行也。身日进于仁义而不自知也者，靡使然也"。这是中国古代教育思想的精华之一。

【原文】见善，修然必以自存也；见不善，愀然必以自省也。善在身，介然必以自好也；不善在身，菑然必以自恶也。故非我而当者，吾师也；是我而当者，吾友也；谄谀我者，吾贼也。故君子隆师而亲友，以致恶其贼；好善无厌，受谏而能诫。虽欲无进，得乎哉？小人反是：致乱而恶人之非己也，致不肖而欲人之贤己也，心如虎狼、行如禽兽而又恶人之贼己也；谄谀者亲，谏争者疏，修正为笑，至忠为贼。虽欲无灭亡，得乎哉！（《修身》）

【译文】看见善良的行为，一定严肃地对照自己；看见不好的行为，一定恐惧地反省自己。善良的品行在自己身上，一定因此而洁身自好；不良的品行在自己身上，一定因此而痛恨自己。所以，批评我而恰当的人，是我的老师；赞同我而恰当的人，是我的朋友；奉承我的人，就是我的贼人。所以，君子尊崇老师而亲近朋友，极端憎恨那些贼人；爱好善良的品行永不满足，受到劝告就能警惕。这样即使不想进步，可能吗？小人则与此相反：造成混乱却憎恶别人责备自己，表现无能却要别人赞赏自己，心如虎狼、行如禽兽却恨别人攻击自己；对奉承的人就亲近，对规劝的人就疏远，把修正自己的话当作讥笑，把极端忠诚的行为当作伤害。这样他即使不想灭亡，可能吗？

【原文】君人者不可以不慎取臣，匹夫不可不慎取友。友者，所以相有也。道不同，何以相有也？均薪施火，火就燥；平地注水，水流湿。夫类之相从也，如此其著也，以友观人，焉所疑？取友善人，不可不慎，是德之基也。（《大略》）

【译文】君王不能不慎重地选取臣子，平民不能不慎重地选取朋友。朋友，就是互相帮助的。如果奉行的原则不同，用什么来互相帮助呢？把柴草铺平然后点火，火烧向干燥的柴草；把土地整平然后放水，水流向潮湿之处。同类的事物互相依从，像这样地明显，根据朋友来观察人，还有什么怀疑的呢？选取朋友，与人友好，不能不慎重，这是成就德行的基础啊。

荀子所说"见善，修然必以自存也；见不善，愀然必以自省也"，与孔子说"见贤思齐，见不贤而内自省也"（《里仁》），是完全一致的。荀子发展了这个思想，将君子"隆师而亲友"的态度与小人进行对比，以为处事对人的警戒，特别强调"君人者不可以不慎取臣，匹夫不可不慎取友"。墨子《所染》曾说："染于苍则苍，染于黄则黄；所入者变，其色亦变。五入必而已，则为五色矣。故染不可不慎也。"荀子所论，与墨子略同。儒墨两家对学习修身环境的重视，是一致的。

### （五）从道不从君，从义不从父

荀子劝学的根本目的，在于"化性而起伪"，塑造君子高尚的思想品格。所以，他认为，"君子言有坛宇，行有防表，道有一隆"，要有自己的标准。必须"度己以绳"，严以律己，"接人用抴"，宽以待人，不被荣辱迷惑，不受外物影响，牢牢把握道义的原则，"从道不从君，从义不从父"，才能成为真正的君子。

【原文】君子言有坛宇，行有防表，道有一隆。言政治之求，不下于安存；言志意之求，不下于士；言道德之求，不二后王。道过三代谓之荡，法二后王谓之不雅。高之下之，小之巨之，不外是矣，是君子之所以骋志意于坛宇宫廷也。故诸侯问政，不及安存，则不告也；匹夫问学，不及为士，则不教也；百家之说，不及后王，则不听也。夫是之谓君子言有坛宇，行有防表也。（《儒效》）

【译文】君子说话有界限，行动有标准，主张有专重。论述政治主张，不低于国家的安定和生存；论述思想的追求，不低于德才兼备的学士；论述道德的要求，不背离当代的君王。谈论政治原则超过了夏、商、周三代便叫作放荡，谈论法度背离了当代的君王便叫作不正。自己的主张或高或低，或小或大，都不超越这个原则范围，这就是君子能够在一定界限范围里驰骋自己思想的原因啊。所以，诸侯求教政治，如果不涉及国家的安定和生存，君子就不告诉他；一般人求教学问，如果不涉及如何成为德才兼备的学士，君子就不告诉他；各家的学说，如果不涉及当代的为君之道，君子就不听他。这就叫君子说话有界限，行动有标准。

【原文】士君子之所能不能为：君子能为可贵，而不能使人必贵己；能为可信，而不能使人必信己；能为可用，而不能使人必用己。故君子耻不修，不耻见污；耻不信，不耻不见信；耻不能，不耻不见用。是以不诱于誉，不恐于诽，率道而行，端然正己，不为物倾侧，夫是之谓诚君子。（《非十二子》）

【译文】士君子能够做到的和不能做到的是：君子能够做到品德高尚被人尊重，但是不能使别人一定尊重自己；能够做到忠诚老实可以被人相信，但是不能使别人一定相信自己；能够做到才能超群可以被人任用，但是不能使别人一定任用自己。所以，君子以自己的品德不好为耻，而不以被人诬蔑为耻；以自己不诚信为耻，而不以不被信任为耻；以自己无能为耻，而不以不被任用为耻。因此，君子不受荣誉诱惑，不被诽谤恐吓，遵循道义而行事，严肃地端正自己，不因外物而惑乱倾倒，这才叫真正的君子。

【原文】故君子之度己则以绳，接人则用抴。度己以绳，故足以为天下法则矣；接人用抴，故能宽容，因众以成天下之大事矣。故君子贤而能容罢，知而能容愚，博而能容浅，粹而能容杂，夫是之谓兼术。（《非相》）

【译文】所以，君子律己就像木工用墨绳一样，待人就像梢公用船接客一样。用墨绳为准则律己，所以能够使自己成为天下效法的榜样；用船一样的胸怀待人，所以能够宽容他人，依靠他人而成就天下大业。所以君子贤明而能包容无能的人，智慧而能包容愚昧的人，知识渊博而能包容孤陋寡闻的人，道德纯粹而能包容品行驳杂的人，这就叫兼容并蓄之法。

君子的言行，必须有一定的法规和范围，关注的是国家安危和德才理想，而不论个人恩怨和名利私欲，"道过三代谓之荡，法二后王谓之不雅"。君子严于律己，"故君子耻不修，不耻见污；耻不信，不耻不见信；耻不能，不耻不见用"，不受诱惑，不怕诽谤，端正自己，遵道而行，"故君子贤而能容罢，知而能容愚，博而能容浅，粹而能容杂，夫是之谓兼术"。

【原文】入孝出弟，人之小行也；上顺下笃，人之中行也；从道不从君，从义不从父，人之大行也。若夫志以礼安，言以类使，则儒道毕矣。虽舜，不能加毫末于是矣。孝子所不从命有三：从命，则亲危；不从命，则亲安——孝子不从命乃衷。从命，则亲辱；不从命，则亲荣——孝子不从命乃义。从命，则禽兽；不从命，则修饰——孝子不从命乃敬。故可以从命而不从，是不子也；未可以从而从，是不衷也；明于从不从之义，而能致恭敬、忠信、端悫，以慎行之，则可谓大孝矣。传曰："从道不从君，从义不从父。"此之谓也。故劳苦雕萃而能无失其敬，灾祸患难而能无失其义，则不幸不顺见恶而能无失其爱，非仁人莫能行。《诗》曰："孝子不匮。"此之谓也。(《子道》)

【译文】在家孝敬父母，出外尊敬兄长，这是人的小德。对上顺从，对下厚道，这是人的中德。顺从正道不顺从君主，顺从正义不顺从父亲，这是人的大德。如果志向能够根据礼义安排，说话能够根据法度规范，那么儒家之道就完备了。即使是舜，也不能在这方面有丝毫的增益了。孝子不服从命令的原因有三种：服从命令，父母就会危险；不服从命令，父母就安全——那么孝子不服从命令就是忠诚。服从命令，父母亲就会受到侮辱；不服从命令，父母就光荣——那么孝子不服从命令就是符合道义。服从命令，行为就像禽兽；不服从命令，就行为端正有教养——那么孝子不服从命令就是恭敬。所以，可以服从而不服从，是不尽孝子之道；不可以服从而服从，是对父母不忠。明白了服从和不服从的道理，而能够做到恭敬、忠诚、厚道、老实而谨慎地实行它，就可以称之为大孝了。古书上说："顺从正道不顺从君主，顺从正义不顺从父亲。"说的就是这个道理。所以自己劳苦憔悴时能够不丧失对父母的恭敬，自己遭到祸患灾难时能够不丧失对父母应尽的道义，自己不幸地因为没有顺从父母而被憎恶时仍然能够不丧失对父母的爱心，如果不是仁德之人是不能做到的。《诗》云："孝子之孝无穷尽。"说的就是这个道理。

显然，在荀子的心目中，君父虽有势位之尊，却难免有所失误，绝非完全正确、永远正确，所以，并不是要无条件地绝对盲从，道义才是衡量一切的最高标准。"若夫志以礼安，言以类使，则儒道毕矣。"一旦君父与道义相冲突、相背离，作为臣子就应当坚持道义的原则，"从道不从君，从义不从父"。这与孔子所说的"以道事君，不可则止"(《先进》)，孟子主张的"舍生而取义"(《告子上》)，一脉相承。从而维护了道义的尊严，否定了君父的暴虐，批判了愚忠愚孝的陈腐观念，足以发人深省！

荀子认定人性本恶，把改变性恶的希望寄托于道义的教化，反映了儒家学说的特色，然而，仅有道义教化是不够的。正如韩非子说："今有不才之子，父母怒之弗为改，乡人谯之弗为动，师长教之弗为变。夫以父母之爱，乡人之行，师长之智，三美加焉，而终不动，其胫毛不改。州部之吏，操官兵、推公法而求索奸人，然后恐惧，变其节，易其行矣。"（《五蠹》）最终需要用法制来战胜邪恶，恐怕这正是荀子由礼入法的一个重要原因。把道义教化与礼法制度融为一体，用教化提升道义、调整关系，用礼法强化管理、巩固政权，正是秦汉以后两千多年官方"外儒内法"政治哲学的核心。

## 三　礼法并用，行道而王

因为人性本恶，就需要学习礼义"化性起伪"、"积善成德"，就需要并用礼法治理社会、成就王道。所以，礼义，是荀子学说的核心。围绕着礼义的许多问题，诸如礼义的起源和本质，礼义的功能和作用，推行礼义的条件和素养，成就王道的措施和制度，就成为荀子详细论述的重要内容。

### （一）礼者，养也

人性本恶，生来就有欲望有追求，有限资财与无限的欲望之间形成了尖锐矛盾，必然引起争夺和混乱，因此，先王为此而制定礼义，按照上下等级来控制性恶，约束欲望，分配利益，安定天下。所以说"礼者，养也"，礼就是为了调养人的欲望而产生的。

人"最为天下贵"，人兽之别，在于道德。人胜牛马，关键在于能"群"。而能"群"的基础，正在于人具有道德名分。所以，"君者，善群也。群道当，则万物皆得其宜，六畜皆得其长，群生皆得其命"。

【原文】礼起于何也？曰：人生而有欲，欲而不得，则不能无求；求而无度量、分界，则不能不争；争则乱；乱则穷。先王恶其乱也，故制礼义

以分之，以养人之欲，给人之求，使欲必不穷乎物，物必不屈于欲，两者相持而长，是礼之所起也。故礼者，养也。(《礼论》)

【译文】礼起源于哪里呢？回答说：人生来就有欲望，如果有欲望而不能得到，就不能没有追求；如果有追求而没有标准限定，就不能不发生争夺；一争夺，就发生混乱；一混乱，就会陷入困境。古代先王厌恶混乱，所以，制定礼义来确定人们的名分，以此调养人们的欲望，满足人们的要求，使人们的欲望不会因为物资不够而不得满足，物资也不会因为人们的欲望过多而枯竭，使物资和欲望在互相制约中增长，这就是礼的起源。所以，礼，就是用来调养人们欲望的。

【原文】夫贵为天子，富有天下，是人情之所同欲也，然则从人之欲，则势不能容，物不能赡也。故先王案为之制礼义以分之，使有贵贱之等，长幼之差，知愚能不能之分，皆使人载其事，而各得其宜，然后使愨禄多少厚薄之称，是夫群居和一之道也。故仁人在上，则农以力尽田，贾以察尽财，百工以巧尽械器，士大夫以上至于公侯莫不以仁厚、知能尽官职。夫是之谓至平。故或禄天下，而不自以为多；或监门、御旅、抱关、击柝，而不自以为寡。故曰："斩而齐，枉而顺，不同而一。"夫是之谓人伦。(《荣辱》)

【译文】高贵到成为天子，富裕到拥有天下，这是人心共同的追求，但是，如果顺从人们的欲望，那么权势上不能容纳，物质上不能满足。所以，古代先王给人们制定了礼义加以区别，使他们有高贵与低贱的等级，有年长和年幼的差异，有聪明和愚蠢、贤能和无能的分别，使他们都承担各自的工作，各得其所，然后使俸禄的多少厚薄与他们的地位工作相称，这就是使人们群居协调的办法。所以，仁人处于君位，那么农夫就把力量全部用在土地上，商人就把精明全部用在理财上，各种工匠就把技巧全部用在制造器械上，士大夫以上直到公侯没有不将仁慈宽厚、聪明才智全部用在履行公职上。这种情况叫作大治。所以，有的人富有天下，也不认为自己拥有的多；有的人看管城门、招待旅客、守卫关卡、巡逻打更，也不认为自己所得的少。所以说："有了参差才能达到整齐，有了枉曲才能归于大顺，有了不同才能趋向统一。"这就叫为人的伦理关系。

天子与民众一样，都有共同的心理追求，"然则从人之欲，则势不能容，物不能赡也"。因此，"先王恶其乱也，故制礼义以分之，以养人之欲，给人之求，使欲必不穷乎物，物必不屈于欲，两者相持而长，是礼之所起也"。这样，"或禄天下，而不自以为多；或监门、御旅、抱关、击柝，而不自以为寡"，各守其职，各安其位。也就是说，根据礼义划分等级、节制欲望、分配利益、安定天下，即所谓"斩而齐，枉而顺，不同而一"。

【原文】礼者，以财物为用，以贵贱为文，以多少为异，以隆杀为要。文理繁，情用省，是礼之隆也。文理省，情用繁，是礼之杀也。文理情用相为内外表里，并行而杂，是礼之中流也。故君子上致其隆，下尽其杀，而中处其中。步骤、驰骋、厉骛不外是矣，是君子之坛宇、宫廷也。人有是，士君子也；外是，民也；于是其中焉，方皇周挟，曲得其次序，是圣人也。故厚者，礼之积也；大者，礼之广也；高者，礼之隆也；明者，礼之尽也。《诗》曰："礼仪卒度，笑语卒获。"此之谓也。(《礼论》)

【译文】礼，把财物多少作为工具，把贵贱高低作为制度，把享用厚薄作为差别，把礼仪等级作为要领。礼节仪式繁多，表达的感情和起到的作用简约，这是隆重的礼。礼节仪式简约，但表达的感情和起到的作用繁多，这是略省的礼。礼节仪式与表达的感情、起到的作用互为内外表里，两者并驾齐驱而互相配合，这是适中的礼。所以，君子对隆重的礼极尽其隆重，对简省的礼极尽其简省，而对适中的礼就适中处理。慢走快跑、纵马驰骋、剧烈运动都不超出这个标准，这就是君子的活动范围。人如果有了这个规范，就是士君子；如果超出这个规范，就是普通民众；如果周旋在这个规范之中，处处符合要求，就是圣人了。所以，圣人的厚道，是由于礼的积累；圣人的大度，是由于礼的深广；圣人的崇高，是依靠礼的推举；圣人的明察，是依靠礼的详尽。《诗》云："礼仪全部合法度，说笑全部合时务。"说的就是这种情况啊。

礼的本质，就是"以财物为用，以贵贱为文，以多少为异，以隆杀为要"，君子无论"礼之隆"、"礼之杀"、"礼之中流"，都是因时因人而异，必须在礼的规范之内。所以，"人无礼不生，事无礼不成，国家无礼不宁"（《大略》）。由此可知，礼的产生天经地义，礼的作用至关重要。这样，就为等级制度、礼法治国确立了无可争辩的理论根据。

那么，为什么唯独人类可以产生礼呢？这是因为人能"群"能"分"。

【原文】人之所以为人者，何已也？曰：以其有辨也。饥而欲食，寒而欲暖，劳而欲息，好利而恶害，是人之所生而有也，是无待而然者也，是禹桀之所同也。然则人之所以为人者，非特以二足而无毛也，以其有辨也。今夫狌狌形笑，亦二足而毛也，然而君子啜其羹，食其胾。故人之所以为人者，非特以其二足而无毛也，以其有辨也。夫禽兽有父子，而无父子之亲；有牝牡，而无男女之别。故人道莫不有辨。（《非相》）

【译文】人之所以成为人，是因为什么呢？我说：因为人与其他事物有所区别。饿了就想吃饭，冷了就想取暖，累了就想休息，喜欢得利而厌恶受害，这是人生来就有的本性，这是无须依靠学习就会这样的，这是禹与桀所相同的。然而人之所以成为人，并不只是因为长了两只脚而身上没有毛，而是因为与其他事物有所区别。现在那些猩猩的形状与人相似，也是两只脚却有毛罢了，可是君子能够喝它的肉羹，吃它的肉块。所以，人之所以成为人，并不只是因为长了两只脚而身上没有毛，而是因为与其他事物有所区别。那些禽兽有父子，却没有父子的亲情；有雌雄，却没有男女的界限。所以，作为人的道德规范与其他事物无不有所区别。

【原文】水火有气而无生，草木有生而无知，禽兽有知而无义，人有气、有生、有知，亦且有义，故最为天下贵也。力不若牛，走不若马，而牛马为用，何也？曰：人能群，彼不能群也。人何以能群？曰：分。分何以能行？

曰：义。故义以分则和，和则一，一则多力，多力则强，强则胜物，故宫室可得而居也。故序四时，裁万物，兼利天下，无它故焉，得之分义也。故人生不能无群，群而无分则争，争则乱，乱则离，离则弱，弱则不能胜物，故宫室不可得而居也，——不可少顷舍礼义之谓也！能以事亲谓之孝，能以事兄谓之弟，能以事上谓之顺，能以使下谓之君。君者，善群也。群道当，则万物皆得其宜，六畜皆得其长，群生皆得其命。（《王制》）

【译文】水火有气却没有生命，草木有生命却没有知觉，禽兽有知觉却没有道义，人有气、有生命、有知觉，而且有道义，所以人是天下最高贵的。人的力量不如牛，人的奔跑不如马，但是牛马被人使用，这是为什么呢？回答说：人能够组合成为群体，而牛马不能组合成为群体。人为什么能够组合成为群体呢？回答说：因为有名分等级。名分等级为什么能够实行呢？回答说：因为有道义。所以，按照道义确定名分就能够和睦协调，和睦协调就能够团结一致，团结一致就能够力量强大，力量强大就能够强盛无敌，强盛无敌就能够战胜外物，因此，人才能在房屋中安居。所以，人能够安排四季，管理万物，使天下得到利益，并没有其他的缘故，是得益于名分和道义啊。所以，人活着不能没有群体，有了群体而没有名分等级就会发生争夺，发生争夺就会动乱，动乱就会使人离心离德，离心离德就会削弱力量，力量削弱就不能战胜外物，因此，就不能在房屋中安居。——这就是说，人不能片刻舍弃礼义啊！能够按照礼义侍奉父母叫作孝，能够按照礼义侍奉兄长叫作悌，能够按照礼义侍奉君上叫作顺，能够按照礼义使用臣下叫作君。所谓君，就是善于把人群分。群分的原则正确，那么万物都得到适宜的安排，六畜都能顺利成长，一切生物都得到应有的命运。

禽兽有父子而无亲情，有雌雄而无界限，而"人有气、有生、有知，亦且有义，故最为天下贵也"。人能"群"，能"群"则有力而胜物；人能"分"，能"分"则止乱而有序。反之，"群而无分则争，争则乱，乱则离，离则弱，弱则不能胜物，故宫室不可得而居也"，可见，道德礼义是制约和

克服人性恶的法宝，不能片刻舍弃。"故无分者，人之大害也；有分者，天下之本利也；而人君者，所以管分之枢要也。"(《富国》)

【原文】分均则不偏，势齐则不壹，众齐则不使。有天有地，而上下有差；明王始立，而处国有制。夫两贵之不能相事，两贱之不能相使，是天数也。势位齐，而欲恶同，物不能澹则必争；争则必乱，乱则穷矣。先王恶其乱也，故制礼义以分之，使有贫富、贵贱之等，足以相兼临者，是养天下之本也。书曰："维齐非齐。"此之谓也。(《王制》)

【译文】名分职位相等了就谁也不能统率谁，势力相等了就谁也不能统一谁，大家都平等了就谁也不能役使谁。自从有了天和地，就有了上和下的差别；英明的帝王自登上王位，治理国家就有了等级制度。两个同样高贵的人不能互相侍奉，两个同样卑贱的人不能互相役使，这是自然的道理。如果人们的权势地位相等，而爱好和厌恶又相同，那么财物不能满足需要就会发生争夺；发生争夺就必然混乱，发生混乱就会陷于困境。古代的圣王痛恨这种混乱，所以制定礼义来分别他们，使人们有贫富和贵贱的差别，使自己能够凭借这些统治他们，这是统治天下的根本。《尚书》说："要整齐划一，就在于不整齐划一。"说的就是这个道理。

【原文】礼者，贵贱有等，长幼有差，贫富轻重皆有称者也。故天子袾裷、衣冕，诸侯玄裷、衣冕，大夫裨、冕，士皮弁、服。德必称位，位必称禄，禄必称用。由士以上则必以礼乐节之，众庶百姓则必以法数制之。量地而立国，计利而畜民，度人力而授事，使民必胜事，事必出利，利足以生民，皆使衣食百用出入相掩，必时臧余，谓之称数。故自天子通于庶人，事无大小多少，由是推之。故曰："朝无幸位，民无幸生。"此之谓也。(《富国》)

【译文】所谓礼，就是高贵和卑贱有不同的等级，年长与年幼有一定的差别，贫穷与富裕的、权轻与权重的都有相应的规定。所以，天子穿大红色龙袍、戴礼帽，诸侯穿黑色龙袍、戴礼帽，大夫穿裨衣、戴礼帽，士戴白鹿皮做的帽子、穿白色褶裙。德行必须与职位相称，职位必须与俸禄相称，俸禄必须与费用相称。从士以上必须用礼乐制度去节制他们，对庶民百姓就必须用法律制度去统治他们。丈量土地多少来建立分封诸侯国，计算收益多少来役使民众，评估人的能力大小来授予任务，使民众一定能够胜任工作，工作一定产生效益，效益一定足够养育民众，都能够使他们的日常衣食各种费用收支平衡，一定及时收藏多余的粮食，这叫作符合法度。从天子到百姓，事情无论大小，都依此类推。所以说："朝廷上没有侥幸获得的官位，百姓中没有侥幸得来的生计。"说的就是这种措施。

文明社会是一个有机的整体，有高下、有分工，"分均则不偏，势齐则不壹，众齐则不使"，必须遵循礼义建立等级制度，使得"贵贱有等，长幼有差，贫富轻重皆有称者也"，这样"德必称位，位必称禄，禄必称用"，即所谓"维齐非齐"。按照"刑不上大夫，礼不下庶人"的原则，"由士以上则必以礼乐节之，众庶百姓则必以法数制之"，如此则"朝无幸位，民无幸生"，就可以对社会进行有序有效的管理。

### （二）礼者，谨于治生死者也

荀子认为，天地、先祖、君师是产生礼的三个根本。尊重始祖，是道德的根本，必须按照宗法等级制度分别进行祭祀，不得僭越，所谓"积厚者流泽广、积薄者流泽狭也"。礼的关键在于谨慎地处理生与死，"事死如事生，事亡如事存"，唯有"终始如一，是君子之道，礼义之文也"。既不能对生者放纵粗野，又不能对死者随意刻薄。所以，丧礼的原则是"变而饰，动而远，久而平"，祭礼的目的是"志意思慕之情也"。这是建立在农耕社会基础上的传统文化的一个重要标志，至今依然是民间习俗的重要组成部分。

【原文】礼有三本：天地者，生之本也；先祖者，类之本也；君师者，治之本也。无天地，恶生？无先祖，恶出？无君师，恶治？三者偏亡，焉无安人。故礼，上事天，下事地，尊先祖而隆君师。是礼之三本也。（《礼论》）

【译文】礼有三个根本：天地，是生存的根本；祖先，是种族的根本；君长，是政治的根本。没有天地，怎么生存？没有祖先，种族由何而生？没有君长，怎样治理天下？这三者若部分缺失，就没有安宁的百姓。所以，礼，上事奉天，下事奉地，尊重祖先而推崇君长。这就是礼的三个根本。

【原文】故王者天太祖，诸侯不敢怀，大夫、士有常宗，所以别贵始。贵始，德之本也。郊止乎天子，而社止于诸侯，道及士、大夫，所以别尊者事尊、卑者事卑，宜大者巨、宜小者小也。故有天下者事七世，有一国者事五世，有五乘之地者事三世，有三乘之地者事二世，持手而食者不得立宗庙，所以积厚者流泽广、积薄者流泽狭也。（《礼论》）

【译文】所以，君王可以把始祖当作上天祭祀，诸侯不敢怀有这种想法，大夫和士有百世不迁的大宗，这种宗法祭祀制度是用来区别各自尊奉的始祖的。尊重始祖，是道德的根本。在郊外祭天仅限于天子，而祭土地神则从天子到诸侯为止，祭路神则下延到士和大夫，这是用来区别尊者才能侍奉尊者、卑者只能侍奉卑者，适宜做大事就做大事、适宜做小事就做小事的。所以，拥有天下的天子祭祀七代祖先，拥有一个国家的诸侯祭祀五代祖先，拥有五个一乘之地（十里见方）的大夫祭祀三代祖先，拥有三个一乘之地的士祭祀两代祖先，仅靠双手劳作为食的百姓不准建立宗庙，这是用来区别功劳大者恩泽传播广大、功劳小者恩泽传播狭小的。

礼的根本，在于尊祖敬宗。天地、先祖、君长，就是礼的根本。"无大地，恶生？无先祖，恶出？无君师，恶治？三者偏亡，焉无安人"。按照等级制度，天子、诸侯、大夫、士、庶人各有所祭，"所以别贵始"。而"贵始，德之本也"，其含义在于"所以积厚者流泽广、积薄者流泽狭也"。这对于巩固和加强家国体制无疑具有重要意义。

【原文】礼者，谨于治生死者也。生，人之始也；死，人之终也。终始俱善，人道毕矣。故君子敬始而慎终。终始如一，是君子之道，礼义之文也。夫厚其生而薄其死，是敬其有知而慢其无知也，是奸人之道而倍叛之心也。君子以倍叛之心接臧、谷，犹且羞之，而况以事其所隆亲乎！故死之为道也，一而不可得再复也，臣之所以致重其君，子之所以致重其亲，于是尽矣。故事生不忠厚、不敬文，谓之野；送死不忠厚、不敬文，谓之瘠。君子贱野而羞瘠。故天子棺椁七重，诸侯五重，大夫三重，士再重。然后皆有衣衾多少厚薄之数，皆有翣菨文章之等。以敬饰之，使生死终始若一。一足以为人愿，是先王之道、忠臣孝子之极也。（《礼论》）

【译文】礼，就是谨慎处理生与死。生，是人生的开始；死，是人生的终结。人生的终结与开始处理好，为人之道就完备了。所以，君子严肃地对待人生之始而慎重地对待人生之终。对于人生之终与人生之始同样严肃慎重，是君子的原则，也是礼义的具体规定。厚待人之生而薄待人之死，是敬重活人的知觉而慢待死人的无知，是奸邪的做法、背叛的心理。君子以背叛的心理对待奴仆、儿童，尚且感到羞耻，何况用来侍奉自己所尊重的君长和双亲呢！所以，死亡的规律，就是每人只死一次而不可重复，臣子表达对君主的敬重，儿女表达对父母的敬重，到这里就是尽头了。所以，侍奉生者不忠诚厚道，不恭敬有礼，就称为粗野；安葬死者不忠诚厚道，不恭敬有礼，就称为刻薄。君子鄙视粗野而以刻薄为羞。所以，天子的棺材七层，诸侯五层，大夫三层，士两层。然后他们的衣服被褥都有多少、厚薄的数量规定，棺材遮蔽物及花纹图案都有等级差别。这样用来恭敬地装饰死者，对他们生前与死后、人生之终与人生之始同样办理。始终如一就满足了人们的愿望，这是古代先王的原则，也是忠臣孝子的最高准则。

【原文】丧礼之凡：变而饰，动而远，久而平。故死之为道也，不饰则恶，恶则不哀；尔则玩，玩则厌，厌则忘，忘则不敬。一朝而丧其严亲，而所以送葬之者，不哀不敬，则嫌于禽兽矣，君子耻之。故变而饰，所以灭恶也；动而远，所以遂敬也；久而平，所以优生也。（《礼论》）

【译文】丧礼的一般原则是：人死后要装饰，举行丧礼送死者远去，时间长了就恢复平常状态。所以这样处理死亡的道理是，不装饰死者就丑恶难看，丑恶难看就不会哀痛伤感；如果死者不远去人们就会轻忽，如果轻忽就会厌弃，如果厌弃就会怠慢，如果怠慢就会不敬。一旦敬爱的父母双亲去世，而为他们送葬的人，不哀痛就不恭敬，那就近于禽兽了，君子以此为耻。所以，人死后进行装饰，是用来消除丑恶难看的；举行丧礼送死者远去，是用来成就恭敬的；时间长了就恢复平常状态，是用来协调照顾生者的。

【原文】祭者，志意思慕之情也。愅诡唈僾而不能无时至焉。故人之欢欣和合之时，则夫忠臣孝子亦愅诡而有所至矣。彼其所至者，甚大动也；案屈然已，则其于志意之情者惆然不嗛，其于礼节者阙然不具。故先王案为之立文，尊尊亲亲之义至矣。故曰：祭者，志意思慕之情也。忠信爱敬之至矣，礼节文貌之盛矣，苟非圣人，莫之能知也。圣人明知之，士君子安行之，官人以为守，百姓以成俗。其在君子，以为人道也；其在百姓，以为鬼事也。……哀夫！敬夫！事死如事生，事亡如事存，状乎无形影，然而成文。（《礼论》）

【译文】祭祀，是为了表达哀伤思慕之情的。人们感动郁闷了不能没有时机表达。所以，人们欢欣鼓舞和睦相处的时候，那些忠臣孝子也会感动而有所表达。他们所要表达的这种心情，是非常激动的；如果空空地没有祭祀的礼仪，那么他们表达心意情感就会惆怅而不满足，他们在礼节方面就会感到欠缺而不完备。所以，先王为他们制定祭祀制度，这样，尊崇君王、亲爱父母的道义就能够尽到了。所以说：祭祀，是为了表达哀伤思慕之情的。这是忠信敬爱的最高表现，礼节仪式的极点，如果不是圣人，是没有人懂得这个道理的。圣人明白地知道祭祀的意义，士人君子安心地进行祭祀，官员们把祭祀作为职守，百姓们把祭祀看成习俗。祭祀在君子看来，认为是为人之道；在百姓看来，认为是侍奉鬼神。……悲哀啊！恭敬啊！侍奉死去的人如同侍奉活着的人，侍奉消亡的人如同侍奉存在的人，被祭祀的人无影无形，但是可以成为礼仪制度。

孔子曰："生，事之以礼；死，葬之以礼，祭之以礼。"(《为政》) 因此，荀子认为，礼的核心内容在于"谨于治生死者也"。等级不同，丧葬礼仪的规格要求各有不同，必须"以敬饰之，使生死终始若一，一足以为人愿，是先王之道、忠臣孝子之极也"，否则就难以表达生者痛苦和怀念的心情。丧葬礼仪制度，集中反映了人们的感情追求、心理寄托和精神慰藉，是忠孝之道的集中体现，有利于凝聚血缘亲情，增进家国情怀。这与墨子迷信"天志"、"鬼神"的信仰不同，也与庄子死后随遇而安的观念各异，反映了儒、墨、道三家各自的学说特点。

### （三）法者，治之端也；君子者，法之原也

治国在礼法，执法在君子。"人主者，以官人为能者也；匹夫者，以自能为能者也"，如果"大有天下，小有一国，必自为之然后可，则劳苦耗悴莫甚焉"。因此，得其人而用其贤，是治理国家的关键所在。所以，荀子说："君子也者，道法之总要也，不可少顷旷也。得之则治，失之则乱；得之则安，失之则危；得之则存，失之则亡。故有良法而乱者有之矣，有君子而乱者，自古及今，未尝闻也。传曰：'治生乎君子，乱生于小人。'此之谓也。"(《致士》) 这与墨子"尚贤"的主张是一致的。

【原文】人主者，以官人为能者也；匹夫者，以自能为能者也。人主得使人为之，匹夫则无所移之。百亩一守，事业穷，无所移之也。今以一人兼听天下，日有余而治不足者，使人为之也。大有天下，小有一国，必自为之然后可，则劳苦耗悴莫甚焉。如是，则虽臧获不肯与天子易势业。以是县天下，一四海，何故必自为之？为之者，役夫之道也，墨子之说也。论德使能而官施之者，圣王之道也，儒之所谨守也。传曰："农分田而耕，贾分货而贩，百工分事而劝，士大夫分职而听，建国诸侯之君分土而守，三公总方而议，则天子共己而已矣。"出若入若，天下莫不平均，莫不治辨，是百王之所同也，而礼法之大分也。(《王霸》)

【译文】君主，以能够用人为本领；百姓，以自己能干为本领。君主可

以指使别人去做事，百姓就没有地方可以推卸责任。百亩土地由一个农夫管理，耕种土地耗尽一生，无法把农事推给别人。现在由君主一个人治理天下，却时间有余而需要治理的事少，这是因为让别人做事的缘故。权力大为天子拥有天下，权力小为诸侯统治一国，如果所有的事情一定自己做然后才行，那么辛劳艰苦损耗憔悴没有比这个更厉害的了。如果这样，即使是奴婢也不肯与天子交换权势和事业。因此，君主掌握天下，统一四海，为什么一定亲自去做呢？亲自去做各种事情，这是服役人遵循的原则，墨子的学说。选择使用贤能之人而把官职委任给他们，这是圣明帝王的措施，儒家遵循的原则。古书上说："农民分田地去耕种，商人分取货物去贩卖，工匠分工作去努力，士大夫分职守去处理，诸侯国之君分领土去守卫，三公统管各个方面来商议，那么天子只是拱手而治罢了。"朝廷内外都如此，天下就没有人不协调一致，没有什么事情不能治理好。这是历代圣王的共同原则，也是礼制法度的关键。

【原文】为人主者，莫不欲强而恶弱，欲安而恶危，欲荣而恶辱，是禹桀之所同也。要此三欲，辟此三恶，果何道而便？曰：在慎取相，道莫径是矣。故知而不仁，不可；仁而不知，不可；既知且仁，是人主之宝也，王霸之佐也。不急得，不知；得而不用，不仁。无其人而幸有其功，愚莫大焉。（《君道》）

【译文】作为君王，没有不希望强大而厌恶衰弱，希望安定而厌恶危险，希望荣耀而厌恶耻辱，这是禹和桀相同的。实现这三种愿望，避免这三种厌恶，究竟采取什么方法最便利呢？回答说：在于慎重地选取丞相，没有比这个方法更简便的了。所以，丞相的人选，有智慧而无仁德，不行；有仁德而无智慧，也不行；既有智慧又有仁德，这便是君王宝贵的财富，是成就王霸之业的辅佐。君王不急于求得人才，不明智；得到人才而不重用，不仁慈。没有那样德才兼备的相才而希望取得王霸之功，没有比这个愚蠢更大的了。

【原文】有乱君,无乱国;有治人,无治法。羿之法非亡也,而羿不世中;禹之法犹存,而夏不世王。故法不能独立,类不能自行;得其人则存,失其人则亡。法者,治之端也;君子者,法之原也。故有君子,则法虽省,足以遍矣;无君子,则法虽具,失先后之施,不能应事之变,足以乱矣。不知法之义,而正法之数者,虽博临事必乱。故明主急得其人,而暗主急得其势。急得其人,则身佚而国治,功大而名美,上可以王,下可以霸;不急得其人,而急得其势,则身劳而国乱,功废而名辱,社稷必危。故君人者,劳于索之,而休于使之。《书》曰:"惟文王敬忌,一人以择。"此之谓也。(《君道》)

【译文】有乱国的君王,没有自乱的国家;有治国的人才,没有自治的法规。后羿的射箭之法没有失传,但是后羿不能使后世百发百中;大禹的法规尚存,但是夏后不能世代称王。所以法规不能独自树立,律令不能自动实行;得到治国人才法规就存在,失去治国人才法规就消亡。法规,是治国的开端;君子,是法规的本原。所以,有君子,法规即使简略,也足以用在一切方面;没有君子,法规即使完备,也会失去先后实施顺序,不能应对事物的变化,足以造成混乱。不知法规的道理,而只是制定法规条文,即使条文很多,遇事也一定混乱。所以,英明的君王急于得到治国人才,而愚昧的君王急于得到权势。急于得到治国人才,就会自身安逸而国家安定,功勋伟大而名声美好,上可以称王天下,下可以称霸诸侯;不急于得到治国人才,而急于取得权势,就会自身劳苦而国家混乱,功业败坏而声名狼藉,国家必定危险。所以,统治百姓的君王,寻觅人才时劳累,而使用人才时就安逸了。《尚书》说:"要想想文王的恭敬戒惧,就亲自去选拔人才。"说的就是这个道理啊。

明主治国,关键在于重用贤人,各有职守,分工负责,天子无为而治,"是百王之所同也,而礼法之大分也"。庄子曾说:"上必无为,而用天下;下必有为,为天下用。此不易之道也。"(《天道》)而荀子这里说:"农分田而耕，贾分货而贩，百工分事而劝，士大夫分职而听，建国诸侯之君分土而守，三公总方而议，则天子共己而已矣。"二者的理念显然是相通的。因此，选拔"既知且仁"的人才，对于治国至关重要。"有乱君，无乱国；有治人，无治法"，礼法要靠君子贯彻执行，"故有君子，则法虽省，足以遍矣；无君子，则法虽具，失先后之施，不能应事之变，足以乱矣"。所以，明君的要务，在于"急得其人"。

那么，君王究竟需要什么样的人才呢？荀子认为，君王需要的是提供信息情报的"便嬖左右"、协理国政的"卿相辅佐"、不辱使命的外交人员，三者称之为"国具"。

【原文】墙之外，目不见也；里之前，耳不闻也；而人主之守司，远者天下，近者境内，不可不略知也。天下之变，境内之事，有弛易齵差者矣，而人主无由知之，则是拘胁蔽塞之端也。耳目之明，如是其狭也；人主之守司，如是其广也；其中不可以不知也，如是其危也。然则人主将何以知之？曰：便嬖左右者，人主之所以窥远收众之门户牖向也，不可不早具也。故人主必将有便嬖左右足信者然后可。其知慧足使规物，其端诚足使定物然后可。夫是之谓国具。人主不能不有游观安燕之时，则不得不有疾病物故之变焉。如是，国者事物之至也如泉原，一物不应，乱之端也。故曰：人主不可以独也。卿相辅佐，人主之基杖也，不可不早具也。故人主必将有卿相辅佐足任者然后可。其德音足以填抚百姓，其知虑足以应待万变然后可。夫是之谓国具。四邻诸侯之相与，不可以不相接也，然而不必相亲也，故人主必将有足使喻志决疑于远方者然后可。其辩说足以解烦，其知虑足以决疑，其齐断足以距难，不还秩，不反君，然而应薄捍患，足以持社稷然后可。夫是之谓国具。故人主无便嬖左右足信者谓之暗；无卿相辅佐足任使者谓之独；所使于四邻诸侯者非其人谓之孤。孤、独而晻谓之危。国虽若存，古之人曰亡矣。《诗》曰："济济多士，文王以宁。"此之谓也。（《君道》）

【译文】墙壁外边,眼睛看不到;里门前边,耳朵听不到;但是君王所掌管的,远的遍及天下,近的在国内各地,不能不大略了解。天下的变化,国内的事情,已经变动纷乱了,而君王无从知道,那么这就是被挟制蒙蔽的开始。耳朵眼睛的鉴别力,像这样的狭窄;君王的掌管范围,像这样的广大;其中不可不知的情况,像这样的危险。既然如此,那么君王将靠什么来了解情况呢?回答说:君王身边的亲信和侍从,是君王用来观察远处、监督百官的耳目,不能不及早具备。所以君王一定要有足以信赖的亲信侍从才行。他们的智慧足以谋划事情,他们的诚实足以决定事情才行。这种人叫作治国的才具。君王不能没有游览安逸的时候,也不可能没有疾病死亡的变故。像这时,国家的事情还如同泉水一样涌来,一件事情不能应付,就是祸乱的发端。所以说:君王不能仅凭自己一人。卿相辅佐,是君王的依靠,不能不及早配备。所以君王一定要有足可胜任的卿相辅佐才行。他们的道德声望足以安抚百姓,他们的智慧谋略足以应对千变万化才行。这种人叫作治国的才具。四邻诸侯互相交往,不可能不接触,但是未必互相友好,所以君王一定要有足以出使远方传达君意、解决疑难的人员才行。他们的辩说足以消除麻烦,他们的智慧谋略足以解决疑难,他们敏捷果断足以排除危险,既不推卸责任,又不回国请示君王,然而能够应对紧急情况、抵御危难祸患、足以保卫国家。这种人叫作治国的才具。所以,君王没有足可信赖的亲信侍从叫作不明,没有足可胜任的卿相辅佐叫作单独,派遣到四邻诸侯的使者而不称职叫作孤立,单独、孤立而不明叫作危险。国家虽然好像存在,但古人已经说灭亡了。《诗经》说:"人才济济,文王安宁。"说的就是这个道理。

"卿相辅佐"是协助君王处理内政的,"使于四邻诸侯者"是协助君王处理外交的,而"便嬖左右"是为君王提供情报、监视百官的,荀子把"便嬖左右"放在三种"国具"的第一位,视为"人主之所以窥远收众之门户牖向也",这是封建社会家天下专制政治的必然产物。《尚同》说:"古者圣王，唯能审以尚同，以为正长，是故上下情通。上有隐事遗利，下得而利之；下有蓄怨积害，上得而除之。是以数千万里之外，有为善者，其室人未遍知，乡里未遍闻，天子得而赏之；数千万里之外，有为不善者，其室人未遍知，乡里未遍闻，天子得而罚之。是以举天下之人，皆恐惧振动惕栗，不敢为淫暴，曰天子之视听也神！"荀子的论述，显然受到墨子的影响。统治者要求信息灵通，及时应对，本来无可厚非，但是，如果因此而使臣民的一举一动都要受到监视，"皆恐惧振动惕栗"，毫无言论自由、个人隐私可言，人心唯危，动辄得咎，那就是可怕的恐怖世界了！后来，韩非子的法家学说将这种思想发挥到极致。

既然"国具"如此重要，那么，怎样选拔任用呢？

【原文】人主欲得善射——射远中微者，县贵爵重赏以招致之。内不可以阿子弟，外不可以隐远人，能中是者取之；是岂不必得之之道也哉？虽圣人不能易也。欲得善驭——及速致远者，一日而千里，县贵爵重赏以招致之。内不可以阿子弟，外不可以隐远人，能致是者取之；是岂不必得之之道也哉？虽圣人不能易也。欲治国驭民，调壹上下，将内以固城，外以拒难。治，则制人，人不能制也；乱，则危辱灭亡，可立而待也。然而求卿相辅佐，则独不若是其公也，案唯便嬖亲比己者之用也，岂不过甚矣哉？（《君道》）

【译文】君王想要得到善于射箭——射得又远又准的人，就用高贵的爵位、丰厚的赏赐来招引他们。对内不能偏袒亲属子弟，对外不能埋没疏远的人，能够射中目标的人就录用他，这难道不就是必定得到善射者的办法吗？即使是圣人也不能改变它。君王想要得到善于驾驭车马——既能追上跑得快的车子又能到达远方的人，一日千里，就用高贵的爵位、丰厚的赏赐来招引他们。对内不能偏袒亲属子弟，对外不能埋没疏远的人，能够到达目的地的人就录用她，这难道不就是必定得到善驾车马者的办法吗？即使是圣人也不能改变它。君王都想要治理国家，管理臣民，协调统一，上下同心，准备对内巩固城防，对外抵抗侵略。因为国家治理好，就能制伏别人，而别人不能制伏自己；国家混乱了，就会危险、屈辱甚至灭亡，可以立刻兑现。但是，君王寻求卿相辅佐的时候，却偏偏不像这样公正，而只是任用自己宠爱的亲近侍从，这岂不是错得太厉害了吗？

墨子论及选拔人才曾说："故古者圣王甚尊尚贤而任使能，不党父兄，不偏贵富，不嬖颜色。贤者举而上之，富而贵之，以为官长；不肖者抑而废之，贫而贱之，以为徒役。"并要求对人才"高予之爵，重予之禄，任之以事，断予之令"（《尚贤中》），加以重用。同时，对于已经任用的官吏要"以德就列，以官服事，以劳殿赏，量功而分禄。故官无常贵，而民无终贱，有能则举之，无能则下之"，即所谓"举公义，辟私怨"（《尚贤上》）。显然，荀子选拔使用人才的思路与墨子是一脉相承的。

【原文】其取人有道，其用人有法。取人之道，参之以礼；用人之法，禁之以等。行义动静，度之以礼；知虑取舍，稽之以成；日月积久，校之以功。故卑不得以临尊，轻不得以县重，愚不得以谋知，是以万举而不过也。故校之以礼，而观其能安敬也；与之举措迁移，而观其能应变也；与之安燕，而观其能无流慆也；接之以声色、权利、忿怒、患险，而观其能无离守也。彼诚有之者与诚无之者，若白黑然，可诳邪哉？故伯乐不可欺以马，而君子不可欺以人，此明王之道也。（《君道》）

【译文】君王选拔人有原则，君王任用人有法度。选拔人的原则，是用礼制来检验他们；任用人的法度，是用等级来限制他们。对他们的品行举止，用礼制来衡量；对他们的认知取舍，用成果来检查；对于他们日积月累的工作，用功绩来考核。所以，地位卑下的人不准监督地位尊贵的人，权势轻微的人不准评判权势重要的人，愚蠢的人不准计议明智的人，这样一切举措都不会失误。所以，用礼制来考核他们，看他们是否能够安泰恭敬；调动迁移他们的职位，看他们能否应对变化；让他们安逸舒适，看他们能否不放荡享乐；让他们接触声色、权利、愤怒、历险，看他们是否没

有背离操守。这样,那些确实有德才的人与确实没有德才的人就黑白分明,岂能欺骗的了吗?所以,伯乐不可能被马欺骗,而君子也不可能被人欺骗。这就是英明君王任用人才的措施。

【原文】材人:愿悫拘录,计数纤啬,而无敢遗丧,是官人使吏之材也。修饬端正,尊法敬分,而无倾侧之心;守职修业,不敢损益,可传世也,而不可使侵夺,是士大夫官师之材也。知隆礼义之为尊君也,知好士之为美名也,知爱民之为安国也,知有常法之为一俗也,知尚贤使能之为长功也,知务本禁末之为多材也,知无与下争小利之为便于事也,知明制度、权物称用之为不泥也,是卿相辅佐之材也,未及君道也。能论官此三材者而无失其次,是谓人主之道也。若是,则身佚而国治,功大而名美,上可以王,下可以霸,是人主之要守也。人主不能论此三材者,不知道此道,安值将卑势出劳,并耳目之乐,而亲自贯日而治详,一日而曲辨之,虑与臣下争小察而綦偏能,自古及今,未有如此而不乱者也。是所谓"视乎不可见,听乎不可闻,为乎不可成",此之谓也。(《君道》)

【译文】安排任用人才的原则:诚实勤劳,计算精细,检查认真而不敢遗漏,这种人是担任一般官吏和差役的人才。加强修养,端正身心,崇尚法制,尊重名分,而没有不良思想;谨守职责,遵守法典,不敢增减,世代相传,而不让其受损被夺,这种人是担任士大夫和群臣百官的人才。知道崇尚礼义是为了使君王尊贵,知道喜爱士人是为了使名声美好,知道爱护民众是为了使国家安定,知道有了固定法制是为了统一习俗,知道尊贤使能是为了增长功效,知道致力农业而限制工商是为了增多财富,知道不与下属争小利是为了办大事,知道彰明制度、权衡实用而不墨守成规,这种人是担任卿相辅佐的人才,但还没有达到为君之道。能够任用这三种人而不失其位次,这才可以称为君王之道。如果像这样,那么君王自身安逸而国家安定,功业伟大而名声美好,上可以称王天下,下可以称霸诸侯,这才是君王的主要职守。君王不能择取这三种人才,不知道遵循这个原则,只会降低自己的势位而竭尽劳累，抛弃声色之乐，而亲自日夜处理，整天操劳，总想与臣下在细小方面比精明而表现出某一方面的才能，从古到今，没有像这样而国家不混乱的。这就是所谓"看不可能看见的，听不可能听见的，做不可能成功的"，说的就是这种情况。

荀子以选取"善射"、"善驭"的人才为例，说明选贤任能的基本原则，即"取人之道，参之以礼；用人之法，禁之以等"。具体办法是"县贵爵重赏以招致之。内不可以阿子弟，外不可以隐远人，能中是者取之"，反对"案唯便嬖亲比己者之用"，这已经超越了儒家"尊尊亲亲"的宗法制度。显然，荀子"贵贤"的主张，与孟子"不得已"而"卑逾尊，疏逾戚"、必须慎之又慎的"尊亲"思想（《孟子·梁惠王下》）相比，具有明显区别，而与墨子颇为相似，这是荀子学说的一个突出特点。

选拔人才，要进行仔细地观察考核。"行义动静，度之以礼；知虑取舍，稽之以成；日月积久，校之以功"，特别是要"校之以礼"、"与之举措迁移"、"与之安燕"和"接之以声色、权利、忿怒、患险"，从礼义、迁升、享乐、声色等多方面进行综合检验评价，识别真伪，决定取舍。然后再根据德才区分"官人使吏之材"、"士大夫官师之材"和"卿相辅佐之材"，安排任用。这些选拔、考察、任用贤才的思路和措施，值得后人效法和借鉴。

### （四）人主不公，人臣不忠

选拔重用人才固然重要，君主的修身更为重要。在儒家的治国理念中，人君的道德品质始终处于核心地位。孔子说："苟正其身矣，于从政乎何有？不能正其身，如正人何？"（《子路》）孟子说："君仁，莫不仁；君义，莫不义；君正，莫不正。一正君而国定矣。"（《离娄上》）荀子说："君者，民之原也，原清则流清，原浊则流浊。"三者一脉相承，都强调君主自身的道德修养。因为荀子认为："天之生民，非为君也；天之立君，以为民也。故古者，列地建国，非为贵诸侯而已；列官职，差爵禄，非以尊大夫而已。"（《大略》）君主、官职是为民众设立的，是为了富民裕民、治国安邦的，并不是为了一己之私。所以，人君的优良品德，就集中表现在出以公心，以身作则，绝不能放纵私欲，因私废公，危害国家，祸乱百姓，否则就会招致灾难，所以特别强调"人主不公，人臣不忠也"。这是儒家学说反复论述的政治理念。

【原文】请问为国？曰闻修身，未尝闻为国也。君者，仪也；民者，景也；仪正而景正。君者，槃也；民者，水也；槃圆而水圆。君者，盂也；盂方而水方。君射则臣决。楚庄王好细腰，故朝有饿人。故曰：闻修身，未尝闻为国也。（《君道》）

【译文】请问怎样治理国家？回答说：我只听说君主要修养品德，没有听说怎样去治理国家。君主就像是测定时刻的仪表，民众就像是仪表的影子，仪表端正而影子就端正。君主就像是盘子，民众就像是盘中水，盘子是圆形而水就是圆形的。君主就像是盂，民众就像是盂中水，盂是方形而水就是方形的。君主射箭，臣下就会套上射箭的扳指。楚庄王喜欢细腰的人，因此朝廷上就有饥饿的人。所以说：我只听说君主要修养品德，没有听说怎样去治理国家。

【原文】君者，民之原也，原清则流清，原浊则流浊。故有社稷者而不能爱民、不能利民，而求民之亲爱己，不可得也。民不亲、不爱，而求为己用、为己死，不可得也。民不为己用、不为己死，而求兵之劲、城之固，不可得也。兵不劲、城不固，而求敌之不至，不可得也。敌至而求无危削、不灭亡，不可得也。危削、灭亡之情举积此矣，而求安乐，是狂生者也。狂生者，不胥时而落。故人主欲强固安乐，则莫若反之民；欲附下一民，则莫若反之政；欲修政美俗，则莫若求其人。彼或蓄积，而得之者不世绝。彼其人者，生乎今之世而志乎古之道。以天下之王公莫好之也，然而是子独好之；以天下之民莫为之也，然而是子独为之。好之者贫，为之者穷，然而是子犹将为之也，不为少顷辍焉。晓然独明于先王之所以得之、所以失之，知国之安危、臧否若别白黑。是其人也，大用之，则天下为一，诸侯为臣；小用之，则威行邻敌；纵不能用，使无去其疆域，则国终身无故。故君人者，爱民而安，好士而荣，两者无一焉而亡。《诗》云："介人维藩，大师维垣。"此之谓也。(《君道》)

【译文】君主，就像民众的源头，源头清澈那么流水就清澈，源头混浊那么流水就混浊。所以，拥有国家政权的人如果不能爱护民众、不能有利民众，而要求民众亲近爱戴自己，是不可能的。民众不亲近、不爱戴自己，而要求民众为自己使用、为自己牺牲，是不可能的。民众不为自己使用、不为自己牺牲，而要求兵力强大、城防坚固，是不可能的。兵力不强大、城防不坚固，而要求敌人不来侵犯，是不可能的。敌人来侵犯而要求自己国家不危险、不削弱、不灭亡，那也是不可能的。国家危险、削弱以致灭亡的症结全部积聚在这里，却想要求得安逸快乐，这就是狂妄无知的人。狂妄无知的人，不要等多久就会败亡的。所以君主想要强大稳固安逸快乐，那就没有什么比得上返回到民众上来；想要使臣下归附、使民众与自己同心，那就没有什么比得上返回政事上来；想要治理好政事、使风俗淳美，那就没有什么比得上寻找善于治国的人了。那些善于治国的人或许社会有所积储，因而得到这种人的君主世世代代没有断绝过。那些善于治国的人，生在今天的时代而向往着古代的治国原则。虽然天下君主没有谁爱好古代的治国原则，但是这种人偏偏爱好它；虽然天下百姓没有谁想要古代的治国原则，但是这种人偏偏遵循它。爱好古代治国原则自己就会贫穷，遵循古代治国原则自己就会困苦，但是这种人还是遵循它，并不因此而停止片刻。唯独这种人通晓古代帝王取得国家政权的原因、失去国家政权的原因，知道国家的安危、政治的好坏如同分辨黑白。这种善于治国的人，如果君主重用他，那么天下就能统一，诸侯就会称臣；如果君主一般地任用他，那么威势也能扩展到邻邦敌国；即使君主不能任用他，使他不离开自己的国家，那么国家在他活着的时候也不会有什么事故。所以，统治民众的君主,爱护民众就会安宁,喜欢士人就会荣耀,这二者中一样都没有就会灭亡。《诗经》说:"贤士就是那屏障,民众就是那围墙。"说的就是这个道理。

【原文】马骇舆,则君子不安舆;庶人骇政,则君子不安位。马骇舆,则莫若静之;庶人骇政,则莫若惠之。选贤良,举笃敬,兴孝弟,收孤寡,补贫穷,如是,则庶人安政矣。庶人安政,然后君子安位。传曰:"君者,舟也;庶人者,水也。水则载舟,水则覆舟。"此之谓也。故君人者,欲安则莫若平政爱民矣,欲荣则莫若隆礼敬士矣,欲立功名则莫若尚贤使能矣。是君人者之大节也。(《王制》)

【译文】马拉车受惊吓而狂奔,那么君子就不能稳坐车中;百姓在政治上受到惊吓,那么君子就不能稳坐江山。马拉车受惊吓,没有比使它安静更好了;百姓在政治上受到惊吓,没有比给他们恩惠更好了。选用贤能之人,提拔忠敬之士,提倡孝悌之道,收养孤儿寡妇,补助贫穷人家,像这样,百姓就安于治理了。百姓安于治理,然后君子就安于上位了。古书上说:"君主,好比是船;百姓,好比是水。水能够承载船,也能够颠覆船。"说的就是这个道理。所以,统治民众的人,要想安定就没有比调整政策、爱护百姓更好的了,要想荣耀就没有比崇尚礼义、敬重士人更好的了,要想建立功名就没有比推举使用贤能之人更好的了。这是统治者的重要关键。

荀子认为,君主修身重于治国,修身就是治国。爱民,民众就会衷心拥戴、大力支持;好士,贤士就会大治天下、风俗淳美。"爱民而安,好士而荣,两者无一焉而亡"。只有"选贤良,举笃敬,兴孝弟,收孤寡,补贫穷,如是,则庶人安政矣。庶人安政,然后君子安位"。这就是"水则载舟,水则覆舟"的道理。

【原文】人主不公,人臣不忠也。人主则外贤而偏举,人臣则争职而妒贤,是其所以不合之故也。人主胡不广焉、无恤亲疏、无偏贵贱、惟诚能之求?若是,则人臣轻职业让贤,而安随其后。如是,则舜禹还至,王业还起。功壹天下，名配舜禹，物由有可乐如是其美焉者乎！呜呼！君人者，亦可以察若言矣。杨朱哭衢涂，曰："此夫过举跬步，而觉跌千里者夫！"哀哭之。此亦荣辱、安危、存亡之衢已，此其为可哀，甚于衢涂。呜呼！哀哉！君人者，千岁而不觉也！（《王霸》）

【译文】君主用人处事不公正，臣下就不忠诚。君主排斥贤能而举用私爱，臣下就会争夺职位而嫉妒贤能，这就是君、臣不能配合的缘故。君主为什么不广招人才、不顾念亲疏、不考虑贵贱、只寻求真正贤能的人呢？如果能这样，那么臣下就会看轻职位而让给贤能的人，并且心甘情愿地跟随在他们后面。如果这样，那么舜与禹就会重新到来，称王天下的大业就会重新建立。取得一统天下的功业，名声可以与舜、禹相配，事情还有像这样美好而值得高兴的吗？唉！统治民众的人应该考察这些言论了。杨朱在十字路口哭泣，说："这才错误地跨出了半步，觉察时已经走错千里啊！"他为此而悲哀地哭泣。用人之事也就是通往光荣或耻辱、安定或危险、生存或灭亡的十字路口，在这里犯错误的可悲，比在十字路口走错路更严重。唉！可悲啊！统治民众的人，竟然上千年了还没有觉悟啊！

【原文】圣王在上，分、义行乎下，则士大夫无流淫之行，百吏官人无怠慢之事，众庶百姓无奸怪之俗，无盗贼之罪，莫敢犯上之大禁。天下晓然皆知夫盗窃之不可以为富也，皆知夫贼害之不可以为寿也，皆知夫犯上之禁不可以为安也；由其道则人得其所好焉，不由其道则必遇其所恶焉。是故刑罚綦省而威行如流，世晓然皆知夫为奸则虽隐窜逃亡之由不足以免也，故莫不服罪而请。《书》云："凡人自得罪。"此之谓也。（《君子》）

【译文】圣明的君王在上位，名分、道义的制度推行到社会，那么士大夫就不会有放肆淫荡的行为，群臣百官就不会有懈怠傲慢的事情，民众百姓就不会有奸邪怪僻的习俗，不会有盗窃杀害的罪行，没有人敢触犯君王的禁令。天下人都清楚地知道盗窃是不可能发财致富的，都知道抢劫杀人是不可能获得长寿的，都知道触犯君王禁令是不可能得到安宁的；都知道

遵循君王的正道人们就会得到他所喜欢的奖赏，如果不遵循君王的正道必然遭遇他所厌恶的刑罚。所以，刑罚减省而威力如流水般扩展，社会上都清楚地知道为非作歹后即使是逃亡躲藏也不能免于惩罚，所以无不主动服法请罪。《尚书》说："一切人都自愿得到惩处。"说的就是这种情况。

【原文】故械数者，治之流也，非治之源也；君子者，治之原也。官人守数，君子养原；原清则流清，原浊则流浊。故上好礼义，尚贤使能，无贪利之心，则下亦将綦辞让，致忠信，而谨于臣子矣。如是则虽在小民，不待合符节、别契券而信，不待探筹、投钩而公，不待衡石称县而平，不待斗斛敦概而啧。故赏不用而民劝，罚不用而民服，有司不劳而事治，政令不烦而俗美。百姓莫敢不顺上之法、象上之志而劝上之事，而安乐之矣。故倩敛忘费，事业忘劳，寇难忘死；城郭不待饰而固，兵刃不待陵而劲，敌国不待服而诎，四海之民不待令而一，夫是之谓至平。《诗》曰："王犹允塞，徐方既来。"此之谓也。（《君道》）

【译文】所以器物和措施，是政治的末流，并不是政治的源头；君主，才是政治的源头。官吏固守礼法的器物措施，君主则保养道德品格的源头；源头清澈那么流水就清澈，源头混浊那么流水就混浊。所以，君主如果爱好礼义，尊重使用贤能，没有贪图财利的思想，那么臣下也会极其谦让，讲求忠诚老实，谨慎地做一个臣子。像这样那么即使是小百姓，也不等到合符节、辨券契就能讲信用，不需要抽签、抓阄就能公正，不要用衡器称量就能公平，不必拿各种量具就会标准统一。所以，不用奖赏而民众勤勉，不用惩罚而民众服从，官吏不辛劳而事情办好，政令不繁多而风俗淳美。百姓没有谁敢不顺从君主的法令、依照君主的意志而为君主的事情卖力的，并且为此感到安乐。所以，民众交税不觉得破费，为国家干事忘记劳累，外敌发难而拼死作战；城墙不等修就坚固，兵器不用淬炼就坚硬，敌国不必征讨就臣服，天下民众不待号令就行动统一，这就叫作最好的太平。《诗》云："王道充塞四海，徐国已来朝拜。"说的就是这种情况。

君主之公，臣下之忠，互相关联，双向对应，臣下之忠是以君主之公为前提条件的，君主之公是矛盾的主要方面，这与孔子所说的"君使臣以礼，臣事君以忠"（《八佾》）相呼应。如果"圣王在上，分、义行乎下，则士大夫无流淫之行，百吏官人无怠慢之事，众庶百姓无奸怪之俗，无盗贼之罪，莫敢犯上之大禁"。所以，器物、措施只是政治的末流，君主才是政治的源头。君主出以公心，"好礼义，尚贤使能，无贪利之心"，做出榜样，风行天下，那么，"百姓莫敢不顺上之法、象上之志而劝上之事，而安乐之矣"，即所谓"至平"之世。这就是儒家推崇的贤人政治。

**（五）义立而王，信立而霸，权谋立而亡**

荀子处于战国后期，对当时的国际形势具有深刻认识，他列举出治国的三种谋略和出路："王夺之人，霸夺之与，强夺之地。夺之人者臣诸侯，夺之与者友诸侯，夺之地者敌诸侯。臣诸侯者王，友诸侯者霸，敌诸侯者危。"（《王制》）他主张以仁爱、道义、威势统一天下，实行王道理想。所以，荀子就王道的政治纲领、策略措施、为政方法和用人原则，分别进行了详尽论述，设计出王道政治的蓝图。

【原文】用强者，人之城守，人之出战，而我以力胜之也，则伤人之民必甚矣。伤人之民甚，则人之民必恶我甚矣。人之民恶我甚，则日欲与我斗。人之城守，人之出战，而我以力胜之，则伤吾民必甚矣。伤吾民甚，则吾民之恶我必甚矣。吾民之恶我甚，则日不欲为我斗。人之民日欲与我斗，吾民日不欲为我斗，是强者之所以反弱也。地来而民去，累多而功少，虽守者益，所以守者损，是以大者之所以反削也。诸侯莫不怀交接怨而不忘其敌，伺强大之间，承强大之敝，此强大之殆时也。知强大者不务强也，虑以王命，全其力，凝其德。力全，则诸侯不能弱也；德凝，则诸侯不能削也；天下无王、霸主，则常胜矣。是知强道者也。（《王制》）

【译文】使用强力与别国争夺土地的君主，别国人或守城，别国人或出战，而我用武力去战胜他们，那么伤害别国民众必然很厉害。伤害别国民众很厉害，那么别国的民众必然怨恨我很厉害。别国的民众怨恨我很厉害，那么就会天天与我战斗。别国人或守城，别国人或出战，而我用武力去战胜他们，那么伤害自己的民众必然很厉害。伤害自己的民众很厉害，那么自己的民众怨恨我也必然很厉害。自己的民众怨恨我很厉害，那么就天天不想为我战斗，这就是强国反而变弱国的原因。土地夺来了而民众离心了，忧患增加了而功劳减少了，虽然占有的土地增多了，用来守卫土地的民众却损失了，这就是强国反而被削弱的原因。诸侯们没有不互相结交、联系那些对强国有仇恨的国家而不忘他们敌人的，窥测强国的漏洞，趁间强国的疲惫，这就是强大之国的危险时刻了。懂得强大之道的君主并不致力于穷兵黩武，而是考虑用天子的命令，保全自己的实力，凝聚自己的德望。实力保全了，那么诸侯国就不能削弱他；德望凝聚了，那么诸侯国就不能减少他；天下没有成就王业、霸业的君主，那么他就能常常取胜了。这就是懂得强大之道的君主。

【原文】彼霸者则不然：辟田野，实仓廪，便备用，案谨募选阅材伎之士，然后渐庆赏以先之，严刑罚以纠之。存亡继绝，卫弱禁暴，而无兼并之心，则诸侯亲之矣。修友敌之道，以敬接诸侯，则诸侯说之矣。所以亲之者，以不并也；并之见，则诸侯疏矣。所以说之者，以友敌也；臣之见，则诸侯离矣。故明其不并之行，信其友敌之道，天下无王，霸主则常胜矣。是知霸道者也。（《王制》）

【译文】那些奉行霸道的君主不是这样。他开垦田野，充实粮仓，改进设备器用，严格谨慎地招募选拔接纳才能之士，然后加重奖赏来勉励他们，加重刑罚督查他们。他能够使灭亡的国家恢复存在，能够让绝祀的诸侯继承延续，保护弱小，制止残暴，而没有吞并别国之心，那么诸侯各国就会亲近他了。他遵循与相匹敌国家友好的原则，去恭敬地接待各国诸侯，那么诸侯各国就喜欢他。各国诸侯之所以亲近他，是因为他不吞并别国；如果吞并的野心表现出来，那么诸侯各国就会疏远他了。各国诸侯之所以喜欢他，是因为他与相匹敌的国家友好；如果要使各国诸侯臣服的目的表现出来，那么各国诸侯就会背离他了。所以，表明自己不会吞并别国的行为，信守自己与匹敌国家友好的原则，天下如果没有成就王业的君主，奉行霸道的君主就能常常取胜了。这就是懂得称霸之道的君主。

【原文】彼王者不然：仁眇天下，义眇天下，威眇天下。仁眇天下，故天下莫不亲也；义眇天下，故天下莫不贵也；威眇天下，故天下莫敢敌也。以不敌之威，辅服人之道，故不战而胜，不攻而得，甲兵不劳而天下服。是知王道者也。（《王制》）

【译文】那些奉行王道的君主就不是这样，他的仁爱高于天下各国，道义高于天下各国，威势高于天下各国。仁爱高于天下各国，所以天下没有谁不亲近他；道义高于天下各国，所以天下没有谁不尊重他；威势高于天下各国，所以天下没有谁敢与他为敌。用不可抵挡的威势，辅以令人心悦诚服的仁义之道，所以不战而胜，不攻而得，不劳累军队而天下归顺，这就是懂得称王之道的君主。

【原文】国者，天下之利用也；人主者，天下之利势也。得道以持之，则大安也，大荣也，积美之源也；不得道以持之，则大危也，大累也，有之不如无之；及其綦也，索为匹夫不可得也，齐湣、宋献是也。故人主天下之利势也，然而不能自安也，安之者必将道也。故用国者，义立而王，信立而霸，权谋立而亡。——三者明主之所谨择也，仁人之所务白也。（《王霸》）

【译文】国家，是天下最有利的工具；君主，处于天下最有利的地位。如果得到正确的政治原则去把握，就会非常安定，非常荣耀，成为聚积美好功名的源泉；如果得不到正确的政治原则去把握，就会非常危险，非常劳累，有了它还不如没有它；发展到极点，要求做个平民百姓都不可能如愿，齐湣王、宋献公就是这样。所以，君主处于天下最有利的地位，但是不能自行安定，要安定就一定得依靠正确的政治原则。所以，治理国家的人，把道义确立起来就能够称王天下，把信用确立起来就能够称霸诸侯，把权术谋略搞起来就会灭亡。——这三种情况，英明的君主要谨慎选择，仁爱之人必须明白。

荀子认为，强者以强力权谋杀人略地，与诸侯为敌，只会两败俱伤、由强变弱，最终招致衰亡；霸者富国强兵，招贤进士，存亡继绝，卫弱禁暴，"明其不并之行，信其友敌之道"，以信用称霸诸侯；王者以仁爱、道义、威势高于天下诸侯，"以不敌之威，辅服人之道，故不战而胜，不攻而得，甲兵不劳而天下服"，以道义称王天下。然而，强者是"天下无王、霸主，则常胜矣"；霸者是"天下无王，霸主则常胜矣"；只有王者才能无敌于天下。显然，荀子最推崇、最向往的是王道的治国方略。所以说"义立而王，信立而霸，权谋立而亡"。

孟子说："以力假仁者霸，霸必有大国。以德行仁者王，王不待大，汤以七十里，文王以百里。以力服人者，非心服也，力不赡也。以德服人者，中心悦而诚服也，如七十子之服孔子也。"(《公孙丑上》)霸者以力而压服，王者以德而诚服。荀子继承孟子学说，力主王道，正是由此而来。

接着，荀子就推行王道的具体措施进行了集中论述。

【原文】王者之人：饰动以礼义，听断以类，明振毫末，举措应变而不穷，夫是之谓有原。是王者之人也。(《王制》)

【译文】奉行王道的君主所拥有的辅佐大臣：他们能够用礼义来端正自己的行动，按照法度来处理决断政事，精明考察毫末般的细小事务，举动措施可以应对变化而不穷尽，这叫作掌握了根本。这就是奉行王道的君主所拥有的辅佐大臣。

【原文】王者之制：道不过三代，法不二后王。道过三代谓之荡，法二后王谓之不雅。衣服有制，宫室有度，人徒有数，丧祭械用皆有等宜。声，则非雅声者举废；色，则凡非旧文者举息；械用，则凡非旧器者举毁。夫是之谓复古，是王者之制也。(《王制》)

【译文】奉行王道的君主所建立的制度：坚持的政治原则不超出夏、商、周三代，实行的社会法度不背离后来的帝王。政治原则超出了夏、商、周三代叫作荒诞，社会法度背离了后来的帝王叫作不正。穿着衣服各有等级制度，居住的房屋各有贵贱标准，随从的人员各有一定的数量，丧葬祭祀所用的器物各有相应的规定。音乐，凡是不合于正声雅乐的全部废除；色彩，凡是不同于原色文彩的全部禁止；器具，凡是不同于原有器具的全部毁弃。这叫作复古。这就是奉行王道的君主所施行的制度。

【原文】王者之论：无德不贵，无能不官，无功不赏，无罪不罚。朝无幸位，民无幸生。尚贤使能，而等位不遗；析愿禁悍，而刑罚不过。百姓晓然皆知夫为善于家，而取赏于朝也；为不善于幽，而蒙刑于显也。夫是之谓定论。是王者之论也。(《王制》)

【译文】奉行王道的君主对臣民的政策：没有德行的不让他显贵，没有才能的不让他当官，没有功劳的不给他奖赏，没有罪过的不对他处罚。朝廷上没有侥幸得来的官位，百姓中没有侥幸获取的生计。崇尚任用贤能之人，授予他们德才相当的等级地位而没有疏漏；禁止狡诈残暴，施加与他们罪行相当的刑罚而不过分。百姓都清楚地知道：在家里行善修德，也会在朝廷上取得奖赏；在暗地里为非作歹，也会在公众面前受到刑罚。这称为确定不移的原则。这就是奉行王道的君主对臣民的政策。

【原文】王者之法：等赋、政事、财万物，所以养万民也。田野，什一；关市，几而不征；山林泽梁，以时禁发而不税。相地而衰政，理道之远近而致贡。通流财物粟米，无有滞留；使相归移也，四海之内若一家。故近者不隐其能，远者不疾其劳，无幽闲隐僻之国，莫不趋使而安乐之。夫是之为人师。是王者之法也。(《王制》)

【译文】奉行王道的君主所实行的法度：规定好赋税等级，管理好民众事务，安排好百工万物，用来养育民众百姓。对于农田，按收成的十分之一征税；对于关卡和集市，检查而不征税；对于山林湖堤，按时封闭而不

征税。考察土地的肥瘠按等级征税，区别道路远近来收取贡品。让财物粮食流通，没有滞留积压；使各地互通有无，四海之内如同一家。所以近处的人不隐藏他的才能，远处的人不厌恶他的辛劳，即使是幽远偏僻的国家，也无不听从驱使而感到安乐。这就叫民众的师表。这就是奉行王道的君主所实行的法度。

显然，王者之人、王者之制、王者之论、王者之法，是荀子为理想中的王道社会制定的纲领，确立的完整而系统的理论，是对孔子"礼义以为纪"（《礼记·大同》）的小康社会、孟子尊贤贵民的仁政社会的继承和发展。至于"道不过三代"的"复古"原则，分明反映了"祖述尧舜，宪章文武"的复古主义思想倾向，这正是儒家学说的显著特征。

施行王道，还需采取具体的政治策略、为政方法和用人措施：

【原文】用国者，得百姓之力者富，得百姓之死者强，得百姓之誉者荣。三得者具而天下归之，三得者亡而天下去之；天下归之之谓王，天下去之之谓亡。汤武者，修其道，行其义，兴天下同利，除天下同害，天下归之。故厚德音以先之，明礼义以道之，致忠信以爱之，赏贤使能以次之，爵服赏庆以申重之，时其事、轻其任以调齐之，潢然兼覆之，养长之，如保赤子。生民则致宽，使民则綦理。辨政令制度，所以接天下之人百姓，有非理者如毫末，则虽孤独鳏寡，必不加焉。是故百姓贵之如帝，亲之如父母，为之出死断亡而不愉者，无它故焉，道德诚明，利泽诚厚也。（《王霸》）

【译文】治理国家的君主，得到百姓之力用于农耕的就富足，得到百姓在战场拼命作战的就强大，得到百姓称赞颂扬的就荣耀。这三个方面都得到而具备的那么天下人就归顺他，这三个方面都得不到而不具备的那么天下人就背弃他。天下人都归顺他就称王，天下人都背弃他就灭亡。商汤、周武这些人，遵循这条原则，奉行这种道义，兴办天下共同的福利，去除天下共同的祸害，因此天下人就归附了他们。所以，君主要提高道德声誉来引导民众，彰显礼义来教诲民众，尽力忠诚守信来爱护民众，奖赏重用贤能之人来安排他们等次，用爵位、服饰、赏赐、表彰来反复激励他们，按照季节安排他们的事务、减轻他们的负担来周济他们，广泛普遍地庇护他们，养育他们，如同保护初生的婴儿。养育他们极其宽厚，使用他们极其合理。制定法律制度，是用来对待天下民众的，如果有不合理的地方如同毫毛末端一样细小，即使对于孤独鳏寡之人，也一定不要施加在他们身上。所以，百姓尊重君主如同天帝，亲近君主如同父母，为君主献出生命决心牺牲而不苟且偷生，没有其他的缘故，那是因为君主的道德确实贤明，恩泽确实深厚啊。

【原文】足国之道：节用裕民，而善臧其余。节用以礼，裕民以政。彼裕民（节用），故多余；裕民，则民富。民富，则田肥以易；田肥以易，则出实百倍。上以法取焉，而下以礼节用之，余若丘山，不时焚烧，无所臧之。夫君子奚患乎无余？故知节用裕民，则必有仁圣贤良之名，而且有富厚丘山之积矣。此无他故焉，生于节用裕民也。不知节用裕民，则民贫；民贫，则田瘠以秽；田瘠以秽，则出实不半。上虽好取侵夺，犹将寡获也。而或以无礼节用之，则必有贪利纠谯之名，而且有空虚穷乏之实矣。此无他故焉，不知节用裕民也。《康诰》曰："弘覆乎天，若德裕乃身。"此之谓也。（《富国》）

【译文】使国家富足的途径：节约费用，使百姓富裕，并且妥善贮藏那些多余的财物粮食。节约费用要依靠礼制，使百姓富裕要依靠政策。推行节约的制度，所以财物粮食会有盈余；实行使百姓富裕的政策，所以民众就会富裕起来。民众富裕了，那么农田就会多施肥而精耕细作；农田多施肥而精耕细作，那么生产出来的粮食就会增加百倍。君主可以按照法律规定向他们收取赋税，而百姓就会按照礼制规定节约地使用它们。这样，余粮就会堆积如山，即使偶尔被焚烧，也还是多得无处收藏。那么君子怎么还会担心没有余粮呢？所以，懂得节约、使百姓富裕的道理，就一定会享有仁爱、正义、圣明、善良的好名声，而且拥有丰富得像山丘一样的积蓄。

这没有其他的缘故，就是由于贯彻了节约费用、使百姓富裕的政策。不懂得节约费用、使民众富裕的政策，那么民众就贫困；民众贫困了，农田就贫瘠而荒芜；农田贫瘠而荒芜，生产的粮食就不到正常年份的一半。这样，君主即使热衷于索取侵占和掠夺，仍然得到很少；而有时没有按照礼制规定节约使用它们，那就一定会有贪婪搜刮的名声，而且会有仓库空虚穷困贫乏的实际后果。这没有其他的缘故，就是因为不懂得节约费用、使百姓富裕的政策。《尚书·康诰》说："广泛地庇护民众就像上天覆盖大地，遵守礼义就能使自身富裕。"说的就是这个道理。

实施王道，治国要爱护臣民，得到臣民拥戴，必须"生民则致宽，使民则綦理"，所有的法律制度都不要坑害百姓，"是故百姓贵之如帝，亲之如父母，为之出死断亡而不愉者，无它故焉，道德诚明，利泽诚厚也"。使国家富足，就要"节用裕民，而善臧其余"，用礼制节约费用，用政策裕民富民，"故知节用裕民，则必有仁圣贤良之名，而且有富厚丘山之积矣"。这里，分明受到墨子"节用"思想的影响。

【原文】彼仁者爱人，爱人故恶人之害之也；义者循理，循理故恶人之乱之也。彼兵者，所以禁暴除害也，非争夺也。故仁者之兵，所存者神，所过者化，若时雨之降，莫不说喜。是以尧伐欢兜，舜伐有苗，禹伐共工，汤伐有夏，文王伐崇，武王伐纣，此四帝两王，皆以仁义之兵行于天下也。故近者亲其善，远方慕其德，兵不血刃，远迩来服，德盛于此，施及四极。《诗》曰："淑人君子，其仪不忒。其仪不忒，正是四国。"此之谓也。（《议兵》）

【译文】仁者爱护人民，正因为爱人所以就憎恶别人危害他们；义者遵循道理，正因为遵循道理所以就憎恶别人败坏道理。那仁人的军队，是用来禁止暴虐、消除祸害的，并不是为了争夺。所以，仁人的军队，他们停留的地方就会得到全面治理，他们经过的地方就会受到教育感化，就像及时雨降落，没有人不喜悦。因此尧讨伐欢兜，舜讨伐三苗，禹讨伐共工，汤讨伐夏桀，周文王讨伐崇国，周武王讨伐殷纣，这四帝两王都是使用仁义的军队驰骋于天下的。所以，近处的亲近于他们的善良，远方的仰慕他们的道义，兵器的刀口上不沾鲜血，远近的人就来归附了。德行盛隆到这种地步，就会影响到四方极远的地方。《诗》云："仁德的君子啊，坚守道义不变更。坚守道义不变更，就能端正四方之国。"说的就是这种情况。

【原文】请问为政？曰：贤能不待次而举，罢不能不待须而废，元恶不待教而诛，中庸民不待政而化。分未定也，则有昭穆。虽王公士大夫之子孙，不能属于礼义，则归之庶人；虽庶人之子孙也，积文学，正身行，能属于礼义，则归之卿相士大夫。故奸言、奸说、奸事、奸能、遁逃反侧之民，职而教之，须而待之；勉之以庆赏，惩之以刑罚。安职则畜，不安职则弃。五疾，上收而养之，材而事之，官施而衣食之，兼覆无遗。才行反时者，死无赦。夫是之谓天德，是王者之政也。(《王制》)

【译文】请问怎样从事政务？回答说：对于贤能的人不按照级别而破格提拔，对于无德无能的人不等待时机而立刻罢免，对于元凶首恶不需要教育就诛杀，对于普通民众不靠行政措施而进行教化。名分还没有确定，就应该像宗庙里有昭穆之分排列等次。即使是王公士大夫的子孙，如果不能顺从礼义，就把他归于平民一类；即使是平民的子孙，如果积累经典知识，端正身心行为，能够顺从礼义，就归入卿相士大夫一类。所以，对于那些散布邪恶言论、鼓吹邪恶学说、从事邪恶事务、具有邪恶才能、逃亡流窜不守本分的人，安排职业并教育他们，等待他们转变；用奖赏去激励他们，用刑罚去惩处他们。他们安心工作就留用，不安心工作就弃除。对于患有五种残疾的人，君主收留并养活他们，根据才能而使用他们，根据职业而供给衣食，全面照顾而没有遗漏。对于那些使用自己的才能和行为反对现行制度的人，坚决处死，绝不赦免。这就叫作天的德行，就是成就王业的圣王所采用的政治措施。

"仁者爱人"，"义者循理"，就必须反对不义战争。因为"彼兵者，所以禁暴除害也，非争夺也。故仁者之兵，所存者神，所过者化"。所以，行王道者"不战而胜，不攻而得"，"兵不血刃，远迩来服"。为保证王道的实施，为政用人更要有强硬手段，刑赏并重，"贤能不待次而举，罢不能不待须而废，元恶不待教而诛，中庸民不待政而化"，对于奸邪之人，"职而教之，须而待之；勉之以庆赏，惩之以刑罚。安职则畜，不安职则弃"。照顾残疾之人，镇压谋反之人，"才行反时者，死无赦"，绝不宽容。荀子将这些措施称为"天德"，坚决执行。

荀子这些强化社会管理的论述，一方面继承了孔子"刑政相参"（《家语·刑政》）的思想，另一方面也接受了早期法家思想的影响。显然，荀子心目中的王者，不仅拥有仁爱的品德、道义的力量，而且独具至高无上的权威、无往不胜的铁腕，可以主宰天下，禁暴除害，存亡继绝，拯救苍生，礼法并用，诛灭元恶，刑赏兼施，教化百姓，尚贤使能，节用裕民，远迩来服，海内一统，从而建立起理想的王道社会。

孔子认为，道德礼义好于政令刑律。孟子认为，善政不如善教。而在荀子心目中，王者已经不仅仅是"以德行仁"了，而且要运用"威势"震慑和高压，别善恶于君上，定是非于一尊，生杀予夺，一言九鼎。这样，孔子的德政，孟子的仁政，到荀子已经发展成为集仁爱、道义、威势于一体的王道。这是儒家思想在新形势下的明显变化，已经蕴含着法家的思想因素。

孔子主张道义高于势位，这是"为政以德"、"正己正人"的理论前提。孟子更是以拥有道义为荣，把道义与势位并举，作为臣下与君主分庭抗礼的理论武器，以维护自己的人格尊严。荀子既强调"从道不从君，从义不从父"，又希望君主集仁爱、道义和威势于一身，由此士人就逐渐失去了道义的独特优势。儒家总是颂扬或期盼明主、圣君，而儒生们则以道义的继承者、守卫者自居自豪，在政治上发挥着辅佐或匡正的作用。然而，当统治者已经（或者自认为）是兼具仁爱、道义、威势的明君，那么，历来以道义安身立命的儒生们就失去了自己传统的立足点。所以，当韩非子提出法家集权理论，崇尚势法术而否定仁义，那些儒生学者就成为被清除的"五蠹"之一。

## 四　重人不靠天，隆礼不信神

天与人的关系，既是先秦诸子关注的学术思想问题，又是与国家安危密切联系的社会政治问题。孔子的仁学很少涉及这类问题，因此，弟子子贡说："夫子之文章，可得而闻也；夫子之言性与天道，不可得而闻也。"（《公冶长》）孟子也不说天道，而荀子的《天论》则集中论述天人关系，是对儒学的重要补充，也是针对诸子关于这个问题争论的回应和总结。

在古人心目中，天是什么？天是天体空间，是宇宙自然，是社会命运的主宰，是人文道德的法则。商人尚鬼，迷信占卜，以天帝意志主宰人间的吉凶祸福，从而产生了天人相通、天人感应的思想观念。西周代商而起，周初统治者明白了"天非虐，惟民自速辜"（《周书·酒诰》）的道理，由此，深刻认识到"皇天无亲，惟德是辅"（《左传·僖公五年》），所以，才提出"以德配天"、"敬德保民"的政治主张，强化了天人合一的思想。春秋以后，礼崩乐坏，诸侯争霸，民心的向背往往决定着国家的盛衰存亡，因此，民本思想应运而生，甚至取代了天与神的崇高地位。所以，《国语·楚语上》曰："民，天之主也，知天必知民矣。"《左传·桓公六年》曰："夫民，神之主也。"就是这种思想的反映。但是，墨子主张"天志""明鬼"，而老子纵论天道，"庄子蔽于天而不知人"（《解蔽》），到了荀子的时代，世人依然是"不遂大道而营于巫祝，信禨祥"（《史记·孟荀列传》）。所以，荀子从朴素唯物论出发，系统提出了自己的天人观，将天、地、人三者放在同等重要的位置上，强调人类在自然、社会中的重要性和能动性，这是先秦思想观念的大飞跃、大解放，具有特别重要的意义。

### （一）不与天争职

荀子认为，天、地、人三者并列，各有职能，不能互相代替，不能与天争职。人类要控制自己的行动，"知其所为，知其所不为"，做好自己应该做的事情，所以，对于天象、地理、季节的观察可以安排专人办理，以利农事耕作，而君主的职责就是把握治理国家的道义原则。

【原文】不为而成，不求而得，夫是之谓天职。如是者，虽深，其人不加虑焉；虽大，不加能焉；虽精，不加察焉，夫是之谓不与天争职。天有其时，地有其财，人有其治，夫是之谓能参。舍其所以参，而愿其所参，则惑矣。（《天论》）

【译文】不做就能成功，不求就能得到，这叫作天的职能。像这样，即使它的意义深远，最有道德修养的人也对它不加考虑；即使它的影响很大，最有道德修养的人也对它不加干预；即使它的道理精妙，最有道德修养的人也对它不加审察，这叫作不与天争夺职能。上天有自己的时令季节，大地有自己的资源材料，人类有自己的治理措施，这就叫能够互相并列。人类如果舍弃自身的职能，而希望参与天、地的职能，那就糊涂了。

【原文】列星随旋，日月递炤，四时代御，阴阳大化，风雨博施。万物各得其和以生，各得其养以成，不见其事，而见其功，夫是之谓神。皆知其所以成，莫知其无形，夫是之谓天功。唯圣人为不求知天。（《天论》）

【译文】恒星相伴旋转，日月交替照耀，四季代换节气，阴阳化生万物，风雨普施大地。万物各自得到和气而生长，各自得到滋养而成熟，没有看见化生万物的过程，而只见到化生的成果，这叫作神妙。人们都知道阴阳生成万物，而没有谁知道那无影无踪的过程，这叫作天功。圣人并不致力于了解天。

自然有自己的运行规律，"列星随旋，日月递炤，四时代御，阴阳大化，风雨博施"；有自己"不为而成，不求而得"的"天职"。天、地、人各有所能，互相并列，所以，"唯圣人为不求知天"。作为人类应有自己的作为，对于天地、自然不要试图干预，妄加参与，"夫是之谓不与天争职"。

【原文】天职既立，天功既成，形具而神生，好恶喜怒哀乐臧焉，夫是之谓天情。耳目鼻口形能各有接而不相能也，夫是之谓天官。心居中虚，以治五官，夫是之谓天君。财非其类以养其类，夫是之谓天养。顺其类者谓之福，逆其类者谓之祸，夫是之谓天政。暗其天君，乱其天官，弃其天养，逆其天政，背其天情，以丧天功，夫是之谓大凶。圣人清其天君，正其天官，备其天养，顺其天政，养其天情，以全其天功。如是，则知其所为，知其所不为矣，则天地官而万物役矣，其行曲治，其养曲适，其生不伤，夫是之谓知天。（《天论》）

【译文】自然的职能已经确立，天生的功绩已经成就，人的形体也就具备而精神也就产生了，爱好与厌恶、高兴与愤怒、悲哀与欢乐就蕴藏于其中，这些叫作天生的感情。耳、目、鼻、口、形体就其功能各有感受的对象而不能互相替代，这些叫作天生的感官。心脏位于胸腔中部空虚之处，用来管理这五种感官，这叫作天生的主宰。人类安排好与自己不同类的万物来供养自己的同类，这叫作天生的供养。能够使自己的同类顺从自己叫作福分，使自己的同类反对自己叫作灾祸，这叫作天生的政治原则。蒙蔽了天生的主宰，扰乱了天生的感官，抛弃了天生的供养，违反了天生的政治原则，背离了天生的感情，以致丧失了天生的功绩，这叫作最大的凶险。圣人厘清自己天生的主宰，端正自己天生的感官，完备自己天生的供养，顺应天生的政治原则，保养自己天生的感情，以成全天生的功绩。像这样，就明白自己应该做什么，明白自己不应该做什么了，那么天地就能被利用而万物就能被操纵了，他的行动就能够完全正确，他的保养就能够完全适当，他的生命就能够不受伤害，这才叫作了解天。

【原文】故大巧在所不为，大智在所不虑。所志于天者，已其见象之可以期者矣；所志于地者，已其见宜之可以息者矣；所志于四时者，已其见数之可以事者矣；所志于阴阳者，已其见和之可以治者矣。官人守天，而

自为守道也。(《天论》)

【译文】所以最大的技巧在于有些事情不去做，最大的智慧在于有些事情不必想。对于上天所要了解的，止于显现出可以用来确定季节日期的天象罢了；对于大地所要了解的，止于显现出可以种植庄稼的适宜条件罢了；对于四季所要了解的，止于显现出可以安排农事的节气规律罢了；对于阴阳所要了解的，止于显现出可以治理事物的和气罢了。圣人任用专人掌握自然规律，而自己专心把握治理国家的道义原则。

"天职既立，天功既成"，那么，人类"顺其类者谓之福，逆其类者谓之祸，夫是之谓天政"，这就是自己行动的准则。所以，"大巧在所不为，大智在所不虑"，只需"官人守天，而自为守道也"。也就是说，对于上天、大地、四时、阴阳的观察了解，仅限于有利农事活动，只要任命专职官员负责管理就可以了，所谓"知天"，仅此而已，而人君不必亲"为"、不必亲"虑"，自己重在掌握治国的道义原则。

也许是出于对阴阳家谈天衍"迂大而闳辩"、雕龙奭"文具难施"的反感，也许是对于"不遂大道而营于巫祝，信機祥"的荒诞世风的批判，荀子提出"唯圣人为不求知天"，用来反驳天人感应的谬论。荀子并不关心大自然内在的结构和奥秘，只注意大自然的天象、地利、节气与人间农事的关系，更强调道义原则在治理国家中的关键作用。这似乎与后人主张的"探索自然，征服自然"的所谓"科学主义"不相吻合，与西方古希腊哲人重自然、重科学的思想意识大相径庭。然而，应该看到，荀子这种主张，在当时可能是最为急需、最为实用的。因为中国历代朝廷里专门有"守天"的官员，他们通过长期连续观测，建立起以北极星为中心，以三垣、四象、二十八宿为主体的天象体系，探索出回归年与朔望月、二十八宿与二十四节气的内在关系，并在此基础上于公元前427年就创制出阴阳合历的四分历，远远走在世界的前列。其目的就在于敬授民时，以利农耕，这才是农业社会现实的需要、根本的保证。

更为重要的是，荀子关于"知其所为，知其所不为"、"不与天争职"的思想，至今仍然给人以深刻的启迪。人类由于自己的狂妄无知，贪婪欲望，工业化以来长期违背自然规律，无限索取资源，破坏生态平衡，以致造成空气污染，水旱不断，江河断流，草木不生，鱼虾灭绝，鸟兽遭殃，连人类自己的生存都受到极大威胁，这就是"与天争职"的恶果。所以，在受到大自然的惩罚之后，人类才翻然醒悟，不得不回过头来保护环境，恢复生态，退耕还林，退耕还草，治理污染，净化水源，节约能源，提倡低碳，追求可持续发展。

### （二）明于天人之分

"天行有常"，有自己的运行规律，既不因为人间的善恶而存亡，也不因为人类的愿望而改变。社会的治和乱，完全决定于人类自身应对的措施，"不可以怨天，其道然也"，所以，人类必须"明于天人之分"，尽到自己的职分。君子更应该坚持立身原则，"敬其在己者，而不慕其在天者"，充分发挥自己的能动性和进取心，主宰自己的命运。

【原文】天行有常，不为尧存，不为桀亡。应之以治则吉，应之以乱则凶。强本而节用，则天不能贫；养备而动时，则天不能病；修道而不忒，则天不能祸。故水旱不能使之饥，寒暑不能使之疾，妖怪不能使之凶。本荒而用侈，则天不能使之富；养略而动罕，则天不能使之全；倍道而妄行，则天不能使之吉。故水旱未至而饥，寒暑未薄而疾，妖怪未至而凶。受时与治世同，而殃祸与治世异，不可以怨天，其道然也。故明于天人之分，则可谓至人矣。（《天论》）

【译文】自然的运行有自己的常规，它不因为尧的圣明而存在，不因为桀的暴虐而消亡。用导致安定的措施去适应它就吉利，用导致混乱的措施去适应它就凶险。加强农业生产而节约费用，那么天就不能使他贫穷；衣食给养齐备而按时活动，那么天就不能使他生病；遵循规律而不出差错，那么天就不能使他遭殃。所以水旱灾害不能使他饥饿，严寒酷暑不能使他生病，妖怪不能使他凶险。农田荒芜而费用奢侈，那么天就不能使他富裕；衣食给养不足而农事活动很少，那么天就不能使他健康；违背规律而恣意妄为，那么天就不能使他吉利。所以水旱灾害没有来到他就饥荒，严寒酷暑没有迫近他就生病，妖怪还没有出现他就凶险。他遇到的天时与社会安定时期相同，而受到的灾祸与社会安定时期不同，这不能埋怨上天，这是他采用的措施造成的结果。所以明白了上天与人类不同的职分，就可以称作最圣明的人了。

【原文】"治乱，天邪？"曰："日月星辰瑞历，是禹桀之所同也，禹以治，桀以乱：治乱非天也。""时邪？"曰："繁启蕃长于春夏，畜积收藏于秋冬，是禹桀之所同也，禹以治，桀以乱：治乱非时也。""地邪？"曰："得地则生，失地则死，是又禹桀之所同也，禹以治，桀以乱：治乱非地也。"《诗》曰："天作高山，大王荒之。彼作矣，文王康之。"此之谓也。（《天论》）

【译文】"社会的安定或混乱，是由上天决定的吗？"回答说："日月星辰祥瑞历书，这在禹和桀是相同的，禹用它而使天下大治，桀用它而使天下大乱：社会的安定或混乱并不是上天造成的。""是季节造成的吗？"回答说："庄稼在春夏季萌芽生长，在秋冬季积蓄收藏，这在禹和桀是相同的，禹用它而使天下大治，桀用它而使天下大乱：社会的安定或混乱并不是季节造成的。""是大地造成的吗？"回答说："庄稼种入土地就生长，脱离土地就死亡，这在禹和桀是相同的，禹用它而使天下大治，桀用它而使天下大乱：社会的安定或混乱并不是大地造成的。"《诗》云："天生高大的岐山，太王使它大发展；太王已经建都城，文王保它永平安。"说的就是这个道理。

自然界的运行有永恒的常规，不会因为人间的治乱而改变。人间的吉凶，决定于人类自己应对的方略措施，"应之以治则吉，应之以乱则凶"。人类不能与天争职，应该恪尽自己的职守，"故明于天人之分，则可谓至人矣"。所以，造成社会的治乱，不是上天，不是时节，不是大地，而是人类自己。

【原文】天不为人之恶寒也辍冬，地不为人之恶辽远也辍广，君子不为小人之匈匈也辍行。天有常道矣，地有常数矣，君子有常体矣。君子道其常，而小人计其功。《诗》曰："礼义之不愆，何恤人之言兮？"此之谓也。（《天论》）

【译文】上天并不因为人们厌恶寒冷就废止冬季，大地并不因为人们厌恶遥远就废止宽广，君子并不因为小人的喧闹争吵就废止行动。上天有经常不变的规律，大地有经常不变的法则，君子有经常不变的规矩。君子遵循自己的常规，而小人计较功利。《诗》云："礼义上不犯错误，何必担忧别人的言论？"说的就是这个道理。

【原文】楚王后车千乘，非知也；君子啜菽饮水，非愚也；是节然也。若夫志意修，德行厚，知虑明，生于今而志乎古，则是其在我者也。故君子敬其在己者，而不慕其在天者；小人错其在己者，而慕其在天者。君子敬其在己者，而不慕其在天者，是以日进也；小人错其在己者，而慕其在天者，是以日退也。故君子之所以日进与小人之所以日退，一也。君子小人之所以相县者，在此耳！（《天论》）

【译文】楚王外出时随从的车子有上千辆，并不是因为他聪明；君子吃豆叶、喝白水，并不是因为他愚蠢；这是因为时运机遇的制约而造成的。至于思想纯正，德行厚道，谋虑精明，生在今天而能知道古代，这些就取决于我们自己了。所以君子慎重对待那些取决于自己的事情，而不羡慕那些取决于上天的东西；小人放弃那些取决于自己的事情，而羡慕那些取决于上天的东西。君子慎重对待那些取决于自己的事情，而不羡慕那些取决于上天的东西，因此天天进步；小人放弃那些取决于自己的事情，而羡慕那些取决于上天的东西，因此天天退步。所以君子天天进步与小人天天退步的原因，道理是一样的。君子、小人相差悬殊的原因，就在这里。

同样的道理，天地不因人类的好恶而改变，君子不因小人的喧闹而易节，"天有常道矣，地有常数矣，君子有常体矣"。天、地、人各有其常规，君子因为时运、机遇的制约可能穷困，但是，"君子敬其在己者，而不慕其在天者"，修身养性，恪守道义，全力做好自己的事情，而不是一味寄希望于上天的恩赐，所以能够天天长进。这种自力更生、改变命运的论述，充分体现了"天行健，君子以自强不息"（《易·乾卦·象辞》）的精神，至今依然是金玉良言。

荀子"天行有常"的唯物思想，打破了上天的神秘和神圣，消除了赋予上天人格化的道德和意志，恢复了上天作为宇宙本体的自然面貌，这无疑是对西周以来"以德配天"观念的一个重大飞跃，是对"营于巫祝，信機祥"的迷信世风的系统批判，具有超越时代的前瞻意义。

### （三）物之已至者，人祅则可畏也

大自然各种奇怪的现象，"无世而不常有之"，与人世间的治乱没有关系，"上明而政平，则是虽并世起，无伤也；上暗而政险，则是虽无一至者，无益也"，关键在于人君的应对之策。所以，"日月食而救之，天旱而雩，卜筮然后决大事，非以为得求也，以文之也"，不要对反常的事物议论纷纷，大惊小怪，要紧的是把握礼法制度，坚持道义原则，尽到自身的职分。

【原文】星队木鸣，国人皆恐，曰："是何也？"曰："无何也！是天地之变、阴阳之化、物之罕至者也。怪之，可也；而畏之，非也。"夫日月之有蚀，风雨之不时，怪星之党见，是无世而不常有之。上明而政平，则是虽并世起，无伤也；上暗而政险，则是虽无一至者，无益也。夫星之队，木之鸣，是天地之变，阴阳之化，物之罕至者也；怪之，可也；而畏之，非也。（《天论》）

【译文】流星坠落，树木发声，国内的人都很害怕，说："这是为什么呢？"回答说："这没有什么啊！这不过是天地自然的变异、阴阳二气的变化、事物中很少出现的现象罢了。对它感到奇怪，是可以的；对它感到害怕，是错误的。"那太阳、月亮发生日食、月食，狂风暴雨不按照时节袭来，奇怪的星辰偶然出现，这些现象没有哪个时代不曾有过。君主英明而政治安定，那么这些现象即使同时发生，也没有什么关系；君主愚昧而政治凶险，那么这些现象即使一样都没有发生，也没有什么裨益。那流星坠落，树木发声，是天地自然的变异、阴阳二气的变化、事物中很少出现的现象罢了。对它感到奇怪，是可以的；对它感到害怕，是错误的。

【原文】"雩而雨，何也？"曰："无何也，犹不雩而雨也。"日月食而救之，天旱而雩，卜筮然后决大事，非以为得求也，以文之也。故君子以为文，而百姓以为神；以为文则吉，以为神则凶也。（《天论》）

【译文】"祭神求雨就下雨，为什么呢？"回答说："这没有什么，就如同不祭神而下雨一样。"太阳、月亮发生日食、月食就去营救它们，天旱了就祭神求雨，占卜算卦然后决定大事，古人并不是认为这种做法就能够得到所要祈求的东西，而只是用它们来文饰政事而已。所以，君子认为这些举动是文饰活动，而百姓却认为是神明主宰；认为是文饰就吉利，认为是神明主宰就凶险。

星队木鸣、日月有蚀、风雨不时、怪星党见之类奇异的自然现象，不过是"天地之变，阴阳之化，物之罕至者也"，因此，"怪之，可也；而畏之，非也"。同样，"日月食而救之，天旱而雩，卜筮然后决大事"，并非因挽救而不食，并非因祭祀才下雨，并非因占卜可以决大事，只是"神道设教"的文饰教化活动而已，"以为文则吉，以为神则凶也"。可见，荀子并不反对"神道设教"的形式，默许这种文化形态，在民间发挥教化作用。

【原文】物之已至者，人袄则可畏也。楛耕伤稼，楛耨失岁，政险失民；田薉稼恶，籴贵民饥，道路有死人：夫是之谓人袄。政令不明，举错不时，本事不理，勉力不时，则牛马相生，六畜作袄：夫是之谓人袄。礼义不修，内外无别，男女淫乱，则父子相疑，上下乖离，寇难并至：夫是

荀子

之谓人袄。袄是生于乱。三者错，无安国。其说甚尔，其菑甚惨。勉力不时，则牛马相生，六畜作袄，可怪也，而亦可畏也。传曰："万物之怪，书不说。"无用之辩，不急之察，弃而不治。若夫君臣之义，父子之亲，夫妇之别，则日切瑳而不舍也。（《天论》）

【译文】在已经出现的事物中，人事上的反常现象才是可怕的。粗放的耕作而伤害了庄稼，粗放的锄草而妨害了收成，政治险恶而失去了民众；田地荒芜而庄稼不好，粮食昂贵而民众饥饿，道路上有饿死的人：这些就叫作人事上的反常现象。政策法令不能明确，举动措施不合时宜，农业生产不加管理，安排劳役不顾农时，那么牛马就会生出怪胎，六畜就会出现怪异现象：这些就叫作人事上的反常现象。礼义不加整顿，内外没有分别，男女淫荡混乱，而父子互相猜疑，君臣离心离德，外寇内乱同时到来：这些就叫作人事上的反常现象。人事上的反常现象确实产生于昏乱。上述三类反常现象交错出现，就不会有安宁的国家了。这种人事上的反常现象解说起来道理很浅显，但是造成的灾难却很惨重。这些现象是奇怪的，也是令人畏惧的。古书上说："各种事物的奇怪现象，经书上不作解说。"没有用处的论辩，不是急需的明察，应该抛弃而不加研究。至于君臣之间的道义，父子之间的亲情，夫妇之间的分别，那是应该每天切磋研究而不能舍弃的。

"楛耕伤稼，楛耨失岁"是"人袄"，"政令不明，举错不时"是"人袄"，"礼义不修，内外无别"是"人袄"，即人事上所有违背礼法制度的作为才是真正可怕的"人袄"。所以，种种奇异现象虽然可怪可畏，不必解释争辩；对于礼法制度，则必须锲而不舍地坚持。

显然，荀子非常重视人类自身在社会活动中的应对态度和措施，一旦出现"人袄"，就国无宁日，"三者错，无安国"。因此，阴阳家"迂大而闳辩"的奇谈怪论，就是"无用之辩，不急之察"，完全可以"弃而不治"，坚持礼法治国才是根本。这种重人不靠天、重礼不信神的思想，无疑具有扭转世风的巨大作用和启迪后世的深远意义。

### （四）隆礼尊贤而王

孔子早就指出："存亡祸福，皆己而已，天灾地妖，不能加也……灾妖不胜善政，寤梦不胜善行。"（《孔子家语·五仪解》）荀子继承了这种思想，认为"人之命在天，国之命在礼"，礼义就是治国的永恒标准，"百王之无变，足以为道贯"。人君始终坚持礼法治国，"故道无不明，外内异表，隐显有常，民陷乃去"。

【原文】在天者莫明于日月，在地者莫明于水火，在物者莫明于珠玉，在人者莫明于礼义。故日月不高，则光辉不赫；水火不积，则晖润不博；珠玉不睹乎外，则王公不以为宝；礼义不加于国家，则功名不白。故人之命在天，国之命在礼。君人者，隆礼尊贤而王，重法爱民而霸，好利多诈而危，权谋倾覆幽险而亡矣。（《天论》）

【译文】在天上没有比日月更明亮的了，在地上没有比水火更明亮的了，在万物没有比珠玉更明亮的了，在人类社会没有比礼义更光辉灿烂的了。所以日月如果不高悬，那么光辉就不显著；水火如果不聚积，火的光辉、水的润泽就不广博；珠玉如果不显露于外，那么王公就不会以为是宝物；礼义如果不在国家施行，那么功业声誉就不会彰明。所以，人的命运在于上天，国家的命运在于礼义。统治人的君主，推崇礼义、尊重贤能就可以称王天下，重视法制、爱护民众就可以称霸诸侯，喜欢财利、多行诡诈就会危险，玩弄权术、阴谋险恶就会灭亡了。

【原文】百王之无变，足以为道贯。一废一起，应之以贯。理贯，不乱；不知贯，不知应变：贯之大体未尝亡也。乱生其差，治尽其详。故道之所善，中则可从，畸则不可为，匿则大惑。水行者表深，表不明则陷；治民者表道，表不明则乱。礼者，表也。非礼，昏世也；昏世，大乱也。故道无不明，外内异表，隐显有常，民陷乃去。（《天论》）

【译文】历代帝王都没有改变礼制，完全可以作为贯通古今的常规。国

家有时衰微有时兴盛,但是君主都可以用这种常规去应对它。能够运用这种常规,国家就不会混乱;如果不了解这种常规,就不知道如何应对变化;这种常规的主要内容从来没有消失过。社会的混乱产生于实行这种常规出现了差错,社会的安定全在于实行这种常规周详完备。所以,政治原则中被一般人认为好的内容,如果符合这些常规,就可以依从;如果偏离这些常规,就不可实行;如果违背了这些常规,就会造成极大的迷惑。在水里跋涉的人用标志表明深度,如果标志不明确,就会使人溺水;治理民众的君主用标准表明政治原则,如果标准不明确,就会造成混乱。礼制,就是治理民众的标准。违背了礼制,就是昏暗的社会;昏暗的社会,就会大乱。所以,政治原则没有不明确的地方,对内和对外都有不同的标准,隐蔽或明显之事都有长久不变的规定,那么民众的陷阱就可以消除了。

善政、善行的根本在于礼义,"礼义不加于国家,则功名不白"。礼义就是贯通古今的常规,所以说"水行者表深,表不明则陷;治民者表道,表不明则乱。礼者,表也。非礼,昏世也;昏世,大乱也"。荀子反复强调发挥人类自身的主观能动性,而不要盲目地把希望寄托于上天,才能应对环境,把握命运。因为自然环境是客观存在的,上天的偶然眷顾和侥幸恩赐是不以人的意志为转移的,只有时时主动地采取正确有力的措施,积极应对,常备不懈,才能防患于未然,立于不败之地。

### (五)错人而思天,则失万物之情

荀子主张"官人守天,而自为守道也",官员"守天"观察了解天象、地理和四时的运行规律,就是为了有利农事活动,满足民生需要。而人君的职分就是"守道",如果不能隆礼爱民,节流开源,遵循规律,端正本末,"则其倾覆灭亡可立而待也"。所以,按照礼义治理国家,按照天时进行生产,充分发挥人类的主观能动性,就能够使百姓有"余食"、"余用"、"余材","如是,则上下俱富,交无所藏之,是知国计之极也"。

【原文】观国之强弱贫富有征验:上不隆礼则兵弱,上不爱民则兵弱,已诺不信则兵弱，庆赏不渐则兵弱，将率不能则兵弱。上好功则国贫，上好利则国贫，士大夫众则国贫，工商众则国贫，无制数度量则国贫。下贫则上贫，下富则上富。故田野县鄙者，财之本也；垣窌仓廪者，财之末也。百姓时和、事业得叙者，货之源也；等赋府库者，货之流也。故明主必谨养其和，节其流，开其源，而时斟酌焉，潢然使天下必有余，而上不忧不足。如是，则上下俱富，交无所藏之，是知国计之极也。故禹十年水，汤七年旱，而天下无菜色者，十年之后，年谷复熟，而陈积有余。是无它故焉，知本末源流之谓也。故田野荒而仓廪实，百姓虚而府库满，夫是之谓国蹶。伐其本，竭其源，而并之其末，然而主相不知恶也，则其倾覆灭亡可立而待也。（《富国》）

【译文】观察国家的强弱贫富有一定的征兆：君主不崇尚礼义就兵力衰弱，君主不爱护民众就兵力衰弱，禁止和许诺不讲信用就兵力衰弱，奖赏不加重就兵力衰弱，将帅无能就兵力衰弱。君主好大喜功那么国家就贫穷，君主喜欢财利那么国家就贫穷，官吏众多那么国家就贫穷，工商之人众多那么国家就贫穷，没有规章制度那么国家就贫穷。民众贫穷那么君主就贫穷，民众富裕那么君主就富裕。所以，城乡田野，是财物的根本；地窖粮仓，是财物的末梢。百姓不失农时和谐安定、生产有条不紊，是钱财的源头；国库按照等级征收赋税，是钱财的末流。所以，英明的君主必须谨慎地保养和谐安定的政治局面，节制末流，大开源头，而经常调节收支，使天下财富像大水一样涌来绰绰有余，而君主就不再担忧财物不够了。像这样，那么君主和民众都富足，双方都没有地方储藏财物了，这是精通国计民生达到了极点。所以，夏禹碰上十年水灾，商汤碰上七年旱灾，但是天下没有面带菜色的人，十年之后，谷物又丰收了，而旧有的存粮还有剩余。这并没有其他缘故，说的是因为他们懂得本与末、源与流的关系啊。所以，田野荒芜而国家粮仓充实，百姓家里空虚而国家仓库暴满，就可以说国家即将垮台了。砍断了根本，枯竭了源头，把财物都归并入国库，而君主、

宰相还不知是坏事，那么他们垮台灭亡就可以立刻等到了。

所谓国家强弱贫富的"征验"，就是人君礼法治国、节用爱民的种种表现。"上不隆礼"、"上不爱民"、"已诺不信"、"庆赏不渐"、"将率不能"，必然国家贫弱。"故明主必谨养其和，节其流，开其源，而时斟酌焉，潢然使天下必有余，而上不忧不足"。这种君主和民众共同富足的思想，正是王道社会的理想。

【原文】圣王之制也：草木荣华滋硕之时，则斧斤不入山林，不夭其生，不绝其长也；鼋、鼍、鱼、鳖、鳅、鳝孕别之时，罔罟、毒药不入泽，不夭其生，不绝其长也。春耕、夏耘、秋收、冬藏，四者不失时，故五谷不绝，而百姓有余食也；污池、渊、沼、川、泽，谨其时禁，故鱼鳖优多，而百姓有余用也；斩伐养长，不失其时，故山林不童，而百姓有余材也。(《王制》)

【译文】圣明帝王的制度：草木开花长大的时候，伐木的斧头不准进入山林，这是为了不夭折它的生命，不断绝它的生长；鼋、鼍、鱼、鳖、泥鳅、鳝鱼怀孕产卵的时候，渔网、毒药不准投入湖泽，这是为了不夭折它的生命，不断绝它的生长。春天耕种、夏天锄草、秋天收获、冬天储藏，这四件大事都不错过时节，所以，五谷不断生长，而百姓就有了多余的粮食；池塘、水潭、水池、河流、湖泊，谨守时节的禁令，所以，鱼、鳖繁多，而百姓就有了多余的食用；树木砍伐、养育、成长，不错过季节，所以，山林不会穷尽，而百姓就有了多余的木材。

遵循自然规律，顺应自然发展，按照动物、植物的生长常规进行繁养收获而"不失时"，就可以充分满足人类的需要。这里，自然想起孟子的话："不违农时，谷不可胜食也。数罟不入污池，鱼鳖不可胜食也。斧斤以时入山林，材木不可胜用也。谷与鱼鳖不可胜食，材木不可胜用，是使民养生丧死无憾也。养生丧死无憾，王道之始也。"(《梁惠王上》)二者的联系，一望而知。

【原文】大天而思之，孰与物畜而制之？从天而颂之，孰与制天命而用之？望时而待之，孰与应时而使之？因物而多之，孰与骋能而化之？思物而物之，孰与理物而勿失之也？愿于物之所以生，孰与有物之所以成？故错人而思天，则失万物之情。(《天论》)

【译文】认为上天伟大而仰慕它，哪里比得上把它当作物资蓄养而控制它？顺从上天而颂扬它，哪里比得上掌握自然规律而利用它？盼望时节而等待它，哪里比得上顺应时节而役使它？听任万物而让它自然繁衍增长，哪里比得上施展人的才能而改变它？空想万物而为我所用之物，哪里比得上治理万物而不失去它？希望了解万物产生的原因，哪里比得上掌握万物成长的规律？所以，放弃人的努力而寄希望上天恩赐，那就违背了万物的本性。

荀子最后提出"物畜而制之"、"制天命而用之"、"应时而使之"、"骋能而化之"、"理物而勿失之"，进而总结为"愿于物之所以生，孰与有物之所以成？故错人而思天，则失万物之情"，反映了自觉能动地把握、尊重、顺应和利用自然规律的进取勇气和自强精神。这里既有孔子奋发有为的思想继承，又有墨子强劲力行的思想影响。从而，把天人关系从"以德配天"的被动服从的思想局限中解放出来，为"天人合一"的思想注入了主动进取的精神活力，展示了人与自然和谐相处的更加美好的前景，无疑是人类智慧和力量的伟大颂歌。这与墨子迷信"天志"、颂扬鬼神的虚妄意识，与后世"战胜自然"、"征服自然"的狂妄心态，不可同日而语。

老子主张"曲则全，枉则直"(《二十二章》)，"治人事天，莫若啬"(《五十九章》)。庄子主张"以天待人，不以人入天"(《徐无鬼》)，"同与群兽居，族与万物并"(《马蹄》)。他们确实是"大天而思之"，"从天而颂之"，抹杀了人类的进取心和能动性，甚至将人混同为一般的动物。所以，荀子批评"老子有见于诎，无见于信"(《天论》)，"庄子蔽于天而不知人"(《解蔽》)，可谓一语中的。

## 五 以一知万，知行合一

荀子生活在战国后期，在对各家学说观点进行研究之后，深知观察事物、分析问题的思想方法至关重要。认识上的局限性，必然造成学说的片面性，只有坚持客观全面的思想方法，才能正确认识事物，把握发展规律。因此，他专门对认识论进行了系统研究阐述，这是荀子对百家争鸣高屋建瓴式的历史性总结，是对中国古代哲学思想的又一个重要贡献。

### （一）凡人之患，蔽于一曲而暗于大理

认识、分析问题必须客观全面，而不受个别局部现象的蒙蔽，如果"蔽于一曲而暗于大理"，各是其是，各非其非，必然造成理论偏颇，思想极端。因为"万物为道一偏，一物为万物一偏"，诸子蔽于一隅，"私其所积，唯恐闻其恶也；倚其所私以观异术，唯恐闻其美也"，所以，他们的学说只是反映了道的一个方面，必然绝对而片面。唯有孔子能够多方求教、全面学习而不受蒙蔽，所以，能够正确掌握大道，成为圣王的辅佐。

【原文】凡人之患，蔽于一曲而暗于大理。治则复经，两疑则惑矣。天下无二道，圣人无两心。今诸侯异政，百家异说，则必或是或非，或治或乱。乱国之君，乱家之人，此其诚心莫不求正而以自为也，妒缪于道而人诱其所迨也。私其所积，唯恐闻其恶也；倚其所私以观异术，唯恐闻其美也。是以与治虽（离）走，而是己不辍也，岂不蔽于一曲，而失正求也哉？心不使焉，则白黑在前而目不见，雷鼓在侧而耳不闻，况于使者乎？德道之人，乱国之君非之上，乱家之人非之下，岂不哀哉！故为蔽？欲为蔽，恶为蔽；始为蔽，终为蔽；远为蔽，近为蔽；博为蔽，浅为蔽；古为蔽，今为蔽。凡万物异，则莫不相为蔽，此心术之公患也。（《解蔽》）

【译文】大凡人的祸患，是被事物的某一局部所蒙蔽而不明白全局性的大道理。修正这种弊端就会回到正道，在偏见与大道之间犹豫不决就会困惑。天下没有两种对立的正确原则，圣人没有两种对立的思想。现在诸侯

各国有不同的政治措施,各个学派有不同的学说,那么必定有的对、有的错,有的导致安定、有的造成混乱。搞乱国家的君主,搞乱学派的学者,这些人的真心没有不想寻求正道而为自己遵循的,只是因为他们对正道的看法既错误又荒谬,而别人就根据他们的爱好去引诱他们。他们偏爱自己平日积累的学识,只怕听到对自己学识的非议;他们凭自己偏爱的学识去观察与自己不同的学说,只怕听到对异己学说的赞美。因此,他们与正确的原则背道而驰,却不断地自以为是,这难道不是被事物的某一局部所蒙蔽,而失去了对正道的追求吗?如果心思不用于正道,那么黑白就是摆在眼前也看不见,雷鼓就是在身边敲打也听不见,何况对那些心怀正道的人呢?掌握了正道的人,搞乱国家的君主在上面非难他,搞乱学派的学者在下面非难他,这难道不是很可悲的吗?什么东西可以造成蒙蔽呢?爱好造成蒙蔽,憎恶也会造成蒙蔽;只知开始造成蒙蔽,只看终结也会造成蒙蔽;只想远处造成蒙蔽,只顾近处也会造成蒙蔽;知识广博造成蒙蔽,知识浅陋也会造成蒙蔽;只了解古代造成蒙蔽,只知道现在也会造成蒙蔽。大凡事物的不同侧面,无不交互造成蒙蔽,这是思想方法上一个普遍的祸患。

人在认识上的大患,就是因为受到蒙蔽而以偏概全,自以为是。"天下无二道,圣人无两心",真理是唯一的。片面的认识、极端的观点,不能反映真理。造成蒙蔽的原因是多方面的,诸如"欲""恶"、"始""终"、"远""近"、"博""浅"、"古""今"等等,"凡万物异,则莫不相为蔽,此心术之公患也"。那种盲人摸象式的主观片面,会带来现实的严重后果。只有"无欲、无恶;无始、无终;无近、无远;无博、无浅;无古、无今,兼陈万物而中县衡焉,是故众异不得相蔽以乱其伦也"(《解蔽》)。

【原文】万物为道一偏,一物为万物一偏。愚者为一物一偏,而自以为知道,无知也。慎子有见于后,无见于先;老子有见于诎,无见于信;墨子有见于齐,无见于畸;宋子有见于少,无见于多。有后而无先,则群众无门;有诎而无信,则贵贱不分;有齐而无畸,则政令不施;有少而无多,

则群众不化。《书》曰:"无有作好,遵王之道;无有作恶,遵王之路。"此之谓也。(《天论》)

【译文】万物只体现自然规律的一部分,一物只体现万物的一部分。愚昧的人只认识某一种事物的一个方面,就自以为知道了规律,那是无知的。慎子只认识在后边服从的一面,却不认识在前边引导的一面;老子只认识委屈谦让的一面,却不认识积极进取的一面;墨子只认识齐同平等的一面,却不认识差别等级的一面;宋子只认识清心寡欲的一面,却不认识人性多欲的一面。只有后面服从而无前面引导,那么群众就没有前进的门径;只有委屈谦让而不积极进取,那么就没有高贵卑贱之分;只有齐同平等而没有差别等级,那么政策法令就不能贯彻执行;只求清心寡欲而不见人性多欲,那么群众就不易受到教化。《尚书》说:"不要任凭自己的爱好,要遵循君王的正道;不要任凭自己的厌恶,要遵循君王的正路。"说的就是这个情况。

【原文】昔宾孟之蔽者,乱家是也。墨子蔽于用而不知文,宋子蔽于欲而不知得,慎子蔽于法而不知贤,申子蔽于势而不知知,惠子蔽于辞而不知实,庄子蔽于天而不知人。故由用谓之道,尽利矣;由欲谓之道,尽嗛矣;由法谓之道,尽数矣;由埶谓之道,尽便矣;由辞谓之道,尽论矣;由天谓之道,尽因矣。此数具者,皆道之一隅也。夫道者体常而尽变,一隅不足以举之。曲知之人,观于道之一隅,而未之能识也,故以为足而饰之,内以自乱,外以惑人,上以蔽下,下以蔽上,此蔽塞之祸也。孔子仁知且不蔽,故学乱术足以为先王者也。一家得周道,举而用之,不蔽于成积也。故德与周公齐,名与三王并,此不蔽之福也。(《解蔽》)

【译文】从前周游列国之士受蒙蔽的,就是那些搞乱学派的学者。墨子蒙蔽于只重实用而不知文饰,宋子蒙蔽于只求寡欲而不知获取,慎子蒙蔽于只求以法治国而不知任用贤人,申子蒙蔽于只知运用权势而不知运用智谋,惠子蒙蔽于只知名辨言辞而不知实际情况,庄子蒙蔽于只知自然之道而不知人的力量。所以，从实用的角度论道，就全谈功利；从欲望的角度论道，就全谈知足；从法治的角度论道，就全谈法律条文；从权势的角度论道，就全谈利用权势；从名辩的角度论道，就全谈空洞理论；从自然的角度论道，就全谈因循顺从。这几种理论，都是道的一个方面。道的本体永恒而变化无穷，一个角度是不足以概括全体的。一知半解的人，只看到道的一个方面，而未能真正认识它，所以把这一个方面作为完整的道而研究它，对内扰乱了自己学派，对外迷惑了别人，君主用来蒙蔽臣下，臣下用来蒙蔽君主，这就是蒙蔽的祸害啊。孔子仁德明智而且不受蒙蔽，所以多方求学而足以用来辅佐古代圣王。只有孔子的学派掌握了完备的大道，推崇而运用它，不被陈规陋习所蒙蔽。所以，孔子的功德与周公等同，名声与三代圣王并列，这就是不受蒙蔽造就的福分啊。

万物只是自然的一部分，一物只是万物的一部分，如果蔽于一物一隅，就会一叶障目，顾此失彼，处于盲目无知的状态，慎子、老子、墨子、宋子、申子、惠子、庄子无不如此。"夫道者体常而尽变，一隅不足以举之。曲知之人，观于道之一隅，而未之能识也，故以为足而饰之，内以自乱，外以惑人，上以蔽下，下以蔽上，此蔽塞之祸也。"荀子对百家学说蔽端的揭示，中肯公正，令人深思。

孔子倡导"执其两端"（《子罕》）的中庸之道，在认识论上采用两点论，即对事物进行全面、公允地认识、分析，不走极端，不搞片面，关照两端，调和折中，这样，孔子认识事物，分析问题，就相对比较客观、全面而正确，在先秦诸子中独树一帜，独领风骚。所以说，"孔子仁知且不蔽，故学乱术足以为先王者也"，"德与周公齐，名与三王并，此不蔽之福也"。荀子如此赞美孔子及其开创的儒家学派，并非毫无根据，而是理论上自信的表现。荀子的认识论，正是对孔子学说的继承和发展。

### （二）凡以知，人之性也；可以知，物之理也

荀子坚信，认识事物，是人的本性；而事物可以被认识，是事物自身

的规律。但是，学习认知应该有一个范围，不能漫无边际，应该"止诸至足"，即通晓圣王之道，精通事理和制度的各种规律，"故学者以圣王为师，案以圣王之制为法，法其法以求其统类，以务象效其人"。所以，"凡论者，贵其有辨合，有符验。故坐而言之，起而可设，张而可施行"。认识必须要知行一致，理论必须用实践检验，这就是鉴别真理的唯一标准。

【原文】凡以知，人之性也；可以知，物之理也。以可以知人之性，求可以知物之理，而无所疑止之，则没世穷年不能遍也。其所以贯理焉虽亿万，已不足浃万物之变，与愚者若一。学，老身长子，而与愚者若一，犹不知错，夫是之谓妄人。故学也者，固学止之也。恶乎止之？曰：止诸至足。曷谓至足？曰：圣王。圣也者，尽伦者也；王也者，尽制者也。两尽者，足以为天下极矣。故学者以圣王为师，案以圣王之制为法，法其法以求其统类，以务象效其人。向是而务，士也；类是而几，君子也；知之，圣人也。(《解蔽》)

【译文】一般来说能够认识事物，是人的本性；事物可以被认识，是事物的规律。凭借可以认识事物的人的本性，去寻求可以被认识的事物的规律，却没有一定的限制，那么过一辈子、享尽天年也不能遍及各类事物。人们用来贯通事理的规律即使有亿万条，可是如果最终不能用它通晓万物的变化，仍与蠢人一样。像这样学习，自己老了、儿子长大了，仍与蠢人一样，还不知道自己的错误，这就叫作无知妄人。所以，学习嘛，本来就应该有一个范围。到哪里为止呢？回答说：限定在最圆满的境界。什么叫做最圆满的境界？回答说：就是通晓圣王之道。圣人嘛，就是精通事理的人；王者嘛，就是精通制度的人。这两个方面都精通的人，就完全可以成为天下的最高师表。所以学习，要以圣王为老师，要把圣王的制度当作自己的法规，效法圣王的法度而探求其中的纲领，并且努力效法他们的为人。向往圣王之道而努力追求的，就是士人；效法圣王之道而接近他的，就是君子；通晓圣王之道的，就是圣人。

【原文】农精于田，而不可以为田师；贾精于市，而不可以为市师；工精于器，而不可以为器师。有人也，不能此三技而可使治三官。曰：精于道者也，精于物者也。精于物者以物物，精于道者兼物物。故君子壹于道，而以赞稽物。壹于道则正，以赞稽物则察；以正志行察论，则万物官矣。（《解蔽》）

【译文】农夫精于种田，却不能因此作为管理农业的官吏；商人精于买卖，却不能因此作为管理市场的官吏；工人精于制造器物，却不能因此作为管理制造业的官吏。有些人，不会这三种技能却可以让他管理这三种职业。所以说：有精于道的人，有精于具体事物的人。精于具体事物的人就只能支配这种具体事物，精于道的人则能够全面支配各种事物。所以君子专心于道，而用它来帮助自己考察万物。专心于道就正确无误，可以用它来帮助自己考察万物；用正确的思想思考就结论明晰，万物就能够被利用了。

人的本性是可以认识事物的，而事物的规律是可以被认识的，但是，万事万物纷繁复杂，不可能完全通晓，如果事无巨细，面面俱到，"老身长子，而与愚者若一"，只会成为无知妄人，"故学也者，固学止之也"，必须有一定的范围。荀子主张内圣外王，认为学习最重要、最完美的境界就是圣王之道。那些农夫、商人、工人只能"精于物者以物物"，而只有"精于道者兼物物"。所以，君子"壹于道则正，以赞稽物则察；以正志行察论，则万物官矣"。这与荀子在《天论》中主张"知其所为，知其所不为"的思路，是完全一致的。

【原文】不闻不若闻之，闻之不若见之，见之不若知之，知之不若行之。学至于行之而止矣。行之，明也；明之，为圣人。圣人也者，本仁义，当是非，齐言行，不失毫厘，无他道焉，已乎行之矣。故闻之而不见，虽博必谬；见之而不知，虽识必妄；知之而不行，虽敦必困。不闻不见，则虽当，非仁也，其道百举而百陷也。（《儒效》）

【译文】没有听不如听到，听到不如见到，见到不如理解，理解不如实行。学习到了实行也就停止了。实行，才能明白事理；明白了事理，就是圣人。圣人，以仁义为根本，恰当判断是非，保持言行一致，不差分毫，这并没有其他窍门，就在于把学习所得付诸行动罢了。所以，听到而没有见到，即使听到了很多也必然有谬误；见到了而不理解，即使记住了也必然虚妄；理解了而不实行，即使知识丰富也必然会陷入困境。不去聆听、不去考察，那么即使偶尔做得恰当，也不算是仁德，这种办法采用百次而会百次失误。

【原文】故善言古者，必有节于今；善言天者，必有征于人。凡论者，贵其有辨合，有符验。故坐而言之，起而可设，张而可施行。今孟子曰："人之性善。"无辨合符验，坐而言之，起而不可设，张而不可施行，岂不过甚矣哉？（《性恶》）

【译文】所以善于谈论古代的人，一定在现代有验证；善于谈论天的人，一定在人事有征兆。凡是议论，可贵的在于像券契一样可以核对，像符信一样可以验证。所以坐着谈论它，起来就可以部署安排，推广出去就可以实行。现在孟子说："人的本性善良。"没有像券契一样核对、像符信一样验证，坐着谈论它，起来不能部署安排，推广出去不能实行，这岂不是错得过分了吗？

对于认知，荀子特别强调实践的核对验证，即"闻"、"见"、"知"、"行"四者统一，方为真知，所以，"圣人也者，本仁义，当是非，齐言行，不失毫厘，无他道焉，已乎行之矣"。对于理论，"贵其有辨合，有符验"，即理论必须接受实践的核对验证，否则就是妄言。荀子知行合一、辨合符验的论述，就是坚持用实践检验真理，这是先秦时期认识论的宝贵精华。

庄子主张齐同、物化、坐忘、全真，认为事物的差异不是来自客观事物自身，而是来自人的主观认识，是人为造成的结果，这样必然导致相对主义的不可知论，具有明显的主观唯心主义色彩。而荀子则认为"凡以知，人之性也；可以知，物之理也"，人类具有认知的能力，万物都是可以通晓把握的，这种通过实践认知外物的唯物主义认识论，无疑是对庄子不可知论的突破和提升。

### （三）虚、壹而静，谓之大清明

知行合一是认识"道"的途径，"虚、壹而静"是学习"道"的方法。即学习最高境界的圣王之道，必须虚心、专心和静心。虚怀若谷才能容纳，专心致志才能获取，平心静气才能决断。这样就能够"坐于室而见四海，处于今而论久远，疏观万物而知其情，参稽治乱而通其度，经纬天地而材官万物，制割大理而宇宙里矣"。

【原文】人何以知道？曰：心。心何以知？曰：虚、壹而静。心未尝不臧也，然而有所谓虚；心未尝不满也，然而有所谓壹；心未尝不动也，然而有所谓静。人生而有知，知而有志；志也者，臧也；然而有所谓虚，不以所已臧害所将受，谓之虚。心生而有知，知而有异；异也者，同时兼知之；同时兼知之，两也；然而有所谓一，不以夫一害此一，谓之壹。心卧则梦，偷则自行，使之则谋，故心未尝不动也；然而有所谓静，不以梦剧乱知，谓之静。未得道而求道者，谓之虚壹而静，作之则。将须道者，之虚则入；将事道者，之壹则尽；将思道者，静则察。知道察，知道行，体道者也。虚、壹而静，谓之大清明。万物莫形而不见，莫见而不论，莫论而失位。坐于室而见四海，处于今而论久远，疏观万物而知其情，参稽治乱而通其度，经纬天地而材官万物，制割大理而宇宙里矣。恢恢广广，孰知其极？睪睪广广，孰知其德？涫涫纷纷，孰知其形？明参日月，大满八极，夫是之谓大人。夫恶有蔽矣哉？（《解蔽》）

【译文】人靠什么来了解道呢？回答说：心。心靠什么来了解道呢？回答说：虚心、专心和静心。心从来没有不储藏信息的时候，但是却有所谓空虚；心从来没有不兼顾多方的时候，但是却有所谓专一；心从来没有不思考活动的时候，但是却有所谓宁静。人生来就有智能，有了智能就有记

忆；记忆嘛，就是储藏信息；但是有所谓空虚，不让已经储藏的信息去妨害将要接受的知识，就叫作虚心。心生来就有智能，有智能就可以区别不同的事物；能够区别不同的事物，就可以同时了解它们；同时了解它们，也就是兼顾多方；但是有所谓专一，不让那一种事物来妨害这一种事物的认知，就叫作专心。心睡着就会做梦，松弛下来就会想象，使用它就会思考谋划，所以心从来没有不思考活动的时候；但是有所谓宁静，不让梦幻和杂乱的想象扰乱了智慧，就叫作宁静。对于没有掌握道而追求道的人，要告诉他们虚心、专心和静心的道理，作为他们行动的准则和方法。想要求得道的人，达到虚心的程度就可以得到道；想要奉行道的人，达到专心的地步就可以穷尽道；想要探索道的人，达到静心的地步就可以明察道。了解道而明察，了解道而实行，就是实践道的人。达到了虚心、专心和静心的境界，就可以叫作最大的清澈圣明。他对于万事万物，没有什么露出形迹而看不见的，没有什么看见了而不能评判的，没有什么评判了而不恰当的。他坐在屋里而能够看见整个天下，处在现代而能够评论远古，通观万物而能够知道它们的真情，考核治乱而能够通晓它们的法度，治理天地而能够利用万物，掌握真理而心怀宇宙。宽阔广大啊，谁能知道他智慧的尽头？浩瀚广大啊，谁能知道他德行的深厚？千变万化、纷繁复杂，谁能知道他思想的轮廓？光辉如日月，博大满八极，这样的人就叫作伟大的人。这种人哪里还会受到蒙蔽呢？

【原文】心者形之君也，而神明之主也。出令而无所受令，自禁也，自使也；自夺也，自取也；自行也，自止也。故口可劫而使墨云，形可劫而使诎申，心不可劫而使易意，是之则受，非之则辞。故曰：心容，其择也无禁，必自见；其物也杂博，其情之至也不贰。《诗》云："采采卷耳，不盈顷筐。嗟我怀人，寘彼周行。"顷筐易满也，卷耳易得也，然而不可以贰周行。故曰：心枝则无知，倾则不精，贰则疑惑。以赞稽之，万物可兼知也。身尽其故，则美。类不可两也，故知者择一而壹焉。(《解蔽》)

【译文】心是身体的主宰，是精神的总管。它发号施令而从不接受命令；它自己限制自己，自己驱使自己；它自己决定抛弃什么，自己决定接受什么；它自己决定行动，自己决定停止。所以，嘴巴可以强迫它沉默或说话，身体可以强迫它弯屈或伸直，而心不可以强迫它改变意志，它认为对就接受，认为错就拒绝。所以说：心容纳外物，它的选择是不受限制的，而一定根据自己的见解；它认识外物虽然广博而杂乱，但是它精诚专一，最终也不会三心二意。《诗经》说："采啊采啊采卷耳，总是装不满斜口的筐子。我怀念的心上人啊，他还奔走在远方的大路上。"斜口的筐子是容易装满的，卷耳是容易采得的，但是不能三心二意地思念大路上的心上人。所以说：思想分散就不会有知识，思想偏向就不会精当，思想不专就会产生疑惑。如果用专心致志的态度去辅助考察，那么万物都能够全部了解。能够亲自详尽地了解万物的规律，那就完美了。认识事物的准则不可能有对立的两种，所以明智的人选择一种而专心如一。

【原文】凡观物有疑：中心不定，则外物不清；吾虑不清，未可定然否也。冥冥而行者，见寝石，以为伏虎也；见植林，以为后人也：冥冥蔽其明也。醉者越百步之沟，以为蹞步之浍也；俯而出城门，以为小之闺也：酒乱其神也。厌目而视者，视一为两；掩耳而听者，听漠漠而以为哅哅：势乱其官也。故从山上望牛者若羊，而求羊者不下牵也：远蔽其大也。从山下望木者，十仞之木若箸，而求箸者不上折也：高蔽其长也。水动而景摇，人不以定美恶：水势玄也。瞽者仰视而不见星，人不以定有无：用精惑也。有人焉以此时定物，则世之愚者也。彼愚者之定物，以疑决疑，决必不当。夫苟不当，安能无过乎？（《解蔽》）

【译文】凡是观察事物有疑惑：内心不平静，那么外界事物就看不清；自己的思虑不清楚，那么就不能判断是非。在昏暗中走路的人，看见横卧的石头，就以为是趴着的老虎；看见树立的森林，就以为是后面跟随的人：这是昏暗蒙蔽了他的视力。喝醉酒的人路过百步宽的水道，以为是一两步宽的水沟；低头走出城门，以为是宫中小门：这是酒扰乱了他的心神。捂着眼睛去看的人，看到一件会以为是两件；掩着耳朵去听的人，听到默然无声会以为是大声喧闹：这是因为外力干扰了他的官能。从山上远望山下的牛就像是羊，但是求取羊的人不会下山去牵的：这是距离掩盖了牛的高大。从山下远望山上的树木，八尺高的树木就像根筷子，但是求取筷子的人不会上山去折的：这是距离远掩盖了树木的长度。水晃动而影子摇摆，人们不会以此来判定容貌的美丑：这是水动使人眼花了。瞎子抬头观望而看不见星星，人们不会以此来判定星星的有无：这是眼睛看不见东西。有人啊在这时来判定事物，那就是世界上愚蠢的人。那些愚蠢的人判定事物，是用疑惑的心理决断疑惑的事物，决断必然不妥当。决断如果不妥当，怎么能没有过错呢？

人靠什么了解圣人之道呢？靠的是虚心、专心和静心，这是人的生理本能，也是求知的方法。"将须道者，之虚则入；将事道者，之壹则尽；将思道者，静则察。知道察，知道行，体道者也。虚、壹而静，谓之大清明"。正因为能够"虚、壹而静"，"万物莫形而不见，莫见而不论，莫论而失位"，所以，那些圣王能够"明参日月，大满八极"，根本不会受到蒙蔽。学习大道，专心致志至关重要，"心容，其择也无禁，必自见；其物也杂博，其情之至也不贰"。如果情思不专，一心二用，那么，"心枝则无知，倾则不精，贰则疑惑"，就不会有所收获。所以说，"类不可两也，故知者择一而壹焉"。自然与社会的各种因素都有可能造成内心不定，思想混乱，那么，认知和判断就会疑而不定，"以疑决疑，决必不当。夫苟不当，安能无过乎"？所以，内心宁静，思虑清晰，是获取真知的保证。

"虚、壹而静"，不仅用于学"道"，而且可以用来认识和掌握一切事物及其规律。"虚心"是对自满而言的，自我满足，自以为是，必然形成思维定势，拒绝一切新鲜事物，难免抱残守缺，故步自封。"专心"是对二心而言的，"行衢道者不至，事两君者不容。目不能两视而明，耳不能两听而聪"(《劝学》),专心致志,始终如一,才能有所进取,有所收获。"静心"是对浮躁而言的,宁静才能思考,宁静才能探索,只有平心静气,心如止水,才能潜心研究,有所成就。虚心、专心和静心,是认识和掌握一切事物规律的重要方法。

### (四) 始则终,终则始,若环之无端也

荀子认为,万事万物的运动发展轨迹如同圆环,始而复终,终而复始,无头无尾,无止无休,那么,"类不悖,虽久同理"。因此,众人与个体同理,远古与当今同理,先王与后王同理,万事与万物同理。作为君子,掌握了礼义这个根本的原则,就可以"以类行杂,以一行万",成为"天地之参也,万物之总也,民之父母也"。

【原文】以类行杂,以一行万,始则终,终则始,若环之无端也,舍是而天下以衰矣。天地者,生之始也;礼义者,治之始也;君子者,礼义之始也。为之、贯之、积重之、致好之者,君子之始也。故天地生君子,君子理天地。君子者,天地之参也,万物之总也,民之父母也。无君子,则天地不理,礼义无统,上无君师,下无父子,夫是之谓至乱。君臣、父子、兄弟、夫妇,始则终,终则始,与天地同理,与万世同久,夫是之谓大本。故丧祭、朝聘、师旅,一也;贵贱、杀生、与夺,一也;君君、臣臣、父父、子子、兄兄、弟弟,一也;农农、士士、工工、商商,一也。(《王制》)

【译文】用物类的共同规律去制约各种复杂的事物,用统一的法则去治理万事万物,从始到终,从终到始,如同圆环没有开端一样,舍弃这个原则天下就要衰败了。天地,是生命的本源;礼义,是治理天下的本源;君子,是礼义形成的本源;学习礼义、贯通礼义、积累增多礼义、爱好实行礼义,成为君子的本源。所以,天地生养君子,君子治理天地。君子,是天地的参赞,万物的总管,民众的父母。没有君子,那么天地就不能治理,礼义就没有统辖,上没有君与师的尊严,下没有父与子的人伦,这就

叫作极其混乱。君臣、父子、兄弟、夫妇之间的伦理，从始到终，从终到始，与天地之间的上下关系是同样的道理，与千秋万代同样长久，这叫作最大的根本。所以，丧葬、祭祀的礼义，朝拜、聘问的礼义，军队、行旅的礼义，道理是同样的；高贵和卑贱、处死和赦免、给予和夺取，道理是同样的；君像君、臣像臣、父像父、子像子、兄像兄、弟像弟，道理是同样的；农民像农民、士人像士人、工人像工人、商人像商人，道理是同样的。

"以类行杂，以一行万"，这个"类"、"一"就指的是通行的礼义。为了强调礼义的绝对正确、永恒存在，荀子提出"始则终，终则始，若环之无端也"的循环论，即"千岁必反，古之常也"（《赋》），"文武之道同伏戏"（《成相》），天不变，道亦不变。那么，礼义纵向就适用于古往今来，横向就适用于家国社会，"与天地同理，与万世同久，夫是之谓大本"。

【原文】五帝之外无传人，非无贤人也，久故也。五帝之中无传政，非无善政也，久故也；禹、汤有传政而不若周之察也，非无善政也，久故也。传者久则论略，近则论详；略则举大，详则举小。愚者闻其略而不知其详，闻其详而不知其大也。是以文久而灭，节族久而绝。（《非相》）

【译文】五帝之外没有流传到后世的名人，并不是那时没有贤能的人，而是因为年代久远的缘故；五帝之中没有流传到后世的政治措施，并不是他们没有善政，而是因为年代久远的缘故；夏禹、商汤虽然有流传到后世的政治措施却不及周代清楚，并不是他们没有善政，而是因为年代久远的缘故。流传年代久远论述就简略，流传年代近论述就详尽；论述简略的就列举大概，论述详尽的就列举细节。愚蠢的人听到简略的论述而不再了解详尽的细节，听到详尽的细节就不再了解大概的情况。所以，礼仪制度因为年代久远而消亡，音乐节奏因为年代久远而失传。

【原文】夫妄人曰："古今异情，其所以治乱者异道。"而众人惑焉。彼众人者，愚而无说，陋而无度者也。其所见焉，犹可欺也，而况于千世之传也？妄人者，门庭之间，犹可诬欺也，而况于千世之上乎？圣人何以不可欺？曰：圣人者，以己度者也。故以人度人，以情度情，以类度类，以说度功，以道观尽，古今一也。类不悖，虽久同理，故乡乎邪曲而不迷，观乎杂物而不惑，以此度之。(《非相》)

【译文】那些无知而乱讲的人说："古今情况不同，他们用来治乱的措施不同。"这样众人就迷惑了。那些众人，是愚昧讷言、浅陋无知的人。他们亲眼所见的，尚且可以欺骗，而何况对于千年的传闻呢？那些无知而乱讲的人，就是近在门庭间的事情，尚且可以欺骗，而何况千年之前的事情呢？圣人为什么不被欺骗呢？回答说：圣人，是根据自己的切身体验来推断事物的人。所以，他以今人推断古人，以今人之情推断古人之情，以当今的事物推断古代同类事物，以流传至今的学说推断古人的功业，以普遍的规律观察古代的一切，因为古今的情况是一样的。只要是同类事物而不相违背，即使相隔久远而道理相同，所以圣人面对邪说歪理而不迷惑，观察杂乱事物而不混淆，就是因为能够按照这种道理来推断。

荀子认为，因为"文久而灭，节族久而绝"，可能造成"古今异情"，但是现象不同，本质一样，圣人是不会被蒙蔽的，可以根据体验来推理判断，即"以人度人，以情度情，以类度类，以说度功，以道观尽，古今一也"。只要由礼义的原则出发，就能够"乡乎邪曲而不迷，观乎杂物而不惑"。这就从认识论的角度，充分肯定了礼义的原则性和重要性。

"以人度人，以情度情"，察今而知古，由近而知远，举一反三，触类旁通，固然是行之有效的方法，但是，荀子主张始终循环论，强调礼义为千古不变之道，甚至"文武之道同伏戏"(《成相》)，说明他完全忽视了事物随着时代发展而变化的现实，更没有认识到事物螺旋式上升发展的规律，这样就必然形成复古守旧的思想学说。直到他的弟子韩非子，才明确提出了"事因于世，而备适于事"(《五蠹》)的社会发展观。

### (五) 百王之道，后王是也

既然礼义"与天地同理，与万世同久"，那么"百王之道，后王是也"，后王就是先王礼义的当然继承者,"推礼义之统,分是非之分,总天下之要,治海内之众,若使一人"。所以,君子应该"法先王,顺礼义,党学者",而且要"志好之,行安之,乐言之,故君子必辩"。

【原文】君子位尊而志恭,心小而道大;所听视者近,而所闻见者远。是何邪?则操术然也。故千人万人之情,一人之情也;天地始者,今日是也;百王之道,后王是也。君子审后王之道,而论于百王之前,若端拜而议。推礼义之统,分是非之分,总天下之要,治海内之众,若使一人。故操弥约,而事弥大,五寸之矩,尽天下之方也。故君子不下室堂,而海内之情举积此者,则操术然也。(《不苟》)

【译文】君子地位尊贵而内心恭敬,心有方寸之小而道有天地之大;能够听和见的东西很近,而听到和见到的东西却很远。这是为什么呢?这是君子掌握了礼义的原则和方法,才有了这样的结果。所以,千千万万人的心情,如同一个人的心情一样;天地开辟时的情况,如同今日一样;百代帝王的治国之道,如同后代帝王一样。君子审察后王的治国之道,而去考察百代帝王之前的政治措施,就如同正身拱手而从容议论。推究礼义的纲领,分清是非的界限,总揽天下的关键,治理海内的民众,就如同役使一人。所以,掌握的方法愈简约,而成就的事业愈宏大,就如同五寸长的曲尺,能够画出天下所有的方形。所以,君子不用走出内室庭堂,而海内的情况都聚集在这里了,这就是因为掌握了方法才有了这样的结果啊。

君子由于掌握了礼义的原则和方法,就能够"位尊而志恭,心小而道大;所听视者近,而所闻见者远",所以"审后王之道,而论于百王之前,若端拜而议"。这样,治理天下百姓,就如同役使一人,"故操弥约,而事弥大,五寸之矩,尽天下之方也"。老子说:"不出户,知天下;不窥牖,见天道。"(《四十七章》)凭借的是自然规律。荀子说:"君子不下室堂,而海内之情举积此。"凭借的是礼义法则。二者秉持不同,思路却是一样的。

【原文】辨莫大于分，分莫大于礼，礼莫大于圣王。圣王有百，吾孰法焉？故曰：文久而灭，节族久而绝，守法数之有司极礼而褫。故曰：欲观圣王之迹，则于其粲然者矣，后王是也。彼后王者，天下之君也；舍后王而道上古，譬之是犹舍己之君，而事人之君也。故曰：欲观千岁，则数今日；欲知亿万，则审一二；欲知上世，则审周道；欲审周道，则审其人所贵君子。故曰："以近知远，以一知万，以微知明。"此之谓也。（《非相》）

【译文】辨别事物没有比确定名分更重要的了，确定名分没有比遵循礼义更重要的了，遵循礼义没有比效法圣王更重要的了。圣明的帝王有百位，我们效法哪一位呢？所以说：礼义制度因年代久远而消亡，音乐节奏因年代久远而失传，掌管礼法的官吏因制定礼法的年代久远而遗失不全。所以说：想要观察圣王的遗迹，就得观察那些传承清楚明白的人，后世的帝王就是了。那后世的帝王，就是现在天下的君王；舍弃后世帝王而称道上古的帝王，就譬如舍弃自己的君王，而侍奉别国的君王。所以说：想观察千年的往事，就仔细观察现在；想知道亿万件事物，就查明一两件事物；想知道上古之世，就审察周朝治国之道；想知道周朝的治国之道，就审察他们所尊重的君子。所以说："由近知远，由一知万，由暗知明。"说的就是这个道理。

按照由今知古、由近知远的认识论原则，由后王就可以知先王，因此，"欲观圣王之迹，则于其粲然者矣，后王是也"，后王继承的就是先王之道。所以，"舍后王而道上古，譬之是犹舍己之君，而事人之君也"，效法后王就是效法先王的礼义之道。

【原文】凡言不合先王，不顺礼义，谓之奸言；虽辩，君子不听。法先王，顺礼义，党学者，然而不好言，不乐言，则必非诚士也。故君子之于言也，志好之，行安之，乐言之，故君子必辩。凡人莫不好言其所善，而君子为甚。故赠人以言，重于金石珠玉；观人以言，美于黼黻文章；听人

以言，乐于钟鼓琴瑟。故君子之于言无厌。鄙夫反是，好其实，不恤其文，是以终身不免埤污佣俗。故《易》曰："括囊，无咎无誉。"腐儒之谓也。（《非相》）

【译文】凡是说话不符合古代圣王道德，不遵循礼义原则，就称为邪说；即使说得雄辩，君子也不听。效法先代圣王道德，遵循礼义原则，亲近饱学之士，但是不喜欢谈论圣王，不乐意宣传礼义，则一定不是真诚的士人。因此君子对于正确的学说，心里爱好，行动遵循，乐意宣传，所以君子一定能言善辩。凡是人没有不喜欢谈论自己所认为好的东西，而君子更是如此。所以把善言赠送别人，比赠送金石珠玉更贵重；把善言写给别人看，比礼服上的文采更华美；把善言说给别人听，比钟鼓琴瑟之音更快乐。所以君子对于善言的宣传永不停止。那些鄙陋的小人与此相反，他们只喜欢实惠，而不关心礼义文采，因此终身不免于鄙陋庸俗。所以《易经》说："扎住口袋，不出不入，既不得咎，也不得誉。"说的就是这种迂腐的儒生。

作为君子，不仅自己要效法先王之道，遵循礼义原则，而且要向民众推崇圣王，宣传礼义，这是义不容辞的责任，永远不能停止。那些"法先王，顺礼义，党学者，然而不好言，不乐言，则必非诚士也"，而如同扎住口袋、不入不出、不知经常宣传礼义的腐儒，更是有悖于君子之道。

虽然古今事物有某些共同的规律可循，由此可以"以近知远，以一知万，以微知明"，但是，并不能因此而否定古今事物不断发展变化的事实。荀子把视点定位在理想化的圣王之道，总是向往远古历史的辉煌，坚持"道不过三代"（《王制》），甚至连"声"、"色"、"械用"都要以古旧为准，公开提出"复古"，显然是历史的倒退，这不能不说是他认识论的严重缺陷。

有的学者认为，荀子主张"法后王"，具有历史发展的观念，其实是误解。在荀子看来，"欲观圣王之迹，则于其粲然者矣，后王是也"，后王就是先王的继承者，法后王就是法先王，这一点荀子与孔子、孟子并没有根本区别，所以说，"百王之道，后王是也"。不过，他认为"舍后王而道上古，譬之是犹舍己之君，而事人之君也"，主张直接推崇当今君王，更为切近务实，符合现实需要。韩非、李斯正是由此得到启示，为后来中央集权帝国的君王专制直接提供了法家的理论根据。

孟子和荀子作为孔门后学，从不同侧面继承发展了孔子的儒家学说。

孟子尊从孔子之说，谨守《诗》《书》，重视"仁爱"，提出"性善论"、"修养论"和"仁政论"，主张尊亲推恩，仁民爱物，与人为善，舍生取义，倡导仁政，推行王道，具有理想主义色彩。荀子继承儒家之学，又兼采墨、道、法各家之说，强调《礼》《乐》，重视"礼法"，提出"性恶论"、"劝学论"、"礼法论"、"天人论"和"认识论"，主张积善成德，隆礼尊贤，重法爱民，义立而王，倡导把握天命、应时而用的天人观，知行合一、辨合符验的认识论，具有现实主义精神。应该说，孟子与荀子各自都做出了自己的历史性贡献。

对于荀子学术贡献和历史地位，后学知世论人，曾经这样评论：

【原文】为说者曰："孙卿不及孔子。"是不然。孙卿迫于乱世，鳍于严刑；上无贤主，下遇暴秦；礼义不行，教化不成；仁者绌约，天下冥冥；行全刺之，诸侯大倾。当是时也，知者不得虑，能者不得治，贤者不得使。故君上蔽而无睹，贤人距而不受。然则孙卿怀将圣之心，蒙佯狂之色，视天下以愚。《诗》曰："既明且哲，以保其身。"此之谓也。是其所以名声不白、徒与不众、光辉不博也。今之学者，得孙卿之遗言余教，足以为天下法式表仪。所存者神，所过者化。观其善行，孔子弗过。世不详察，云非圣人，奈何？天下不治，孙卿不遇时也。德若尧禹，世少知之；方术不用，为人所疑。其知至明，循道正行，足以为纪纲。呜呼！贤哉！宜为帝王。天地不知，善桀纣，杀贤良。比干剖心，孔子拘匡；接舆避世，箕子佯狂；田常为乱，阖闾擅强。为恶得富，善者有殃。今为说者，又不察其实，乃

信其名；时世不同，誉何由生？不得为政，功安能成？志修德厚，孰谓不贤乎？（《尧问》）

【译文】立说的人讲："荀卿赶不上孔子。"这不对。荀卿被迫处于乱世，身受严刑钳制；上没有贤明的君主，下遇到暴虐之秦；礼制道义不能推行，教育感化不能办成；仁人遭到罢黜制约，天下昏暗无边；德行完美而受到讽刺，诸侯大肆倾轧兼并。在这个时候，有智慧的人不能谋划，有才能的人不能治理，有贤德的人不能使用。所以，君主受到蒙蔽而看不明，贤能的人受到排斥而不接纳。既然如此，荀卿虽然怀有圣人的志向，却只能假装疯狂的神色，向天下显示愚昧。《诗》云："既明智又聪慧，用来保全自身。"说的就是这样的人。这就是他名声不显、门徒不多、思想光辉照耀不广的原因。现在的学者，只要得到荀卿的遗言余教，就足以作为天下的法度准则。他所在的地方就会得到治理，他所过的地方就会发生变化。看看他善良的行为，孔子也不能超过。世人不加详细考察，说荀卿不是圣人，有什么办法呢？天下没有得到治理，是因为荀卿没有遇到时机。他的德行像尧舜，世人很少知道；他的治国方略不被采用，反而被人怀疑。他的智力极其聪明，遵循正道，端正德行，足以成为人们的榜样。哎呀！真是贤能啊！他应该成为帝王。天地间不了解，竟然赞赏桀纣，杀害贤良。比干被挖心，孔子困于匡；接舆避开尘世，箕子假装疯狂；田常犯上作乱，阖闾放肆逞强。作恶得到幸福，行善反遭祸殃。现在那些立说的人，又不考察实际情况，就相信那些虚名；时代世事不同，名誉从哪里产生？不能执掌政务，功业怎能成功？荀卿志向美好，德行淳厚，谁能说他不贤能呢？

荀子生于孟子之后，处于战国后期，形势急剧变化，社会愈加混乱，已经到了大一统帝国建立的前夜。他的学说不仅兼采各家之长，主张性恶，由礼入法，而且阐发"天人论"和"认识论"，具有更为广博深刻的内容，似乎超出了儒学的范畴，好像不是真正的"醇儒"。所以，历来孟子被视为儒家正统，孔孟并称，《孟子》列为经学，备受推崇，而《荀子》则始终处于诸子之列，长时期不受重视，直到唐人杨倞为之作注，清人王先谦为之集解，才有了比较完整的定本校注流行于世。其实，"扬孟抑荀"不过反映了儒家正统思想的门户之见，是对荀学的排斥和压制，不足为训。今天看来，荀学不仅是对儒学非常重要的补充、丰富和发展，而且是对先秦法、道、墨诸家思想的融会贯通，总结升华。荀学对于中央集权思想和大一统社会制度的产生和建立，对中华民族人文思想传统的形成，具有不可低估的历史作用和深远影响。

# 捌 韩非子

韩非子（约前280—前233年），是韩国贵族公子，亲眼目睹了各国诸侯的纵横争斗，亲身经历了战国末年的沧桑巨变，他作为先秦诸子的终结者，秉承师说，批判百家，环顾海内，熔炼古今，顺应天下一统之大势，汇集法家思想之大成，为建立专制帝国提供了指导思想和理论根据。

《史记·老庄申韩列传》曰：

"韩非者，韩之诸公子也。喜刑名法术之学，而其归本于黄老。非为人口吃，不能道说，而善著书，与李斯俱事荀卿，斯自以为不如非。非见韩之削弱，数以书谏韩王。韩王不能用。于是，韩非疾治国不务修明其法制，执势以御其臣下，富国强兵，而以求人任贤，反举浮淫之蠹而加之于功实之上。……观往者得失之变，故作《孤愤》《五蠹》《内外储》《说林》《说难》十余万言。然韩非知说之难，为《说难》书甚具，终死于秦，不能自脱。……人或传其书至秦，秦王见《孤愤》《五蠹》之书，曰：'嗟乎！寡人得见此人，与之游，死不恨矣！'李斯曰：'此韩非之所著书也。'秦因急攻韩。韩王始不用非，及急乃遣非使秦。秦王悦之，未信用。李斯、姚贾害之，毁之曰：'韩非，韩之诸公子也。今王欲并诸侯，非终为韩，不为秦，此人之情也。今王不用，久留而归之，此自遗患也。不如以过法诛之！'秦王以为然，下吏治非。李斯使人遗非药，使自杀。韩非欲自陈，不得见。秦王后悔之，使人赦之，非已死矣。"

韩非与秦相李斯本是同学，"喜刑名法术之学，而其归本于黄老"，因韩王不能重用，便"观往者得失之变"，发愤著述。后因秦王喜其书，为见韩非而急攻韩，韩非才得以出使秦国。秦王非常欣赏韩非才学，但并"未信用"，这自然是考虑到韩非作为韩国诸公子的身份，尚在犹豫之间。后来李斯、姚贾以"遗患"毁之，促使秦王"下吏治非"，但还不至于立刻处死。而李斯竟"使人遗非药，使自杀"，最终置韩非于死地。所以，"韩非欲自陈，不得见。秦王后悔之，使人赦之，非已死矣"。显然，韩非子之死，是由于李斯嫉贤妒能，害怕韩非子得到重用而危及自身利益，才阴谋陷害，亲下毒手，置韩非于死地，酿成了同学之间谋杀的历史悲剧。这正是法家以功利否定道义、为达目的不择手段的典型案例。

韩非子坚持法家学说，自然清楚法术之士自身的危险处境。他说："智法之士与当涂之人，不可两存之仇也。……其可以罪过诬者，以公法而诛之；其不可被以罪过者，以私剑而穷之。是明法术而逆主上者，不僇于吏诛，必死于私剑矣。"（《孤愤》）但是，他并没有因此而恐惧退却。

且听堂谿公与韩非子的对话：

"堂谿公谓韩子曰：'臣闻服礼辞让，全之术也；修行退智，遂之道也。今先生立法术，设度数，臣窃以为危于身而殆于躯。何以效之？所闻先生术曰：楚不用吴起而削乱，秦行商君而富强。二子之言已当矣，然而吴起支解而商君车裂者，不逢世遇主之患也。逢遇不可必也，患祸不可斥也。夫舍乎全、遂之道，而肆乎危、殆之行，窃为先生无取焉。'韩子曰：'臣明先生之言矣。夫治天下之柄，齐民萌之度，甚未易处也。然所以废先王之教，而行贱臣之所取者，窃以为立法术，设度数，所以利民萌、便众庶之道也。故不惮乱主、闇上之患祸，而必思以齐民萌之资利者，仁智之行也。惮乱主、闇上之患祸，而避乎死亡之害，知明夫身而不见民萌之资利者，贪鄙之为也。臣不忍向贪鄙之为，不敢伤仁智之行。先生有幸臣之意，

然有大伤臣之实。'"(《问田》)

堂谿公已经指明,"吴起支解而商君车裂者,不逢世遇主之患也。逢遇不可必也,患祸不可斥也",而韩非子的学说就是"危于身而殆于躯",必有生命危险。但是,韩非子坚信自己的主张是"所以利民萌、便众庶之道也",要以拯救天下民萌为己任,而置自己生死于度外,勇敢地面对前途未卜、充满杀机的命运。从这个角度来看,韩非子未尝不是舍生求法,以身殉道。

《汉书·艺文志》著录"韩子五十五篇",今传《韩非子》亦五十五篇,除《初见秦》等几篇疑为后人所作之外,绝大部分重要篇目出于韩非子之手,早在战国末年已经流传于世,一直保留至今,这是先秦法家学说的代表之作。

"法"本作"灋"。《说文》曰:"灋,刑也。平之如水,从水。廌所以触不直者去之,从廌去。"清代段玉裁注:"法之正人,如廌之去恶也。"《说文》又曰:"廌,解廌兽也。似牛,一角。古者决讼,令触不直者。""廌"又名"獬豸"。东汉王充曰:"儒者说云:觟(獬)豸者,一角之羊也,性识有罪。皋陶治狱,其罪疑者令羊触之,有罪则触,无罪则不触。斯盖天生一角圣兽,助狱为验,故皋陶敬羊,起坐事之。此则神奇瑞应之类也。"(《论衡·是应篇》)无论是一角之牛,还是一角之羊,都是传说中的古神兽,用之罚罪去恶。其说显然与巫术有关,含有上古初民的迷信习俗,却道出了"法"的社会功能和作用。

什么是法?《尹文子》认为"法有四呈":

"一曰不变之法,君臣上下是也。二曰齐俗之法,能鄙同异是也。三曰治众之法,庆赏刑罚是也。四曰平准之法,律度权量是也。"

可见,在古人心目中,"法"有狭义、广义之分。狭义的"法",是针对庶人平民而言的,即"治众之法"。《汉书·刑法志》说:"《书》云:'天秩有礼,天讨有罪。'故圣人因天秩而制五礼,因天讨而作五刑:大刑用甲兵，其次用斧钺，中刑用刀锯，其次用钻凿，薄刑用鞭扑。大者陈诸原野，小者致之市朝，其所由来者上也。"因此，西汉初年贾谊说："夫礼者禁于将然之前，而法者禁于已然之后。"(《汉书·贾谊传》)所以，礼法、刑法并称。广义的"法"是古来一切社会制度规范的总称，除"治众之法"外，还包括"不变之法"、"齐俗之法"、"平准之法"。《国语·齐语》曰："桓公曰：'安国若何？'管子对曰：'修旧法，择其善者而业用之。'遂滋民，与无财，而敬百姓，则国安矣。"所谓"旧法"，即百王各种之法。

法律和法官的产生由来已久，盖出于文明社会。收于《尚书》的《吕刑》，是我国刑法史上最早的法律，而典籍记载最早的司法官是唐虞时的皋陶。《尚书·虞书·舜典》曰："帝曰：'皋陶，蛮夷猾夏，寇贼奸宄，汝作士，五刑（墨、劓、剕、宫、大辟）有服。'""士"即理官。所以，班固说："法家者流，盖出于理官。"(《汉书·艺文志》)

上古法律被王公世袭垄断，实为贵族特权，统治者口含天宪，随意而定，平民百姓无所措手足，动辄得咎。春秋之后，社会阶级关系发生了巨大变化，各国诸侯顺应潮流，因时而变，纷纷修订新法，公之于世。据《左传》记载：鲁宣公十五年（前594年）"初税亩"；鲁昭公四年（前538年）"郑子产作丘赋"；鲁昭公六年（前536年）"三月，郑人铸刑书"；鲁昭公二十九年（前513年）"冬，晋赵鞅、荀寅帅师城汝滨，遂赋晋国一鼓铁，以铸刑鼎，著范宣子所为刑书焉"；鲁定公九年（前501年）"郑驷歂杀邓析，而用其竹刑"。这些记载，都是法律变革的直接反映。孔子从德政、礼制出发，认为范宣子铸刑书有悖于"尊尊"之道，所以说："民在鼎矣，何以尊贵？贵何业之守？贵贱无序，何以为国？"(《左传·昭公二十九年》)其实，法律只有公之于众，有目共睹，才有可能公平、公正，这是司法的进步。法家思想正是由于司法的发展进步才逐步理论化，形成了系统的学说。

从现存典籍来看，先秦早期法家的代表人物有管仲、子产、李悝、吴起、慎到、申不害、商鞅等，在法家理论方面做出重要贡献的主要有管仲、慎到、申不害、商鞅等人，而战国末期的韩非子是其集大成者。

管仲（？—前648年），名夷吾，字仲，早于孔子150多年。他在齐国执政40余年，辅佐齐桓公成为春秋第一位霸主。《史记·管晏列传》曰："管仲夷吾者，颍上人也。少时常与鲍叔牙游，鲍叔知其贤，管仲贫困，常欺鲍叔，鲍叔终善遇之，不以为言。已而，鲍叔事齐公子小白，管仲事公子纠。及小白立为桓公，公子纠死，管仲囚焉，鲍叔遂进管仲。管仲既用，任政于齐，齐桓公以霸，九合诸侯，一匡天下，管仲之谋也。……管仲既任政相齐，以区区之齐在海滨，通货积财，富国强兵，与俗同好恶。故其称曰：'仓廪实而知礼节，衣食足而知荣辱，上服度则六亲固。四维不张，国乃灭亡。下令如流水之原，令顺民心。'故论卑而易行。俗之所欲，因而予之；俗之所否，因而去之。其为政也，善因祸而为福，转败而为功。贵轻重，慎权衡。"

世传《管子》一书，并非出自管仲之手，而是稷下学者托名而作。书中有儒家言（如《内业》《弟子职》），有墨家言（如《立政》《立政九败解》），有道家言（如《心术》《白心》），有纵横家言（如《霸言》），有兵家言（如《兵法》），有农家言（如《地员》），当然更多的是法家言（如《七法》《法禁》《法法》《明法》等），反映了管仲的法家思想。

慎到（约前395—前315年），曾在齐国稷下讲学，后入韩国，为韩大夫。《天下篇》、《非十二子》曾经论及。《史记·孟荀列传》曰："慎到，赵人。……皆学黄老道德之术，因发明序其指意，故慎到著十二论。"可见他是由道入法，其学说侧重于"势"。《汉书·艺文志》著录"慎子四十二篇"，今存《威德》《因循》《民杂》《知忠》《德立》《君人》《君臣》七篇。

申不害（约前385—前337年），韩昭侯八年任韩相，执政15年，国治兵强。其学说侧重于"术"。据《史记·老庄申韩列传》记载："申不害者，京人也,故郑之贱臣。学术以干韩昭侯。昭侯用为相,内修政教,外应诸侯,十五年。终申子之身,国治兵强,无侵韩者。申子之学,本于黄老而主刑名,著书二篇,号曰《申子》。"《汉书·艺文志》著录"《申子》六篇",其书已散佚,仅存《大体》一篇,辑录在唐人的《群书治要》卷三十六中。对此,《淮南子·要略》评价说:"申子者,韩昭釐之佐。韩,晋别国也。地墽民险,而介于大国之间。晋国之故礼未灭,韩国之新法重出;先君之令未收,后君之令又下。新故相反,前后相缪,百官悖乱,不知所用,故刑名之书生焉。"

《内储说上》记载了申不害两个小故事:

"韩昭侯使人藏弊绔。侍者曰:'君亦不仁矣。弊绔不以赐左右,而藏之。'昭侯曰:'非子之所知也。吾闻明主之爱,一嚬一笑。嚬有为嚬,而笑有为笑。今夫绔,岂特嚬笑哉?绔之与嚬笑,相去远矣。吾必待有功者,故藏之,未有予也。'"

"韩昭侯使骑于县,使者报,昭侯问曰:'何见也?'对曰:'无所见也。'昭侯曰:'虽然,何见?'曰:'南门之外,有黄犊食苗道左者。'昭侯谓使者,毋敢泄吾所问于女。乃下令曰:'当苗时,禁牛马入人田中。固有令,而吏不以为事,牛马甚多入人田中。亟举其数上之,不得,将重其罪。'于是三乡举而上之。昭侯曰:'未尽也。'复往审之,乃得南门之外黄犊。吏以昭侯为明察,皆悚惧其所,而不敢为非。"

由此可知,申不害教给韩昭侯的就是驾驭臣下的权术,君主言行必须高深莫测,深谋远虑,使臣下难知天威,时刻敬畏,这样,臣下就会自警自策,不敢妄动,"悚惧其所,而不敢为非",即所谓尊君卑臣之道。

商鞅(约前390—前338年),本卫国人,姓公孙,名鞅,又称卫鞅。后因助秦孝公变法,相秦十年,封之于商,又称商君。《史记·商君列传》曰:"商君者,卫之诸庶孽公子也。名鞅,姓公孙氏,其祖本姬姓也。鞅少好刑名之学,事魏相公叔痤,为中庶子。公叔痤知其贤,未及进,会痤病。

魏惠王亲往问病，曰：'公叔病有如不可讳，将奈社稷何？'公叔曰：'痤之中庶子公孙鞅，年虽少，有奇才，愿王举国而听之。'王嘿然。王且去，痤屏人言曰：'王即不听用鞅，必杀之，无令出境。'王许诺而去。公叔痤召鞅，谢曰：'今者王问可以为相者，我言若，王色不许我。我方先君后臣，因谓王即弗用鞅，当杀之，王许我，汝可疾去矣，且见禽。'鞅曰：'彼王不能用君之言任臣，又安能用君之言杀臣乎？'卒不去。惠王既去，而谓左右曰：'公叔病甚，悲乎！欲令寡人以国听公孙鞅也，岂不悖哉？'公叔既死，公孙鞅闻秦孝公下令国中求贤者，将脩穆公之业，东复侵地，乃遂西入秦，因孝公宠臣景监以求见孝公。"进而，商鞅分别用帝道、王道、霸道游说孝公，孝公采用其强国之术而变法，虽然反对者甚多，但是在孝公的支持下，商君之法得以推行，"行之十年，秦民大悦，道不拾遗，山无盗贼，家给人足。民勇于公战，怯于私斗，乡邑大治"。等到商鞅变法成功，国富兵强，破魏军，虏魏公子卬，魏惠王才后悔地说："寡人恨不用公叔痤之言也！"

卫鞅学说侧重于"法"，他变法的内容主要是："令民为什伍，而相收司连坐。不告奸者，腰斩；告奸者，与斩敌首同赏；匿奸者，与降敌同罚。民有二男以上，不分异者，倍其赋；有军功者，各以率受上爵；为私斗者，各以轻重被刑大小。僇力本业、耕织致粟帛多者，复其身；事末利、及怠而贫者，举以为收孥。宗室非有军功论，不得为属籍。明尊卑爵秩等级，各以差次名田宅，臣妾、衣服以家次。有功者，显荣；无功者，虽富无所芬华。"（《史记·商君列传》）即实行连坐之法，强化政权；改革陋俗，分室而居；奖励军功，禁止私斗；鼓励耕织，惩罚末业；按功行赏，不论宗室等。这些措施，充分运用法家的思想，顺应历史的潮流，得到了百姓的拥护和支持，使秦国废除了封建奴隶制度，建立了君主郡县制度，迅速国富而兵强，从而为统一六国奠定了坚实的基础。应该说，这是法家理论的成功实践。

商鞅变法，相秦十年，确实使秦国大治，但是也不可避免地触犯了贵族们的根本利益，因此，后来遭到疯狂的报复。据《史记·秦本纪》载："孝公卒，子惠文君立，是岁诛卫鞅。鞅之初为秦施法，法不行。太子犯禁，鞅曰：'法之不行，自于贵戚，君必欲行法，先于太子。太子不可黥，黥其傅师。'于是法大用，秦人治。及孝公卒，太子立，宗室多怨鞅，鞅亡，因以为反，而卒车裂，以徇秦国。"一代改革家就这样死于非命。韩非子后来写出《孤愤》《说难》，就表现出对历史上法家可悲命运的无限感叹。

《五蠹》曰："今境内之民皆言治，藏商、管之法者家有之。"可见，商鞅、管仲的著作在战国末年已经广泛流传。《汉书·艺文志》著录"商君二十九篇"，今存二十四篇。今传《商君书》未必完全是商鞅所著，其中也有商鞅后学所著的篇目，据高亨先生考证，《更法》《错法》《徕民》《弱民》《定分》等即非商君之作（《商君书注译》），但是多数篇目当为商鞅所著，反映了他的理论学说。

韩非子作为先秦法家殿后的学者，在全面系统批判总结了管仲、慎到、申不害、商鞅等前辈法家理论的基础上，建立了自己完备的法家学说，成为法家学派的集大成者。

对于前辈法家学者的理论，他有详细地分析：

【原文】问者曰："申不害、公孙鞅，此二家之言孰急于国？"应之曰："是不可程也。人不食，十日则死；大寒之隆，不衣亦死。谓之衣食孰急于人，则是不可一无也，皆养生之具也。今申不害言术，而公孙鞅为法。术者，因任而授官，循名而责实，操杀生之柄，课群臣之能者也，此人主之所执也。法者，宪令著于官府，刑罚必于民心，赏存乎慎法，而罚加乎奸令者也。此臣之所师也。君无术则弊于上，臣无法则乱于下，此不可一无，皆帝王之具也。"（《定法》）

【译文】有人问："申不害、公孙鞅，这两家的学说哪个对于治理国家最为急需呢？"回答说："这两家学说是不能这样比较的。人如果不吃饭，十天就要饿死；大寒最冷的时节，若不穿衣服也要冻死。说穿衣和吃饭哪个对人最重要，那么这两样缺一不可，都是养育生命必须具备的东西。现在申不害主张权术，而商鞅主张法律。所谓权术，就是根据他任事的能力而授予官职，按照官职的名义要求他的相应业绩，操纵生杀大权，考察群臣实际的能力。这些是君主亲自掌管的。所谓法律，就是法令制定于官府，刑罚根植于民心，对于守法者奖赏，对于违法者惩罚。这些是官吏应该照办的。君主没有权术就会在上面受到蒙蔽，官吏没有法律就会在下面胡作非为，这两样缺一不可，都是帝王治理天下的工具。"

【原文】问者曰："徒术而无法，徒法而无术，其不可何哉？"对曰："申不害，韩昭侯之佐也。韩者，晋之别国也。晋之故法未息，而韩之新法又生；先君之令未收，而后君之令又下。申不害不擅其法，不一其宪令，则奸多。故利在故法前令则道之，利在新法后令则道之，利在故新相反，前后相勃，则申不害虽十使昭侯用术，而奸臣犹有所谲其辞矣。故托万乘之劲韩，十七年而不至于霸王者，虽用术于上，法不勤饰于官之患也。公孙鞅之治秦也，设告相坐而责其实，连什伍而同其罪，赏厚而信，刑重而必。是以其民用力劳而不休，逐敌危而不却，故其国富而兵强，然而无术以知奸，则以其富强也资人臣而已矣。及孝公、商君死，惠王即位，秦法未败也，而张仪以秦殉韩、魏。惠王死，武王即位，甘茂以秦殉周。武王死，昭襄王即位，穰侯越韩、魏而东攻齐，五年而秦不益尺土之地，乃城其陶邑之封。应侯攻韩八年，成其汝南之封。自是以来，诸用秦者，皆应、穰之类也。故战胜则大臣尊，益地则私封立，主无术以知奸也。商君虽十饰其法，人臣反用其资。故乘强秦之资数十年而不至于帝王者，法虽勤饰于官，主无术于上之患也。"（《定法》）

【译文】有人问："只用权术而不用法律，只用法律而不用权术，其中的不可之处在哪里呢？"回答说："申不害，是韩昭侯的辅佐大臣。韩国，是从晋国分裂出来的一个国家。晋国的旧法还没有废除，而韩国的新法又产生；前代君主的政令还没有收回，而后代君主的政令又颁布。申不害不擅长他们的法令，不统一全国的政令，那么违背政令的事情就多起来了。所以他们认为旧法前令有利就照办，认为新法后令有利就照办，如果利在旧法新法相反，前令后令相悖，那么申不害纵然多次让韩昭侯运用权术，而奸佞之臣仍然有诡辩的言词。所以申不害凭借万乘兵车的强大韩国，经历十七年而没有完成霸业的原因，就是虽然君主在上运用权术，而在官府却没有尽力修定法律所带来的祸患啊。商鞅治理秦国，建立检举和连坐制度来考察犯罪事实，将五家十家平民连接一起互相监视，一家犯罪而九家不告发则连同治罪，对有功者重赏而讲信用，对犯法者重刑而不改变。因此秦国的平民努力耕作，劳累而不休，在战场追逐敌人，有危险也不退却，所以秦国富而兵强，然而君主不能运用权术考察奸佞，那么只能是让秦国的富强来资助臣下罢了。等到秦孝公、商鞅去世，秦惠王继承王位，秦国的法律没有废止，而张仪把秦国的力量牺牲在韩、魏而为自己谋取爵禄。秦惠王死后，秦武王继承王位，甘茂把秦国的力量消耗在东周的战事而为自己谋利。秦武王死后，昭襄王继承王位，穰侯魏冉越过韩、魏两国而向东攻打齐国，连续五年战争而秦国没有增加一寸土地，可是他却扩大了自己陶邑的封地。应侯范雎攻打韩国八年，扩大了他在汝南的封地。从此以后，秦国重用的许多大臣，都是应侯、穰侯一类人物。所以，打了胜仗，那么大臣的地位就尊贵起来；扩大疆土，那么私人的封地就建立起来，这是君主没有运用权术去考察奸佞的缘故。商鞅虽然多次修定法律，而大臣却利用变法成果谋取私利。所以凭借强秦的国力数十年而没有完成称帝大业的原因，就是因为官府虽然尽力修定法律，而君主没有在上面运用权术所造成的弊病。"

【原文】问者曰："主用申子之术、而官行商君之法，可乎？"对曰："申子未尽于术，商君未尽于法也。申子言治不逾官，虽知弗言。治不逾官，谓之守职也可；知而弗言，是不谓过也。人主以一国目视，故视莫明焉；以一国耳听，故听莫聪焉。今知而弗言，则人主尚安假借矣？商君之法曰：斩一首者爵一级，欲为官者为五十石之官；斩二首者爵二级，欲为官者为百石之官。官爵之迁与斩首之功相称也。今有法曰：斩首者令为医匠，则屋不成而病不已。夫匠者，手巧也；而医者，齐药也；而以斩首之功为之，则不当其能。今治官者，智能也；今斩首者，勇力之所加也。以勇力之所加而治智能之官，是以斩首之功为医匠也。故曰：二子之于法、术，皆未尽善也。"（《定法》）

【译文】有人问："君主运用申不害的权术，官府执行商鞅的法律，可以吗？"回答说："申不害在权术方面并不完善，商鞅在法律方面并不完善。申不害说官吏处理政事不能超过本职权限，本职以外的事务即就是知道也不能报告。处理政事不能超过本职权限，称为恪守职责还可以；本职以外的事务即就是知道也不能报告，这不报告就是过错。君主用全国的眼睛察看，就没有谁看得比他更明白；用全国的耳朵探听，就没有谁听得比他更清楚。如果官吏知情不报，那么君主还依靠什么去了解情况呢？商鞅的法律说：杀死一个敌人的，赏给一级爵位，想要做官就做年俸五十石的官；杀死两个敌人的，赏给二级爵位，想要做官就做年俸一百石的官。官职和爵位的提升与杀敌立功的大小相称。假如有这样的法律说：杀敌立功的人去当医生或工匠。那么房屋就会盖不成而病痛就会治不好。工匠是因为有技能，医生是因为会配药，而让杀敌有功的人去从事这种工作，是同他们的才能不相称的。现在担任官职的人，应该是有智慧才能的；现在杀敌立功的人，应该是靠勇气力量拼搏的。如果让靠勇气力量拼搏的人去担任处理政务的官吏，这就如同让杀敌立功的人去当医生、工匠一样。所以说：申不害和商鞅在法律和权术方面，都是不完善的。"

具体来说，韩非虽然是荀子的门生，但是他并没有秉承墨守儒家的学说，而是首先突破了荀子复古守旧的循环论，明确提出"古今异俗，新故异备"的进化论；接着由荀子人性本恶的理论，进一步提出公私相背的利害论，因此不再是由礼入法，而是直接主张严刑峻法。在此基础上，他对前辈法家的理论学说进行了全面深刻地分析取舍，承袭了管仲的治民强兵、尊君卑臣思想，发挥了慎到威势服众、君逸臣劳理论，进而认为，申不害之"术"不足以富国，商鞅之"法"不足以防奸，如果没有君王强权之"势"，严刑峻法和驭臣权术根本无从建立和实施。所以，他将慎到之"势"、商鞅之"法"和申不害之"术"三者融为一体，以威势为核心，以法与术为辅翼，最终建立起法家学说完备而系统的理论体系。

## 一　世异则事异，事异则备变

韩非子的法家理论，是建立在对社会历史发展的深刻观察和冷静思考基础上的。他认为，一切思想、理论和措施都必须适应现实社会的具体情况而产生，古今社会不断变化，各种情况自有不同，应对措施必须随之改变。无视社会变化而墨守成规是愚蠢的，看到社会变化而不知应对是虚妄的，由此他突破了荀子复古守旧的循环认识论。这种进化论，是韩非子法家思想的现实基础和理论支撑，也是与儒、墨两家"明据先王，必定尧、舜"的复古思想的根本分野。

### （一）事因于世，而备适于事

在韩非子看来，社会是不断变化的，上古、中古、近古、当今各有不同的情况，必须采取不同的措施才能应对，那种守株待兔似的泥古不化者不仅于事无补，而且令人耻笑。财物、人口古今多少不同，官职、权利古今轻重不同，因此，"圣人不期修古，不法常可，论世之事，因为之备"，所以，必须"事因于世，而备适于事"。

【原文】上古之世，人民少而禽兽众，人民不胜禽兽虫蛇，有圣人作，构木为巢以避群害，而民说之，使王天下，号曰有巢氏。民食果蓏蚌蛤，腥臊恶臭而伤害腹胃，民多疾病，有圣人作，钻燧取火以化腥臊，而民说之，使王天下，号之曰燧人氏。中古之世，天下大水，而鲧、禹决渎。近古之世，桀、纣暴乱，而汤、武征伐。今有构木、钻燧于夏后氏之世者，必为鲧、禹笑矣。有决渎于殷、周之世者，必为汤、武笑矣。然则今有美尧、舜、汤、武、禹之道于当今之世者，必为新圣笑矣。是以圣人不期修古，不法常可，论世之事，因为之备。宋人有耕者，田中有株，兔走触株，折颈而死，因释其耒而守株，冀复得兔，兔不可复得，而身为宋国笑。今欲以先王之政，治当世之民，皆守株之类也。(《五蠹》)

【译文】上古时代，人民少而禽兽多，人民经受不住禽兽虫蛇的侵害，有位圣人出来，在树上用树枝搭建像鸟巢一样的住处，用来躲避禽兽的侵害，人民爱戴他，让他统治天下，号称为有巢氏。人民吃野生的瓜果蚌蛤，气味腥臊难闻而伤害肠胃，人民多生疾病，有位圣人出来，钻木取火，烤熟食物，以化解腥臊气味，人民爱戴他，让他统治天下，号称为燧人氏。中古时代，天下发洪水，鲧、禹疏通河道。近古时代，夏桀、商纣暴虐昏庸，而商汤、周武王就起兵讨伐。如果在夏后的朝代还在急于构木为巢、钻燧取火，必定被鲧、禹耻笑。如果在殷、周时代还在急于疏通河道，必定被商汤、周武王耻笑。那么，如果当今还有人在称赞尧、舜、禹、汤、武那一套治世之道，也必定被当代圣人耻笑。所以，圣人不向往遥远的古代，不效法恒定的常规，研究当代的社会状况，据此为它制定必要的措施。宋国有位农夫，他的田中有个树桩，他曾经看见一只兔子奔跑时撞到树桩，折断脖子死了，他便放下农具而守候着树桩，希望再次得到死兔，兔子当然不能再次得到，而他则被宋国人耻笑。现在如果有谁想用先王的政治措施，治理当今的百姓，都像是守株待兔的农夫一样可笑。

上古出了有巢氏、燧人氏，中古出了鲧、禹，近古出了汤、武，他们都是在特定的社会环境中做出了卓越的贡献，才被民众拥立为圣王，这就是"不期修古，不法常可，论世之事，因为之备"的道理。所以，守株待兔、不知变通的农夫是愚蠢的，而"以先王之政，治当世之民，皆守株之类也"，更是荒唐可笑的。

【原文】古者丈夫不耕，草木之实足食也；妇人不织，禽兽之皮足衣也。不事力而养足，人民少而财有余，故民不争，是以厚赏不行，重罚不用，而民自治。今人有五子不为多，子又有五子，大父未死而有二十五孙，是以人民众而货财寡，事力劳而供养薄，故民争，虽倍赏累罚而不免于乱。（《五蠹》）

【译文】古代男子不种地，是因为草木的果实足够吃；妇女不织布，是因为禽兽的毛皮足够穿。不用费力而生活资料充足，人民少而财物有余，所以人民不争夺，因此不必施行丰厚的赏赐，不必使用严厉的惩罚，而人民自然安定。现在一家有五个儿子不算多，每个儿子又有五个儿子，祖父未死就有二十五个孙子，因此人民增多而财物缺少，用力劳苦而衣食微薄，所以人民争夺，即使加倍赏赐和累次惩罚也不免于混乱。

需求与资财，总是一对矛盾。古代"不事力而养足，人民少而财有余，故民不争"，当今"人民众而货财寡，事力劳而供养薄，故民争"。虽然韩非的说法未必全面，自有偏颇，但是不无道理。特别是他最早看到了人口增长带来的压力，实为先见之明，直到现在，"计划生育"依然是我们的国策。

【原文】尧之王天下也，茅茨不翦，采椽不斲；粝粢之食，藜藿之羹；冬日麑裘，夏日葛衣——虽监门之服养，不亏于此矣。禹之王天下也，身执耒臿以为民先，股无胈，胫不生毛——虽臣虏之劳不苦于此矣。以是言之，夫古之让天子者，是去监门之养，而离臣虏之劳也，古传天下而不足多也。今之县令，一日身死，子孙累世絜驾，故人重之。是以人之于让也，轻辞古之天子，难去今之县令者，薄厚之实异也。夫山居而谷汲者，膢腊而相遗以水；泽居苦水者，买庸而决窦。故饥岁之春，幼弟不饷；穰岁之秋，疏客必食——非疏骨肉爱过客也，多少之实异也。是以古之易财，非仁也，财多也；今之争夺，非鄙也，财寡也；轻辞天子，非高也，势薄也；争士橐，非下也，权重也。故圣人议多少、论薄厚为之政，故罚薄不为慈，诛

严不为戾，称俗而行也。故事因于世，而备适于事。(《五蠹》)

【译文】尧统治天下的时候，住的茅屋顶上茅草不加修剪，柞木橡子不加砍削；吃的是粗米饭，喝的是野菜汤；冬天穿着小鹿皮，夏天穿着葛布衣——现在即使是看门人的吃穿用也不会比这更差了。禹统治天下的时候，亲自拿起农具带领民众治水，累得大腿没有肌肉，小腿汗毛磨光——现在即使是奴隶的劳动也不会比这更苦了。由此说来，古代辞让天子之位的人，那不过是抛弃看门人的供养，而离开奴隶的劳苦罢了，因此古代把天下传给他人不值得赞美。现在的一个小县令，一旦死去，他的子孙还可以世代套马坐车，所以人们看重县令之职。因此，人们对于辞让这件事，能够轻易辞去古代的天子之位，难以舍弃当今的县令之职，这是因为利益多少的实情不同啊。住在山上而到深谷打水的人，节日里用水作礼品互相赠送；住在洼地而苦于水涝的人，却需要雇工挖渠排水。所以荒年的春天，自己年幼的弟弟也难以管饭；丰年的秋天，对疏远的过客都要招待吃喝——这并非疏远亲人而偏爱过客，而是因为粮食多少的实情不同啊。因此，古代看轻财物，并不是仁慈，而是因为财物多；今天进行争夺，并不是贪婪，而是因为财物少；轻易辞去天子之位，并不是品德高尚，而是因为古代天子权势太轻；现在争夺官职、依附权贵，不是品德卑下，而是因为现在官吏权势太重。因此圣人研究社会财物的多少、考虑权势的轻重，来制定相应的政令。刑罚轻并不算仁慈，刑罚重并不算暴虐，是适应社会情况而行事。所以情况随着社会而变化，而措施要适应变化的情况。

古今统治者的权力和利益是不同的，"是以人之于让也，轻辞古之天子，难去今之县令者，薄厚之实异也"，并非道德高下之别造成的。生活处境不同，决定了需求各异，"夫山居而谷汲者，膢腊而相遗以水；泽居苦水者，买庸而决窦"。资财的多少，决定了仁爱的表现，"故饥岁之春，幼弟不饷；穰岁之秋，疏客必食——非疏骨肉爱过客也，多少之实异也"。这些情况充分证明，"事因于世，而备适于事"才是正确的。

每一个时代都会有不同的问题和任务，理应采取不同的策略和措施；每一种社会都会有不同的思想和观念，理应破除陈规，顺势权变。韩非子的社会进化思想，是认识论上一个重大进步，是对荀子"文武之道同伏戏"（《成相》）守旧思想的跨越和突破。"守株待兔"式的愚蠢故事固然是历史的笑料，然而，后世墨守成规、故步自封的荒谬现象并不少见。所以，要想改革敝端、弃旧图新，必须解放思想，更新观念，顺应形势，与时俱进。

### （二）古今异俗，新故异备

从历史来看，"文王行仁义而王天下，偃王行仁义而丧其国"；舜"修教三年，执干戚舞，有苗乃服"；而"共工之战，铁铦短者及乎敌，铠甲不坚者伤乎体"，说明"世异则事异"，"事异则备变"。因此，"偃王仁义而徐亡，子贡辩智而鲁削"，是必然的结果。所以，儒、墨的"宽缓之政"，难治"急世之民"；"摺笏干戚"、"登降周旋"，早已脱离现实，"故智者不乘推车，圣人不行推政也"。

【原文】古者文王处丰、镐之间，地方百里，行仁义而怀西戎，遂王天下。徐偃王处汉东，地方五百里，行仁义，割地而朝者三十有六国，荆文王恐其害己也，举兵伐徐，遂灭之。故文王行仁义而王天下，偃王行仁义而丧其国，是仁义用于古不用于今也。故曰：世异则事异。当舜之时，有苗不服，禹将伐之。舜曰："不可。上德不厚而行武，非道也。"乃修教三年，执干戚舞，有苗乃服。共工之战，铁铦短者及乎敌，铠甲不坚者伤乎体，是干戚用于古不用于今也。故曰：事异则备变。上古竞于道德，中世逐于智谋，当今争于气力。齐将攻鲁，鲁使子贡说之，齐人曰："子言非不辩也，吾所欲者土地也，非斯言所谓也。"遂举兵伐鲁，去门十里以为界。故偃王仁义而徐亡，子贡辩智而鲁削。以是言之，夫仁义辩智，非所以持国也。去偃王之仁，息子贡之智，循徐、鲁之力使敌万乘，则齐、荆之欲不得行于二国矣。（《五蠹》）

【译文】古时候周文王处于丰、镐一带，土地方圆不过百里，他施行仁义而使西戎归附，后来统治了天下。徐偃王处于汉水以东，土地方圆有五百里，他也施行仁义，有三十六个国家向他割地朝拜，楚文王害怕徐国会危害自己，起兵讨伐徐国，就把它消灭了。所以周文王施行仁义统治了天下，徐偃王施行仁义却丧失了国家，这说明仁义只适用于古代而不适用于当今。所以说：时代不同了，情况也不同了。当舜统治天下的时候，苗人不臣服，禹要去讨伐。舜说："不行。我们崇尚德政不淳厚而使用武力，不合道义。"于是就连续三年进行教化，让百姓拿着盾牌和大斧跳舞，苗人就臣服了。共工打仗的时候，兵器短的容易被敌人刺杀，铠甲不坚的容易伤到自己身体，这说明拿盾、斧跳舞感化只适用于古代而不适用于当今。所以说：情况不同了，应对的措施就要变化。上古时期在道德上竞争，中古时期在智谋上角逐，当今则在武力上较量。齐国将要攻打鲁国，鲁国派子贡前去劝说齐人。齐人说："你的话并非不雄辩，可是我们所要的是土地，而不是你所说的空话。"于是就发兵攻打鲁国，一直打到距离鲁国国都城门十里的地方。所以偃王施行仁义而徐国被消灭，子贡机智善辩而鲁国被削弱。由此说来，那些仁义机智善辩，都不是用来保全国家的办法。如果抛弃偃王的仁义，停止子贡的辩智，依靠徐国、鲁国的力量抵抗拥有万乘兵车的大国，那么齐国、楚国的欲望就不能在徐、鲁两国得逞了。

同样是"行仁义"，周文王与徐偃王的结果不同，说明"仁义用于古不用于今也"；同样是"征服"，舜之伐苗与共工之战的方法不同，说明"干戚用于古不用于今也"。在"上古竞于道德，中世逐于智谋，当今争于气力"的情况下，只能根据形势的发展和变化，选择恰当的对策和措施。

【原文】夫古今异俗，新故异备，如欲以宽缓之政，治急世之民，犹无辔策而御驿马，此不知之患也。今儒、墨皆称先王兼爱天下，则视民如父母。何以明其然也？曰："司寇行刑，君为之不举乐；闻死刑之报，君为流涕。"此所举先王也。夫以君臣为如父子则必治，推是言之，是无乱父子也。人之情性，莫先于父母，皆见爱而未必治也，虽厚爱矣，奚遽不乱？今先王之爱民，不过父母之爱子，子未必不乱也，则民奚遽治哉？且夫以法行刑，而君为之流涕，此以效仁，非以为治也。夫垂泣不欲刑者，仁也；然而不可不刑者，法也。先王胜其法，不听其泣，则仁之不可以为治亦明矣。(《五蠹》)

【译文】古今的社会情况不同，新旧的政治措施也不同，如果想要用宽容和缓的仁政，治理急剧变动时代的百姓，就好像没有缰绳和马鞭去驾驭烈马，这是因为不明智带来的祸患。现在儒家、墨家都称赞先王爱护天下百姓，对待百姓如同父母疼爱子女一样。根据什么来证明先王是这样的呢？他们说："司寇执行刑罚的时候，君主为此而不奏乐；听到处决罪犯的报告，君主为此而流泪。"这就是他们列举先王兼爱天下的证据。如果认为君臣关系如同父子就一定天下大治，那么按照这种说法推论，天下就没有叛逆的父子了。人的感情，没有超过父母疼爱子女的了，然而父母都疼爱子女而家庭未必都和睦，即使是爱得深切，怎么能够保证家庭不混乱呢？先王爱百姓，不会超过父母疼爱子女，子女未必不逆乱，那么百姓怎么就一定能够治理得好呢？况且司寇按照法律执行刑罚，君主为此而流泪，只不过是用来表现仁慈罢了，并不是作为治国的方法。君主流泪而不想用刑，这是君主的仁慈；然而不能不用刑，这是国家的法律。先王还是要执行法律，而不听命于仁慈的眼泪，那么仁慈不能用来治理国家就是很明白的了。

"古今异俗，新故异备"，不同的时代应该有不同的治理方法。仁爱与法律是不相容的，"夫垂泣不欲刑者，仁也；然而不可不刑者，法也"。先王爱民如子，天下未必不乱，必须用法律来治理，可见，"仁之不可以为治亦明矣"。

【原文】搢笏干戚，不适有方铁銛；登降周旋，不逮日中奏百；《狸首》射侯，不当强弩趋发；干城距冲，不若堙穴伏橐。古人亟于德，中世逐于智，当今争于力。古者寡事而备简，朴陋而不尽，故有珧铫而推车者。古者人寡而相亲，物多而轻利易让，故有揖让而传天下者。然则行揖让，高慈惠，而道仁厚，皆推政也。处多事之时，用寡事之器，非智者之备也；当大争之世，而循揖让之轨，非圣人之治也。故智者不乘推车，圣人不行推政也。(《八说》)

【译文】手执笏板的朝臣和舞动大斧盾牌的士兵，都敌不过当今的长矛标枪；精通朝聘礼仪的人才，比不上日行百里的武士；演奏《狸首》之乐的朝堂射礼，挡不住强弓的急促发射；保卫城池、抵御冲车，不如挖掘洞穴、鼓风吹烟更有效。上古的人在道德方面较量，中古的人在智谋方面角逐，当今的人在武力方面竞争。古代事情稀少而设备简陋，质朴而不精，所以有蚌壳制成的农具和原木制成的小车这样的工具。古代人少而彼此亲近，财物丰富而看轻利益、容易谦让，所以有拱手禅让传承天下这样的事情。如此看来，拱手禅让，推崇慈善恩惠，而称道仁爱宽厚，都是古代质朴的政治措施。现在处于社会矛盾尖锐的时代，而使用古代质朴的器物，不是聪明人该用的措施；面对激烈争夺的社会，而遵循拱手禅让的陈规，不是圣人治国的方略。所以聪明人不乘坐简陋的原始小车，圣明的君主不实行古代的政治措施。

擂笏干戚，登降周旋，《狸首》射侯，干城距冲，都是适应古代社会采取的措施，随着社会的变化，应对方法必须与时俱进，所以，"处多事之时，用寡事之器，非智者之备也；当大争之世，而循揖让之轨，非圣人之治也。故智者不乘推车，圣人不行推政也"。

墨子说："强必治，不强必乱；强必宁，不强必危。"(《非命下》)韩非子关于"当今争于气力"的主张，显然受到墨子强劲力行思想的影响。韩非子如此反复强调"世异则事异"、"事异则备变"的道理，就是为了认定儒、墨仁爱学说已经过时，法家主张的严刑峻法才能治理"急世之民"。这就从现实需要的角度，为法家学说构建了必需的理论根据。

### (三) 明据先王、必定尧舜者，非愚则诬

韩非子接着对儒、墨显学传承的可信性提出质疑，强调"愚诬之学，

杂反之行，明主弗受也"；对儒、墨学说之间的矛盾性进行剖析，认为"冰炭不同器而久，寒暑不兼时而至，杂反之学不两立而治"。进而指出"言先王之仁义，无益于治"，所以，"明主急其助，而缓其颂，故不道仁义"。这就从根本上动摇了儒、墨学派的显学地位，否定了儒、墨思想的社会价值。

【原文】世之显学，儒、墨也。儒之所至，孔丘也。墨之所至，墨翟也。自孔子之死也，有子张之儒，有子思之儒，有颜氏之儒，有孟氏之儒，有漆雕氏之儒，有仲良氏之儒，有孙氏之儒，有乐正氏之儒。自墨子之死也，有相里氏之墨，有相夫氏之墨，有邓陵氏之墨。故孔、墨之后，儒分为八，墨离为三，取舍相反不同，而皆自谓真孔、墨，孔、墨不可复生，将谁使定世之学乎？孔子、墨子俱道尧、舜，而取舍不同，皆自谓真尧、舜，尧、舜不复生，将谁使定儒、墨之诚乎？殷、周七百余岁，虞、夏二千余岁，而不能定儒、墨之真，今乃欲审尧、舜之道于三千岁之前，意者其不可必乎！无参验而必之者，愚也；弗能必而据之者，诬也。故明据先王、必定尧舜者，非愚则诬也。愚诬之学，杂反之行，明主弗受也。（《显学》）

【译文】当世显赫的学说，是儒家和墨家。儒家学说的宗师，是孔丘；墨家学说的宗师，是墨翟。自从孔子死后，儒家分为子张、子思、颜氏、孟氏、漆雕氏、仲良氏、孙氏、乐正氏各派。自从墨子死后，墨家分为相里氏、相夫氏、邓陵氏各派。所以孔子、墨子之后，儒家分为八派，墨家分为三派，他们对学说的取舍相反不同，而都自认为是孔、墨的真传，孔子、墨子不能复活，将让谁来判定孔、墨学派的真假呢？孔子、墨子都赞颂尧、舜，而他们的取舍不同，都认为自己是尧、舜的真传，尧、舜不能复活，将让谁来判定孔、墨学派的真实情况呢？殷、周之际距现在七百多年，虞、夏之际距现在两千多年，尚且不能判定儒、墨的真假情况，何况现在试图判定三千年前的尧、舜之道，想来更是不能确定的吧！对事物的真实性没有验证就相信它，那是愚蠢；既然不能相信又作为判定事物的根据，那是欺骗。所以，公开地依据先王、坚定地赞颂尧舜的人，不是愚蠢就是欺骗。愚蠢欺骗的学说，杂乱矛盾的行为，英明的君主是不会接受的。

孔、墨之后，儒分为八，墨分为三，怎能确认后世儒、墨谁是真传？孔、墨"俱道尧、舜"，而尧、舜据今三千多年，怎能确认孔子、墨子谁是真传？既然如此，"明据先王、必定尧舜者，非愚则诬也"。那么，所谓儒、墨显学又有什么价值和意义呢？

【原文】墨者之葬也，冬日冬服，夏日夏服，桐棺三寸，服丧三月，世主以为俭而礼之。儒者破家而葬，服丧三年，大毁扶杖，世主以为孝而礼之。夫是墨子之俭，将非孔子之侈也；是孔子之孝，将非墨子之戾也。今孝戾、侈俭俱在儒、墨，而上兼礼之。漆雕之议，不色挠，不目逃，行曲则违于臧获，行直则怒于诸侯，世主以为廉而礼之。宋荣子之议，设不斗争，取不随仇，不羞囹圄，见侮不辱，世主以为宽而礼之。夫是漆雕之廉，将非宋荣之恕也；是宋荣之宽，将非漆雕之暴也。今宽廉、恕暴俱在二子，人主兼而礼之。自愚诬之学、杂反之辞争，而人主俱听之，故海内之士，言无定术，行无常议。夫冰炭不同器而久，寒暑不兼时而至，杂反之学不两立而治。今兼听杂学缪行同异之辞，安得无乱乎？听行如此，其于治人又必然矣。(《显学》)

【译文】墨家的葬礼，冬天死了就穿冬装下葬，夏天死了就穿夏装下葬，用三寸厚的桐木棺材，守孝三个月，当世的君主认为是节俭而敬重他们。儒家则要倾家荡产办丧事，守孝三年，悲伤憔悴到拄着拐杖才能行走，当世的君主认为是孝敬而敬重他们。那么肯定墨子的节俭，就应该否定孔子的奢侈；肯定孔子的孝敬，就应该否定墨子的忤逆。现在孝敬和忤逆、奢侈和节俭全在儒、墨的学说里，君主对他们却同样以礼相待。漆雕氏的言论，主张与别人争斗不流露怯懦的神色，不显出逃避的目光，做了错事对奴婢都要避让，行为端正对诸侯也敢斥责，当世的君主认为是正直而敬重他们。宋荣子的言论，提倡不和别人争斗，不向别人报仇，坐监牢不感到羞耻，被欺侮不觉得屈辱，当世的君主认为是宽容而敬重他们。那么肯定漆雕氏的正直，就应该否定宋荣子的宽恕；肯定宋荣子的宽容，就应该否定漆雕氏的凶暴。现在宽恕正直、宽容凶暴都在这两人的学说里，君主对他们却同样以礼相待。自从愚蠢欺骗的学说、杂乱矛盾的言辞争论不休，君主都听信，所以天下的学者，言论就没有确定的思想，行为就没有固定的准则。冰与炭不能长久放在一个容器，寒与暑不能同时到来，杂乱矛盾的学说不能同时肯定来治理国家。现在君主同时听信杂乱的学说、荒谬的行为、矛盾的言辞，国家怎能不混乱呢？既然君主听信、行事如此，那么对于治理百姓也一定是这样的了。

儒、墨两家学说本不相同，互相矛盾，世主既对墨家"俭而礼之"，又对儒家"孝而礼之"；漆雕氏与宋荣子的主张相反，针锋相对，世主既对漆雕氏"廉而礼之"，又对宋荣子"宽而礼之"。如此"兼而礼之"，混淆视听，扰乱思想，国家"安得无乱乎"？

【原文】今或谓人曰："使子必智而寿。"则世必以为狂。夫智，性也；寿，命也。性命者，非所学于人也，而以人之所不能为说人，此世之所以谓之为狂也。谓之不能，然则是谕也。夫谕，性也。以仁义教人，是以智与寿说也，有度之主弗受也。故善毛嫱、西施之美，无益吾面，用脂泽粉黛，则倍其初。言先王之仁义，无益于治，明吾法度，必吾赏罚者，亦国之脂泽粉黛也！故明主急其助，而缓其颂，故不道仁义。（《显学》）

【译文】现在有人对别人说："我一定使你聪明而长寿。"那么世人一定认为是谎言。聪明，是天性生成的；长寿，是命运决定的。天性和命运，不是可以向别人学习得来的，而用人做不到的事情去讨好人，这就是世人认定这是谎言的原因。给人说不能办到的事情，这就是讨好。讨好别人，也是一种天性。儒家用仁义教导人，这就是等于用聪明和长寿欺骗人，实行法度的君主是不会接受的。所以称赞毛嫱、西施的美貌，对自己的容貌没有好处，使用脂膏粉黛化妆，就会比原来加倍漂亮。同样的道理，谈论先王的仁义，对于治理国家没有好处，只要彰明国家的法度，坚决实行赏罚措施，也就是使国家富强的脂膏粉黛啊！所以英明的君主急切需要有助于国家富强的法度，而对于称颂先王则可以缓行，因此不必讲儒家的仁义。

仁义的说教是虚妄的，"以仁义教人，是以智与寿说也"。一味地赞扬毛嫱、西施的美貌，并不能使自己漂亮；一味地歌颂先王的仁义，也不能使天下大治。粉黛有助于美化面容，法度有助于赏善罚恶。所以，"明主急其助，而缓其颂，故不道仁义"。

韩非子认定，儒、墨显学实为"愚诬之学，杂反之行"，既不可信，又不可行，毫无实用价值，从而根本否定了儒、墨显学的理论主张，批评了君主的矛盾思想，为推行法家学说，廓清舆论环境，排除了思想障碍，开辟了现实的途径。

### （四）是而不用，非而不息，乱亡之道也

既然儒、墨两家的学说不合时宜，传承混乱，互相矛盾，不可为治，那么就必须及早辨明理论是非，清除各家的社会影响，端正现实的施政措施。管仲说："言是而不能立，言非而不能废，有功而不能赏，有罪而不能诛，若是而能治民者，未之有也。是必立，非必废，有功必赏，有罪必诛，若是安治矣。"（《管子·七法》）所以，韩非子说："是而不用，非而不息，乱亡之道也"。由此可以看出其中的传承关系。

【原文】今人主之于言也，说其辩而不求其当焉；其用于行也，美其声而不责其功焉。是以天下之众，其谈言者务为辩而不周于用，故举先王言仁义者盈廷，而政不免于乱；行身者竞于为高而不合于功，故智士退处岩穴，归禄不受，而兵不免于弱。兵不免于弱，政不免于乱，此其故何也？民之所誉，上之所礼，乱国之术也。今境内之民皆言治，藏商、管之法者家有之，而国愈贫，言耕者众，执耒者寡也；境内皆言兵，藏孙、吴之书者家有之，而兵愈弱，言战者多，被甲者少也。故明主用其力，不听其言；赏其功，必禁无用，故民尽死力以从其上。夫耕之用力也劳，而民为之者，曰：可得以富也。战之为事也危，而民为之者，曰：可得以贵也。今修文

学，习言谈，则无耕之劳，而有富之实，无战之危，而有贵之尊，则人孰不为也？是以百人事智而一人用力，事智者众则法败，用力者寡则国贫，此世之所以乱也。(《五蠹》)

【译文】现在君主对于言谈，总是喜欢巧言善辩而不追究是否正确；对于人的品行，总是欣赏他的虚名而不责求有无实效。因此天下的人们，那些言谈的人着力于巧言善辩却不切合适用，所以称颂先王、高谈仁义的人充满朝廷，而国家的政治却不能免于混乱；那些注重修养的人竞相标榜清高而不切合实际功效，所以有智慧的人隐居深山，归还俸禄不肯接受，而国家的兵力却不能免于削弱。国家的兵力不能免于削弱，国家的政治不能免于混乱，这其中的原因究竟是什么呢？是由于民众所称赞的，君主所礼遇的，都是使国家混乱的做法。现在国内的民众都在谈论治国，家家都有商鞅、管仲的著作，而国家却越来越穷，这是因为空谈农耕的人多，而真正拿起农具干活的人少；国内的民众都在谈论军事，家家收藏孙子、吴起的著作，而国家的兵力越来越弱，这是因为空谈战争的人多，而真正披甲上阵的人少。所以英明的君主使用民力，不听信他们空谈；奖励耕战功劳，坚决禁止无用的行动，所以民众就会竭尽力量来报效君主。耕地用力是劳苦的，而民众愿意干，因为他们说：可以因此而富足起来；战场搏斗是危险的，而民众愿意干，因为他们说：可以因此而显贵起来。现在研究文学，熟悉言谈，没有耕地的劳苦，而有富足的实惠，没有战争的危险，却有显贵的尊位，那么人们谁不愿意这样干呢？因此很多人从事智力活动而很少人从事耕战，从事智力活动的人多就会败坏法治，从事耕战的人少就会国家贫弱，这就是国家混乱的原因。

言必求当，行必求功，言耕者必执耒，言兵者必被甲，才能富国强兵，"故明主用其力，不听其言；赏其功，必禁无用"。农夫辛劳，战士危险，而"今修文学，习言谈，则无耕之劳，而有富之实，无战之危，而有贵之尊，则人孰不为也"？清谈误国，实干兴邦，在任何时代都必须铭记。

**【原文】** 今有人于此，义不入危城，不处军旅，不以天下大利易其胫一毛，世主必从而礼之，贵其智而高其行，以为轻物重生之士也。夫上所以陈良田大宅、设爵禄，所以易民死命也，今上尊贵轻物重生之士，而索民之出死而重殉上事，不可得也。藏书策、习谈论、聚徒役、服文学而议说，世主必从而礼之，曰："敬贤士，先王之道也。"夫吏之所税，耕者也；而上之所养，学士也。耕者则重税，学士则多赏，而索民之疾作而少言谈，不可得也。立节参明，执操不侵，怨言过于耳，必随之以剑，世主必从而礼之，以为自好之士。夫斩首之劳不赏，而家斗之勇尊显，而索民之疾战距敌而无私斗，不可得也。国平则养儒侠，难至则用介士，所养者非所用，所用者非所养，此所以乱也。且夫人主于听学也，若是其言，宜布之官而用其身；若非其言，宜去其身而息其端。今以为是也，而弗布于官；以为非也，而不息其端。是而不用，非而不息，乱亡之道也。（《显学》）

**【译文】** 现在有人在这里，自以为按照道义不进入危险之城，不处于军队行列，不愿为天下民众的利益而换取他小腿上的一根汗毛，当世的君主一定会听信并敬重他，推崇他的见识而赞赏他的行为，认为这是轻视财物而重视生命的人。君主所以拿出良田豪宅，设置官爵和俸禄，是为了换取民众的拼死效力。现在君主敬重那些轻视财物而重视生命的人，而想要民众冒死为君主献身，是不可能的。有人收藏书籍、练习辩论、聚集门徒、从事文献研究而高谈阔论，当世的君主一定会听信并敬重他，并且说："尊敬贤能之士，是先王的治国之道。"官吏收税的对象，是农民；而君主供养的人，是学士。农民就负担重税，学士却得到丰厚赏赐，这样想要求农民辛勤劳作而少去谈论，是不可能的。有的人树立气节而自以为高明，坚守节操而不许侵犯，只要听到怨恨之言，一定拔剑追杀，当世的君主一定会听信并敬重他，认为它是重视自己名誉的人。那些士兵有杀敌之功不给赏赐，而为私家之利而争斗的勇敢就受到敬重，这样想要求民众努力作战抗击敌兵而不为私利争斗，是不可能的。国家太平时就供养儒生和游侠，战祸来临时就使用甲士抗敌。供养的不是要使用的，要使用的不是要供养的，这就是国家混乱的原因。况且君主听取学者的言论，如果认为他的学说正确，就应该在官府实施他的主张而任用他；如果认为他的学说荒谬，就应该驱逐他而禁止他学说的萌芽。现在，认为正确的没有在官府实施，认为荒谬的没有禁止他学说的萌芽。正确的不运用，荒谬的不禁止，这就是使国家发生祸乱乃至灭亡的道理。

敬重"不以天下大利易其胫一毛"的杨朱门徒，则以死殉国之士不可得；敬重"藏书策、习谈论、聚徒役、服文学而议说"的孔门之后，则尽力耕作之民不可得；敬重"立节参明，执操不侵，怨言过于耳，必随之以剑"的墨侠之流，则为国而战的人不可得。这样，"国平则养儒侠，难至则用介士，所养者非所用，所用者非所养，此所以乱也"。

【原文】凡所治者刑罚也，今有私行义者尊；社稷之所以立者安静也，而噪险谗谀者任；四封之内所以听从者信与德也，而陂知倾覆者使；令之所以行、威之所以立者恭俭听上，而岩居非世者显；仓廪之所以实者耕农之本务也，而綦组、锦绣、刻画为末作者富；名之所以成、城池之所以广者战士也，今死士之孤饥饿乞于道，而优笑酒徒之属乘车衣丝；赏禄所以尽民力易下死也，今战胜攻取之士劳而赏不沾，而卜筮、视手理、狐虫为顺辞于前者日赐；上握度量所以擅生杀之柄也，今守度奉量之士欲以忠婴上而不得见，巧言利辞、行奸轨、以幸偷世者数御；据法直言、名刑相当、循绳墨、诛奸人所以为上治也而愈疏远，谄施顺意从欲以危世者近习；悉租税、专民力所以备难充仓府也，而士卒之逃事、伏匿附托有威之门，以避傜赋而上不得者万数；夫陈善田利宅所以战士卒也，而断头、裂腹、播骨乎平原野者无宅容身，身死田夺，而女妹有色、大臣左右无功者择宅而受，择田而食；赏利一从上出、所以擅剬下也，而战介之士不得职，而闲居之士尊显。上以此为教，名安得无卑？位安得无危？夫卑名位者，必下之不从法令、有二心、务私学、反逆世者也，而不禁其行，不破其群，以

散其党，又从而尊之，用事者过矣。（《诡使》）

【译文】国家得到治理靠的是刑罚，可是现在私自实行仁义的人却受到尊重；国家得以确立靠的是安定平静，可是吵吵嚷嚷、阿谀奉承、诽谤他人的人却被任职；国境之内能够听从君主靠的是诚信与恩德，可是行为不正、为人奸诈、陷害他人的人却被使用；君主的命令能够执行、权威能够树立靠的是臣下恭敬自律、听从君命，可是隐居山野、斥责现实的人却彰显于世；国家仓库能够充实靠的是农民从事耕种的本业，可是那些从事编织丝带、制作锦绣、雕刻绘画等末业的人却富有；君主的名望能够成就、城池能够增加靠的是士卒征战，可是烈士的遗孤受饥挨饿在路上乞讨，而娼妓与酒徒却乘坐车马、穿着丝绸；赏赐与俸禄是用来换取臣民效死尽忠的，可是战胜敌人、攻城略地的战士辛劳而不得赏赐，而那些占卜、看相、借用谄词逢迎讨好的人却天天得到奖赏；君主掌握法律是用来独行生杀大权，可是守护法律的大臣满怀忠心规劝君主不被接纳，而那些花言巧语、行为不轨、以侥幸心理苟且于世的人却屡次得到宠幸；按照法律直言诤谏、以法判案、遵守法度、惩处坏人用来为君主治理国家的人越来越被疏远，可是那些阿谀奉承、想要危害社稷的人却被亲近；收取全部租税、集中民力是为了防备灾难、充实国库，可是士卒逃避战事、隐藏起来依附权门，用来躲开劳役、赋税而使君主不能使用的人有上万之数；预备肥美的良田、便利的住宅，是为了激励作战的士卒，可是抛头颅、剖肚肠、战死沙场的人没有住宅容身，身死田地被掠夺，而那些漂亮的女人、没有功劳的大臣亲信却任凭他们选择住宅田地而授予；赏赐财利一律从君主发出，是为了独自控制臣下，可是战场上的甲士得不到官职，而闲居的隐士却尊贵显赫。君主若用这些事实进行教化引导，名声怎么能不低下？地位怎么能不危险？使君主名声低下、地位危险的人一定是那些臣下不遵守法律、怀有二心、致力私学、反对现实的人，可是不禁止他们的行为，不打破他们的群体，拆散他们的私党，却反而要尊崇他们，这就是君主的过失了。

韩非子从功利出发，全面揭示了当时的社会矛盾。那些"私行义者"、"噪险谗谀者"、"陂知倾覆者"、"岩居非世者"……，无不违背法律，逆世而动，君王如此治国，则"名安得无卑？位安得无危"？如果"不禁其行，不破其群，以散其党，又从而尊之"，国家又怎能不乱？

### （五）法与时移，禁与能变

韩非子认为，思想观念要与时俱进，措施制度也要因时而变，"治民无常，唯治为法。法与时转则治，与世宜则有功"。因此，必须"法与时移，而禁与能变"。这是进化观念在治国措施上的必然反映。

【原文】夫民之性，恶劳而乐佚。佚则荒，荒则不治，不治则乱，而赏刑不行于天下者必塞。故欲举大功而难致而力者，大功不可几而举也；欲治其法而难变其故者，民乱不可几而治也。故治民无常，唯治为法。法与时转则治，与世宜则有功。故民朴，而禁之以名则治；世知，维之以刑则从。时移而治不易者乱，能治众而禁不变者削。故圣人之治民也，法与时移，而禁与能变。（《心度》）

【译文】百姓的本性，是厌恶劳苦而喜欢安逸。安逸了事业就荒废，事业荒废政事就不能治理，政事不能治理就会混乱，而赏罚不能在天下施行的君主必定蔽塞。所以要想建立大功而难以取得百姓全力支持的君主，大功不可能指望建立；想要修定自己的法度而难以改变原有旧法的君主，民众必然混乱不要指望治理好。所以治理百姓没有固定的常规，只要能够治理好就是好法律。法律随着时代变化就治理好国家，与社会相适合就有功效。所以百姓们质朴，用好坏名声来禁止就能够治理；社会上狡诈，用刑罚约束就能够使他们服从。时代变化了而治理的措施不变的就会混乱，能够治理民众而禁令不变的就会被削弱。所以圣人治理民众，法律与时代变化同时转移，而禁令因奸邪智能不断改变。

治理国家，要考虑民众的根本利益，"故其与之刑，非所以恶民，爱之本也"。因为民众的本性是"恶劳而乐佚"，"喜其乱而不亲其法"，所以，

"明主之治国也，明赏则民劝功，严刑则民亲法。劝功则公事不犯，亲法则奸无所萌"。由此看来，"法者，王之本也；刑者，爱之自也"。

【原文】圣人之治民，度于本，不从其欲，期于利民而已。故其与之刑，非所以恶民，爱之本也。刑胜而民静，赏繁而奸生。故治民者，刑胜，治之首也；赏繁，乱之本也。夫民之性，喜其乱而不亲其法。故明主之治国也，明赏则民劝功，严刑则民亲法。劝功则公事不犯，亲法则奸无所萌。故治民者，禁奸于未萌；而用兵者，服战于民心。禁先其本者治，兵战其心者胜。圣人之治民也，先治者强，先战者胜。夫国事务先而一民心，专举公而私不从，赏告而奸不生，明法而治不烦，能用四者强，不能用四者弱。夫国之所以强者，政也；主之所以尊者，权也。故明君有权有政，乱君亦有权有政，积而不同，其所以立异也。故明君操权而上重，一政而国治。故法者，王之本也；刑者，爱之自也。（《心度》）

【译文】圣人治理百姓，要考虑百姓的根本利益，而不顺从他们的欲望，期望给他们带来好处。所以圣人给他们设置刑罚，并不是为了憎恨百姓，而是爱护百姓的根本办法。刑罚众多而百姓安宁，赏赐繁多而奸邪产生。所以治理百姓，刑罚众多，是治理国家的首要之事；赏赐繁多，是国家混乱的根本原因。百姓的本性，是喜欢混乱而不亲近刑法。所以英明的君主治理国家，公开地赏赐那么百姓就会受到鼓励而建功，严厉地行刑那么百姓就亲近法律。百姓受到鼓励而建功，国家的公事就不受侵扰；百姓亲近法律，奸邪之事就不会萌生。所以治理百姓，要在奸邪未生之时就禁止；用兵作战，要使民心适应战争。先禁止奸邪的本源就能够治理，让民心适应战争就会胜利。圣人治理百姓，先禁止奸邪的本源就强大，早让民心适应战争就取胜。治理国家要首先贯彻这些原则而统一民心，专门提倡公事而私事就不会随从，赏赐告发人而奸邪就不会发生，彰明法度而治理国家就不烦乱，能够运用这四种办法国家就强大，不能运用这四种办法国家就衰弱。国家之所以强大，靠的是政策；君主之所以尊贵，靠的是权威。

所以英明的君主有权威有政策，昏庸的君主也有权威有政策，只是政绩不同，这是他们确立的原则不同。所以英明的君主掌握权力而君上受到尊重，统一政策而国家得到治理。所以，法度，是君主的根本；刑罚，是爱护百姓的开始。

儒家主张"得民之心而可以为治"，韩非认为"民智之不可用"，针锋相对。这里，实际上涉及"小苦"和"大利"、眼前利益和根本利益的关系。在韩非子看来，让民众"急耕"、"修刑"、"征赋"、"知介"，是"小苦"、眼前利益；而"厚民产"、"禁邪"、"实仓库"、"并力疾斗"，才是"大利"、根本利益。"此四者所以治安也，而民不知悦也"。所以，他认为"举士而求贤智，为政而期适民，皆乱之端，未可与为治也"。

【原文】今不知治者必曰："得民之心。"欲得民之心而可以为治，则是伊尹、管仲无所用也，将听民而已矣。民智之不可用，犹婴儿之心也。夫婴儿不剔首则腹痛，不揊痤则浸益。剔首、揊痤必一人抱之，慈母治之，然犹啼呼不止，婴儿子不知犯其所小苦致其所大利也。今上急耕田垦草以厚民产也，而以上为酷；修刑重罚以为禁邪也，而以上为严；征赋钱粟以实仓库，且以救饥馑、备军旅也，而以上为贪；境内必知介而无私解、并力疾斗所以禽虏也，而以上为暴。此四者所以治安也，而民不知悦也。夫求圣通之士者，为民知之不足师用。昔禹决江浚河，而民聚瓦石；子产开亩树桑，郑人谤訾。禹利天下，子产存郑，皆以受谤，夫民智之不足用亦明矣。故举士而求贤智，为政而期适民，皆乱之端，未可与为治也。（《显学》）

【译文】现在那些不懂治理国家的人一定会说："要顺应民心。"想要顺应民心才可以治理好国家，那么像伊尹、管仲这样的人就没有用处了，只要听从民众的要求就可以了。民众的智谋不可采用，就如同婴儿的心理一样。婴儿不剃头就会肚子疼，不挑破疖子的浓疱就会逐渐加重。剃头、破疖必须一人抱着他，由慈母来处理，然而婴儿还是会啼哭呼喊不停，因为婴儿并不知道遭受小小的痛苦可以得到大大的好处。现在君主急切地督促开荒种田来增加民众的财产，而民众却认为君主太严酷；修订刑律、加重处罚是为了禁止邪恶，而民众却认为君主太严厉；征收赋税钱粮来充实国库，将用来救济灾荒、准备战事，而民众却认为君主太贪婪；要求国内民众必须懂得军事而不许私自逃避兵役，同心协力、积极作战、俘获敌人，而民众却认为君主太残暴。这四种措施都是为了百姓安宁，而民众却不知道高兴。君主要寻求圣明通达的高士，就是因为民众的智谋不值得效法采用。从前大禹疏通江河，而民众却堆积瓦石；子产开荒种桑，却遭到郑国人诽谤。大禹为天下谋利，子产保全了郑国，都受到非议，民众的智谋不值得采用也就非常清楚了。所以选拔人才而寻求儒墨贤智之人，施行政策而希望迎合民众心理，这都是国家混乱的开端，不能够用它来治理国家。

先秦时期，民智未开，孔子说过"唯上知与下愚不移"（《阳货》），西门豹也说"民可以乐成，不可以虑始"（《史记·滑稽列传》），韩非子出身贵族，认为"民智之不可用"，更把"为政"与"适民"对立起来，显然是时代和阶级的局限。但是，韩非子从反面提出了一个重要的政治问题，即怎样把民众的眼前利益与根本利益、个人利益与国家利益结合起来。当二者发生矛盾的时候，怎样启发民众，教育民众，使民众能够拥护和支持政府的施政措施，乐意舍小利而谋大利、舍小家而为国家，并且心甘情愿地为之共同努力奋斗，这是执政者决策必须认真考虑、妥善处理的大事。

韩非子在当时提出进化论，是历史的进步，至今依然具有重要意义。但是，社会发展总是在批判、继承中前进的，不能因传承而否定变化，也不能因变化而否定传承。然而，韩非子只强调发展变化，否认历史传承，最终必然使自己的学说走向片面极端。

## 二　利害不并存，公私不两立

荀子从人的自然生理属性出发，提出了"性恶论"，为礼义教化提供了立论的前提。韩非子则将"性恶论"引入社会政治领域，并且推向极端，认为人性邪恶必然谋取私利，而个人的私利与国家的公利根本对立，不能两存，这种状况是永远不可改变的。臣下的私利行则大乱，君主的公利行则大治，所以，必须用法术震慑私利，用权势大兴公利，这就是韩非子在"性恶论"基础上提出的"利害论"。正因为如此，不能轻信臣下而模糊公私差别，不要迷恋亲情而扭曲是非观念，仁爱亲情不是存国之道，信赏必罚才是强国之路。这样，韩非子就从人性邪恶的角度，从公私利害的层面，为法家学说确立了理论根据。

### （一）公私之相背也，乃苍颉固以知之矣

韩非子认为人性本恶，天生自私，"公私之相背也，乃苍颉固以知之矣"。臣民希望不耕而富，不战而贵，与奖励耕战、富国强兵的国家公利完全相反，"今以为同利者，不察之患也"。如果君主混淆了公私之别，颠倒了公私之利，"而求致社稷之福，必不几矣"。

【原文】古者苍颉之作书也，自环者谓之厶，背私谓之公。公私之相背也，乃苍颉固以知之矣。今以为同利者，不察之患也。然则为匹夫计者，莫如修行义而习文学，行义修则见信，见信则受事；文学习则为明师，为明师则显荣：此匹夫之美也。然则无功而受事，无爵而显荣，有政如此，则国必乱、主必危矣。故不相容之事不两立也。（《五蠹》）

【译文】古代苍颉造字的时候，把为自己谋利叫厶，把背离厶叫公。公私相背离，是苍颉本来就知道的。现在认为公私的利益相同，这是没有明察造成的祸患。那么为个人打算，没有比修养品行道义、学习文学更好的了，品德道义修养好了就可以被君主信任，被信任就可以获得官职；文学研究好了就可以成为明师，成为明师就可以显贵荣耀：这是个人最美好的事情了。但是没有功劳却获得官职，没有爵位却显贵荣耀，如此治理政务，国家一定混乱、君主一定危险。所以互不相容的事情不能同时并存。

【原文】儒以文乱法，侠以武犯禁，而人主兼礼之，此所以乱也。夫离

法者罪，而诸先生以文学取；犯禁者诛，而群侠以私剑养。故法之所非，君之所取；吏之所诛，上之所养也。法、趣、上、下四相反也，而无所定，虽有十黄帝不能治也。故行仁义者非所誉，誉之则害功；文学者非所用，用之则乱法。楚之有直躬，其父窃羊而谒之吏，令尹曰："杀之！"以为直于君而曲于父，报而罪之。以是观之，夫君之直臣，父之暴子也。鲁人从君战，三战三北，仲尼问其故，对曰："吾有老父，身死莫之养也。"仲尼以为孝，举而上之。以是观之，夫父之孝子，君之背臣也。故令尹诛而楚奸不上闻，仲尼赏而鲁民易降北。上下之利若是其异也，而人主兼举匹夫之行，而求致社稷之福，必不几矣。（《五蠹》）

【译文】儒生利用文学扰乱法律，侠士使用武力违犯禁令，而君主对他们都以礼相待，这就是造成国家混乱的原因。触犯法律应该治罪，而那些儒生却凭借文学得到任用；违犯禁令应该惩处，而那些侠士却充当刺客得到豢养。所以法治所反对的，正是君主所任用的；官吏所惩处的，正是权贵所豢养的。这四个方面互相矛盾，没有固定的标准，即使有十个黄帝也不能治理好。所以对于行仁义的人不能赞誉，赞誉他们就会危害耕战；对于搞文学的人不能任用，任用他们就会扰乱法治。楚国有个正直的人，他父亲偷了羊他就报告官吏。令尹说："杀了他！"认为这个正直的人忠于君主却悖逆父亲，因而把他判决治罪。由此看来，君主的忠臣，却是父亲的逆子。鲁国有个人随君主打仗，三次上阵三次逃跑。仲尼询问其中的原因，他说："我有年迈的父亲，我战死就没有人养活他了。"仲尼认为他孝敬，便推举他做了官。由此看来，父亲的孝子，竟是君主的叛臣。所以令尹诛杀了正直的人，楚国的奸邪之事就没有人向上报告了；仲尼奖励了逃兵，鲁国人就更容易投降逃跑了。君主的利益与臣民的利益，是如此的不同，而君主既赞赏追求私利的行为，又要谋取国家的公利，那是一定不会有希望的。

"贵生之士"与"失计之民"、"文学之士"与"朴陋之民"、"有能之士"与"寡能之民"、"辩智之士"与"愚戆之民"、"磏勇之士"与"怯慑之民"、"任誉之士"与"谄谗之民",利害相反,毁誉颠倒,"奸伪无益之民六,而世誉之如彼;耕战有益之民六,而世毁之如此;此之谓六反"。如此则"名赏在乎私恶当罪之民,而毁害在乎公善宜赏之士,索国之富强,不可得也"。这全是因为不辨公私之别。

【原文】畏死难,降北之民也,而世尊之曰贵生之士;学道立方,离法之民也,而世尊之曰文学之士;游居厚养,牟食之民也,而世尊之曰有能之士;语曲牟知,伪诈之民也,而世尊之曰辩智之士;行剑攻杀,暴憿之民也,而世尊之曰磏勇之士;活贼匿奸,当死之民也,而世尊之曰任誉之士。此六民者,世之所誉也。赴险殉诚,死节之民,而世少之曰失计之民也;寡闻从令,全法之民也,而世少之曰朴陋之民也;力作而食,生利之民也,而世少之曰寡能之民也;嘉厚纯粹,整谷之民也,而世少之曰愚戆之民也;重命畏事,尊上之民也,而世少之曰怯慑之民也;挫贼遏奸,明上之民也,而世少之曰谄谗之民也。此六民者,世之所毁也。奸伪无益之民六,而世誉之如彼;耕战有益之民六,而世毁之如此;此之谓六反。布衣循私利而誉之,世主听虚声而礼之,礼之所在,利必加焉;百姓循私害而訾之,世主壅于俗而贱之,贱之所在,害必加焉。故名赏在乎私恶当罪之民,而毁害在乎公善宜赏之士,索国之富强,不可得也。(《六反》)

【译文】害怕战争死亡,是投降逃跑的人,而社会上却尊称他是珍惜生命的人;学习仁道方术,是触犯法律的人,而社会上却尊称他是精通文献的人;游手好闲、养尊处优,是侵夺他人食物的人,而社会上却尊称他是有才能的人;谈论歪理、玩弄智谋,是虚伪狡诈的人,而社会上却尊称他是机智善辩的人;用剑行刺、报复私仇,是凶残冒险以求侥幸的人,而社会上却尊称他是锋芒毕露的勇敢之人;包庇坏人、隐藏邪恶,是应该处死的人,而社会上却尊称他是为朋友讲义气的人。这六种人,是世俗所称赞的。奔赴国难、为国尽忠,是为节操而死的人,而社会上却贬斥他是不会算计的人；见识虽少、服从法令，是遵守法律的人，而社会上却贬斥他是浅陋无知的人；努力耕作而自食其力，是创造财富的人，而社会上却贬斥他是缺少才能的人；品德敦厚、纯朴老实，是正派善良的人，而社会上却贬斥他是愚蠢呆板的人；重视命令、敬畏国事，是尊崇君主的人，而社会上却贬斥他是胆小怕事的人；打击坏人、阻止邪恶，是使君主明察奸佞的人，而社会上却贬斥他是阿谀奉承、说人坏话的人。这六种人，是世俗所诋毁的。奸诈虚伪、无益于国的人有六种，社会上对他们那样称赞；努力耕战、有益于国的人有六种，社会上对他们那样诋毁：这就叫"六反"。百姓因循私利而称赞那六种人，君主听信虚名而礼遇他们，礼遇的对象，必然给予赏赐；百姓因循私害而诋毁这六种人，君主受世俗蒙蔽而卑贱他们，卑贱的对象，必然给予惩罚。所以美名和赏赐给予了为私作恶、应该治罪的人们，而诋毁和惩罚加给了为公行善、应该赏赐的人们，这样想求得国家的富强，是不可能的。

韩非剖析的"六反"现象，当然与后世不同，但是，他考虑问题的思路，对后世依然有深刻的启示。价值取向和是非观念非常重要，引导着社会的好恶爱憎、毁誉取舍，影响着人们的思想和行动，决定着时代的风尚和追求，所以，提倡什么，鄙弃什么，关系着社会导向，至为重要。如果清廉不如腐败，实干不如清谈，亲民不如媚上，诚信不如造假，肆无忌惮的奸猾人得利，遵纪守法的老实人吃亏，那将颠倒是非，混淆黑白，扭曲信念，抛弃宗旨，造成严重的后果。韩非子的忧虑，不能不令人深长思之。

### （二）私义行则乱，公义行则治

商鞅说："凡人主之所以劝民者，官爵也。国之所以兴者，农战也。今民求官爵，皆不以农战，而以巧言虚道，此谓劳民。劳民者其国必无力，无力者其国必削。"（《商君书·农战》）韩非子则进一步从公私对立的角度指出，私义与公义，既对立又联系，此消彼长，彼废此立，时时交织在一起，"主过予，则臣偷幸；臣徒取，则功不尊。无功者受赏，则财匮而民望；财匮而民望，则民不尽力矣"，必须慎重处理二者的关系。所以说，"公私不可不明，法禁不可不审"。

【原文】明于治之数，则国虽小，富；赏罚敬信，民虽寡，强。赏罚无度，国虽大兵弱者，地非其地，民非其民也。无地无民，尧、舜不能以王，三代不能以强。人主又以过予，人臣又以徒取。舍法律而言先王明君之功者，上任之以国，臣故曰：是愿古之功，以古之赏，赏今之人也。主以是过予，而臣以此徒取矣。主过予，则臣偷幸；臣徒取，则功不尊。无功者受赏，则财匮而民望；财匮而民望，则民不尽力矣。故用赏过者失民，用刑过者民不畏。有赏不足以劝，有刑不足以禁，则国虽大，必危。（《饰邪》）

【译文】懂得治理国家的方法，那么国家虽然小，必定会富裕；赏罚谨慎守信，民众虽然少，必定强盛。赏罚没有标准，国家虽然大而兵力弱小，土地不是自己的土地，民众不是自己的民众。没有土地、没有民众，尧、舜不可能称王，夏、商、周三代不可能强盛。君主又错误地给予，臣子又白白地捞取。那些舍弃法律而谈论先王明君功业的人，君主却把国事托付给他，我所以说：这是希望具有古代君王的功业，用古代给有功之臣的赏赐，奖励现在那些空谈的人。君王因为这样错误地给予，而臣子因为这样白白地捞取。君主错误地给予，那么臣子就会苟且侥幸；臣子白白地捞取，那么功业就不会尊贵。没有功劳的人受到赏赐，那么国家财力就会匮乏而民众就会埋怨；财力匮乏、民众埋怨，民众就不会为君主尽力了。所以错误地赏赐就会失去民众，错误地用刑民众就不惧怕。有赏赐而达不到鼓励的目的，有刑罚而起不到禁止的作用，那么国家就是很大，也必然是危险的。

【原文】故镜执清而无事，美恶从而比焉；衡执正而无事，轻重从而载焉。夫摇镜则不得为明，摇衡则不得为正，法之谓也。故先王以道为常，以法为本。本治者名尊，本乱者名绝。凡智能明通，有以则行，无以则止。故智能单道，不可传于人；而道法万全，智能多失。夫悬衡而知平，设规而知圆，万全之道也。明主使民饰于道之故，佚而有功。释规而任巧，释法而任智，惑乱之道也。乱主使民饰于智，不知道之故，故劳而无功。释法禁而听请谒，群臣卖官于上，取赏于下，是以利在私家而威在群臣。故民无尽力事主之心，而务为交于上。民好上交则货财上流，而巧说者用。若是，则有功者愈少。奸臣愈进而材臣退，则主惑而不知所行，民聚而不知所道。此废法禁、后功劳、举名誉、听请谒之失也。凡败法之人，必设诈托物以来亲，又好言天下之所希有，此暴君乱主之所以惑也、人臣贤佐之所以侵也。故人臣称伊尹、管仲之功，则背法饰智有资；称比干、子胥之忠而见杀，则疾强谏有辞。夫上称贤明，下称暴乱，不可以取类，若是者禁。君之立法，以为是也；今人臣多立其私智，以法为非者。是邪以智，过法立智。如是者禁，主之道也。（《饰邪》）

【译文】所以镜子保持明亮而不受污损，美丑就会比较出来；衡器保持平正而不受干扰，轻重就会称量出来。晃动镜子不能照物，晃动衡器不能称量，法律就是这样的。所以先王把道作为常规，以法作为根本。法制严明的君主名声尊贵，法制混乱的君主声名丧失。凡是智慧明通的人，如果能够按照道、法办事就行得通，如果不按照道、法办事就行不通。所以智能是单行小道，不能传给人；而道与法才是万全之策，所以靠智能多有失误。设置了衡器就知道平，设置了圆规就知道圆，这是万全之法。英明的君主因为让民众接受道浸染的缘故，所以佚乐而有功劳。放弃规矩而单凭技巧，放弃法制而单凭智慧，是使人迷惑混乱的办法。昏乱的君主让民众用巧智，这是不懂得道的缘故，所以劳而无功。放弃法制而听信私人请托，群臣在上面卖官，从下面取得报酬，所以利益归于私门而权威落于群臣。所以民众没有尽力侍奉君主的心思，而是尽力结交上面的大臣。民众喜欢结交上面的大臣，财货就向上流到大臣手里，花言巧语的人就被任用。像这样，建立功业的人就越来越少了。奸臣愈进用而有才能的臣子就被斥退，君主就会迷惑而不知道怎么做，民众也会聚在一起而不知走向何处。这就是废弃法制、轻视功劳、据虚名用人、听请托废法所造成的失误。凡是败坏法律的人，必定造假托事来亲近君主，又喜欢谈论天下少有的事物，这就是暴君乱主所以受到迷惑、贤能臣子所以受到侵害的原因。所以臣子称颂伊尹、管仲的功劳，那么他们违背法制、玩弄智巧就有了根据；称颂比干、伍子胥的忠直而被杀，那么激烈地进谏君主就有了说辞。他们上面称说任用伊尹、管仲的贤明，下面称说杀害比干、子胥的残暴，其实这是不能拿来类比的，像这样是诡辩应该禁止。君主立法，认为是正确的；现在臣子很多人却标榜私人智巧，认为法律是错误的。他们用智巧肯定邪恶，立智巧诋毁法律。像这样的行为必须禁止，这是君主的原则。

老子说："以智治国，国之贼；不以智治国，国之福。"（《六十五章》）韩非子也说："释规而任巧，释法而任智，惑乱之道也。"在反对巧智治国上，他们是一致的，但是，宗旨不同。老子的主张是为了回归自然，"我无为，而民自化"（《五十七章》）；韩非子的主张是为了实行法治，"故先王以道为常，以法为本"。

【原文】凡奸臣皆欲顺人主之心以取亲幸之势者也。是以主有所善，臣从而誉之；主有所憎，臣因而毁之。凡人之大体，取舍同者则相是也，取舍异者则相非也。今人臣之所誉者，人主之所是也，此之谓同取。人臣之所毁者，人主之所非也，此之谓同舍。夫取舍合而相与逆者，未尝闻也，此人臣之所以取信幸之道也。夫奸臣得乘信幸之势以毁誉进退群臣者，人主非有术数以御之也，非参验以审之也，必将以曩之合己信今之言，此幸臣之所以得欺主成私者也。故主必欺于上，而臣必重于下矣，此之谓擅主之臣。（《奸劫弑臣》）

【译文】凡是奸臣都要顺从君主的意愿，以博取君主的亲近宠爱而得到权势。所以对君主喜欢的东西，臣子就跟着附合吹捧；对君主憎恶的东西，臣子就因而贬斥诋毁。人性的一般特点是，取舍相同的就互相肯定，取舍不同的就互相反对。现在臣子们吹捧的东西，正是君主肯定的，这就是同取；臣子们诋毁的东西，正是君主否定的，这就是同舍。取舍相同却互相对立的，从没有听说过。这就是臣子用来骗取信任和宠爱的途径。奸臣能够凭借君主信任宠爱得到的权势来诽谤、夸奖、提升或罢免群臣，而君主没有权术驾驭他，没有检验的方法审察他，必然会因为过去与自己意见相合而相信他现在说的话，这就是宠臣所以能够欺骗君主、成就私利的原因。所以君主必定在上面受欺骗，而臣子必定在下面掌大权，这就叫控制君主的臣子。

【原文】明主之道，必明于公私之分，明法制，去私恩。夫令必行，禁必止，人主之公义也；必行其私，信于朋友，不可为赏劝，不可为罚沮，人臣之私义也。私义行则乱，公义行则治，故公私有分。人臣有私心，有公义。修身洁白而行公行正，居官无私，人臣之公义也；污行从欲，安身利家，人臣之私心也。明主在上，则人臣去私心行公义；乱主在上，则人臣去公义行私心，故君臣异心。君以计畜臣，臣以计事君，君臣之交，计也。害身而利国，臣弗为也；害国而利臣，君不行也。臣之情，害身无利；君之情，害国无亲。君臣也者，以计合者也。至夫临难必死，尽智竭力，为法为之。故先王明赏以劝之，严刑以威之。赏刑明，则民尽死；民尽死，则兵强主尊。刑赏不察，则民无功而求得；有罪而幸免，则兵弱主卑。故先王贤佐尽力竭智。故曰：公私不可不明，法禁不可不审。先王知之矣。（《饰邪》）

【译文】英明君主的原则，必须明察公与私的界限，彰明法制，杜绝私人恩惠。有令必行，有禁必止，这是君主的公义；只想得到私利，讲究朋友信用，不能用赏赐去鼓励，也不能用刑罚阻止，这是臣子的私义。私义风行国家就混乱，公义风行国家就大治，所以公与私是有界限的。臣下有私心，也有公义。修身清廉而行为公正，居官位无私心，这是臣子的公义；放纵欲望、行为污秽，只图自身安乐、家庭利益，这是臣子的私义。英明的君主在上位，臣子就会抛弃私心而行公义；昏乱的君主在上位，臣子就会抛弃公义而行私心,所以君与臣不同心。君主用计谋蓄养臣子,臣子用计谋侍奉君主,君臣的关系,靠的是计谋。有害自身而有利国家,臣子不会做;有害国家而有利臣子,君主不会做。按臣子的内情,是有害自身就没有利益;按君主的内情,是有害国家就不能亲近。君臣的关系,是用计谋结合起来的。至于臣子遇难以死效忠,竭尽自己的智慧和力量,是因为法度使他们这样做的。所以先王明确赏赐来鼓励臣子,严明刑罚来镇慑臣子。赏罚明确,那么臣民就会为国拼命;臣民为国拼命,那么就会兵力强大而君主尊荣。赏罚不明确,那么臣民就会无功而贪求得利;犯罪而希望侥幸赦免,那么就会兵力削弱而君主卑微。所以先王和贤能的辅佐们为此用尽了心力和智慧。所以说:公与私的界限不能不明确,法制不能不清楚。先王是了解这个道理的。

韩非子认为,臣子对君主总是主动迎合,"同而不和",献媚邀宠,以逞其私,进而取得权势,甚至控制君主。因此,"君以计畜臣,臣以计事君,君臣之交,计也",君臣关系利害相反,互相算计,是不可调和的,"害身而利国,臣弗为也;害国而利臣,君不行也"。大臣能够竭尽心力,为国为民,并非因为品德高尚,自觉地以天下为己任,而是"为法为之",不得不屈从于法律刑赏,完全是被迫被动的行为,这就深刻揭示了君主专制的家天下里君臣关系的实质。所以,法禁的目的,就在于使臣民屈从于君主的权威,不敢不服,不敢不依。孔子主张的"君使臣以礼,臣事君以忠"(《八佾》),孟子倡导的"民贵君轻",荀子坚持的"从道不从君,从义不从父"(《子道》),到韩非子这里,统统一笔勾销,都被君主的严刑峻法所取代,臣民只能处于被役使的顺从地位。这就是儒法两家的一个明显分歧。

### (三)爱臣太亲,必危其身

公私相反,利害对立,表现在社会的各个层面。如同"舆人成舆则欲人之富贵,匠人成棺则欲人之夭死"一样,即使是妻妾、嫡子也会因为利益的驱使而希望君主早死，什么夫妻爱情、骨肉亲情都是绝对靠不住的，只能"执后以应前，按法以治众，众端以参观"，进行勘验惩处。君主与臣下既无骨肉之亲，又无利益相连，那么臣下对君主就没有忠诚的可能，君主对臣下也没有信任的基础，完全是一种互相算计和防备的关系，臣下是"缚于势而不得不事也"，因此，韩非子冷峻地指出："夫以妻之近与子之亲而犹不可信，则其余无可信者矣。"在这种情况下，"爱臣太亲，必危其身；人臣太贵，必易主位"，就是逻辑的必然。所以，"万物莫如身之至贵也、位之至尊也、主威之重、主势之隆也"，如果君主不能利用自己的势位权威，最终就会被奸臣排斥在外，这是君主必须吸取的经验教训。

【原文】且万乘之主，千乘之君，后妃、夫人、适子为太子者，或有欲其君之蚤死者。何以知其然？夫妻者，非有骨肉之恩也，爱则亲，不爱则疏。语曰："其母好者，其子抱。"然则其为之反也，其母恶者，其子释。丈夫年五十而好色未解也，妇人年三十而美色衰矣。以衰美之妇人事好色之丈夫，则身见疏贱，而子疑不为后，此后妃、夫人之所以冀其君之死者也。唯母为后而子为主，则令无不行，禁无不止，男女之乐不减于先君，而擅万乘不疑，此鸩毒、扼昧之所以用也。故《桃左春秋》曰："人主之疾死者不能处半。"人主弗知，则乱多资，故曰："利君死者众，则人主危。"故王良爱马，越王勾践爱人，为战与驰。医善吮人之伤，含人之血，非骨肉之亲也，利所加也。故舆人成舆则欲人之富贵，匠人成棺则欲人之夭死也，非舆人仁而匠人贼也，人不贵则舆不售，人不死则棺不买。情非憎人也，利在人之死也。故后妃、夫人、太子之党成而欲君之死也，君不死则势不重，情非憎君也，利在君之死也，故人主不可以不加心于利己死者。故日月晕围于外，其贼在内；备其所憎，祸在所爱。是故明王不举不参之事，不食非常之食，远听而近视以审内外之失，省同异之言以知朋党之分，偶参伍之验以责陈言之实；执后以应前，按法以治众，众端以参观。士无幸赏，无逾行；杀必当，罪不赦。则奸邪无所容其私。（《备内》）

【译文】况且大国、小国的君主,他们的后妃、夫人、和做太子的嫡子,也会有希望君主早死的。凭什么知道是这样呢?夫妻之间,并没有骨肉亲情,喜欢就亲密,不喜欢就疏远。俗话说:"母亲漂亮,她的孩子就受宠爱。"那么与此相反,母亲丑陋,她的孩子就远离。男子五十岁而好色不减,女子三十岁而容色衰退。以容色衰退的女子侍奉好色的男子,她自己就会被疏远被轻贱,她生的孩子也恐怕不能继承君位,这就是后妃、夫人之所以希望君主早死的原因。唯有母亲当上太后而儿子成为君主,就会令无不行,禁无不止,男女之欢不亚于先君之时,而毫无疑问地掌握国家大权,这就是毒酒、暗杀手段之所以经常使用的原因。所以《桃左春秋》中说:"君主因病致死的不到半数。"君主不了解这些情况,那么乱臣就有很多可资利用的条件,所以说:"因为君主死而有利的人多,那么君主就危险了。"所以王良喜欢马,越王喜欢人,为的是打仗和驱驰。医生吸吮别人的伤口,嘴含别人的脓血,不是有骨肉亲情,而是有利可图。所以造车的工匠制成车子,就希望别人富贵;做棺材的工匠制成棺材,就希望别人早死。并不是造车工匠仁慈而做棺材的工匠狠毒,人不富贵那么车子就售不出去,人不死亡那么棺材就没有人买。做棺材的实情并不是憎恨人,是因为利益就在人死之后。所以后妃、夫人、太子的私党形成后就希望君主死去,君主不死,他们的权势就不大。他们的实情并不是憎恨君主,而是因为利益就在君主死后。所以君主不能不提防那些能从自己死亡得到利益的人。所以,日月有晕围绕在外边,其中的问题却在内部;防备着自己憎恨的人,而祸患却在自己亲爱的人。所以英明的君主不做未经验证的事,不吃非正常的食物,远听近看来审察朝廷内外得失,关注异同言词来了解朋党分别,对照不同的事实以责求言论的真实;用事后的结果去对应先前的主张,按照法度来治理民众,从各方面去检验考察。士人没有侥幸的赏赐,没有违法的行为;诛杀必须恰当,犯罪不加赦免。那么,奸邪的行为就没有地方容纳私心了。

【原文】人主之患在于信人，信人则制于人。人臣之于其君，非有骨肉之亲也，缚于势而不得不侍也。故为人臣者，窥觇其君心也无须臾之休，而人主怠傲处其上，此世所以有劫君弑主也。为人主而大信其子，则奸臣得乘于子以成其私，故李兑傅赵王而饿主父。为人主而大信其妻，则奸臣得乘于妻以成其私，故优施傅丽姬杀申生而立奚齐。夫以妻之近与子之亲而犹不可信，则其余无可信者矣。（《备内》）

【译文】君主的祸患在于相信别人，相信别人就会受制于人。大臣对于君主，并没有骨肉亲情，只是迫于权势而不得不侍奉而已。所以作为大臣，窥探君主的心思一刻也没有停止过，而君主却懈怠倨傲地处在上位，这就是世上所以出现胁迫、弑杀君主的原因。做君主的非常相信自己的儿子，那么奸臣就会利用他的儿子而达到个人的目的，所以李兑辅佐赵惠文王而把他父亲主父赵武灵王饿死。做君主的非常相信自己的妻子，那么奸臣就会利用他的妻子而达到个人的目的，所以优施帮助丽姬杀死申生而立奚齐为太子。像妻子、儿子那样亲近尚且不可相信，其余的人就没有可以相信的了。

既然妻妾之爱、嫡子之亲都不能相信，何况"奸臣得乘于子以成其私"，"奸臣得乘于妻以成其私"，臣下更是必须防备的对象，"是故诸侯之博大，天子之害也；群臣之太富，君主之败也。将相之管主而隆家，此君人者所外也"。所以，贵身、尊位、重威、隆势，才是正确的决策。

【原文】爱臣太亲，必危其身；人臣太贵，必易主位；主妾无等，必危嫡子；兄弟不服，必危社稷。臣闻千乘之君无备，必有百乘之臣在其侧，以徙其民而倾其国；万乘之君无备，必有千乘之家在其侧，以徙其威而倾其国。是以奸臣蕃息，主道衰亡。是故诸侯之博大，天子之害也；群臣之太富，君主之败也。将相之管主而隆家，此君人者所外也。万物莫如身之至贵也、位之至尊也、主威之重、主势之隆也，此四美者，不求诸外，不请于人，议之而得之矣。故曰人主不能用其富，则终于外也。此君人者之

所识也。(《爱臣》)

【译文】宠爱臣下过分亲近，必然危及君主自身；大臣过分尊贵，必然改变君主的地位；王后和嫔妃不分等级，必然危及嫡生之子；君主兄弟不臣服，必然危害国家。我听说拥有千乘兵车的君主如果没有防备，必然有拥有百乘兵车的大臣在他旁边，来夺取他的百姓而颠覆他的国家；拥有万乘兵车的君主如果没有防备，必然有拥有千乘兵车的大臣在他旁边，来夺取他的权威而颠覆他的国家。因此奸臣增殖繁多，君主统治就衰亡。因此诸侯太强，就是天子的祸害；群臣太富，就是君主的颓败。大将宰相控制君主而使大夫之家兴盛，这是君主应该排除的。世间万物没有比君主身体更宝贵的了、没有比君主地位更尊贵的了、没有比君主威严更重要的了、没有比君主势位更盛隆的了，这四种美好的东西，不用向外面寻求，不用向别人寻求，君主措施适宜就能够取得。所以说君主不能利用自己的这些财富，那么最终就会被奸臣排斥在外。这是君主应该记取的。

为了证明这些论断，韩非了列举了晋厉公、郑袖、费无极等人的个案，深刻揭示君臣、后妃、同僚之间为私利而残杀的真相，用心之险恶，手段之残酷，令人毛骨悚然。

【原文】晋厉公之时，六卿贵。胥僮、长鱼矫谏曰："大臣贵重，敌主争事，外市树党，下乱国法，上以劫主，而国不危者，未尝有也。"公曰："善。"乃诛三卿。胥僮、长鱼矫又谏曰："夫同罪之人偏诛而不尽，是怀怨而借之间也。"公曰："吾一朝而夷三卿，予不忍尽也。"长鱼矫对曰："公不忍之，彼将忍公。"公不听。居三月，诸卿作难，遂杀厉公而分其地。(《内储说下》)

【译文】晋厉公在位时，六卿很显贵。胥僮、长鱼矫劝谏说："大臣地位尊贵重要，敌国之君就会拉拢他们，他们就会在外结成私党，对下扰乱国法，对上劫持君主，这样而国家不危险的，是不曾有过的。"晋厉公说："你们说的对。"于是诛杀了三卿。胥僮、长鱼矫又劝谏说："对于同罪的人不全杀而留下一部分，这是让他们心怀怨恨而给他们提供报复的机会。"晋厉公说："我一天杀了三卿，我不忍心把他们全部杀掉。"长鱼矫说："你不忍心杀他们，他们就忍心杀你。"晋厉公不听。过了三个月，三卿造反，杀了晋厉公而瓜分了他的土地。

【原文】魏王遗荆王美人，荆王甚悦之。夫人郑袖知王悦爱之也，亦悦爱之，甚于王。衣服玩好，择其所欲为之。王曰："夫人知我爱新人也，其悦爱之甚于寡人，此孝子所以养亲、忠臣之所以事君也。"夫人知王之不以己为妒也，因为新人曰："王甚悦爱子，然恶子之鼻。子见王，常掩鼻，则王长幸子矣。"于是新人从之，每见王常掩鼻。王谓夫人曰："新人见寡人常掩鼻，何也？"对曰："不已知也。"王强问之，对曰："顷尝言恶闻王臭。"王怒曰："劓之！"夫人先诫御者曰："王适有言，必可从命。"御者因揄刀而劓美人。（《内储说下》）

【译文】魏王送给楚王美女，楚王非常喜欢她。夫人郑袖知道楚王喜欢这个美女，也表示喜欢她，甚至超过了楚王。衣服和玩物，选择她喜欢的送给她。楚王说："夫人知道我爱新人，她对喜欢新人甚至超过了我，这是孝子侍奉父母、忠臣侍奉君主的表现啊。"郑袖知道楚王认为自己不嫉妒新人，因此对新人说："大王非常喜欢你，但是讨厌你的鼻子。你再见到大王，经常掩饰你的鼻子，那么大王就会长久地宠爱你了。"于是新人就听从了，每次见到楚王总是捂着鼻子。楚王问郑袖说："新人见到我总捂鼻子，为什么？"郑袖说："不知道。"楚王硬是追问，郑袖才说："不久前她曾说过讨厌闻到大王的臭味。"楚王大怒说："割掉她的鼻子！"郑袖事先已经告诫侍从说："楚王有什么命令，必须照办。"侍从于是抽刀割去了美女的鼻子。

【原文】费无极，荆令尹之近者也。郤宛新事令尹，令尹甚爱之。无极因谓令尹曰："君爱宛甚，何不一为酒其家？"令尹曰："善。"因令之为具于郤宛之家。无极教宛曰："令尹甚傲而好兵，子必谨敬，先亟陈兵堂下及门庭。"宛因为之。令尹往而大惊曰:"此何也?"无极曰:"君殆,去之,事未可知也。"令尹大怒,举兵而诛郤宛,遂杀之。(《内储说下》)

【译文】费无极是楚国令尹亲近的人。郤宛新近侍奉令尹,令尹非常喜欢他。无极就对令尹说:"你非常喜欢他,为什么不去他家喝一次酒呢?"令尹说:"你说得对。"于是派他到郤宛家操办酒席。费无极对郤宛说:"令尹非常高傲而且喜欢甲兵,你一定要谨慎侍奉,首先快在厅堂和门庭陈列甲兵。"郤宛于是照办。令尹前往郤宛家大惊问道:"这是为什么?"无极说:"君危险,快走,事情难以预料啊。"令尹大怒,起兵讨伐郤宛,就杀了他。

韩非子对于妻害夫、子杀父、臣弑君以及后宫谋杀、同僚火并之类现象的深刻分析,确实入木三分,惊心动魄。而这些人性邪恶的表现,也确有历史根据。但是,无论古今,这些毕竟是个别、罕见的极端社会现象,不是普遍存在的行为规律。他以局部代全体,以个别代一般,并且以此推论,认定所有的人际关系都是利害关系,而利害关系又都是不可调和的,君主对所有的人都是不能相信的,这种极端片面的观念,必然导致君主成为孤家寡人,最终只能走上严刑峻法、独断专行的集权道路。这样,实际从根本上抹杀了一切人间美好的信任、情感、道德和操守,否定了矛盾双方妥协、互信、和谐、共赢的可能性。这正是韩非子在认识论上的局限性。

其实,韩非子并非不知道局部与全体、个别与一般的关系。他在论述法治作用的时候,就认为许由与盗跖只是善恶极端对立的个别现象,不能因为他们的存在而否定法律的必要性和普遍性,所以提出"治也者,治常者也;道也者,道常者也"(《忠孝》)的著名论断。可见,他只是根据自己论述的需要,而采取了实用主义的态度罢了。

### (四) 匹夫之私毁,人主之公利也

既然公私、利害不能两立,就不能因私而害公,必须废私而立公,因此,君主必须清除五蠹之民,杜绝纵横之说,抛弃匹夫之誉。因为"匹夫

之私毁,人主之公利也。人主不察社稷之利害,而用匹夫之私誉,索国之无危乱,不可得矣"。

【原文】是故乱国之俗:其学者,则称先王之道以籍仁义,盛容服而饰辩说,以疑当世之法,而贰人主之心。其言谈者,为设诈称,借于外力,以成其私,而遗社稷之利。其带剑者,聚徒属,立节操,以显其名,而犯五官之禁。其患御者,积于私门,尽货赂,而用重人之谒,退汗马之劳。其商工之民,修治苦窳之器,聚弗靡之财,蓄积待时,而侔农夫之利。此五者,邦之蠹也。人主不除此五蠹之民,不养耿介之士,则海内虽有破亡之国,削灭之朝,亦勿怪矣。(《五蠹》)

【译文】所以扰乱国家社会风气的是:那些学者,借助仁义称颂先王之道,讲究仪容服饰而修饰论辩言辞,用来怀疑当代的法律,惑乱君主实行法治的决心。那些纵横家,伪造事实弄虚作假,借助外力,谋求私利,却抛弃了国家利益。那些游侠刺客,聚集党徒,树立义气节操,却违犯了国家的禁令。那些逃避服役的人,会聚在权贵门下,大行贿赂,凭借权贵的请托,逃避军队的辛劳。那些从事工商业的民众,制造粗劣的器物,聚合各种生活用品,囤积居奇、待时而动,谋取农民的利益。这五种人,是国家的蛀虫。君主不消除这五种像蛀虫一样的人,不培养正大光明的人,那么天下即使出现残破覆灭的国家,削弱灭亡的朝廷,也是不足为怪的了。

【原文】故群臣之言外事者,非有分于从衡之党,则有仇仇之忠,而借力于国也。从者,合众弱以攻一强也;而衡者,事一强以攻众弱也:皆非所以持国也。今人臣之言衡者皆曰:"不事大,则遇敌受祸矣。"事大必有实,则举图而委,效玺而请矣。献图则地削,效玺则名卑;地削则国削,名卑则政乱矣。事大为衡,未见其利也,而亡地乱政矣。人臣之言从者皆曰:"不救小而伐大,则失天下;失天下则国危,国危而主卑。"救小必有实,则起兵而敌大矣。救小未必能存,而交大未必不有疏,有疏则为强国制矣。出兵则军败,退守则城拔。救小为从,未见其利,而亡地败军矣。

是故事强，则以外权士官于内；救小，则以内重求利于外。国利未立，封土厚禄至矣；主上虽卑，人臣尊矣；国地虽削，私家富矣。事成，则以权长重；事败，则以富退处。人主之听说于其臣，事未成则爵禄已尊矣；事败而弗诛，则游说之士孰不为用矰缴之说而徼幸其后？故破国亡主，以听言谈者之浮说。此其故何也？是人君不明乎公私之利，不察当否之言，而诛罚不必其后也。皆曰："外事，大可以王，小可以安。"夫王者，能攻人者也；而安，则不可攻也。强则能攻人者也，治则不可攻也。治、强不可责于外，内政之有也。今不行法术于内，而事智于外，则不至于治、强矣。（《五蠹》）

【译文】所以群臣中谈论外交事务，不是参与了合纵或连横的一党，就是有报仇的心思，而借助于国家的力量去报复。合纵，就是联合众多小国去攻打一个大国；而连横，就是侍奉一个大国去攻打众多小国：这都不是保全国家的办法。现在那些主张连横的大臣们都说："不侍奉大国，遇到强敌就要遭殃。"侍奉大国一定要有实际行为，那么就献上地图而割地，交出国印而请命。献图割地国土就削减，交出国印君主的声望就降低；国土削减国家就削弱，君主声望降低政治就要混乱。侍奉大国参与连横，还没有看到利益，却丧失了国土、搞乱了政治。那些主张合纵的大臣们都说："不去援救小国而打击大国，就会失去天下的信任；失去天下的信任国家就危险，国家危险而君主地位就卑微。"援救小国一定要有实际行动，那就得起兵对抗大国。援救小国未必能使小国保存，而对抗大国未必没有疏漏，有疏漏就会被大国制伏。出兵作战就会失败，退军防守就会城破。援救小国参与合纵，还没有看到利益，却丧失了国土、吃了败仗。所以，侍奉强国，就会让主张连横的大臣借国外力量在国内捞取官位；救小国，就会让主张合纵的大臣借国内权势在国外得到好处。国家没有得到利益，而他们却得到了封地和厚禄；君主的地位虽然降低了，而大臣的地位却尊贵了；国家的土地虽然削减了，而私家却富足了。事情成功了，他们凭权势可以长期受到重用；事情失败了，他们靠财富可以退隐闲居。君主听信大臣纵横之说，大臣们事情未成而爵位俸禄已经尊贵，事情失败却不给予惩罚，那么游说之士谁不愿意用花言巧语猎取富贵而事后侥幸免祸呢？所以，国破君亡的局面出现，都是因为听信了游说之士的花言巧语。这是什么缘故呢？是因为君主分不清公与私的利益，不考察正确与错误的言论，而惩罚没有在事后坚决地执行。纵横家都说："进行外交活动，收效大的可以称王，收效小的可以安定。"所谓称王，是说可以进攻别国；所谓安定，是说不可能受到进攻。国家强盛就能够进攻别国，国家安定就可以不被进攻。国家的安定和强盛不能求助于外交，只能从搞好内政取得。现在不在国内推行法术，却在外交上较量智慧，那是不会实现安定和强大的。

"学者"、"言谈者"、"带剑者"、"患御者"、"商工之民"，都是社会的蛀虫，"人主不除此五蠹之民，不养耿介之士，则海内虽有破亡之国，削灭之朝，亦勿怪矣"。特别是那些主张纵横之说的"言谈者"，他们"借力于国"，以成其私，其结果是"国利未立，封土厚禄至矣；主上虽卑，人臣尊矣；国地虽削，私家富矣"，而"言谈者"自己"事强，则以外权士官于内；救小，则以内重求利于外"，"事成，则以权长重；事败，则以富退处"。原因就在于"人君不明乎公私之利，不察当否之言，而诛罚不必其后也"。

【原文】为故人行私谓之"不弃"，以公财分施谓之"仁人"，轻禄重身谓之"君子"，枉法曲亲谓之"有行"，弃官宠交谓之"有侠"，离世遁上谓之"高傲"，交争逆令谓之"刚材"，行惠取众谓之"得民"。不弃者，吏有奸也；仁人者，公财损也；君子者，民难使也；有行者，法制毁也；有侠者，官职旷也；高傲者，民不事也；刚材者，令不行也；得民者，君上孤也。此八者，匹夫之私誉，人主之大败也。反此八者，匹夫之私毁，人主之公利也。人主不察社稷之利害，而用匹夫之私誉，索国之无危乱，不可得矣。（《八说》）

【译文】为老朋友行私利叫作"不抛弃",把国家财产分散施舍叫作"仁爱的人",轻视俸禄、重视自身叫作"君子",歪曲法律、偏袒亲人叫作"有品行",放弃官职、尊宠私交叫作"有侠义",远离现实、回避君主叫作"清高孤傲",互相争斗、违犯禁令叫作"刚毅之人",施行恩惠、争取民众叫作"得民心"。不抛弃老朋友,官吏必有奸邪的行为;有了仁爱的人,国家的财产必然受到损失;有了君子,百姓必定难以驱使;有了有品行的人,法制就要毁弃;有了侠义的人,官吏职责就会荒废;有了清高孤傲的人,百姓就不侍奉君主;有了刚毅之人,君令就不能推行;私人得民心,君主就会孤立。这八种行为,是对百姓私利的赞誉,使君主公利受到严重损害。与这八种行为相反,使百姓的私利受到诋毁,君主就会得到公利。君主不考察国家的利与害,而听信对百姓私利的赞誉,想求得国家没有危险混乱,是不可能的。

世俗臣民的八种私誉,与君主推行的八种公利,互相冲突,完全相反,私誉行则公利废,只有杜绝私誉,才能伸张公利。在韩非子眼中,君主与臣民没有任何共同利益、共同命运可言,更谈不上同心同德,休戚与共。韩非子的法家学说,建立在君臣、公私尖锐对立的基础之上,那么君主必然独断专行。

### (五)仁、暴者,皆亡国者也

父母对于子女尚有"计算之心",何况君臣之间,何来仁义道德?那些儒生要求诸侯"皆去求利之心,出相爱之道,是求人主之过于父母之亲也,此不熟于论恩,诈而诬也",因此,明主"不养恩爱之心而增威严之势"。所谓"仁者,慈惠而轻财者也;暴者,心毅而易诛者也",仁爱之君放弃法律,暴虐之君败坏法律,都不是治国之道。

【原文】古者有谚曰:"为政犹沐也,虽有弃发,必为之。"爱弃发之费,而忘长发之利,不知权者也。夫弹疽者痛,饮药者苦,为苦惫之故,不弹疽、饮药,则身不活、病不已矣。今上下之接,无子父之泽,而欲以行仁义禁下,则交必有郤矣。且父母之于子也,产男则相贺,产女则杀之。此俱出父母之怀衽,然男子受贺、女子杀之者,虑其后便,计之长利也。故父母之于子也,犹用计算之心以相待也,而况无父子之泽乎?今学者之说人主也,皆去求利之心,出相爱之道,是求人主之过于父母之亲也,此不熟于论恩,诈而诬也,故明主不受也。圣人之治也,审于法禁,法禁明著则官治;必于赏罚,赏罚不阿则民用。民用官治,则国富,国福则兵强,而霸王之业成矣。霸王者,人主之大利也。人主挟大利以听治,故其任官者当能,其赏罚无私。使士民明焉,尽力致死,则功伐可立而爵禄可致,爵禄致而富贵之业成矣。富贵者,人臣之大利也。人臣挟大利以从事,故其行危至死、其力尽而不望。此谓君不仁,臣不忠,则可以霸王矣。(《六反》)

【译文】古代有句谚语说:"治理政事就像洗头,虽然有脱落的头发,也一定要洗。"吝惜落发的损失而忘记生发的好处,这是不懂得权衡啊。石针刺破脓疮很痛,吃药治病很苦,如果因为痛苦的缘故而不刺破脓疮、不吃药治病,那么病痛就不停止,生命就不存在。现在君主与臣下的关系,没有父子间的亲情和恩德,而君主想要用品德道义来约束臣下,那么君臣之间必然会有裂痕。况且父母对于儿女,生了男孩就互相祝贺,生了女孩就溺死她。儿女都出于父母的怀抱,但是男孩就受到祝贺、女孩就被溺死,是因为父母考虑他们以后的好处,计算长久的利益啊。所以父母对于子女,尚且用计算的心理对待,何况是没有父子恩德的人呢?现在学者游说君主,都让君主抛开求利的思想,采用相爱的方法,就是要求君主对臣下超过父母对儿子的亲情,这是对君臣的恩德关系缺乏了解,是诡诈和欺骗,所以英明的君主是不会接受的。圣人治理国家,对法律禁令仔细考察,法律禁令明白清楚,那么官吏就能够依法治理;坚决实行赏罚,赏罚公正无私,那么民众就会听从使用。民众听从使用、官吏依法治理,则国家就富足;国家富足而军队就强大,这样天下霸主的事业就成功了。成为天下霸主,是君主最大的利益。君主怀着成就天下霸业的愿望去治国，所以他任用官吏就与才能相称，他的赏罚就没有偏私。让臣民明白，只要尽力耕作、拼命作战，就可以建立功劳而获取爵位俸禄，获取了爵位俸禄就可以成就富贵的家业。获得富贵，正是臣民最大的利益。臣民怀着获取富贵大利的愿望去办事，所以他们甘愿冒险牺牲、用尽力气而不怨恨。这就是说君主对臣下不用施仁爱，臣下对君主不用尽忠心，就可以成就霸王功业了。

考虑问题，"计之长利"。"夫弹痤者痛，饮药者苦，为苦惫之故，不弹痤、饮药，则身不活、病不已矣"。既然成就霸王之业是君主的大利，而得到富贵是臣民的大利，那么"人臣挟大利以从事，故其行危至死、其力尽而不望"。因此，只要行用严刑峻法，君对臣不必仁爱，臣对君不必忠诚，霸王之业照样可以成功。

【原文】夫奸必知则备，必诛则止；不知则肆，不诛则行。夫陈轻货于幽隐，虽曾、史可疑也；悬百金于市，虽大盗不取也。不知，则曾、史可疑于幽隐；必知，则大盗不取悬金于市。故明主之治国也，众其守而重其罪，使民以法禁而不以廉止。母之爱子也倍父，父令之行于子者十母；吏之于民无爱，令之行于民也万父。母积爱而令穷，吏用威严而民听从，严、爱之策亦可决矣。且父母之所以求于子也，动作则欲其安利也，行身则欲其远罪也；君上之于民也，有难则用其死，安平则尽其力。亲以厚爱关子于安利，而不听；君以无爱求民之死力，而令行。明主知之，故不养恩爱之心而增威严之势。故母厚爱处，子多败，推爱也；父薄爱教笞，子多善，用严也。(《六反》)

【译文】那些奸人一定知道被觉察了才会戒备，犯罪一定被惩处才会停止；不知道被觉察就会放肆，犯罪不会被惩处就横行。如果把容易携带的宝贝放在僻静之处，即就是像曾参、史䲡那样道德高尚的人也会被怀疑去偷；而把百金悬挂在闹市区，即就是大盗也不敢窃取。由于不容易被觉察，就怀疑像曾参、史䲡那样的人在僻静处会偷；由于一定会被觉察，大盗也不会在闹市窃取百金。所以英明的君主治理国家，要多设监守而加重惩罚，使民众用法律约束行为而不靠廉洁制止犯罪。母亲爱孩子的感情要比父亲深一倍，而父亲的命令要求孩子执行的程度超出母亲十倍；官吏对于民众没有仁爱，而他的命令要求民众执行的程度超出父亲万倍。母亲对于孩子厚爱而命令行不通，官吏使用威严而民众听从，那么威严与仁爱的策略高下就可以断定了。况且父母用来要求孩子的，希望他的行动安全有利，立身能够远离犯罪。君主对于民众的要求，国家危难用他们拼死作战，太平无事让他们尽力耕作。父母亲因为厚爱把孩子限制在安全有利的环境中，而孩子却不听命；君主因为没有仁爱要求民众拼死尽力，而命令却得到执行。英明的君主知道这个道理，所以不助长仁爱心理而加强威严的权势。所以怀着厚爱对待孩子，而孩子多半变坏，这是滥用仁爱的毛病；父亲比母亲爱少而用竹板管教，孩子多半变好，这是使用威严的结果啊。

奸邪之事，"必知则备，必诛则止"，因此，治国"众其守而重其罪，使民以法禁而不以廉止"。法令的权威重于仁爱，"母积爱而令穷，吏用威严而民听从"。所以，父母以仁爱之心，希望儿子安利远罪而不听；君主却以赏罚之法，促使臣民尽力耕战而顺从。由此，"严、爱之策亦可决矣"。

【原文】慈母之于弱子也，爱不可为前。然而弱子有僻行，使之随师；有恶病，使之事医。不随师则陷于刑，不事医则疑于死。慈母虽爱，无益于振刑救死，则存子者非爱也。子母之性，爱也。臣主之权，策也。母不能以爱存家，君安能以爱持国？明主者，通于富强，则可以得欲矣。故谨于听治，富强之法也。明其法禁，察其谋计。法明，则内无变乱之患；计得，则外无死虏之祸。故存国者，非仁义也。仁者，慈惠而轻财者也；暴者，心毅而易诛者也。慈惠则不忍，轻财则好与；心毅则憎心见于下，易诛则妄杀加于人。不忍则罚多宥赦，好与则赏多无功；憎心见则下怨其上，妄诛则民将背叛。故仁人在位，下肆而轻犯禁法，偷幸而望于上；暴人在位，则法令妄而臣主乖，民怨而乱心生。故曰：仁、暴者，皆亡国者也。（《八说》）

【译文】慈祥的母亲对于幼小的孩子，爱得没有人超过她。但是孩子有了邪恶的行为，就要让他跟从老师学习；有了重病，让他求医看病。不跟从老师学习就要被法律惩罚，不求医看病恐怕就要死亡。慈祥的母亲虽然慈爱，对于拯救惩罚和死亡没有用处，那么保护自己孩子就不是慈爱。母子之间的天性，是互相亲爱；君臣之间的权衡，是互相计算。母亲不能用爱保护家庭，君主怎能用爱来维护国家呢？英明的君主，通晓富强的办法，就可以实现理想了。所以谨慎地处理政事，就是国家富强的办法。要使法律禁令显明，要审察那些奸臣的计谋。法禁明显，那么国内就没有事变动乱的祸患；计谋得当，那么国外就没有战死被俘的灾难。所以保存国家的办法，不是靠行仁义。仁爱的人，是内心慈爱宽厚而看轻财物的人；暴虐的人，是内心刚毅果敢而容易处罚别人的人。内心慈爱宽厚就下不了狠心，看轻财物就喜欢施舍；内心刚毅果敢就会表现出憎恨之心，容易处罚别人就会随意杀人。下不了狠心，那么该处罚就会过多宽大赦免，喜欢施舍那么许多无功的人就会受到赏赐；憎恨之心表现出来那么臣下就会怨恨君上，随意杀人那么民众将会背叛君主。所以仁爱的人处在君位，百姓就会放肆而轻易触犯法律禁令，侥幸地希望从君主那里得到宽恕；暴虐的人处在君位，那么法令就会滥用而君臣就会离德，百姓就会怨恨而背叛之心就会产生。所以说仁爱的人和暴虐的人，都是使国家灭亡的人。

仁爱不能保护儿子，也不能持国。所以，仁人在位，"不忍则罚多宥赦"；暴人在位，"易诛则妄杀加于人"。所以，"仁、暴者，皆亡国者也"。唯有实行法治，"法明，则内无变乱之患；计得，则外无死虏之祸"。

韩非子由"事因于世，而备适于事"，提出"进化论"，为以法治国提供了思想基础；由"人性本恶"、"公私相背"，提出"利害论"，为毁私利公提供了理论根据。韩非子就是以"进化论"和"利害论"为支撑，建立起以势、法、术为核心的法家思想体系，将法家学说推向高峰。这是韩非子重要的历史性贡献。

## 三　任势执二柄，主威禁奸佞

管仲说："所谓治国者，主道明也。所谓乱国者，臣术胜也。夫尊君卑臣，非计亲也，以势胜也。"（《管子·明法》）慎到说："故贤而屈于不肖者，权轻也。不肖而服于贤者，位尊也。尧为匹夫，不能使其邻家，至南面而王，则令行禁止。由此观之，贤不足以服不肖，而势位足以屈贤矣。"（《慎子·威德》）韩非子正是继承了前代法家思想，进一步扩展和提升，形成了自己的威势理论。

他首先指出君主威势的重要性，强调"抱法处势则治，背法去势则乱"，并对自然之势和人为之势进行了精辟分析，认为人为之势才是治国的关键。接着提醒君主必须把握刑、德两个权柄，"君执柄以处势，故令行禁止"。君主有了威势，更要善于任势，不能因为受到蒙蔽和欺骗而大权旁落，否则，"偏借其权势，则上下易位矣"。为此，君主必须密切关注"大臣太重"和"行义成荣"两个关键问题。

### （一）夫有材而无势，虽贤不能制不肖

韩非子认为，君主是靠威势统治的，不是靠贤能统治的，"短之临高也，以位；不肖之制贤也，以势"，所以，"以义则仲尼不服于哀公，乘势则哀公臣仲尼"。同时，应该认识到，君主的"自然之势"与"人为之势"不同，只有"抱法处势"，才能造就"人为之势"，任势胜于任贤，"势治"优于"贤治"，那种"必待贤乃治"的观点是错误的。显然，这是对儒家圣贤政治的根本否定。

【原文】明君之所以立功成名者四：一曰天时，二曰人心，三曰技能，四曰势位。非天时，虽十尧不能冬生一穗；逆人心，虽贲、育不能尽人力。故得天时，则不务而自生；得人心，则不趣而自劝；因技能，则不急而自疾；得势位，则不进而名成。若水之流，若船之浮，守自然之道，行毋穷

之令，故曰明主。夫有材而无势，虽贤不能制不肖。故立尺材于高山之上，则临千仞之溪，材非长也，位高也。桀为天子，能制天下，非贤也，势重也；尧为匹夫，不能正三家，非不肖也，位卑也。千钧得船则浮，锱铢失船则沉，非千钧轻、锱铢重也，有势之与无势也。故短之临高也，以位；不肖之制贤也，以势。（《功名》）

【译文】英明的君主用来立功成名的条件有四个方面：一是天时，二是人心，三是技能，四是威势地位。如果违背天时，即使有十个尧的英明也不能在冬天生出一枝谷穗；如果违背人心，即使是孟贲、夏育一样的力士也不能竭尽力量。所以得到天时，即使不努力而谷穗也会自然生长；获得人心，即使不督促而人们也会自我勉励；依靠技能，即使不急于去做而会很快完成；得到威势地位，即使不追求而名声也会形成。如同水的流动，如同船的漂浮，遵循自然规律，执行不受阻碍的法令，所有称为英明的君主。只有才能而没有威势，即使是贤才也不能制伏无才的人。所以将一尺高的木材立在高山上，就可以俯视千仞的深溪，这不是因为木材长了，而是位置高了。夏桀做了天子，能够控制天下，不是因为他贤能，而是他的威势重；尧如果是普通平民，不能管理好三家，不是因为他无能，而是他的地位卑下。千钧重物放在船上就可以浮在水面，轻微的东西不放在船上就会沉在水底，不是千钧重物轻、轻微东西重，是因为有利形势与不利形势的不同。所以短小的东西可以俯视高处，是因为它所处的地位高；无能的人可以管制贤能的人，是凭借他所拥有威势。

【原文】且民者固服于势，寡能怀于义。仲尼，天下圣人也，修行明道以游海内，海内说其仁、美其义、而为服役者七十人。盖贵仁者寡，能义者难也，故以天下之大，而为服役者七十人，而仁义者一人。鲁哀公，下主也，南面君国，境内之民莫敢不臣。民者固服于势，势诚易以服人，故仲尼反为臣，而哀公顾为君。仲尼非怀其义，服其势也。故以义则仲尼不服于哀公，乘势则哀公臣仲尼。今学者之说人主也，不乘必胜之势，而务

行仁义则可以王，是求人主之必及仲尼，而以世之凡民皆如列徒，此必不得之数也。(《五蠹》)

【译文】况且民众本来就屈服于威势，很少能够被仁义教化。仲尼，是天下圣明的人，修养身心、宣扬儒道去周游海内列国，天下喜欢他的仁爱、赞美他的道义、而为他奔走效力的门徒只有七十人。因为看重仁爱的人很少，能够行道义的人很难，所以天下那么大，而能够为他奔走效力的门徒只有七十人，而真正实行仁义的仅有仲尼一人。鲁哀公，是才智低下的君主，他坐在朝廷统治鲁国，国内民众没有人敢不服从。民众本来就屈服于威势，威势确实容易使人服从，所以仲尼反倒成为臣子，而哀公反倒做了君主。仲尼并不是感怀哀公的仁义，而是屈服于他的威势。所以按仁义而论，仲尼不应臣服于哀公，凭威势而论，哀公就可以使仲尼称臣。现在的儒生游说君主，不是让君主凭借必胜的威势，而让君主推行仁义就可以称王，这是要求君主必须达到仲尼的仁义，而认为天下民众都像仲尼的门徒，这是必定不能如愿的办法。

贤能与势位，不对等，不可比，"有材而无势，虽贤不能制不肖"。因此，"桀为天子，能制天下，非贤也，势重也；尧为匹夫，不能正三家，非不肖也，位卑也"。况且，民众本来就屈服于威势，却难以被仁义教化。作为圣人的孔子仅能教化七十余人，作为下主的鲁哀公却能臣服境内之民，连孔子都不得不俯首称臣，岂不是莫大的讽刺？这就是"势诚易以服人"的明证。

【原文】复应之曰：其人以势为足恃以治官，客曰"必待贤乃治"，则不然矣。夫势者，名一而变无数者也。势必于自然，则无为言于势矣。吾所为言势者，言人之所设也。今曰"尧、舜得势而治，桀、纣得势而乱"，吾非以尧、桀为不然也。虽然，非一人之所得设也。夫尧、舜生而在上位，虽有十桀、纣不能乱者，则势治也；桀、纣亦生而在上位，虽有十尧、舜而亦不能治者，则势乱也。故曰："势治者，则不可乱；而势乱者，则不可治也。"此自然之势也，非人之所得设也。若吾所言，谓人之所得设也而已矣，贤何事焉！——何以明其然也？客曰："人有鬻矛与盾者，誉其盾之坚，物莫能陷也，俄而又誉其矛曰吾矛之利，物无不陷也。人应之曰：以子之矛，陷子之盾，何如？其人弗能应也。"以为不可陷之盾，与无不陷之矛，为名不可两立也。夫贤之为道不可禁，而势之为道也无不禁，以不可禁之贤与无不禁之势，此矛盾之说也。夫贤、势之不相容亦明矣。且夫尧、舜、桀、纣千世而一出，是比肩随踵而生也。世之治者不绝于中。吾所以为言势者，中也。中者，上不及尧、舜，而下亦不为桀、纣。抱法处势则治，背法去势则乱。今废势背法而待尧、舜，尧、舜至乃治，是千世乱而一治也。抱法处势而待桀、纣，桀、纣至乃乱，是千世治而一乱也。且夫治千而乱一，与治一而乱千也，是犹乘骥、駬而分驰也，相去亦远矣。夫弃隐栝之法，去度量之数，使奚仲为车，不能成一轮。无庆赏之劝，刑罚之威，释势委法，尧、舜户说而人辩之，不能治三家。夫势之足用亦明矣，而曰"必待贤"，则亦不然矣。(《难势》)

【译文】又有人驳斥责难慎到说：慎到认为完全可以凭着威势治理政务，而你却说"一定要等待贤人出现才能治理好天下"，这是不对的。威势，名称只有一个而内容非常丰富。威势如果是由客观决定的，那么对威势就不需要讨论了。我所要讲的威势，是人为所设的威势。现在你说"尧、舜得了威势就天下大治，桀、纣得了威势就天下大乱"，我并不认为尧、桀不是这样。虽然如此，威势不是为一个人设置的。如果尧、舜生来就处在君主之位，即使有十个桀、纣也不能扰乱天下，这是靠威势治理好天下；如果桀、纣也生来就处在君主之位，即使有十个尧、舜也不能治理好天下，这是靠威势扰乱了天下。所以说："靠威势治理好的天下不可能被扰乱，而靠威势扰乱的天下也不可能治理好。"这都是自然形成的威势，不是人为的设置。像我说的威势，是人为设置的威势而已。那么要贤人做什么呢！——用什么来说明这个道理呢？有人说："有个卖矛和盾的人，他夸耀自己的盾坚固，说没有什么锋利的东西可以刺穿。一会儿又夸耀自己的矛，说我的矛非常锋利，任何东西都可以刺穿它。有人反问他：用你的矛刺你的盾，怎么样呢？那个人不能回答。"认为有不可刺穿的盾，与无不刺穿的矛，在概念上是不能同时成立的。贤作为治国的办法是什么都不可禁止的，而势作为治国手段是什么都可以禁止的，把不可禁止的贤与无不禁止的势相提并论，这同样是矛盾的说法。可见贤治与势治互不相容是非常明显的。况且尧、舜、桀、纣一千世才出现一个，这就算是比肩接踵而至了。历代治国之君多是中等才能的人，我要讲的威势，是对那些中等才能的君主而言的。中等才能的君主，往上赶不上尧、舜，往下不会成为桀、纣。他们只要坚持法度、拥有威势就能够治理好天下，如果背离法度、放弃威势就会扰乱天下。现在放弃威势、背离法度而专等尧、舜的降临，像尧、舜那样的君主出现了天下才大治，那将是千世混乱而一世太平。如果坚守法度、拥有威势来专等桀、纣到来，像桀、纣那样的君主出现了天下才混乱，那将是千世大治而一世混乱。况且千世太平而一世混乱，与一世太平而千世混乱，这就如同骑良马背道而驰，互相距离愈来愈远。如果抛弃隐括矫正木材的方法，不用计量长短的技术，让奚仲造车，连一个轮子也造不成。没有奖赏的勉励，刑罚的威慑，抛离威势、放弃法度，即使尧、舜家家劝告而人人解说，也不能治理好三家。这样威势完全能够使用的道理也就明白了，而你说"一定要等待贤人出现才能治理好天下"，就是不对的。

　　家天下实行世袭制，继承者成为君主，拥有继承而来的自然威势，继承者是像尧、舜那样的圣人呢，还是像桀、纣那样的暴君呢？谁也无法预测，不能断定，更难以左右，完全决定于继承者自身的品德素质，这种"势治"、"势乱"是"自然之势"造成的，具有极大的偶然性。而绝大多数君主，只是中等才能的君主，韩非提出的"抱法处势"就是针对这样的君主而说的。这里的"势"，既包括继承而来、自然而成的位势，又包括主动驾驭、人为而成的威势。前者靠的是宗法血统，那是先天决定了的；后者凭的是智慧能力,这是后天君主努力得到的。君主不能只是高枕无忧地坐享继承的自然之势,更应该在利用自然之势的过程中"抱法处势",严明"庆赏之劝,刑罚之威",造就人为之势,方能长治久安。这正是韩非所要强调的。

### (二)君执柄以处势,故令行禁止

怎样才能"抱法处势"、树立威势呢?"凡治天下,必因人情",人有好恶,"畏诛罚而利庆赏",那么,"人主自用其刑、德,则群臣畏其威而归其利矣",因此,"君执柄以处势,故令行禁止"。权柄威势如此重要,君主必须大权独揽,刑、德专用。一旦权柄旁落,臣下窃用,君主就有身死国亡的危险。

【原文】凡治天下,必因人情。人情者,有好恶,故赏罚可用;赏罚可用则禁令可立而治道具矣。君执柄以处势,故令行禁止。柄者,杀生之制也;势者,胜众之资也。废置无度则权渎,赏罚下共则威分。是以明主不怀爱而听,不留说而计。故听言不参,则权分乎奸;智力不用,则君穷乎臣。故明主之行制也天,其用人也鬼。天则不非,鬼则不困。势行教严,逆而不违,毁誉一行而不议。故赏贤罚暴,举善之至者也;赏暴罚贤,举恶之至者也;是谓赏同罚异。赏莫如厚,使民利之;誉莫如美,使民荣之;诛莫如重,使民畏之;毁莫如恶,使民耻之。然后一行其法,禁诛于私家,不害功罪。赏罚,必知之;知之,道尽矣。(《八经》)

【译文】凡是治理天下,必须根据人之常情。人之常情,有喜好有厌恶,所以赏赐、刑罚可以使用;赏赐、刑罚可以使用,那么禁令可以树立而治国之法就可以完备了。君主掌握权柄拥有威势,所以可以令行禁止。权柄,是决定臣民生死的制度;威势,是制伏众人的资本。废黜、任命官吏如果没有制度,那么君主的权力就被怠慢,赏赐、处罚与臣下共同决定,那么君主的威势就分散。因此英明的君主不心怀私爱去听取,不保留过去的好感去计议。所以君主听取建议如果不验证,那么权力就会分散到奸人之手；君主的智力如果不使用，那么就会被臣下困惑。所以英明君主行使法制要像天一样公平，他使用官吏要像鬼一样神秘。像天一样公平就不会受到非议，像鬼一样神秘就不会陷入困境。君主如果运用威势、严格教化，即使有不顺民意之处，他们也不会违背法律，贬斥、赞誉按照同样的标准执行，臣民就不会议论。所以赏赐贤能、惩罚残暴，是提倡善良最好的办法；赏赐残暴、惩罚贤能，是提倡邪恶最好的办法：这就叫赏赐与自己意愿相同的，惩罚与自己意愿不同的。赏赐不如优厚，让民众有利可图；赞誉不如美化，让民众认为光荣；惩罚不如加重，让民众感到畏惧；贬斥不如严酷，让民众感到耻辱。然后坚决推行法度，禁止臣下私自诛罚，不让他们妨害赏功罚罪的制度。应赏应罚，君主一定要清楚；清楚了赏罚，治国方略就完备了。

既然人情在于喜赏惧罚、趋利避害，那么，君主就应该"抱法处势"，刑赏兼用。"故明主之行制也天，其用人也鬼。天则不非，鬼则不困。势行教严，逆而不违，毁誉一行而不议"。因此，赏赐必须优厚，使民众有利可图、感到光荣；惩罚必须严厉，使民众心生恐惧、感到耻辱。所以，"赏罚，必知之；知之，道尽矣"。

【原文】明主之所导制其臣者，二柄而已矣。二柄者，刑、德也。何谓刑、德？曰：杀戮之谓刑，庆赏之谓德。为人臣者畏诛罚而利庆赏，故人主自用其刑、德，则群臣畏其威而归其利矣。故世之奸臣则不然，所恶，则能得之其主而罪之；所爱，则能得之其主而赏之。今人主非使赏罚之威利出于己也，听其臣而行其赏罚，则一国之人畏其臣而易其君，归其臣而去其君矣，此人主失刑、德之患也。夫虎之所以能服狗者，爪牙也，使虎释其爪牙而使狗用之，则虎反服于狗矣。人主者，以刑、德制臣者也，今君人者释其刑、德而使臣用之，则君反制于臣矣。故田常上请爵禄而行之群臣，下大斗斛而施于百姓，此简公失德而田常用之也，故简公见弑。子罕谓宋君曰："夫庆赏赐予者，民之所喜也，君自行之；杀戮刑罚者，民之所恶也，臣请当之。"于是宋君失刑而子罕用之，故宋君见劫。田常徒用德而简公弑，子罕徒用刑而宋君劫。故今世为人臣者兼刑、德而用之，则是世主之危甚于简公、宋君也。故劫杀拥蔽之主，失刑、德而使臣用之，而不危亡者，则未尝有也。（《二柄》）

【译文】英明的君主用来控制他的臣下的，就是两个权柄。这两个权柄，就是刑、德。什么叫刑、德呢？回答说：杀戮就叫刑，赏赐就叫德。做臣下的畏惧刑罚而贪图赏赐，所以君主独自使用他的刑罚和赏赐，那么群臣就会畏惧君主的威势而归向君主的赏赐了。但是社会上的奸臣却不是这样，他们憎恶的人，就能够从君主那里窃取权力而惩罚他；他们喜欢的人，就能够从君主那里窃取权力而赏赐他。现在君主如果不使赏罚的威势利禄由自己主宰，听任臣下去施行赏罚，那么全国的人都畏惧权臣而轻视君主，投靠权臣而背离君主了。这就是君主失去刑、德两个权柄造成的祸患啊。老虎所以能够制伏狗，是因为有锐利的爪子和牙齿，如果老虎舍弃它的爪牙而让狗使用，那么老虎反而会被狗制伏。君主，是用刑、德二柄制伏臣下的人，如果君主舍弃他的刑、德而让臣下使用，那么君主反而会被臣下制伏了。齐国的大臣田常对上从君主那里求得官爵和俸禄赏给群臣，对下用大斗出、小斗入的办法施舍给百姓，这是齐简公失去了赏赐的权柄而让田常使用，所以简公最终被杀了。子罕对宋国君主说："奖励、赏赐，是百姓喜欢的，请君主自己施行；杀戮、刑罚，是百姓憎恶的，请允许我来掌管。"于是宋君失去了惩罚的权柄而让子罕使用，所以宋君最终被劫杀。田常只用赏赐而简公被杀害，子罕只用刑罚而宋君被劫杀。当代的权臣兼用刑罚和赏赐两种权柄，那么世上君主的危险就比简公、宋君还要大了。因此被劫持、被蒙蔽的君主，如果同时失去了赏赐和刑罚两个权柄而让权臣使用，这样而不危险死亡的，还从未有过。

刑、德，是君主"导制其臣"的两种权柄，必须人主自用、独断专行，"群臣畏其威而归其利"。如果刑、德两种权柄被奸臣把持，那么"一国之人畏其臣而易其君，归其臣而去其君矣"。历史的教训非常惨痛，"故劫杀拥蔽之主，失刑、德而使臣用之，而不危亡者，则未尝有也"。

【原文】夫为人主而身察百官，则日不足，力不给。且上用目，则下饰观；上用耳，则下饰声；上用虑，则下繁辞。先王以三者为不足，故舍己能，而因法数，审赏罚。先王之所守要，故法省而不侵。独制四海之内，聪智不得用其诈，险躁不得关其佞，奸邪无所依。远在千里外，不敢易其辞；势在郎中，不敢蔽善饰非。朝廷群下，直凑单微，不敢相逾越。故治不足而日有余，上之任势使然也。（《有度》）

【译文】做君主而亲自考察百官，就会时间不够用，精力不充足。况且君主用眼睛考察，那么臣下就会美化外观；君主用耳朵考察，那么臣下就会制作声响；君主用思虑考察，那么臣下就会夸夸其谈，弄虚作假。先王认为眼睛、耳朵和思虑三个方面是不够的，所以舍弃自己的才能，而依靠法度，严明赏罚。先王掌握了要领，所以法令简要而君威不受侵犯。他独自控制四海之内，聪明智慧的人不能欺诈，阴险浮夸的人不能谄媚，奸邪的人就没有依靠了。臣下虽然远在千里之外，也不敢改变君主的命令；担任有权的职务而位处郎中，也不敢隐瞒好事、文过饰非。朝廷的群臣百官，都直接聚集各自微薄的力量效劳，不敢互相推诿、擅越职守。所以君主处理的政事少而时间宽余，这都是君主运用威势才能造成这样的结果。

君主的时间和精力是有限的，耳、目、思虑都不足以"身察百官"，只能"因法数，审赏罚"，如此则"法省而不侵"。这样，"故治不足而日有余，上之任势使然也"。所以，"执柄以处势"是为君的关键。

关于刑、德，孔子主张"为政以德"（《为政》），他所说的"德"，指的是"道德"。韩非子主张"人主自用其刑、德"，他所说的"德"，指的是"赏赐"。韩非子尤其重在以杀戮之刑震慑臣下，所以，可以说是"为政以刑"。

### （三）善任势者国安，不知因其势者国危

拥有了自然之势，树立了人为之势，就要善于运用威势，彰显法度，

使臣民不得不为君主效力,因此,"人主使人臣,虽有智能,不得背法而专制;虽有贤行,不得逾功而先劳;虽有忠信,不得释法而不禁"。更不能"有主名而无实,臣专法而行之",如果"偏借其权势,则上下易位矣"。这就是"善任势者国安,不知因其势者国危"的道理。

【原文】从是观之,则圣人之治国也,固有使人不得不爱我之道,而不恃人之以爱为我也。恃人之以爱为我者危矣,恃吾不可不为者安矣。夫君臣非有骨肉之亲,正直之道可以得利,则臣尽力以事主;正直之道不可以得安,则臣行私以干上。明主知之,故设利害之道以示天下而已矣。夫是以人主虽不口教百官,不目索奸邪,而国已治矣。人主者,非目若离娄乃为明也,非耳若师旷乃为聪也。目必不任其数,而待目以为明,所见者少矣,非不弊之术也;耳必不因其势,而待耳以为聪,所闻者寡矣,非不欺之道也。明主者,使天下不得不为己视,天下不得不为己听,故身在深宫之中而明照四海之内,而天下弗能蔽、弗能欺者,何也?暗乱之道废,而聪明之势兴也。故善任势者国安,不知因其势者国危。(《奸劫弑臣》)

【译文】由此看来,那么圣人治理国家,本来就有使人不得不爱我的办法,而不依靠人爱我而为我效力。依靠人爱我而为我效力的人危险,依靠不得不为我效力的人安宁。君臣之间没有骨肉亲情,通过正直的途径可以得到利益,那么臣下就会尽力侍奉君主;通过正直的途径不能得到安宁,那么臣下就会行私以侵犯君主。英明的君主懂得这个道理,所以设置赏赐和惩罚的措施用来昭示天下罢了。因此君主虽然并不亲口教化百官,并不亲眼搜索奸邪,而国家已经得到治理。作为君主,并不是眼睛像离娄那样才叫视力好,并不是耳朵像师旷那样才叫听力好。观察事物不用权术,而依靠眼睛作为自己的视力,见到的事物就少,这不是不受蒙蔽的办法;了解事物不凭借威势,而依靠耳朵作为自己的听力,听见的事物就少,这不是不受欺诈的办法。英明的君主,使天下人不得不为自己去看,使天下人不得不为自己去听,所以身体虽在深宫之中而明察四海之内,而天下不能蒙蔽、不能欺诈，为什么呢？愚昧混乱的方法废止了，而聪明的威势运用了。所以善于使用威势的君主国家就安宁，不懂得依靠自己威势的君主国家就危险。

君主与臣民并无骨肉之亲，希望臣民自觉地热爱君主、为君主效力，是不现实的，但是，君主有使臣民不得不爱我、不得不为我效力的方法，"故设利害之道以示天下而已矣"。所以，能够"使天下不得不为己视，天下不得不为己听，故身在深宫之中而明照四海之内，而天下弗能蔽、弗能欺"，这就是君主善于使用威势的结果。

【原文】人主之过，在己任臣矣，又必反与其所不任者备之，此其说必与其所任者为仇，而主反制于其所不任者。今所与备人者，且囊之所备也。人主不能明法而以制大臣之威，无道得小人之信矣。人主释法而以臣备臣，则相爱者比周而相誉，相憎者朋党而相非，非誉交争，则主惑乱矣。人臣者，非名誉请谒无以进取，非背法专制无以为威，非假于忠信无以不禁，三者，惛主坏法之资也。人主使人臣，虽有智能，不得背法而专制；虽有贤行，不得逾功而先劳；虽有忠信，不得释法而不禁。此之谓明法。(《南面》)

【译文】君主的过错，在于已经任用了大臣，又一定反而与未任用的大臣去防备他，这样未任用的人的意见必然与已经任用的人的意见相对立，而君主反而被未任用的人控制。现在与君主一起防备别人的人，又正是君主以前所防备的人啊。君主如果不能彰明法度而用来抑制大臣的威势，就没有办法得到民众的信任。君主如果放弃法度而用大臣防备大臣，那么互相友爱的就勾结起来而互相吹捧，互相憎恨的就结成私党而互相攻击，攻击与吹捧交错争执，那么君主就困惑昏乱了。作为大臣，不互相吹捧、不私下请托就不能取得高官厚禄，不违法专权就不能树立权威，不假借忠信的名义就不能不受约束，这三种情况，都是惑乱君主、破坏法度的行径。君主使用大臣，即使他们有智慧才能，也不能违法而专权；即使他们有贤明的行为，也不能尚未立功而先行赏赐；即使他们有忠信的品德，也不能放弃法令而不受约束。这就叫彰明法度。

君主要取得臣民的信任，必须彰明法度，抑制大臣的威势。因为"人主释法而以臣备臣，则相爱者比周而相誉，相憎者朋党而相非，非誉交争，则主惑乱矣"。所以，君主使用臣民必须依法行事。

【原文】今夫水之胜火亦明矣，然而釜鬵间之，水煎沸竭尽其上，而火得炽盛焚其下，水失其所以胜者矣。今夫治之禁奸又明于此，然守法之臣为釜鬵之行，则法独明于胸中，而已失其所以禁奸者矣。上古之传言，《春秋》所记，犯法为逆以成大奸者，未尝不从尊贵之臣也。然而法令之所以备，刑罚之所以诛，常于卑贱，是以其民绝望，无所告愬。大臣比周，蔽上为一，阴相善而阳相恶，以示无私，相为耳目，以候主隙，人主掩蔽，无道得闻，有主名而无实，臣专法而行之：周天子是也。偏借其权势，则上下易位矣，此言人臣之不可借权势也。（《备内》）

【译文】现在水能灭火的道理也是清楚的，然而锅却把水、火隔开了，水在上面都烧干了，而火在下面烧得正旺，这样水就失去了灭火的条件。现在治理国家必须禁止奸佞的道理比这更清楚，但是执法的大臣却发挥着像锅一样的作用，那么在君主心中法令是清楚，却已经失去了禁止奸佞的作用了。从上古的传说，从《春秋》的记载，就可以看到违反法令而成为大奸的人，未尝不是出自尊贵的大臣。然而法令所防备的，刑罚所惩处的，通常都是地位卑贱的平民，因此民众感到绝望，又没有地方去申诉。大臣们互相勾结，一起蒙蔽君主，暗地里友好往来而表面上假装对立，用来表示没有私情，他们互相作为耳目，专等君主的疏忽，这样君主被蒙蔽了，没有办法了解实情，有君主的名分而没有君主的实权，大臣专擅法令而独断专行：周天子就是这样的。旁落了自己的权势，那么君主与大臣就交换了地位，这就是说不能让大臣借用君主的权势。

正如韩非子所说，历来权倾朝野、欺君篡位者多为亲近大臣，而普通民众既无实力，又无条件，即使欲为而不能，"然而法令之所以备，刑罚之所以诛，常于卑贱，是以其民绝望，无所告愬"，而对那些"大臣比周，蔽上为一"，反而疏于警惕防范和监督管理，这正是权臣误国、贪官害民不绝于世的重要原因。韩非子主张"明主治吏不治民"（《外储说右下》），道理正在于此。所以，必须关注"大臣太重"和"行义成荣"两件大事。

### （四）万乘之患，大臣太重

君主的权势，是制天下、征诸侯的关键所在，必须独断专行。如同虎豹胜人靠的是爪牙一样，权势就是君主驾驭臣民的爪牙，必须谨守自用。"故主失势而臣得国，主更称蕃臣而相室剖符，此人臣之所以谲主便私也"，绝不能掉以轻心。如果"其主有大失于上，臣有大罪于下，索国之不亡者，不可得也"。同时应该看到，法术之士与当途之臣，势不两立，"主有术士，则大臣不得制断，近习不敢卖重；大臣、左右权势息，则人主之道明矣"，所以，决定治道和选择能臣，君主必须决断，才能"聚贤能之士，而散私门之属"，如果"与愚论智"，"与不肖论贤"，君主就会被蒙蔽，法术之士就处境艰难。

【原文】人主之所以身危国亡者，大臣太贵，左右太威也。所谓贵者，无法而擅行，操国柄而便私者也；所谓威者，擅权势而轻重者也。此二者，不可不察也。夫马之所以能任重引车致远道者，以筋力也。万乘之主、千乘之君所以制天下而征诸侯者，以其威势也。威势者，人主之筋力也。今大臣得威，左右擅势，是人主失力；人主失力而能有国者，千无一人。虎豹之所以能胜人、执百兽者，以其爪牙也，当使虎豹失其爪牙，则人必制之矣。今势重者，人主之爪牙也，君人而失其爪牙，虎豹之类也。宋君失其爪牙于子罕，简公失其爪牙于田常，而不早夺之，故身死国亡。今无术之主，皆明知宋、简之过也，而不悟其失，不察其事类者也。（《人主》）

【译文】君主之所以自身危险、国家灭亡，是因为大臣地位太尊贵，左右亲信太有权威。所谓太尊贵，是指目无法度而独断专行，掌握重权而谋求私利；所谓有权威，是指独揽权势而轻视君位。这两种情况，不能不进行明察。马之所以能够负重拉车走过遥远的道路，凭借的是筋骨力气。拥有万辆兵车的大国君主、拥有千辆兵车的中等国家的君主之所以能够制伏天下而征伐诸侯，凭借的是他们的权威和势力。威势，就是君主的筋骨力气。现在大臣取得威势，左右亲信独揽大权，就是君主失去力气；君主失去力气还能够拥有国家的，千人中没有一个。虎豹之所以能够战胜人、捕捉各种野兽，凭借的是它的爪牙，倘若虎豹失去了它的爪牙，那么人就必定制伏它们。现在权势君位，就是君主的爪牙，统治民众如果失去自己的爪牙，就和失去爪牙的虎豹同是一类。宋君在子罕那里丢失了爪牙，简公在田常那里丢失了爪牙，而又不及早夺回来，所以自己身死、国家灭亡。如今不懂治国法术的君主，都清楚地了解宋君、简公的过错，却不能觉察他们失误的原因，这是不考察君主失去权势与虎豹失去爪牙属于同类的道理啊。

【原文】万乘之患，大臣太重；千乘之患，左右太信：此人主之所公患也。且人臣有大罪，人主有大失，臣主之利与相异者也。何以明之哉？曰：主利在有能而任官，臣利在无能而得事；主利在有劳而爵禄，臣利在无功而富贵；主利在豪杰使能，臣利在朋党用私。是以国地削而私家富，主上卑而大臣重。故主失势而臣得国，主更称蕃臣而相室剖符，此人臣之所以谲主便私也。故当世之重臣，主变势而得固宠者，十无二三。是其故何也？人臣之罪大也。臣有大罪者，其行欺主也，其罪当死亡也。智士者远见而畏于死亡，必不从重人矣；贤士者修廉而羞与奸臣欺其主，必不从重臣矣。是当涂者之徒属，非愚而不知患者，必污而不避奸者也。大臣挟愚污之人，上与之欺主，下与之收利侵渔，朋党比周，相与一口，惑主败法，以乱士民，使国家危削，主上劳辱，此大罪也。臣有大罪而主弗禁，此大失也。使其主有大失于上，臣有大罪于下，索国之不亡者，不可得也。(《孤愤》)

【译文】大国的祸患，是权臣的威势太重；小国的祸患，是侍从的宠信太过：这是诸侯国君主共同招致祸患的原因。况且臣下犯有大罪，是因为君主有大过失，臣下和君主的利害是互相对立的。根据什么明白这个道理呢？回答说：君主的利益在于让有才能的人担任官职，而臣下的利益在于自己没有才能而想得到职位；君主的利益在于对有功劳的人授予爵禄，而臣下的利益在于没有功劳就得到富贵；君主的利益在于使豪杰之士发挥才能，而臣下的利益在于结党营私。因此国家的土地减少而权臣私家却富足，君主的地位降低而权臣的地位却隆重。所以君主如果失去威势而臣下就会篡夺国家政权，君主如果沦为属臣而相国就会取而代之，这就是权臣欺诈君主图谋私利的原因。所以当代的权臣，一旦君主改变了威势而仍然受到宠幸的，十个中没有两三个。这是什么缘故呢？是因为权臣的罪过太大了。权臣犯有重罪的，他们的行为欺骗君主，他们的罪过应当处死。聪明的人富有远见而害怕死亡，一定不会跟随那些重臣去欺君；贤明之士高尚廉洁而羞与奸臣欺君，也一定不会跟随重臣去犯法。由此可知那些掌权重臣的党羽，不是愚蠢而不知祸患，就是自身卑劣而同流合污。重臣控制着这些愚蠢、卑劣的人，对上一起欺骗君主，对下一起掠夺百姓，互相勾结，串通一气，惑乱君主破坏法令，扰乱百姓，使得国家危难削弱，君主劳累受辱，这是重大的罪过。臣下犯大罪而君主不禁止，这就是君主最大的过失。假使在上君主有重大的过失，在下权臣有重大的罪过，要求国家不灭亡，是不可能的。

人君的最大危险，来自"大臣太贵，左右太威"，他们操法便私，擅势弄权，危害极大。"威势者，人主之筋力也。今大臣得威，左右擅势，是人主失力；人主失力而能有国者，千无一人"。君与臣利害相反，"国地削而私家富，主上卑而大臣重"，所以，"臣有大罪者，其行欺主也，其罪当死亡也"，必须严惩不贷，否则国破家亡。

【原文】且法术之士，与当涂之臣，不相容也。何以明之？主有术士，则大臣不得制断，近习不敢卖重；大臣、左右权势息，则人主之道明矣。

今则不然，其当途之臣得势擅事以环其私，左右近习朋党比周以制疏远，则法术之士奚时得进用，人主奚时得论裁？故有术不必用，而势不两立，法术之士焉得无危？故君人者非能退大臣之议，而背左右之讼，独合乎道言也，则法术之士安能蒙死亡之危而进说乎？此世之所以不治也。明主者，推功而爵禄，称能而官事，所举者必有贤，所用者必有能，贤能之士进，则私门之请止矣。夫有功者受重禄，有能者处大官，则私剑之士安得无离于私勇而疾距敌，游宦之士焉得无挠于私门而务于清洁矣？此所以聚贤能之士，而散私门之属也。今近习者不必智，人主之于人也或有所知而听之，入因与近习论其言，听近习而不计其智，是与愚论智也。其当途者不必贤，人主之于人或有所贤而礼之，入因与当途者论其行，听其言而不用贤，是与不肖论贤也。故智者决策于愚人，贤士程行于不肖，则贤、智之士奚时得用？而主之明塞矣。昔关龙逢说桀而伤其四肢，王子比干谏纣而剖其心，子胥忠直夫差而诛于属镂。此三子者，为人臣非不忠，而说非不当也，然不免于死亡之患者，主不察贤、智之言，而蔽于愚、不肖之患也。今人主非肯用法术之士，听愚、不肖之臣，则贤、智之士孰敢当三子之危而进其智能者乎？此世之所以乱也。（《人主》）

【译文】况且主张法术治国的人，与掌权的大臣，是互不相容的。凭什么明白这个道理呢？君主有了法术之士，那么大臣就不能独断专行，亲信就不能卖弄权势；大臣、亲信的权势消失了，君主的法治原则就明确了。现在却不是这样，那些掌权大臣得势专权来谋求私利，左右亲信结党营私而整治疏远的人，那么法术之士什么时候能够得到任用，君主什么时候才能进行决断呢？所以有法术之士未必被任用，与当权的大臣势不两立，法术之士怎能没有危险呢？所以君主如果不能力排大臣的意见，背离亲信的非议聚讼，独立地应合以法治国的言论，那么法术之士怎么能够冒着生命危险而进谏自己的主张呢？这就是社会不能治理好的原因。英明的君主，按照功劳授予爵位俸禄，根据才能授予职位政事，选拔的人一定是有贤才，任用的人一定是有能力，这样有贤才、有能力的人得以进用，那么出于私门的请托就停止了。有功劳的人被授丰厚的俸禄，有能力的人出任高官，那么私家剑客怎么能够不远离私斗而致力抗敌，游说求官的人又怎么能够不远离私门而致力清廉呢？这就是聚集贤能之士而离散私家势力的办法。如今君主身边的亲信不一定有智慧，君主在人群中发现了聪明的人便听取他们的建议，回到宫中又与亲信议论他们的建议，结果听从了亲信而不考虑聪明人的建议，这就是与愚蠢的人评论聪明的人。那些掌权的大臣不一定贤能，君主在人群中发现贤能的人便礼遇他们，回到宫中又与大臣评论他们的德行，结果听取了权臣的意见而不任用贤能之人，这是与无能之人评论贤能之人。所以聪明的人要由愚蠢的人来决定，贤能的人要由无能的人来决定，那么贤能智慧之士什么时候能够得到任用呢？而君主的英明也就被蒙蔽了。从前关龙逢劝说夏桀而被伤害了自己的四肢，王子比干进谏殷纣而被挖去自己的心脏，伍子胥对吴王夫差忠心正直而被属镂剑刺杀。这三个人，作为臣子并非不忠，而他们的意见并非不正确，可是不免于死亡的灾难，这是因为君主不考察贤能智慧的建议，而被愚蠢无能的人蒙蔽的结果。如今君主不是不愿意任用法术之士，而是听从了愚蠢无能的大臣的意见，那么贤能智慧的法术之士谁敢冒着关龙逢、王子比干和伍子胥三人的危险而进献他们的智慧和才能呢？这就是社会混乱的原因。

"法术之士，与当途之臣，不相容也"，如果"当途之臣得势擅事以环其私，左右近习朋党比周以制疏远"，那么，法术之士既不得进用，又有死亡之危，"故君人者非能退大臣之议，而背左右之讼，独合乎道言也，则法术之士安能蒙死亡之危而进说乎？此世之所以不治也"。关龙逢、比干和伍子胥一片忠心、满怀赤诚，却惨遭杀戮，就因为君主"不察贤、智之言，而蔽于愚、不肖之患也"。可见，君主只有排斥大臣左右之议，乾纲独断，专行二柄，才能重用法术之士，保持长治久安。

春秋以来，社会动荡，战争连年，权臣篡国，历代不绝。战国后期，更是愈演愈烈，有过之而无不及，韩非子亲眼所见，亲耳所闻，所以刻骨铭心，感触良深。他的论述，实际上就是从法家的角度，总结治国理政的历史经验教训，告诫后世君主固守威势、谨防权臣，重用法术之士，确保长治久安。

### （五）行义示则主威分，慈仁听则法制毁

韩非子认为，儒墨主张的道义、仁慈与法家主张的威势、法制，南辕北辙，背道而驰，"行义示则主威分，慈仁听则法制毁"，因此，"明主之道，臣不得以行义成荣，不得以家利为功。功名所生，必出于官法；法之所外，虽有难行，不以显焉：故民无以私名"，所以，"大臣有行则尊君，百姓有功则利上"。然而，"今世主皆轻释重罚严诛，行爱惠，而欲霸王之功，亦不可几也"。在战乱之世，强力最为重要，"敌国之君王虽说吾义，吾弗入贡而臣；关内之侯虽非吾行，吾必使执禽而朝"，所以，"夫圣人之治国，不恃人之为吾善也，而用其不得为非也"，威势法制就是治国的强力法宝。

【原文】行义示则主威分，慈仁听则法制毁。民以制畏上，而上以势卑下，故下肆很触而荣于轻君之俗，则主威分；民以法难犯上，而上以法挠慈仁，故下明爱施而务赇纹之政，是以法令骎。尊私行以贰主威，行赇纹以疑法，听之则乱治，不听则谤主，故君轻乎位而法乱乎官，此之谓无常之国。明主之道，臣不得以行义成荣，不得以家利为功。功名所生，必出于官法；法之所外，虽有难行，不以显焉：故民无以私名。设法度以齐民，信赏罚以尽民能，明诽誉以劝沮，名号、赏罚、法令三隅，故大臣有行则尊君，百姓有功则利上，此之谓有道之国也。（《八经》）

【译文】个人的德行和道义得到显示那么君主的威势就会分散，慈爱仁义的学说被听用那么法律制度就被破坏。民众因为法律制度而畏惧君主，而君主如果拥有威势却对臣下谦卑，所以臣下就会放肆触犯法令而以轻视君主为荣，那么君主的威势就被分散；民众因为法律制度而难以侵犯君主，

而君主如果拥有法律而屈从仁慈,所以臣下就会公开地喜欢仁慈施舍而致力于贿赂政治,那么法令就遭到毁坏。尊崇私家的仁慈就分散了君主的威势,放肆贿赂的行为就会怀疑国家的法律,如果听任这种现象发展就要扰乱国家的治理,如果不听任这种现象就会批评君主,所以君主在位被轻视而法律在官被扰乱,这就叫作没有法度的国家。英明君主的治国之道,臣下不能因实行仁义而成为荣耀,不能因为给私家谋利而成为功劳。功劳的产生,必须出自国家的法律;国家法律之外,即使有难得的作为,也不能因此表彰;所以臣民没有因私利而得到美名。设置法律制度来统一民众的言行,信赏必罚来使民众充分发挥才能,公开批评和赞誉来鼓励为公而阻止为私,名号毁誉、信赏必罚、设置法律这三方面结合执行,所以大臣有为就尊崇君主,民众有功就利于君主,这就叫有法度的国家。

【原文】世之学术者说人主,不曰"乘威严之势以困奸邪之臣",而皆曰"仁义惠爱"而已矣。世主美仁义之名而不察其实,是以大者国亡身死,小者地削主卑。何以明之?夫施与贫困者,此世之所谓仁义;哀怜百姓不忍诛罚者,此世之所谓惠爱也。夫有施与贫困,则无功者得赏;不忍诛罚,则暴乱者不止。国有无功得赏者,则民不外务当敌斩首,内不急力田疾作,皆欲行货财事富贵,为私善立名誉,以取尊官厚俸。故奸私之臣愈众,而暴乱之徒愈胜,不亡何待?夫严刑者,民之所畏也;重罚者,民之所恶也。故圣人陈其所畏以禁其邪,设其所恶以防其奸,是以国安而暴乱不起。吾以是明仁义爱惠之不足用,而严刑重罚之可以治国也。无捶策之威、衔橛之备,虽造父不能以服马;无规矩之法、绳墨之端,虽王尔不能以成方圆;无威严之势、赏罚之法,虽尧、舜不能以为治。今世主皆轻释重罚严诛,行爱惠,而欲霸王之功,亦不可几也。故善为主者,明赏设利以劝之,使民以功赏而不以仁义赐;严刑重罚以禁之,使民以罪诛而不以爱惠免。是以无功者不望,而有罪者不幸矣。(《奸劫弑臣》)

【译文】当世的学者劝谏君主,不说"凭借威严的权势来控制奸邪的大臣",而都说"仁义慈爱"这类话而已。当世的君主赞赏仁义的美名而不考察其实情,因此严重的造成国家灭亡、自己身死,稍轻的导致国土削减、君位降低。凭什么明白这个道理呢?施舍给贫困的人,这是世俗所说的仁义;怜悯百姓不忍诛杀处罚,这是世俗所说的慈爱。如果有施舍贫困人的现象,那么没有功劳的人就可以得到赏赐;不忍诛杀处罚罪犯,那么暴乱的人就不会停止。国家如果有没有功劳得到赏赐的现象,那么民众就不会在外争战杀敌,在内不会尽力农耕,都想进行贿赂侍奉富贵之人,从事私自善行来树立个人名誉,以取得高官厚禄。所以奸邪营私的大臣愈多,而参与暴乱的人愈猖狂,国家不灭亡还等待什么呢?严厉的刑罚是民众畏惧的,沉重的惩罚是民众厌恶的。所以圣人设置他们害怕的严刑来禁止奸邪,设置他们厌恶的重罚来防止犯罪,因此国家安定而暴乱不生。我因此明白了仁义慈爱是毫无用处的,而严刑重罚可以治理国家。没有马鞭的威力,马嚼的装备,即使是造父也不能制伏马;没有规矩的法度,绳墨的校正,即使是王尔也不能画方圆;没有威严的权势,赏罚的法律,即使是尧、舜也不能治理国家。现在的君主都轻易地放弃重罚严诛,施行慈爱仁义,却想获取霸王的功业,也是没有希望的。所以善于做君主的人,明确赏赐、设置利禄来鼓励民众,使民众凭功劳获得奖赏而不是靠仁义受到恩赐;用严刑重罚来禁止犯罪,使民众因为罪行受诛罚而不是因为受怜悯赦免。因此没有功劳的人不指望得到赏赐,而有罪行的人不侥幸得到赦免。

德行、仁慈与主威、法制不能共存,"尊私行以贰主威,行赇纹以疑法,听之则乱治,不听则谤主,故君轻乎位而法乱乎官,此之谓无常之国"。儒墨学者总以"仁义惠爱"游说人主,然而,"夫有施与贫困,则无功者得赏;不忍诛罚,则暴乱者不止",臣民无功受赏则不再耕战,犯法不诛则暴乱不休,这就是"仁义爱惠之不足用,而严刑重罚之可以治国"的道理。所以,"善为主者,明赏设利以劝之,使民以功赏而不以仁义赐;严刑重罚以禁之,使民以罪诛而不以爱惠免。是以无功者不望,而有罪者不幸矣"。

【原文】故敌国之君王虽说吾义，吾弗入贡而臣；关内之侯虽非吾行，吾必使执禽而朝。是故力多则人朝，力寡则朝于人，故明君务力。夫严家无悍虏，而慈母有败子，吾以此知威势之可以禁暴，而德厚之不足以止乱也。夫圣人之治国，不恃人之为吾善也，而用其不得为非也。恃人之为吾善也，境内不什数；用人不得为非，一国可使齐。为治者用众而舍寡，故不务德而务法。夫必恃自直之箭，百世无矢；恃自圆之木，千世无轮矣。自直之箭、自圆之木，百世无有一，然而世皆乘车、射禽者，何也？隐栝之道用也。虽有不恃隐栝而有自直之箭、自圆之木，良工弗贵也。何则？乘者非一人，射者非一发也。不恃赏罚而恃自善之民，明主弗贵也。何则？国法不可失，而所治非一人也。故有术之君，不随适然之善，而行必然之道。(《显学》)

【译文】所以国力相当的君主虽然喜欢我们的道义，我们却无法使他们进贡称臣；关内侯虽然反对我们的行动，我们一定使他们拿着礼物来朝拜。这就是力量强大就有人朝拜，力量弱小就朝拜他人，所以英明的君主务必积蓄力量。严厉的家庭没有凶悍的奴仆，而慈爱的母亲却会有悖逆的儿子，我因此知道威势可以禁止暴行，而厚德却不能制止祸患。圣人治理国家，不是依靠人们主动地为自己做好事，而是要他们不能做坏事。依靠人们主动地为自己做好事，全国也数不出十个；要他们不能做坏事，可以使全国整齐一致。治理国家的人采用的措施要针对多数人而舍弃少数人，所以不能致力于德治而务必实行法治。一定要靠自然生长的直木做箭，那么百代都没有箭；靠自然生长的圆木做车轮，那么千代都没有车轮。自然生长的直木、自然生长的圆木，百代都没有一棵，然而世上都在乘车、射鸟，为什么呢？那是用了工具校矫木材的方法。即使有不依靠矫正就自直的、自圆的木，技术高超的工匠也不会重视。为什么呢？因为乘车的不是一个人，射箭的也不是发一箭。同样的道理，不依靠赏赐鼓励、刑罚管制而自发做好事的人，英明的君主也不会重视。为什么呢？因为国家的法律不能抛弃，所要治理的也不是一个人。所以有谋略的君主，并不追求少数人偶然出现的善行，而要推行多数人必须执行的法度。

在"当今争于气力"的时代，韩非子强调的是实力，"力多则人朝，力寡则朝于人，故明君务力"。威势法制就能形成实力，可以禁暴止乱，因此，"为治者用众而舍寡，故不务德而务法"。期盼"自直之箭、自圆之木，百世无有一"，必待"隐栝之道"。同样，期盼"不恃赏罚而恃自善之民"也难以出现，必待刑赏矫正。所以，"有术之君，不随适然之善，而行必然之道"。

在韩非子的法家理论中，君主的威势处于极端重要的地位，必须专一，不能两属，既不能让大臣窃用而结党营私，擅势弄权，削弱和动摇君主至高无上的地位，又不能听信儒墨仁爱学说而惑乱社会，追求虚名，败坏和抛弃规范臣民言行的法律尊严，所以，君主必须威势自用，独断专行，任势执二柄，令行禁奸佞。

## 四　循法不求贤，固数不任慧

管仲说："法制不议，则民不相私；刑杀毋赦，则民不偷于为善；爵禄毋假，则下不乱其上。三者藏于官则为法，施于国则成俗，其余不强而治矣。"（《管子·法禁》）慎到说："法制礼籍，所以立公仪也。凡立公，所以弃私也。"（《慎子·威德》）韩非子正是继承了前辈法家的理论，认为君主拥有威势，就可以制定法律，驾驭臣民，治理天下。

韩非子说："法者，编著之图书，设之于官府，而布之于百姓者也。"（《难三》）"明主言法，则境内卑贱莫不闻知也，不独满（瞒）于堂。"（《难三》）法律是公开执行的，是针对全体国人制定的，不能因为极好或极坏的人存在而废法。有了法度，就必须坚决贯彻执行，"奉法者强则国强，奉法者弱则国弱"，严刑峻法才能治国，仁爱轻刑只会亡国。在执法的过程中，应该"上法而不上贤"，"任法不任人"，除君主之外的所有人，都必须坚持"法不阿贵，绳不挠曲"，"刑过不避大臣，赏善不遗匹夫"，才能使得君主"身安名尊"。

### （一）治也者，治常者也

"民固骄于爱、听于威"，必须严刑峻法才能治理，因此，"赏莫如厚而信，使民利之；罚莫如重而必，使民畏之；法莫如一而固，使民知之"。制定的法律，必须"其赏足以劝善，其威足以胜暴，其备足以必完法"，这样，才能"上下相得"。所以，法律就是为天下臣民而设，不能因为少数"太上之士"、"太下之士"的存在而有所改变，这就是"治也者，治常者也；道也者，道常者也"的道理。

【原文】今有不才之子，父母怒之弗为改，乡人谯之弗为动，师长教之弗为变。夫以父母之爱，乡人之行，师长之智，三美加焉，而终不动，其胫毛不改。州部之吏，操官兵、推公法而求索奸人，然后恐惧，变其节，易其行矣。故父母之爱不足以教子，必待州部之严刑者，民固骄于爱、听于威矣。故十仞之城，楼季弗能逾者，峭也；千仞之山，跛牂易牧者，夷也。故明王峭其法，而严其刑也。布帛寻常，庸人不释；铄金百溢，盗跖不掇。不必害，则不释寻常；必害手，则不掇百溢。故明主必其诛也。是以赏莫如厚而信，使民利之；罚莫如重而必，使民畏之；法莫如一而固，使民知之。故主施赏不迁，行诛无赦；誉辅其赏，毁随其罚，则贤、不肖俱尽其力矣。（《五蠹》）

【译文】现在有一个不成才的孩子，父母发怒他不改正，乡邻训斥他不在乎，老师教诲他不改变。把父母的慈爱，乡邻的善行，老师的智慧，三种美事加在一起，他最终都不为所动，丝毫不改。直到地方的官吏，带着官兵、执行法令而搜捕坏人的时候，他才感到害怕，改变了品德，纠正了恶行。所以父母的慈爱不能教育好子女，必须要靠官府执行严厉刑法，就是由于人们本来被慈爱骄纵而听命于威势。因此十仞高的城墙，像楼季这样善于攀登的人也不能逾越，因为城墙太陡峭了；千仞高的大山，连瘸腿的母羊也容易放牧，因为大山坡度平缓。所以英明的君主立法严酷，而用刑严格。一丈左右的布帛，一般人都舍不得放手；熔化的百镒黄金，连盗跖也不敢拿取。不会受到伤害时，一丈左右的布帛也不肯放手；一定烧伤手指时，就是连百镒黄金也不敢拿取。因此英明的君主一定坚决执行它的刑罚。所以进行赏赐没有比优厚而且立刻兑现更好的了，使民众对它有利可图；进行惩罚没有比沉重而且坚决实施更好的了，使民众对它产生畏惧；制定法律没有比统一而且固定不变更好的了，使民众对它都知道。所以君主进行赏赐不会改变，进行刑罚不会赦免；用荣誉表彰那些被赏赐的人，用恶名毁弃那些被处罚的人，那么德才好与不好的人都会为国家尽力了。

不才之子"变其节，易其行"，并不是因为父母之爱，而是由于"州部之严刑"，说明只有法律才能禁恶扬善。"布帛寻常，庸人不释；铄金百溢，盗跖不掇"，因此，君主必须厚赏重罚，执法如一，使民众既有利可图，又心生畏惧，"故主施赏不迁，行诛无赦；誉辅其赏，毁随其罚，则贤、不肖俱尽其力矣"。

【原文】圣王之立法也，其赏足以劝善，其威足以胜暴，其备足以必完法。治世之臣，功多者位尊，力极者赏厚，情尽者名立。善之生如春，恶之死如秋，故民劝极力而乐尽情，此之谓上下相得。上下相得，故能使用力者自极于权衡，而务至于任鄙；战士出死，而愿为贲、育；守道者皆怀金石之心，以死子胥之节。用力者为任鄙，战如贲、育，中为金石，则君人者高枕，而守已完矣。古之善守者，以其所重禁其所轻，以其所难止其所易。故君子与小人俱正，盗跖与曾、史俱廉。何以知之？夫贪盗不赴溪而掇金，赴溪而掇金则身不全。贲、育不量敌，则无勇名；盗跖不计可，则利不成。明主之守禁也，贲、育见侵于其所不能胜，盗跖见害于其所不能取。故能禁贲、育之所不能犯，守盗跖之所不能取，则暴者守愿，邪者反正。大勇愿，巨盗贞，则天下公平，而齐民之情正矣。（《守道》）

【译文】圣明君主建立法制,他的赏赐足以鼓励人们行善,他的威严足以制止人们暴行,他的法律条文足够完备。治理社会的大臣,功劳多的地位就尊贵,用尽力量的赏赐就丰厚,竭尽忠诚的名声就树立。美好事物的产生如同春天欣欣向荣,丑恶事物的消失如同秋天肃杀败亡,所以民众得到鼓励用尽力量而乐意尽忠,这样就可以称为君主与民众互相满意。君主与民众互相满意,民众就可以在法律许可范围内用尽力量,而努力做到像任鄙那样;战士杀场效死,希望自己做孟贲、夏育一样的勇士;守法的大臣都怀有金玉般坚定的信念,像伍子胥那样为节操而死。努力工作的人都仿效任鄙,战士都仿效孟贲、夏育,守法的大臣都有金玉般的节操,那么治理国家的君主就可以高枕无忧,而守护国家政权的法度就完备了。古代善于守护国家政权的君主,用人们所重视的法律去禁止人们所轻视的罪行,用人们难以忍受的惩罚去制止人们容易有的过错,所以君子与小人都能端正,盗跖与曾参、史䲡都能廉洁。凭什么知道这样呢?那些贪婪的盗贼不到深溪中去拾取金子,因为到深溪中去拾取金子生命就不能保全。孟贲、夏育不估量敌手的实力,就没有勇敢的名声;盗跖不考虑可否行动,就不能得利。英明的君主掌握禁令,孟贲、夏育在不能取胜的地方取胜就要受到侵害,盗跖在不能获利的地方获利就要受到惩罚。所以君主能够禁止孟贲、夏育不能触犯的行为,防备盗跖不能获利的行为,那么强暴的人就能保持谨慎,邪恶的人就能返回正路。如果勇猛的人都谨慎了,大盗都返回正路了,天下就公正太平,普通民众的思想也就纯正了。

"夫贪盗不赴溪而掇金,赴溪而掇金则身不全",因为,虽有利可图,但生命攸关,因此,"明主之守禁也,贲、育见侵于其所不能胜,盗跖见害于其所不能取"。所以,善于治理国家的人"以其所重禁其所轻,以其所难止其所易",目的就在于劝善惩恶,禁暴除害。一旦"大勇愿,巨盗贞,则天下公平,而齐民之情正矣"。

【原文】古者黔首悗密蠢愚,故可以虚名取也。今民儇䛟智慧,欲自用，不听上，上必且劝之以赏然后可进，又且畏之以罚然后不敢退。而世皆曰："许由让天下，赏不足以劝；盗跖犯刑赴难，罚不足以禁。"臣曰：未有天下而无以天下为者许由是也，已有天下而无以天下为者尧、舜是也；毁廉求财、犯刑趋利、忘身之死者盗跖是也。此二者殆物也，治国用民之道也不以此二者为量。治也者，治常者也；道也者，道常者也。殆物妙言，治之害也。天下太上之士，不可以赏劝也；天下太下之士，不可以刑禁也。然为太上士不设赏，为太下士不设刑，则治国用民之道失矣。（《忠孝》）

【译文】古时的民众纯厚愚钝，所以可以用虚假的名声来骗取。当今的民众机灵狡诈有智谋，想要按照自己的意愿行事，不肯听从君主旨意，君主一定要用赏赐鼓励然后才能使他们上进，又要用刑罚威胁然后才能使他们不敢后退。然而世上人都说："许由能够辞让天下，说明赏赐对他不足以鼓励；盗跖能够冒犯刑法不避危难，说明刑法对他不足以禁止。"我说：未曾拥有天下而不愿统治天下的就是许由这样的人，已经拥有天下而不愿统治天下的就是尧、舜这样的人，败坏廉洁去求取财物、违反刑律追逐私利、不顾生死的就是盗跖这样的人。许由和盗跖这两种人的行为是危险的，治理国家、使用民众不能以这两种人的行为作为标准。所谓治理，是针对治理天下臣民而说的；所谓大道，是针对引导天下臣民而说的。那些危险的行为和玄妙的言论，是治理国家的祸害。社会上那些最上等的人，不必用赏赐来鼓励；社会上最下等的人，不能用刑罚来禁止。然而因为对最上等的人而不设赏赐制度，因为对最下等的人而不设刑罚制度，那么就失去了治国使民的措施。

法律是为治理和引导天下百姓而设的，不能因为个别现象而改变。许由之善，盗跖之恶，毕竟天下少有，"天下太上之士，不可以赏劝也；天下太下之士，不可以刑禁也。然为太上士不设赏，为太下士不设刑，则治国用民之道失矣"。这是至今立法都必须遵循的原则。

所谓"父母之爱不足以教子，必待州部之严刑"，是从利害关系角度，论述"明王峭其法,而严其刑"的必要性。所谓"古者黔首悗密蠢愚","今民儇诇智慧",是从"世异则事异","事异则备变"入手,论述从德治到法治的必然性。正是基于利害对立和时代变迁,韩非子论证了制定法律的目的和原则。

### (二) 奉法者强则国强

管仲说:"不法法,则事毋常。法不法,则令不行。令而不行,则令不法也。法而不行,则修令者不审也。审而不行,则赏罚轻也。重而不行,则赏罚不信也。信而不行,则不以身先之也。故曰禁胜于身,则令行于民矣。"(《管子·法法》)显然,"奉法者强"与"禁胜于身"是相通的,只有坚决执法,才能"令行于民"。由此可知韩非子以法治国的思想渊源。

法制关系到国家的命运,"奉法者强则国强,奉法者弱则国弱",要想"民安而国治","兵强而敌弱",抵制和消除来自臣下的朋党私欲,维护君主的威势,必须按照法律的原则"择人"、"量功",才能使"能者不可弊,败者不可饰,誉者不能进,非者弗能退"。从利害角度考虑,法律能够取得长远的利益,仁爱则会造成最终的困境,法制的作用就在于"重一奸之罪而止境内之邪",刑赏一人而教训百姓,而儒家学者却大谈仁爱,"皆曰轻刑",实为"乱亡之术"。所以,必须"重刑少赏","以刑去刑",严刑峻法才是真正的爱民。

【原文】国无常强,无常弱。奉法者强则国强,奉法者弱则国弱。……故当今之时,能去私曲就公法者,民安而国治;能去私行行公法者,则兵强而敌弱。故审得失、有法度之制者,加以群臣之上,则主不可欺以诈伪;审得失、有权衡之称者,以听远事,则主不可欺以天下之轻重。今若以誉进能,则臣离上而下比周;若以党举官,则民务交而不求用于法。故官之失能者,其国乱。以誉为赏,以毁为罚也,则好赏恶罚之人,释公行,行私术,比周以相为也。忘主外交,以进其与,则其下所以为上者薄矣。交众与多,外内朋党,虽有大过,其蔽多矣。故忠臣危死于非罪,奸邪之臣安利于无功。忠臣危死而不以其罪，则良臣伏矣；奸邪之臣安利不以功，则奸臣进矣。此亡之本也！若是，则群臣废法而行私重，轻公法矣。数至能人之门，不一至主之廷；百虑私家之便，不一图主之国。属数虽多，非所以尊君也；百官虽具，非所以任国也。然则主有人主之名，而实托于群臣之家也。故臣曰：亡国之廷无人焉。然廷无人者，非朝廷之衰也。家务相益，不务厚国；大臣务相尊，而不务尊君；小臣奉禄养交，不以官为事。此其所以然者，由主之不上断于法，而信下为之也。故明主使法择人，不自举也；使法量功，不自度也。能者不可弊，败者不可饰，誉者不能进，非者弗能退，则君臣之间明辨而易治，故主雠法则可也。（《有度》）

【译文】国家没有永久强盛的，也没有永久衰弱的。执行法律的君主坚强，那么国家就强盛；执行法律的君主软弱，那么国家就衰弱。……因此现在这个时候，能够除去奸邪而实施法制的国家，那么百姓安定而国家太平；能够除去私利而实施公法的国家，那么兵强马壮而敌人弱小。所以能够审察得失、拥有法规的君主，凌驾于群臣之上，那么君主就不能被臣下狡诈虚伪的手段欺骗；能够审察得失、衡量轻重的君主，来听取远方的事情，那么君主就不会被臣下用事物的真假所欺骗。现在如果凭借声誉来选拔人才，那么臣下就会背离君主而在下面互相勾结；如果按照朋党关系推举官吏，那么民众就会致力于交往而不遵循法律的规定求得任用。所以选拔官吏不根据才能，国家就会混乱。如果以拥有虚名作为赏赐的依据，以受到诽谤作为处罚的依据，那么喜欢赏赐而厌恶刑罚的人，就会丢掉为公的法度，玩弄为私的手段，互相包庇利用。臣下忘记君主而在外交往，以推荐自己的党羽，那么为君主效力的臣下就少了。臣下的结交广泛、党羽众多，内外相联结成死党，虽然犯有大罪，为他们掩饰的势力众多。所以忠臣无罪却蒙难而冤死，奸臣无功却平安而获利。忠臣蒙难而冤死并不是因为有罪，那么良臣就会藏匿起来；奸臣平安而获利并不是因为有功，那么奸臣就会爬上高位。这就是国家衰亡的根源！像这样的话，群臣就会废除法度而盛行私下推重，轻视国家的法律了。他们多次到能人门下拜见，却没有一次到朝廷谒见君主；他们为私家的便利深思熟虑，却没有一次考虑到君主的国家。这样朝廷的官吏虽然众多，并不尊重君主；各个部门的官吏虽然齐备，并不能承担国家大事。这样的话，那么君主虽然有君主的名义，而实际上托附于群臣私家。所以我说：亡国的朝廷没有尊君的臣子。朝廷没有尊君的臣子，并不是朝廷中臣下缺少。因为私家致力于互相谋利，不去做有利国家的事情；大臣致力于互相吹捧，而不去尊重君主；小臣用俸禄供养私交，不把职责当作要务。之所以出现这种情况，是由于君主不在上面用法律决断，而听信臣下胡作非为。所以英明的君主用法选拔人才，不是凭自己主观决定；用法衡量功劳大小，不靠自己主观推测。有才能的人不被埋没，无能的人无从掩饰，徒有虚名的人不能提拔，被诽谤的人不被降职，那么君臣双方就能够辨明是非而国家容易治理，所以君主使用法律就可以了。

坚持法度、驾驭群臣的君主，要把"名"与"利"规范在法制的范围之内。所谓"利之所在，民归之；名之所彰，士死之。是以功外于法而赏加焉，则上不能得所利于下；名外于法而誉加焉，则士劝名而不畜之于君。"（《外储说左上》）因此，不能"以誉进能"、"以党举官"，否则群臣必然"交众与多，外内朋党"，造成"忠臣危死而不以其罪，则良臣伏矣；奸邪之臣安利不以功，则奸臣进矣"的严重后果。"故明主使法择人，不自举也；使法量功，不自度也"，法律才是判断是非、任用官吏的唯一标准。

【原文】今家人之治产也，相忍以饥寒，相强以劳苦，虽犯军旅之难，饥馑之患，温衣美食者，必是家也；相怜以衣食，相惠以佚乐，天饥岁荒，嫁妻卖子者，必是家也。故法之为道，前苦而长利；仁之为道，偷乐而后穷。圣人权其轻重，出其大利，故用法之相忍，而弃仁人之相怜也。学者之言，皆曰轻刑，此乱亡之术也！凡赏罚之必者，劝禁也。赏厚，则所欲之得也疾；罚重，则所恶之禁也急。夫欲利者必恶害，害者，利之反也。

反于所欲，焉得无恶？欲治者必恶乱，乱者，治之反也。是故欲治甚者，其赏必厚矣；其恶乱甚者，其罚必重矣。今取于轻刑者，其恶乱不甚也，其欲治又不甚也，此非特无术也，又乃无行。是故决贤不肖、愚知之策，在赏罚之轻重。且夫重刑者，非为罪人也。明主之法，揆也。治贼，非治所治也；治所治也者，是治死人也。刑盗，非治所刑也；治所刑也者，是治胥靡也。故曰：重一奸之罪而止境内之邪，此所以为治也。重罚者，盗贼也；而悼惧者，良民也。欲治者奚疑于重刑？若夫厚赏者，非独赏功也，又劝一国。受赏者甘利，未赏者慕业，是报一人之功而劝境内之众也，欲治者何疑于厚赏？（《六反》）

【译文】现在平民之家治理产业，如果用忍饥受饿来互相强制，用吃苦耐劳来互相督促，这样的人家即使遭受战争的灾难，饥荒的祸患，也能够穿暖吃好；如果用丰衣美食互相疼爱，用安逸享乐互相照顾，这样的人家遇到天灾荒年，就得出卖妻子。所以按照法律的原则，是前面艰苦而长期受益；按照仁爱的原则，是享受一时欢乐而最后处于困境。圣人权衡法与仁的轻重，选择其中最有利的，所以采用法律的互相强制，而放弃仁爱的互相怜悯。那些仁爱学者的话，都提倡轻刑，这是乱世亡国的办法啊！凡是坚决进行赏罚的，都是为了鼓励立功和禁止邪恶的。赏赐丰厚，那么希望的事情就能够很快实现；惩罚严重，那么厌恶的事情就能够很快制止。希望得到功利的人必然厌恶祸害，祸害，是功利的反面。与他希望的相反，怎能不厌恶呢？希望安定的人必然厌恶战乱，战乱，是安定的反面。因此非常想要安定的人，他得到的赏赐必然丰厚；他所厌恶的那些具有战乱罪行的人，惩罚一定严重。现在主张轻刑的人，他们厌恶战乱的心情不急切，他们希望安定的心情也不急切，这不仅是没有治国的办法，也是没有治国的理论。所以判断君主的贤能与无能、愚蠢与明智的方法，就在于看他赏罚的轻重。采用重刑，不是为了惩罚某个人。英明君主的法度，是衡量每个人行为的准则。惩治坏人，并不是仅仅惩治那个坏人；如果只惩治那个坏人，那么只是惩治了一个死人。惩治强盗，也不是仅仅惩治那个强盗；如果只惩治那个强盗，就只是惩治了一个刑徒。所以说：加重一个坏人的惩处而制止全国的奸邪，这才是惩处的目的。受到重罚的，是强盗；而感到恐惧的，是良民。这样，想要天下太平的人哪里会怀疑重刑呢？至于厚赏，也不只是赏赐某个人的功劳，而是鼓励了全国的人。受到赏赐的人为得利而高兴，未受赏赐的人羡慕受赏者的功业，这就是酬报了一个人的功劳而鼓励了全国的百姓，想要天下太平的人怎么会怀疑厚赏呢？

法律虽然严酷，"前苦而长利"；仁义虽然慈爱，"偷乐而后穷"。"是故欲治甚者，其赏必厚矣；其恶乱甚者，其罚必重矣"。重罚的目的不在一个恶人，而在警示众人，"重罚者，盗贼也；而悼惧者，良民也"。厚赏的目的也不在一个善人，而在鼓励众人，"非独赏功也，又劝一国"。那么，重罚厚赏便是理所当然的措施。

【原文】饬令，则法不迁；法平，则吏无奸。法已定矣，不以善言售（害）法。任功，则民少言；任善，则民多言。行法曲断，以五里断者王，以九里断者强，宿治者削。……重刑少赏，上爱民，民死赏；多赏轻刑，上不爱民，民不死赏。利出一空者，其国无敌；利出二空者，其兵半用；利出十空者，民不守。重刑明民，大制使人，则上利。行刑，重其轻者，轻者不至，重者不来，此谓以刑去刑。罪重而刑轻，刑轻则事生，此谓以刑致刑，其国必削。(《饬令》)

【译文】整肃法令，那么法律就不能随意改动；法制公平，那么官吏就没有奸行。法律已经确定了，就不能用善良的言论妨害法律。如果任用有功劳的人，那么民众就少发议论；如果任用讲善良言论的人，那么民众就多说空话。由乡里执行法制，在五个乡里范围内能够立刻断案的国家就可以称王，在九个乡里范围内能够立刻断案的国家就可以强盛，隔了一宿才慢慢进行治理的国家就削弱。……加重刑罚、减少赏赐，这是君主爱护民众，百姓会拼命立功去争取赏赐；多发赏赐、减轻刑罚，这是君主不爱护民众，百姓就不会拼命立功去争取赏赐。赏赐出自君主一人之口的，这个国家所向无敌；赏赐出自君臣二人之口的，这个国家的军队就等于只有一半可用；赏赐出自十人之口的，民众就不能守卫国家了。用重刑使民众明白取舍，用法律使百姓为国效力，那么对君主就有利。实行刑罚的时候，对轻罪用重刑，这样罪轻的就不会犯法，罪重的更不会出现，这叫作用刑罚消除刑罚。如果对重罪用轻刑，刑罚轻了那么犯法的事情就容易发生，这叫作用刑罚招致刑罚，这样的国家必然被削弱。

在重罚与厚赏二柄中，韩非子更强调"重刑少赏"，反对"多赏轻刑"。因为"重刑少赏，上爱民，民死赏；多赏轻刑，上不爱民，民不死赏"，这样"重刑明民，大制使人，则上利"。如果轻罪重刑，那么"轻者不至，重者不来"，这叫"以刑去刑"；反之，如果重罪轻刑，那么"刑轻则事生"，这叫"以刑致刑"。与其"以刑致刑"，不如"以刑去刑"。这就从根本上否定了儒家仁爱、轻刑的主张。由此，可知韩非子的执法思路。道家老子认为"民不畏死，奈何以死惧之？……夫代大匠斲者，希有不伤其手矣"（《七十四章》），主张"我无为，而民自化；我好静，而民自正；我无事，而民自富；我无欲，而民自朴"（《五十七章》）。与韩非子重刑少赏治天下的法家主张，显然南辕北辙，大相径庭。

### （三）上法而不上贤

慎到说："为人君者不多听，据法倚数以观得失。无法之言，不听于耳；无法之劳，不图于功；无劳之亲，不任于官。官不私亲，法不遗爱，上下无事，唯法所在。"（《慎子·君臣》）韩非子的论述，正是对慎到思想的继承和发展。

韩非子认为，"孝悌忠顺"是绝不可信的，尧、舜、汤、武的行为是自相矛盾的，"故至今为人子者有取其父之家，为人臣者有取其君之国者矣"。只有"臣事君，子事父，妻事夫"才是"天下之常道"，而"上贤任智无常，逆道也"。所谓智辩之士，只求私利，不事耕战，与国无利。所以"贞信之行"，"微妙之言"，都不可用，明主之道在于"上法而不上贤"。

【原文】天下皆以孝悌忠顺之道为是也，而莫知察孝悌忠顺之道而审行之，是以天下乱。皆以尧、舜之道为是而法之，是以有弑君，有曲于父。尧、舜、汤、武，或反君臣之义、乱后世之教者也。尧为人君而君其臣，舜为人臣而臣其君，汤、武为人臣而弑其主、刑其尸，而天下誉之，此天下所以至今不治者也。夫所谓明君者，能畜其臣者也；所谓贤臣者，能明法辟、治官职以戴其君者也。今尧自以为明而不能以畜舜，舜自以为贤而不能以戴尧，汤、武自以为义而弑其君长，此明君且常与而贤臣且常取也。故至今为人子者有取其父之家，为人臣者有取其君之国者矣。父而让子，君而让臣，此非所以定位一教之道也。臣之所闻曰："臣事君，子事父，妻事夫，三者顺则天下治，三者逆则天下乱，此天下之常道也。"明王、贤臣而弗易也，则人主虽不肖，臣不敢侵也。今夫上贤任智无常，逆道也，而天下常以为治。是故田氏夺吕氏于齐，戴氏夺子氏于宋，此皆贤且智也，岂愚且不肖乎？是废常上贤则乱，舍法任智则危。故曰：上法而不上贤。（《忠孝》）

【译文】天下都认为孝悌忠顺之道是正确的，而不知道考察孝悌忠顺之道而谨慎地执行它，因此天下大乱。天下都认为尧、舜之道是正确的而效法它，因此出现了臣子杀死君主、儿子背逆父亲的情况。尧、舜、汤、武这些人，也有违背君臣道义、扰乱后世政教的行为。尧本为君主却把君位让给臣子，舜本为臣子却把自己的君主当作臣子，商汤、周武本为臣子却杀了他们的君主、宰割君主的尸体，天下人却称赞他们的行为，这就是从古到今天下不安的原因。所谓明君，是指能够畜养驯服臣下的人；所谓贤臣，是指能够彰明法度、恪尽职守来拥戴自己君主的人。尧自以为英明却不能驯服舜，舜自以为贤能却不能拥戴尧，商汤、周武自以为仁义却杀了自己的君主，这就是所谓明君常失君位而所谓贤臣经常篡权的原因。所以至今还有作为儿子夺取父亲的家业的，作为臣子夺取君主的国家的。父亲让权给儿子，君主让位给臣子，这并非是用来确定名位、统一政教的做法。我听说："臣子侍奉君主，儿子侍奉父亲，妻子侍奉丈夫，遵循这三条原则天下就大治，违背这三条原则天下就大乱，这是天下不变的常规。"明君、贤臣如果不改变这个常规，那么君主即使不太英明，臣子也不敢犯。现在崇尚贤人、任用智者没有固定法则，都是违背常规的，可是天下却常常认为是大治的表现。因此齐国的田氏夺了吕氏的君位，宋国的戴氏夺了子氏的政权，这些都是贤能而且聪明的人，难道是愚蠢而且无能的人吗？这些情况说明废止常法、崇尚贤人天下就大乱，舍弃法度、任用智者君主就危险。所以说：治国应当崇尚法度而不应该崇尚贤人。

"孝悌忠顺"是儒墨主张的传统人伦道德，"尧、舜、汤、武"是儒墨效法的圣人，然而，"尧为人君而君其臣，舜为人臣而臣其君，汤、武为人臣而弑其主、刑其尸"，所谓"孝悌忠顺"岂非自欺欺人？所谓"圣君"、"贤臣"岂非大逆不道？因此，韩非子认为，"臣事君，子事父，妻事夫，三者顺则天下治，三者逆则天下乱，此天下之常道也"。所以，"废常上贤则乱，舍法任智则危。故曰：上法而不上贤"。

关于君臣、父子关系，儒家以道义为原则，所以，在儒家看来，尧、舜禅让，汤、武革命，名正言顺，理所当然。道家庄子以自然为法则，借老子之口斥责"三皇五帝"、尧舜汤武"莫得安其性命之情者，而犹自以为圣人，不可耻乎？其无耻也"（《天运》）。到韩非子则以法律为准则，维护君主的绝对权威，将政治与道义对立起来，批判"尧自以为明而不能以畜舜，舜自以为贤而不能以戴尧，汤、武自以为义而弑其君长"，并认为这是"天下所以至今不治"的根本原因。所以，他特别强调臣对君、子对父、妻对夫的绝对服从，视为其专制学说的重要组成部分，反映了法家对儒家的批判，也显示了法、道两家的思想渊源。然而，汉代以后，董仲舒、班固吸取发挥了法家的思想，将君臣、父子、夫妇三种关系进而演化为"君为臣纲，父为子纲，夫为妻纲"，从此，"三纲"竟然成为儒家政治学说的纲领。诸子学说的交互融会，于此可见一斑。

【原文】察士然后能知之，不可以为令，夫民不尽察。贤者然后能行之，不可以为法，夫民不尽贤。杨朱、墨翟，天下之所察也，干世乱而卒不决，虽察而不可以为官职之令。鲍焦、华角，天下之所贤也，鲍焦木枯，华角赴河，虽贤不可以为耕战之士。故人主之察，智士尽其辩焉；人主之所尊，能士尽其行焉。今世主察无用之辩，尊远功之行，索国之富强，不可得也。博习辩智如孔、墨，孔、墨不耕耨，则国何得焉？修孝寡欲如曾、史，曾、史不战攻，则国何利焉？匹夫有私便，人主有公利。不作而养足，不仕而名显，此私便也；息文学而明法度，塞私便而一功劳，此公利也。错法以道民也，而又贵文学，则民之所师法也疑；赏功以劝民也，而又尊行修，则民之产利也惰。夫贵文学以疑法，尊行修以贰功，索国之富强，不可得也。（《八说》）

【译文】成为明察之士后才能知道事理，但不能作为制法的根据，因为民众并不是全部明察。成为贤能之士后才能做到的事情，也不能成为制法的根据，因为民众并不是全部贤能。杨朱、墨翟，是天下最明察的人，可是遇到混乱的现实而最终不能解决，他们虽然有明察的主张却不能作为官府的法令。鲍焦、华角，是天下最贤能的人，鲍焦抱木而死，华角投河而亡，他们虽然贤能却不能成为耕战之士。所以君主认为明察的事情，有智慧的人就尽力施展自己论辩的才能；君主认为应该尊贵的事情，有才能的人就努力发挥自己的力量。如果君主把没有用处的论辩当作明察，把没有结果的行为当作尊贵，要想求得国家富强，是不可能的。博学善辩如同孔丘、墨翟一样，但孔丘、墨翟不能耕田，那么对国家有什么收益？修孝少欲如同曾参、史鳅一样，但曾参、史鳅不能打仗，那么对国家有什么利益？普通百姓有个人的私利，君主有国家的公利。不劳作而供给充足，不任职而声名显赫，这是私利；制止仁爱之说而严明法度，堵塞个人私利而统一论功行赏，这是国家的公利。设置法律来引导民众，却又尊崇孔孟之道，那么民众效法就会产生怀疑；赏赐有功之臣来鼓励民众，却又尊崇修养品行，那么民众求取利益就会产生懈怠。推崇仁爱之说来怀疑法治，尊重个人品行来干扰建功，要想求得国家富强，是不可能的。

杨朱、墨翟之察，鲍焦、华角之贤，孔子、墨子之"博习辩智"，曾参、史鰌之"修孝寡欲"，无益耕战，不利国家。公私不可两利，利害不能两存，"不作而养足，不仕而名显，此私便也；息文学而明法度，塞私便而一功劳，此公利也"。所以，"夫贵文学以疑法，尊行修以贰功，索国之富强，不可得也"。这种以功利压制道义、以功利否定道义的观念，实际上抹杀和抛弃了政治的道义原则，就可以为了达到目的而不择手段，为了取得利益无所不用其极。这样，以战争攻城略地，以酷刑维护君威，以谋杀排除异己，以陷害消灭政敌，都是理所当然的行为。因此，韩非子受到李斯诬陷至死，就是完全可以理解的了。

【原文】且世之所谓贤者，贞信之行也；所谓智者，微妙之言也。微妙之言，上智之所难知也。今为众人法，而以上智之所难知，则民无从识之矣。故糟糠不饱者，不务粱肉；短褐不完者，不待文绣。夫治世之事，急者不得，则缓者非所务也。今所治之政，民间之事，夫妇所明知者不用，而慕上知之论，则其于治反矣。故微妙之言，非民务也。若夫贤贞信之行者，必将贵不欺之士；不欺之士者，亦无不欺之术也。布衣相与交，无富厚以相利，无威势以相惧也，故求不欺之士。今人主处制人之势，有一国之厚，重赏严诛，得操其柄，以修明术之所烛，虽有田常、子罕之臣，不敢欺也，奚待于不欺之士？今贞信之士不盈于十，而境内之官以百数，必任贞信之士，则人不足官。人不足官，则治者寡而乱者众矣。故明主之道，一法而不求智，固术而不慕信，故法不败，而群官无奸诈矣。(《五蠹》)

【译文】况且社会上所说的贤明，是指忠贞诚信的行为；所说的智慧，是指高深玄妙的言论。高深玄妙的言论，就是上等智慧的人也难以理解。现在为民众制定法律，而用上等智慧的人也难以理解的道理，那么民众就没有办法懂得它。所以糟糠都吃不饱的人，不必追求精美的饭食；短麻布衣服都不完整的人，不必等待刺绣的服装。治理国家大事，如果急切的事情还没有办好，那么可以从缓的事情就不必忙着办理。现在用来治理的政务，不使用民间寻常的事理、普通夫妻都明白知道的道理，却羡慕上等智慧的人也难以理解的理论，那么这就跟正确的治国之道是相反的。所以那些高深玄妙的言论，不是民众所追求的。如果尊崇忠贞诚信的行为，就必然尊重诚信不欺的人；而诚信不欺的人，也没有不搞诚信不欺的办法。平民百姓互相交往，没有富厚资财可以互相利用，也没有威势可以互相惧怕，所以才寻求诚信不欺的人。现在君主处于统治别人的地位，拥有整个国家的财富，加重赏赐，严厉惩罚，就能够掌握生杀权柄，用来修治明察驾驭臣下的权术，即使有田常、子罕一类臣子，也不敢欺骗，为什么还要期待诚信不欺的人呢？现在忠贞诚信的人不满十个，而国内需要的官吏却数以百计，如果一定要任用忠贞诚信的人，那么忠贞诚信的人不够任用。忠贞诚信的人不够任用，那么能够治理好国家的人少而搞乱的人就多了。所以英明君主的治国之道，在于专一用法律而不追求用智慧，坚决用权术而不羡慕诚信，所以法制不会败坏，而群臣也不会有奸诈的行为了。

"微妙之言"难知，"非民务也"；"贞信之行"难得，非必用也。"夫治世之事，急者不得，则缓者非所务也"。再说具有"贞信之行"的"不欺之士"，那是平民百姓为了自身利益所期盼的，而君主手操权柄，刑赏自用，洞察群臣，严惩邪恶，哪里用得着期待"不欺之士"？"故明主之道，一法而不求智，固术而不慕信，故法不败，而群官无奸诈矣"。

商鞅说："章善则过匿，任奸则罪诛。过匿则民胜法，罪诛则法胜民。民胜法，国乱；法胜民，兵强。故曰：以良民治，必乱至削；以奸民治，必治至强。"（《商君书·说民》）显然，商鞅认为，不能以百姓是良民为前提来治国，那样会"过匿则民胜法"而"国乱"；必须以百姓是奸民为前提来治国，这样就"罪诛则法胜民"而"兵强"。韩非子师承荀子"性恶论"，发挥商君学说，认为君臣利害相背，提出"上法而不上贤"，坚持"一法而不求智，固术而不慕信"，就是固守"以奸民治"的原则。

其实，法律的社会功能本来就是用来禁暴除害的。如果预先设定民众善良，不必禁止，制定法律就没有理论根据和现实需要；如果预先设定民众奸邪，必须禁止，制定法律才有明确目标和严密措施。这种产生于两千多年前中国法家的"以奸民治"的思想，与西方古希腊哲人毕达哥拉斯提出的"人是邪恶的"、赫拉克利特提出的"大多数人是坏蛋"，与基督教原罪说，与17世纪西方思想家休谟提出的"无赖原则"，何其相似乃尔！中西哲人在这个问题上的思考和认识，确实耐人寻味。

### （四）任数不任人

慎到说："君人者，舍法而以身治，则诛赏予夺从君心出矣。然则受赏者虽当，望多无穷；受罚者虽当，望轻无已。君舍法而以心裁轻重，则同功殊赏，同罪殊罚矣，怨之所由生也。……故曰：大君任法而弗躬，则事断于法矣。法之所加，各以其分，蒙其赏罚而无望于君也，是以怨不生而上下和矣。"（《慎子·君人》）这就是韩非子"任数不任人"思想的来由。

"上法而不上贤"，说的是崇尚法制而不崇尚贤人；"任数不任人"，说的是依靠法治而不依靠心治。韩非子认为，"释法术而任心治，尧不能正一国"，君主不能抛弃法度而任凭自己主观的喜怒好恶治理国家，更要警惕臣下的虚言、奸功骗人耳目，迷乱心志，败坏法度。因此，不能"法定而任慧"。只有"循法而治，望表而动，随绳而斵，因攒而缝"，才能"上居明而少怒，下尽忠而少罪"。

【原文】释法术而任心治，尧不能正一国；去规矩而妄意度，奚仲不能成一轮；废尺寸而差短长，王尔不能半中。使中主守法术，拙匠执规矩尺寸，则万不失矣。君人者，能去贤、巧之所不能，守中、拙之所万不失，则人力尽而功名立。明主立可为之赏，设可避之罚，故贤者劝赏而不见子胥之祸，不肖者少罪而不见伛剖背，盲者处平而不遇深溪，愚者守静而不陷险危。如此，则上下之恩结矣。古之人曰："其心难知，喜怒难中也。"故以表示目，以鼓语耳，以法教心。君人者释三易之数，而行之一难知之心，如此，则怒积于上，而怨积于下。以积怒而御积怨，则两危矣。明主之表易见，故约立；其教易知，故言用；其法易为，故令行。三者立而上无私心，则下得循法而治，望表而动，随绳而斫，因攒而缝。如此，则上无私威之毒，而下无愚拙之诛，故上居明而少怒，下尽忠而少罪。(《用人》)

【译文】放弃法术而任凭主观来治理国家，像尧这样的圣人都不能治理好一个国家；除去规矩而任凭主观猜度，像奚仲这样的能工也不能制成合格的车轮；废止尺度而区分长短，像王尔这样的巧匠也不能生产出一个合格的产品。如果让中等才智的君主坚守法制，让笨拙的工匠拿着规矩尺度，那么就可以万无一失。统治民众的君主，如果能够抛弃贤能、巧匠也办不成事情的做法，坚守中等才智的君主、笨拙的工匠都万无一失的办法，那么人们就会为君主竭尽全力而功名就会建立起来。英明的君主建立官民可以争取得到的赏赐，设置官民可以尽力避免的刑罚，所以有能的人能够受到鼓励和赏赐而不会出现伍子胥那样的祸害，无能的人就会少犯罪过而不会出现驼背被剖那样的刑罚，盲人就会处在平坦的地方而不会遇到深渊，愚昧的人就会保持平静而不会陷入危险。如果这样，那么君臣上下的恩德就会结成了。古人说："他的心思是难以知道的，喜怒情绪是难以猜中的。"因此用标志提示眼睛，用鼓声告诉耳朵，用法令教导人心。统治民众的君主放弃这三种易行的方法，而运用一种让人难以了解的心思，如果这样，君主就会聚集愤怒，臣下就会聚集怨恨。用君主聚集的愤怒去驾驭臣下聚集的怨恨，那么君臣双方都会有危险。英明的君主树立的标志很容易见到，所以约定原则得以确立；君主的教导很容易理解，所以他的言论被运用；君主的法制很容易执行，所以他的命令能够贯彻。这三种方法得以确立而君主没有私心，那么臣下就能够遵循法令而治理政事，如同看着标志而行动，顺着墨绳而砍削，按照剪裁而缝制。如果这样，君主就没有因放纵私怒而造成的残酷，而臣下也没有因愚昧笨拙而受到处罚。所以君主明察而少怒，臣下尽忠而少罪。

心情因人而异，随时而变；奖惩法规固定，有目共睹。如果"释法术而任心治"，"去规矩而妄意度"，"废尺寸而差短长"，那么，一旦失去标准，则正误、是非不分。因此，"以表示目，以鼓语耳，以法教心。君人者释三易之数，而行之一难知之心，如此，则怒积于上，而怨积于下。以积怒而御积怨，则两危矣"。所以，强调"循法而治"，使得"上无私威之毒，而下无愚拙之诛，故上居明而少怒，下尽忠而少罪"。

【原文】夫治法之至明者，任数不任人。是以有术之国，不用誉则毋适，境内必治，任数也；亡国使兵公行乎其地，而弗能围禁者，任人而无数也。自攻者人也，攻人者数也。故有术之国，去言而任法。凡畸功之循约者难知，过刑之于言者难见也，是以刑赏惑乎贰。所谓循约难知者，奸功也；臣过之难见者，失根也。循理不见虚功，度情诡乎奸根，则二者安得无两失也？是以虚士立名于内，而谈者为略于外，故愚、怯、勇、慧相连，而以虚道属俗而容乎世，故其法不用，而刑罚不加乎僇人。如此，则刑赏安得不容其二？实故有所至，而理失其量，量之失，非法使然也，法定而任慧也。释法而任慧者，则受事者安得其务？务不与事相得，则法安得无失？而刑安得无烦？是以赏罚扰乱，邦道差误，刑赏之不分白也。(《制分》)

【译文】治国之法最高明的原则，是依靠法律而不依靠人心。因此有治国法术的国家，不用有声誉的人就无敌于天下，国内一定太平，这是因为依靠法术；灭亡的国家让敌兵横行在自己的国土上，而不能防御禁止，是因为依靠个人而没有法术。让别人攻打自己是因为任用个人，能够攻打别人是因为依靠法律。所以有法术的国家，除去空言而依靠法律。凡是不正当的功劳而又符合法律规定的情况难以辨识，对于言论中的罪过难以发现，因此刑罚容易被这些表里不一的现象所迷惑。所谓符合法律而又难以辨识的功劳，是奸功；臣下难以被发现的罪过，是造成刑赏不当的根源。根据法律规定而不能发现虚功，按照常情判断发现不了奸邪根源，那么刑赏怎能不双双失误呢？因此徒有虚功的人在国内建立名誉，而夸夸其谈的游说之士在国外进行谋划，所以愚昧、怯懦、暴虐、奸诈的人互相勾结，而用虚伪的说教迎合世俗并取悦社会，所以那些国法不能运用，而刑罚不能施行于罪人之身。这样，那么刑赏怎能不发生分歧呢？刑赏的实施本来有所成效，而按照常理却失去了正确的度量，这并不是法制造成的，而是法律确定了而又依靠了个人的智慧。放弃法律而依靠智慧，那么受理的官吏怎能知道他的职责呢？职责与政事不相称，那么法制怎能不失误？而刑罚怎能不烦乱呢？因此施行赏罚混乱不堪，治国之道错误百出，就是因为刑赏的界限区分不清楚啊。

"夫治法之至明者，任数不任人"。法律制度是固定不变的，人心智慧是难以把握的，"是以虚士立名于内，而谈者为略于外，故愚、怯、勇、慧相连，而以虚道属俗而容乎世，故其法不用，而刑罚不加乎僇人。如此，则刑赏安得不容其二"？这都是因为"法定而任慧"造成的后果。因此，"释法而任慧者，则受事者安得其务？务不与事相得，则法安得无失？而刑安得无烦"？所以，"有术之国，去言而任法"。

【原文】管仲所以见告桓公者，非有度者之言也。所以去竖刁、易牙者，以不爱其身，适君之欲也。曰"不爱其身，安能爱君"，然则臣有尽死力以为其主者，管仲将弗用也。曰"不爱其死力，安能爱君"，是君去忠臣也。且以不爱其身，度其不爱其君，是将以管仲之不能死公子纠度其不死桓公也，是管仲亦在所去之域矣。明主之道不然，设民所欲以求其功，故为爵禄以劝之；设民所恶以禁其奸，故为刑罚以威之。庆赏信而刑罚必，故君举功于臣，而奸不用于上，虽有竖刁，其奈君何？且臣尽死力以与君市，君垂爵禄以与臣市，君臣之际，非父子之亲也，计数之所出也。君有道，则臣尽力而奸不生；无道，则臣上塞主明而下成私。管仲非明此度数于桓公也，使去竖刁，一竖刁又至，非绝奸之道也。且桓公所以身死虫流出尸不葬者，是臣重也；臣重之实，擅主也。有擅主之臣，则君令不下究，臣情不上通。一人之力能隔君臣之间，使善败不闻，祸福不通，故有不葬之患也。明主之道，一人不兼官，一官不兼事；卑贱不待尊贵而进，大臣不因左右而见；百官修通，群臣辐凑；有赏者君见其功，有罚者君知其罪。见知不悖于前，赏罚不弊于后，安有不葬之患？管仲非明此言于桓公也，使去三子，故曰管仲无度矣。（《难一》）

【译文】管仲告诉齐桓公的话，不是懂得法度的人所说的话。用来除去竖刁、易牙的理由，是因为他们不爱惜自身，而去迎合君主的欲望。他说"不爱惜自身，怎能爱君主"，然而臣下有为君主拼死出力的人，管仲就不会举用了。他说"不爱自身而拼死出力，怎能爱君主"，这是要君主除去忠臣啊。况且以他不爱自身，来推断他不爱君主，这就是以管仲不能为公子纠而死来推断他也不能为桓公而死，这样管仲也在应该除去的范围之内。英明君主的原则不是这样，设置臣民希望的东西来求得他们立功，所以制定爵禄来鼓励他们；设置臣民厌恶的东西来禁止奸邪行为，所以制定刑罚来威慑他们。赏赐遵守信用而刑罚坚决执行，所以君主举用有功的人而奸人不会进用，即使有竖刁那样的人，他能对君主怎么样呢？况且臣下竭尽死力来与君主交换，君主悬赏爵禄来与臣下交换，君臣之间不是父子那样的亲情关系，都是从利害得失的算计出发的。君主有正确的治国原则，那么臣下就尽力效劳而奸邪不会产生；君主没有正确的治国原则，臣下就在上蒙蔽君主而在下谋取私利。管仲不对桓公阐明这样的法度，而让他除去竖刁，另一个竖刁又会出现，这不是禁绝奸邪的办法。而且桓公之所以死后尸体的蛆虫爬到门外都未收葬，是因为臣下的权力过大；臣下权力过大的后果，就是挟持君主。有了挟持君主的奸臣，君主的命令就无法向下传达，群臣的情况也不能向上通报。一个人的力量就能够隔断君主与群臣的联系，使得君主听不到好坏，不了解祸福，所以有君主死后不葬的祸患。

明君的治国原则是：一人不兼任两种职务，一官不兼管其他事务；卑贱的人不用等待尊贵者的推荐而受到任用，大臣不用依靠君主亲信的引荐而受到接见；百官都能够逐级上达通向君主，群臣都能够像辐条向毂一样归顺君主；受到赏赐的人君主了解他的功劳，受到惩罚的人君主知道他的罪行。君主事前对群臣功罪了解清楚，事后实行赏罚就不受蒙蔽，怎么会有死后不葬的祸患呢？管仲不对桓公阐明这样的法度，只是让他除去竖刁、易牙、卫公子开方这三个人，所以说管仲不懂法度。

具体情况是这样的。管仲病重，齐桓公去问他的临终嘱托。管仲说：希望桓公"去竖刁，除易牙，远卫公子开方"。因为君主喜欢女色，竖刁就自阉来管理内宫事务，"人情莫不爱其身，身且不爱，安能爱君"？君主没有吃过人肉，易牙就蒸熟自己儿子的头进献，"人情莫不爱其子，今弗爱其子，安能爱君"？卫公子开方抛弃母亲，长期在外为官不归，"其母不爱，安能爱君"？我听说"矜伪不长，盖虚不久"，希望桓公除去这三个人。结果管仲死后，桓公不听。等到桓公死后，"虫出户不葬"。就此，韩非子进行了上述论辩和分析。显然，管仲只是从情理推论，就事论事，认为不爱己、不爱子、不爱亲者必不爱君，所以要除去奸臣，而没有考虑由此而产生的负作用，把自己也陷于其中而不自知。韩非则是从法理推论，认为"庆赏信而刑罚必，故君举功于臣，而奸不用于上，虽有竖刁，其奈君何"？因为"臣尽死力以与君市，君垂爵禄以与臣市，君臣之际，非父子之亲也，计数之所出也。君有道，则臣尽力而奸不生；无道，则臣上塞主明而下成私"。如果仅仅"使去竖刁，一竖刁又至，非绝奸之道也"。至于桓公死后"虫流出户不葬"，那是因为臣下权力过大，"有擅主之臣，则君令不下究，臣情不上通。一人之力能隔君臣之间，使善败不闻，祸福不通，故有不葬之患也"。所以要限制臣下职权，保证君主威势，"见知不悖于前，赏罚不弊于后，安有不葬之患"？可见，韩非子对前代法家理论是有所批判取舍的。

平心而论，管仲要桓公除去这三人，未尝不是行使君主法治之权，只是仅此是不够的，应该借此进一步强调法治的重要性。桓公"任心治"，所以惑于伪行奸功，碍于世俗人情，当断不断，反受其乱。由此，足证韩非子"任数不任人"的政治主张，更为深刻而彻底。

### （五）法不阿贵，绳不挠曲

既然"上法而不上贤"，"任法不任人"，那么，君主自己就必须以严刑峻法威慑天下，督查臣民，"峻法，所以禁过外私也；严刑，所以遂令惩下也"。面对败坏法制的群臣，"法不阿贵，绳不挠曲"，公平如一，不偏不党，这样，"刑重则不敢以贵易贱，法审则上尊而不侵"。任用官吏，更要坚持法规，不分内外亲疏，"内举不避亲，外举不避仇。……是以贤良遂进而奸邪并退，故一举而能服诸侯"。只要君主厉行法度，"无私贤哲之臣，无私事能之士，故民不越乡而交，无百里之戚；贵、贱不相逾，愚、智提衡而立，治之至也"。臣民就会成为"从王之指"、"从王之路"的"世治之民"。

【原文】夫人臣之侵其主也，如地形焉，即渐以往，使人主失端，东西易面而不自知。故先王立司南以端朝夕。故明主使其群臣不游意于法之外，不为惠于法之内，动无非法。峻法，所以禁过外私也；严刑，所以遂令惩下也。威不贷错，制不共门。威、制共，则众邪彰矣；法不信，则君行危矣；刑不断，则邪不胜矣。故曰：巧匠目意中绳，然必先以规矩为度；上智捷举中事，必以先王之法为比。故绳直，而枉木斲；准夷，而高科削；权衡县，而重益轻；斗石设，而多益少。故以法治国，举措而已矣。法不阿贵，绳不挠曲。法之所加，智者弗能辞，勇者弗敢争。刑过不避大臣，赏善不遗匹夫。故矫上之失，诘下之邪，治乱决缪，绌羡齐非，一民之轨，莫如法。厉官威民，退淫殆，止诈伪，莫如刑。刑重则不敢以贵易贱，法审则上尊而不侵。上尊而不侵，则主强而守要，故先王贵之而传之。人主释法用私，则上下不别矣。(《有度》)

【译文】臣下侵害君主，就像地形使行人迷路那样，逐渐地变化，使君主失去方向，东西方位改变了都不知道。所以先王设立司南来正确判断早晚。所以英明的君主使群臣不在法令之外寻求门路，也不在法令之内私下开恩，一举一动没有不合法的。峻法，是用来禁止过错、排除私利；严刑，是用来贯彻法令、惩罚臣下的。君主的威势不能被臣下私自分享，君主的权力不能出自君臣两方。威势、权力由君臣共用，那么各种邪恶就会公开出现；制定法律不讲信用，那么君主很快就会危险；执行刑罚不果断，那么邪恶就不能战胜。所以说：能工巧匠用眼睛测量也能够与墨绳一样平直，但是必须先用规矩来度量；极端聪明的人也能够很快把事情办好，但是必须用先王的法度为标准。所以用墨绳来量直，弯曲的木头就要砍；用水准来量平，高出的部分就要削；用秤来称量，重的就要减轻；用斗石来衡量，多的就要减少。所以用法度治国，合法者推行、违法者处理就行了。法律不偏袒高贵的人，墨绳不迁就弯曲之物。受到法律制裁，有智慧的人不能用言辞辩解，有勇力的人不敢用武力抗争。惩罚罪过不宽恕大臣，赏赐善行不遗漏百姓。所以矫正君主的过失，追究臣下的奸邪，治理混乱、判断谬误、削减多余、纠正错误，统一百姓的行为规范，没有比法律更好的了。整治官吏、威慑民众，击退荒淫懈怠的行为，制止欺诈虚伪的歪风，没有比刑罚更好的了。刑罚重了那么就不敢以高贵欺凌卑贱，法律严了，那么就君主尊贵而不受侵害。君主尊贵而不受侵害，那么君主就能强势而紧握治国的关键。所以，先王看重它而且传播它。君主如果放弃法度而用私心，君臣上下就没有区别了。

明主驾驭臣民，一切依法律为准绳，"使其群臣不游意于法之外，不为惠于法之内，动无非法"。因此，"威不贷错，制不共门。威、制共，则众邪彰矣；法不信，则君行危矣；刑不断，则邪不胜矣"。执法必须公正无私，公开透明，不偏不倚，贵贱如一，所以，"法不阿贵，绳不挠曲。法之所加，智者弗能辞，勇者弗敢争。刑过不避大臣，赏善不遗匹夫"。这些司法原则，至今仍然可以引以为鉴。

【原文】圣王明君则不然，内举不避亲，外举不避仇。是在焉，从而举之；非在焉，从而罚之。是以贤良遂进而奸邪并退，故一举而能服诸侯。其在记曰：尧有丹朱，而舜有商均，启有五观，商有太甲，武王有管、蔡。五王之所诛者，皆父兄子弟之亲也，而所杀亡其身、残破其家者，何也？以其害国、伤民、败法类也。观其所举，或在山林、薮泽、岩穴之间，或在囹圄、缧绁、缠索之中，或在割烹、刍牧、饭牛之事。然明主不羞其卑贱也，以其能，为可以明法、便国、利民，从而举之，身安名尊。（《说疑》）

【译文】圣明的君主就不是这样，如果在内部选拔官吏就不回避亲属关系，如果在外部选拔官吏就不回避私仇。正确在他那里，就选拔他；错误在他那里，就惩罚他。因此，贤能的人进升而奸邪的人斥退，所以这样一项措施能够使诸侯臣服。文献记载说：尧有儿子丹朱，而舜有儿子商均，夏启有儿子五观，商汤有孙子太甲，周武王有弟弟管叔、蔡叔。这五位君主所诛杀的，全部都有父子、兄弟的亲属关系，而所以杀死他们、使他们家庭破碎，为了什么呢？因为他们祸害国家、伤害民众、败坏法制。观察他们选拔的人，有的在山林、湖泽、岩洞之中，有的在监牢、被绳索捆绑的犯人之中，有的在从事烹调、放牧、喂牛等低下的工作。然而英明的君主不为他们出身卑贱而感到羞耻，因为凭借他们的才能，做事可以彰明法律、方便国家、有利民众，所以选拔他们，君主的地位得到安定，名声得到尊重。

处置、任用官吏同样应该遵循法律，"内举不避亲，外举不避仇。是在焉，从而举之；非在焉，从而罚之"。五王所诛杀的，都有骨肉兄弟之亲，因为他们"害国、伤民、败法类也"；五王所举荐的，尽是山野卑贱之人，因为他们"明法、便国、利民"。这样，君主则"身安名尊"。这种学说，突破了儒家的"尊尊亲亲"之道，与墨子所说的"以德就列，以官服事，以劳殿赏，量功而分禄。故官无常贵，而民无终贱，有能则举之，无能则下之"（《尚贤上》），在思想上是相通的。

【原文】贤者之为人臣，北面委质，无有二心。朝廷不敢辞贱，军旅不敢辞难；顺上之为，从主之法；虚心以待令，而无是非也。故有口不以私言，有目不以私视，而上尽制之。为人臣者，譬之若手，上以修头，下以修足；清暖寒热，不得不救；镆铘傅体，不敢弗搏。无私贤哲之臣，无私事能之士，故民不越乡而交，无百里之戚；贵、贱不相逾，愚、智提衡而立，治之至也。今夫轻爵禄，易去亡，以择其主，臣不谓廉；诈说逆法，倍主强谏，臣不谓忠；行惠施利，收下为名，臣不谓仁；离俗隐居，而以诈非上，臣不谓义；外使诸侯，内耗其国，伺其危险之陂，以恐其主曰："交非我不亲，怨非我不解。"而主乃信之，以国听之，卑主之名以显其身，毁国之厚以利其家，臣不谓智。此数物者，险世之说也，而先王之法所简也。先王之法曰："臣毋或作威，毋或作利，从王之指；无或作恶，从王之路。"古者世治之民，奉公法，废私术，专意一行，具以待任。（《有度》）

【译文】贤能之人做臣子，在朝廷上向北屈膝跪拜，对君主没有二心。臣子在朝廷不敢推辞卑贱的差事，在军队不敢拒绝危难的任务；顺从君主的派遣，遵守君主的法度；虚心等待命令，而自己不论是非绝对服从。所以臣子有嘴不用来为私事辩说，有眼睛不用来为私事观察，一切由君主控制。做臣子的，如同手一样，在上用手修饰头，在下用手修治脚；遇到冷热的侵袭，不得不用手来保护；就是锋利的宝剑逼近身体，也不敢不奋力搏斗。君主不偏爱贤良的臣子，不偏袒多能的士人，所以民众不到他乡交往，没有奔走远方的忧虑；贵、贱不超越名分界限，愚、智都公平地生活，这就是治国最高的境界啊。现在那些轻视爵禄，随便流亡，选择他的新主，这样的人我不认为是清廉；违反国法的欺诈之说，背离君主的强行劝谏，这样的人我不认为是忠诚；施行私下的恩惠，收买人心、换取声誉，这样的人我不认为是仁爱；逃避现实而隐居山林，用谎言非难君主，这样的人我不认为是节义；出使诸侯国，损耗自己国家的利益，趁着危险的时机，恐吓他的君主说："与他国交往，没有我就不亲近；与他国结怨，没有我就解不开。"而君主竟然听信他，听任他处理国事，他就贬低君主的名声来炫耀自己，毁弃国家财富来便利私家，这样的人我不认为是明智。上述五种情况，是流行于乱世的说法，是先王的法令所摒弃的。先王的法令说："臣下不能逞私威，不要谋私利，要顺从君主的旨意；不要违法作恶，要顺从君主指引的道路。"古代太平时代的民众，奉行国家公法，废止谋私方法，专心致志，统一行动，一起准备着君主的任用。

在君主的严刑峻法之下，臣民成为怎样的人呢？"北面委质，无有二心。朝廷不敢辞贱，军旅不敢辞难；顺上之为，从主之法；虚心以待令，而无是非也。故有口不以私言，有目不以私视，而上尽制之"。他们像双手一样，当君主的驯服工具，不避艰险，听从调遣。凡是于君于国不利的所谓"廉、忠、仁、义、智"之行，都在否定之列，只有"奉公法，废私术，专意一行，具以待任"，才是臣民的本分。这就是韩非子所说的"世治之民"的行为准则。

## 五　任人必有术，虚静御百官

韩非子说："人主者，守法责成以立功者也。闻有吏虽乱而有独善之民，不闻有乱民而有独治之吏，故明主治吏不治民。"（《外储说右下》）吏治直接决定着君主的安危、国家的强弱和百姓的祸福，是治国理政的关键问题。民众分布四方，遥不可及，而大臣近在身边，动静可知。君主以权术驾驭大臣，控制亲近，就可以由近而远，统辖号令全国百姓。那么，什么是权术？"术者，因任而授官，循名而责实，操杀生之柄，课群臣之能者也。此人主之所执也。"（《定法》）"术者，藏之于胸中，以偶众端，而潜御群臣者也。"（《难三》）所以，在韩非子的法家理论中，法律是公开针对全国臣民的，而权术是暗中专对大臣的。权术是君主"藏之于胸中"的私密，高深莫测，暗中操作，就是为了"循名责实"、"潜御群臣"，以考核审察大臣的能力和忠诚。

韩非子将奸邪行为总结为八类：一曰在同床，二曰在旁，三曰父兄，四曰养殃，五曰民萌，六曰流行，七曰威强，八曰四方。"凡此八者，人臣之所以道成奸，世主所以壅劫，失其所有也，不可不察焉。"（《八奸》）其中重点把"在同床"（妻妾）、"在旁"（宠幸）、"父兄"（亲属）列为八奸的前三位，特别予以关注，意味深长，发人深省！韩非子指出，八奸胡作非为，犯上作乱，危及国家安全、社稷命运，君主务必运用权术，乾坤独断，防奸、识奸、反奸、止奸、除奸，以确保长治久安。

### （一）夫至治之国，善以止奸为务

治国的关键，在于用人。"无术以用人，任智则君欺，任修则君事乱，此无术之患也"，因此，必须用权术驾驭大臣。所以，对于大臣奸邪的言论，必须明察；对于僭越犯上行为，必须制止。而禁止奸邪最好的办法，就是利用人趋利避害的常情，让大臣互相监视、告发，行连坐之法，这样，奸邪言行就没有容身之处。所以，商鞅早就说："故王者刑用于将过，则大邪不生；赏施于告奸，则细过不失。治民能使大邪不生，细过不失，则国治，国治必强。一国行之，境内独治；二国行之，兵则少寝；天下行之，至德复立。此吾以杀刑之反于德，而义合于暴也。"（《商君书·开塞》）

【原文】任人以事，存亡治乱之机也。无术以任人，无所任而不败。人君之所任，非辩智则修洁也。任人者，使有势也。智士者未必信也，为多其智，因惑其信也；以智士之计，处乘势之资而为其私急，则君必欺焉。为智者之不可信也，故任修士者，使断事也。修士者未必智，为洁其身，因惑其智；以愚人之所惽，处治事之官而为其所然，则事必乱矣。故无术以用人，任智则君欺，任修则君事乱，此无术之患也。明君之道，贱德义贵，下必坐上，决诚以参，听无门户，故智者不得诈欺；计功而行赏，程能而授事，察端而观失，有过者罪，有能者得，故愚者不任事。智者不敢

欺，愚者不得断，则事无失矣。(《八说》)

【译文】任用大臣处理政事，是国家存亡、治乱的关键。君主如果没有权术去任用大臣，无论任用什么人都会失败。君主所任用的人，不是能说会道的聪明人就是品德纯正有修养的人。任用人，就要使他有权势。聪明人未必有诚信，因为君主认为他智慧多，所以被他表面的诚信迷惑；聪明人用自己的计谋，凭借有权势的资本而为自己谋私，那么君主必然受到欺骗。因为聪明人不可相信，所以用有修养的人，让他决断政事。有修养的人未必聪明，因为君主认为他廉洁，那么就被他虚假的智慧迷惑；凭着愚蠢人的糊涂，处在管理政事的官位而做他认为正确的事情，那么政事必然混乱。所以如果没有权术任用大臣，任用聪明人那么君主就被欺骗，任用有修养的人那么君主的政事就混乱，这就是没有权术造成的祸患。英明君主的用人原则是，地位卑贱者可以议论地位高贵者，部下一定因上级的过错连坐而受罚，用参验的方法决断真相，听取意见而没有门户之见，所以聪明人不敢欺骗君主；计算功劳而实行赏赐，衡量能力而委任政事，考察事情的发端而了解过失，有罪过的惩处，有能力的赏赐，所以愚蠢的人不能承担政事。聪明的人不敢欺骗君主，愚蠢的人不能决断政事，那么政事就没有失误了。

任用官员，无非选拔智能之士和修身之士两种人。智能之士未必诚信，可能"处乘势之资而为其私急，则君必欺焉"；修身之士未必聪明，可能"处治事之官而为其所然，则事必乱矣"。君主被欺骗，就是因为没有运用权术。如果运用权术，"循名责实"，那么，"智者不敢欺，愚者不得断，则事无失矣"。

【原文】为人主者，诚明于臣之所言，则虽罼弋驰骋，撞钟舞女，国犹且存也。不明臣之所言，虽节俭勤劳，布衣恶食，国犹自亡也。……故曰：人臣有五奸，而主不知也。为人臣者，有侈用财货赂以取誉者，有务庆赏赐予以移众者，有务朋党、徇智、尊士以擅逞者，有务解免、赦罪狱以事威者，有务奉下、直曲、怪言、伟服、瑰称以眩民耳目者。此五者，明君之所疑也，而圣主之所禁也。去此五者，则噪诈之人不敢北面谈立，文言多、实行寡而不当法者不敢诬情以谈说。是以群臣居则修身，动则任力，非上之令，不敢擅作、疾言、诬事，此圣王之所以牧臣下也。彼圣主明君，不适疑物以窥其臣也。见疑物而无反者，天下鲜矣。故曰：孽有拟适之子，配有拟妻之妾，廷有拟相之臣，臣有拟主之宠，此四者国之所危也。故曰：内宠并后，外宠贰政，枝子配适，大臣拟主，乱之道也。故周记曰："无尊妾而卑妻，无尊适子而尊小枝，无尊嬖臣而匹上卿，无尊大臣以拟其主也。"四拟者破，则上无意、下无怪也。四拟不破，则陨身灭国矣。（《说疑》）

【译文】做君主的，对臣下之言确实能够明察，那么即使整天驰骋射猎，宴饮歌舞，国家仍然能够保存。不能明察臣下之言，即使节俭勤劳，穿粗布衣服，吃粗劣食物，国家仍然灭亡。……所以说：人臣中有五种奸臣，而君主不了解。做臣子的，有用大量钱财进行贿赂以取得美名的，有致力于赏赐施与以争夺民众的，有极力交结朋党、追随智者、推崇学士而为所欲为的，有尽力免除赋税徭役、赦免罪犯以树立自己威信的，有尽量迎合民众，混淆是非、妖言惑众、奇装异服、花言巧语来迷惑民众耳目的。这五种人，是英明之君所怀疑的，是圣明之主所禁止的。去除这五种人，那么雄辩欺诈的人就不敢在君主面前高谈阔论，那些虚言多、行动少而又不符合法令的人就不敢歪曲事实而议论。因此群臣闲居时就修养自身，办事时就竭尽全力，不奉君上之命，臣下就不敢擅自行动、疾言厉色、无中生有，这就是圣主管理臣下的办法。那些圣明君主，不能用相似的事物来窥探他的臣子。因为见到相似的事物而不产生联想的人，天下少有。所以说：庶子中有的与嫡子的地位等同，妃子中有的与正妻的地位相等，朝廷上有与宰相地位相当的臣子，大臣中有与君主权力相似的宠臣，这四种情况都是国家危险的原因。所以说：宠妃与王后并重，外臣与内相分权，庶子与嫡子相当，大臣与君主相似，是国家混乱的原因。所以周朝的记载说："不要使妃妾尊贵而正妻卑下，不要把嫡子当庶子而尊崇庶子，不要尊崇小臣而与上卿的地位相等，不要尊崇大臣而与君主的权力相似。"这四种相似的情况破除了，君上就没有由此而产生的臆测、臣下就没有由此而产生的怪异。这四种情况不破除，那么就会君主丧命而国家灭亡。

【原文】千金之家，其子不仁，人之急利甚也。桓公，五伯之上也，争国而杀其兄，其利大也。臣主之间，非兄弟之亲也。劫杀之功，制万乘而享大利，则群臣孰非阳虎也？事以微巧成，以疏拙败。群臣之未起难也，其备未具也。群臣皆有阳虎之心，而君上不知，是微而巧也。……臣之忠诈，在君所行也。君明而严则群臣忠，君懦而暗则群臣诈。知微之谓明，无赦之谓严。不知齐之巧臣而诛鲁之成乱，不亦妄乎！（《难四》）

【译文】富贵千金的家庭，他们的后代不仁义，因为人们都非常急迫地追求利益。齐桓公，是春秋五霸中最有实力的人，为了争夺君位而杀死他的兄长，因为君位的利益重大。君臣之间，没有兄弟间的亲情。臣下劫杀君主的好处，是可以控制众多军队而享用诸多利益，那么群臣哪一个不是阳虎式的野心家呢？事情因为隐蔽巧妙而成功，因为粗疏笨拙而失败。群臣没有发动叛乱，是因为他们的准备不周全。群臣都有阳虎一样贪婪之心，而君主不知道，这是他们做得隐蔽而巧妙。……臣下的忠诚或奸诈，在于君主的作为。君主明察而严厉那么群臣就忠诚，君主懦弱而昏暗那么群臣就奸诈。知道细微征兆叫明察，不赦免罪过叫严厉。不去发现齐国巧诈的奸臣而去诛杀鲁国已经作乱的叛臣，不是荒唐吗？

洞察大臣之言，至关重要。对于那些能言善辩、欺世盗名的五种人，必须去除，使得群臣"居则修身，动则任力，非上之令，不敢擅作、疾言、诬事"。对于那些僭越等级、图谋犯上的人，诸如"内宠并后，外宠贰政，枝子配适，大臣拟主"之类，必须坚决禁止，以防"陨身灭国"。群臣都是阳虎式的野心家，"君明而严则群臣忠，君懦而暗则群臣诈"，作为君主必须见微知著，严厉执法。

【原文】治国者莫不有法，然而有存有亡。亡者，其制刑赏不分也；治国者，其刑赏莫不有分。有持以异为分，不可谓分；至于察君之分，独分也。是以其民重法而畏禁，愿毋抵罪而不敢冀赏。故曰：不待刑赏而民从事矣。是故夫至治之国，善以止奸为务。是何也？其法通乎人情，关乎治理也。然则去微奸之道奈何？其务令之相窥其情者也。则使相窥奈何？曰：盖里相坐而已。禁尚有连于己者，理不得不相窥，惟恐不得免。有奸心者不令得忘，窥者多也。如此，则慎己而窥彼，发奸之密。告过者免罪受赏，失奸者必诛连刑。如此，则奸类发矣。奸不容细，私告任坐使然也。（《制分》）

【译文】治理国家的君主没有一个没有法制的，然而有的国家存在，有国家灭亡了。灭亡的国家，是因为它们的法制刑罚与赏赐不分界限；治理好的国家，它们的刑罚与赏赐没有不分清界限的。有君主用不同的标准作为区分的界限，这不能称为分界；至于明察的君主确立的分界，是用唯一的标准区分的。因此他的民众重视法度而畏惧禁令，行为不要犯罪而不敢期待赏赐。所以说：不须等待刑赏而民众就尽力做事了。因此那些治理好的国家，善于把禁止奸邪作为根本要务。这是为什么呢？因为禁止奸邪的法令与人的本性相贯通，关系到治国的道理。既然这样，那么去除隐微难见的奸邪行为的方法又是什么呢？就是一定要让民众互相监视彼此的情况。那么让民众互相窥探监视又怎么样？回答说：就是同村的人互相因犯罪而受到牵连罢了。禁令倘若有牵连到自己的，按照常理不能不互相监视，唯恐自己受牵连而不得幸免。有奸邪之心的人不能让他得逞，因为监视的人很多。像这样，那么自己谨慎而监视别人，告发奸邪的秘密。告发奸邪罪过的人可以免罪受赏，让奸邪罪过漏网的人一定受到株连惩罚。这样，奸邪的行为就会被告发出来。连细小的奸行都不放过，这就是私下告发和连坐之法所造成的后果。

韩非子认为，"至治之国，善以止奸为务"。怎样"止奸"呢？"其法通乎人情"，"务令之相窥其情"。那么，"人情"是什么呢？就是趋利避害的本性。利害并存则求其利，数利并存则选其重，数害并存则择其轻，有利无害则趋之若鹜，有害无利则避之如火，无利无害则无动于衷，这就是人之常情。因此，"禁尚有连于己者，理不得不相窥，惟恐不得免"。商鞅当年"令民为什伍，而相收司连坐。不告奸者，腰斩；告奸者，与斩敌首同赏；匿奸者，与降敌同罚"（《史记·商君列传》），就是先例。韩非子以刑赏止奸，就是利用了人们趋利避害的本性，"慎己而窥彼，发奸之密。告过者免罪受赏，失奸者必诛连刑"。面对奸邪，利害相系，生命攸关，告发奸邪则免罪受赏，遗漏或袒护奸邪则连坐受罚，谁不趋其利而避其害呢？墨子的"尚同"思想，被韩非子发挥到极致。

### （二）主上不神，下将有因

慎到说："君臣之道，臣事事，而君无事。君逸乐而臣任劳，臣尽智力以善其事，而君无与焉，仰成而已，故事无不治，治之正道然也。人君自任，而务为善以先下，则是代下负任蒙劳也，臣反逸矣。"（《慎子·民杂》）韩非子在慎到"君逸乐而臣任劳"的理论基础上，进一步吸取道家思想，主张君主"权不欲见，素无为也"，强调"圣人执要，四方来效"，独操法度，亲掌权柄，清静无为，大智若愚，神秘莫测，暗中窥视。自己则"函掩其迹，匿其端"，"去其智，绝其能"，隐藏一切外在的神情形色，消除一切可用之情、可乘之机，使臣下对君主不可捉摸，不敢为非，"绝其能望，破其意，毋使人欲之"。更要谨防臣下用各种手段蒙蔽君主，窃取权势，富贵坐大，化虎伤人，所以，必须"散其党，收其余，闭其门，夺其辅，国乃无虎。大不可量，深不可测，同合刑名，审验法式，擅为者诛，国乃无贼"。

【原文】天有大命，人有大命。夫香美脆味，厚酒肥肉，甘口而疾形；曼理皓齿，说情而损精。故去甚去泰，身乃无害。权不欲见，素无为也。事在四方，要在中央。圣人执要，四方来效。虚而待之，彼自以之。四海既藏,道阴见阳。左右既立,开门而当。勿变勿易,与二俱行,行之不已,是谓履理也。夫物者有所宜,材者有所施,各处其宜,故上下无为。使鸡司夜,令狸执鼠,皆用其能,上乃无事。上有所长,事乃不方;矜而好能,下之所欺;辩惠好生,下因其材。上下易用,国故不治。(《扬权》)

【译文】自然有规律,人也有规律。香脆美味的食物,醇厚的酒,肥嫩的肉,虽然可口却使身体生病;肌肤细腻、牙齿洁白的美女,虽然愉悦心情却耗费精力。所以要抛弃极端过分的享乐,身体才不会受到损害。权术不能显现出来,平素无为而治。俗事由周边臣民去做,大权集中在君主。君主执掌大权,四方臣民就会效力。用虚静的态度对待一切,臣民自然献出才能。君主胸怀四海,就可以由静而动观察臣民。选定了辅佐大臣,就可以广开言路。不要变更改易,与自然、人类的规律一起运行。这样运行而不停止,就叫遵循事理。事物都有适当的位置,才能有所发挥的地方,各自处在合适的位置,所以君主就能够无为而治。让鸡守夜报晓,让狸猫捕捉老鼠,像这样使用臣下的才能,君主就没有事务了。君主如果显示出某些特长,事情的发展就会不顺利;君主如果自夸而逞能,就会被臣下欺骗;君主如果聪慧好辩,臣下就会乘机为奸。君臣如果颠倒了各自的位置,国家就不会治理好。

老子说:"圣人去甚,去奢,去泰。"(《二十九章》)是为了清静无为,顺应自然。韩非子说:"去甚去泰,身乃无害。"是为了节制欲望,以静制动。虽然有所承袭,其实各有目的。这不仅体现在享乐方面,更表现在将老子的"无为而治"转化为驾驭群臣的政治权术,"权不欲见,素无为也。事在四方,要在中央。圣人执要,四方来效"。君主"虚而待之,彼自以之。四海既藏,道阴见阳",暗中窥测,不露神色,让群臣各安其位,各司其职,发挥各自的才能。因为"上有所长,事乃不方;矜而好能,下之所欺;辩惠好生,下因其材。上下易用,国故不治"。

【原文】主上不神,下将有因;其事不当,下考其常。若天若地,是谓累解；若地若天，孰疏孰亲？能象天地，是谓圣人。欲治其内，置而勿亲；欲治其外，官置一人；不使自恣，安得移并？大臣之门，惟恐多人。凡治之极，下不能得。周合刑名，民乃守职。去此更求，是谓大惑：猾民愈众，奸邪满侧。故曰：毋富人而贷焉，毋贵人而逼焉，毋专信一人而失其都国焉。腓大于股，难以趣走。主失其神，虎随其后。主上不知，虎将为狗。主不蚤止，狗益无已。虎成其群，以弑其母。为主而无臣，奚国之有？主施其法，大虎将怯；主施其刑，大虎自宁。法刑苟信，虎化为人，复反其真。(《扬权》)

【译文】君主如果不神秘难测，臣下就将有趁机的条件；君主如果处事不恰当，臣下就会认定为常规。君主处事像天地一样无私，就叫作公平正直；如果像天地一样无私，还会对谁疏远、对谁亲近？能够像天地一样公正无私，这就是圣人了。君主想要治理宫内，就安置官员而不亲近他们；想要治理宫外，就应该一个职位安排一个官员；不让他们自我放纵，又怎么会发生侵职越权的现象？大臣的门下，就怕聚集多人。治理天下的最高境界，就是臣下无机可乘。名分与职责完全吻合，臣民就会恪尽职守。抛弃这样的原则而寻求其他，这就是天大的迷惑：狡黠的民众就会愈来愈多，奸诈的臣下就会布满君侧。所以说：不要让人太富足自己反而去借贷，不要让人太显贵自己反而受逼迫，不要专门听信一个人自己反而丧失了国家。小腿肚比大腿粗，就难以奔跑。君主如果失去神妙，像虎一样的奸臣就会紧随其后。君主如果不觉察，老虎就会伪装成走狗。君主如果不早制止，走狗就会不断增加。老虎一旦成群，就会弑杀他们的君主。作为君主而没有臣下，哪里还有国家？君主施行法度，大虎就会胆怯；君主施加刑罚，大虎就会安宁。法度和刑罚如果切实执行，老虎就会变成人，又恢复他做臣子的本来面目。

韩非子总是告诫君主，必须警惕大臣的言行，时时监视，事事提防，强调"主上不神，下将有因；其事不当，下考其常"，唯恐被蒙蔽、被利用。因此，君主一定要韬光养晦，神秘莫测，让大臣难以捉摸，惊惧不安，方可逐一控制。如果"腓大于股，难以趣走"，尾大不掉，难以驾驭。一旦"主失其神，虎随其后。主上不知，虎将为狗。主不蚤止，狗益无已。虎成其群，以弑其母"，将是何等危险！所以，君主暗操权术，明行法度，才能使大臣"虎化为人，复反其真"。

【原文】道在不可见，用在不可知；虚静无事，以暗见疵。见而不见，闻而不闻，知而不知。知其言以往，勿变勿更，以参合阅焉。官有一人，勿令通言，则万物皆尽。函掩其迹，匿其端，下不能原；去其智，绝其能，下不能意。保吾所以往而稽同之，谨执其柄而固握之。绝其能望，破其意，毋使人欲之。不谨其闭，不固其门，虎乃将存；不慎其事，不掩其情，贼乃将生。弑其主，代其所，人莫不与，故谓之虎。处其主之侧，间其主之忒，故谓之贼。散其党，收其余，闭其门，夺其辅，国乃无虎。大不可量，深不可测，同合刑名，审验法式，擅为者诛，国乃无贼。是故人主有五壅：臣闭其主曰壅，臣制财利曰壅，臣擅行令曰壅，臣得行义曰壅，臣得树人曰壅。臣闭其主，则主失位；臣制财利，则主失德；臣擅行令，则主失制；臣得行义，则主失明；臣得树人，则主失党。此人主之所以独擅也，非人臣之所以得操也。(《主道》)

【译文】君主之道臣下不能看见，君主运用道臣下不能了解；君主要保持虚静无事的状态，从暗处观察臣下的过失。看见了装着没看见，听到了装着没听到，知道了装着不知道。君主知道了臣下的言论以后，不要变动更改，要以实际情况进行参合验证。每一官职只有一人任职，不要让各个官员串通消息，那么一切事物都显露出实情。君主掩盖自己的形迹，隐藏自己的想法，臣下就不能推断；君主去除自己的智慧，杜绝自己的才能，臣下就不能臆测。君主要坚持自己的意向而考察臣下的言行，谨慎执掌权柄而牢固紧握。君主要断绝臣下的愿望，打破臣下的意图，不要让群臣贪求君主的权势。如果不能谨守门闩，不能固守大门，恶虎就将存在；如果不能慎重对待自己的行事，不能掩盖自己的真情，奸贼就将产生。敢于弑杀他的君主，篡夺君主的权位，没有谁不顺从，所以称他为恶虎。侍奉在君主身边，暗中窥视君主差错，所以称他为奸贼。君主如果粉碎奸臣的朋党，逮捕奸臣的余孽，封闭奸臣的私门，清除奸臣的帮凶，国家就没有恶虎了。君主之道大到不可限量，深到不可探测，考察臣下言行是否一致，审验臣下活动是否合法，擅自妄为就给以诛罚，国家就没有奸贼了。因此君主有五种蒙蔽：臣下遮蔽君主耳目叫蒙蔽，臣下控制国家财利叫蒙蔽，臣下擅自号令叫蒙蔽，臣下私自施恩叫蒙蔽，臣下培植私党叫蒙蔽。臣下遮蔽君主耳目，君主就丧失了名位；臣下控制国家财利，君主就丧失了收益；臣下擅自号令，君主就丧失了控制；臣下私自施恩，君主就丧失了明智；臣下培植私党，君主就丧失了自己的臣民。这些权柄都是君主独自掌握的，绝非臣下可以操纵的。

君主无为，高深莫测，才尊贵神秘，明智安全。对臣下应该"虚静无事，以暗见疵"，暗中监视，私下比较，以鉴别其真伪忠奸。自己则要隐藏踪迹，消除智能，使臣下难以揣猜，否则，老虎、奸贼就会产生，危害无穷。"财利"、"律令"、"行义"、"树人"，"此人主之所以独擅也，非人臣之所以得操也"，如果大臣篡权，僭越不轨，则君位不稳，社稷不安。

### （三）禁奸之法，太上禁其心

人主以无为治世，以静退察奸，以功当事，以事当言，"审合刑名"，循名责实，信赏必罚，不避贵贱。但是，一人一事的刑赏，毕竟不能从根本上解决问题。因此，"禁奸之法，太上禁其心，其次禁其言，其次禁其事"，必须从思想、言论和行为三个层面入手，进行全方位的监控，消除一切违背法治的思想异端，禁止一切奸邪的言论和行为。这样"别贤不肖如黑白"，才能"誉广而名威，民治而国安"。

【原文】人主之道，静退以为宝。不自操事而知拙与巧，不自计虑而知福与咎。是以不言而善应，不约而善增。言已应，则执其契；事已增，则操其符。符契之所合，赏罚之所生也。故群臣陈其言，君以其言授其事，事以责其功。功当其事，事当其言，则赏；功不当其事，事不当其言，则诛。明君之道，臣不得陈言而不当。是故明君之行赏也，暧乎如时雨，百姓利其泽；其行罚也，畏乎如雷霆，神圣不能解也。故明君无偷赏，无赦罚。赏偷，则功臣堕其业；赦罚，则奸臣易为非。是故诚有功，则虽疏贱必赏；诚有过，则虽近爱必诛。疏贱必赏，近爱必诛，则疏贱者不怠，而近爱者不骄也。(《主道》)

【译文】君主之道，以虚静谦退为宝。不亲自从事政务就知道臣下办事是笨拙还是巧妙，不亲自谋划政事就知道臣下的措施是福还是祸。因此君主不说话而臣下就善于应对政见，君主不规定而臣下就善于增加政事。臣下已有应对的政见，君主可以拿来作为契约；臣下已有增加的政事，君主就可以作为符验。符验与契约相吻合，就是赏罚产生的根据。所以群臣陈述他们的施政主张，君主根据他们的主张授予职事，依据职事责求他们的功效。功效符合职事，职事符合主张，那么就赏赐；功效不符合职事，职事不符合主张，那么就处罚。明君的原则是，臣下不能陈述不正确的主张。因此明君施行赏赐，温润得像及时雨一样，百姓都深受他的恩泽；君主施行刑罚，恐惧得像雷霆一样，即使神圣也不能免除。所以明君从不随便赏赐，从不赦免刑罚。随便赏赐，那么功臣就懈怠了他的事业；赦免刑罚，那么奸臣就容易为非作歹。因此，确实有功，那么即使是疏远卑贱的人也必定赏赐；确实有过，纵然是亲近喜爱的人也必定处罚。疏远卑贱的人必定赏赐，亲近喜爱的人必定处罚，那么疏远卑贱的人就不会懈怠，而亲近喜爱的人就不会骄横了。

君主只要虚静谦退，无为而治，暗中窥探，辨别考察，就处于至高无上、洞察一切的主动地位。"群臣陈其言，君以其言授其事，事以责其功。功当其事，事当其言，则赏；功不当其事，事不当其言，则诛"，如此则名正言顺，理所当然。所以，君主禁奸之法，就是"审合刑名"(《二柄》)，循名责实。名与实相合则赏，名与实不合则罚。这样严防群臣结为朋党，蒙蔽君上。

【原文】凡治之大者，非谓其赏罚之当也。赏无功之人，罚不辜之民，非所谓明也。赏有功，罚有罪，而不失其人，方在于人者也，非能生功止过者也。是故禁奸之法，太上禁其心，其次禁其言，其次禁其事。今世皆曰尊主安国者必以仁义智能，而不知卑主危国者之必以仁义智能也。故有道之主，远仁义，去智能，服之以法。是以誉广而名威，民治而国安，知用民之法也。凡术也者，主之所以执也；法也者，官之所以师也。然使郎中日闻道于郎门之外，以至于境内日见法，又非其难者也。昔者有扈氏有失度，谨兜氏有孤男，三苗有成驹，桀有侯侈，纣有崇侯虎，晋有优施，此六人者，亡国之臣也。言是如非，言非如是，内险以贼，其外小谨，以征其善；称道往古，使良事沮，善禅其主，以集精微，乱之以其所好，此夫郎中左右之类者也。往世之主，有得人而身安国存者，有得人而身危国亡者，得人之名一也，而利害相千万也，故人主左右不可不慎也。为人主者诚明于臣之所言，则别贤不肖如黑白矣。（《说疑》）

【译文】治理国家最重要的措施，并不是君主的赏赐和处罚恰当与否。赏赐无功的人，处罚无罪的人，不是所谓的明察。赏赐有功的人，处罚有罪的人，而不遗漏应该赏罚的人，其作用也仅仅局限在受到赏罚的个别人，并不能产生新的功劳和制止新的犯罪。因此禁止奸邪的办法，最重要的是禁止奸邪的思想，其次是禁止奸邪的言论，再次是禁止奸邪的行为。现在社会上的人都说能够尊崇君主、安定国家的必定要靠仁义、智慧和才能，而不知道使君位降低、使国家危险的必定是仁义、智慧和才能。所以有道的君主，远离仁义，排斥智慧和才能，用法度来治理国家。因此君主声誉远扬而名威四方，民众得到治理而国家得到安宁，这是因为了解使用民众的办法。权术，是君主必须掌握的；法度，是官员应该遵循的。然而让郎中每天把治国之道传达到宫廷之外，以至于使国内臣民天天见到法令，也不是什么困难的事情。从前有扈氏有失度为相，瓘兜氏有孤男为宠，三苗有成驹为辅，桀有侯侈为相，纣有崇侯虎为宠，晋有优施为娼，这六个人，都是亡国之臣。他们说是为非，说非为是，内心阴险而残忍，外表谨小慎微，用来表现自己的善良；他们称颂往古，使好事败坏，善于操纵君主，使君主把精力集中在细微的事情上，用君主所喜好的方式扰乱他，这就是像郎中亲信一类亡国近臣干出的事情。往后的君主，有的选用大臣而使身安国存，有的选用大臣而使身危国亡，选用人才的名称相同，但是利害相差千万倍，所以君主对左右大臣不能不谨慎考察。做人君的如果确实能够知晓了解我的进言，那么区别贤能与不肖就如同黑白分明了。

韩非子禁奸，并不满足于一人一事局部的正确赏罚，因为"赏有功，罚有罪，而不失其人，方在于人者也，非能生功止过者也"，其作用是有限的。他更看重广泛深远的社会效果，认为"禁奸之法"的关键，在于"太上禁其心，其次禁其言，其次禁其事"，要从臣民的思想、言论、行动上进行全面控制。

所谓"禁其心"，就是"明主之国，无书简之文，以法为教；无先王之语，以吏为师"（《五蠹》）。即没有书简可读，只进行法律教育；没有文化传承，只以官吏为老师。这样，就垄断了思想舆论，禁绝了异端邪说，剥夺了臣民一切欲望和要求，使他们没有自己的头脑意识、意愿诉求、兴趣爱好、甚至生存权利，一切听命于君主，服从于法度，成为从事耕战的顺民奴隶、任人役使的驯服工具。韩非子"禁其心"的主张，与老子"虚其心，实其腹，弱其志，强其骨"（《三章》）的主张一脉相承；韩非子禁"书简之文"、禁"先王之语"的措施，也与老子"绝圣弃智"，"绝仁弃义"（《十九章》）的思想大致相似。二者好似都在"愚民"，其目的却大不相同。老子其实主张的是君民同愚，而重在愚君，反对传统文化的负面影响，目的在于清虚无欲、全性保真，崇尚天道，回归自然。韩非子才是真正的"愚民"，他是主张君主独裁、愚弄臣民，压制禁绝一切伦理道德和文明成果,目的在于制止臣民异端思想,维护君主威势强权,为专制统治服务。

所谓"禁其言"、"禁其事",就是"其言谈者必轨于法,动作者归之于功"(《五蠹》),即臣下言谈就必须符合法律的规定,行为就必须归向国家的功业。因此,"人主之于听学也,若是其言,宜布之官而用其身;若非其言,宜去其身而息其端"(《显学》)。而且,大臣无论献言与沉默,都必须循名责实,各负其责。"主道者,使人臣必有言之责,又有不言之责。言无端末、辩无所验者,此言之责也。以不言避责、持重位者,此不言之责也。人主使人臣言者必知其端以责其实,不言者必问其取舍以为之责,则人臣莫敢妄言矣,又不敢默然矣,言、默则皆有责也"(《南面》)。朝堂之上,臣下说话的要责其实情,沉默的要表明取舍,既不能乱说,又不能不说。因为"明主用其力不听其言,赏其功必禁无用"(《五蠹》)。至于日常言行,早设私告连坐之法,时时都处于监控之中,如同利剑悬于头顶,朝不虑夕,人心唯危,真是骇人听闻,毛骨悚然。这比墨子"尚同"的措施更为周密完备、残酷恐怖,所以《汉书·艺文志》评价法家"严而少恩"。

韩非子"禁其心"、"禁其言"、"禁其事"的主张,不仅为秦始皇的"焚书坑儒"制造了舆论准备,而且成为后世专制统治的指导思想,产生了极其恶劣的影响。

### (四) 欲为其国,必伐其聚

君臣上下之间总是处在利害冲突之中,所谓"上下一日百战",凶险经常存在,而群臣结党营私,狼狈为奸,沆瀣一气,欺下瞒上,更是君主的心腹大患。所谓"臣之所不弑其君者,党与不具也",因此,"欲为其国,必伐其聚",消除朋党弄权,严防权臣坐大,"毋使民比周,同欺其上"。那些一味阿谀奉承的"擅主之臣",同君取舍,"欺主成私",必然会离间君臣,败坏国事。所以,必须明白君臣"同异之反"之理,清除权臣,镇压私党,维护君主的绝对权威。

【原文】欲为其国，必伐其聚；不伐其聚，彼将聚众。欲为其地，必适其赐；不适其赐，乱人求益。彼求我予，假仇人斧；假之不可，彼将用之以伐我。黄帝有言曰："上下一日百战。"下匿其私，用试其上；上操度量，以割其下。故度量之立，主之宝也；党与之具，臣之宝也。臣之所不弑其君者，党与不具也。故上失扶寸，下得寻常。有国之君，不大其都；有道之臣，不贵其家。有道之君，不贵其臣；贵之富之，彼将代之。备危恐殆，急置太子，祸乃无从起。内索出圉，必身自执其度量。厚者亏之，薄者靡之。亏靡有量，毋使民比周，同欺其上。亏之若月，靡之若热。简令谨诛，必尽其罚。毋弛而弓，一栖两雄。一栖两雄，其斗䜴䜴。豺狼在牢，其羊不繁。一家二贵，事乃无功；夫妻持政，子无适从。(《扬权》)

【译文】要想治理自己的国家，就必须砍伐丛生的朋党；不砍伐丛生的朋党，那些奸臣就会集聚更多。要治理自己的土地，赏赐必须适宜；赏赐如果不适宜，奸人就会要求增加。他们要求我就给予，这是借给仇人斧头；把斧头借给不能借的人，他就会用斧头砍杀我。黄帝有这样的话："君臣上下之间一天就会有上百次的矛盾冲突。"臣下藏匿他们的私心，用来试探君主；君主掌握法度，用来裁制臣下。所以建立法度，是君主的法宝；结成朋党，是臣下的法宝。臣下之所以不能弑杀他们的君主，是因为没有结成朋党。所以君主如果有一扶（四指宽）一寸的失误，臣下就会有一寻（八尺）一常（两寻）的收益。拥有国家的君主，不扩大臣下的封地；懂得治国原理的臣下，不使其家族尊贵。具有治国之道的君主，不让自己的臣下显贵；如果使臣下尊贵富足，他们就会取代君主。如果防备惧怕危险，那就尽快确定太子，灾祸就不会发生。在宫内外防备求索奸人，君主必须亲自执掌法度。对于权势大的臣下减弱他的力量，对于权势小的臣下增加他的力量。减弱和增加都要适度，不要使臣民互相勾结，共同欺骗君主。减弱臣下的权势如同月亮逐渐亏损，增加臣下的权势如同温度逐渐加热。简明政令谨慎诛杀，应该惩罚的全部惩罚。不要松弛你的弓弦，不要一窝栖息两只雄鸟。如果一窝栖息两只雄鸟，就会争斗不休。豺狼在圈棚里，羊群就不会增加。一个家庭有两个尊贵的人，仆役们劳而无功；夫妻都主持家政，儿子们就无所适从。

君臣之间，利害相反，"下匿其私，用试其上；上操度量，以割其下。故度量之立，主之宝也；党与之具，臣之宝也"。因此，君主必须亲掌权柄，独断专行，这就如同"一家二贵，事乃无功；夫妻持政，子无适从"，君主一旦大权旁落，群臣朋比为奸，就会国破家亡。

韩非子从大量的历史教训中，总结了治臣的三条经验：绝其奸萌，断其翎毛；不露神色，乾坤独断；忍痛割爱，清除社鼠。（《外储说右上》）他深知世态人性，坚持"圣人执要"，独掌权术，暗中监视，"必伐其聚"，控制大臣势力，消除私家朋党，以维护至高无上的君权和国家社会的安宁。这些措施，成为后世统治者驾驭臣下的皇家法宝，秘而不宣，历代传承。

### （五）不求清洁之吏，而务必知之术也

韩非子知道，君主既非尧、舜那样的圣人，臣子也非子胥、比干那样的忠臣，因此，君主对臣下的品德不必寄予厚望，应该牢牢把握自己的威势、法律和权术，治理天下。虽然，法律、功业并不完善，"出其小害计其大利"就可以了；虽然大臣的品德并非冰清玉洁，只要用威势法术驾驭就可以了。任用大臣就要"循天顺人而明赏罚"，合理安排调整大臣的官位和职能，使得"人臣皆宜其能，胜其官，轻其任，而莫怀余力于心，莫负兼官之责于君"，就可以达到"治之至"的境界了。

【原文】人主不自刻以尧而责人臣以子胥，是幸殷人之尽如比干，尽如比干，则上不失，下不亡。不权其力而有田成，而幸其身尽如比干，故国不得一安。废尧、舜而立桀、纣，则人不得乐所长而忧所短。失所长，则国家无功；守所短，则民不乐生。以无功御不乐生，不可行于齐民。如此，则上无以使下，下无以事上。（《安危》）

【译文】君主不用尧的品德要求自己却用伍子胥的气节要求臣下,这是希望殷商的人全部如同比干那样忠贞,如果全部如同比干那样忠贞,那么天子就不会失去君位,臣下就不会四处逃亡了。君主不能正确权衡自己掌握的力量而出现了田成那样篡国的奸臣,还要希望他们都像比干一样忠贞,所以国家得不到一点安宁。假如废除尧、舜那样的圣君而树立桀、纣那样的暴君,那么人们就不能为自己的长处而快乐却为自己的短处而忧伤。人们失去了自己的长处,那么国家就不能建立功业;人们困受自己的短处,那么民众就不能乐于生活。用没有建立功业的君主去驾驭不乐于生活的民众,这在百姓中是行不通的。像这样的话,那么君主就没有措施驱使臣下,臣下也就没有能力侍奉君主。

治理国家,把希望寄托在大臣尽如子胥、比干那样忠臣的基础之上,是非常危险的。君主必须自掌法度,信赏必罚,独操权术,驾驭群臣,才能有效防范田成那样的篡国奸臣,因此,"不权其力而有田成,而幸其身尽如比干,故国不得一安"。如果"废尧、舜而立桀、纣,则人不得乐所长而忧所短",那么,"上无以使下,下无以事上",国家怎能不乱呢?

【原文】法所以制事,事所以名功也。法有立而有难,权其难而事成;事成而有害,权其害而功多,则为之。无难之法,无害之功,天下无有也。是以拔千丈之都,败十万之众,死伤者军之乘,甲兵折挫,士卒死伤,而贺战胜得地者,出其小害计其大利也。夫沐者有弃发,除者伤血肉。为人见其难,因释其业,是无术之事也。先圣有言曰:"规有摩而水有波,我欲更之,无奈之何!"此通权之言也。是以说有必立而旷于实者,言有辞拙而急于用者。故圣人不求无害之言,而务无易之事。人之不事衡石者,非贞廉而远利也,石不能为人多少,衡不能为人轻重,求索不能得,故人不事也。明主之国,官不敢枉法,吏不敢为私,货赂不行,是境内之事尽如衡石也。此其臣有奸者必知,知者必诛。是以有道之主,不求清洁之吏,而务必知之术也。(《八说》)

【译文】法律是管理事务的，事务是用来成就功业的。法律一经确立就会存在缺陷，权衡起来它虽有缺陷却能办成事务；事务办成也会存在缺陷，权衡起来它虽有缺陷却功业众多，那么就实施它。没有缺陷的法律，没有缺陷的功业，天下是不存在的。因此攻取方圆千丈的城邑，打败十万敌兵，自己军队死伤者占全体的三分之一，国家的铠甲兵器折损了，士兵死伤了，却要庆贺战斗胜利和夺得土地，这是忽略了它的微小损失而考虑到它的巨大利益。洗头就有掉落的头发，割除毒疮就要伤及血肉。如果有人见到这些缺陷，于是就不再进行这些工作，这是没有见识的行为。先代圣人有过这样的话："圆规有了磨损而水平有了波纹，我要更换它们，却没有办法取代它们。"这是通晓权变的言论啊。所以学说有的完全可以立论却远离实际，言论有的措辞笨拙却是实用急需。所以圣人不寻求没有缺陷的空话，而是致力于不可改变的事实。人们不关注称量东西的衡器，并不是因为正直廉洁而远离利益，而是衡器不能为人增加或减少财富，不能为人改变原来的轻重，向它求索是不能得到的，所以人们是不关注的。明主治理的国家，官吏不敢贪赃枉法，不敢谋取私利，暗地贿赂行不通，这样境内的政事就全部如同衡器一样公正了。这样国内大臣有奸行的必定知道，知道了必定惩处。因此有权术的君主，并不去寻求清正廉洁的官吏，而务必知道禁奸的方法。

韩非子清醒地认识到，法律、功业，从来不是完美无缺的，总会有不足之处，"无难之法，无害之功，天下无有也"。作为君主应该着眼于大利而不计小害，"沐者有弃发，除者伤血肉。为人见其难，因释其业，是无术之事也"。对于大臣也要看大节，舍小恶，不必求全责备，只要"官不敢枉法，吏不敢为私，货赂不行，是境内之事尽如衡石也"。君主能够洞察奸行，坚决惩处，就可以了。"是以有道之主，不求清洁之吏，而务必知之术也"。

在韩非子看来，"民者固服于势，寡能怀于义"，因此"以义则仲尼不服于哀公，乘势则哀公臣仲尼"（《五蠹》），是必然的结果。威势法术与道义是根本对立的,威势法术完全可以战胜道义,有威势法术就不必有道义,甚至威势法术就是道义,所以,只要拥有威势法术,臣民自会为我所用,何必寻求品质高尚的"清洁之吏"呢?

【原文】闻古之善用人者,必循天顺人而明赏罚。循天,则用力寡而功立;顺人,则刑罚省而令行;明赏罚,则伯夷、盗跖不乱。如此,则白黑分矣。治国之臣,效功于国以履位,见能于官以受职,尽力于权衡以任事。人臣皆宜其能,胜其官,轻其任,而莫怀余力于心,莫负兼官之责于君。故内无伏怨之乱,外无马服之患。明君使事不相干,故莫讼;使士不兼官,故技长;使人不同功,故莫争。争讼止,技长立,则强弱不觳力,冰炭不合形,天下莫得相伤,治之至也。(《用人》)

【译文】听说古代善于任用官吏的君主,必定遵循自然发展的规律、顺应趋利避害的人心而严明赏罚制度。遵循自然发展的规律,就用力少而功业得以确立;顺应趋利避害的人心,就刑罚减省而法令得以通行;严明信赏必罚的制度,伯夷、盗跖就不会混淆错乱。像这样,黑白是非就辨析分明。治理国家的大臣,有的因为国效力而获得官职,有的在官位上表现突出才能而接受职位,有的在执法权衡中尽力而承担事务。大臣都适当地发挥自己的才能,胜任自己的官职,轻松处理自己的任务,而没有谁在内心保留一点力量,没有谁对君主有兼任官职的责任。所以国家内部没有隐藏怨恨而引发的祸乱,国家外部没有像赵括纸上谈兵一样造成的灾难。明君要使大臣的职责互不干扰,所以没有人提出诉讼;要使士人不兼任官职,所以办事技能就增长;要使人不建立同样的功劳,所以没有谁争功抢赏。争抢、诉讼息止了,技能长进的程度确定了,那么强者与弱者就不再较量,如同冰水与火炭不同在模具中一样,天下人没有谁彼此伤害,就达到治世最高的境界。

用人之道,在于"循天顺人而明赏罚"。遵循自然发展的规律则有功,顺应趋利避害的人心则令行,严明信赏必罚的制度则善恶不乱,"如此,则白黑分矣"。大臣们各守其职,各负其责,各出其力,"故内无伏怨之乱,外无马服之患"。因此,"明君使事不相干,故莫讼;使士不兼官,故技长;使人不同功,故莫争",这样,"天下莫得相伤,治之至也"。

在"势"、"法"、"术"三者之中,"势"处于核心地位,有"势"才有"法"、有"术",无"势"则无"法"、无"术"。反之,"法"、"术"又是"势"必需的辅佐和支撑,是为"势"服务的,没有"法"、"术","势"就难以树立和维护。这就是韩非子学说的核心,也是法家理论的最高成就。其中诸如"法与时移,禁与能变"、"奉法者强则国强"、"任数不任人"、"法不阿贵,绳不挠曲"、"刑过不避大臣,赏善不遗匹夫","治吏不治民"等论述,至今对于依法治国现代化仍然具有警示、借鉴意义。

但是,"势"与"法""术"、君主与臣民之间,内在冲突矛盾又是明显的。韩非子法家学说维护的是君权制,君主以威势独断法律、操纵权术,驾驭天下臣民,而君主自己又可以为所欲为,不受任何制约,这就埋下了祸根:

其一,法家理想的圣明君主是强势君主,独断专行,铁血统治,然而,仅靠君主单打独斗,统治天下,纵有三头六臂,也无济于事。君主既要无为而治,又要独掌乾坤,偌大国家,千头万绪,事无巨细,事必亲躬,岂能面面俱到?即使像秦始皇那样,"天下之事无小大皆决于上,上至以衡石量书,日夜有呈,不中呈不得休息"(《史记·秦始皇本纪》),也难防赵高篡权,胡亥篡位,落得个二世而亡。因此,君主不得不外事托于官员,实行吏治;内事交于宦官,管理后宫。君主宣称"上法而不上贤","不求清洁之吏",完全排斥道义和文化的社会作用,而又要依靠官吏作为君主的代表和化身,传达圣意,执行王法,这本身就充满危险。君主统治要专权,而官吏执法要分权,官吏分权,君主就可能被蒙蔽、受欺骗,"上下一日百战"。宫内大臣就可能阳奉阴违,欺下瞒上,贪污受贿,权钱交易,朋比为奸,结党营私,控制舆论,把持朝政,埋下弑君篡国的隐患,君主怎能高枕无忧?封疆大吏就可能利用圣意,目无王法,上下串通,内外勾结,拥兵自重,尾大不掉,自立为王,割据一方,形成对抗中央的势力,君主怎能处之泰然?历代君主无不为吏治绞尽脑汁,费尽心机,根源盖出于此。至于后宫宦官,身处宫帷,如影随形,察言观色,投其所好,揣摩圣意,窥探机密,控制君主,左右政局,甚至暗通后妃,交结外臣,私下阴谋,企图造反,如此阉竖乱政,更是屡禁不止,史不绝书。所以,每到改朝换代的关头,就要上演惊心动魄、刀光剑影的宫廷大戏。至于昏庸之君、柔弱之主以及养于深宫、出于妇人之怀的小皇帝,哪个最终不是玩弄在权臣、巨阉手掌之间的傀儡!这是先秦以来屡见不鲜的历史事实。

其二,君主是贵族集团的代理人、贵族利益的维护者,这就决定了他的政治倾向和利益基础。虽然韩非子将"在同床"(妻妾)、"在旁"(宠幸)、"父兄"(亲属)列为八奸前三位(《八奸》),时刻警惕,重点防范,实际上君主的威势以贵族集团的势力为后盾,与家国相连,休戚与共,一荣俱荣,一损俱损,是一个利益共同体。历代封建帝王从来没有哪一个能够与贵族集团的权益分割,更不要指望按照法律准绳来严格处置。所谓"法不阿贵,绳不挠曲。法之所加,智者弗能辞,勇者弗敢争。刑过不避大臣,赏善不遗匹夫"(《有度》),期盼君主公平执法,只是韩非子天真的幻想而已。严刑峻法总是针对中下层臣民而立,而对于贵族权益则总是法外施恩,必须保护的。即使个别皇亲国戚、阁僚重臣受到惩罚,甚至满门抄斩,株连九族,也是因为他们触犯了皇帝的无上权威和皇权的根本利益,不得已而为之罢了。

其三,君主也是凡人,具有喜怒哀乐、七情六欲。希望君主独断法律、操纵权术而绝对不带任何恩怨私情,根本是不可能的;要求君主"任数不任人","上无私心,则下得循法而治,望表而动,随绳而斲,因攒而缝"

(《用人》），从来是不现实的。君主居九五之尊，挟法术之威，是非曲直，随意而定，口喻是天宪，圣旨即法规，金科玉律，一言九鼎，这种"法治"名号下的"人治"规则上行下效，在封建专制社会是普遍存在的。君主的威势至高无上、不可制约，法律如果成为君主为所欲为、碍手碍脚的羁绊，那么法律就只能屈从于威势，因此，君主的威势总是抵制、破坏法律的罪魁祸首。所以，"权大于法"始终是专制社会的顽症，永无治愈的可能，只能伴随着专制制度的寿终正寝而消亡。

其四，君主既要以权术"道阴见阳"、"以暗见疵"，监视群臣，又要以连坐之法"慎己而窥彼，发奸之密"，严密防范，目的是驱使官吏各尽职守，为我所用。然而，君主对官吏既敌视又利用，毫无道德信义基础，更无精神纽带联系，上下左右考虑的只是"利害"二字，所谓"君以计畜臣，臣以计事君，君臣之交，计也"（《饰邪》）。一旦利害冲突，君臣又怎能同心同德、休戚与共？在君主刑赏二柄的高压之下，群臣被迫服于势，伴君如伴虎，动辄得咎，人心唯危，只能唯命是听，谨小慎微，被动应付，得过且过，何来主动性和积极性？所以，专制社会必然形成墨守成规、因循守旧之风，缺乏革故鼎新、奋发有为的魄力和勇气，总是贪吏多而廉吏少，循吏多而能吏少。所谓"人臣皆宜其能，胜其官，轻其任，而莫怀余力于心，莫负兼官之责于君"（《用人》），只是良好的愿望而已。

其五，韩非子法家学说的核心是"君本位"，只论述君主如何自上而下地驾驭群臣、统治百姓，民众如何自下而上地俯首听命、服从役使。在他的心目中，君主天然拥有运用威势法术进行高压的绝对权力而没有任何责任，臣民只有恪尽职守、尽力耕战的义务而没有丝毫权益，君主与臣民永远处于尖锐对立、不可调和的矛盾之中。至于官民的利害冲突、百姓的民生温饱，从来不在韩非子的法家视野之内，阙而不论。可能在他看来，君主拥有威势法术就可以战胜一切，拥有一切，而群氓如同牛马任人宰割，根本不必考虑、不值一提。从这个意义上说，他只是专为君主尽忠效力的谋士、政客，很难说是关注天下苍生、拯救现实社会的政治家、思想家。韩非子大概忘记了前辈的教诲：孟子说"君之视臣如土芥，则臣视君如寇雠"（《离娄下》）；老子说"民不畏死，奈何以死惧之"（《七十四章》）；荀子说"君者，舟也；庶人者，水也。水则载舟，水则覆舟"（《王制》）——由此看来，韩非子的理论局限不言自明。

　　韩非子批判继承了前代法家的理论精华，扬弃取舍了儒、墨、道诸家的思想主张，建立起以君主威势为核心、以法治和权术为辅翼的法家学说，形成了以专制刑赏为标志的强权政治理论体系，代表了先秦法家学说的高峰，为中央集权专制制度的建立奠定了理论基础，发挥了重要作用。秦王嬴政就以之作为荡平六国的指导思想，成就了千古一帝的伟大功业。也许，在攻城略地、统一天下的过程中，他可以集权专制，诈谋诡道，雷霆措施，铁血手段，无所不用其极，而用在治国理政的守成大业，则危机四伏，矛盾百出，只到二世就"一夫作难而七庙堕，身死人手，为天下笑者，何也？仁义不施而攻守之势异也"（贾谊《过秦论》）。暴秦"其兴也勃，其灭也忽"（《欧阳修·六国论》），其中显然不能排除韩非子法家学说的理论缺陷。社会的公平正义毕竟不可亵渎，天下的民众力量从来不能小觑，只凭君主的威势法术、独断专行是绝对不能长治久安的，历史早已对此做出结论。

# 结语

## 一 先秦诸子学说简析

不少学者认为，城市、铜器、文字是文明起源的主要标志。其实，先有语言，后有文字，文字是在语言运用相当成熟之后创造的书面符号体系。在系统的文字产生之前，大量的文明发祥地已经出现，这些文明虽然没有书面文字记载，却在田野考古中得到证明。何况有些依然存在的现代民族，至今都没有自己的文字。所以，城市和铜器的出现，才是古国文明的证据。

中国的文明大约出现在龙山文化为代表的历史时期（前3000—前2000年）。考古发现证明，当时的城邑已经形成，采矿、冶炼、铸造、制陶、琢玉、纺织、农耕已经达到很高的水平，文字的萌芽开始出现，这就相当于尧、舜、禹古国时代。虽然至今没有发现尧、舜、禹的圣迹实物和书面记载，但是他们的事迹保留在中华民族的集体记忆中，追记在后世的文章和史书里。其中没有荒诞怪异的迷信色彩，没有虚构离奇的鬼神故事，只是朴素、生动的社会记录，这就充分说明，当时已经远离原始蒙昧的时代，而进入了理性文明的社会。作为远古的帝王，尧、舜、禹的道德人格、治国才能，就体现在他们的政治生活、言行举止之中，反映在天下为公、大同世界的理想追求中，由此表现出他们的天道、人道、政治、经济、君臣、礼仪、道德、人伦、法律、制度等等思想观念、思维特征和价值取向，更具有历史的和民族的"真实性",成为后世普遍景仰的典范和效法的楷模。

从尧、舜、禹,到夏、商、周三代,没有发生大规模的外来文化入侵,没有出现文化传统的根本断裂,中国古代文明一直独立自主地发展,华夷融合,代代相传,所以,尧舜禹古国和夏、商、周三代的王官之学就成为中国古代文明的光辉起点,"祖述尧舜,宪章文武"标志着中华民族自觉的精神寄托和人文追求,这样,先秦诸子以之作为思想的源泉和立论的根据,便成为历史的必然。从这个意义上说,先秦诸子之学只是中国文化的"流",而不是"源"。然而,先秦诸子之学正好处在五千年中国文明史的中心点,上承尧舜禹和夏、商、周三代王官之学,使之成为理论化、系统化的经典文本,并且在此基础上进行全面系统的总结、融会和发展,才得以存亡继绝,承先启后,造就了光辉灿烂的中华传统文化,所以,具有极其重要的价值和意义。

### (一) 中国大陆农耕文明概说

先秦诸子之学产生和形成于中国大陆农耕文明的社会环境之中,具有农业文化的明显特征和印迹。为了深刻理解先秦诸子学说的渊源、价值、作用和意义,必须考察中国古代农耕社会的独特人文背景。

钱穆先生曾经风趣地说:

"我们只要把埃及、巴比伦、印度及中国的地图仔细对看,便知其间的不同。埃及和巴比伦的地形,是单一性的一个水系与单一性的一个平原。印度地形较复杂,但其最早发展,亦只在印度北部的印度河流域与恒河流域,它的地形仍是比较单纯。只有中国文化,开始便在一个复杂而广大的地面上展开。有复杂的大水系,到处有堪作农耕凭借的灌溉区域,诸区域相互间都可隔离独立,使在这一个区域里面的居民,一面密集到理想适合的浓度,再一面又得到四围的天然屏障而满足其安全要求。如此则极适合于古代社会文化之酝酿与成长。但一到其小区域内的文化发展到相当限度,又可借着小水系进到大水系,而相互间有亲密频繁地接触。因此中国文化开始便易走进一个大局面,与埃及、巴比伦、印度,始终限制在小面积里的情形大大不同。若把家庭作譬喻,埃及、巴比伦、印度是一个小家庭,它们只备一个摇篮,只能养育一个孩子。中国是一个大家庭,它能具备好几个摇篮,同时抚养好几个孩子。这些孩子成长起来,其性情习惯自与小家庭中的独养子不同。这是中国文化与埃及、巴比伦、印度相异原于地理背景之最大的一点。"①

中国的地理,西北部是高山大漠,西南部是青藏高原,东部、南部面临大海,形成了相对独立、相对封闭的自然环境,中国古代农耕文明就产生在这样辽阔的地域空间。这样,中国文明一方面在地理上远离集中于欧亚北非的其他古代文明发祥地,无缘与之接触交流,很少受到外部世界的刺激和影响;另一方面华夏民族周边的邻近民族大多处于文明程度相对低下的状态,难以对华夏民族从文化上进行辐射和渗透。因此,古人眼中的天下、世界,就是中国、中原,诸夏之外就是四夷,四海之内的中国就是中央之国,自然形成了大一统的世界观。所以,中国古代文明的生成和发展,具有独立性、自主性、稳定性和封闭性,特色鲜明,自成体系。

中国复杂的地理,造成南暖北寒,南湿北干,具有地域的多样性特征。西部、北部是草原、荒漠地区,适于畜牧业生产,那里的游牧民族创造了牧业文明;东部、南部的黄河、长江中下游平原地区,适于农业生产,华夏民族很早就孕育了辉煌的农业文明,形成了大陆农耕文化。

如此复杂多样的地域环境,为什么没有像古希腊那样分裂成为小城邦,而能够始终保持大一统的局面呢?

张岱年先生分析说:

"中国传统文化虽然有明显的地域的多样性,但没有由此而裂解为不同的民族文化,察其原因,大概有四:其一,中国的北方有一大片平原地区,

---

① 钱穆:《中国文化史导论》,商务印书馆,1994年6月,第5~6页。

这里地势平坦、人口众多、交往频繁，文化上的地区差异较小（一个突出的标志是方言的分化不明显），分裂割据的局面很难维持；而南方文化上的地区差异较大，不容易形成与北方抗衡的政治实力。中国历史上多次的南北对峙，最后都以北方政权统一全国告终。这也就是说，地理环境的因素有利于中国文化的长期统一。其二，长城以南的农业文化一直面临着西北地区游牧文化的威胁，而北方又首当其冲，这一文化冲突的态势也决定了汉民族必须保存统一和团结。例如早在春秋时代，尊王攘夷就成为霸主们用来联合诸夏的有说服力的口号。其三，中国的方块汉字依靠字形表意，对方言变化为独立的语种有很大的阻抑作用。其四，中国有一个'慨然以天下为己任'的儒生阶层，他们不仅掌握着文化，而且掌握着一定的政治权力。儒家的'天下为一'的意识和'华夏亲昵'的意识，亦即统一的意识和爱国主义的意识，通过儒生们的言传身教在人民群众中深深地扎下了根。这种意识，既是克服内部分裂、保持统一的强大的精神力量，也是抵御周边少数民族入侵、肢解汉民族的强大的精神力量。正因为如此，在中国传统文化的统一性和地域多样性的相反相成中，统一性的一面始终占主导地位。"①

农耕生产使得农民整个家族世世代代定居一地，终生勤于耕作，忙于稼穑，春种秋收，夏耘冬藏，不断地披荆斩棘，垦荒平地，兴修水利，铺路架桥，对自然规律进行探索研究，对大地山川进行修整改造，以建设自己的幸福家园。因此，农民盼望的是风调雨顺，五谷丰登，人丁兴旺，家庭和睦，只求子孙相继，光宗耀祖，不愿意背井离乡，迁居他处。所以，他们希望和平，厌恶战乱，因为只有宁静的生活，才能正常耕耘，安居乐业。这种农业生产的稳定性，造就了农业文化的静态特征。

因为进行稳定的农业生产，人们过着安宁的生活，能够在固定的生存

---

① 张岱年、程宜山：《中国文化与文化论争》，中国人民大学出版社，1990年7月，第133~134页。

空间，充分发挥自己的主观能动性，世世代代探索生产规律，积累生活知识，创造劳动工具，发展生产技术，观测天象，敬授民时，治理山川，美化环境，创造文字，记载历史，从而不断地提高和改进生产技能和生产方法，从容不迫地制造出各种用途样式的生活器皿，创造性地生产出大量巧夺天工的精美物品，修建出宏大而实用的水利设施和建筑工程，不断扩大生存空间，提高生活质量，构建出辉煌的农业文明，形成了天人和谐、厚德载物的人文思想。所以，中国古代的丝绸陶瓷、美味佳肴、亭台楼阁、车马舟船、音乐舞蹈、宫廷陈设、民间技艺、百工营造等等，无不表现出古人的聪明才智，凝结着先民的心血汗水，创造出农业社会先进的物质生产文化，远远走在当时世界的前列，不断地影响着世界的文明进程。

因为进行稳定的农业生产，家庭族群世代相继，生死相依，血亲关系紧密联系，宗法观念天经地义，所有的伦理道德、礼仪制度都由此而定，人生就处在这个环境之中，这样，人不再是自然人，而是家国的群体的人，家、国一体，父子、君臣同理。这一方面是出于个人生存的需要，只有依附于家庭宗族才会有稳定生活的安全保障，生有所依，死有所靠；另一方面家国一体有利于社会稳定、长治久安，只有将每个人牢牢地凝聚在宗法之内，将个人与家族的利益联系在一起，才能成为一个统一的整体，兴旺发达。因此，他们子孙相继，血脉相通，同祖、同宗、同族、同姓的血亲关系将他们紧密联系在一起，天子、诸侯、大夫、士乃至民间百姓都按大宗小宗、嫡出庶出而尊卑有序，形成了一个立体的巨大网络，每个人都处在一定的网络方格中生活。按照祖宗留下的教诲和规矩，长幼有序，男女有别；父子如同君臣，家庭如同国家；国有国法，家有家规。从而，逐渐建立起严密的典章制度和完备的政府机构，有效地维系和发展了封建统治。这种宗法关系决定着每个人的政治身份、经济地位和社会角色，每个人都要按照自己的身份地位对人处事，否则就要受到社会舆论的谴责和道德法律的制裁，从而造就了群体意识下的家国本位思想。由此，逐渐形成了完备而详尽的人伦道德、礼仪习俗，积淀出系统而严密的制度行为文化，在社会上形成了强大的内在约束力和外在强制力，为巩固和发展封建社会发挥着非常重要的作用。

因为进行稳定的农业生产，人们过着家族群体生活，重视道德修养，注意个人言行，协调人际关系，关注社会安宁。为了保持家庭和睦和社会安宁，他们强调教化，崇尚道德，克己复礼，严守伦理，反对两极对立，强调中庸和谐，力图造就稳定的人际关系和宁静的社会环境，所以，非常重视君子人文精神和理想人格的塑造，坚决鄙弃谴责小人的恶劣行径。在家庭内部，强调父慈子孝，兄友弟悌；在社会层面，主张"正己正人"，"和为贵"；在民族或国家之间，强调善邻怀远，以德服人，从而形成了独特的精神心理文化。所以，中华民族是热爱和平、珍视友谊的民族，中国古代文化是早熟的伦理文化。

**（二）儒墨道法纵横谈**

从春秋晚期到战国末期的 300 多年间，周室衰微，王权旁落，诸侯争霸，割据一方，使得天下分裂，道德沦丧，民不聊生，生灵涂炭，整个社会处在大变动、大分化的历史时期。正是这样的背景之下，诸子百家轮番出场，上演了一出出精彩绝伦、震古烁今的连续剧。

他们纵观历史长河，放眼天下风云，剖析家国命运，关注社会民生，以强烈的社会责任感和积极的参与意识，从不同视角、不同层面辨正得失，权衡利弊，为平治社会寻求理论方法，设计理想蓝图，进行了全方位的探索，提供了多向思路和多种选择。虽然立论各有所本，学说各有传承，但是他们都生活在共同的农耕社会，面对着共同的生存环境，思考和解决的是共同的社会问题，所以，他们的学说必然异中有同，同中有异，互相渗透，彼此交融，即所谓"一致而百虑，同归而殊途"（《史记·太史公自序》）。因此，他们的学说凝聚了农耕文化的群体意识和价值取向，反映了上古先民的心理追求和理想愿景，展现出中华文化的治国理念和道德礼义，积淀出中华民族的哲学观念和思维特征。后来经过漫长的历史淘汰、时代取舍、社会鉴别、人民选择，逐渐凝聚成为中华民族特有的文化传统，堪称为中国特色的渊源，东方世界的智库。这就是吕思勉先生所说的中国"自创"的先秦之学。

1. 关于天地鬼神

儒家不信鬼神，强调人的地位和作用。孔子"不语怪力乱神"（《述而》），"敬鬼神而远之"（《雍也》），认为"未能事人，焉能事鬼"，"未知生，焉知死"（《先进》），更看重现实的人生。孟子纵论社会，重视人为，不谈鬼神。他说："祸福无不自己求之者。《诗》云：'永言配命，自求多福。'《太甲》曰：'天作孽，犹可违；自作孽，不可活。'此之谓也。"（《公孙丑上》）荀子更理性地看待天地鬼神，他说："日月食而救之，天旱而雩，卜筮然后决大事，非以为得求也，以文之也。故君子以为文，而百姓以为神；以为文则吉，以为神则凶也。"（《天论》）祭祀不过是"神道设教"而已。所以，他主张重人不靠天，隆礼不信神，天行有常，事在人为，必须充分发挥人的主观能动性，"制天命而用之"。如果"错人而思天，则失万物之情"（《天论》）。儒家思想体现了自强不息的理性人文精神。

墨子崇尚"天志"、"明鬼"，具有朦胧的宗教情怀。他认为"天欲义而恶不义"，给上天赋予了人为的主观意志。他说："顺天意者，兼相爱，交相利，必得赏；反天意者，别相恶，交相贼，必得罚。"（《天志上》）"若信鬼神之能赏贤而罚暴也，则夫天下岂乱哉！"（《明鬼》）实际上他是借助天志、鬼神的意志，披上宗教迷信的外衣，来推行自己的政治主张，所以，他强调"天之志者，义之经也"（《天志下》）。至于天志、鬼神是否真正存在，墨子并没有确切证据，或语焉不详，或模棱两可，很难具有说服力。

道家推崇天道，回归自然。杨子主张全性保真，不以物累形，珍惜生命，重生轻死。他借晏平仲之口说："既死，岂在我哉？焚之亦可，沉之亦可，瘗之亦可，露之亦可，衣薪而弃诸沟壑亦可，衮衣绣裳而纳诸石椁亦可，唯所遇焉。"（《列子·杨朱》）老子说："道大，天大，地大，人亦大。域中有四大，而人居其一焉。人法地，地法天，天法道，道法自然。"（《二十五章》），把人视为天地、自然的重要组成部分，充分肯定人的地位，根本否认鬼神的存在。庄子更看重现实生命的价值，他说："不能说其志意，养其寿命者，皆非通道者也。"（《盗跖》）同时，坦然面对死亡，他说："吾以天地为棺椁，以日月为连璧，星辰为珠玑，万物为赍送。吾葬具岂不备邪？"（《列御寇》）这样"裸葬"，比墨子要求的"棺三寸，足以朽体；衣衾三领，足以覆恶"（《节葬》）更为彻底，并无任何鬼神禁忌思想。

法家强调执柄处势，强劲力行。韩非子说："故明主之行制也天，其用人也鬼。天则不非，鬼则不困。势行教严，逆而不违，毁誉一行而不议。"（《八经》）"主上不神，下将有因；其事不当，下考其常。若天若地，是谓累解；若地若天，孰疏孰亲？能象天地，是谓圣人。"（《扬权》）这里说的"鬼"、"神"，是强调君主驾驭臣下，喜怒不形于色，神秘莫测，暗中窥探，严防大臣犯上作乱，并未涉及鬼神迷信之事。

中国传统文化是以实用理性的人文思想为主流，墨家学派主张"天志"、"明鬼"的影响是有限的。虽然后来出现了本土宗教（如道教）和外来宗教（如佛教），但是并没有形成普遍流行、共同具有的宗教意识。社会上虽有佛寺道观，民间则往往是有崇拜而无信仰，有鬼神而无宗教。官方祭祀天地、尊祖敬宗，只是为了凝聚人心而"神道设教"；百姓烧香拜佛、抽签许愿，求子孙，求长寿，求功名，求财运，求健康，求福佑，只是为了满足现实利益的心理诉求。汉代以后，罢黜百家，独尊儒术，儒家学说得到官方推崇，孔子成为万世师表，逐渐形成了以儒家学说为主要特征的人文思想和价值观念，激励人们修身立志，自强不息，发愤努力，积极进取。

2. 关于治国理念

儒家主张"为政以德"（《为政》），敬业诚信，重用贤人。孔子说：

"敬事而信，节用而爱人，使民以时。"(《学而》)"居处恭，执事敬，与人忠。"(《子路》)"选贤与能，讲信修睦。"(《礼记·大同》)但是并不否认刑政。孔子说："圣人之治化也，必刑政相参焉。太上以德教民，而以礼齐之，其次以政焉。导民以刑，禁之刑，不刑也。化之弗变，导之弗从，伤义以败俗，于是乎用刑矣。"(《家语·刑政》)"道之以政，齐之以刑，民免而无耻；道之以德，齐之以礼，有耻且格。"(《为政》)认为"德政"优于"刑政"。孔子所说的"德"，就是建立在孝悌亲情基础上的仁爱礼义，所以他主张"克己复礼为仁"(《颜渊》)。孟子从人的道德属性立论，主张"性善论"，他说："凡同类者，举相似也"(《告子上》)，人人都具有"四心"、"四端"、"四德"等"良知"、"良能"，只要能够"存心"、"养心"、"尽心"、"尚志"，保存善性，扩充四端，"居仁由义"，"人皆可以为尧舜"，所以强调教化，推恩行仁。荀子则从生理属性立论，提出"性恶论"，他说："人之性恶，其善者伪也。"主张"待师法然后正，得礼义然后治"，只要"化性起伪"，性、伪相合，那么"涂之人可以为禹"，天下就能大治(《性恶》)。正因为如此，孔子的"德政"，孟子的仁政，荀子的王道，都以仁爱礼义为基础，特别强调教化修身。孔子率先创办私学，"有教无类"。孟子非常强调教育的社会作用，"善政得民财，善教得民心"(《尽心上》)，将教化修身视为仁政的重要组成部分。荀子更是提出"学不可以已"，主张终身学习，尊师重道。正因为如此，尊重崇尚贤人就成为儒家的一贯主张。孔子主张"选贤与能"，希望建立"礼义以为纪"的小康社会(《礼记·大同》)。孟子提出"贤者在位，能者在职"(《公孙丑上》)，认为"规矩，方员之至也。圣人，人伦之至也"(《离娄上》)。荀子主张"选贤良，举笃敬，兴孝弟，收孤寡，补贫穷"(《王制》)。荀子说："君者，民之原也，原清则流清，原浊则流浊。"(《君道》)所以，儒家推崇圣贤政治，希望君主成为道德楷模。

墨家主张"尚贤"、"尚同"，崇尚贤人，重用贤人。墨子认为"夫尚贤者，政之本也"，要求"以德就列，以官服事，以劳殿赏，量功而分禄。故官无常贵，而民无终贱，有能则举之，无能则下之"(《尚贤上》)。他也强调以仁爱礼义治天下，主张修身立行。他说："士虽有学，而行为本焉。"(《修身》)，主张德行一致，重视友朋关系，更强调环境的影响，认为"所染当，故王天下，立为天子，功名蔽天地"，"所染不当，故国残身死，为天下僇"(《所染》)。墨子崇尚同一，坚持同于上："闻善而不善，皆以告其上。上之所是，必皆是之；所非，必皆非之。上有过，则规谏之；下有善，则傍荐之。上同而不下比者，此上之所赏而下之所誉也。"(《尚同上》)如此"壹同天下之义，是以天下治也"(《尚同上》)。其理论前提是，天子必须是"天下贤良、圣知、辩慧之人"(《尚同中》)。

道家主张无为而治，反对崇尚贤人，强调韬光养晦，避世全身。杨子主张："损一毫利天下不与也；悉天下奉一身不取也。人人不损一毫，人人不利天下，天下治矣。"(《列子·杨朱》) 老子要求抵制世俗传统，恢复婴儿般的自然天性。他说："不尚贤，使民不争。……是以圣人之治，虚其心，实其腹，弱其志，强其骨。常使民无知无欲，使夫智者不敢为也。为无为，则无不治。"(《三章》)"专气致柔，能如婴儿乎？"(《十章》)主张君民同愚，否定圣智、仁义、巧利。他认为："我无为，而民自化；我好静，而民自正；我无事，而民自富；我无欲，而民自朴。"(《五十七章》)庄子揭露社会病态，鞭挞圣人之过，抵制传统文化。浑沌凿窍，七日而死(《应帝王》)；人间生不如死，骷髅不愿复生(《至乐》)。所以，他要毁弃一切文明形态，"绝圣弃知，大盗乃止；擿玉毁珠，小盗不起；焚符破玺，而民朴鄙；剖斗折衡，而民不争"(《胠箧》)。他认为只有远离世俗说教，消除传统影响，使百姓恢复到原始质朴状态，才能感悟天道，实现逍遥游。

法家主张君主独断的"法治"，任势执柄，严刑峻法，反对尚贤，强调"奉法者强则国强，奉法者弱则国弱"(《有度》)。韩非子认为"古今异俗，新旧异备"(《五蠹》)，"法与时移，禁与能变"(《心度》)，继承了荀子

"性恶论",发展为"利害论",强调利害不并存,公私不两立。他说:"父母之于子也,犹有计算之心以相待也,而况无父子之泽乎?"(《六反》)连妻妾、嫡子都会受到利益的驱使而有杀夫弑父之心,何况君主与臣下没有骨肉之亲,只有利害对立,根本没有什么忠诚可言。因此,韩非子认为:"明主之道,必明于公私之分,明法制,去私恩。"(《饰邪》)不能因私而害公,必须废私而立公。所以,他反对传统文化,强调愚民政策:"明主之国,无书简之文,以法为教;无先王之语,以吏为师。"(《五蠹》)他提出了"上法而不上贤"(《忠孝》)、"任数不任人"(《制分》)、"法不阿贵,绳不挠曲"、"刑过不避大臣,赏善不遗匹夫"(《有度》)、"治吏不治民"(《外储说右下》)等一系列法治制度和措施。并且指出:"法之为道,前苦而长利;仁之为道,偷乐而后穷。"(《六反》)认为"法治"优于"德治"。显然,韩非子是要用君主的法术刑律镇压臣民的邪恶私欲,这正是儒、法学说的明显分歧。

儒家的"德治",法家的"法治",反映了不同的治国理念。汉代以后,统治者在推崇儒术的同时,也吸取了法家的思想学说,一方面主张"为政以德"、"以民为本",以仁爱教化治天下,另一方面"事移则备变",主张加强法制,强化社会管理,这样,既关注道德教化,又强调法律制度,以保证社会的稳定运行。当今社会情况与古代不同,治国理念必然有所区别,但是,仍然要坚持"以德治国"和"依法治国"的有机结合,"完善和发展中国特色社会主义制度,推进国家治理体系和治理能力的现代化"。①

3. 关于君主势位

儒家"祖述尧舜,宪章文武",尊重王权,维护君主。孔子认为"天下有道,则礼乐征伐自天子出;天下无道,则礼乐征伐自诸侯出"(《季氏》),但是,他认为道义高于势位,君臣在道义上是双向互动的,所以认为:"君使臣以礼,臣事君以忠。"(《八佾》)"以道事君,不可则止。"(《先进》)

---

① 《中共中央关于全面深化改革若干重大问题的决定》,2013年11月。

孟子主张"舍生而取义"(《告子上》),"惟义所在"(《离娄下》),道义高于一切,民权重于君权,他说:"民为贵,社稷次之,君为轻。"(《尽心下》)"天视自我民视,天听自我民听。"(《万章上》)因此,君臣关系是双向对等的:"君之视臣如手足,则臣视君如腹心;君之视臣如犬马,则臣视君如国人;君之视臣如土芥,则臣视君如寇仇。"(《离娄下》)后来荀子就更明确指出:"从道不从君,从义不从父"(《子道》),强调道义的崇高地位。这在一定程度上反映了儒家在道义面前君臣平等的思想追求。

墨家认为天下之乱,是由于天下"异义",所以重视君主的权威。墨子说:"明乎民之无正长以一同天下之义,而天下乱也,是故选择天下贤良、圣知、辩慧之人,立以为天子,使从事乎一同天下之义。"(《尚同中》)他非常重视"耳目"作用,强调"上下情通","是以数千万里之外,有为善者,其室人未遍知,乡里未遍闻,天子得而赏之;数千万里之外,有为不善者,其室人未遍知,乡里未遍闻,天子得而罚之。是以举天下之人,皆恐惧振动惕栗,不敢为淫暴,曰:天子之视听也神"(《尚同中》)。以此加强君主权威,这就为后来君主专制集权提供了理论根据。

道家则崇尚自然,否定君权。杨朱主张"为我"、"贵己"、"公身"、"公物"(《列子·杨朱》),无视君主的存在。老子直接提出"太上,不知有之"(《十七章》),主张"绝圣弃智","绝仁弃义","绝巧弃利"(《十九章》),坚持从自然关照社会,以天道统辖人道,无为而无不为,期盼建立"甘其食,美其服,安其居,乐其俗"的"小国寡民"(《八十章》)式的理想社会。庄子则从避世到弃世,从贵己到无己,从全生到全德性,从重生到齐生死,通过"齐同"、"坐忘"实现自己的逍遥人生,试图回归到"上如标枝,民如野鹿"(《天地》)、"同与禽兽居,族与万物并"(《马蹄》)的原始至德之世,明显具有无政府主义的倾向。

法家独尊君权,强化统治。韩非子继承墨子"尚同"学说,推崇权势法术,认为君臣之间完全是利害关系。韩非子说:"君以计畜臣,臣以计事君，君臣之交，计也。"(《饰邪》)因此，他强调君主具有无上的权威，坚持严刑峻法，独操权柄，驾驭百官。他说："废常上贤则乱，舍法任智则危。故曰：上法而不上贤。"(《忠孝》)"故明主之道，一法而不求智，固术而不慕信，故法不败，而群官无奸诈矣。"(《五蠹》)"举士而求贤智，为政而期适民，皆乱之端，未可与为治也。"(《显学》)所以，"有道之主，不求清洁之吏，而务必知之术也"(《八说》)。可见，韩非子主张的是"法治"名号下的君主专制。

法家独尊君权，严刑峻法，结果暴秦二世而亡，教训深刻；道家"贵己"、"为我"，主张无君，反映了向往自由、避世全身的精神心理追求，导致了无政府主义倾向。二者都走向极端。唯有儒家，既尊君主，又讲道义，"助人君、顺阴阳、明教化"(《汉书·艺文志》)，受到后世统治者推崇。其实，文明社会必须要有严格有序的行政管理制度，行政管理制度必须要由具有公信力、执行力的政府组织实施，而政府必须要由深受拥戴、具有权威的首脑领袖负责主持，这是显而易见的道理。如何摆正政府与社会、官员与民众的关系，是治理国家必须关注的大问题。当今的政府是为人民服务的政府，官员是人民的公务员，所以，必须切实转变政府职能，建设法制政府和服务型政府，深化行政体制改革，创新行政管理方式，尊重人民的主体地位，增强政府公信力和执行力，充分发挥社会主义市场经济体制的潜力和优势，建设富强民主的具有中国特色的社会主义。

4. 关于本位思想

儒家学说建立在血缘亲情之上，是从家族群体角度来观察认识社会的。孔子说："仁者，爱人。"(《颜渊》)"孝弟也者，其为仁之本与！"(《学而》)因此，强调爱护人，关心人，"己所不欲，勿施于人"(《卫灵公》)，重视血缘亲情，倡导孝悌之道。虽然孔子的仁爱有等差之别，但是他并没有把爱心局限于家族血亲范围之内，而是要"泛爱众而亲仁"(《学而》)，推广到整个社会，所以，他说："人不独亲其亲，不独子其子，使老有所终，壮有所用，幼有所长，矜寡孤独废疾皆有所养。"（《礼记·大同》）"四海之内皆兄弟也。"（《颜渊》）体现了一种群体意识下的家国本位思想。孟子主张仁政王道，强调"推恩"、"行仁"，"亲亲而仁民，仁民而爱物"（《尽心上》），"老吾老，以及人之老；幼吾幼，以及人之幼：天下可运于掌"（《梁惠王上》）。他提出五伦规范，力图构建友爱和谐的社会人际关系。荀子则特别强调爱民、利民、裕民、富民，向往"仁眇天下，义眇天下，威眇天下"（《王制》）的王道。可见，儒家秉持的是群体意识下的家国本位。

墨家认为天下之乱"皆起不相爱"，主张无等差的"兼爱"。墨子说："若使天下兼相爱，国与国不相攻，家与家不相乱，盗贼无有，君臣父子皆能孝慈，若此则天下治。"（《兼爱上》）为此，必须使人"交相利"，以促成"兼相爱"："视人之国若视其国，视人之家若视其家，视人之身若视其身。是故诸侯相爱则不野战，家主相爱则不相篡，人与人相爱则不相贼。君臣相爱则惠忠，父子相爱则慈孝，兄弟相爱则和调。天下之人皆相爱，强不执弱，众不劫寡，富不侮贫，贵不敖贱，诈不欺愚。凡天下祸篡怨恨可使毋起者，以相爱生也，是以仁者誉之。"（《兼爱中》）因为"夫爱人者，人必从而爱之；利人者，人必从而利之；恶人者，人必从而恶之；害人者，人必从而害之。"（《兼爱中》）所以说，爱人、利人，就等于爱己、利己。这样，"兼爱"之中就包含着自我："爱人不外己，己在所爱之中；己在所爱，爱加于己。伦列之爱己，爱人也。"（《大取》）显然，墨子的"兼爱"，是建立在功利交换的基础上，反映了墨家团体成员之间爱、利互换的价值追求，同样具有群体本位意识。

道家珍惜生命，强调自我，是从个体角度来观察认识社会的。杨子提出"贵生"、"重生"、"贵己"、"为我"，维护个人权利。老子把贵身、爱身作为治理天下的前提条件："故贵以身为天下，若可寄天下；爱以身为天下，若可托天下"（《十三章》）。庄子妻子死后，他竟然"箕踞鼓盆而歌"，认为"人且偃然寝于巨室，而我噭噭然随而哭之，自以为不通乎命，故止也"（《至乐》），自然不看重家族亲情，所以，庄子只追求个人的逍遥游。道家只是把人作为社会上一个个平等的自然个体看待，不论血缘亲情，不提孝悌之道，没有亲疏远近之分，没有贵贱高低之别，主张珍视个体的生命，尊重个人的地位，爱护民众，善待百姓，表现出个人本位的自我意识。

法家将道家的"个人本位"发展成为"君主本位"，形成法家学说的理论核心。其威势法术理论，都是为了维护君主独尊及其专有的"公利"服务的，连嫡子、妻妾都是怀疑防范对象，遑论毫无亲属血缘关系的臣民呢。因此，法家反对孝悌、仁爱、礼乐，只是强调耕战功利，以法术役使臣民。韩非子说："夫垂泣不欲刑者，仁也；然而不可不刑者，法也。先王胜其法，不听其泣，则仁之不可以为治亦明矣。"（《五蠹》）所以，韩非子特别强调公私对立，维护君权，从未论及亲情道义、臣民权益。

家庭，是农耕社会最小的细胞。只要家庭存在，血缘亲情必然存在，孝悌感情必然存在，仁爱道义必然存在，而从孝悌仁爱到群体意识、家国本位，进而升华为家国情怀和爱国精神就是必然的心理路径。国泰才能民安，民富才能国强，个人利益与家国利益总是息息相关、密不可分的，因此，必须尊重人民的主体地位，必须维护国家的整体利益。所以，"居庙堂之高则忧其民，处江湖之远则忧其君"（范仲淹《岳阳楼记》），"身卑未敢忘忧国"（陆游《病起书怀》）。即使身处逆境，必以国事为重；就是海外谋生，难忘桑梓之情。这种家国情怀和爱国精神已经成为中华民族的共同心声，随着社会发展和时代进步，为建设和谐社会、实现中国梦而发挥着重要作用。

5. 关于人生追求

儒家主张积极入世，奋发有为，以天下为己仁，把修身、齐家、治国、平天下视为人生的必由之路。孔子向往大同，坚持小康，周游列国，说服诸侯，热心仕途，追求功名，克己复礼，推行礼制，重视教化，关注民生。

结语

他说:"吾岂匏瓜也哉?焉能系而不食?"(《阳货》)所以,他关注社会,积极参与,为实现自己的政治理想而奋斗,即使屡受挫折,也要"知其不可而为之"(《宪问》)。孟子满怀壮志,坚持道义,推恩行仁,"舍生而取义"(《告子上》)。他说:"如欲平治天下,当今之世,舍我其谁也?"(《公孙丑下》)所以,他善养"浩然之气"(《公孙丑上》),坚持"穷不失义,达不离道"(《尽心上》),立志当"富贵不能淫,贫贱不能移,威武不能屈"的大丈夫(《滕文公下》),"穷则独善其身,达则兼善天下"(《尽心上》)。荀子由礼入法,礼法并重,富国强兵,崇尚王道,全身心地投入到自己追求的事业中。所以,他重视人为,自强不息,充分发挥人的主观能动性,谋求"隆礼尊贤而王"(《天论》)的政治理想。儒家表现出一种为理想而献身的积极进取、百折不挠的奋斗精神。

墨家脱胎于儒家,"背周道而用夏政"(《淮南子·要略》),同样关注天下、爱护百姓,倡导兼爱非攻,主张节用节葬,强调功利,身体力行,日夜不休,自苦为极,希望用自己的学说、行动拯救社会,比儒家更具务实能力和献身精神。墨子不仅广泛宣传自己的主张,而且坚持"以身戴行"(《修身》),付诸实际行动,他甘冒生命危险"止楚救宋",就是典型的例证。这种坚守道义、扶危济困的壮举,集中表现出他以天下为己任的精神境界和知行合一的人格魅力。

道家主张清静自守,消极避世,追求"无为而无不为"(《四十八章》)。杨朱拒绝世俗"寿"、"名"、"位"、"货"的诱惑,认为"人不婚宦,情欲失半;人不衣食,君臣道息",贵己、为我,一毛不拔,要做"天下无对,制命在内"的顺民(《列子·杨朱》)。老子提出"宠辱若惊",认为"吾所以有大患者,为吾有身;及吾无身,吾有何患"(《十三章》)。坚持以慈爱、俭啬、不敢为天下先为三宝(《六十七章》),知雄守雌,贵柔戒刚,"曲则全,枉则直"(《二十二章》),功遂身退,明哲保身,追求"小国寡民"式的人间乐园(《八十章》)。庄子更推崇"至人无己,神人无功,圣人无名",为的就是远离尘世,回归自然,实现"乘天地之正,而御六气之辩"的"无待"而游(《逍遥游》)。

法家也标榜"清静无为",主张的却在于君主独断乾坤,强化君权,号令天下,成就帝业。韩非子说:"权不欲见,素无为也。事在四方,要在中央。圣人执要,四方来效。"(《扬权》)"人主之道,静退以为宝。不自操事而知拙与巧,不自计虑而知福与咎。"(《主道》)显然,这与道家的宗旨完全不同。因此,韩非子对道家的"恍惚之言,恬淡之学"不感兴趣:"臣以为恬淡,无用之教也;恍惚,无法之言也。"(《忠孝》)他追求的是君主专制、严刑峻法的一统天下。

中国人民历来积极面对人生,把个人的志向事业与国家的命运前途紧密结合在一起,"先天下之忧而忧,后天下之乐而乐"(范仲淹《岳阳楼记》),"苟利国家生死以,岂因祸福避趋之"(林则徐《赴戍登程口占示家人·其二》),为民请命,为国效力,忠于职守,诚信敬业,努力尽到自己的社会责任和社会义务,实现人生最大的价值。虽然中华民族在历史上饱经沧桑、历尽磨难,水旱祸害过,地震毁灭过,外族入侵过,国土沦丧过,八国联军抢掠过,日本鬼子欺凌过……一次又一次大灾大难,山河变色,惨绝人寰,几乎面临亡国灭种的危险,可是中国人民从不低头,不屈服,而是百折不挠,同仇敌忾、奋起抗争,绝地反击,凤凰涅槃,浴火重生,迸发出伟大的爱国热情和献身精神,战胜艰难困苦,打倒内外强敌,去争取最后的胜利。

6. 关于社会公平

儒家反对两极分化、贫富对立,坚持维护社会的公平正义。孔子说:"丘也闻有国有家者,不患贫而患不均,不患寡而患不安。盖均无贫,和无寡,安无倾。"(《季氏》)"百姓足,君孰与不足?百姓不足,君孰与足?"(《颜渊》)孟子强调"仁政",他斥责统治者说:"庖有肥肉,厩有肥马,民有饥色,野有饿莩,此率兽而食人也。"(《梁惠王上》)"狗彘食人食而不知检，途有饿莩而不知发。"（《梁惠王上》）要求"制民之产"，"勿夺其时"（《梁惠王上》）。荀子力主"王道"，富民、裕民，他说："节用裕民，而善臧其余。"（《富国》）但是，在荀子看来，公正并非绝对平均，应该分工任事，人敬其业，各安其位，报酬相称，才能达到"至平"："故或禄天下，而不自以为多；或监门、御旅、抱关、击柝，而不自以为寡。故曰：'斩而齐，枉而顺，不同而一。'夫是之谓人伦。"（《荣辱》）这就是最早的各敬其业、按"等"取酬的主张。

墨子主张社会公平正义，反对贵族垄断的"世卿世禄"制度，选用官员要求"以劳殿赏，量功而禄"，"有能则举之，无能则下之"（《尚贤上》）。他深刻揭露贵族统治者吃、穿、用、住各方面穷奢极欲、暴殄天物的罪恶行为，控诉他们给百姓造成的祸害，给国家带来的灾难（《辞过》）。所以，坚决主张"节用"、"节葬"、"非乐"，"诸加费不加于民利者，圣王弗为"（《节用中》），反映了下层劳动者的强烈心声。这种公正、节俭的主张，对后世产生了深远影响。

道家直接控诉社会黑暗，分配不公。杨朱反对天子诸侯"横私天下之身，横私天下之物"，主张"公天下之身，公天下之物"（《列子·杨朱》）。老子揭露："民之饥，以其上食税之多，是以饥。"（《七十五章》）"天之道，损有余而补不足；人之道则不然，损不足以奉有余。"（《七十七章》）斥责那些统治者是"服文彩，带利剑，厌饮食，财货有余"的"盗夸"（《五十三章》）。庄子认为，现实社会就是"直木先伐，甘井先竭"（《山木》），生存环境非常凶险，因此，借满苟得之口说："无耻者富，多信者显。夫名利之大者，几于无耻而信。"（《盗跖》）所以，他认为："彼窃钩者诛，窃国者为诸侯。诸侯之门，而仁义存焉。则是非窃仁义圣知邪？"（《胠箧》）如此欺世盗名，颠倒黑白，哪里有公平正义可言！

法家以君主威势为核心，以术制臣，以法治民，维护君主的"公利"，控制臣民的"私利"，君主与臣民之间利害对立，完全是算计与被算计的关系。那么，君主只有独操刑赏二柄，宰割天下臣民。所以，韩非子心目的"公正"，就是君主赏罚臣民的司法"公正"："法不阿贵，绳不挠曲。法之所加，智者弗能辞，勇者弗能争。刑过不避大臣，赏善不遗匹夫。故矫上之失，诘下之邪，治乱决缪，绌羡齐非，一民之轨，莫如法。"（《有度》）根本没有维护臣民政治经济权益的"公正"。臣民只能忠心耿耿，无是无非，口不私言，目不私视，民不越乡，贱不逾尊，随时听命，服从指挥，成为顺从的奴仆、役使的牛马，不能有"公平正义"的奢望！

社会公平正义，共同富裕，是中国人民永恒的美好理想和不懈的追求目标，因此，古代哲人总是不断抗争、大声疾呼，把希望寄托于未来社会的圣贤、明君。今天，公平正义、共同富裕，已经成为中国特色社会主义的内在要求和根本原则，必须努力营造公平的社会环境，保证人民平等参与、平等发展的权利，坚持社会主义基本经济制度和分配制度，调整国民收入分配格局，使得改革开放的发展成果更多更公平地惠及全体人民，朝着共同富裕方向稳步前进，这就是大家共同拥有的"国家富强、民族振兴、人民幸福"的中国梦。

7. 关于天人和谐

儒家崇尚中庸，倡导和谐。孔子说："君子中庸，小人反中庸。"（《中庸·时中》）"中庸之为德也，其至乎！"（《雍也》）认为"过犹不及"（《先进》），所以主张："礼之用，和为贵。"（《学而》）"君子和而不同。"（《子路》）"己欲立而立人，己欲达而达人。"（《雍也》）孟子重视天人和谐，注意保护生态，主张持续发展："不违农时，谷不可胜食也。数罟不入洿池，鱼鳖不可胜食也。斧斤以时入山林，材木不可胜用也。"（《梁惠王上》）强调君民同乐，敬人爱人，他说："乐民之乐者，民亦乐其乐；忧民之忧者，民亦忧其忧。"（《梁惠王下》）。"君子以仁存心，以礼存心。仁者爱人，有礼者敬人。爱人者，人恒爱之；敬人者，人恒敬之。"（《离娄下》）荀子则认为："天地合而万物生，阴阳接而变化起，性伪合而天下治。"

(《礼论》）要实现"和谐"，必须发展生产，量入为出，满足民生需求。同时，应该"处国有制"，分别等差，即所谓"维齐非齐"（《王制》）。这样，才能上下有序，贵贱有等，分而不乱，和谐相处。

墨家同样向往社会关系和人际关系和谐相处，并把希望寄托于"交相利、兼相爱"。墨子认为："夫爱人者，人必从而爱之；利人者，人必从而利之；恶人者，人必从而恶之；害人者，人必从而害之。"（《兼爱中》）"若使天下兼相爱，爱人若爱其身，犹有不孝者乎？视父兄与君若其身，恶施不孝？犹有不慈者乎？视弟子与臣若其身，恶施不慈？故不孝不慈亡有。"（《兼爱上》）如果将这种"孝"、"慈"关系推而广之："君臣相爱则惠忠，父子相爱则慈孝，兄弟相爱则和调。天下之人皆相爱，强不执弱，众不劫寡，富不侮贫，贵不傲贱，诈不欺愚。凡天下祸篡怨恨可使毋起者，以相爱生也，是以仁者誉之。"（《兼爱中》）这样，就会和谐相处，天下太平。

道家主张不争，去甚、奢、泰，不走极端，关爱众生。杨子说："智之所贵，存我为贵；力之所贱，侵物为贱。"（《列子·杨朱》）老子说："夫唯不争，故天下莫能与之争。"（《二十二章》）他倡导以慈爱之心，平等待人，互相尊重，护佑百姓，和谐相处："圣人常善救人，故无弃人；常善救物，故无弃物。"（《二十七章》）"圣人常无心，以百姓心为心。"（《四十九章》）庄子则希望"上如标枝，民如野鹿"（《天地》），过上"同与禽兽居，族与万物并"（《马蹄》）的生活，成为"不以心捐道，不以人助天"的自由自在的"真人"（《大宗师》），当然更是远离社会、与世无争、天人和谐了。

法家则认为君主以严刑峻法治理天下，同样可以使臣民"莫讼"、"莫争"，和谐安宁，天下大治，这是法家的政治理想。所以，韩非子说："闻古之善用人者，必循天顺人而明赏罚。循天，则用力寡而功立；顺人，则刑罚省而令行；明赏罚，则伯夷、盗跖不乱。如此，则白黑分矣。……明君使事不相干，故莫讼；使士不兼官，故技长；使人不同功，故莫争。争讼止，技长立，则强弱不觳力，冰炭不合形，天下莫得相伤，治之至也。"（《用人》）其实，这种高压之下的表面太平，隐藏着尖锐的社会矛盾，总有爆发的一天，否则，表面强盛的大秦帝国怎么会轰然崩溃呢？

人类与自然是一个统一体，个人只是天地中的一分子。农耕生产与天地自然紧密联系，个人生活与社会环境不能分离，因此，追求心灵与肉体、人与人、族群与族群、国家与国家、人类与自然的和谐相处，是唯一正确的选择。人类不是天地间至高无上、为所欲为的主宰者，应该对自然怀着敬畏之心，尊重自然、顺应自然、保护自然、皈依自然，发挥辅助赞化作用。那种破坏生态平衡、污染生存环境的恶行，那种毁灭自然资源、殃及万物生灵的作为，必定天怒人怨，招致自然的严厉报复。同样，人与人、国与国必须友善互助、和谐相处，才能确保人民安居乐业、社会健康发展、国家长治久安。那种穷兵黩武、弱肉强食的暴行，那种以邻为壑、唯利是图的作为，必定事与愿违，绝非共生共荣之道。我们向往的就是天人和合，人心和善，家庭和睦，社会和谐，世界和平。

8. 关于战争和平

儒家主张和平，反对战争，但又积极备战，争取和平。孔子主张："远人不服，则修文德以来之。"（《季氏》）认为"桓公九合诸侯，不以兵车，管仲之力也。如其仁！如其仁！"（《宪问》）他谦虚地说自己"军旅之事，未之学也"（《卫灵公》），其实，他对战争有很多精辟见解。他说："有文事者，必有武备；有武事者，必有文备。"（《家语·相鲁》）"足食，足兵，民信之矣。"（《颜渊》）孟子主张仁政，厌恶战争。他说："善战者服上刑，连诸侯者次之，辟草莱、任土地者次之。"（《离娄上》）认为："今之所谓良臣，古之所谓民贼也。君不乡道，不志于仁，而求为之强战，是辅桀也。"（《告子下》）进而提出："得道者多助，失道者寡助。"（《公孙丑下》）荀子则更强调"彼兵者，所以禁暴除害也，非争夺也"（《议兵》），希望"不战而胜，不攻而得，甲兵不劳而天下服"，推行"仁眇天下，义眇天下，威眄天下"的王道(《王制》)。

　　墨子力主"兼爱"、"非攻"，反对不义战争。他认为"万事莫贵于义"(《贵义》)，以"义"作为反对战争的立论根据。他还以攻城略地、得不偿失，来制止不义战争。他说："今尽王民之死，严下上之患，以争虚城，则是弃所不足而重所有余也。为政若此，非国之务者也！"(《非攻中》)同时，他又对"上中天之利，而中中鬼之利，而下中人之利"的正义战争坚决支持，主张加强战备，争取战争主动权。所以在《备城门》等诸篇中，全面论述了战备工作，把"非攻"的理论学说，落实到制止战争的具体措施上，反映了积极防御的战略思想。

　　道家避世全身，韬晦自保，更是反对战争。杨子主张"贵生"、"重生"，"损一毫利天下，不与也"，绝不会参与战争。老子目睹战争的祸害，"师之所处，荆棘生焉。大军之后，必有凶年"(《三十章》)，深刻指出："夫兵者，不祥之器，物或恶之，故有道者不处。"(《三十一章》)所以，特别强调："以道佐人主者，不以兵强天下。"(《三十章》)同时，他提倡"不争之德"，坚信"哀兵必胜"(《六十九章》)。庄子更揭示了战争的残酷："今世，殊死者相枕也，桁杨者相雅也，形戮者相望也。"(《在宥》)厌恶混乱现实，希望远离乱世，到无为而治的至德之世度过逍遥人生。

　　法家则主张奖励耕战，富国强兵，这是战国后期形势使然。韩非子认为："法与时移，禁与能变。"(《心度》)既然"上古竞于道德，中世逐于智谋，当今争于气力"(《五蠹》)，那么，"力多则人朝，力寡则朝于人，故明君务力"(《显学》)。所以，韩非子雄心勃勃，踌躇满志，主张严刑峻法，强劲力行，驾驭百官，役使百姓，以武力征服天下，实现一统霸业。韩非子的学说，正好符合秦王嬴政的政治需要，于是"续六世之余烈，振长策而御宇内，吞二周而亡诸侯，履至尊而制六合，执捶拊，以鞭笞天下，威震四海"(贾谊《过秦论》)，成就了千古一帝的伟业。

　　暴秦因法家奖励耕战而兴，又因法家严刑峻法而亡，给后人留下极其深刻的教训。农耕文化孕育了反对战争的思想，追求和谐决定了和平发展的走向，中华民族历来热爱和平，反对战争，已经植根于中华民族的血脉之中，成为民族精神的基因。中国自古有许多格言："国虽大，好战必亡；天下虽安，忘战必危。"（《司马法·仁本》）"兵者，百岁不一用，然不可一日忘也。"（《鹖冠子·近迭》）"圣人之用兵也，以禁残止暴于天下也。"（《大戴礼记·用兵》）"兵者，国之大事，死生之地，存亡之道，不可不察也。"（《孙子兵法·计篇》）历史上的中国曾经长期雄踞于世界的东方，处于强势地位，但是，积极防御，慎于用兵；既反对穷兵黩武，又不可一日忘战；既不主动侵犯，又不惧怕战争——至今依然为基本国策。

9. 关于认识导向

儒家以尧、舜、文、武为楷模，崇尚和效法古代圣君，具有明显的复古导向。孔子说："大哉，尧之为君也！巍巍乎！唯天为大，唯尧则之。荡荡乎！民无能名焉。"（《泰伯》）盛赞"周监于二代，郁郁乎文哉！吾从周"（《八佾》），主张"行夏之时，乘殷之辂，服周之冕，乐则《韶》舞"（《卫灵公》），甚至为"久矣吾不复梦见周公"而悲伤（《述而》）。孟子自认为继承的是由尧舜到商汤、由商汤到文王、由文王到孔子的仁学道统，他说："欲为君，尽君道；欲为臣，尽臣道。二者皆法尧、舜而已矣。"（《离娄上》）与孔子完全一致。荀子更强调"道不过三代，法不贰后王"（《王制》），甚至"文武之道同伏戏"（《成相》）。在认识论上，他深信"以类行杂，以一行万，始则终，终则始，若环之无端也，舍是而天下以衰矣"（《王制》），"以人度人，以情度情，以类度类，以说度功，以道观尽，古今一也"（《非相》）。基于这种认识循环论，他把古代礼义视为千古不变之道，显然具有时代的局限性。

墨家同样盛赞古代圣王。他说："古者汤封于亳，绝长继短，方地百里，与其百姓兼相爱、交相利、利相分，率其百姓以上尊天、事鬼，是以天鬼富之，诸侯与之，百姓亲之，贤士归之，未没其世而王天下，政诸侯。

昔者文王封于岐周，绝长继短，方地百里，与其百姓兼相爱、交相利、利相分，是以近者安其政，远者归其德。"(《非命上》)并将自己的政治主张附会于圣王，然后以圣王的功业突出这些主张的正确性和权威性，这样，效法圣王实际上就是肯定和宣扬墨子的学说。其认识导向与儒家一样，都是眼睛向后看，以古代圣王作为效法的典范，具有复古守旧的倾向。

道家则否定圣贤，着眼现实，尊重自我，崇尚自然。杨子认为："生则尧舜，死则腐骨；生则桀纣，死则腐骨。腐骨一矣，孰知其异？且趣当生，奚遑死后？"(《列子·杨朱》)老子主张倒退的历史观，认为"失道而后德，失德而后仁，失仁而后义，失义而后礼。夫礼者，忠信之薄，而乱之首"(《三十八章》)，要求"虚其心，实其腹，弱其志，强其骨"(《三章》)，回到婴儿状态，才能感悟大道；主张"甘其食，美其服，安其居，乐其俗"，向往"小国寡民"(《八十章》)时代，追求回归自然。庄子更是主张齐万物、齐彼此、齐是非、齐生死，混淆事物的差异性，向往原始洪荒时代的至德之世。

法家反对墨守成规、复古守旧，重视事物的发展变化，批判守株待兔式的僵化思想，主张社会进化论。韩非子说："不期修古，不法常可，论世之事，因为之备。"(《五蠹》)所以，"明据先王、必定尧舜者，非愚则诬。愚诬之学，杂反之行，明主弗受也。"(《显学》)这种"法与时移，而禁与能变"(《心度》)的进化认识论，重视现实，随时而变，是对荀子复古守旧的循环认识论的突破，具有积极进步意义。

重视历史，尊重传统，以史为鉴，彰往知来，是儒家、墨家的认识导向，自有道理。孔子说："述而不作，信而好古。"(《述而》)就是最集中的表述。然而，一味地推崇圣贤遗训，维护祖宗教诲，总是把认识停留在古代，把目光定点于昨天，必然重历史而轻现实，重陈规而轻变化，重经验而轻创新，重资历而轻后辈，形成因循守旧、故步自封的思想观念和萎靡不振、止步不前的惰性习惯，就会变为社会发展的障碍和阻力。然而，道家"绝圣弃知",否定传统;法家"事异备变",抛弃传统。他们各自又走向极端,不足为训。所以,从认识论的角度来说,对于传统文化的继承,不能墨守成规、盲目推崇,必须与时俱进,开拓创新;对于传统文化的批判,不能割断历史、全盘否定,必须去芜存菁、古为今用。唯有如此,经过批判继承的优秀传统文化,才能成为中国特色社会主义新文化的重要组成部分。

10. 关于思维方式

儒家重修身,重道德,严于自律,反身求己,"内圣"才能"外王",思维方式是内向收敛的。孔子主张"克己复礼为仁"(《颜渊》),"君子必慎其独也"(《礼记·大学》),"君子求诸己"(《卫灵公》),正己正人,心忧天下,"修己以敬","修己以安人","修己以安百姓"(《宪问》)。孟子说:"仁者如射。射者正己而后发,发而不中,不怨胜己者,反求诸己而已矣。"(《公孙丑上》)"爱人不亲,反其仁;治人不治,反其智;礼人不答,反其敬。行有不得者皆反求诸己,其身正而天下归之。"(《离娄上》)进而提出"存心"、"养心"、"尽心"、"尚志",这种反身求己、由内而外的心理路径,就是为了保存善性,扩充四端,舍己从人,与人为善。荀子强调"化性起伪","积善成德",以实现内圣外王的理想。正因为儒家要求严于律己,反身求己,强调诚信就显得尤为重要。就个人而言,"诚于中,形于外"(《礼记·大学》),无信不行。孔子说:"人而无信,不知其可也。大车无輗,小车无軏,其何以行之哉?"(《为政》)就为政而言,强调官方公信力,取信于民。孔子说:"自古皆有死,民无信不立。"(《颜渊》)孟子说:"诚身有道:不明乎善,不诚其身矣。是故诚者,天之道也;思诚者,人之道也。至诚而不动者,未之有也;不诚,未有能动者也。"(《离娄上》)荀子说:"天地为大矣,不诚则不能化万物;圣人为知矣,不诚则不能化万民;父子为亲矣,不诚则疏;君上为尊矣,不诚则卑。夫诚者,君子之所守也,而政事之本也。"(《不苟》)显然,诚信既是个人立身之本,又是治国理政之本，这是儒家的一贯主张。

墨家同样主张修身，强调德行合一。墨子说："君子战虽有陈，而勇为本焉；丧虽有礼，而哀为本焉；士虽有学，而行为本焉。"（《修身》）他认为："君子之道也，贫则见廉，富则见义，生则见爱，死则见哀，四行者不可虚假，反之身者也。藏于心者，无以竭爱；动于身者，无以竭恭；出于口者，无以竭驯。畅之四支，接之肌肤，华发隳颠，而犹弗舍者，其唯圣人乎！""原浊者流不清，行不信者名必耗。名不徒生而誉不自长，功成名遂，名誉不可虚假，反之身者也。"（《修身》）非常重视对自身的要求。可见，墨子的思维方式也是内向收敛、反身求己，言行一致，诚信力行。

道家在思维方式上，同样体现出内向收敛的特点。杨子主张"为我"、"贵己"，以自我为根本来考虑利害、观察问题，所以提出"全性保真，不以物累形"。老子提倡质朴俭啬，反对多言夸饰，认为："多言数穷，不如守中。"（《五章》）他说："企者不立，跨者不行。自见者，不明；自是者，不彰；自伐者，无功；自矜者，不长。其在道也，曰：'余食赘行，物或恶之。'故有道者不处。"（《二十四章》）他认为："治人事天，莫若啬。"（《五十九章》）"大邦者下流，天下之牝，天下之交也。"（《六十一章》）"圣人欲上民，必以言下之；欲先民，必以身后之。"（《六十六章》）这种守柔示弱、卑下处世的睿智策略，就是内向收敛精神的具体表现。庄子面对凶险的处境，人心唯危，步步惊心，认为只有由"支离其形"到"支离其德"（《人间世》），"忘其肝胆，遗其耳目，芒然彷徨乎尘垢之外，逍遥乎无事之业"（《达生》），才能保全自己。所以，他宁愿做"曳尾于涂中"的乌龟，也不肯"死为留骨而贵"（《秋水》）；宁愿做自由自在的"孤犊"，也不肯当"衣以文绣，食以刍叔"的"牺牛"（《列御寇》）。这不仅是向内收敛，更是逃离现实了。

法家主张强化君主势位，独尊君权，役使臣民，愚弄百姓，"善以止奸为务"（《制分》），"太上禁其心"（《说疑》），时时紧盯臣民的不法言行，理论指向是严于治人，从未要求君主反身求己、自我约束，其思维方式显然是外向扩张的。韩非子也主张"去甚去泰，身乃无害"（《扬权》），"静退以为宝"（《主道》），但是，其目的并不在于"修己以敬"，正己正人，而在于隐藏形迹，讳莫如深，喜怒不现于色，暗中监控臣民。这样，君主凌驾于臣民之上，没有严于律己、自我约束的意识，必然刚愎自用，为所欲为，施行秦始皇式的暴虐之政。

内向收敛、反身求己的思维方式，与农耕生产方式密切相关，由家国本位的群体意识孕育形成，从而造就了勇于自省、严于律己、谦敬有礼、虚怀若谷的民族精神。作为君子，以仁爱修身，由道义立志，诚信慎独，表里如一，在道德修养、品行素质上具有高度的自觉性和主动性。人与人之间虚心好学，见贤思齐，礼貌待人，诚实不欺，忠厚可信，取长补短，戒骄戒躁，有理有节。国与国之间彼此信任，互相支持，礼尚往来，平等相待，不卑不亢，友好相处，互通有无，互利双赢。如此则进退有据，动静有法，兼容并蓄，协同共进。

随着社会的发展、时代的进步，大一统政治局面的形成，诸子学说互相交流补充、融会贯通，便成为必然的趋势。

墨家主张尚贤尚同、兼爱非攻，自苦为极，强劲力行，后来发展到"侠以武犯禁"，为国法所不容，到秦汉间已经趋于消亡，其学说融于各家之中；道家主张"贵己""为我"，清静无为，追求"小国寡民"乃至回归自然的理想境界，具有否定君权的无政府主义思想倾向，自然不利于治国理政；法家主张法、势、术并用，信赏必罚，奖励耕战，结果暴秦"尚刑而亡"，必须引以为鉴。所以，当西汉王朝建立之后，唯有"助人君，顺阴阳，明教化……于道最为高"（《汉书·艺文志》）的儒家学说能够满足统治者的需要，可以发挥治国安邦的政治作用，有助于大一统帝国的长治久安，于是汉武帝采取了董仲舒"罢黜百家，独尊儒术"的政治方略。

所谓"独尊",其实并非专取儒学,而是以儒家思想为主干,兼收各家精华。即以儒家仁爱学说、以德治国为"道基",采取道家的"清静无为"、顺应自然和法家的"时异备变"、法治思想,用于修身治国。这样,逐渐形成了儒道互补、外儒内法,从而孕育了中华民族独特的思想精神和价值观念,造就出灿烂辉煌、别具一格的中国传统文化。

(1) 儒道互补

儒家与道家的学说从来就是互相补充,以应对丰富多彩、不断变化的现实人生。

儒家深受道家思想的影响。孔子一生身处逆境,颠沛流离,生活坎坷,备受煎熬,对道家的学说不仅产生同情,而且感同身受,甚至具有共同的情趣爱好和思想追求。孔子说:"知者乐水,仁者乐山;知者动,仁者静;知者乐,仁者寿。"(《雍也》)喜欢亲近大自然,欣赏曾子在暮春时节"浴乎沂,风乎舞雩,咏而归"的闲适情趣(《先进》)。他的思想方法也与道家有共同之处,喜欢"虚则欹,中则正,满则覆"的欹器(《家语·三恕》),与老子的谦让、俭啬之道,可谓异曲同工。他对"东流之水"的称誉(《家语·三恕》),与老子"上善若水"的论述,几乎如出一辙。他赞赏舜"无为而治"(《卫灵公》),产生过道家那样避世隐居的念头:"邦有道则现,无道则隐。"(《泰伯》)因此,他羡慕"宁武子邦有道则智,邦无道则愚,其智可及也,其愚不可及也"(《泰伯》),提出"贤者避世"(《宪问》),认为"隐居以求其志,行义以达其道"(《季氏》),所以,"子欲居九夷"(《子罕》),甚至考虑过"道不行,乘桴浮于海"(《公冶长》)的隐逸之路。显然,这种思想状态,与道家已经非常相近了。庄子每以孔子师徒说事,阐发道家思想,看似黑色幽默,其实并非毫无根据。然而,"仁以为己任"的孔子,毕竟满怀着追求"小康"、向往"大同"的美好理想而念念不忘,始终关注家国之痛、民生之忧而难以割舍,具有拯救世道人心的强烈使命感和责任心。所以,他面对隐者长沮、桀溺的责问,回答说:"鸟兽不可与同群，吾非斯人之徒与而谁与？天下有道，丘不与易也。"（《微子》）这恐怕就是孔子最终不忍避世隐居的根本原因，也是儒家与道家的一个显著区别。

道家也深受儒家的影响。老子吸取了儒家"有为"的入世思想，由内在的"无为"发展到外在的"有为"，强调"无为"就是为了"有为"，以弱胜强，以柔克刚，"我无为而民自化"（《五十七章》），这种睿智的策略具有明显的功利目的，更能适应现实的需要。因此，老子说："后其身而身先，外其身而身存。以其无私，故能成其私。"（《七章》）"曲则全，枉则直。"（《二十二章》）"圣人欲上民，必以言下之；欲先民，必以身后之。"（《六十六章》）这并非真正"无为"，而是"道常无为而无不为"（《三十七章》），由此形成了老子学说的特色。庄子对孔子的人格、品德、理想都是非常尊敬推崇的，认为只有孔子才是鲁国真正的儒者（《田子方》）。庄子说："以仁为恩，以义为理，以礼为行，以乐为和，薰然慈仁，谓之君子。……其在于《诗》《书》《礼》《乐》者，邹鲁之士、搢绅先生多能明之。《诗》以道志，《书》以道事，《礼》以道行，《乐》以道和，《易》以道阴阳，《春秋》以道名分。其数散于天下而设于中国者，百家之学时或称而道之。"（《天下》）如此满口"仁"、"义"、"礼"、"乐"，盛赞《诗》《书》《礼》《乐》《易》《春秋》，明显留下了儒家学派的思想痕迹。

儒家重视孝悌仁爱、积极入世、中庸和谐、修齐治平、献身理想、继承传统，而道家主张贵己为我、消极避世、清静无为、韬晦自保、珍爱生命、否定传统，好似互相对立，各有宗旨，其实相反相成，互相补充，为人生际遇和行为方式提供了多种选择和心理支撑。

人生从来不是一帆风顺的，所谓人生不如意处十之八九。有起有落，有顺有逆，在朝在野，为官为民；生死磨难者有之，朝夕祸福者有之，宠辱轮回者有之，得失交替者有之，大起大落，难以预测。甚至年少老迈、在职退休，境况都颇有差异。处境不同，心态自然不同，价值追求和精神寄托也必有变化。一旦身处逆境，道家思想可以托起失落的灵魂，促成心理的平衡，找到理想的家园，安排命运的归宿，或泰然处之，韬光养晦，蓄积力量，从头再来；或亲近自然，寄情山水，心平气和，逍遥人生。儒道互补恰好为变化的命运、特别是士人阶层的坎坷际遇提供了精神家园和思想寄托，以便从容面对，安身立命。从这个角度来看，儒道互补重在修身处世，是中华民族传统文化不可或缺的重要组成部分。

（2）外儒内法

儒家与法家的学说本为一体。法出于礼，儒、法同源。《管子·枢言》曰："法出于礼，礼出于治。治，礼道也，万物待治礼而后定。"最初的礼与法，是没有严格界限的。

儒家与法家都主张加强君权，一统天下，不过方法、方式各有侧重罢了。孔子主张选贤举能，"为政以德"，强调道义的重要性，要用伦理教化的方法推恩行仁，建立等级制度下的和谐社会，同时认为应该"刑政相参"，"太上以德教民，而以礼齐之，其次以政焉"（《家语·刑政》），"德政"优于"刑政"。韩非子用刑律强化统治，强调势法术的重要性，"上法而不上贤"，反对仁德教化，试图构建君主集权专制下的法治社会，认为"刑政"胜过"德政"。其实，从治国理政的角度来说，是殊途而同归。

道德礼义与行政法规总是不断交融的。儒家关于丧葬守制的人伦道德内容进入法律范畴形成制度，使得伦理法律化；而法家关于"三纲"的政治法律学说又回归道德范畴成为规范，使得法律伦理化。孔子曾经盛赞早期法家管仲辅佐齐桓公"九合诸侯，不以兵车"，就是"仁"的集中表现（《宪问》）。而处于战国后期的荀子由礼入法，礼法并重，又培养出韩非、李斯这样的法家巨子，这正是儒、法两家对立统一、互相交融的反映。

后来暴秦虽亡，法家学说的精华并没有被抛弃，依然受到统治者的高度重视。所谓"外儒内法"，就是将"德治"与"法治"相结合，用于治国理政，道德教育于前，而法律惩治于后。既强调孝悌仁爱，推行道德教化，友爱人际关系，构建和谐社会；又健全法律规范，严明赏罚制度，强化社会管理，巩固国家政权。不过，随着社会变迁、事态发展，因时、因地而各有侧重罢了。

先秦诸子忧民忧国忧天下，论道论法论人生，其理论几乎涉及文明社会所有基本问题，并且一一给出富有中国特色的睿智选择和理想答案，这对于中华民族家国本位、大一统思想的确立，伦理道德、理性实用人文精神的构建，自觉体悟、整体思维方法的孕育，爱国敬业、诚信友善价值观念的形成，"自强不息"、"厚德载物"民族性格的传承，"道法自然"、"清静无为"精神世界的修炼，"为政以德"、"刑政相参"治国理念的完善，"和而不同"、"有容乃大"文化传统的铸造，热爱和平、积极防御基本国策的坚持，中庸和谐、"天下大同"社会愿景的追求，都造成了不可磨灭的历史影响，产生了不可估量的巨大作用。

由此，以孔子为代表的先秦诸子之学就成为中国传统文化的精神纽带，贯穿于两千多年的中国政治史、思想史、文化史之中，深刻地影响着中国社会的文明发展和历史进程。

传统文化是现代文化的源头和根基，现代文化是传统文化的继承和发展。传统文化不仅曾经培育了往日的中国，而且必将影响着未来的中国，这是任何人为的力量割舍不断、改变不了的。作为中国人，不管是什么社会角色，不管兴趣爱好如何，都注定生活在传统文化的氛围之中，通过耳濡目染的熏陶和父母师长的教诲，接受传统文化的滋养和影响，都是传统文化哺育的产儿，因此，都在潜移默化中因袭传承中国固有的价值观念、是非标准、思维模式和行为方法，铸就自己的精神灵魂。这是与生俱来的血缘，不可改变的基因。

民族文化是一个民族自立于世界民族之林的独特标志。以先秦诸子为先导的中国传统文化,凝聚着两千多年来中华民族的思想精华和人文理念,蕴含着向上向善的价值观念和教化法治的治国理念,孕育了代代传承的集体智慧、生生不息的共同追求和团结奋进的不竭动力。比如孝悌忠信,礼义廉耻,仁者爱人,学无止境,尊师重道,谦虚好学,见贤思齐,真诚慎独,内敛修身,严于律己,宽以待人,与人为善,积善成德,言行一致,知行合一,自强不息,厚德载物,扶危济困,见义勇为,贫贱不移,富贵不淫,威武不屈,为政以德,正己正人,上善若水,道法自然,以民为本,富民安民,求同存异,和而不同,事异备变,与时俱进,法不阿贵,绳不挠曲,法与时移,禁与能变,自力更生,富国强兵,自由平等,科学民主,公平正义,爱国敬业,开放包容,兼收并蓄,互利共赢,和平共处,善邻怀远,天下为公,世界大同,等等。这是中华民族宝贵的思想财富和共同的精神家园。有继承才能发展,有根基才有未来。我们的文化自信,就来自传统文化的丰厚积淀、海纳百川的包容胸怀和与时俱进的自强精神。社会主义的核心价值观——富强、民主、文明、和谐;自由、平等、公正、法治;爱国、敬业、诚信、友善,就是由此孕育、发展、升华而形成的。

毋庸讳言,传统文化隐含着封建腐朽的思想意识,带有陈旧落后的观念形态,不能完全适应当今社会的需求。所以,必须取其精华,去其糟粕,去芜存菁,披沙拣金,按照社会主义政治、经济、文化、风尚的新标准,从内涵到形式进行扬弃取舍,创新发展。在此基础上逐步创建具有中国特色的社会主义新文化,既保持民族性,又体现时代性,造福中国,造福人类,这是当代中国人义不容辞的责任。

正如习近平主席所说:"世界上一些有识之士认为,包括儒家思想在内的中国优秀传统文化中蕴藏着解决当代人类面临的难题的重要启示,比如,关于道法自然、天人合一的思想,关于天下为公、大同世界的思想,关于自强不息、厚德载物的思想,关于以民为本、安民富民乐民的思想,关于为政以德、政者正也的思想,关于苟日新日日新又日新、革故鼎新、与时俱进的思想,关于脚踏实地、实事求是的思想,关于经世致用、知行合一、躬行实践的思想,关于集思广益、博施众利、群策群力的思想,关于仁者爱人、以德立人的思想,关于以诚待人、讲信修睦的思想,关于清廉从政、勤勉奉公的思想,关于俭约自守、力戒奢华的思想,关于中和、泰和、求同存异、和而不同、和谐相处的思想,关于安不忘危、存不忘亡、治不忘乱、居安思危的思想,等等。中国优秀传统文化的丰富哲学思想、人文精神、教化思想、道德理念等,可以为人们认识和改造世界提供有益启迪,可以为治国理政提供有益启示,也可以为道德建设提供有益启发。对传统文化中适合于调理社会关系和鼓励人们向上向善的内容,我们要结合时代条件加以继承和发扬,赋予其新的含义。希望中国和各国学者相互交流、相互切磋,把这个课题研究好,让中国优秀传统文化同世界各国优秀文化一道造福人类。"①

## 二 轴心时代中西哲人思想比较

公元前 8 世纪至公元前 2 世纪,特别是公元前 6 世纪至公元前 3 世纪的 300 多年间,是人类社会一个特殊而重要的时代。当时,分布在北纬 25 度至 35 度地域区间的欧亚文明都遭受到社会的动乱和战争的苦难,人们思索着自然的奥秘和构成,反省着生命的价值和意义,探讨着伦理道德和社会制度,憧憬着人类的理想和未来,各自陆续涌现出一批伟大而睿智的学者,比如古希腊的苏格拉底、以色列的犹太教先知们、古印度的乔达摩·悉达多、中国的孔子等等。他们的思想学说各自独立出现,如同夜空里璀璨的明星,成为各个民族文化特有的精神内核,不断向外发散辐射,照耀和推进着各自发展的进程,不仅在当时产生了巨大影响,而且决定了后来欧亚各种文明的本质特色和演化方向,最终成为人类文明的共同精神财富。

---

① 《习近平在纪念孔子诞辰 2565 周年国际学术研讨会暨国际儒学联合会第五届会员大会开幕会上的讲话》,2014 年 9 月 24 日。

德国学者雅斯贝尔斯在《历史的起源和目标》(1949年)一书中,将这个时代称为"轴心时代"。他说:"人类一直靠轴心时代所产生的思考和创造的一切而生存,每一次新的飞跃都回顾这一时期,并被它重新燃起火焰。自此以后,情况就是这样。轴心期潜力的苏醒和对轴心期潜力的回忆,或曰复兴,总是提供了精神力量。对这一开端的复归是中国、印度和西方不断发生的事情。"

中国的先秦诸子与西方的古希腊哲人正生活在轴心时代的历史时期。

经济基础决定上层建筑,特定的自然环境和生产方式造就了特定的思想意识和文化形态。"他山之石,可以攻玉"。了解和比较轴心时代中西哲人在思考什么,探讨什么,追求什么,向往什么,就能更为深刻地认识中西文化的异同,以便互相借鉴,兼收并蓄。

### (一) 古希腊滨海城邦文明概说

大约公元前30世纪以后,生活在黑海、里海一带以操原始雅利安语为代表的游牧民族不断南侵,进入了希腊半岛。经考古发现,公元前20世纪克里特岛已经进入青铜时代,出土的宫殿遗迹和豪华装饰,显示了那时国家的雏形和规模。公元前11世纪第一代爱琴文明彻底灭亡,由外来游牧民族带来的北非古埃及文明、两河文明与本土爱琴文明相融合,于公元前8世纪孕育出小城邦国家,产生了第二代古希腊文明。由此可知,古希腊文明不是纯粹本土的"原生态"文明,而是多种文明的融合体,对于后来的西方文明来说不是"源",而是"流"。所以,提到世界文明古国,只有古埃及、古巴比伦、古印度和古中国。但是,正是由于古希腊文明对多种文明的吸收、整合和升华,经过先哲们系统地总结和论述,才对后来的西方世界产生了巨大而深远的影响。

古希腊文明产生在希腊半岛。希腊半岛三面环海,缺乏丰富的陆地自然资源,没有适于农耕的辽阔平原和天然形成的地理政治中心,连绵不断的山脉把人们的居住地分隔成为一个个分散的小块区域,从而建立起一百多个独立存在而互相隔绝的小城邦,因此,当时的希腊并不是一个统一的国家。每一个城邦都由公民、妇女、奴隶组成,是自治的政治实体,有自己的城市中心、周边土地和民居村落,有自己的法律、军队和风俗。小城邦为了自己的生存,必须与实力强大的城邦(如雅典、斯巴达等)结为同盟,奉为盟主,以应对各种战争,而奴隶就是在战争中捕获的。他们早期主要靠小规模的农牧、捕鱼自给自足,后来由于人口增多,生存压力过大,就以商人、海盗、殖民者三重身份向海外去寻求生活的出路,在周边建立殖民地。他们用船运出希腊山地生产的橄榄油、葡萄酒及陶器,换取希腊本土缺乏的粮食谷物和各种原材料,其影响范围逐渐波及爱琴海周边,直到欧洲腹地,从而使希腊本土经济迅速发展起来。

海外商贸的繁荣,造就了希腊富裕的商业中产阶级,为希腊早期的民主政治奠定了基础。卡尔洛·博塔在《意大利史》中对当时商人这样描述:

"商人不像土地占有者那样被拴在某个固定的地方,他们与其说是本地的公民,不如说是世界的公民。他们经常了解各种新的法律、新的风俗习惯,绝不愿接受某种后来使自己变成它们奴隶的习惯;他们只染上一种习惯——什么习惯也没有。他们不停地旅行,他们有许多机会认识到他们的故乡并不是整个世界,其他地方拥有的财富是他们坐在家里想象不到的。他们还认识到,当牛做马或者每星期日卑躬屈膝地向领主纳贡绝不是什么幸福。完全可以理解,这些人一回到故土,就特别忍受不了他们的同胞未能完全摆脱的那种奴隶般俯首听命的情景。他们希望自由的生活,对领主的崇敬感再也不能支撑他们当奴隶了,因为他们曾在异族中间生活过,所以再也没有这种感情了;他们昂首阔步,因为他们已经不习惯于点头哈腰了。"①

这就是说,商人们常年在海外经商,不受土地的羁绊,不受氏族的约

---

① 《卡尔·马克思历史学笔记》第 1 册附录,中国人民大学出版社,2005 年 11 月。

束，不受领主的控制，四处漂泊，自主自立，具有充分的自由；他们眼界开阔，见多识广，不惧风险，不畏强暴，敢于藐视陈规陋习，挑战领主权威，摆脱了被奴役的地位；他们拥有私人财产和经济实力，必然怀有更大的政治欲望和目标，追求民主自由的平等权力，发挥更大的社会作用。而小城邦的贵族领主们经常处于战争的威胁之下，为了维护城邦的安全和自身的利益，就不得不在政治经济上对商人、公民进行让步，以换取民众的支持，这样就促使了公元前7世纪希腊的经济变革、军事变革和政治变革，开启了希腊本土特别是雅典的民主化进程。

公元前594年雅典各派任命梭伦为首席执政官，准许平民参加公民大会，规定商人可以担任执政官，设立陪审法庭。公元前506年克利斯梯尼掌权，建立了五百人会议制度，凡年满30岁的男性公民都有资格当代表，这样，就逐步削弱了贵族权力，增强了国家实力。公元前5世纪，希腊依靠公民的力量打败了强大的波斯帝国，确立了在地中海、中东地区的统治地位，从而使希腊避免了东方波斯的专制统治，捍卫了自己的民主传统，促进了欧洲整体化和民主政治的发展。

希腊民主政治在公元前5世纪中叶达到全盛时期。出身于贵族的执政者伯里克利，将最高权力赋予公民大会，决策外交、军事、财政等一切重大问题；平民可以担任公职，实行薪给制；建立陪审团，所有公民都可以抽签成为陪审员。伯里克利在公元前431年为与斯巴达人作战而牺牲的雅典将士的葬礼发表演说时，就自豪地宣称，雅典的民主政治"是希腊的学校"。他说：

"我们的政体确可以称为民主政体，因为行政权不是掌握在少数人手里，而是掌握在多数人手中。当法律对所有的人都一视同仁、公正地调解人们的私人争端时，民主政体的优越性也就得到确认。一个公民只要有任何长处，他就会受到提拔，担任公职；这是作为对他优点的奖赏，跟特权是两码事。贫穷也不再是障碍物，任何人都可以有益于国家，不管他的境况有多暗淡。在社会生活中，我们不做排斥他人的事，所以在私人交往中，我们不会互相猜疑，也不会因邻人做了他喜欢做的事而生气。……我们喜爱美丽的事物，但我们的趣味很单纯，所以我们修养心性而不丧失男子气概。我们不用财富互相吹嘘、炫耀，而是用财富来做真正有用的事情。在我们那里，公开承认自己贫穷并不丢脸，丢脸的是不去设法摆脱贫穷。雅典公民不会因为要照顾小家而忽视国家，甚至连我们当中从事商业的人也有很好的政治观点。如果一个人对公众的事不感兴趣，那么我们不会将其视为无恶意的人，而会将其视为无用的人；所以，如果说我们中间没有几个人是政策制定者，那么可以说，我们所有的人都是明智的政策判断者。照我们的看法，行动的巨大障碍不是讨论，而是在先于行动的讨论中获得的知识还不够。因为我们有一种先于行动的独特的思考能力，而且还有一种独特的行动能力。……总之，我要说：雅典是希腊的学校。"①

虽然其中不乏吹嘘、想象的成分，但是大致可以看到雅典的民主氛围。

正是在这样的希腊城邦里，富裕起来的人们进行了自由的精神追求和人文思考。神秘的自然引发了他们的奇思妙想，希腊的神话开启了他们的思维心智，雅典的盛衰触动了他们的忧患意识，道德的堕落促使他们关注人类命运。数百年间，希腊城邦的民主政治为学者们提供了优越的社会条件，涌现出泰勒斯（前624—前550年）、毕达哥拉斯（前580—前500年）、赫拉克利特（前535—前475年）、苏格拉底（前470—前399年）、德谟克利特（前460—前370年）、柏拉图（前427—前347年）、亚里士多德（前384—前322年）、伊壁鸠鲁（前342—前270年）等一大批博学多才、思想深邃、影响深远的伟大哲人。他们不懈地探讨宇宙、社会和人生的奥秘，公开发表自己的观点，广泛宣传自己的主张，自由集会，互相辩论，开办学校，形成学派，进行着古希腊式的"百家争鸣"，处处闪耀着智

---

① ［美］斯塔夫里阿诺斯：《全球通史》，北京大学出版社，2005年1月，第107页。

慧的光芒。他们对民主政体的评价，对正义理想的追求，对自然学科、哲学和社会人文学科的探索，对个人自由和公民责任的论述，不仅造就了西方社会的文化传统，而且成为人类共同的宝贵遗产。

后来由于战争、瘟疫和社会变迁，希腊城邦最终被罗马帝国取代，但是，希腊的民主政体、自由精神、人文思想、瑰丽艺术依然得到保留和发展，给世界留下了永久的记忆。①

中国大陆农耕文明与古希腊滨海城邦文明各有特色，从而孕育了中西文化不同的内涵和风采。

钱穆先生从宏观上这样分析说：

"游牧、商业起于内不足，内不足则需向外寻求，因此而为流动的，进取的。农耕可以自给，无事外求，并必继续一地，反复不舍，因此而为静定的，保守的。草原与滨海地带，其所凭以为资生之地者不仅感其不足，抑且深苦其内部之有阻害，于是而遂有强烈之'战胜与克服欲'。其所凭以为战胜与克服之资者，亦不能单恃其自身，于是而有深刻之'工具感'。草原民族之最先工具为马，海滨民族之最先工具为船。非此即无以克服其外面之自然而获生存。故草原海滨民族其对外自先即具敌意，即其对自然亦然。此种民族，其内心深处，无论其为世界观或人生观，皆有一种强烈之'对立感'。其对自然则为'天''人'对立，对人类则为'敌''我'对立，因此而形成其哲学心理上之必然理论则为'内''外'对立。于是而'尚自由'，'争独立'，此乃与其战胜克服之要求相呼应。故此种文化之特征常见为'征伐的'、'侵略的'。农业生活所依赖，曰气候，曰雨泽，曰土壤，此三者，皆非由人类自力安排，而若冥冥中已有为之布置妥帖而惟待人类之信任与忍耐以为顺应，乃无所用其战胜与克服。故农耕文化之最内感曰'天人相应'、'物我一体'，曰'顺'曰'和'。其自勉则曰'安分'而'守己'。故此种文化之特征常见为

---

① ［美］斯塔夫里阿诺斯：《全球通史》，北京大学出版社，2005年1月。

'和平的'。游牧、商业民族向外争取，随其流动的战胜克服之生事而俱来者曰'空间扩展'，曰'无限向前'。农耕民族与其耕地相联系，胶著而不能移，生于斯，长于斯，老于斯，祖宗子孙世代坟墓安于斯。故彼之心中不求空间之扩张，惟望时间之绵延。绝不想人生有无限向前之一境，而认为当体具足，循环不已。其所想象而蕲求者，则曰'天长地久，福禄永终'。"①

正因为如此，中西哲人关注的议题各有异同，所持的观点各有侧重，由此决定了中西思想观念的各自特征和走向，并产生了极其深远的影响。

### （二）中西观念异同论

中西哲人虽然生活在同一个地球上，但是，由于各自所处的文明环境不同，哲学思考就必然会各有差异、侧重和特色。其间同中有异，异中有同，各有千秋，异彩纷呈。这是一个饶有趣味的问题，早已引起中外学者的关注。比如：

希尔贝克、伊耶说：

"希腊哲学是城邦生活的产物。所有希腊哲学家毫无例外地都参与作为自主政治单元的城邦。在城墙之内，有专门的地方供人进行哲学讨论和其他重要的思想文化活动。城邦还为政治交流和讨论提供一块公共空间，因此使得在自由而平等的公民之间发生的那种新的政治实践形式成为可能。柏拉图的阿卡迪米学院，亚里士多德的吕立昂学院，两者都享有重大的学术自由和自治；这样一些常设的学术机构的发展，就是由此而获得基础的。这样的发展在印度和中国都没有。中国的城市不是一个古希腊意义上的城邦。它不是一个可以与其他国家缔约的自治实体。中国的城市是中央集权的行政的组成部分。中国文明总的来说是以人类行为规范作为取向，它是一种取向于传统的经书文化，而不是一种公共话语文化。希腊人对思辨的系统的哲学的兴趣，印度人对解放和拯救的兴趣，在这里都没有多少。中国文明更多的是实践的和实用的取向。"（《西方哲学史》）

---

① 钱穆：《中国文化史导论》弁言，商务印书馆，1994年6月。

于民说：

"西方长于知物、究物，中国则长于知心、究心；西方长于知实、究实，中国则长于知虚、究虚；西方长于知外、究外，中国则长于知内、究内；西方长于开发智力，重在'做事'，中国则长于养性修德，重在'做人'；西方长于进取，发挥个体之能，中国则长于维护和谐稳定，发挥整体之力；西方长于物质文化，中国则长于心性文化等等。"（《中西互补与人类思维革命》）

下面，从十个方面进行概括比较：

1. 万物的本原

被誉为"西方哲学之父"、"科学之祖"的泰勒斯首次提出了"万物的起源是水"，认为"水生万物，万物复归于水"。水与泥土中蕴含的某种生命元结合，就能够产生众多生命，甚至无生命的东西也可能是"活的"，比如磁石、琥珀可以吸引铁片。毕达哥拉斯则认为"数字是物质的本原"。万物都由点、线、面、体构成，对应产生出水、火、土、气四种元素，组成整个世界。赫拉克利特提出世界的本原出自火，"一切转为火，火又转为一切，有如黄金换成货物，货物又换成黄金"。德谟克利特则认为物质是由原子构成的，原子之间存在着永恒的虚空变动、聚散分合。原子数量无限，形状多样，万物都是由不同数量、不同形状的原子按照不同的方式排列组合而成，从而使万物具有不同的结构和性质，甚至包括人的灵魂和肉体在内。从事物中流溢出来的原子形成了"影像"，而人的感觉和思想就是这种"影像"作用于感官和心灵的结果。德谟克利特的原子唯物论，认定世界万物的物质存在，根本否定了神的地位，是古希腊唯物主义哲学最重要的贡献之一。

中国殷商以前就用"五行"之说来解释多彩的物质世界。《尚书·洪范》曰："五行：一曰水，二曰火，三曰木，四曰金，五曰土。水曰润下，火曰炎上，木曰曲直，金曰从革，土爰稼穑。"水是生命之源，火是生活动力，木可造物建房，金可制作工具，土为耕作根本。五行组成万物，与古人的生产生活息息相关，互相联系。木生火，火生土，土生金，金生水，水生木，是五行相生；木克土，土克水，水克火，火克金，金克木，是五行相克。到了周代，阴阳八卦思维兴起，以 - - 为阴爻，象征阴柔；以—为阳爻，象征阳刚。天阳地阴，男阳女阴，君阳臣阴，夫阳妇阴，父阳子阴。阴不离阳，阳不离阴，阴阳相合，生生不已。进而以乾（天）、坤（地）、震（雷）、巽（木）、坎（水）、离（火）、艮（山）、兑（泽）八种卦象推演万物，预测未来。"乾，健也；坤，顺也；震，动也；巽，入也；坎，陷也；离，丽也；艮，止也；兑，悦也。"（《周易·说卦》）具有了更为丰富的内容。春秋以后，阴阳家将五行与阴阳八卦思维融合，形成了阴阳五行八卦理论体系，孔子说："乾，阳物也。坤，阴物也。阴阳合德，而刚柔有体，以体天地之撰，以通神明之德。"（《周易·系辞下》）老子说："道生一，一生二，二生三，三生万物。万物负阴而抱阳，冲气以为和。"（《四十二章》）从而，深刻影响了中国传统文化的思路和方向。

2. 宗教与伦理

宗教是文化的起源，古希腊哲人大多都有宗教情怀。泰勒斯就认为"万物有灵"，世界是一个整体，总是在活动变化之中，具有自己的生命和神性。毕达哥拉斯组织成立了宗教、政治、学术合一的学派，认为人有灵魂，灵魂不死而轮回，万物都有亲属关系，永存的灵魂按照各自的命运在不同生物体之间转移，为神学观念提供了理论根据。苏格拉底的学生柏拉图提出"理念论"，认为真实的存在是永恒不变的理念，而外界的事物是变化虚幻的，不过是对理念的一种显现或模仿，这种观念对宗教产生了巨大影响。

西方基督教脱胎于犹太教。犹太人又叫希伯来人，"希伯来"的原义是"从河那边过来的人"。犹太人从两河流域迁徙到巴勒斯坦狭小的地区，四周没有自然屏障，经常受到外族入侵和统治，生活困苦，灾难深重，他们认为民族的不幸是由于自己有罪，只有彻底认罪和悔改，上帝才会拯救，由此形成了一种罪孽意识，期盼复国救世主（弥赛亚）降临人间。从公元前5世纪到公元之交，犹太人都在苦苦地等待着，到公元1世纪，犹太教的一个支派出现了一个叫耶稣的人，人们把他当作预言中的"弥赛亚"，而犹太教的上层并不认可，向罗马帝国当局叙利亚行省诬告耶稣谋反，这样，耶稣受到迫害，被钉死在十字架上。据说，三天之后，耶稣复活，他教导弟子们不要在犹太人中传教，而要把福音带给外邦人（即罗马人）。从此，就从犹太教中分离出一个新兴的宗教，即基督教。"基督"就是希腊语中的救世主，相当于希伯来语中的"弥赛亚"。犹太教向往社会解放，民族复兴，把追求犹太民族的政治独立和生活幸福作为宗旨。基督教则宣传拯救灵魂，要把人的灵魂带到上帝的天国。因为上帝的福祉是用肉眼看不到的，它只存在于信仰者的心里，只存在于彼岸世界。这样，是追求社会解放、民族复兴，还是拯救灵魂，进入天国，就成为犹太教与基督教的根本分歧。基督教接受了柏拉图的理念世界和灵魂世界的观点，用理念世界和灵魂世界来说明和超越肉体所在的现实世界，从而造成了灵魂与肉体互相对立，重灵魂而轻肉体，甚至可以为灵魂而抛弃肉体，这就是基督教的本质精神。既然基督只拯救灵魂，不拯救肉体，那么基督徒就不会活着进入天国，只能寄希望于彼岸世界，因为天国只收留亡灵。灵魂要想复活和永生，必须经受痛苦的磨炼和死亡的考验，活着就是赎罪，死后才能进入天堂。基督教明显具有苦难忧郁的精神思想，对于饥寒交迫的罗马奴隶和贫民来说，是无情社会中的温情，绝望世界中的希望，具有强大的精神抚慰作用。他们既然在今生没有幸福，那么就只能把希望托付于彼岸世界。这样，基督教就拥有了深厚的社会基础，逐渐发展成为世界性的宗教。

中国古人对于神秘的宇宙同样充满了恐惧和敬畏，产生过对天地、祖先、鬼神、图腾的崇拜，形成过万物有灵的观念，出现了各种原始宗教的祭奠仪式，典籍里多有记载，但是，到了孔子，情况发生了根本性的变化。

孔子"务民之义，敬鬼神而远之"(《雍也》)，以理性的态度对待天地万物（包括人类自己），重生而轻死，重礼乐而轻鬼神，传播伦理道德观念，重视人为主观努力，强调自强不息、奋发有为，而将对天地、祖先的崇拜祭祀纳入礼制的范畴，寄托感情，神道设教，构建起人性—情感—伦理—礼制的思维模式。这样，既可以用礼制维系人心、约束行动，又避免了礼制的神秘色彩、盲从心理，为排除鬼神迷信、走向伦理文明奠定了思想基础。儒家学说虽然强调内在修养、自我超越，宗旨却是为了在现实社会中内圣外王，推行仁政王道，并没有制定类似于基督教三位一体说、原罪救赎说、天堂地狱说和逆来顺受说等宗教教义，极终目的也不是到达彼岸的天堂世界，而是和谐相处的现实人生，所以儒学不是孔教。墨子虽然推崇"天志"、"明鬼"，具有宗教情怀，试图借助鬼神"赏贤而罚暴"为墨学张目，然而终难自圆其说。后来中国本土产生了道教，外来传入了佛教、基督教、伊斯兰教，但是都不能从根本上改变儒家理性思想的核心地位。所以，文化史上称西方为基督教文明，而称中国为儒家伦理文明。

3. 对立与统一

泰勒斯最早认为世界是一个整体，总是在活动变化之中，具有自己的生命和神性。赫拉克利特作为西方辩证法的奠基人，探讨了万物的运动变化，他说："这个世界，对于一切存在的物都是一样的，它不是任何神所创造的，也不是任何人所创造的；它过去、现在、未来永远是一团永恒的火，在一定的分寸上燃烧，在一定的分寸上熄灭。"他认为万物"流转不已"，任何事物都在发展变化、流动不息，"你不能两次把脚伸入同样的河水中"，"太阳每天都是新的，永远不断地更新"。每一事物都是以对立面的存在为前提的，比如善之为善，是因为有恶的存在；生之为生，是因为有死的存在；人只有在生病以后，才能真切感觉健康的幸福，所以，对立和斗争造就了整个世界。任何东西都向其对立面运动，对立物之间不断互相冲突，向其相反的方向发展。此一方的变化必然引发彼一方的变化，而这种对立双方的变化又存在于统一体之内,"生与死,梦与醒,少与老,都是同样的东西。后者变化,就成为前者;前者变回来,则成为后者",维持着事物的总体平衡稳定。

孔子曾对欹器"虚则欹,中则正,满则覆"进行分析,赞赏"损之又损之之道"(《家语·三恕》),认为"阴穷反阳,故阴以阳变;阳穷反阴,故阳以阴化"(《家语·本命解》),已经认识到对立转化的状况。老子更论证了其中的辩证法则,他指出事物矛盾是相反相成的,对立双方是互相依存的,"天下皆知美之为美,斯恶已;皆知善之为善,斯不善已。有无相生,难易相成,长短相形,高下相倾,音声相和,前后相随,恒也"(《二章》)。他认为:"反者,道之动;弱者,道之用。天下万物生于'有','有'生于'无'。"(《四十章》)事物总是向着自己相反的方向运行,最终返回到初始本原的状态,"独立而不改,周行而不殆"。他说:"祸兮福之所倚,福兮祸之所伏。孰知其极?其无正也。正复为奇,善复为妖。"(《五十八章》)如此互相包容,互相渗透,物极必反,"物壮则老"(《五十五章》),因此,"兵强则灭,木强则折"(《七十六章》),这就是"柔弱胜刚强"的对立转化规律。老子正是运用对立转化、"有无相生"的辩证思维,建立起反传统的道家理论体系。庄子更进一步指出"彼出于是,是亦因彼","是亦彼也,彼亦是也"(《齐物论》),所以,认为万物齐同、彼此齐同、是非齐同、生死齐同,在无物我、无彼此、无是非、无生死的混沌境界中,回归于无所不在的天道。

希尔贝克、伊耶认为:"老子对宇宙正义的看法与早期希腊哲学的类似之处相当明显。他似乎相信,在我们的存在中有一种基本的正义原则:物极必反。'祸兮福之所倚,福兮祸之所伏。'当某物被推向极点,它就转变为它的反面。过多的幸福会转向不幸,极端的不幸会转向幸福。因此,当某物越过它的极限的时候,当狂妄发生时,似乎有某种力量在进行干预,恢复应该出现或将要出现的秩序。"(《西方哲学史》)

4. 中庸与和谐

毕达哥拉斯认为"美是和谐的"。音乐由音阶的和谐比例组成，天体由星球的和谐运行组成，从而产生了和谐音调与和谐旋律。当音乐的和谐与灵魂的和谐相呼应的时候，音乐便会对人的性格和情感产生陶冶作用，净化人的灵魂，所以说"最优美的是和谐"，"友谊是一种和谐的平等"。苏格拉底说："有了音乐和体育，灵魂和身体就能张弛有度，彼此和谐。因此，那种能把音乐训练和体育锻炼最佳组合起来，以最佳比例匹配于灵魂的人，我们才称其为最完美、最和谐的音乐受训人，而不是一个只知调音的假艺人。"① 亚里士多德则认为"美德就是适中"，有德行的人必须遵循"中道"，避免极端，因为过分如同不及一样，都是错误的，他说："过度和不及都属于恶，中庸才是德行。……德行作为对于我们的中庸之道，它是一种具有选择能力的品质，它受到理性的规定，像一个明智人那样提出要求。中庸在过度和不及之间，在两种恶事之间。在感受和行为中都有不及和超越应有的限度，德行则寻求和选取中间。所以，不论就实体而论，还是就其所持的原理而论，德行就是中间性。中庸是最高的善和极端的美。"② 例如，勇敢是一种德行，过之则成为鲁莽，不及就变成怯懦；慷慨是一种德行，过之则成为挥霍，不及就变成吝啬。中庸之道体现了理性的选择和支配。所以，"放纵自己的欲望是最大的祸害"。

《周易·系辞下》曰："天地缊，万物化醇。男女构精，万物化生。"《中庸·天命》曰："致中和，天地位焉，万物育焉。"因此，儒家认为，君子的中庸之道"造端乎夫妇"（《中庸·费隐》），孔子说："天地不合，万物不生。"（《家语·大婚解》）"中和"是天道，实践"中和之道"就是中庸的人道。唯有"天下至诚"之人，才能实行中庸之道，因此"君子中庸，小人反中庸。君子之中庸也，君子而时中；小人之反中庸也，小人而无忌

---

① ［古希腊］柏拉图：《理想国》，李美静译，武汉大学出版社，2011年1月，第217页。
② 《亚里士多德全集》第八卷，中国人民大学出版社，1990年9月，第36页。

惮也"(《中庸·时中》)。万事万物都是"过犹不及"(《先进》),所以,君子坚持中庸之道,就要"执其两端,用其中于民"(《中庸·大知》)。中庸之道的目的在于追求和谐之美,所以,孔子说:"礼之用,和为贵。"(《学而》)"君子和而不同,小人同而不和。"(《子路》)"同",就是同一,唯我独尊,刚愎自用,排斥异己,强求一律,"以水济水","琴瑟专一"(《左传·昭公二十年》),反对综合,绝对片面,非此即彼,好走极端,而"过"、"不及"都是极端。"和",就是和谐,就是在思想上承认、决策上重视事物的差异性和多样性,考虑各个方面的实际需要和切身利益,运用整体系统的思维方式,取长补短,求同存异,协调各种因素,寻求动态平衡,如同用水火五味烹治鱼肉,用五音六律演奏乐曲,达到和谐的状态,取得最好的效果。正因为如此,孔子特别重视"乐教":"兴于《诗》,立于《礼》,成于《乐》。"(《泰伯》)强调用和谐的音乐陶冶性情,净化心灵。

5. 知识与道德

古希腊哲人大多都有四方游历、广泛求学的经历,重在广博见闻,丰富知识,增长才干,提高智慧,因此,他们在多种学科领域都做出了卓越的贡献,成为一代大师。德谟克利特就自豪地说:"在我的同辈人当中,我漫游了地球的绝大部分,我探索了最遥远的东西;在我的同辈人当中,我看见了最多的土地和国家,我听过最多的学者的讲演;在我的同辈人当中,在勾画几何图形并加以证明方面,没有人能够超得过我,就是埃及丈量土地的人也未必赶得上我。"所以,他们形成了很多学派,比如米利都学派,毕达哥拉斯学派;他们开办了各种学校,广收弟子,传播知识,比如柏拉图的阿卡迪米学院、亚里士多德的吕立昂学校,对古希腊城邦乃至后来的西方社会产生了深远影响。

正因为如此,古希腊哲人非常重视知识智慧。苏格拉底就明确指出"知识即道德,无知即罪恶",把"认识你自己"作为哲学研究的最终目的,将知识与道德联系在一起,坚持知识与美德的统一,认为丰富的知识才能导致正当的行为。人不会自觉地追求关于美好事物的知识，其先天优良的禀赋并不能保证后天优良的作为，所以，他主张用教育的手段加强学习，使优良的人成就伟业，使平凡的人弃恶扬善。柏拉图主张哲学家称王，认为只有哲学家具有知识智慧而称王，或者称王而具有哲学家的知识智慧，才能分辨并坚持公平正义，更好地治理国家，实际上，"哲学王"就是知识智慧的化身。亚里士多德在《形而上学》一书中认为"求知是人类的本性"，哲学是最高的知识，人应该努力按照本性生活，充分满足求知的欲望，成为一个实现自我的人。

中国的儒家、墨家都将学习视为人生大事，教育视为治国大事，其目的重在提高个人修养，培养道德品质。孔子从小发奋学习，他说："三人行，必有我师焉。择其善者而从之，其不善者而改之。"（《述而》）"敏而好学，不耻下问。"（《公冶长》）"入太庙，每事问。"（《八佾》）"为之不厌，诲人不倦。"（《述而》）"十室之邑，必有忠信如丘者焉，不如丘之好学也。"（《公冶长》）他是当之无愧的自学成才的典范。他创办私学，提出"有教无类"（《卫灵公》）的教育方针，面向社会广收弟子，以"文"、"行"、"忠"、"信"为教，从而形成了儒家的教化传统。孟子讲到仁政必谈教育，他说："谨庠序之教，申之以孝悌之义，颁白者不负戴于道路矣"。（《梁惠王上》）荀子则专写《劝学》一文专论教育，认为"学不可以已"，"木受绳则直，金就砺则利，君子博学而日参省乎己，则知明而行无过矣"。通过学习，可以"积善成德，而神明自得，圣心备焉"。墨子则主张"士虽有学，而行为本焉"（《修身》），强调"以身戴行"，言行一致。他更关注环境对人的熏陶和影响，认为"行理生于染当"。作为君主，"所染当"则"功名蔽天地"；作为士人，"所染当"则"家日益，身日安，名日荣，处官得其理矣"（《所染》）。

他们如此重视道德修养，认为人伦道德高于知识智慧。在孔子的心目中，人伦道德的核心是孝悌仁爱，知识智慧则处于次要地位，因此，他以

"道""德""仁""艺"教育学生,"行有余力,则以学文"(《学而》),先做人,后学文。甚至对于良马的评价,都是"骥不称其力,称其德也"(《宪问》)。所以,他反对智谋奸诈,强调"聪明睿智,守之以愚;功被天下,守之以让;勇力振世,守之以怯;富有四海,守之以谦"(《家语·三恕》)。道家则要求避世全身,韬晦自保,更加贬低知识智慧。老子认为"智慧出,有大伪"(《十八章》),"民之难治,以其多智。故以智治国,国之贼;不以智治国,国之福"(《六十五章》),主张"以正治国,以奇用兵,以无事取天下"(《五十七章》),所以要"绝圣弃智","见素抱朴"(《十九章》),对侯王要"塞其兑,闭其门"(《五十二章》),对民众要"虚其心,实其腹,弱其志,强其骨"(《三章》),使得君民同"愚",无知无欲,才能回归于天道自然。庄子更强调"绝圣弃智,大盗乃止","上诚好知而无道,则天下大乱矣"(《胠箧》)。他曾经讲过这样的故事:为圃者宁肯"抱瓮而出灌",而不愿用高效的桔槔。因为"吾闻之吾师曰:'有机械者必有机事,有机事者必有机心。机心存于胸中,则纯白不备;纯白不备,则神生不定。神生不定者,道之所不载也。'吾非不知,羞而不为也"(《天地》)!所以,中国人古来歌颂"愚公",嘲笑"智叟",就是这种深层哲学思考的反映。

6. 科学与实用

古希腊哲人大多是自然科学家,或者具有深厚自然科学研究的背景,他们不懈探索宇宙自然的奥秘,深入进行宇宙观、自然观方面的哲学思考。苏格拉底虽然关注人与社会,研究伦理哲学,其弟子又在宇宙自然的探索中文理兼修。比如亚里士多德既关注政治学、法学、经济学、哲学、伦理学、美学、心理学、历史学、语言学、修辞学、逻辑学、诗学,又重视天文学、化学、物理学、数学、生物学、解剖学、气象学,并在各个学科都取得了重大成就。因此,他们总体上重自然,重数理,重微观,重个体,哲学表述系统条理、精确清晰,随着自然科学的发展而不断深化,其研究范围主要集中在自然哲学、思辨哲学和宗教哲学方面。所以,古希腊哲人更重自然之人,强调人的自然属性,主张天人对立,征服自然。

正因为古希腊哲人非常重视智慧,因此,特别强调追求科学知识。亚里士多德认为,只有抛开世俗的实用性,为求知而求知,这种纯学术的求知才是自由的、高贵的、高尚的,才能体现生命的价值和意义。这种"无所为而为"的科学探索精神,鼓励人们大胆地深入到未知的时空领域,研究并掌握万物的内部规律。尽管得到的成果也许不够理想,一时未必有实用价值,但是最终必将促进社会进步,造福世界人类。文艺复兴以后,西方社会就冲破了罗马文化轻视劳动和劳动者的思想观念,改变了哲学家与工匠相分离的局面,促使哲学家、科学家与工匠的大联合,从而把原理与技术、理论与实践结合起来,奠定了科学的基础,促进了技术的进步。加之海外扩张和地理大发现,远洋航行对科学技术领域提出了全面的、更高的要求,极大地刺激和推动了科学技术的革命,使西方社会开始了现代化进程,逐步走到世界的前列。

斯塔夫里阿诺斯这样说:

"科学使欧洲在技术上对世界的霸权成为可能,并在很大程度上决定了这霸权的性质和作用。科学还为19世纪的西方在智力方面的优势提供了基础。欧洲的艺术、宗教或哲学没有给非西方民族以巨大影响,因为非西方民族已在这些领域做出了类似的贡献。但是,在科学技术方面,就不存在这样的平等。只有西方掌握了自然界的种种秘密,并为了人类的物质进步而对它们进行了利用。这是一个不可否认、有说服力的事实。非西方人不再轻视欧洲人,不再将欧洲人看作碰巧在帆船和火器方面拥有某种优势的不文明的野蛮人。他们勉强地承认了欧洲科学革命的重要性。因此,从前的殖民地民族在今天的主要目标是亲自经历这场独特的革命。"①

---

① [美]斯塔夫里阿诺斯:《全球通史》,北京大学出版社,2005年1月,第486~487页。

这位美国学者的口吻有点傲慢和矫情，但却道出了实情。近代非西方国家（包括中国在内）的现代化进程，不正是在"亲自经历这场独特的革命"吗？

中国先秦诸子则大多是教育学家、伦理学家、政治学家和历史学家，他们主要关注家国命运、社会治乱和民生疾苦，为此进行人生观、道德观、社会观、历史观方面的长期探索，很少兼顾自然学科的研究，因此，他们总体上重人文，重直觉，重宏观，重整体，哲学表述形象直观、言简意赅，随着社会形势的发展而深化，其研究范围集中在伦理哲学、教育哲学和政治哲学等方面。孔子重视仁爱德行，克己复礼，不言天道，对自然和宗教没有兴趣。孟子主张保护生态，顺应自然，重在推恩行仁。而荀子则强调："道者，非天之道，非地之道，人之所以道也，君子之所道也。"（《儒效》）他所说的"道"，就是仁道。道家关注自然，老子论述"天道"，那只是为了给"人道"设计标准，树立榜样，以便从自然关照社会，以天道统辖人道，并没有从根本上探索研究天体运行的自然规律。可见，中国先秦诸子更重社会之人，强调人的社会属性，主张天人合一，顺应自然。

当然，中国古人也非常重视实用的科学技术，因此才有四大发明，才使得中国的丝绸、陶瓷、茶叶等享誉世界，否则就不会造就辉煌的农业文明和强盛的汉唐帝国。不过，儒家更为尊重传统，强调"经世致用"，而缺乏古希腊哲人那种抛开世俗功利、为求知而求知、"无所为而为"的科学探索精神。荀子就提出"唯圣人为不求知天"，"官人守天而自为守道也"，因此，对于那些"无用之辩，不急之察，弃而不治"（《天论》），认为放纵智慧技巧，就可能伤害大道。所以，对于一时看不到实用价值或不利于政治教化的知识智慧、奇思妙想、发明创造、独特技能，一律斥之为"奇技淫巧"，予以排斥封杀。这种观念甚至广泛流行于民间社会，家长们总是认为孩子的胡思乱想、兴趣爱好有碍学习考试、人生正途，一概视为玩物丧志，坚决予以制止。其实，不准胡思乱想，哪有奇思妙想？没有兴趣爱好，何来科学理想？守旧的传统观念压制了个性发展，狭隘的实用主义妨碍了自由思想，专制制度养成了墨守成规，保守心理扼杀了聪明才智。古代士人们只是重视修身崇道、为官为宦，不关注工商末业，不追求技巧效益，这样，劳心者与劳力者界限分明、互相隔绝，劳心者限于观念不能为实业提供智力支持，劳力者限于知识又欲为而不能为，这种重伦理道德、轻知识智慧的实用主义价值取向发展到极端，必然会形成社会变革的严重阻力，限制和妨碍科学研究和技术进步（特别是基础科学、基本理论的探索），这恐怕就是近代以来中国科学技术落后的一个重要原因。

直到清末，洋务运动开始重视工商，兴办实业，而那些遗老遗少还是不知事异备变、与时俱进的道理，竟以卫道者自居，力主"本业（农业）"，鄙弃"末业（工商业）"，反对师夷长技为我所用。像架设电线、拍发电报这类今天看来的寻常之事，他们也要横加指责："夫华洋风俗不同，天为之也。洋人知有天主、耶稣，不知有祖先，故凡入其教者，必先自毁其家木主。中国事死如生，千万年未之有改，而体魄所藏为尤重。电线之设，深入地底，横冲直贯，四通八达，地脉既绝，风侵水灌，势所必至，为子孙者心何以安？传曰：'求忠臣必于孝子之门。'借使中国之民肯不顾祖宗丘墓，听其设立铜线，尚安望尊君亲上乎？"（《光绪元年九月初二日工科给事中陈彝片》，中国史学会主编《洋务运动》第六册，上海人民出版社1961年版）一百多年前的道学先生如此愚顽，着实匪夷所思！中国变革之难，于此可见一斑。如果不能更新观念、开拓创新，当今中国还会有自己的导弹、飞船、高铁、互联网吗？还能够国家独立、民族解放、人民幸福吗？由此可知，五四运动高举"科学"的大旗，对于中国的现代化进程具有何等重要的意义！

    7. 民主与集中

民主是人类的基本政治价值，是人类政治文明的主要成果。民主既是一种思想观念和行为规范，也是一种执政理念和政治制度。伯里克利在公元前431年曾盛赞雅典的民主政体"行政权不是掌握在少数人手里,而是掌握在多数人手中",确实令人神往。不过,他所说的"多数人",仅指贵族和自由民,而广大的妇女和奴隶是不包括在内的,西方妇女直到近代才拥有选举权,而奴隶的解放则更晚。然而,正是雅典民主政体的表决,使得伟大的苏格拉底因"反对民主"的莫须有罪名而惨遭杀害了,所以柏拉图为此非常悲愤,对所谓民主政体完全失望、深为憎恨。他由此认为民众不能自我领导,只有哲学家成为统治者或者统治者通晓哲学,才能分辨正义和非正义,所以他主张"哲学王",试图建立"理想国"。他深刻指出:"寡头制毁灭的原因在于无止境地贪求财富,民主制毁灭的原因在于过分追求自由。"① 既反对寡头专制,又反对过分自由。亚里士多德更为理性地指出,有限的民主才是最好的城邦政体,即在"量"(人数)上实行民主制原则,多数人为城邦提供广泛的人民基础;在"质"上实行贵族制原则,少数人确保城邦的透明度,从而使得公众意见和明智管理之间达到最好的平衡。这实际上就是民主与集中相结合的有限民主模式。

儒家主张"己所不欲,勿施于人",这种人与人之间互相爱护、互相尊重的道德准则,体现了平等、民主观念。在国家治理层面,儒家更重视道义和民意,强调民本思想和民主意识。孟子高举仁政的大旗,理直气壮地宣称"天视自我民视,天听自我民听",主张"民为贵,社稷次之,君为轻",把仁义道德作为衡量、控制、废立君主的最高标准,实际上确认了君权来自民授,警告君主"自作孽,不可活",根本否定了天子诸侯至高无上、不可动摇的神圣特权,冲击了封建"家天下"的宗法世袭制度,闪烁着大无畏的理性思想光辉,集中反映出孟子可贵的哲人良知和理论勇气。道家则把人作为自然界一个个平等自由的个体对待,主张贵生重生、公身公物,"天道无亲,常与善人",要求"损有余而补不足",无视或否定君主的存在,希望摆脱外在

---

① [古希腊]柏拉图:《理想国》,李美静译,武汉大学出版社,2011年1月,第217页。

约束而"民自化"。其中显然蕴含着平等、民主的思想意识。

民主是在特定的文化环境和文化传统中产生形成的,必然带有独特的时代和民族的印迹。实现民主的途径、方法和民主呈现的特点、方式,因不同国家、不同民族的政治、经济、文化的历史和现状而各异,必然表现出多样性。西方的现代议会民主,源自古希腊城邦民主的一人一票选举表决制度,他们认为这才是民主的形式和标志。而中国古代哲人对于这种简单的表决方式,早有理性的认知。

《子路》曰:"子贡问曰:'乡人皆好之,何如?'子曰:'未可也。''乡人皆恶之,何如?'子曰:'未可也。不如乡人之善者好之,其不善者恶之。'"

《卫灵公》曰:"子曰:'众恶之,必察焉;众好之,必察焉。'"

《梁惠王下》曰:"左右皆曰贤,未可也;诸大夫皆曰贤,未可也;国人皆曰贤,然后察之;见贤焉,然后用之。左右皆曰不可,勿听;诸大夫皆曰不可,勿听;国人皆曰不可,然后察之;见不可焉,然后去之。左右皆曰可杀,勿听;诸大夫皆曰可杀,勿听;国人皆曰可杀,然后察之,见可杀焉,然后杀之。"

显然,孔子并不认可全部乡人"好"或"恶"的表态,认为只有乡人中善者好之、不善者恶之,才是可信的,而一边倒的"好"、"恶"是可疑的、靠不住的,因为"乡愿,德之贼也"(《阳货》),必须认真考察。孟子也不相信"左右"、"诸大夫"、"国人"一致赞同或否定的观点,要通过亲自验证,才能最终决定取舍。显然,他们对简单多数并不盲从。

《左传·成公六年》曰:"晋栾书救郑,与楚师遇于绕角。楚师还,晋师遂侵蔡。楚公子申、公子成以申息之师救蔡,御诸桑隧。赵同、赵括欲战,请于武子,武子将许之。知庄子、范文子、韩献子谏曰:'不可。吾来救郑,楚师去我。吾遂至于此,是迁戮也。戮而不已,又怒楚师,战必不克,虽克不令。成师以出,而败楚之二县,何荣之有焉?若不能败,为辱已甚,不如还也。'乃遂还。于是,军师之欲战者众。或谓栾武子曰:'圣人与众同欲，是以济事。子盍从众？子为大政，将酌于民者也。子之佐十一人，其不欲战者三人而已，欲战者可谓众矣。《商书》曰：三人占，从二人。众故也。'武子曰：'善钧从众。夫善，众之主也。三卿为主，可谓众矣。从之。不亦可乎！'"

晋师、楚师在桑隧遭遇，是战是撤，争论不休。当时晋军主帅栾武子周围的辅佐十一人，八人主战，三人主撤，所以主战者建议栾武子"与众同欲，是以济事"，即按照多数人的意见决策开战。而栾武子却认为"善钧从众"，同样美好的决策才能听从多数。因为"夫善，众之主也"，"三卿"的主张更为稳妥有理，所以应该撤军。

可见，正确决策并不是因为人数多、选票多，而在于是否达到真、善、美的目的。这就是中国古代哲人对于民主的态度。

近代五四运动高举"民主"的大旗，对于中华民族具有划时代的伟大意义。从此，追求自由平等、民主解放，就成为中国共产党领导人民前赴后继、勇往直前的奋斗目标。但是，怎样真正实现民主，怎样保证民主决策的正确性，需要长期的探索和实践。社会是纷繁复杂的，人的认识能力毕竟是有限的，会因时、因地、因事、因情而受到从众心理、利益诱惑、蛊惑宣传、狭隘观念等因素的影响、支配、蒙蔽而产生误判，古今中外，概莫能外，这样的教训是非常深刻的。对此，中西古代哲人早有清醒的共识。孔子、孟子的理性分析，栾武子的冷静决策，柏拉图对雅典民主政体的极端失望，亚里士多德"有限民主"的理论主张，都给后人以深刻的启示。

所以，民主绝非不受约束、无限自由，文革式的"大民主"是不可取的，民主必须与集中有机结合。凡是重大决策，既不能个人专断，一言九鼎；又不能盲目从众，表决了事。而应该出以公心，考虑长远，广开言路，充分调查，集思广益，权衡利弊，尊重民众意见，咨询专家观点，按照科学理念、法定程序进行论证，求同存异，兼容并包，最终通过充分商讨，集中决策，统一意志，共同奋斗，并在民主决策以后，继续进行民主管理、民主监督，然后才能取得真善美的理想结果。中国共产党在领导人民进行革命、建设的历程中逐步形成的具有中国特色的协商民主，就是这样的民主形式。

习近平主席深刻指出："协商民主是中国社会主义民主政治中独特的、独有的、独到的民主形式，它源自中华民族长期形成的天下为公、兼容并蓄、求同存异等优秀政治文化，源自近代以后中国政治发展的现实进程，源自中国共产党领导人民进行革命、建设、改革的长期实践，源自新中国成立后各党派、各团体、各民族、各阶层、各界人士在政治制度上共同实现的伟大创造，源自改革开放以来中国在政治体制上的不断创新，具有深厚的文化基础、理论基础、实践基础、制度基础。协商民主深深嵌入了中国社会主义民主政治全过程。中国社会主义协商民主，既坚持了中国共产党的领导，又发挥了各方面的积极作用；既坚持了人民主体地位，又贯彻了民主集中制的领导制度和组织原则；既坚持了人民民主的原则，又贯彻了团结和谐的要求。所以说，中国社会主义协商民主丰富了民主的形式、拓展了民主的渠道、加深了民主的内涵。"[1]

8. 正义与公平

古希腊哲学建立在城邦政体的基础之上，追求的是城邦正义。古希腊哲人大多出身贵族，不愁温饱，有足够的财力、奴隶可供支配，有充分的社会条件进行学术研究。他们思考问题，是以大约5000户居民的小城邦国家作为出发点和归宿点的。在这种背景之下，满足贵族统治者的生活需求就是理所当然、公平正义的。柏拉图说："第一并且最重要的需求就是为我们提供食物，以便我们能够生存和生活。第二要提供住房，第三是衣服，以及其他类似的东西。"因此，"木匠做木匠的事，鞋匠做鞋匠的事，其他

---

[1] 《习近平在庆祝中国人民政治协商会议成立65周年大会上的讲话》，2014年9月21日。

人都如此，各负其责，不做别人分内的事，这种正确分工就是正义。"（《理想国》第二卷）显然，提供贵族衣食住行服务的只能是平民和奴隶。所以，他强调贵族统治阶层、武士阶层和平民阶层各尽其职，各安其位，权力与能力相称，不得互相逾越，而妇女和奴隶只能听从号令，服从役使。所以，苏格拉底坚决捍卫正义，他说："如果正义遭人诽谤而我一息尚存、有口能辩，却袖手旁观、不闻不问，对我而言是无信仰的表现。"①

毕达哥拉斯早就认为"人是邪恶的"，赫拉克利特也认为"大多数人都是坏蛋"，由此成为西方哲人考虑社会问题的逻辑前提。后来休谟的《人性论》，康德的《历史理性批判文集》《法哲学》都有类似的观点。既然人类天生邪恶，互相对立，就必须用暴力征服，用战争取胜，用法律惩罚，用制度约束。这与中国荀子主张通过教化克服"性恶"、起伪向善，明显不同，而与韩非子的法家学说非常相似。所以，赫拉克利特主张战争，以力取胜，认为："战争是万物之父，也是万物之王。它使一些人成为神，使一些人成为人；使一些人成为奴隶，使一些人成为自由人"，"斗争就是正义，一切都是通过斗争而产生和消灭的"，"对立和斗争造就了整个世界"。亚里士多德则更认为："有些人生来就注定应该服从别人，另有些人生来就注定应该统治别人。……战争的艺术是一门关于获取的自然艺术，因为它包括狩猎；是一门用来对付野兽和那些生来应该受统治、却不愿服从的人的艺术。这种战争是正义的。"可见，古希腊哲人认为，"分工"和"战争"就是公平正义。他们维护的是城邦贵族的特权，反映的是贵族统治者的思想观念。

中国先秦哲人中只有韩非子是"韩之诸公子"，出身贵族上层。孔子虽然出身没落贵族，实则沦为下层，正如他说："吾少也贱，故多能鄙事。"（《子罕》）其他学者大多出身中下层。在动荡的乱世，他们与普天下

---

① ［古希腊］柏拉图：《理想国》，李美静译，武汉大学出版社，2011年1月，第33页。

的百姓一样，生活条件艰苦，生存压力巨大，有的甚至衣食无着、不得温饱（如庄子）。他们思考公平正义，从不着眼个人，不把视野局限在特定的人群，而是放眼天下苍生，普遍关注民生，具有大一统的思想意识和包容精神。孔子说："大道之行也，天下为公，选贤与能，讲信修睦。故人不独亲其亲，不独子其子，使老有所终，壮有所用，幼有所长，矜寡孤独废疾者皆有所养。"（《礼记·大同》）墨子主张节俭实用，反对奢侈浪费，提出"诸加费不加于民利者，圣王弗为"（《节用中》），以保障民生的基本需求。孟子虽然主张社会分工，要求"劳心者治人，劳力者治于人"（《滕文公上》），但是他更强调"老吾老，以及人之老；幼吾幼，以及人之幼"（《梁惠王上》），推恩行仁，仁民爱物，君主应该与民忧、乐与共（《梁惠王下》）。荀子更主张富民、裕民，各敬其业，各安其位，报酬相称。

正因为如此，孔子反对贫富分化，追求民生温饱，厌恶战争，主张和平，"足食足兵"，"先富后教"（《子路》），"不患贫而患不均，不患寡而患不安。盖均无贫，和无寡，安无倾"（《季氏》），"远人不服，则修文德以来之"（《季氏》）。墨子以"义"作为反对战争的根据。他说："杀一人谓之不义，必有一死罪矣。若以此说往，杀十人十重不义，必有十死罪矣；杀百人百重不义，必有百死罪矣。"（《非攻上》）孟子更要求不违农时，制民之产，推行"养生丧死无憾"的王道仁政（《梁惠王上》），主张"善战者服上刑，连诸侯者次之，辟草莱、任土地者次之"（《离娄上》）。老子反对侯王骄奢淫逸，倒行逆施，指出："民之饥，以其上食税之多，是以饥。"（《七十五章》）他坚决反对战争："夫兵者，不祥之器，物或恶之，故有道者不处。"（《三十一章》）"以道佐人主者，不以兵强天下。"（《三十章》）这种公平正义观是农耕社会本能的诉求，寄托了中华民族的美好理想，追求的是天下共同的公平正义，视野宽广，包容海内，更多地反映了平民意识。

### 9. 公德与亲情

古希腊城邦民主建立在尊重个人自由和维护个人权益的基础之上,主张权利和义务相结合。城邦的盛衰存亡,关系着公民个人的权益和命运;城邦的民主政治,又培养了公民个人的责任和义务,二者息息相关、融为一体。城邦应该保障公民的权益,公民必须为城邦的安危效力,这就要求人人具有公德意识和社会责任感。因此,苏格拉底把自己比作牛虻,以"精神助产术"尖锐批评雅典城邦里那些醉生梦死、追名逐利的麻木人群,坚持培养公德,完善德行、拯救灵魂。他对雅典人说:"朋友,你是雅典公民,雅典是最伟大的城市,以智慧与强盛驰名远近。可是你只顾在尽量多赚财富和博取名声方面用心,而对于内心的修养和真理,以及怎样使灵魂完善等问题,都是漠不关心,难道你不感到羞愧吗?"用这种方法激发他们的公德意识和社会责任感。柏拉图更认为,家庭是自私自利的根源。他主张:"所有这些女性应该归这些男性所共有,任何男人和女人都不得单独生活在一起,并且他们的孩子也是共有的,父母不知道哪个孩子是他们的后代,孩子也不知道谁是他们的父母。……最好的男人应该尽可能与最好的女人结合。相反,较差的男人应该和较差的女人尽可能少的结合;前者生育的后代应该被培养成人,而后者则不必养育后代,如果我们的种族要保持杰出水平的话。"① 显然,他是反对建立家庭的。因此,他很少关注亲属关系,更不会涉及家族内部孝悌仁爱的道德观念,这样,家族成员之间就缺乏东方式的亲情。既然如此,古希腊哲人更为看重个人对城邦的社会公德、责任和义务。

中国古来的农耕生产方式,使得一个个家族长期定居一地,父系家长的血缘关系把家族成员紧密联系在一起,从而形成了家国一体的宗法礼制体系。他们认为:"礼之可以为国也久矣,与天地并。君令臣共,父慈子

---

① [古希腊] 柏拉图:《理想国》,李美静译,武汉大学出版社,2011年1月,第133~135页。

孝，兄爱弟敬，夫和妻柔，姑慈妇听，礼之善物也。"（《左传·昭公二十六年》）这样，将个人利益和命运与家族融为一体，利害相关，休戚与共，一损俱损，一荣俱荣，自然产生了以家族为本位的群体意识。因此，儒家重视家庭，提倡孝道，强调伦理，维护礼义。父母子女血脉相连，叔伯兄弟关系相通，进而扩展到姻亲、同窗、同僚、乡党、师徒、朋友之间，产生某种感情和友谊，形成某种责任和义务，从而建立起四通八达的人脉关系网，充满了"血浓于水"的家族亲情，成为世代遵循的行为准则，所谓"打虎亲兄弟，上阵父子兵"，"在家靠父母，出门靠朋友"，"一个篱笆三个桩，一个好汉三个帮"。这种亲情友情，具有强大的凝聚力和感召力，有利于家庭和睦、社会稳定和国家安宁，这是中国传统文化的一大特色。

在这样的社会背境下，必须正确处理"小家"与"大家"的关系，重视亲情友情必须与关爱国家社会的"公德"紧密联系在一起。行为遵守法规，待人文明礼貌，爱护国家财产，自愿服务社会，热心公益事业，关注弱势群体，"不独亲其亲，不独子其子"（《礼记·大同》），"老吾老，以及人之老；幼吾幼，以及人之幼"（《梁惠王上》），见义勇为，扶危济困。当亲情利益与国家利益发生矛盾时，应该顾全大局。当"忠孝不能两全"时，应该先尽忠后尽孝，尽忠就是尽孝。"天下兴亡，匹夫有责"，人人都应该具有全局意识、忧患意识、责任意识和公德意识，承担起公民应有的责任和义务。

反之，如果只顾亲情，不要公德，将亲情与公德割裂对立，甚至利用亲情友情狼狈为奸，谋取私利，为害乡邻，坑害民众，诸如父子勾结造假贩毒，夫妻合谋贩卖妇婴，朋友串通坑蒙拐骗，哥们儿联手杀人越货，那就成为黑社会性质的家族式犯罪。更为严重的是，有些官员利用亲友裙带关系互相勾结，组成黑金利益集团，拉帮结派，权钱交易，贪赃枉法，独霸一方，违背党纪国法，败坏党风民风，那就是社会毒瘤、国家蟊贼，祸国殃民，十恶不赦！这方面的教训是极其深刻的。所以，必须摆正亲情与公德的关系，严明党纪国法，强化社会管理，持续不断深入进行社会公德、职业道德、家庭美德、个人品德的教育，提高全民族的道德法制水平。

10. 快乐与幸福

生活于滨海城邦文明中的古希腊哲人强调个人的自由、快乐和幸福。毕达哥拉斯认为："不能制约自己的人，不能称之为自由的人。"德谟克利特主张适时、有度、理性地追求幸福快乐的生活，言行一致地按照道德标准生活，而精神的愉悦比感官的快乐更为重要高尚。他说："人们只有通过有节制的享乐，过一种宁静的生活，才会得到一种精神上的愉快。"所以，"凡是想安宁地生活的人，就不应该担负很多的事情，不论是私事还是公事，也不应该担负超乎他能力和本性的事。甚至当命运向他们微笑并似乎要把他引向高处时，也还是小心为妙，不要去触动那超过他的能力的事。因为中等的财富比巨大的财富更可靠。"苏格拉底反对纵欲奢靡，崇尚节俭，认为"我们需要越少，我们越近似上帝"。柏拉图指出，智慧是为了觉悟"善"，德行是为了实践"善"，要追求智慧与德行合一的幸福人生。亚里士多德则认为，追求"善"是通往幸福的必由之路。"善"是人生的美德，做一个有德行的人，才是幸福的人。他们都是把修养德行、节制欲望、追求精神愉悦作为自由、快乐、幸福的必备条件。

但是，"花园哲学家"伊壁鸠鲁却持有相反的观点，他完全抛开德行，把追求快乐视为最大的善、最大的幸福，主张"快乐哲学"。他指出，哲学的意义就在于从根本上治疗心灵，不能治疗心灵痛苦的哲学，就如同不能治疗病痛的医术，是毫无用处的。快乐与痛苦的感觉就是人们衡量善恶的标准，凡是能够带来快乐的东西就是"善"的，反之，带来痛苦的东西就是"恶"的。他所追求的幸福，就是精神无纷扰和身体无病痛。所以，他说："如果抽掉了嗜好的快乐，抽掉了爱情的快乐以及听觉和视觉的快乐，我就不知道我还怎么能够想象善。"显然，他所追求的快乐，就是嗜好、情欲、感官在内的世俗、本性的快乐。不过，他并不要求奢华放纵，而是要在审慎而适度的基础上，明智地判断苦乐，温和地节制欲望。他不介入可能带来烦恼和纷扰的政治活动或其他包含忧虑和风险的事情，不受任何外界的约束，不做欲望的奴隶，以求得身心的和谐宁静，成为"居住在人群中的神"。这种个体本位的自由快乐幸福观，可能是受到古希腊神话的影响。古希腊神话中的神，与人同形同性，具有人的心理和性情，为了追求自己的快乐幸福，可以不受道德的束缚，不受伦理的制约，即使是乱伦也在所不惜。因为神性与人性是相通的，没有不可逾越的障碍，只要热爱生活，人类就可以像诸神一样，抛弃德行，去追求自己的快乐幸福。

产生于大陆农耕文明的儒墨学说以集体本位、家国本位为基础。孔子主张孝悌仁爱，重视人伦道德，强调"博施于民而能济众"，"己欲立而立人，己欲达而达人"（《雍也》），要"泛爱众而亲仁"（《学而》），"克己复礼为仁"（《颜渊》），以天下为己任，以修齐治平为人生道路。孟子要"亲亲而仁民，仁民而爱物"（《尽心上》），力求推恩行仁，即使论及快乐，也是要求君主"与民偕乐"（《梁惠王上》）、"与民同乐"（《梁惠王下》），因为"乐民之乐者，民亦乐其乐；忧民之忧者，民亦忧其忧。乐以天下，忧以天下，然而不王者，未之有也"（《梁惠王下》）。荀子说："君者，善群也。群道当，则万物皆得其宜，六畜皆得其长，群生皆得其命。"（《王制》）墨子主张"兼相爱，交相利"（天志上），因为"夫爱人者，人必从而爱之；利人者，人必从而利之"（《兼爱中》）。墨者自己则行劳天下、身体力行、不避艰险、自苦为极。他们追求的都是天下太平、安居乐业、家国昌盛、长治久安，很少孤立地追求个人的自由快乐幸福。

道家则以个人本位立论，与古希腊哲人伊壁鸠鲁颇有相似之处。"全性保真，不以物累形"的杨子，主张"贵生"、"重生"，强调"为我"、"贵己"，反对为自己富贵、子孙、宗族、乡党而谋划，反对为自己寿命、名声、地位、财货而劳累，只追求个人"不夭不殖"的逸乐人生。老子认为"治人事天，莫若'啬'"（《五十九章》），"'余食赘行，物或恶之。'故有道者不处"（《二十四章》），因此，"金玉满堂，莫之能守；富贵而骄，自遗其咎。功遂身退，天之道也"（《九章》），"甚爱必大费，多藏必厚亡。故知足不辱，知止不殆，可以长久"（《四十四章》），"祸莫大于不知足，咎莫大于欲得。故知足之足，常足矣"（《四十六章》），所以，他向往"小国寡民"的社会，期盼理性、节制的自由人生。庄子则对现实社会满怀着恐惧心理和忧患意识，希望生活在无为而治的至德之世，追求遗世独立、回归自然的逍遥人生，所以，他抱着与统治者不合作的态度，宁可做"曳尾于涂中"的乌龟、自由自在的"孤犊"，甘愿洁身守志，也不愿为名利富贵而折腰。所以，他说："不能说其志意，养其寿命者，皆非通道者也。"（《盗跖》）要摆脱一切世间俗务，"不逆寡，不雄成，不谋士"（《大宗师》），"于蚁弃智，于鱼得计，于羊弃意。以目视目，以耳听耳，以心复心"（《徐无鬼》），顺应自然，保持真性，以取得无所倚待的真正自由和绝对幸福。

哲学是文化的核心。中西不同的哲学观念，在无形中潜移默化，演变为各自民族文化的潜在意识和共同理念，渗透到各自社会的不同领域和层面，积淀为特有的"集体表象"而长久流传。中西古代天文体系的差异，就是一个非常典型的例证（参见王力《古代汉语》所附"天文图"）。

天文学是人类的带头科学。古希腊很多哲学家都有到古埃及、波斯学习天文学的经历，其中颇有成就卓越的天文学家。中国作为农耕国家，为了顺应和掌握自然变化，寻求和取得生活资料，很早就"官人守天"（《天论》），长期精勤地观察天象，总结规律，并且把天文与人文紧密联系在一起。因此，《周易·贲·彖》曰："观乎天文，以察时变；观乎人文，以化成天下。"这样，观察天象，敬授民时，既是百姓农耕生活必备的常识，又是政府代代相传的行政职能。诸子百家中的阴阳家，"盖出于羲和之官，敬顺昊天，历象日月星辰，敬授民时，此其所长也"（《汉书·艺文志》）。所以，《史记·天官书》曰："昔之传天数者：高辛之前，重黎；于唐虞，羲和；有夏，昆吾；殷商，巫咸；周室，史佚、苌弘；于宋，子韦；郑，则裨灶；在齐，甘公；楚，唐昧；赵，尹皋；魏，石申。"孟子说："天之高也，星辰之远也，苟求其故，千岁之日至，可坐而致也。"（《离娄下》）顾炎武说："三代以上，人人皆知天文。'七月流火'，农夫之辞也。'三星在户'，妇人之语也。'月离于毕'，戍卒之作也。'龙尾伏辰'，儿童之谣也。"（《日知录》卷三十）正因为如此，中国古代天文学观察研究水平之高，是世界公认的。

宇宙空间的日月星辰，本是客观存在的。中西不同民族面对着相同的天体运行，却看出了完全不同的天象，建立起迥然有别的体系：西方古代天文体系是古希腊神话的生动反映，形象而浪漫；中国古代天文体系则是人间社会的现实倒影，严整而有序。因为"人在天上所真正寻找的乃是他自己的倒影和世界的秩序。人感到了他自己的世界是被无数可见和不可见的纽带而与宇宙的普遍秩序紧密联系着的——他力图洞察这种神秘的联系"。① 显然，不同的天文体系就是不同的天文观、世界观的展示，反映了不同民族的思维模式和"集体表象"及其所蕴含的哲学观念和人文思想。

其一，古希腊人的宇宙观念是以奥林匹斯山的诸神为宇宙（天地冥三界）的主宰和中心，天上的星座是为了表现和突出地上的英雄而设置的。比如武仙座所表现的英雄赫拉克勒斯，本是众神之王宙斯与人间珀耳修斯的孙女阿尔克墨涅所生的儿子，他曾经射杀狮子、九头水蛇、巨蟹等，成为战无不胜的大英雄，于是在天界用武仙座表示他的形象，用狮子、长蛇、巨蟹等八个星座突出他的业绩，实际上反映了人类征服自然的愿望。即使是位于北极的仙王、仙后、大熊、小熊等星座，也并非天界的中心，无足轻重。所以，西方古代天文体系，是为了突现古希腊神话中的英雄而设立的，具有强烈的个人本位意识。而中国古代天文体系中，北极是天体的中心，是天帝太一的居所，"中宫天极星，其一明星，太一常居也"（《史记·

---

① ［德］恩斯特·卡西尔：《人论》，上海译文出版社，1985年，第62页。

天官书》），其他众星都环绕着北极星而运行，这就如同人间帝王住在皇宫、统辖天下一样，天上人间互相照应，互相认同，表现了华夏民族的群体本位意识和大一统的整体观念。所以，孔子说："为政以德，譬如北辰，居其所而众星共之。"（《为政》）这就是向心性特征。

其二，西方古代天文体系完全按照古希腊神话的情节来安排，星座之间呈现出未经规划组织的松散状态。某些神话涉及的星座遍布天际四方（如有关赫拉克勒斯的神话），而相邻星座之间却往往没有关联，反映的是一种随意率性的自由风格。中国古代天文体系显然是经过严密组织、精心安排的天界社会，它以拱卫北极星的三垣（紫微垣、太微垣、天市垣）四象（苍龙、白虎、朱雀、玄武）二十八宿（东方苍龙七宿：角亢氐房心尾箕；北方玄武七宿：斗牛女虚危室壁；西方白虎七宿：奎娄胃昴毕觜参；南方朱雀七宿：井鬼柳星张翼轸）为主体展开，一切人间的宫廷行政机构、生产生活设施和山水游乐场所，都可以在天界社会找到对应的星座，比如，在天帝所在的北极星周边，有"天厨"提供膳食，"王良"、"造父"驾车，"天大将军"侍从。天帝巡幸有"辇道"、"阁道"通向四方，"车府"供应车辆，"天船"横渡银河，"离宫"驻跸休息。还有民间社会，更是丰富多彩，以"织女"、"河鼓（牵牛）"、"天田"、"天仓"、"天街"、"天苑"、"玉井"、"天牢"、"天厕"等命名的星座，应有尽有，充满了生活气息。这分明是人间社会的再现、理想天国的蓝图，显示出有条不紊的系统性特征。

其三，西方古代天文观测，是把天体运行作为纯自然的宇宙现象来认识的，虽然对星座出没与气候变化的联系有所关注，如对天蝎座 α 星（心宿二）的出现与农时联系的观测，但是，对天体运行周期性循环变化的社会人文意义缺乏兴趣，并没有形成全面系统的知识，不可能产生"观乎天文，以察时变；观乎人文，以化成天下"（《周易·贲·彖》）的观念。中国古代天文观测，非常重视天象与季节的联系，《尚书·尧典》曰："乃命羲和，钦若昊天，历象日月星辰，敬授民时。……日中星鸟，以殷仲春……日永星火，以正仲夏……宵中星虚，以殷仲秋……日短星昴，以正仲冬。……期三百有六旬有六日，以闰月定四时成岁。"《鹖冠子·环流》曰："斗柄东指，天下皆春；斗柄南指，天下皆夏；斗柄西指，天下皆秋；斗柄北指，天下皆冬。"《诗经》《春秋》《夏小正》《礼记·月令》等典籍都在连续不断地记载观测成果，详尽考察回归年、朔望月与二十八宿、二十四节气的关系，在此基础上于公元前427年就创制了阴阳合历（《历术甲子篇》）。同时，他们更为关注天体运行的循环往复与人间社会的盛衰兴亡、吉凶祆祥的联系，并且试图总结其中的规律。比如，《史记·天官书》曰："汉之兴，五星聚于东井；平城之围，月晕参毕七重；诸吕作乱，日蚀昼晦；吴楚七国叛逆，彗星数丈。"完全把天象与人事相对应。而《尚书·大传》曰："三王之治，如环之无端，如水之胜火。"《王制》曰："始则终，终则始，若环之无端也，舍是而天下以衰矣。"《吕氏春秋·圜道》曰："天道圜，地道方，圣王法之，所以立上下。"这是用"环"、"圜"来阐述"天人合一"的内在联系，显然是从哲学角度来总结天体的循环性特征。

其四，西方古代天文体系，分为88个星座，其中四分之三以上的星座是以动物命名，宛如空中动物园，形象生动，一览无余。其中星座的数量较少而包含的恒星数量较多，力图构成逼真的图形，如同西方的油画作品，以凸现古希腊神话中的英雄及其业绩。中国古代天文体系中的众多星座，百分之九十是以人、神、器物命名，上至宫廷，下到市井，周详齐备，应有尽有。其中星座的数量较多而包含的恒星数量较少，比如织女座三颗星，河鼓座三颗星，宗正座两颗星，天狼座一颗星，其意象构图简洁，朦胧含蓄，如同中国的写意画，具有只可意会不可言传的象征性特征。

其五，西方古代天文体系完全根据古希腊神话随意率性地安排，靠古希腊神话的情节来维系，天区星座没有中心而自由分布，互相之间没有关联而不成体系，自然不存在上下左右方位的对称性格局。中国古代天文体系以北极星为中心，以四象二十八宿为体系互相对称，以天界社会与人间社会的时空系统互相对称。东汉张衡《灵宪》这样描绘春天的夜空："苍龙连蜷于左，白虎猛据于右，朱雀奋翼于前，灵龟圈首于后。"既展现了左右、前后的对称星象，又表述了中国背北朝南、左东右西的传统方位意识，具有明显的对称性特征。

西方古代天文体系表现出以个体本位为核心的自由浪漫、随意率性的思维模式和"集体表象"，而中国古代天文体系表现出以群体本位为核心的向心性、系统性、循环性、象征性、对称性的思维模式和"集体表象"，对比明显，迥然有别。这种不同的哲学观念，至今依然作为各自文化的核心，长久地提供精神力量，影响着各自社会的政治、经济、军事、文学、语言、文字、艺术、服饰、建筑、绘画、雕刻、音乐、舞蹈、风俗、习惯等诸多领域，决定着各自民族文化的发展走向，孕育了中西社会异彩纷呈的鲜明特色。

文明从来是多样的，文化从来是多彩的，世界就是由不同文明、不同文化不断争奇斗艳、互相交融而形成的共同体。任何文化都不是十全十美、长盛不衰的，更不能自封中心、自认权威，凌驾于其他文化之上。在某一个历史的横断面上，不同文化的发展总是不平衡的，这种差异反映在文化的内容和形式、程度和水平等各个层面。但是，判定文化的内容和形式、程度和水平，从来没有唯一的、公认的标准。从这个意义上说，各种文明及其代表的文化都是独特的、平等的，只是各具特色，没有优劣之分，应该互相尊重，互相欣赏。文化的差异性又必然带来文化的交融性，不同文化完全可以取长补短、兼容并蓄，这是世界文化发展史的常态。

正如习近平主席指出："文明是包容的，人类文明因包容才有交流互鉴的动力。海纳百川，有容乃大。人类创造的各种文明都是劳动和智慧的结晶。每一种文明都是独特的。在文明问题上，生搬硬套、削足适履不仅是不可能的,而且是十分有害的。一切文明成果都值得尊重,一切文明成果都要珍惜。历史告诉我们,只有交流互鉴,一种文明才能充满生命力。只要秉持包容精神,就不存在什么'文明冲突',就可以实现文明和谐。这就是中国人常说的:'萝卜青菜,各有所爱。'"①

　　中华文化的现代化进程,正是一方面大力传承和弘扬优秀的传统文化,开拓创新,古为今用,赋予时代内容,完善表现形式,弘扬主旋律,传播正能量,不断增强软实力,另一方面以充分的民族自信和文化自信,秉持谦虚包容的心态,根据中国实际的需要,放眼世界,洋为中用,借鉴和汲取世界上所有国家和民族的优秀文明成果,不断丰富、充实和发展中国特色社会主义文化,创造新的辉煌。

---

① 《习近平在联合国教科文组织总部的讲演》,2014年3月27日。

# 主要参考书目

《诸子集成》，中华书局，1954 年 12 月版

《十三经注疏》，中华书局，1980 年 10 月版

[古希腊] 色诺芬：《回忆苏格拉底》，吴永泉译，商务印书馆，1986 年版

《二十五史（一）：史记、汉书》，上海古籍出版社、上海书店，1986 年 12 月版

张岱年、程宜山：《中国文化与文化论争》，中国人民大学出版社，1990 年 7 月版

马中：《中国哲人大思路》，陕西人民出版社，1993 年 8 月版

钱穆：《中国文化史导论》，商务印书馆，1994 年 6 月修订版

冯友兰：《中国哲学简史》，北京大学出版社，1996 年 9 月版

孟驰北：《草原文化与人类历史》，国际文化出版公司（北京），1999 年 6 月版

[挪] G. 希尔贝克、N. 伊耶：《西方哲学史》，童世骏、郁振华、刘进译，译文出版社，2004 年 1 月版

[英] 罗素：《西方哲学史》，吉林大学出版社，2004 年 3 月版

李泽厚：《中国古代思想史论》，天津社会科学院出版社，2004 年 10 月版

[美] 斯塔夫里阿诺斯：《全球通史》，北京大学出版社，2005 年 1 月版

陈来编：《梁漱溟选集》，吉林人民出版社，2010 年 1 月版

[古希腊] 柏拉图：《理想国》，李美静译，武汉大学出版社，2011 年 1 月版

傅佩荣：《西方哲学史》，联经出版公司，2011年4月版

《文明之门·哲学的故事》，陕西人民出版社，2011年5月版

胡适：《中国哲学史大纲》，北京大学出版社，2013年1月版

于民：《中西互补与人类思维革命》，文化艺术出版社，2013年7月版

# 索引

一、本索引是本书引用到的诸子篇章【原文】部分的索引。

二、按书名、篇章名首字的汉语拼音（同音字按声调）顺序排列；首字相同按第二个字的音序排列，以此类推。分栏居中排的是书名，书名下方列篇章名。

三、阿拉伯数字表示内容所在页码，在书中出现多次的，页码之间用逗号隔开。

## 《韩非子》

《爱臣》……………… 673

《安危》……………… 747

《八经》…………… 689，701

《八说》………… 648，678，682，718，733，748

《备内》………… 670，672，695

《饬令》……………… 714

《定法》………… 637，638，640

《二柄》……………… 691

《功名》……………… 685

《孤愤》……………… 697

《诡使》……………… 656

《奸劫弑臣》…… 667，693，702

《六反》………… 663，680，681，713

《内储说下》…… 673，674，675

《南面》……………… 694

《难势》……………… 687

《难四》……………… 735

《难一》……………… 725

《人主》………… 696，699

《饰邪》………… 665，666，668

《守道》 ………………… 707

《说疑》 ………… 729，734，743

《五蠹》 …… 642，643，644，645，647，653，661，662，676，677，686，706，719

《显学》 ………… 649，650，651，654，659，704

《心度》 ………………… 657，658

《扬权》 ………… 738，739，746

《用人》 ………………… 722，750

《有度》 …… 692，711，727，730

《制分》 ………………… 723，736

《忠孝》 ………………… 709，716

《主道》 ………………… 740，742

《家语》

《哀公问政》 ……………… 54，70

《本命解》 …………………… 89

《辩乐解》 …………………… 122

《辩政》 …………… 28，70，79

《大婚解》 ………… 66，88，91

《好生》 ……………………… 13

《郊问》 ……………………… 44

《困誓》 ……………………… 40，59

《礼运》 ……………………… 52

《六本》 …………… 16，20，34，75

《论礼》 ……………………… 125

《曲礼子贡问》 …………… 53，117

《屈节解》 …………………… 51

《儒行解》 ………… 47，58，74

《入官》 …………… 67，68，108

《三恕》 ………… 9，10，20，109

《王言解》 …………………… 65

《问礼》 ……………………… 52

《问玉》 ……………………… 9，27

《五刑解》 …………………… 86

《五仪解》 …………………… 71，72

《贤君》 …………… 17，63，73，77

《刑政》 ……………………… 81

《颜回》 ……………………… 12

《在厄》 ……………………… 23，35

《正论解》 …………………… 76

《致思》 …………… 8，43，69

《子路初见》 …… 12，14，28，72

《孔丛子》

《记问》 ……………………… 73，82

《记义》 ……………………… 36，124

《居卫》 ……………………… 281

《论书》 …………… 10，14，15

《刑论》 …………… 83，84，85

《老子》

《一章》 ……………………… 364

《二章》 ……………………… 399

《三章》 ……………………… 412

| | | | |
|---|---|---|---|
| 《四章》 | 364 | 《三十章》 | 420 |
| 《五章》 | 397 | 《三十一章》 | 419 |
| 《六章》 | 364 | 《三十二章》 | 373 |
| 《七章》 | 384 | 《三十三章》 | 384 |
| 《八章》 | 379 | 《三十四章》 | 369 |
| 《九章》 | 387 | 《三十五章》 | 366 |
| 《十章》 | 389 | 《三十六章》 | 402 |
| 《十一章》 | 370 | 《三十七章》 | 397 |
| 《十二章》 | 386 | 《三十八章》 | 409 |
| 《十三章》 | 385 | 《三十九章》 | 403 |
| 《十四章》 | 365 | 《四十章》 | 369 |
| 《十五章》 | 390 | 《四十一章》 | 367 |
| 《十六章》 | 392 | 《四十二章》 | 365 |
| 《十七章》 | 398 | 《四十三章》 | 400 |
| 《十八章》 | 410 | 《四十四章》 | 387 |
| 《十九章》 | 410 | 《四十五章》 | 377 |
| 《二十章》 | 391 | 《四十六章》 | 388 |
| 《二十一章》 | 366 | 《四十七章》 | 391 |
| 《二十二章》 | 378 | 《四十八章》 | 406 |
| 《二十三章》 | 416 | 《四十九章》 | 415 |
| 《二十四章》 | 384 | 《五十章》 | 388 |
| 《二十五章》 | 372 | 《五十一章》 | 371 |
| 《二十六章》 | 377 | 《五十二章》 | 376 |
| 《二十七章》 | 407 | 《五十三章》 | 416 |
| 《二十八章》 | 381 | 《五十四章》 | 393 |
| 《二十九章》 | 405 | 《五十五章》 | 380 |

《五十六章》 ............ 413

《五十七章》 ............ 400

《五十八章》 ............ 417

《五十九章》 ............ 382

《六十章》 ............... 398

《六十一章》 ............ 404

《六十二章》 ............ 375

《六十三章》 ............ 376

《六十四章》 ............ 406

《六十五章》 ............ 413

《六十六章》 ............ 403

《六十七章》 ............ 382

《六十八章》 ............ 420

《六十九章》 ............ 421

《七十章》 ............... 393

《七十一章》 ............ 381

《七十二章》 ............ 418

《七十三章》 ............ 404

《七十四章》 ............ 418

《七十五章》 ............ 416

《七十六章》 ............ 380

《七十七章》 ............ 407

《七十八章》 ............ 379

《七十九章》 ............ 418

《八十章》 ............... 421

《八十一章》 ............ 384

《列子》

《说符》 ............ 236，237

《杨朱》 ...... 239，242，243，245，246，250，252，253，254，255，257，258，261

《论语》

《八佾》 ......... 52，74，121，123

《公冶长》 ............... 21

《季氏》 ............ 29，71

《里仁》 ............... 50

《述而》 ......... 50，51，122

《泰伯》 ......... 60，115，116，125

《为政》 ......... 40，66，78，82

《卫灵公》 ............... 71

《先进》 ............ 19，30，74

《宪问》 ......... 41，47，48，64

《学而》 ......... 44，79，105

《颜渊》 ......... 46，49，62，66，67，77，78

《阳货》 ......... 31，41，125

《尧曰》 ............... 80

《雍也》 ............ 22，47

《子罕》 ............... 37

《子路》 ......... 25，61，62，73，78，105

《子张》 ............ 37，79

《吕氏春秋》

《本生》 ............... 248

827

| 《高义》 | 31 |
| --- | --- |
| 《贵生》 | 249 |
| 《情欲》 | 247 |
| 《重己》 | 244 |

**《孟子》**

| 《告子上》 | 277, 279, 280, 282, 283, 284, 285, 289, 300 |
| --- | --- |
| 《告子下》 | 281, 287, 296, 323, 342, 344, 346 |
| 《公孙丑上》 | 276, 287, 297, 302, 325, 326, 327 |
| 《公孙丑下》 | 303, 345, 353 |
| 《尽心上》 | 278, 280, 296, 298, 299, 317, 332, 334, 338, 341, 350 |
| 《尽心下》 | 288, 289, 291, 294, 295, 305, 309, 325, 334, 348 |
| 《离娄上》 | 280, 292, 312, 315, 316, 340, 344, 349 |
| 《离娄下》 | 278, 290, 294, 349 |
| 《梁惠王上》 | 311, 313, 317, 319, 322, 330, 332 |
| 《梁惠王下》 | 311, 318, 320, 321, 328, 349 |
| 《滕文公上》 | 293, 329, 330, 333, 336, 339, 340 |

| 《滕文公下》 | 286, 299, 308, 334, 338, 351, 352 |
| --- | --- |
| 《万章上》 | 347 |
| 《万章下》 | 304, 350 |

**《墨子》**

| 《辞过》 | 196 |
| --- | --- |
| 《非攻上》 | 182, 183, 184 |
| 《非攻中》 | 185, 186 |
| 《非攻下》 | 187, 188, 189 |
| 《非乐》 | 208, 209, 210, 211 |
| 《非命上》 | 142, 143, 144, 145 |
| 《非命下》 | 146, 147 |
| 《公孟》 | 140 |
| 《兼爱上》 | 171, 172 |
| 《兼爱中》 | 173, 174 |
| 《兼爱下》 | 175, 177, 178, 179, 180 |
| 《节用上》 | 192, 197 |
| 《节用中》 | 192, 193, 194 |
| 《节葬》 | 199, 201, 202, 203, 204, 205 |
| 《明鬼》 | 138, 139 |
| 《尚同上》 | 163, 164 |
| 《尚同中》 | 161, 165, 166 |
| 《尚同下》 | 160, 167 |
| 《尚贤上》 | 152, 153, 154 |

| | | | |
|---|---|---|---|
| 《尚贤中》 | 151，152，155，156，157，158 | 《王制》 | 565，566，582，585，586，587，588，589，593，608，621 |
| 《尚贤下》 | 153 | 《性恶》 | 530，531，534，535，536，537，539，541，555，616 |
| 《所染》 | 219，220 | | |
| 《天志上》 | 133，134，135 | 《修身》 | 556 |
| 《天志下》 | 136 | 《尧问》 | 628 |
| 《修身》 | 216，217 | 《议兵》 | 592 |

### 《荀子》

| | |
|---|---|
| 《不苟》 | 624 |
| 《大略》 | 557 |
| 《非十二子》 | 558 |
| 《非相》 | 559，564，622，623，625，626 |
| 《富国》 | 566，591，607 |
| 《解蔽》 | 610，612，614，615，617，618，619 |
| 《君道》 | 572，573，574，576，577，578，580，581，584 |
| 《君子》 | 583 |
| 《礼论》 | 42，542，562，563，567，568，569，570 |
| 《劝学》 | 546，547，548，549，550，551，553，555 |
| 《荣辱》 | 533，540，562 |
| 《儒效》 | 552，558，615 |
| 《天论》 | 596，597，598，599，600，601，602，603，604，605，609，612 |
| 《王霸》 | 571，583，587，590 |

| | |
|---|---|
| 《正名》 | 532 |
| 《致士》 | 554 |
| 《子道》 | 560 |

### 《中庸》

| | |
|---|---|
| 《不远》 | 99，101 |
| 《诚明》 | 96 |
| 《大哉》 | 97 |
| 《大知》 | 102 |
| 《费隐》 | 92 |
| 《尽性》 | 98 |
| 《经纶》 | 94 |
| 《尚䌹》 | 100，105 |
| 《时中》 | 97 |
| 《素位》 | 101，104 |
| 《素隐》 | 101 |
| 《天命》 | 93 |
| 《问强》 | 99 |
| 《问政》 | 96，104 |
| 《无息》 | 95 |

《行远》…………………………… 99
《自成》…………………………… 98
《自用》…………………………… 101

### 《庄子》

《达生》………………………… 469，522
《大宗师》……………… 490，506，523，524
《盗跖》………… 444，478，496，501
《德充符》………………… 484，486
《庚桑楚》………………………… 479
《刻意》…………………………… 448
《列御寇》…………… 471，472，488
《马蹄》…………………………… 435
《骈拇》…………………………… 439
《齐物论》……………… 510，514，515，516，517，518，519，520
《秋水》…………… 470，472，480，509，511，513
《胠箧》………………… 442，443，445
《让王》……………………… 475，476
《人间世》…………… 453，459，461，464
《山木》……… 451，454，457，458，463，469，473，481
《缮性》……………………… 432，449
《天道》……………… 492，497，508
《天地》……………… 446，493，494，502，505
《天运》……………… 433，440，467
《外物》…………………………… 473
《逍遥游》………………………… 525
《徐无鬼》…………… 465，468，505
《养生主》…………… 478，482，489
《应帝王》……………………… 452，495
《在宥》……………… 437，498，500
《知北游》…………… 488，489，507
《至乐》……………… 455，487，504

### 《左传》

《昭公七年》……………………… 5
《昭公二十年》………………… 106

# 后记

先秦诸子之学，是中国传统文化的根基和宝库。早在上学期间，我就被其学说的精辟、深刻、睿智、雄辩所震撼。几十年后我为研究生开讲"诸子概论"，重新系统研读诸子文章，更为其哲学理论、思维逻辑和精神追求所折服。同时，我也产生了诸多困惑和疑难，比如，怎样把握诸子理论的脉络和体系，怎样分析各家学说的传承和渗透，怎样看待诸子思想的当代价值和意义，怎样认识先秦诸子学说与同时代古希腊哲人思想的差异和特色，等等，都需要深入进行探讨和阐释。

文献研究一般有两种形式，一种是重在对文本原文进行注解阐释，文字训诂、章句分析、贯通文义、随文点评、化艰成俗、便于普及，但缺乏理论的系统分析和把握；一种是重在对文本思想进行理论研究，提纲挈领、分析辨别、寻章摘句、推理阐发、归纳总结，意在提高，但缺乏文本内容的系统支持和印证。各有利弊，难以两全，是否可以将二者合而为一、优势互补呢？特别像延续300年之久的诸子之学系列文献，著作众多，学派并立，前后传承，互相影响，本身就具有系统性和整体性，又与同时代西方古希腊哲人的学说各呈异彩、遥相呼应，分别构成了中西文化的不同特色，产生了世界性的巨大影响。如果仅就一部子书单独地注解阐释或孤立地理论研究，总是缺乏宏观的学术视野，难以剖析学说的发展脉络，不能全面反映诸子百家的理论传承和思想体系。是否可以将文本阐释与理论研究相结合，将宏观把握与微观分析相照应，全面考察诸子学说的理论脉络和传承发展，联系古今，比较中西，进行全方位、多角度的综合分析和论证呢？

为此，本人大胆设想，提出了"统分结合、纵横剖析、古今关联、中西比较"四个原则。

所谓"统分结合"，就是在全面系统研读文献的基础上，爬梳整理，条分缕析，贯通文脉，归纳总结，分别构建诸子学说的理论体系，统领各自著作的论述内容，进而宏观展示百家争鸣的思想文化成果。这样，"述"，有理论体系的有序分类，纲举目张，有条不紊；"评"，有文献原文的系统印证，言之有据，雄辩有力。"述"、"评"兼顾，文理清晰，诸子各有特色，各家自成系统。同时，为了避免因文言生僻而影响理解，特意将所引原文全部今译，以便阅读。

所谓"纵横剖析"，就是纵向分析诸子学说的传承脉络、发展变化，横向揭示各家思想的渗透交融、互相影响，以便集中反映他们在争鸣中各领风骚、在论战中批判继承的人文盛况。由此充分展现先秦诸子思想的丰富内涵，论证中国伦理文明产生的深厚基础，总结以儒家仁学为"道基"、以道家、法家学说为辅翼的中国传统文化的特色。

所谓"古今关联"，就是依据诸子学说，联系古今社会，从人文思想的深厚积淀中，挖掘和阐发传统的价值观念和治国理念，批判继承，古为今用，为社会主义核心价值体系和核心价值观、为社会主义国家的治国理念提供思想资源和历史借鉴，充分显现传统文化的重要作用和现代意义。为弘扬爱国主义的民族精神和改革创新的时代精神，为建设中国特色社会主义新文化，为实现民族振兴的中国梦，传播正能量，增强软实力。

所谓"中西比较"，就是将轴心时代古希腊滨海城邦文明产生的古希腊哲人思想，与中国大陆农耕文明产生的先秦诸子学说，进行全面分析和比较，展示中西文化各自形成的人文环境、观念差异和民族特色。以兼容并蓄、海纳百川的包容心态，积极面对各国人民创造的优秀文明成果，互相尊重欣赏，彼此借鉴交流，取人之长，为我所用，不断丰富和发展中华民族共同的精神文化家园。

构想如此，实施却困难重重。且不说诸子文献卷帙浩繁，西方古典哲学著作众多，研究资料汗牛充栋，仅就手边的相关书籍就需研读数年，加上文理爬梳，纲目归纳，内容复杂，头绪繁多，其中艰辛难以言传，这才发现自己承担了一项充满挑战、难以完成的任务。好在本人已经退休，精力尚可，可以劳逸结合，自由安排，随心而动，从长计议，不必日以继夜，克日计功，匆忙应对，仓促交卷。尽管如此，自从产生这个心愿，便始终萦怀于胸、念念不忘，无论是清晨枕上，黄昏灯前，银滩海边踏浪，南国椰林漫步，诸子身影都活跃于脑际、闪现在眼前。春秋代序，寒暑交替，向先贤请教，与哲人对话，我不敢稍有懈怠疏忽。其间几经挫折，掩卷长叹，然而总是欲罢不能，于心不忍，如同老牛负重于长途，好似骆驼跋涉于瀚海，唯有锲而不舍，奋力向前。多年辛劳，身心疲惫，但是精神充实，乐在其中，终于在甲午之岁季冬之月撰写完毕于海南东方市，时年七十有二。

也许由于学识和能力不足，拙著不能如同构想那样完满，未必尽如人意，但是，只要能够借此与读者交流学习传统文化的心得和收获，为同道提供研究古代文献的体会和思路，也就心满意足了。

感谢老伴的关照，感谢儿女的理解，感谢朱玉麒教授、施新荣教授、周珊教授的支持帮助，感谢学苑出版社刘丰编辑、魏桦编辑的辛勤工作，让我在古稀之年能够实现多年的夙愿，庶几可以无憾矣！

饶尚宽

2015 年 9 月 6 日于乌鲁木齐市